拯救猫头鹰系列·大自然狂野冒险小说

拯救猫头鹰

[美]卡尔·希尔森 著 陈天然 译

U0728950

河南文艺出版社

·郑州·

中文版权 © 2022读客文化股份有限公司

经授权，读客文化股份有限公司拥有本书的中文（简体）版权

豫著许可备字-2022-A-0063

图书在版编目（CIP）数据

拯救猫头鹰 /（美）卡尔·希尔森著；陈天然译
. —— 郑州 ：河南文艺出版社, 2023. 1
（拯救猫头鹰系列. 大自然狂野冒险小说）
ISBN 978-7-5559-1406-8

I.①拯… II.①卡…②陈… III.①儿童小说－长
篇小说－美国－现代 IV.①I712.84

中国版本图书馆CIP数据核字（2022）第155807号

拯救猫头鹰

著　　者	［美］卡尔·希尔森	
译　　者	陈天然	
责任编辑	王　宁	
责任校对	李亚楠	
特约编辑	马敏娟　唐海培　张　新	
策　　划	读客文化	
版　　权	读客文化	
封面插画	王晶宇	
封面设计	张路云	
出版发行	河南文艺出版社	
印　　刷	河北中科印刷科技发展有限公司	
开　　本	880mm×1230mm 1/32	
印　　张	45.25	
字　　数	980千字	
版　　次	2023年1月第1版　2023年1月第1次印刷	
定　　价	295.00元（全5册）	

如有印刷、装订质量问题，请致电010-87681002（免费更换，邮寄到付）

版权所有，侵权必究

目　录

第一章

　　要不是因为达纳·马瑟森，罗伊也不会注意到那个怪男孩。早上，在开往特雷斯中学的校车上，罗伊一般都会看漫画或者悬疑小说，不怎么往车窗外看。

　　但那个周一，罗伊终生难忘。那天，达纳·马瑟森从后面揪住他的脑袋，用大拇指摁住他的太阳穴，就像在捏一个足球似的。高年级的孩子本应该坐在校车靠后的座位上，但达纳潜伏在罗伊的位子后面，突然袭击了他。罗伊挣扎着，达纳使劲把他的脸按在了车窗的玻璃上。

　　就在那时，透过脏乎乎的玻璃，罗伊斜着眼看到了那个在人行道上奔跑的奇怪男孩。看起来，他好像是急着想赶上正停在街角接学生的校车。

　　那个男孩有着稻草般的金色头发，身形清瘦结实，皮肤晒成了栗棕色。他的表情急切而严肃。他穿着褪色的迈阿密热火队球衣、脏兮兮的卡其色短裤，而奇怪的地方在于——他没穿鞋，那光溜溜的脚看起来像炭一样黑。

虽然特雷斯中学对学生的着装要求不算严格，但罗伊十分确定，至少鞋子是要穿的。那男孩也不可能把鞋子放在书包里了，因为他根本就没背书包。没穿鞋，没背书包，没带书——太奇怪了，这样怎么上学呢？

罗伊心想，只要这个光脚的男孩一上车，肯定马上会被达纳和其他高年级的大孩子欺负。但事情却跟他想的不一样……

男孩没有停下奔跑的脚步，他跑过街角，跑过排队等着上车的学生，跑过校车。罗伊想喊："嘿！快看他！"可他的嘴巴不听使唤。达纳还从后面摁着罗伊不撒手，把他的脸按在窗户上。

校车驶离十字路口，罗伊期待着能在前方再次看到那个男孩。可是，他已经离开了人行道，正在横穿一个私人庭院。他跑得非常快，比罗伊快多了，甚至可能比理查德还要快——理查德是罗伊以前在蒙大拿州最好的朋友，他擅长跑步，才上七年级就和高中田径队一起训练了。

达纳·马瑟森的指甲抠着罗伊的头皮，想让他叫出来，但罗伊几乎没什么感觉。罗伊的注意力都在那个男孩身上，他看着男孩跑过一个又一个整洁的碧绿庭院，心中充满了好奇。男孩和校车的距离越拉越大，他在罗伊的视野中越来越小。

突然，罗伊看到一条尖耳朵的大狗，好像是德国牧羊犬，它从一户人家的门廊下跳了出来，朝男孩扑去。令人难以置信的是，男孩并没有改变他的奔跑路线。他从狗身上一跃而过，撞上了樱桃树篱，随后消失在罗伊的视线中。

罗伊倒吸了一口气。

"怎么了，女牛仔[1]？够了吗？"

是达纳，他在罗伊右耳边凶恶地低声说。罗伊是新来的，他不指望有人帮自己。而且"女牛仔"的说法也太没水平了，不值得生气。人人皆知达纳是白痴，但他比罗伊至少重50磅[2]，罗伊回击纯属浪费体力。

"受够了吗？我听不见你说话啊，得州佬。"达纳满嘴烟臭味。抽烟和欺负弱小是他的两大爱好。

"够了，好了。"罗伊不耐烦地答道，"我觉得够了。"

达纳一松手，罗伊就放下车窗，把头伸出窗外。但那个怪男孩已经不见了。

他是谁？他为什么拼命地跑，是在躲什么吗？

罗伊不知道车上其他人有没有看到那个男孩。有一刻，他甚至怀疑自己到底是不是真的看到了他。

同一天早上，一位名叫大卫·德林科的警官到黄鹂东街和伍德伯里街的路口执勤，这个路口位于东郊。空地上正在建一家新的保拉妈妈美式煎饼屋。

德林科警官看到深蓝色皮卡车里出来一个男人。这个人的脑袋像沙滩球一样光秃秃的，却自称卷毛。德林科警官觉得一个光头男人外号却叫卷毛，他一定很有幽默感，但德林科警官错了。卷毛板着脸，脾气暴躁古怪。

---

1 罗伊是男生，"女牛仔"是达纳对罗伊的不礼貌称呼。
2 英制质量单位，1磅＝16盎司＝0.4536千克。

"你应该看看他们干的好事。"他对警官说。

"谁？"

"跟我来。"卷毛说。

警官跟上他的脚步："调度员说你想投诉有人故意毁坏财物。"

"没错。"卷毛回过头来，咕哝了一句。

警官只看到一片长着散乱杂草的荒地，面积大概有几英亩[1]，他不明白这有什么好破坏的。卷毛停下脚步，指着地上的一根短木棍——棍子的一头系着一条浅粉色的塑料丝带，另一头被削尖了，上面结着灰色的土块。

卷毛说："他们把它拔出来了。"

"那是一根测绘杆吗？"德林科警官问。

"对。他们把这些杆子拔出来了，全都拔出来了。"

"可能只是小孩子胡闹吧。"

"而且他们把杆子扔得到处都是，"卷毛边说边挥动着肥肥的手臂，"然后还把插杆子的坑都填上了。"

"是有点奇怪。"警官评论道，"这是什么时候的事？"

"昨天晚上或者今天清早。"卷毛说，"可能看起来不是什么大事，但要重新把这些点再测量标记一遍，可是要花很多工夫的。在重新测量的时候，我们没办法打扫场地，也不能平整地面，什么都做不了。反铲挖掘机和推土机都租下来了，现在只能闲着。我知道这种恶行可能没什么技术含量，但——"

"我明白，"德林科警官说，"你估计经济损失有多少？"

---

1 英制地积单位，1英亩＝4046.86平方米。

"经济损失？"

"对。我得写在我的报告里。"警官捡起测绘杆，检查了一下，"它其实并没坏，是吗？"

"呃，没——"

"有坏的吗？"德林科警官问，"这东西值多少钱——1美元？2美元？"

卷毛有点不耐烦。"他们没把杆子弄坏。"他有些蛮横地说。

"一根也没坏吗？"警官皱起眉头。他希望搞清楚报告要怎么写。没有造成经济损失，就不算故意毁坏财物，而如果没有财物被人毁坏或者损伤的话……

卷毛烦躁地说："重点不是他们把测绘杆弄得乱七八糟，而是他们完全打乱了我们的建造计划。损失主要在这儿。"

德林科警官摘下帽子，挠了挠头。"让我想想。"他说。

走回巡逻车的路上，警官绊了一跤，摔倒了。卷毛抓住他的胳膊，扶他起来。两个人都有点尴尬。

"傻不拉叽的猫头鹰。"卷毛说。

警官拍掉制服上的土和草刺："你说猫头鹰？"

卷毛指了指地上的一个洞。它跟保拉妈妈美式煎饼屋的招牌产品乳酪煎饼差不多大，入口处能看到一堆松散的白色沙子。

"就是它把你绊倒的。"卷毛告诉德林科警官。

"那下边住着一只猫头鹰吗？"警官弯下腰——端详着，"猫头鹰有多大？"

"跟啤酒罐差不多高。"

"你没开玩笑吧？"德林科警官说。

"但我从来没见过，说实在的。"

回到巡逻车旁，警官拿出写字板，开始写报告。卷毛的真名是勒罗伊·布兰内特，他是这个建筑项目的工程总监。但警官写的是"工头"，这让卷毛有些不爽。

德林科警官向卷毛解释，为什么无法将这次投诉作为有人故意毁坏财物的行为上报。"我们队长会把它退回来的，因为，严格来说，并没有什么财物遭到了毁坏。只是一些孩子到这里，把地上的一些棍子拔出来了而已。"

"你怎么知道是孩子干的？"卷毛抱怨道。

"那不然会是谁呢？"

"那为什么要填上洞，扔掉棍子，让我们不得不重新测量呢？小孩子这么做图什么？"

警官也想不通了。小孩的恶作剧通常不会这么复杂。

"你有没有具体的怀疑对象？"

卷毛承认并没有，"但是，好吧，就说是小孩子干的吧。那就不犯法吗？"

"当然犯法。"德林科警官答道，"我只是说，严格来说不算是故意毁坏财物，而是擅自闯入和恶意的行为。"

"那也行。"卷毛耸耸肩，"只要你的报告能给我一份，我给保险公司就行。至少我们耽误的时间和费用能得到补偿。"

德林科警官递给卷毛一张名片，上面有警察局管理办公室的地址、负责归档事故报告的工作人员姓名。卷毛把名片塞进衬衫胸前的口袋。

德林科警官戴上太阳镜，钻进巡逻车，车里热得像砖炉一样。他赶紧发动车子，把空调温度开到最低，一边系上安全带一边说："布兰内特先生，我还有一件事想问。只是好奇。"

"问吧。"卷毛用大花手帕擦着脑门儿。

"是关于那些猫头鹰的。"

"嗯。"

"你们打算怎么处置它们？"德林科警官问，"我是说，等你们开始推土的时候。"

工头卷毛咯咯笑起来。他觉得警官一定是在开玩笑。

"什么猫头鹰啊？"他说。

罗伊一整天都忍不住去想那个狂奔的奇怪男孩。课间，他望着从走廊里经过的学生们的面孔，希望能看到他——也许他只是迟到了。罗伊想，可能他是急着跑回家去换衣服、穿鞋。

但罗伊没有看见他，没有看见那个跳起来越过了尖耳朵大狗的孩子。可能这时候他还在跑着，罗伊在吃午饭时这样想。佛罗里达州太适合跑步了，罗伊从来没见过这么平坦的地方。在蒙大拿州，到处是陡峭崎岖的山地，山峰高耸入云，有一万英尺[1]那么高。而这里，比地面高出许多的只有人造的高速路桥——水泥做的斜坡顺滑平缓。

但罗伊又想起了这里的湿热，有阵子那种湿漉漉的热气似乎卡在他的肺里，让他难以呼吸。他想，在佛罗里达州的烈日下跑那么远，真是太受罪了，必须是有着钢铁般意志的孩子才能做到。

1　英制长度单位，1英尺＝12英寸＝0.3048米。

一个名叫加勒特的男孩坐在了罗伊对面。罗伊点头示意，加勒特也点头回应，两人又各自低头吃起盘子里黏糊糊的通心粉。作为新来的孩子，罗伊到食堂吃饭时总是一个人坐在桌子一边。在做"新人"这方面，罗伊是老手了：特雷斯中学是他上过的第六所学校；记事以来，椰子湾是他们一家住过的第十个地方了。

　　罗伊的爸爸是政府工作人员。罗伊妈妈说他们之所以如此频繁地搬家，是因为罗伊爸爸工作出色（管他到底做什么呢），一路高升。显然这是政府表彰优秀工作者的方式——不停地把你从这儿调到那儿去。

　　"嘿，"加勒特说，"你有滑板吗？"

　　"没有，不过我有滑雪板。"

　　加勒特嚷嚷道："你为啥有那种东西啊？"

　　"我以前住的地方经常下雪。"罗伊说。

　　"你应该学学怎么滑滑板。超棒的，哥们儿。"

　　"噢，我知道怎么滑。我只是没有自己的滑板。"

　　"那你应该弄一个。"加勒特说，"我和我朋友，我们在大商场滑。你也来吧。"

　　"感觉挺酷的。"罗伊努力让自己听起来比较热情。他不喜欢商场，但加勒特的示好让他心生好感。

　　加勒特学习成绩不佳，但他在学校里人缘很好，因为他经常在班上捣蛋，而每次老师找他训话的时候，他都会用嘴巴模仿放屁的声音。加勒特是特雷斯中学最擅长模仿放屁声音的人，堪称"屁王"。他最著名的事迹是在年级教室里宣誓时，用屁声读出了誓词的第一句。

更讽刺的是，加勒特的妈妈是特雷斯中学的一名辅导员。罗伊觉得，她大概是在学校里把指导学生的技能都用完了，回到家里已经精疲力尽，没力气再管教加勒特了。

"可不，保安不赶我们走，我们就一直狂滑滑板，"加勒特说，"被赶出商场的话，我们就转战停车场，直到再被人赶走为止。特别热闹，特别棒。"

"挺好的。"罗伊说，尽管他觉得周六早晨在商场玩滑板挺没劲的。他在期盼爸爸带他去大沼泽地公园玩，那将会是他第一次乘坐汽船。爸爸答应了要带他去，就在近期的某个周末。

"这附近还有别的学校吗？"罗伊问加勒特。

"为什么问这个呀？你这么快就讨厌这里了吗？"加勒特咯咯笑着，把勺子插进一块黏糊糊的苹果片里。

"不是。我这么问，是因为我今天早晨在公交站看到一个很奇怪的小孩。他没上校车，也不在咱们学校，"罗伊说，"所以我想他肯定不是特雷斯的学生。"

"外校的学生我一个也不认识。"加勒特说，"迈尔斯堡那边有一所天主教学校，但离这里很远。他穿校服了吗，那个小孩？那个学校的修女要求所有人都穿校服。"

"没有，我确定他没穿校服。"

"那你确定他是初中生吗？说不定他是格雷厄姆的呢。"加勒特猜测。格雷厄姆是距离椰子湾最近的公立高中。

罗伊说："他看起来还不到上高中的年龄。"

"可能他天生就是个矮子呢。"加勒特咧开嘴笑了，声音听起来像在放屁。

"我觉得不是。"罗伊说。

"你说了他很奇怪啊。"

"他没穿鞋,"罗伊说,"而且他像疯了一样地跑。"

"说不定有人在追他呢。他看起来害怕吗?"

"并没有。"

加勒特点点头:"是高中生。我跟你赌5美元。"

罗伊觉得说不通。格雷厄姆高中的上课时间比特雷斯早55分钟,高中生早早就到校了,不会在那个时间还在大街上。

"所以他是翘课了。学生嘛,翘课不奇怪。"加勒特说,"你的甜点还要吗?"

罗伊把他的托盘推到桌子对面:"你翘过课吗?"

"呃,翘过啊,"加勒特略带嘲讽,"可没少翘。"

"那你有没有自己一个人翘过课?"

加勒特想了一下:"没有,都是和朋友一起。"

"是吧,我就说嘛。"

"所以那个人可能只是脑子有问题。管他呢!"

"或者是个逃犯。"罗伊说。

加勒特不太相信:"逃犯?你是说像杰西·詹姆斯那样的?"

"不,不是那个意思。"罗伊说,尽管那个孩子的眼睛里确实有种野性的光芒。

加勒特又笑了:"逃犯——真有你的,埃伯哈特。你的想象力真是绝了。"

"是吧。"罗伊说,但他已经在构思一个计划了——他决心找到那个奔跑的男孩。

第二章

第二天早晨，罗伊跟别人换了一个更靠近校车前门的座位。当校车开到他昨天看到男孩的街道时，罗伊摘下肩上的书包，向窗外寻觅着。他在等待。往后数第七排的座位上，达纳·马瑟森正在折磨一个来自海地的名叫路易斯的六年级学生。达纳下手一点儿也不留情。

校车停在十字路口的一个站台，罗伊把脑袋伸出窗外，从头到尾找了整条街都没看到谁在跑。车上上来了七个孩子，但那个奇怪的光脚男孩并不在其中。

第三天还是如此。又过了一天，依然没看到他。到了周五，罗伊差不多已经放弃了。他坐在距离车门十排远的座位上，读着一本《X战警》漫画。这时，校车又开到了那个熟悉的街角，开始减速。罗伊的余光瞄到有人在活动，他从漫画书上抬起头来——是他，他又在人行道上跑着呢！还是那件篮球衣，还是那条脏兮兮的短裤，脚底板依然黑乎乎的。

校车发出呼哧呼哧的刹车声，罗伊抓起地上的书包，站了起来。就在那一瞬间，一双汗津津的大手掐住了他的脖子。

"哪儿去啊，女牛仔？"

"放开我！"罗伊一边尖叫，一边挣扎扭动着想要逃脱。

他的脖子被掐得更紧了。他感觉到右耳边飘来达纳带有烟臭味的口气："你今天怎么没穿靴子啊？谁见过女牛仔穿飞人乔丹的？"

"这是锐步！"罗伊从喉咙里挤出尖尖的几个字。

校车停下，学生们陆续上车。罗伊生气极了。他必须赶紧冲到门口，在关门开车之前下车。

但达纳一直不松手，他的手指都要嵌进罗伊的气管了。罗伊呼吸困难，越挣扎越喘不上气。

"瞧瞧你，"达纳在罗伊身后哈哈大笑，"脸红得像西红柿似的！"

罗伊知道校车上禁止打架，但他实在没有别的办法了。他握紧右拳，用最大的力气，胡乱挥过肩膀。拳头打在了一个湿湿的、有弹性的东西上。

一声含混不清的哭喊后，达纳的手松开了。罗伊喘着粗气冲出车门，此时最后一名学生正在上车，那是一个金色卷发、戴着红框眼镜的高个儿女孩。罗伊笨手笨脚地从她身边挤过去，跳到车外的地上。

"你知道你在干什么吗？"女孩质问道。

"嘿，等等！"校车司机喊道，但罗伊已经跑得快没影儿了。

男孩远远跑在罗伊前面，但罗伊觉得自己能跟上他。他知道男孩不可能一直这么全速前进。

罗伊跟随男孩跑过了几个街区——越过栅栏，穿过灌木丛，一路躲开狂吠的狗、草坪上的喷头和露天温泉池。终于，罗伊跑不动了。罗伊心想："这个孩子真厉害呀。可能他是为了进田径队在训练吧。"

罗伊感觉男孩好像回头瞥了一眼，他似乎发觉了自己正在被跟踪，但罗伊也不确定。气喘吁吁的罗伊依然落在他后面好远，像一条离了水的鱼，衣服被浸湿了，前额满是大汗，流到眼睛里辣疼辣疼的。

空地上还有一处房子没有完工，光脚男孩却毫不在意地跑过放着木材和散乱钉子的地面。三个正在挂石膏板的工人停下手里的活儿，朝他叫喊着，但男孩充耳不闻，脚步丝毫不乱。其中一个工人还突然伸出一只手想抓住罗伊，但没有成功。

突然，罗伊脚下又踩到了青草——这是他见过的最翠绿、最柔软的草地。他意识到自己来到了一座高尔夫球场，而那个金发男孩正在一条长长的、绿树繁茂的球道上狂奔。

球道的一侧是一排高大的澳洲松，另一侧是一座浑浊的人造湖。罗伊看到前方有四座色彩鲜艳的人物雕像，男孩跑过时，它们的手正巧指着他。

罗伊咬紧牙关，继续跟着跑。他的腿像正在凝固的水泥一样，肺里热得像着了火。前方100码[1]处，男孩急转向右，消失在松树林中。罗伊固执地向松树林跑去。

---

1 英制长度单位，1码＝0.9144米。

耳边传来一声怒吼，罗伊注意到球道上的人们在朝他挥手。他还是继续向右跑。过了一会儿，远处闪过一道光，那是阳光照在金属上反射过来的，接着就是一次无声的重击球。等到罗伊看到高尔夫球的时候，它离他只有6英尺远了。他没时间弯腰躲避，也来不及扑向路边。他能做的只有把头转过去，准备承受重击。

高尔夫球干干脆脆地打在他的左耳上方，虽然一开始连疼都感觉不到。但接着，罗伊感觉站不稳了，旋转着，摇摆着，好像有烟火在自己的脑袋里炸开。他感到自己摔倒了，这个过程好像很久，他轻柔地倒下，像一滴雨落在了天鹅绒上。

高尔夫球手们跑过来，看到罗伊脸朝下陷在沙子里，以为他没命了。罗伊听到他们像疯了一样狂叫，但他没有动弹。灼热的脸埋在白糖一般的沙子里，感觉凉凉的，他困极了。

"女牛仔"这个不友好的说法——好吧，算是我的错，他想。他告诉过同学们自己来自蒙大拿州，那里是牛的乐园，但实际上他出生于密歇根州的底特律。罗伊很小的时候，他们一家就不在底特律住了，所以再把那里称作故乡似乎不合适。罗伊觉得，自己并没有真正意义上的故乡。他们一家人总是四处漂泊，在罗伊觉得还没扎下根来的时候，就又搬去了下一个地方。

在所有待过的地方中，罗伊最喜欢的是蒙大拿州的博兹曼。山脉蜿蜒连绵，碧绿的河流装点其间，天空蓝得像画一样——罗伊从没想过世界上还有这么美的地方。他家在那里待了两年七个月零十一天，罗伊真想永远都住在那儿。

一天晚上，爸爸说全家要搬去佛罗里达州了，罗伊把自己锁在卧室里哭了一场。后来妈妈发现他扛着滑雪板和塑料工具箱想从窗户爬出去，工具箱里装着内衣、袜子、羊毛滑雪夹克，还有一张面值100美元的储蓄债券，那是爷爷给他的生日礼物。

妈妈向罗伊保证他会爱上佛罗里达州的。她说，所有美国人都想搬去那儿住，那个地方阳光明媚，美不胜收。爸爸从门口探出头来说："别忘了，那儿还有家迪士尼乐园呢。"语气中带着一些勉强挤出的热情。

"迪士尼乐园有什么好的！"罗伊干脆地说，"跟蒙大拿州比什么都不是。我不想走，我想待在这儿。"

和往常一样，结果是少数服从多数。

所以，当罗伊刚来到特雷斯中学，被辅导老师问来自哪里时，他站起来，骄傲地说来自蒙大拿州的博兹曼。他第一次坐校车，被达纳·马瑟森搭讪时也是这样回答的，从那以后罗伊就变成了"得州佬""女牛仔"以及"罗伊·罗杰斯—哈特"。

都怪罗伊自己，没说是从底特律来的。

"你为什么打马瑟森同学？"特雷斯中学的副校长维奥拉·亨内平问。罗伊正坐在她昏暗的办公室隔间里，等着评理。

"因为他掐我的脖子，差点把我憋死。"

"马瑟森同学可不是这么说的，埃伯哈特同学。"亨内平老师的脸尖得像锥子。她又高又瘦，脸上永远一副严厉苛刻的表情。"他说跟你无冤无仇，却挨了你的打。"

"没错，"罗伊说，"我就专门挑车上最壮、最坏的那个人，一拳打在他的脸上，就为了好玩儿。"

"在我们特雷斯中学，学生可不能阴阳怪气地说话。"亨内平老师说，"你把他的鼻子打伤了，知道吗？你爸妈可能会收到医院的账单，到时候可别大惊小怪的。"

罗伊说："那个蠢蛋差点把我勒死。"

"是吗？你们的校车司机凯西师傅说他什么都没看见。"

"他大概是在看路吧。"罗伊说。

亨内平老师冷冷一笑："你的态度可不怎么样啊，埃伯哈特同学。你说，对于你这样喜欢使用暴力的男生，应该采取什么样的措施呢？"

"马瑟森才是捣蛋鬼！车上的小孩被他欺负了个遍。"

"其他人没有提过意见。"

"因为他们怕他。"罗伊说。也是出于这个原因，没有人站出来给罗伊做证。要是打了达纳的小报告，校车也就不用再坐了。

"你要是没做错事，为什么要跑呢？"亨内平老师问。

罗伊看到她的上嘴唇上有一根黑油油的毛正在冒头。他纳闷亨内平老师为什么没把它拔了，又或者她是故意留着它，让它长长的吗？

"埃伯哈特同学，我问你话呢。"

"我跑是因为我也怕他。"罗伊回答。

"或者你是害怕被人告发，承担不起后果。"

"完全不是。"

"按照校规，"亨内平老师说，"学校是可以停你学的。"

"他掐我的脖子啊。我还能怎么办？"

"请起立。"

罗伊照做了。

"离近点。"亨内平老师说，"你的头部有什么感觉？高尔夫球是打到你这里了吗？"她摸了摸他耳朵上方那个紫色的肿块，那个地方一摸就痛。

"是的，老师。"

"你真是个幸运的小伙子。这件事完全可能有更严重的后果。"

他感觉到亨内平老师那瘦骨嶙峋的手指把他的衣领向下拉了拉。她眯起带着寒意的灰色眼睛，惊讶地噘起了蜡一般光溜溜的嘴唇。

"嗯。"她像秃鹰一样凝视着。

"怎么了？"罗伊往后挪了挪，躲开她的手。

副校长清清喉咙说："你头上的那个肿块说明你已经吸取了惨痛的教训。我说得对吗？"

罗伊点点头。和一个嘴唇上长着一根又黑又油的长毛的人讲道理，纯属白费工夫。罗伊觉得亨内平老师实在瘆人。

"所以，我决定不让你停学了，"她一边说着，一边用铅笔敲着下巴，"不过，我要暂停你坐校车的资格。"

"真的吗？"罗伊差点笑出声。这个惩罚太棒了，不坐校车，就不会碰见达纳了！

"停两个星期。"亨内平老师说。

罗伊努力装出沮丧的样子："整整两个星期吗？"

"而且，我要求你给马瑟森同学写一封道歉信。诚心诚意地道歉。"

"好啊，"罗伊说，"但是谁来帮忙给他念一下呢？"

亨内平老师尖尖的黄牙咬得咯吱响："别敬酒不吃吃罚酒，埃伯哈特同学。"

"好的，老师。"

一从办公室出来，罗伊就冲进了男卫生间。他爬上洗手池，对着镜子拉下衣领，想看看亨内平老师在他身上看到了什么。

罗伊咧嘴笑了。在他喉结的两边，可以清楚地看到四个带着瘀伤的指印。他转身坐在洗手池边，用力转头向后看，发现后颈上有两个相匹配的拇指印。

"谢谢你，傻蛋达纳，"他想，"现在亨内平老师知道我说的是真实情况了。嗯，大部分是真实情况。"

罗伊没提那个跑步的奇怪男孩。不知道为什么，他总觉得除非是不得已，否则这种事似乎不应该让副校长知道。

罗伊错过了早上的课程，现在午饭时段也快过去了。他急匆匆地穿过在餐厅排队的人群，找了张空桌子，背对着门坐下，狼吞虎咽地吃下了一个辣汉堡，喝了一盒温牛奶。甜点是巧克力饼干，有点烤焦了，冰球一般大，味道也差不多。

"难吃死了。"罗伊咕哝道。那块令人无法下咽的饼干掉到盘子上，发出砰的一声响。罗伊端起托盘，起身准备离开。突然一只手猛地拍在他肩膀上，他吓了一大跳。他不敢回头看——如果是达纳·马瑟森怎么办？

真是个完美的结局，罗伊郁闷地想，给这糟糕透顶的一天画上圆满的句号。

"坐下。"背后那个人说。听声音明显不是达纳。

罗伊拂去那人放在他肩上的手，转过身来。

身后是个戴红框眼镜的高个儿金发女孩，抱着双臂——罗伊在校车上遇到的那个。她看起来非常不高兴。

"你今天早晨差点把我撞倒了。"她说。

"对不起。"

"你跑什么呢？"

"没什么。"罗伊想从她身边过去，但这次她横跨一步，挡住了去路。

"你差点就害我受伤了。"她说。

被女孩子这样拦下来质问，罗伊觉得不太舒服。显然，他不希望这个场面被别的男孩子看到。更糟糕的是，罗伊真的害怕了。这个卷发女孩个子比他高，肩膀宽厚，晒成棕褐色的双腿上都是腱子肉。她看起来像运动员——可能是踢足球的，或者打排球的。

他说："是这样，我打了一个人的鼻子——"

"哦，我都听说了，"女孩语带嘲讽，"但你不是因为这个才跑掉的，对吧？"

"就是因为这个。"罗伊琢磨着她是不是要说他干了别的什么坏事，比如偷走了她书包里的午饭钱之类的。

"你骗人。"女孩直接抓住了罗伊手里的午餐盘，不让他走。

"放开！"罗伊厉声说，"我要迟到了。"

"别急，还有6分钟才打铃呢，女牛仔。"她好像随时都可以往他肚子上来一拳，"跟我说实话。你是在追什么人，对吧？"

罗伊松了口气，原来女孩不是怪他。"你也看到他了吗，那个没穿鞋的小孩？"

女孩向前一步，手里还抓着罗伊的餐盘不放，罗伊只好后退。

"给你个建议。"她放低了声音说。

罗伊紧张地四下望了望，餐厅里已经没有其他人了。

"你在听我说话吗？"女孩又推了他一把。

"在听。"

"很好。"她一直把罗伊推到墙根，把他和餐盘一起摁在墙上。她怒目圆睁地俯视着罗伊，红框眼镜从鼻梁上滑下一些，锐利的目光越过镜框直射过来。她说："从现在开始，管好你自己的破事就够了。"

罗伊不得不承认，他怕了。餐盘的边硌得他肋骨疼。这个女生真是太能打了。

"你也看到那个男孩了，是不是？"他小声说。

"我不知道你在说什么。管好你自己吧，多管闲事可没好处。"

她放开罗伊的餐盘，转身要走。

"等等！"罗伊叫住她，"他到底是谁啊？"

卷发女孩没理他，甚至头都没回。她走开了，只是抬起右臂，带着怒气在空中摇了摇食指。

第三章

中午的阳光晒得人眼花，德林科警官戴上了墨镜。

"路上花的时间有点长啊。"工头卷毛说。

"城北有四辆车发生了连环车祸，"警官解释道，"有人受伤了。"

卷毛气鼓鼓地说："随便吧。反正，你自己看看他们都干了什么吧。"

入侵者又一次有板有眼地把所有测绘杆都拔了出来，把插测绘杆的洞悉数填上。虽然德林科警官不是什么探案精英，但连他也开始怀疑这不是年少无知的孩子随性的恶作剧了。可能是有人心怀不满，看不惯保拉妈妈和她闻名世界的煎饼。

"这次你真的可以上报了，这是毁坏财产的行为。"卷毛直言不讳，"这次他们可是毁坏私人财产了。"

他带着德林科警官来到工地西南角，那儿停着一辆平板卡车，四个车胎都瘪了。

卷毛抬起手："你看看。这一个轮胎就值150美元呢。"

"这是怎么回事？"警官问。

"车胎壁被划破了。"卷毛愤怒地摇着锃亮的脑袋。

德林科警官跪下来仔细查看卡车轮胎的情况，没发现车胎上有刀子划过的痕迹。

"我觉得只是气被放掉了而已。"他说。

卷毛嘀咕了一声，声音小得几乎听不到。

"不过，我还是会报告的。"警察答应卷毛。

"你看这样行不行，"卷毛说，"你们能不能多搞点人在这边巡逻？"

"我回头问问队长吧。"

"你可别忘了啊，"卷毛抱怨道，"我也不是没有人脉。这个事儿可越来越荒唐了。"

"我会问的，先生。"德林科警官注意到平板卡车后面挂着三间可移动公厕。他看到蓝色厕所门上的字"旅行者约翰尼"，不禁笑了起来。

"这是给建筑工人用的，"卷毛解释道，"等开工了就给他们用——如果还有机会开工的话。"

"你检查过了吗？"警官问。

卷毛皱起眉头："厕所吗？检查啥啊？"

"谁知道能检查出什么呢。"

"谁吃饱了撑的跟厕所过不去啊。"卷毛嗤之以鼻。

"我可以看一下吗？"德林科警官问道。

"请便。"

警官爬到卡车的平板上。从外观上看，可移动公厕没有被人动过。

用于固定的系带紧紧系着，三个厕所的门也都关着。德林科警官打开一间厕所的门，探头往里面看。小隔间里有很重的消毒剂的味道。

"有什么问题吗？"卷毛朝他喊道。

"完全没问题。"警官说。

"移动厕所这种东西本来也不值几个钱，有什么好破坏的嘛。"

"我感觉也是。"正要关上厕所门的时候，德林科警官听到了一声沉闷的响声——好像是水花溅起的声音！警官不安地盯着塑料马桶下面一片漆黑的地方。十秒钟过去了，他又听到了那个声音。

绝对是溅水的声音。

"你在那上头干啥呢？"卷毛不爽地问道。

"我在听。"德林科警官回答。

"听啥啊？"

德林科警官解下腰带上的手电筒。他慢慢往前移，用手电筒照着马桶下方的洞。

卷毛听到一声大叫，吓了一跳，接着他看到警官飞速逃离厕所门口，大跨步从平板上跳下，简直像个奥运会跨栏运动员。

"又怎么了啊？"卷毛不悦地想。

德林科警官从地上爬起来站好，把胸前的制服抚平。他又拿起手电筒按了按，确认灯泡没摔坏。

卷毛把落在猫头鹰洞穴附近的警官帽递给他。"怎么了？说来听听吧。"卷毛说。

警察点点头，表情严肃。"是鳄鱼，短吻鳄。"他宣布了自己的发现。

"你开玩笑呢。"

"我倒是想开玩笑，"德林科警官说，"有人把几只短吻鳄放在你的厕所里面了，先生。真的鳄鱼，活的。"

"还不止一只吗？"

"没错，先生。"

卷毛吓得目瞪口呆："那些……鳄鱼，个头儿大吗？"

德林科警官耸耸肩，朝着那些可移动厕所点点头。"我感觉都挺大的，"他说，"这些大鳄鱼就在你屁股底下游来游去。"

亨内平老师通知了罗伊妈妈，所以罗伊放学回到家又要把事情给妈妈讲一遍，爸爸下班回来还得再讲一遍。

"那个小伙子为什么掐你的脖子？你没招他也没惹他，对吧？"爸爸问道。

"罗伊说他逮着谁就找谁的碴儿。"妈妈说，"但不管怎样，打架就是不对。"

"我没打架。"罗伊坚持道，"我就打了他一拳，是为了让他放手。然后我就下车跑掉了。"

"你跑下车就被高尔夫球砸了吗？"爸爸皱眉道，他的表情因为这个问题而有些扭曲。

"他跑了很远。"妈妈说。

罗伊叹了口气："我当时挺害怕的。"罗伊不喜欢对爸妈撒谎，但他实在是疲惫不堪，没力气解释自己跑这么远的真实原因。

埃伯哈特先生仔细查看了儿子耳朵上方的瘀伤，说："你这里被砸得不轻。要不让舒尔曼医生看看吧？"

"不用，爸，我没事儿。"在高尔夫球场已经有医护人员给他检查过了，而且校医院的护士还观察了他45分钟——怕他有脑震荡。

"感觉他没什么大碍，"罗伊的妈妈表示同意，"但是，那个小伙子，人家的鼻子可是被打伤了。"

"哦？"埃伯哈特先生的眉毛挑了起来。

罗伊没想到，爸爸居然不怎么生气的样子。倒不是说他满脸笑意什么的，但在他凝视的目光中，显然带着父爱——甚至有点自豪。罗伊觉得，这可能是个好机会，他可以接着刚才的话茬儿，跟爸爸求求情。

"爸爸，他当时快把我掐死了。我还能怎么办？换成是你，你怎么办？"他拉下衣领，露出脖子上青紫色的手指印给爸爸看。

爸爸脸色一沉："利兹，你看到了吗？"妈妈担忧地点点头。他问罗伊妈妈："学校知道那个浑蛋怎么欺负咱们儿子的吗？"

"副校长知道。"罗伊忽然插嘴，"我给她看了。"

"她什么反应？"

"两个星期不让我坐校车，然后我还要写一封道歉信——"

"那个男生呢？他没受罚吗？"

"我不知道，爸爸。"

"这是暴力侵犯。"埃伯哈特先生说，"掐别人的脖子，让人喘不过气，这不行，这是犯法的。"

"你是说，他可能被抓起来吗？"罗伊并不想让达纳·马瑟森进监狱，因为那样的话，达纳那些狐朋狗友可能会来找自己的麻烦。他们跟达纳一样块头很大，也不是什么好人。罗伊作为新来的转学生，没必要树敌。

妈妈说："罗伊，宝贝，他不会被抓起来的，但应该有人教教他做人的道理。他那样欺凌弱小，是有可能给别人造成严重伤害的。"

爸爸向前坐了坐，专注地问："那个男孩叫什么名字？"

罗伊犹豫了。其实他并不清楚爸爸到底是做什么工作的，但他知道跟执法机关有点关系。有时候，爸爸跟妈妈聊天时，会提到他为"DOJ"效力，罗伊知道这个缩写代表的是"the United States Department of Justice"——美国司法部。

尽管罗伊讨厌达纳·马瑟森，但他还是觉得不至于为了这个人惊动美国政府。达纳只是个四肢发达、头脑简单的恶霸而已，世界上到处都是这种人。

"罗伊，请你告诉我他叫什么。"爸爸又问了一次。

"他叫马瑟森，"埃伯哈特太太插嘴，"达纳·马瑟森。"

爸爸没有把马瑟森的名字写下来，罗伊觉得他应该是不打算追究了，松了口气。但是罗伊想起爸爸似乎有异于常人的超强记忆力。例如，他到现在还背得出1978年纽约洋基队首发阵容所有人的平均击球率。

"利兹，你明天应该给学校打个电话，"罗伊爸爸对妈妈说，"看看这个欺负罗伊的男生是不是该受罚、怎么受罚。"

"明早一起床我就打。"妈妈答应。

罗伊暗暗叫苦。都怪自己，把爸妈搞得反应这么大。真不应该给他们看脖子上的掐痕。

"妈妈，爸爸，我很快就会好的。真的，没事。我们能不能让这事就这么过去算了？"

"那是绝对不可能的。"爸爸坚定地说。

"你爸说得对，"妈妈说，"这可不是小事。来厨房，我给你冰敷一下消消肿。然后你就去写道歉信吧。"

在罗伊卧室的一面墙上，贴着利文斯顿牛仔竞技比赛的海报，上面是一个牛仔骑在一头凶猛的弓着背的公牛上。牛仔将一只手高高地举在空中，他的帽子从头上飞了下来。每天晚上关灯前，罗伊躺在床上枕着枕头时，都要盯着这张海报看一会儿才睡，他会想象自己就是上面那个强壮的年轻牛仔。虽然在狂躁的公牛背上，能待八九秒钟不被甩下来就已经是极限了，但在罗伊的想象中，自己紧紧地抓住牛背，无论它多么用力地甩，都无法摆脱自己的压制。时间一秒一秒地过去，公牛终于用尽了力气，跪倒在地。然后罗伊会从容地下来，向欢呼的人群挥手致意。

罗伊曾满怀希望地想，也许有一天，爸爸会被调回蒙大拿州，那样他就可以学习骑牛了，像个真正的牛仔那样。

卧室那面墙上还贴着一张黄色的传单，是发给开车进入黄石国家公园的游客的。传单上是这么写的：

警告！
有多名游客被水牛用角顶伤。

水牛可重达2000磅，
能以每小时30英里[1]的速度冲刺，
奔跑速度比你快3倍。

这些动物看似温驯，其实
它们野性十足，难以捉摸，非常危险。

远离水牛！

　　传单的底部有一幅画，画着一位游客被一头怒气冲天的野牛用角顶了起来。游客的相机飞了出去，帽子则向另一个方向飞去，就像那张海报中牛仔的帽子那样。

　　罗伊保留着这张黄石国家公园的传单，是因为他不敢相信居然有人会蠢得走到一头成年水牛跟前，给它拍照。然而这种事每年夏天都有，一到那个季节就有一些脑子不好使的游客被水牛顶伤。

　　达纳·马瑟森正是那种会去招惹水牛出风头的傻子，罗伊一边这样想着，一边思考着怎么写道歉信。罗伊毫不费力地在脑海里勾勒出这个大蠢蛋想要蹿到野牛背上的场景，他还以为自己是要坐旋转木马呢。

1　1英里约为1.61千米。

罗伊从英语课文件夹里拿出一张横线笔记纸，写道：

亲爱的达纳：

我打伤了你的鼻子，对不起。但愿你已经止住血了。

我保证，只要你以后坐校车别再欺负我，我就不会再打你了。我觉得这个鞋（协）定挺公平的。

比较真诚地祝福你，

罗伊·A.埃伯哈特

他把写好的信拿下楼给妈妈看，她微微皱了皱眉："宝贝，这封信好像有一点儿太……怎么说呢，太强势了。"

"妈妈，你的意思是？"

"与其说是内容不太合适，不如说是语气。"

她把信递给爸爸，他读了以后说："我觉得这个语气完全正确。不过你要查一下词典，看看'协定'这个词应该怎么写。"

警长瘫坐在桌边。他没想到都快退休了，还会碰上这样的事。他曾在波士顿街头摸爬滚打度过了22个寒冬，之后他搬到佛罗里达州，盼着能在这个气候温暖的地方过五六年安生日子，然后就退休。椰子湾听起来是个理想的地方，但后来的事实证明，它并非警长想象中的那样宁静、安详。这个地方就像杂草一样肆意生长，交通拥堵，游客爆满，甚至——没错，犯罪率也不低。倒不是那种大都市里发生的大案、要案，而是偷鸡摸狗之类的小案件。

"有几只？"警长问。

队长看向德林科警官。德林科警官说："一共六只。"

"每间厕所都有两只？"

"是的，长官。"

"有多大？"

"最大的4英尺，最小的31英寸[1]。"德林科警官用客观的语气读出报告中记录的数字。

"是真的短吻鳄，对吧？"警长说。

"是的，长官。"

队长提高了嗓门："已经把它们弄走了，警长，你放心。我们找了一个爬行动物猎手，把那些鳄鱼从厕所里都抓出来了。"他轻声一笑，接着说："小的那只鳄鱼差点把那哥们儿的大拇指给咬下来。"

警长说："'爬行动物猎手'是什么新颖职业啊？——噢，没事，算了。"

"我们是通过黄页电话簿联系到他的，简直了，谁敢信。"

"也是个办法。"警长嘀咕。

一般来说，警长这种级别的官员，是不会亲自处理这种没有技术含量的案件的，但开这家煎饼连锁店的公司在当地政坛颇有些影响力。保拉妈妈公司的一位大人物给议员格兰迪打了电话，格兰迪立马把警察局局长训了一顿，局长马上把话传给自己的下

1　1英寸约为2.54厘米。

级，也就是警长，警长迅速找来了队长，最后，队长立刻召来了（排在最后、级别最低的）德林科警官。

"那个地方到底是怎么回事啊？"警长质问道，"为什么小孩非要挑这么个建筑工地搞破坏啊？"

"原因有两个，"队长说，"一是闲着没事干；二是这个地方顺手。我敢跟你赌5美元，就是住在附近的小孩干的。"

警长把目光投向德林科警官："你觉得呢？"

"我感觉小孩不会这么有组织性——把所有的测绘杆都拔出来，并且不是一次，而是两次。再想想今天的事，有几个孩子能降住活蹦乱跳的四脚鳄鱼呢？"德林科警官说，"似乎玩得太大了，开玩笑也不是这么个开法吧。"

警长心想，德林科警官虽然不是福尔摩斯那样的神探，但他说的不无道理。"嗯，那你再展开说说。"他对德林科警官说。

"好的，长官。我是这么想的，"德林科警官说，"我觉得是保拉妈妈的仇家干的。我感觉这是来寻仇的。"

"仇家？"警长重复道，语气中带着几分怀疑。

"是的，"德林科警官说，"可能是跟他们竞争的另一家煎饼屋。"

坐在椅子上的队长略显尴尬地转过身来："椰子湾就这一家煎饼屋。"

"好吧。"德林科警官搓了搓下巴，"那，会不会是有顾客心怀不满？可能他在保拉妈妈吃过早饭，吃得很不愉快！"

队长笑了："煎饼能难吃到哪儿去啊？"

"我同意。"警长说，他觉得讨论到这儿就差不多了，"队长，你派巡逻车，每小时在那个工地巡逻一次。"

"是，长官。"

"要么抓住那些搞破坏的，要么把他们吓跑。对我来说都一样，只要布鲁斯·格兰迪议员别再打电话找局长的麻烦就行了。明白吗？"

一从办公室出来，德林科警官就问队长自己能否早点去保拉妈妈的工地巡逻。

"不行，大卫。加班费已经没有预算了。"

"哦，没事，我不要加班费。"德林科警官说。他只想解开那个谜团。

第四章

　　整个周末，罗伊都被妈妈关在家里，以确认他被高尔夫球砸伤后没有出现后遗症。虽然头部没有什么不适，但罗伊周六和周日两晚都没睡好。

　　周一早晨上学路上，妈妈问他是不是有什么烦心事。罗伊回答说没什么，但他其实没说实话。他在担心达纳·马瑟森找自己算账。

　　但学校里到处都没有达纳的人影。

　　"请病假了。"加勒特报告。他自称有内部消息，因为他妈妈身居辅导员的高位。"哥们儿，你是怎么收拾那个倒霉蛋的？我听说当时校车上血肉横飞。"

　　"哪有那么夸张。"

　　"听说你下手可狠了，把他的鼻子打得都歪到额头上去了。我还听说他得去整容，不然鼻子都回不到原位。"

　　罗伊翻了个白眼："呵，是吧。"

加勒特的牙缝里挤出一阵放屁的声音："嘿，学校里可都在议论这事呢——议论你呢，埃伯哈特。"

"那可真是好极了。"

课前点名结束后，他们站在走廊里，等着第一节课的铃声。

加勒特说："现在他们都觉得你是个硬汉。"

"谁觉得？为什么啊？"罗伊并不希望自己被这样看待。其实，他压根儿不希望谁特别注意到他。他只想安安静静地做个没人在意的普通学生，就好像河岸边一只不起眼的小虫子一样。

"他们觉得你可不好惹了。"加勒特继续说，"从来没有人敢揍达纳·马瑟森。"

据说达纳·马瑟森有三个哥哥，但特雷斯中学的人并不愿意提起他们。

"你的道歉信里都写了啥呀？是不是'亲爱的达纳，真抱歉我揍了你。求你别把我打得全身骨折。至少给我留条好胳膊，这样我吃饭还能自理。'"

"你真逗。"罗伊干巴巴地说。实际上，加勒特确实挺好玩的。

"你觉得，等下次那个暴力男再碰上你，他会怎么收拾你？"他对罗伊说，"如果我是你的话，我得考虑一下，要不我也去整个容，这样达纳就认不出我了。我是说真的，哥们儿。"

"加勒特，我想请你帮我个忙。"

"咋了——你想躲起来吗？我建议你躲到南极去。"

上课铃声响了，学生们陆续赶来，挤满了教室。罗伊把加勒特拉到一边："有个女孩，个子挺高，有着金色的卷发，戴个红框眼镜——"

加勒特看起来有点慌:"不是吧!你?"

"什么?"

"你看上比阿特丽斯·利普了?"

"她叫比阿特丽斯·利普?"罗伊觉得"比阿特丽斯"听起来像是100年前的老古董才会起的名字。怪不得她老是那么不高兴。

"你了解她吗?"他问加勒特。

"不算很了解,但以我知道的那些,就足以让我离她远远的了。她是踢足球的,挺厉害,"加勒特说,"脾气也很厉害。我真不敢相信你居然喜欢她——"

"我都不认识她,好吗!"罗伊反驳道,"不知道为什么,她老跟我过不去,简直是疯了,我只是想搞明白到底怎么回事。"

加勒特哼了一声:"先是达纳·马瑟森,然后是大熊比阿特丽斯,你是不是活够了啊,得州佬?"

"跟我讲讲,她是个什么样的人?"

"改天再讲,上课要迟到了。"

"讲嘛,"罗伊说,"拜托。"

加勒特走近一点儿,紧张地环顾四周。"关于比阿特丽斯·利普,你只需要知道,"他低声说,"去年,格雷厄姆高中有一个球技很棒的中后卫球员,悄悄溜到她背后,拍了一下她的屁股。就在大柏树商场,光天化日的,比阿特丽斯追着那个男的跑,然后把他举起来扔到了喷泉池里。他的锁骨都断成四截儿了,整个赛季报废。"

"不会吧！"罗伊说。

"也许你应该考虑一下转学去那所天主教学校了。"

罗伊干笑一声："可惜我们家信的是卫理公会。"

"那就换个信仰吧，伙计，"加勒特说，"我说真的。"

　　大卫·德林科警官期待着早起到工地巡视。对他来说，这是有些乏味的日常工作中难得的休息，平时他没什么机会去实地盯梢，通常这种工作都是留给警探去做的。

　　尽管德林科警官挺喜欢椰子湾这个地方，但他还是有些厌倦了他的工作，现在的工作内容简直跟交警的差不多。他当警察是为了打击犯罪、逮捕罪犯。然而，他没什么机会抓人，除了偶尔抓一抓酒驾的司机。他加入警察局已经快两年了，腰带上挂着的手铐还是崭新锃亮的，甚至一点儿划痕都没有，跟刚入职那天没什么区别。

　　非法入侵和故意毁坏财物并不是什么大罪，但作恶者一而再再而三地破坏保拉妈妈美式煎饼屋的新址，这种行为模式勾起了德林科警官的好奇。他有一种预感，那个或那群始作俑者的意图不简单，绝不是小孩子小打小闹的恶作剧。

　　德林科警官知道，由于局长那边顶着压力，必须让坏人收手，所以如果他能抓到那些搞破坏的人，一定会被记一功——而且可能为他以后的升职铺路。他的长期职业目标是成为一名警探，而保拉妈妈的案子正是个机会，他可以借此证明自己具备相应的素质。

　　鳄鱼事件发生后的首个周一，德林科警官定了早上5点的闹钟。他从床上翻身而下，三下五除二洗了个澡，烤了一个百吉饼吃掉，然后就往建筑工地赶。

他赶到的时候，天都还没亮。他在那个街区转了三圈，没有发现任何异常。街道上空空荡荡的，只有一辆垃圾车。警用无线电也安安静静的。在椰子湾，天亮之前一般都没什么事。

可能天亮之后也没什么事，德林科警官若有所思。

他把警车停在勒罗伊·布兰内特的拖车旁，等待着太阳升起。这将是一个美丽的早晨，天空澄澈，东方的天际勾勒出一线粉红。

德林科警官有些后悔没拿保温杯带点咖啡来，起这么早，他还挺不习惯的。他坐在驾驶座上一度困得抬不起头，于是轻快地拍了几下脸颊，让自己保持清醒。

透过清晨那朦胧的薄雾，德林科警官以为自己看到了前方空地上有什么事发生。他蹑手蹑脚地打开警车的前车灯，看到在一个新插了测绘杆的草堆上，站着一对穴居猫头鹰。

看来卷毛没开玩笑。德林科警官从没见过这么小的猫头鹰——只有八九英寸高。它们的身体是棕褐色的，翅膀上有斑点，脖子上的毛色发白，琥珀色的眼睛目光犀利。虽然德林科警官不懂赏鸟，但他被这对像玩具公仔一样小的猫头鹰吸引住了。它们盯着车子看了一会儿，大眼睛里闪烁着犹疑的光芒。然后，它们飞走了，一边低低掠过灌木丛，一边叽叽喳喳地像在说着什么。

德林科警官关掉车灯，暗暗希望自己没有把鸟儿吓得离开了家。他揉了揉沉重的眼皮，把头靠在车窗内侧，感觉车窗玻璃凉冰冰的。一只蚊子在他鼻子旁边嗡嗡飞舞，但他太困了，懒得管它。

不一会儿，德林科警官就打起了盹儿，不知过了多久，他才被无线电里传来的调度员的声音叫醒，调度员例行询问他的位置。德林科警官手忙脚乱地拿起麦克风，说出建筑工地的地址。

"了解。"调度员说完就挂断了。

德林科警官渐渐清醒过来。警车里很热，但奇怪的是，跟他刚到工地的时候相比，外面更暗了——说实话，已经暗得什么都看不见了，连施工拖车也看不到。

德林科警官心里慌了一下，心想不会已经到晚上了吧？他不会一不留神把整个白天都睡过去了吧？

就在这时，有东西在撞击警车——砰！接着又是一次猛烈的碰撞，然后又是一记猛击……不知是什么东西，正在持续地重重击打警车。德林科警官想要拔出皮套里的枪，但它被安全带挡住，拿不出来。

就在他使劲想要解开安全带时，车门猛地打开了，一道煞白的阳光直射在他的脸上。他捂住眼睛，想起在警校学到的应对方法，于是大喊道："警察！我是警察！"

"是吗？我怎么看着不像呢？"是卷毛，那个脾气不好的建筑工头，"怎么，你没听到我敲车门吗？"

德林科警官努力让自己恢复理智："我好像睡着了。发生什么事情了吗？"

卷毛叹了口气："你出来自己看吧。"

警官从车里出来，外面的阳光很刺眼。"哦，不。"他低声抱怨。

"呵，是吧。"卷毛说。

有人趁着德林科警官打瞌睡的时候，把警车所有的窗户都喷上了黑漆。

"现在几点了？"他问卷毛。

"9点半。"

德林科警官不由自主地低声咒骂了一句。9点半！他伸出手指摸了摸挡风玻璃——油漆已经干了。

"我的车……"他沮丧地说。

"你的车？"卷毛弯下腰，抱起一堆被挖出来的测绘杆，"你的破车算什么啊？"

罗伊一早上都觉得胃里有个疙瘩似的。必须要做点什么，这事必须有个了断——往后总不能一直躲着达纳·马瑟森和比阿特丽斯·利普吧，这个学年还有很长时间呢。

达纳可以稍后再说，但是大熊比阿特丽斯的问题必须尽快处理。午餐时分，罗伊发现她和足球队的另外三个女孩一起，坐在餐厅的另一头。她们都是瘦高个儿，看起来挺结实，不过没有比阿特丽斯那么可怕。

罗伊深吸一口气走了过去，跟她们坐到一桌。比阿特丽斯难以置信地瞪着罗伊，她的朋友们吃着饭，一脸准备看他笑话的表情。

"你是不是有毛病啊？"比阿特丽斯质问道。她面带冷笑，拿起来的烤肉三明治还没送到嘴边。

"我觉得有毛病的人是你。"尽管心里很紧张，罗伊还是微笑着。比阿特丽斯的队友们惊呆了。她们放下叉子，专心看着这出好戏。

罗伊继续他的攻势。"比阿特丽斯，"他开始讲述自己的想法，"我不知道你为什么对车上的事那么生气，又没有人掐你的脖子，也没有人打你的鼻子。所以你听好了，我只说这一次：如果我做了什么对不起你的事，我向你道歉。我不是故意的。"

比阿特丽斯似乎被吓着了，显然，从来没有人这么直率地跟她说过话。她拿着三明治的手停在半空，烤肉酱顺着手指滴了下来。

"你的体重是多少呀？"罗伊语气友好地问。

"什——什么啊？"比阿特丽斯结巴了。

"跟你说，我正好94磅重，"罗伊说，"我敢打赌，你至少有105磅——"

比阿特丽斯的一个朋友咯咯笑了起来，比阿特丽斯生气地瞪了她一眼。

"也就是说，你应该有能力把我打得满餐厅乱窜，从早打到晚都不带休息的。但这并不能解决任何问题。"罗伊说，"下次你再对我有意见的话，提出来就好了，我们可以坐下来好好谈谈，像文明人一样把事情解决了。可以吗？"

"文明人。"比阿特丽斯重复道，目光从眼镜框上方盯着罗伊。罗伊瞟了一眼她的手，大滴大滴的烧烤酱正在往下掉。她的手指间夹着沾满酱汁的面包片和肉——她快把三明治攥成渣渣了。

其中一个女足队员靠近罗伊："听我说，大嘴巴，你最好趁现在赶紧滚。现在这个场面非常不好看。"

罗伊镇定地站起来："比阿特丽斯，我都说明白了吧？如果你有什么意见，请现在提出来吧。"

大熊比阿特丽斯把剩下的三明治扔在盘子里，用一叠餐巾纸擦了擦手。她什么也没说。

"随便吧。"罗伊又露出了微笑，"我很高兴通过这次机会，我们相互的了解又多了一点儿。"

然后，他走到了餐厅的另一头，坐了下来，一个人吃起了午餐。

加勒特偷偷溜进妈妈的办公室，把年级花名册上的一个地址抄了下来。这是罗伊出一块钱托他办的。

妈妈开车接罗伊回家的路上，他把写着地址的纸递给妈妈："我想在这里停一下。"

埃伯哈特太太看了一眼纸上的地址，说："没问题，罗伊。正好顺路。"她以为这是罗伊朋友家的地址，他是去拿课本或者作业本。

到了地方，妈妈把车开上房子边的车道，罗伊说："我马上回来，就一分钟。"

达纳·马瑟森的妈妈开了门。她儿子长得很像她，真不知道算谁倒霉。

"达纳在家吗？"罗伊问。

"你是谁？"

"我跟他一起坐校车。"

马瑟森太太咕哝了一声，转过身去，叫着达纳的名字。罗伊庆幸她没有请自己进屋。很快，他听到了沉重的脚步声，达纳挤到了门口。他穿着一件很长的蓝色睡衣，那衣服大得可以装下一只北极熊。在他的肥猪脸正中央，两条光亮的白色医用胶带交叉贴住了一堆厚厚的纱布。他的两只眼睛都肿得很厉害，周围有一圈紫色的瘀伤。

罗伊站在那里，一时语塞。他不敢相信自己只打了一拳就有这么大的威力。

达纳低头瞪了他一眼，因为捂着鼻子，说话声音都变了："你居然还有脸来找我。"

"别担心，我只是来给你送个东西。"罗伊把装有道歉信的信封递给他。

"这是啥玩意儿？"达纳语含猜忌。

"打开看看呗。"

达纳的妈妈出现在他身后。"他是谁啊？"她问达纳，"来干吗的？"

"别管。"达纳喃喃地说。

罗伊亮明身份："我就是前几天差点被你儿子掐死的那个人。他的脸是我打的。"

达纳的上半身都僵住了。他妈妈好像被逗乐了，咯咯地笑起来："开玩笑呢吧！就是这个小鬼把你的脸弄成这样的吗？"

"我是来道歉的。都写在信里了。"罗伊指了指达纳右手攥着的信封。

"我看看。"马瑟森太太伸出手，想要越过达纳的肩膀去够那封信，但他躲开了，把信紧紧地攥在手里，都攥皱了。

"快滚吧，女牛仔。"他冲罗伊吼道，"等我回学校再跟你算账。"

罗伊回到车里,妈妈问:"那两个人在门廊那儿是摔跤还是干吗呢?"

"穿睡衣的那个就是在校车上掐我脖子的男生。另一个人是他妈妈。他们在抢我写的道歉信呢。"

"噢,"埃伯哈特太太仔细打量着车窗外的奇景,"希望他们别受伤。两个人都挺壮的,是不是?"

"是,都挺壮的。妈妈,我们回家吧。"

第五章

罗伊只花了一个小时就写完了作业。走出房间时，他听到妈妈正在给爸爸打电话。妈妈说，看在达纳·马瑟森受伤的份儿上，特雷斯中学决定不对他采取惩戒措施了。显然，学校不想得罪达纳的父母，怕吃官司。

埃伯哈特太太又跟丈夫讲起了达纳和他妈妈那场激烈的搏斗，这时罗伊悄悄从后门溜了出去。他把自行车从车库里推出来，骑走了。20分钟后，他到了比阿特丽斯·利普搭校车的那个站台，这样他就可以顺着原路，回顾一下周五那场结局惨痛的追逐了。

罗伊骑到了高尔夫球场，把自行车锁在喷泉的水管上，沿着球道跑了起来，就是他被球砸到的那条道。已是傍晚时分，天气潮热，外面看不到几个打高尔夫球的人。不过，罗伊跑步时还是低着头，举起一只手臂防护着，省得又被打偏了的高尔夫球砸着。跑到那片澳洲松林时，他才放慢了脚步，之前那个奔跑的男孩就消失在这里。

松树逐渐变少，出现在眼前的是巴西胡椒丛和茂密的低矮灌木丛，它们纠缠在一起，把去路拦得严严实实。罗伊在树丛边搜寻着，试图找到能通过的小路，或者一些人类活动的迹象。天色渐暗，他没有多少时间了。很快，他放弃寻找入口，用手肘撞开胡椒丛硬往前挤，树枝刮伤了他的胳膊，戳破了他的脸颊。他闭上眼睛，使出吃奶的劲儿挣扎着前进。

渐渐地，树枝变得稀疏，脚下有了坡度。他失去平衡滑进一条沟里，那条沟像地道一样从灌木丛中穿过。

树荫下的沟里，空气清凉，带着泥土的气息。罗伊发现一圈被烧得焦黑的石头，围着一层灰烬，这是一堆篝火。他跪下来，仔细研究周围堆积的土壤。他数了数，有六对一模一样的赤脚踩出的脚印，都是同一个人的。罗伊把自己的鞋放在其中一个脚印旁边比较，发现它们果然差不多大。

罗伊一时兴起，喊道："你好，有人在吗？"

没有人回答。

罗伊慢慢沿着沟走着，想要搜寻更多线索。他发现一簇藤蔓下面藏着三个塑料垃圾袋，袋口都打着结。第一个袋子里面装的是日常生活垃圾——汽水瓶、汤罐、薯片包装袋、苹果核。第二个袋子里装着一些叠得整整齐齐的男孩衣服，有T恤、牛仔裤和内裤。

不过，罗伊发现袋子里既没有袜子也没有鞋子。

与前两个袋子不一样的是，第三个袋子没装满。罗伊解开袋子，悄悄往里面看了看。虽然没看清是什么，但感觉那东西又大又沉。

他不假思索地把袋子翻了过来，将里面的东西一股脑儿倒在地上。一堆棕色的粗绳子掉了出来。

然后那些绳子竟开始在地上蠕动。

"啊！"罗伊脱口而出。

是蛇——而且不是普通的蛇。

它们宽大的三角形脑袋跟蒙大拿州草原的响尾蛇类似，不同的是它们身体的颜色像泥浆一样，浑身横肉，非常瘆人。罗伊认得这种蛇，它们是棉口蛇，有剧毒。它们的尾巴又尖又短又粗，罗伊看到上面闪着星星点点的蓝色和银色的光，像是用颜料点上去的，还挺特别的。

这坨肉乎乎的爬行动物在罗伊脚下四散开来，他咬着牙努力保持静止。有几条蛇舒展着身体，轻吐着信子，其他几条慢腾腾地盘绕着。罗伊数了数，一共有九条。

不妙啊，他想。

身后的灌木丛中突然有人说话，罗伊吓得差点就要一蹦三尺高。

"别动！"那个声音命令道。

"我本来就没打算动，"罗伊说，"真的。"

以前住在蒙大拿州的时候，罗伊曾沿着松溪小径徒步到阿布萨罗卡山脉，在那里可以俯瞰天堂谷和黄石河。

那次是学校组织的实地考察，有4名老师和大约三十名学生参加。罗伊故意落在队伍后面，趁其他人不注意，脱离了人群。他没有走那条常有人走的路，而是选择了迂回穿过树木繁茂的山脊的小路。他打算翻过山顶，悄悄地溜到大部队前面。他想，如果他们好不容易跋涉到营地，却发现他已经在小溪边打起了盹儿，一定会很有趣。

于是，罗伊急匆匆地走着，穿过一片参天的黑松林。山坡上散落着一碰就碎的枯木和折断的树枝，这是许多个寒冷多风的冬天留下的遗产。罗伊小心翼翼地迈步，生怕弄出声响被山下的老师和同学们发现。

结果证明，罗伊实在太过于安静了。他走到一片空地上，赫然发现面前有一只大灰熊，还带着两只幼崽。很难说是罗伊吓到了灰熊，还是灰熊吓到了罗伊。

罗伊一直盼着能在野外看到灰熊，但同学、好友都说他是痴心妄想。他们说，可能在黄石国家公园能看到，但这儿看不到。那么多大人在西部生活了一辈子，连一根熊毛都没见过。

然而，罗伊就这样与灰熊相遇了。三只活生生的灰熊，就在100英尺开外的林间空地上——它们喷着鼻息，喘着粗气，前腿离地站立起来打量着他。

罗伊记得妈妈在他的背包里装了一罐胡椒喷雾，但他也记得在书上读到过关于遇到熊要怎么做的内容。这种动物眼神不好，人碰到他们，最佳应对手段是一动不动，不出声。

罗伊决定就这么做。

母熊眯着眼睛，咆哮了几声，嗅了嗅风中飘来的罗伊身上的气味。然后它响亮地咳了几声，幼崽们就听话地钻进了树林。

罗伊使劲咽了口唾沫，但还是没动。

母熊整个高高站起，露出一口黄牙，作势要向他扑来。

罗伊心里怕得发抖，但身体还是保持静止，一动没动。母熊靠近他，仔细观察着他。它的表情不断变化，罗伊感觉它已经意识到自己的温顺和弱小，不会对它构成威胁。紧张的几分钟终于过去，它四肢着地，最后鼻子轻蔑地喷出一股气，迈着笨重的步子去追它的幼崽了。

罗伊依然不敢动弹。

他不知道那三只熊走了多远，也不确定它们会不会再回来纠缠。罗伊像石膏雕像一样，在山坡上一站就是两小时二十分钟，直到老师发现了他，才把他护送回去与大家会合。

也就是说，罗伊非常擅长站着不动，尤其是在害怕的时候。他现在就很害怕，九条毒蛇正在他的脚边爬来爬去。

"深呼吸。"身后的声音建议道。

"我在努力了。"罗伊说。

"好吧，数到三，慢慢后退，一定要慢。"

"哦，不要吧。"罗伊说。

"一……"

"先等一下啦。"

"二……"

"拜托！"罗伊恳求道。

"三。"

"我动不了！"

"三。"那个声音又说道。

罗伊摇晃着向后退了一点儿，腿已经麻得像橡胶一样没有知觉了。他被人抓着衬衫拽进了胡椒树丛中。罗伊一个屁股蹲儿坐在地上，脸被一个头罩盖住，胳膊被猛地拉到背后。他还没来得及反应，手腕就被一根绳子绕了两圈，固定在一棵树上。罗伊动了动手指，感觉到树皮表面是光滑的，还有些黏液。

"你干吗啊？"他质问道。

"你自己说。"那人走到他面前来，"你是谁？你来干吗的？"

"我叫罗伊·埃伯哈特。前几天我坐校车的时候，看到你在路上跑。"

"我不知道你在说什么。"

"我看到过不止一次呢。"罗伊说，"我看见你在跑步，就觉得很好奇。你看起来有点……不知道怎么说，有点怪吧。"

"你认错人了吧。"

"没有，就是你。"这个跟蛇打交道的人，声音中有种拿腔拿调的沙哑——能听出来是男孩想假装成男人的声音。

罗伊说："真的，我不是来跟你磨嘴皮子的。把头罩拿开，这样我们互相看得到脸，好吗？"

他可以听到男孩的呼吸声。男孩吼道："你必须离开这里。马上。"

"可是那些蛇怎么办？"

"那些蛇是我的。"

"没错，可是——"

"它们跑不远的。我等一下再去抓它们。"

罗伊说："我不是说这个。"

男孩笑了："不用担心，我带你从后面出去。你照我说的做，蛇就不会咬你。"

"你这人真是的……"罗伊咕哝道。

男孩把罗伊的双手从巴西胡椒树上解开，把他扶起来。"我不得不承认，你挺厉害的，"男孩说，"换了别人早尿裤子了。"

"那些蛇是棉口蛇吗？"罗伊问。

"对的。"罗伊对蛇的了解让男孩感到高兴。

"我以前住的地方倒是有很多响尾蛇。"罗伊主动提起。他想，如果可以聊得比较融洽，那男孩也许会改变主意，同意把罗伊脸上的头罩摘下来。"但我从来没听说过还有尾巴上闪光的棉口蛇。"

"它们要去参加聚会呢。走吧。"男孩从后面抓着罗伊，指挥他往前走。他手劲很大。"如果碰到前面有树枝的话，我会提醒你躲开的。"他说。

头罩似乎是黑色或者深蓝色的，布料厚重，罗伊被遮住眼睛，一丝光线都看不见。他跌跌撞撞地在灌木丛中走着，那个赤脚的男孩护着他，免得他会摔倒。走着走着，四周变得暖和起来，脚下的地面也变得平坦了，罗伊知道他们已经走出了树丛。他能闻到高尔夫球场飘来的味道，那是施过肥的草皮味。

于是他们停下了脚步，男孩开始给罗伊的手腕松绑。"别转身。"他说。

"你叫什么名字？"罗伊问。

"我没有名字。"

"不可能。每个人都有名字。"

男孩哼了一声："以前人们叫我'鲻鱼手'，还叫过一些更难听的。"

"你不会真的住在这里吧？"

"不关你的事。"

"一个人生活吗？你的家人呢？"罗伊问。

男孩轻轻地拍了拍罗伊的后脑勺："你问得太多了，这不归你管。"

"对不起。"罗伊才反应过来自己的手已经松绑，可以不用再把手背在身后了。

"数到五十才可以转身，"男孩指示道，"你要是不听话，改天我就趁你睡觉时在你床上放一条大棉口蛇，吓死你。听明白了吗？"

罗伊点点头。

"不错。现在你可以开始数数了。"

"一、二、三、四……"罗伊大声说。数到五十，他猛地摘下头罩，环顾四周。地上有成堆的高尔夫球，而练习场上只有他一个人。

赤脚男孩又不见了。

罗伊一路跑回自行车旁，用最快的速度骑回了家。他不害怕，也不气馁。他从没这么兴奋过。

第六章

第二天早上吃饭时，罗伊问爸妈像他这么大的孩子不去上学是否违法。

妈妈说："这个，我不确定有没有这种法律，不过——"

"哦，是的，犯法的。"爸爸插嘴说，"也就是所谓的旷课行为。"

"会被关进监狱吗？"罗伊问。

"通常只是被送回学校。"埃伯哈特先生说。他半开玩笑地补充道："你不会是不想上学了吧？"

罗伊说没有，上学没什么不好的。

"我敢打赌我知道这是怎么回事，"埃伯哈特太太说，"你担心再碰到那个叫马瑟森的男孩。你看嘛，那封道歉信写得太不近人情了，我不是跟你说了吗？"

"那封信还好。"罗伊爸爸边说边摊开报纸。

"要是那封信'还好'，罗伊为什么这么害怕？他为什么要说退学的事？"

"我没害怕，"罗伊说，"我也没想着不在特雷斯上学了。只是……"

妈妈看着他："只是什么？"

"没什么啦，妈妈。"

罗伊决定不告诉爸妈他碰到的奔跑男孩鲻鱼手的事。出于职责要求，在执法部门工作的爸爸可能必须上报他遇到的所有罪行，甚至包括旷课。罗伊不想让那个男孩惹上麻烦。

"你们听听这条新闻，"埃伯哈特先生说着，开始大声朗读报纸上的内容，"'周一早晨，一辆椰子湾警用巡逻车在黄鹏东街一建筑工地处遭到破坏。据警方发言人称，事发时当事警官正在车内睡觉。'居然有这种事，你们相信吗？"

罗伊妈妈咯咯笑道："执勤的时候睡觉？太丢人了吧。应该炒他的鱿鱼。"

罗伊觉得这个故事很有趣。

"劲爆的还在后面呢，"爸爸说，"我继续念啊，'该事件发生于当天日出前不久，被破坏的巡逻车是一辆2001年产的维多利亚皇冠轿车。身份不明的恶作剧者潜伏在巡逻车附近，用黑色油漆喷涂了车窗'。"

正吃着饭、满嘴都是葡萄干麦片的罗伊突然大笑起来。牛奶沿着他的嘴角流到下巴。

埃伯哈特先生也在笑，他接着念道："'椰子湾警察局长默尔·迪肯拒绝透露睡觉警官的名字。据他称，该警官隶属于一个特别监视小组，该小组正在调查城东的财产犯罪案件。迪肯称，该警官最近患上流感，其服用的药物有催眠作用。'"

低头读文章的罗伊爸爸抬起头来："嘿，药物！"

"报纸上还说什么了？"埃伯哈特太太问。

"我看看啊……说那个地方要建一家保拉妈妈美式煎饼屋，这是一周内那里发生的第三起可疑事件了。"

罗伊妈妈快活地说："椰子湾要有保拉妈妈了？真不错。"

罗伊用餐巾纸擦擦下巴："爸，那个地方还出过什么事啊？"

"我也在想呢。"埃伯哈特先生扫了一眼下文，"噢，这儿说了：'上周一，身份不明的入侵者拔出了工地上的测绘杆。四天后，破坏者进入现场，把活鳄鱼放到了三间可移动厕所里。据警方称，抓获这些爬行动物的过程中，它们没有受到伤害，随后被放生到附近的一条运河中。目前没有人被捕。'"

埃伯哈特太太站了起来，开始收拾桌子。"鳄鱼啊！"她说，"老天爷，他们还想干吗？"

埃伯哈特先生把报纸折起来，扔到厨房的桌台上："看来这是个挺有意思的地方啊。对吧，罗伊？"

罗伊拿起报纸读了起米。黄鹂东街听起来有点耳熟。读着读着，罗伊记起自己在哪里见过这个路名了。比阿特丽斯·利普上车的那个站台，他第一次看到那个奔跑男孩的地方，那里是黄鹂西街，就在主干道的另一边。

"这篇报道没说那些鳄鱼有多大。"罗伊评论道。

爸爸轻声笑道："儿子，我觉得这不是重点。关键在于这个邪念。"

警长说："大卫，你的报告我看过了。你还有什么要补充的吗？"

德林科警官摇了摇头。他双手交叠着放在膝盖上。他还能说什么呢？

他的队长大声说："大卫知道事态的严重性。"

"倒不如说尴尬，"警长说，"头儿给我看了一些外界的电子邮件和电话留言。事情闹得不太体面。报纸你读过了吗？"

德林科警官点点头。那篇报道他反反复复读了十几遍，每次读都反胃。

"你可能发现了，报道中没有提你的名字。"警长说，"那是因为我们拒绝了向媒体透露你的名字。"

"我发现了。谢谢您。"德林科警官说，"我对所有的事情感到非常抱歉，长官。"

"你读了迪肯局长对事件的解释了吗？我想你会认可的。"

"说实话，长官，我其实没得流感，昨天也并没有吃药——"

"大卫，"队长打断，"如果局长说你吃了治流感的药，那你就是千真万确吃了药。还有，如果局长说你就是因为吃了药才在巡逻车上睡着的，那他说得准没错。明白吗？"

"噢，明白，长官。"

警长拿起一页黄色的纸："这是福特汽车经销商开的账单，410美元。他们把你车窗上的黑漆清理掉了，谢天谢地。折腾了整整一天才弄掉，但终归是清理干净了。"

德林科警官以为警长要把修理单递给他，但警长没有这样做，而是把修理单放进了摊在桌上的人事档案里。

"警官，我不知道该怎么处理你。我真的是不知道。"警长的语气中带着失望，就像父亲在对犯了错的孩子说话。

"我真的非常抱歉。我保证不会再犯了，长官。"

德林科警官的队长说："警长，有件事我应该告诉您，其实大卫是自告奋勇要去那个建筑工地执行监视任务的。他一大早就去了，那时候还不到上班时间呢。"

"在私人时间去的？"警长抱起双臂，"嗯，这倒是值得表扬。大卫，你能告诉我为什么这么做吗？"

"因为我想抓住搞破坏的人，"德林科警官答道，"我知道您和局长很重视这个案子。"

"就因为这个吗？没有牵扯到你的私人利益什么的？"

德林科警官心想，现在是牵扯了，在他们整了我之后。

"没有，长官。"他说。

警长把注意力转向队长："好吧，不管我们乐意不乐意，惩罚还是得有的。这事可没少让头儿操心。"

"我同意。"队长说。

德林科警官心里一沉。任何纪律处分都会被记录在案，并且是永久的。这可能会影响他的仕途。

"长官，清理玻璃的钱我自己付吧。"德林科警官提议。以他的收入水平来说，410美元不是一笔小开支，但为了让这件事不进到他的档案里，这个钱绝对值得花。

警长说没必要让德林科警官支付这笔费用——再说，想让局长满意也没这么简单。"这样，你在办公室值一个月的班吧。"他说。

"大卫可以接受的。"队长说。

"那保拉妈妈谁来盯梢呢？"德林科警官问道。

"别担心，会搞定的。从夜班抽人过去吧。"

"好的，长官。"一想到要无所事事地坐一个月办公室，德林科警官心里就很郁闷。不过，总比停职好。比坐在总部办公室更糟糕的，就只有坐在家里了。

警长站了起来，这意味着会议结束了。他说："大卫，如果下次还有这种事的话……"

"不会的，我保证。"

"下次再犯，报纸就会把你的大名登出来了。"

"明白，长官。"

"新闻标题会是：涉事警官已被开除。我说清楚了吗？"

德林科警官心里一紧。"我明白了，长官。"他轻声对警长说。

他想知道，那些往维多利亚皇冠车上喷漆的小浑蛋，是否知道他们给自己带来了大麻烦。德林科警官愤愤地想，我的整个职业生涯都危险了，都怪那几个自以为是的小混混。他下决心一定要当场抓住他们，他从没有这么坚定过。

在警长办公室外的走廊里，队长告诉他："你可以去车辆调度场取车了。但是，大卫你记住，你现在不能出勤去巡逻。也就是说你开这辆车只能用于上下班，不能干别的。"

"好的，"德林科警官说，"上下班。"

他已经想好了一条路线，正好可以从黄鹂东街和伍德伯里街的交叉口，也就是保拉妈妈美式煎饼屋的工地前经过。

又没有人规定他不能一大早就出门，也没人规定他不能慢悠悠地磨蹭着去上班。

达纳·马瑟森又没来上学。罗伊觉得松了一小口气，但没办法彻底放松。达纳在家养伤的时间越长，等他回到特雷斯中学的时候，就会越难对付。

"你现在逃到城外还来得及。"加勒特提出了有建设性的想法。

"我不会逃跑的。该发生的事，跑也没用。"

罗伊不是在装酷。关于达纳这件事，他想了很多。跟达纳再来一次硬碰硬似乎是不可避免的了，他心里有一种想法是还不如早死早超生。他并不是狂妄的人，但他有一种固执的骄傲。如果为了躲避这个愚蠢的恶霸，接下来的日子都要窝在休息室里，或者每次经过走廊都要夹着尾巴走路，直到这学年结束，他可不乐意。

"这话我可能不该说，"加勒特说，"但还是告诉你吧，有人在打赌呢。"

"挺好的啊。是在赌达纳会不会揍我吗？"

"不是，是赌他会揍你几次。"

"很好。"罗伊说。

实际上，罗伊和达纳·马瑟森的打斗带来了两个好处。第一个是罗伊跟着赤脚男孩去了高尔夫球场，第二个是副校长命令罗伊两个星期不许坐校车。

妈妈来学校接他真好。他们可以在车里闲聊，罗伊还能比平常早20分钟到家。

他们刚进家门口时，电话铃响了，是姨妈从加利福尼亚州打来的。趁她们聊天，罗伊去自己房间拿了一个硬纸板鞋盒，然后悄悄从后门溜出了家。

他打算再去高尔夫球场看看，不过先绕了一小段路。罗伊没有在黄鹂西街左转去车站，而是骑着自行车横穿主干道来到了黄鹂东街。走了不到两个街区，他就看到街角一片长满灌木丛的场地，上面停着一辆满是凹痕的施工拖车。

拖车旁边停着一辆蓝色皮卡车，不远处有三辆像是推土机的车，还有一排可移动厕所。罗伊觉得那辆警车应该就是在这儿被人喷的漆，而那排厕所就是发现鳄鱼的地方。

罗伊一停下自行车，拖车的门就猛地打开了，一个又矮又壮的秃头男子冲了出来。他穿着硬挺的黄褐色的工装裤和胸前绣着名字的衬衫。因为离得远，罗伊看不清他叫什么名字。

"你干吗啊？"那人厉声吼道，愤怒的脸涨得通红，"嘿，小子，我跟你说话呢！"

罗伊想：他是不是有毛病啊？

那人走了过来，指着罗伊。"盒子里装的什么东西？"他喊道，"你和你那群小坏蛋朋友今晚想干什么好事？"

罗伊掉转车头，蹬车离开。那家伙脑子不太正常。

"算你识相，你可别再回来！"秃顶男人挥舞着拳头大叫，"你要是下次还敢来，有看门狗等着你！你都没见过那么凶的看门狗！"

罗伊蹬得更快了。他没有回头看。越来越厚的乌云遮蔽了天空，他似乎感觉到一滴雨落在了脸颊上。远处传来隆隆雷声。

穿过去往黄鹂西街的主干道，罗伊依然没有减速。到达高尔夫球场时，大颗的雨珠星星点点地落下来，并且没有要停的意思。他跳下自行车，双手护着鞋盒跑过空寂的草地和球道。

很快，他来到了遇到男孩鲻鱼手的那片胡椒树丛。罗伊已经做好了再次被蒙着眼绑起来的心理准备，甚至想好了要怎么说。他决心说服鲻鱼手，让他相信自己是一个值得信赖的人，不是来捣乱，而是来帮忙的——如果鲻鱼手需要的话。

穿过灌木丛时，罗伊从地上捡了一根枯树枝抓在手里。如果碰到棉口蛇，这根枯枝打下去足以让它们喝一壶的，不过罗伊还是希望不要碰到。

走到那条沟渠时，他没看到那些尾巴发光的致命毒蛇的踪迹。奔跑男孩的露营地已经被清空了——什么也没剩下。所有的塑料袋都不见了，篝火坑也被埋起来了。罗伊把枯树枝的一头戳进松散的泥土中，但没有发现任何线索。他郁闷地搜寻着脚印，但一个也没见着。

鲻鱼手已经逃得没影儿了。

罗伊走回球道上，天空中的紫色云朵裂开了，风吹着大颗大颗的雨滴打下来，刺痛了他的脸，不远处电闪雷鸣。罗伊哆嗦了一下，撒腿就跑。雷雨天气里，最不适合待着的地方就是高尔夫球场的树下了。

罗伊奔跑着，每次一打雷，他都吓得直往后退，他开始为自己偷偷从家里溜出来而感到内疚。如果妈妈发现天气这么糟他却不在家，一定会担心得要命，她甚至可能会开车出来找他。想到这里，罗伊感到很不安。这么恶劣的天气，他不想让妈妈开车到处跑，雨太大了，她会看不清路况的。

尽管已经浑身湿透，疲惫不堪，罗伊还是逼着自己再跑快些。他在倾盆大雨中眯着眼睛看路，不停地想：不远了，该到了。

他在找喷泉，他把车子停在那儿。终于，又一道炽烈的闪电照亮了球道，他在前方20码的地方看到了喷泉。

但他的自行车不在那里。

一开始，罗伊还以为自己找错喷泉了。他想，一定是雨太大他迷路了。然后他认出了附近的一个工棚，还有一个装着汽水机的木质售货亭。

这就是那个喷泉。罗伊站在雨中，凄惨地盯着本应该放着自行车的地方。平时他都会留心上锁，但今天太着急了就没锁。

毫无疑问，现在车子不见了，被偷走了。

罗伊冲进木质售货亭避雨。手里的纸箱已经湿得快裂开了。回家还要走很长一段路，罗伊知道天黑之前他是回不去了。爸妈一定会急疯的。

罗伊在售货亭里站了10分钟，盼着瓢泼大雨变小。身上的水滴在地板上。天上的雷电似乎正在向东边移动，但雨还是没有减弱的趋势。罗伊最终还是迈步走出了售货亭，低着头，开始向家的方向艰难跋涉。每走一步都会溅起很多水，雨水顺着他的额头滑落，挂在睫毛上。他后悔没戴帽子。

到了人行道上，他想跑起来，但那种感觉就好像在一望无际的湖边浅滩里哗啦哗啦晃荡着走一样。罗伊注意到了佛罗里达州的这个特点：地势低平，积水总是好半天都排不掉。他吃力地前行，过了一小会儿到了车站，也就是他第一次看到奔跑男孩的那个地方。天色越发昏暗，罗伊顾不上停下四处看看。

就在他走到黄鹂西街和主干道的拐角处时，路灯亮了起来。

哦，天哪，真的晚了。

两个方向的车况都很平稳，车辆在积水中缓慢前进。罗伊不耐烦地等着。每当有车经过，都会有水溅到他的小腿上。但他无所谓了，反正全身都已经湿得透透的了。

罗伊发现车流中有一个缺口可以通过，于是冒险上前。

"看路！"身后一个声音喊道。

罗伊跳回路边，转过身来。原来是比阿特丽斯·利普，她跨在罗伊的自行车上。

她说："鞋盒子里装的什么啊，女牛仔？"

第七章

事情的来龙去脉并不复杂。

和同学们一样，大熊比阿特丽斯也住在校车站附近。很可能是罗伊骑着车路过了她家门前，然后比阿特丽斯认出了他，就尾随他去了高尔夫球场。

"那是我的自行车。"他告诉她。

"没错，是你的车。"

"可以还给我吗？"

"再说吧。"她说，"上车。"

"什么？"

"横杠啊，你这个笨蛋。坐到横杠上来，我们要骑车去一个地方。"

罗伊照她说的做了。他想要回自行车然后回家。

以前在蒙大拿州，罗伊在起伏不平的山地上骑过两年车，而且那里的空气比较稀薄，这种锻炼让罗伊骑起车来游刃有余。但

比阿特丽斯·利普比他更厉害，即使遇到深水坑，她也能轻快地
蹬着车经过，毫不费力，就像没有载人一样。罗伊高高地坐在横
杠上，觉得很不舒服，他紧紧抱住湿透的硬纸板鞋盒。

"咱们这是去哪儿啊？"他喊道。

"你安静点。"比阿特丽斯说。

她骑进高尔夫球场用砖砌成的豪华入口，进入球场，没骑多
久，铺好的路就到了尽头，取而代之的是没有马路牙子、没有路
灯、泥泞不堪的土路。自行车在泥沟里上下颠簸，罗伊不禁憋着
劲绷紧身体。雨已经渐渐小了，小到像雾气一样稀薄，他的衬衫
还湿着，贴在皮肤上有种冰凉的感觉。

骑到一处高高的铁丝网围栏前，比阿特丽斯停了下来。罗伊
发现铁丝网上有一小块被人用钳子剪断了，那里的铁丝可以取下
来。他从横杠上下来，扯了扯卡在屁股缝里的牛仔裤。

比阿特丽斯停好自行车，打手势示意罗伊跟着她从铁丝网上
的洞钻过去。他们进入了一个废车场，好几英亩的场地里堆满了
废弃的汽车。在暮色中，罗伊和比阿特丽斯蹑手蹑脚地往前走，
在一堆又一堆锈迹斑斑的巨物间快速移动。从比阿特丽斯的举动
来看，罗伊感觉他们是在躲这里的什么人。

很快，他们来到一辆破旧的小餐车前，它的轮子被煤渣砖垫
着。残破的遮阳篷上有褪色的红字，内容几乎难以辨认：乔乔冰
激凌刨冰。

比阿特丽斯·利普登上驾驶室，把罗伊拉到身后。她领着他
穿过一个窄门，走到后面，那儿堆满了大木箱、盒子和衣服。罗
伊注意到有一个睡袋被揉成一团扔在角落里。

比阿特丽斯关上了门，他们面前一片漆黑，罗伊伸手不见五指。

他听到比阿特丽斯说："把你的盒子给我。"

"不给。"罗伊说。

"埃伯哈特，你还想要门牙吗？"

"我不怕你。"罗伊撒谎道。

旧冰激凌车里又闷又潮。蚊子在罗伊耳边嗡嗡作响，他看不到它在哪儿，一通乱拍。他闻到了一种似乎与这个地方格格不入的味道，一种莫名熟悉的味道——是饼干吗？车里的味道就像刚烤好的花生酱饼干，罗伊妈妈会做的那种。

一道手电筒的强光直射进他的眼睛，他转过身去。

"我再问你最后一次，"比阿特丽斯威胁道，"鞋盒子里到底装的什么？"

"鞋子。"罗伊说。

"我信你才怪。"

"没骗你。"

她从他手里抢过鞋盒，把它打开，用手电筒照着里面的东西。

"跟你说过了。"罗伊说。

比阿特丽斯怒气冲冲地说："你干吗多带一双运动鞋？这也太奇怪了吧，女牛仔。"

"不是给我穿的。"罗伊说。这双鞋几乎是全新的，他只穿过几次。

"那是给谁穿？"

"我碰到的一个小孩。"

"什么小孩？"

"我在学校跟你说过的那个。那天我在你家附近的校车站遇到的，那个跑步的。"

"哦，"比阿特丽斯挖苦道，"就是你吃饱了撑的非要去追的那个。"她关上手电筒，四周恢复了漆黑。

"不过，后来我终于见到他了。算是吧。"罗伊说。

"你还没死心，是吧？"

"听我说，他需要鞋子。光着脚的话搞不好会踩到碎玻璃，或者生锈的铁钉……甚至可能踩到棉口蛇。"

"你怎么知道他想穿鞋呢，埃伯哈特？可能光着脚跑得更快呢。"

罗伊不明白比阿特丽斯·利普到底在抽什么风，但他很清楚晚饭时间已经过去了很久，自己还没回去，爸妈可能都急成热锅上的蚂蚁了。他想好了，只要比阿特丽斯再次打开手电筒，他就趁机逃出去。如果他能想办法打败她，骑上车，应该就可以离开这里赶紧回家。

"你说是就是吧。"罗伊说，"如果他不想要这双鞋，我就自己留着。如果他想穿，那，他穿着应该合脚。他看着跟我差不多高。"

黑暗之中，只有一阵沉默。

"比阿特丽斯，如果你要揍我的话，能不能抓紧时间，速战速决？我爸妈可能已经在给国民警卫队打电话了。"

又是一阵沉默，压得人快要喘不过气。

"比阿特丽斯，你不会睡着了吧？"

"埃伯哈特，你为什么这么在意这个小孩？"

这是一个好问题，但罗伊不确定能否用语言准确描述。那些日子里，当那个男孩跑过校车站的时候，他的脸上有一些说不清的东西，他的表情很焦急、很坚定，令人难忘。

"不知道，"罗伊对比阿特丽斯说，"我不知道为什么。"

手电筒亮了起来。罗伊咬紧牙关冲向门口，但比阿特丽斯淡定地抓住了他牛仔裤的后裆，把他拉到身边，按在地上。

罗伊坐在那儿喘着粗气，等着挨一顿收拾。

但她看起来并没有生气。"这鞋是多大码的？"她举着运动鞋问道。

"9号的[1]。"罗伊说。

"嗯。"

比阿特丽斯用手电筒照着自己，在弧形的光线下，罗伊看到她把一根手指放在唇边，抬起手臂指了指。接着，罗伊就听到了外面的脚步声。

比阿特丽斯关掉手电筒，他们等待着。踩着碎石的脚步声听起来笨重而沉闷，应该是一个大个子男人在走路。有东西随着他的步伐叮当作响，可能是一串钥匙，或者口袋里的几枚硬币。罗伊屏住了呼吸。

当那人走到冰激凌车附近时，他用一根听起来像是铅管的东西重重地敲了敲车的挡泥板。罗伊吓了一大跳，但没有发出声音。万幸，那人走开了。他还不时用棍子敲击别的车发出巨响，

1　美国鞋码，相当于我们所说的43码。

好像要把阴影里藏着的东西吓出来似的。

等那人走后，比阿特丽斯小声说："是保安。"

"我们在这儿干吗呢？"罗伊虚弱无力地问。

车厢里一片漆黑，他可以听到大熊比阿特丽斯站起来的声音。"跟你说我要干吗吧，女牛仔。"她说，"我要跟你做个小交易。"

"你说。"罗伊说。

"我会把这双鞋交给那个光着脚的小孩，但条件是你不许再缠着他。不许再打探他的事了。"

"你果然认识他！"

比阿特丽斯把罗伊拉起来。

"对，我是认识他。"她说，"他是我弟。"

下午4点半是大卫·德林科警官的下班时间，但此时他桌子上依然堆着山一样的文件。他有一堆表格要填，有很多报告要完成，都是关于他的巡逻车的。他写得手腕都酸了，忙到6点才终于停了下来。

车辆调度场就在几个街区之外，但不巧的是，当德林科警官疲惫地走出总部大楼时，外面正下着倾盆大雨。他不想把制服淋湿，就在屋檐下避雨，他正好站在"椰子湾公共安全部"标牌的"公"字下方。

很多城市都开始把警方叫作"公共安全"部门了，希望这个称呼能显得更和善亲民。和大多数警官一样，大卫·德林科也觉得这么改名没什么意义。警察就是警察，没什么好包装的。遇到紧急情况，没有人会大喊"快！快叫公共安全部啊"。

"报警"才是人们会喊的——也是他们应该喊的。

大卫·德林科为自己的警察身份自豪。他父亲是俄亥俄州克利夫兰的一名抢劫案警探，哥哥则是劳德代尔堡的一名凶杀案警探——而警探正是大卫·德林科渴望在未来从事的职业。

他悲哀地意识到，自己当上警探的那一天，可能比以往更加遥不可及，这都要拜煎饼屋工地的破坏者所赐。

德林科警官一边看着大雨落下，一边琢磨着他的境况，这时一道闪电击中了街道尽头的一根电线杆。他迅速退回总部大楼的大厅内，看到天花板上的灯闪了两次，然后熄灭了。

"啊，倒霉。"德林科警官自言自语地抱怨道。他只能待在这儿等暴风雨过去了。

他脑子里都是保拉妈妈工地的蹊跷事。先是有人把测绘杆拔了出来，然后是把鳄鱼扔在厕所里，再然后是趁他在警车里睡觉的时候喷油漆——破坏者真是胆大包天、肆无忌惮。

毫无疑问，这是幼稚的行为，但没点魄力还真做不到。

根据德林科警官的经验，小孩子通常不会这么坚持不懈，胆子也没这么大。典型的青少年毁坏财物案件，追到最后都会发现干坏事的是一群黄口小儿，动机仅仅是追求刺激、不甘落后而已。

但这个案子有些不寻常，这可能是一个怀恨在心的人干的——或者破坏者是在完成什么任务。

过了一会儿，狂风渐渐平息，雷雨云快速撤离了市镇中心。德林科警官头顶一张报纸，向车辆调度场跑去。到达的时候，他那手工保养过的闪亮皮鞋正在往外喷着水柱。

那辆维多利亚皇冠车停在上了锁的大门外，看起来就像新的一样。德林科警官要求车库负责人把车钥匙藏在油箱盖里，但他们没听，直接把钥匙插在车子的点火开关上了，谁都能看见。车库负责人觉得任谁也不会傻到去偷一辆有警方标志的警车。

德林科警官发动车子，向住处驶去。路上，他慢慢绕着煎饼屋工地转了一圈，但没有看到一个人。这在他意料之中。犯罪分子和守法市民一样，不喜欢糟糕的天气。

即便已经下班了，德林科警官还是一直开着车上的警用无线电。这是开巡逻车回家的人必须遵守的规矩，这样在同事需要帮助时就能及时响应。

今晚，调度员报告了几起轻微的交通事故，还报告了一名男孩在雷电交加的暴风雨中失踪的事件，名叫罗伊什么的。无线电受到了一阵干扰，德林科警官没听清里面说男孩姓什么。

德林科警官想，他的父母一定急得抓耳挠腮，但这个孩子不会有事的。他可能只是在商场里面闲逛，等着雷电平息呢。

10分钟后，德林科警官仍有一半心思惦记着这个失踪男孩，这时他发现一个身材修长、浑身被雨淋得湿透的人站在黄鹂西街和主干道的交叉口。是个男孩，身形特征符合调度员的描述：身高大约5英尺，体重90磅，沙棕色头发。

德林科警官把车开到路边。他摇下车窗，对着站在十字路口的男孩喊道："嘿！小伙子！"

男孩挥了挥手，向路边走过来。德林科警官注意到他正推着一辆自行车，车子的后轮胎似乎瘪了。

"你是叫罗伊吗？"警察问道。

"没错。"

"我载你一程吧！"

男孩推着车过了马路，车子很容易就放进了维多利亚皇冠车宽敞的后备厢。德林科警官用无线电通知调度员他找到了失踪的少年，人没事。

"罗伊，你爸妈看到你肯定会高兴极了。"德林科警官说。

男孩紧张地微笑道："但愿像你说的那样。"

德林科警官在心里对自己说了声恭喜。对一个不得不坐办公室的人来说，能在收工时遇到这种事，真不错！也许这能让警长脸上有点光。

罗伊以前从没坐过警车。他坐在副驾驶座，一路上几乎都是旁边开车的年轻警官在说话。罗伊尽量礼貌地回应着，但脑海中始终萦绕着比阿特丽斯·利普告诉他的关于奔跑男孩的事。

"是我的继弟，确切地说。"她说。

"他叫什么名字？"

"他不要名字。"

"那为什么叫他鲻鱼手？他是印第安人吗？"以前在博兹曼的时候，罗伊就有一位印第安同学，他的名字直译过来是查理·三只·乌鸦。

比阿特丽斯·利普笑了："不是，他不是印第安人！我叫他鲻鱼手是因为他可以徒手抓到鲻鱼。你知道那玩意儿有多难抓吗？"

鲻鱼是一种滑溜溜、喜欢跳来跳去的小鱼，通常成百上千地结队出现。春天的时候，椰子湾附近的海湾里到处是这种鱼。人们一般撒网捕捞。

"他为什么不住家里啊？"罗伊问比阿特丽斯。

"说来话长。而且，不归你管。"

"那他不上学吗？"

"我弟弟被送到了一所'特殊'学校。他待了整整两天，然后逃走了。他是从亚拉巴马州的莫比尔一路搭便车回来的。"

"那你爸妈呢？"

"他们不知道他回来了，我也不准备告诉他们。谁也不许告诉他们。你明白吗？"

罗伊郑重地答应。

他们偷偷溜出废车场，比阿特丽斯·利普给了罗伊一块花生酱饼干，罗伊狼吞虎咽地吃掉了。在当时那种情况下，堪称是他吃过的最美味的饼干。

比阿特丽斯问他打算如何向父母解释自己的行踪，罗伊承认这个问题他还没考虑好。

然后，比阿特丽斯做出了一个惊人的举动——她提着他的自行车链轮，把车子举了起来，接着在后轮胎上咬了一个洞，就好像在咬比萨似的。

罗伊只剩下张大嘴巴看着的份儿了。她的利齿就像狼一样。"好啦！这样你的轮胎就漏气了。"她说，"你没按时回家吃饭，也算是有个说得过去的理由了。"

"谢谢啊。是该谢谢你吗？"

"那你还等什么呢？快滚吧。"

真是奇怪的一家子，罗伊想。他在脑海中回想她咬轮胎的场景，这时他听到警官说："年轻人，我能问你点事吗？"

"当然。"

"你是在特雷斯中学读书，对吧？我想知道，你在学校里有没有听说过关于那个正在新建的煎饼屋的传闻？"

"没听过。"罗伊说，"但我在报纸上看到过。"

警官不安地挪动了一下。

"是关于短吻鳄的，"罗伊补充道，"还有警车被人用油漆喷了之类的。"

警官咳嗽了一声，算是停顿。然后他说："你确定没听别人说起过吗？有时候搞这种恶作剧的孩子会喜欢到处炫耀。"

罗伊说从来没听到过。"到我住的街道啦，"他指着外面说，"从左边数第六栋就是我家。"

警官把车开到埃伯哈特家的车道上，踩下了刹车。"罗伊，可以请你帮我一个忙吗？如果你在学校听到了关于保拉妈妈工地的什么消息，可以打电话给我吗？——什么消息都行，哪怕是捕风捉影的那种。这件事很重要。"

警官把一张名片递给罗伊："这个是办公电话，这个是我的手机号。"

在电话号码上方，印着这样的字：

大卫·德林科警官

巡逻支队

椰子湾公共安全部

"你随时都可以给我打电话，"德林科警官说，"睁大眼睛，竖起耳朵，帮我注意一下学校的情况，好吗？"

"嗯。"罗伊不太情愿地说。警官让他做一名线人，打自己同学的小报告。这一趟搭车回家的代价似乎太高了。

罗伊倒也不是不感激警察的帮忙，但他觉得一句真诚的道谢已经足够。帮助别人不就是警察的职责之一吗？

罗伊下了车，朝站在前门台阶上的父母挥手。德林科警官从后备厢里取出罗伊的自行车，把它支好。"车放这儿啦。"他说。

"谢谢。"罗伊说。

"可以去埃克森加油站补胎。是不是被钉子扎的？"

"也许吧。"

罗伊爸爸走上前，感谢警官把儿子送回家。罗伊不小心听到两人在聊关于执法部门的话题，觉得爸爸应该已经告诉了警官他在司法部工作。

当埃伯哈特先生去车库放罗伊的自行车时，德林科警官压低声音说："嘿，小伙子。"

"又怎么了？"罗伊想。

"我想你爸爸应该不介意给警察局长写封信吧？或者直接写给我的队长？不麻烦的，就是简单写写今晚的事什么的，这样就可以放进我的档案里面永久保存了。"德林科警官说，"说实话，这种小东西挺有用的，积少成多。"

罗伊不置可否地点点头："我问问他。"

"太棒了。你是个可靠的年轻人。"

德林科警官回到车里。刚才进屋拿毛巾的埃伯哈特太太走了过去，握住他的手："我们都快急死了。太谢谢你了。"

"哦，不足挂齿。"德林科警官朝罗伊眨了一下眼睛。

"你让我重拾了对警方的信任。"罗伊妈妈接着说，"说真的，看了报纸上说的那件离谱的事，我都不知道要怎么看待他们了。就是警察的车窗被喷了黑漆的那件事！"

在罗伊眼中，德林科警官看起来突然变得有些不安。"大家晚安。"他对罗伊妈妈和罗伊说，然后转动车钥匙发动了车子。

"你会不会碰巧认识那个警察啊？"罗伊妈妈说者无心，"在警车里睡着的那个。要怎么处理他？会不会炒他鱿鱼啊？"

随着一声刺耳的轮胎摩擦声，德林科警官把车子倒出了车道，开走了。

"可能有急事吧。"看着巡逻车的尾灯消失在夜色中，埃伯哈特太太说道。

"是吧。"罗伊微笑着说，"可能是的。"

第八章

罗伊说到做到。他不再找比阿特丽斯·利普的继弟，尽管这需要他用尽全力控制自己。

待在家里的一个原因是天气不好。连着三天暴风雨就没停过。据电视新闻播报，热带风暴已经到达佛罗里达州南部，正在那里盘桓，预计降水量为8至12英寸。

就算艳阳高照，罗伊也哪儿都不去。加油站修车的人说，被刺破的自行车轮胎已经没办法修了。

"你们是不是养了只宠物猴？"他问罗伊爸爸，"因为轮胎壁上的洞，我发誓，看起来像是用牙咬出来的。"

罗伊的父母并没有问罗伊这是怎么回事，因为他们在蒙大拿州待过，对轮胎瘪了这种事早就习以为常了。他们订购了一个新轮胎，而罗伊的自行车只好暂时在车库里放着。下着雨的下午，空气湿漉漉的，罗伊在家做作业，读读牛仔题材的小说。从卧室窗户往外看，只能看到一些水坑。他从来没有如此想念那些高山。

星期四放学后，罗伊妈妈去接他，她说有个好消息要告诉他："你的校车禁乘令取消了！"

罗伊还以为是什么好消息呢。"为什么？怎么回事？"

"我猜是亨内平老师重新考虑了形势吧。"

"怎么会呢？你给她打电话了还是怎么的？"

"我实际已经跟她说过好几次了。"妈妈承认，"这个问题事关公平，宝贝。他们不让你坐校车，但那个挑起这次斗殴的男孩却没受到任何惩罚，这是不对的。"

"不是斗殴啦，妈。"

"这个不是重点。看来亨内平老师是被我们说服了。从明天早晨开始，你就又可以坐校车啦。"

"真是好极了，我可太谢谢你了，妈妈。"罗伊想。

他怀疑妈妈去纠缠副校长还有一个原因——她想继续去社区大学上瑜伽课。以前她早上都会去，但自从开始送罗伊上学，她就没办法去上课了。

不过，他不想做个自私的人。他不可能永远依靠父母。也许校车上的其他孩子并不会把他的回归当成什么大事。

"怎么了，宝贝？我还以为你会很高兴呢，能恢复以前的生活。"

"我高兴，妈妈。"

罗伊心想："择日不如撞日，不如明天就做个了断吧。"

勒罗伊·布兰内特，那个自称卷毛的秃头男子，觉得压力很大。因为睡眠不足，他的眼皮时不时就会抽搐一下，而且他一天到晚汗流浃背，像头阿肯色猪一样。

监工责任重大，而每天早上都会有新的困难使他头痛。由于神秘入侵者的光临，煎饼屋工程的进度已经滞后于原计划两周了。延期就会多花钱，这让保拉妈妈公司的那些大人物很不高兴。

要是再出什么问题，卷毛觉得自己也没办法再待下去了。这是保拉妈妈的一位高管告诉他的。这个人是分管公共关系的副总裁，名叫查克·穆克勒，卷毛觉得叫这个名字的人更适合去马戏团做小丑。

查克·穆克勒不是那种好脾气的人，尤其是看到报纸上报道保拉妈妈工地有警车被人喷漆之后。查克·穆克勒的职责之一，就是不让保拉妈妈这个品牌名称随意登上报纸，除非公司要开新的分店，或者推出新的菜品（比如曾轰动一时的青柠煎饼）。

查克·穆克勒看到报纸上的报道后，给卷毛打了个电话。做了这么多年监工，卷毛从来没接到过这样的电话。他以前可从没有被哪位公司副总裁一口气训15分钟。

"嘿，这不能怪我啊。"卷毛终于插上话了，"又不是我上班睡觉。要怪就怪那个警察啊！"

查克·穆克勒让卷毛别再抱怨了，要像个男人一样承担责任："你是工头啊，对吧，布兰内特先生？"

"我是啊，但是——"

"告诉你，如果再有这样的事，你就要变成一个被炒掉的工头了。保拉妈妈是一家上市公司，我们要维护它在全世界范围内的声誉。我们不希望公司因为这种事情被人关注，这对我们的形象没什么好处。你听明白了吗？"

"明白。"卷毛说，虽然他其实并不明白。专心品尝煎饼的顾客不会在意警车的事情，也不会关心可移动厕所里面的鳄鱼。等煎饼屋建好开业的时候，这些乱七八糟的怪事都不会有人记得的。

然而，查克·穆克勒还沉浸在情绪当中，没办法冷静探讨："仔细听着，布兰内特先生，这种事情绝对不能再发生了。挂了电话你就去找攻击犬，把你能找到的最大、最凶残的那种租过来。罗威纳犬最好，杜宾犬也可以。"

"是，先生。"

"场地清理好了吗？"

"在下雨。"卷毛说，"说是会连着下一个星期呢。"他觉得查克·穆克勒能把天气原因也怪到他头上。

"真让人难以置信。"副总裁抱怨道，"不能再拖了，你听见了吗？一分钟都不能拖。"

按照计划，要先把场地清理干净，因为要请一些贵宾和媒体来参加盛大的奠基典礼。仪式最精彩的部分，是保拉妈妈扮演者的特别亮相，这位女演员在各种宣传物料和电视插播广告中饰演保拉妈妈。

她叫金伯利·卢·迪克森，是1987年或者1988年美国小姐大赛的亚军，后来成了一名演员；但卷毛想不起来还在别的什么地方见过她，除了煎饼广告里。在广告里，她穿着印花围裙，戴着灰色假发和老式花镜，看起来像一位老太太。

"如果项目再延期，你就不用干了，我告诉你为什么。"查克·穆克勒对卷毛说，"迪克森小姐的档期很满，好不容易才抽出时间。几周后，她就要开拍一部新的动作电影了，大片。"

"不是开玩笑吧？电影叫什么名字？"卷毛和他老婆都是狂热影迷。

"《来自木星七号的变异入侵者》。"查克·穆克勒说，"布兰内特先生，问题在于，如果奠基仪式延期了，金伯利·卢·迪克森小姐就参加不了了。她得去新墨西哥州的拉斯克鲁塞斯为角色做准备，她要扮演变异蚂蚱女王。"

"哇，她要扮演女王啊！"卷毛想。

"如果迪克森小姐无法到场，我们就在宣传方面缺了一个轰动性的热门事件。她是我们公司的名片，布兰内特先生。她就是我们的杰迈玛阿姨，我们的贝蒂妙厨，我们的——"

"老虎托尼？"卷毛说。

"我很高兴你能认识到问题的严重性。"

"我当然知道，穆克勒先生。"

"好极了。如果一切顺利的话，你和我也就再不需要跟对方联系了。那样不是很好吗？"

"是的，先生。"卷毛同意。

第一项任务是在工地四周用铁丝网围起一圈围栏。下着雨，工人不好找，不过卷毛最终还是在博尼塔温泉那边找到了工程队。现在栅栏已经完工，只需等着驯犬师到达了。

卷毛有一点儿紧张。他跟狗这种动物不算合得来。实际上，他和他老婆从来没养过宠物，除非偶尔来他家后门廊下睡觉的流浪猫也算。那只猫连个名字也没有，卷毛觉得这样挺好的，因为人类已经够他操心的了。

4点半，一辆带有露营顶棚的红色卡车开到了拖车旁边。卷毛拉过一件黄色雨披遮住自己闪闪发亮的脑袋，走入了无尽的细雨中。

驯犬师是一个健壮的、留着小胡子的男人，他说自己叫卡洛。他说话时带有外国口音，有种二战电影里面德国士兵说话的味道。卷毛能听到狗在露营床上狂吠，还能听到它们扑到卡车后挡板上的声音。

卡洛说："你现在要回家了，是不？"

卷毛看了一眼手表，点点头。

"我把介（这）个围栏锁起来。我明天早晨早点儿过来把介些狗牵走。"

"我觉得挺好。"卷毛说。

"如果出了什么事，你就随时搭（打）电话给我。不要摸介些狗。"卡洛警告道，"别跟踏（它）们讲话。也不许喂吃的。很重要，懂吗？"

"哦，好的。"卷毛喜出望外，他不用靠近这些畜生。他把皮卡车从停车场开出来，又从车里出来关上大门。

卡洛亲切地挥了挥手，然后把四只攻击犬放了出来。它们体形巨大，都是罗威纳犬。这些狗顺着围栏边跑着，大步流星地冲过水坑，跑到大门口，趴在围栏上，冲着卷毛狂吠。

卡洛跑上前，用德语下命令。这些罗威纳犬立马安静下来，乖乖坐下，把黑耳朵竖起来，专心听着周围的动静。

"你最好现在就走。"卡洛对卷毛说。

"它们有名字吗？"

"噢，有的。拿（那）边的拿个，叫麦克斯。拿个，克劳斯。拿个，卡尔。拿个大的是扑可（克）脸。"

"扑克脸？"卷毛说。

"踏是我的无价之宝。我从慕尼黑一路带来的。"

"下着雨，它们不会有事吧？"

卡洛咧开嘴笑了："就是飓风都没问题。你现在回家，憋（别）担心。介些狗，有踏们看门就行。"

走回皮卡车的时候，卷毛看到这些罗威纳犬正在盯着他的一举一动。它们轻轻地喘着气，口鼻上都是口水泡沫。

卷毛觉得他终于可以睡个踏实觉了。搞破坏的人不可能打得过这些加起来有500来磅的凶猛恶犬。

卷毛想："谁敢翻过围栏，谁就是疯了，脑子进水了。"

第二天早上，罗伊妈妈说上瑜伽课的时候顺路捎他去坐校车。"不用了，谢谢。"罗伊说。雨终于停了，他想自己走一走。

一阵清新的风从海湾方向吹来，扑鼻的带着咸味的气息让人心旷神怡。海鸥在头顶盘旋着，而在混凝土电线杆顶上的鸟窝里，两只鱼鹰正朝着对方鸣叫。电线杆底下的地上，有被晒得褪了色的碎鲻鱼骨头。鸟儿把鱼肉啄干净，骨头丢了下来。

罗伊停下脚步，仔细观察鱼骨头。他又往后退了一步，凝视着鱼鹰，它们的脑袋在杂乱的鸟窝里若隐若现。他能看出其中一只比另一只大，可能是鱼鹰妈妈在教它的宝宝如何捕鱼。

在蒙大拿州，鱼鹰生活在大河沿岸的棉白杨林中，它们会从树林里飞出来，下潜到河里，猎食鳟鱼和白鱼。罗伊惊喜地发现，佛罗里达州也有鱼鹰。同一种鸟类能够在两个相距很远、自然条件完全不同的地方繁衍生息，真是令人赞叹。

罗伊想，如果鱼鹰能做到，说不定他也能做到。

他在鸟窝附近晃了很久，观察来观察去，差点错过校车。离车站还有一个街区时，他不得不跑了起来，这才赶在校车离开前，最后一个上了车。

当罗伊走过中间的过道时，其他孩子变得异常安静。他刚坐下，旁边靠窗坐着的女孩就立马站了起来，坐到另一排去了。

罗伊有种不祥的预感，但他不想回头验证自己的想法。他弯下腰，假装在看漫画书。

他听到后座的孩子在窃窃私语，紧接着是他们匆忙收拾书和书包的声音。转眼间他们就走了，罗伊感觉到一个比一般人高大的身影鬼鬼祟祟地过来了。

"嘿，达纳。"他一边说，一边在座位上慢慢地扭动身子。

"嘿，女牛仔。"

过了一周时间，达纳·马瑟森的鼻子仍然有一点儿肿胀发紫，但绝对不像加勒特说的那样歪到额头中间去了。

达纳脸上唯一让人吃惊的是他的上唇肿了起来，表皮粗糙，但之前罗伊去达纳家送信的时候，他的嘴并不是这样的。罗伊猜想是不是达纳妈妈把他的嘴打肿了。

上唇的新伤让这个白痴变得口齿不清，声音令人尴尬："我跟你滋（之）间有点四（事）情要缩（说）清楚，埃伯哈特。"

"什么事情？"罗伊说，"我跟你道过歉了。咱们两清了。"

达纳捂住罗伊的脸，他的手潮潮的，跟火腿差不多大："你和我，咱们离两清还早呢。”

罗伊没有讲话，不是因为无话可说，而是因为嘴巴被捂住了。达纳的手满是烟味，罗伊从他肥胖的手指缝隙中往外看着。

“你会后悔的，居然敢早（找）我的四儿。”达纳咆哮道，“我会让你心理阴影大得碎（睡）不着觉。”

校车突然停了下来，达纳迅速放开了罗伊，老实地把手握在一起，怕司机从后视镜看到他在欺负人。和罗伊同级的三个学生上了车，他们看到了达纳，便识时务地争抢起前排的座位来。

校车一开动，达纳又要抓罗伊，而罗伊平静地把达纳的胳膊打到一边去了。达纳没坐稳，向后倒了一下，然后不可置信地看着罗伊。

“你没看我写的信吗？”罗伊问道，“只要你别再来烦我，就什么事也没有。”

“你刚刚四（是）打了我吗？你打我的胳膊？”

“那你去告我啊。”罗伊说。

达纳瞪大了眼睛：“你缩啥？”

“我缩你要去检查一下听力有没有问题，哥们儿，顺便测测智商。”

罗伊也不知道自己为什么想不开，偏要故意跟这么一个暴力狂过不去。他当然不想被人揍，但畏畏缩缩地求饶，是他的自尊心不允许的。

每次埃伯哈特一家搬到一个新的地方，罗伊都会遇到一群新的爱欺负人的恶霸。罗伊觉得自己堪称对付恶霸的专家了。如果坚持自己的立场不妥协，他们通常会退让，或转去找别人的麻烦。但，主动出口侮辱他们，终究还是有风险的。

罗伊注意到校车后座坐着达纳的几个呆瓜朋友，他们正在看着这一幕。也就是说，达纳会觉得他必须证明自己是一个不好惹的爷们儿。

"打我呀。"罗伊说。

"啥？"

"出手吧。想打就别憋着。"

"埃伯哈特，你是个轰（疯）子。"

"那你就是脑袋被驴踢了，马瑟森。"

这句话惹恼了达纳。他猛地冲过座位，狠狠打了罗伊的脑袋一巴掌。

罗伊挺直了身子说："打也打了，你感觉好点了吗？"

"还用你说！"达纳大叫道。

"不错。"罗伊转过身去，翻开了自己的漫画书。

达纳又打了他一巴掌。罗伊侧着身子倒在了座位上。达纳凶残地笑着，对他的狐朋狗友喊了些什么。

罗伊马上坐了起来。他头疼极了，但他不想让别人知道。他若无其事地从地板上捡起漫画书，放在腿上。

达纳换了只手打他，那手同样肥大又潮湿。罗伊再次被打翻，他不自觉地叫了出来，但叫声被刹车发出的巨大的噗噗声淹没了。

有那么一刻，罗伊以为司机看到了刚才发生的一切，正要把车停到路边过来主持正义。遗憾的是，事情并非如此——和以前一样，司机并未发现达纳的恶劣行径。校车停下来仅仅是因为到站了而已。

学生们排队上车时，达纳镇定自若地坐好，装得像个模范生似的。罗伊低下头，盯着漫画书。他知道车子一旦开动，达纳就会再次下手，他严阵以待，准备承受达纳的下一次攻击。

但达纳没有再打他。

罗伊像根柱子一样僵硬地坐着，等着再次被打趴下。就这样，校车驶过了一个又一个街区，什么也没发生。终于，好奇心占了上风，他转过头向左边看了一眼。

罗伊简直不敢相信眼前的场景。达纳正酸溜溜地靠在窗边，一脸扫兴。上一站上车的一个孩子竟然有胆量坐在这个蠢蛋旁边，让他没办法享受打人的乐趣。

"你小子瞅什么呢？"那个新上来的人怒气冲冲地对罗伊说。

尽管头疼得厉害，罗伊还是不得不笑了笑。

"嘿，比阿特丽斯。"他说。

第九章

上学令人精神紧张。每次罗伊进到教室里，同学们都会停下手里的事，盯着他看。他们似乎不敢相信罗伊的小命还在，而且没缺胳膊也没少腿。

代数课结束后，罗伊在走廊里听到身后传来超响的模仿放屁的声音——是加勒特。他抓住罗伊的衬衫袖子，把他拉进了洗手间。

"你脸色不太好，不如早点回家吧。"加勒特建议道。

"我感觉挺好的啊。"罗伊撒谎道。头还疼着，校车上挨的达纳那几下可是不轻。

"伙计，你听我说，"加勒特说，"我不管你觉得自己是什么感觉，你身体不行，真的不行，好吧？你现在应该给你妈打电话，然后回家歇着。"

"你是听说了什么消息吧？"

"他要守株待兔呢，第七节课下课后。"

"那就让他等着呗。"罗伊说。

加勒特把罗伊拖进厕所隔间，从里面锁上了门。

"这也太扯了吧。"罗伊说。

加勒特用一根手指碰了碰自己的嘴唇。"我认识一个人，跟达纳一起上体育课，"他小声说，语气中带着兴奋，"他说达纳要在你坐校车回家之前抓着你。"

"抓着我干吗？"

"你说呢？"

"就在学校这儿吗？他要怎么做？"罗伊问。

"老弟，我可不打算瞎凑热闹。嘿，你可从来没跟我说过，你也把他收拾了一顿。"

"我没有啦。抱歉。"罗伊打开隔间门锁，轻轻把这位朋友推了出去。

"你要做点什么呢？"加勒特的声音从门外传来。

"尿尿。"

"不是问你这个。我是说那个人。"

"我会想办法的。"

可是想什么办法呢？即便今天下午设法避开了达纳·马瑟森，这场闹剧也还是会在下周一再次拉开帷幕。达纳会继续跟踪他，罗伊又得思考新的逃跑计划。这种情况会一直持续到六月学校放假，一天也不会消停。

有一些办法，但都不算好。比如，向亨内平老师告状。但她只会把达纳叫到自己的办公室，严厉地说教一番，而达纳会一笑置之，根本不往心里去。谁会把嘴唇上长了根毛的副校长当回事呢？

假如罗伊把达纳的事情告诉爸妈，他们可能会紧张到让他不要在特雷斯读书了。然后他就会被送到私立学校之类的，每天都得穿同一套傻兮兮的校服，而且（据加勒特说）还得学拉丁文。

第三种方案是再跟达纳道一次歉，这次要表现得真的很自责的样子。但这不仅是要卑躬屈膝的问题，而且应该收不到预期的效果，达纳很可能仍会毫不留情地找他的麻烦。

最后一个选项是勇往直前，硬碰硬。罗伊是个务实的人，他知道达纳占据压倒性优势，自己几乎没有胜算。他虽然行动敏捷，头脑灵活，但达纳块头实在太大了，不费吹灰之力就能把自己按扁，像捏碎一颗葡萄一样。

罗伊想起有一次，他和爸爸聊起打架的事。"坚守正义是很重要。"埃伯哈特先生说，"但有时候勇敢和鲁莽只有一线之隔。"

罗伊怀疑反抗达纳·马瑟森就属于第二种行为。

撇开不想被打这件事，他更放心不下的其实是妈妈。他总会想到自己独生子的身份，知道如果自己出事，妈妈会崩溃的。

本来罗伊差点就有个妹妹了，虽然这件事家里本来没打算让他知道。当时妈妈已经怀孕五个月了，有一天晚上她突然病得很严重，被救护车拉到了医院。几天后妈妈回来了，肚子里的孩子已经没了，但没有人对这件事做出解释。当时罗伊只有4岁，看着爸妈那么难过，他什么问题都不敢问。过了几年，一位表姐告诉了他流产是什么意思，并向罗伊透露，妈妈曾失去了一个小女儿。

从那时起，他就尽量少让父母为他担心。不管是骑马、骑自行车还是滑雪，他都避免做一些危险的动作，即便那些狂野大胆的特技是同龄男孩都爱做的——不是因为怕自己不安全，而是觉得这是他作为独生子的神圣责任。

结果，今天早上在校车上，他还是反抗了那个早就看自己不顺眼的无脑恶霸。有时罗伊不明白自己是被什么力量驱使了。也许有时他是自尊心太强了，不愿吃眼前亏。

　　这一天的最后一节课是美国史。下课铃声响了，学生们鱼贯而出。罗伊等大家都走了，小心翼翼地往走廊瞥了一眼，没看到达纳·马瑟森的人影。

　　"罗伊，有什么问题吗？"

　　教历史的瑞安老师站在他身后。

　　"没什么，没事。"罗伊轻松地说着，走出了教室。瑞安老师也走出来，带上了门。

　　"你也要回家了吗？"罗伊问道。

　　"想回家，但还有学年论文要批改。"

　　罗伊和瑞安老师不太熟，但还是一路陪他走到教师休息室。罗伊假装随意和老师闲聊，同时不时地确认身后的情况，留意着达纳是否潜伏在附近。

　　瑞安老师在大学里是打橄榄球的，从那时起身材就一直很壮硕。这让罗伊很有安全感，就像在跟爸爸同行一样安心。

　　"你坐校车回家吗？"瑞安老师问。

　　"没错。"罗伊说。

　　"可是，校车不是在学校的那边接学生吗？"

　　"嗯，我想走走，锻炼身体。"

　　到了教师休息室门口，瑞安老师提醒："别忘了周一有测验。"

　　"噢，对，要考1812年战争。"罗伊说，"我复习好了。"

　　"哦？那你说说，伊利湖之战谁赢了？"

“佩里准将。”

“哪个佩里准将？马休·佩里还是奥利弗·佩里呢？”

罗伊猜道：“马休？”

瑞安老师眨了眨眼。“还要再温习一下哦，”他说，“不过还是祝你周末愉快。”

然后罗伊就一个人留在走廊里了。放学的铃声响起后，学校很快就空了，快得令人惊讶，就好像水池的塞子被人拔掉，水形成一个巨大的漩涡，立刻流干了。罗伊竖起耳朵听有没有脚步声——悄悄靠近的脚步声，但只听到科学实验室门口上方的时钟嘀嗒嘀嗒的声音。

罗伊研究过，从这里赶到校车的上车点，需要整整4分钟。不过他并不担心，因为他早已看好了一条近路，从体育馆穿过就行。他打算等车马上要开走的时候最后上车，那样的话，他就可以坐在前排的空座，到站了立马就能下车。达纳和他那帮朋友习惯占着后排，很少去打扰挨着司机坐的孩子。

“不过反正凯西先生也不会注意到的。”罗伊想。

他慢慢跑到走廊尽头，然后左转，朝着体育馆后门标志性的双开门走去。可惜，他差一点儿就到了。

“咱们把这件事敞开了说清楚，布兰内特先生。你还没报警吧？”

“没报警，先生。”卷毛对着电话强调道。

“也就是说没有留下任何文字记录，是吧？那刚发生的这场闹剧就不会在媒体上曝光。”

"我想不会的，穆克勒先生。"

对卷毛来说，这又是漫长而令人沮丧的一天。太阳终于冲破云层冉冉升起，但在那之后一切都每况愈下。建筑工地仍然没有打扫，挖土的设备闲置在一边。

卷毛拖到实在不能再拖，才给保拉妈妈公司总部打电话。

"你这是在开什么无聊的玩笑吗？"查克·穆克勒咆哮道。

"绝对没开玩笑。"

"你给我再说一遍。把那些破事儿一五一十说清楚。"

于是卷毛又从头到尾把整件事讲了一遍。清晨他早早来到工地，就看到了大事不妙的前兆——沿着围栏的内侧，卡洛正挥舞着一把破破烂烂的红色雨伞，追赶着他的四只攻击犬。他用德语歇斯底里地尖叫着。

卷毛可不想被狗撕咬（也不想被伞给捅着），就待在大门外没动，困惑地看着他们。一辆椰子湾警用巡逻车停下来调查情况——是德林科警官，那位"守卫"工地的时候睡着的仁兄。拜他所赐，那场喷漆丑闻登上了报纸，让卷毛和保拉妈妈公司差点儿下不了台。

"我回局里的路上看到这里有点乱。"因为罗威纳犬的叫声太吵，德林科警官提高了声音，"这些狗是怎么回事？"

"没啥事，"卷毛告诉他，"就是在训狗。"

警官相信了卷毛的话，驾车离开了，这让卷毛长长地舒了一口气。卡洛终于把那些狗用皮带拴了起来，他把它们推进了露营卡车，锁上了后挡板。他怒气冲天地转向卷毛，把雨伞在半空中戳来戳去："你！你想海（害）死我的狗！"

卷毛举起手："你在说啥呢？"

卡洛一把推开大门，跺着脚走到卷毛前面，卷毛心想要不要捡块石头自卫。卡洛浑身是汗，脖子上青筋暴起。

"蛇！"他怒斥道。

"什么蛇？"

"就是蛇！你知道是甚（什）么蛇！这个破地方到处都有蛇在爬！有毒的内（那）种！"卡洛伸出小指晃了晃，"尾巴闪闪亮的内种毒蛇。"

"我不想骂你，但你真是彻底疯掉，失去理智了。"卷毛从来没在保拉妈妈的工地上见过蛇，如果见过他绝对不会忘记。他看见蛇就心里发毛。

"你说我疯？"卡洛抓住卷毛的一只胳膊，把他拉到便携式拖车旁边，那辆拖车算是卷毛办公的地方。就在那里，卷毛看见一条粗壮的棉口蛇舒舒服服地盘在第二级台阶上，它身上有斑点，这种蛇在佛罗里达州南部挺常见的。

卡洛说得没错，这是一种剧毒蛇，它的尾巴闪闪发亮。

卷毛往后退。"我觉得你这就有点过了。"他对卡洛说。

"四吗？你脚（觉）得？"

驯犬师把他拉到围栏那边，指着另一条蛇让他看，然后再一条，接着又有一条——一共有九条。卷毛吓得目瞪口呆。

"咋样？你还脚得我卡洛失去荔枝（理智）了吗？"

"我也说不清楚。"卷毛颤抖着承认，"可能是因为下雨，它们本来在沼泽地里，结果被雨水冲到这里来了。"

"四吗？那你可太对了。"

"听我说，我——"

"不，你听我说。这些狗每只抖（都）价值3000美元，也就是说你现在听到的可四12 000美元在卡车里叫呢。要是狗被蛇咬了，会咋个样？狗会死，对吧？"

"我真的完全不知道这里有蛇，我发誓——"

"介些狗没事真是奇鸡（迹）。那条蛇离扑克脸就介么近！"卡洛比画了大约一码的距离，"我用雨伞把它赶到一边去了。"

就在这时，卡洛不小心踩到了一个猫头鹰的洞穴，扭伤了脚踝。这位驯犬师拒绝了卷毛的帮忙，自己单腿跳上了露营卡车。

"我现在走了。你再也憋给我打电话了。"他生气地说。

"你看，我都说过抱歉了。要付你多少钱？"

"我会寄给你两张账单，意（一）个是狗的钱，意个是我的腿的医药费。"

"噢，你这就——"

"行，那就算了。我可能会跟律师聊聊，"卡洛那暗淡的眼睛开始发光，"也许我再也没办法驯犬了，我的腿疼死了。也许我会——那个词叫啥玩意儿来着— 残废！"

"老天爷啊！"

"保拉妈妈是个大公司。很有钱，四吧？"

卡洛的车子轰隆隆地开走了，卷毛小心翼翼地往拖车那边走。台阶上晒太阳的棉口蛇已经不见了，但卷毛还是不敢掉以轻心。他架起梯子，从窗户爬了进去。

所幸他保存了爬行动物猎手的电话号码，这名猎手曾成功将厕所里的鳄鱼移走。现在这伙计正在外面忙一单鬣蜥业务，但他的助理承诺他会尽快赶到建筑工地。

卷毛在拖车里躲了将近三个小时，直到猎手把车停在门口他才出来。这伙计只带了一个枕套和一根改良过的铁质5号高尔夫球杆，正有条不紊地在煎饼屋工地上搜寻尾巴闪闪发亮的棉口蛇。

令人难以置信的是，他一条蛇也没找到。

"那不可能！"卷毛惊呼道，"今天早晨爬得到处都是呢。"

爬行动物猎手耸了耸肩："蛇的行为是难以预测的。谁知道它们去哪儿了呢。"

"这话我可不爱听。"

"你确定是棉口蛇吗？我从没见过尾巴会闪的棉口蛇。"

"谢谢你帮忙了。"卷毛挖苦道，然后砰地关上了拖车的门。

然后轮到他被人无情嘲讽了。"也许你可以训练一些蛇来保卫工地，"查克·穆克勒说，"反正狗是不管用了。"

"一点儿也不好笑。"

"你说对了，布兰内特先生，完全不好笑。"

"棉口蛇能毒死人的。"卷毛说。

"是吗？能把推土机也毒死吗？"

"呃……应该是不能。"

"那你还在等什么呢？"

卷毛叹了口气："好的，先生。周一一大早我就优先处理这件事。"

"听你这么说我很满意。"查克·穆克勒说。

保洁储藏室里弥漫着漂白剂和清洁剂的气味。里面几乎和夜晚一样漆黑。

罗伊往体育馆跑的时候，达纳·马瑟森伸手抓住了他，把他拉进储藏室，砰地一下关上了门。罗伊敏捷地挣脱达纳湿答答的大手，蜷缩在堆着杂物的地板上，而达纳跟跟跄跄地走着，像无头苍蝇一样四处乱挥拳。

罗伊用屁股挪动着靠近一道细线般的光，他以为那道光是从门下的缝隙里透过来的。这时，从上方某个地方传来一声巨响，然后是一声痛苦的尖叫——看样子达纳的上勾拳打在了一个铝桶上。

不知怎的，罗伊在黑暗中摸到了门把手。他猛地推开门，冲出了牢笼。然而，他刚刚在走廊里探了一下头，就又被达纳抓住了。他被达纳从后面拉扯着，指尖抓着油毡地面吱吱作响，他大声呼救，但还是被关了进去。

被达纳往里面拖的时候，罗伊拼命摸索着地上的物品，想找些东西来自卫。他用右手摸到了一根像是木头扫帚把的棍子。

"我可抓着你了，女牛仔。"达纳小声说，声音嘶哑。

他熊抱住罗伊，把罗伊紧紧锁在怀里。罗伊肚子里的气都要被挤没了，就像被压到极限的手风琴一样。罗伊的手臂被牢牢压在身体两侧动弹不得，两条腿像破布娃娃的腿一样摇来晃去。

"怎么样，四不四后悔早老子的四了？"达纳一副小人得志的模样。

罗伊觉得头越来越晕，眼前越来越花，手已经握不住扫帚把了，耳朵里响起一浪一浪的声音。达纳勒得他喘不上气，但罗伊发现他的小腿还能动。他用尽全身力气，开始踢动双腿。

有那么一会儿，什么事也没发生——然后罗伊忽然感觉摔倒了。他脸朝上着了地，摔下时的冲击力被书包消解了。还是很黑，什么都看不见，但听着达纳带着哭腔倒抽气的声音，罗伊推测自己踢到了达纳身上那个非常敏感的部位。

罗伊知道自己必须赶紧行动。他试图翻过身来，但达纳刚才搂得他浑身无力，气喘吁吁。他无助地躺在那里，就像一只肚皮朝天的乌龟。

达纳开始咆哮，罗伊闭上眼睛，做了最坏的打算。达纳重重地压在罗伊身上，用满是横肉的巨手掐住了罗伊的喉咙。

罗伊想："完了，这个笨蛋真的想要我的命。"罗伊感觉滚烫的泪水顺着脸颊滑落下来。

对不起，妈妈，也许你和爸爸可以再要个孩子……

突然，储藏室的门猛地被人打开了，重重压在罗伊胸前的东西瞬间消失得无影无踪。罗伊睁开了眼睛，看到达纳·马瑟森被拽了出去，他挥舞着两只手臂，哈巴狗一样的脸上露出惊愕的表情。

罗伊躺在地板上没起来，屏住呼吸，努力想弄清楚刚才发生了什么。也许瑞安老师无意中听到了打斗的声音。瑞安老师很强壮，他举起达纳就像举起一捆苜蓿草一样轻松。

终于，罗伊翻过身，站了起来。他乱摸一通，找到了电灯开关，又捡起扫帚重新武装自己，以防万一。他从储藏室里探出脑袋，看到走廊里空无一人。

罗伊放下扫帚把，朝最近的出口飞奔。可惜，他差一点儿就赶上车了。

第十章

"我没赶上校车。"罗伊喃喃道。

"那有什么了不起的，我还赶不上足球训练了呢。"比阿特丽斯说。

"那达纳呢？"

"他死不了。"

从储藏室救出罗伊的不是瑞安老师，而是比阿特丽斯·利普。她把达纳·马瑟森扒得只剩一条内裤，绑在了特雷斯中学行政大楼前的旗杆上。然后，比阿特丽斯在那儿"借"了一辆自行车，强行把罗伊按在横杠上，他们现在正手忙脚乱地朝未知的目的地疾驰。

罗伊不知道从法律意义上来说，这算不算绑架。肯定有法律禁止在学校里面一个孩子把另一个孩子强行带走。

"我们要去哪儿？"他以为比阿特丽斯又会对这个问题充耳不闻，就像之前那样。

但这次她回答了："去你家。"

"什么？"

"安静点，好吗？我现在没心情，女牛仔。"

从她的语气中，罗伊可以感觉到她的烦闷。

"我需要你帮个忙，"她对他说，"就现在。"

"当然可以，什么忙都行。"

不然他还能说什么呢？比阿特丽斯在车水马龙的十字路口拐来拐去，他正死命地抓住车把，不让自己掉下去。她骑自行车是一把好手，但罗伊还是很紧张。

"绷带，布条。能够止血防感染的那些玩意儿。"比阿特丽斯说，"你妈妈有那种东西吗？"

"当然有。"罗伊妈妈备了不少医疗用品，简直可以开个迷你急诊室了。

"不错。现在我们只需要编个故事就行了。"

"到底怎么回事？你家没有绷带吗？"

"这不关你的事。"比阿特丽斯咬紧牙关，蹬得更快了。一阵担忧浮上罗伊的心头：比阿特丽斯的继弟，那个奔跑的男孩，他怕是出事了。

埃伯哈特太太在前门迎接他们："我都开始担心你了，宝贝。是校车晚点了吗？哦——这位是？"

"妈妈，这是比阿特丽斯。她载我回来的。"

"很高兴见到你，比阿特丽斯！"罗伊妈妈不仅是出于礼貌才这么说的。她显然是真的很开心能看到罗伊带了一个朋友回家，尽管这个女孩看起来很不好惹。

"我们要去比阿特丽斯家写作业，可以吗？"

"可以在这里写呀，很安静的——"

"我们要做一个科学实验，"比阿特丽斯打断，"可能会把屋子弄得一团乱。"

罗伊憋住笑。比阿特丽斯摸准了他妈妈的软肋：埃伯哈特太太把家里打扫得一尘不染。一想到玻璃烧杯里冒着泡泡的烈性化学物质，妈妈就皱起了眉头。

"不会有什么危险吧？"她问道。

"噢，我们会全程戴好橡胶手套的，"比阿特丽斯让罗伊妈妈放心，"还有护目镜。"

罗伊看得明白，比阿特丽斯跟大人撒起小谎来顺溜得很。埃伯哈特太太完全没有对这套说辞产生任何怀疑。

趁妈妈准备点心时，罗伊溜出厨房，冲进父母的浴室。急救箱放在水槽下面的柜子里。罗伊拿走了一盒纱布、一卷白色医用胶带和一管看起来像烤肉酱的抗生素软膏。他把这些东西悄悄装进书包里藏好。

他回到厨房，看到比阿特丽斯和妈妈正在餐桌旁聊天，一盘花生酱饼干放在她俩中间。比阿特丽斯的脸颊鼓着，罗伊觉得这是个好兆头。他被甜美温馨的香气吸引，伸手从那堆饼干最上面拿了两块。

"我们走吧。"比阿特丽斯边说边从椅子上跳下来，"有好多事要做。"

"我好了。"罗伊说。

"哦，等等——你知道我们忘了拿什么吗？"

他不明白比阿特丽斯在说什么："哦，不知道。我们忘了拿什么了？"

"牛肉末。"她说。

"啊？"

"你懂。做实验用的嘛。"

"对对，"罗伊跟着演了下去，"是的，没错。"

他妈妈立刻说："宝贝，冰箱里有两磅呢。你们需要多少？"

罗伊看了看比阿特丽斯，她装傻般笑了笑："两磅够了，埃伯哈特太太。多谢啦。"

罗伊妈妈急忙走到冰箱前，取出那包牛肉末。"不过说起来，你们到底是要做什么科学实验啊？"她问。

罗伊还没开口，比阿特丽斯就回答了："关于细胞腐烂的。"

埃伯哈特太太皱了皱鼻子，仿佛已经闻到了东西变质的味道。"你们两个赶紧去吧，"她说，"趁这些汉堡牛肉馅还算新鲜。"

比阿特丽斯·利普和她父亲住在一起，他以前是一名职业篮球运动员，膝盖落下了伤病，走路有些跛脚，还有啤酒肚。他叫利昂·"醉步"·利普，曾先后在克利夫兰骑士队和迈阿密热火队打过得分后卫，表现抢眼，但从NBA退役至今12年来，他仍然没想好后半生要做些什么，也不愿意找份稳定的工作好好干。

比阿特丽斯的母亲并不是一个沉不住气的女人，但她最终还是选择了与利昂离婚，到迈阿密的旅游胜地——鹦鹉丛林，做一名鹦鹉训练员，追求自己的事业去了。比阿特丽斯选择和父亲一起生活，一部分原因是她对鹦鹉过敏，还有一部分原因是她担心爸爸一个人过不下去。他都快成一个废人了。

让所有人都大吃一惊的是，利普太太离开还不到两年，利昂竟然就和一个女人订婚了。他们是在一场名人高尔夫锦标赛上认识的，那种比赛既有职业选手参加，也有业余爱好者参加。她叫朗娜，是一名服务员，穿着泳装、开着电动车在球场上转来转去，为选手提供啤酒和其他饮料。直到婚礼那天，比阿特丽斯才知道朗娜姓什么。也是在那天，比阿特丽斯才知道自己要有一个继弟了。

朗娜拖着一个神色忧郁、骨瘦如柴的男孩来到教堂，他的头发被太阳晒得发白，皮肤则被晒得黝黑。他穿着外套，打着领带，看起来很痛苦，也没有在迎宾区多待一会儿。利昂刚把结婚戒指戴在朗娜手上，男孩就甩掉脚上那双闪亮的黑色鞋子，跑着离开了。而这一幕，之后也在利普家族的编年史中反复上演。

朗娜和儿子相处得不好，总是对着他唠叨个没完。比阿特丽斯感觉，朗娜似乎担心男孩的古怪行为会让她的新任丈夫不悦，但其实利昂·利普似乎并没怎么注意。偶尔他会想和那孩子培养培养感情，但也不算上心，而且两人几乎没有共同语言。男孩对利昂最热衷的看体育比赛、吃垃圾食品、看电视都不感兴趣，他一有空就待在森林和沼泽地里。而利昂不太喜欢户外活动，碰到那些没有戴项圈和狂犬病疫苗标牌的动物就会很紧张。

一天晚上，朗娜的儿子把一只没有了爸爸妈妈的浣熊幼崽带回了家，它麻利地爬到利昂最喜欢的厚棉布拖鞋上，像找到归宿一样松了口气。利昂与其说是生气，不如说是困惑，朗娜却勃然大怒。她没有征求丈夫的意见，就将儿子送到了一所军事预科学校——这是让男孩"变成正常人"的第一次尝试，跟后面几次一样，以失败告终。

每到一个地方，男孩几乎都没有坚持过两周就跑掉或者被赶走了。最近一次又是这样的时候，朗娜故意瞒着利昂。她假装儿子好好的，成绩不错，人也变得老实听话了。

但实际情况是，朗娜根本不知道儿子去了哪里，也不打算找他。她"受够了那个小畜生"，比阿特丽斯有一次听到她打电话的时候好像是这么说的。至于利昂·利普，他对这个任性儿子的关心程度，仅限于老婆说起来他就听一听，从不主动过问。后来连军事预科学校不再寄来学费账单，利昂都没发现。

早在最后一次被母亲送走之前，朗娜的儿子和他的继姐就暗中结盟了。男孩回到椰子湾后，第一个也是唯一一个联系的人就是比阿特丽斯。比阿特丽斯知道，如果朗娜得知了他的行踪，可能会联系少管所，于是答应保守秘密。

也是出于这个顾虑，那天比阿特丽斯·利普看到罗伊·埃伯哈特追着她继弟跑的时候，就给了他一个下马威。当姐姐的都会这么做的。

骑车的时候，比阿特丽斯跟罗伊讲了很多家里的事，让罗伊理解了情况有多困难。比阿特丽斯发现她继弟在乔乔冰激凌车里呻吟，就跑出去求助了。他们来到冰激凌车，罗伊看到了她继弟的伤势。

这是罗伊第一次被允许近距离面对面地看那个奔跑的男孩。这孩子平躺着，脑袋下面枕着一个皱巴巴的纸箱子。他那稻草般的金色头发被汗水粘在一起，前额摸起来很烫。男孩的眼睛里有种不安和冲动，罗伊曾经见过那种野性的光芒。

"疼得厉害吗？"罗伊问。

"不怎么疼。"

"骗人。"比阿特丽斯说。

男孩的左臂肿胀得发紫。起初罗伊以为他是被蛇咬了，担心地环顾四周。所幸附近并没有看到之前那一袋子棉口蛇。

"今天早上我去车站的时候在这里停了一下，就看到他这样了。"比阿特丽斯向罗伊解释道。然后她对继弟说："接着说吧，告诉女牛仔怎么回事。"

"狗咬的。"男孩把手臂翻过来，指着几个红肿发炎的牙印。

咬得很重，但这还不是罗伊见过最严重的。有一次，爸爸带他去参加一个州级展览会，会上一个竞技小丑被一匹受惊的马咬伤了。小丑血流不止，是被赶来的直升机送进医院的。

罗伊拉开书包拉链，取出医疗用品。他在博兹曼的一个夏令营上过急救课，大致懂得如何处理外伤。比阿特丽斯已经用肥皂水清洗过她继弟的手臂，于是罗伊在一块纱布上抹好抗生素软膏，用医用胶带把纱布牢牢贴在男孩的手臂上。

"你得打一针破伤风。"罗伊说。

鲻鱼手摇了摇头："我不会有事的。"

"那条狗还在这附近跑来跑去吗？"

男孩转身看向比阿特丽斯，好像在等待她的意见。她说："没事，你告诉他吧。"

"你确定？"

"嗯，他没问题。"她向罗伊投去赞赏的目光，"再说，他欠

104

我个人情。要不是我，他今天在储藏室里就要被人压扁了——是不是啊，女牛仔？"

罗伊脸红了："别提这些了。那条狗是什么情况？"

"其实是四条狗，"鲻鱼手说，"它们被关在围栏里。"

"那你是怎么被咬的？"罗伊问道。

"胳膊卡住了。"

"怎么会卡住呢？"

"没什么大不了的。"男孩说，"比阿特丽斯，你弄到牛肉末了吗？"

"有了。罗伊的妈妈给我们的。"

男孩坐了起来："那我们赶紧走吧。"

罗伊说："不行，你需要休息。"

"等会儿再说。快点——它们很快就会饿的。"

罗伊看着比阿特丽斯，但她并没有解释什么。

他们跟着鲻鱼手走下冰激凌车的台阶，走出了废车场。"在那儿等你们。"他说完便拔足狂奔。罗伊无法想象这需要多大的勇气，毕竟他的伤看起来那么疼。

鲻鱼手跑步时，罗伊注意到他脚上穿着自己前几天给他的那双鞋子，这让罗伊感到一丝欣慰。

比阿特丽斯骑上自行车，指着横杠："上车吧。"

"我可不上。"罗伊说。

"别傻了。"

"嘿，我可不想掺和，比如对那些狗做手脚什么的。"

"你说啥呢？"

"要肉就是为了这个吧，对不对？"

罗伊自以为猜到了。他以为男孩是想找狗报仇，要在汉堡肉馅里掺一些有害的，甚至有毒的东西。

比阿特丽斯笑了，翻了个白眼："他虽然疯，但不是你说的那种疯。咱们走吧。"

15分钟后，罗伊发现他们到了黄鹂东街，几天前那个工头曾对他大喊大叫的地方。快5点了，建筑工地看起来荒无人烟。

罗伊注意到，已经有一道铁丝网竖了起来，包围了这块场地。他记起那个暴躁的工头曾威胁说要放恶狗咬他，心想应该就是那些狗咬了鲻鱼手。

罗伊跳下自行车，对比阿特丽斯说："这件事和那辆被喷了漆的警车有关系吗？"

比阿特丽斯什么也没说。

"那跟可移动厕所里的鳄鱼有关吗？"罗伊问道。

他清楚答案，但比阿特丽斯的表情说明了一切：少管闲事。

尽管她继弟身上伤口发炎，人也在发烧，但他还是先罗伊他们一步到了煎饼屋工地。

"给我吧。"他说着一把抓过罗伊手里的那包牛肉末。

罗伊抢了回来："你先告诉我要干吗。"

男孩用求助的眼神看着比阿特丽斯，但她摇了摇头。"算了吧。"她对他说，"差不多得了，我们没时间了。"

鲻鱼手无力地垂着受伤的手臂，爬上了围栏，翻身从对面爬了下去。比阿特丽斯紧随其后，她的长腿毫不费力地跨过了围栏。

"你还磨蹭什么呢？"她冲着站在外边不动的罗伊大吼。

"那些狗呢？"

"狗，"鲻鱼手说，"早就不见了。"

罗伊翻过了围栏，他从没觉得像现在这样一头雾水过。他跟着比阿特丽斯和她继弟，来到一辆停着的推土机前。他们缩成一团，躲在树荫下，这样就不会被路过的人看到。罗伊坐在中间，比阿特丽斯在他左边，鲻鱼手在他右边。

罗伊把那包牛肉末放在腿上，用双臂抱住，就像后卫保护橄榄球一样。

"那辆警车是你喷的漆吗？"他直截了当地问男孩。

"无可奉告。"

"厕所里的鳄鱼也是你藏的？"

鲻鱼手眯起眼睛，直视前方。

"我不明白。"罗伊说，"你疯了吗，去做那种事？他们要在这儿盖个什么鬼煎饼屋就盖呗，有什么关系呢？"

男孩猛地转过头来，冷冷地瞪了罗伊一眼。

比阿特丽斯开口了："我的继弟被狗咬，是因为他把手伸过围栏时胳膊卡住了。你还不知道他为什么要往栏杆里伸胳膊吧？"

"是啊，为什么呢？"罗伊说。

"他在放蛇。"

"就是高尔夫球场上的那种蛇吗？棉口蛇！"罗伊喊道，"可是你为什么要那么做啊？你是要杀人吗？"

鲻鱼手狡黠地笑了："那些蛇伤不了别人一根毫毛，我用胶带把它们的嘴都封上了。"

"可真是令人信服呢。"罗伊说。

"还有，我在蛇的尾巴上粘了亮片，"男孩补充道，"这样它们就很容易被发现。"

比阿特丽斯说："他说的是真的，埃伯哈特。"

的确，罗伊曾亲眼看到过蛇的尾巴闪闪发光。"但是拜托，"他说，"你怎么才能把蛇的嘴给封住呢？"

"就非常小心地封起来呗。"比阿特丽斯说道，还干笑了一声。

"哦，不难的。"鲻鱼手补充道，"认真操作就行了。跟你说，我不是要伤害他们的狗——只是想惹恼它们而已。"

"狗可不喜欢蛇。"比阿特丽斯解释道。

"让它们抓狂，叫啊，绕着圈子跑啊，"她继弟说，"我知道驯犬师一看到棉口蛇就会赶紧把狗领走。那些罗威纳犬可不便宜。"

罗伊从没听过这么疯狂的计划。

"我唯一没有料到的是，"鲻鱼手盯着他缠着绷带的手臂说，"自己被咬了。"

罗伊说："有个问题不知道该不该问，你的蛇去哪儿了？"

"哦，它们没事。"男孩答道，"我回来之后，把它们都弄到一起，然后带到安全的地方放生了。"

"但他得先把蛇嘴上的胶带都撕掉。"比阿特丽斯笑着说。

"别说了！"罗伊感到恼火，"等等，停一下。"

鲻鱼手和比阿特丽斯不动声色地看着他。罗伊的脑子里充满了疑问。这两个孩子一定是另一个世界来的。

"你们谁能告诉我，"他恳求道，"这些和煎饼屋有什么关系啊？我可能比较笨，但我真的不明白。"

男孩做了个鬼脸，又揉了揉肿胀的手臂。"很简单，哥们儿。"他对罗伊说，"他们不能在这儿开保拉妈妈的店，同样的道理，也不能让又大又讨厌的罗威纳犬四处乱跑。"

"让他看看为什么。"比阿特丽斯对她的继弟说。

"好。牛肉末给我。"

罗伊把袋子递了过去。鲻鱼手撕开塑料包装，用手挖出一把牛肉末，把它小心翼翼地团成六个滚圆的小肉丸。

"跟我来，"他说，"但要尽量保持安静。"

男孩带罗伊来到一片草地上的一个洞旁。在洞口，鲻鱼手放下了两个肉丸。

接下来，他走到场地另一边，那里有一个看起来跟刚才那个一模一样的洞。他在那里又留下了两个肉丸。他又来到工地角落的另一个洞，做了同样的事。

罗伊看着黑漆漆的洞问："这底下有什么啊？"

在蒙大拿州，这么挖洞的动物只有囊鼠和獾，但罗伊敢肯定这两种动物在佛罗里达没有多少。

"嘘……"男孩说。

罗伊跟着他回到推土机那里，比阿特丽斯仍然坐在铲斗上，擦着她的眼镜。

"怎么样？"她对罗伊说。

"什么怎么样？"

鲻鱼手轻轻拍了拍罗伊的胳膊："你听。"

罗伊听到一声短促而尖锐的咕咕声。然后，从空地的对面又传来一阵咕咕声。比阿特丽斯的继弟悄悄站了起来，脱下他的新球鞋，蹑手蹑脚地慢慢向前走。罗伊紧随其后。

男孩示意停下来。虽然发着烧，他还是咧嘴笑着："快看！"

他指向第一个洞穴。

"哇。"罗伊轻声惊呼。

洞口站着一只小动物，好奇地盯着一个肉丸，这是他见过的最小的猫头鹰。

鲻鱼手轻轻地拍了拍罗伊的肩膀："好了——现在你明白了吗？"

"是的，"罗伊说，"我明白了。"

第十一章

　　大卫·德林科警官养成了习惯，每天早上开车去警察局的路上，都要经过建筑工地，下午下班回家，也要从那里路过。甚至有时，他很晚出去头个夜宵，都要在工地附近转一下。还好，几个街区之外就有一家营业到深夜的小商店，比较方便。

　　到目前为止，警官没有发现太多异样，除了当天早些时候的那件事：一个狂暴地瞪大眼睛的男人挥舞着一把红色的雨伞，在工地上追逐着几只大黑狗。保拉妈妈工地的工头卷毛说这是在进行犬类训练，没什么好大惊小怪的。德林科警官倒也没理由对此表示怀疑。

　　尽管警官希望亲手抓住破坏者，但他也认同煎饼屋公司围起围栏、找来几只看门狗是个好主意——这样做肯定能吓跑在暗处蠢蠢欲动的破坏者。

　　那天下午，又一次在案头度过了无聊的8小时后，德林科警官决定再去保拉妈妈的工地看看。离太阳下山还有两个小时，他很想看看那些攻击犬在做些什么。

他到了那里，却意外地没有听到此起彼伏的狗叫声。相反，工地上安静得有点诡异，根本看不到狗的踪迹。德林科警官在围栏外走着，一边拍手一边叫喊，想着也许那些狗正在卷毛的拖车下面或者推土机的影子里打盹儿呢。

"嘿！"德林科警官喊道，"喂，狗狗，你们在吗？"

没有回应。

他捡起一根木棍砸向金属围栏，砰的一声，还是没有回应。

德林科警官返回到大门处，检查了门锁，确认门是锁好的。

他试探着吹了几声口哨，却得到了意料之外的回应：咕咕，咕咕。

这绝对不是罗威纳犬的叫声。

警官看到围栏里有东西在动，这让他心头一紧，想过去看看是什么。起初他以为那是一只兔子，因为它是沙棕色的，但后来那个东西突然从地面腾起，从工地的一个角落俯冲到另一个角落，最后降落在一辆推土机的发动机罩上。

德林科警官笑了出来——这个小东西正是让卷毛大呼头痛的那种难对付的穴居小猫头鹰。

可是看门的狗去哪里了呢？

德林科警官往后退了一步，挠挠下巴。他打算明天到拖车那边问问工头。

一阵温暖的微风吹来，德林科警官注意到围栏顶端有东西在飘动。看起来像是测绘杆上的彩色飘带，但其实不是。那是一截形状不规则的绿色布条。

警官心想，搞不好是有人翻围栏的时候，衣服被铁丝网钩住了。

德林科警官踮起脚，取下那截被铁丝网钩住的布条，小心地把它揣在口袋里。然后他坐上警车，驶向黄鹂东街。

"快点！"比阿特丽斯·利普喊道。

"跟不上了……"罗伊气喘吁吁地跑在她身后。

比阿特丽斯蹬着她从特雷斯中学顺手牵羊弄来的自行车。鲻鱼手瘫在横杠上，几乎不省人事。他们匆忙离开工地的时候，鲻鱼手觉得头昏眼花，爬围栏时摔了下来。

罗伊看得出来，被狗咬了的男孩伤势不妙，严重的感染使他变得越来越虚弱。他需要马上去看医生。

"他不会去的。"比阿特丽斯斩钉截铁地说。

"那我们得告诉他妈妈。"

"没门儿！"她说着就骑车走了。

罗伊努力追上她。他不知道比阿特丽斯要带她继弟去哪里，而且他有一种感觉，她自己心里也没谱。

"他还好吗？"罗伊喊道。

"不好。"

罗伊听到有车的声音，转过头张望。就在他们身后不到两个街区的地方，驶来了一辆警车。罗伊不自觉地停下脚步挥手。他脑子里想的全都是尽快把鲻鱼手送到医院，越快越好。

"你在干吗啊！"比阿特丽斯·利普对他大叫道。

哐啷一声，罗伊听到自行车撞上了马路牙子。他转过身，看到比阿特丽斯把她继弟扛在肩上飞速逃跑了，仿佛扛着一袋粮食似的。她头也不回地跑着，从街区尽头的两栋房子之间穿过，消失了。

罗伊呆呆地站在马路中间一动不动。他有一个重要的决定要做，而且没什么时间了。一边是警车正开过来，另一边则是他的两个朋友跑远了……

确切地说，他们是他在椰子湾认识的人里面，最接近朋友的人。

罗伊深吸一口气，朝他们追了过去。他听到了车喇叭声，但没有停下脚步，但愿警察不要从车里跳出来追他。罗伊并不认为自己做错了什么，但他也不知道自己是否会因为帮助鲻鱼手而陷入麻烦，毕竟鲻鱼手没有好好上学。

罗伊想，那孩子只是想照顾猫头鹰——这怎么可能是犯罪呢？

5分钟后，他发现了比阿特丽斯·利普，她正在一户人家后院的桃花心木树荫下歇脚。她继弟把脑袋枕在她的腿上，她抱着他的头，而他半闭着眼睛，额头上的汗珠晶莹发亮。

鲻鱼手那被咬伤的手臂肿了起来，深深的伤口暴露在外面，因为他从围栏上摔下来的时候，绷带被扯掉了（他绿色T恤的袖子也被撕掉了一块）。

比阿特丽斯抚摸着男孩的脸颊，抬起头悲伤地看着罗伊："女牛仔，我们现在该怎么办？"

卷毛不想再折腾什么攻击犬了。在拖车上过夜并不是什么开心的事，但为了阻止那些搞破坏的不良少年——或者是别的什么人吧，反正就是干坏事的——再翻过围栏进来撒野，也只有这一个办法靠得住了。

万一周末再出什么状况，再一次耽误了保拉妈妈的建设计划，卷毛的工头就甭做了。查克·穆克勒已经把丑话说得明明白白。

卷毛跟老婆说了自己晚上要守着工地，不能回家过夜，结果她听了一点儿都不生气，也不担心。她母亲刚好来城里看她，她们俩打算周末去外面疯狂逛街买东西。卷毛不在正好。

他闷闷不乐地准备好旅行包，里面装着牙刷、牙线、剃须刀、剃须膏和一大瓶阿司匹林。他把几件干净的工作服和内衣叠好，装进手提袋，把双人床上属于他的枕头也抓起来带走。出门前，老婆递给他两个大个儿金枪鱼三明治，一个晚上吃，一个明早吃。

"你在外面注意安全，勒罗伊。"她说。

"好的，一定。"

回到建筑工地后，卷毛锁好大门，踏上高高的台阶，走进安稳的拖车。整个下午，他都在为那些令人费解的棉口蛇而烦恼，他不明白为什么爬行动物猎手没能找到它们。

这么多蛇，怎么会一下子就全消失了？

卷毛担心棉口蛇潜伏在附近某个秘密地下洞穴里，等着天色暗下来，才蜿蜒出洞，展开致命的捕猎行动。

"我要准备好怎么对付它们。"卷毛大声说，似乎是在说服自己有能力做到。

他闩上拖车门，坐在便携式电视机前，打开体育频道观看体育节目。再过一会儿，坦帕湾魔鬼鱼队就要对战黄鹂队了，这是卷毛期待的一场球赛。而现在，他正非常满足地观看在厄瓜多尔的基多举行的一场足球比赛——虽然他并不知道那个地方到底在哪儿。

他往后坐了坐，松开裤腰带，这样腰上别着的枪不会那么硌得慌。那是一把点三八口径左轮手枪，他带着防身。31年前，他在海军陆战队服役，但从没开过枪，他把手枪藏在家里，觉得自己宝刀未老。

再说了，开枪打一条大胖蛇能难到哪儿去呢？

卷毛正要把第一个金枪鱼三明治大口吃光时，电视上出现了保拉妈妈美式煎饼屋的广告。画面中，打扮成慈祥的老妈妈保拉的不是别人，正是前美国小姐亚军金伯利·卢·迪克森。她一边翻动着热锅里的煎饼，一边唱着傻不拉叽的歌。

虽然化妆师的手艺堪称一绝，但卷毛仍然可以看出扮演老太太的演员其实年轻很多，而且是个美女。他想起查克·穆克勒跟他说过的金伯利·卢·迪克森的新电影合约，于是试着把她想象成变异蚂蚱女王的样子。剧组的特效部门一定会给她装上六条绿色的腿和一对触须，想到这里，卷毛觉得很有趣。

他好奇地想，等到金伯利·卢·迪克森来椰子湾参加煎饼屋的奠基仪式时，他也许能有机会跟她攀谈。这种联想不算牵强，怎么说他也是这个项目的监理工程师——最高级别的负责人。

卷毛从没见过电影明星或者演电视剧的女演员，也没见过美国小姐或者其他地方的什么小姐。他想："可以要个签名吗？她会介意跟我合个影吗？她跟我聊天的时候，会假装自己是保拉妈妈呢，还是以金伯利·卢·迪克森本人的身份跟我说话？"

这些问题还没从卷毛脑海中散去，忽然电视屏幕上的图像幻化成了一片雪花，他不敢相信自己的眼睛。他用沾满蛋黄酱的拳头狠狠地捶着电视一侧的控制按钮，但无济于事。

本来播着保拉妈妈的广告，结果电视没信号了！真不吉利，卷毛没好气地想。

他骂了很多脏话，因为他觉得自己实在是太倒霉了。他已经不记得一整晚都没电视可看是什么感觉了，好多年没过过那样的日子，他不知道还有什么别的消遣方式。拖车里没有收音机，唯一有字可以读的是一份建筑行业杂志，上面的文章很无聊，是有关抗飓风的屋顶覆盖材料和胶合板如何防白蚁的。

卷毛想着要不要去小商店租一些录像带看，快去快回，但那样的话，他需要穿过工地，开卡车去。此时已近黄昏，他没有胆量出去冒险——谁知道那些要命的棉口蛇正潜伏在附近的什么地方呢。

他把椅子向后倾斜，靠在薄板墙上，把枕头塞在脑袋底下，一个人静静地待着，他开始思考蛇有没有可能钻进拖车里。他记起听过的一个故事，说有一条南美大蛇，不知道怎么钻进了自来水管道，最后从纽约市一间公寓的浴缸排水管里钻了出来。

卷毛想象着那个画面，胃里开始不舒服。他站起来，蹑手蹑脚地走到拖车的小卫生间门口。他把一只耳朵贴在门上，仔细听着动静……

是幻听吗？还是门里边真的有东西在沙沙作响？卷毛拔出腰

带上的枪，子弹上膛。

真的有东西，现在他可以确定了。有东西在动!

踢开门的那一刻，卷毛确认卫生间里并没有毒蛇，他不会被蛇咬死。倒霉的是，他的脑子反应过来的时候，手指已经扣动了扳机。

枪响声吓了卷毛一跳，还吓到了趴在瓷砖地板上的一只田鼠，它本来乖乖待在一旁，与卷毛无冤无仇。那颗子弹嗖地从它长着胡子的小脑袋顶飞过，击中了马桶，把田鼠吓跑了——它吱吱叫着，模糊的灰色影子从卷毛两脚之间晃过，从门口跑了出去。

卷毛颤抖着放下手里的枪，沮丧地看着自己的杰作。他这一枪不小心打坏了马桶。

这个周末可要难熬了。

书房里，埃伯哈特先生正在桌旁看书，埃伯哈特太太走到门口，表情凝重。

"那个警察来了。"她说。

"哪个警察?"

"那天晚上送罗伊回家的警察。你最好过来和他谈谈。"

德林科警官在客厅站着，手里拿着帽子。"很高兴再次见到你。"他对罗伊的爸爸说。

"出什么事了吗?"

"是罗伊。"埃伯哈特太太插嘴说。

"有可能是他，·"德林科警官说，"我不确定。"

"我们先坐下吧。"埃伯哈特先生建议道。他接受过训练，能冷静梳理零散杂乱的信息。"跟我们说说情况吧。"他说。

"罗伊在哪里？他在家吗？"警察询问道。

"没在家，去朋友家里做科学作业去了。"埃伯哈特太太说。

"我这么问，"德林科警官说，"是因为我刚才在黄鹂东街看到几个孩子。其中一个看起来有点像你们的儿子。但奇怪的是，他先是向警车挥了挥手，然后突然就跑了。"

埃伯哈特先生皱起了眉头："跑了？这听起来不像罗伊会干的事。"

"当然不会是他。"埃伯哈特太太表示同意，"他干吗要那样做啊？"

"那几个孩子把一辆自行车落在街上了。"

"噢，不可能是罗伊的自行车。他的车胎没气了。"罗伊妈妈郑重其事地说。

"对，我记得。"警官说。

"我们不得不订购了一个新轮胎。"埃伯哈特先生补充道。

德林科警官耐心地点点头："我知道那不是罗伊的自行车。那辆车是从特雷斯中学偷来的，就在今天下午早些时候，下课后不久。"

"你确定吗？"埃伯哈特先生问道。

"确定，先生。我在无线电里播报车子编号的时候发现的。"

房间陷入一片寂静。罗伊妈妈严肃地看了看罗伊爸爸，然后盯着警官。

"我儿子不是小偷。"她坚定地说。

"我不是要指责谁。"德林科警官说，"那个跑掉的男孩看起来像罗伊，但是我也不能肯定。我来只是跟你们确认一下情况，因为你们是他的父母，而且，说起来，这属于我工作的一部分。"他向罗伊爸爸寻求支持，"身为执法人员，埃伯哈特先生，我相信你能明白。"

"我明白。"罗伊爸爸忧心忡忡地嘟囔道，"你在路上看到了几个孩子？"

"至少两个，也可能是三个。"

"那他们都跑掉了吗？"

"是的，先生。"德林科警官尽量让自己显得像个专业人士。也许有一天他会申请联邦调查局特工的职位，到那时埃伯哈特先生说不定可以为他美言几句。

"那儿有多少辆自行车？"埃伯哈特先生问。

"就一辆。你可以到我的巡逻车那里看一下，就在车里。"

罗伊的父母跟着警官来到车道，看他打开了维多利亚皇冠车的后备厢。

"看。"德林科警官示意被偷的自行车在后备厢里，那是一辆蓝色的沙滩自行车。

"没见过。"埃伯哈特先生说，"你见过吗，利兹？"

罗伊妈妈使劲咽了咽唾沫。这辆车像是罗伊和他的新朋友比阿特丽斯一起放学回家的时候，她骑的那辆。

埃伯哈特太太还没来得及整理好思绪，德林科警官就又开口了："哦，我差点儿忘了。这个你们见过吗？"他把手伸进衣兜，掏出一块布，它看起来像是从衣服上撕下来的破袖子。

"是跟自行车一起发现的吗？"埃伯哈特先生问道。

"在自行车附近。"德林科警官有所保留。实际上，发现这块破布的建筑工地，距离他看到孩子们的地方有几个街区远。

"看着眼熟吗？"他举起那块破布问埃伯哈特夫妇。

"我没见过。"罗伊爸爸回答，"利兹你呢？"

埃伯哈特太太似乎松了一口气。"噢，这肯定不是罗伊的东西，"她告诉德林科警官，"他没有绿色的衣服。"

"你说的那个男孩跑了的时候，穿的是什么颜色的衣服？"埃伯哈特先生问道。

"我没看清楚，"警官承认道，"离得太远了。"

电话铃响了，罗伊妈妈急忙跑进屋里接电话。

德林科警官向罗伊爸爸靠近，说："很抱歉因为这些事来打扰你们。"

"你也说了，这都是公务。"埃伯哈特先生知道警官并没有把绿色破布的所有信息和盘托出，但他仍然礼貌得体地回答道。

"说到工作，"德林科警官说，"你还记得那天晚上我把罗伊送回家来吗？他车胎瘪了的那次。"

"当然。"

"那天天气也挺糟糕的。"

"对，我记得。"埃伯哈特先生有些不耐烦。

"不知道他有没有提到过，请你给我写封信的事情呢？"

"什么样的信？"

"给我们警察局长的，"德林科警官说，"不是什么大事——就是写一封短信，大概说说我帮助了你们的孩子，你们表示感谢之类的。这样的信会放在我的档案里永久保存。"

"这个'短信'是写给局长看的？"

"或者是给警长。就算是我的队长也可以的。罗伊没有请你写吗？"

"我印象中是没跟我说过。"埃伯哈特先生说。

"呃，小孩子嘛，你懂的，他应该是忘了。"

"你的队长叫什么名字？我看看怎么写。"罗伊爸爸对此事并不上心，他毫不掩饰这一点。他快要对这个固执难缠的年轻警官忍无可忍了。

"真是太太太感谢了。"德林科警官边说边拉过埃伯哈特先生的手摇晃起来，"当一个人努力前行时，每一点积累都是有用的。像您这样的联邦探员，能这样帮我一把——"

他还没来得及把队长的名字告诉埃伯哈特先生，就在这时，埃伯哈特太太从前门冲了出来，一手拎着包，一手拿着汽车钥匙。

"利兹，出什么事了？"埃伯哈特先生大声喊道，"谁打的电话？"

"急诊！"她气喘吁吁地喊道，"罗伊受伤了！"

第十二章

罗伊一点儿力气都没有了。回想达纳·马瑟森差点儿在保洁储藏室掐死他的事，感觉好像已经过了100年之久，但那竟然是下午刚发生的。

"谢谢。现在我们扯平了。"比阿特丽斯·利普说。

"可能吧。"罗伊说。

他们在椰子湾医疗中心的急诊室等待着，这里与其说是医院，其实更像一个大型门诊部。他俩在两边撑着比阿特丽斯继弟的肩膀，把他直挺挺地架了将近一英里才送到这儿。

"他不会有事的。"罗伊说。

有那么一会儿，他以为比阿特丽斯要哭了。他伸手捏了捏她的手，她的手明显比他的大。

"他是打不死的小强。"比阿特丽斯抽噎着说，"他会没事的。"

一位穿着淡蓝色手术衣、戴着听诊器的女士走了过来。她说自己叫冈萨雷斯医生。

"跟我说说罗伊到底是怎么受伤的。"她说。

比阿特丽斯和真正的罗伊心虚地对视了一下。她继弟不让他们把他的名字告诉医院，怕医院会通知他妈妈。男孩情绪非常激动，罗伊就没有跟他争。当急诊室的工作人员问比阿特丽斯她继弟的名字、地址、电话号码时，罗伊冲动地走上前，脱口而出自己的名字。为了赶紧让鲻鱼手入院治疗，这似乎是最快的方法了。

罗伊知道这么做自己也要担责。比阿特丽斯·利普也知道，所以她打心眼儿里感谢他。

"我弟弟被狗咬了。"她告诉冈萨雷斯医生。

"好几只狗。"罗伊补充道。

"什么样的狗？"医生问道。

"很大的那种。"

"具体是怎么回事？"

罗伊不再接话，把讲故事的机会让给比阿特丽斯，因为她骗大人的经验更丰富。

"足球训练的时候被狗追着咬的。"她说，"他跑回家的时候已经遍体鳞伤了，所以我们赶紧把他送到了这里。"

"嗯。"冈萨雷斯医生微微皱眉。

"怎么——你不信吗？"比阿特丽斯的愤怒听起来非常真实。罗伊佩服她的演技。

但医生也不是吃素的。"哦，我相信你的弟弟是被狗咬了。"她说，"我只是不相信是今天咬的。"

比阿特丽斯僵住了。罗伊知道他必须尽快把这事圆过去。

"他胳膊上的伤不是新伤，"冈萨雷斯医生解释道，"从感染发展的程度来看，我估计他是在18小时到24小时之前被咬的。"

比阿特丽斯看起来很慌张。罗伊来不及等她回过神，主动开了口。

"对，18小时，感觉差不多。"他对医生说。

"我没明白。"

"是这样，他被咬了之后就晕倒了，"罗伊说，"第二天才醒过来，跑回家的。然后比阿特丽斯打电话问我能不能帮忙一起把他送到医院。"

冈萨雷斯医生盯着罗伊，目光中透着严厉，不过她的声音听起来似乎憋着笑。

"你叫什么名字，孩子？"

罗伊咽了口唾沫。这个问题让他措手不及。

"得克斯。"他的回答很微弱。

比阿特丽斯用胳膊肘轻轻碰了碰他，好像在说：你就这水平啊？

医生双臂交叉抱在胸前。"行吧，得克斯，我们捋一下。你的朋友罗伊在足球场上被几只大狗咬伤了。没有人说去帮帮他什么的，他整晚都躺在外面昏迷不醒，第二天也躺了大半天。突然之间，他就醒了，自己慢慢跑回了家。是这样吗？"

"嗯。"罗伊低下了头。他实在不擅长撒谎，他自己也知道。

冈萨雷斯医生把犀利的目光转向比阿特丽斯。

"为什么只有你这个做姐姐的带你弟弟来医院？你们爸妈呢？"

“上班呢。”比阿特丽斯答道。

“你没有打电话跟他们说弟弟出事进医院了吗？”

“他们在一艘捕蟹船上工作，没有电话。”

圆得还不错，罗伊想。然而，医生并不买账。

“这太不合常理了。”她对比阿特丽斯说，“你弟弟失踪了这么久，家里人好像都不着急，都没报警。”

“有时候他会离家出走，”比阿特丽斯平静地说，“过一阵子才会回来。”

这句话倒是最接近真实情况，但讽刺的是，正是这个答案让冈萨雷斯医生停止了攻势。

“我现在要去看看罗伊的情况。”她对他俩说，“你们不妨趁这个时间，再商量一下故事到底怎么编比较好。”

“那，他现在怎么样了？”比阿特丽斯问。

“好些了。已经打了破伤风针，我们正在给他注射抗生素和止痛剂。药劲儿比较大，所以他会很困。”

“我们可以去看他了吗？”

“现在还不行。”

医生一走，罗伊和比阿特丽斯就急忙跑到了外面方便说话的地方。罗伊坐在急诊室的台阶上，比阿特丽斯还是站着。

“这样行不通啊，女牛仔。他们一旦发现我弟是冒充你……”

“确实是个问题。”罗伊同意道，心想：把现在的情况称为“问题”可真是太轻描淡写了。

“我想你也明白，如果朗娜知道了这件事，我弟就会被关进少管所。”比阿特丽斯沮丧地说，“然后等她找到了新的军校，就会把他送过去。可能是很远的地方，比如关岛，他就没办法逃跑了。"

罗伊不明白，一个母亲怎么能把自己的孩子像扔包袱一样甩出去，不闻不问，但他知道这样的悲剧确实会发生。他听说过有些当爹的也会这样做。想想就难受。

"我们会有办法的。"他向比阿特丽斯许诺。

"你知道吗，得克斯？你挺好。"她捏了一把他的脸，蹦蹦跳跳地走下了台阶。

"嘿，你去哪里？"他在她身后喊。

"回去给我爸做晚饭。我每天晚上都给他做饭。"

"你开玩笑呢吧？你不会真的把我一个人留在这儿吧？"

"对不起，"比阿特丽斯说，"如果我不回去，爸爸一个人会崩溃的。他连烤个吐司都能烧着自己的手指头。"

"朗娜就不能给他做一顿晚饭吗？"

"不行。她在麋鹿小屋酒吧上班呢，做服务员。"比阿特丽斯轻快地向罗伊挥了一下手，"我尽快回来。别让他们给我弟动手术或者干别的。"

"等等！"罗伊跳了起来，"告诉我他真名叫什么。这个总可以说吧，毕竟现在都这样了。"

"对不起，女牛仔，我不能告诉你。我发过毒誓的，很久以前。"

"求你了，行不行？"

"如果他想让你知道，"比阿特丽斯说，"他自己会告诉你的。"她说完就跑掉了，脚步声在夜色中渐渐消失。

罗伊步履沉重地走回急诊室。他知道妈妈肯定在担心他，所以向前台接待员借了电话打回家。嘟嘟声响了六次都没有人接，电话转到了自动答录机。罗伊留了一条语音留言，说做科学作业弄得房间里很乱，等他收拾完就立刻回家。

放下电话，罗伊到等候区一个人待着，他拿起一摞杂志翻来翻去，直到在《户外》上看到一篇关于在落基山脉钓克拉克大麻哈鱼的文章，才仔细读了起来。这篇文章最吸引人的地方是照片——碧蓝色的西部河流中，垂钓者蹚过齐膝深的河水，两岸是高大的棉白杨，远处是层层叠叠的雪山峭壁。

罗伊读着文章，陷入对蒙大拿州的思念之中，忽然他听到外面传来越来越近的警笛声。他决定去自动售货机买听可乐，虽然他的口袋里只有两枚一角的硬币。

其实，罗伊是不想待在急诊室里，不想看到鸣笛的救护车送来了什么人。他不愿意看到那些在严重的事故中受了伤，甚至可能命悬一线的人。

换作别的孩子，可能会对那种血腥刺激的场面充满好奇，但罗伊不会。罗伊7岁时，家住密尔沃基附近，有一次，一个喝醉的猎人驾驶着雪地摩托车，开足马力撞上了一棵老桦树。当时，罗伊和爸爸就在附近的山坡上滑雪橇，离事故现场大约只有100码远。

埃伯哈特先生跑上山坡想去帮忙，罗伊喘着粗气紧跟在后面。他们到了那棵树下，发现已经无能为力。死者浑身是血，身体扭曲成奇怪的角度，就像一个坏掉的人偶玩具。罗伊知道他将永远无法忘记眼前的景象，也知道自己再也不想看到这样的事情了。

因此，他不想待在急诊室里再一次目睹紧急医疗事件。他从侧门溜了出去，在医院里徘徊了10多分钟，然后被一名护士拦住了。

"我好像迷路了。"罗伊尽力装出迷茫的样子。

"你肯定是迷路了。"

护士带他穿过后面的走廊到急诊室，罗伊松了口气，这里并没有一片混乱或者血流成河，而是和他离开时一样安静。

罗伊觉得奇怪，走到窗前看了看外面的情况。上下车区没有救护车，只停了一辆椰子湾的警车。也许没什么事，他这样想着，继续看起了杂志。

没过多久，罗伊听到通往鲻鱼手病房的双扇门后传来说话声。听起来病房里的人争论得很激烈，罗伊紧张地竖起耳朵，想听清楚他们在说什么。

有一个声音明显高于别人，罗伊听出了是谁在说话，心里咯噔一下。他忐忑不安地坐在那里，想着下一步该怎么做。然后他听到了另一个熟悉的声音，知道自己别无选择了。

他走到双扇门前，把门推开。

"嘿，妈妈！爸爸！"他喊道，"我在这儿呢！"

德林科警官坚持要开车送埃伯哈特夫妇去医院，这么做才算周到得体——还可以在罗伊爸爸那里多挣点印象分。

他希望埃伯哈特先生的儿子没有参与煎饼屋工地的连环恶作剧，不然可就难办了！

在开车去医院的路上，罗伊的父母坐在后座说悄悄话。罗伊妈妈说，她想不通为什么罗伊去同学家做科学作业却被狗给咬了。"也许都是牛肉末闹的。"她推测道。

"牛肉末？"罗伊爸爸说，"做什么作业要用牛肉末？"

德林科警官从后视镜里看到埃伯哈特先生搂住了妻子的肩膀。她眼睛湿湿的，咬着下唇，埃伯哈特先生则像钟表的弹簧一样浑身紧绷着。

他们进了急诊室，前台接待员说罗伊正在睡觉，不能打扰。埃伯哈特夫妇试图跟他讲道理，但接待员不肯让步。

"我们是他的父母。"埃伯哈特先生镇定地说，"我们希望立刻见到他。"

"先生，不要逼我叫主管。"

"你要叫你们的头头就叫吧，"埃伯哈特先生说，"我们要进去了。"

他们从晃晃悠悠的双扇门之间穿过，接待员在后面跟着。"你们不能这样！"他反对道，三步并作两步超到埃伯哈特夫妇的前面，堵住通往病房的路。

德林科警官慢慢上前，觉得身上的警服应该会让那家伙态度软化。但他想错了。

"严禁探视。医嘱上写着呢，就在这儿。"接待员郑重其事地挥舞着一个笔记夹板，"恐怕你们得回等候室等着了，包括你，警官。"

德林科警官不敢再往前了，但埃伯哈特夫妇还是要冲进去。

"你听好了，我们的儿子正在里面躺着呢。"罗伊妈妈提醒接待员，"你给我们打的电话，记得吗？是你叫我们来的！"

"没错，是我。等医生同意了你们立马可以进去看罗伊。"

"那就呼叫医生吧。现在就叫。"埃伯哈特先生保持语调平稳，但音量大了许多，"拿电话拨号。如果你忘了怎么拨，我们很乐意教教你。"

"医生正在休息。她25分钟后回来。"接待员的回答简短而不客气。

"那我们就在这里等着她回来。"埃伯哈特先生说，"我们等着看我们受伤的儿子。而你，如果你不让开，我就一脚把你踹到海里去。明白吗？"

接待员脸色苍白："我要跟我的主主主……管报报报……报告。你们……"

"那敢情好。"埃伯哈特先生与接待员擦身而过，他的妻子挽着他的胳膊，他们向走廊那头走去。

"站住！"一个响亮的女声在他们后面厉声说。

埃伯哈特夫妇停住脚步，转过身来。一位女士从写着"非工作人员勿入"的门后走了出来，她穿着淡蓝色手术衣，戴着听诊器。

"我是冈萨雷斯医生。你们这是要去哪里？"

"去看我们的儿子。"埃伯哈特太太回答。

"我想拦住他们来着。"接待员急忙插话。

"你们是罗伊的父母？"医生问埃伯哈特夫妇。

"是的。"罗伊爸爸注意到冈萨雷斯医生的眼中有种说不清道不明的好奇。

"请原谅我这么说，可能有点冒犯。"她说，"可你们看起来不像是在捕蟹船上工作的。"

"你到底在说什么啊？"罗伊妈妈说，"这家医院是不是没有一个正常人啊？"

"一定是哪里搞错了，"德林科警官插话道，"埃伯哈特先生是联邦执法人员。"

冈萨雷斯医生叹了口气："这个以后再说吧。跟我来，我们去看一眼你家的小伙子。"

急诊病房里有六张床，其中五张都没有人住。第六张床被一个白色的帘子围着，可以照顾到患者隐私。

"我们给他静脉注射了抗生素，他现在情况不错。"冈萨雷斯医生低声说，"但如果搞不清楚那些狗是什么情况的话，我们就得给他打一连串的狂犬疫苗了。那可够受的。"

埃伯哈特夫妇手挽着手走近那张围着帘子的床。德林科警官站在他们身后，心中猜想罗伊穿的是什么颜色的上衣。在他的口袋里，还放着曾经挂在保拉妈妈工地围栏上的鲜绿色布条。

"先跟你们说，他可能正在睡觉。"医生柔声说道，轻轻拉开帘子。

好一会儿，没有人说一句话。四个大人就只是站在那里，全体愣住，盯着空荡荡的病床。

旁边金属架子上挂着一个塑胶袋，里面装着姜黄色的液体，静脉注射管的针头被拔了出来，奄拉到地板上。

终于，埃伯哈特太太打破了沉默，她倒抽着气说："我们的儿子呢？"

冈萨雷斯医生无助地挥动着手臂："我就是……我真的……我不知道。"

"你不知道？"埃伯哈特先生爆发了，"上一分钟一个受伤的男孩还在这张床上睡觉，下一分钟他就不见了？"

德林科警官迈出一步，站到埃伯哈特先生和医生之间。他担心罗伊爸爸会因为情绪激动而冲动行事。

"我们的儿子到底去哪儿了？"埃伯哈特太太再次质问道。

医生按下蜂鸣器呼叫护士，然后开始疯了似的在急诊病房里找人。

"可是你这儿就这么一个病人啊！"埃伯哈特先生愤怒地说，"就这一个人你还把他弄丢了？到底怎么回事——难道你出去喝咖啡的时候，有几个外星人用什么宇宙光线把他挟持到飞船上去了吗？"

"罗伊？罗伊，你在哪里？"埃伯哈特太太大喊。

她和冈萨雷斯医生开始查看病房里另外五张床的床底。德林科警官拿出他的便携无线电，说："我请求支援。"

正在这时，等候室的双扇门突然打开了。

"妈妈！爸爸！我在这儿呢！"

埃伯哈特夫妇一前一后抱住儿子，抱得他都没办法呼吸了。

"这小鬼。"德林科警官笑着把无线电收进皮套。看到罗伊身上穿的不是被刮破的绿色T恤，警官很高兴。

"嚯！"冈萨雷斯医生突然狠狠地拍了拍手，"大家请等一下。"

埃伯哈特夫妇疑惑地抬起头来。明明找回了失踪的病人，医生看起来却并没有特别高兴。

"这位是罗伊？"她指着他们的儿子问道。

"当然。不然还能是谁？"埃伯哈特太太吻了吻他的头顶，"亲爱的，你现在马上回病床上躺着——"

"别急啊。"埃伯哈特先生说，"我不清楚到底是什么情况，但我觉得我们应该向医生道个歉。也许要多道几次歉。"他的双手稳稳地抓住罗伊肩膀，"让我们看看狗咬的伤口吧，小家伙。"

罗伊垂下眼睛："狗没咬我，爸爸。我没事。"

埃伯哈特太太埋怨道："好吧，明白了。是我疯了，对吧？我脑子绝对坏了——"

"各位，不好意思，我们还有个大问题没解决呢。"冈萨雷斯医生说，"我们还没有找到失踪的病人。"

德林科警官完全糊涂了。他又一次拿起无线电，准备呼叫总部。

"我的脑子快爆炸了，"埃伯哈特太太说，"有人能解释一下这一切是什么情况吗？"

"只有一个人能解释了。"埃伯哈特先生指了指罗伊，罗伊顿时想找个地缝钻进去躲着。他爸爸转过身面对着冈萨雷斯医生。

"得克斯？"她扬了扬眉毛。

罗伊感觉自己的脸红了："我真的很抱歉。"

"这里是医院，不是过家家的地方。"

"我知道。对不起。"

"如果你是真的罗伊，"医生说，"那之前躺在病床上的小伙子是谁？他去了哪里？我要听实话。"

罗伊低头盯着运动鞋的鞋尖。长这么大，他从来没有像今天这样尴尬。

"儿子，"爸爸说，"医生问你话呢。"

妈妈捏了捏他的胳膊："说吧，宝贝。这是大事。"

"你要知道我们迟早会找到他的，"德林科警官紧接着开口，"只是时间问题。"

罗伊抬起头，无可奈何地望着大人们。

"我不知道他叫什么，也不知道他去了哪里。"他说，"对不起，但我真的没骗你们。"

是的，实际上，就是这样。

第十三章

罗伊洗完澡，妈妈做了一锅意大利面。他一个人吃了三份，不过，餐桌上安静得跟象棋比赛似的。

罗伊放下叉子，转向爸爸。

"我猜要去书房了，对吗？"

"对。"

罗伊的屁股已经好几年没挨过打了，他怀疑这个纪录要保持不下去了。每当他犯了大错，爸爸就会把他叫到书房让他说明情况。今晚的罗伊已经精疲力尽，他不知道还能否自圆其说。

爸爸坐在胡桃木大书桌后等着罗伊。

"你拿的什么东西？"他问罗伊。

"一本书。"

"嗯，我能看出来是一本书。我希望你说具体一点儿。"

爸爸说话有点阴阳怪气，因为他觉得自己没了解全部的情况。罗伊感觉，这种习惯来自他多年来在审讯中对付那些狡猾人物（比如歹徒、间谍，或者被爸爸调查的其他什么人）的经验。

"看来，"他对罗伊说，"这本书跟今晚的这件怪事有点关系。"

罗伊把书推到桌子对面："两年前的圣诞节，你和妈妈给我买的。"

"我记得，"爸爸边说边打量着封面，"《西布利观鸟指南》。确定不是你过生日的时候送你的？"

"我确定，爸爸。"

之前有一次罗伊和爸爸打赌玩，他们正是在这本书中找到了决定胜负的答案。罗伊获胜，后来就提出了想要这本书做圣诞礼物的愿望。那是一天下午，在加勒廷河谷的一个养牛场，他们看到天上有一只巨大的暗褐色猛禽俯冲下来，抓走了一只地松鼠。罗伊爸爸说，我敢说这只鸟是一只未成年的白头海雕，它的冠羽还没有变白，要是说错了请你喝奶昔。但罗伊说它是一只成年金雕，这种鸟在干燥的大草原上更常见。后来，他们去博兹曼图书馆查了《西布利观鸟指南》这本书，爸爸承认罗伊是对的。

埃伯哈特先生举起书问道："这和医院里那些乱七八糟的事有什么关系？"

"看看第278页吧。"罗伊说，"我给你标记好了。"

爸爸把书翻到那一页。

"'穴小鸮'，"他大声朗读书上的文字，"'拉丁学名Athene cunicularia。腿长，尾短，翅膀相对长而窄，头扁平。一般只有小猫头鹰会在白天栖息在户外。'"爸爸从书中抬起头来，疑惑地看着他："这和你今天下午本来说要做的那个'科学作业'有关吗？"

"根本没有什么科学作业。"罗伊承认。

"那你妈妈给你的牛肉末呢？"

"喂猫头鹰了。"

"你往下说。"埃伯哈特先生说。

"说来话长，爸爸。"

"我有的是时间。"

"好吧。"罗伊说。他满怀疲惫，心想怎么感觉还不如被打屁股省事呢。

"是这样，有一个男孩，"他开始讲述，"和我差不多大，差不多高……"

罗伊把所有的事都告诉了爸爸——嗯，基本上是所有的事。他没有提到比阿特丽斯·利普的继弟放出去的蛇毒性很强，还有他用胶带封住了它们的嘴巴。相比那些不足挂齿的破坏行动，这些细节更有可能吓到埃伯哈特先生。

罗伊也没有透露比阿特丽斯给她继弟起了个绰号叫鲻鱼手，他怕爸爸会出于法律义务不得不向警方报告，或者将信息录入政府的电脑信息数据库。

除此之外，罗伊都说了。爸爸听他说着，没有打断。

"爸爸，他真的不是坏孩子。"罗伊总结道，"他所做的一切都是为了救那些猫头鹰。"

埃伯哈特先生又沉默了一会儿。他重新打开《西布利观鸟指南》，看着小鸟的彩图。

"也就是说，如果保拉妈妈的人把那片地方给铲平了，猫头鹰的窝就都会被埋掉。"罗伊说。

爸爸把书放在一边，慈爱地看着罗伊，眼神中还带着一丝不忍心。

"罗伊，那是他们的地盘，所以说，他们想做什么就能做什么。"

"可是——"

"该拿的批文和许可证，他们应该都拿到了。"

"他们有许可证，就可以把猫头鹰埋了？"罗伊不相信。

"猫头鹰会飞走的，它们会在别的地方重新安家。"

"如果它们有小孩呢？小鸟宝宝要怎么飞走？"罗伊生气地反驳道，"怎么飞走呢，爸爸？"

"我不知道。"爸爸承认。

"如果有一天，一群不认识的人开着推土机把这栋房子夷为平地，你和妈妈会怎么想？"罗伊不依不饶，"他们只跟你说：'别担心，埃伯哈特夫妇，没什么大不了的。你们收拾收拾搬走吧。'你会作何感想？"

罗伊爸爸慢慢站了起来，慢得仿佛像肩头压着一百块砖。

"我们出去走走吧。"他说。

这是一个平静的夜晚，万里无云，一轮雪白的月亮从屋顶后面探出头来。路灯罩周围，成群的虫子像五彩纸屑一样盘旋着。街区的尽头，有两只猫在朝着对方喵喵叫。

罗伊爸爸微微低头，双手插兜走着。

"你长得真快啊。"爸爸这么说，让罗伊有些惊讶。

"爸，我们每次点名的时候，全班只有两个人比我矮。"

"我不是说这个。"

他们往前走着，罗伊踩着人行道上的一条条窄缝玩跳远。父子俩聊了一些不痛不痒的话题——学校、运动——然后罗伊终于把对话引向了鲻鱼手这个敏感话题。他需要知道爸爸的立场。

"您记得去年夏天，我们在麦迪逊峡谷玩漂流吗？"

"当然，"爸爸说，"轮胎漂流。"

"没错。"罗伊说，"还记得我们看到一棵棉白杨树上停着五只大角猫头鹰吗？五只呢！"

"是，我记得。"

"您想拍照，但是照相机滑到河里了，记得吗？"

"不完全是那样啦，是我把它弄掉的。"罗伊爸爸不好意思地回忆道。

"没事，一次性相机，不值钱。"

"话是这么说，但要是能拍下来，一定棒极了。五只猫头鹰在同一棵树上站着。"

"是的。"罗伊说，"太神奇了。"

猫头鹰的故事收到了罗伊想要的效果，爸爸明白了罗伊的暗示。

"你跟我说的那个男孩——你真不知道他叫什么名字？"

"他不肯告诉我。比阿特丽斯也不说。"罗伊答道，"我说的是真的。"

"他没跟他继父姓吗？"

"姓利普吗？没有，反正比阿特丽斯说的没有。"

"你还说他不上学。"

罗伊心里一沉，感觉爸爸好像打算举报鲻鱼手辍学。

"我担心的是，"埃伯哈特先生说，"他们的家庭状况，听起来不太好。"

"是，确实不好。"罗伊有些不开心地承认，"所以他没有继续住在家里。"

"没有亲戚可以照顾他吗？"

"他觉得他现在住的地方挺安全的。"罗伊说。

"你确定吗？"

"爸爸，请不要告发他。拜托您。"

"怎么告发？我连去哪里找他都不知道呢，"爸爸向他眨了眨眼，"但我要告诉你我打算怎么做：我要花些时间认真思考目前发生的一切。你也应该好好想想。"

"好。"罗伊说。除了这些，他还能想什么呢？即便是他与达纳·马瑟森打的那一场架，也已经像久远的梦一样模糊了。

"我们差不多该回家了。"爸爸说，"时间不早了，你这一天可真够折腾的。"

"确实是漫长的一天。"罗伊同意。

可是，躺在床上，他睡不着。尽管身体已经筋疲力尽，但头脑却非常清醒，白天发生的混乱情景还在脑袋里嗡嗡作响。他决定看看书，于是伸手拿了一本从学校借来的《记忆中的土地》。这本书讲述了19世纪50年代佛罗里达州一个家庭的故事，当时那里还是一片荒野。罗伊沉思道：那里人烟稀少，沼泽和树林里栖息着大量野生动物——在那个年代穴居猫头鹰的日子应该比较好过。

一个小时后，他正半睡半醒时，听到有人嗒嗒地敲卧室的门。原来是妈妈，她溜进来跟罗伊说晚安。她从他手里拿走了书，关掉了床头柜上的台灯。然后她坐在床边，问他感觉怎么样。

"累死了。"罗伊说。

妈妈轻轻地掖了掖被子，盖住他的脖子。尽管罗伊本来就很热了，他也没说什么。当妈妈的都这样，她就是本能地关心他。

"亲爱的，"她说，"你知道我们有多爱你。"

啊哦，怕什么来什么，罗伊想。

"但你今晚在医院做的事，你让那个男孩冒用你的名字进了急诊病房——"

"是我要这么做的，妈妈，不是他的主意。"

"我当然知道你本意是好的。"她说，"但严格来说，你还是撒谎了。提供虚假信息，这不是闹着玩的，宝贝——"

"我知道。"

"其实，嗯，你爸爸和我只是不希望你惹上麻烦，即便是为了帮朋友。"

罗伊用一边的胳膊肘撑起身子："如果逼他说出真名，他会逃走的，我不想那样。他病了，他需要治病。"

"我明白。相信我，我懂你。"

"他们多管闲事，问了一堆不该问的，妈，他那时候烧得都快晕倒了。"罗伊说，"也许我做得不对吧，但如果有必要的话，下次我还是会这么做。我是认真的。"

罗伊感觉妈妈要委婉地批评自己了，但她只是笑了笑。她用双手抚平被子，说道："宝贝，有时候你会面临一种情况：什么是对的，什么是错的，它们的界限并不清楚。你的心会跟你说这么做，你的大脑却让你那么做。最后，你只能权衡两边，做出你觉得最合适的判断。"

罗伊想："嗯，我差不多就是这么做的。"

"这个男孩，"妈妈说，"为什么他不肯说出真实姓名？还有，他为什么从医院跑掉了？"

鲻鱼手是从放射科隔壁的女洗手间的窗户逃走的。大卫·德林科警官的巡逻车停在急诊室外面，鲻鱼手把他那撕破了的绿色上衣挂在了巡逻车的天线上。

"他跑可能是因为，"罗伊说，"他害怕有人告诉他妈妈。"

"告诉他妈妈会怎样？"

"他妈妈不想要他了，她要把他送进少管所。"

"什么？"

"他妈妈把他送去了军校。"罗伊解释道，"她不想看见他回来。她自己说的，当着比阿特丽斯的面。"

罗伊妈妈歪着头，好像以为自己听错了："他妈妈不想要自己的儿子了？"

罗伊看到她眼里闪过一丝不知是悲伤还是愤怒的情绪——或者两者都有。

"她不想要他了？"妈妈重复道。

罗伊沮丧地点点头。

"哦，天哪。"她说。

妈妈说话温柔得让罗伊有点惊讶。他从妈妈的声音中听出了痛苦，于是有些懊悔把鲻鱼手的身世这么详细地告诉她。

"对不起，妈妈。"罗伊说，"我爱你。"

"我也爱你，宝贝。"

她吻了吻他的脸颊，又一次给他掖好被子。当妈妈关门时，罗伊看到她犹豫了一下，又回过头看着他。

"我们为你骄傲，罗伊。我要让你知道这一点。我和你爸爸都无比自豪。"

"爸爸跟你说猫头鹰的事了吗？"

"是的，他告诉我了。太可惜了。"

"我应该怎么办？"

"你的意思是？"

"哦，没什么。"罗伊说着，脑袋陷进枕头里，"晚安啦，妈妈。"

不过还好，妈妈其实已经回答了他的问题。他只要解决心和脑子之间的矛盾就好了。

第十四章

幸好第二天是星期六，罗伊不用早起赶校车上学。

他刚坐下要吃早饭，电话铃响了。原来是加勒特。他以前从没给罗伊打过电话，现在却邀请罗伊去购物中心玩滑板。

"我没有滑板，你还记得吗？"罗伊说。

"没事，我多带了一个。"

"不用了，谢谢。我今天去不了。"

加勒特打电话来的真正目的，当然是打探达纳·马瑟森在学校里出事的来龙去脉。

"哥们儿，有人把他绑在了旗杆上啊！"

"不是我干的。"罗伊说。关于这个话题，他不方便在父母面前说太多。

"那是谁干的？怎么做到的？"加勒特追问。

"无可奉告。"罗伊用鲻鱼手说过的话回敬道。

"哎哟喂，告诉我嘛，埃伯哈特！"

"星期一见。"

早饭后，爸爸开车送罗伊去自行车店取新轮胎。到了中午，罗伊又可以骑车到处逛了。他在电话簿上看到了"L. B. 利普"的地址，毫不费力地找到了地方。那栋房子在黄鹂西街上，和他第一次看到奔跑男孩的那个车站在同一条街上。

在利普家的车道上，停着一辆坑坑洼洼的旧雪佛兰萨博班汽车，还有一辆锃亮的新科迈罗敞篷车。罗伊把自行车停靠在邮筒旁边，急匆匆地走上人行道。他听到房子里有吵架声，希望这声音是来自电视上播的节目。

罗伊用力敲了三下门，门开了，利昂·利普站在门口，身高足有6英尺9英寸。他穿着宽松的红色运动短裤和无袖网眼运动衫，罗伊能看到他的肚子跟个烧水的壶差不多大，肚皮白白的。看起来，利昂从职业篮球界退役后，连5分钟都没有再在健身房待过，他全身上下只有身高还带着美国职业篮球联赛的痕迹。

罗伊踮起脚往后仰，以便看清利昂的脸。利昂烦躁不安，一副心事重重的样子。

"比阿特丽斯在家吗？"罗伊问。

"在的，但她现在有点忙。"

"就一分钟，"罗伊说，"是学校的事情。"

"哦，学校啊。"利昂好像忘了他女儿每星期有五天是在哪里度过的。他发出一声奇怪的咕哝，迈着笨拙的步子吃力地走开了。

过了一会儿，比阿特丽斯来了。她看上去心力交瘁。

"我能进来吗？"罗伊问。

"不行，"她低声说，"现在不是时候。"

"那你能出来吗？"

"也不行。"比阿特丽斯紧张兮兮地回头看了一眼身后。

"医院里的事你听说了吗？"

她点点头："抱歉，我没能及时赶回去帮忙。"

"你弟弟还好吗？"罗伊问。

"比之前好点了。"比阿特丽斯回答。

"门口是谁？是什么人啊？"大厅里有个冷冷的声音问道。

"一个朋友。"

"男生？"

"是啊，男生。"比阿特丽斯翻了个白眼，好像在为罗伊抱不平。

一个略高于比阿特丽斯的女人在她身后出现了。她有着尖尖的鼻子，圆溜溜、机警多疑的小眼睛，满头蓬乱的红褐色卷发。她的指甲亮闪闪的，指尖夹着一根烟，蓝色的烟雾袅袅升起。

这个人肯定是朗娜，鲻鱼手的妈妈。

"你是谁？"她问。

"我叫罗伊。"

"你想干吗，罗伊？"朗娜使劲嘬了一口烟。

"是学校的事情。"比阿特丽斯说。

"是吗？不过，今天可是星期六。"朗娜说。

罗伊试着解释："很抱歉打扰您，利普太太。比阿特丽斯和我正在一起做一份科学作业——"

"今天不行，你回吧。"朗娜打断了他，"比阿特丽斯小姐忙着大扫除呢。她要打扫厨房、浴室，还有其他地方，我要她收拾她就得收拾。"

罗伊觉得朗娜简直是在玩火。很明显,比阿特丽斯比她壮实,而且已经气得咬牙切齿了。如果朗娜见过她的继女是怎么用牙咬坏了罗伊的自行车胎,她可能就不会这么嚣张了。

"要不明天吧。"比阿特丽斯表情严肃地对罗伊说。

"当然可以。都行。"他退下台阶。

"'明天'行不行再说吧。"朗娜的声音低沉沙哑,带着嘲讽,对罗伊抱怨道,"下次记得提前打电话。知道电话是什么玩意儿吗?"

罗伊骑着自行车离开了,路上他想,与其让鲻鱼手跟这么一个讨人厌的妈一起住在家里,还不如让他在森林里游荡呢。罗伊想知道一个成年人是经历了什么才会变得如此暴躁,如此令人厌恶。如果有一天比阿特丽斯真的一口咬掉了朗娜的脑袋,他都不会感到惊讶。

他要去的下一个地方是达纳·马瑟森家,他的妈妈也是个不称职的家长。罗伊有一种感觉,达纳的父亲也不好说话,结果巧了,正是他出来开的门。罗伊以为达纳的父亲也会有着原始野蛮人般的健壮体格,却看到马瑟森先生身材消瘦,颤颤巍巍,看起来身体不怎么好。

"嘿,我叫罗伊。"

"对不起,我们没兴趣。"达纳的父亲一边礼貌地说着,一边开始关门。

"我不是推销的,"罗伊透过门缝说,"我找达纳。"

"呃——哦,不会又来了吧,"马瑟森先生重新打开门,压低了声音，"我猜猜。他雇你帮他做作业，对吧？"

"不是的，叔叔。我是他的朋友，我们一个学校的。"

"他的'朋友'？"

罗伊知道，达纳没几个朋友，仅有的那几个都比罗伊块头大得多，看起来不像好人，罗伊跟他们很不一样。

"我和他一块儿坐校车上学。"罗伊说着，决定再次利用比阿特丽斯的台词，"我们一起做科学作业。"

马瑟森先生眉头紧锁："这是什么恶作剧吗？你到底是谁？"

"我跟您说过了。"

达纳的父亲拿出了钱包："好了，小伙子，别闹了。我欠你多少钱？"

"什么钱？"

"我儿子的作业钱啊。"马瑟森先生举起一张5美元的钞票，"还是这个数吗？"

他看上去垂头丧气，无地自容。罗伊为他感到难过。很明显，抚养达纳这样的傻儿子是一种煎熬。

"您一毛钱都不欠我的。"罗伊说，"他在家吗？"

马瑟森先生让罗伊在门口等着。过了一会儿，达纳出现了，他穿着松松垮垮的四角短裤，还穿着一双脏兮兮的运动袜。

"你这家伙！"他咆哮道。

"对，"罗伊说，"是我。"

"你看什么呢，女牛仔？"

没什么，罗伊想。他注意到达纳说话不再口齿不清，上唇的肿胀也消了。

"你骑这么远过来，疯了吧？"达纳说，"就为了送上门来被我踩成肉酱？"

"到外面说吧。我没有时间跟你耗一整天。"

"你说什么？"

达纳走到门廊，关上身后的门，大概是不想让爸爸目击即将发生的流血事件。他铆足力气，猛地挥拳打向罗伊的脑袋，但罗伊预料到并躲开了，达纳这一拳结结实实地打在一个玻璃制成的喂鸟器上。

达纳哀号了半天才停下来，罗伊紧接着说："每一次你想欺负我的时候，就会有坏事落在你头上。你没注意到吗？"

达纳弯着腰，甩着受伤的手。他抬眼怒视着罗伊。

"比如昨天，"罗伊继续说，"昨天在保洁储藏室，你想要我的命。记得吗？最后，你被一个女孩揍得屁滚尿流，衣服被扒光了，赤条条地绑在旗杆上。"

"我没有光着。"达纳厉声说，"我穿着裤衩子呢。"

"等你周一回到学校，所有人都会笑话你。所有人！达纳，这都是你自己犯蠢的后果。你只要离我远点就行了。这能有多难啊？"

"是吗？呵，等我把你的小屁股踢上西天的时候，他们会笑得更大声的，女牛仔。他们会笑得合不拢嘴，就跟张大了嘴的鬣狗一样，只是到那时你已经听不到了。"

"换句话说，"罗伊生气地说，"你真是好了伤疤忘了疼。"

"没错。你能拿我怎么样！"

罗伊叹了口气："我来这里唯一的目的是把事情说清楚。停止所有无聊的争斗吧。"

他来就是为了这个。如果他能和达纳·马瑟森和解，哪怕是暂时的，他就可以集中精力帮鲻鱼手脱离困境了。

但达纳并不配合，而是对着他大声嚷嚷起来："你一定是疯了。害得我这么倒霉。你死定了，埃伯哈特。你会死得很惨，惨到谁看了都笑不出来。"

罗伊意识到这么下去没用。"没救了，你就是这德行。"他说，"顺便说一句，这块紫色还挺酷的。"他指着达纳肿胀的指关节。

"滚开，女牛仔！现在就滚！"

罗伊离开门廊，达纳还在那里大力拍着门，大吼着让父亲给他开门。显然，刚才他走出门要揍罗伊时，他身后的锁咔嗒一声锁上，把他关在了外面。

达纳穿着晃晃荡荡的四角短裤上蹿下跳，这个场景真有趣，但罗伊没心情观赏。

罗伊把自行车藏好，悄悄从围栏上的洞钻进来。阳光下的废车场看起来不再阴森恐怖，只是很凌乱。不过，罗伊还是毫不费力地找到了那辆锈迹斑斑的旧餐车，它薄薄的遮阳篷上有用油漆写的"乔乔冰激凌刨冰"几个字。

比阿特丽斯的继弟在餐车的后部，他躺在破破烂烂的睡袋里，拉着拉链。他听到了罗伊的脚步声，动了动，费力地睁开一只眼睛。罗伊跪在他身边。

"给你带了点水。"

"谢谢，伙计。"鲻鱼手伸手去拿塑料瓶，"昨晚多亏了你。有没有惹上麻烦？"

"没什么大不了的。"罗伊说，"你感觉怎么样？"

"感觉跟牛屎一样。"

"你看起来比之前好多了。"罗伊告诉他。确实如此，男孩的脸上恢复了光泽，被狗咬过的胳膊不再浮肿僵硬。另一只胳膊上有一块纽扣大小的青色瘀伤，那是他逃走时拔掉静脉注射管留下的痕迹。

"不发烧了，但我浑身疼。"他一边说，一边扭动着从睡袋里爬了出来。他开始穿衣服，罗伊看向别处。

"我来是要告诉你一件事，关于那个新的煎饼屋。"罗伊说，"我和我爸爸谈过了，他说在那块地上，他们可以想盖什么就盖什么，只要他们有法律要求的文件就行。我们无能为力。"

鲻鱼手咧嘴一笑："'我们'？"

"我的意思只是想说——"

"你说这事没戏，对吗？得了吧，得克斯，你得学学不守法的人是怎么想事情的。"

"但我不是那种人。"

"不，你就是。你昨晚在医院——可不是什么遵纪守法的乖孩子。"

"你病了，需要有人帮你。"罗伊说。

鲻鱼手喝完水，扔掉空瓶子。他站起来，像猫一样伸了个懒腰。

"你做了乖孩子不会做的事，是因为什么？因为你关心我，"

他盯着罗伊说，"就像我关心那些不同寻常的小猫头鹰一样。"

"那叫穴居猫头鹰。我读了一些讲它们的书。"罗伊说，"对了，我忽然想起来，它们可能对牛肉末不太感兴趣。鸟类图鉴上说，它们主要吃昆虫和蠕虫。"

"那我就给它们抓虫子吃。"男孩的话中带着一点儿不耐烦，"关键是，那么做不对，我是说那个地方发生的事。那片地还没盖煎饼屋的时候，就已经是猫头鹰的地盘了。你是哪里人，得克斯？"

"蒙大拿。"罗伊不假思索地回答。然后，又补充道："呃，其实，我是在底特律出生的。但我们搬到这里之前，就住在蒙大拿州。"

"我没去过西部，"鲻鱼手说，"不过，我知道那里山挺多的。"

"是的，山超级棒。"

"要是这儿也有山就好了，"男孩说，"佛罗里达州的地势太平了，推土机从这边的海岸推到那边的海岸完全没压力。"

罗伊不忍心告诉他，那样的机器把山推平都不在话下。

"我从小，"鲻鱼手说，"就一直在看着——松林、灌木丛、小溪、林间空地——看着这些地方消失。就连海滩也是，伙计——他们建了那么多巨大的酒店，只让那些傻不拉叽的游客住。真的很差劲。"

罗伊说："这样的事情到处都有。"

"那也不代表你要眼睁睁看着不管。来，瞧瞧这个。"男孩从破烂的牛仔裤口袋里掏出一张皱巴巴的纸，"我努力过的，得

153

克斯，看到了吗？我让比阿特丽斯写了封信，把猫头鹰的事都跟他们说了。他们就寄回来这么个东西。"

罗伊把纸弄平，看到纸的上方印着保拉妈妈公司的标志。信上说：

亲爱的利普女士：

　　非常感谢您的来信。

　　保拉妈妈美式煎饼屋公司致力于保护环境，我们为此感到自豪。我们将会尽一切努力解决您关心的问题。

　　我以个人名义向您保证，保拉妈妈正与当地政府密切合作，我们会完全遵守所有法律、法规和条例。

诚挚祝福，

查克·E.穆克勒

公共关系副总裁

"太烂了。"罗伊把信还给男孩。

"是啊，都是些，叫什么来着……套话。一个字都没提猫头鹰的事。"

他们从冰激凌车里出来，走到阳光下。罗伊视线所及，全是一排排散发着热浪的废弃汽车。

"你打算在这里躲多久？"他问男孩。

"有人赶我走我再走。嘿，你今晚要做什么？"

"做作业。"

其实罗伊没多少作业，只有瑞安老师的历史课留了一章短短的阅读内容，但他需要找个借口待在家里。他感觉鲻鱼手正在计划再次到保拉妈妈的工地去干点儿什么违法的事。

"嗯，你别做作业了，太阳下山的时候去老地方等我。"男孩说，"带上一把套筒扳手。"

罗伊觉得既担忧又兴奋，这两种有些矛盾的心情混在一起，怪怪的。他担心男孩要用的手段太过分，但心里又支持他保护猫头鹰。

"你的病还没完全好，"罗伊说，"你需要养病。"

"没时间。"

"但你要做的事情是行不通的，"罗伊坚持道，"拖慢他们倒是有可能，但没办法让他们收手。保拉妈妈是一家大公司，他们不会轻易放弃卷铺盖走人的。"

"我也不会轻易放弃的，得克斯。"

"他们迟早会抓到你的，把你扔进少管所，然后你就——"

"那我就再跑一次，跟以前一样。"

"但你不会怀念那种，呃……正常的生活吗？"

"从来没过过那种生活，怎么怀念？"男孩说。在罗伊听来他的语气中没有一丝苦涩。

"也许有一天我会回学校上学的，"男孩继续说，"但现在我已经足够聪明了，够用了。我可能不懂代数，不知道'漂亮的卷毛狗'用法语怎么说，也说不上来是谁发现了巴西，但我可以用两根干树枝和一块石头生起一堆火。我还会爬椰子树，弄到的椰子汁足够我喝一个月——"

他们听到汽车发动的声音，赶紧躲回冰激凌车里。

"是这地方的主人，一个老家伙。"鲻鱼手小声说，"他有一辆全地形车——超级酷。开起车来像那位世界顶级赛车手杰夫·戈登似的满场飞。"

全地形车的轰鸣声渐渐消失在废车场的另一边，男孩示意可以从车里出来了。他带罗伊抄近路来到围栏开口处，两人一起溜了出去。

"你现在要去哪里？"罗伊问。

"我不知道。也许先踩点看看。"

"踩点？"

"你懂，搞搞侦察嘛，"鲻鱼手说，"探一探今晚的目标是什么情况。"

"噢。"

"你不问问我打算怎么做吗？"

罗伊说："可能我还是不知道比较好。"他考虑过告诉鲻鱼手自己的爸爸是执法人员。也许这样的话，男孩就能理解，为什么罗伊心里支持保护猫头鹰的战斗，但不愿意参与其中。如果他和鲻鱼手被抓到，就会被关进监狱，他无法想象身陷囹圄的自己要如何面对父母。

"我爸爸是为政府工作的。"罗伊说。

"那可太好了。"男孩说，"我爸爸整天吃微波炉馅饼，盯着体育频道不挪窝。跟我走吧，得克斯，我给你看个超级酷的东西。"

"其实我叫罗伊。"

"好吧，罗伊。跟我来。"

然后他又跑了起来。

远在罗伊·埃伯哈特出生之前，20世纪70年代末的一年夏天，一场不算太大但有威力的热带风暴在墨西哥湾形成，并在椰子湾以南几英里处登陆。风暴没有造成人员伤亡，但10英尺高的巨浪对海滨建筑和道路造成了严重破坏。

受损的财产中有一艘名为莫莉·贝尔号的捕蟹船，风暴将它从锚泊地掀起，卷进了一条涨满潮水的小河，它在浪里颠簸，最终沉入水下不见了。

风暴停息后，汹涌的海水渐渐退去，失踪的捕蟹船有一半露出了水面。它就一直卡在那里，因为小河太窄，水势复杂，水底坚硬的牡蛎床也很危险，没有打捞船愿意冒着风险去打捞它。

季节更替，这艘船变得越来越干瘪、破旧，原本坚固的船体和甲板被蛀虫和藤壶攻陷，常年的风吹日晒也在它身上留下了痕迹。20多年过去了，莫莉·贝尔号露在水面上的部分只剩驾驶室那褪了色的斜顶棚——宽度刚好够两个男孩肩并肩坐着。他俩仰着脸晒太阳，两双腿在淡绿色的河面上方晃晃悠悠。

罗伊被这奇妙的宁静所吸引。上了年头的茂密红树林，隔绝了来自文明社会的汽车喇叭声、工地敲击声。鲻鱼手闭上眼睛，大口呼吸着咸咸的微风。

一只孤单的鱼鹰被浅滩上时隐时现的饵鱼吸引，在他们头顶盘旋。上游，一群幼年海鲢翻滚着向前游，它们也在惦记着午餐。附近，一只白色的鹭鸟优雅地单腿站立在树上，树枝上还挂着两个男孩下水前脱下的鞋子。

"两周前我在这里看到一条鳄鱼，有9英尺长呢。"鲻鱼手说。

"真棒。你现在才跟我说这个。"罗伊笑着说。

其实，他在这里很有安全感。这条小河美极了，充满自然的灵性，就像世外桃源，而且离他家后院只有20分钟路程。

罗伊想，要不是我花了那么多时间闷闷不乐地思念蒙大拿，本来我有可能自己找到这个地方的。

男孩说："鳄鱼没什么好担心的。蚊子才凶。"

"你带比阿特丽斯来过这里吗？"

"来过一次。一只青蟹咬了她的大脚趾，后面的事不用我说了吧。"

"倒霉的螃蟹。"罗伊说。

"是啊，那画面，啧啧。"

"我能问你点事吗？"

"别问我叫什么就行。"鲻鱼手说，"我不想要名字，也不需要，至少在这种地方是如此。"

"我想问的是，"罗伊说，"你和你妈妈，你们之间是怎么回事呢？"

"我不知道。就是一直不亲近吧。"男孩就事论事地说，"我早就不记挂这事了。"

罗伊觉得难以置信。

"那你的亲生父亲呢？"

"不认识，"男孩耸耸肩，"连照片都没见过。"

罗伊不知道该说什么好，就默默结束了这个话题。下游的水面忽然乱了，十几条像雪茄一样大的银色的鱼，为了躲避捕食者的追击，一同跳出了水面。

"棒！它们来啦。"鲻鱼手指着水花四起的V字形尾流。他趴下来，让罗伊抓住他的脚踝。

"要干什么？"

"快点，伙计，赶紧！"

罗伊抓住男孩的脚踝，男孩的身体从驾驶室顶棚边探下去，瘦长结实的上半身整个儿悬在河面上方。

"抓稳，别放手！"男孩喊着，伸着棕褐色的手臂，直到指尖碰到了水面。

罗伊有点抓不住了，于是他向前倾斜着身体，把全部重量压在男孩的腹部。他感觉他们两个快要一起掉到河里去了，但只要不撞到水底的牡蛎床，应该就还好。

"来了！准备！"

"抓到了！"男孩突然向前扑去，罗伊努力稳住了。他听到一声大喊、一阵溅水声，然后是一声得意扬扬的"喔——呜呼——"

罗伊抓住男孩的腰带，把他安全拉回到驾驶室顶上。男孩翻身坐起来，笑容满面，双手在胸前捧成碗状。

"你看一下这是什么。"他对罗伊说。

男孩捧着一条亮闪闪的鱼，它的脑袋圆钝钝的，浑身像液态金属一样闪闪发光。罗伊无法想象他是怎么徒手从水里抓到这么狡猾的小精灵的，就算是鱼鹰也会自叹不如。

"这就是鲻鱼吧。"罗伊说。

"没错，"男孩自豪地笑了，"我的外号就是这么来的。"

"你到底是怎么做到的？窍门是什么？"

"抓多了就会了。"男孩答道，"相信我，这可比做家庭作业帅气多了。"

小鱼在他的手里扭动，闪着蓝绿色的光。男孩把它放在河面上，放开了手。鲻鱼扑通一声轻轻落水，在水里打了个旋，消失了。

"再见，小家伙，"男孩说，"快游回去吧。"

然后，他们拨着水游回了岸边。罗伊的好奇心占了上风，他忍不住问了出来："好了，你现在可以告诉我了吧，今晚保拉妈妈工地会发生什么事？"

鲻鱼手正忙着把新运动鞋上的一只蜗牛抖下来，他给了罗伊一个淘气的眼神。"想知道的话，只有一种办法，"他说，"就是到那儿去。"

第十五章

罗伊盘腿坐在地板上，凝视着利文斯顿牛仔竞技比赛的海报。他希望自己能像冠军牛仔一样勇敢，但他做不到。

去保拉妈妈工地的行动简直太冒险了，那里一定有人，或者有什么东西，在埋伏着要抓他们。攻击犬可能已经不在那儿了，但煎饼公司不可能长时间让建设中的新店工地无人看守。

除了害怕被抓，违法行为本身也让罗伊很不安——而且，有个事实是无法回避的：毁坏别人的财产是犯罪，无论出发点多么高尚。

然而，他还是忍不住去想未来某天猫头鹰的家被推土机摧毁的场景。他想象着这样的画面：猫头鹰妈妈和猫头鹰爸爸无助地在空中盘旋着，而它们的宝宝被成吨的泥土闷死了。

这让罗伊既难过又生气。保拉妈妈拿到了所有的许可证又如何？合法的不一定就是对的。

罗伊仍然没有解决他的大脑和他的心之间的矛盾。他一定有办法帮助鸟儿——还有比阿特丽斯的继弟——在不违反法律的情况下。他需要想一个计划出来。

罗伊瞥了一眼窗外，感觉到时间正在一分一秒地溜走。外面的影子越拉越长，这说明太阳很快就要落山，鲻鱼手快要出动了。

临出门前，罗伊在厨房门口探头探脑，妈妈正站在炉子旁边。

"你去哪里？"她问道。

"骑车出去转转。"

"又去？你刚回来。"

"什么时候开饭？好香啊。"

"我炖了肉，宝贝，倒也没什么特别的。但我们要到7点半或8点才吃饭呢——你爸爸看的球赛开球晚了。"

"太好了。"罗伊说，"待会儿见，妈妈。"

"你要去干吗？"她在他身后喊，"罗伊？"

他全速骑到达纳·马瑟森住的街区，然后停下车，把车子跟街边的路牌锁在一起。他走近达纳家的房子，趁没人注意穿过篱笆溜进了后院。

罗伊不够高，看不到窗户里面的情况，他只好跳起来，趴在窗台上，用手撑着身体。透过第一扇窗户，他看到一个消瘦的身影躺在沙发上，衣服皱巴巴的：那是达纳的父亲，他的额头贴着一个像是冰袋的东西。

第二扇窗户里不是达纳的妈妈就是达纳本人，那个身影穿着红色的弹力裤，戴着破旧的假发。罗伊觉得那是马瑟森太太的可能性更大，因为那人正在用吸尘器打扫卫生。罗伊放低身体，继续沿着外墙爬到第三个窗口。

果然，达纳在那里。

这个胖子正懒洋洋地躺在床上，穿着脏兮兮的工装裤，脚上的高帮运动鞋没系鞋带。他戴着一副立体声耳机，脑袋随着音乐摇来晃去。

罗伊踮起脚，用指节轻轻敲了敲窗户上的玻璃。达纳没听见。罗伊继续敲窗，敲得隔壁邻居门廊上的狗都开始叫了。

罗伊再次撑起身子往屋里看，而达纳正透过窗户怒气冲冲地瞪他。达纳摘下耳机，嘴里说着一些连业余唇语爱好者都能猜出来的词。

罗伊微笑着跳到草坪上，向后退了两步。他接下来做的事，完全不符合他平时害羞的性格。

他干脆地敬了个礼，转过身，脱下裤子，弯下腰。

从头朝下的角度来看（罗伊的视角），达纳睁大了眼睛，这表明他从未被人用这种方式羞辱过。他似乎受到了极大的冒犯。

罗伊平静地提起裤子，溜达了半圈走到房子前面，等着怒发冲冠的达纳冲出房门。果然，没过几秒钟他就出来了。

达纳离罗伊不到20码，骂骂咧咧地说着难听的脏话。罗伊快步跑了起来。罗伊知道自己平时跑得比这快，所以他留意着自己的速度。他不想让达纳气馁，放弃追他。

可是，才跑过三个街区，达纳的体质就暴露无遗，他的体力比罗伊预想的还要糟糕。他渐渐跑不动了，刚才骂骂咧咧的劲儿也全没了，只剩下疲劳的呻吟和有气无力的喘息。

罗伊回头看，发现达纳正跟跟跄跄地努力快走。真是可怜。离罗伊想去的地方还有半英里的路程，但他知道，要是不停下来歇歇脚，达纳根本走不到目的地。这个可怜的大家伙都快站不住了。

罗伊别无选择，只能假装自己也很累。他跑得越来越慢，与达纳的差距逐渐变小，快要被追上了，跌跌撞撞的达纳几乎已经碰到了罗伊的脚后跟。熟悉的汗湿的大手抓住了罗伊的脖子，但罗伊感觉到达纳太累了，手上没有劲，更别说像以前那样掐得他喘不上气。这孩子只是想抓着什么让自己站稳。

但他们还是摔倒了。两个人一起倒下，达纳摔在罗伊身上，罗伊被死死压在下面。达纳气喘吁吁，像一匹浑身是汗的马。

"别揍我！我投降！"罗伊假装投降，演得跟真的一样。

"呃呃呃啊啊啊……"达纳的脸像红辣椒一样红，眼珠子在眼眶里打转。

"你赢了！"罗伊哭喊着。

"啊啊啊……"

达纳的口气不太好闻，他的体味则堪称恶臭。罗伊转过头去，大口呼吸干净空气。

地面很软，土壤像炭一样黑。罗伊估计他们是倒在了别人家的花园里。达纳还没从这场追逐中恢复体力，他们似乎躺在那里再也起不来了。罗伊觉得有些尴尬，不太舒服，但挣扎没有用，逃是逃不出来的，达纳死沉死沉的。

终于，达纳动了动，抓着罗伊的手握得更紧了，他说："现在我要踢你的屁股了，埃伯哈特。"

"拜托，不要踢我。"

"你脱了裤子用屁股对着我！"

"跟你闹着玩的。真的很对不起。"

"嘿,你那么羞辱人,就得遭报应。你的屁股要倒霉了。"

"我理解你为什么特别生气。"罗伊说。

达纳猛捶罗伊的肋骨,但拳头落在罗伊身上并没有多少威力。

"你现在觉得好玩吗,女牛仔?"

罗伊摇摇头表示否认,假装觉得疼。

达纳恶毒地咧嘴一笑。他的牙齿粗糙发黄,简直像一只老看门狗的牙。他用膝盖压着罗伊的胸口,向后仰了仰,准备再给罗伊一拳。

"等等!"罗伊尖叫道。

"等什么?大熊比阿特丽斯这次可不会再来救你了。"

"烟。"罗伊悄悄说,像是怕被人听见似的。

"呃?"达纳放下拳头,"你说什么?"

"我知道有个地方有整整一箱的烟。如果你答应不打我,我就带你去。"

"什么样的烟?"

罗伊是随口编的,没有想那么细。他没料到达纳会挑剔烟的牌子。

"角斗士。"罗伊想起在杂志广告上看到的名字。

"金装版还是轻装版?"

"金装。"

"不可能!"达纳惊呼道。

"有可能。"罗伊说。

达纳的想法就在脸上写着——他已经在打小算盘了,想自己留下一些烟，把剩下的卖给朋友，大赚一笔。

"在哪里？"他自己先坐起身，然后拉罗伊坐了起来，"快告诉我！"

"你先保证不打我。"

"当然，伙计，我保证。"

"再也不打我了，"罗伊说，"从今以后。"

"行，随你的便。"

"我想听你说一遍。"

达纳笑了，好像要给罗伊多大恩惠似的："好吧，小女牛仔。我从今以后，永远，再也不会揍你那倒霉的小屁屁了。行了吗？我对着我老爹的墓地发誓。你满意了不？"

"你父亲还健在呢。"罗伊指出。

"那我以纳塔莉的坟墓发誓。快告诉我那些金装版角斗士烟藏在哪里。我没工夫跟你闹。"

"纳塔莉是谁？"罗伊问。

"我妈的长尾小鹦鹉。我就认识这么一个死掉的家伙。"

"那也行吧。"根据罗伊对马瑟森家的观察，他有一种不妙的感觉：可怜的纳塔莉恐怕是死于非命。

"那，我们之间没问题了吧？"达纳问道。

"没问题了。"罗伊说。

是时候放走这个大傻蛋了。夕阳已经落进了海湾的怀抱，街灯亮了起来。

罗伊说："在伍德伯里街和黄鹂东街的街角，有一块空地。"

"然后呢？"

"空地的一个角落有一辆建筑拖车，烟就藏在那里。"

"不错，整整一箱子。"达纳的语气中带着贪婪，"不过你是咋知道的呢？"

"是我和我朋友藏的。烟是我们在塞米诺尔人居留地的一辆卡车上偷来的。"

"你？"

"对，我。"

罗伊想，这个故事编得还是挺可信的。印第安部落出售免税的烟草产品，烟民会从几英里外赶来买货囤积。

"具体藏在拖车的什么位置？"达纳追问道。

"很好找的，"罗伊说，"如果你需要的话，我带你去看。"

达纳哼唧了一声："不用了，谢谢。我自己会找到的。"

他用两根手指按住罗伊的心口，硬生生推了下去。罗伊歪倒在花园中，脑袋枕在柔软的土上。他等了一分钟左右，然后站起来，掸掉身上的土。

这时达纳·马瑟森早就没影了。要是他还没走，罗伊可要失望了。

受了点罪，卷毛总算熬过了星期五晚上。星期六一早，他开车去五金店买了一个结实的新马桶，准备给拖车换上，还买了一打超大号的老鼠夹子。他又去音像店租了一部电影，以防有线电视再断掉的时候没事干。

然后他就回了，到家后他老婆说需要用皮卡车，因为她母亲要开她的车去宾果游戏厅玩。卷毛不喜欢别人开他的皮卡车，所以后来他老婆开着皮卡车把他送回拖车时，他正在生闷气。

卷毛掏出手枪，快速巡视了一下工地，没有发现异常，才在电视机前坐了下来。似乎没人来捣乱，测绘杆也都好好的。他开始相信，他在这儿守着的确能阻止入侵者进入工地。今晚将是真正的考验，平时停在拖车旁边的皮卡车不在了，工地显得有些荒凉，也许对捣蛋鬼来说显得更诱人了。

卷毛沿围栏走着，一条棉口蛇也没出现，这让他很高兴。这样，他就可以把剩下的五颗子弹留到关键时刻再用，不过他可不想再经历田鼠滑铁卢事件了。

卷毛下定决心收拾那些不请自来的啮齿类动物，于是小心翼翼地在老鼠夹子上涂了花生酱做诱饵，然后把它们放在拖车外的几个关键位置上。

5点左右，他用微波炉热了一些解冻食物当晚餐，把电影录像带放进录像机里播放。火鸡肉馅饼挺不错，樱桃馅小点心出奇地好吃。卷毛吃得渣都不剩。

扫兴的是，电影不怎么样。片名叫作《女巫大道最后一栋房子Ⅲ》，其中一个主演不是别人，正是金伯利·卢·迪克森。

这部电影是音像店店员帮卷毛找的，它在几年前就已经上映了，当时金伯利·卢·迪克森还没有给保拉妈妈拍广告。卷毛猜测这是选美比赛出身的她转战好莱坞的第一个角色。

在电影中，金伯利·卢饰演一名漂亮的大学生，她原本是啦啦队员，被施了魔法后变成一个女巫，她在地下室里支起一口大锅，要把橄榄球队的明星球员扔进锅里给炖了。为了角色需要，她的头发染成了火红色，她还戴着一个假鼻子，鼻尖上有一个橡胶做成的瘊子。

电影里的表演非常蹩脚，特效也很廉价，于是卷毛快进到了影片结尾。在最后一幕中，英俊精壮的球队四分卫从大锅里逃了出来，向金伯利·卢·迪克森扔了一些魔法粉，于是她从女巫变回了漂亮的啦啦队员，然后倒在了他的怀里。接着，当四分卫正要吻她时，她变成了一只死掉的大蜥蜴。

卷毛觉得很倒胃口，关掉了录像机。他决定，如果他以后有机会见到金伯利·卢·迪克森本人的话，绝不会跟她提《女巫大道最后一栋房子Ⅲ》这部电影。

他转到有线电视，找到高尔夫锦标赛，看得昏昏欲睡。头奖是100万美元奖金和一辆新别克车，但卷毛还是睁不开眼。

卷毛醒来时，外面已经黑了。他在睡梦中被一个声音惊醒，但不确定是什么东西发出的声音。突然他又听到了：啪嗒！

紧跟着响起了一声喊叫——可能是人类的喊声，但卷毛不确定。他把电视设置成静音，抓起手枪。

有什么东西——可能是人的胳膊，或者拳头——重重地击打拖车上铝制的那一侧。接着是另一声啪嗒，夹杂着听不太清的脏话。

卷毛蹑手蹑脚地走到门口等着。他的心怦怦直跳，声音大到他害怕门外的闯入者会听见。

门把手一有动静，卷毛就开始了行动。他放低肩膀，发出一声海军陆战队式的怒吼，冲出拖车，撞得门铰链都断了。

闯入者重重摔在地上，大叫一声。卷毛伸出一只穿着靴子的脚丫子，踩着闯入者的胸口，把他死死钉住。

"不许动！"

"我不动！我不动！我不动！"

卷毛放低枪管。顺着拖车的灯光，他看到窃贼只是个孩子——一个大块头、有些笨拙的孩子。他不小心踩到了老鼠夹子，两只鞋都被夹得有些变形了。

一定很疼，卷毛想。

"别开枪！别开枪！"孩子哭喊道。

"啊，你闭嘴。"卷毛把点三八手枪插在腰带上，"你叫什么名字，小伙子？"

"罗伊。罗伊·埃伯哈特。"

"好吧，罗伊，你可摊上事了。"

"对不起，大哥。请你不要报警，行吗？"

男孩开始扭来扭去，于是卷毛的脚踩得更用力了。卷毛看了看外面，发现门上的挂锁被人用一大块煤渣砖砸坏了。

"你以为你身手不错，来去自如，是吧？"他说，"想来就溜进来，想走就溜出去。你一定觉得自己可有幽默感、可聪明了，是吧？"

男孩抬起头："你说啥呢？"

"装什么蒜啊，罗伊。就是你把所有的测绘杆都拽出来，还把那些鳄鱼放在移动厕所——"

"什么？！你疯了吧，伙计。"

"你还在警车上喷了油漆。难怪你不想让我报警。"卷毛弯腰靠近男孩，"到底是什么毛病，你这小孩？你对保拉妈妈有意见吗？说实话，你看起来明明像那种喜欢吃煎饼的小孩。"

"我是喜欢啊！我爱吃煎饼！"

"那到底是怎么回事？"卷毛说，"你为什么要做那些事？"

"可我以前根本从没来过这里啊！"

卷毛把脚从男孩的肚子上移开："来吧，孩子，起来。"

男孩抓住了卷毛的手，但他没有让卷毛把他拉起来，而是把卷毛拽倒在地。卷毛用一只手搂住了男孩的脖子，但男孩一扭身挣脱了，又猛地往卷毛脸上扬了一把土。

就跟那部蠢电影里面撒魔法粉一样——卷毛一边想着，一边痛苦地揉着自己的眼睛——不同点只是他没有变成啦啦队员。

他把眼睛里的土弄干净后，正好看到那个男孩跑开了，他脚上夹着的两个老鼠夹子啪啪作响，像跳舞时用来打拍子的响板一样。卷毛想追上去，但他只跑出五六步就被猫头鹰的洞穴绊倒，摔了个四脚朝天。

"我会抓住你的，罗伊！"他对着眼前的一片漆黑大喊，"有你的好果子吃，兔崽子！"

大卫·德林科警官周六不上班，挺好。这一周可把他忙坏了，高潮是发生在急诊室的怪异事件。

被狗咬伤后失踪的病人仍然没有找到，也没有人说见到过，不过那件绿色上衣能跟德林科警官在工地捡到的绿色破布对上号。一定是那个从医院逃走的男孩把衣服挂在了德林科警官警车的天线上，他显然是想嘲讽警官。

尽管德林科警官感激上天给予他新的线索，他还是受不了被人这么戏弄。这个线索表明，从急诊室逃跑的人就是保拉妈妈工地的破坏者之一，而且，少年罗伊·埃伯哈特一定藏着什么秘密。德林科警官觉得罗伊的父亲会揭开谜底，因为他有审讯方面的特殊工作背景。

德林科警官开着电视看了一下午的棒球比赛，可惜佛罗里达州的两支球队都被打得落花流水——坦帕湾魔鬼鱼队输了5分，马林鱼队输了7分。到了晚饭时间，他打开冰箱，里面能吃的东西只剩三片独立包装的卡夫奶酪。

他立刻动身去小商店买速冻比萨。像往常一样，德林科警官绕道去了保拉妈妈工地，这是他平静的生活被打破后养成的新习惯。他仍然希望能够当场抓住那些躲在暗处的破坏者。如果真的能抓到，相信警长和队长只能同意他不用再坐办公室，让他回到巡逻岗位，不然他们还能怎么做呢——对了，还会在他的档案中增加一份荣誉。

德林科警官开着巡逻车转到黄鹂东街，心里想着今晚的煎饼屋工地是否由训练有素的罗威纳犬守卫着。如果有的话，他就没必要停车看看了——没人敢惹那些不要命的疯狗。

远处，一个庞大的身影出现在路中央。那个身影正以一种奇怪的步态磕磕绊绊地前行。德林科警官踩下维多利亚皇冠车的刹车，谨慎地透过挡风玻璃盯着看。

这个身影越来越近，跑到路灯下面，于是警官看清了这是一个健壮的男孩，十几岁大。他一直低着头，看起来很着急，但跑步的姿势不太正常，与其说是跑步，不如说是蹒跚而行。他每踏出一步都发出尖锐的啪嗒声，声音在人行道上回荡着。

男孩逐渐进入警车前灯的照射范围内，德林科警官发现他两只脚的运动鞋上都夹着一个扁平的长方形物体。这太奇怪了，非常不对劲儿。

警官打开闪烁的车灯，走下了车。少年好像被吓到了，停下来，抬起头。他那胖乎乎的胸部剧烈起伏，满脸是汗。

德林科警官问："年轻人，我能和你说句话吗？"

"不行。"男孩回答完拔腿就要跑。

他脚上夹着老鼠夹子，根本跑不远。德林科警官毫不费力地抓住了男孩，把他推进警车后座，窗户上都有铁网。巡警很少有机会用到的手铐帮了大忙。

"你跑什么啊？"他问这个刚被抓进来的年轻人。

"我要求请律师。"男孩面无表情地回答。

"你这小孩还挺可爱。"

德林科警官掉转车头，准备把男孩带到警察局。他扫了一眼后视镜，却发现街上还有一个人在急匆匆地跑着，还使劲挥着手。

又怎么了啊？警官一边踩刹车一边想。

"喂！等等啊！"这个人一边走近一边喊，他的光头在路灯下闪闪发光。太有特点了，绝对不会认错。

是勒罗伊·布兰内特，也就是卷毛，保拉妈妈工地的工头。他到了警车旁边，已经上气不接下气，疲惫不堪地趴在引擎盖上。他满脸通红，浑身是土。

德林科警官从窗户探出头，问出了什么事。

"你抓住他了！"工头气喘吁吁地说，"干得好啊！"

"抓住谁了？"警官转过身来，打量着后座的犯人。

"他啊！一直在我们工地偷偷捣乱的小混球。"卷毛挺直身子，怒气冲冲地指着那个少年，"今天晚上，他想要闯进我的拖车，我没开枪打爆他的头算他走运。"

德林科警官努力控制自己激动的心情。他真的成功了！他抓住了破坏保拉妈妈工地的始作俑者！

"我用脚踩住他，结果还是被他跑了。"卷毛说，"不过在那之前我已经逼问出了他的名字。他叫罗伊，罗伊·埃伯哈特。你去问他吧！"

"没必要，"德林科警官说，"我认识罗伊·埃伯哈特，不是这个人。"

"什么？！"卷毛怒火中烧，他居然轻信了这个年纪轻轻的小偷的话。

德林科警官说："我估计你想起诉吧。"

"当然要起诉，不然我把你的警徽吃了信不信？这个讨厌鬼还想弄瞎我的眼睛呢。他往我眼里扔土！"

"这属于袭击他人，"德林科警官说，"而且他入室盗窃未遂，再加上非法入侵、毁坏私人财物等。你放心，我会全部写进报告的。"他向空座的方向示意，让卷毛上车："你需要到总部去一趟。"

"我很乐意。"卷毛怒视着后座脸色阴沉的大块头，"你想知道他是怎么把那些搞笑的老鼠夹子弄到脚指头上的吗？"

"等会儿给我讲。"德林科警官说，"从头到尾所有细节我都想知道。"这就是警官一直在等待的重大突破。他迫不及待想要赶到警察局，从这个少年嘴里扒出一份完整的供词。

德林科警官想起培训时看过的影片资料，那上面说，如果嫌疑人拒绝配合，就要小心地采取一些心理战术。于是，他故意用温和的声音说："你知道的，年轻人，其实你没必要把事情弄得太僵，对你没好处。"

"是的，没错。"那孩子在金属隔网后面喃喃自语。

"不妨先告诉我们你真名叫什么。"

"哎呀，我忘了呢。"

卷毛笑得很刺耳："把这家伙关进监狱一定好玩极了。"

德林科警官耸耸肩。"随你的便吧，"他对被关在后座的少年说，"你一句话都不说，这没问题。法律确实给了你权利这么做。"

男孩邪气一笑："如果我有个问题想问呢？"

"那你问就行。"

"好，我问了啊，"达纳·马瑟森说，"你们两个笨蛋谁有烟可以给我抽吗？"

第十六章

埃伯哈特一家吃午饭的时候，门铃响了。"今天可是星期天啊，谁这么没眼力见儿呢！"罗伊妈妈说。她认为星期天就应该一家人在一起不受打扰。

"有人来找你。"罗伊爸爸去开了门，回来告诉罗伊。

罗伊紧张得胃不舒服了，因为他没想到会有人来找他。他怀疑昨晚煎饼屋工地发生了什么大新闻。

"是你的一个朋友。"埃伯哈特先生说，"他说你们要去玩滑板。"

"噢。"一定是加勒特。罗伊突然如释重负，几乎要晕倒。"对啊，我都忘了。"

"可是，宝贝，你没有滑板。"埃伯哈特太太指出。

"没事的。他朋友多带了一个。"埃伯哈特先生说。

坐在桌边的罗伊站了起来，急急忙忙地用餐巾擦了擦嘴："我可以去吗？"

"哦，罗伊，今天是星期天呢。"妈妈反对道。

"让我去一下好吗？就一个小时。"

他知道父母会同意的。他们会觉得罗伊在新学校交到了朋友，会为他高兴。

加勒特正站在前门台阶上等着。看到罗伊过来，他就开始说话，但罗伊示意他保持安静，等走远一点儿再说。他们滑着滑板，一声不吭地沿着人行道滑到街区的尽头。然后，加勒特从滑板上跳下来，大声宣布："超级劲爆新闻——达纳·马瑟森昨晚被抓了！"

"不会吧！"罗伊假装惊讶极了。毫无疑问，正如他所料，保拉妈妈工地是有人盯守的。

"警察今天早上先给我妈打了电话，"加勒特报告说，"达纳想闯进一辆拖车里偷东西。"

加勒特的妈妈是特雷斯中学的辅导员，每当有学生犯事时，她都会收到通知。

加勒特说："伙计，最精彩的是——达纳跟警察说他是你！"

"哦，不错。"

"真是个笨蛋，对吧？"

"他们可能相信了呢。"罗伊说。

"没人买他的账。"

"他一个人吗？"罗伊问，"还有其他人也被抓了吗？"

比如比阿特丽斯·利普的继弟？他其实想问这个。

"没有。只有他一个。"加勒特说，"你猜怎么着——他有前科！"

"前科？"

"就是犯罪记录呀，伙计。达纳以前就进去过，警察跟我妈说的。"

罗伊同样不觉得震惊："因为什么进去的？"

"在人家店里偷东西，私自拆卸可乐贩卖机，一些诸如此类的事，"加勒特说，"甚至有一次，他把一位女士撞倒，偷走了她的钱包。我妈让我保证不说出去呢。这些事情需要保密，因为达纳还未成年。"

"是哦，"罗伊讽刺道，"别毁了他的一世英名。"

"随他便吧。嘿，我跟你说个事，你听了应该会高兴得翻跟头。"

"是吗，什么事？"

"我妈说这次他们要把他给关起来。"

"关进少管所？"

"一点儿没错，"加勒特说，"因为他有犯罪记录。"

"哇。"罗伊平静地说。

他没心情翻跟头，尽管他无法否认自己有种解放的感觉。他受够了做达纳·马瑟森的出气筒。

还有，虽然罗伊因为编了个香烟的故事骗了达纳而内疚，但他也不禁认为把达纳关进去是一件造福社会的好事。达纳是个糟糕的孩子，也许在少管所待一阵子能让他改过自新。

"嘿，想去滑板公园吗？"加勒特问。

"当然。"

罗伊踩上借来的滑板，用右脚使劲蹬了一下，滑出老远。在去公园的路上，他一次也没回头看有没有人跟踪自己。

这种感觉很好，星期天就应该这样。

卷毛在自家床上睡了一觉，毕竟，还有什么理由要去拖车上过夜呢？

在保拉妈妈工地捣蛋的人终于被拘留，卷毛不需要整夜在拖车里守着了。

被德林科警官送回家后，卷毛跟老婆和岳母眉飞色舞地讲了这个激动人心的新闻。为了让故事听起来更富戏剧性，卷毛对一些细节进行了加工。

例如，在他口中，这个年轻闯入者脾气暴躁，似乎是个练家子，用一记精准的空手道掌劈打得他动弹不得（听起来比往脸上扔土严重多了）。卷毛还觉得没必要提及自己被猫头鹰洞穴绊倒的事。相反，他把他们的追逐描述为一次并驾齐驱的速度较量，两个人都跑得上气不接下气。他顺口就把德林科警官的贡献轻描淡写地带过了。

卷毛在家里的这通表演堪称热闹非凡，他相信查克·穆克勒也会喜欢这个故事的。卷毛打算星期一一早就打电话给保拉妈妈公司总部，告诉副总裁那个破坏者是怎么被捕的，然后把他的英雄事迹好好讲述一番。他迫不及待想听到穆克勒先生对他大加赞赏。

午饭后，卷毛坐下来看球赛。刚在电视前坐下，保拉妈妈的广告就开始了，宣传的是周末特餐：全场煎饼一律6.95美元，外加免费香肠和咖啡。

金伯利·卢·迪克森扮演的保拉妈妈，让卷毛想起了他租的那部烂片——《女巫大道最后一栋房子Ⅲ》。他不记得录像带是要当天下午还是第二天下午还给音像店了。卷毛不想付滞纳金，决定去拖车拿了录像带还回去。

开车去工地的路上，卷毛突然想起他还落在那儿一样东西，顿时心凉了半截：他的枪！

在那晚的打斗中，他不知什么时候把点三八左轮手枪弄丢了。他记得自己坐在德林科警官的巡逻车里时，身上似乎就没有枪了，所以枪一定是他和男孩在拖车外扭打时，从腰带上滑下去了。另一种可能是他踩到那个该死的猫头鹰洞穴时把枪弄掉了。

弄丢一把上了膛的枪可不是小事，卷毛恼火极了。他到了围栏环绕的空地，急急忙忙跑到他和男孩打架的地方。没看到点三八手枪的影子。

卷毛心急如焚地沿着当时的路走到猫头鹰洞穴，用手电筒照着洞里。还是没有枪。

这下卷毛真的慌了。他检查了拖车内部，没发现任何被人动过的痕迹。门被彻底损坏，已经安不回去了，卷毛只好用两块胶合板挡住了门口。

卷毛开始了地毯式搜索，他在工地上来回穿梭，眼睛死死盯着地面。他一只手里攥着一块颇有分量的石头，以防碰到有毒的棉口蛇。

一个可怕的想法像冰水一样渐渐涌入卷毛的脑中，让他不寒而栗：会不会他们打架的时候，那个十几岁的小偷把他腰带上的左轮手枪偷走了呢？这孩子可能把枪藏在了垃圾箱里，或者逃跑的时候扔在了灌木丛里。

卷毛哆嗦了一下，继续提心吊胆地找枪。大约半个小时后，他的搜寻范围已经扩大到了停放土方机器的地方，它们是用来清理场地的。

到了这个地步，他几乎已经不抱希望可以找到枪了。停放土方机器的位置，距离他记忆中最后一次看到枪的地方，已经很远了——而且这里与入侵者逃跑的方向是相反的。卷毛觉得点三八手枪不可能出现在离拖车这么远的地方，除非有一只特别大的猫头鹰把它衔起来扔到了这里。

他久久注视着柔软沙地上一个浅浅的印记：那是一个脚印，没有穿鞋，绝对是人的脚印。为了确认这一点，卷毛还数了数这个脚印有几根脚趾。

这个人的脚应该比卷毛的脚小得多，感觉也比那个大块头小偷的脚小。

卷毛又往远处走了几步，遇到了另一个脚印——然后又是一个，接着还有一个。一连串的脚印通往那排土方机器，卷毛感到越发不安。

他在推土机前停下来，手放在前额遮阳。一开始，他没有注意到什么不对劲儿，但突然他反应过来，像被骡子踢了一下那样浑身一激灵。

驾驶座不见了！

卷毛扔下用来自卫的石头，冲向下一台机器，那是一部反铲挖掘机。它的驾驶座也没了。

卷毛怒气冲冲地跺着脚走向第三台也是最后一台设备，一台压路机。同样地，它也没了驾驶座。

卷毛大骂一句脏话。没有驾驶座，这些土方机器就成了摆设。要知道操作员必须坐下来，才能同时控制脚踏板和方向盘，机器才能正常工作。

工头觉得浑身的血直往头顶上冲。要么是昨晚抓到的孩子还有藏在暗处的同伙，要么是有人在卷毛离开后偷偷溜进了工地。

但，到底是谁呢？摸不着头脑的卷毛气急败坏。谁弄坏了我的机器？什么时候干的？

他徒劳地寻找着驾驶座，情绪越来越低落。他不再期待给保拉妈妈总部的穆克勒先生打电话，事实上，他已经开始害怕跟穆克勒先生联系了。卷毛怀疑那个脾气暴躁的副总裁恨不得在电话里就把他炒了。

绝望中的卷毛朝移动厕所走去。午餐时，他灌了几乎一整壶冰茶，现在他觉得肚子都要胀破了。今天发生的种种事件也给了他不小的压力，让他紧张得想尿尿。

卷毛拿着手电筒，走进一个厕所隔间，让门微微开着，以防需要紧急撤离。他想确认厕所是安全的，里面没有凶暴的爬行动物，不然他就是自投罗网了。

卷毛小心翼翼地将手电筒对准黑漆漆的马桶。光束照亮了水中一个闪亮的黑色物体，他倒抽一口凉气，但定睛一看，发现那不是鳄鱼。

"太好了，"卷毛惨兮兮地嘀咕，"简直完美。"

马桶里是他的枪。

罗伊渴盼着能去废车场见鲻鱼手一面。他想知道昨晚保拉妈妈工地上发生了什么事。

阻力来自罗伊妈妈。他一从滑板公园回来,她就提起了星期日的家庭传统,于是一家人就出去玩了。爸爸兑现了承诺,一家人沿着塔米亚米步道来到一家印第安人开的旅行社,他们有穿越大沼泽地公园的汽艇游项目。

罗伊玩得很开心,尽管噪声有点大,鼓膜不太舒服。驾驶汽艇的高个子塞米诺尔人戴着一顶牛仔草帽。他说汽艇的发动机跟小型飞机上用的一样。

当平底汽艇飞快地穿过锯齿草坪,在狭窄蜿蜒的小溪中迂回行进时,阵阵狂风湿润了罗伊的眼睛。这比坐过山车还要酷呢。一路上,他们停下来看了好多动物,有蛇、牛蛙、变色龙、浣熊、负鼠、乌龟、鸭子、苍鹭、两只白头海雕、一只水獭和十九只短吻鳄(罗伊数的是)。罗伊爸爸录了很多视频,妈妈用她的新数码相机拍了一些照片。

汽艇速度很快但并不颠簸,穿越浅滩的感觉就像是在丝绸上滑行。罗伊又一次被野外辽阔平坦的地形、满目的郁郁葱葱和丰富多彩的新奇物种惊呆了。一旦远离人头攒动的都市,就会发现佛罗里达州也充满了大自然的野性魅力,就像蒙大拿一样。

那天晚上,罗伊躺在床上,感觉自己与鲻鱼手的心灵连接得更紧密了,也更能理解为什么男孩如此执着,要以一己之力讨伐煎饼屋工地。不仅是为了猫头鹰,也是为了所有——所有的动物、所有可能被抹去的野生家园。难怪这孩子如此疯狂,罗伊想,也难怪他如此坚决。

罗伊的爸妈走进房间和他说晚安,罗伊告诉他们,他永远不会忘记这次大沼泽地之旅，这是罗伊的心里话。妈妈和爸爸仍然是他最好的朋友，跟他们一起出去玩特别开心。罗伊知道他们也不容易，总在打包行李，总在搬家。埃伯哈特家是一个团队，他们的心紧紧相连。

"我们在外面玩的时候，德林科警官给家里打电话留言了。"罗伊爸爸说，"昨晚，他逮捕了一名蓄意破坏建筑工地的嫌疑人。"

罗伊一句话也没说。

"别担心，"埃伯哈特先生补充道，"不是你跟我说的那个从医院跑出来的年轻人。"

"是那个叫马瑟森的男孩，"埃伯哈特太太激动地插嘴，"就是那个在校车上袭击你的人。他想骗警察说他就是你！"

罗伊不能假装不知道。"加勒特都跟我说了。"他承认。

"真的吗？看来加勒特一定有内部消息。"罗伊爸爸说。

"第一手权威消息。"罗伊说，"警官留言还说什么了？"

"差不多就是这样。我感觉他的意思像是，想让我问你对这些是否知情。"

"问我？"罗伊说。

"哦，太奇怪了吧！"妈妈插话道，"罗伊怎么会知道达纳·马瑟森那种流氓干了什么？"

罗伊嘴里像吃了粉笔一样干涩难受。尽管他觉得自己和父母很亲近，但他不打算说自己脱裤子羞辱达纳的事，也不想说为了引诱达纳去工地，骗他拖车里藏着香烟的事。

"这当然是个奇怪的巧合，"埃伯哈特先生说，"两个孩子不约而同地盯上了那个地方。有没有可能，那个叫马瑟森的男孩和你的朋友，也就是比阿特丽斯的继弟，有什么联系——"

"不可能！"罗伊硬生生打断，"达纳才不关心猫头鹰。他只在乎他自己。"

"他当然不会关心。"罗伊妈妈说。

爸妈准备关门让罗伊睡觉时，罗伊说："嘿，爸爸？"

"嗯？"

"还记得您说的吗？煎饼屋的人可以在那块地上为所欲为，只要他们拿到了所有的许可证之类的东西？"

"没错。"

"我要去哪里才能查到那些东西？"罗伊问，"你知道的，就是确认一下那些合法的东西他们确实都有。"

"我想你应该找市政厅的建筑部门，给他们打电话。"

"建筑部门。好的，谢啦。"

门关上后，罗伊听到爸妈在走廊里小声说话。他听不清他们在说什么，就把被子往上拉了拉，盖住脖子，翻了个身。睡意顿时涌了上来。

不一会儿，他听到有人低声叫他的名字。罗伊感觉自己已经在做梦了。

然后他又听到了一次，这次的声音听起来如此真实，他觉得不对劲儿，坐了起来。卧室里唯一的声音是他自己的呼吸声。

他想："简直了，我居然都开始幻听了。"

他仰面躺在枕头上，对着天花板眨了眨眼睛。

"罗伊？"

被窝里的罗伊吓得身体都僵硬了。

"罗伊，别激动。"

但他没办法不激动。这个声音是从他床底下传来的。

"罗伊，是我。"

"你是哪位？"

罗伊呼吸急促，心咚咚跳得像敲大鼓。他能感觉到床垫下的黑暗中另一个人的存在。

"我，比阿特丽斯。淡定点，哥们儿。"

"你在这里干什么！"

"嘘。小点儿声。"

罗伊听到她从床底下滑了出来。她悄悄站起来，走到窗前。月光洒下来，刚好照亮了她弯弯的金发，她的眼镜在脸上投下影子。

"你怎么进来我家的？"罗伊努力压低声音，还是掩饰不住慌乱，"你躲在这里多久了？"

"躲了一下午。"比阿特丽斯回答，"下午你们都不在。"

"你私闯民宅！"

"别激动，女牛仔。我没有打碎窗玻璃，或者弄坏别的什么东西。是你们家门廊上的滑轨门突然从轨道上弹出来了——这种门老是这样。"比阿特丽斯实事求是地说。

罗伊从被窝里跳出来，锁上门，打开台灯。

"你是不是脑子抽了？"他没好气地说，"是不是你们足球训练的时候谁踢了你的脑袋啊，还是怎么的？"

"对于这件事我很抱歉，真的很对不起。"比阿特丽斯说，"只是，呃，家里的事情有点麻烦。我好像没别的地方可去了。"

186

"噢，"罗伊立刻后悔自己发了脾气，"是因为朗娜吗？"

比阿特丽斯郁闷地点了点头："我猜老巫婆从扫帚上摔下来了。"

"太闹心了。"

"她和我爸爸大吵了一架。我是说真的吵得很凶。她往我爸脑袋上扔了一个收音机闹钟，我爸就拿一个大杧果砸了她的头。"

罗伊一直以为比阿特丽斯·利普天不怕地不怕，但现在的她看上去并非如此。他为她难过——很难想象住在这样的家里会是什么感觉，大人们的举止都如此愚蠢。

"你今晚住在这儿吧。"他提议。

"真的可以吗？"

"只要别让我爸妈知道就好了。"

"罗伊，你真的很酷。"比阿特丽斯说。

他咧嘴一笑："谢谢你叫我罗伊。"

"谢谢你让我在这里过夜。"

"你去床上睡吧。"他说，"我睡地板。"

"那怎么行，大兄弟。"

罗伊没跟她争。他给了比阿特丽斯一个枕头、一条毯子，她开心地躺在地毯上，舒展身体。

他关了灯，说了声晚安。然后他想起了一件事："嘿，你今天有没有见过鲻鱼手？"

"也许吧。"

"呃，他昨天说他晚上有安排。"

"他一天到晚搞事情。"

"是啊，但不能一直这样下去吧。"罗伊说，"不然他迟早会被抓的。"

"我相信以他的聪明，不会不知道这一点。"

"那我们得做点什么。"

"做什么？"比阿特丽斯的声音变得微弱，她快睡着了，"你不能拦着他，罗伊。他是榆木脑袋。"

"那我想我们应该跟他并肩战斗。"

"你说啥？"

"晚安，比阿特丽斯。"

第十七章

卷毛盯着电话，好像盯着它，它就不会响了。终于，他还是硬着头皮，拿起了话筒。

毫无疑问，电话另一端是查克·穆克勒。

"推土机发动起来了吗，布兰内特先生？我怎么还是没听到声音呢？"

"没有，先生。"

"怎么回事？我这边是田纳西州的孟菲斯，一个美丽的地方，现在是周一早晨。难道佛罗里达州现在不是周一早晨吗？"

"我有一些好消息要告诉你，"卷毛说，"同时也有一些坏消息。"

"好消息是您已经在别处高就了？"

"拜托，让我说完。"

"你说吧，"查克·穆克勒说，"说话也不耽误你收拾东西走人。"

卷毛一股脑儿把周六晚上的事用他自己的话讲了一遍。推土机驾驶座消失的情节无疑让整个故事黯淡下来。为了不雪上加霜，卷毛没有提丢失的枪在马桶里重现的蹊跷事。

卷毛讲完，电话那边传来一阵模糊不清的沉默。卷毛简直怀疑这位负责公共关系的副总裁已经挂了电话。

"喂？"卷毛说，"你在听吗？"

"哦，我在。"查克·穆克勒刻薄地回答，"让我搞搞清楚，布兰内特先生。一个毛头小子因为在我们工地行窃未遂而被拘捕——"

"没错。还有斗殴和非法入侵呢！"

"但就在同一天晚上，还有一个人，或者一群人，总之不知道的什么人，把推土机、反铲挖掘机还有各种什么机之类的驾驶座给卸走了。"

"是的，先生。这可能是不太好的部分。"卷毛说。

"盗窃的事情你跟警方报案了吗？"

"当然没有。我不想让这种事上报纸。"

"也许你还有救。"查克·穆克勒说。他问卷毛没有驾驶座还能不能操作机器。

"如果是章鱼说不定可以，人是做不到的。"

"所以我想今天是不会推土了，对吧？"

"明天估计也够呛，"卷毛沮丧地说，"我从萨拉索塔的批发商那儿订购了新座位，但周三才能送到。"

"真是太巧了，太妙了。"查克·穆克勒说，"金伯利·卢·迪克森小姐的档期就到那一天，再往后就不行了。她的变异昆虫电影下周末就要在新墨西哥州开拍了。"

卷毛咽了咽口水:"你想这周三办奠基仪式吗?场地不是还没清理吗?"

"计划有变,要怪就怪好莱坞吧。"查克·穆克勒说,"我们先举行仪式,等办完了大家都走了,你就可以启动机器干活了——如果那时候它们还健在的话。搞不好只剩个车轱辘了。"

"可是只有……后天就是周三了啊!"

"就不用你受累了,布兰内特先生。我们这边会安排好所有细节——广告物料、新闻稿等。我会联系市长办公室和商会。与此同时,你要做的工作非常简单——但也不是说简单到闭着眼睛就能过关。"

"我要做什么?"

"封锁工地,接下来的48小时内不允许任何人出入,就这件事。你觉得你能处理好吗?"

"当然。"卷毛说。

"鳄鱼不许进,毒蛇不许进,小偷不许进,"查克·穆克勒说,"问题不许出。就这么办,没别的了。你明白了吗?"

"我有一个简单的问题,关于猫头鹰的。"

"什么猫头鹰?"查克·穆克勒反驳道,"那些洞早没有鸟了,你忘了吗?"

卷毛想:"我猜这件事有人忘记通知鸟儿了。"

"没有哪条法律不让碰废弃的鸟窝。"副总裁说,"不管谁问,你就这么回答:'鸟窝是废弃的,没有鸟。'"

"但是假如有猫头鹰在里面呢?"卷毛问。

"什么猫头鹰！"查克·穆克勒几乎大叫起来，"那个工地压根儿就没有猫头鹰。你记住，布兰内特先生！猫头鹰的数量是零。一根猫头鹰毛都没有。要是有人非说看到了猫头鹰，你就告诉他那是——你看着说吧，知更鸟或者野鸡或者其他什么。"

"什么，鸡？"卷毛想。

"顺便说一句，"查克·穆克勒说，"我会飞去椰子湾，亲自陪同可爱的迪克森小姐参加我们的奠基仪式。让我们祈祷吧，但愿当我到达时，你和我不需要多谈什么了。"

"不用担心。"卷毛说，尽管他自己很担心。

罗伊醒来时，比阿特丽斯·利普已经走了。他不知她是如何神不知鬼不觉地出去的，但很高兴她顺利溜走了。

早餐时，罗伊爸爸大声朗读了达纳·马瑟森被捕的短新闻。标题写道："本地少年入室盗窃未遂被捕。"

达纳不满18岁，所以警方不能向媒体透露他的名字——这让罗伊妈妈很恼火，她觉得达纳的面部照片应该放在头版才对。这篇报道只说了他是特雷斯中学的 名学生，以及警方认为他是最近几起破坏活动的嫌疑人。报道中并没有提起遭到破坏的是保拉妈妈工地。

达纳被捕成了学校里轰动一时的话题。许多同学都知道他一直在欺负罗伊，所以他们急于了解罗伊得知这个消息后的反应。

罗伊小心又小心，不幸灾乐祸，也不拿这事开玩笑，不希望引起任何特别的注意。达纳可能会把香烟的事情说出来，把这次盗窃未遂的责任推到他身上。尽管警察没有理由相信达纳的话，但罗伊觉得还是低调为妙。

课前点名的结束铃一响，加勒特就把他拉到一边，说了一个奇怪的新细节。

"老鼠夹子。"他用一只手半捂着嘴说。

"你在说什么？"罗伊问。

"他被抓的时候，鞋子上夹着老鼠夹子。他跑不动就是因为这个。"

"我可太相信你说的话了。"

"没骗你，老兄。警察跟我妈说，他在拖车那里偷偷摸摸的时候，踩到了老鼠夹子。"

罗伊了解达纳，他甚至可以根据加勒特的描述，想象出那是怎样的场景。

"夹断了他三根脚指头呢。"加勒特说。

"嚯，不是吧？"

"没夸张！我跟你说，是那种巨大无比的老鼠夹子。"加勒特用双手比画出1英尺的距离。

"你说是就是吧。"罗伊知道加勒特讲话夸张是出了名的，"警察还跟你妈妈说了别的什么吗？"

"你说哪方面？"

"比如达纳想偷什么东西。"

"他说是在找烟，但警察不信。"

"谁会信呢？"罗伊一边说一边把书包背到肩上。

整个上午，一到课间，他就去走廊看比阿特丽斯·利普在不在，但一直没看到她。午餐时间，女足球队的队员们一起在餐厅吃饭，但比阿特丽斯不在其中。罗伊走到她们的桌子旁，问有没有人知道她在哪里。

"在牙医诊所。"一个身材瘦长的古巴裔队友说，"她从家里的楼梯上摔下来，摔断了一颗牙。不过今晚的比赛她还是会参加的。"

"好吧。"罗伊说，但听到这种消息他感觉并不好。

比阿特丽斯是个身手多么矫健的运动员啊，罗伊实在无法想象她会像普通人那样，笨手笨脚地从楼梯上摔下来。而且，她对自行车轮胎做过那样的事，所以他也想象不出她的"铁齿铜牙"居然会坏。

罗伊坐在教室里上美国历史课，脑子里还在想着比阿特丽斯。他发现自己很难集中精力做瑞安老师的小测验，尽管题目并不难。

最后一题就是周五在走廊上瑞安老师问过罗伊的问题：谁赢得了伊利湖战役？罗伊毫不犹豫地写道："奥利弗·佩里准将。"

这是他唯一确定答对了的题目。

回家的校车上，罗伊一直提防着达纳·马瑟森那几个大块头的蠢蛋朋友，但他们连看都没看他一眼。要么是达纳没有把罗伊做的事告诉别人，要么是他的这些哥们儿根本不在乎。

德林科警官和队长走进警长办公室，警长正在看逮捕报告。他示意两人坐下。

"干得漂亮。"他对德林科警官说，"你让我的日子好过太多了。我刚和格兰迪议员通了电话，他正在外面露营，听了消息很高兴。"

"我很开心，先生。"德林科警官说。

"你觉得马瑟森这个小子是什么情况？他跟你说了什么？"

"说得不多。"

审讯达纳·马瑟森的过程并没有德林科警官希望的那样顺利。在培训警官的教学影片中，犯罪嫌疑人总是很好对付，对所犯罪行供认不讳。然而，达纳顽固不化，不肯合作，他的陈述也令人困惑。

起初，他说他在保拉妈妈工地周围踩点，是为了偷一大箱角斗士牌香烟。可是，他见过律师后翻供了。他说他去拖车里其实是想找人讨一根烟抽抽，但工头误以为他是窃贼，拿着枪追他。

"马瑟森这个案子不好办。"德林科警官对警长说。

"嗯，没错，"队长说，"他在这个街区犯事也不是一次两次了。"

警长点点头："我看了他的犯罪记录。但让我困扰的是，这孩子是个小偷，而不是那种爱搞恶作剧的人。我总觉得他把鳄鱼放进厕所的情节很奇怪。他更像是会偷走厕所的那种人。"

"我也有同样的疑问。"德林科警官说。

在保拉妈妈工地搞破坏的人有种黑色幽默的风格，这跟马瑟森愚蠢的犯罪历史格格不入。马瑟森这种人似乎不会把挡风玻璃喷成黑色，也不会把衣服像锦旗一样挂在警车天线上，他更有可能做的是把车轮子拆了拿去卖钱。

"他到底为什么要搞这些花里胡哨的东西啊？"警长大声说出他的疑惑。

"我问了他是不是对保拉妈妈家的煎饼有意见，"德林科警官说，"他确实说国际薄饼屋的煎饼更好。"

"就这？他更喜欢国际薄饼屋的煎饼？"

"除了酪乳煎饼他不喜欢，"德林科警官报告说，"他觉得保拉妈妈家的酪乳煎饼非常棒。"

队长粗声粗气地插话道："啊，这孩子是故意恶心我们，就是这样。"

警长慢慢地把办公椅从桌边推开。他的头又要疼了。

"好吧，我决定下一个命令。"他说，"考虑到我们也没有什么突破口了，我打算告诉迪肯局长，破坏保拉妈妈工地的嫌犯已经被逮捕。案子结了。"

德林科警官清了清嗓子："长官，我在犯罪现场发现了一块衣服上的布料——可以看出这件衣服的尺码，那个叫马瑟森的男孩肯定穿不上。"

他没有提到，衣服的剩余部分被系在他警车的天线上，这会让他面子上有点挂不住。

"一块破布可不够，"警长咕哝道，"我们需要一个有血有肉的大活人，而我们唯一有的就是青少年拘留中心里的那位仁兄。所以我宣布他就是我们的罪魁祸首，明白吗？"

德林科警官和他的队长异口同声地表示明白。

"我可担着风险呢，你们明白我的意思吧？"警长说，"如果工地再出什么事，我可就要出大洋相了。要是我丢了人，这间办公室里的某些人也别想好好干了，请他们去给停车计时器数硬币数到退休吧。我说清楚了吗？"

德林科警官和他的队长再次表示明白。

"很好。"警长说，"所以你们的任务基本上就是，从现在起一直到周三保拉妈妈办奠基仪式，你们要确保工地平安无事，别再给我整什么惊喜了。"

"没问题，保证完成任务。"队长站了起来，"我们能把好消息跟大卫说了吗？"

"当然，"警长说，"德林科警官，你恢复外出执勤，即刻生效。另外，你的队长已经写了一封信，赞扬你在抓获嫌疑人过程中的突出贡献。这会在你的档案中永久保存。"

德林科警官喜上眉梢："谢谢长官！"

"还没完呢。鉴于你办这个案子的经验，我要派你去保拉妈妈工地进行特别巡逻。做12个小时，休12个小时，从今天傍晚开始。你没问题吧？"

"当然没问题，警长。"

"那就回家先小睡一会儿吧。"警长建议道，"如果你再在工地上打瞌睡，我就写一封比这个短得多的信放进你档案里——一封请你回家的信。"

出了警长办公室，德林科警官的队长欣慰地拍了拍他的背："再忙两个晚上，我们就解放了，大卫。激动不激动？"

"有一个问题，长官。有人跟我一起去那边值班吗？"

"这个嘛，我们现在夜班的人手很紧张，"队长告诉他，"柯比被小黄蜂给蜇了，米勒鼻窦炎发作请病假了。看来你要单刀赴会啦。"

"好的，没关系。"德林科警官说，尽管在目前这种情况下，他更希望能有一个搭档。卷毛可能会在拖车里待着，但跟他一起也没什么好高兴的。

"你喝咖啡吗，大卫？"

"喝的，长官。"

"好。多喝点，比平时多一倍。"队长说，"我不希望有什么事，但如果真的有事，你最好机灵点儿。"

回家路上，德林科警官在主干道旁的一家纪念品商店停了一会儿。然后，他去了青少年拘留中心，打算再试试，看能否攻破达纳·马瑟森的防线。如果男孩这次能承认之前的事都是他干的，德林科警官的心就能放回肚子里了。

一名穿制服的警卫把达纳带到面谈室，然后在门外守着。这孩子穿着皱巴巴的灰色连衣裤，后背印着大写的"犯人"。他没穿鞋，只穿了袜子，因为脚指头被夹过还没消肿。德林科警官递给他一片口香糖，达纳把它塞进嘴巴，鼓着腮帮子嚼起来。

"年轻人，你在这儿应该有时间思考思考了吧。"

"思考啥？"达纳吹出一个泡泡，又把它弄破。

"你知道的，你的情况。"

"我不需要思考。"男孩说，"不然要律师干吗？"

德林科警官向前倾了倾身体："先不管律师，好吗？如果你能帮我弄清楚一些事情，我就去跟法官说些好话。是你用油漆喷了我巡逻车的车窗吧？"

男孩嗤之以鼻："我为什么要做那样的蠢事？"

"配合一点儿吧，达纳，我可以让你少受点儿罪。你就跟我说实话嘛。"

"我有一个更好的主意，"男孩说，"不如我用我的大肥屁股坐你脸上怎么样？"

德林科警官抱起双臂："你看，正因为你缺乏敬畏之心，才会沦落到这种地步。"

"不，伙计，我来告诉你为什么我会到这种地步。是因为那个小蠢驴罗伊·埃伯哈特。"

"又来了，"德林科警官一边说一边站起来，"显然我们在浪费时间。"

达纳·马瑟森冷笑道："嗯哼。"

他指着德林科警官放在桌子上的购物袋："你终于给我带烟了？"

"没有，我给你带了别的东西。"德林科警官把手伸进包里，"一个可以陪着你的小伙伴。"他说着，随手把东西拿出来扔在男孩的大腿上。

达纳·马瑟森吓得大号一声，像受惊的马一样跳了起来，想把那东西甩开，慌乱中掀翻了椅子。他从地板上弹了起来，手忙脚乱地爬出了门，警卫用粗壮的手抓住他的胳膊，把他带走了。

德林科警官看着掉在地板上的东西，陷入了沉思——那个东西有牙齿，有鳞片，栩栩如生，只有鼻子上贴着的3.95美元的价签说明它不是真的动物。

这是一个橡胶鳄鱼，是德林科警官在纪念品商店买的。

这个人畜无害的玩具，却引起了达纳·马瑟森如此激烈的反应，这让德林科警官确信马瑟森不可能是破坏保拉妈妈工地的人。一个微不足道的假货都能把他吓成这样，何况是真正的鳄鱼呢，而且还是在黑漆漆的令人生畏的移动厕所里。

真正的罪魁祸首还在逍遥法外，酝酿着新的阴谋。迎接德林科警官的，是两个漫长的、危机四伏的夜晚。

埃伯哈特家有一台电脑，爸妈允许罗伊用它做作业、玩滑雪游戏。

他是互联网高手，毫不费力就能在互联网上搜索到大量关于穴居猫头鹰的信息。例如，在佛罗里达发现的穴居猫头鹰品种的羽毛颜色比西部品种的更黑。这是一种腼腆的小鸟，跟其他种类的猫头鹰一样，最活跃的时间是天黑之后。它们通常在二月到七月之间筑巢，但一般要到十月才能在洞穴中发现雏鸟……

罗伊向下滚动着网页，有条不紊地一一浏览搜索结果，终于看到了想要的东西。他用单倍行距打印了两页，把纸放进书包，拉上拉链，跨上了自行车。

罗伊很快就骑到了椰子湾市政厅。他锁好自行车，跟着路标的指示找到建筑与城市规划部门。

柜台后面是一个面色苍白、满脸雀斑的男人，肩膀又瘦又窄。一开始，他没有注意到罗伊，于是罗伊大胆地走上前去，要求查看保拉妈妈美式煎饼屋的文件。

接待员似乎被逗乐了："你知道法定描述[1]吗？"

"关于什么的？"

"关于你要查询的那个地块。"

1　指对土地所作的正式说明，据此可以确定某一特定地块及其位置。

"当然。在黄鹂东街和伍德伯里街的拐角处。"

接待员说："这不是法定描述。这连确切的地址都算不上。"

"对不起，我只知道这些。"

"你查这个是为了做学校布置的研究项目吗？"接待员问道。

为什么不顺着他说呢？罗伊沉思着。"是的。"他答道。

如果这么回答有助于拯救猫头鹰，他不觉得有什么坏处。

接待员让罗伊等一等，便去核对街道位置。等他回到柜台，怀里已经抱了一大堆文件。"来了，你想看哪一个呢？"他的笑容带着一丝得意。

罗伊困惑地盯着那堆文件。他不知道该从哪里开始。

"装着所有施工许可证的那个文件夹？"他说。

接待员在那堆文件中费力翻找着。罗伊有一种不妙的感觉，那些表格和文件都是用非常专业的术语写的，说不定他抓破头也看不明白写的是什么。大概就跟读懂葡萄牙语一样。

"呃，这儿没有那个文件夹。"接待员一边说着，一边小心翼翼地整理着高高的文件堆。

"您的意思是？"罗伊问。

"放着所有许可证和检查通知的文件夹——它已经被借出了，我想。"

"谁借走的？"

"我得问问主管。"接待员说，"她今天已经走了。办公室4点半关门，现在已经是，我看看，4点27分了。"为了表示强调，他轻敲了一下手表的表盘。

"好的，我明天再来。"罗伊说。

"也许你应该换个研究题目。"接待员的语气中有种假模假式的客气。

罗伊淡然一笑："不了，谢谢您。我不会轻易放弃的。"

他骑着自行车离开市政厅，来到一家渔具店，用剩下的午餐钱买了一盒活蟋蟀。15分钟后，他偷偷钻进了废车场。

鲻鱼手不在冰激凌车里，但他那皱巴巴的睡袋还在。罗伊在车里等了一会儿，但没有空调的车里又闷热又潮湿，令人无法忍受。没多久，他就出来了。骑上自行车，朝黄鹂东街和伍德伯里街的拐角骑去。

大门用挂锁锁上了，暂时没看到那个暴脾气的秃顶工头。罗伊沿着围栏外面走着，寻找着比阿特丽斯的继弟，也检查着他有没有给煎饼屋的人准备一份大礼。

罗伊的到来吓到了一只猫头鹰，要不是它，罗伊还不会发现工地有什么不对劲儿。它张开翅膀突然从洞穴里飞出来，落在推土机的驾驶室里。这时，罗伊才看到驾驶座不见了。他立即检查了其他土方机器，发现它们的座位都没了。

罗伊高兴地想："原来他那天晚上是打算干这个，他让我带扳手是为了这个。"

罗伊走回大门口，打开装蟋蟀的容器，把它举到围栏前。虫子们一只一只陆续跳出盒子，穿过网洞，落在地上。罗伊觉得猫头鹰从洞里出来找晚饭吃的时候，应该一出来就能看到这些蟋蟀。

后来回想起来，当时第一声车喇叭响起的时候，他就应该离开了，但他没有。他耐心地跪在那里，等所有的小蟋蟀都从盒子里蹦出来。

这时，原本一下一下的喇叭声已经变成了连续的嘟嘟声，能感觉到司机非常不耐烦。是一辆蓝色皮卡车，它刺啦一声猛地刹住了车。罗伊扔下盒子，跳上自行车，但为时已晚。皮卡车挡住了他的去路。

一个秃顶的家伙从驾驶室里跳出来，他的脸红得跟甜菜一样。他抓着自行车的车座，把车子举了起来，悬空的罗伊使劲踩踏板。他的脚蹬得很快，拼尽了全力，但依然停在原地动不了。

"你叫什么名字？你在这里干什么？"工头大叫，"这里是私人不动产，你不知道吗？你想坐牢吗，小兔崽子？"

罗伊停下脚，试着平复呼吸。

"我知道你想搞什么把戏！"秃头男子咆哮道，"我知道你鬼鬼祟祟的是想干吗！"

罗伊说："叔叔，拜托，请放开我。我只是在喂猫头鹰。"

工头脸颊上的红晕渐渐退去。

"什么猫头鹰啊？"他的声音变小了，"这附近没有什么猫头鹰。"

"哦，有的，这里有。"罗伊说，"我见过。"

秃顶的家伙看起来神经紧张，激动极了。他把脸凑得很近，罗伊能闻到他嘴里的熟洋葱味。

"给我听好了，你这小子。你没看到什么鬼猫头鹰，知道吗？你看到的是……是一只野鸡！"

罗伊憋住笑："可不是嘛。"

"没错。你看，我们有一些小个子的鸡——"

"叔叔，我看到的是一只猫头鹰，你知道的。"罗伊说，

"我知道你为什么这么害怕。"

工头放开了罗伊的自行车。

"我不怕。"他冷冰冰地说，"你没看见猫头鹰。你现在给我滚，别让我再看见你。你不想进监狱吧？上一个擅自闯进来的小孩被我抓到，就是这个下场。"

罗伊小心翼翼地骑着自行车绕过皮卡车，然后全速骑走了。

"就是鸡！"秃顶的家伙对着罗伊的背影吼道。

"是猫头鹰！"罗伊像胜利者一样得意扬扬地宣布。

"骑呀，骑呀，骑呀，我要爬上陡峭的山坡——"罗伊想象着自己是在山上骑行，只有这样，他才有力气使劲蹬车。

罗伊正沿着黄鹂东街行驶，这条路平坦得就像保拉妈妈煎饼一样。他非常担心工头会改变主意过来追他。罗伊感觉随时都可能听到身后传来喇叭声、风中夹杂的咒骂声，他想象着皮卡车跟得如此之近，他甚至能感觉到它那巨大的发动机散发的热量。

于是，罗伊没有回头，也没有减速。他使出吃奶的力气蹬着自行车，双臂紧绷发力，双腿也在发烫。

他不会停下，他要骑到心中那片蒙大拿州的山顶，沿着山坡滑行到凉爽的山谷里。

第十八章

"还是上周我在这附近看到的那个小鬼，瘦巴巴的那个，"卷毛向德林科警官抱怨道，"只不过这次我抓住了那个小崽子！"

德林科警官主动提出上报这件事，但卷毛劝住了他，说没有必要。

"他不会回来了，我向你保证。我当面给他颜色看了。"

已经将近午夜时分。建筑工地上，两人站在巡逻车旁闲聊。他们俩都觉得破坏工地的始作俑者仍然逍遥法外，但都没有将自己的怀疑说出口。

德林科警官没有告诉卷毛，那个叫马瑟森的男孩不可能是破坏分子，因为他非常害怕短吻鳄。德林科警官不想让工头再次陷入焦虑。

而卷毛没有告诉德林科警官，在马瑟森被拘留期间，土方机器的驾驶座被偷了，因为卷毛不希望警官把这些信息写在报告里，再被某个多管闲事的报社记者看到。

尽管各自怀着秘密，但两人都很庆幸不用独自在工地上过夜。旁边有个人真好。

"嘿，我想问你，"德林科警官说，"那几只看门的攻击犬呢？"

"你是说那些神经病杂种狗？可能夹着尾巴滚回柏林了吧。"卷毛说，"跟你说，我准备进屋待着了。如果你需要什么就叫我。"

"没问题。"德林科警官说。

"今晚不睡觉，对吗？"

"放心吧。"

德林科警官庆幸天已经黑了，工头看不到他红红的脸。他永远忘不了他的宝贝维多利亚皇冠车是如何被人亵渎的，它的窗户被喷了柏油一样黑的油漆。德林科警官仍然盼望着抓住罪犯，将他绳之以法。

卷毛回到了拖车里，有空调比较舒服。德林科警官打着手电筒，一个测绘杆一个测绘杆地走过去，巡视着工地。有必要的话，他可以这样巡视一整夜，确保没有人乱动测绘杆。他装了满满五个热水瓶的咖啡放在车里，保证够喝。

德林科警官知道，对警察来说，守卫一块空地算不上什么令人向往的工作，但这是一项极其重要的任务。局长、警长、队长——他们都指望着他能保护好煎饼屋工地。德林科警官明白，如果他能出色地完成这项任务，那么他在椰子湾公共安全部的职业生涯将走上快车道。他感觉一枚金灿灿的警探徽章离自己不远了。

德林科警官一边在黑暗中工作，一边想象着自己穿着剪裁考究的西装，而不是现在这身硬邦邦的制服。他会开上一辆不一样的维多利亚皇冠车——那种警探专属的炭灰色无车标车型——还有腋下枪套可以戴，就不用戴现在这种腰间枪套了。他还幻想着能有一个脚踝枪套，配上一把轻便的手枪。这时，他突然被绊了一跤，差点儿一个筋斗掉进沙地灌木丛。

哦，不是吧，又来了吗？德林科警官心想。

他摸索半天才找到手电筒，结果它不亮了。他摇了几下，最后灯泡微弱地亮了起来。

果然，他又踩到猫头鹰的洞穴了。

德林科警官站起来，抚平裤子上的折痕。"还好卷毛睡觉去了，没看见吧。"他咕哝道。

"咕。"一个尖尖的小声音回应了他。

德林科警官猛地用右手扶住枪托。他用左手的手电筒对准了入侵者的方向，尽管还没来得及看清楚。

"不许动！"德林科警官命令道。

"咕！咕！咕！"

手电筒的黄色光束来回移动，什么也没有看到。那个声音听起来离地面不远，感觉有点像哮喘的声音，不知道它到底是从哪里冒出来的。

德林科警官谨慎地向前走了两步，把手电筒对准绊倒他的那个洞。黑暗中，一双亮晶晶的琥珀色眼睛正在好奇地向外窥视。

"咕！"

德林科警官把手从枪上拿开，小心翼翼地蹲了下来。"咦，什么情况？你好呀。"他说。

"咕！咕！咕！"

那是一只猫头鹰宝宝，身长也就五六英寸。德林科警官从未见过如此精致完美的小东西。

"咕！"猫头鹰叫了一声。

"咕！"警官有样学样，但他的声音太低沉了，学得不像，"我敢说你是在等妈妈和爸爸带晚饭回家，对吧？"

琥珀色的大眼睛眨了眨，嫩黄的小嘴巴张开又合上，充满期待的样子。小圆脑袋来回转了转。

德林科警官放声大笑。他被这只小不点儿迷住了。他把手电筒的光调暗，说："别担心，老弟，我不会伤害你的。"

头顶上传来一阵狂烈的振翅声，紧接着是一阵刺耳的沙沙！沙沙！沙沙！德林科警官抬起头，看到星光灿烂的夜空下出现了两个有翅膀的剪影——猫头鹰宝宝的父母来了，它们焦急地围着受惊的小宝贝盘旋。

德林科警官慢慢往后退，离洞穴远一些，希望猫头鹰父母能明白它们可以安全着陆。在蓝灰色天空的衬托下，他可以看到它们深色的身影越飞越低，于是他加速后撤。

即便是两只猫头鹰已经落到地上，即便警官看它们像长着羽毛的幽灵般从地面消失了，他仍然一步一步地往后退着，直到……

他撞到了一个又大又冷又硬的东西，差点儿一口气没喘上来。他转过身，打开手电筒。

那是一辆推土机。

德林科警官撞到了卷毛的一台土方机器上，哐的一声。他怒视着那架钢铁巨人，揉揉撞伤的肩膀。他没注意到驾驶座不见了，就算注意到了，也不会往心里去。

警官的心思都在另一件事上。他的目光从巨大的推土机转到鸟儿的洞穴，然后又转回来。

在那一刻之前，大卫·德林科警官一直忙于侦破煎饼屋工地的案子，挽救自己的职业生涯，没有考虑太多别的事情。而现在他反应过来，如果他做好本职工作，小猫头鹰们将会迎来怎样的结局。一种沉甸甸的悲伤刺痛了他。

罗伊爸爸很晚还没下班，罗伊没机会告诉他网上说的那些猫头鹰的情况，还有行政部门的煎饼屋文件被人借走的事情。罗伊感觉挺蹊跷的，想听听爸爸对这些事的看法。

罗伊本想第二天早上跟爸爸说，但他一坐下吃早餐，就说不出话来了，因为爸爸手里拿着报纸，那上面有一个人在亲切地对着罗伊微笑，她不是别人，正是保拉妈妈！

这个横幅式广告占据了半页报纸，字体是醒目的美式粗体：

保拉妈妈

美式煎饼屋

以令人垂涎的甘草燕麦煎饼闻名世界

很荣幸成为您在椰子湾的新邻居

保拉妈妈诚邀您参加

明天中午的奠基仪式

她将亲临现场

地址：黄鹂东街与伍德伯里街交叉口

我们的分店遍布美国、加拿大、牙买加，第469家

家庭式餐馆分店，即将在此落成

罗伊放下勺子，把一碗湿漉漉的果脆圈留在厨房。

"怎么了，亲爱的？"妈妈问。

罗伊觉得胃里不舒服："没什么，妈妈。"

埃伯哈特太太也看到了广告："我很遗憾，罗伊。想到那些可怜无助的小鸟就会觉得很难受，我明白。"

埃伯哈特先生把报纸翻过来，看看妻子和儿子在看什么。他皱着眉头说："我猜他们那个项目进展很快。"

沉闷的气氛中，罗伊站了起来："我该走了，不然赶不上校车了。"

"哦，还早着呢。坐下把早饭吃了再走。"罗伊妈妈说。

罗伊直愣愣地摇摇头。他从椅子上抓起背包："再见，妈妈。再见，爸爸。"

"罗伊，等等。你想跟我们聊聊吗？"

"不太想聊，爸爸。"

爸爸把报纸折好递给他："你今天不是要讲时事新闻吗？"

"哦，对啊，"罗伊说，"我给忘了。"

每周二，在瑞安老师的历史课上，同学们都要准备一个时事话题来讨论。每到这个日子，爸爸总是把报纸拿给罗伊。这样，他就可以在校车上读读新闻，挑选出一篇合适的在课上讨论。

"今天我送你上学怎么样？"妈妈主动提出。

罗伊看得出来，她心里因为煎饼屋的消息不太好受。她认为猫头鹰们注定难逃一劫，但罗伊不准备放弃希望。

"没关系，我没事啦。"他把报纸塞进书包，"妈妈，我可以借你的照相机用一下吗？"

"这个……"

"上课要用。"罗伊补充道，撒谎让他有些心虚，"我会非常小心的，我保证。"

"好吧，也没理由拒绝你。"

罗伊轻手轻脚地把数码相机夹在书本之间，抱了抱妈妈，跟爸爸挥了挥手，飞奔出门。他跑过平时等车的车站，并没有停留，一路跑到黄鹂西街，也就是比阿特丽斯·利普家的那条街。同校的孩子们都还没到，于是罗伊准备跑到比阿特丽斯家，在她家门前的人行道上等着。

他正想着如果朗娜或者利昂看到他，他应该编个什么样的借口比较好，结果从前门出来的正是比阿特丽斯，罗伊跑得太快了，差点把她撞倒。

"你昨天怎么了？你弟弟在哪里？你今天早上看报纸了吗？我昨天——"

她捂住他的嘴。

"别激动，女牛仔。"她说，"我们去等校车吧。路上再细说。"

罗伊没猜错，比阿特丽斯确实没有从台阶上摔下来摔断牙。她的牙坏了是因为她咬掉了继母脚指头上的一枚戒指。

这枚戒指是用黄玉做成的，那块宝石是比阿特丽斯的母亲搬走时留下的。朗娜从利昂装袜子的抽屉里偷了它，拿去做成了一个时髦的脚趾戒指。

比阿特丽斯对这起盗窃事件表示抗议。

"如果我爸想让朗娜拿到它，他自己就给她了。"她咆哮道。

"所以你把戒指从她的脚指头上咬下来了？怎么做到的？"罗伊大吃一惊。

"还真不容易呢。"

比阿特丽斯像黑猩猩一样龇起牙，指着断掉的门牙上那锋利的断面。"牙的上面断了。我准备做一个假的，看起来会跟真的一样。"她解释道，"还好我老爹有牙科保险。"

"你干这个的时候她没有在睡觉吗？"

"醒着呢。"比阿特丽斯说，"但她可能宁愿自己睡着了吧。反正就这么回事吧，快跟我说说你看到报纸上说啥了，吓成这样。"

罗伊把保拉妈妈奠基盛典的广告给她看，她哼一声："这个世界上人缺这玩意儿啦——一间新的煎饼店。"

"你弟弟去哪儿了？"罗伊问，"你觉得他知道这事吗？"

比阿特丽斯说她从周日起就没再见过鲻鱼手了。"就是那个时候出的幺蛾子。他躲在车库里，我去给他弄几件干净衣服，我爸出去拿了一箱饮料。他们两个正站着聊天，气氛非常友好，这时朗娜出现了，不得了了，那叫一个闹腾啊。"

"后来呢？"罗伊说。

"他跑掉了，跟丧家犬似的。与此同时，朗娜和我老爹展开了一场旷日持久的战争——"

"你跟我说过的那个？"

"对，"比阿特丽斯说，"爸爸想让我弟弟回来再和我们住在一起，但是朗娜说不行，说他是个坏种。这到底是什么意思啊，得克斯？'坏种'。反正，朗娜和我爸爸，他们还在激战。感觉我家的房子都要炸了。"

罗伊觉得比阿特丽斯家的情况听起来就像人间地狱。"需要地方藏身吗？"他问道。

"没事。爸爸说我在的时候他会感觉好很多。"比阿特丽斯笑了，"朗娜跟他说我'简直疯了，特别危险'，她可能说对了一半吧。"

到达校车上车点后，比阿特丽斯和她球队的一个队友聊起了前一天晚上的球赛，比赛中比阿特丽斯用一个点球拿下了胜利。罗伊忍住没说什么，尽管他感觉到了同学们好奇的目光。毕竟，他是那个公然反抗达纳·马瑟森并且幸存下来的男孩。

上了校车，比阿特丽斯·利普没跟队友一起坐，而是坐到了罗伊身边，这让他很惊讶。

"我再看一下报纸。"她低声说。

她一边研究保拉妈妈的广告，一边说："我们有两个选项，得克斯。我们要么告诉他，要么不告诉。"

"要我说，我们只是告诉他还不够。"

"你是说跟他并肩战斗，就像你那天晚上说的那样？"

"他要对抗一个群体。他只有一个人，赢不了的。"罗伊说。

"没错，但我们三个可能会被关进少管所的。"

"我们小心行事就不会。"

比阿特丽斯好奇地看着他："你有计划了吗，埃伯哈特？"

罗伊从背包里拿出妈妈的照相机，给比阿特丽斯看。

"你说，我听着呢。"她说。

于是罗伊告诉了她。

罗伊没赶上课前点名，因为他被副校长叫到办公室问话了。

亨内平老师上唇那根长长的、孤零零的毛，比罗伊上次见时更卷曲、更闪亮了。奇怪的是，那根毛现在变成了金黄色，以前则是乌黑色。会不会是亨内平老师给它染色了？他暗自纳闷。

"我们得到消息，周五晚上，一名少年从医院急诊室逃走了。"她说，"他冒用了你的名字。你对这件事有什么要说的吗，埃伯哈特同学？"

"我连他真名叫什么都不知道。"罗伊斩钉截铁地说。鲻鱼手没有告诉他，真是明智。这样罗伊就可以少撒一个谎了。

"你真觉得我会相信吗？"

"我说的是真的，亨内平老师。"

"他是特雷斯中学的学生吗？"

"不是的，老师。"罗伊说。

副校长明显很失望。显然，她希望逃走的少年在她的管理范围内。

"那你这个没有名字的朋友在哪里上学呢，埃伯哈特同学？"

罗伊想，开始了，开始了。"我猜他经常在外面旅行，亨内平老师。"

"那他是在家接受教育吗？"

"可以这么说。"

亨内平老师仔细凝视着罗伊。她用瘦削的食指玩弄着嘴巴上方那根亮亮的毛。罗伊讨厌得发抖。

"埃伯哈特同学，你这个年龄的孩子不上学是违法的。"

"噢，我知道。"

"不妨让你那个腿脚利索的朋友也知道一下。"副校长尖酸地说，"你们知道学区有专门追查辍学学生的警察吗？他们工作起来毫不马虎，我不骗你。"

罗伊觉得追踪鲻鱼手对警察来说并不容易，毕竟他能在森林和红树林里来去自如，但无论如何，这种风险让他感到焦虑。要是警察有警犬和直升机呢？

亨内平老师靠近了一些，像秃鹫一样伸着细长的脖子："你让他在医院用了你的名字，对吧，埃伯哈特同学？你纵容这个少年犯，用你的身份，达到他不可告人的目的。"

"他被几只疯狗咬了。他需要看医生。"

"就这么简单？你觉得我会相信吗？你在耍我吧？"

罗伊只能耸耸肩，表示放弃抵抗："我现在可以走了吗？"

"下次我们还要再谈，你和我。"亨内平老师说，"有什么风吹草动，我都能感觉到。"

罗伊想："可不，你嘴唇上就有一根毛正在动。"

午饭时分，罗伊借了加勒特的自行车骑去废车场。万幸，没有人看见他溜了。毕竟，校规禁止学生没有假条私自外出。

罗伊冲进乔乔冰激凌车，看到鲻鱼手正在打盹儿。男孩没穿上衣，身上被蚊子叮了几个包。他扭扭身子，从睡袋里出来，接过罗伊手里的报纸。

罗伊以为鲻鱼手看到奠基仪式的消息会很激动，但他居然很冷静，似乎早有预料。他小心翼翼地撕下保拉妈妈的广告，仔细看着，仿佛那是一张藏宝图。

"中午，啊？"他轻声低语道。

"离现在只有24小时了，"罗伊说，"我们该怎么办呢？"

"'我们'是说谁？"

"你、我，还有比阿特丽斯。"

"算了吧，伙计。我不会让你们两个也蹚这浑水的。"

"等等，听我说。"罗伊急切地说，"我们已经谈过了，我和比阿特丽斯，我们想帮你一起拯救猫头鹰。真的，我们已经全副武装，准备上阵了。"

他从包里拿出照相机，递给男孩。"给你看看这个东西怎么用，"罗伊说，"很简单的。"

"这个是干吗的？"

"如果你能拍到猫头鹰的照片，我们就能阻止煎饼屋的人，不让他们推平那块地。"

"呵，你瞎想什么呢？"男孩说。

"我是说真的。"罗伊说，"我在网上查了一下，这些猫头鹰是受保护的动物——如果没有特殊许可，就不能动那些洞穴，不然就违法了。我去了市政厅，根本找不到保拉妈妈的许可文件。这说明什么？"

鲻鱼手摸着照相机，面带怀疑。"没想到啊。"他说，"但

216

是已经来不及了，得克斯。现在已经到了硬碰硬的时候了。"

"别，再等等。如果我们拿出证据，那他们必须叫停这个项目。"罗伊坚持说，"我们只需要一张小猫头鹰的照片，不需要拍得多好——"

"你最好赶紧走。"男孩说，"我有事情要做。"

"可是你不能一个人跟煎饼屋的人硬拼，不行。你不听我的劝，我是不会走的。"

"我说了，滚出去！"鲻鱼手抓住罗伊的一只胳膊，把他扭过身来推到了冰激凌车外面。

罗伊四肢着地，趴在了滚烫的沙砾上。他有些没反应过来，他已经忘记那孩子有多强壮了。

"我已经给你和我姐惹了不少麻烦，从现在开始是我一个人的战斗了。"比阿特丽斯的继弟站在餐车门口，态度强硬，他脸颊通红，眼睛里的火熊熊燃烧着，右手拿着埃伯哈特太太的数码相机。

罗伊指着照相机说："你先留着吧。"

"别闹了。我永远也搞不明白怎么用这些蠢玩意儿。"

"我告诉你怎么用——"

"不了。"男孩摇摇头说，"你回去上你的学。我还有事。"

罗伊站起来，拍掉裤子上的沙砾。他觉得喉咙里堵着一坨热热的东西，但他决心不掉泪。

"你已经做得够多了。"男孩对罗伊说，"我无权要求你做那么多。"

罗伊有一肚子话想说，但他只能哽咽地说出："那我祝你明天好运。"

鲻鱼手眨了眨眼睛，向他竖起大拇指。

"再见，罗伊。"他说。

报纸上有几条新闻，非常适合用来做时事报告。

一名失踪的绿色贝雷帽士兵在巴基斯坦山区获救。波士顿有
一位医生发明了治疗白血病的新药。在佛罗里达州的那不勒斯，
一名县级官员因收受高尔夫球场开发商5000美元贿赂被捕。

轮到罗伊在瑞安老师的课堂上发表演讲时，他没有讲这几则
新闻，而是举起报纸，指着被撕掉的保拉妈妈广告所在的那页。

"在座的大多数同学都喜欢吃煎饼吧，"罗伊开始演讲，
"反正我很喜欢。第一次听说椰子湾要开一家新的保拉妈妈美式
煎饼屋时，我觉得棒极了。"

讲台下有几个同学点头微笑，一个女孩假装饿得揉肚子。

"即使是当我得知了他们的开店地点——伍德伯里街和黄鹂
东街拐角处的那一大片空地——我也没觉得有什么问题。"罗伊
说，"后来有一天，我的一个朋友带我去了那里，给我看了一些
东西，结果完全改变了我的想法。"

学生们不再交头接耳，集中注意力听罗伊说话。他们从没听
过新来的转学生说这么多话。

"那是一只猫头鹰，"罗伊继续说道，"大概这么高。"

他用手比画出八九英寸的高度，举起手给同学们看："以前
我家住在西部的时候，我见过很多猫头鹰，但从来没有这么小
的。而且它不是小宝宝，它已经是个'大人'了！它就那么一板

一眼地站着，脸上一本正经，看起来跟个微型教授玩偶似的。"

全班同学都笑了。

"它们叫作穴居猫头鹰，因为它们生活在地底下。"罗伊接着讲，"乌龟和犰狳在那里留下了一些洞，它们走后这些猫头鹰就住进去了。慢慢地，我发现伍德伯里街和黄鹂东街拐角的那片空地上，有好几家猫头鹰住在那里。它们在洞穴里筑巢，生儿育女。"

一些同学不安地挪了挪身体，一些同学开始担心地小声说话，一些同学看着瑞安老师，而瑞安老师正若有所思地坐在桌边，双手托着下巴。

"罗伊，"他温柔地说，"这个话题非常适合生物学或者社会研究，但它可能不算是时事。"

"噢，这绝对是时事，"罗伊不同意，"明天中午就要发生了，瑞安老师。"

"发生什么？"

"他们要开始推土了，为煎饼屋奠基。好像要办一个大会庆祝一下。"罗伊说，"电视上演保拉妈妈的那位演员会参加，市长也去。报纸上是这么说的。"

前排一个红发女孩举起手："报纸上没有说猫头鹰的事吗？"

"没有，一个字也没提。"罗伊说。

"那它们会怎么样？"教室后面一个脸上有雀斑的男孩喊道。

"我来告诉你会怎么样。"罗伊看着瑞安老师，"施工的机器会把所有的洞穴都埋了，包括里面的东西也埋了。"

"别啊！"红头发的女孩哭了，全班同学都七嘴八舌地讨论起来，瑞安老师要求大家安静下来，让罗伊说完。

　　"成年猫头鹰可能会想办法飞走，"罗伊说，"或者它们可能坚持待在洞里，守护它们的宝宝。"

　　"但是它们会死的！"脸上有雀斑的同学喊道。

　　"煎饼屋的人这么干，就没人管吗？"另一个同学问道。

　　"我不知道。"罗伊说，"但这是不合法的，也是不对的。"

　　瑞安老师用有力的声音打断道："等等，罗伊，你说'不合法'是什么意思？这种严重的指控可不能随便说。"

　　瑞安老师的问题正中罗伊下怀，他兴奋地解释说，穴居猫头鹰是受到州法律和联邦法律保护的，未经政府特别许可，不得伤害鸟类或毁坏有鸟类居住的洞穴。

　　"好吧。这样的话，"瑞安老师说，"煎饼公司方面的说法呢？我想他们肯定拿到了该拿的许可证——"

　　"文件不见了，"罗伊插嘴，"工地的工头想骗我说那里没有猫头鹰，一只也没有。他在撒谎。"

　　全班同学又开始交头接耳了。

　　"明天吃午饭的时候，"罗伊继续说，"我会去那里……嗯，因为我想让保拉妈妈的人知道，在椰子湾是有人关心这些鸟的。"

　　瑞安老师清了清嗓子："这个情况有点棘手，罗伊。我知道你有多生气、多难过，但我必须提醒你，学校是不允许学生在午间离校的。"

　　"那我就让爸妈给我弄张假条。"罗伊说。

　　老师笑了："这办法可以。"全班都在等着老师多说几句，但他没再说下去。

"同学们，"罗伊说，"我们每天都在读书，书里讲平凡的美国人是怎么创造历史的，他们奋起抗争，为他们的信仰而战。好吧，我知道我们刚才说的只是一些微不足道的小猫头鹰，我也知道每个人都超级喜欢保拉妈妈家的煎饼，但是那个工地正在上演的一切，就是不对的。大错特错！"

罗伊觉得喉咙干涩，好像落满灰尘一样，脖子也觉得发烫。

"不管怎样，"他喃喃自语，"就是明天中午。"

然后他坐到了座位上。

教室里安静下来，漫长且沉重的沉默像火车一样在罗伊耳边呼啸而过。

第十九章

"我担心那些猫头鹰。"德林科警官对卷毛说。

"什么猫头鹰啊?"

夜幕降临工地,燕子在空中来回俯冲,追赶着蚊子。明天是个大日子。

"少来,我亲眼看到的。"德林科警官说,"难道没有办法吗?就比如,把它们转移到安全的地方?"

卷毛说:"你想听我的建议吗?别惦记这事了。忘了吧,反正我是这么办的。"

"我忘不掉,问题就在这儿。"

卷毛伸出大拇指指着拖车:"你想休息一下吗?我租了成龙主演的新电影。"

德林科警官不明白,工头怎么对埋掉猫头鹰洞穴这件事这么无所谓。他觉得可能是卷毛太大男子主义了。"你告诉过他们工地上有猫头鹰在生活吗?"他问道。

"告诉谁？"

"煎饼公司，也许他们还不知道这事呢。"

卷毛嗤之以鼻。"你开玩笑呢？他们什么都知道。"他说，"听着，这不是我们的问题。即使我们想做点什么，也无能为力。"

卷毛去了拖车里，德林科警官则继续巡逻。每经过一个洞穴，他都会用手电筒往里面照一照，但他没再看到猫头鹰。他希望鸟儿们已经察觉到要出事，飞走了，尽管这似乎不太可能。

午夜刚过不久，德林科警官听到卷毛从拖车里出来喊他的名字。工头嚷嚷着说他被吵醒了，听起来像是有人在爬围栏。

警官拔出枪，彻底搜查了附近。他还检查了拖车的顶部和车底，只发现沙地上有一排负鼠的脚印。

"听起来是个比负鼠大得多的东西。"卷毛没好气地说。

之后，德林科警官去警车上拿第三个装咖啡的保温瓶，他感觉自己似乎看到了工地另一头闪过一阵白色的微光。这让他想起曾见过的深夜车祸，警方的摄影师拍照取证时就会闪这样的亮光。

但是当德林科警官跑到闪光的地方时，他没有发现任何异常。他想，肯定是一阵没有雷声的闪电，被低低的云层反射了光线。

这一夜没有再发生什么事，但德林科警官一宿没睡。

早餐时，罗伊问妈妈午饭时间他是否可以离开学校。他觉得妈妈比爸爸更好说话，但她的回答让他意外。

"我不知道你去保拉妈妈的奠基仪式到底好不好。"

"可是，妈妈——"

"问问你爸吧。"

罗伊想，哦，好吧，那就没戏了。

埃伯哈特先生一坐下，埃伯哈特太太就把罗伊的请求告诉了他。

"当然可以，有什么不行的呢？"埃伯哈特先生说，"我给他写张假条。"

罗伊惊讶地张大嘴巴，他本以为爸爸不会同意。

"但你必须保证不闯祸，"埃伯哈特先生说，"不管你多生气，都不能做过分的事。"

"我保证，爸爸。"

爸爸把罗伊的自行车放在他的汽车后备厢里，开车送罗伊去特雷斯中学。埃伯哈特先生把罗伊送到校门口，问："你觉得你的朋友——比阿特丽斯的继弟——会去仪式现场吗？"

"可能会。"罗伊说。

"挺冒险的。"

"我知道，爸爸。我也劝过他。"

"你要小心，"埃伯哈特先生语重心长地说，"见机行事。"

"是，长官。"

比阿特丽斯·利普正在罗伊的教室外面等着。她的卷发湿答答的，好像刚洗完澡。

"什么情况？"她说。

"我搞到了一张假条。你呢？"

比阿特丽斯拿出一张皱巴巴的餐巾纸，上面有用红墨水写的潦草字迹。"我把我老爹叫醒，问他能不能给我签。他晕晕乎乎的才不管我呢，让他签什么他就签什么。"她说，"早知道应该让他给我签一张1000美元的支票。"

"看来我们都准备好中午出去了。"罗伊说。他又压低声音说："我去看你弟弟了，他从冰激凌车上把我扔出去了。"

比阿特丽斯耸耸肩："我能说什么呢？他有时候真的让人受不了。"

她在包里摸了摸，拿出罗伊妈妈的照相机："昨天很晚的时候，朗娜和我爸睡下之后，他把这个照相机放到家里了。他说他拍到了你想要的照片。我本来想看看，但是我搞不定这个数码玩意儿。"

罗伊默默抓起相机，把它藏进自己的储物柜。

"希望我们顺利吧。"比阿特丽斯说完就走入来来往往的人流中，消失在走廊里。

罗伊整个上午都兴奋得难以集中精力，他一直在盘算他的计划是否真的可行。

上午10点45分，一辆黑色加长款豪华轿车停在了伍德伯里街和黄鹂东街交叉口的空地上。司机下了车，打开车门。好一会儿什么动静都没有，然后一个留着波浪发型的高个子银发男人从车里出来，眯眼看着太阳。他穿着熨烫妥帖的白色裤子、深蓝色西装外套，胸口的口袋上别着一枚徽章。

他戴着一副很大的有色太阳镜，不耐烦地环顾着四周。接着，他对着大卫·德林科警官打了个脆生生的响指，此时警官正在开警车的门。

警官没有注意到有人在召唤他。他已经在工地上连续工作了14个小时，正要下班——先前卷毛回家洗澡、刮胡子了，德林科警官暂时留下来照看土方机器，它们已经装上了新的驾驶座。现在卷毛回来了——他穿着西装，打着领带，穿衣品位令人无语——警官正要离开工地。他对无聊的奠基仪式没兴趣。

　　"警官！"银发男子还在坚持不懈地招手，"嘿，警官！来这里一下。"

　　德林科警官走近豪华轿车，问男子怎么了。他自我介绍说叫查克·E. 穆克勒，是保拉妈妈美式煎饼屋的什么部门的副总裁。他神秘兮兮地补充道："我们需要一点点儿帮助。"

　　"呃，我已经下班了，"德林科警官告诉他，"但我可以呼叫下一班的同事。"他没怎么睡觉，非常疲惫，几乎连说话的力气都快没了。

　　"你知道坐在这辆车里的是谁吗？"查克·穆克勒朝豪华轿车点点头，问道。

　　"不知道，先生。"

　　"金伯利·卢·迪克森小姐！"

　　"那挺好的。"德林科警官茫然地说。

　　"就是那位金伯利·卢·迪克森。"

　　"嗯，这样的啊。"

　　查克·穆克勒把红润的脸蛋凑得更近了："你不知道我说的是谁，对吧，警官？"

　　"不清楚，先生。没听说过这位女士。"

　　查克·穆克勒翻了个白眼，继续解释金伯利·卢·迪克森是谁，还有她为什么大老远地从加利福尼亚州的贝弗利山庄到佛罗里达州的椰子湾来。

"就现在，"查克·穆克勒说，"她急需一间化装间。"

"一间化装间。"德林科警官疑惑地重复道。

"一个让她给鼻子擦粉的地方！一个可以梳洗的地方！"查克·穆克勒的愤怒爆发了，"这个概念有这么难理解吗，警官？让我试着用你能听明白的话说吧——她需要一间厕所，这回懂了吗？"

"懂了，"德林科警官指了指卷毛的拖车，"跟我来。"

当金伯利·卢·迪克森从豪华轿车里出来时，德林科警官被她年轻的样子吓到了，怎么也难以把她和电视上那个满脸皱纹的老奶奶联系起来。金伯利·卢·迪克森有着明亮的绿色眼睛、浓密的红褐色头发和光滑白皙的皮肤——看起来是一个可爱的、有教养的女人，德林科警官想。

她终于开口说话了。

"我得放个水，"她用砂纸般粗重的声音宣布，"带个路吧，帅哥。"

这位女演员肩上背着一个大手提皮包，穿着高跟鞋、黑色裙子和一件浅色丝绸衬衫。

卷毛打开拖车门，吓得目瞪口呆。金伯利·卢·迪克森没有说话，从他身边走过，走向卫生间。

"我可以在这里换衣服吗？"她用沙哑的声音问道。

"换什么衣服？你现在的样子简直美极了。"

"换上她扮演保拉妈妈的服装。"德林科警官插话道，"她跟一个家伙一起来的，那个家伙问能不能把你的拖车当更衣室用一用。"

"随便用。"卷毛笑得像在做白日梦。

门口出现一个男人的剪影，接着是一阵浓郁的古龙香水味。"哎哟喂，你一定就是传说中的勒罗伊·布兰内特。"一个熟悉的声音阴阳怪气地低声咆哮道。

卷毛感到很难堪。德林科警官站出来说道："这位先生是煎饼屋公司的。"

"想到了。"卷毛说。他向查克·穆克勒伸出右手，穆克勒盯着卷毛的右手，就像盯着一条死泥鳅。

"布兰内特先生，这个热带风情的早晨是多么可爱啊，你不会跟我说什么煞风景的坏消息，对吧？快告诉我椰子湾一切都平安无事。"

"是的，先生。"卷毛说，"我们在工地上待了两晚，我和警官都在，这里就像教堂一样安静和平。对不对，大卫？"

"一点儿没错。"德林科警官说。

查克·穆克勒突然摘下墨镜，用怀疑的眼光打量着警官："你该不会就是那个在车里睡着的警察吧？我们的测绘杆都被坏人拔了，结果您这位了不起的人才还在车里呼呼大睡，是不是？"

尽管德林科警官很想亲眼看看金伯利·卢·迪克森打扮成保拉妈妈是什么样，但他现在宁愿自己远离这个是非之地。

"而且还是这位天才警察，"穆克勒先生继续说道，"他睡得不省人事，结果害得保拉妈妈上了报纸，好好的形象都被抹黑了，是不是你？"

"对的，就是他。"卷毛说。

德林科警官恶狠狠地瞪了工头一眼，才回答穆克勒先生的问题。"我真的很抱歉，先生。"德林科警官说着，心想："主要是为我自己可惜。"

"你居然还有班可以上，我真是太震惊了，"查克·穆克勒说，"你们警察局局长简直是个慈善家。要么就是，你们太缺人手了，只要来个会喘气的就能上岗。"

卷毛终于想到了一些好话："德林科警官就是那天晚上帮我抓到贼的人！"

卷毛就这么厚脸皮地反客为主，暗示自己才是抓获达纳·马瑟森的主力。德林科警官正准备澄清事实时，金伯利·卢·迪克森从卫生间里飞速冲了出来。

"你这里……好像……有大蟑螂啥的啊！"她喊道。

"不是蟑螂，是蛐蛐儿。"卷毛说，"我也不知道它们到底是从什么鬼地方来的。"

他用胳膊肘挤开德林科警官和查克·穆克勒，来到女演员跟前自我介绍："我是这个项目的监理工程师，迪克森小姐，然后，我只是想告诉你，我看过你所有的电影。"

"你的意思是，两部全都看过吗？"金伯利·卢·迪克森拍了拍卷毛那闪亮的头皮，"也挺好的，布兰内特先生，虽然你这么说话，但我还是挺高兴的。"

"嘿，我也等不及想看你的新作品了——《来自土星十一号的变异入侵者》。我真的很喜欢科幻题材。"

"'木星七号'！"查克·穆克勒插嘴，"片名是《来自木星七号的变异入侵者》。"

"反正，"卷毛热情得有些做作，"你一定能把变异蚂蚱女王演得很好。"

"是啊，我已经在准备奥斯卡获奖感言了呢。"女演员瞥了一眼她镶满钻石的手表，"听着，我最好赶紧扮上，快点变成老保拉妈妈，迷死人的那种。你们谁能帮我把轿车里的手提箱拿出来吗？"

第二十章

椰子湾市长、布鲁斯·格兰迪议员和商会主席乘坐一辆小一些的豪华轿车来到了建筑工地。接着是一辆那不勒斯电视台的卫星卡车，后面跟着一位报社的摄影师。

市政工人将红、白、蓝三种颜色的彩带绑在围栏上，还挂上了一面手写的横幅，上面写着"欢迎保拉妈妈"。

11点50分，罗伊和比阿特丽斯到了工地。这一次，换她坐在横杠上，罗伊来骑车，照相机则安稳地放在他的书包里。他们惊讶地发现，其他同学也来了——那个脸上有雀斑的男孩、红头发的女孩，还有瑞安老师历史课上至少一半的同学，以及一群家长。

"你昨天到底对那些同学说了些什么？"比阿特丽斯问，"你答应送他们免费煎饼还是什么？"

"我只是说了一下猫头鹰的事情，仅此而已。"罗伊说。

特雷斯中学体育部的一辆厢式货车开了过来，比阿特丽斯足球队的队友们蜂拥而出，其中几个人手里拿着海报。这对罗伊来说又是一个惊喜。

罗伊对比阿特丽斯咧嘴笑了笑，她耸耸肩，好像在说没什么大不了的。现场的人数逐渐增加，他们扫视着人群，并没有发现她继弟的踪影。

也没有看到猫头鹰活动的迹象，这在罗伊的意料之中——这里太吵了，人头攒动，鸟儿应该躲去了地底下黑暗安全的地方。罗伊知道煎饼屋的人在赌：猫头鹰会害怕，不敢出来冒险。

12点15分，建筑拖车的门打开了。首先出来的是一名警察，罗伊认出那是德林科警官，然后是那个臭脾气的秃头工头，接着是一个趾高气扬的家伙，他满头银发，戴着一副傻里傻气的有色太阳镜。

最后走出来的是在电视广告里扮演保拉妈妈的女士。她头顶闪亮亮的银灰色假发，戴着金边眼镜，还围着一条印花围裙。有几个人认出她来，鼓起了掌，她心不在焉地挥了挥手。

这群人走向建筑工地的中心，那里有一块用绳子围起来的长方形空地。有人把扩音喇叭递给了那个满头银发的家伙，他自我介绍说他叫查克·穆克勒，是保拉妈妈公司总部的副总裁。罗伊看得出来，他的自我感觉好到天上去了。

穆克勒先生把工头和警察晾在一边，热情洋溢地介绍当地的大人物——市长、市议员和商会主席。

"我无法用言语表达我们有多自豪，多高兴，能把第469家家庭式餐厅开在椰子湾。"穆克勒先生说，"市长先生、格兰迪议员，诸位了不起的同仁，在今天这个好日子，在美丽的佛罗里达，欢迎诸位莅临此地……我在这里向各位保证，保拉妈妈将是一位好市民、一个好朋友，是每个人的好邻居！"

"猫头鹰可不同意。"罗伊说。

穆克勒先生没听见。他向学生们致意，说："今天在这里看到我们这么多优秀的年轻人，我真的很激动。这是你们这儿——应该说是我们这里——一个历史性的时刻，而且我们很乐意看到，你们从繁忙的课业中抽出时间，暂时休息一下，和我们一起庆祝。"

他停顿了一下，挤出一阵笑声："总之呢，我想说，等到餐厅一开门，保拉妈妈在厨房里忙活起来的时候，我们之中的很多人就又能相见了。嘿，各位，有没有谁喜欢甘草燕麦煎饼？"

尴尬了，只有市长和格兰迪议员举起了手。台下的女孩们举着自制的牌子，空白的一面朝外，等待着比阿特丽斯的指示。

穆克勒先生紧张地嘻嘻窃笑："保拉妈妈，最亲爱的，我想是时候了。我们可以开始了吗？"

台上的人肩并肩地摆出姿势——公司副总裁、市长、保拉妈妈、格兰迪议员和商会主席——让电视台摄制组和报社摄影师给他们拍照。

有人把漆成金色的铁锹发给他们，在穆克勒先生的示意下，这些显要人物摆出笑容，俯下身，挖出一锹沙子。就在这时，人群中几个公务员欢呼着鼓起了掌。

罗伊从来没见过这么矫揉造作的场面。他难以相信这种事情会上电视或者报纸。

"这些人，"比阿特丽斯说，"怎么这么闲啊。"

拍完照，穆克勒先生就扔下了金色铁锹，抓起扩音喇叭。

"在推土机和反铲挖掘机开动之前呢，"他说，"保拉妈妈有几句话想对大家说。"

他把扩音喇叭硬塞给保拉妈妈，她看起来情绪不高。"你们这里看起来非常不错，"她说，"明年春天我们会在盛大的开幕式上再见面——"

"哦，不，没人想见你！"

这句话是从罗伊的嘴里喊出来的，他吓到了别人，更吓到了自己。观众们有些骚动，比阿特丽斯慢慢溜过去，心里猜想可能有人在跟踪罗伊。

扮演保拉妈妈的女演员似乎很生气，她透过廉价的金边眼镜扫视着人群："搞什么，是谁说的？"

罗伊回过神来的时候，发现自己已经举起了右手。"是我，保拉妈妈！"他喊道，"如果你们敢动猫头鹰一根毫毛，我就再也不会吃你们家的蠢煎饼了。"

"你在说什么？什么猫头鹰？"

查克·穆克勒扑向扩音喇叭，但保拉妈妈用胳膊肘顶住了他的肚子。"你给我往后退，查克芝士球！"她怒斥道。

"去吧，你自己看看。"罗伊指着周围说，"只要你看到有洞，就知道下面有一个猫头鹰的窝。它们在洞里筑巢、下蛋。那是它们的家。"

穆克勒先生脸色发紫。市长一副六神无主的样子，格兰迪议员像是要晕倒了，商会的家伙表情扭曲，难受得像是吞了块肥皂一样。

这时，人群中的家长们开始大声说话，指着洞穴比画着。一些小学生开始高声呼喊，对罗伊表示支持，而比阿特丽斯的队友们开始挥舞她们手写的标语牌。

一个牌子上写着：保拉妈妈完全不把猫头鹰放在眼里！

另一个写着：杀鸟凶手滚回家！

第三个牌子上写着：要猫头鹰，不要酪乳！

报社摄影师抓拍着抗议画面，保拉妈妈辩解道："我不想伤害你们的猫头鹰啊！真的，我连一只蚂蚁都不会踩的！"

查克·穆克勒终于夺回了扩音喇叭，他恼羞成怒地斥责罗伊："年轻人，你最好先弄清楚真相，不要肆意诽谤，随随便便就血口喷人。这里没有猫头鹰，一只也没有！那些老地洞已经荒废很多年了。"

"是吗？"罗伊把手伸进背包，拿出数码相机。"我有证据！"他喊道，"就在这里面！"

人群中，孩子们欢呼雀跃。查克·穆克勒的脸变得苍白，似乎有些泄气。他伸出双臂，猛地扑向罗伊："给我看看！"

罗伊急忙躲到一边，打开数码相机，屏住了呼吸。他也不知道相机里的照片是什么样。

他按下按钮，打开鲻鱼手拍摄的第一张照片。取景器上出现了一幅模糊不清、歪歪扭扭的图像，罗伊一看就知道自己有麻烦了。

照片里是一根手指头。

他焦急地点开第二张照片，眼前的东西依然令人沮丧：一只脏兮兮的脚丫子。看上去是男孩子的脚，罗伊知道是谁的。

比阿特丽斯的继弟有许多特殊的才能，但显然不包括拍摄自然景物。

绝望的罗伊再次按下按钮，看到了第三张照片。这一次，画面中的东西显然不是人的身体，而是站在远处的一个长着羽毛的轮廓，照相机闪光灯打出的光不均匀地落在它身上。

　　"有了！"罗伊大喊，"快看！"

　　查克·穆克勒从罗伊手中抢走照相机，盯着照片检查了大约三秒钟，然后爆发出残忍的笑声："这是什么玩意儿啊？"

　　"是猫头鹰！"罗伊说。

　　罗伊可以确定那是一只猫头鹰。不巧的是，这只鸟儿一定是在鲻鱼手抓拍照片时转动了脑袋。

　　"我怎么看着更像一坨泥巴。"查克·穆克勒说。他举起照相机，给最前排的观众看取景器。"这孩子很有想象力，不是吗？"他讥讽道，"这要是只猫头鹰，那我就是只白头海雕。"

　　"它就是猫头鹰！"罗伊坚持，"那张照片就是昨天晚上在这个工地上拍的。"

　　"你证明给我看。"查克·穆克勒幸灾乐祸。

　　罗伊无话可说。他没办法证明什么。

　　罗伊妈妈的照相机在人群中传了一圈后回到罗伊手里，他知道大多数人看不出来照片上是一只鸟。甚至比阿特丽斯也不确定，她把取景器侧着看、倒过来看，想找出足以说明问题的猫头鹰的身体结构，但没有找到。

　　罗伊崩溃了——比阿特丽斯继弟拍的照片没有任何价值。这种模糊的证据，拿去给负责保护穴居猫头鹰的政府部门看也没用，他们绝不会因此就不让煎饼屋施工。

　　"非常感谢各位的到来，"穆克勒先生用扩音喇叭对观众们说，“也感谢这段时间你们的耐心——容忍某些人闹事耽误了大家的时间。明年春天，我们将与各位煎饼爱好者共进早餐，那将是美妙的盛宴。本次仪式到此正式结束。”

特雷斯中学的孩子们躁动起来，他们看向比阿特丽斯和罗伊，但他俩已经不知道该做什么了。罗伊感觉自己已经没了斗志，垂头丧气，而比阿特丽斯沮丧的脸上仿佛写着“听天由命”四个字。

这时响起了一个年轻的声音：“等等，还没结束呢！完全没有结束。”

这次说话的不是罗伊。

“呃——啊！”比阿特丽斯抬起眼睛。

观众席后面的一个女孩尖叫一声，所有人都立刻转过身。乍一看，地上有一个球形物体，但实际上那是……一个男孩的脑袋。

他那乱蓬蓬的头发是金色的，脸是焦糖一样的棕色，眼睛睁得大大的，一眨也不眨。他噘着的嘴巴里含着一根风筝线，另一头系在几英尺外一个大铁桶的把手上。

大人物们匆匆忙忙走出人群，比阿特丽斯和罗伊紧随其后。他们停在地上的人头面前，目瞪口呆。

“有完没完了啊？”工头抱怨道。

查克·穆克勒暴跳如雷：“这是谁在开这种恶心人的玩笑？”

“老天爷啊！”市长喊道，“他是死了吗？”

这个男孩活得好好的。他对继姐笑了笑，又调皮地向罗伊眨眨眼。他把自己瘦小的身体塞进了一个猫头鹰洞穴里，只有头露了出来，也不知道他是怎么做到的。

"嘿，保拉妈妈。"他说。

女演员迟疑地走上前。她的假发有点歪，妆容被汗水弄花了。

"干吗？"她不安地问道。

"你要埋了那些鸟？"鲳鱼手说，"那你把我也埋了吧。"

"可是，不，我喜欢鸟！所有的鸟！"

"德林科警官？你在哪里？"查克·穆克勒示意警官过来，"马上逮捕这个无礼的小子。"

"为什么？"

"非法入侵啊，还用说吗？！"

"但你们公司宣传说这次活动是对公众开放的，"德林科警官指出，"如果我逮捕这个男孩，我也必须逮捕这里其他所有人才行。"

罗伊看着穆克勒先生脖子上青筋暴起，像花园里浇水的管子一样一跳一跳的。"我明天要做的第一件事，就是和迪肯局长聊聊你这个人。"穆克勒先生怒气冲冲地低声对警官说，"你今晚就好好想想以后简历上怎么找借口解释吧。"

接着，他把咄咄逼人的目光转向孤立无援的工头："布兰内特先生，请把他薅起来弄走……这个瘦猴子。"

"我劝你别这样做。"比阿特丽斯的继弟咬紧牙关警告道。

"真的吗？为什么不行呢？"查克·穆克勒说。

男孩笑了："罗伊，帮我一个忙，看看桶里有什么东西。"

罗伊很乐意帮忙。

"你看到了什么？"男孩问。

"棉口蛇。"罗伊回答。

"几条？"

"九条十条的样子吧。"

"它们看起来心情不错吧，罗伊？"

"好像不是。"

"你觉得如果我把那东西掀翻，会发生什么呢？"鲻鱼手张开嘴，露出舌头上系着的绳结，那绳子把他的舌头和铁桶连在了一起。

"那可能有人要倒霉了。"罗伊顺着鲻鱼手的话说。他看到桶里的爬行动物是橡胶做的假蛇，觉得有点惊讶（不过也松了一口气）。

穆克勒先生心烦意乱："这太荒谬了——布兰内特，照我说的做。把那孩子抓走，我不想看见他！"

工头退缩了："我不去。我可不喜欢蛇。"

"真的吗？那我就开了你。"副总裁再次给德林科警官出难题，"你别干看着，开枪把那些浑蛋玩意儿打死。"

"不行，先生，这里这么多人呢。太危险了。"

警官走到男孩身边，单膝跪地。

"你怎么进来的？"他问道。

"昨天晚上翻的围栏，然后我就藏在反铲挖掘机下面。"男孩说，"你大概从我身边走过去五次。"

"你就是上周给我的巡逻车喷漆的人吧？"

"无可奉告。"

"从医院跑掉的也是你？"

"双倍无可奉告。"男孩说。

"你还把你的绿色上衣挂在了我的警车天线上？"

"老兄，你不明白，猫头鹰根本没办法反抗那些机器。"

"我明白。我真的明白。"德林科警官说，"还有一个问题：你弄来那些蛇，你是认真的吗？"

"真的假不了。"

"我能看看桶里的东西吗？"

男孩的眼神闪烁不定。"你不要命了吧？"他说。

罗伊小声对比阿特丽斯说："我们得赶紧想办法。桶里的蛇是假的。"

"哦，太好了。"

当警官走近铁桶时，比阿特丽斯喊道："别过去！你会被咬伤的——"

德林科警官没有退缩。他从桶边往里窥探，罗伊和比阿特丽斯的心提到了嗓子眼儿，那一刻漫长得仿佛永久定格。

露馅了，罗伊闷闷不乐地想。他不可能看不出蛇是假的。

然而，德林科警官一句话也没说，从桶边往后退开了。

"嗯？"穆克勒先生质问道，"我们怎么办？"

"孩子们是认真的。如果是我，我会谈判。"德林科警官说。

"哈！我才不和少年犯谈判。"查克·穆克勒吼道，他从格兰迪议员手里抢过金色铁锹，冲向铁桶。

"不要！"猫头鹰洞里的男孩大叫着吐出了绳结。

查克·穆克勒势不可当。他猛地一挥铁锹，打翻铁桶，怒气冲冲地用铁锹胡乱地拍打着那些蛇，口中念念有词，直到它们被打成一块一块的，他才停下来。

一块一块的小橡胶块。

精疲力竭的查克·穆克勒俯身眯眼，看着碎成块的玩具假蛇。他一脸难以置信的表情，好像受到了侮辱。

"这到底是什么东西？"他呼哧呼哧地喘着气。

保拉妈妈副总裁对棉口蛇发动暴力袭击时，围观人群发出了阵阵"啊——"和"噢——"的声音。而现在，唯一能听到的是摄影师按动照相机快门的咔嚓咔嚓声和副总裁喘粗气的声音。

"嘿，那些蛇是假的！"卷毛尖声叫嚷，"它们不是真正的蛇啊。"

罗伊朝比阿特丽斯靠过去，低声说道："这又是一个事后大聪明。"

查克·穆克勒慢慢转过身。令人担忧的是，他把铁锹锋利的边缘对准了猫头鹰洞穴里的男孩。

"你！"他咆哮着，向男孩靠近。

罗伊跳到他前面。

"别挡我的路，小鬼。"查克·穆克勒说，"我没有时间听你胡说八道，立刻滚蛋！"

很明显，保拉妈妈的这位大人物已经完全顾不上风度，可能连理智都快没了。

"你在干什么？"罗伊问道，他知道自己不会听到冷静有耐心的回答。

"我说了，你给我滚开！我要亲手把那个小浑蛋从地下挖出来。"

比阿特丽斯·利普向前冲去，站在罗伊旁边，握住他的右手。人群中传来阵阵焦虑的低语。

"啊，真有爱啊，就像罗密欧与朱丽叶似的。"查克·穆克勒嘲弄道。他压低声音说："游戏结束了，孩子们。数到三，我就要用这把铁锹——或者，有个更好的办法是，我让秃子把推土机开过来，你们觉得怎么样？"

工头绷着脸："你不是说我被开除了吗？"

不知从哪里冒出一个人，抓住了罗伊的左手——是加勒特，他的胳膊下面夹着一块滑板。他的三个滑板玩伴在旁边站成一排。

"你们怎么来了？"罗伊说。

"翘课了。"加勒特兴高采烈地回答，"我说，伙计，你这儿看起来可好玩多了。"

罗伊转过身来，看到女足队员们已经来到了比阿特丽斯身边，她们默默地手挽着手，组成一道人墙。她们都是高大强壮的女孩，根本不把咋咋呼呼的查克·穆克勒放在眼里。

查克·穆克勒也意识到了这一点。"收手吧，别做蠢事了！"他恳求道，"没必要弄这么多人把场面搞得太难看。"

罗伊惊奇地看到越来越多的孩子溜出人群，开始手拉着手，围着洞里的男孩，形成一道屏障。没有家长出来阻止他们。

电视台的摄像师宣布，示威活动正在午间新闻节目上直播，报社的摄影师则猛冲过来拍摄穆克勒先生的特写镜头，穆克勒先生看起来无精打采、疲惫不堪，好像一下子苍老了许多。他紧紧抓住奠基仪式用的铁锹，像抓着一根拐杖似的。

"你们没听见吗？"他尖叫道，"这个活动到此为止！结束了！你们现在都可以回家了。"

市长、格兰迪议员和商会主席悄悄退到他们的豪华轿车旁，卷毛勒罗伊·布兰内特则拖着沉重的脚步走向他的拖车，想找瓶冰啤酒喝。德林科警官靠在围栏上，写着报告。

罗伊整个人恍恍惚惚的，但又觉得平静。这种感觉真是有点怪怪的。

几个女孩开始唱一首著名的老民谣，叫作《这片土地是你的家》。从她们的歌声中，可以听出比阿特丽斯的声音可爱又温柔，真是出人意料。没多久，其他孩子也跟着唱了起来。罗伊闭上眼睛，感觉自己飘浮在阳光普照的云端。

"打扰了，小帅哥，还能再来一个人吗？"

罗伊眨了眨眼睛，突然咧嘴一笑。

"是的，女士。"他说。

保拉妈妈走到他和加勒特之间，加入了大家围成的圈。她的声音沙哑，但调子唱得挺准。

示威又持续了一个小时。又来了两个电视节目摄制组，还有德林科警官临时召集来的几辆椰子湾警局的巡逻车。

查克·穆克勒试图劝说新到场的警察逮捕抗议者，理由是非法入侵、旷课和扰乱治安。警察坚决拒绝了他的提议，警队队长告诉穆克勒，用手铐铐走一群中学生，会不利于公共安全部的形象。

局势一直相对平稳，直到朗娜·利普高调地来到了现场。她在电视新闻中看到了自己的儿子。她打扮得花里胡哨，像是受邀参加聚会一样，凑到镜头前一点儿也不害羞。罗伊无意中听到她告诉一名记者，她为自己的儿子感到自豪，他冒着被抓的风险，拯救可怜无助的猫头鹰。

"他是我勇敢的小战士！"朗娜一副小人得志的嘴脸，令人厌恶。

　　她做作地装出喜爱之情，尖叫着冲向包围着她儿子的人墙。比阿特丽斯要求大家挽紧胳膊，挡住朗娜的去路。

　　朗娜和她的继女面对面站着，怒视着对方，仿佛马上要打作一团，真是惊险极了。加勒特用一声惊人的假放屁声打破了僵局，吓得朗娜惊恐地向后退去。

　　罗伊轻轻推了推比阿特丽斯："看上面！"

　　头顶上，一只暗色羽毛的小鸟正沿着令人惊叹的螺旋式轨迹飞行。罗伊和比阿特丽斯高兴地看着它飞得越来越低，最后向地上的洞穴猛扑过去。

　　突然间，歌声停了。大家都转过身去看鸟落在了哪里。

　　鲻鱼手努力憋着笑，因为"小夜猫子"正淡定地停在他的头顶上呢。

　　"别担心，小家伙，"男孩说，"你现在安全啦。"

第二十一章

拿破仑？

"拿破仑·布里杰。"罗伊大声念出名字。

"真是个别致的名字啊。"妈妈说。

他们坐在桌边吃早餐，埃伯哈特太太小心翼翼地从晨报上剪下新闻报道和照片。

报纸头版刊登了罗伊、比阿特丽斯和保拉妈妈在示威游行中紧握双手的照片。可以看到背景里有比阿特丽斯继弟的脑袋，他的头看起来非常像一个戴着金色假发的椰子。

照片下方的文字说明了保拉妈妈是一名女演员，曾是选美亚军，名叫金伯利·卢·迪克森。比阿特丽斯继弟的身份被确认为拿破仑·布里杰·利普。

"他现在回家了吗？"罗伊妈妈问道。

"我不知道他会不会管那里叫作家。"罗伊说，"但他确实回来跟他妈妈还有继父一起住了。"

在学生抗议现场，朗娜·利普眼泪汪汪、哭哭啼啼，简直要昏过去了，她要求与儿子团聚。不知情的警察把她从人群中带出来，领着她走向鲻鱼手，吓得大胆的小猫头鹰也从男孩头上飞走了。

当鲻鱼手艰难地从洞穴里爬出来的时候，朗娜已经快晕倒在摄影机前了。她用双手锁住鲻鱼手喊道："我的小冠军！我勇敢的小英雄！"她把他抱得无法呼吸，这做作的拥抱看得罗伊和比阿特丽斯无奈又烦躁。

埃伯哈特太太剪下了朗娜与男孩合影的照片，照片中的男孩看起来非常难受。

"也许他们两个的感情会慢慢变好。"罗伊妈妈满怀希望地说。

"不会的，妈妈。她只是想上电视而已。"罗伊伸手拿书包，"我该走了。"

"你爸想趁你去上学之前跟你聊几句。"

"噢。"

埃伯哈特先生前一天晚上工作到很晚，他到家时罗伊已经睡了。

"他生气了吗？"罗伊问妈妈。

"我觉得没有。生什么气？"

罗伊指着被剪过的报纸，上面散布着几个方方的缺口，看起来像个棋盘："昨天的事呀。我和比阿特丽斯做的事。"

"亲爱的，你没有违反任何法律，没有伤害任何人。"埃伯哈特太太说，"你只是为了你认为正确的事情发声。爸爸尊重你的做法。"

罗伊明白"尊重"并不一定意味着"赞同"。他有一种感觉，爸爸在猫头鹰的问题上是支持他的，但爸爸从来没有挑明这一点。

　　"妈妈，保拉妈妈还打算盖煎饼屋吗？"

　　"我不知道，罗伊。据说一个记者也问了穆克勒先生同样的问题，然后他就大发雷霆掐了她的脖子。"

　　"不是吧！"罗伊和比阿特丽斯在临时记者招待会结束前就离开了。

　　埃伯哈特太太举起剪报："报纸上这么说的。"

　　罗伊不敢相信报纸用了这么多版面报道猫头鹰抗议活动。这一定是继上次飓风袭击以来，椰子湾最大的新闻了。

　　妈妈说："今天早上6点钟电话就开始响了。你爸让我把听筒摘下来了。"

　　"我真的很抱歉，妈妈。"

　　"没什么好抱歉的，小傻瓜。我正在做一个完整的剪贴簿，亲爱的，以后可以留给你的儿孙们看。"

　　罗伊想："我倒是更愿意带他们去看猫头鹰，如果那时候还有猫头鹰的话。"

　　"罗伊！"

　　爸爸从书房里喊他："麻烦你去开门好吗？"

　　前门台阶上，一个身材苗条、留着黑色短发的年轻女士跟罗伊打招呼。她拿着一个线圈本和一支圆珠笔。

　　"嘿，我是《公报》的。"她亮明身份。

　　"谢谢，我们已经订过了。"

女士笑了。"哦，我不是卖报纸的。我是写文章的。"她伸出手，"我叫凯利·科尔法克斯。"

罗伊注意到她脖子上有几块像是手指印的青紫痕迹，跟达纳·马瑟森掐他时留下的瘀伤很像。罗伊猜想凯利·科尔法克斯就是被查克·穆克勒掐脖子的那个记者。

"那我去叫我爸来。"他说。

"哦，不必。我来是想跟你谈的。"她说，"你就是罗伊·埃伯哈特，对吗？"

罗伊感到进退两难。他不想表现得没礼貌，但他当然也不希望自己说的话给鲻鱼手带来麻烦。

凯利·科尔法克斯的问题像连珠炮一样袭来：

"你是怎么参与到示威中的？"

"你和拿破仑·布里杰·利普是朋友吗？"

"你们两人是否参与了破坏保拉妈妈工地的事件？"

"你喜欢煎饼吗？喜欢哪种煎饼？"

…………

罗伊脑袋里一团乱。终于，他硬生生打断道："其实，我只是去那里为猫头鹰说句话，仅此而已。"

记者记下罗伊的话，这时门开了，站在那里的是埃伯哈特先生——他刮了胡子，洗了澡，穿着一套灰色西装，整个人干净清爽。

"对不起，女士，我可以和我儿子说句话吗？"

"当然。"凯利·科尔法克斯说。

埃伯哈特先生把罗伊带进屋里，关上了门。"罗伊，你不必回答她提的任何问题。"

"但我只是想让她知道——"

"这个。你把这个给她。"罗伊爸爸咔嗒一声打开公文包，取出一个厚厚的马尼拉文件夹。

"这是什么啊，爸爸？"

"她自己看了就懂。"

罗伊打开文件夹，咧嘴笑了："这是市政厅的文件，对吧？"

"复印的，"爸爸说，"没错。"

"就是装着保拉妈妈所有文件的那个文件夹。我去找过，但没找着它，"罗伊说，"现在我知道为什么了。"

埃伯哈特先生解释说，他借了文件，把每一页都复印好，然后把材料给一些环保领域的专业律师看了。

"保拉妈妈要埋了猫头鹰的洞穴，有许可证吗？"罗伊问，"文件夹里有吗？"

爸爸摇摇头："没有。"

罗伊兴高采烈，但也感到困惑："爸爸，你不应该把这个交给司法部的人吗？为什么要我给报社的人？"

"因为这里面有一些东西，是椰子湾的每位居民都应该知道的。"埃伯哈特先生悄悄说，"其实，这里面缺了的东西才是重点。"

"跟我说嘛。"罗伊说，然后爸爸就告诉了他。

罗伊再次打开前门，正在等待的凯利·科尔法克斯脸上带着活力十足的微笑："可以继续采访了吗？"

罗伊也报以灿烂的笑容。"抱歉，我上学快迟到了。"他拿出文件夹，"给你这个，应该对你写稿子有帮助。"

记者把笔记本夹在腋下，从罗伊手里拿走文件夹。她快速翻阅着文件，脸上的愉快神情变成了沮丧。

"这些东西是什么意思，罗伊？我要看什么？"

"我想你要找一个叫EIS的东西，"罗伊复述了爸爸告诉他的话。

"意思是……"

"环境影响评估报告。"

"啊，对！没错。"记者说，"每个大的建设项目都应该有这个东西。这是法律规定的。"

"是啊，但是这里面没有保拉妈妈的EIS。"

"我没听明白，罗伊。"

"这个文件夹里应有，"他说，"但实际上没有。这说明这家公司从来没有做过环境影响评估——或者他们故意弄丢了。"

"啊！"凯利·科尔法克斯的表情就像中了彩票一样，"谢谢你，罗伊，"她用双臂抱着文件夹走下台阶，"非常感谢。"

"不用谢我。"罗伊低声说，"应该谢谢我爸。"

显然，他也关心猫头鹰。

尾 声

接下来的几周，保拉妈妈事件愈演愈烈，迅速发酵成了一桩丑闻。《公报》头版报道了环境影响评估报告遗失的事情，这篇报道最终给了煎饼屋项目致命一击。

原来，煎饼屋项目曾接受了全面的环境影响评估，该公司的生物学家记录到了三对穴居猫头鹰在那片土地上生活的痕迹。在佛罗里达州，这种鸟属于特别关注物种，受到严格保护，所以如果它们出现在保拉妈妈的工地上，并且被大众所知的话——就会造成严重的法律问题和公关难题。

于是，环境影响评估报告很"识趣"地从市政档案中消失了。这份报告后来出现在议员布鲁斯·格兰迪的高尔夫球袋里，跟它装在一起的还有一个装着大约4500美元现金的信封。格兰迪议员愤怒地否认这笔钱是煎饼屋公司的贿金，然后花大价钱聘请了迈尔斯堡最贵的辩护律师。

与此同时，金伯利·卢·迪克森辞去了在电视上扮演保拉妈妈的工作，她表示该公司为了卖几个煎饼就要活埋猫头鹰宝宝，自己绝对不会为这样的公司卖力。她热泪盈眶地说着这些话，而当她展示自己在鸟类保护组织奥杜邦协会的终身会员卡时，场面进入高潮——这一幕被《今夜娱乐》《好莱坞内幕》《人物》杂志拍下，这些媒体还公布了金伯利·卢·迪克森、罗伊和比阿特丽斯在猫头鹰抗议活动中手拉手的照片。

这为金伯利·卢·迪克森带来了大量媒体关注，比她赢得美国小姐亚军，甚至比她作为新片《来自木星七号的变异入侵者》的主演受到的媒体关注还要多。罗伊妈妈一直关注着这位女演员在演艺圈的走红之路，据报道，她已经签约了著名制片人亚当·桑德勒的下一部电影。

相比之下，猫头鹰事件的曝光对保拉妈妈美式煎饼屋公司来说堪称一场噩梦，该公司赫然发觉自己登上了《华尔街日报》头版，那篇报道没给他们留什么情面。文章一出，公司股票价格就开始跳水。

查克·穆克勒在奠基仪式上失态后，被降职为初级助理副总裁。他没有因为试图掐死新闻记者而入狱，但还是不得不参加了一个名为"如何管理愤怒情绪"的课程，结果并没有顺利结业。不久之后，他从煎饼屋公司辞职，在迈阿密找了一份游轮主管的工作。

最后，保拉妈妈公司别无选择，只能放弃在黄鹂东街和伍德伯里街拐角处的开店计划。头条新闻喋喋不休地讲着环境影响评估报告丢失一事，加上金伯利·卢·迪克森令人尴尬的辞职事件，还有查克·穆克勒掐着凯利·科尔法克斯脖子的电视镜头……重要的是，那些讨厌的猫头鹰。

猫头鹰让很多人躁动不安。

美国全国广播公司和哥伦比亚广播公司派出摄制组，到特雷斯中学采访参加抗议的学生，也采访了一些老师。罗伊保持低调，但他后来听加勒特说，亨内平老师接受了采访，她赞扬了牺牲午餐时间去参加抗议活动的孩子们，还说她赞同这样的行动。每当看到成年人为了标榜自己而撒谎时，罗伊总是觉得很好笑。

那天晚上他没有看电视，但妈妈突然进来告诉他，著名主播汤姆·布罗考在新闻节目中谈到了他和比阿特丽斯。埃伯哈特太太把罗伊带到客厅，他们正好听到电视里保拉妈妈的总裁承诺把椰子湾的工地保护起来，作为穴居猫头鹰的永久栖息地，并向大自然保护协会捐赠5万美元。

"我们向所有客户保证，保拉妈妈仍然坚定致力于保护我们的环境。"他说，"让我们深感遗憾的是，个别前员工和承包商的粗心大意，可能让这些奇特的小鸟一度身处险境。"

"真是放狗屁。"罗伊喃喃自语。

"罗伊·安德鲁·埃伯哈特！"

"对不起，妈妈，但那家伙在说谎。他明明知道有猫头鹰。他们都知道猫头鹰的事。"

埃伯哈特先生把电视机调成静音："罗伊说得对，利兹。他们只是在想办法遮丑。"

"嗯，重要的是你做到了。"罗伊妈妈对他说，"这些鸟不会被煎饼屋那些人伤害了。你应该高兴啊！"

"我高兴。"罗伊说，"但救猫头鹰的人不是我。"

埃伯哈特先生走过来，把手搭在儿子的肩膀上："你把事情说了出来，罗伊。如果不是你，大家就不会知道发生了什么事，也就没有人会站出来阻挡推土机。"

"是的，但这一切都是因为比阿特丽斯的继弟才开始的，"罗伊说，"他才应该上那个什么彼得·布罗考还是谁的节目，他是整个行动的主心骨。"

"我知道，宝贝，"埃伯哈特太太说，"但他已经走了。"

罗伊点点头："看起来的确如此。"

鲻鱼手和朗娜在同一片屋檐下共处了不到48小时，朗娜大部分时间都在打电话，试图获得更多上电视的机会。她指望着儿子能让一家人享受聚光灯的照耀，但那是他最不想做的事情。

在比阿特丽斯的帮助下，男孩偷偷溜出了家，那时朗娜和利昂正在为一件新衣服争吵。朗娜花了700美元买了一件衣服，准备穿着去参加那个叫《奥普拉·温弗瑞秀》的著名谈话节目。但奥普拉节目组没有给朗娜回电话，所以利昂要求她把裙子拿去全额退款。

利普夫妇的争吵声大得跟B-52轰炸机的轰鸣声差不多，这时候比阿特丽斯把她继弟从浴室窗户放走了。倒霉的是，一个多管闲事的邻居误以为他们是在入室盗窃，报了警。鲻鱼手只跑出两个街区，就被飞速赶来的巡逻车包围了。

朗娜得知儿子故技重演，非常生气。她存心想让他受罪，于是告诉警察，他从她的首饰盒里偷走了一枚珍贵的脚趾戒指，并要求将他关在青少年拘留中心，给他点颜色看看。

在拘留中心，鲻鱼手只待了17小时就逃跑了，他这次的越狱同伴令人意外。

达纳·马瑟森和男孩一起躲在洗衣篮里——毫无疑问，达纳不知道自己是被特别选中加入越狱行动的，他还以为男孩是他的新任好友呢。其实，眼前这个骨瘦如柴的金发男孩不仅知道达纳是谁，也知道他对罗伊·埃伯哈特做过的所有坏事。

达纳头脑简单，他可能仅仅以为自己是意外走运。他们藏身的洗衣篮被装上了洗衣车，车子开出了拘留中心的大门。即使是后来有警笛声逼近，也没有引起达纳的担心，直到洗衣车突然刹车，后门突然被人打开。

就在这时，两个年轻的越狱者从臭烘烘的脏衣服堆里跳了出来，向外奔逃。

后来，罗伊听比阿特丽斯讲了这件事，他立刻就明白了为什么她继弟要跟达纳·马瑟森一起逃跑。鳎鱼手矫健麻利，而达纳行动迟缓，腿脚不好，脚上被老鼠夹子夹伤的地方还没有完全恢复。

完美的诱饵——达纳。

果然，警方不费吹灰之力就抓住了这个大浑蛋，尽管他一开始甩掉了两名警察，但最终还是被抓住并戴上了手铐。那时，比阿特丽斯的继弟已经跑远了，看不清了，只有一缕古铜色的影子消失在乱糟糟的树丛中。

警方再没找到他，其实他们也没有特别费力去找。达纳这个犯人已经足够有分量，他有犯罪前科，而且态度恶劣。

罗伊也找不到鳎鱼手。有很多次，他骑着自行车去废车场，里里外外地检查乔乔冰激凌车，但总是看不见人。后来，有一天，冰激凌车也不见了，它被拖走，压成了一个锈迹斑斑的废金属墩子。

比阿特丽斯·利普知道她继弟藏在哪里，但他已让她发誓保守秘密。"对不起，得克斯。"她对罗伊说，"我发过毒誓的。"

所以，男孩不见了。

罗伊知道再也见不到拿破仑·布里杰了，除非他主动现身。

"他会没事的。他总是能逢凶化吉。"罗伊希望这样说能让妈妈好受点。

"但愿你说得对。"她说，"但他年纪那么小——"

"嘿，我有个主意。"罗伊爸爸叮叮当当地晃着车钥匙，"我们出去兜兜风吧。"

当埃伯哈特一家到达伍德伯里街和黄鹂东街的拐角处时，已经有两辆车停在围栏门口了。一辆是警车，另一辆是蓝色皮卡车，罗伊认得这两辆车。

大卫·德林科警官从警察局下班回家，路上在这里停留。局长又表扬了他——这次是因为他帮忙抓回了达纳·马瑟森。

卷毛勒罗伊·布兰内特暂时没有工作，他刚把老婆和岳母送到购物中心，然后拐了个弯来到这里看看。

跟埃伯哈特一家一样，他们也是来看望猫头鹰的。

黄昏降临时，他们等待着，气氛简单友好。谁都没有说话，虽然他们其实有很多可聊的。除了围栏上褪色的彩带，煎饼屋的人没有在这块土地上留下其他痕迹。卷毛的拖车被拖走了，土方机器被开走了，可移动厕所被拉回了厕所租赁公司。甚至测绘杆也不见了，它们被连根拔起，和垃圾一起装车运走了。

渐渐地，夜晚的空气中充满了蟋蟀的嘈杂叫声，罗伊笑了，想起了他在工地上放出来的一整盒蟋蟀。显然，猫头鹰还有很多别的虫子可以吃。

没过多久，附近的洞口突然出现了一对鸟儿。紧随其后的是一只摇摇晃晃的鸟宝宝，它看起来就像圣诞节的小装饰品一样精巧。

猫头鹰们不约而同地转动着像洋葱一样大的脑袋，对盯着它们的人类报以同样的凝视。罗伊心想，要是能知道它们在想什么就好了。

"我不得不承认，"卷毛愉快地咕哝道，"它们确实有点儿可爱呢。"

在某个普通的星期六，保拉妈妈公司的丑闻已经平息，罗伊去看比阿特丽斯和她队友踢足球。下午有些闷热，但罗伊已经学会接受佛罗里达州南部的气候，这里没有四季变化，每天的天气区别都不大，永远都是夏天。

虽然罗伊还是想念蒙大拿州凉爽的秋季，但他意识到自己已经不再经常做关于它的白日梦了。今天的太阳把绿油油的足球场晒得暖暖的，罗伊高兴地脱掉T恤，开始晒日光浴。

比阿特丽斯进了三个球，才注意到四仰八叉地躺在看台上的罗伊。她向他挥手，罗伊竖起大拇指，咯咯地笑了，因为这很有趣——大熊比阿特丽斯向新来的孩子得克斯挥手。

烈日当空，热气升腾，这让罗伊想起了不久前那个晴朗的下午，在离这里不远的地方发生的事。于是，足球比赛还没结束，他就抓起衣服溜走了。

从足球场骑车到隐秘的小河没花多少时间。罗伊把自行车锁在一个长了树瘤的老树桩上，走进杂乱的树丛中，艰难前行。

潮水涨得很高，水面上只露出了莫莉·贝尔号驾驶室那饱经风霜的斜顶棚。罗伊把运动鞋挂在树杈上，游向沉船，一股暖流推着他前进。

他用双手抓住驾驶室顶的边缘，撑住弯曲的、光秃秃的木头屋顶，爬出水面。船体都浸在水里，只有一小块干的地方让他休息。

罗伊肚子朝下趴着，眨眨眼睛，等待着。宁静的空气包裹住他，像一条柔软的毯子。

一开始，他发现浅绿色的水面上划过了鱼鹰的丁字形影子。之后又来了一只白鹭，它低低地滑翔，想找到能蹚过去的浅滩，却一无所获。最终，这只白色的鸟落在了一片红树林的深色树枝上，咯咯地叫着，仿佛心情烦躁地抱怨着涨潮。

罗伊打心眼儿里欢迎这些优雅的鸟儿来陪伴，但他的目光还是没离开小河。上游一只正在进食的海鲢溅起了水花，这让罗伊警觉起来，果然，水面开始泛起波浪，渐渐沸腾起来。不一会儿，一群鲻鱼突然跃出水面，一根根光滑的银条在空中像子弹一般倏忽来去。

驾驶室顶上的罗伊挥舞着双臂，尽力向前伸展身体。鲻鱼不再跃出水面，而是聚成V字形队伍，沿着小河中央向莫莉·贝尔号方向游过来，水面上泛起一圈圈密集的涟漪。很快，罗伊身下的水面变暗了，罗伊可以清楚地看到鲻鱼那钝钝的脑袋，为了活命它们都在拼命游动。

鱼群靠近这艘沉没的捕蟹船，像被军刀切开一样干净利落地分成了两队。罗伊看准了一条鱼，把双手插入水流中，他摇摇晃晃地，差点儿掉进水里。

有那么一瞬间，他感觉到鱼就在他手中，这让他激动无比——它像水银一样冰凉、光滑，仿佛有种魔力。他握起拳头，但鲻鱼不费吹灰之力就蹦了出去，跳了跳就又回到了鱼群中。

罗伊坐起来，凝视着空无一物的湿漉漉的掌心。

不可能的，他想。谁都没有办法徒手抓到这些讨厌的小家伙，即便是比阿特丽斯的继弟也不行。那一定是个骗人的把戏，利用了人的错觉。

密不透风的红树林里传来一阵像是笑声的声音。罗伊以为是那只白鹭的叫声，但当他抬起头时，才看到那只鸟早已不见了。他慢慢地站起来，举起手臂遮挡照在前额的阳光。

"你在吗？"他喊道，"拿破仑·布里杰，是你吗？"

没人回答。

罗伊一等再等，等到太阳落山，夜幕笼罩了河面。树上再也没有传来笑声。他不情不愿地从莫莉·贝尔号上滑下来，随着正在退去的潮水上了岸。

他动作机械地穿上了衣服，但伸手去拿鞋子时，发现树杈上只有一只鞋。右脚的运动鞋不见了。

罗伊左脚穿上运动鞋，跳着去找另一只。很快，他发现那只鞋在树杈下方的浅水洼里，他想鞋子一定是自己从树上掉下来了。

然而，当他弯腰捡鞋时，却捡不起来。鞋带被牢牢地系在一个布满了藤壶壳的树根上。

罗伊解开精巧的双套结，手指发抖。他举起湿漉漉的运动鞋，往里面看了一眼。

他看到鞋子里有一条还没有食指长的小鲻鱼，它翻动着身体，溅起水花，仿佛在表示抗议。罗伊把小鱼倒在手里，走到小河深处。

他轻轻地把小鲻鱼放入水中，它闪了一下，就像火花一样马上消失了。

罗伊一动不动地站着，聚精会神地听着，但他只能听到蚊子的嗡嗡声和潮水的低语。奔跑的男孩已经不在这里了。

罗伊穿上另一只鞋，暗自发笑。

所以徒手抓住鲻鱼并不是骗人的。说到底，还是有可能做到的。

罗伊想："我想我得改天再来试一次。"真正的佛罗里达男孩都会这么做的。

小读客 经典童书馆

童年阅读经典 一生受益无穷

小读客 经典童书馆

童年阅读经典 一生受益无穷

拯救猫头鹰系列·大自然狂野冒险小说

智斗海洋杀手

〔美〕卡尔·希尔森 著　陈天然 译

河南文艺出版社
·郑州·

中文版权 © 2022读客文化股份有限公司

经授权，读客文化股份有限公司拥有本书的中文（简体）版权

豫著许可备字-2022-A-0063

图书在版编目（CIP）数据

智斗海洋杀手 /（美）卡尔·希尔森著；陈天然译
. — 郑州：河南文艺出版社，2023. 1
（拯救猫头鹰系列. 大自然狂野冒险小说）
ISBN 978-7-5559-1406-8

I.①智… II.①卡…②陈… III.①儿童小说 - 长
篇小说 - 美国 - 现代 IV.①I712.84

中国版本图书馆CIP数据核字（2022）第155806号

智斗海洋杀手

著　　者	［美］卡尔·希尔森	
译　　者	陈天然	
责任编辑	王　宁	
责任校对	李亚楠	
特约编辑	马敏娟　唐海培　张　新	
策　　划	读客文化	
版　　权	读客文化	
封面插画	王晶宇	
封面设计	张路云	
出版发行	河南文艺出版社	
印　　刷	河北中科印刷科技发展有限公司	
开　　本	880mm×1230mm 1/32	
印　　张	45.25	
字　　数	980千字	
版　　次	2023年1月第1版　2023年1月第1次印刷	
定　　价	295.00元（全5册）	

如有印刷、装订质量问题，请致电010-87681002（免费更换，邮寄到付）

版权所有，侵权必究

献给伟大的奎因

目　录

第一章

　　警官让我把口袋里的东西都掏出来：两枚25美分硬币、一枚
1美分硬币、一条口香糖、一卷滑板上用的防滑胶带。惨兮兮的。

　　"进去吧，他在等你。"警官说。

　　我爸一个人坐在一张什么也没放的金属桌子旁边。总体看
来，他的情况还挺好。手铐都没戴。

　　"父亲节快乐。"我说。

　　他站起来抱了我一下。"谢谢，诺亚。"他说。

　　房间里还有一位警官——他身材魁梧，双下巴，像一头熊一
样站在牢房门边。我想，他是要确保我不是来帮我爸越狱的，比
如偷偷把钢锯带进来之类的。

　　"挺好的，他们还让你穿自己的衣服。"我对爸爸说，"我
以为必须要统一穿那种傻不拉叽的衣服。"

　　"我估计是迟早的事。"他耸耸肩，"你还好吗？"

　　"你为什么不让妈妈保释你出去呢？"我问。

"因为我现在必须待在这里，这很重要。"

"有什么重要的？她说如果你一直关在这儿，你的饭碗就要丢了。"

"她八成说对了。"我爸承认道。

他开了一年半的出租车了。在这之前，他是做捕鱼向导的——干得挺不错的，但后来他的船长执照被海岸警卫队吊销了。

他说："诺亚，我又没抢银行什么的。"

"我知道，爸爸。"

"你看到我做的了吗？"

"还没有。"我说。

他向我挤了一下眼："很厉害的哦。"

"是吧，我猜也是。"

他的心情出奇得好。我以前从来没去过监狱，不过说实话，那儿也不算是监狱。就是两个拘留室，我爸说的。真正的县拘留所在几英里外的西礁岛。

"妈妈让我问你，她要不要联系律师。"我说。

"我想是要的。"

"还是上次那个吗？她拿不定主意。"

"是的，他可以。"我爸说。

他的衣服皱巴巴的，整个人看起来很累，但他说伙食不错，警察对他也挺好。

"爸，要不你就认个错、道个歉，把该赔的钱赔了吧！"

"但我不觉得有什么好抱歉的，诺亚。我唯一遗憾的是让你看到我被这么关起来，不知道的还以为我拿斧头砍了人呢。"

以前有几次我爸惹了麻烦，他们不让我去监狱看他，因为那时候我还太小。

"我跟一般的罪犯不一样。"爸爸伸出手抓握着我的胳膊，"我能明辨是非。我分得清好坏。有时候我只是一时比较激动。"

"没人说你是罪犯。"

"达斯蒂·穆勒曼肯定觉得我是。"

"那是因为你把人家的船弄沉了。"我指出，"要是你肯花几个钱把它修好，说不定就——"

"那玩意儿有73英尺长呢，"我爸插嘴，"想把它沉下去可不是什么容易的事。你应该去看看。"

"回头再说吧。"我说。

站在门边的警官咕哝一声，举起五根肥嘟嘟的手指，意思是还剩5分钟他就要带我爸回牢房了。

"你妈还在生我的气吗？"爸爸问。

"你觉得呢？"

"我想跟她解释呢，可她不听。"

"要不你跟我解释解释。"我说，"我已经长大了，应该可以听懂。"

爸爸笑了："我相信你长大了，诺亚。"

我爸是土生土长的佛罗里达人，也就是说他从小是在水边长大的。他爸爸——我爷爷鲍比——以前是在迈阿密海滩的豪沃尔码头经营出租船的。我小的时候鲍比爷爷就去世了，所以我对他完全没印象。至于他的死因，我们听到了好几种说法——有一个版本说他的阑尾穿孔了，还有人说他是在酒吧斗殴中受了重伤。反正能确定的是，他开着自己的渔船去南美洲做某种工作，就再也没有回来。

一天，有一个人到我们家，他是从美国国务院来的人，跟我爸妈说鲍比爷爷已经不在了，埋在哥伦比亚的一个小村庄旁边。出于某种奇怪的原因，他们无法把他的遗体带回来举行葬礼——我知道这个是因为我看到了相关文件。我爸保存着一份档案，每年他至少会往华盛顿哥伦比亚特区写四五封信，求人帮忙把鲍比爷爷的棺材运回佛罗里达。爷爷去世十来年了，每年都这样。我妈和我爸一起写这些信——她是一位法律秘书，写东西开门见山，能直击重点。

我妈和我爸是在戴德县法院排队交超速罚款的时候认识的，六个星期后他们就结婚了。我妈把超速罚单放在一本剪贴簿里，那里面还有他们的结婚照之类的东西，所以我知道这事。我妈收到罚单是因为她在限速每小时35英里的路上，把时速开到了44英里。我爸的情况更糟——他在收费公路上开车，时速达到了93英里。剪贴簿里面，爸爸的那张罚单皱巴巴的，因为州警察把它递给我爸的时候，我爸把它揉成了一个纸团。我妈说她是用洗衣店的熨斗把它熨平的，然后跟她的罚单一起贴在了剪贴簿里。

结婚大约一年后，我爸妈搬到了佛罗里达礁岛群。我敢肯定这是老爸的主意，因为他从小就经常来这里玩，而且他讨厌大城市。我出生的地方是美国一号高速公路一辆1989年产的雪佛兰大顺风车上，当时我爸正开着它沿着从大礁岛到大陆的那段18英里的公路跑着。他要把我妈妈送到霍姆斯特德的医院。她躺在车后座上，我就在那儿出生了。妈妈一个人生下了我——她没让我爸靠边停车，因为不想让他插手。时至今日他们还会为这事吵架。（她说他容易兴奋过头，这话说得可太委婉了。）车开到佛罗里达州的时候，我开始放声啼哭，他才知道我妈已经把我生出来了。

三年后我的妹妹艾比出生了。爸爸说服我妈，用了他最喜欢的作家的名字给艾比起名，那个作家是个怪人，死后埋在了西部沙漠里。

我的朋友们大多不喜欢家里的姐妹，但我觉得艾比还不错。也许这样说显得不够酷，但事实就是如此。她很有趣，个性坚强。这么些年来，艾比和我分工明确，合作愉快：她管妈妈，我管爸爸。不过有时候，我需要她帮帮忙。

"所以，是什么情况呢？"我从监狱回来后，艾比问道。

我们坐在厨房的餐桌旁。妈妈给我们准备了午餐，还是老一套，火腿奶酪三明治。

"他说他又一时激动了。"我说。

艾比扬起眉毛，一副不以为然的样子："喊。"

妈妈把两杯牛奶放在桌上："诺亚，他为什么非要待在牢里？老天爷，今天可是父亲节啊。"

"我猜他是想证明什么问题。"

"他所做的一切，"艾比说，"只不过证明了他就是个大傻子。"

"别这么说，艾比。"妈妈对艾比说。

"他说可以给律师打电话。"我补充道。

"他不认罪吗？"艾比问道，"他怎么不认罪呢？事情是他做的，不是吗？"

"还是应该请律师的。"妈妈说。她现在似乎平静多了。警察第一次打电话来的时候，她生气极了，用了非常狠的话骂爸爸。老实说，我没办法怪她。即使对我爸这种人来说，这次犯的错也太大了。

"诺亚，你还好吗？"她问道。

我知道她担心我去监狱被吓坏了，就告诉她我没事。

她说："我知道，看到爸爸在监狱里，你心里肯定很难受。"

"警察把他带到一个单独的会客间让我们见面的，"我说，"他连手铐都没戴。"

我妈微微皱了皱眉："那也没什么好高兴的。"

艾比说："也许他应该说自己精神失常了，把这个作为辩护理由。"

妈妈没理艾比。"你爸爸有很多优点，"她对我说，"但对你这样的年轻人来说，他确实算不上什么靠谱的榜样。我这么说，他会第一个同意的，诺亚。"

每当我妈这么对我叨叨，我都耐心地听着，一句话也不说。她不会把话说得太明白，但我知道她是在担心我会走我爸的老路。

"你们俩把牛奶都喝了哦。"说着，她去书房给律师夏恩先生打电话了。

妈妈刚一走开，艾比就伸手捏起我胳膊上的汗毛，拧了个圈。"全部老实交代。"她说。

"回头再说。"我朝门口的方向扭了扭头，"妈妈在呢。"

艾比说："没事。她在打电话呢。"

我坚决地摇摇头，咬了一口三明治。

"诺亚，你打算瞒着我吗？"艾比问道。

"吃你的饭。"我说，"吃完我们出去转转。"

"珊瑚女王"号船尾朝下，沉入了12英尺深的水里。船身落在泥灰岩的水底，与朝上的船头形成了一个小角度。

这艘船很大。即使在涨潮时，最上面的两层甲板也露在水位线以上。它像一栋丑陋的大公寓楼，从天而降，落在内港中。

艾比从我的车把横杠上跳下来，走到水边。她双手叉腰，盯着犯罪现场。

"哇哦，"她说，"他这次真干了件大事。"

"大坏事。"我补充道。

"珊瑚女王"号是一艘赌船，就是乘客们在上面排队玩21点和电子扑克，还可以尽情享用自助餐的那种。我觉得没什么意思，不过"珊瑚女王"号每天晚上都是人挤人。

达斯蒂·穆勒曼经营的这艘船，和迈阿密其他赌船有一个很大的不同："珊瑚女王"号就在那儿停着，哪儿也不去。这也是它人气这么高的原因之一。

根据佛罗里达州的法律规定，赌船至少要行驶到超出州界3英里的地方，船上的人才可以开始赌博。如果天气不好，生意会很受影响，因为很多顾客会晕船，要是他们又晕又吐，就顾不上大把撒钱了。

据我爸说，达斯蒂·穆勒曼的梦想是开一艘赌船，让这艘船永远待在平静安全的港口，这样乘客们就永远不会晕船，会一直兴致高昂地花钱。

在佛罗里达，只有印第安部落才可以经营赌场业务，不知道达斯蒂怎么说服了迈阿密几个有钱的米科苏基人[1]买下了这个码头，划入了他们的保留地。爸爸说，政府一开始跟他们过不去，但后来不再纠缠，因为他们敌不过印第安人请的律师。

总之，达斯蒂·穆勒曼开了一艘赌船——而且发了财。

我爸一直等到凌晨三点最后一批船员离开后，才偷偷上了船。他解开系船的绳索，启动了一个引擎，然后挂着空挡让船漂到内港入口，打开海底阀，剪断软管，切断连接舱底泵的管道。做完这些事之后，他跳入了海中。

"珊瑚女王"号斜着沉在了航道里，挡住了路，别的船就没办法进出内港了。换句话说，在父亲节这天，想掐死我爸的船长远不止达斯蒂·穆勒曼一个。

我把自行车锁在一棵梧桐树的树干上，走到包租码头上，艾比跟在我后面。两艘小快艇和一艘海岸警卫队的充气艇正围着"珊瑚女王"号打转。我们能听到海岸警卫队上的人在讨论怎么才能让船浮起来。这是个大工程。

"他疯了。"艾比嘀咕道。

"谁——爸爸吗？别这么说。"我说。

1　米科苏基（Miccosukees）印第安部落民，是佛罗里达半岛上的原住民。

"那他为什么要这么做？"

"因为达斯蒂·穆勒曼老是把他船上污水罐里的脏东西倒到海里去。"我说。

艾比一脸嫌弃："呕！厕所里的排泄物吗？"

"可不，趁半夜没人的时候倒。"

"那真是太恶心了。"

"而且违法。"我说，"他就是抠门。"

据我爸说，达斯蒂·穆勒曼是个可怜的小气鬼，他才舍不得请人把"珊瑚女王"号储存的排泄物拉走专门处理呢。为了省钱，他长期让船员们把污物排入已经水质堪忧的内港中。潮汐会把大部分污物带到外面的开阔水域。

"但是爸爸为什么不直接给海岸警卫队打电话呢？"我妹妹问，"大人不是应该那样处理问题才对吗？"

"他跟我说他打过。他说他给所有能想到的人都打了电话，但他们一次也没有当场抓住过达斯蒂·穆勒曼。"我说，"爸爸觉得有人在给他通风报信。"

"哦，拜托。"艾比再次不以为然。

她的态度有点让我心烦。

"当风向和水流合适时，赌船上的排泄物就会漂出内港，然后顺着海岸线漂下去，"我说，"最后直接被冲到雷鸣海滩上。"

艾比被恶心得表情都扭曲了："呕！怪不得有时候公园不开门呢。"

"你知道有多少小孩会去那边游泳吗？达斯蒂干的那些事，不只让人心里不舒服，还会让人得病，要进医院的那种，爸爸说的。所以不仅是恶心，还有实际的危险。"

"没错，但是——"

"我没说爸爸的做法是对的，艾比。我只是想跟你解释一下原因。"

我爸甚至没逃跑。他游回码头，找了个折叠椅坐下，打开一罐根汁汽水，一边喝一边看着"珊瑚女王"号沉入水中。天亮的时候，警察来了，他还在那儿睡着呢。

"那接下来要怎么做呢？"艾比问道。

一片暗蓝色的浮油包围了这艘船，海岸警卫队充气艇上的人正在布置黄色的浮动围栏，以防止船里漏出来的燃油和润滑油向外扩散。我爸成功弄沉了"珊瑚女王"号，并且让场面陷入一片混乱。

我说："爸爸让我帮他。"

艾比做了个鬼脸："帮他干吗——越狱吗？"

"别开玩笑。"

"那到底是做什么呢，诺亚？你告诉我呀。"

我知道她不会爱听的。"他想让我帮他揭露达斯蒂·穆勒曼的真面目。"我说。

一阵漫长的沉默，我想艾比正在想怎么讽刺我。但事实证明并非如此。

"我还没给爸爸答复。"我说。

"我已经知道你的答案了。"我妹妹说。

"他是出于好心，艾比。他的出发点是对的。"

"我担心的不是他的心，而是他的脑子。"她说，"你要多加小心啊，诺亚。"

"你要告诉妈妈吗？"

"我还没想好。"她斜眼看了看我，那眼神好像在说应该不会。

就像我说过的，我妹妹还不错。

第二章

我们的运气还算不错，那时候是夏天，正放暑假。也就是说艾比和我暂时不用去学校面对那么多同学带来的压力。我们居住的县是个小地方，消息传得很快，所以到了这个时候，我爸把达斯蒂·穆勒曼的赌船沉入海底、他蹲了号子这件事，已经不是什么秘密了。我感觉街头巷尾全都在议论这事。

我最不想见到的同学是小贾斯珀·穆勒曼——达斯蒂的儿子。他是公认的小混混。倒霉的是，第二天早上，我路过码头，停下来看打捞人员打捞"珊瑚女王"号时，正好碰到他在码头那里。戴着水肺的潜水员把黑色的软管伸进沉船的水下部分，不知道是在抽水还是在吸气。小贾斯珀还没看见我的时候，我就发现了他，但不知道为什么，我没有偷偷溜走。我就站在那附近看着潜水员折腾软管，后来小贾斯珀走过来，叫了我的名字——我的名字可不如他独树一帜。

"你爸的船的事，我很抱歉。"我尽量让自己听起来比较真诚。

小贾斯珀推了我一把，对此我并不太惊讶。他个子不算高，但挺结实，喜欢打架。这是他为数不多的特长之一。

"别闹了。"我说。他不出意料又推了我一把。

"你那个疯子爹害得我家的船沉了！"小贾斯珀咆哮道。

"我说了，对不起。"

"以后有你的好果子吃，安德伍德。"

我一般不撒谎，但此时此刻我的腮帮子不想挨拳头，我看得出来小贾斯珀确实是这么打算的。所以，为了让他冷静点，我说："我只是过来看看能不能帮上什么忙。"

"我可信了你的邪。"

"真的！"

小贾斯珀发出一阵冷笑，这是他擅长的另一件事。我回过神，才反应过来自己正在观察他脑袋的形状，它像一个超大的核桃。他留着寸头，可以看到头皮上的凸起和皱纹，还闪着点点光泽。也许每个人的脑袋上都是这样一块一块、奇奇怪怪的，只是头发遮着看不到，但小贾斯珀的头发遮不住，这让他显得更不像个好人了。

他说："安德伍德，我要一脚把你踢到迈阿密去。"

"我不觉得你可以哦。"

"是吗？你为什么不觉得呢，笨蛋？"

"因为你爸马上要过来踢你的屁股了。"我说。我没骗他。

达斯蒂·穆勒曼在内港另一边喊儿了喊了半天。小贾斯珀没听到他爸叫他，因为他正忙着跟我过不去呢，于是他爸快要气死了。我指着站在对岸的达斯蒂·穆勒曼，他双臂交叉抱着，怒目而视。小贾斯珀转过身，终于看到了这幅景象。

"呃——哦。"他说完就跑去找他爸了。"下回我再跟你算账！"他一边跑一边回头对我大喊道。

几分钟后，艾比出现了，我们在附近溜达着，没过多久，"珊瑚女王"号就从海底浮起来了。看到他们没费什么力气就把这艘船弄了上来，我们一开始挺惊讶的，但仔细想想，船体上并没有洞或其他需要修补的损伤，所以也难怪。我爸并没有损坏船体本身，只是让它停止工作，就像只是拔掉了家电的插头让它停止工作一样。

"爸爸怎么知道是这艘赌船在往海里排放脏东西呢？"艾比问道。

"因为以前没有'珊瑚女王'号的时候，雷鸣海滩从来都不会关闭。以前从来没遇到过水里有便便的问题。"我说。

一小群人在围观打捞过程，但艾比和我没有过去，而是留在了内港的另一边，离他们很远。达斯蒂·穆勒曼已经暴跳如雷了，我们不想火上浇油。

"什么人啊，伪君子！"我妹妹说，"看他那德行。"

达斯蒂·穆勒曼曾是一名普普通通的捕鱼向导，跟我爸一样。他们的小艇并排停在一个叫泰德码头的地方。夏天是淡季，达斯蒂会去科罗拉多州的一个度假牧场工作，带游客去山里钓美洲红点鲑。有一年九月，他回到礁岛群，把他的小艇卖了。他告诉爸爸他们，说他有一个很有钱的叔叔，在非洲被受惊的大象踩死了，留给他一笔钱。我还记得，爸爸向我们转述这个故事时，妈妈眯起了眼睛——每次她知道我在骗她说作业写完了的时候，她都是那个表情。

至于我爸，他说一切皆有可能，达斯蒂·穆勒曼跟一位去世的百万富翁有关系，也不是不可能的事。达斯蒂不做捕鱼向导之后没多久，就买下了"珊瑚女王"号，把它装修成一艘赌船，跟米科苏基人合伙做起了生意。到现在还不到两年，达斯蒂就成了门罗县最有钱的人之一，反正他自己是这么说的。他开着一辆黑色凯迪拉克越野车在一号高速公路上兜来兜去，他穿着颜色鲜艳的花衬衫，抽着地道的古巴雪茄，只是为了向所有人炫耀自己是个人物。不过据爸爸说，达斯蒂依然每晚都会在赌船上现身，亲自清点挣到的钱。

艾比说："穆勒曼一周之内就能把那个倒霉船修好，跟新的一样。老爸怎么想的啊？他要是真想搞事情，就应该点一把火，让那个该死的玩意儿烧到吃水线。"

"你别给他出主意了。"我说。

跟主路平行的老路边上有一个拖车公园，虱子皮金就住在那里。我午饭时分过去的，他还在睡觉。我说要不晚些时候再过来，结果他女朋友说不用，她可以帮我叫醒他。她身材高大，有一头明亮的金发，上臂肱二头肌上文着带刺铁丝网的图案。我爸跟我说过她，他嘱咐我在她面前一定要格外有礼貌。

他女朋友的身影消失在走廊里，半分钟后她回来了，她牵着虱子皮金的腰带，把他拉了过来。虱子皮金看起来状态不好，身上的气味闻起来更糟糕——我感觉像是啤酒味混合着狐臭味。

"你是谁？"他问着，瘫倒在旧沙发上。

他女朋友说："我要去买东西了。"

"别忘了给我买烟。"虱子皮金告诉她。

"没门儿。你说已经戒了的。"

"噢，让我喘口气行不行，谢莉。"

他们争了一会儿，似乎忘记了旁边还有个人。我假装看着一旁的水族箱，玻璃上有豆绿色的黏液，水里不多不少只有一条活鱼在游。

最后，虱子皮金的女朋友说他没救了。她从他的牛仔裤里抢走钱包，跺着重重的步子出门了。他让自己冷静下来，然后又问了一次我是谁。

"诺亚·安德伍德。"我说。

"佩因的儿子？"

"没错。他让我来找你。"

"什么事？"

"关于穆勒曼先生的。"我说。

虱子皮金的喉咙里发出一阵声响，听不出是在咯咯笑还是在咳嗽。他把手伸进沙发垫下面摸索半天，终于摸出来一根吸了一半、快要碎成粉末的烟，他把烟叼在嘴里，用嘴唇上一块硬硬的死皮撑着它。

"我估计你没有火吧。"他说。

"没有，先生。"

他拖着步子挪到小厨房里，四处寻摸，好不容易找到了打火机。他点燃了发霉的烟屁股，吸了足足1分钟，看都不看我一眼。

烟味让我恶心得想吐，但我得不到答复就不能走。虱子皮金在达斯蒂·穆勒曼的赌船上做了两年大副，去年平安夜才离职。

"皮金先生？"我说。他真名叫查尔斯，但我爸说，从小学起，大家就都叫他虱子皮金了，原因是显而易见的：这么多年了，他的个人卫生习惯似乎就没有改善过，他一直不爱洗澡。

"你想干吗啊，小子？"他不耐烦了。

"是'珊瑚女王'号的事。我爸说，一直以来穆勒曼先生都把污水罐里的污水排放到内港里。"

虱子皮金靠着拖车的墙："真的吗？嗯，就算是真的吧。那跟你或者我或者今天市场上土豆卖几毛钱有什么关系呢？"

"我爸进去了。"我说，"因为他把那艘船弄沉了。"

"啊，你继续说。"

"我说真的。都这时候了，我以为人尽皆知了呢。"

虱子皮金开始狂笑，我还以为他哮喘病发作，要摔倒在地板上了呢。很明显，我爸的英雄事迹把他逗乐了。

"求你了。"我说，"帮帮我们好吗？"

他收住笑，在厨房的操作台上摁灭烟头："可我干吗要做那种蠢事呢？帮你干什么？"

我跟他说了赌船厕所的污物是怎么沿着海岸线流向雷鸣海滩的。"那是海龟产卵的地方。"我说，"而且孩子们全都去那边游泳。"

虱子皮金耸耸肩："假设我帮了你，我有什么好处？"

爸爸叮嘱过我，要想说服虱子皮金帮忙，只占着理可不够。他曾预言，虱子皮金可能会要求一些报酬作为回报。

"我们没什么钱。"我说。

"啊，那太糟糕了。"他说得好像很同情我们似的。

我知道，只要爸爸还在监狱里，我们家的钱就会紧巴巴的——我妈妈在律师事务所只是做兼职，挣得不多。

"那我爸的卡车怎么样？"我问，"是一辆1997年的道奇皮卡车。"送车是我爸的主意。

"不用，我不缺车。"虱子皮金说，"而且就算我没车，你给我我也开不了，因为我的驾照被吊销了。还有别的吗？"

我想过把爸爸的小渔船给他，但又狠不下心。那是一艘超级酷的小艇。

"我再跟我爸谈谈吧。"我说。

"那你去谈。"

"那你能不能答应我，你会考虑一下呢？"

"你听着，"虱子皮金说，"我关心小海龟干什么？我有我自己的日子要过呢。"

他指了指门的方向，跟着我走了出来。我顺着拖车的台阶往下走，走到一半，我又鼓起勇气问了一个问题。

"你为什么不在穆勒曼先生手下干了呢？"

"因为他把我开了。"虱子皮金说，"你老爸没告诉你吗？"

"没有，先生，他没跟我说。"

虱子皮金站在门口，用双臂支撑着自己，以免晃得摔倒。阳光下，他脸色苍白，眼神呆滞无光，看起来就像一只生病的老蜥蜴，但据我爸说，他只有29岁。谁敢信啊。

"你不打算问问我为什么被炒吗？"他说，"因为偷东西。"

"你偷了吗？"

"是啊，我偷了。"

"偷了多少钱？"我问。

虱子皮金咧嘴一笑。"我从达斯蒂那里偷的不是钱，"他说，"是谢莉。"

"哦。"

"我能说什么呢？我需要一位心胸宽广，而且驾照没被吊销的女士。"

我说："我去见了我爸就回来找你。"

"随便。"虱子皮金说，"我要去搞瓶啤酒喝喝。"

我妈说，嫁给我爸就像多了个大孩子要照顾，而且他难以捉摸，很不让人省心。有时候他们吵架，她就吓唬我爸说要收拾东西离开礁岛群，带我和艾比"去过正常的生活"。我想我妈是爱我爸的，但她就是不懂他。艾比则说妈妈完全懂他，就是不知道怎么让他老实点。

我从拖车公园回到家，看到我妈正在厨房切洋葱，就知道她在哭。我们家里人都不爱吃洋葱，以前妈妈只切过一次洋葱，那是在她心情很差的时候。这样一来她就可以跟艾比和我说，她流眼泪是洋葱闹的。

我知道她去过监狱，于是问她："爸怎么样？"

我妈没抬头。"哦，他挺好的。"她说。

"有什么新消息吗？"

"诺亚，你的意思是……"

"他啥时候出来什么的。"

"这个，完全取决于他自己。"妈妈说，"我说了想保释他，但显然他宁愿一个人待在那么点儿大的牢房里，跟成群结队的蟑螂做伴，也不愿回家和家人待在一起。也许律师可以跟他讲讲道理。"

我当然不能告诉她我爸让我做什么。她听了怕是会跑回监狱，将手伸过栏杆，把我爸掐死。

"你觉得我再去找他的话，他们会让我进去吗？"我问。

"我看没什么不可以的。他的档期又没有排满。"

听得出来，她因为我爸的事非常恼火。

"我跟你桑迪姑姑和德尔伯伯谈过了。"她说，"他们想去监狱见他，看看能不能劝劝他，但我让他们别费那个劲了。"

桑迪姑姑是我爸的姐姐，德尔伯伯是我爸的哥哥。他们住在迈阿密海滩——桑迪住在高层公寓大楼里，顶层有健身房的那种；德尔住在一栋漂亮房子里，后院有网球场的那种。关于姑姑和伯伯的话题在我们家挺敏感的。

我爷爷在南美洲失踪几年后，有人在哈伦代尔一家银行的保险箱里发现他存了一大笔钱。虽然没人跟艾比或我说过到底有多少钱，但肯定很多。我记得爸爸跟妈妈谈过这件事，妈妈一直不明白一个经营出租船的船长哪儿来的这么多钞票。她说得有道理——从来没听说过捕鱼这一行里有谁发了财的。

不说这些了，反正鲍比爷爷留下指示，要求桑迪、德尔和我爸平分这笔钱，但我爸一分钱也不拿。我妈也没有意见，这让我觉得不沾这笔钱一定是有理由的。桑迪姑姑和德尔伯伯自然欢喜，他们把爸爸那份也分了，从此过着上流社会的生活。

"他们想请迈阿密的顶尖律师过来处理他的案子。"妈妈说，"但我跟他们说没这个必要。"

"你说得对，又不是多大的事。"

"我不是这个意思，诺亚。这是一件大事。"她把切碎的洋葱刮进碗里，用保鲜膜包好，放进冰箱。之后，当她一个人在厨房时，她会把这些洋葱碎全部倒在垃圾桶里。

"你爸已经让我忍无可忍了。"她说。

"妈妈，都会好起来的。"

"你们这些孩子要吃饭！房贷也得还！"她怒气冲冲地接着说，"就在这时候，他蹲在监狱里，说什么要为他的原则而战。他想做个殉道者，诺亚，这想法很好——但不能以牺牲这个家为代价。我忍不了！"

"妈，我知道这段时间很难熬——"我说，但她挥手打断了我的话。

"你去收拾你的房间吧。"她说，"拜托，你去吧。"

艾比在楼梯最上面等着我。她竖起一根手指放在嘴唇边上，让我不要说话，领着我穿过走廊，来到我爸妈的卧室。她把门推开一条缝，往里指了指。

放在床上的，是妈妈的行李箱。不是度假用的那个，而是一个有着格子花纹的大号行李箱。

"呃——哦。"我小声说。

艾比点了点头，神色严肃："她这回是要来真的了，诺亚。我们得想办法啊。"

第三章

　　等到我再次有机会去看我爸的时候，"珊瑚女王"号里进的水已经抽干了，地板也拖干净了，还安装了新的赌博设备。我希望爸爸不会问起这事，但他还是问了。

　　"不可能！"听到我说达斯蒂·穆勒曼重整旗鼓，他惊呼道。

　　"他们那艘船上得有二十个人给他干活。"我说。

　　我爸崩溃了。"我应该把船开出来，沉到霍克海峡里去的，"他喃喃自语，"或者墨西哥湾里面。"

　　幸好会见室里只有我们俩。估计我爸已经让那个双下巴大个子警官——可能还有监狱里的其他所有人——相信了他不会伤害别人，他挺正常的。我爸很擅长这种事。

　　"妈妈听说他们可能会把你转到西礁岛的监狱里。"我说。

　　"后来又说不去啦。"爸爸悄声说，"这儿的小队长挺喜欢我的。我在教他下棋呢。"

　　"你还会下棋？"

"嘘——"我爸说，"他以为我会下。嘿，艾比怎么样啦？"

"挺好的。"我说。

"告诉她要坚持住，诺亚。"

"她说你需要精神科医生的专业支持。"

爸爸往后一靠，哈哈大笑："一听就是她说的。你去找虱子皮金了吗？"

我讲了我去拖车公园的事，跟我爸说虱子皮金不想要旧卡车，如果我们想让他交出达斯蒂·穆勒曼的把柄，就得给他钱。我爸听了一点儿也不意外的样子。

"爸，我们拿什么钱给他啊，我们……"

"我们都快揭不开锅了？真是个好问题。"我爸说，"看看虱子要不要我的梭鱼小艇，它怎么也值个一万一二的吧。"

我暗暗希望爸爸有一天会把那艘小艇给我。它是原装的地狱湾牌，配备了60马力的水星船用发动机，开起来很爽。有时，快到傍晚的时候，我爸会带我和艾比出去钓鱼。即便钓不到鲷鱼，我们也会在海上待到太阳下山，期待看到海平线上的绿色闪光。绿色闪光算是礁岛群上流传的一个传说吧——有些人信，有些人不信。爸爸信誓旦旦地说他在去杰斐逊堡的游轮上曾亲眼见过。每次出海捕鱼，艾比和我总有一个人会带着照相机，以备碰到绿色闪光。我们拍了一大堆漂亮的夕阳照片，但没遇到过绿色闪光。

"你确定要把小艇送出去吗？"我问。

"管他呢，我们最多也就做到这样了。"爸爸说。

"我感觉也是。"我尽量掩饰沮丧。

"嘿，你见到那个超有名的谢莉了吗？"

"见了。她有点儿吓人啊。"我说，"虱子说他从达斯蒂那里把她偷走了——他这是啥意思啊？"

我以为我爸会用"等你长大了再告诉你"之类的答案糊弄我一下，但他没有。

"谢莉是达斯蒂的第二任或者第三任老婆，在小贾斯珀他妈妈之后。"他说，然后停顿了一下，"其实，也许他们只是订婚了，还没结婚吧。反正不管怎样吧，有天她受不了达斯蒂了，就搬去和虱子一起住了。"

不知道跟穆勒曼家的人在一起生活得有多痛苦，才会让虱子皮金都成了适合一起过日子的人。

"爸爸，你什么时候回家？"我问。

"庭审审判结束后。"他回答。

他计划在庭审日这一重要场合，揭露达斯蒂·穆勒曼污染环境的非法行径。

"但是妈妈说你可以先保释回家，之后审判还是会照常进行的。"我说。

"不，我得留在这里，表明我全心全意致力于这项事业。你知不知道，这个世界上有多少监狱，挤满了为自己的信仰大声疾呼，结果失去自由、失去所拥有的一切的人吗？想想纳尔逊·罗利赫拉赫拉·曼德拉吧。"我爸说，"他在南非的监狱里待了二十七年。二十七年啊，诺亚！我待几个星期算得了什么呢？"

"可是妈妈想你啊。"我说。

我这么说似乎让他措手不及，他突然泄了劲儿，不再长篇大论了。爸爸扭过头去。

"这是一种牺牲，我知道。"他说，"我原本也不想走到这一步的。"

我没说妈妈那个格子行李箱的事，因为她又把它收起来了。那天早上，我偷偷看了他们卧室的衣橱——她的衣服还挂在那里。爸爸的也是。

我站起来准备走的时候，我爸稍微振作了一点儿。他说："哦，差点忘了。《岛屿观察家》的一位记者可能会顺便去家里看看。你可以跟他聊聊。"

"聊什么？"我问。

"我的情况。"

"哦，好的，爸爸。"

他的"情况"？我暗想。有时候我觉得我爸活在自己的小世界里，怪怪的。

七月的白天很长，日子像流水一样。我尽量不去看日历，因为我不愿意去想时间在流逝这件事。八月份会很快到来，到那时佛罗里达的学校就要开学了。

夏天的早晨基本都是阳光明媚、风平浪静的，但到了下午3点左右，就会有巨大的、爆炸式的雷雨云出现在大沼泽地上空，天气也会很快变得不一般。夏季风暴轰隆隆经过佛罗里达时，天空降下密集的雨帘，就像窗帘一样，我很喜欢看那样的景象。如果你在岛屿靠近海洋一侧，雨帘会从后面偷偷地靠近你，不知情的游客经常碰到这种惊喜。

那正是我们要去的地方——雷鸣海滩。午饭后，狂风大作，汤姆、雷多和我蹲在红树林里，把滑板举过头顶，不让雨滴掉进眼睛里。风暴的先头部队停留了大概半个小时。然后风停了，周围变得安静，只有轻柔的、让人昏昏欲睡的细雨声。

我们从红树林里跋涉出来，拂去胳膊上的树叶。不出所料，闪电把公园里所有的人都吓跑了，除了我们。

我们先确认了海边没有污染告示，然后才下了水。如果卫生部门的生物学家发现水中细菌过多，他们就会在雷鸣海滩各处张贴"危险！"标语——不要游泳，不要钓鱼，什么都不要做。如果海滩上有污染警示牌还溜进来玩，那可真是百分之百的大傻子。

看到水质没问题，我很高兴，尤其是看到一只大蠵龟浮上水面时，我就更开心了。我们三个人超级安静，因为我们感觉蠵龟可能是要上岸产卵——不过通常它们会等到天黑才这么做。蠵龟的视力很差，所以我们很确定它没有注意到我们坐在那里，但它也没有再往这边游过来。

要是蠵龟决定爬上岸来挖一个巢，我们绝对不会打扰。礁岛群中的大多数岛屿是由坚硬的珊瑚岩构成的，在庞帕诺或维罗的海岸边找不到几个柔软的沙滩。蠵龟妈妈们可以产卵的地方不多，所以我们不去打扰它们。法律也是这么规定的。

蠵龟游开后，我们跳进水里玩耍，后来汤姆被埋在沙子里的碎啤酒瓶割伤了脚踝。雷多和我架着他一跳一跳地回到岸边，我们用他的迈阿密海豚队运动衫把他的脚包起来，防止伤口碰到脏东西。雷多带他回家，我独自一人沿老路滑着滑板，前往虱子皮金住的地方。

敲门没人应，我都走下台阶准备要离开了，这时候谢莉突然从拖车后面冒了出来，差点把我的魂儿都吓飞了。她光着脚，拿着一把生锈的长铲子。

"你这会儿来干吗啊？"她问道。她穿着牛仔短裤和无袖上衣，带刺铁丝网图案的文身露在外面。

"我需要再和皮金先生谈谈。"我说。

"哦，他现在谈不了。"

"没事。那我改天再来。"

谢莉注意到我盯着铲了。她笑着说："别担心，我不是挖个坑把虱子埋了。我埋的是昨晚的饭。"

我点点头，好像把吃的埋在后院是任何正常人都会干的事情一样。

"是龙虾壳。"她解释道，"我不想把它跟别的垃圾放在一起，因为有味道，现在是龙虾禁渔期嘛。你知道，如果被那些爱管闲事的邻居发现了，他们就会打电话给护鱼小分队。然后，我就摊上事儿喽。"

礁岛群的一些居民会时不时地在禁渔期偷捕龙虾。这不是什么大事，就连我爸也不会为这种事生气。

"你想和虱子谈什么？"谢莉问道。

"就他和我爸之间的一些事情。"我说。

谢莉比我高得多，我得仰头才能看清她的表情。她微笑着说："是重要的事情，对吧？"

"是的，夫人。"

"进来喝点东西吧。"

"不用了，谢谢。我身上湿透了。"

"虱子也是。"谢莉咕哝道,"不过是从里湿到外。"

她猛地拉开纱门,我跟着她进了拖车。虱子皮金脸朝下趴在蓝色毛毯上,手脚伸展着,一动不动。我没有看到血迹,这让我松了一口气,但我听不到他的呼吸声。

谢莉说:"哦,别担心。他没死。"她狠狠地踢了踢他的肋骨,他开始打呼噜了。

"看见了吧?"她说,"你叫什么来着,再跟我说一次。"

"诺亚·安德伍德。"

"你是佩因家最大的孩子?"

"没错。"我说。

谢莉从冰箱里拿出一罐可乐扔给我,说:"你爸爸可不是一般人。"不知怎么的,这话听起来像是在夸他。

我一边猛灌可乐一边慢慢往门边走,半分钟就喝完了。谢莉身上的香水味熏得我头晕,闻起来像一袋橘子的味道。

她坐在藤条凳上,示意我也一起坐下,但我没坐。我不知道如果虱子皮金醒了会怎样,我得随时准备逃跑。

谢莉说:"我以前就认识佩因,他和达斯蒂原来经常在泰德码头那儿租渔船。他总是很绅士——我是说你爸爸,可不是说达斯蒂。"

"是的,夫人。"

"你怎么这么紧张呢,诺亚?"

我不能坦白说我紧张就是因为她,因为她身上的一切——从头到脚——都那么大,至少是我妈妈的两倍大。

于是我说:"我得去练小提琴,快迟到了。"

这个谎撒得太烂了，因为我们家根本连把小提琴都没有。艾比用一台便携式电子琴上钢琴课，那台琴是我爸从大礁岛的一家寄卖店买来的。

"哎，诺亚，"谢莉说，"你没说实话，对吧？"

"是，夫人。对不起。"

"希望你长大后别变成那种谎话张口就来的人。"她说。

谢莉一边说话，一边低头看着虱子皮金，眼神中并没有爱慕。"这个世界就是因为这个才这么混乱的，诺亚。你绝对不可以变成那样的大人。"

起初我以为她在逗我，但这时候我才意识到她是认真的。

"你爸爸不喝酒，对吗？"她说，"真是令人惊叹。"

在礁岛群，这确实有点不寻常。不了解我爸的人，会想当然地认为他一定是喝得酩酊大醉才去做那些事，但他真的没喝酒。他滴酒不沾，即使是跨年夜也不会喝。这跟宗教信仰无关，他只是不喜欢酒的味道。

"为什么我找不到那样的人呢？"谢莉小声说。

我不禁注意到，她正把脚丫子搁在虱子皮金的脑袋上。不过这似乎并没有打扰到虱子皮金。他的呼噜声就没停过。

"你读的是公立学校吧？"她说，"那你一定知道小贾斯珀，是不是？"

"是。"我说。

"那小子还是那么讨厌吗？像侏儒响尾蛇一样讨厌。"

"他比那玩意儿更讨厌。"我实话实说。

谢莉摇摇头："他个头儿只有3英尺高的时候就已经那么烦人

了。你想听实话吗？我看不到那孩子有什么未来可言。"

谢莉这么提到小贾斯珀，让我想起了我爸说过的她和达斯蒂·穆勒曼的事，她受不了他，最终搬走了之类的。我决定弄清楚她是不是还那么讨厌他。

"你以前不是在'珊瑚女王'号上工作吗？"我问。

"做了差不多三年。"谢莉说。

"在那儿工作好玩吗？"

她翻了个白眼："你说在酒吧工作吗？哦，是啊，开心极了，也很光鲜呢。拜托，你到底想说什么啊？"

"没什么。我发誓。"

"你又来了，诺亚。"

这种小谎逃不过谢莉敏锐的眼睛，所以我就直说了："你听说过那艘船有什么见不得人的事情吗？"

"怎么个见不得人法？"她问。

"比如把污物排到内港里。"

她冷冷地苦笑一声。"亲爱的，"她说，"我只见过一种污物，那就是人类。这就是我的工作中所谓的'阴暗面'。"

"噢。"

"这跟你爸有关，是不是？他就是因为这个把达斯蒂的船弄沉了？"

"也许吧。"我一说出来就觉得很傻。"也许"基本上总是代表"是"的意思。

"好吧，说说来龙去脉吧，说来听听。"谢莉歪着头，用一只手拢在耳朵后面，我看到那只耳朵上面戴着五个银耳环。"说吧，诺亚。"她说，"我听着。"

　　我根本顶不住谢莉的攻势。她很擅长套别人的话，那些比我高大得多、难对付得多的人都不是她的对手，更别说我了。

　　但虱子皮金救了我。他的呼噜声停了，整个人翻过身来脸朝上，睁开了一只惺忪的红眼睛。

　　谢莉用脚后跟重重地踢了踢他，说："起来，你这个废物，再不起来我就把那个黏糊糊的水族箱砸你脑袋上。"我赶紧跑掉了，我可不想待在那里看她到底是不是真的要砸他。

第四章

第二天早晨，律师夏恩先生到家里坐了一会儿。他看起来老态龙钟，简直得有100岁了，这令人担心。不过妈妈说，他对法院的事情熟门熟路。她以前请过他两次，也是为了把我爸弄出来。

夏恩先生把公文包放在厨房的桌子上，然后坐了下来。他看起来无精打采、昏昏沉沉，眼皮也耷拉着。艾比说他让她想起了《小熊维尼》里的小毛驴屹耳。

我妈煮了一壶咖啡，给我和艾比使眼色，暗示我们不要打扰。艾比从面包机里抓了一个硬面包圈，跑去玩电脑了。我从车库里拿出我的钓鱼竿，骑自行车来到蛇溪的吊桥下。

桥上有车行驶，因此交警不允许在桥上钓鱼，但你可以到桥底下，在树荫下的沙袋附近抛竿。有时桥下会有一些无家可归的人在睡觉，不过他们一般不会影响别人。上次我去蛇溪的时候，有个穿着军装外套的女人在岸边高处的水泥架下面搭建了一个营地。她还用从破旧的石蟹笼子上拆下来的木条当柴火，生起了一小堆火。我给了她一条上好的灰笛鲷，是我自己钓的，她只用了5分钟就把它清理干净并在火上烧熟了。她说这是她一年来吃过的最好的一顿饭。第二天，艾比和我带了一些家里做的面包，还有1磅新鲜的海湾虾又去找她，但她已经不在那里了。我甚至连她叫什么都不知道。

话说回来，夏恩先生来我家跟妈妈谈事情，我到桥下钓鱼，那时候桥下没人。海潮涌来，一群群手指大小的鲻鱼躲在桥桩后面，那儿风平浪静，没有水波。每隔一会儿，它们就会开始跳来跳去，为了躲开那些暗中寻觅午餐的大鱼。我开始抛出带着白色鹿毛的钓饵，很快就看到一条还不到10磅重的海鲢跳了起来。接着有一条大鱼咬钩了，可能是一条锯盖鱼，但它逃出100英尺远，把渔线拽断了。

我重新挂饵的时候，听到了舷外发动机的声音——那是一艘大概12英尺长的平底小艇，正沿着蛇溪行驶，上面有两个人。小艇靠近了一些，我认出船上是小贾斯珀和一个叫牛哥的大孩子。

他们马上发现了我。也许我应该赶紧走，但我真的很享受在桥下钓鱼的乐趣，不愿离开。于是我放下鱼竿，看着小贾斯珀小心翼翼地把小艇开进了浅水区。

船头的牛哥先爬了出来，把小艇的缆绳系在桩子上。他是个大个子，但不是因为这个才被称作牛哥——而是因为他整天吹牛。比如，他在学校里跟所有人说，他要退学去巴尔的摩金莺队打2A联盟——那个好像要满16岁才能去，对吧？反正我们都知道，要是一个高飞球落在牛哥腿边，他都接不住。所以那年春天，我们看到他在温迪克西超市打工装货，都不觉得有多奇怪。

牛哥系好小艇，对我喊道："嘿，笨蛋，你最好赶紧逃命。贾斯珀有一把鱼矛枪！"

"是吗？好啊。"我说。

小贾斯珀跳下小艇，我没看到他有鱼矛枪或者别的什么武器。不过，即便如此，我也确实应该逃跑。我只是不想跑。

小贾斯珀走上前来，问道："你看啥呢？"

"啥也没看。"我一脸坦荡。

"我跟你说过我会找你的，不是吗？"

我知道小贾斯珀来蛇溪不是为了找我——他和牛哥应该是来偷捕龙虾或者干别的坏事。

但我还是顺着他的话说："嗯，你找到我了。现在要怎样？"

说话间，他对着我的右眼就是一拳。很疼。我没有摔倒，这似乎让小贾斯珀很惊讶。

牛哥也吓到了。他说："你脑袋挺硬啊，没见过脑袋这么硬的笨蛋。"

我的颧骨在颤，于是我想小贾斯珀的手指关节应该也挺疼的。他想装硬汉，但我注意到他疼得都要掉泪了。其实我可以把他撞倒，但我没有。

我爸是个壮汉，人高马大，但他说脑子不好使的人才会选择用拳头说话。他还说，有时候确实没办法，有些白痴要伤害你，你就得保护自己，不让他们得逞。要是小贾斯珀再给我一拳，我肯定会回敬他一拳。然后牛哥会把我捶成肉饼，这事才算完。

但是小贾斯珀没再打我，而是朝我脸上啐了一口，我觉得还不如给我一拳呢。

他挤出一声干笑，骂了我几句难听的话，转身朝小艇走去。他甩着打过我的那只手，仿佛上面夹着一只螃蟹或者一个老鼠夹子似的。牛哥跟在后面，像条叽叽咕咕的鬣狗。他们上了小艇，小贾斯珀猛地启动了舷外发动机，船头的牛哥推了一下柱子，小艇离开了岸边。

我拉起上衣的前襟，擦掉脸上的口水。然后我抓起鱼竿，瞄准。

说来也巧，我鱼竿上用的鹿毛钓饵的重量是四分之一盎司，听起来很轻，但等它甩在你身上，你就知道它到底有多猛了。我把钓饵重重地甩在小贾斯珀后背的肩胛骨之间，不得不承认，我瞄得很准。鱼钩牢牢地钩住了他那件破篮球衫的网眼，他号了一声。我用力一拉，他又发出一声号叫。

他惊慌失措地拧了拧油门，小艇速度加快，但无济于事——小贾斯珀被渔线牵着，像一条逃不脱的海鳗。他大叫着让牛哥帮他把渔线割断，我倒是没什么意见。反正我的所作所为已经摆在明面上了。

牛哥找到一把刀，连滚带爬来到船尾，事实证明这是一个极其错误的决定。船尾集中了太多重量——牛哥、小贾斯珀，加上发动机——于是船头翘了起来，小艇开始进水。

牛哥刚割断小贾斯珀身后的渔线，发动机就开始咯咯吭吭地响个不停，然后彻底罢工了。蓝绿色的蛇溪水越过船尾横梁涌了进去，但是小艇上没有人移动。小贾斯珀对着牛哥大喊大叫。牛哥就喊回去，就这么眼看着水越来越多，两个人身上越来越湿。发动机已经完全没入水中，船头几乎笔直地指向空中，也就是说马上就要翻船了。

牛哥先跳了船，小贾斯珀紧随其后。他们开始疯了似的向桥下的浮动围栏游去，一路上还骂骂咧咧的。他们吵吵嚷嚷的声音把漩涡里成群结队的鲻鱼都吓跑了，我想今天下午应该钓不到鱼了。

于是我收了渔线，爬上斜坡，向公路走去。

"你干了啥？"艾比听我说了今天的事，"天哪，你跟老爸一样脑子抽风。"

"我可没有把他们的倒霉船弄沉，是他们自己把它搞翻了。"

艾比气恼地咕哝着："再这样下去，这地方我们就待不下去了。妈妈就得把房子卖了。"

"小贾斯珀朝我吐口水。"我说。

"你眼睛怎么了？"

"也是他打的。"

艾比查看了我的瘀伤，似乎有些同情我了。"从现在开始，如果没有汤姆或者雷多陪着你，你就哪儿都别去。"她向我提议。

听起来挺有道理，可是汤姆一家要去北卡罗来纳州了，等夏天过完才回来；雷多要跟他妈妈还有继父去科罗拉多州露营了。汤姆和雷多是我最好的朋友，他俩不在的时候我基本上都是独来独往。

妈妈走进卧室，首先注意到的自然是我的熊猫眼。我把整件事都告诉了她——艾比在旁边听着，确保我都坦白了，证实我说的都是真的。妈妈非常生气，但我恳求她不要打电话给达斯蒂·穆勒曼告小贾斯珀的状。

"那样只会火上浇油。"我说。

"他都把你打了,还朝你吐口水,这已经坏到极点了,我还能浇什么油呢?"她问道。

"那可不好说。相信我,妈。"

"诺亚说得对。"艾比说。

"这个我们以后再讨论。"妈妈说话的时候嘴巴没怎么动,这说明她还在生气,"诺亚,请你去洗漱一下。有一位先生在客厅等着跟你说话。"

"谁啊?"我问,"警察局的人吗?"

"不,是报社的。"妈妈说,我感觉更糟糕了,"看来你爸是觉得,要是能有篇文章报道他的事迹就好了。他'派'了个记者来这里'采访'你。"

艾比翻了个白眼:"搞笑呢。"

"我倒想呢。"妈妈说,"快点,诺亚,拜托你找件干净衣服穿上。我不希望你看着跟个少年犯似的。"

"那你应该弄点化妆品遮遮他的熊猫眼。"艾比建议道。

"没门儿!"我说。

可是为时已晚。

记者名叫迈尔斯·乌姆拉特。他挺瘦的,脸上有些斑点,鼻子有种饱经风霜的感觉,脸上坑坑洼洼,就像磨损的旧鞋那样。

妈妈让他坐在沙发上,这样他就可以把录音机放在茶几上了。他把一本黄色横线便笺本摊在腿上,纸页上布满了潦草的字迹。

我坐在我爸经常坐的高扶手椅上。妈妈在我的黑眼圈上涂了一些肉色粉底，她的化妆技术一定很好，因为迈尔斯·乌姆拉特似乎没有注意到我搽了粉。他问我在读几年级，有什么兴趣爱好，有没有养狗或者养猫——都是些老生常谈的话题。他和和气气的，但我看得出那是装的，其实他很厌倦这种例行公事的提问。他迫不及待地想赶紧聊到劲爆的话题。

"我知道你去看望你父亲了。"他终于说到重点了，"一定很难受吧。"

"倒也还好。"我希望自己听起来又冷淡又不耐烦。

"是吧，嗯呢，这不是你父亲第一次触犯法律了，对吗？"

"对，先生。"

"那之前几次你还有印象吗？"他问道。

我只是耸了耸肩。没想到我妈愿意让我独自跟这个家伙待着。我知道她就在附近溜达，但至少现在我可以畅所欲言。

"我发现了一张旧剪报，上面提到卡迈克尔一家的事情。"迈尔斯·乌姆拉特说。他举起报纸的复印件给我看。

"那是很久之前的事了。"我说。

"才过去三年。"

"你确定？"我问，尽管确实差不多是三年。

事情是这样的，据我爸说，卡迈克尔一家开着他们那辆40英尺长、耗油量很大的房车，从密歇根州一路开到礁岛群。他们很抠门，不舍得花钱在房车公园租车位，就把车停在印第安礁岛大桥附近的一号高速公路上，在那里露营了三个晚上。

这倒也没什么大不了的，令人看不下去的是他们虐待家里养的狗——他们有两只深褐色的拉布拉多猎犬，随他们一起乘房车旅行。一天早上，我爸正坐着一艘海鲢钓船外出，发现卡迈克尔先生正在用橡皮绳打狗。我猜狗狗可能不小心做错了事，比如弄脏了他们的温尼贝格房车之类的。反正，那两只狗惨叫着，哭天喊地，想要逃跑，但是卡迈克尔太太（她的体型跟鲸鱼一样大）踩着狗绳，让狗跑也跑不掉，这样卡迈克尔先生就可以痛打它们了。

我爸看到这些，有点吓到了。他把小船拖上岸，拿出他钓海鲢用的鱼钩，把卡迈克尔家房车的所有轮胎都扎了，把气放了——我估计轮胎一共有八个。然后他把两只拉布拉多猎犬放在他的船上，开船钓鱼去了。

那天黄昏的时候，警官们到码头等他。像往常一样，我爸马上承认了是他干的，但不肯道歉。他也不肯说把狗送去了哪里，因为他知道它们离卡迈克尔家的人远点会比较安全。

那次，爸爸只在监狱里待了两夜，就让我妈把他保释了出去。最后，他承认自己故意毁坏他人财产，还有，我猜他还承认"绑架"了狗，不过他同意赔偿狗的钱和轮胎的钱。后来我们发现，爸爸本来是有机会推翻指控的，因为卡迈克尔夫妇拒绝返回礁岛群参加审判。他们给法官写了一封信，说我爸是一个胡言乱语的疯子，他们不想回到有他的地方。这说法可真是荒唐。

总之，我爸说把"那些虐狗的人渣"赶出礁岛群是值得的，吃一场官司不算什么。这属于公益事业，他说。后来两只深褐色拉布拉多猎犬被送给了我们家的几位朋友，他们在马拉松经营意大利餐馆，都是很好的人。

我听着迈尔斯·乌姆拉特把整个故事又讲了一遍。

"我爸没控制住脾气，"我接话道，"但那些人是不对的。那样对待动物是违法的。"

迈尔斯·乌姆拉特把我说的话写在便笺本上，搞得我有点紧张。录音机上一闪一闪的小绿灯也让我不安。

"我爸只是需要提高自制力。"我补充道。

"你有没有害怕过他？"

我突然放声大笑，这真是个没水平的问题。

"怕我爸？你认真的吗？"

"这个，诺亚，你必须承认，"迈尔斯·乌姆拉特说，"他的行为一直没有规律。猜不到他下一步要做什么，我的意思是……"

我非常清楚"没有规律"是什么意思。

"爸爸连一只蚂蚁都舍不得踩死。"我坚定地说。

"但是他会不会踩一个会踩死蚂蚁的人呢？"

就在这时，妈妈像一阵轻风一样溜了进来，给迈尔斯·乌姆拉特添满咖啡，但也许她只是想借着这个机会打探情况。

"采访还顺利吗，各位？"她问道。

"挺好的，安德伍德太太。"迈尔斯·乌姆拉特说，"诺亚是个聪明的年轻人。"

听了这话我有点不舒服，就像吃了奇怪的食物，想用手指头抠喉咙把它吐出来。妈妈礼貌地假笑了一下，说："是啊，他是我们家的骄傲。"

她待了一会儿，闲聊了几句，听到厨房的电话响了才出去。她刚走，迈尔斯·乌姆拉特就俯下身子说："诺亚，你能跟我说说德雷克·梅斯的事吗？"

"没啥好说的。"我确定他已经知道了整件事的来龙去脉。北礁岛群上的每个人都知道这件事。即便有不清楚的地方，他也可以自己去查海岸警卫队的档案。

"德雷克说他担心自己的生命安全。"迈尔斯·乌姆拉特说。

"也许他只是害怕被抓。"

据我爸说，事情是这样的：他正和两位来自新泽西的医生一起钓梭鱼，结果发现德雷克·梅斯正在小兔礁岛附近布置流刺网。几年前，佛罗里达州就已经宣布流刺网是非法的，因为不管什么动物，被它缠上了就只有死路一条，不管是钓饵鱼，还是鲨鱼、红鱼、锯盖鱼、海鲢、海龟——总之就是不管什么动物碰到它都得死。更糟糕的是，德雷克·梅斯搞偷猎的岛屿位于大沼泽地国家公园的深处，这个国家公园整个是受保护的。或者说，理论上严禁偷猎。

德雷克发现我爸后，拉起流刺网就逃走了。爸爸的小船超级快，没多久就追上了。德雷克不肯停下来，于是我爸直接跳进了他的船里，然后就上演了一场摔跤比赛，场面相当不雅。公园管理员到达时，爸爸已经把德雷克裹在他自己的网里了，他看起来就像一条笨重的大鲻鱼。

但真正让我难忘的是德雷克没有受到任何追究，因为没有一个公园管理员亲眼见过他在小兔礁岛做的事情。与此同时，我爸却被指控了，罪名是袭击他人之类的。然后，政府就把我爸的船长执照吊销了，因为（他们说）他把船开那么快去追德雷克，"危及"了船上顾客的生命。当然，爸爸船上的两位医生说他们从来没有这么开心过，但海岸警卫队可不听这些。

没办法，我爸就改行开出租去了。

迈尔斯·乌姆拉特说："这些事情似乎都有一个固定模式，你不觉得吗？"

"又不是天天出这种事。"我说。

这家伙可真让我心烦意乱。我爸非要指派我来跟这个记者聊，真是让人恼火。我知道，唯一的原因是妈妈拒绝接受采访。

"我们聊聊'珊瑚女王'号的事情吧。"迈尔斯·乌姆拉特说。他絮絮叨叨地把那件事讲了一遍。他告诉我，达斯蒂·穆勒曼否认曾把赌船的污水排入大海。我一点儿也不觉得奇怪，他怎么会承认犯了罪呢？

"他威胁说要告你父亲诽谤。"迈尔斯·乌姆拉特说。

"什么意思啊？"

"诽谤就是编造别人的坏话。"

"我爸不撒谎的。"我说，"他可能会做一些出格的事，但他是个说真话的人。"

"你为他骄傲吗，诺亚？"

这个问题不好回答。我爸还在牢里，这没什么好骄傲的，但我知道他是个好人。尽管他行事过于冲动，但至少他在为自己的本心战斗。这年头，面对外界发生的事情，太多人选择背过身躲避，或者闭上眼睛不看，假装一切安好。其实世界并非如此。

"我为我爸爸感到骄傲，"我对迈尔斯·乌姆拉特说，"因为他坚守自己的信仰。但是，就像我说的，偶尔他做得有些出格了。"

迈尔斯·乌姆拉特记下了我说的每一个词。"你爸说他觉得自己是政治犯。你同意这种说法吗？"

政治犯？我心想。饶了我吧。我知道妈妈没在偷听，不然她肯定已经发火了。

"我不太懂政治。"我小心翼翼地说，"但他现在显然是个犯人了。"

迈尔斯·乌姆拉特似乎觉得我说的话很有意思。他记了下来，然后合上便笺本，关掉了录音机。

"谢谢你，诺亚。你讲得很棒。"他握了握我的手，快步走出了前门。

我妈还在厨房打电话。我进去拿饼干，她向我竖起了大拇指。我拿了饼干去自己房间，路过艾比房门口，停下脚步听里面的动静。她在哭，我的心一下子揪了起来，因为我妹妹几乎从来不哭。

我打开门看她。她坐在床边，腿上放着一盒面巾纸，地板上有一堆皱巴巴的粉色纸巾。可以看出她真的很难过，对于没敲门就闯进来的我，她也没有大喊大叫。

"怎么了？"我问。

"是妈妈。"她抽了抽鼻子说。

"我刚刚看见她了呀，感觉还好啊。"

艾比摇摇头。"那个律师，夏……夏……夏恩。"她抽泣得快上不来气了。

"他怎么了呢？他不接爸爸的案子？"

"比那还糟……糟……糟糕，"艾比结结巴巴地说，"我听到妈妈问他……"

她停下来,又抓了一张纸巾,轻轻点了点头。

"问他什么啊?"我有些不耐烦。

"她不……不……不知道我正站在门……门……门外边。"

"艾比,没事的。冷静点,好不好?"

"好。"她直起身来,使劲咽了口唾沫,这一下让我觉得以前那个勇敢的她好像回来了。

"那你告诉我,"我说,"妈妈问夏恩先生什么事?"

"离。"我妹妹小声说。

"离婚?"

艾比点点头。她的下嘴唇开始颤抖,肩膀垮了下去。于是,我在床边坐下,一只胳膊搂住她,努力装出坚强的样子。

第五章

第二天早上吃饭时，大家都很安静。妈妈说她要带艾比去买东西。我告诉她我又要去钓鱼了，毕竟这是我平时常做的事，没什么好奇怪的。

不过，首先，我得再跟我爸谈一次。我想让他知道妈妈提到了离婚——这个词肯定会刺激到他，让他同意回家来。

妈妈和艾比一走，我就骑上自行车，沿着高速公路向监狱骑去。我不确定妈妈有没有提前打电话约时间，他们还让不让我进，所以我带了一封寄到家里的给我爸的信。是美国国务院寄来的，信封上的印章让它看起来非常有分量。

我已经知道了信里写的什么，因为妈妈已经打开看过了。政府告诉我们（大概是第十五次了），罗伯特·李·安德伍德，也就是鲍比爷爷，他的遗体还在哥伦比亚。他们还不能将遗体运回来，因为手续有问题，村里的警察"没有回应美国大使馆的质询"。爸爸听了这个消息不会高兴，但至少我有理由再去见他了。

当我把信封给接待处的警官看时，他并没有什么反应。他往信封里看了看，确认里面除了信纸没有别的东西，然后说等会儿给我爸。

"我不能自己给他吗？"我问。

"不行，他今天早上很忙。"警官说。

忙？我心想，忙什么？——忙着假装下棋吗？

"他没事吧？"我问。

警官咯咯笑道："没事，他很好。有一个电视节目摄制组从迈阿密开车来找他。"

"电视节目？"

"对，10频道。他们说至少需要一个小时呢。"

"那我晚一会儿再来。"我说。

警官摇了摇头："抱歉，哥们儿。每天只允许一次短暂探视，我们已经给这档电视节目开后门了。你明天来的话也许能见到你老爸。不过，来之前还是先打个电话问问，好吗？"

果然，警察局外面停着一辆锃亮的新面包车，是10频道的。我不知道为什么刚才没有注意到它。我骑车离开，不知道该如何告诉妈妈这个消息。爸爸正在监狱里接受电视台采访，节目播出后，她迟早会发现的，因为礁岛群能收到迈阿密所有的电视台。

但是，就算她会生气，我也得把这事告诉她。也许爸爸自认为是个政治犯，但在妈妈眼里他就是个自私的混蛋。

我在拖车前停下的时候，虱子皮金没在睡觉，对我有些警觉。谢莉不在，我既舒了口气，又有点儿失望。她真的让我很紧张——但她在的话，虱子皮金就不敢耍花样。

"哟，看看谁来了。"他坏笑着说。

他正懒洋洋地躺在前门廊下吸烟，头发又湿又乱，衬衫也潮乎乎的。不知道他是冲了个澡还是用花园的水管喷了喷。

"监狱里的那位仁兄怎么样啦？"他问道。

"哦，你可真会说笑。"我不喜欢他那样说爸爸。艾比可以那样说，因为她是自家人。虱子皮金只是一个游手好闲的废柴，对我爸一无所知。

"嗯哼，他怎么说？"虱子皮金问道，"他到底能不能给钱呀？"

我说："我们没有钱，但他可以把他的平底小艇给你。价值12000美元。"

虱子皮金眯起一只布满血丝的眼睛："谁说的？"

"你自己来看吧，就在我们家房子后面的拖车上。"我跟他说了那艘船的样子，告诉他发动机的累计使用时间还不到100小时。

"真的假的？"他说。

"我爸不会骗人。"

"这艘船，免费送给我，而且贷款还清了？不欠银行的了？"

"爸爸去年把贷款还清了。"我说。

虱子皮金挠挠磨破了皮的下巴。"你家在哪儿？"他问。

我给他指了指方向。一想到我们家的小船要被这样一个废物拿走，卖掉换钱，我就心疼。但是我们还能怎么办呢？

虱子皮金把烟头弹到拖车下面，坐了起来。"我们去看看吧。"他说。我没想到他这么迫不及待。

"走过去很远的啊。"我说。

"谁说要走着去了，小子？"他笑着指指我的自行车，"你坐到前车杠上来。"

我照做了。

虱子皮金骑了好半天，我们到家的时候，他已经上气不接下气了。他看到我家冰箱里没有啤酒，好像挺震惊的，不过给他健怡可乐他也喝了。我们出去看我爸的小船，虱子皮金见了船，马上就同意了。那艘小船看起来真的很酷。

"我们肯定是谈成啦。"他说，"我会跟谢莉一起开吉普车来把它拉走——明天中午怎么样？"

"等一下。"我说，"这船不是白给你的。"

虱子皮金抽了抽鼻子："淡定，小家伙，我知道。"

"我爸爸想让你签署一份声明，说明白你在'珊瑚女王'号上工作时都看到了什么事情。你知道，就是穆勒曼先生让船员把污水罐里的脏水排进海里的事。"

"好啊，没问题。"虱子皮金说。

"如果你还知道其他违法的事，也都告诉我们。比如，他们可能也往海里倒垃圾或石油什么的。你需要把知道的全部写下来。"

"那当然。"他来回走着，从不同的角度欣赏着小船，"那个，拖车也会送给我，对吧？"

"是的，先生。"我说，"你来取船的时候，能不能把写好的声明带过来？"

虱子皮金做了个鬼脸，低头看着我："你明天就想要？你认真的？"

"是的，先生。爸爸说还需要签名确认。"我告诉他，"就这么说定了。"

"天哪，你年纪这么小，还挺难伺候的啊？"

"没有，先生。"我说，"我爸还在监狱里，我想帮他。仅此而已。"

回拖车场的路上，我们碰见了小贾斯珀·穆勒曼和牛哥，他们正推着一辆手推车沿着自行车道走，一副不堪重负的样子。当我们骑车跟他们擦肩而过时，我明白了原因。手推车里，头朝下放着的是他们船上的那个舷外发动机，它浸到蛇溪的水里，沾满了泥浆。发动机的螺旋桨坑坑洼洼，糊满了绿色的污垢。

我们骑车经过的时候，小贾斯珀骂了一句很难听的话。虱子皮金刹住自行车，猛地转身，这让我很惊讶。我叫他别管这事，继续往前走就好，但他的脾气已经上来了。他径直向小贾斯珀和牛哥走去，挡住他们的去路。

"你刚才说什么，小子？"虱子皮金质问道。

"我没跟你说话。"小贾斯珀嘀咕道。

"他在和我说话。没骗你。"我对虱子皮金说。这里是主干道，光天化日的，我不想惹麻烦。

但是虱子皮金并没有松口。

"你真是遗传了你爹的臭嘴啊。"他对小贾斯珀说，"你就践吧，到不了18岁你的牙就会全被人揍没了。"

牛哥说："算了吧，虱子，他没别的意思。真的。"

"闭嘴，你这个吹牛皮的。"虱子皮金说，"你懂什么真的假的，他又没骂你。贾斯珀，我说，你要不给我和我朋友道个歉呢？"

我这辈子都不想被虱子皮金称为"朋友"，这场面让我很不舒服。

小贾斯珀恶狠狠地瞪了我一眼。他气呼呼地转过身，低头看着自己的脚。

"我等着呢，小子。"虱子皮金说。

"我会向你道歉的。"小贾斯珀终于开口了，"但不会向他道歉。"

他朝我扬起脏兮兮的下巴。

牛哥脱口而出："安德伍德他爸把贾斯珀他爸的船弄沉了！"

"跟我有啥关系。"虱子皮金说。

他一只脚踩在手推车边沿，蹬了一下。手推车侧翻过去，舷外发动机倒在坚硬的柏油路面上，咣当一声，一股灰色油亮的液体从引擎罩的裂缝里流了出来。

牛哥嘟嘟囔囔地唠叨起来。小贾斯珀惊得下巴都要掉了。

"别骂人。"虱子皮金说，"那不礼貌。"

然后，我们骑车走了。

那天晚饭后，妈妈放了一张雪儿·克罗的唱片来听。其中有一首歌叫作《我最爱的错》（*My Favorite Mistake*），以前每次听这首歌的时候，妈妈都喜欢开玩笑说，她自己也可以写一首这样的歌了——主角就是我爸。

不过这一次，播到这首歌时，她没有笑。

我本来打算告诉她爸爸接受10频道采访的事，但看到这个情况，我还是决定等她心情好一点儿了再说。我也没有告诉妹妹，她听了一定会生气，会把她房间里的东西扔得到处都是。艾比的脾气挺火爆的。

10点15分左右，妈妈关掉音响，抱了抱我，就去睡觉了。我挺累的，但没有睡，一边读滑板杂志一边瞄着时间。到了午夜12点整，我蹑手蹑脚地穿过走廊，敲了敲艾比的门。她也没睡，准备好出发了。我们从厨房溜出去，把自行车推出车库。

没多久我们就骑到了码头。"珊瑚女王"号刚刚打烊，客人们大声说笑着，鱼贯而出。艾比和我藏在附近的一艘远洋出租船上。我们蹲在船尾，缩成一团，这样就不会被人看见了。

黄色月牙从云后探出头来，周围的蚊子不算很多。我们就一声不吭地坐在那里，抬头看着天空，等着码头安静下来。赌徒们全都走了以后，四周非常安静，能听到内港里的白斑狗鱼和海鲢鱼冲向小鱼群时发出的水花声。

我从甲板边缘朝外看，发现达斯蒂·穆勒曼的黑色大凯迪拉克车停在"珊瑚女王"号附近的路灯下。我听到平静的水面上那边传来男人的声音，看到赌船上有人影在移动。我妹在我旁边跪着。

"你想在这儿等多久？"她焦急地问，"要是妈妈醒了，发现我们溜了，她会抓狂的。"

我看了看表，1点10分。"我们等到1点30分吧。"我说，"不行就回家。"

据爸爸解释，像"珊瑚女王"号这样的大船，应当把船上污水罐里的排泄物运送到岸上的密封桶里，然后会有污水车把它们拉走，运到处理厂去。

爸爸确信达斯蒂·穆勒曼的船把数百加仑[1]的粪便直接排进了内港，这不仅很恶心（艾比会这么评价），还是一项重罪。我们所要做的就是抓他个现行，并且打电话让海岸警卫队来逮捕他。

这样一来，县上所有人就会明白我爸不是疯疯癫癫的捣乱分子，他只是一个关心孩子、爱护海滩、保护海洋生物的居民。等到达斯蒂做的坏事大白于天下，大家就会知道爸爸做得对，妈妈也就不那么想离婚了。

也许艾比和我有些自欺欺人，但这就是我们的想法。

因此，看到工人们拖着一根又长又粗的软管走向"珊瑚女王"号的船尾时，我们非常兴奋。我们确定——我的意思是，百分之一千确定——他们会打开阀门，把软管的末端放到海水中。

但他们并没有这么做。他们把管子拖到码头上，并把它连接到一个巨大的、带有锈斑的球形物体上。

"嘿，"艾比小声说，"看着像用来存污水的啊。"

"是啊，确实。"我胃里不太舒服，不敢相信眼前的景象。

"如果爸爸搞错了怎么办？"她沮丧地问，"如果达斯蒂根本没犯法呢？如果污染物是从别的地方来的呢？"

我也没有答案。我从来没想过爸爸会弄错。

"我们现在怎么办？"艾比说。

"我真的不知道。"

"诺亚？"

1　这里的加仑为美制加仑，1美制加仑约为3.79升。

“艾比，我说了我不知道。”

“诺亚！”

她说话的声音有一点儿奇怪，我感觉不对劲儿。我转过身来，在码头微弱的灯光下，看见一条肥硕油腻的胳膊勒住了我妹妹的脖子。

第六章

　　艾比还是个小宝宝的时候就有一个坏习惯，那时候差点把我们逼疯了。即使是夏天最热的时候，我们也得穿上长衣长裤来保护自己的身体——也不敢请人来家里做客。因为太危险了。

　　我妹妹牙尖嘴利，嘴下不留情。

　　我不是说这小孩讲话刻薄，而是说她碰到什么咬什么。我爸管她叫"穿尿布的斗牛犬"。那时候她几乎什么都得来几口，我是说使劲啃，不是轻轻咬着玩。艾比不管嚼什么，都是嘎嘣嘎嘣十分带劲。

　　所以，那晚在远洋出租船上，当我看到那个秃脑袋、歪鼻子的家伙勒住我妹妹的脖子时，我大概能预料到接下来的事情。我可以看到她正盯着他前臂那块肥硕的肉，心想：虽然不知道这个倒霉蛋是谁，不过他可要遭罪了。

　　艾比咬住他的瞬间，这个不认识的人就号叫起来，放开了她的脖子。不过艾比的牙齿可没这么快松开。他尖叫着扭来扭去，挥舞着手臂，终于挣脱了。他向后撤了撤，正要抬手打艾比，我狠狠地给了他一拳，打在他后腰的位置，疼得他单膝跪下了。我抓住妹妹的袖子，我们一起跳下了甲板。

我们一落地就赶紧跑，再也没有回头。那个秃顶的家伙破口大骂，声音大得越过水面，传向了红树林。我们从林子里取了自行车，我这辈子都没骑得那么快过。艾比紧跟在我后面，呸呸地吐着口水，想把嘴里沾的陌生人胳膊上的细菌吐掉。

骑到了家附近的街道上，我们又害怕了。我家的房子里有盏灯亮着。

"是妈妈的卧室。"妹妹咕哝道，"我们完了。"

"不一定啊。可能她只是在看书呢。"

"是吧，好啊。"艾比说，"那我们要不要编个故事？"

我知道，我们这么晚了还溜出去，不管想什么自作聪明的借口都没用——谁都糊弄不了我妈，这是肯定的。

"不编故事。"我决定，"我们实话实说吧。"

"棒极了，诺亚。只是那个，由你来告诉她好不好？我打算躲在壁橱里，我怕她发火。"

我们骑到家门口，把车靠在一棵苦木裂榄树的树干上。后门还是没有锁，跟我们走的时候一样，这让我稍微放心了些。

艾比先进去了，我跟在后面，想着暗中可能有埋伏。我爸说我妈有着鹰一般的眼睛、豹子一般的耳朵。一晚上从她身边偷偷溜过去两次还不被抓住，可能性太小了。

可是，当我们踮着脚经过爸妈的房间时，并没有什么动静。我直接上床睡了，艾比花了大约10分钟刷牙洗漱。她的动静大得让我难以相信——听着像是一只鸭子正在吹一支口琴。我妈连这声音都没听到,我简直怀疑她昏过去了。

她的房门始终关着。

《当地出租车司机为弄沉赌场船只的行为自辩》

这是第二天早上《岛屿观察家》的头条。报纸摊开放在饭桌上,很明显,我妈的表情说明她已经读过这篇报道了。

"糟糕到什么程度?"我问。

"这个嘛,你在文章里面是个通情达理的年轻人的形象。"她回答,"而你爸,他老人家把自己比作纳尔逊·罗利赫拉赫拉·曼德拉呢。"

"呃——哦。"

"他甚至大谈特谈什么绝食抗议。"

"不会吧。"

"给你,自己看吧。"妈妈把报纸推滑过桌子。

我硬着头皮把文章从头到尾读完了。迈尔斯·乌姆拉特显然认为我爸很有个性。他让我爸没完没了地讲那些贪心的污染者的事,还把德雷克·梅斯和卡迈克尔夫妇的事写在了文章里。迈尔斯·乌姆拉特说我爸"对环境保护充满热忱",但也"喜怒无常、意气用事"。不得不承认,那部分写得相当准确。

文章引用了我的几句话——一句是说爸爸需要提高自制力,另一句是说他连一只蚂蚁都舍不得踩死。看到自己说过的话被印成铅字,我感觉怪怪的。这几句话印在报纸上,跟我对着迈尔斯·乌姆拉特的录音机把它们说出来，感觉挺不一样的。

妈妈看出我对这篇文章态度冷淡。"没关系，诺亚。"她说，"你说了实话——你爸爸是一个平和、善良的人，只是偶尔会走极端。不管是谁读了这篇报道，都能看出你对他的感情。"

"不只是我说过的话，妈妈，里面还有很多乱七八糟的东西。"文章上方是我爸爸被捕那天的嫌疑人大头照，还有"珊瑚女王"号沉没后的照片。

"这篇文章里有一半都是达斯蒂·穆勒曼在说爸爸是骗子、疯子。"我说。

"达斯蒂每周日都和这家报纸的老板一起打高尔夫球。"我妈说，"还有，他也是有权利为自己辩护的。你爸指控他的一些说法蛮严重的。"

我想起昨夜我们在码头看到的事，觉得连我爸指控的那些事是真是假都不好说。

妈妈给我倒了一碗麦片和一大杯牛奶，但我没什么胃口。艾比跌跌撞撞走进厨房，看起来好像只睡了两个小时。她一只手揉着眼睛，另一只手正努力把打结的头发解开。妈妈和我知道，这时候不要跟艾比说话——她即使睡足了，早晨起来也像在神游，不好惹。

她抓起《岛屿观察家》报纸，快速扫视着迈尔斯·乌姆拉特的文章，一边看一边不停地发牢骚。

"绝食！"她看完文章，气呼呼地把报纸拍在桌子上，"他怎么回事？他的脑子被驴踢了吗？"

"艾比，别那样说你爸。"妈妈说，"应该说'被蒙蔽了'，而不是'被驴踢了'。"

"可这也太丢脸了啊。他不懂吗？"她瘫坐在椅子里，把头靠在胳膊上。

"来点炒鸡蛋怎么样？"我妈问。

"这都叫什么事啊！"艾比说。

我说我得出去一趟，就匆匆出门了。

监狱的氛围没以前悠闲了。到了门口，一名警官认真搜了我的身，就跟电视里演的一样。我只带了一本讲国际象棋的平装书——我觉得我爸应该趁小队长还没发现他不会下棋的时候，赶紧学会。警官检查了那本微不足道的小棋谱，好像担心里面有暗格藏着万能钥匙似的。最后他终于把书还给我了，然后他宣布，根据治安官本人的命令，探视时间被缩短到了5分钟。

我在会见室等了很久。那个双下巴的警官也在那里，他直勾勾地盯着我。我爸终于来了，他穿着一件褪色的橙色连体囚服，后襟印着"门罗县囚犯"字样。

"衣服挺合身的。"我说。

"噢，他们看了报道，很生气，跟我过不去呢。你看那篇文章了吗？"他问道。

"噢，看了。妈妈和艾比也看了。"

"然后呢？"

"绝食抗议什么的，没人信的。"我告诉他，"你别想着跟曼德拉比了。"

听了全家人的"读后感"，我爸似乎很失望，但我不能骗他。

"你得回家。真的。"我说。

"诺亚，请不要又一上来就说这个，好吗？"

我把棋谱递给他。他眨眨眼说谢谢。

"你跟妈妈见面了吗？"我问。

"几天没见了。我知道她工作一直很忙。"他的回答有些敷衍，好像这事没什么大不了的。

"你没和她通过电话吗？"

"我打过电话，但总是没人接，转到自动应答了。"

看得出我爸很挂念她，这是人之常情。那是我妈，他怎么会不担心。成年人假装一切都好，其实并非如此，真是可怜啊。

"爸爸，你听好了，有件事我得告诉你。"我压低了声音，好像这么做有什么意义似的。其实房间小到我眨眼的声音都能被警官听到。

"昨晚'珊瑚女王'号关门后，我们偷偷溜到码头去了，"我说，"然后藏在一艘出租船上。"

"谁——不是你和艾比吧？"

"是我和艾比。"

我不敢跟我爸说那个不认识的人抓住我妹的事，我知道，要是告诉了他，他肯定会马上保释出狱去找那个家伙。然后，他很快就又会被抓进监狱，因为他不会对那人手下留情的。

"你猜怎么着？"我说，"达斯蒂手下的船员并没有把废水排放到内港里。他们接上了岸上的一个污水罐。"

爸爸惊呆了："你确定吗？"

"我们亲眼看到的。"我说。

爸爸搓着下巴，牙齿咬得咯吱响。"你知道是怎么回事吗？是因为沉船的事一出，舆论沸腾，达斯蒂吓坏了。他打算夹起尾巴做人，低调一点儿，老实一点儿，怕被海岸警卫队抓住把柄。"

确实有这种可能。但是，如果达斯蒂·穆勒曼开始遵纪守法了，我想着，那我们要怎么证明爸爸的指控不是捏造的呢？

爸爸仿佛猜到了我的心思，他说："虱子皮金知道'珊瑚女王'号的真相。我的小船他怎么说？到底要不要？"

"他中午来取。"

"很好！"

"他答应签署声明了，就按你说的。"

"诺亚，那可真是棒极了！"

爸爸跟我击了个掌。我不想扫他的兴，所以就没说我觉得虱子皮金靠不住。很明显，我爸满怀热望，我就不说什么了，毕竟蹲监狱的不是我。

"时间到了。"双下巴警官对我说。他猛地扭头向门口示意。

"一切都会好的。"我爸说，"你做得很好，儿子。不过以后别再晚上溜出去了——尤其是别和你妹妹一起。听见了吗？"

他站起来，把棋谱夹在腋下。他穿的橙色连体衣上没有口袋——我猜治安官不希望囚犯身上藏东西。

"哦，我差点忘了。"爸爸说，"今天下午5点，10频道的新闻会播我的采访！一定要告诉你妈妈。"

"好呀。"我说，心里却很想冲进家门把电视机砸了。

午饭后，我坐在一棵罗望子树下，等着虱子皮金。我已经编好了一个故事，以备妈妈问我为什么他要把小船取走。我打算告诉她，爸爸要把它租出去几个星期。实际情况比这复杂多了，妈妈是不会同意的。

过了大约一个小时，我开始坐立不安。我走到后院，爬上拖车，坐在小船里。我开始回想我们——爸爸、艾比和我——每次日落时分乘船出去，度过的那些美好时光。我妈对捕鱼没兴趣，但当我们带着装满鲷鱼的冷藏箱回来时，她总是很开心。艾比说，妈妈只是看到我们平安回来松了一口气而已，但我觉得不仅仅是这样。妈妈真的很享受一家人一起做事的感觉——她和艾比做沙拉和土豆，爸爸和我收拾鱼。

那样的夜晚是最幸福的时光。我们开进车道时，总能看见妈妈在门廊前等着，她上来就问我们："你们看到绿色闪光了吗？"艾比说妈妈只是在开玩笑，但我觉得她真的相信绿色闪光的存在。

我爸的回答总是老一套。"也许下次就能看到了。"他说，"但是唐娜，只要你不来，我们就碰不到。"

但她还是不怎么来。小船可能装不下四个人。

过了一会儿，艾比从房子里出来，跳进小船和我一起坐着。我告诉她虱子皮金迟到了。

"也许他临阵脱逃了。"她说。

"12000美元不要了？不可能。"

"也许达斯蒂·穆勒曼愿意出更多钱封他的口。"

我妹要是这么想的话，那就让她想好了。以我对虱子皮金的了解，我不觉得他会偷偷去找达斯蒂要更高的价。虱子似乎非常乐意把我爸的船拿走卖掉。

"他可能还在忙他那个声明。"我说。

"或者忙着从宿醉中醒来。"艾比说。

"我最好还是去看看他吧。"

"我跟你一起去。"

"别，艾比，你得留在这儿，说不定他会过来呢。"其实，更重要的原因是，如果我跟她一起去拖车那边，我怕她会看到虱子皮金在臭烘烘的拖车里烂醉如泥的样子。

"如果你一小时之内回不来，"我妹说，"我要么告诉妈妈，要么就报警。"

"都行。"我说。这两选项都不怎么样。

我骑上自行车，沿着旧公路全速前进。我从一开始就对虱子皮金没什么好感，现在看来我可能是对的。如果爸爸把检举达斯蒂·穆勒曼的希望全都寄托在这么一个证人身上，那我们可要有大麻烦了。

去拖车公园的路才走到一半，忽然下起倾盆大雨，我到那儿的时候已经浑身湿透了。我使劲敲门，猛地把门推开了。

我像落水狗一样身上滴着水，走了进去。电视的声音开得很大——是那种没完没了地播放乡村音乐录影带的频道。我关掉电视，大声喊道："有没有人在呀？"

没人应。

"有人在家吗？皮金先生？"

拖车后面传来低沉的脚步声，咚咚咚砰砰砰的，我紧张起来。如果虱子喝得烂醉，或者疯疯癫癫的，我就准备逃跑。

结果从走廊走过来的是谢莉，她一个人。她脸上红红的，似乎心情不太好。她上身穿着蓝色泳衣，下身穿着夏威夷风格的裹身裙。铜黄色的头发扎成一个发髻，走路一瘸一拐的。我看到她右脚包着绷带，不知道跟她手里拿着的球棒有没有关系。

　　"对不起，我擅自进来了。"我说着，朝门口退了一步，"我敲了很久的门，但没人理我。"

　　"我正忙着重新装修呢。你有什么事吗？"

　　"跟皮金先生约好了，今天去我家那边看我爸的梭鱼小艇。"

　　"我亲爱的虱子没去吗？真是没想到啊。"谢莉冷冷一笑，让我不寒而栗。

　　"他在这儿吗？"我问。

　　"不在。"

　　"你知道我该去哪儿找他吗？"

　　"不知道。"

　　有那么几分钟，我们站在那里什么也没说，雨滴噼里啪啦、叮叮咚咚地打在铝制屋顶上。

　　"你的脚怎么了？"我问。

　　"我想我的脚受伤了。"谢莉回答。

　　"怎么弄的？"

　　"踹马桶踹的。"

　　"噢。"我说。

　　"我把它当成虱子的屁股，好一通踹。顺便告诉你，不知道你发现没——他已经走了。"

　　"去哪儿了？"

"一个又尿又懒的废物男朋友，能去哪儿呢？"她说，"昨晚我洗澡的时候跑的，他还开走了我的吉普车。今天早上，警察发现车子被遗弃在卡特勒岭的收费站旁边了。"

我不知道该说什么，但我知道必须小心。我感觉谢莉手痒痒，很想用那根球棒发泄一通。

"但是皮金先生告诉我，他没有驾照。"我说。

"这是小问题。"谢莉说，"他那么狡猾，有的是办法。坐吧，诺亚。"

"我真的该走了。"

"我让你坐下。"

我就坐下了。

"昨晚有个人来找过虱子，"她说，"就在他逃跑之前。是一个大个子，秃头，说话带点怪怪的外国口音——像是法语或俄语什么的。"

"他没头发？"我想到了在码头挟持艾比的那个陌生人。

"秃得跟个保龄球似的。"谢莉说，"而且，他那个鼻子，看着就跟谁用套筒扳手给他整过容一样。虱子出去跟他说了一会儿话，回来时脸色惨白，跟见了鬼似的，什么也不肯告诉我。等我洗澡的时候，他就走了。我有没有跟你说他把所有现金都卷走了？"

"没有说过，夫人。"

"186美元。我就这么多钱。"

"真是糟透了。"我觉得反胃，仿佛这些都是我的错一样。

"有意思的是，这事莫名其妙的。"谢莉说，"但是虱子也没说要买你爸的船的事。"

"我现在真的得走了。"

"还记得我跟你说过的关于撒谎的话吗，诺亚？"

"记得的，夫人。"

"还有，下这么大的雨你不能出去。淋雨着凉容易感冒。"

我已经准备好冒这个险了。"请让我走吧。"我说，"我妈会担心的。"

谢莉点点头，朝着电话机示意："那就打给她说一声。"

当然，我没动。

谢莉笑了。"给我讲讲虱子和你爸的船是怎么回事。"她说，"都告诉我，好吗？肯定不需要太久就能讲完。"

我无法将目光从她手里的球棒上移开。她两只手轮换着拍打那根球棒。

"放轻松，孩子，不是用来对付你的。"她说。

我不敢冒险，于是不再犹豫，把我爸和虱子皮金之间的秘密交易一五一十地跟她说了。我以为她会笑着说我蠢，居然相信她那个不靠谱的男朋友，但我想错了。

她说的是："诺亚，我觉得我能帮你。"

我怎么也没想到她会这么说。

第七章

我妈这辈子就收到过一张超速罚单，就是她遇到我爸那次。她是个遵纪守法的人，再不起眼的法规她也不会违反。绝大多数时候，妈妈都很稳重、细心，一切尽在她掌握——换句话说，跟我爸完全不是一路人。

我妈跟我爸一样，也出生在佛罗里达——她的出生地叫基西米，在奥兰多南边一点儿。她的父母都在迪士尼乐园里当演员，听起来很有趣，但其实挺没劲的。肯尼斯外公扮演布鲁托，就是动画片里的那只狗狗，珍妮特外婆扮演白雪公主的七个小矮人之一——是瞌睡虫还是爱生气来着，我也记不清了。妈妈保留着一张外公、外婆在灰姑娘城堡前拍的照片，他们身穿戏服，没戴头套。

据我妈说，肯尼斯外公从上班第一天起就不喜欢他的工作。布鲁托的衣服头重脚轻，穿上以后很难控制身体，里面还很热，差不多有40摄氏度。肯尼斯外公扮成布鲁托以后，游客们会戳他的肋骨，捏他的鼻子，拽他耷拉下来的耳朵，但他一句话也不能说。因为在迪士尼的狗狗角色里面，只有高飞才会说话——布鲁托只会哼哼唧唧或者汪汪叫。所以，孩子们来纠缠肯尼斯外公时，他只能学狗叫、摇头或者晃晃爪子，而这么做基本上一点儿用都没有。

有一天他突然"崩溃"了——妈妈是这么说的。有个小鬼没完没了地拽肯尼斯外公的尾巴，于是他转过身给了小孩一脚，那个孩子被踢上了天，飞过半条美国小镇大街，才掉在地上。这个孩子的家人把迪士尼乐园告上法庭，索要巨额赔偿，但那时肯尼斯外公和珍妮特外婆已经收拾铺盖卷，搬到了加拿大萨斯喀彻温省的穆斯利克。他们在那里经营雪地摩托生意，再也不需要伺候游客了。我们去看过他们几次，但他们不愿意南下到礁岛群来。肯尼斯外公认定了，要是他踏上佛罗里达的土地，迪士尼的人就会把他抓起来。

我妈18岁那年回到佛罗里达，在盖恩斯维尔的州立大学读书。她本来打算好好上学，毕业后做一名律师，读着读着碰到了一个男的，就结了婚，然后辍学了。结了婚发现那家伙是个"傻子"（这又是我妈的原话），于是只过了两年她就决定结束这段婚姻。她拿着离婚的文件开车去法院的时候，车开得太快，收到了超速罚单，交罚款的时候碰到了我爸。我妈的离婚手续办妥以后，第二天他们就结婚了。

每次爸爸开始回忆这些的时候，妈妈就走开去收拾碗碟或者叠衣服。她不喜欢有人在我们面前提起她的第一次婚姻。我知道爸爸非常爱妈妈，但有时他完全体会不到她的感受。艾比觉得心里很不是滋味，让我跟爸爸讲讲道理，但是我该说什么才好呢？

爸，你好自为之啊。忘了她上一任蠢蛋老公最后什么下场了吗？

就算我跟我爸说了，他也不会当真的。他会让我别担心，因为妈妈是他的"头号粉丝"。我爸有个坏毛病，就是高估自己的魅力——他还高估了我妈的耐心。

我从拖车公园回来的时候，妈妈正站在车道上和夏恩律师说话。我朝他们挥了挥手，匆匆走进家门，艾比正等着跟我通风报信。

"我说对了！"她说，"他们要请法官来鉴定老爸是不是真的疯了。"

"可是他没疯啊。"我抗议道。

"现在的关键是让他出狱，就算他不愿意也得把他弄出来。"艾比说，"法官可以下令释放他，然后就可以让他接受心理医生的测试了。这就是新的计划。"

"妈妈真觉得爸爸是个疯子吗？"

"诺亚，你的格局要大一些。"

"这些是她告诉你的，还是你偷听了她和夏恩先生说话？"

"无可奉告。"妹妹小声说，"好消息是，我没听到他们说离的事。一次也没有。"

"棒极了。"刚才我骑到车道上，妈妈和夏恩先生看到我，忽然不说话了，但我决定不把这个细节告诉艾比。

"那虫子皮金是怎么跟你说的？"艾比问道，"难不成这次他又摔地上了？"

"他压根儿没在家。"

"我说对了吧？本来说好了，结果他临阵脱逃。"

"他女朋友说他跑路了。"我承认，"但她答应帮我们扳倒达斯蒂·穆勒曼。"

"哦，拜托。"妹妹叹了口气，"呼叫诺亚，请您注意：没戏的。"

"不啊，艾比，怎么会没戏？"

她紧盯着我："你还有别的坏消息要告诉我，是吧？我看得出来。"

我只能耸耸肩："爸爸今晚上电视。"

"为什么？上什么电视？"

"10频道的人去监狱里采访他了。"

"哦，太棒了。"艾比说着，跌坐在椅子上。她和我担心同一个问题：要是妈妈在5点钟的新闻节目里看到了我爸，她会是什么反应？

"一台新电视机要多少钱啊？"我妹妹问。

"很贵的。我早想过了。"

"用一个棒球就可以了。"她说，"我可以跟妈妈说，我在客厅里扔棒球玩，不小心砸到电视机屏幕了。当然我们知道并不是不小心。反正全都怪我。就这么着吧，诺亚，怎么样？"

"我有个更好的办法。"我说。

一个不会把现场弄得一片狼藉的办法。

就在新闻马上要播之前，我妹的房间里传出一声惨绝人寰的尖叫。尽管我知道艾比是装的，但她的号叫声还是让我起鸡皮疙瘩。她要是愿意，完全可以去拍恐怖电影挣大钱。

趁妈妈跑去看发生了什么事，我从厨房溜了出去。我到车库里抓起鱼竿，冲向房子角落里爸爸安装电视卫星天线的地方。我只甩了三次竿，鹿毛钓饵就勾住了天线。我猛地一拉，持续发力使劲拽，卫星天线开始往我这边转了。接着，我抓住鱼竿，向后退，直到把天线扯断。

我回到屋里，看见艾比正坐在客厅的沙发上哭鼻子。妈妈坐在她旁边，把冰袋压在艾比的后脑勺上。

"她从床上摔下来了。"妈妈心疼地说。

"就这？"我说，"不知道的还以为谁把她扔到开水锅里煮了呢。"

"诺亚！"妈妈吼了我一句，我妹立刻又开始哭喊。艾比可以随时随地说哭就哭。我不能和她对视，不然我俩都会笑场。

5点钟，妈妈伸手去拿遥控器，想打开电视看新闻，但电视屏幕上没有画面——只有雪花和波纹。妈妈换了个台，还是一样。

"电视机怎么回事？"她一边喃喃自语，一边按着遥控器切换频道。

我偷偷瞥了一眼艾比，她向我眨眨眼表示祝贺。电视没有信号，因为卫星天线接收不到卫星信号了。它倒扣在地上了。

后来，我不得不跟妈妈解释我的鱼钩是怎么挂住卫星天线的，但在当时，我很得意，因为这么一来，妈妈就不会在10频道新闻上看到蹲监狱的爸爸了。

这种成就感只持续了几分钟，我们家的电话就开始响了。看来岛上其他人都看过爸爸的重磅采访了，很多人都想跟我妈分享观后感，她快尴尬死了。至少有三个所谓的朋友居然把采访录了下来，其中一位甚至在晚饭后路过我家，顺便把录像带给了我们。

艾比和我都想知道爸爸在电视上说了什么，但我们俩都没有勇气陪妈妈熬夜看录像。我本来想把录像机弄坏，但艾比说那么做纯属浪费时间。她好像说对了——妈妈已经决定要看爸爸的采访，我们再要小把戏也无法动摇她。

于是我和妹妹回各自房间待着了。我睡不着，就坐起来玩游戏机，看滑板杂志。凌晨一点，电话铃响了，把我吓一跳，我听到有人马上接起了电话。我偷偷瞄了一眼走廊，家里只有妈妈的房间亮着灯，其他地方一片漆黑，跟前一天晚上一样。

但这一次，我能听到她在说话。她在和远在加拿大的珍妮特外婆聊天。我没办法听清妈妈说的每句话，但大概能明白，爸爸在电视上的表现让她不高兴了。

我还清清楚楚地听见她说"离"这个字。

我并不害怕晚上独自出门。其实，我挺喜欢晚上那种安静平和的感觉的。有时我会从家里溜出来，骑车去雷鸣海滩或者鲸鱼港。路上要留心的主要是醉驾的司机，当然，还有警车。大半夜的一个小孩子在路上骑自行车挺奇怪的，要是被警察撞见，他们会想当然地认为我要么是离家出走，要么是出来偷东西。不止一次，我碰到警车巡逻，不得不丢下自行车，躲到树后面。

我从后门溜出去的时候，我妈还在打电话。去码头的路上，我连一辆小汽车也没看见——我从高速公路上骑过，只有一辆灰狗巴士从我身边经过。

"珊瑚女王"号没有亮灯，码头上很安静，但我打算稳妥一点儿。我把自行车放在红树林里，徒步查看了附近。没想到这样做还有别的好处。我看到挟持艾比的那个歪鼻子秃顶的家伙正坐在一辆破旅行车里，车停在达斯蒂·穆勒曼的赌船的售票亭旁边。

　　我蹲在污水罐后面，观察了他几分钟。他纹丝不动，我走近，能听到他打呼噜的声音。呼噜声听着跟雷多养的狗狗"哥斯拉"的一样。

　　我终于鼓起勇气，蹑手蹑脚地从他身边溜过去。事实证明溜上船并不难。难的是从"珊瑚女王"号上下来。不过这是后话了。

　　我在驾驶室里翻箱倒柜，不放过任何可能帮得上爸爸的证据——船员日志里的一张纸条，达斯蒂手写的倒污水的命令，等等——这时，一艘鲻鱼船轰隆隆地开进了内港。一个穿着橡胶靴子的人从船头站起来，开始撒网。噪音把秃头吵醒了，他下了车，伸伸懒腰，点了根烟。

　　我现在的处境非常尴尬。在码头的灯光下，我一离开"珊瑚女王"号就会被发现。我可以看到达斯蒂的那位手下正坐在旅行车的引擎盖上，他每吸一口烟，香烟顶端就有橙色的火光一闪一闪的。

　　我踮着脚走下楼梯，来到二层赌场的甲板上，这里和其他层的甲板一样是封闭的，为了遮雨。我东张西望，发现了一堆船员忘记锁起来的扑克筹码。我带着这堆筹码来到船头，打开了侧面的一扇窗。我在那儿等着，等到鲻鱼船驶出内港，码头安静了下来。

　　然后我把手伸出窗外，撒了一把扑克筹码。顿时，坚硬的甲板被砸得啪啪作响，声音刺耳，筹码向四面八方滚去。

　　秃头守卫扔掉手里的烟，从旅行车的引擎盖上滑下，向"珊瑚女王"号走来。我悄悄地沿着船头前面的楼梯往下走的时候，他正大跨步地跳上船尾的楼梯。等到上方甲板响起了他沉重的脚步声，我趁机冲到船尾，轻轻地踏上跳板，飞快逃下船寻找掩护。

我一直跑到污水罐旁边，蜷缩在污水罐的阴影里，想喘口气。我的心跳得快极了，胸腔都要裂开了。我可以听到身后达斯蒂的手下一边骂骂咧咧，一边踢地上撒落的扑克筹码的声音。我回头，看见他在赌船上打着手电筒走来走去。

似乎是个逃跑的好机会。

可我刚站起来，就看到一辆汽车沿土路颠簸着向达斯蒂的码头驶来——是警车，没开车头灯。我马上又缩回刚才藏身的地方，动作还算利索，只是我的脑袋撞到了污水罐上。

没想到撞得那么疼。一开始眼前的一切都变得很亮，好像星星在我眼前爆炸似的，然后又突然像钻进隧道一样暗。我的脑壳嗡嗡作响，仿佛谁在我耳边敲锣似的。

我倒在那里，努力不让自己哭出来。我感觉快不行了的时候，回过神来听到自己在自言自语："它是空的。"

空的！

嗡嗡响的不是我的脑壳，而是污水罐。

按理说不应该是空的，那天晚上"珊瑚女王"号不是把污水倒进去了吗？

我看着警车在船边停了下来。秃头手下急忙走下跳板，向警官挥手，警官跳下车，跟着他上了船。他们俩都打着手电筒来回照着。

我滚了一圈，膝盖着地，赶紧坐起来，结果坐得太快了，头有点晕。等待眩晕平复的时候，我看到污水罐下的混凝土板上，有一条深色的粉末状的痕迹——非常不明显，污染检查员可能压根儿没注意到。我摸了摸，在码头微弱的灯光下，我看到手指头沾上了红色。

是铁锈。这个旧污水罐生锈了。

我把手伸到下面，摸到一块坑坑洼洼的金属片，它一碰就碎，跟放久了的饼干似的。我把它剥开，摸到了一个大洞，大到可以把拳头伸进去。

污水罐不仅是空的，还遭到了严重破坏，就是个摆设——是达斯蒂·穆勒曼用来骗人的道具罢了。

我忽然觉得头上的包没那么疼了。我抓了一把铁锈渣塞进口袋，走了。

第八章

第二天下午，妈妈非要大老远开车去霍姆斯特德买东西，就因为那儿谁都不认识她。爸爸的电视采访闹得礁岛群满城风雨，她不希望买东西的时候被人指指点点说闲话。

妈妈和艾比走后，我坐下来看了录像带。我爸的状态出奇的好。他直视着镜头，郑重宣布："我让'珊瑚女王'号沉没，这是一种非暴力反抗。"他说他是在抗议"冷酷无情、贪得无厌者"对海洋和河流的破坏。

不得不承认，连体囚服在电视上看起来一点儿也不差。爸爸还打理了发型，戴上了金边眼镜，看起来更像是一位大学教授，而不是一个破坏别人船只的罪犯。这一次他学聪明了，没把自己和曼德拉相提并论（也可能他真的提了，但被电视台的好心人剪掉了）。我爸在采访结尾说，他打算一直待在监狱里，直到达斯蒂·穆勒曼受到惩罚为止。

接下来镜头里出现了一位男士，脸长得跟只啮齿动物似的，自称是达斯蒂的律师。他用一种冠冕堂皇的语气，说他的委托人是一位经验丰富的船长、受人尊敬的商人、"社区的中流砥柱"。他说达斯蒂绝不会蓄意污染他自己儿子玩耍的水域。律师在最后说我爸是个"心理不平衡人士"，并要求他拿出证据，证明他那些"不考虑后果的、无中生有的所谓指控"。

我正倒着录像带，前门有人敲门。是夏恩先生——爸爸的律师。这一次他的表情终于不像是要去参加葬礼了。

"你好啊，诺亚。"他说。

"妈妈不在家。"

"哦，我是应该提前打电话的，但是我刚刚收到一些重要的消息，就赶过来了。"

"是关于爸爸的吗？什么消息？"

夏恩先生从牙缝里倒抽了一口气："对不起，我必须先告诉你母亲才行。"

"是坏消息吗？"我问。

"不，我想应该不是。"

"那就告诉我吧。拜托了，好吗？"

"我也想，但不行。"夏恩先生说。

好吧，我想。他就不能透露给我一点点吗？

"你昨天晚上看见他上电视了吗？"我问。

夏恩先生虚弱地点点头："我曾强烈建议你父亲不要接受那个采访。"

"但他是对的，你知道——达斯蒂·穆勒曼把污水罐里的污水倒进内港的事。爸爸说的全都是真的。"

"我可以肯定他当时是这么认为的。"

"真相迟早会水落石出的。你就等着吧。"

夏恩先生显然不相信我。"请告诉你妈妈,我稍后会打电话来。"他说着,转身要走。

"我能再问一个问题吗?"

"当然可以,诺亚。"

"我妈要和我爸离婚了吗?"

夏恩先生的表情就像吞了一只变质的蛤蜊似的。"什么?"他声音沙哑,"你怎么会想到这上面去啊?"

"就,她到底要不要离婚啊?"

他心虚地舔了舔嘴唇:"诺亚,坦白地说,聊这些我不是很舒服。"

"哎,我爸妈如果真要分开,不舒服的是我好吧?"我说,"但是艾比和我有知情权,不是吗?"

说话间,夏恩先生从门口往后退着。"你担心的这些事,你应该直接和你父母谈。"他说,"同时,不要急着下结论……"

他走得还挺快,简直不像他这个年纪的人该有的速度。不一会儿,他就溜到了自己的车旁,上了车飞快地开走了。

我回到屋里,重新看了一遍爸爸的采访录像。我一直在琢磨夏恩先生来找我妈是要说什么事,而且我有一种感觉——他对好消息的定义,可能和我不一样。

然后我爬上了屋顶,想把电视卫星天线调整好,但好像是白费工夫。我把那倒霉玩意儿扭了又扭,让它头朝上,对着天空,虽然我并不知道卫星到底在天上什么方位运行。这么乱弄一通,哪怕打开电视会收到吉尔吉斯斯坦的音乐频道信号，我也不会觉得奇怪。

我把缠在卫星天线上的罪魁祸首——鹿毛钓饵解下来，然后顺着雨水沟往下爬。就在这时候，我听到了车喇叭声，一辆绿色切诺基吉普车开上了我家的车道。谢莉从车窗探出她的金毛脑袋，大声喊着我的名字。

我跳到地上，走过去看她想干吗。

"快上车。"她对我说，"快点。我等不及了。"

我不敢拒绝，乖乖照做。要是我不听话，谢莉恐怕会追着我，把我提起来扔进她的吉普车里，这么想着我就觉得可怕。

我正摸索着系上安全带，她就把车子驶出车道，加速向一号高速公路开去。过了一会儿，我才鼓起了勇气，问她我们要去哪里。

"问这个干吗？你等会儿要去约会还是干啥？"她说。

一把银色手枪就放在控制台上，在我和她之间。我决定不提这个。

"谢莉，出什么事了吗？"

她酸溜溜地笑了："你什么都要问到底，是吧？"

她戴着墨镜，但我看得出来她已经哭了一阵子了。她还在吸着鼻子，声音也哑着。

"记得我跟你说过虱子逃跑了吗？"

"记得的，夫人。"

"嗯，事实证明，我错了。"她说。

"他回来了吗？"我问。

谢莉摇摇头。"他们最后在卡特勒岭找到吉普车，把它拖了回来。收费200美元——我只好把定情戒指拿去当了，才出得起这个钱。"她说，"你知道我今天早上是怎么过的吗，诺亚？"

"不知道，夫人。"

"一早晨我都在擦这些座椅上的血迹！"

坐进车里的时候我确实感觉到座位上有点潮湿。

"血？你确定？"

"你看，这儿我漏掉了。"谢莉指着仪表板上一块暗红色的痕迹，"我觉得虱子不是逃跑了。"她向我吐露，"我觉得他是被绑架了。而且——"说到这儿，她猛地向左打方向盘，那把枪差点被甩到我腿上，"我感觉他被人抓走而且被杀掉了。"

"什么？！"

"没错，诺亚。"她用纸巾捂住鼻子，"我觉得都是因为你爸爸和那艘赌船。"

我从来没有离一个有文身的女人这么近过——或者，确切地说，是那种我可以亲眼看到的文身。据雷多说，他姐姐去上大学以后，在屁股上文了一只小小的带条纹的蝴蝶。汤姆和我不得不信了他说的，反正我们也没办法证实他姐姐到底有没有那个文身。

说来也怪，我越盯着谢莉手臂上的文身看，越觉得它看起来很自然。铁丝网的图案跟她的个性很搭。

"放松啦，不是真的手枪。"她说，"那是个打火机。"

她扣动扳机，枪管里喷出一团浅蓝色火焰。

"不过看起来挺像那回事的，是吧？可以吓唬那些想找事的。"谢莉说。

我们已经在高速公路上开了一个多小时了，显然根本没有目的地。谢莉一直说她还有事要告诉我，接着就开始生气地控诉虱子皮金，说他是个"大废物"，还说她怎么这么蠢会喜欢上他。接下来她会抽泣一阵子，然后，就在我以为她的情绪稍稍平复的时候，这一切又重新上演。

都快开到塔糖岛了，她把吉普车掉头，嘟囔着："我这到底是要去哪里啊？"往回开的路上，她把车停在了老七里桥靠近马拉松那头的停车场。这里挤满了游客，他们正摆弄着相机，准备拍日落的照片。天色阴沉，布满乌云，这种天气不可能有绿色闪光的，而且，我心烦意乱，没心思管那些。

"你为什么会觉得虱子……我是说……"

"死了？第一，他没有打电话求我让他回家。"谢莉说，"这完全不像他的作风。第二，他那几个玩得好的哥们儿都没有他的消息，一点儿也没有。第三，那天晚上到拖车来的那个秃头大个子丑男。第四，我车里的血。"

她又指了指仪表板上的污迹。我努力移开目光。看到谢莉这么担心，我也感到焦虑。

"可是，谁会杀他呢？而且跟我爸有什么关系？"我问。

她不耐烦地叹了口气："诺亚，你知道'珊瑚女王'号给达斯蒂·穆勒曼挣了多少钱吗？"

"不知道，夫人。"

"光赌博业务的收入就有15000到20000美元。"她说，"去掉餐饮的成本、船员的工资，他少说也还能挣10000美元的净利，每天晚上都是这个数。"

"美元吗？"我不敢相信。

"赌场可是一棵大摇钱树啊，孩子，因为这个世界上到处都是容易上当的傻瓜。"谢莉说，"别忘了，虱子的嘴巴可大了。假如虱子跟别人说了要帮你爸爸，假如这事传到了达斯蒂的耳朵里，让他觉得联邦调查局的人会冲进'珊瑚女王'号，把它关了，那他肯定会大发雷霆的。你觉得他会不会用一些手段阻止这一切发生呢？你是个聪明孩子，诺亚，想想吧。"

我不愿意想。我不想相信达斯蒂·穆勒曼杀了虱子皮金，只因为我爸为了得到证词和虱子做了交易。

她说："别担心，我还是说话算话的。我会帮你为你爸爸洗清罪名。"

"可是，为什么呢？"

"也许因为这样做才对吧。或者是因为我也牵涉其中。"

"你也想揭露达斯蒂的罪行。"

"如果他害了我的男人，我肯定饶不了他。"谢莉说，"如果他动了虱子一根毫毛，那个懒虱子、废物虱子、脑袋长虱子的虱子……"

我都不知道她这到底算是坚强呢还是疯狂呢，反正是超出了我的想象。

"实在太危险了。"我对她说，"算了吧。"

"来不及了。"

她把枪形打火机插在牛仔裤的裤腰上，从吉普车上下来。因为踢过马桶，她走路还是有点瘸，但问题不大。我跟着她走上破桥，我们靠在年久变形的栏杆上，低头看着碧蓝的水从石桩旁边流过。太阳已经有一半沉入地平线，我们周围的人长枪短炮地咔咔咔拍个不停。

"你还想跟我说什么？"我问谢莉。

"今天早上我去见了达斯蒂。"

"你自己去的？疯了吧！"

"诺亚，我以前和那个人一起生活过。老天爷，我们连婚都订了。"她说，"反正就是，我问他能不能让我回去，还在'珊瑚女王'号的酒吧工作。我一边掉泪一边大说特说虱子是怎么抛弃我的，还哭了哭穷。"

微风吹来谢莉身上橘子香水的味道，令人心旷神怡。我看到她身上的首饰只剩下两对简单的银耳环，我想她可能把其他首饰都典当了，比如她的定情戒指。

"那达斯蒂同意你去工作了吗？"我问。

"同意了。我明晚开始上班。"

毫无疑问，谢莉很有魄力。她怀疑达斯蒂·穆勒曼指使人杀了她男朋友，于是决定悄悄搜集证据，把他扳倒。她看起来似乎难过多于害怕，真是搞不懂她。

我说："还是别这样吧。离那艘船远点。"

"要是我跟你说我真的需要挣这个钱呢？"

"不值得。"我说，"我也不希望你出什么事。"

"啊，不会有事的。"熟悉的谢莉又回来了，那个无比沉着、自信的谢莉。

"如果你不害怕，那你干吗随身带着那把假枪呢？"我问。

"问得好。"她掏出别在牛仔裤上的打火机，随手把它扔到了桥下，"我以前戒烟了，原本又想重新开始抽，但你刚刚说服我了。谢谢你，诺亚。"

她微微一笑，接着做了一件离谱的事。她俯身亲了我的头顶，就像我小时候妈妈经常亲我那样。只是蜻蜓点水般啄了一口，但我能感觉到自己的脸红了。

"我妈以前常说，'闺女，要亲近你的朋友，但是更要亲近你的敌人。'"谢莉说，"不用担心我，诺亚。我知道怎么对付穆勒曼船长。"

太阳沉入海平线，一些游客开始鼓掌，这是在礁岛群时有发生的景象。真是不明白他们为什么这样做。海上日落的时刻本来应该是安静轻松的，但我想有些人就是无法忍受片刻的沉默。

"说到妈妈，"谢莉说，"我得赶紧把你送回家，不然你妈妈要着急了。"

那晚临睡前，我掏出口袋里的铁锈渣给艾比看。我把最近的事都跟她说了：内港坏掉的污水罐；虱子的突然消失；吉普车上的血迹；谢莉要回"珊瑚女王"号工作，帮助我们搜集证据揭发达斯蒂·穆勒曼。

艾比一贯多疑："你是说在码头挟持我的那个笨蛋，绑架了虱子皮金还把他弄死了？不可能。"

"有这种可能。"我说。

"如果是在迈阿密，那有可能。但在礁岛群不可能！"

我告诉艾比达斯蒂从赌船生意上赚了多少钱，艾比瞪大了眼睛。

"如果我们去警察局，把这些都告诉警察呢？"她兴奋地问道。

"他们会觉得我们俩是疯子。我们需要证人，艾比，只凭污水罐的一个洞说明不了问题。"

"这个叫谢莉的人打算怎么做？"

"我们还在想办法。"我说。

"我们？哦，太好了。"

"欢迎提建议，什么都行。"

"诺亚，这不是玩过家家呢。"我妹妹说，"如果真的闹出人命了——虽然我表示怀疑，但假设真的有人因为这事杀人的话——那我们就只有一条路可以走。"

"是什么？"

"我们马上收拾行李搬到加拿大去。你、我、妈妈、爸爸——我们直接开车去萨斯喀彻温省，投奔肯尼斯外公和珍妮特外婆。哎，你这么看着我是什么意思？"

"晚安吧，艾比。"

我太累了，衣服都没脱就睡了。一睡着我就开始做梦，梦见自己在钓鱼，这种梦我经常做。在梦里，我独自一人驾着一艘小木船，鱼钩勾住了一条巨大无比的海鲢，它扯着渔线直把我往海里拖。海水越来越汹涌难测，咸咸的水花打在我的脸上，刺得眼睛疼。没过多久天就黑了，什么都看不见。

其实只要放开那根倒霉的鱼竿就没事了，但我从没见过这么大的海鲢，我太想抓住它了。这条鱼非常用力地拽着鱼钩，小船在海浪中上下颠簸，东倒西歪。我站在船头，总算想办法稳住了自己，使出吃奶的力气和这条无比壮硕的大鱼抗衡。渔线不时向上弹起，发出嘶嘶声，又忽然松弛下来，然后远处传来巨大的水花溅起的声音。我知道这是海鲢想要摆脱鱼钩，它跳起来又落下。

结果，黑暗被一道明亮的白光撕破，我发现我们到了鳄鱼礁的灯塔下。梦里的我忍不住去想，这座礁岛附近有那么多怪物般巨大的梭鱼和鲨鱼出没，要是我从船上被颠下去，那可就完蛋了。

接着，可怕的事情发生了。一道魔爪般的巨浪把小船托了起来，像扔玩具一样把它高高地抛向空中。鱼竿从我手里飞了出去，我的身体向后倒，脑袋随时可能磕在船尾的横梁上碎成八瓣。

没想到，我只是不停地往下坠，就像在高山峡谷中坠落一样。我想醒过来，但睁不开眼，做噩梦的时候碰到这种情况最吓人了。我落了下来，感觉到有个看不见的东西在来回摇晃我——起初是轻轻地摇，后来越来越用力，我像个破布娃娃一样被晃来晃去。

我用胳膊漫无目的地划水，摸索着想找个东西抓住。最后我抓到了一块圆圆的、长满苔藓的岩石——我本来是这么以为的，没想到石头居然开始说话了。

"诺亚，"它低声说道，"请你不要抓我的脸。"

我睁开眼睛："爸爸？"

"对不起，我吓到你了吧。"

我猛地坐起来，伸手开灯。我爸跪在床边，身上还穿着橙色的连体囚服。我肯定不是在做梦。

"见到你真好，朋友。"

"见到你我也很高兴。"我说，"可是你到这里来干什么？"

"我逃跑了。"他实话实说。

"逃跑了？越狱吗？"

"恐怕他们没有给我别的选项。"

我懒得问他在说谁，因为这已经不重要了。这次他做的事不可收拾了。

　　"妈妈知道你跑出来了吗？"

　　"还不知道。我想先告诉你和艾比。"

　　我确定他应该这么做，因为我们是他的护身符。有两个孩子在房间里，妈妈就不会扔什么重东西砸他。

　　"情况看起来很糟糕，我知道的。"他承认，"但是我可以解释。"

　　我表示严重怀疑。

　　"我有个想法。"我说，"你先跟我说说，你打算怎么跟妈妈说，好不好？"

　　爸爸松了一口气，咧嘴一笑："诺亚，我就知道你靠得住。"

第九章

总的来说，早餐吃得出奇的文明有礼。

爸爸在我房间打地铺，早上起来第一件事就是去给妈妈惊喜。她一开始哭了一阵，然后他们久久地抱在一起。艾比和我溜出厨房，老老实实待在电视机前，虽然电视还是没有信号。

后来，我妈妈炒鸡蛋、烤煎饼的时候，修电视卫星天线的人来了。等到我们都坐下来吃饭了，他还在屋顶上丁零当啷地敲着。我没有主动说卫星天线是怎么坏的，妈妈也没问。她的注意力都在我爸身上。

一开始我们聊得很轻松，甚至夹杂着一些笑声。爸爸问艾比钢琴课上得怎么样，还让我跟他报告一下最近钓了什么鱼。他问妈妈洗衣机还漏不漏水，肯尼斯外公的双侧疝气手术有没有按计划进行。

最后，爸爸放下叉子说："是这样，我想向大家道歉，害得你们难过了。我并不后悔做了那样的事，让'珊瑚女王'号沉没了，但我承认，我做出那样的判断和决定，确实是被失意、冲动驱使，还有……嗯，愤怒。"

怎么还是这老一套？我想。

"你听说过言论禁止令吗？"他说。

艾比给了我一个烦躁的眼神。我看着妈妈，她显然在等爸爸解释为什么要做出越狱这么惊天动地的事。她要求爸爸脱下橙色连体囚服，穿上牛仔裤和T恤。如果有人来家里做客，看到爸爸这样，完全不会觉得哪里不对劲儿。

"我上了10频道以后，达斯蒂·穆勒曼和他的同党向治安官激烈抗议。"爸爸说，"因此，治安官说我不能再接受任何采访了。可以说他把我的嘴给堵住了！不是说真的拿东西塞住了，你懂的。与此同时，7频道打电话来想采访我，《迈阿密先驱报》也是，甚至全国公共广播电台都要采访我！那可是全国的啊！"

"我们知道。"艾比淡淡地说。

"继续说，佩因。"我妈的声音听起来很紧绷。

"说实话，我也不知道该怎么办了。监狱里的警官全都不搭理我了。"爸爸说，"于是我就独自坐在牢房里，思考一个事实，那就是：这个国家是建立在合理的言论自由的基础上的。许多年前，那些在家乡被禁止自由表达的人来到这里，决心建立一个开放、自由的新社会。"

"如果你碰巧是个奴隶，就不会觉得开放自由了。"我指出。

"你说的也有道理，诺亚。来到美国定居的人并不是圣人，确实。"爸爸说，"但他们制定的法律原则是公正的，是不容践踏的。我却被一个心胸狭窄的小地方官僚剥夺了说话的自由，被困在监狱里，日渐憔悴。这是不对的，大错特错。"

爸爸不是在演戏。他真的相信即使是因犯，也有上电视的权利，这是受宪法保护的。

"昨晚，他们给我送来晚餐之后——那玩意儿其实不配叫晚餐——就在警察局门口的高速公路上，发生了一起严重的车祸。有个醉汉开着敞篷车翻车了，所有人都跑出去帮忙。"

"于是你就大摇大摆地从后门溜出去了。"艾比说。

"他们忘了锁我的门！"爸爸看了看我，想让我帮他说句话，"这种时候就是需要当机立断。"

"你可以当机立断地决定放松一下，好好吃晚饭。"我建议道。

"但我怎么可能待在那里呢？就像一只被罩住嘴巴的狗一样！"我爸说，"我都那样了，我还能怎么办啊？人们需要知道发生了什么。他们需要真相！"

他停顿了一下，好像在等待掌声。并没有人鼓掌。

"我在五金店后面的树林里躲了几个小时，"他平静地继续说，"然后我就回家了。"

艾比一点一点地吃着煎饼，没什么胃口。我又倒了杯橙汁。这一套说辞我们昨天晚上已经听过了。现在是看妈妈怎么说。

她说："佩因，有些事应该让你知道。关于'珊瑚女王'号这个案子，昨天夏恩先生得到了一些有意思的消息。"

"什么消息——达斯蒂认罪了？"爸爸干巴巴地问。

"没有，但他同意撤销所有的指控。如果你保证不再到处嚷嚷他的事，他就答应不会起诉你。他还建议你做做心理咨询。"

我妈说。

"这算好消息吗？他让我假装疯了？"

"这有什么难的。"妈妈不客气地说，"反正不管怎样，我要你回家。顺便告诉你，治安官也是这么想的。他昨天打电话告诉我，他们从大松树监狱带了两个囚犯过来参加法庭听证会，需要两间牢房安置那两个家伙。他本来计划的是今天早上把你放了，不管是不是按保释流程来走。他已经安排好一位法官等着给你签字了。"

"就是说……"

"啊，别说了，我知道了。"艾比拍了一下前额。

"没错。"妈妈说，"佩因，你根本不需要逃。他们正要赶你走。"

爸爸瘫坐在椅子上，垂头丧气的。我看着他，同情地耸耸肩。"没选对时候。"我说。

"但是他们可以这么做吗？"他痛苦地问道，"即使一个人拒绝保释，他们也能把他赶出监狱吗？我不这么认为。"

妈妈说："在我们这个县，是可以的。相信我。"

有那么几分钟，我们都盯着已经凉了的鸡蛋和煎饼，想着这情况真是荒谬啊。最后，我爸说："哦，好吧。无论如何，结果都是一样的。没有造成什么伤害。"

"错。"妈妈很不高兴，"法官还没有签署释放令说要释放你，所以严格来说，你确实犯了越狱罪。这是重罪，佩因——比你弄沉了达斯蒂的赌船还重的罪！这次他们可以把你抓进真正的监狱了。"

爸爸抱起双臂，若有所思："所以结果我还是个逃犯。"

"恭喜你啊。"艾比嘟囔。

妈妈彻底被激怒了。"没有造成什么伤害？你开什么玩笑？！"她对爸爸大吼。

"唐娜，我只是想说——"

突然响起的敲门声救了我爸——是电视修理工，他等着拿钱呢。妈妈写了一张支票给他，就赶紧回到桌子旁。

"佩因，我们现在要做的是，"她说着，把电话听筒从座机上拿了起来，"我们要给夏恩先生打电话，请他安排你去自首。然后，如果治安官大人不记小人过，愿意放你一马，就会继续给你走释放流程——合法操作，神不知鬼不觉，也不会再发生什么难堪的事了。"

"难堪"这个词像一股恶臭味一样停留在空气中，久久不散。话都说到这个份儿上了，爸爸似乎还是不明白他和妈妈之间有了多大的裂痕。

他说："亲爱的，我不太确定我能不能向这些人自首。事关原则问题，比如基本的人权。"

我妈转过来对我和艾比说："我想和你们的父亲单独谈谈，可以吗？"

外面砰的一声响起关车门的声音。爸爸整个人僵硬了。

我妈放下电话："诺亚，去看看是谁。"

艾比已经走到了窗前。"是个警察。"她焦急地报告道。

"不要啊！"我爸脱口而出，拔腿就从后门跑了。

妈妈特别平静，简直让人瘆得慌。她把爸爸的盘子放在洗碗池里。警察按响了我们的门铃，她让我们待在厨房里，说她去应付。

我和艾比很快收拾了残局，开始洗碗。我们紧张得像机器人一样机械地干活——她负责洗，我擦干，然后摞起来。

警察没待多久就走了，真让人如释重负。我以为他会把房子掀个底朝天找我爸，结果他连家门都没进。

妈妈带着忧伤而疲惫的笑容走回厨房。她拿着一些叠好的衣服、一把牙刷，还有我去监狱看爸爸时带给他的平装象棋书。

"警察只是把你爸的东西还回来。"妈妈说，"看来，他逃跑了治安官还挺高兴，也不打算追捕他——只要他回去把手续办一下就行了。"

"你想要我去找他吗？"我问。

"那就麻烦你啦。"妈妈说，"艾比，你能去外面给我的兰花浇浇水吗？"

艾比看着她："你是想把我支开吧。干吗啊？"

"因为我需要和诺亚单独谈谈。"

"兰花去年一月就死了。"艾比有些揶揄地笑着，"冻死的。记得吗？"

"那就去浇玫瑰。"我妈说。

我在雷鸣海滩找到了我爸。他光着脚，没戴帽子，坐在阳光照耀的水边。

"你就是在这儿学会游泳的。"他说。

我也在沙滩上坐了下来，挨着他。

"艾比也是。"他补充道，"以前你妈妈和我几乎每个周末都会带你来这里。你3岁的时候，就能一个人潜入海底，捞上来一个海螺壳。你记得吧？"

"不太记得了，爸爸。我那时候还很小。"

"知道这个地方为什么叫雷鸣海滩吗？是因为1947年，有一个男的在这里被雷劈死了。当时天气晴朗，一丝云彩都没有。突然——轰隆嘣！一个大雷，声音特别大，鲸鱼港有一艘挖泥船的挡风玻璃都被震碎了。"

"是谁啊？"我问。

"那个死了的人吗？好像叫罗素还是奥伯里来着，我不太确定。反正出事的时候，他就站在沙滩上清理渔网呢。他捕到了三十多条鲻鱼，结果雷一劈全变成炸鱼片了。"我爸说，"你鲍比爷爷很久以前给我讲过这个故事。雷鸣海滩就是这么得名的。"

让人无法忽略的是，今天的天气也很晴朗，一丝云彩都没有。爸爸一定看出了我紧张得有点坐不住，因为他对我说："别担心，儿子，这种怪事吧——据说叫什么大气异常。一百万年都不见得有一次的。"

"爸爸，回家吧。"

"但如果那是个局呢？治安官，他要陷害我。"

"不是的。治安官再也不想看到你了。"我说。

海里忽然开始骚动，一条梭鱼从水面跃起，扰乱了一群颚针鱼。

"达斯蒂就是把污水排到海里了，我没说错。"爸爸说。

"我知道。"我跟他说了码头的污水罐是坏的，还告诉他"珊瑚女王"号的船员是怎么假装把水管接到它上面排水的。

"我就觉得差不多是这样。"他痛苦地说，"我敢打赌，这场阴谋的内幕，虱子皮金都知道。"

"爸，我还有个坏消息。虱子皮金死了。"

"不会吧？！"

我告诉他那个歪鼻子秃头去过虱子的拖车，还告诉他谢莉后来在她的吉普车里发现了血迹。

"她觉得达斯蒂·穆勒曼杀了虱子，或者找人杀了他，为了封住他的口。"我说。

我爸十分震惊："我不信。"他的声音在颤抖。

"艾比说我们应该收拾家当，去加拿大逃命。"我说。

"那你怎么想的，诺亚？"

"那么靠北边的地方，很冷啊。"

"确实。"他平静地说。

"还有那些雪地摩托，爸爸，噪声超级大的，比水上摩托还吵呢。"

"没错，是这样。"

"所以我们会想出办法来的。我们总有办法的。"我说，"回家吧。"

爸爸忧郁地盯着海岸线，它通往"珊瑚女王"号停泊的内港口。爸爸陷入了沉思。

他说："达斯蒂说要撤销对我的指控，是因为他不想看到审判导致的负面舆论。他除掉虱子，是为了杀鸡儆猴，这样知道赌船真相的人都不敢说话了，就没人站出来支持我了。"

"有道理。"我说。

"但是如果虬子真的死了，那就都是我的错了。"

"不是的，爸爸。如果虬子死了，那是因为他太贪心。"我说，"不给他钱，他就不说实话。要是他一早就去了海岸警卫队，把该交代的全交代了，那达斯蒂早就被拿下了。总之我们回家吧，好不好？拜托了。"

"今天的水质看着挺干净的，不是吗？可是看着干净不一定真的干净。"他站起来，慢慢地走到水里，手指在水面上划拉着。

"你鲍比爷爷以前会带我去礁岛群，每年三四次。"他说，"我和你差不多大的时候，就站在这个地方，看他从一只魔鬼鱼的鳍下面，抓到一条14磅重的双色笛鲷。"

"用的什么鱼饵？"我问。

"一大把冷冻虾。"爸爸回忆道，"我敢打赌，这地界上好多年没人见过双色笛鲷了。原因不止一个——比如捕鱼的机关陷阱、水污染、船太多。一旦人们发现了一个没有开发过、水草丰美、物产丰富的地方，他们就会蜂拥而来，把这个地方糟蹋得寸草不生。"

他转过身对着我："诺亚，你明白我为什么要让'珊瑚女王'号沉到水里去，对吗？每次达斯蒂把污水罐里的脏水排到海中，就等于把一百个臭气熏天的厕所丢进了这片神圣的海域！"

这个画面，想想就令人恶心。但我还是不能任由我爸继续感性下去。我还有别的事情要告诉他，更重要的事情。

"妈妈希望你现在就回家。"我说，"她说没有商量的余地。她还说，不要再长篇大论了，不要再找借口了。回家。"

"啊，她会冷静下来的。"

简直是对牛弹琴……我只好使出大招。

"爸，听我说。"我说，"妈妈在考虑申请离婚。"

"啥？怎么可能！"

"她跟珍妮特外婆打电话的时候，我不小心听到了一点儿。"

我爸站在齐膝深的水里，歪着脑袋眨着眼睛，仿佛不确定听清楚了没有。

"是她的原话吗，离婚？"

"原话，清清楚楚。她已经和夏恩先生谈过了。艾比偷偷听到的。"

"哦，天哪！"爸爸叹了口气，"真是一团糟。"

终于，他好像渐渐认清了现实。我看得出，他真的很担心妈妈接下来会怎么做。我也是。

"赶紧的。"我说，"我们走吧。"

他俯身伸手，从地上舀起一只小小的蓝蟹，把它捧在手里。他弯腰低头，想看看螃蟹的样子，结果它突然用小钳子夹住了我爸的鼻子，它就那么挂在上面，像一个小小的彩绘工艺挂件。我爸和我大笑起来，直到螃蟹松开钳子，扑通一声落回海水里，我们才止住笑。

"告诉你妈妈我马上就回家。"他说，"今晚我们开小船出海——你、我还有艾比一起。抓几条鲷鱼晚上吃。"

我跳上自行车骑回家，一路上感觉良好。我已经完成了艰巨的任务，爸爸的反应也让我欣慰。我骑着车，脑子里还在想东想西，没注意到路前方的动静。

真是倒霉。

前一秒我还在全速蹬车，下一秒我就从车把上方飞了出去。我右肩着地，摔得很重，滚了好几圈才仰面停住。

眼前是小贾斯珀·穆勒曼瘦削的脸，他满面怒气。

"嘿，笨蛋，你的自行车怎么没有辅助轮呢？"他说。

我听到一阵土里土气的愚蠢笑声，很明显是牛哥来了。他和小贾斯珀一定是发现我骑车过来了，就埋伏在树林里等我。我坐起来，看见我的自行车倒在地上，一根苦木裂榄树的枝条卷在前轮的辐条上，一看就是刚从树上折下来的。

"很有创意啊。"我对小贾斯珀说。

牛哥抓着我的衣领把我提起来，拖进树林里。我能听到小贾斯珀在追着我们跑。到了空地上，牛哥让我站直，转过身去，扭住我的胳膊。

小贾斯珀的脸快要贴上来了："你那个穷鬼保镖呢？那个踹翻我手推车的家伙。"

我在想他知不知道虱子皮金已经出事了呢。

"他不是我的保镖。"我回答，"他是我的私人司机。"

小贾斯珀说我简直是个谐星。然后他后退一步，往我的肚子上打了一拳。

"这是算蛇溪那天的账。"他咆哮道，"你害得我把我的小船弄沉了。"

这一拳打得我快没气了，我像根软绵绵的面条一样被牛哥抓着。我记得当时我想说些漂亮话，但根本说不出来，只像个漏气的气球一样嘶嘶作响。好半天我都喘不上气，还没回过神，小贾斯珀马上又打了我一拳。

"这一拳是因为你那个疯子老爹弄沉了我爸的船。"他说。

那一刻,我眼前的世界变得模模糊糊,失去了色彩,我感觉自己快上西天了。我的嘴巴开开合合,但什么声音也发不出来。

我听到小贾斯珀说:"牛哥,咱俩要不要换一下?"

"不用,兄弟,我没事。"牛哥说着,把我扔在地上。

我立刻闭上眼睛伸出舌头装死。这一招对负鼠来说可能有效,但我用是没戏了。

小贾斯珀狠狠地踢着我的大腿,力气大到他的大脚趾砰砰直响。他蹦了起来,大声号叫说我弄疼了他的脚。牛哥说,要是踢人的话,最好先穿上鞋。小贾斯珀叫他闭嘴,哼哼着一瘸一拐地走开了。牛哥一边咯咯笑,一边跟着这位受伤的朋友走到公路上去了。

我也想笑,可是身上太疼,笑不出来。

第十章

我浑身疼得像是被人从楼顶扔了下去，却还要假装什么事也没有，这真的很难。还好，瘀伤都在爸妈看不到的地方，算是不幸中的万幸吧。这次小贾斯珀捶的是我的肚子（而不是眼睛），我大腿上难看的伤痕也被裤子盖住了，看不出来。

我瞒着爸妈，怕他们知道了会气得直接去找达斯蒂·穆勒曼，甚至去报警，我不希望那样。我像个懒汉一样坐在电视机前，能不动就不动。按说夏天我总是待在户外的——我一般都在外面钓鱼、潜泳或者玩滑板——所以艾比看见我每天在屋里待着，觉得很不对劲儿。妈妈也觉得奇怪，但她的精力都放在我爸身上了，暂时顾不上我。

夏恩先生已经安排爸爸回监狱自首了。治安官迫不及待地想让他回家，不过法官还是将他"软禁在家"了，要到"珊瑚女士"号结案才可以解除。为了监控他的行踪，他们在爸爸的右脚踝上戴了一个电子脚镣。如果他跨出我家前门超过3英寸，警察局那边就会收到"哔哔"的信号，他们就会再把他抓回去。

接下来有那么一个星期，我们就像比较正常的家庭那样，唯一不同的是我爸出不了门。我们总会有个人跟他在一起，不仅是为了陪他，也是为了看着他不耍滑头，比如把电子脚镣撬开之类的。

我们一起打了不少游戏，还看了很多体育频道的钓鱼节目，谁都没有提起达斯蒂的赌船。艾比搞了一个新项目——她要为寄居蟹造一个奥运村，爸爸对此很上心。艾比和我负责捉寄居蟹（旧公路边的树林里一抓一大把），我爸坐在餐桌旁用他的家伙什儿鼓捣着。没多久，他就组装出了一条迷你跑道、一个小游泳池、一个跳高小场地，甚至还弄了一个跨栏项目的小体育场。

遗憾的是，寄居蟹们走到哪儿都得整天背着重重的壳，所以它们并不怎么擅长运动，结果艾比的奥运村项目完全没收到预想的效果。大多数寄居蟹都赖在那里，不肯动弹。不过，至少爸爸有事可做，不会整天想着"珊瑚女王"号了。

直到有一天下午，谢莉出现了。

艾比看着她下了吉普车，说："这下可好了。"

谢莉穿着赌场酒吧侍者的制服，花哨又暴露。她脚蹬高跟鞋，腿上的长袜像是用捕鳝鱼的渔网做的。我打开门让她进来，心想妈妈不在家可能是件好事。

"好久不见。"谢莉对我爸说道，然后给了他一个利索的、公事公办的拥抱。接着谢莉向艾比介绍了自己，而艾比正呆呆地看着她手臂上露出来的那个铁丝网文身。

"喝点冰的怎么样？"爸爸提出。

"如果有冰茶就太好啦。我待不了很久。"谢莉说。

我们都坐在客厅里，谢莉跷着二郎腿，啜着茶。我爸坐在椅子边沿，看起来揣了一肚子问题等着轰炸她。

"你最近好吗，诺亚？"谢莉问我。

"很好。"

"感觉没问题吗？"她眯着眼看了我一下，意思是她知道我没说实话。她的雷达真的太敏锐了，我觉得后背发冷。

"说起来，工作顺利吗？"我急忙转移话题。

"工作就那样呗。"谢莉回答。她转头问爸爸："佩因，你腿上是什么东西？"

我爸解释了电子脚镣的事。"我被软禁了。你敢相信吗？"

"天哪，太糟糕了吧。"谢莉说。

艾比冷不丁问起了文身的事。我妹就是这样，什么都敢说。

谢莉微笑着，伸出一根手指沿皮肤上深蓝色的网格线摩挲过去。"等你长大了再把它的来龙去脉讲给你听。"她说，"那是一个漫长的夜晚，一场糟糕的聚会。"

"但为什么是刺刺网呢？"艾比总是把铁丝网叫作刺刺网。

"让别人知道我很猛，不好惹。"谢莉说，"说实话，我倒是想文几朵雏菊呢。等我80岁一把年纪了，我的孙子孙女问我为什么胳膊上有个牛圈栅栏，我肯定尴尬死了。哎，佩因，你脚脖子上戴着那个小玩意儿还能洗澡吗？你会不会触电死掉啊？"

爸爸笑了："不会啊，防水的。"

"神奇。"谢莉说。

"虱子有消息吗？"我满怀希望地问。

她摇摇头："但我有一些别的消息，所以过来这边。"

她咕噜咕噜地喝下一大口茶，我们眼巴巴地等着。

"他们又来了，"她说，"又把厕所的排泄物冲到海里了。昨晚我上夜班给酒吧补货，亲眼看到的。当时达斯蒂已经带着钱走了，我猜船员都不知道我还在船上。"

我注意到，我爸的手本来放在椅子扶手上，现在已经紧握成了拳头。艾比也看到了。

"他们就从船的侧边把水管挂下去。"谢莉继续说，"好像这事很正常似的。"

"是什么时候的事？"爸爸问。

"1点到1点30分之间。码头上没人。"谢莉说。

艾比又开口了："那人是大人渣。"

"是的，毫无疑问。"谢莉说，"这还不算完。记得那个长着Z字形鼻子的大光头吗？就是虱子失踪前一天晚上来找他的那个人？他叫卢诺，是达斯蒂的得力走狗。我感觉他是从摩洛哥之类的地方来的。"

我故意不看艾比。我俩都没跟爸爸说，那天晚上在码头上，达斯蒂的狗腿子悄悄上前抓住她，她咬了他一口。如果爸爸知道了会发疯的。

至于告诉妈妈，那就更不可能了。不然我们现在已经在去萨斯喀彻温省的路上了。

"如果他们起疑心，找你麻烦怎么办？"我问谢莉。

"怎么会呢？站在达斯蒂的角度想想吧。假如我知道他和卢诺跟虱子的死有关，那我为什么还要回来给他干活呢？搞笑，我是不是活够了啊？"谢莉眨了眨眼，"不是你想的那样，我说的达斯蒂都信啦。他觉得虬子撇下我，身无分文，所以我想回去工作，就这样。而且我实话实说，他给的钱也不少。"

爸爸站起来，在屋里走来走去。

"呃，我差不多该走了。"谢莉说。

"达斯蒂那边怎么样？"我问。

"哦，别担心，在我掌控之中。"

"你多加小心。"我爸对她说。

"好。还有啊，别再打那艘船的主意了。"谢莉说，"尤其是我在船上的时候。"

然后她说了声再见，脚步轻快地走出门，留下我们在一片寂静之中闻着淡淡的橘子味甜香。

那天晚上，艾比的晚饭几乎没动。她说觉得不舒服，要早点睡觉。

妈妈给艾比盖好被子，又回到饭桌旁。"感觉你妹妹好像有点儿流感症状。你还好吗？"

"还好。"我说。

"佩因呢？"

"巅峰状态。"我爸说。

"你给出租车公司打电话了吗？"妈妈问。

"明天就打，我保证。"爸爸说。他打电话是要确认公司保留了他的岗位。

"其实，我正在考虑重新申请，把船长执照拿回来，"他一本正经地说，"这样我就可以回归老本行，继续在咱们这个小破地方当向导了。"

我妈放下叉子："你不会是认真的吧？"

"嗯，为什么不行呢？"

"你忘了你弄沉赌船的光辉事迹了吗？你真心觉得海岸警卫队还会让你带着乘客出海吗？"她说，"亲爱的，人家愿意让你开出租车你都要烧高香，好吗？"

爸爸用叉子叉着盘子里的绿色豆子，不接话茬。

"你洗澡的时候，《迈阿密先驱报》有个人打电话找你。"妈妈说，"我跟他说你不再接受采访了。这样行吧？"

"嗯啊。"爸爸咕哝道。达斯蒂·穆勒曼撤销刑事指控的条件之一，就是爸爸不能再在媒体上慷慨陈词。

"你知道吗，他又把污水倒进海里了。"爸爸说，"是真的。不信问诺亚。"

妈妈看了看我，又看了看爸爸："你们是怎么知道的？"

"我们有线人。"爸爸神秘兮兮地说。

"在'珊瑚女王'号上工作。"我补充道。

"我明白了。"妈妈说，"那你们的这个'线人'应该直接向政府报告，那才是正规途径。诺亚，请递一下米饭。"

"可是达斯蒂跟海岸警卫队还有警察都有勾结。"爸爸抱怨道，"除非有人当场抓住他犯案，否则根本没人管。"

"也许有人会管的。"妈妈说，"但是不管那个人是谁，反正不在这个家里。我再也不会去探监了，明白了吗？"

晚上我睡不着，就翻出了一摞旧的滑板杂志。已经很晚了，大半夜的，妈妈到我房间偷偷看了看，发现我还没睡。她坐到我床上跟我说，晚餐时的气氛有点紧张，她很抱歉。她说，等爸爸的法律纠纷解决了，他回到工作岗位，一切就会恢复正常。

我努力鼓起勇气，提出了一个不得不问的问题："你跟珍妮特外婆说的离婚的事，是认真的吗？"

妈妈短促地吸了一口气，抿起嘴巴："那天晚上你听到我打电话了吗？我很抱歉，诺亚——我难过极了……"

看得出她很想用力抱抱我，就像我小时候那样，抱得我喘不上气。但这一次，她只是伸手摸了摸我的手。

"你爸爸个性很强，性格跟一般人不一样。"她说，"我相信你已经注意到这一点了。我很爱他，但有时候他真的快把我逼疯了。说'有时候'似乎不太准确，其实更频繁，是'经常'。"

"我知道，妈妈。"

"是这样，有些事情让他极度不安——比如人性的贪婪、社会的不公、人类对大自然的践踏，这我能理解。他非常在乎这些事情，这也是他身上最先吸引我的特质之一。但是，他是个成年人，"我妈妈说，"不应该再像小孩子一样任性。我不希望我的丈夫是个囚犯。"

"所以你的确是认真的。"我说。

"离婚这种事我绝对不会乱说的，不然对你和艾比都很不公平。"

我不需要告诉妈妈我和艾比有多担心。她知道。

"说到你妹妹，"她说，"我最好去看一眼她怎么样了。"

我跟妈妈说了晚安，关了灯，拉起被子盖住脖子。我听到妈妈打开了艾比的房门，叫她的名字。艾比没有回答，看来是睡着了。

可是接下来妈妈开始喊我爸，声音跟平时很不一样，还带着哭腔。爸爸从走廊那头跑到艾比房间，我从另一个方向跑过去。

我们冲进艾比房间，看见妈妈正站在那里，眼含泪水。她捂着苍白的脸，肩膀颤抖。

"她不见了！"妈妈哭喊着，"艾比不见了！"

我妹妹的床上空空的。窗户大开着，屏风被挪了位置，靠在卧室的墙上。

"淡定，大家不要紧张。"爸爸劝我们。看得出他在努力让自己冷静下来，我和我妈也是。

他伸手要搂住妈妈，但她猛地挣脱了。"有人绑架了她啊，佩因！谁闯进来把她抓走了！"

"不是的，妈妈，她不是被人抓走的。"我说。

"你怎么知道的呢？你怎么知道？"

我该怎么回答才好呢？有时候我会大半夜偷偷从卧室窗户爬出去，跟汤姆和雷多一起去大桥那边钓鱼或者抓螃蟹。有一次我回来的时候，艾比正躲在我房间里，她看着我从窗户爬进来，把屏风放回原位。她一直帮我保守着这个秘密，但显然她记得这个小把戏。

"如果是绑匪的话，才不会费力气把屏风靠在墙上。"我指出，"绑匪会直接用刀子划开。"

"诺亚说得太对了。"爸爸说，"这里太整洁了，不像绑架现场。肯定是艾比一个人干的。"

妈妈扯过爸爸的袖子擦了擦眼睛："那你的意思是，她离家出走了？那她为什么要离家出走呢？"

"我不觉得艾比是跑了。"我说。

"诺亚，说重点。"

"她可能只是有事情要做。"

"半夜出去做事？她自己？"我妈转向我爸，用激光一般的致命眼神盯着他，我爸一动不动，"佩因，这到底到底是怎么回事？"

"我马上回来。"爸爸说着，冲出了房间。

妈妈转过身来，揪住我的左耳。

"怎么回事啊，小伙子？"她说。

她从来不叫我"小伙子"，除非有大事发生。

"啊，妈妈！"我几乎可以肯定艾比去了哪里。而且我有一种感觉——爸爸也想到了。

"这件事和'珊瑚女王'号有关系吗？"妈妈问。

"有可能。"我的声音发虚。

"这一家子还有一个正常人吗？"她放开我的耳朵，喊道，"佩因！你立刻、马上给我回来！"

没多久，爸爸出现在卧室门口。他戴上了一顶棒球帽，穿着卡其色裤子和帆布鞋，一只手里拿着他平时放在小船上的便携式探照灯。

"您老人家这是要去哪儿呢？"妈妈问道。

"摄像机不见了。"我爸说。

"回答我的问题。你去哪儿？"

"去找艾比。"爸爸镇定地回答。

"佩因，你还在被软禁着呢。想起来了吗？"

我爸有些不好意思地拉起右腿的裤子，露出光溜溜的脚踝。

"哦，真是棒极了。"我妈妈说。她平时说话并不阴阳怪气，不过只要她想，出口就能伤人。"我给你收拾行李去州立监狱。"她对爸爸说，"那边允许自带睡衣吗？"

"唐娜，拜托。现在没时间吵架。"

"哦，是吗？我们的宝贝女儿大半夜的一个人在外边流浪，与此同时，警察局收到警报说你逃跑了，然后随时会有十几辆警车，吱哇乱叫着跑到街上来抓你——"

"我自己去找艾比吧。"我主动提出，"别担心，妈妈，我可以搞定。"

"不行，我们一起去。我们三个人一起。"她决定，"如果我们真的比较倒霉，希望到时候你们两个聪明鬼给我闭嘴，让我来应付他们。明白了吗？"

我和爸爸无奈地对视了一眼。谁也拗不过她的。

"诺亚，去储藏室拿一罐杀虫剂。"妈妈说，"佩因，可以帮忙找一下我的车钥匙吗？"

第十一章

　　妈妈开着车，两只手都放在方向盘上。她严格控制车子不超速，以防被交警拦下来，要是被他们发现我爸在车里就麻烦了。

　　车子转到通往码头的路上，爸爸从车窗探出头来，打开探照灯照着红树林，看艾比有没有藏在里面。他照到了一窝浣熊和一只暴脾气的大蓝鹭，并没有发现我妹妹的踪影。

　　妈妈在离码头100多码的地方停下车。我提议分头找，爸爸却说不行，太冒险了。我们下了车，一起向船那边走去。

　　妈妈时不时地喊着艾比的名字，爸爸用探照灯照着暗处。我们逐渐接近码头，我可以看到"珊瑚女王"号没有开灯，不过码头下面的售票亭亮着灯。我把手指放在嘴唇上，示意爸妈别出声。达斯蒂·穆勒曼的黑色加长越野车停在路灯下。

　　我们挤在破污水罐后面的暗处。爸爸从旁边一艘出租船上的箱子里抓了一枚生锈的长鱼钩，他喘着粗气，听起来很焦躁。而妈妈还保持着冷静。

爸爸说："你们俩留在这里。我去侦察一下。"

"你别去，"妈妈对他说，"今晚我们是团队作战。"

爸爸想要讨价还价，说着说着却停了下来，歪头听着动静。我也听到了——售票亭那边，传来一个男人的笑声。

"如果艾比在他手里怎么办？"我很着急，小声说道。

"那我们就好好跟他说，请他把艾比还给我们。"妈妈说，"如果不行，我们就想想别的办法。走吧。"

我妈的体重只有110磅，但气魄惊人。她走近售票亭，敲了敲门，没等人开门，她就闯进去了。我和爸爸就跟在她身后。

"哎呀，看看谁来了！"达斯蒂·穆勒曼说着，挂断了电话。

光秃秃的灯泡下面放着一张摇摇晃晃的牌桌，他就坐在桌边。他面前堆着数不清的现钞，还有一些赌船的账目。

妈妈说："达斯蒂，抱歉打断你，但我有很重要的事情。"

"没事，唐娜。"我们的到来似乎令他非常开心。

"你今天晚上见过艾比吗？"我妈妈问。

"艾比？她来这边干什么啊？"达斯蒂阴阳怪气地说。

爸爸挥舞着手里的长鱼钩，慢慢向前移动，我感觉大事不妙。

"她去找沙丁鱼。"我大声接话。有时内港里会聚集很多小鱼，达斯蒂·穆勒曼应该知道。"我们打算明天去钓鱼来着，她想抓点小鱼做鱼饵。"

达斯蒂不相信我编的故事。"艾比的个头儿比沙丁鱼大不了多少，我倒很想看看她是怎么撒网的。"他说，"话说回来，她这么晚还在外面干吗？一般小女孩早就被爸妈哄着睡觉觉了吧。"

"你看到过她吗？"妈妈又问，"我们很担心。"

"没看见。"达斯蒂穿着一件宽大的上衣，水果色背景上印着棕榈树的图案。一根粗大的雪茄夹在他耷拉着的嘴角上，摇摇晃晃的。幸好雪茄还没点着，这个房间就跟个壁橱一样小，如果他抽雪茄，我们会被烟味呛得说不出话的。

"我跟卢诺核实一下情况。"他回答，然后对着对讲机粗声粗气地说了几句话。接着，他抬起头对我爸说："佩因，你出来走动，我还挺惊讶的。治安官跟我说你被软禁在家呢。"

"没错。"爸爸说，"但我女儿不见了，我得出来找她。"

爸爸的下巴很僵硬，肩膀紧绷着。他就像上紧的发条一样憋着劲，我感觉他随时都可能扑向比他更矮更胖的达斯蒂·穆勒曼。

妈妈一定也感觉到了。她突然从我爸手里抢过锋利的鱼钩，小心翼翼地把它别在鱼竿上，竖在角落。

"达斯蒂，听着，"她说，"佩因有话要说。"

"我有吗？"爸爸说。

"是的，有。想起来了吗？"我妈不留情面，"你想为'珊瑚女王'号的事道歉。"

我像突发疾病一样猛地咳嗽起来。我控制不住。

"道歉？"我爸木然地说。

"是的，佩因，我们那天晚上已经讨论过这个问题了。"妈妈的语气和善而坚决，"你和达斯蒂也是老相识了，这种事情好好说清楚，不能让它持续发酵。"

"唐娜说得对。"达斯蒂说，"这么多年来我们在泰德码头捕鱼，从来没红过脸。"

爸爸怒气冲天，但也无能为力。他得答应自己以后会遵纪守法、谨言慎行，达斯蒂才会同意撤销刑事指控。妈妈一定觉得这是爸爸认错改过的最佳时机，不管他是不是真心的。

"好吧。"我爸生硬地说，"对不起，我把你的船弄沉了。"

"我接受你的道歉。"达斯蒂啪的一声弹了弹雪茄，狡猾的灰色眼睛转而看向我，"孩子，我听小贾斯珀说，你让他的日子很不好过。"

"你在开玩笑，对吧？"我说。

达斯蒂摇摇头。爸爸好奇地看着我。

"没有，恰恰相反，"我开始抗议，"他和牛哥……"

"他和牛哥怎么了？"爸爸问。

"没什么。"

"诺亚，怎么回事？"我妈问道，她好像已经忘了我那次的熊猫眼了。我想她可能只是不想再惹麻烦吧，毕竟现在艾比失踪了，爸爸今后的人身自由又握在达斯蒂·穆勒曼手里。

因为有这些顾虑，我用尽全力抑制住了说出实情的冲动。看着我忍得很辛苦，达斯蒂显然有些幸灾乐祸。他也知道实际情况到底是怎样的，从他不怀好意的笑中我可以看出来。

"我知道这个地方的治安越来越像迈阿密那边了。"他说，"但一个男孩子想出去钓鱼，钓完鱼平平安安回家，还是应该能做到的。你们不觉得吗？"

"当然。"我妈妈说，不过这次我感觉到她的声音有点冷酷。她瞥了我一眼，我知道达斯蒂·穆勒曼的话她一个字也不信。

我也明白，她希望我像爸爸一样，为了家人，收起傲气，顾全大局。

"告诉小贾斯珀，今后不会再有那种事了。"我对达斯蒂说。

"这就对了嘛。"他得意地向我眨眨眼。

门突然开了，卢诺出现在门口。近看，这个人比我印象中还要高，还要丑。他的光头又圆又光滑，在暗淡的灯光下泛着粉色的光，他脸上的微笑跟他歪歪扭扭的鼻子一样扭曲。一块脏兮兮的纱布粘在他那树杈子一样的前臂上，可能是为了盖住我妹妹咬的伤口。他一只手拿着跟达斯蒂一样款式的对讲机，另一只手里拿着半瓶啤酒。

"怎么了，老大？"他对达斯蒂说。

"你晚上有没有看到一个年轻姑娘在码头附近溜达啊？"

"姑娘？"

"小女孩，"达斯蒂说，"留着棕色的卷发，如果我没记错的话。"

"是淡金色。"我妈纠正道。

卢诺那鲨鱼般的眼睛迅速瞥了一眼手臂上的伤口。不知道他有没有跟达斯蒂说过，那天他被一个小小的不速之客咬了一口。也不知道他有没有认出那天晚上在出租船上揍他的人就是我。

就算他真的认出我了，他也并没有表现出来。他的眼神里只有冷漠和漫不经心，我毫不怀疑他什么事都干得出来——比如杀了虱子皮金。

爸爸看起来丝毫没有被这个光头蠢货吓到，这是我爸的缺点之一：有时候应该害怕他却不害怕。

"今天晚上没在这边看到什么姑娘。"卢诺耸耸肩。

"我们想自己四处找找看。"爸爸坚决地说。

达斯蒂说："卢诺说了她不在这儿，那她就不在这儿。真的不会骗你们。"

"拜托了。"妈妈说，"我们找一会儿就走。"

"随你们的便，我又没什么好隐瞒的。"达斯蒂把嘴里的雪茄拿出来，"说起来，佩因，我还想问你来着——愤怒管理课上得怎么样了啊？"

达斯蒂撤销指控还有个条件，就是我爸报名参加"专业心理咨询课"。当然，爸爸觉得这个要求很可笑。

妈妈说："等佩因的软禁一结束，我们就去大礁岛做咨询，已经约好咨询师了。"

"棒极了！"达斯蒂说。

"是啊，我都快等不及了。"爸爸咕哝道。

"听着，伙计，你不能因为脑子里突然冒出了什么奇奇怪怪的想法，就跑到外面去把别人的船给弄沉了。"达斯蒂对他说，"你需要控制自己。我是说真的。"

"他会控制的。"妈妈说。

我爸的脸红了。

"我们去找艾比吧。"我说。

卢诺跟着我们，也许是因为达斯蒂不想让我们去某些地方东张西望。我们从内港的一头走到另一头，在租船码头附近搜寻着。爸妈不停地喊着妹妹的名字，但得到的回应只有几声歇斯底里的狂吠——是一只德国的大牧羊犬，年纪不小了，被一个船长拴在船上。

当我们回到售票亭时，灯已经关了，达斯蒂也走了。卢诺靠在他的破旅行车的挡泥板上，壮实的双臂交叉抱在胸前。

"看到了吗？没什么姑娘。"他说，"你们现在走吧。"

我和妈妈转身要走，可爸爸没动。他和达斯蒂的走狗面对面站在那里。天太黑了，我看不清他们的表情，但空气中弥漫着火药味，气氛紧张得随时可能擦枪走火。

"如果谁动了我的宝贝女儿一根毫毛，"爸爸低声警告道，"我就来找你和你老板算账。"

卢诺粗声粗气地笑笑，还说了些刺耳的外语。虽然不知道他说的什么，但感觉他完全没把我爸的威胁放在眼里。

妈妈大声说："佩因，我们走吧。"

我妈是个明白人，在卢诺面前她会紧张。

"佩因，拜托。"她再次恳求，"不早了。"

爸爸缓缓地转过肩膀，慢慢走开。我们三个人在泥路上艰难跋涉，能感觉到卢诺在用杀气腾腾的眼神目送我们。我爸懒得喷防虫剂，我和我妈只好不停地帮他拍掉嗡嗡作响的蚊子。他好像没注意到这些讨厌的吸血小虫，也可能是他无所谓。

我们刚一安全进入车内，我妈就深吸了一口气说："好了，诺亚，我们现在该去哪里找你妹妹呢？"

可惜，我并没有备用计划。我认定了她是去"珊瑚女王"号侦察了，甚至都没有考虑其他的可能性。

"我们就先开车吧。"爸爸闷闷不乐地摆弄着探照灯的开关。

在仪表板的亮光下，他的脸上仿佛布满了瘆人的黑色雀斑——然后我反应过来，那其实是蚊子的影子，它们吸饱了血，飞不动了。

"也许艾比已经回家了。"我怀着希望说，"她可能已经躺在床上，呼呼大睡呢。"

妈妈点点头："嗯，我们该回家了。要是她发现我的车不在家，她会担心的。"

"如果她没回家呢？到时候怎么办？"爸爸问。

"那我们就报警吧，佩因。"妈妈有些生气。

话说到这儿就没什么好讨论的了。妈妈在泥路上慢慢开着车，离码头远远的。爸爸打不开探照灯，于是开始骂脏话，还用脚后跟踹它。最后他放弃鼓捣探照灯，打开了收音机。

路上忽然出现一只负鼠，我妈只好拐了个大弯儿上了旧公路，才没撞到它。她踩下油门，摇下窗户，让风吹走虫子。

爸爸深深陷在座位里，垂头丧气。妈妈哼着一首甲壳虫乐队的老歌，努力装出不太担心的样子，但我知道根本不是那样。这个路段限速每小时30英里，但她已经开到了每小时52英里，对她来说可以算是创纪录的速度了。

大概又开了几英里，我看见路边远一点儿的地方有个东西闪过，个头儿比礁岛群上常见的动物要大。

"妈妈，慢着！"我说。

"怎么了？"

我爸抬起头。"唐娜，停车！"他喊道。

"哦，我的老天爷啊。"妈妈说着，踩下刹车。

我们三个人全都大笑起来，心里的大石头终于落了地。

在车前灯的光里，站着我的妹妹。她背着背包，穿着白色的耐克鞋，鞋跟贴着橙色的反光片，肩上的背带挂着我们家的摄像机。她光着腿，瘦瘦的腿上喷了亮晶晶的驱虫剂。

艾比总是准备得这么充分。

她咧嘴一笑，伸出大拇指。

"可以让我搭个顺风车吗？"她大声喊道。

第十二章

找到了艾比，爸妈高兴极了，对于她偷偷从卧室窗户溜出去的行为，爸妈连假装生气都做不到了。我们一到家，他们就让我们上床睡觉，但第二天艾比很早就起来了，说什么也要把她在码头上拍的录像放给我们看。

我妹妹的巨大勇气让我赞叹，但她的摄影水平实在堪忧。那录像画面又暗又晃，基本上连拍的是什么东西都看不出来。

艾比很沮丧。她冲到电视机前，指着一团模糊的画面："这就是水管！看到没，他们正把它扔到水里呢！"

爸爸问："宝贝，你这是藏在哪里拍的——你爬到电线杆上了吗？"

"金枪鱼观测塔上。"我妹妹转过头说。

其实这个办法挺聪明的。金枪鱼观测塔位于深海出租船的驾驶舱上方，是一个高高的铝制平台。船长爬到塔的顶端，远远就能看到有没有鱼咬钩。可以说从这个地方偷拍赌船非常合适，只是有那么几个问题。

第一，爸爸的摄像机款式比较老，在黑暗中拍摄画面质量非常差。第二，我妹妹一直不太懂怎么操作才能让镜头变焦，所以录像带里她拍的东西都非常小而且模糊。画面上你可以看到"珊瑚女王"号的侧面轮廓，但船上的船员小得就跟六月甲虫一样，在甲板上爬来爬去。

"这不怪你，"妈妈告诉艾比，"是摄像机不行。"

"但我还是可以看到他们在干吗——你看不出来吗？"我妹妹用手指头戳着电视屏幕，"这个是污水罐的软管，就在……这里。"

"这下我看出来了。"我说。

"我也是。"爸爸说。

我们真不知道眼前的是什么东西，但我们不想让艾比伤心。她从摄像机里拿出录像带，宣布："我们只需要把这个交给海岸警卫队，然后达斯蒂·穆勒曼就完蛋了！"

妈妈和爸爸交换了疑惑的眼神。他俩都不想开口告诉艾比，她的录像带没用。

"我知道你们在想什么。"我妹妹说，"不用担心，他们有很先进的技术可以放大图像，把画面变得非常清晰。联邦调查局和中央情报局经常这么干——他们可以在1英里外数清楚恐怖分子鼻子上有几颗痘痘！"

突然，车道上传来砰的一声关车门的声音，把我们吓了一跳。按说早上7点不会有什么人来做客的。

妈妈看了看窗外说："佩因，警察来了。"

"啊，怎么又来啊。"艾比嘟囔。

"想办法拖住他。"我爸说，"诺亚，跟我来。我需要你搭把手。"

我们匆匆穿过走廊，来到我爸妈的房间，爸爸锁上了门。电子脚镣藏在床下，他用来拆脚镣的工具也放在那儿。塑料制成的脚镣很重，我把它套在爸爸的右脚踝上，我扶着脚镣，爸爸用尖嘴钳、螺丝刀和六角扳手奋力折腾着。

"千万别动。"他小声说，"一个不小心，就可能把信号发射器弄坏了。"

我们听到了警官低沉的声音从客厅传来，他礼貌地说："不用了，谢谢。真的，我不用。"听起来像是妈妈和艾比想让他吃早餐。

过了一会儿，我听到妈妈的脚步声，接着是几下轻轻的敲门声。"佩因，你起床了没有？有一位警察局的先生想见你。"

"马上就来啊。"爸爸假装很困，拖着声音慢吞吞地说。

他紧紧攥着工具把手，我能看出他真的不想回监狱——但如果我们不把电子脚镣复原，那他就得回去了。

"胜利在望。"他喃喃自语着，停下来擦擦手心。我们俩都出汗了，太紧张了。

走廊里又响起脚步声，只是这次脚步声很重，一听就知道不是我妈妈的。这一次的敲门声很尖锐急促，带着不耐烦。

"安德伍德先生？请你开门，我是治安官办公室的布莱尔警官。安德伍德先生？"

又一声重重的敲门声。

我示意爸爸抓紧时间。他抬起头，笑了一下，用手指比了个"好了"的手势。

我放开脚镣，它紧紧地箍住了我爸的腿。警察永远不会知道它被解开了一夜，反正我们感觉是这样。

这时门把手开始晃。我不知哪儿来的冲动，抓起工具，滚到了床底下。

我爸打开门："抱歉让你久等了，这位警官，我刚才在穿衣服。"

"请到这边来，先生。"我听到警官用一种不太友好的语气说。

我爸爸是个很厉害的捕鱼向导，在礁岛群有口皆碑。不管是捕海鲢、梭鱼，还是红鱼、锯盖鱼——都有人打电话叫爸爸过去。其他向导还摸不着头脑的时候，爸爸已经带着顾客捕到了鱼。我妈说这是鲍比爷爷遗传给他的特殊天赋。

我们都知道爸爸每天都在怀念船上的日子。开着出租车在高速公路上跑来跑去对他来说很难熬，但他从未抱怨过。他曾经有三次在过桥时被追尾。都是因为他总是放慢车速，盯着窗外开阔的水面一直看。他不能自已——他会忍不住仔细观察潮汐、水深、风向等捕鱼时要注意的事项。

第三次事故后，出租车公司的老板找他谈话。爸爸指出，严格来说，没有一次追尾是他的责任，都是后面的司机没有保持车距，吃罚单的是他们。

但老板不在乎这些。每当出租车进了修理店，就没办法上路挣钱了。"再撞一次，"他警告我爸，"你就卷铺盖回家。"他跩得跟唐纳德·特朗普[1]似的。

赌船出事之后，我预感他不会让爸爸继续在那儿工作，事实证明我猜对了。妈妈打电话给出租车公司，老板告诉她，我爸被捕当天，他就雇了一个新司机。妈妈对我们说，她不怪那家伙——他也得做生意。尽管如此，我知道她很煎熬。账单越堆越多，她的薪水远远不够用。

爸爸现在没办法找新工作，因为他又回监狱去了。

我不知道是不是达斯蒂·穆勒曼告发了他，也可能电子脚镣里面设置了程序，如果有人破坏，就会发送信号什么的。总之，治安官发出命令，我爸再次被捕了，理由是他"破坏法院装配的监控设备"。

我去看他的时候，他心情不太好。

"越来越没意思了。"他疲倦地说，"你今天不用来的，诺亚。这地方太糟糕了。"

看到爸爸情绪低落，我还有那么一点儿欣慰，因为正常人坐牢都会是这个反应——爸爸并不是那种时时刻刻都正常的人。三周前我来见他，他还开心得跟要出去露营一样呢，而此时他的状态跟那时候完全不同了。

"我敢说你妈妈肯定快气死了。"他说。

"气什么？"我说。

我们怎么会生他的气呢？他之所以撬开那个讨厌的电子脚

---

1 第45任美国总统。

镣，唯一目的是出门找艾比。大半夜的，孩子不见了，是个做爸爸的都会这么干。

"妈妈正想办法联系夏恩先生。"我说。

"跟她说别麻烦了。他们只关我48小时，"爸爸说，"他们说是，给我一个教训，原话。真是浪费纳税人的钱！"

"艾比拍的视频怎么办？"我问。

爸爸摇摇头："老天爷保佑，她真的已经尽力了。但你也看过录像了，诺亚。如果我们把它交给海岸警卫队，只会被他们笑话。"

我感觉他说的有道理。"那现在怎么办呢？"我一边问，一边做着心理建设，不管我爸有什么新计划，我都不要太惊讶才好。

他用阴冷的目光瞥了一眼斜靠在门边的双下巴警官。那人正在翻看一本摩托车杂志，不过我觉得我们说的每一个字都逃不过他的耳朵。

"都结束了，诺亚。"我爸叹了口气，"我受够达斯蒂和'珊瑚女王'号了。我只想回家好好过日子，过平静的、还算凑合的生活。"

"真的吗？"

"真的。"

我试着分析他的表情，想看看他是不是又在恶作剧，但没看出任何暗示。

"我知道我是什么时候被打败的。我知道比赛是什么时候结束的。"爸爸说。

如果他这是在寸步不离的警官面前演戏，那他的演技可真是一流。他看上去身心俱疲，一脸受够了的表情，他的声音也因沮丧而变得没有起伏。

"艾比这场小小的冒险对我来说是最后一根稻草。"他说，"她冒着生命危险出去，只是为了证明赌船确实有问题，证明我是正确的。可是你知道吗？诺亚，如果你为了追求所谓的正确，而危及你所爱的人，那么这种正确是一文不值的。如果昨晚你妹妹有什么三长两短，我永远不会原谅我自己。永远不会原谅。"

如果那个可怕的卢诺刚好碰到艾比拿着摄像机偷偷摸摸地走来走去，他会做什么？一想到这里，我不禁后怕。

爸爸俯下身，压低声音："跟你说，那时候我把达斯蒂的船沉到海里，并不是想当什么英雄。我只是不想让他再把大海当成化粪池。结果却事与愿违，知道吗？所以现在——"

"时间到。"警官啪的一声合上了杂志。

爸爸捏了捏我的胳膊："等我回到家，会不一样的。我说话算数，诺亚。"

我怀着复杂的心情离开了监狱。我倒是希望家里的情况有所不同，这样妈妈会好过一些，但我肯定不希望爸爸强行改变，把自己变成一个跟以前完全不一样的人。

可是大概也没有别的路可走了。

后来，艾比和我带着打包好的午餐，骑车去了雷鸣海滩。那天阳光不错，有一点儿薄雾，看不清海平线，大海和天空融为一体，满目的淡蓝色无尽延展。平静的水面上荡漾着热气，使得远处的灯塔看起来似乎在颤动。

我们坐在暖洋洋的沙滩上，吃着三明治，一起喝一瓶水。我正想着怎么才能委婉地告诉艾比录像带没有用，她却比我先开口了——跟平时一样。

　　"拍得很差劲。"她说，"我已经删了。"

　　"你的计划很酷。虽然没有成功，但不怪你。"

　　"是吧，反正已经那样了。"

　　我告诉她爸爸在狱中说的话，她沉默了一会儿。终于，她说："所以这是件好事，对吧？他说他会老老实实的。"

　　"我猜是的吧。当然是。"

　　一艘樱桃红色的快艇飞速驶过，打破了海滩的宁静，它急转弯绕了个圈，转而朝着我们呼啸而来。驾驶员肌肉发达，脖子上挂着那么多金链子，他还能坐得直，真是奇迹。他放慢速度，对着沙滩上一个独自晒太阳的金发大个子女人喊话，她离我和艾比大约50码远。快艇引擎的噪音很大，我们听不清那个男人在说什么，只看到那个女人站起来，亲切地示意他往岸边靠。他照做了，结果她扔出一个啤酒罐砸中了他的脑袋。

　　"嚯，这个人简直了！"艾比喊道，"她可以去海豚队打四分卫了呀！"

　　"我好像认识那个人。"我说。

　　快艇全速开动，驾驶员把啤酒罐撇开。他从我们身边经过，船尾激起急流，我看到他眉头紧皱，用手揉着前额。

　　"你认识她吗？哦，还是别告诉我了。"艾比好奇地盯着那个晒日光浴的金发女郎。我们离得太远了，看不到她身上的带刺铁丝网文身，也看不到她的耳环。

"跟我来。"我对妹妹说。

我们走过去时，谢莉正在抖掉毛巾上的沙子。她穿着荧光黄泳衣，戴着圆形反光太阳镜。她脸上涂着非常厚的防晒霜，白得像是脸朝下掉在了糖霜蛋糕上似的。

"哎哟，这不是传说中安德伍德家的孩子们嘛。"她说。

"那艘红色的船上的家伙跟你说了什么？"艾比像往常一样直率。

"他想约我出去玩呢，算是吧。"谢莉说，"但他需要学习一下怎么待人接物。"

"你砸他砸得很准啊。"我说。

"相信我，他活该。"她向艾比眨眨眼，"他是个健身房的混混，从劳德代尔来的。如果他是布拉德·皮特[1]，那就完全是另一回事啦。那样的话我现在就会坐在他旁边，我们一起往比米尼飞奔呢。"

我告诉谢莉，爸爸又回到监狱里了。

"真是太让人痛心了。"她说，"你们想喝点儿什么吗？"

我婉拒了，艾比拿了一罐可乐。我看到谢莉用来砸人的啤酒罐，正漂在离海滩大约20码的水中。

她皱起眉头："啊，我讨厌乱扔垃圾的人。"

"我也是。"我说着，踏入水中。

"喂，小帅哥，你干吗去？"

"去捡啤酒罐。没事的。"我说。

---

1 美国电影演员。

"怎么没事？"谢莉说，"你看看水啥样了，诺亚。"

我向下看了一眼，感觉胃里在翻腾。浅浅的水染上了暗黄色。一团团浑浊又恶心的东西漂得到处都是，围绕在我的腿边。

"是什么？"艾比问道。

"超级恶心的东西。"我说。现在我还闻到了臭味。

"快回来！"艾比喊道。

"我也觉得，"谢莉说，"赶紧的。"

尽管"珊瑚女士"号厕所的排泄物让我想吐，但我还是无法任由啤酒罐在海里漂远。

每次爸爸带我们出海时，碰到别人扔出船外的垃圾，他总会停下把它们捡起来——比如塑料杯子、瓶子、装鱼的箱子、塑料袋什么的。爸爸说我们有责任清理那些白痴留下的垃圾。他说聪明的那部分人类应该对其他生物负责，要阻止愚蠢的那部分人类毁掉整个地球。

所以我们安德伍德家的人看到垃圾就会捡起来。

即使它漂在下水道的脏水里面。

我拎着啤酒罐蹚着水回来，艾比往后退了一步说："诺亚，太恶心了！"

"看来那句老话真是没错，"谢莉说，"'坚果壳飞不出老树荫'。"

"什么意思？"我问。

"意思是你跟你爸太像了。来，把那个东西给我。"谢莉用两个手指从我手里夹过啤酒罐，直直地伸着胳膊拿着它，好像它有辐射危害一样。

"看到这个凹痕没有？"她笑着看了看罐子，"我让那个健身房的混混好好喝了一壶。"

她把啤酒罐扔进一个高高的垃圾桶里，转身对我说："我跟你说过达斯蒂又在排污水了，是不是？"

我记着呢。从我跟艾比一开始在沙滩上坐的位置来看，水质正常、安全。可是，一旦你下水，情况就不一样了。

谢莉说："好了，便便男孩，你现在赶紧跑回家，好好洗个热水澡吧。"

"没事。"我已经在用海葡萄的叶子使劲擦腿了。

艾比站在水边，一言不发地凝视着水面。谢莉伸出一只胳膊搂住艾比紧张的小肩膀，说道："我们走吧，孩子。反正你这个怪哥哥也还没想出什么更好的办法。"

艾比转过头对我说："鱼不见了。我们经常在这边见到的那些绿色小鱼……不见了。"

"它们会回来的，"我说，"等水变干净以后。"

突然，水中一只大蠵龟竖起了棕色的布满突起的脑袋。这只蠵龟可能就是我那天跟汤姆和雷多在一起时看到的那只，但我也不太确定。海龟的脑袋长得都差不多。

"不要啊！"我妹妹大声喊道，"诺亚，别愣着啊！"

蠵龟显然不知道它正在污物中游泳。我跳起来使劲拍手，想把它吓跑，让它离海滩远点，但没有用。它懒洋洋地浮在水面上，朝着太阳眨巴眼。

艾比颤抖着哭了起来。谢莉让她不要担心，说海龟可不是容易被打败的物种。"它们在这个古老的星球上存活了很久，比我们人类久多了。它们总能逢凶化吉。"她说。

"但这只不行了。"妹妹抽泣着，"如果这脏水害它生病，它就会死的。"

艾比说对了。完全正确。

于是我又冲进浪里，使劲踢起水花，溅得到处都是，我大声喊叫，像个疯子似的。虽然这么做算不上聪明，但总算是引起了蠵龟的注意。它惊恐地钻回水里，迅速游走了，身后只留下翻滚的漩涡。

我从脏兮兮的水里回到岸边，这次没有人再多说什么了。艾比似乎想抱抱我，但她不想弄一身脏，我可以理解。谢莉只是难以置信地摇了摇头，扔给我一条毛巾。

我们拖着沉重的脚步，沿着海滩走到停车场，她的吉普车就停在那里。"答应我，回家好好洗澡。"她说。

"我答应你。"我说。

"艾比，答应我，你会好好看着你哥，不让他再惹麻烦。"

"没问题。"艾比有些心不在焉。

谢莉环顾四周，确保周围没有别人，其实也没什么必要，因为停车场里就这一辆车。

"我要告诉你们一些事情，但你们不要说是我说的，好吗？"她靠得很近，空气中都是她身上的橘子香水味，"海岸警卫队里有一个人，叫比利·巴布科克。他好赌，你们明白吗？他有赌瘾。"

"你是说像吸毒成瘾一样。"艾比说。

"对。或者说，就像酗酒一样。"谢莉说，"比利就是戒不了赌，怎么努力也做不到。他是'珊瑚女王'号的常客，一星期要去四次，甚至不止。你们明白我的意思了吗？"

我明白了："他欠达斯蒂钱吗？"

谢莉点点头："欠得可多了，还到100岁也还不完。"

"所以他打算用别的方式还债。"

"你说对了，诺亚，"谢莉说，"每次海岸警卫队准备突击检查'珊瑚女王'号的时候，比利·巴布科克都会在前一天打电话给达斯蒂通风报信。所以，达斯蒂偷偷排污水却从来没被抓过现行。"

艾比挥着手臂，既惊讶又失望："结果还是爸爸说对了，有人给达斯蒂报信。"

"嘿，你们不要说是从我这儿知道的。"谢莉说。

"可是——"

"嘘——！"谢莉指着一辆正驶进停车场的白色皮卡车。

皮卡车停在吉普车附近。车门上印着"公园与休闲部"几个字。

一个穿着棕色制服的男人下了车，和和气气地向我们点点头。他从皮卡车的车斗里拿出一把小锤子、六根金属杆和一摞牌子。

"你们是要去海滩吗？"他问道。

"怎么了？"谢莉说。

他拿起一个牌子给我们看。"危险"，牌子上的大字写道："危险，此处水体已被污染。"

下面用小一些的红色字体印着：请勿游泳，否则后果自负。

"被什么污染了？"我妹妹明知故问。

"人类的排泄物。"公园与休闲部的人说，"今天早上一个在这边钓鱼的人打电话跟我们说的。卫生部门过来对水进行了采样——结果严重超标，都超出试纸的显示范围了。你们可以换个地方玩，比如长礁岛或者哈里斯公园什么的。"

"感觉是个办法。"谢莉顺着他的话说。

他走开去张贴警示标志了，我和妹妹跟谢莉说了再见，往我们的自行车那边走。

"诺亚，你刚才帮海龟那么做，非常……"

"傻？我知道。"

"不，是很酷，"艾比说，"虽然看起来有点儿神经质。"

"呃，好吧，谢谢啊。"

"我们不能放弃。"她语气坚决地补充道。

"你这么说话就跟爸爸似的。"

"是吗？跑到脏水里面去的人是你——而且是两次！他们那样做，你不生气吗？"

"生气。"

非常生气又恶心。但我又想到了前一天晚上艾比溜出去偷偷录像的事，想到后果可能会有多可怕。我永远也忘不了，卢诺看到我们站在达斯蒂的售票亭里时，他眼中那彻骨的寒意。

"妈妈不能再受一丁点儿刺激了。"我告诉妹妹。

"一点儿都不需要让她知道。"艾比说，"因为下次我们就会成功的。"

艾比说的是"我们"。我绝对不会再让妹妹孤身一人靠近码头。

我们开了车锁，在七月的酷热天气里骑车回家。我知道我身上都是脏水的臭味，但是艾比说她什么都没闻到。我一直在想，达斯蒂·穆勒曼做了亏心事，却那么轻易就逃脱了责罚。海里有很多大船，谁也不可能追踪到污染雷鸣海滩的罪魁祸首是"珊瑚女王"号。

　　或者是还没有人肯下足够的功夫去追踪。而现在是时候下这个功夫了。

　　"我们也不能把爸爸牵扯进来，"我对艾比说，"他已经麻烦缠身了。"

　　"当然了。"她咧嘴笑了笑，"诺亚，你是不是已经有想法了？"

　　"淡定，别激动。"我说。这句话简直应该作为安德伍德家的家训。

第十三章

爸爸说要来真的，他确实不是闹着玩的。

他出狱当天上午就在一家叫作"热带救援"的公司找了份工作。这种职业不是我爸真正喜欢、能够全心投入的，但我知道他为什么会去那里上班。

是因为那艘船。

公司让他开一艘24英尺长、配备T型顶棚和双侧150马力[1]舷外发动机的船——不是用来捕鱼的，而是帮那些没油了或者乱开船导致搁浅的游客拖船的。

一般情况下，我爸对这种笨蛋都没什么耐心。他称他们为"中看不中用的傻子"，还有更难听的说法，主要取决于他们把自己折腾得有多惨。但现在，爸爸需要这份工作，所以他闭上嘴巴，不再发表意见。

---

1 功率单位，1马力 = 735.499瓦。

除非碰到人命关天的紧急事件，否则对于一般的船舶事故，海岸警卫队都会转包给热带救援这样的私人承包商，他们开的价都不低。而且他们很忙。你都想不到，居然有那么多人连燃油表、指南针、航海图都懒得看。他们只是把船头对准了海平线就敢开船。在礁岛群周围，你可以看到他们的螺旋桨在海底刮出的沟——又长又丑的深沟，像被巨大的指甲刮过的伤痕，横跨潮汐奔涌的河岸。被破坏的海草需要好几年时间才能长回来。

爸爸的第一个任务就是要救一船来自奥兰多的软件销售员，他们大老远地过来，结果在离海岸9英里远的海面上搁浅了。也不知道他们怎么搞的，居然能把一艘崭新的贝琳娜游艇停在只有4英寸深的洼地里。这可不容易做到，除非开船的人喝得不省人事，或者眼睛被捂上了。

爸爸非常隐忍，一句难听的话也没说，这简直是奇迹。他没有生气，也没有嘲笑那个开船的笨蛋。

都没有，我的父亲——洗心革面，重新做人的佩因·安德伍德——冷静而有礼貌。他耐心地等着潮水涨上来，然后把贝琳娜游艇从岸边拖走，拖回了卡鲁萨湾。他跟我们说，当他把账单递给那群软件销售员时，他都有点儿内疚了，而且账单上的数目还不包括要交给公园管理处的一大笔罚款，因为他们把海草弄伤了。这个假的代价可太大了。

尽管爸爸不喜欢和这些中看不中用的傻子打交道，但比起开出租车时，现在的他还是开心多了，可能开心了十倍吧。于是妈妈的心情也变好了，她又像以前一样有说有笑了。

爸妈相处融洽，气氛好得让我和艾比不得不格外小心，避免提到达斯蒂·穆勒曼的赌船这个敏感话题。在只有我们俩，而且不在家里、爸妈听不到的时候，我们才敢讨论我们新的进攻计划。

我爸出狱几天后，公园与休闲部撤掉了雷鸣海滩的污染警示牌。第二天一早，艾比和我穿上泳衣、抓起毛巾就往外跑。爸妈以为我俩要去公园玩，殊不知这是我们的障眼法。

我们真正的目的地是谢莉的拖车。

敲了六次门才终于有人应。她好像不太想看到我们。她的眼睛肿着，半睁不睁的，头发乱得好像是有人在她的脑袋上放过鞭炮。

"这会儿什么点儿啊？"她声音嘶哑。

"7点30分。"我说。

她皱了皱眉头，好像被吓着了："早上吗？你在搞笑吧。"

艾比说："有很重要的事麻烦你。我们聊聊好不好？"

我们跟着谢莉进了拖车。她在沙发上瘫着，用破旧的粉色浴袍盖住腿。

"头疼得要掉了。"她一边解释，一边舔着门牙，"昨天晚上去参加了一个大聚会。"

显然她很难受，于是我们直奔主题。"我们需要请你帮忙，"我说，"就现在。"

"帮什么忙？"

"制止达斯蒂·穆勒曼。你答应了的，记得吗？"

她笑了——是那种疲倦的笑声，仿佛在说"你到底怎么想的啊"。她看着对面的艾比："你答应我不让你哥再惹麻烦的。"

"如果你肯帮我们，"艾比平静地说，"我们就什么麻烦都不会有。"

感觉谢莉有些犹豫。我在想可能她到底还是害怕达斯蒂·穆勒曼吧。

她沮丧地说："我不知道怎么才能阻止他。县里所有有权有势的人都是他的关系网。"

"但是他在污染雷鸣海滩啊，"我说，"你知道小孩在这么脏的水里游泳有多糟糕吗？还有鱼、海豚和小海龟也是一样。达斯蒂的所作所为简直令人发指，烂透了。"

"是的，但是——"

"别忘了虱子的事，"我补充道，"还记得你告诉我你也牵涉其中吗？还记得——"

"我就是一直在想虱子的事啊。"谢莉插嘴说，"就当是他们真的杀了他，好吧？那你觉得，如果我们的行动出了问题，他们会对我们手下留情吗？"

到了这一步，她瞻前顾后也是人之常情，谁又能怪她呢？如果真像她说的那样，虱子是被达斯蒂和卢诺害死的，那么可以想见他是多么冷血才会杀人不眨眼。

但我只跟艾比对视了一眼就知道，不管风险多大，她都不会退缩。我也不会。

"谢莉，我知道很危险——"

"而且疯狂。"她说。

"是的，可能是有点儿疯，"我同意，"听我说，如果你不想参与，没关系的。我理解。"

她闭上眼睛，向后仰头。"啊——哦，罪恶感来了。"她把手指关节贴在耳朵上，"够了，诺亚。可怜的金发女人脑袋就要炸了。"

谢莉舒展身体躺在沙发上。艾比从冰箱里拿了一些冰块，用洗碗巾包着，谢莉接过来，小心翼翼地把它放在额头上。

她低低呻吟了一两分钟，然后说："可能因为今早起来的时候感觉没有什么勇气吧，但是，哎，我说到就得做到。我加入你们的行动。"

艾比和我欣慰地交换眼神。

"所以都是怎么计划的呢？"谢莉问道，"你们俩给你们的爸爸安排了什么任务？"

"没他的事。这个计划我们瞒着他呢。"艾比回答。

谢莉睁开一只布满血丝的眼睛，上下打量我们。"这可能是个聪明绝顶的主意。"她说。

"但如果我们被抓的话，他还是逃脱不了责任的。"我指出，"所以我们需要你。"

谢莉叹了口气："那就说来听听呗。"

我们把计划说给她听，她没有笑，也没打趣。她就躺在那儿思考着。

"怎么样？"艾比有些不耐烦地说。

谢莉坐起来，扶着额头上的冰袋不让它掉下来。"你们这个想法真是绝了。"她说，"说不定真行得通。"

"你的意思是愿意帮我们吗？"

"我只需要冲水就行吗？"她问道，"这么简单？"

"对，你只需要做这一件事，"我说，"冲水，使劲冲水。"

接下来发生的事情都怪我。都怪我没注意。

当时我和艾比正沿着旧公路慢慢骑回家，一边骑一边聊着"珊瑚女王"号，这时有人从后面冲过来。我还没来得及掉转车头，小贾斯珀·穆勒曼就抓住了我的自行车，牛哥抓住了艾比的车，他们一起把我俩往回拖进了一片松树林中。

不是吧，又来吗？我慌张地想。我不是担心自己——我担心的是妹妹。

小贾斯珀刚把我撞倒在地，我就听到牛哥发出令人毛骨悚然的号叫，他试图挣脱。我立刻明白了：他没把艾比当回事。

"让她放开！"小贾斯珀对我大喊。

"我做不到。"

小贾斯珀猛地把我拉起来："安德伍德，如果你不让她放开牛哥，我就把你折断，像折树枝一样。"

牛哥还在没命地哀号。艾比狠狠地咬着他的左耳垂，像一只饿疯了的短吻鳄一样挂在他的耳朵上。牛哥少说也比她高1英尺，所以他必须小心，不然可能整个耳朵都会被扯掉。每当他稍微动了哪怕一点点，他就哭喊得更大声。可以看出这个男孩正疼得要命。

"让她松口！"小贾斯珀喊道，"他流血了，伙计，你看不见吗？"

"艾比，牛哥真的在流血吗？"我问。

她点点头，于是牛哥号得更大声了。听起来真是可怜兮兮的。

小贾斯珀开始使劲掐我的肩膀："让她松开嘴，安德伍德，快叫她停下！"

"答应我一个条件，"我说，"你们放她走。"

小贾斯珀露出他那标志性的冷笑："我跟你说个条件怎么样，笨蛋？让你妹妹现在就张开嘴，不然我就用熟透的椰子砰砰砰地砸你的脑袋。"

牛哥努力冷静了足够长的时间，终于说出了自己的想法。"让她别再咬我的耳朵了，我就放她走。我说话算数，安德伍德。"

"喂，不行啊——"小贾斯珀开始抗议了。

"你闭嘴。"牛哥狠狠地说。他拧着粗壮的脖子，歪着脑袋看着我们，为的是尽量不让艾比扯着他。在这种微妙的形势下，艾比冷静得不可思议。

其实我连一滴血也没看到，但也没必要告诉牛哥他并没有失血而死的危险。"那，伙计们，我们成交了吗？"我问。

"成交。"牛哥嘟囔道。

"行吧，随便。"小贾斯珀说着，用瘦巴巴的胳膊肘捅了捅我。

"那好吧。"我说，"艾比，你可以松开了。"

"不唔——啊。"她嘴里含着牛哥皱巴巴的耳朵。

"快点，放开牛哥吧。"

"不唔——啊。"

"你想感染上什么恶心的疾病吗？他可能从圣诞节到现在都没洗过澡。"我说。

即使这么说也没有让她松口。其实我知道原因，她不想留下我单独面对他们两个人。

"真的，我不会有事的。"我说，听起来一定没有说服力。

她知道我会出事。她知道他们会把我剁成肉饼。

"不唔——啊。"我妹妹强调道。

"艾比，拜托了！"

我不可能让她在树林里待着。小贾斯珀是个心狠手辣的不良少年，他想都不用想就会把身高只有他一半的艾比揍一顿。

牛哥说："我觉得我要吐了。"

艾比咬得更起劲了，牛哥叫得惨绝人寰。

贾斯珀又一次扑向我，用胳膊锁住我的脖子。"听好了，你这个熊孩子。"他厉声对我妹妹说，"按我说的做。我数到三，你不把牛哥的耳朵吐出来，我就扭断你哥的脖子。"

艾比没有回应，但从她的眼神中我能看出她真的怕了。我的脸一定像个即将爆炸的西红柿，因为小贾斯珀卡得实在太紧了。我没办法告诉我妹下一步怎么做，因为我一个字也挤不出口。

"一……"小贾斯珀说。

艾比不动。

"二……"

艾比没有让步。

"二！"小贾斯珀又叫了一声。

我想要挣脱，但挣脱不了。小贾斯珀的胳膊紧紧地勒住我的喉咙，我一喘气就很疼。眼前的一切逐渐变得昏暗模糊，我快要晕过去了。

接下来我听到的话是："二点五怎么样啊，矮子？"

这个声音听起来很苍老，很沙哑，不可能是小贾斯珀在说话。我想也许是因为我被勒得大脑缺氧，所以听力也出了问题吧。

"放开他！"那个声音又说，显然不是在和艾比说话。是在对小贾斯珀说话。

令我非常惊讶的是，小贾斯珀竟然马上放开了我。我倒在地上，站都站不住，手脚并用，过了一阵才缓过气来。

"你没事吧，诺亚？"

我困惑地抬起头。这个声音来自一个瘦高的、胳膊很长、长着羊毛般银发的男人。他的脖子上戴着一条褪色的金属链子，上面挂着一枚闪亮的金币。他五官分明，脸上布满皱纹，看起来就像个红木树桩，在他晒成褐色的脸颊上有一个M形的伤疤。

谁都看得出来这个人上了年纪——而且很强壮。他没穿上衣，也没穿鞋，随便地靠着一棵大松树的树干。他的短裤被太阳晒成了饱经风霜的灰色，一条脏兮兮的红印花大手帕缠在他的右手手腕上。他的胸毛卷卷的，跟头发一样闪亮有光泽。

小贾斯珀虽然不是什么聪明人，但他也能感觉到这个陌生人不好惹。

"我们只是闹着玩的。"他胆怯地说。

"是吗？"老海盗的笑容让小贾斯珀脸色苍白。牛哥像小狗一样呜咽了两声，但什么也没说。

陌生人转向我妹妹："现在该你了，艾比。你放开那个男孩好不好？"

我妹妹一听到她的名字就瞪大了眼睛。她松开牛哥的耳朵，退后一步，开始使劲往灌木丛中吐口水。牛哥直起身来，用手掌使劲压住耳朵，自以为在止血。

"你是谁？"我问老人，"你怎么知道我们叫什么名字的？"

他从我身边擦过，走向小贾斯珀——这孩子看上去快吓尿了。

"如果你再纠缠这两个孩子，"老人警告他，"我会让你肠子都悔青。明白吗？"

小贾斯珀哆嗦着点点头。

牛哥其实比老海盗高了1英寸左右，但这也没什么用。那家伙走过去，脸对脸地看着牛哥："多么美好的夏日啊，你干点什么不好，非要跟柔弱的小女孩过不去？真是可悲到了极点啊，孩子。"

"柔弱？她差点儿就把我的耳朵咬掉了！"

"我想说你算走运了。"陌生人笑着说。

他向我和艾比眨眨眼睛，竖起大拇指，指了指背后："你们赶紧跑回家。快点，立刻。"

"你是什么人？"我妹妹问。

"无名之辈。真的。"

他不是在开玩笑。

"快走，你们两个，"他说，"我和男孩子们还有几句话要聊一聊。"

艾比和我赶紧找到自行车，骑上走了。一出树林，我们就全速蹬车，以最快的速度骑回家。

"你以前见过那个人吗？"艾比气喘吁吁地问道。

"我印象中是没有。"

"那他怎么知道我们是谁？他是一直在监视我们吗，还是怎么的？他看起来不像个好人，诺亚，你觉不觉得这个人有点危险？"

"艾比，我真的不知道。"

按说我应该被那个奇怪的老海盗吓着，但我并没有。不知道为什么，他在树林里说的一切我都相信。

除了他说自己是无名之辈那句。

大概离天黑还有一小时的时候，我们一家来到了一座叫作牛栏岛的岛屿。据说这个地方之所以得名，是因为很久以前印第安人把海牛关在那里。

爸爸把锚扔进了离主航道大约200码的一个深洞里。热带救援公司的拖船比爸爸的梭鱼小艇大得多，妈妈完全坐得下。她也愿意来，真是让人惊喜。她坐在船头，背对着太阳，给正在钓鱼的我们拍照。

我很快就钓到了几条不错的灰笛鲷，爸爸抓上来一条肥嘟嘟的石斑鱼。妹妹钓上来一条河豚，它把自己充满了气，变成了一个带刺的气球——她说它看起来跟她四年级时的老师似的。

当然，艾比和我没提起下午从谢莉的拖车回家路上的事。要是说了，爸爸肯定会请假去收拾小贾斯珀，妈妈会去警察局报警，说有个奇怪的老人跟着我们。

此外，我爸喜欢出海的时候保持安静平和的气氛。他不喜欢大家说太多话。他说那样是对大自然的不尊重。

钓了一会儿鱼之后，我们收起鱼竿，坐下来等日落。西边的天空很晴朗，只有几丝薄云，一架大型军用喷气式飞机飞过，留下长长的泡沫般的痕迹。爸爸坐在妈妈前边，妈妈把照相机递给了艾比。我把腿耷拉在右侧船舷上，那上面用亮橙色的油漆写着"救援"两个字。

一群鹈鹕排成人字形从我们头顶悠悠飞过，一直朝着墨西哥湾的方向飞去。微风从东南方吹来，轻轻摇晃着小船，力度刚好让我们有些微醺。艾比用胳膊肘碰了碰我，往爸妈那边看了一眼又马上移开目光，我看过去，发现爸妈正牵着手。

一切都让人觉得很舒畅，很对味，我有一种感觉：我们终于能看到绿色闪光了。这个夜晚仿佛就在等待它的降临。

渐渐地，金色的太阳变成了炽热明亮的粉红色。它慢慢陷入海平线，似乎逐渐融化成了液体。我们谁也没说一句话，因为都不想让这一刻结束。

从未在海上看过日落的人，一定永远都忘不了这样的景象。时间似乎慢了下来，到最后，那个巨大炽热的火球像是悬在那里不动了，在地球的遥远边缘稳稳停驻。但其实，它落得很快。

看着最后一缕玫瑰色的弧光融进海湾，我感觉到自己的身体都向前倾斜着，我满怀希望地眯眼看着海平线。

太阳完全落了下去，浅黄色的天空有些空虚。我瞥了一眼艾比，她正把照相机收起来。她笑了笑，耸耸肩。

"哇，好绚烂啊。"妈妈小声说道。

"是啊，"艾比说，"但还是没有绿色闪光。"

"也许下次就能看到了。"我爸总是这么说。

我转而看向海平线，盯着它，即使天边粉红色的光消失在黑暗中，我也没有移开视线。我听到爸爸把锚拉了起来，听到妈妈拉上了风衣拉链，听到艾比问回程能不能让她开船，但我还是无法将目光从天边移走。

第十四章

57.16美元。

我和艾比只能凑到这么多了——而且其中有51美元都是她的。都是因为假期第一周我买了新的滑板，不然钱还能多点儿。

"你觉得这些钱买到的能够用吗？"去商店的路上，艾比问道。

"不够也得够。"我说。

我不知道"珊瑚女王"号污水罐的确切尺寸，估计它能装下几百加仑的下水道废物。我也不知道57.16美元能买到多少染料。

艾比带我走到食用色素货架。

"蓝色的不行吧？"

"不行，颜色显不出来。"我一边表示同意，一边扫视着货架，"说起来，这些东西是用来干吗的啊？"

"做糖霜啊，甜点啊，各种好吃的。"

"有橙色的吗？"

"没有，不过你看这个倒挂金钟色。"艾比说。

"什么东西？"

"就叫这个名字，诺亚，倒挂——金钟色。"

我不知道倒挂金钟色是什么色，但听起来是一种令人不想沾上的颜色。

"是一种鲜艳的、有点儿发红的紫色。"艾比解释道，"非常适合'皇家同花顺行动'。"

这是我们揭发达斯蒂·穆勒曼罪行的秘密任务代号。我们决定采用食用凝胶色素，而不是服装染色剂，因为这种色素不会危害海洋生物。它还有一个优点就是高度浓缩，一点点用量就可以给很多便便水染色。

但是装凝胶色素的塑料瓶很小，容量只有1盎司。货架上只有一瓶倒挂金钟色素，于是我们让一个理货的店员再帮我们找一些。

"你想要多少？"他问道。

"有多少要多少。"我说。

我们在收银台结账的时候，收银员清点着瓶子总数，不时还用奇怪的眼神看看我们。

"搞什么啊，"她挑着眉毛说，"你们这些孩子，要三十四瓶食用色素做什么？"

艾比甜甜地笑了。"我们要烤一个生日蛋糕。"她说。

"哦，是吗？"

"一个非常大的生日蛋糕。"我妹妹补充道。

"而且非常紫是吧，我明白了。"收银员说着，把装瓶子的袋子递给我们。

回家的路上，我不停回头，怕被那个海盗老头跟踪。我好想知道他到底是谁，又是怎么知道我们的。

艾比说，他可能是附近休闲渔船上的老水手，或者是看护大桥的人，可能在岛上见过我们，无意中听到我们叫对方的名字，所以知道我们叫什么。

反正不管他到底是谁，我都得防备着。

拐过我家的街角时，有人喊我们。真是怕什么来什么，是牛哥，他站在房子前面。我们骑过去的时候，他竟然朝我们挥了挥手，我和艾比都很纳闷，没有轻举妄动。

我跳下自行车问："怎么了？"

牛哥似乎很急躁，不太自然。我看到他左耳上面艾比的牙印还没消，耳朵仍然肿着，伤痕很明显。他清了五次嗓子，才终于开口说话。

"呃，我过来就是想对你说声对不起，"他说，"真的非常抱歉。"

我把装满染料瓶的购物袋放在路边。妹妹站在我后面，说："这是在开什么恶心人的玩笑吗？"

"完全没有。"牛哥使劲摇脑袋，"我真的特别抱歉——我为所有的事向你道歉，伙计。"

他直勾勾地看着我："我和贾斯珀一直欺负你，我们做得不对，跟你说对不起，好吗？是我们不好，是我们不对。"

"怎么回事啊，牛哥？"

"没怎么回事！你为什么这么问？"

"因为你突然间变得跟抱抱熊一样乖。这也太诡异了吧。"

"得了吧，安德伍德，一个人就不能真心实意地说句对不起吗？这有什么问题吗？"

牛哥越发挫败，我不想把他逼得太紧。"好吧，没事啦，"我说，"你说了对不起，我相信你。"

"太好了。"

"嗯哼，我不相信你。"艾比插嘴道，"你要么是装的，要么接受了人格移植手术。"

牛哥又长又呆的脸拧巴起来，满脸困惑："你这是啥意思啊？你说把什么'移植'了？"

"算啦。"我说，"小贾斯珀呢？"

"哦对，我差点忘了。他也很抱歉。"

"真的吗？那他在哪儿呢？"

牛哥耸耸肩，他的腋下都出汗了，褪了色的哈雷戴维森T恤上显出半月形的汗渍。

"他来不了，但他想让我告诉你，以后再也不会有那种事了。"牛哥说，"我们不会再打你了。"

"那太好了。接下来你该给我送花了吧。"果然，牛哥没听出来我在讽刺他。

"其实我真的希望小贾斯珀能当面道歉。"我说。

"想得美。"我妹咕哝道。她抓着购物袋，把它拖进家里。

牛哥只知道在那儿傻站着，衣服都被汗水打湿了，低头盯着没穿鞋的大脚丫子。说来可能有点儿奇怪，我竟然有点儿替他难过。他曾经退了学，离开礁岛群，想要成为棒球场上的明星，但他后来又回到了这里，在店里装货打杂，还跟小贾斯珀这样的废人一起混日子。

"哎呀，哥们儿，你跟我说实话。"我说，虽然我知道按他的性格八成不会跟我坦白。

他慢慢抬起头来："安德伍德，那个怪老头到底是谁？树林里碰见的那个？"

"就是个朋友。"我说，心里想着：是朋友，但完全不认识。

"他脸上的伤疤是从哪里来的？那么吓人。"

"他不跟我说这事。"我希望这么说能让牛哥觉得我和那个海盗关系不一般。

"事情是这样的。"牛哥说，"他让我和贾斯珀……呃……"

"什么？"

"他要我们跟你说，我们很抱歉，对你和你妹妹做了那样的事。他要求得很清楚，"牛哥说，"可是到了眼前，贾斯珀坚决不肯来了。他说他才不把树林子里遇到的流浪疯老头放在眼里。"

"树林里的老人还说了什么？"我问。

牛哥转头环顾四周，目光在街上扫来扫去："他说不要再搞事情了。他说他就在附近，让我们别忘了。"

这样就说得通了。牛哥是来道歉的，因为他怕不道歉会有严重后果。

"你会跟他说的，对吧，安德伍德？告诉他我来找你道歉了。我的意思是，你下次见到他就会告诉他吧。"

"当然了，牛哥。下次见到他就告诉他。"

不过我也不知道还能不能再见到他。

午饭后，我和妹妹去谢莉家，打算把色素交给她，并且再次确认我们的计划。她来开门，穿着破破烂烂的粉色睡袍，拿着一把塑料剃刀，但我们还是看得出来，她比前一天的状态好多了。

　　她挥手让我们进门，然后乐呵呵地继续在厨房水池边刮腿毛，我还从来没有如此近距离地亲眼看过这种操作。谢莉刮腿毛完全不像电视广告里演的那样优雅顺滑。每次不小心刮到了肉，她就会骂骂咧咧，用小拇指把血擦掉。艾比看得入了迷，但我觉得有点瘆得慌，就转过身去，假装被脏兮兮的水族箱吸引了。我能听到刀片划过谢莉皮肤的声音，她说："那——都没问题了吧？"

　　"比利·巴布科克呢？"我问。

　　"别担心，我有办法。"

　　但我还是担心。

　　如果污水泄漏的消息传出来时，比利正在海岸警卫队，他就会立刻给达斯蒂·穆勒曼报信。达斯蒂的船员会很快解开"珊瑚女王"号的缆绳，把它开到海里去，这样他们就可以在更广阔的大海里排净储水箱，直到色素的痕迹被完全冲刷干净——这样也就没人能抓住达斯蒂的把柄了。

　　"比利听说虫子没了以后，就整天来我们酒吧待着。"谢莉说，"喝10美元的酒，小费给10美元。"

　　"他约你出去玩了吗？"艾比说。

　　"一晚上只提起来两三次吧。"谢莉把塑料剃刀扔进垃圾桶，给自己倒了杯咖啡，坐在小餐桌旁边。

　　"我来搞定比利·巴布科克。"她自信地笑着说，"让我看看你们都准备了什么吧。"

艾比把装着食用凝胶色素瓶子的购物袋递给谢莉。谢莉朝里面看了一眼，说："都是些微不足道的小玩意儿啊。你确定这样就可以吗？"

"呃，这个是非常浓缩的——"我开始解释。

"我知道是浓缩的，诺亚。我以前也烤过几次点心。"

艾比告诉她，我们把那家店都买空了。"三十四瓶呢。应该够了吧？"

"没问题，"谢莉说，"我有一个很大的包，大得可以装下一辆本田思域。"她举起一个瓶子，"用过这东西吗？"

艾比和我都摇头。

"这个，它不像水一样会流动。它比较黏稠，像防晒霜一样，所以你得用手挤。"谢莉一边说，一边拿起一瓶没打开的凝胶色素演示着，"三十四瓶啊，那还真得挤好一阵子呢。"

我们俩决定选凝胶色素的时候，并没有考虑到这一点。

"你看啊，酒吧只有我一个人调酒。"谢莉说，"要是顾客半天喝不上酒，达斯蒂就要不高兴了。我每天晚上只有两次各15分钟的如厕时间，根本不够把这些东西全挤出来冲下去。"

"那你是不是帮不了我们了啊？"我问。

"别难过得太早。"她说，"我会跟达斯蒂说，我吃了鲜虾沙拉，闹肚子了——他还能怎么样，不让我去厕所吗？"

"酒吧附近没有'脑袋'吗？"我问。

艾比戳了我一下："什么东西？"

"就是厕所。"我解释道，"船上的厕所叫作'脑袋'。"

谢莉告诉我们，"珊瑚女王"号上有三个厕所。"一个在前面，一个在后面，还有一个在驾驶室那边，最后这个想都不用想，只有赌场经理和船员能用。"

"可你不是船员吗？"艾比说。

"不，亲爱的，我是酒保。他们让我用普通乘客的厕所。"

我越听越担心。谢莉离开吧台越久，达斯蒂或者他的手下去找她的风险就越大。其他环节也可能出问题。比如，要是她用的那个马桶出故障或者堵了怎么办？

我决定稍微调整一下计划。

"你一个人在船上行动不保险，需要增援。"我说，"我拿一半的色素，从另一个'脑袋'冲水。"

谢莉摇摇头："哦，不，你不能这么干，小007。肯定会出各种问题的。"

"你给我找个地方躲一下。一定有安全的地方可以让我躲起来吧。"

"哎？那我呢？"艾比插话。

谢莉和我一起转过身说："没门儿！"

"你不带上我，我就告诉爸妈。"我妹妹威胁道，"我对天发誓，诺亚。"

她不是在开玩笑。她细细的脖子上青筋暴起，非常生气。

"没有我，你成不了事。"她说，"要不是我那51美元，你买的染料色素连给鸟喝水的碗都不够染的！"

我无法反驳。

"越来越复杂了，太复杂了。"谢莉啜着咖啡。

"听我说，揭发达斯蒂的这次行动，我们只有一次机会。"

我说，"所以我们最好一次成功。"

谢莉疑惑地看了我一眼："要是你们两个小家伙被抓住了，可就……"

"不会的。"艾比插嘴说。

"但如果你们真的被——"

"我们绝对不会出卖你。"我说，"我答应你。"

"我也答应你。"艾比说。

谢莉叹了口气："我一定是疯了。"

夏恩先生把我爸妈送回家的时候，已经快5点30分了。

他们一下午都待在法院，讨论"珊瑚女王"号案件的最终解决方案。达斯蒂·穆勒曼同意不起诉我爸，条件是我爸要赔偿达斯蒂的保险公司一笔钱，包括打捞、清理船体和修理柴油机的费用。账单上的数字一定超级吓人，因为法官给我爸规定的偿还时间是整整五年。法官还让爸爸保证，不在电视上、报纸上或任何公共场合说达斯蒂的坏话。

"'第一修正案'就是这些内容。"我们坐下来吃饭时，爸爸抱怨道，"还不如往我嘴里塞个软木塞呢。"

"重点在于，这事到此为止了。"妈妈说，"接下来我们大概可以恢复正常生活了。"

我不敢看艾比，怕被妈妈看出我们暗地里有计划。爸爸光顾着难过，心思不在我们身上。

"反正十里八村的人都觉得我疯了。"他酸溜溜地说。

"干吗在乎别人怎么想呢？"我说。

"疯不疯的又有什么关系呢?"艾比尖声说,"只要是好的那种疯。"

她说这话是想夸我爸,他似乎也是这么理解的。"达斯蒂在作恶,他的所作所为是对大自然犯罪。"爸爸继续说道,"知道他该是什么下场吗?他会遭——"

"佩因,够了,"我妈妈严厉地说,"总有一天他会有他应得的下场。善恶终有报。"

爸爸用鼻子哼了一声:"但愿呗。"

"妈妈说得对。"艾比说,"达斯蒂不可能永远逍遥法外。"

我妹妹顺着接话接得很稳。她是个机灵的小演员。

"总有一天他们会抓他个措手不及的。别担心。"她说。

爸爸满目深情地看着她说:"希望你是对的。"但我们看得出,他并不相信达斯蒂·穆勒曼会被抓住。

妈妈说:"诺亚,明晚你和艾比待在家里哦。"

"怎么了?"我假装生气,其实心里非常兴奋。我和妹妹正需要这样的绝佳机会呢。

"你爸和我要出去吃饭看电影。"妈妈说。

"哇哦,激情约会!"艾比打趣道。

"你爸有了新工作,我们去庆祝一下。"

"哦,对。"爸爸兴致不高,"我激动人心的新事业,是把笨蛋游客的小破船拖走。"

"呃,难道不比开出租车强吗?"我问。

"倒也是吧。"他承认道。

"你们俩在11点前必须上床睡觉,晚一分钟也不行。"妈妈说，"你们听见我说话了吗？"

"当然。"我说。

"我也当然。"艾比说，"11点整。"

我们俩都没有和妈妈对视。我们也不愿意骗她，但真的别无选择。要想在达斯蒂·穆勒曼排放污水时当场抓住他，就必须这么做。

确切地说，是在达斯蒂·穆勒曼排放倒挂金钟色的污水时当场抓住他。

第十五章

6点45分，妈妈和爸爸出门"激情约会"去了。"珊瑚女王"号晚上8点开门营业，也就是说我和艾比必须抓紧时间。

我们骑自行车到了雷多家外面，跳过了他家的木头篱笆，结果证明这一步大错特错。雷多和他爸妈还在科罗拉多度假（这个我知道），但他们把哥斯拉留在了后院（这个我不知道）。

哥斯拉算不上多聪明，但我从没见过比它还大的狗。雷多说它"有部分罗威纳犬血统，部分纽芬兰犬血统，部分灰熊血统"。它的体重轻轻松松超过了我和艾比的体重总和，而且它好像不太待见我们。

"乖狗狗。"我极力伪装出平静的声音。

"还不错嘛，"艾比小声说，"但我们还是要被咬死了。"

哥斯拉已经把我们逼得后背贴在篱笆上了，我们一动也不敢动。我希望这只野兽还记得我，可是如果邻居很久没帮忙喂它的话，它就算记得我也白搭。艾比会是它的开胃菜，我则是主菜。

"闻一闻吧，狗狗。"我一边说一边伸出右手。

"你疯了吗？"艾比试图阻止我。

"只要是见过的人，狗就不会忘记他们的气味。"

"谁说的？"

"《动物星球》，知道吧？其中有一集专门讲狗的鼻子。"我说。

"是吗，呵呵，那你肯定没看《狗的牙齿》那一集吧。"

哥斯拉没有把我的手咬掉，而是怀疑地闻了闻，用湿乎乎的嘴巴和鼻子轻轻推了推。如果我说没有发抖，那肯定是骗人的。

"诺亚，它的尾巴没有摇。"艾比小声说道。

"谢谢你报告实况。"

"它要是咬你，我就咬它。"

"放轻松，妹妹。"我说。

据说，你从狗狗的眼神中就可以判断出它是否把你当朋友。倒霉的是，我看不到哥斯拉的眼睛，因为纽芬兰犬的血统让它满脸都是浓密的、乱糟糟的黑毛。它嘴边挂着一串口水珠子，这意味着它要么很热，要么很饿，或者更有可能是又热又饿。

我左手伸进裤兜，拿出一个本来打算自己吃的青苹果。

艾比哼了一声："诺亚，你这也太搞笑了。狗不吃水果的！"

"没有更好的办法了，难不成你背包里有西冷牛排吗。"我伸手把苹果送到哥斯拉嘴边，"给你，狗狗。好吃的！"

哥斯拉歪着跟船锚一样大的脑袋，鼻子喷出一股气。

"是青苹果哦，这个品种叫作史密斯奶奶。"我说，好像他真的能听懂似的，"尝尝看吧，很好吃的。"

"是的，假如你是一只松鼠，一定会喜欢的。"我妹妹咕咕哝哝道。

让我们大跌眼镜的是，这只大狗张开了血盆大口，用又长又尖的大牙紧紧咬住了苹果，把它从我哆嗦的手中猛地拽了出来。

哥斯拉带着战利品小跑着走开了，我对艾比说："快看它的尾巴。"

它正欢快地摇着尾巴。

艾比和我急忙赶往运河那边，雷多有一艘蓝色的小艇拴在那里的海堤边上。这艘小艇是他爸爸从一艘沉没的游艇上打捞起来的，然后用玻璃纤维修补过，就跟新的一样。虽然它的长度还不到10英尺，但船舷很高，船身很深，不容易进水，而且很结实。没有风浪的日子里，雷多、汤姆和我经常开着它去大桥附近潜水玩。

我们爬上小艇，我扔给艾比一件救生背心。她坚持说不需要，但我告诉她，她要是不穿，我们就哪儿也不去。

接着，我简单快速地教会她如何启动舷外发动机。这艘小艇的发动机是喜运来牌的，有些年头了，不太容易发动起来。我给艾比演示了如何用双手拉启动绳，这个操作不好掌握。如果不及时松手，反作用力可能会让人失去平衡，从船上掉下去。

使劲拉了六次，马达喷出一股紫色烟雾后终于突突突啪啪响着启动了。雷多的爸爸总会给小艇加满油，但保险起见我还是检查了一下。要是船开不动可就麻烦了。

妹妹走到船头，解开了拴船的绳子。我收拾了一下绳子，把船推离岸边。

"准备好了吗？"我问她。

"当然。"她双手向我竖了竖大拇指。

我们慢慢驶向运河口，我回头看了一眼，发现哥斯拉站在海堤上看着我们。它叫了一声，但嘴里还咬着那个满是汁水的青苹果，所以声音很小。

我们这些在海边长大的孩了，都知道一些奇怪的迷信说法。例如，很多渔船的船长不让人带熟透的香蕉上船，因为觉得它会带来厄运。没人知道这种说法是怎么来的，但爸爸告诉我，在鲍比爷爷他们那个年代之前，码头上就流传着这样的传说了。

另一个迷信说法是海豚会带来好运。所以，当我和艾比沿海岸线开着船，看到一群海豚在追赶小鱼时，我觉得很开心。我们数了数海豚背鳍的数量，知道一共有六只成年海豚和一只海豚宝宝——它们一圈圈快速游着，激起层层水沫，把鲻鱼高高地抛向空中，玩得很开心。不知道它们是不是真的代表好运气，不过看到野生海豚总能让我心情愉快。如果是平时碰到海豚，我都会停下船看它们嬉戏，但今天我和艾比赶时间，实在不能停留。

夏天天黑得很晚，去达斯蒂·穆勒曼赌船码头的路很好找。我们到达航道标志时，海浪已经开始起起伏伏。我把小艇推进红树林里，关掉发动机，然后跳了出去。我穿着滑板鞋，踩在光滑有弹性的树根上，努力保持着平衡。妹妹翻遍了她的背包，拿出了一瓶佳得乐、一些杀虫剂、一本雷蒙·斯尼奇系列的书和一个手电筒。然后，她把背包递给了我。

"你确定没问题吗？"我问，"我得好一会儿不在你身边。"

"哦，饶了我吧。"艾比说，"我当然没问题啊。"

"你就在这儿待着，等到你听见我喊'杰罗尼莫'就开始行动。"

"为什么要喊'杰罗尼莫'？"她问道。

"因为我以前看过一个电影里面就是这么做的。"

"那到底是什么意思啊？"

"意思是'快来救我，达斯蒂手下的大丑男要揍我了'。"我说，"别问了，好吗？别让人看见，我们回头见啦。"

我向码头走去，听见艾比在喊："一定多加小心啊，诺亚！"

我挥了挥手，但没有回头。

终于跋涉出红树林的时候，我的鞋子已经湿透，小腿也被布满藤壶的树根擦伤了。我低低地蹲着从一块空地上快速冲过去，然后躲在达斯蒂·穆勒曼赌船的售票亭后面。地上并排放着两个大板条箱，正是谢莉让我找的东西。

我在售票亭的角落环顾四周，看到停车场上车子多得水泄不通。顾客们已经在排队等着登上"珊瑚女王"号了。这么多人里面一个小孩也没有，因为小孩不能进赌船，所以我才必须加倍小心。

我用一块石头的锋利边缘撬开了第一个大木箱的盖子。箱子里装满了酒瓶子——看瓶子上的标签，说是产自海地的朗姆酒。我悄悄盖上盖子，来到另一个板条箱旁边。

如谢莉所说，这个箱子是空的。我把自己塞进去，把沉重的盖子拖回原位。为了把自己装进箱子，我不得不蜷起身体，抱着腿，膝盖贴在胸前。艾比的背包里塞满了染料瓶子，放在我的脑袋下面，凹凸不平的，姑且当个枕头吧。箱子里非常局促压抑，我感觉自己像是躲在魔术师的箱子里，假装被变没了。

板条箱里很暗，一股霉味。一开始，我担心自己会不能呼吸，但很快我就感觉到有空气透过盖子钻进来，伴着微微的风声。我使劲吸了几口气，闭上眼睛，开始守株待兔。

没过多久，我听到一阵脚步声，然后是低沉的男声。我没认出第一个说话的人，但第二个人的口音很重，绝对不会认错：是达斯蒂手下的秃顶打手——卢诺。

男人们举起第一个板条箱，发出低沉的吼声，然后把它拖到"珊瑚女王"号上面去了。他们返回来时，我的心跳声像电钻一样轰隆隆的。卢诺举起了箱子一头，他的同伴抓住了另一头。我浑身僵硬，屏住呼吸。我能听到他们骂骂咧咧地抱怨箱子太沉了。

他们每走一步，板条箱都会晃一下，倾斜一下。我知道如果盖子掉了我就死定了，于是用指甲抠着木板条让它不要乱动。

终于，狗腿子们砰的一声把我扔到地上，我知道我上了船。我真的好想等他们一走，就马上从这个折磨人的木头坟墓里逃出去。我可以做到，没有问题，只是我答应了谢莉，在她到达之前我会待在原地。

于是我又接着等。

等啊。等啊。

顾客们应该是陆续上船了，"珊瑚女王"号上越来越热闹。不过，并没有人靠近板条箱，所以我想我所在的位置一定是墙后面或者门后面的储藏区。反正不管在哪儿，就是没有空调就对了。

没一会儿，我浑身是汗，喉咙干得像塞满了锯末。不知道我还能在这个发霉的破箱子里撑多久。

终于，我听见谢莉在箱子侧边敲了三次。我感觉我已经被闷了几个小时了，不过实际上可能还不到20分钟。她扶着我从箱子里爬出来，递给我一瓶冰水——我长这么大从没喝过这么好喝的水。我抱了抱她，闻到熟悉的橘子香水味。我真的太感激她了。

她把一根手指贴在嘴唇上，示意我跟她走。她穿着狂野的渔网长袜，一双让她比平时高了差不多5英寸的高跟鞋。我跟着她沿昏暗的长廊走着，长廊的尽头是人声鼎沸的赌场甲板。震耳欲聋的噪声一阵阵袭来，像是野兽的吼叫——老虎机的叮叮当当声，沸腾的欢笑声，还有蹩脚的卡里普索民歌乐队在唱吉米·巴菲特的歌，水平实在不敢恭维。

"到了，诺亚。"谢莉指着一扇门。门上挂着一个手工雕刻的牌子，上面写着"美人鱼"。

"站在这儿别动。"她说完迅速钻进隔间。几秒钟后，门突然打开了，一头金发的谢莉探头探脑。她警惕地环顾四周，示意我也进去。

她要我进女厕所。

我就进去了。我们俩勉强能挤在里面。

"东西呢？"她低声说道。

我拍了拍艾比的背包。前一天，谢莉和我已经决定好了如何分配这些食用色素：十七瓶给我，十七瓶给她。

"牌子拿来没？"我问。

她笑了笑，举起一个牌子给我看——一张正方形的纸板，上面用黑油油的马克笔写着大大的"故障，暂停使用"。

"这样就不会有人进来了。"她向我保证。

"那你怎么办？"我担心她找不到安全的地方把色素冲下去。

"前面还有一个美人鱼厕所。我去那儿。"

"要是里面已经有人了呢？"我问。

"那我就去男美人鱼厕所。"

"男厕所？你认真的？"

谢莉耸耸肩："哎，谁能不让我进吗？"

她说的也有道理。"我得回酒吧了。"她说，"比利·巴布科克都要望穿秋水啦。这个可怜的家伙自以为坠入爱河了。"她轻轻地捏了捏我的肩膀："祝你好运，安德伍德小朋友。"

"也祝你好运，谢莉。"

门一关上，我就从里面上了锁。我一听到她挂好"故障，暂停使用"牌子的声音，就拉开了艾比背包的拉链，拿出色素瓶。

船上的"脑袋"小得跟壁橱一样，也就稍微装修了下，局促的空间勉强能让你坐下来办正事。这个厕所混合着不新鲜的啤酒味、高乐氏漂白剂味、谢莉的水果香水味，但它仍然比大多数公共厕所好闻。

而且，就算再难受，也比关在板条箱里强。

有那么一会儿，我在想，要是我爸看到我被锁在"珊瑚女王"号的美人鱼"脑袋"里，他会做何感想。作为父亲，他会因为我偷偷上船而生气；作为一个热爱大自然的人，他会因为我要抓住达斯蒂·穆勒曼而骄傲。

不管怎样，我了解爸爸，如果他只能给我一个建议的话，那一定会是：小心别被逮着！

我打开第一瓶食用色素，果然如谢莉所说，凝胶像糖浆一样流得很慢。我小心挤压塑料瓶，把每一滴黏稠的液体都滴在马桶里。

然后我用力按下冲水键，把染料冲到它该去的地方。谢莉特别提醒过我，这种东西会很快变得黏糊糊的。如果它把下水道堵住，我们的计划就泡汤了。

要想确认有没有成功，只有一种方法。我跪下来，捏住鼻子，钻到马桶深处仔细查看。一点儿倒挂金钟色也看不见。

也就是说到目前为止，一切还算顺利。

一瓶已经倒下去了，还剩十六瓶。

人被关在厕所里的时候，会觉得时间过得非常慢。

每当我想停下来喘口气，就会有很多人成群结队地在门外边停留——有说有笑，还跟着音乐唱歌。

我太想出去了，但不得不耐着性子再等等。我需要等待没人的时候。

我一直记挂着艾比，她现在一个人坐在雷多的小艇里面，打着手电筒读书。虽然红树林里没有什么凶猛的野生动物，但我还是担心，怕她被晚上一些奇怪的噪声吓到。比如浣熊打架的声音就非常吓人，不知道的会以为是电锯杀人现场呢。

除了担心我妹妹，我还在想"珊瑚女王"号上的其他地方现在是什么情况。船上这么多顾客，其他的厕所应该没断过吧。达斯蒂·穆勒曼八成会故技重演，那么今晚船上所有的污物都会在稍后流入大海。

想想就生气，这倒是好事。我必须保持高昂的斗志，才能完成我必须完成的任务。每隔两三分钟我就看一下手表，想着指针怎么走得这么慢。

爸爸妈妈大概还在吃晚饭。饭后，他们应该会去塔维尼尔看个晚场电影。也就是说，他们会在0点30分左右到家，所以艾比和我必须在那之前回到家躺上床。

"珊瑚女王"号打烊的时间是半夜12点。如果我等到那时候再走，我们就必须在不到半小时的时间里开着雷多的小艇回去，再骑上我们的自行车赶回家。我觉得很悬，因为海上很黑，什么也看不清，而且小艇很慢。我也不想接下来的三个小时都在女厕所里窝着。

我决定现在就出去，就算外面有很多人我也不管了，但愿没有人要抓我。谢莉说过，赌船的老主顾都两耳不闻窗外事，就算船上跑出来一头犀牛，他们也不会多看一眼。但愿真的像她说的那样吧。

我悄悄把空的色素瓶收起来——这是我唯一的犯罪证据——然后把它们装进艾比的背包。

没想到正当我伸手开门的时候，金属门把手剧烈晃动起来。外面有人想进"脑袋"。

我用双手抓住门把手，用脚抵着水池。

"喂，开门！"一个沙哑的女声，"我要上厕所！"

要么是她没有看到"故障，暂停使用"的标志，要么是她已经憋不住了。外面传来沉重的吼声，她力气好大，晃得我几乎要握不住门把手了。

门开了一道窄缝，不到两英寸，但足以让我看清门外的人，并且，我吓了一大跳，看相貌和身材，她怎么都像个85岁左右的老人，这完全出乎我的意料。她刚才拉门拉得那么用力，我简直怀疑外面是个300磅重的相扑运动员。

"你马上开门！"老妇人吱哇乱叫，"我要尿尿！"

她戴着闪亮的红棕色假发，跟戴了个头盔似的。她的脸上涂了厚厚一层粉，忽闪忽闪的假睫毛比骆驼的睫毛还长。她的嘴巴像鹦嘴鱼一样嘟嘟着，涂着杧果色的口红，还叼着一支雪茄。

"你没看见指示牌吗？"我透过门缝问。

"啥指示牌啊，你这自以为聪明的小鬼？"

这时，我在她两脚之间看到，纸板掉在了布满磨损痕迹的地板上。一定是谢莉挂牌子的钉子松了。

"喂，你根本不是女美人鱼！"老妇人吐掉雪茄，厉声说道，"快滚，不然我叫保安了。"

我使出吃奶的劲关上了门。

"你这个小变态！"她骂了一串惊天动地的脏话，要是珍妮特外婆听了恐怕会心脏骤停。

"你走开啦。"我恳求道，"我这有紧急情况。"

"紧急情况？我告诉你什么才是见鬼的紧急情况。"鹦嘴鱼女士用瘦骨嶙峋的拳头捶着薄薄的门，"我的膀胱要炸了，就跟圣海伦火山爆发一样，知道吗，小兔崽子？"

她像疯子一样鬼哭狼嚎的。我知道再这样下去，用不了多久就会把船员引过来。

"听着，你这个臭小子。"她说，"我数到五就冲进去——最好别让我抓到你光着屁股坐在马桶上。听到了吗，小鬼？我也不想搞那么难看。"

"拜托别这样。"我说，但已经无济于事。

"一！二！……"

没有别的选择了。我从马桶上站起来背上背包，斜着身体准备冲刺。老太太的大嗓门喊到"五！"时，我冲出门，从她细树枝一般挥舞的胳膊下钻了过去，跑了起来。

本来没人注意到这边，没想到她开始尖叫："抓住他！抓住那个干坏事的小变态！"

所幸我跑得很快，而且我个子不高，可以从赌徒们的腿之间穿过。有几个人抬头看了看，还有一两个人真的想伸手抓我的衣服，不过都没抓住。还好，他们基本上都在忙着找乐子，没人有心思追我。

我飞奔过酒吧，谢莉看到我，吓得眼睛瞪得像铜铃。一个眼神涣散、面庞粗糙的男人——我猜他就是比利·巴布科克 ——在凳子上转着圈喊道："船上有个小孩吗？"

我赶紧往上面跑。身后响起一声怒吼，我转过身，看到两个大块头向我追来。他们看起来非常暴躁。两个人都穿着红色紧身T恤，衣服正面印着"活动工作人员"字样。

谢莉提醒过我要小心——他们是保镖。

他们吼着要我站住，但我只顾着跑。我跌跌撞撞跳到上层甲板，直奔船头。船的下方，镜子一般的水面上，倒映着"珊瑚女王"号上一闪一闪的灯光，有点圣诞节的感觉。

船头很高，离水面很远，比我想象的远得多。

"游戏结束了。"一个声音说道。

我转过身面对着保镖，这两个大块头加起来得有四百多磅。

他们追我追得气喘吁吁，露出得意的笑。他们以为我走投无路了，但他们错了。

一个保镖对我勾了勾粗壮的手指："来吧，孩子。"

我踢掉鞋子，把鞋塞进艾比的背包里。

另一个保镖大声说："冷静点，小个子。别做傻事。"

听他说完那句"小个子"，我忍不住想要一耍他们。"如果我掉水里面淹死了，"我说，"你们就摊上大事了。"

"是啊，没错。"

"我爸妈会起诉穆勒曼先生的，把他告到破产。所以你们最好小心点。"

两个保镖面面相觑，笑容逐渐消失。

趁他们交头接耳讨论该怎么办的时候，我躲到栏杆下面，挪动着身体做好准备。我告诉自己不要往下看。

其中一个保镖朝我这边迈了一步。"你知不知道你在干吗？你疯了吗？"他问道。

我看得出，他们准备冲过来了。

"离那儿远点！"另一个保镖一边对我发号施令，一边也向前走来，"你这个傻瓜，小心扭断脖子。"

"我没打算那样做。"我说。

他们满脸横肉，眼睛眯缝着，脸上流露出恐惧的表情。他们反应过来，如果我有个三长两短，他们就会被炒鱿鱼，甚至下场更糟。

其中一个保镖赶紧拿出对讲机放在嘴边："卢诺！快过来！"

"对，让他快点来。"另一个人说，"这孩子是外星生物吗？疯了吧。"

　　我必须跳船了。

　　保镖们突然向我扑来，但我已经飞向了空中，舒舒服服地坠
入自由世界。

　　我一边大喊着"杰罗尼莫"，一边这样想着。

第十六章

入水的瞬间是怎么回事，我已经不记得了，但我记得往下沉的感觉。

还没有沉得很深，我就想起了自己还背着艾比的背包。

我本来可以把它扔了，但那样就跟乱扔垃圾没有区别了。而且，背包上有两个地方用鲜红的马克笔写着"艾比·安德伍德小姐"呢。如果有人捡到这个包，看到里面装的空色素瓶子，那我们就露馅了。

我连忙摘下右肩上的背包带子，这样游泳会方便一些。虽然我的游泳速度不是奥运会选手级别的，但我知道自己已经和"珊瑚女王"号拉开了距离。我时时刻刻期盼着艾比开着突突响的蓝色小艇来救我。

在我身后的赌船上，他们正在大声呼喊，声音一个比一个大。我转过头，看到卢诺在码头的灯光下跺着脚走来走去，还冲着顶层甲板上的两个保镖怒吼。保镖们指着内港的方向，朝着卢诺吼了回去。

他们当然是在指我。

我更用力地踢着水，心想：快点，艾比，快来啊。

"不许动，小子！"卢诺命令道，"你现在停下来！"

他沿着码头岸边跑着，试图和我并驾齐驱，我赶紧潜入水中。脏水刺得我眼睛疼，我就紧紧地闭上了眼。睁不睁眼已经无所谓了，即使我瞪着眼，如果在我鼻子前面3英寸的地方有一条鲸鱼，我也看不见——这可是大晚上在黑漆漆的内港里啊。虽然闭着眼睛，但至少我还在游着。

当我浮上来换气时，一道刺眼的白光正好直射在我的脸上。

"他在那儿！"卢诺大喊。他站在一张处理鱼的台子上，用便携式探照灯扫过内港。

我像乌龟一样潜入水中，向更远的地方游去。当我再次出来换气时，刚才那一幕重演了——明亮的灯光照着我，卢诺喊我停下。糟糕的是，这一次，他听起来离我更近了。

我妹妹怎么还没来？

航道离这里至少有100码远。卢诺脚下快没有路了，我还可以往前游，可问题是我快没力气了。穿着衣服游泳非常不方便，浸满水的背包变得越来越重。

还是没听到小艇的动静。

就算我喊的"杰罗尼莫"不够大声，艾比也肯定听到了达斯蒂的狗腿子那公象一般的吼声啊。我猛吸一大口气，又潜了下去。我踢了两下水，我感觉好像撞上一堵肉乎乎的墙。

而且是会移动的墙。

我记得接下来发生的事：我像个陀螺一样转了起来——然后被一股看不见的蛮力向上扔了出去。我从水里飞了出来，睁开眼睛正好看到一个巨大的棕色物体，浑身好像长满苔藓，滑溜溜的，以令人惊叹的速度推开海水前进着。它那宽宽的圆形大尾巴重重地拍打水面，声音就像步枪在射击。

　　我立刻明白过来：我撞上了一只睡着的海牛。

　　我扑通一声掉回海里。整整一分钟，我在原地踩着水，等着心脏跳得慢一点儿，呼吸平稳下来。码头上暂时安静了，只听到"珊瑚女王"号上的卡里普索民歌乐队欢快的钢鼓声。

　　艾比到底去哪儿了？那个粗鲁野蛮的卢诺又在哪里呢？

　　我又开始往前游，但没有刚才那么大胆了。撞上海牛可把我吓坏了——我忍不住去想，在这黑暗混浊的内港里，不知道还有什么别的动物正在游来游去。万幸，虽然海牛体形巨大，但它们是纯正的素食主义者，不会把人类当成食物。但是，并不是所有在晚上出没的动物都这么仁慈，尤其是某些天不怕地不怕的大鲨鱼。

　　海水本来像一锅汤一样温暖，忽然，随着我踢着水前进，我感觉到一阵寒意顺着脖子流下传到四肢，忍不住打了个寒战。我默念着自己知道的为数不多的祷告词。全部念了两遍。我就是已经害怕到这种程度了。

　　不知道老天是不是真的接收到了我的祷告，反正没过多久，我就听到了小型舷外发动机发出的呼哧呼哧、突突突的声音。我停了下来，望向噪声传来的方向。在内港的入口处，一个熟悉的剪影逐渐显现。

它越来越近，就着码头苍白的灯光，我认出这就是那艘蓝色小艇，还看到正在掌舵的妹妹那细长的身形。

　　我兴奋地喊着艾比的名字，她用我们预先约好的信号回应我：她打开手电筒，快速闪了三下光。我以最快的速度向小艇游去，水声再大我也不管了，我只想好胳膊好腿地从水里出去。

　　艾比吹了声口哨，但我太累了，没力气吹口哨回应她。小艇似乎放慢了速度，似乎不再向我这边前进了。定睛一看，它好像顺着水流越漂越远。我游到小艇旁边的时候，胳膊和腿都开始抽筋了。我抓住船头，妹妹拉了我一把，我终于爬上了船。

　　一开始我连话都说不出来——我就坐在那儿，像一只老落水狗，浑身湿透，上气不接下气。终于缓过来一点儿后，我甩开背包，扯过艾比的衣角擦掉脸上的水。

　　"你没事吧？"她问道。

　　我点点头，揉了揉酸痛的肌肉："你怎么把发动机关了？"

　　"我没关。"艾比说，"它自己熄火了。"

　　"真是给力啊。"

　　"所以我才来晚了。这个破机器死活都不肯发动！"

　　我走到船尾，想看看那台嘎吱嘎吱的破喜运来发动机到底怎么回事。启动绳有3英尺长，紧紧地缠绕在发动机飞轮上。绳子露在外面的那头装着一个小小的塑料手柄，这样拉绳子的时候就不会割到手。

　　靠人力启动舷外发动机，比启动一台割草机还难。船用发动机的马力更大，所以需要更大的力量才能让它的飞轮转起来。我脚蹬着小艇的横梁，双手紧紧握住启动绳的手柄。

"来吧。"我妹妹说。

"祝我们好运吧。"

我向后一仰，猛地一拉绳子。发动机震了一下，发出一串噪声，然后就没动静了。

"垃圾。"艾比嘟囔道。

"淡定。"我的安慰如此苍白，是个正常人都淡定不了。

我稍稍调整身体重心，又抓紧了绳子。

"看看这次怎么样吧，船长。"艾比说。

就在那一瞬间，小艇像舞台一样突然亮了起来——卢诺用探照灯找到了我们。艾比和我遮住眼睛，想看清他在哪里。接着我们听到了他的声音，知道他就在附近。

非常近的附近。

"又是你们俩！"他咆哮道，"你们两个熊孩子！这一次你们跑不掉了！"

他站在码头最后一个泊位。我们小艇的左侧是内港入口，再往外就是外海了。如果我能启动这个拖后腿的引擎，艾比和我就能逃脱。

我又试着拉了拉启动绳，发动机只发出一声令人悲伤的噼啪声，就没动静了。

"我们正在往码头那边漂。"妹妹沮丧地说。

"我看得出来。"

"我们是不是应该跳船？"

"没，还不到时候。"

四次，五次，六次——再试的结果一样令人崩溃。与此同时，一阵微风缓缓地把小艇推向码头，卢诺正在那里像饥肠辘辘的猫一样踱来踱去。他还时不时用探照灯的刺眼光束晃我们取乐。

船头的艾比蹲得很低，而我不得不继续站着，不然就没有足够的力气拉启动绳。

我们离岸边的灯光越来越近，近得可以看见卢诺幸灾乐祸的表情。他的笑容刻薄而丑陋。

我拼命猛拽启动绳，这一次破发动机终于动了一下，然后发出噼里啪啦的声音，真是让人激动。

卢诺欢呼道："我抓到你们两个捣蛋鬼了！"

妹妹戳了戳我的后背："诺亚，快看！快！"

在码头的尽头，一个人影走到了秃头狗腿子身边。我一眼就认出了那件印花夏威夷衬衫，不过其实看都不用看，光是闻到那阵雪茄的臭味就知道他是何方神圣了。就是达斯蒂·穆勒曼本人。

"我要跳了。"艾比说着就准备跳下去。

"别，再等一下。"我心急火燎地继续拉启动绳，一下接一下使劲扯。我完全忘记了疲惫，因为我的心完全被恐惧占据——纯粹的、冰冷的恐惧。我就像一个高速运转的机器人一样。

然后我妹妹喊了一声："诺亚，低头！"

毫无疑问，低头是聪明的举动。我转过头，看到卢诺伸出肥硕的右臂，他手拿一把又短又粗的枪，瞄准了小艇。达斯蒂站在旁边，懒洋洋地吐着蓝色的烟圈。

眼前的这一幕好不真实，我整个人愣在那里，感觉像是置身于别人的噩梦一样。我脑子空白，身体木然，觉得这一切都离我好遥远。

"你干什么？快趴下！"艾比喊道。

我们漂向码头，越来越近，现在的距离已经不到50英尺了，想瞄准我们非常容易。终于，我脑子里的警铃响了起来，我举起双手，喊道："别开枪！我们投降！"

达斯蒂轻声笑了。卢诺斜着眼看我们，神情像个变态。我说完，他都没有把枪管放低哪怕一毫米。

"你们这些孩子犯了大错。"他说，"是时候还债了。"

那大概是我一生中最接近在公共场合尿裤子的时刻。

即便如此，我满脑子还是要保护妹妹。我扑向了她，但没能顺利把她扑倒——我的下巴撞到了舷边，我俩差点翻倒。我双手搂着艾比，等待着枪响。

结果并没有枪声响起。码头上突然爆发了一场激烈的、扣人心弦的搏斗。我和艾比从小艇的一侧看过去，见证了惊人的一幕。

码头的灯光下出现了第三个人，就像从天而降一样——他像捣果冻一样捶着浑身是汗的卢诺。达斯蒂·穆勒曼撒腿就往"珊瑚女王"号跑，只听得到他脚上的名牌人字拖拍打地面的声音。

船上，乐队的钢鼓还在欢快地叮叮当当，中间夹杂着卢诺那奇怪的猪叫一样的哼哼声。身材精瘦的陌生人挥舞着甲板拖把，打得又准又狠，卢诺可有的受了。

其实，也不能说是陌生人，我和妹妹并不是没见过他。我们离得很近，能看到他饱经风霜的棕褐色脸庞上有一个M形伤疤，还能看到他脖子上的链子挂着闪闪发光的金币。

"是那个海盗啊！"艾比高兴地低声说道，"太神奇了！"

"你别动。"我叮嘱她。我爬到船尾，抓住启动绳的把手。

我还是蹲着，咬着牙使出剩下的全部力气猛拽。

可以说是奇迹吧，旧发动机晃了晃，然后居然轰隆隆地启动了。

我掉转小艇，让船头对准航道，把油门拧得大大的。回过头，正好看到神秘的老海盗把卢诺那支短粗的枪扔进内港。很少看到臂力这么强大的老年人。

船到了开阔水面，我把速度降低了一半。晚上开船需要加倍小心，因为光线不好，看不清也看不远，就算用手电筒照着也没什么用。水上可能漂着各种危险的杂物，挡住你的去路——比如浮木、椰子、绳子——很容易就把旧喜运来发动机的螺旋桨叶片弄坏了。

艾比站在船头，注意着障碍物，我尽力借着岸上的光线开船：汽车旅馆、豪宅、房车公园、夏威夷风情酒吧的灯光。到了雷鸣海滩附近，没有灯光，只有一轮黄色的月亮照着平静无人的海滩。真是理想的夜晚，多适合海龟妈妈爬到海滩上来产卵啊，我想。

一阵不大的浪头袭来，咸咸的海风拂过脸颊，感觉很舒服。一串闪闪发光的星星挂在我们头顶，一直延伸到古巴的方向。我从来没有这么开心过，艾比也是。

"我们做到了！"她欢呼，"我们太厉害了！"

"拜拜喽，穆勒曼船长！"我开玩笑地做出敬礼的动作。

"皇家同花顺行动"最困难的部分告一段落。我们设好了陷阱，成功逃了出来，虽然差点儿出事。真没想到会被卢诺追杀，不过还好有惊无险。这会儿，达斯蒂·穆勒曼和他的那帮手下还搞不清楚我在"珊瑚女王"号上做了什么，因为唯一的线索已经被厕所的水冲走了。

冲到厕所底下，一直冲到污水罐里——他们最不可能把头伸进去的地方。

要再过一阵子，达斯蒂才会发现我做了什么，但到那时候一切都来不及了，有更严重的后果等着他——美国海岸警卫队会来找他的，我打算明早起来就给他们打电话。

尽管我感到振奋，但还是无法忘记曾近在咫尺的枪口。差一点点就中枪了啊。难以置信。

为什么呢？我思考着，为什么达斯蒂会站在那儿，命令卢诺瞄准我们两个不足挂齿的不速之客？我想，一定是因为我们四处窥探，彻底惹恼了他。

还有，被同一个陌生人救了两次的概率能有多大？要么是这个老海盗一直跟踪我们，就像某种怪异的守护天使一样；要么是我和艾比太幸运了，整个佛罗里达数我俩最幸运。

"快右转！"船头的艾比喊道。

我猛推舵杆，我们飞快地擦过了一根尖尖的木头，尖儿上还泛着光呢。好险，离我们只有几英寸，如果没躲过，它肯定会把船体扎出一个洞。

"好眼力。"我对妹妹喊道。

"谢谢。什么声音啊？"

"不知道。"

"诺亚，你为什么减速啊？"她喊道。

"我没有。"我说，"反正没有故意减速。"

但是船速确实变慢了。我和艾比听到的巨大噪声来自坏掉的发动机活塞杆，可是我们当时并不知道。

马达嘎嘎作响，听起来十分不妙，然后它就坏了。

我知道我们有大麻烦了，但还是例行公事般卸下了发动机罩，弄了弄火花塞的接头。我的表演一秒钟也没能骗过艾比。

"我看你没带爸爸的工具箱吧。"她说。

"挺搞笑的吧。"

我试着拉了拉启动绳，但它毫无反应。这台破喜运来已经跑不起来了。

寂静笼罩着我们，气氛沉重，我们都累了。小船又一次随波逐流，微风把我们吹到了海上，直往佛罗里达海峡吹去。显然我们的好运气已经用完了。

"我们玩完了。"我妹妹说，"爸妈回到家，发现我们不在，他们会气死的。"

西北风刮起来了。一般来说，夏天刮西北风是坏天气的预兆。

我说："最好现在抛锚……不，等一下……"

太迟了。听到水花四溅的声音，我的胃都缩成了一团。

"我猜，"艾比说，"是绳子没系好，是吗？"

"都怪我。我应该检查一下的。"

"所以我刚把我们的锚扔掉了。"她沮丧地叹了口气，"那现在该怎么办？"

我们看到远处闪过蓝色的闪电，接着听到了缓慢而低沉的隆隆声。

"离我们7英里。不妙啊。"艾比说。

爸爸教过我们，从看到闪电，到听见雷声，这之间相差了几秒钟——一秒钟、两秒钟、三秒钟——就代表暴风雨还有几英里。我数着也是七，跟艾比一样。

"也许它不会经过我们这儿。"她说。

"是啊。"我想，要是暴风雨真能绕着我们走，那猴子都会开直升机了。

短短几分钟，我们的情绪从最高点跌至谷底。毯子般厚重的灰云在天上翻滚，月亮溜到云后面，一阵冷飕飕的强风带着水汽刮了过来。我蹲在两个座位之间，艾比则蜷缩在船头。

闪电越来越刺眼，雷声越来越响，我们无处可去，只能尽量做好承受风吹雨打的心理准备。雷多的小艇上没有桨，我们已经离海岸太远，游不回去了——而且我们俩都不愿意跳进水里。我记得爸爸说过，只要船没沉，你就好好待在船上，因为船比尸体好找。

没多久，风声大作，倾盆大雨冷冰冰地拍打下来。

"你还好吗？"我问妹妹。

"超级舒服的。"她说。

小船晃晃荡荡地驶过波峰，离岸边越来越远了。一道道闪电亮起来的瞬间，黑夜如同白昼，我瞥见艾比用背包捂住了脸。都是我害得我们俩落到这种境地，我感觉糟透了，而且我非常气自己居然让她跟我来冒险。这是我这辈子做过最愚蠢的事情之一。

狂风卷着雨点刺痛了我们的皮肤，每一声响雷都如同炸弹爆炸一样震耳欲聋。尽管我尽最大努力想稳住身体，膝盖却还是不停撞击着船身。我不想让艾比知道我有多害怕，也不想让她知道我们的处境有多危险。如果小艇被雷劈了，我们会像暖气片上的蛐蛐一样被烤成肉干。

我擦掉手表上的水，看了看时间：还有20分钟就到凌晨1点了。妈妈和爸爸现在应该已经回到家了，大概找我们找得都快疯了吧。我焦虑得快吐了。

"嘿，诺亚？"艾比说。

"什么？"

"我的屁股正在水里泡着。"

"我也是。"我郁闷地说。

"我们不应该，呃，想想办法吗？"

"是吧，我感觉也是。"

接下来的两个小时，我们把船里的水往外舀，这个过程非常煎熬，因为我们仅有的工具是空的色素瓶子，容量只有可怜的1盎司。万幸，雷电风暴很快就过去了，雨停了，小船也没有沉。

乌云散去，星星一出来，我就听到艾比在打呼噜。我不知道我们漂到了离岸边多远的地方，但我仍然可以看到海岸线上隐隐约约的一串灯光。我躺在座位上，看着天上的月亮，想着不知道还要多久才会有人发现我们。我决定不睡觉，努力保持清醒，这样如果有船经过的话，我就可以用手电筒发求救信号了。

但没过多久我的眼睛就闭上了。等我醒过来的时候，阳光暖洋洋地照在脸上，一只海鸥在头顶嘎嘎叫着——还有一些湿答答的东西溅到了我的头发上。

一小盒看着不怎么样的果汁。

"我们只有这个了吗？"我对艾比说，"佳得乐饮料呢？"

"我喝了，"她说，"早知道我们会在海上漂着回不了家，我就把整个冷藏箱都搬来了。你要不要果汁？"

她的脸还红着，刚才海鸥在我头上拉屎之后她笑得快不行了——简直跟心脏病发作似的。我把头发泡在水里，想把鸟屎洗掉，结果差点从船上掉下去，又把艾比逗笑了。

我想，笑笑也不错。至少这样我们就能转移注意力，不去想每况愈下的形势。

我很愿意跟艾比分享这盒果汁，虽然平时我不爱喝这种果汁混合饮料。人渴到一定地步，什么都会愿意喝。现在才早上8点，我们已经浑身是汗了。七月份的佛罗里达礁岛群就是这么热。我知道，等到了中午，我们的状态会非常糟糕。

我十分后悔把船上的雨水都舀出去了，没有存一点儿下来。"要是回头我去参加《幸存者》真人秀，可得提醒我不能这么干。"我向艾比抱怨道。

她把背包顶在头上，像戴着一顶硕大的、不平整的帽子。"我以前觉得咱家的神经病是爸爸，结果呢，看看我们现在在干吗！"她说，"没水喝，没有东西挡太阳，没有吃的，连根鱼竿都没有，想钓鱼吃都没办法钓。"

一架小飞机飞过头顶——这是今早的第三架了——我们俩站起来朝它挥手。飞机盘旋了一圈就飞走了，我们的希望再次破灭。从飞机的高度看，小艇一定像蓝色纸片上的一个蓝点一样难以辨认。

"诺亚，我什么时候可以开始害怕呢？"艾比努力用调侃的语气说，但我可以看出她不完全是开玩笑。

"至少我们还能看到海岸。"我说。

"那这里的水有多深呢？"

我们已经向东漂过了礁石线，海水的颜色从天蓝色变成了靛蓝色。我不知道确切的水深，但故意往浅了猜。

"50英尺，也许60英尺。不是很深。"

"也许对金枪鱼来说不算很深，"我妹妹说，"但对我来说太深了。"

"你打算游回去吗？"

"对啊，我可想跟锤头鲨玩一会儿了。"她扫视着海平线，皱起眉头，"你说了这边到处都是租船的。你打包票说九点之前就会有人找到我们的。"

"是啊，这不是还有一个小时呢嘛。"我努力掩饰沮丧。

可以看到几英里之外有一艘方方正正的货船正在向南行驶，还能看到几艘深海船来来回回用曳绳钓鱼。但没有船向我们的方向驶来。

甚至一点儿要过来的迹象都没有。

我又试了试启动雷多的发动机，但还是没有用。我在阳光下闭目养神，感觉到自己又渴了。我爸说佛罗里达的夏天热得像魔鬼的烤箱，真是一点儿不假。

我听到有什么东西在哀鸣尖叫，就像生锈的铰链一样叽叽歪歪吱吱呀呀，抬头看，又是一只海鸥在小艇上空盘旋。

"赌5美元，它也会在我的头上拉屎。"我说。

艾比咯咯笑了起来："我顶着背包，很安全。"

我们处在这样麻烦的境地中，她却还是如此冷静和大气，真是令人惊讶。我认识的很多人，包括大人，遇到这种情况都会被吓得不轻。

"我刚想到一件事。"她说，"我们这么被困在船上，那还有谁能给海岸警卫队打电话，说达斯蒂·穆勒曼的事情呢？"

"好问题。"

"你知道吗？这样真的令人伤心。"

"是啊，确实。对不起，艾比。"

"干吗道歉？我们努力阻止一些不好的事情，只是没有成功罢了。但并不意味着我们的出发点是错的——诺亚，你在听我说话吗？"

我没在听。

"你看什么呢？"艾比问道。

"一艘船。"我说，"我应该不是累得出现了幻觉吧。我发誓它真的朝这边来了。"

我妹妹飞快地站了起来。

"你也看见了吧？"我焦急地问，"难道是海市蜃楼？"

"不，它是真的。"

"万岁！"

我们像两个大傻瓜一样，一边使劲挥手，一边放声大喊。这一次终于有用了。那艘船径直向我们驶来，拖着一条长长的水沫尾巴。

船并不大，可能是24英尺长的那种吧，但对我们来说它就像超级游轮"伊丽莎白女王"号一样雄伟，我和艾比没见过比它壮观的船。

船的T型顶棚下，控制台旁边，站着两个人。他俩戴着宽边太阳镜，都没戴帽子。船逐渐靠近我们，它放慢了速度，微微倾斜，船的侧面露出几个橙色的大字——热带救援。

"诺亚，是我想到的那个人吗？"艾比虚弱地问。

"只此一家，如假包换。"

"我要不要开始一边哆嗦一边哭？"

"别急。"我告诉她，"我们先确认一下他的生气程度。"

"跟他一块来的是妈妈吗？拜托，告诉我不是妈妈。"

"不是，艾比。妈妈不会光着膀子。"

我们不再挥手，用手遮着眼睛，想逆着强光看清楚那个赤膊的人是谁。

艾比如释重负地说："哦，太好了，是个男的。"

"是啊，不过你猜猜是谁？"

"是谁？"

"看看他的伤疤，艾比。"

她倒吸一口气："这怎么可能啊。"

和爸爸一起驾船的人是那个老海盗。

拖船缓缓驶向我们的小艇，我们都说不出话来。爸爸扔来一根绳子，我把它拴在船头的甲板上。

"嘿，伙计们。"爸爸说，"昨晚挺漫长的，是不？"

我们胆怯地点点头。陌生人站在爸爸旁边，微笑着抚摸挂在脖子上的金币。他似乎在仔细打量我们。

爸爸扶着我和艾比上了拖船。然后，他把我们拉到他身边，用力紧抱着我们，好像他再也不会放手了。

"你们俩没事吧？"他从头到脚把我俩仔细检查了一遍，看到我们没有中弹，没被鲨鱼咬，也没缺胳膊少腿，他似乎非常高兴。

"我们很好。"我对他说，"就是有点儿渴，别的没什么。"

老海盗递给我们每个人一瓶冷水。

"你是谁啊？"艾比甚至没说谢谢就问道，"对不起这么问你，但我真的快被这个问题搞疯了。"

陌生人摘下太阳镜，看了爸爸一眼。他的表情并不悲伤，但似乎有些沉重。

"孩子们，"我爸说，"快跟你们的鲍比爷爷打个招呼吧。"

第十七章

"这里是美国海岸警卫队，我是赖利军士。"

"你好，我想报告，有一艘船向海中倾倒污水。"

"船的名字是？"

"'珊瑚女王'号。"

"那艘赌船？穆勒曼码头那个？"

"没错。"

"你亲眼看到了这一违法行为吗？"赖利军士问。

"通向雷鸣海滩的水面上有一条亮紫色的痕迹，你去看了就知道。但最好抓紧时间！"

"请问你是？"

"安德伍德。佩因·安德伍德。"

我的第二个电话是打给《岛屿观察家》报的。这次我报了自己的真名，没再冒用爸爸的名字。

当然，迈尔斯·乌姆拉特还记得我，当然。

"很高兴跟你联系，诺亚，但我现在有点忙。大礁岛有一辆装满鱼饵的卡车刚刚翻车了，现在高速公路上到处都是活蹦乱跳的虾。"

"想听我讲一个真事吗，值得上头版的那种？"

迈尔斯·乌姆拉特说："当然，怎么会不想听呢。"

他在糊弄我，在哄我。我能想象得出来，他布满斑点的白脸上正浮现出百无聊赖的表情。

"记得我爸说的那些关于达斯蒂·穆勒曼的事吧？呃，都是真的，一字不假。"

迈尔斯·乌姆拉特说："我理解你的感受，诺亚。如果是我爸做了那样的事，我也会维护他——"

"你想要证据对吗？马上去达斯蒂的码头。"

"为什么？怎么回事？"他突然提起了兴趣。

"去问海岸警卫队吧。"我说完挂断了电话。

客厅里，爸爸、妈妈和艾比围在鲍比爷爷身边。我从厨房出来，他示意我坐在他旁边。我才注意到我爸和他的相似之处——我爸比他高，比他重，但有着跟他一样的方下巴和淡绿色的眼睛。

鲍比爷爷拿出一张破旧的小照片，都有折痕了。照片中，他留着金色卷发，不像现在一头银发，脸上也没有疤痕。他把一个没穿上衣的小孩高高举过头顶，小孩笑着，蹬着又白又胖的双腿。

那个小孩就是我。

"那时候你才2岁。"我爷爷说。

这是我第一次看他的照片。我3岁生日的前一天晚上，一场热带风暴引发了洪水，我家房子被淹，爸妈的家庭相册全都没能幸免。

鲍比爷爷把小照片给大家传阅了一圈，然后小心翼翼地把它折成正方形，放回口袋。他回头对我说："你想先说两句吗，小天才？"

"不用了，谢谢。您先请吧。"

他端起咖啡杯，慢慢啜了一口。"天哪，从哪里说起呢？那就从这里说起吧，我想说，过去十来年都没有跟你们保持联系，我非常难受。"

"没保持联系？所有人都以为你死了啊！"艾比喊道。

"对不起，我真的很抱歉，"鲍比爷爷说，"佩因、唐娜——相信我，我跟你们保持距离是有充分理由的。"

我看得出，鲍比爷爷回来，爸妈是开心的，但他们也有点反应不过来，一时接不上话。我妹妹倒是一点儿都不觉得茫然，因为她从来没见过爷爷。她还没出生的时候，他就已经消失了。

"我的故事讲起来不怎么让人开心，"他说，"有一天，来了一个人，说他需要找一个船长，去南美洲跑几趟船。给的钱还可以，我也没多问。不是说我不知道该问什么——而是我选择了不去问。总之，第一趟挺顺利的，第二趟也没问题，但是第三趟，啊，天哪……"

"你们在走私毒品吗？"我问。听我这么说，艾比都有些震惊了。

"不，小天才，我可不喜欢那玩意儿。我们运的是石头。"鲍比爷爷说，"那种小小的绿色石头，叫祖母绿。但走私就是走私，做了蠢事就是做了蠢事。当时的我就是那样——我真是世界级的傻瓜——后来才发现，我信任的那些家伙原来那么贪心，都是背后捅人刀子的骗子。确切地说，是往脸上捅刀子的骗子。"他懊丧地指着那个M形的伤疤，"反正，唉，细节不重要了。有些事真的上不了台面，太丑恶了。"

离近了看他，感觉他不太像海盗——至少不像电影里的那种海盗。跟那些人比起来，他的牙齿很齐，也比他们有礼貌多了。

但他也不像平时能在电影里看到的那种爷爷。他没有大肚腩，肌肉依然硬邦邦的，浑身充满一种奇异而狂野的能量。你能看出来，他这辈子从来没有享受过在摇椅上昏昏欲睡的时光。

爸爸问："'阿曼达·罗斯'号后来怎么样了？"

"阿曼达·罗斯"号是鲍比爷爷的渔船，以他的妻子，也就是我奶奶的名字命名。我没见过奶奶，她很早就去世了，那时候我爸还很小，跟现在的艾比差不多大。听妈妈说，她是患了某种罕见的癌症。我爸闭口不谈的事情很少，奶奶去世就是其中之一。他一个字也不愿意说。

"佩因，他们把'阿曼达·罗斯'号偷走了。"爷爷非常难过，"也是那天晚上，他们想杀了我但没有得逞。从那以后，我每分每秒都在想办法找到那些狗杂种——对不起我说脏话了——把我的船弄回来。"

妈妈开口了："美国国务院那边一会儿一个说法。有人说你的阑尾穿孔了，还有人说是酒吧斗殴。"

鲍比爷爷拍了拍肚子："据我所知，我的阑尾好着呢。至于酒吧斗殴嘛，我可没少打架，不过也没怎么样嘛。"

"那他们为什么说你死了呢？你明明没死呀。"我问。

"因为有个美国人死了，诺亚。他们在巴兰基亚城外边的一个小村庄附近发现了那个人。他的口袋里碰巧有我的钱包，所以哥伦比亚的警察以为那个家伙就是我呢。"鲍比爷爷解释道，"你爸给华盛顿写信，说的就是这具遗体。棺材一直埋在地下，没有挖出来运回美国，因为我贿赂了一名警察队长，让他们不要挖。"他狡猾地咧嘴一笑，"因为，我可不想缺席我自己的葬礼啊。"

艾比抱着双臂："等一下啊，死人是怎么拿了你钱包的？"

"他从我这儿偷走的，这一步真是大错特错啊。"鲍比爷爷又喝了一口咖啡，"结果害得你们以为我死得很惨，还被埋在荒地丛林里的某个无名坟墓里。想到这些我的心都碎了。但我又不能回佛罗里达，我不能带着一屁股的麻烦回来。你们在这里日子过得好好的，又充实又体面——诺亚的少年时代正在展开，有那么多的好事在等着他。艾比也在茁壮成长。"

"你可以打电话的啊。"我妹妹紧追不舍，"南美洲也有电话可以打啊，不是吗？"

"或者至少写封信来。"我插嘴说，"让爸爸知道你没事就行啊。"

鲍比爷爷往后一靠，笑了："孩子们，我告诉你们，你们的爸爸啊，他是个好人，但有时候他的脑子不知道去哪儿了，完全凭着一腔热血在做事，心里怎么想就怎么做。"

我爸换了个坐姿，看起来不太自在："哦，拜托，爸。"

鲍比爷爷可没打算住口。他无视我爸，直接对艾比和我说："你们知道，你们爸爸小时候在学校，别人都叫他什么外号吗？叫'呸呀·安德伍德'。"

我和艾比放声大笑。

"我跟你们说，他有一个坏毛病：想到什么就做什么，根本不管有多蠢。"爷爷说，"所以，你们想想，如果他发现我还活着，知道我一路逃到了哥伦比亚的丛林里，他会怎么做？他会立马跳上飞机，或者跑上船，或者骑头驴，反正不管用什么交通工具，他会马上来找我！我说得对吗，儿子？然后很可能他跟人谈判的时候就被弄死了。"

爸爸低头盯着脚尖。

我妈妈问："爸，你是因为什么事决定回来的？"

"这咖啡真是上乘。我能再来一杯吗？"

鲍比爷爷在厨房倒咖啡，艾比轻轻碰了碰我爸，小声说："他们真的叫你'呸呀·安德伍德'吗？居然有这种糗事，哈哈哈！"

"你们就嘲笑我吧。"爸爸笑得很勉强，"我回头再收拾你和你哥。"

鲍比爷爷倒了满杯咖啡，还拿过来一个果冻甜甜圈。他吃了两口，说："事情是这样的，在那个港口小镇，我正坐在一个酒吧里，等着见一个码头混混，他说他在圣文森特和格林纳丁斯见过'阿曼达·罗斯'号。然后呢，那边的人很喜欢看电视，碰巧这家小酒吧正在播迈阿密的一个电视台的节目。"

"是10频道吗？"我问。

"没错，诺亚。我在酒吧里，好端端地喝着啤酒，想着自己的事情，结果突然抬起头，你猜我在电视上看到了谁？佩因·李·安德伍德先生——我儿子、你老爸！"

鲍比爷爷停顿了一下，摇了摇毛茸茸的脑袋："如果我没记错的话，他穿着最新款的监狱时装——一件漂亮的橙色连体衣，特别扎眼。他一直在叨叨说他为什么把一个混蛋的船弄沉了，因为那个人把船上厕所里的粪便倒进了海里。我惊得下巴都要磕着膝盖了。那是我儿子啊，他竟然入狱了！"

爸爸抬起头："说说你接下来做了什么吧，爸爸。"

"你是说顺路搭了亿万富翁的游艇去西礁岛吗？"

"不是顺路搭的。"爸爸对我和艾比说，"他偷偷地藏在人家的船上混过来的。"鲍比爷爷和爸爸开着拖船找我们俩时，把这些事都跟爸爸讲了。

"你躲在哪里啊？"艾比问道。

爷爷眉开眼笑："躲在酒柜里，宝贝。"

"真会找地方。"妈妈叹口气说。

"我一滴酒也没沾，唐娜，我发誓。"鲍比爷爷强调，"总之，我知道游艇一到西礁岛，海关的人就会上来彻底搜查的。所以我们一到港口，我就跳船了。我游到马洛里码头，碰见一个红头发的保险赔偿理算师，我搭她的顺风车往北走，她还说什么虽然我是异教徒，但她还是会尽力拯救我的灵魂之类的。我走到塔维尼尔就下车了，在蛇溪的桥下面扎了个营。我看了一堆旧报纸，了解佩因案的进展。"

"那你怎么会开始跟踪我和艾比的呢？"我问。

"就凭直觉。"爷爷说，"有一张报纸上登了一篇报道，里面有你说的话，诺亚，就是你说你爸的那些话。记得吗？"

"哎，可不是我非要上报纸的。"我有些委屈地看了爸爸一眼。

"嗯，你表现得很好，小伙子聪明又懂事。不过，我还是不禁觉得，你太像你爸爸和爷爷了，你没办法袖手旁观，眼看着穆勒曼这个卑鄙小人毁了我们家族的荣誉，更不会眼看着他污染大西洋的环境。"鲍比爷爷眨了眨眼，风卷残云般地干掉了剩下的甜甜圈，"所以我决定盯着你和艾比小姐，省得你们做什么危险的事。"

"谢天谢地，多亏了你盯着。"妈妈说。

爷爷说，他白天潜伏在桥下，用一根手线钓鱼。天黑之后，他就躲在码头，等着我们行动。

"你躲在码头哪里呢？"我问。

"昨晚是躲在一艘渔船的金枪鱼观测塔上。"他说。

艾比很兴奋："我也在那里藏过！我还拍了视频呢！"

"不太好爬上去，"鲍比爷爷说，"但很好下来。那个秃顶的猿人到了也不知道是谁袭击了他。"

"他叫卢诺。"我说。

"管他叫卢诺还是米尔德丽德什么的，我又不是要给他寄贺卡祝他早日康复。"鲍比爷爷说到这儿，把咖啡喝完了。

爸爸接着爷爷的故事往下讲。"我和你们的妈妈是12点30分左右看完电影回到家的。我们一看到你俩的床上都没人，马上就猜到你们去了哪里。她想给治安官打电话，但我说不行，我可不想再享受他们的热情接待了。于是我们跳上小皮卡车，驶出车道，结果你们的爷爷就站在那里，非常夸张……"

"在路的正中，"妈妈说，"没穿上衣，没穿鞋，满身大汗。"

"使劲挥着胳膊向我们直冲过来，"爸爸说，"你们的爷爷！"

"那你是什么反应？"我问。

"我非常淡定地转头对你们的妈妈说，'要么咱们碰见鬼了，要么政府给的消息有问题'。"

鲍比爷爷说他本来没打算惊动任何人的——直到他看到我和艾比驾着蓝色小艇逃走了。"那玩意儿的发动机听着就跟用搅拌机搅拌钉子一样。我知道这俩孩子走不远的。"他说，"所以我就跑去找你们爹妈了。"

"等等——你是说你本来打算直接回南美洲去，连个招呼都不打吗？"艾比气得直冒烟，"都不让我们知道你还活着吗？太过分了吧。"

爷爷往前坐了坐，握住艾比的一只手："听我说，小老虎。这些年来，我没有一天不想拿起电话打给你爸。我特别想他，想得没办法用言语表达。"

"但我若让他扯上我的事，那就大错特错了，我的处境太危险了。所以我当时是打算偷偷溜到礁岛群这边，看看我能悄悄做点什么。我带了一笔现金，可以用来保释，或者请律师，或者去贿赂一些人什么的。我在哈伦代尔的保险箱里还放了更多的钱，不过听说你桑迪姑姑和德尔伯伯已经自己拿走了。"

爸爸说："我们不需要钱。"

鲍比爷爷挑了挑一边的眉毛："真的吗？你什么时候中彩票了？"

"我们挺好的。"妈妈温柔地说，"不过还是很感谢你，爸爸。"

他笑了："我明白。"

"哎，我不明白。"我妹妹抱怨道，她把手从爷爷手里抽出来，"知道我是怎么想的吗？我觉得你是一个大——"

"艾比，别闹。"我说，"他救了我们的命啊。"

"也不算吧，"鲍比爷爷说，"是一架私人飞机发现了你们的小船，报告了你们的位置。你们的爸爸把船上的高频无线电装置调到海岸警卫队频道，结果发现我们离你们只有大约3英里远，所以我们一下就抢在海岸警卫队前头了。是你们的爸爸找到的你们。我只是顺路跟着去的。"

"不，我不是说这次的营救，"我说，"我是说昨天晚上码头上的事——就是卢诺还有枪什么的。"

妈妈愣住了："什么枪？"

"那家伙要毙了我们！"艾比突然说，"我是说，我们差点就成了悲剧。诺亚扑到我身上护着我，然后他——"她朝鲍比爷爷点点头，"他把那个人收拾了一顿，把手枪拿走了。"

当时我就后悔提起这事了。妈妈脸色唰地白了。

"他想开枪？"她看着鲍比爷爷，"真的吗？他竟然想杀了孩子们？"

"唐娜，那是一把信号枪。他可能是想吓吓他们，你懂的。"我爷爷说。

"只是把信号枪啊？"艾比听起来有些失望。

"那也不行啊。"爸爸生气地说，"信号枪也可能会引燃小艇或者孩子们的衣服。"

鲍比爷爷让大家冷静："重点在于，除了那个秃子，谁都没有受伤。这样吧，我觉得该轮到诺亚给我们讲讲他的故事了。你准备好了吗，小天才？"

"差不多。"

妹妹假装捏着鼻子憋气。"别忘了讲海鸥那一段哦。"她说。

我一五一十都讲了，即使是那些听起来傻乎乎的事情也没有跳过。谁都没有提问题打断我，他们都坐在那里听我说。

等我说完，爸爸松了口气，把身子往后一靠，然后笑眯眯地说："你撞上海牛了？"

妈妈说："这个叫谢莉的是什么人？"

艾比说："美人鱼厕所？你这个变态！"

鲍比爷爷站了起来，取下脖子上的链子。他把链子放在我手里，说："这是你应得的，诺亚。"

链子上的金币很重，我从没摸过这么重的硬币。不敢相信他会把它给我。

"这个以前是西班牙女王的东西。"他说，"大约四百年前吧。"

"你从哪里弄到的？"爸爸问。

"有一次跟人玩骰子赢的。也可能是打牌赢的。"鲍比爷爷耸耸肩，好像真的记不起来了，"走，小兵们，我们出去兜兜风吧。"

"去哪里？"我问。

"雷鸣海滩。"他说，"不然还能去哪儿呢？"

第十八章

食用色素漂在海面上的时候，颜色不如装在瓶子里醒目，但还是可以看到。正如艾比和我所希望的那样，水流和风向都在帮我们的忙，色素染料从内港里达斯蒂·穆勒曼的船体下流出来，沿着海岸线，形成一条闪闪发光的紫色水流。

爸爸和鲍比爷爷并肩站在雷鸣海滩上，欣赏着倒挂金钟色的犯罪证据。

"我觉得很震撼。"爸爸说，"这是你想的法子吗，诺亚？"

"艾比和我一起想的。"我说。

"我只是挑了个颜色而已。"她说。

"不是哦。我们各自出了一半的力。"

爷爷伸手拍了一下爸爸的肩膀，搂住爸爸："佩因，有这样的孩子，你和唐娜真的很幸运。他俩都是真正的小天才。"

"大多数时候是。"爸爸说着，向我们瞟了一眼。

"你必须承认，"鲍比爷爷说，"这个办法比把别人的船弄沉要聪明得多。"

"是啊，爸，谢谢你哪壶不开提哪壶。"

妈妈久久地盯着浅滩上紫色的浮层。虽然她戴着太阳镜，但我们还是能看出她心情很差。起初我以为她在生我和艾比的气，结果并不是。她是在气达斯蒂·穆勒曼。

"我真不敢相信！"她终于爆发了，"人怎么能做那样的事情！他还是个当爸爸的呢，天地良心！岛上所有的孩子都会来这边游泳啊——可他把这个地方弄得多脏啊，他排放的那些……那些……"

"屁屁？"艾比说。

"就那些东西嘛。"妈妈怒气冲冲，"这个人应该进监狱。他严重威胁了公众健康。"

爸爸老是说谁谁谁干了什么亏心事，应该关起来，好多人都被他说过，但我还是第一次听到妈妈这样说别人。

爷爷也被眼前的景象激怒了，虽然他尽量掩饰着。"进监狱算便宜这种卑鄙无耻的家伙了。"他平静地说，"不过先关进去再说吧。"

艾比和我面面相觑。我们不是没见过鲍比爷爷的拳脚功夫。

"佩因，你记得我以前在这里钓过一条双色笛鲷吗？"他问我爸，"15磅的那条。"

"怎么会不记得？不过只有14磅啦。"爸爸说，"正正好好14磅。"

"你确定？反正，是一条很大的鱼。"鲍比爷爷说，"那时候的珊瑚礁还没那么多捕鱼机关，也没有人往海里扔大便。"

他的声音低沉，有一种威严的感觉，好像在使劲压抑着怒气。

妈妈说："别担心，爸。总有一天达斯蒂·穆勒曼会遭报应的。他那样的人难逃法网。"

又来了，妈妈著名的善恶终有报理论。很明显爷爷并不吃这套，但他保持风度，没有说破。他从水里捞起一根漂浮的树枝，来回在脏水里扫着。

"等到潮水到达一定水位的时候，应该有人通知海岸警卫队才好。"他说。

我没说早些时候在家里打电话的事。说来也巧，就在这时，忽然有声音从北面传来，像是连续敲击的鼓声。

艾比说："你们听！什么声音？"

咔嗒咔嗒咔嗒……

我们都转过身，抬起头看。

"在那儿！"爸爸说。他的眼神跟鱼鹰一样锐利，我们几个什么都没看见。

过了一会儿，爷爷也看到了，伸手指给我们。一开始只能看到广阔的蔚蓝色天空中有一个模糊的小点。慢慢地，圆点变大，原来是一架亮橙色的直升机。

直升机盘旋着降低，咔嗒咔嗒像鼓声的声音变成了响亮、高亢的轰隆轰隆声。机身上清楚地印着"海岸警卫队"字样。侧门打开，一个穿着深色连体衣的男人探身出来。他头戴白色安全帽，手拿摄影机，把镜头对准了海面。

他在拍摄美丽得令人震撼的倒挂金钟色水流。

我们向海岸警卫队的人挥手，但他正忙着拍摄，并没有回应我们。直升机慢慢飞向远处，沿着水面上那紫色的证据一路飞到海滩，一直飞到"珊瑚女王"号停泊的码头。直升机在那附近盘旋了很久很久。

达斯蒂·穆勒曼被正式逮捕了。

得知这个消息，艾比欢呼起来，鲍比爷爷高兴得鼓掌，我挥舞着拳头。我们满怀希望和快乐回家去了——不过，爸妈虽然高兴，但还没忘记我和艾比前一天晚上偷偷溜出去的事。

"对了，跟你们说一声，你们俩都不准出门了。"妈妈在车里告诉我们。

我示意艾比冷静，但她无视了我。

"到什么时候？"她愤愤不平地问道。

"无限期。"爸爸说。

无限期比有具体时间好。根据我的经验，所谓的"无限期"不准出门，其实都是有谈判余地的——只要艾比别再抱怨了。

"这不公平。"妹妹说，"说真的，太伤我的心了。"

"说话注意点，小姑娘。"妈妈警告说。

"我们刚刚拯救了雷鸣海滩呀！这不应该是加分项吗？"

鲍比爷爷说："艾比，宝贝，没事的。反正，对你和你哥来说，可能低调一段时间会比较好。"

全家人数他最懂怎么低调。

等我们都回到家，我才向爸妈请求宽限一点儿时间。"明天开始生效好不好？"我说，"拜托！"

爸爸用怀疑的眼神看着我："为什么？你今天下午有大事要办吗？"

"我要去跟谢莉道谢。"

"我也要去。"艾比说着，快步走到我身边。

爸爸让妈妈决定，妈妈用一种"我没心情闹着玩"的眼神瞪着我们。"给你们一个小时。"她说，"多一分钟也不行。"

我们冲向自行车，艾比扭过头向着身后喊道："鲍比爷爷，你待在家等我们回来啊！"

我爸和我妈是真心相爱的，但还是没少吵架。有时候，我和艾比会觉得他们的争论很滑稽，但有时候也很沉重。比如，如果爸爸没从监狱出来回到家里，如果他没有振作起来，那么妈妈是真的要离婚——百分之九十九是认真的。我完全理解她的感受，但我也明白爸爸为什么要让"珊瑚女王"号沉没。

不过说起来，爸妈吵架只动口不动手，只有你来我往的唇枪舌剑，不会动拳头或者抢家伙。

遗憾的是，并非所有人都跟爸妈一样矜持——走到谢莉的拖车门口时，我妹妹和我终于想起了这一点。

谢莉坐在台阶上凝视远方。她穿着黑色牛仔裤和灰色盖璞（GAP）牌T恤，头上反着戴了一顶蓝色卡车司机帽。

她一只手汗津津地握着一瓶啤酒，另一只手里拿着一根耙子。有几根尖齿已经折断了，剩下的则折成了锐角。如果只是日常给花园除草，不至于弄成这样。

"怎么了？"我问。

"很复杂。"她说，"你想进来吗？说实话，里面很乱，一团糟。"

“我们会帮你打扫的。”艾比提议。

“是哪种乱？”我问。

“你从来没有见过的那种。”谢莉淡定地说，“你们觉得能弄得了吗？”

看到耙子都变成那样了，我有点拿不准。我只好转移话题，问她在我跳下船之后，“珊瑚女王”号上发生了什么。

她笑了：“什么都听不见，因为乐队太吵了。所有人都在灌酒、下注。有的客人看见你跑过去，还以为你是个船员呢。”

“那个想闯进厕所的烦人老太太呢？”

“哦，她啊？我答应请她喝酒，她就又回到赌桌了，高兴得合不拢嘴。”谢莉说，“说到厕所，我冲了得有七遍，才把那些紫色的黏糊糊的东西全部弄下去。每次我刚准备好冲下一瓶，就有人来敲门，说等不及了。冲了那么多次，我手脖子都疼了。”

“但是我们的计划成功了！”艾比急忙插嘴，“你听见直升机飞过去的声音了吗？那是海岸警卫队——我们看到了，他们拿着照相机，从直升机上面把水里的脏东西都拍下来了。”

“没骗我吧？”谢莉看上去很高兴。她站起来，像啦啦队员转指挥棒一样转着手里的耙子。

“赌场关门之后，达斯蒂说了什么吗？”我问。

“没有，他是个废物。”谢莉说，“我听说，码头上暴发了激烈的搏斗，卢诺被揍得满地找牙。有个保镖开车送他去医院，结果碰到警察盘问，但那时达斯蒂早就没影了。船员们不知道事情有变，就照老规矩，等所有人都走了以后，把污水罐里的污水都排进了内港里。”

我告诉谢莉她做得很好。"谢谢你清理出来空酒箱子，让我有地方可以藏，还要谢谢你偷偷把我带到女士'脑袋'。最重要的是，谢谢你愿意冒着生命危险帮我们……"

"是的，你很棒，"艾比说，"不过，达斯蒂不是有个通风报信的人在海岸警卫队吗？今天早晨，诺亚给警卫队打电话说'珊瑚女王'号的事情，那个人竟然不在，你是怎么做到的？"

谢莉把耙子放在肩膀上，像扛着一支步枪。"进来吧。"她对我们说，"不过，我说过了，里面不怎么美观。"

她没开玩笑。拖车里乱得像被小型炸弹炸过一样——灯碎了，家具翻倒在地，镶的仿木墙板上有好多凹痕和破洞。

两个衣衫不整的男人脸朝下趴着——一个趴在腌臜的长毛地毯上，另一个趴在恶心的发霉沙发上。看不到他们的脸，不知道是死是活。趴在地上的那个浑身湿透了，身上沾着一道一道的水族箱里的绿色黏液，裂了缝的水族箱侧着倒在一边，里面什么也没有了。

谢莉用耙子把手戳了戳趴在沙发上不省人事的人。"你问比利·巴布科克先生吗？他在这儿呢。"

比利·巴布科克低声吸了吸鼻子，但人没动。

"你把他怎么了？"艾比问道。

谢莉用鼻子哼了一声："昨晚他在我酒吧里，东拉西扯了大约两个钟头。为了保证他今天早晨上不了班，我把醉得不省人事的他拖回了家。"

"那另一个人是谁啊？"我指着地板上那个湿漉漉的家伙。

"你不认得他了吗？"谢莉又咯咯笑起来。她用耙子一头钩住了他沾满湿泥的衬衫，把他翻过来。看到他苍白凹陷的脸颊，我完全吓呆了。

"啥？是谁呀？"妹妹迫不及待地问。

"虱子皮金。"我说。

"这就是他本人啦！"谢莉拿开耙子。

"他还活着吗？"艾比问道。

"差不多吧。"谢莉回答，"你们喝不喝可乐？"

我们坐在餐桌旁边，听她讲述事情的原委。挺精彩的。

我爸进监狱以后，在媒体上滔滔不绝地谈论"珊瑚女王"号，这让达斯蒂·穆勒曼紧张了。他列出了所有知道污染事件真相的人的名单，派卢诺挨个去威胁他们，让他们把嘴闭上——要不然就给他们好看。暴徒卢诺并没有像谢莉想的那样把虱子皮金宰了，但是他确实把虱子吓了个魂不附体。

卢诺来到拖车的时候，虱子自然以为达斯蒂知道了他与爸爸的秘密交易，也就是爸爸要用梭鱼小艇换虱子的证词。所以卢诺一走，虱子就偷了谢莉的吉普车，开足马力往大陆逃。令人毫不意外的是，这个不靠谱的人忘了先给车加满油。开着开着没油了，他干脆把车停下，下车步行。

"可是车座上的血迹是怎么回事呢？"我问。

谢莉羞涩地摇摇头。"是番茄酱。"她说，"那个大笨蛋开了40英里，路上一直在大吃特吃巨无霸汉堡和薯条。"

艾比说："那他为什么回来啊？他没钱了还是怎么的？"

"你真是个非常敏锐的小姑娘。对，他的钱用完了。"谢莉说，"但他不是因为这个才回礁岛群的。其实是因为，他想我了，真心想我了。"

我正觉得尴尬，妹妹发问了："你怎么连这都信啊？"

"因为他知道如果我再见到他会怎样。他知道，我会好好收拾他这个可怜又没用的混蛋——但他还是选择了回来！就算这不是真爱，对我来说也已经足够接近真爱了。"谢莉说。

虱子皮金回来得真不是时候。那时候已经凌晨3点多了，他猛地打开拖车门，发现他的心上人谢莉正坐在沙发上看星座杂志——旁边四仰八叉地躺着正在打盹儿的比利·巴布科克。虱子皮金醋意大发，他扑向比利，又踢又打又挠。

谢莉只好跑去工具室找家伙。

虱子被耙子狠狠重击之后，态度奇迹般地变了——他单膝跪地，哭着道歉，说做了太多对不起她的事。

"甚至要把拿走的186美元还给我，再加上拖吉普车的花费。"谢莉说，"当然，这钱我肯定一分也拿不着，但心意我还是领了。我让虱子起来，别求我了，结果这个傻瓜拉着水族箱下面的架子要站起来。整个水族箱倒下来砸在他身上，整整50加仑的水啊，然后他就倒下，进入梦乡了。"

我以为是谢莉故意推倒了脏兮兮的水族箱，砸在虱子皮金身上的，但既然她说是意外，我就相信了。只能说一切皆有可能吧。

"那鱼呢？"艾比担心地问道。

"只剩下一条了，孤零零的，你都没见过那么惨的孔雀鱼。我把它放在浴缸里了。"谢莉说。

"那他呢？"我朝比利·巴布科克点点头。

"一觉睡到大天亮，什么都不知道，信不信由你。"谢莉又用耙子的把手推了推他，"等他一醒，我就告诉他发生了什么。不然他可搞不明白身上的瘀伤和指甲印是怎么来的。"

我走过去仔细看了看虱子皮金。他的额头被砸出了一个李子大小的肿块。T恤上有几排小洞，沾着血迹，是谢莉用耙子打的，但他似乎感觉不到疼。他安详地打着呼噜，冒着鼻涕泡。

艾比对谢莉说："真是个废柴！不敢相信这种回头草你也吃。"

"这可不关你的事，公主大人，不过我姑且多跟你说两句吧。就算你是我亲妈，你觉得我找的这个男朋友太垃圾了，你很看不下去，我也会告诉你，我是个成年女人了，我自己有眼睛，会看人。我的确犯了一些愚蠢的错误，但我一直觉得人应该有第二次机会。相信我，"谢莉说，"这就是我的打算——再给虱子皮金一次机会。你看，他还给我买了新的耳环呢。"

谢莉把她的秀发往后拨了拨，露出左耳上五个闪亮的小圆环。艾比也承认，新耳环看起来很酷。

"是吧，很不错。"谢莉转过头对我说，"诺亚，你爸爸有没有说他觉得会怎么处理达斯蒂·穆勒曼？"

"他说海岸警卫队可能马上要关闭'珊瑚女王'号了。他说他们不会让达斯蒂进监狱，但可能会罚他一大笔钱。"

"但是如果船关了，你就没工作了。"艾比对谢莉说，"你打算怎么办？"

"不用担心我，公主大人。礁岛群的酒保，就跟飓风季节的屋顶维修工一样，抢手着呢。"

拖车里面太乱了，乱到根本没有打扫的必要，应该直接把它拖到垃圾场扔掉。但谢莉只有这么一个家，于是我说："我们会帮你把这里打扫干净。"

"不麻烦你们啦。"她把我们引向门口，"等这两个蠢货醒了，我让他们帮我弄就行。"

她飞快地给了我俩每人一个拥抱，就关上了门。

艾比看了下手表，说我们必须在11分钟内回到家，不然就会被一直关在家里，下个世纪才能出来。我们沿着老路，以最快的速度蹬车。

骑着骑着，我看到前面出现了两个熟悉的身影，一个跑着，旁边另一个骑着一辆沙滩自行车。艾比也看到了。

"诺亚，别停车。"她咬着牙说，"不管发生什么都别停。"

本来我也没打算停下来，可是我们骑过去的时候，小贾斯珀骂了一句特别难听的话。接下来，等我反应过来的时候，发现自己已经捏了车闸。纯粹是条件反射。毕竟发生了那么多的事情，我不能放过这个机会，得让小贾斯珀开心开心。

"你没力气了吗？"艾比小声说。

"别停，快走。"我坚定地对她说，"没开玩笑。"

艾比明白了。她继续蹬车。

我掉转车头，等待着。小贾斯珀骑着沙滩自行车，牛哥慢跑着跟着他——跑得满脸通红，一身汗。

"你们这是去哪儿呀？"我和和气气地问，"是去码头吗？去跟海岸警卫队的人聊两句？"

小贾斯珀跳下自行车，把它扔在那儿不管了。看得出他快气疯了。他走到我身边，抓住我的车把扭来扭去，想把我摔倒。

不知怎的我保持住了平衡，也保持住了脸上的笑容。他恼羞成怒。

"行了，笨蛋，我们决斗吧！"小贾斯珀咆哮着，"你和我！就现在！"

"贾斯珀，别挑事了行不行。"牛哥说着，弯腰喘着粗气。

我不慌不忙地从自行车上下来，把车子支好。然后我一步步走向小贾斯珀，一拳正中他的脸。他伸手推我，我把他的胳膊打到一边去了。他似乎完全惊呆了。

我始终面带微笑。完全没必要害怕这两个笨蛋，即使给我一拳我也不逃。

"差不多得了，伙计。"牛哥对小贾斯珀说，"走吧。"

"哦，不行的。还不能走。"我说，"他还欠我一个道歉。其实是欠我两个，因为他刚刚又骂我了。"

"你死定了！"小贾斯珀怒吼道，"死翘翘！"

他像老鼠一样咧着嘴巴，我知道他在准备再啐我一口。我把手伸进上衣，拉出脖子上的链子。

阳光下，古金币来回摇晃着，闪闪发光。小贾斯珀和牛哥惊讶地瞪大了双眼，目不转睛地盯着它，我知道他们已经认出来了，这枚硬币就是鲍比爷爷那天在树林里戴的那枚。

牛哥颤抖着往后退了半步。小贾斯珀站在那儿，咬着下嘴唇，我想这说明他正在动脑筋。他们俩都不想再跟那个不要命的老海盗纠缠了。

"我还在等我的道歉。"我说。

牛哥戳了戳小贾斯珀："赶紧的吧，老兄。"然后牛哥扶起沙滩自行车，跳上去，骑走了。

小贾斯珀目送朋友骑车离开，这让他变得不安。现在这里只剩我和他了。即使我没给他看硬币，他也会紧张吧，我愿意这样认为，但也知道不太可能。

他转了转像核桃一样凹凸不平的脑袋，往人行道上吐了一口痰。"对不起，安德伍德。"他咕哝着，声音小到我几乎听不见。

"一次了。"我说，"还差一次。"

很明显小贾斯珀非常痛苦，但他还是强迫自己又说了一遍。"很抱歉，非常抱歉，行了吧？"

"算是行了吧。"我退后一步，挥手示意他可以走了。

小贾斯珀给了我一个标志性的冷笑，然后跑掉了。

"祝你今天过得愉快。"我喊道，尽管我知道对穆勒曼一家来说不太可能。

第十九章

可想而知，《岛屿观察家》用了大篇幅报道这次事件。头条新闻的标题十分刺眼：

《赌船污染海水被查封》

文章作者是迈尔斯·乌姆拉特，文中解释说，被冲走的厕所污物很容易追踪到是由"珊瑚女王"号排放的，因为污物中含有"一种高度可见的有色物质"。报纸头版刊登了一张航拍照片，照片上是证明达斯蒂有罪的倒挂金钟色水迹。不是我吹牛，这张照片真的很震撼。

正如我爸所料，海岸警卫队立即关闭了这艘赌船。达斯蒂·穆勒曼没有表态。

迈尔斯·乌姆拉特还有其他几名记者打电话到我们家，还留了言。他们都想采访爸爸，因为他对达斯蒂的指控已经被证实。

如果是以前，佩因·安德伍德会迫不及待地拿起电话大声嚷嚷，但如今的他接受了唐娜·安德伍德的建议，任凭电话铃声怎么聒噪，也不去搭理。

我爸不需要对记者说什么了，因为县上的每个人都知道了真相。终于，他们明白了我爸说的那些关于达斯蒂的事都是真的。

第二天早上，鲍比爷爷开着爸爸的皮卡车，去迈阿密海滩给了德尔伯伯和桑迪姑姑一个惊喜。他说，他们看到他还活着，都非常高兴的样子，但过了一会儿，他们就开始表现得有点儿紧张，很不自然。他们可能吓坏了，搜肠刮肚想找个理由，解释为什么会把爷爷留在银行里的钱挥霍一空。

一天后，爷爷回到了礁岛群，和我们一起待了一个星期——这是我这辈子过得最幸福的时光之一。就连艾比也活蹦乱跳的。每天晚上我们都睡得很晚，听他讲在加勒比海冒险的故事。白天，我们就去浮潜、抓螃蟹，或者跟在小艇后面玩尾波滑水。有一天下午，我们带着金属探测器去了一个沙洲，那是迈阿密来的酒鬼游客爱去的地方。我们捡到了13美元、四个戒指、两个手镯、一把崭新的瑞士军刀，还有一颗金牙。

一天早上，吃早饭的时候，鲍比爷爷突然宣布他要走了。

"去哪里？"我问。

爸爸替他回答："回南美洲。"

鲍比爷爷点点头："你不会去找我吧，佩因？希望你能答应我。"

"答应你。"我爸不太情愿地说。

鲍比爷爷对着我妈挑了挑一边的银色眉毛："唐娜，我就指望你看着你这个急性子老公了，可别让他乱来啊。"

妈妈让鲍比爷爷别担心。"我们会想你的，爸。"她说。

"可是你为什么要走啊？"艾比脱口而出，"你为什么不跟我们一块儿在这儿生活呢？"

"我也想呢，小老虎，这样的生活多好啊。"我爷爷说，"但是别忘了，美国政府以为我已经死了。以后等到时机成熟，我会自豪地走进美国大使馆，在文件上按下我的指纹，把所有糊涂旧账一笔勾销。但现在的问题是，某些人不知道我还活着。我还有一些重要的事情要处理，都弄完了我才能回家。"

坐在桌边的妹妹跑开了，但没有跑远。鲍比爷爷在她跑过去时抓住了她，把她拉进怀里。他用褪色的手帕擦拂去她脸上的泪珠。

"万一出什么事呢？"艾比哭着说，"我怕你真的会死。"

"但是如果事情不做完，我就活不下去。"他说，"也许你可以试着理解看看。"

他从口袋里摸出一些东西："这是给你的，艾比。这样才公平，毕竟女王的硬币给了你哥哥。"

艾比的眼珠子都快掉出来了。"哇啊。"她喃喃道。

我们都凑近了仔细看，是一对绿色的宝石耳环。宝石很小，但颜色很绚烂，像流过礁石的碧波。

"是祖母绿。"鲍比爷爷说。

妈妈也看呆了。"我就不问这东西的来历了。"她说。

"噢，可能又是'打扑克'赢的吧。"爸爸说。

"别担心，是我光明正大赢来的。"鲍比爷爷说，"这么多年我一直带在身边，等着遇到配得上的女孩就送给她。现在我找到她了。"

他把绿宝石耳环放到艾比手心里，说："这小绿石头比钻石值钱呢。"

"对我来说，它们的价值不仅仅是金钱。"艾比说。

我从没见我妹妹这么兴奋过。妈妈帮她戴上耳环，她一溜烟跑去走廊照镜子了。

鲍比爷爷说："艾比，你跟你奶奶一样可爱。要是你见过她该多好啊。"他看着我爸，"还有，儿子，我希望……"

他没把话说完。他慢慢地站起来，从后门出去了。我们从窗户看到他靠着屋外的大红木树干。他在揉眼睛。

"你还记得奶奶吗？"我问爸爸。

"记得，就像昨天还跟她在一起一样，诺亚。"

然后他走到外面去，搂住了鲍比爷爷的肩膀。

有时候爸妈真的搞得我挺烦的，但我从来无法想象，如果他们中有一个人离开我们，会是什么样子。太不真实了，我想象不出来。我甚至不让自己动那样的念头。

这些年来，我从来没有想过，我的爸爸——本性善良但偶尔失控的爸爸——可能始终怀着一颗破碎的心在生活。他的痛苦太深沉，他甚至无法开口倾诉。

我是说，他小时候妈妈就去世了啊，不在了。

谁遇到这样的打击，性格都会变的吧？人生中从此就有了一个巨大而悲伤的空洞。

结果后来又有人打电话来，说你父亲也走了，这不又是一次沉重的打击吗？你崇拜的父亲——死了，埋在万里之外的某片丛林里。

所以，也许爸爸是在用另一种方式填补人生的空虚。每当他路见不平，就会忍不住出手，即便他的做法看起来非常鲁莽或愚蠢。他可能控制不住自己。

我想妈妈也是明白了这一点，所以在那段艰难的日子里，她依然很有耐心。

也许爸爸会好起来，因为他现在知道了鲍比爷爷真的还活着。反正，不如就抱着希望吧。

临走的前一天下午，爷爷站在我卧室门口，敲了敲门，说他想去钓鱼。我们带了几根鱼竿，到雷鸣海滩去。

海水清澈见底，我们蹚着齐膝深的水走着。大群大群的小鱼像闪光的亮片一样装饰着浅滩，一条长着尖牙的梭鱼一动不动地在珊瑚岬旁边待着，我们一过去就把它吓跑了。

鲍比爷爷准备好带着黄色鹿毛的小钓饵，打算在水草茂密的地方甩竿钓鲷鱼。

"你打算怎么回去？"我问。

"跟来的时候一样。明天西礁岛有一艘货船去阿鲁巴岛。"他说，"到了那边，我再找一艘顺路的冷藏船上去就好了。"

"你确定吗？"

鲍比爷爷说："哦，没事的。你妈妈还给我打包了一个行李箱呢。"

"不是格子花纹的那个箱子吧？"我问。

"就是那个。笑什么呀？"

"她每次想甩了爸爸的时候就会拿出那个箱子来的。"

"嗯，我想她是没那个打算了。"我爷爷把鱼竿夹在腋下，拿出另一张老照片给我看。

"看这个。"他自豪地说。

是"阿曼达·罗斯"号的照片。这也是一艘一流的船。

"在猫岛拍的。"他说，"你出生前一年的夏天。"

"哇。"

"46英尺长，双柴油机，800马力。"

渔船通体锃亮，船尾拴在木制船坞上，旁边还有根高高的杆子，上面挂着一条巨大的蓝马林鱼，鱼的眼神已经浑浊了。照片中的鲍比爷爷留着长长的金色卷发，发型像非洲式的。他站在柚木横梁上，举着一瓶啤酒，庆祝捕获了这条大鱼。

"那些人渣，劫持了我的'阿曼达·罗斯'号，把船身重新漆了一遍，还把船的名字改了。但逃不过我的眼睛。"他肯定地说，"它就是化成灰，我也认识。"

"那要是你找不到它怎么办？"我问。

"噢，我绝对会找到的，诺亚。我可以用我的一切打包票。"他的目光没有从照片上移开，"这艘船是你奶奶去世后不久，我自己建造的。正是这艘船帮我度过了那些暗无天日的时光，也是靠它我才拉扯大了你爸爸他们几个。"

他收好照片，继续钓鱼。

"这些事情你可能很难理解。"他平静地说。

"其实并没有。"

"10年，太可笑了，诺亚。10年，连一张明信片都没有。我很庆幸你爸爸还愿意原谅我。"

"我好想知道，你来找他的那晚，他看到你是什么表情？"我说。

鲍比爷爷笑了："你知道他是什么反应吗？他从卡车上跳下来，一把抓住我，像甩洋娃娃一样把我甩来甩去——他小时候我就是这么跟他玩的！你老爸身上的肌肉还挺发达的。哎，什么情况？我看看是谁饿了。"

他猛地拉起鱼竿，钓起一条蓝色的小鱼，然后把它扔了回去。紧接着，他下一竿又钓上来一条鱼。

"嘿，你不钓吗？"他问我。

"我钓。"我把我的鹿毛钓饵往水更深的地方扔，移动鱼竿向水底试探。

"你怎么都不说话呀？"他说。

其实，是因为我和艾比一样，心情低落——我不想让鲍比爷爷再远走高飞了。同时，我也不愿意说出我的真实想法，怕他会自责。

他说："你觉得我走了就回不来了，是吗？"

"我只是很担心，没别的。"怎么可能不担心。爷爷脸上的刀疤足以说明，跟他纠缠的那些人绝对不是什么善茬。

"不管他们怎么说我，小天才，我说话算话的。"

"是啊，但是——"

"嘿，你的鱼钩卡在石头上了吗？"

"不是，没有吧。"

是鱼上钩了。我一放线钩，它就拽着游走了足足30码的渔线。鲍比爷爷吹了一声口哨。

"可能只是条大白斑狗鱼。"我说。

"想不想打个赌？"

这条鱼奋力挣扎，在平静的水底来来回回折腾了好几趟。它游得很快——有一次甚至差点儿钻到我两脚之间了——然后我终于把它拉上了沙滩。

爷爷说对了。不是白斑狗鱼，是一条胖乎乎、粉扑扑的鲷鱼。他兴高采烈地指着鱼身侧面的标志性黑点："哈哈，是双色笛鲷哎，诺亚！"

"好棒啊！"我说，我从没钓到过这么好的鲷鱼，"你觉得它有多重？"

他笑了："你希望它有多重？"

"就实话实说嘛。"我对他说。

"实际吗？6磅。"他说，"不过毕竟是在海边用鹿毛钓饵钓的嘛，所以算是很大的了。"

我一动不动地抓着鱼，鲍比爷爷解开鱼钩。必须非常小心，因为鲷鱼可以轻易咬破人的手指。

"诺亚，你饿吗？我不饿。"

"我也不饿。"

"好。"鲍比爷爷说。

他轻轻地把鱼推回水中。它甩了甩尾巴，游走了。

"一定是某种神秘的、跟咱们安德伍德家有关的缘分，"他说，"这条鲷鱼身上的黑点，跟我和你爸抓到的那条上好的鲷鱼一模一样，那应该是25年前，或者30年前的事了。"

"你们抓的那条有多大来着？"我知道是14磅或者15磅，具体是哪个数取决于我问谁。我很想知道鲍比爷爷会说哪个版本。

他说："你爸记得的是14磅，他的记性八成比我好。"

"14磅也够大了的。"

"是啊，不过你还小，以后肯定会钓到更大的。你一定能做到的，我一点儿都不怀疑。"

"因为你说的缘分吗？"

"可以这么说吧。"他说，"你钓得差不多了吧？"

"感觉是的。"

"我也是。"

我们放下鱼竿，坐在沙滩上。潮涨潮落，灯塔的方向吹来一阵微风。海面上有两艘油轮和一艘游船，它们都顺着墨西哥湾向北行驶。

又有一只蠵龟从海里浮起，爬上了沙滩。它个头儿不小，比上次我和艾比、谢莉一起见过的那只要大一倍，龟壳看起来很硬。只不过，这一次，我不再需要跳进水里把它吓跑了。

今天的水质棒极了，我想一百万年前的海水应该就是这么清吧，那时候肯定没有人把大海当公共厕所用。眼前的海水清澈透亮，老蠵龟可以舒舒服服地在水草丰美的海底漫游，找点吃的，歇一会儿，或打个小盹儿。

"要是有一天，天气不错，你正在这边游泳，"鲍比爷爷说，"或者可能跟一个女孩子在散步——你看见蓝色的海平线上，闪着珍珠般光泽，忽然，一艘46英尺长的雄伟的大船驶来，而鄙人正站在金枪鱼观测塔上——到时候，可不要太惊讶哦。"

其实，我完全可以在脑海中想象出这个画面。我只需要闭上眼睛，就能看到罗伯特·李·安德伍德乘着"阿曼达·罗斯"号在浪里飞驰。

"话说，诺亚，我不是让你坐在那儿什么都不干，就干等着我。那样就太凄惨啦。"他笑着摸了摸我的胳膊，"我想说的是，等那一天来了，你不要吓一跳就好了。"

"不会的。"我说，"完全不会吓着我。"

第二十章

夏天就这么悄悄结束了，对我来说倒也还好。雷多从科罗拉多回来，下巴被仙人掌的刺扎得感染了；汤姆从北卡罗来纳州回来，两边胳肢窝都被蜘蛛咬了。跟他们比起来，我身上没有伤口可以炫耀。我跟他们讲了"皇家同花顺行动"的故事，他们都说要是能帮上忙就好了。

开学几天后，我家收到了一张1000美元的支票，是开给我爸的。他以为搞错了，其实不是。

佛罗里达礁岛群是国家级海洋保护区，也就是说这些岛屿是受到特殊法律保护的，禁止污染、偷猎和其他人为破坏行为。如果发现破坏环境的罪行，可以向保护区检举，有机会获得现金奖励。

爸爸获得的奖金是1000美元。

"可是我并没有打电话跟你们报告赌船的事啊。"他告诉保护区办公室的一名工作人员。

"那就是有人用了你的名字和电话号码。"对方答道，"安德伍德先生，如果我是你的话，我会把钱收下，不再纠结。"

我故意没有告诉爸爸，冲下色素染料后的第二天早上，是我给海岸警卫队打了电话举报达斯蒂·穆勒曼。如果爸爸知道了，他一定会坚持把奖金给我和艾比的。

我们想着，可以让爸爸用这笔钱，赔偿他给赌船造成的经济损失。尽管达斯蒂已经被捕，但爸爸还是要赔钱给他的。

所以，看到那张支票放在厨房的桌台上，我觉得很开心。有了它，我爸就可以少掏1000美元了。

开学没多久，我和妹妹就被学校的功课搞得焦头烂额，没心思惦记"珊瑚女王"号，也没空去想达斯蒂可能会有怎样的下场了。我们只是感觉政府会让他停业——毕竟，他向受保护的水域倾倒了数百加仑的粪便，被当场抓获。据《岛屿观察家》报道，这是门罗县有史以来最严重的案件之一。

与此同时，也有好消息传来。一些捕鱼向导给海岸警卫队写了请愿信，说应该再给爸爸一次机会，重新核发船长执照。几乎所有人都没想到，海岸警卫队竟然同意了——条件是爸爸要完成愤怒控制课程，拿到医生的同意证明。

这个好消息让全家人都很开心。虽然我爸在热带救援公司赚了很多钱，但那些笨蛋已经让他快没有耐心了。几乎每天晚上，他都会给我们讲一个新的恐怖故事，比如一帮充满"男子汉气概"的白痴开着一艘快艇，结果搁浅了，还在一大片泰来藻上划出一道100码长的口子。

我有一种感觉：早晚会有那么一个笨蛋，把爸爸气得失去理智，不是把他带回码头，而是拖到很远的地方。那儿很热，他就那么待着，难受地耗着。要过很久很久，才会有人找到他。

所以，当我们知道爸爸很快就能干回捕鱼向导的老本行，开着小艇带领乘客去捉梭鱼、海鲢、锯盖鱼等各种鱼时，我们都非常高兴。几乎是一夜之间，他似乎又变回了那个快乐的他，差不多跟鲍比爷爷在这里时一样快乐。妈妈说，等拿回执照，带大家去吃石蟹庆祝一下。

没承想，离海岸警卫队重新核发执照的日子不足一个月的时候，又出事了。我放学回到家，看见前门正中央裂开了一个大洞。厨房的门上也有一个洞，走廊浴室的门上还有一个。

每个洞都和我爸的拳头一样大，这是无法忽略的事实。

妈妈沿着走廊过来，筋疲力尽的样子。

"怎么回事？"我问。

她忧郁地摇摇头："你爸爸不太好。"

我的腿有点软——我担心鲍比爷爷出了什么可怕的事情。

"是达斯蒂·穆勒曼。"我妈妈说，"他的律师与政府私下勾结。'珊瑚女王'号今晚就要重新营业了，要办一个大型派对，请县上的人都去参加……"

那一刻，我与其说是生气，不如说更担心爸爸。

"妈妈，门上那些洞可别是他徒手打的吧。"

"哦，是的，就是。"

光是想想就觉得疼。我说："他学的愤怒控制课程是谁教的啊——拳王泰森吗？"

"他确实挺受打击的。"妈妈心疼地说，"他们一直建议你爸，要在负能量进入大脑的那一瞬间，就马上把它赶走。但我总觉得，他们对你爸有些别的想法。"

"他现在状态怎么样，不太好吧？"

妈妈示意我，爸爸正在他们卧室里。"他现在在休息，没什么动静。"她说，"要不你去和他谈谈？我得去接你妹妹，她上完钢琴课了。"

爸爸躺在床上，开着电视，看着老掉牙的音乐节目。两只手都打着像蜜瓜一样大的石膏。

他抬起头，尴尬地笑笑。"这还不是最严重的情况呢。"他说。

"那倒是。至少你这次没进监狱。"我说。

"而且只有门被砸坏了，我自己可以修好的。"

我坐在床边，尽量不盯着他看。我仍然不敢相信他对自己做了什么。"你真的觉得你在变好吗？"我问。

我爸自信地点点头："我觉得心理咨询是有用的，诺亚，真的。"

我说过，有时候我爸活在自己的小世界里。

电视上出现了一个画面，里面有一个胖子涂着口红，男扮女装。爸爸举起一只石膏拳头，砸在遥控器上。电视屏幕上没有画面了。

"还好你没经历过80年代。"他说，"那个时期有人类历史上最糟糕的音乐和最糟糕的发型——一点儿不骗你。"

"妈妈很难过。"我告诉他。

"我一直让她失望。我知道的。"爸爸挺直了身子，凝视着窗外，好一会儿不发一语。

"她会没事的。"我打破沉默。

"是啊，她很了不起的。坚如磐石。"

他转过身来面对着我，清了几次喉咙："诺亚，我现在要告诉你现实世界是怎么回事。你听了可能会抓狂或者觉得恶心之类的——但我希望你仔细听着，好吗？"

我说当然——并做好了听他激情怒骂的准备。

"你知道达斯蒂·穆勒曼因为倒污水被罚了多少钱吗？那些可怕的粪便把海水都污染了，你猜他们是怎么罚他的！"我爸气得发抖，"就区区1万美元！1万啊——他的垃圾赌场一晚上就能挣这么多。这太搞笑了，孩子。对那样一条满身铜臭的蛆虫来说，这点钱连一根毛都不算！"

"爸爸，你别激动——"

"不，我得告诉你。你需要知道。"他弓着背向前探身，眼睛里燃着怒火，"去年，迈阿密的联邦检察官办公室有几个年轻的精英，开车来这边参加'珊瑚女王'号上的私人单身派对。你知道单身派对是什么意思，对吧？"

"不知道，但我很乐意查查资料。"我想让气氛轻松一点儿，"好吧，爸爸，我知道单身派对是什么意思。"

"别耍小聪明，孩子。好好听我说，学着点。派对到后面有点失控，知道吗？船上有一些……好吧，让我们嘴下留情，管那些人叫'舞者'吧。一群异国风情的舞者——"

"我明白，爸爸。"

"总之呢，达斯蒂拿出照相机，拍了一些照片。这些照片啊，不是那种让人愿意裱起来挂在客厅墙上的——"

"等等！"我说，"你是说，达斯蒂·穆勒曼勒索了政府的检察官和律师？"

"说不定达斯蒂跟那些人的领导说了那天晚上的事——还有那些照片。"爸爸说，"我敢肯定，达斯蒂把照片好好锁起来保存着。反正吧，就是很突然地，联邦政府希望和解，赶紧结案。"

"罚款1万美元。"

"如果不是因为虱子皮金，那就罚得更少了。"我爸说，"有一天，他去海岸警卫队递交了一份秘密声明，里面写了他以前在赌船上工作时目睹的情况。他宣誓说，达斯蒂会命令船员，在没人看见的时候，把灌满的污水罐排空。"

我在心里笑了笑。这完全是谢莉的行事风格——她要求虱子皮金必须站出来，把他知道的事交代清楚。显然，如果他想和她复合，这是他必须付出的代价之一。

"于是达斯蒂同意支付1万美元罚金。"爸爸继续说，"并且保证永远都不会再往内港里排放污水。"

"他们就这么信了他吗？他们不长记性的吗？"我说。真是匪夷所思。

"哦，还有呢。他为了表示对海洋的关心，还说要在'珊瑚女王'号上给'拯救珊瑚礁基金会'办一场盛大的筹款活动。"爸爸苦笑，"如果这些是电影里的情节，那就太好玩了。可惜这不是电影，而是现实。"

现在我明白他为什么把门砸穿了。如果不让他砸门，他就要去砸达斯蒂·穆勒曼了。

"卢诺后来怎么样了？"我问。

"他回摩洛哥了，估计日子过得挺滋润。"我爸说，"达斯蒂付了一笔钱给他，用飞机把他送走了，怕联邦调查局的人去问询他。"

"你怎么知道这些的？"

"谢莉告诉我的，"他说，"她很机灵。达斯蒂到现在还不知道她暗中帮了你。"

爸爸渴了，我就倒了杯水，把杯子端到他嘴边。他说他十个指关节骨折了六个，医生也不确定什么时候能拆石膏。

"石膏不拆，我大概是不能工作活动了。"他沮丧地说，"除非我学会用脚丫子开船。"

"但你还是会重新把船长执照拿回来的，对吧？"

"当然，诺亚。我砸我自己家的门又不犯法。"

我们听到妈妈开车进了车库。

"那我把这些事也跟艾比说一下吧。"我提议。

"好主意。"爸爸说，"不过一定记得把舞者那段掐了。"

那天凌晨，我被一声接一声刺耳的警笛声惊醒，以为公路上发生了严重车祸。床边的钟显示当时是4点20分。

警笛声很吵，我过了一会儿才又睡着。接下来我记得的是，天亮了，艾比在摇我的肩膀。

"起来，诺亚，快点儿！"她小声说，"警察来抓爸爸了！"

我跌跌撞撞边跑边穿牛仔裤，来到客厅。艾比跟在我后面半步远。

我爸还穿着睡衣，坐在他最喜欢的扶手椅上。他的左右两边各站着一个穿制服的警官。我认出其中一个就是监狱里那个双下巴。

　　站在爸爸前面的，是一个胸肌发达的年轻男子，他穿着闪亮的蓝色西装，正在本子上记笔记，不过他不是报社记者。他是个警探。

　　"这是舒克警探。"我妈妈说。

　　我和艾比向他点头问好。我们真的很紧张，不过爸爸更紧张。妈妈正以最快的速度把咖啡倒进爸爸的喉咙里，他咕嘟咕嘟不停下咽。

　　"安德伍德先生，你的手怎么了？"舒克警探问道，"你不会碰巧烧伤了手吧？"

　　"不，不是烧伤，是击打的伤。"我爸说，"唐娜，带他去门那边。"

　　"我还没说要走呢。"警探掷地有声地说。

　　"不，我是说让你看看门上的洞。"爸爸解释道。

　　舒克警探查验了门上的破损，但他似乎并不买账。

　　"今天凌晨你在哪里？"他问我爸爸，"3点到4点这个时间段。"

　　"他和我们在家里。"我妈妈插话道。

　　"没错。"我说，"爸爸整晚都在家。"

　　"你怎么能确定呢？"警探阴阳怪气地问道。

　　看起来艾比想要咬他。"老天爷啊，这位先生，你看看他的手！"她说，"他连自己的鼻子都没办法抠，他要怎么开车呢！"

　　后面两个警官窃笑起来，又突然绷住了脸。妈妈收紧了下巴板起了脸："艾比，你够了。"

爸爸想抱起双臂表示自己很愤怒，但石膏太大，他做不到。
"警官，这是什么情况啊？"他问道。

"安德伍德先生，你有权保持沉默。"舒克警探说，"你也有权请律师——"

"等一下！先别急！"我大声问道，"你们要逮捕他？"

"倒不是现在。"警探说，"但是我们还有很多问题。他绝对是这次案件的主要犯罪嫌疑人。"

"什么案件？"艾比和我异口同声地喊道。

"是啊，犯什么罪？"我爸问。

"烧毁'珊瑚女王'号。"舒克警探回答，"纵火罪。"

第二十一章

警探什么也不肯多说，好在谢莉后来打电话跟我们讲了事情的原委。一个疯狂的故事。

达斯蒂·穆勒曼邀请了本地形形色色的大人物和政客，参加赌船重新开业的派对。谢莉当晚在船上工作，给这些人倒免费饮料，她说他们居然都来了。派对上放了烟火，提供龙虾自助餐，还有钢鼓乐队在演奏卡里普索音乐。吵吵闹闹的，一直到凌晨2点才结束。谢莉花了45分钟打扫完酒吧，最后一个离了赌船。

第一次爆炸发生在凌晨3点刚过，在不到半小时的时间内，"珊瑚女王"号从船头到船尾都着火了。售票亭里，接替卢诺的新守卫打电话求援，船上掉下来的火星儿差点把售票亭烧了。他吓坏了，试图用码头上的软管浇水灭火，但无济于事，后来他从码头上跑了出去。

消防车赶到的时候，赌船已经烧得像是漂在水上的一把火炬了。等到达斯蒂·穆勒曼到的时候，船已经烧到了吃水线——73英尺的船，已经化为冒着烟的灰烬，一船的扑克筹码全都烧化了。自然，他觉得我爸是罪魁祸首。治安官知道我爸对达斯蒂素来有意见，因此，他也很容易理解达斯蒂的想法。

连艾比都觉得情况可疑。

"你觉得他跟这事有关系吗？"她私下问过我，"也许是他雇了人把船烧了。"

"他哪儿来的钱雇人呢？"

"保护区不是给了他1000块吗？"

"不可能，艾比。"我说，"绝对不可能。"

但她的怀疑引起了我的担心。如果爸爸真的又发疯了呢，勃然大怒又失去了控制？

于是，我和爸爸单独在一起的时候，开口问了他。

"不管这事跟你有没有关系，我绝对不会告诉任何人。"我说。其实我不知道自己能否信守承诺。

"诺亚，不是我干的。我对天发誓。"他庄严地举起右臂，包括石膏。让我惊讶的是，他非常认真，我很惊讶。

"我跟'珊瑚女王'号起火没有任何关系。"他说，"请相信我——还有，请转告艾比，请她也相信我。"

后来，我们选择了相信爸爸。

因为在大是大非问题上，他从来没有骗过我们。每次他闯了大祸，总是马上承认。他每次都主动承担责任，接受惩罚。他一直如此，怎么可能突然改变呢？

那天下午，警探和两个警官带着搜查令又到我家来了，当时我们的律师夏恩先生正在家里。他们仨翻箱倒柜，四处窥探，但好半天都没找到任何能证明爸爸与纵火案有关的证据。

舒克警探显然很失望。"管不了那么多了,我应该把你关起来。"他对爸爸说,"明摆着呢,事情的经过——你有动机,也有机会……"

"没有证据,都是白搭,"夏恩先生说,他看起来没有平时那么无精打采了,"我建议你不要再骚扰我的委托人了。"

"证据?"警探嗤之以鼻,"你要证据?看看他手上的石膏吧,崭新的——很明显,这就是他纵火的时候把自己的手烧伤了。"

爸爸生气地把两只绑着石膏的大手拍在一起:"纯粹是胡说八道!"

"咱们拭目以待。安德伍德先生,我明天会带着另一张搜查令回来,让医生锯掉你手上的石膏。如果你的手指头跟烤鸡爪似的,那你就等着蹲牢房吧。"

"可是我们家门上用拳头砸出来的洞呢?"艾比抗议道,"它可以证明我爸说的是实话。"

"挺会找理由嘛。"舒克警探讽刺地说,"但是用铁棍也能做出那种效果。"他站起来要走了。

妈妈一直坐在沙发上,一言不发。我猜她一定很难过,可能在想爸爸又要进监狱了,想着他可能永远也拿不回船长执照了,想着我们平静的、勉强算正常的生活又要变得一团糟了。反正我是这么以为的。

但事实证明,妈妈并不是在难过。她只是在等待一个恰当的时机,向那个目中无人的警探扔一枚小小的臭气弹。

"这个给你，警官。"她和气地说，"你也许想看看。"

她把一张打印的单子交给舒克警探，他满腹狐疑地研究起来。

"这是急诊室的账单。"妈妈说。

"嗯，安德伍德夫人，我识字。"

"是我丈夫因双手严重受伤，就诊住院的账单。"

警探不耐烦地皱眉："所以呢？你想说什么？"

我妈妈很有大将风范，没有什么事能让她乱了阵脚。她站在舒克警探身边，平静地指着收据上的一行字。

"他是因为骨折前去就诊入院治疗的，不是因为烧伤。这里写着呢，警官。"妈妈笑着说，"这是我要说的第一点。"

警探哼唧了一声。

"我要说的第二点，"妈妈继续说，"这是我丈夫到达医院的准确时间。看到没？上午11点33分。昨天上午，警官。"

"哦。"

"大约是穆勒曼的船失火之前十六个小时。"

"嗯，我会算数。"警探抱怨道。

"也就是说我丈夫不可能是纵火犯。"妈妈说，"除非你来演示一下，十根手指都裹在石膏里的人是怎么划火柴的。"

舒克警探硬挺的大胸脯似乎瘪了下去。妈妈把他带到前门，两个警官躲躲闪闪地跟在他后面。"那就再见啦。"她在他们身后说道，"祝你们破案顺利。"

我们在窗口看着他们的车开走。然后艾比开始欢呼，我们互相击掌——我、我妹妹、妈妈、夏恩先生，就连爸爸也举起了他那凹凸不平笨重的石膏掌。

"唐娜，你真棒！"他说，"真厉害啊。"

"比厉害还厉害！"艾比高声夸赞道，"超级厉害！"

"比超级厉害还厉害呢！"我大叫道，"超级无敌全世界最厉害！"

妈妈脸红了。"我们拭目以待吧。"她说，"我们只需要静观其变。"

结果舒克警探再也没来过。

后来，我们知道了到底是谁烧毁了"珊瑚女王"号，于是又一次对妈妈交口称赞。如她所料，达斯蒂·穆勒曼尝到了他自己种下的苦果。

值得庆幸的是，爸爸的愤怒控制课的老师心软了，在她给法官的信中，没有提到爸爸的手受伤的事，反而说佩因·安德伍德在控制脾气方面"取得了明显的进步，尽管有时会感到痛苦"，他"不会对自己、家人或公众构成直接威胁"。

不过，他是否仍然对房门构成威胁，还有待观察。

巧的是，海岸警卫队给爸爸发船长执照的同一天，调查人员公布了"珊瑚女王"号火灾的调查结果。

这篇报道占据了《岛屿观察家》整个头版，包括达斯蒂·穆勒曼和被烧毁的船的照片。可惜没有小贾斯珀的照片——他才是纵火案的主角。

在"珊瑚女王"号举办盛大的重新开业派对那晚，达斯蒂犯的第一个错是允许小贾斯珀和牛哥在船上闲逛。达斯蒂犯的第二个错是忙着庆祝，结果把那两个傻瓜给忘了。

派对结束时，达斯蒂的脑子已经不太清醒了。他跟跟跄跄地从船上下来，以为儿子已经回家了。

　　但他想错了。小贾斯珀和牛哥，要在储藏室里办一场他们自己的派对。他们从达斯蒂那里偷了一些他珍藏的古巴雪茄，还从谢莉的酒吧偷出来一打啤酒。

　　倒霉就倒霉在他们选的抽烟实践基地，正是达斯蒂·穆勒曼存放多余的几箱烟花的地方。始作俑者小贾斯珀点燃了第一支雪茄，深深地吸了一口，结果烟味让他特别想吐，他把雪茄吐到了20英尺远的对面……它正好落在一个打开的箱子里，那里面装的都是冲天炮。火苗很快就蹿上来，箱子里的烟花一个接一个全炸开了花。

　　火势蔓延得非常快。这两个放浪的男孩能活着出去就算是走运了。

　　小贾斯珀被雪茄呛得咳嗽不止，跑都跑不动，于是牛哥把他扛在肩上，穿过了浓烟和四溅的火星儿，跑向露天甲板。就在"珊瑚女王"号的燃料箱爆炸的瞬间，他们跳入了水中。

　　几天后，小贾斯珀和牛哥接受问询，都说不知道起火原因。可是，纵火案的调查人员实在没办法忽略他俩被烧焦的眉毛和耳垂。小贾斯珀毫不犹豫地把黑锅推给了救他一命的好朋友。于是牛哥明智地为这份友谊画上了句号，并向消防部门提供了一份详细的证词。

　　对达斯蒂·穆勒曼来说，自己的儿子烧毁了"珊瑚女王"号，还不是最坏的消息。最坏的消息是，调查犯罪现场的技术人员在烧焦的赌船残骸中发现了一件非同寻常的东西——一个防火、防水、带锁的箱子，里面装满了现金。

"超过10万美元。"迈尔斯·乌姆拉特在《岛屿观察家》的文章中如是写道，"全部是50美元或100美元面值的。"

据爸爸分析，达斯蒂一直在偷偷转移一部分赌船的利润据为己有，这大大损害了国税局的利益，是严重的罪行——也损害了米科苏基人的利益，他们以为达斯蒂是合作伙伴，没想到他背着他们私吞钱款。

这些糟糕的丑闻让米科苏基人受够了，他们宣布要以挪用公款的罪名起诉达斯蒂，还要将"珊瑚女王"号的残骸从他们的"部落领地"——也就是码头——驱逐出去。达斯蒂的赌场生意彻底黄了。

"善恶终有报。"妈妈看到新闻标题后说。

艾比和我终于开始相信妈妈的这句话了。

劳工节前的周六，热带风暴席卷了礁岛群。我们在屋里等雨停的时候，邮递员来了。

在一堆账单和商品广告目录中，夹着一张有趣的明信片。正面印着一只绯红的金刚鹦鹉，它站在苔藓密布的树枝上，背后是美丽的雨林。它眨着眼睛，弯曲的大嘴衔着一枚古金币。

明信片背面的字迹很潦草，收件人写的是"神奇的安德伍德一家"。

亲爱的佩因、唐娜和我最喜欢的两位小天才：

这是我第一次写明信片，所以你们应该感到荣幸。

为了确保能寄到佛罗里达，我贴了29000比索的邮票。

如果还是没寄到，那就怪那个捕虾的吧，他说他到港口的时候会帮我寄的。

很明显我还活着，从我的角度来看，这当然是个好消息啦。还有更好的消息：我已经得到了"阿曼达·罗斯"号的确切线索。运气好的话，等你们收到这张卡片时，我可能已经开着它回家了。另一种可能是，我可能已经死了，那样的话，我的退休计划可就被彻底打乱喽。

一定要敬畏我们家族与大自然的因缘啊！

爱所有人，尤其是艾比和诺亚。

署名是"爸"。

我们把明信片传着看了，艾比把它拿到她的卧室，贴在镜子上。她戴上她的绿宝石耳环，说再也不摘了，即使上学也不摘。下午晚些时候，雨过天晴，风也停了，海面平静下来。

"怎么样啦？"我问爸爸。

"可以啦，我们走吧。"他说。

我们来到海边的一家汽车旅馆，借着旅馆的坡道让船下了水。爸爸的手伤还没痊愈，是妈妈、艾比和我一起把梭鱼小艇从拖车上推下去的。石膏是一周之前拆的，医生叮嘱他要小心。看得出来他有点儿痛苦。

把冷藏箱和鱼竿装上船后，我们就挤上船出发了。小艇里面装了四个人，很拥挤，但有妈妈在，我们都很开心。

海面平滑如镜，即使戴着偏光太阳镜，也很难看到水底。我们都带着定位工具，爸爸确定了这个地方的位置。我们用了不到两个小时，就钓到了三十多条鲷鱼。个头儿都不大，我们只留下四条像样的当晚餐吃了。

"给这个地方起个什么名字好呢？"艾比问道。

"'达斯蒂之坑'怎么样？"我建议。

爸爸妈妈笑着表示赞同。

"妙极了！"艾比同意道。

我从小船侧边向外凝视，下午的强光让我眯起了眼睛。能分辨出水底有一些黑色的残骸，烧焦报废的船体被分成了三大块。

那就是被大卸三块的"珊瑚女王"号。

本来有一艘打捞船要把它拖到迈阿密河，然后装到垃圾驳船上去。结果打捞船走了3英里不到就遇上强风，残骸碎成几块，掉进了22英尺深的水中。一群群饥饿的鱼在这里觅食，它已经成为它们最喜欢的新餐馆。

达斯蒂之坑。

"简直是天堂。"爸爸说。

"我觉得更像是天道。"妈妈说。

早晨的天气预报说今天天气不好，结果就没有人出海了。海平线上空荡荡的，一艘船也看不到，只有灯塔在闪烁。我拿起胸口鲍比爷爷送我的金币，在指间来回转动，金币反射着炫目的阳光。

"他会从哪儿来？从哪个方向？"我问爸爸。

"你爷爷吗？可能是西南方吧。"他做了一个横扫的手势挥动手臂，"从那边的某个地方过来。"

"要多久才能到这儿？"艾比问。

"这得看情况。"爸爸平静地回答。

妈妈说："哎，我有个主意，不过我们得抓紧时间。"

妈妈的主意不错。

我们把渔线卷回来，收起钓竿。爸爸发动引擎，我起锚，艾比从背包里翻出照相机。

我们赶到最适合观景的小岛西侧时，天空已经变成了玫瑰色。路过印第安礁岛大桥的时候，妈妈的太阳镜被风吹走了，但她让爸爸不要停。我们要赶时间。

海湾里的水面比外面还要更平滑——就像淡蓝色的丝绸一般。我们在罗圈腿礁停下马达，随着急速退去的潮水，小艇经过航标，漂出了海湾。军舰鸟在头顶翱翔，一群海豚追逐着鲻鱼从我们身边掠过。

远处，比墨西哥湾还远的地方，红铜色的天空澄澈无云，太阳正在下落。我们谁也不敢说一句话，一切看起来都是那么透亮而宁静，完美极了。

爸爸慢慢靠近妈妈，妈妈把头靠在他的肩上。艾比跪在船头，把镜头对准天边最后一缕逐渐消失的光，它正像金属般渐渐融化。

我坐在船边，在水里晃荡着双脚，看着日光慢慢消逝。无论鲍比爷爷在哪里，我都希望他能跟我们天涯共此时。

绿色闪光出现了，只持续了一瞬间，像是某种魔法——如此短暂、明亮，辉煌而美丽，我简直怀疑那是我的幻觉。

但爸爸也看到了，我听到他对妈妈说："怎么会有这么神奇的景象呢？"

他激动得像个孩子。

小读客 经典童书馆

童年阅读经典 一生受益无穷

拯救猫头鹰系列·大自然狂野冒险小说

黑豹寻踪

[美] 卡尔·希尔森 著　　蔡 维 译

河南文艺出版社
·郑州·

中文版权 © 2022读客文化股份有限公司

经授权，读客文化股份有限公司拥有本书的中文（简体）版权

豫著许可备字-2022-A-0063

图书在版编目（CIP）数据

黑豹寻踪 /（美）卡尔·希尔森著；蔡维译. —— 郑
州：河南文艺出版社，2023. 1
　（拯救猫头鹰系列. 大自然狂野冒险小说）
　ISBN 978-7-5559-1406-8

　Ⅰ.①黑… Ⅱ.①卡… ②蔡… Ⅲ.①儿童小说 – 长
篇小说 – 美国 – 现代 Ⅳ.①I712.84

中国版本图书馆CIP数据核字（2022）第152911号

黑豹寻踪

著　　者	［美］卡尔·希尔森	
译　　者	蔡　维	
责任编辑	崔晓旭	
责任校对	李亚楠	
特约编辑	马敏娟　唐海培　张　新	
策　　划	读客文化	
版　　权	读客文化	
封面插画	王晶宇	
封面设计	张路云	
出版发行	河南文艺出版社	
印　　刷	河北中科印刷科技发展有限公司	
开　　本	880mm×1230mm 1/32	
印　　张	45.25	
字　　数	980千字	
版　　次	2023年1月第1版　2023年1月第1次印刷	
定　　价	295.00元（全5册）	

如有印刷、装订质量问题，请致电010-87681002（免费更换，邮寄到付）

版权所有，侵权必究

目 录

第一章

　　斯塔奇太太消失的前一天，上她的第三节生物课的学生走进教室。和往常一样，他们一言不发，脚步沉重，表情中夹杂着恐惧和担忧——斯塔奇太太可是杜鲁门中学最令人闻风丧胆的老师。

　　"叮叮叮"，上课铃响了，她像起重机一样僵硬地伸开双臂，站立起来。她身材高大，有近6英尺高。她一只手转动着一支削尖的2号铅笔，这个动作意味着，同学们的麻烦来了。

　　尼克瞥了一眼玛塔·冈萨雷斯，她坐在教室走廊的另一侧。玛塔棕色的眼睛紧盯着老师的一举一动，两个纤细的手肘撑在课桌上，用书挡着脸，书是打开的，在第八章的位置。我的书呢？落在储物柜里了！尼克突然意识到这一点，手心禁不住直冒汗。

　　"早上好，各位。"斯塔奇太太说，语气甚是温和，听上去却让人不寒而栗，"你们谁能告诉我，'卡尔文循环'是什么？"

　　只有一个人举手——"吹牛大王"格雷厄姆。他总是吹嘘，无论老师问什么问题，他都知道答案。但是，他从来没有答对过一次。因此，第一周的课结束之后，斯塔奇太太就再也不点他回答问题了。

"卡尔文循环，"她重复道，"有人知道吗？"

看上去，玛塔又要呕吐了。上次玛塔在生物课上呕吐的时候，连地板都还没擦干净，斯塔奇太太就当场惩罚了她。她给玛塔布置了一篇作文，题目居然是——人在呕吐时，身体上主要有哪五块肌肉做收缩运动？

尼克和其他学生当场惊呆了。惩罚一个呕吐的孩子，怎么会有这种老师？

"现在，"斯塔奇太太说，"你们应该都很熟悉植物光合作用的过程了吧。"

玛塔紧张地喘了两口粗气。她特别害怕斯塔奇太太。这位老师染着一头金发，头发总是堆在一侧，就像沙滩上高高隆起的沙丘。她的服装总是一成不变：穿着一件褪了色的浅色系涤纶女士套装，这种套装她有四件，款式都一样，只是颜色不同；脚上穿的则是浅褐色的平底鞋。她涂着浓浓的紫罗兰色眼影，不过，她的下巴上有一块奇怪的深红色的疤，看上去很显眼，但她似乎毫不在意，也没有刻意化妆掩饰。那块疤的形状就像铁匠打铁用的砧板，同学们十分好奇，胡乱猜测那块疤的来历，当然，也没人敢张嘴询问。

玛塔可怜巴巴地望了尼克一眼，目光又转向老师。玛塔是尼克的好朋友，尼克喜欢她，但是，他不确定自己是否有勇气做出牺牲，主动举手回答问题来解救玛塔。此刻，斯塔奇太太正一边踱步，一边扫视着全班，寻找着回答问题的人。

尼克的脖子上，一颗豆大的汗珠像蜘蛛一样飞快地往下爬。如果此刻他鼓起勇气举手，斯塔奇太太会迅速走过来。但一旦她发现尼克没带生物课本，这可是项"重罪"！如果尼克要想赎罪，唯一的办法是先口头解释什么是卡尔文循环，再画图说明，但这岂不是天方夜谭吗？对尼克来说，上一章的内容，如"克雷布斯循环"，他都还没弄明白，更别提这一章的内容了。

"众所周知，植物对人类的生存至关重要。"斯塔奇太太踱着步，"如果没有卡尔文循环，植物就不可能存在。如果植物不存在……"

格雷厄姆正挥舞着手臂，示意自己要回答问题，他的身体像小狗崽儿一样，欢快地扭来扭去。

班上其他同学都在暗自祈祷：老师，请让格雷厄姆回答吧！但老师却对格雷厄姆视而不见。她突然转过身，停在玛塔座位那一列的前方。

玛塔坐在这一列的第二个座位上，此刻的她坐姿僵硬、胆战心惊。她的前座是一个聪明绝顶的女孩，叫利比，她对卡尔文循环了如指掌，任何细节都清楚，但是她上课时从不发言。

"第169页上的那张图，"斯塔奇太太继续说，"解释得清清楚楚、明明白白。那张图非常重要，考试时很可能会考，很有可能……"

这时，玛塔犯了一个严重的"战术"错误！——她低下了头。这一动作虽小，却不幸地引起了斯塔奇太太的注意。

尼克深吸了一口气。此时，他心跳加速，脑袋嗡嗡作响。他很清楚，要想帮玛塔解围，现在就要马上举手，否则就没机会了。在斯塔奇太太冰冷的目光下，玛塔的身体不由自主地蜷缩成一团。尼克清楚地看到，泪水从玛塔的眼角涌出。他恨自己，为何如此犹豫不决。

"来吧，各位，好好想想，"斯塔奇太太拿铅笔敲打利比的桌子，嘴上责备道，"什么是卡尔文循环？"

教室里一片寂静，随后却莫名传来一声刺啦的撕裂音——原来，玛塔的手肘颤抖个不停，把书页都给磨破了。

斯塔奇太太皱了皱眉。"我本来以为会有很多人举手回答这个问题。"她失望地叹了口气，说道，"但是，一个都没有，看来我又得点人了……"

正当老师的铅笔指向玛塔的头顶时，有人举手了——是尼克。

我死定了，尼克思忖着。她一定会狠狠地惩罚我，就像用脚碾死一只蟑螂那样。

尼克垂下眼，等待斯塔奇太太呼唤他的名字。

"呃，杜安？"一个名字从老师嘴里蹦了出来。

什么？尼克心想，她居然记错了我的名字！

他抬起头，斯塔奇太太虽然站在玛塔面前，但手里的铅笔却指向了教室另一边——声东击西！天哪，生物课老师真"狡猾"，把他和玛塔都给耍了！

班上确实有个叫杜安的男孩子。尼克自小学起就认识他，他比尼克大两岁，那时，大伙都叫他"蠢蛋"杜安。可短短一个夏天，"蠢蛋"杜安居然长高了足足5英寸，体重也长了31磅。从那以后，他命令别人改口叫他"毒烟"。还有些孩子说，杜安喜欢到处纵火烧东西，所以才给自己取了这么个绰号。

"喂，杜安，"斯塔奇太太的语气变得温柔了许多，"第八章的内容，你读完了吗？"

毒烟顶着一头乱蓬蓬的头发，睡眼惺忪。他嘴里咕哝着，抬头望向老师。尼克看不清他脸上的表情，但是，他耷拉着肩膀，显然，他毫无兴趣回答老师的问题。

"杜安？"

"呃，我猜我读过了。"

"你猜？"斯塔奇太太用大拇指和另外两根手指旋转着那支黄色的铅笔，速度如此之快，以至于铅笔的形状都模糊不清了，尼克只能看到一团黄色的影子，活脱脱就像一架微型飞机的螺旋桨在高速旋转。要不是在这样紧张的气氛下，这幅场景着实滑稽。

"我读了好多页。"毒烟回答道，"不过，我忘了到底读到哪里了。"

好几名同学差点儿笑出声来。

玛塔把手从走廊那边伸过来，轻轻推了推尼克，嘴里说了声"谢谢"。

尼克的脸红了。

"谢谢你举手。"玛塔低声说。

尼克耸了耸肩。"没什么大不了的。"他低声回应。

斯塔奇太太穿过教室，走到毒烟的课桌旁，停下了。"至少你今天上课带课本了。"她说，"这是个很大的进步，杜安。"

"我猜是吧。"

"但是，你要知道，书本可不是倒着读的！"斯塔奇太太用铅笔的另一头（也就是带橡皮擦的那一头）摁住课本，猛地一个旋转，课本总算摆正了。

毒烟点点头："是啊，这样好多了。"

他想翻开书，但斯塔奇太太的铅笔死死地压着书的封面。

"不许偷看。"她说，"请告诉我卡尔文循环怎么从二氧化碳中生成糖，为什么卡尔文循环对光合作用如此重要。"

"给我一分钟时间。"毒烟伸手随意地挠了挠脖子上那颗硕大的青春痘。他的脖子肉乎乎的，长满了汗毛。

斯塔奇太太说："我们都等着呢。"这倒是真的，所有人都在等待。

其他学生，包括尼克和玛塔，都快坐不住了。他们意识到，可能要出大事——甚至是轰动性事件，不过，无论如何他们都没预料到，就在短短的48小时内，他们全都被副警长请了过去，一一盘问，详细询问他们今天在课堂上发生的一切。

毒烟的个子没有斯塔奇太太高，但他的体格却健壮得像一头公牛。他身材魁梧，态度粗鲁，没有哪个同学敢惹他，老师也大多避而远之，不过，斯塔奇太太是个例外。这时，毒烟伸了伸手，想把压在书本上的铅笔移开，但铅笔纹丝不动。

他干脆把身子往后一仰，掰了掰手指关节，咯吱作响，问道："你刚才提的是什么问题来着？"

教室里气氛异常紧张，玛塔禁不住低哼了一声，尼克紧咬着上嘴唇。毒烟和斯塔奇太太对峙的时间越久，受到的惩罚就会越重。

"最后问你一次，"她冷冷地问，"告诉我们，卡尔文循环是什么？"

"卡尔文摩托车[1]？像哈雷摩托车那种吗？"毒烟反问了一句，全班同学瞬间爆笑起来。

但大伙儿很快安静下来，因为大家发现，斯塔奇太太的脸上居然露出了笑容——要知道，斯塔奇太太从来都不笑的。

玛塔捂着脸。"杜安他是不想活了吗？"她对尼克说。尼克望着眼前的这一幕，心中涌起一种不祥的预感。

"没想到啊，杜安，原来你是个笑话大王啊！"斯塔奇太太说，"一直以来，我们都认为你只是个没有天赋、没有前途的笨蛋呢。"

"我猜是吧。"毒烟嘴里回答着，手又开始抠脖子上那颗青春痘。

"你总是喜欢说'我猜'，对吧？"

"那又怎么样呢？"

"嗯，那我猜，第八章的内容，你一眼都没看吧。"斯塔奇太太说，"我猜得对吗？"

"没错。"

"而且我猜，比起学习光合作用的过程，你更喜欢研究你的青春痘吧。"

毒烟的手这才从脖子上那颗青春痘上挪开，垂了下来。

突然，斯塔奇太太逼近毒烟，说道："教师的工作是发现和

---

1 在英语中，"循环"和"摩托车"有部分发音相同。

培养每个学生的长处，然后鼓励他们在追求知识的过程中利用这些长处。"

她的声音里听不到一丝愤怒，尼克却觉得毛骨悚然。

"那么，杜安，"她继续说，"既然你那么喜欢研究青春痘，就给你布置一个任务吧！写一篇关于青春痘的小作文，500字。"

全班又哄笑成一团——尼克和玛塔也不例外，不由自主地大笑起来。这一次，孩子们笑得根本停不下来。

斯塔奇太太等了好一会儿才继续说："你应该学一些基本的人体生物学知识了。比如，为什么人会在青春期长青春痘？互联网上有很多信息。杜安，我希望你写的时候至少要列出三大主要观点。作文的第二部分，你要总结青春痘的历史，从权威医学和大众看法这两个方面写。最后一部分，你写写自己的青春痘吧，就是你一直用手抠的那颗。"

毒烟瞪着斯塔奇太太，面色阴沉。

"对了，杜安，最重要的是，"她继续发话，"这篇作文一定要写得非常有趣，因为你这个人太有趣了，非常有趣。"

"胡说！"

"哎，别谦虚了。刚刚，全班的同学被你逗得合不拢嘴。"斯塔奇太太背对着毒烟，手上的铅笔欢快地转个不停，"同学们，你们觉得如何？杜安写一篇关于青春痘的搞笑作文，然后大声朗读给全班听，应该很有趣吧？"

这时，大伙儿却止住了笑声，格雷厄姆一直举着的手也耷拉下来了。的确，毒烟平时在同学中不受欢迎，但是这种情况下，大家都或多或少替他感到难过。斯塔奇太太的惩罚实在是太残忍了，她自己难道没有意识到吗？

玛塔感觉一阵恶心，想吐，尼克的心里也不好受。就算毒烟是匹独狼，不合群，而且性情古怪，但是，平时只要别人不招惹他，他也不会主动骚扰别人。

"尼克？"斯塔奇太太问。

尼克趴在课桌上，心里正想着，老师这样的惩罚也太刻薄了吧。

"尼克·沃特斯先生，你在干什么呢，听到我们说的了吗？"

"听到了，斯塔奇太太。"

"那请你诚实地告诉我们——你和同学们希望杜安在班上朗读他的青春痘作文吧？"

尼克大惊失色，下巴都差点儿掉下来了。如果他回答"是"，从今往后，他必将成为毒烟的死敌；如果他回答"不"，那这个学年接下来的时间，他一定会被斯塔奇太太百般刁难。这该如何是好呢？

尼克想一头栽倒在地装死，或者，干脆一口吞下自己的舌头。他宁可被送去医院急救，也不愿回答这个棘手的问题。

"嗯？"斯塔奇太太开始催了。

尼克的脑袋高速旋转，他在想，要怎么回答才能一举两得——既能让毒烟免写关于青春痘的作文，同时又不会惹恼斯塔奇太太。

"老实说，如果要我听杜安念青春痘作文，我宁愿听他讲一下卡尔文循环。"他说。

几个同学掩嘴窃笑起来。

"无意冒犯。"尼克面带尴尬地朝毒烟点点头，补上一句。毒烟面无表情，毫无回应。

但斯塔奇太太并没有手下留情。她转过身，敲了敲毒烟的头顶。"500字，"她说，"周末前交。"

毒烟皱了一下眉："我不写。"

"你说什么？"

"这不公平。"

"你说不公平？你上我的课，一点儿准备都不做，阅读材料不读，这公平吗？你浪费我和同学们的时间——你认为这公平吗，杜安？"

毒烟拨了拨挡在眼前的那一团蓬松的黑发。

"那我道歉，好吗？这事就不要再提了。"

斯塔奇太太缓缓弯下腰，此刻的她就像一只水鸟，凝视着水中的鱼儿，随时准备发动致命一击。"嗯？我们班的笑话大王怎么了？"她问，"这么快就没有新笑话讲了吗？"

"我猜是吧。"

"那太糟糕了，我还等着你的青春痘作文呢，记住要写500字，内容要幽默，格式要正确。"

"没门儿！"毒烟说。

斯塔奇太太的铅笔往前一伸，笔尖对准了他的鼻头。

"必须写！"她说。

尼克焦急地望向玛塔，女孩刚刚把书合上，头靠在桌子上。

毒烟朝铅笔猛地拍去，但斯塔奇太太手一抽，没拍到。

"离我远点儿。"他说，"要不然，你会后悔的。"

"你在威胁我吗，杜安？"斯塔奇太太神情自若地问。

毒烟说："没威胁你，我说的是实话。"

"这不是实话！我来告诉你，什么是实话。"她再次用铅笔对准他的鼻子，"实话是：你要写一篇关于青春痘的500字的作文，大声朗读给我们所有人听，要不然，这门课你就要挂科，明年你得重修，重修的意思是这门课得重新上一遍。明白了吗？"

毒烟的双眼直勾勾地盯着斯塔奇太太手中的铅笔，那支2号铅笔的笔杆是黄色的，相当显眼。

"我猜是吧。"他应答道。

话音未落，不可思议的一幕发生了：毒烟突然一张嘴，把铅笔咬断了，半截铅笔含在嘴里。他大口大口地咀嚼着，笔芯和笔杆都被咬碎了，碎片塞了满满一嘴，被他给硬生生吞了下去。

斯塔奇太太一怔，本能地往后一退，剩下半截铅笔在她的手中，上面沾满了毒烟的口水。

所有人都被眼前这一幕吓呆了。只见毒烟拿起生物课本，扔进一个迷彩背包里，随后站起来，缓缓走出教室。

第二章

从公交车站走回家的路上，尼克告诉玛塔："他俩的事还没有结束呢。你就等着看吧。"

"真高兴，明天没课。"她说，"我可受不了他俩斗来斗去——一个是邪恶的女巫，另一个是十足的白痴。"

科学课的学生马上要开启一天的野外考察之旅了，目的地是位于大柏树保护区附近的黑藤沼泽。这个地点是斯塔奇太太亲自选择的，她说那里简直就是"植物光合作用的大本营"。黑藤沼泽以奇异的兰花和古老的柏树而闻名，但尼克希望有机会看到佛罗里达黑豹。

"那里毒蚊子很多吧，小心被咬后感染疟疾哦。"玛塔说，"但比起愚蠢的生物课，我宁愿被蚊子咬。"

尼克会心一笑："最近两周都没有下雨了，应该不会有很多蚊子。"

"那还有蜘蛛之类的东西吧。"玛塔挥手向尼克道别，踏上了自家院子的小道。

尼克和玛塔住在同一个社区，但他家位于三个街区之外。实际上，他家的位置离公交车站更近，只不过最近，他都会先陪玛塔走一段路，送她到家后，自己再绕路回家。

玛塔站在大门的台阶上，转头喊了一声："嘿，你认为他会参加野外考察吗？"

"谁？毒烟？"

"当然是他，还会有谁？"

尼克说："我希望他别去。"

"我也是。"玛塔再次挥了一下手，进入门廊，身影消失不见了。

尼克一回到家，就赶紧冲进书房，打开电脑查看电子邮件。他一直在等待父亲的消息。父亲是国民警卫队的一名上尉，过去七个月一直驻扎在国外，具体位置在伊拉克的安巴尔省。

尼克的父亲几乎每天早上都会给他发电子邮件，但尼克和母亲已经连续三天没有收到他的消息了。这种情况以前发生过，那次是由于父亲所在的小分队在执行野外战斗任务。尼克安慰自己，不要瞎担心，父亲一定会没事的。

母亲是科利尔县监狱的看守，每天下午4点30分下班，通常最迟5点15分到家。尼克待在电脑前，每隔几分钟就查看一下电子邮箱，看看有没有新邮件。咚咚，母亲都回家了，仍然没有收到父亲的任何消息。

"孩子，今天在学校过得怎么样啊？"妈妈问。

"妈妈，你相信吗？有个同学吃掉了斯塔奇太太的铅笔！"

尼克说，"铅笔在老师的手里，他张嘴就咬，还吞下去了！"

"为什么会这样呢？"

"我猜，因为很生气吧，因为老师拿他脖子上的一个大痘痘取乐。"

尼克的妈妈把钱包扔在厨房的桌台上，说："告诉我，为什么我们要花那么多钱上这样的私立学校？"

"不是我的主意。"尼克提醒她，"因为这所学校是小班教学吗？"

"这是一个原因。"

"你还说过，私立学校的老师水平更高。"

"别人都是这么说的。"

"还有，私立学校不会有很多乱七八糟的事情发生。"尼克补充道。

"对的。"母亲皱了皱眉，"但是，你刚才不是说，生物课上有个男孩吃铅笔，他难道觉得自己是一只白蚁吗？"

"说实话，他的块头更像只大河狸。"尼克说，"但是，斯塔奇太太真不应该那样取笑他。他可是个小混混啊，平时谁敢惹他呀？"

母亲从冰箱里拿出一瓶果汁，往小玻璃杯里倒。

"吃铅笔的孩子叫什么名字？"她问。

"杜安·斯克罗德。你不认识他。"

"斯，克，罗，德，是吗？"

尼克说："是的，没错。"

"那就对了，我认识他的父亲，老杜安。"

"因为他蹲过监狱吗？"

母亲点点头："有一天，他开着自己的雪佛兰塔霍牌汽车经过鳄鱼巷时，车的变速箱烧了，他一气之下，一把火把夏洛特港的雪佛兰汽车经销店给烧了，于是被判入狱6个月。"

尼克心想，难怪小杜安是这副德行，原来他的老爸是个疯子。

"晚餐吃什么呢？"尼克问母亲。

"给你三个选择，意大利面、意大利面、意大利面，随便选一个吧。"

"唉，又要吃意大利面了。"

"很棒的选择。"

"喂，妈妈，今天上班的时候，收到爸爸的邮件了吗？"

"没有。你呢？"

"我也没有。"尼克说。

母亲的脸上挤出一点儿笑容："别担心，孩子，他很可能是外出执行什么任务，不在基地吧！"

"我再去看看电脑，检查一下邮箱——"

"先吃饭吧，尼克。对了，我今天不太想吃意大利面，要不，出去吃烧烤吧？"

"你确定吗，妈妈？"

"当然。"她喝完最后一口果汁，问道，"伊拉克那边现在几点了？"

"大概是凌晨1点30分。"

"哦，那爸爸应该是在睡觉。"

"是的。"尼克说，"我打赌，他现在在睡觉。我打赌，我们明天一定会收到他的消息。"

杜鲁门中学的校长是德雷斯勒博士，他总是穿着整洁的正装，与人打交道时非常谨慎，说话慢条斯理。当杜鲁门学校运转正常、气氛融洽时，他总是乐呵呵的；但是如果有教师或学生不守本分、胡作非为，他就寝食难安了。

"告诉我到底发生了什么？"他问斯塔奇太太。

她举起那半截铅笔。"这个年轻人精神上有严重的问题。"她说。

德雷斯勒博士细细端详了一番："你确定，剩下那半截吃到肚子里了？"

"嗯，他吞下去了。"斯塔奇太太说，"百分之百确定。"

"那你为什么不把他送到医务室呢？"

"因为他冲出教室了。"她补充道，语气有些不满，"下课铃响前16分钟就跑了，整整16分钟。"

"铅笔的碎木片可能伤到他的内脏——"

"我很清楚这一点，德雷斯勒博士。"

"要尽快通知男孩的父母这个情况。"

"同时，还要声明，这个孩子在学校的种种行为，破坏性很强，不可接受！"

"当然。"德雷斯勒博士不安地说。

和杜鲁门学校的其他人一样，校长尽可能地避开斯塔奇太太。自从担任校长以来，他就听说过一些关于她的奇怪传闻。斯塔奇太太独居，但似乎没人知道她到底是和丈夫离婚了，还是由于丈夫过世当了寡妇。有传言说，她的房子里堆满了臭鼬和浣熊等动物的尸体。还有一些流言蜚语，比如，她养了五十三条宠物蛇，其中甚至有响尾蛇。

当然，如果仅仅从工作的角度来看，斯塔奇太太的私生活与德雷斯勒博士无关。作为一名教师，她遵纪守时、细致周到、勤奋努力。也许，学生们普遍都惧怕斯塔奇太太，但不可否认的是，他们也从她那里学到了很多知识。在生物课考试中，杜鲁门中学的学生一贯表现优异。

尽管如此，德雷斯勒博士还是忍不住想知道，关于斯塔奇太太的流言蜚语是否属实。他发现自己在她面前很不自在，可能是因为斯塔奇太太身材高大、气势凌人，对他说话时甚至还带着一副命令的口吻。

她说："我很乐意亲自给杜安的父母打个电话。"

"不用了吧。你明天还要带学生去野外考察——"

"我们早就收拾好了，准备充分，德雷斯勒博士。"

"好的，非常好。"他干笑一声，"还是由我来联系吧，这是我的职责所在。"

"哦，如果需要我来处理，我真的不介意。"斯塔奇太太愉快地说。

"请让我来处理吧。"

斯塔奇太太起身离开。德雷斯勒博士小心翼翼地将那半截铅笔密封在一个装三明治的塑料袋中。

"当他张嘴咬铅笔的时候，铅笔就在我手里。说实话，他差点儿就咬断我的手指。"斯塔奇太太说，"我觉得，这种违反纪律的学生，要好好惩罚！"

杜鲁门中学为学生制定了详细的行为准则，但是当下，校长实在想不出有哪条规则能适用于惩罚学生吃老师的铅笔这一罕见之举。他就暂且认定这属于"不守规矩的行为"吧。

"但是，杜安为什么要吃你的铅笔呢？"他问斯塔奇太太。

"我让他写一篇作文，他很生气。"她解释说，"我让他写作文的原因是他没有完成课前阅读任务。上课时，我让他说一下阅读了什么内容，他什么都不知道。"

"原来如此！"德雷斯勒博士打开一个抽屉，将装有那半截铅笔的袋子放了进去。

"对了，你会参加我们的野外考察吗？"斯塔奇太太问道，"你可以坐我的车去。"

"恐怕不行吧。"校长连忙回答，"我有一个……一个会议……在那天早上……是董事会议……学校董事会的会议。"

德雷斯勒博士暗想，就算没有会议，我也会给自己临时安排一个会议。他可不喜爱什么户外活动。他很少与大自然亲密接触，对大自然的了解仅限于《动物星球》节目上的野生动植物，那还是他在寻找美食节目切换电视频道时，不经意间瞥见的。德雷斯勒博士确信：黑藤沼泽这个名字，听上去就不是他想去的地方。

"那可是个好地方，你不去太可惜了。"斯塔奇太太告诉他。

"肯定是个'好'地方。"

斯塔奇太太离开办公室后，德雷斯勒博士马上给杜安家打了个电话。电话是一个男人接的，那人一通咆哮，说了几句校长听不懂的话后便挂断了。

德雷斯勒博士满脸疑惑。他拿出了小杜安·斯克罗德的档案，上面显示，这个男孩在小学就留过两次级。再后来，小杜安上了一所公立中学，结果又被开除，原因是他和体育课老师打了一架。在那次冲突中，杜安打掉了老师三颗牙，还把他右手小拇指的指尖咬掉，吞进了肚子！

德雷斯勒博士心想：难怪杜安会咬掉老师的铅笔，原来他是有"前科"的。

但是，为什么杜鲁门中学会接收这样一个劣迹斑斑的问题学生呢？德雷斯勒博士无意间翻到了前任校长写的一封信，读完后他才恍然大悟：原来，杜安的外婆非常富有，她曾经给学校捐赠了一大笔现金，现在杜安的学费也是由她支付的。

德雷斯勒博士得出的结论是，如果小杜安因为吞掉斯塔奇太太的铅笔而大病一场，这将对杜鲁门中学非常不利，而小杜安的外婆未来还会不会继续给学校捐赠，也将成为未知数。他合起文件，走向停车场，此刻的他显得有些疲惫。他钻进车，打开仪表盘上新装的卫星导航系统，朝老杜安·斯克罗德家出发。

在那不勒斯镇的郊区，坑坑洼洼的土路旁坐落着一栋木头房子，房子没有上漆，掩映在茂密的松树和灌木丛中。看来，目的地到了。这时太阳已落山，树林里，夜间活动的昆虫正欢快地嗡嗡作响。车道上停放着不少车辆，但似乎状况都不佳——一辆皮卡车，看上去破败不堪；一辆摩托车，车把手是弯的；一辆沙滩车，满是泥泞；一辆小型货车，车身上满是坑坑洞洞，两扇门还不见了；还有一辆越野车，上面涂着几个歪歪斜斜的亮橙色大字：抵制雪佛兰汽车！

房子里没有开灯，前窗是开着的。一阵古典音乐声传来，那是一首著名的巴赫协奏曲。看来家里有人！德雷斯勒博士心中一喜。他整了整领带，按响门铃，但没有任何回应，于是他开始敲门。

终于，纱门前出现了一个身形瘦削、胡子拉碴的男人。他穿着一身狩猎装，戴着红色的卡车司机帽，脚上没穿鞋。

"你是政府派来的？"那人捏着一把生锈的钳子，指着德雷斯勒博士，气势汹汹地问，"如果你是来收税的，信不信，我会扯掉你的嘴唇拿来喂鸟？我有一只金刚鹦鹉，会说三个国家的话。"

德雷斯勒博士显然被吓坏了，当下就想开溜，但他还是竭力稳住阵脚。"我来自……杜……杜鲁门中学。"他结结巴巴地说，"您是杜安的父亲吗？"

"是的。"男人说，"你的证件给我看看。"

德雷斯勒博士颤抖着从西装外套的内袋里掏出一张名片。老杜安·斯克罗德一把抓过来，人便消失不见了。过了几分钟，他又出现了，这次，有一只大鸟站在他的左肩上。那是只金刚鹦鹉，身披金黄色和蓝色相间的羽毛，颜色鲜艳，煞是显眼。它正低头啄着德雷斯勒博士的名片，弯弯的鸟嘴像一根坚硬的铁钩，没几下，名片就被撕得七零八落。

老杜安·斯克罗德推开纱门，伸出一只膝盖挡住门。"那个小鬼现在干什么了？"他问。

"小鬼？"

"小杜安。他准是做了坏事吧？因为，第一，校长都找上门了；第二，他又不知道上哪儿鬼混去了。你要进来坐坐吗？"

德雷斯勒博士摇了摇头，礼貌地拒绝了："据我所知，您的儿子今天与一位老师发生了一点点争执，是关于家庭作业的事。"

"你今天来就为这点儿事？"老杜安嘎嘎大笑起来。"嘎……嘎……"金刚鹦鹉惟妙惟肖地模仿主人，声音甚是诡异，着实把德雷斯勒博士吓得不轻。

德雷斯勒博士开始心生后悔，为什么我要自寻烦恼，来到这个鬼地方呢？显然，关于斯塔奇太太课堂上发生的一切，小杜安半个字都没有告诉父亲，而且毫无疑问，即使他吞下铅笔后大病一场，他也会守口如瓶。

"我实在不明白，你大老远来这里干吗？"老杜安·斯克罗德喃喃自语，"是不是我前妻的妈妈——那个富婆——给学校打电话了？她一发话，你就屁颠屁颠地过来了？"

"不，斯克罗德先生。这是我的主意。"德雷斯勒博士恨不得马上开溜，"我只是过来看望一下您的儿子，了解一下他的情况，也顺道跟您解释一下，学校有布置家庭作业这个规矩，希望他清楚自己作为学生的责任，不要有什么疑惑。"

"疑惑？"老杜安咯咯笑起来。那只金刚鹦鹉又开始模仿了，发出诡异的笑声。"那个小鬼，瞧他那副德行吧，能有什么疑惑？"

"嗯，他的老师和我都很担心。"德雷斯勒博士说。不过这话只对了一半，斯塔奇太太似乎一点儿也不担心。"我得告诉你这件事，小杜安今天在学校吞掉了半截铅笔。他可能需要去看看医生。"

老杜安·斯克罗德哼了一声："这个小鬼的胃是铁做的。他还是个小不点儿的时候，就常常吃石头、牡蛎壳、坚果，甚至连钢琴线都吃过。铅笔不会伤到他的，放心。"

"不过，如果我能当面和他说说话，我会更放心。"校长提议。

"喂，我刚才也说了，不知道他去哪儿鬼混了。他放学后还没回家。"

德雷斯勒博士的担忧溢于言表："但是，学校在几个小时前就放学了。天已经黑了，斯克罗德先生——"

"对，你也看得到嘛。"

"小杜安现在还没回家，他有没有打电话给您呢？"

"甭担心，伙计。"

"今天下午不是有足球队训练吗？"校长说，"也许他还在球场上。"

老杜安告诉德雷斯勒博士，小杜安没有加入杜鲁门中学的任何一支球队——足球队、橄榄球队、长曲棍球队或其他任何球队。

"他老是独来独往。"老杜安解释，"可以这么说，有点儿孤僻。他的外婆给他买了一部手机，但我确定，他从来不接电话。"

德雷斯勒博士感到一阵恐惧不安。此刻，他的脑海里浮现出这样一幅画面：树林深处，一个悲惨的身影在痛苦地翻滚，那是小杜安，他的内脏里满是锋利的铅笔碎片。接下来，另一幅令他不安的画面浮现出来：他本人被杜鲁门中学董事会解雇了，紧接着，他又被斯克罗德家起诉，告上法庭。

"有时候，小杜安很晚才回家。"老杜安说，"我从来都不等他的——他的块头那么大，谁敢惹他呢？"

德雷斯勒博士又掏出另一张名片,在背面写下自家的座机号码。"要是有了小杜安的消息,拜托您或者斯克罗德太太给我打个电话,好吗?"

"这里可没有什么斯克罗德太太。"老杜安说,"我现在是个老光棍。"

"哦,非常抱歉。"

"要斯克罗德太太有什么用?我们俩就过得很好,不是吗,纳丁?"

那只叫纳丁的金刚鹦鹉咕噜了一声,开始啃咬主人的狩猎装的衣领,那儿已经被啃得破破烂烂了。

德雷斯勒博士将那张写着电话号码的名片递给老杜安,老杜安接了过来,顺手塞进鸟嘴里。

"你不用担心小杜安。"他说着,砰的一声关上纱门,"他会回来的。再见了,晚安。"

德雷斯勒博士沿着车道快步离开,奔向他的汽车。和平时一样,车上了锁,黑暗中,他胡乱摸索着车钥匙。有声音!某种动物在灌木丛中窜来窜去,他感到心跳一阵加速。

松针散发出浓郁的气味,德雷斯勒博士不禁打了个喷嚏。突然,老杜安那暗沉沉的木屋里传来一阵声响,简直把他的魂都吓飞了。

"祝你好运!"那是纳丁的尖叫声,然后它又分别用法语和德语说了一遍。

第三章

天刚蒙蒙亮，睡眼惺忪、头发蓬乱的同学们就聚集在学校停车场。尼克独自坐在马路牙子上，玛塔走到他面前。

"你没事吧？"她问。

"就是有点儿累。"凌晨四点起，他就一直守在电脑旁，但是，还是没有收到远在伊拉克的父亲的电子邮件。

玛塔坐了下来："毒烟人呢？"

"没看到他。"尼克说。

"哦，搞不好他已经退学了——他的年龄都够开汽车了，就算退学也不稀奇，对吧？"

"别抱太大希望。"

玛塔说："抱歉，但他真的吓到我了。"

"但是，比起'恐怖'的斯塔奇太太，毒烟还差得远吧。"尼克说。

斯塔奇太太早就到了，精气神看上去还挺不错。看看她的装备：涉水靴、硬帆布裤、宽松的长袖衬衫；防蚊面纱是翻开的，里面还戴着一项旧草帽。做任何事情，斯塔奇太太总是做最周密的安排。

"涂上防晒霜、防虫液、润唇膏，从头到脚，孩子们！"她叫道，"那里可是丛林！"

尼克和玛塔开始排队等校车。"她会不会被蝎子蜇呢？"玛塔喃喃自语。

"那太可怕了，"尼克低声说，"对蝎子来说。"

斯塔奇太太吹了一下口哨，声音很尖厉。"我班上的每个人都带上记录本了吗？"她把一个黑色的笔记本举过头顶，"野外考察的时候，看到什么都要记录下来——昆虫、哺乳动物、鸟类、树木。期末成绩中实验这一项，就按这个打分！"

看，格雷厄姆那一身装扮简直就像迷你版的专业猎人，他又举起了手。和往常一样，斯塔奇太太根本无视他的一举一动。

"我们带了三个便携式急救箱。"她继续说，"每位老师携带一个。如果需要帮助，请立即说出来。一定要记住：和自己的考察小分队待在一起，千万别走散，最重要的是，注意，我们所在的这个地方是保护区。请关掉你的手机——如果我或者其他老师听到手机铃声，直接没收手机。"

斯塔奇太太放下黑色笔记本，拿起一个装置，尼克认出来了，那是一个出海用的便携式大喇叭。这种手持式气喇叭的声音异常洪亮，每当美式橄榄球队海盗队有比赛的时候，那些醉醺醺的球迷就会吹起这种喇叭，呐喊助威。尼克的爸爸有海盗队的季票，所以尼克再熟悉不过了。

"听着，这是我们的紧急信号。"斯塔奇太太说罢便吹了几下喇叭，那声音非常短促，却震耳欲聋，"如果听到这个声音，立即找到老师，排好队，然后直接回到校车上。有没有疑问？"

格雷厄姆上蹿下跳，一只手臂挥舞着。

和往常一样，斯塔奇太太根本无视他的存在。"好了，各位，"她鼓了鼓掌，"开始我们的黑藤沼泽探索之旅吧！"

校车内宽敞干净，还装有空调，比他们上下学乘坐的公交车好多了。尼克和玛塔坐在前排，背包塞在座位下面。

玛塔推了推尼克，指向窗外。斯塔奇太太正要钻进自己的小汽车，那是一款油电混合动力车，车身的形状像一颗水滴，车牌上印有"拯救濒危海牛"的字样。

"女巫怎么自己开车去啊？我猜，也许她忘了带她的魔法扫帚了吧，不然就直接飞过去了。"玛塔打趣地说。

尼克心里纳闷，为什么她不和大家一道坐车去呢？也许，昨天和毒烟的争执依然历历在目，她不想和他同坐一辆车吧。

但是，毒烟根本没现身，这让尼克和玛塔舒了一口气。另外两位同去的科学老师是尼尔先生和莫菲特小姐，他们正在校车中间的走道上来回走动，收集学生手中的表格。那上面有学生父母的签字，声明如果孩子在野外考察中受伤，校方不负任何责任。

"我本来想打电话请病假的，我不喜欢沼泽。"玛塔向尼克吐露心声。

他说："希望我们能碰到黑豹。"

"你疯了吗？"

"说真的——要是真给我们看到黑豹，那就太酷了。"佛罗里达州的历史记载中，黑豹从不伤害人类。现在，这种"大猫"数量稀少，整个州都不足一百只。

"我还带了摄像机。"尼克说，"万一碰上了呢。"

玛塔说，她妈妈想让她摘一朵幽灵兰花带回家。"我是这么回答的：'啊，妈妈，这么做是违法的啊。'知道她咋说吗？'但是我会好好照顾它！'我直接回了一句：'你想让我进监狱吗？拜托！'"

显然，斯塔奇太太不在校车上，玛塔的心情好多了，这一点尼克能看出来。毒烟也不在，无疑又是一个意外的惊喜。

"你爸爸怎么样了？"玛塔突然问了一句，尼克有些猝不及防。

"他很好啊。"

"他什么时候回来呢？"

"22天后吧。"父亲被派往伊拉克，这事儿尼克压根儿没有告诉玛塔，也没有告诉其他朋友。不过，那不勒斯镇的报纸上刊登了在战地服役的军人的名单，杜鲁门中学体育馆外的布告栏上也贴着这些军人的名单，玛塔准是什么时候看到了。

"回来后就不用再去了吧？"玛塔问道。

"最好是。"

尼克和玛塔各自戴上耳机听音乐。29号国家公路上堵车很严重，车开了将近一个小时，原来，一辆装满西红柿的卡车发生了翻车事故。西红柿的汁液洒满地面，弄得脏兮兮的，一名消防队队员正拿着软管在冲洗。尼克发现路边有一只死雄鹿，准是在大雾中奔跑时被运西红柿的卡车撞到了，是不是有黑豹在追它呢？他猜测。

最终，校车缓缓拐进了一条土路，这条道路非常狭窄，路面上布满了车辙。有两次，校车不得不靠边停车，让迎面驶来的平板卡车先通过。尼克注意到，这两辆卡车都是崭新的，车门上印有红色的菱形标志。从校车旁开过去的时候，卡车几乎没有放慢速度——隆隆作响，扬起一阵灰尘。

　　若是在雨季的草原，清晨草叶尖上的露珠像镶在翡翠上的珍珠，闪着五颜六色的光华。但现在是旱季，一眼望去，草原呈现一片枯黄的景象。尼克举目远眺，视线中，前方的树木变得越来越高大，黑藤沼泽近了。

　　尼克从背包里掏出一管防晒霜，在手臂和脖子上涂抹了几下。

　　"别忘了涂鼻子哦。"玛塔提醒道，"来，我来帮你涂。"

　　"不，不用了——"

　　"嘘。"她一把抢过防晒霜，挤出了一大团黏黏的白色霜状物，挤在一只手的掌心，然后小心翼翼地涂抹在尼克的脸上，每一寸都涂上了，就像给尼克画了个面具。尼克有点儿难为情，他怕其他同学可能会看到玛塔的"杰作"。

　　"轮到你给我涂了吧。"玛塔取下耳机，说了一句。

　　"什么？"

　　她把防晒霜的瓶子递给尼克，随后紧紧地闭上眼睛。

　　"要小心啊。滴到眼睛上会非常疼。"

　　尼克有些难为情，头压得低低的。

　　玛塔说："告诉你，我叔叔的脸上一直长一种东西，叫基底细胞癌，那是一种皮肤癌。不过不严重，医生在办公室拿手术刀切几下就好。"

尼克在玛塔的脸颊和额头上胡乱地涂抹一通。"好了，涂好了。"他低声说，"涂完了。"

"耳朵也要涂啊。"她提醒。

"呃……快转过来。"

"尼克，你怎么啦？你不喜欢我说'癌'这个字吗？不过我说的是真的，我家里人都会得基底细胞癌，这是一种家族遗传疾病，不信你可以问我妈妈。"

触摸玛塔皮肤的感觉很奇怪，尼克无法用言语描述：感觉不坏，就是怪怪的。玛塔对着校车后视镜照了照，确保尼克没有遗漏任何一寸皮肤。

"涂得挺好的呀。"她说，"没那么难，是吧？"

接下来的旅程中，尼克一直在假装欣赏窗外的景色，没怎么搭理玛塔。终于，车猛地一刹，终点到了，孩子们蜂拥而出。

斯塔奇太太已经在等了。面纱没能遮住她长长的下巴，上面的那道疤痕异常显眼。面纱下是一副巨大的紫色太阳镜，看上去她就像是一只变异的蜻蜓。

"来吧，孩子们，排好队！"她又拍起巴掌，踱起步来。

每位老师负责一支队伍，每支队伍中有十五名学生。在等老师念分组名单时，学生们急得团团转。没有人想加入斯塔奇太太的团队，因为她肯定比其他老师严厉多了。在学生们的心目中，野外考察不就等于闲逛吗？谁还想在这个时候学习呢？

玛塔凑近尼克："我对天发誓，如果她念到我的名字，我就往地上一倒，假装心脏病发作。"

谢天谢地，尼尔先生先后念出了玛塔和尼克的名字——他俩幸免于难了。

现在，斯塔奇太太带领三支队伍踏上了一段蜿蜒的木板路，穿过灌木丛，绕过松林里的吊床，进入更茂密的树林，到了一片巨大的树荫下。这儿非常阴凉，地上的木板路没有了，抬头一望，那是一棵参天古树，叫落羽杉。

三支队伍分头行动，选择了不同的方向。树梢之上，天空明亮，万里无云。尽管是旱季，地上的沟沟洼洼还是不少，这次徒步旅行注定是一场沼泽涉水之旅。老师建议学生们穿上长裤保护腿部，并且最好穿上旧运动鞋，因为这一趟下来，十有八九鞋子要作废。只有格雷厄姆是个另类，他居然穿着短裤，实在是愚蠢至极。看，不一会儿，他的小腿上红一块紫一块，就像被野猫的爪子挠过似的。

尼尔先生的专长是植物学，他经常停下脚步，给学生们指出当地特有的植物。斯塔奇太太布置过任务，要把看到的物种记录下来，于是尼克和玛塔时不时地从背包中取出日记本，做好笔记。他们第一次停下来休息时，物种名单上已经列出了不少有趣的植物，包括圆滑番荔枝树、绞杀榕树、月桂叶栎、南部杨梅树、扇形棕榈树、野咖啡树和复苏蕨。

相比之下，野生动物难找多了。高高的树枝上，停歇着一只长着条纹的猫头鹰，被尼尔先生发现了。随后，他又看到一只红腹龟，那是只幼龟，趴在布满苔藓的原木上晒太阳。有一条束带蛇游过，被格雷厄姆误认成了剧毒棉口蛇，把他给吓得哇哇大叫。一张巨大无比的蜘蛛网把玛塔和另外两个女孩缠住了，那张蜘蛛网居然和帐篷一样大，不过，她们一下子就挣脱了。还有一个叫米奇·马里斯的男孩抓到了一只绿色的安乐蜥，不过，尼尔先生让他当场就放生了。

尼克一直试图寻找黑豹的踪迹，却不经意间发现了一些猪的脚印，脚印很深，是刚留下的，但除此之外，他并没有其他发现。偶尔，在沼泽涉水而行时，他能听到另外两支队伍的声音隐约从远处传来。有一次，他很确定自己听到了斯塔奇太太的声音，她在欢快地叫喊："这里是凤梨科植物的天堂啊！"

中午，尼尔先生的队伍在一棵参天古树下吃午饭。尼尔先生估计，这棵枝干盘曲的大柏树，应该有500年左右的树龄了。孩子们纷纷拿出了自己的三明治——尼克带的是火鸡奶酪三明治，玛塔带的是花生榛子酱三明治。尼克居然还带了冷饮——他妈妈特地准备了一个带衬垫的冷藏袋，里面装着一瓶酸橙口味的运动饮料。尼克拿出来，给每个人倒了一点儿。

尼尔老师望着孩子们，问道："为什么没有蚊子咬我们呢？谁知道？"

格雷厄姆的手举了起来。尼尔先生喊出他的名字，示意他回答，格雷厄姆不敢相信自己居然会被老师选中，一副目瞪口呆的样子。

"因为……"他开始回答，"因为……"

"请继续，格雷厄姆。"

"因为……"

"请继续。"

"呃……呃……"格雷厄姆无奈地耸了耸肩，"我不知道。"

尼尔先生指着另一个学生："雷切尔？"

雷切尔大声回答道:"因为天气太干燥了,蚊子没法儿在这里生存。"

"嗯,这是一个很好的解释。"老师说,"不过,天气虽然干燥,但沼泽里面还是有不少水,足够蚊子产卵繁殖了。尼克·沃特斯,你怎么看呢?"

尼克根本没在听,他的心思都在父亲身上。玛塔用胳膊肘推了推他,他抬起头,慌乱中问:"什么问题啊?我没听清楚。"

"为什么我们不会被蚊子咬呢?"尼尔先生又问了一遍,语气有点儿不耐烦。

昨天在斯塔奇太太的课堂上,尼克主动举手帮玛塔解围,这次,玛塔决定回报尼克,于是,她抢着答了一句:"因为小鱼把水里的蚊子幼虫都吃光了。"

"真棒!"尼尔先生看起来很宽慰,总算有人答对了。

"现在我有一个问题。"玛塔说,"这里所有的藤蔓都是绿色的,为什么叫黑藤沼泽啊?"

格雷厄姆又举起手,其他学生不约而同地唉了一声,以示不满。尼尔先生说:"我不太确定这个问题的答案——有同学能回答吗?"

就在这时,一排排参天大树间突然响起了一声刺耳的叫声,听起来不像是人类发出的声音。

大伙儿惊得呆若木鸡,尼尔先生也不例外。他努力缓过神来,将手指举到唇边,示意大家保持安静。刚才有只啄木鸟一直在铿铿铿地啄着一根枯木桩,这时也停了动作,胡乱拍打着翅膀,仓皇而逃。

好多孩子被吓坏了，但尼克却无比兴奋。直觉告诉他，这就是他要寻找的动物——黑豹！他迅速从背包里抓出摄像机，摸索着找到了"录像"按钮，然后立刻把镜头对准了声音传来的方位。

森林里枝叶非常繁茂，再加上尼克的手在轻微颤抖，因此，很难通过摄像机的取景器看清细节。玛塔凑过来，搭着尼克的肩膀。

"你看到了吗？看到了吗？"她指了指取景器的屏幕。

有个东西，速度很快，在树干上跳来跳去，看，一大片棕色的影子，很模糊。

"跑哪儿去了呢？"玛塔低声问，"是什么？"

"等一下。"尼克说。但接下来却听不到一丝动静。

不一会儿，扑通一声，那是水花溅起的声响，随后，一阵沉重的沙沙声传来，声音慢慢变弱，直至消失。

直到尼尔先生开口，学生们才敢瞪大眼睛。"可能是只狐狸或者野猪吧——没什么可怕的。"他的声音中明显透露着不自信。

尼克关掉摄像机："狐狸哪有这么大的块头，我打赌，那是只黑豹！"

并非所有的学生都和尼克一样对大型猫科动物充满好奇，有些学生甚至担心，万一碰上了那样的动物，岂不是太可怕了。米奇·马里斯站了起来，建议大家立刻打道回府，回到校车上。

尼尔先生说："我觉得那肯定不是黑豹。"

"熊呢？"格雷厄姆尖叫一声，"斯塔奇太太说过，有人在这里抓到过黑熊！"

尼尔先生想方设法安抚学生的情绪，此时，尼克正摆弄着摄像机上的控制菜单。他想以更慢的速度重新播放录像，以便看清楚那只动物到底是何方神圣。

玛塔拉了拉尼克的胳膊："喂，你有没有闻到什么味道？"

尼克的视线从摄像机上移开，他抬起头，吸了吸鼻子。"烟的味道。"他说。

"是的！"

就在此时，嘟——嘟——两声悠长的喇叭声传来，那是斯塔奇太太发出的撤退信号。一时间人声鼎沸，议论纷纷，大伙儿不由自主地向尼尔先生靠拢。尼尔先生宣布，所有人要紧跟着他的脚步，立刻回到木板路上。他还特别提醒道，不许乱跑，不得喧哗。

一收到指示，学生便很自觉地行动了。他们赶紧拉上背包的拉链，在老师身后排成一排。老师带领他们沿原路返回，迅速离开那片潮湿而泥泞的沼泽地。烟的味道越来越重，一眼望去，树林的上空，黑烟四起。

三支队伍在木板路集合后，合并成一条长长的队伍。斯塔奇太太站在队伍的最后面，她吹响了大喇叭，学生们转过头来，望向她。

"听着，同学们！"她说，"远处突然出现了野火，就在沼泽的另一边——这个季节经常有野火。火不大，但是如果蔓延到柏树林这边，那就危险了，因此，我们必须停止野外考察，现在准备返回学校。直接回学校。"

玛塔往尼克身上一靠，有气无力地哼了一声："该不会回了学校，还要继续上她的课吧？我又要病了，浑身上下都不舒服。"

"希望校车在路上爆胎吧！"尼克说。

尼克也颇感失望，他多希望有机会再看看黑豹，即使那个棕色的影子不是黑豹，他也希望一探究竟。然而，野火可不是闹着玩的，如果刮起强风，大火快速蔓延，跑得再快都没用。

"请在尼尔先生和莫菲特小姐身后排好队。"斯塔奇太太说，"我要回一下沼泽地，很快回来——利比的药掉了，我要回去找。"她的拍手声非常响亮，就像一个鼓满气的纸袋砰的一声被压爆了，"立刻动起来！"

当时，没有人质疑斯塔奇太太返回沼泽地的决定。利比·马歇尔的哮喘病很严重，平时必须随身携带哮喘吸入器。况且现在野火在熊熊燃烧，滚滚浓烟让她的呼吸越发困难了。

学生们排好队，涌向校车。"快点儿跟上，不要喧哗。"莫菲特小姐在一旁催促。

尼克走在玛塔身后，玛塔的前面是格雷厄姆，格雷厄姆的前面是米奇·马里斯，而米奇·马里斯的前面是校足球队的明星球员赫克托尔。

慌乱之中，学生们时不时踩到前面人的脚后跟。尼克的一只运动鞋都被踩掉了，是被后面插队的吉恩踩掉的，他是班上的代数高手。吉恩绕过尼克后，继续向前"超车"，在队伍中绕来绕去。

尼克跪在地上捡鞋子时，回头瞥了一眼那弯弯曲曲的木板路——看到了斯塔奇太太顶着草帽，戴着蜻蜓眼镜，只身一人迈进了浓烟笼罩下的沼泽地。

她能安全走出沼泽地吗？尼克不知道答案。

第四章

摄像机的电用光了。因此，在返程校车上，尼克没法儿和玛塔一起看他先前捕捉到的画面。校车抵达学校时天色已晚，尼尔先生和莫菲特小姐安排学生们去餐厅做了一会儿作业，不久便宣布放学。

玛塔约了牙齿矫正医生，尼克只身一人从公交车站走路回家。他的运动鞋可能被吉恩踩坏了，每走一步就嘎吱响一声。一进家门，他就连踢两脚，把鞋给甩飞了，然后飞一般冲进书房，检查电子邮箱。

没有新邮件。

尼克的父亲隶属于佛罗里达州陆军国民警卫队第53步兵旅。这支自称为"鳄鱼旅"的军队拥有自己的官方网站。如果有"鳄鱼旅"的成员在战场上牺牲，网站上就会推出一个悼念页面。尼克屏住呼吸，点了一下鼠标。

照片上显示的是一名预备役军人，他在伊拉克巴格达市附近徒步巡逻时，遭遇路边炸弹袭击而丧生。虽然不是自己的父亲，尼克还是仔细阅读了悼词。

这位士兵才30岁，家住坦帕市，家里还有妻子和两个年幼的孩子。照片上，这名男子身着齐整的军装，身后飘扬着一面美国国旗——他体格健壮，表情坚定，一副英姿飒爽的模样，让人很难相信他已撒手人寰。

尼克用力地咽了咽口水，努力抑制住眼中的泪水。他赶紧关闭了国民警卫队的网站，随即点开视频网站，寻思着找些搞笑视频看看，放松一下心情。尼克觉得，目前最重要的事情是稳住妈妈的情绪。要是妈妈刚好进门，撞见他哭哭啼啼的样子，那可就糟糕了。

妈妈下班回家时，尼克的情绪已经平复了许多。他刚给摄像机充满了电，正准备好好研究一下白天在黑藤沼泽拍到的画面。

"野外考察好玩儿吗？"妈妈问。

尼克把中途突遇野火的情况一五一十地告诉了妈妈。

"谢天谢地，还好没有人受伤。"她说，"怎么好端端的，突然就起火了呢？"

尼克耸了耸肩说："谁知道？现在不是旱季吗？有野火也不稀奇吧。"

"嗯，反正，你这一天过得比我'精彩'多了。"

她从冰箱里取出几个塑料容器，嘴上抱怨着："今天累坏了，没力气做饭，就拌一点儿希腊沙拉当晚餐吧。"

"有件很酷的事情跟你分享，妈妈，我好像在树林里看到了一只黑豹！"尼克说，"我拍下来了，你想看看吗？"

妈妈坐在沙发上。尼克把摄像机放在电视柜上，连上电视机。"你可要睁大眼睛仔细看哦。视频有点儿模糊。"他说，"时间也很短。"

他按下播放按钮，一排排大柏树映入眼帘。虽然画面摇摇晃晃的，还有点儿模糊，但比起摄像机的小取景器，在电视屏幕上看起来还是清楚多了。

"看那里！"尼克喊了一声，电视屏幕上，一个棕色的影子在树干间穿梭，若隐若现。

片刻沉寂之后，屏幕一片空白。

"就录了这些？"妈妈问。

尼克按了按回放键。"我们再看一遍吧。"他说。

整段视频从头到尾只持续了十五秒钟。这次，画面中的动物出现时，尼克立刻按下了暂停键。

妈妈说："亲爱的，这只黑豹有点儿不对劲呀。"

那只动物远离摄像机的镜头，所以头部看不大清楚。身体的形状不太像黑豹：黑豹的身形是流线型的，非常修长，而这只动物显然更粗壮一些，身子仿佛是直立的。

"也许是头野猪吧。"妈妈猜测。

"野猪不是这个颜色，对了，我们还听到了叫声，很像大型猫科动物的声音，我发誓。"尼克用慢放模式播放视频，随后倒回去，再播放一遍。

怎么没看到尾巴呢？他心想，纳闷中夹杂着一丝失望。黑豹的尾巴很长，尾巴尖儿是黑色的。

"暂停！"妈妈从沙发上跳了起来，"对，就是这里，放大画面，放大！"

"现在是'播放'模式，没法儿放大。这不是在电脑上编辑图片！"

"那仔细看这里！"她移步到电视机前，指了指那只"动物"的腹部位置，上面居然缠着一条黑色的腰带，"看到了吗？"

尼克当然看得清清楚楚。"不会吧。"他不敢相信自己的眼睛。

妈妈揶揄道："你被戏弄了，孩子。"

"你的意思是，我被人给'耍'了？"

"随便你用哪个词。"她说，"反正，你的'黑豹'系了一条人的腰带！"

今天放学后，德雷斯勒博士在学校多待了一会儿。

校长办公室里，莫菲特小姐和尼尔先生细细讲述了野外考察期间所发生的一切，校长的表情无比惊骇。

"所以，你们最后看到斯塔奇太太时，她正要一个人返回沼泽地？"他问，"那个时候，野火已经烧起来了？"

"是的，她要回去找利比·马歇尔的哮喘吸入器。"尼尔先生说。

德雷斯勒博士的内心翻起一阵惊涛骇浪，但他竭力让自己冷静些。他担任私立学校管理者已经足足有12年，但是，在他的手下，从未有过老师因公殉职，一位都没有。

"可是，你们为什么不等她回来呢？"他追问。

"火越来越大。"尼尔先生解释。他望了望莫菲特小姐，希望她帮下腔。莫菲特小姐点了下头。

"斯塔奇太太叫我们别等。"莫菲特小姐解释说,"她让我们快点儿把学生们带出去,她一会儿自己开车回来,和我们在学校会合。"

"好的,好的,我知道了。"德雷斯勒博士用手指敲着办公桌。这个解释当然说得通:在任何情况下,学生的人身安全都排在第一位。斯塔奇太太命令校车尽快离开危险区域,这也在情理之中。

尼尔先生提醒,先不要急于下定论,也许斯塔奇太太并未失踪。"也许她没有回学校,直接开车回家了呢。或者她去杂货店买东西去了。你打过她的手机吗?"

"差不多打了十次了。"德雷斯勒博士说,"一直没人接。"

他估计,如果发生教师失踪事件,杜鲁门中学并没有一套所谓的官方上报流程。很可能他得报警处理。

他建议道:"也许,我们应该派个人开车去她家,先确认她不在家再报警吧。"

莫菲特小姐和尼尔先生似乎不大愿意。斯塔奇太太的离奇故事在教职员工中流传甚广:她热衷于搜集剧毒蛇、剥制动物标本等,谁敢贸然去她家呢?

"她有亲戚住在附近吗?"德雷斯勒博士问,"如果有,看能不能联系上,打听一下消息?"

斯塔奇太太似乎从未当众提及过自己的家庭情况,反正,尼尔先生和莫菲特小姐都没有任何印象。

"我听说她丈夫十年前搬去巴西了。"莫菲特小姐说。

"但我听说，他是消失了，"尼尔先生补充了一句，"就像人间蒸发了一样。"

德雷斯勒博士竭力克制自己的恼怒。"总能找到一两个亲戚吧——兄弟姐妹一个都没有吗？远房的表亲也行！"他快速翻阅着斯塔奇太太的工作档案，留意上面有没有登记亲属的信息。

三人的会议被一通电话打断了。打电话的是县消防局的一名中尉，德雷斯勒博十早些时候打过去没人接，现在终于回电了。

尼尔先生和莫菲特小姐只听到校长一直在说"我明白""知道了"和"真的吗"。他挂断电话时，脸色苍白。

"消防队没有找到斯塔奇太太。"他说，"但是，她的车还停在木板路旁边的土路上——就是她之前停车的位置。"

"是那辆蓝色的普锐斯小汽车吗？"尼尔先生问道。

德雷斯勒博士重重地点了点头。

莫菲特小姐差点儿瘫倒在地："天哪，不会吧！"

"消防队到那边的时候，火已经熄了。"校长说，"这是个好消息。"

尼尔先生说："他们现在还在搜寻，对吧？"

德雷斯勒博士解释道，黑藤沼泽中丛林密布，消防车的照明灯根本打不进去。"天亮后消防队就要收工了。"他说。

莫菲特小姐盯着窗外，满脸愁容："太可怕了，我们真不该让她一个人回沼泽地。"

"当时，你们也没有别的选择，首要任务是让学生安全离开。"德雷斯勒博士努力保持镇定，"你俩先回家休息吧，有消息了再联系。"

尼尔先生和莫菲特小姐前脚刚走，校长就立马打电话向县警察局报案，称学校有一位教师失踪了。调度员回复道，马上派副警长前往学校，调查取证。

等待警察时，德雷斯勒博士没闲着，打开了一本拍纸本。随后他拿起一支银色钢笔，取下笔帽——这是杜鲁门中学2003级学生送给他的礼物。明早全校大会的时候，他需要向全体师生通报野火的事情和斯塔奇太太的情况，他现在得赶紧动笔准备一下。

可以预见，明早失踪事件一公布，杜鲁门中学可能一下子就会"炸锅"！大伙儿准会提出千奇百怪的问题，校园里定会充斥着五花八门的流言，他实在无法想象，自己该如何去应付这一切。

莫菲特小姐说得对，这件事太可怕了！

野外考察结束后，利比·马歇尔陷入了焦虑不安之中。父母一直安抚她，但她就是不肯乖乖睡觉。她张嘴闭嘴都是斯塔奇太太，满脑子都是疑惑，为什么她没有带着哮喘吸入器返回学校呢？

"真希望她没事。"利比告诉父亲，"万一她被野火包围了怎么办？如果她受伤了怎么办？"

利比的妈妈说："我敢肯定，她会没事的，亲爱的。我打赌，明天一大早，她就会在教室里等你上课，手里还会拿着你的吸入器。"

她的父亲就没那么肯定了。杰森·马歇尔是科利尔县警察局的警探。利比告诉父亲，野外考察时突然起了野火，随后老师独自返回沼泽地，去寻找自己丢失的吸入器。这位警探非常担心老师的安危。一直到现在，斯塔奇太太都没有给任何人打过电话，这令他备感纳闷。

利比刷牙的时候，杰森·马歇尔钻进厨房，悄悄给一位消防员朋友拨了个电话。那位消防员告诉他，大柏树保护区的野火已经熄了，经他确定，消防队发现了一辆汽车，车登记在一个名叫邦尼·斯塔奇的女人名下。这位女士现在失踪了，据说是在沼泽地里失踪的。

父亲担心，要是利比知道了这些情况，肯定会更加焦虑，因此对她只字未提。孩子自己会知道的——很快，可能明天吧，一到学校就知道了。

直到大约晚上10点30分，利比才迷迷糊糊地睡着了。半个小时之内，妈妈也很快进入梦乡。邦妮·马歇尔在马可岛经营着一家颇受欢迎的早餐店，每天她都要起大早，开很久的车去店里。

现在，只有杰森·马歇尔无法安然入睡。他坐在床上，膝盖上摊着一本书，但心思根本不在书上，他挂念着利比的老师的安危。

老实说，大柏树保护区并不是什么险恶之地，任何人，只要头脑稍稍冷静一点儿，都可以在那里安全地熬过一夜。只要蹲在干燥的地方，保持安静，别乱跑就行。虽然那儿虫子多，但也没什么大危险——至少，那里的野生动物不会袭击人类。

最令人担忧的是，要是这位老师一时慌乱，失去理智，闯入荒野深处，那可就有大麻烦了。那里生活着各种猛兽：棉口蛇有剧毒，会咬人；野猪长着锋利的獠牙，非常危险；还有熊，它们看到人类会发动攻击。杰森·马歇尔祈祷：利比的生物老师最好有一些基本的野外生存常识，千万别乱跑，保持冷静，等待救援。

早已过了午夜，杰森·马歇尔的眼皮越来越重，他关掉灯，迷迷糊糊地睡着了。再次醒来的时候，他发现邦妮在猛推他的肩膀——原来，他们家的狗在客厅里狂吠。床头柜上的时钟上显示，现在是凌晨2点20分。

"山姆疯了吗？叫个不停。"邦妮告诉他，"你最好去看一看。"

山姆是一只黑色的拉布拉多猎犬。它今年5岁，性情很温和——平时很少乱吠乱叫，看到流浪猫也不闻不问。杰森·马歇尔打开床头柜的抽屉，拿出他的警用左轮手枪，手枪的扳机是锁上的。

他套上牛仔裤，冲到客厅。山姆站在前门那儿，全身僵直，嘴里咆哮个不停，脖子上的一圈毛都直直地竖了起来。

"放松点，狗狗。"杰森·马歇尔说着，弹开了手枪的扳机锁。他感到心怦怦直跳，山姆从来没有如此紧张过啊！

"是谁？"他隔着门喊了一句。

没有回应。山姆抬起黑黑的大脑袋，发出一阵呜呜声。

"是谁？"杰森·马歇尔再次喊话。

门那边依旧没有任何回应。他小心翼翼地取下门闩，山姆眼巴巴地望着他。

杰森·马歇尔命令狗坐下。

警探右手握着枪，举了起来，左手按在门上，猛地一推，走出门外。

门外没人。山姆跟着杰森·马歇尔穿过空荡荡的门廊，走下台阶。狗停了下来，湿漉漉的鼻子往前探了探，嗅着夜晚空气中的味道。

前院没有任何动静。一钩新月白如银，蟋蟀在啾啾地鸣叫，壁虎发出喳喳的声响，一切都显得那么宁静祥和。

"听到了什么声音，狗狗？"杰森·马歇尔问山姆。山姆随着走道上一条若隐若现的足迹，走向大门的方向。

也许是只浣熊，或者负鼠吧，警探心想。

管他何方神圣，反正都被吓跑了，瞧那只狗一副胜利者的姿态，得意极了。它摇晃着尾巴，慢悠悠地踱起了步，它要去女主人邦妮·马歇尔心爱的菜园里撒个欢。

杰森·马歇尔把左轮手枪别进裤腰，走了几步，绕到后院，看看那里是否有异常。狗狗很快又追了上来，扑腾个不停，顽皮极了。最后，男主人和狗狗回到房子的正门，山姆跳上台阶，探着鼻子，在门廊附近嗅来嗅去，非常专注。

邦妮·马歇尔朝门外看了看，利比站在她身后，披着件睡袍，脚上穿着一双毛绒拖鞋。

"没事。狗肯定是听到浣熊的声音了。"杰森·马歇尔说，"回到床上睡觉吧，宝贝。"

"但山姆从不乱叫的啊。"利比睡眼惺忪，"刚才他一直叫个不停。"

"嗯，也许是看到了一大群浣熊。"妈妈说，"看，它现在又在打盹儿了，我们也回去休息吧。妈妈明天要早起呢。"

"爸爸怎么把枪都拿出来了？"

杰森·马歇尔低头瞥了一眼，手枪柄从裤腰里伸了出来。

"万一有小偷呢。"他对利比说，"看来虚惊一场。现在回去睡觉吧，乖——"

"嘿，谁给了山姆一个新玩具？"利比问。

杰森·马歇尔转过身一看——那只拉布拉多猎犬蹲坐在门口，好不得意！它嘴里叼着一个闪闪发亮的东西，毛茸茸的尾巴像汽车挡风玻璃上的雨刮器一样，摆得很快。

"放下那个东西，山姆，松口！"邦妮·马歇尔命令道。

淘气的狗狗根本不理她。

她说："杰森，快点儿把那个东西抢过来，小心它吞到肚子里去。"

山姆最喜欢乱吞东西了。杰森·马歇尔抓住山姆脖子上的项圈，把它拽进屋里，他想伸手撬开狗的下巴，但徒劳无功。

"松口，乖狗狗。"杰森·马歇尔开始哄它，"松口，山姆。"

这只顽皮的狗狗在房间里转起了圈圈，和主人们玩起了"你追我跑"的游戏。每次马歇尔一家人把它逼到角落，它就往人的双腿间一钻，挤出一条"生路"后撒腿就跑。

"不追你了。"邦妮·马歇尔终于放弃了，"我去睡觉了，晚安。"

利比踢掉拖鞋。"我也不追了。"她叹了口气，走向自己的房间。

杰森·马歇尔坐在扶手椅上，等待时机。没有人追山姆了，它自个儿觉得没趣，便停下了脚步。它累坏了，瘫倒在地毯上，喘着粗气，嘴巴一松，神秘的玩具掉在了杰森·马歇尔的脚上。

利比的父亲身子往前一探，眼前的一幕令他目瞪口呆。他赶紧捡起那个玩具，那是一个小塑料管，上面沾满了狗狗的口水，擦一擦后，盖子上出现了一个熟悉的名字，用绿色记号笔写的——利比。

没错。

那是女儿治疗哮喘用的吸入器，正是她遗失在黑藤沼泽中的那一个。

第五章

　　杜鲁门中学以前叫"特拉威克学院"，这个名字源自它的创始人——文森特·特拉威克。他于18年前创办了这所学校。这位富有的银行家来自罗德岛，自从搬到佛罗里达州西南部后，他的财运更加亨通了。

　　文森特·特拉威克育有三个目中无人、养尊处优的孩子。他不希望自己的孩子和普通人家的孩子一起上学，于是开办了这所私立学校。学校创立伊始，任何学生，只要肤色、宗教信仰或政见与文森特不同，都会被他拒之门外。

　　结果，特拉威克学院的招生人数少得可怜，赔了不少钱，但是文森特·特拉威克似乎并不在意。他去世后，给学校留下了一笔20万美元的款项，虽然这不是一笔小数目，但是要想让学校一直运转下去，还是捉襟见肘。

　　于是，学校的董事会逐渐放宽招生政策，开始面向社会广招学生，并向那些负担不起昂贵学费的优秀学生和体育特长生提供奖学金。随即，学生人数稳步增长，特拉威克学院的声誉也开始稳步提升。

此后，学校发展颇为顺利，不过，文森特·特拉威克的三个孩子长大成人、从学校毕业后，麻烦便接踵而至。文森特的大儿子叫小文森特，据说，他从已故父亲的银行账户中挪用了数百万美元的巨款，去摩纳哥豪赌。排行老二的是文森特的女儿，叫桑德拉·苏，她是个酒鬼，经常喝得酩酊大醉，有三次开着高尔夫球车直接冲出了那不勒斯码头。小儿子叫伊吉，他经营着一家连锁养老院，因涉嫌诈骗老人的养老金而被捕。

特拉威克这个名字不断出现在报纸的负面新闻中，这对特拉威克学院的声誉无疑是致命的打击。颇具讽刺意味的是，文森特·特拉威克创办学校的初衷是为三个被宠坏的孩子提供更好的教育，但三个孩子长大成人后，他们的所作所为却让特拉威克学院陷入无比尴尬的境地。

那天，伊吉·特拉威克把欺诈得来的现金塞到尿布里，然后穿在身上，准备跑路。不过，尽管机关算尽，他还是在萨拉索塔机场被警方拦下。当天深夜，学校董事会便召开紧急会议，一致投票决定更改学校的名称。他们选择了"杜鲁门中学"这个名字，"杜鲁门"是取自美国第三十三任总统哈里·杜鲁门的姓氏（这位总统已去世很久，按照他的姓氏来给学校命名，再稳妥不过了）。

为了省钱，董事会还投票决定，不拆除学校大礼堂前文森特·特拉威克的花岗岩雕像，而是雇请当地一位雕塑家，先凿掉雕像的脸，然后直接在残余的石块上重新雕刻，刻成杜鲁门总统的样貌——在公众的心目中，杜鲁门总统是一副勤奋好学的形象。

虽然时间紧、预算低，但那位雕塑家还是竭尽全力完成了改造工作。雕像终于有了新面孔，面部细节也很丰富，但尺寸太小，简直就像小猫的脸那么大。

不幸的是，雕像作品与哈里·杜鲁门本尊的相似度并不高。最明显的是身体比例完全不对，但这根本没法儿调整。文森特·特拉威克是个大块头，重达251磅，而杜鲁门总统的体重只有175磅。因此，大多数人第一次看到这尊雕像时，根本猜不出这是何方神圣。

到学校了，尼克和玛塔下了车。三名副警长正站在这座奇怪的花岗岩雕像旁聊天，大声猜测雕像的身份。

"怎么会有警察？"玛塔问尼克。

"不知道。也许今天又是法制宣传日吧。"

的确，杜鲁门中学每年都会举行一次法制宣传活动，邀请警察、医生和法律顾问来，向学生们讲述吸毒和酗酒的危害。但三位副警长看上去似乎另有公务在身，像是在执行出警任务。瞧，他们手中拿着笔录本，身上的便携式对讲机也是打开的。

"肯定是出什么事了。"玛塔说。

"兴许学校又被偷了。"尼克表示同意。

去年圣诞节假期，学校计算机实验室有几台笔记本电脑被盗。偷东西的是来自迈尔斯堡的两兄弟，只有十几岁。他们开车闯红灯时被捕，而丢失的笔记本电脑堆在他们父亲的皮卡车上。两个小偷承认，他们打算把电脑典当了换钱，用来购买电子游戏机。

玛塔推了推尼克，示意他过去问问警察，打听下情况。可能是因为尼克的父亲是一名军官吧，尼克很擅长与权威人士交流（当然，斯塔奇太太除外）。

　　尼克凑近一位副警长，这位警长正在调侃杜鲁门的雕像，说它看起来像"一个披了件大衣的保龄球瓶"。

　　"您好，警官。"尼克礼貌地问，"请问，早上学校发生了什么事吗？"

　　尼克的突然发问让副警长有些措手不及，她顿时变得严肃起来："现在还不能说。等一会儿学校的头儿会宣布。"

　　"头儿？您是指校长吗？"尼克说。

　　"对。"

　　当天的第一次铃声响起，学生们纷纷拥入礼堂。玛塔和尼克在靠近后门的地方找到了一排空座位。通常，早上的全校大会总是极其无聊——躲在后排，正好可以写写家庭作业，或者回一下手机短信。

　　终于完成了冗长的每日祷告仪式。这时，德雷斯勒博士走上讲台，说有一份简短的声明要向全校宣读。他把一张纸展开，念道："想必你们有些人已经知道了，昨天我校组织部分师生去黑藤沼泽开展野外考察，但那里突然发生了一场火灾，导致考察提前结束。"

　　一听到这个，尼克马上合上代数书，坐直身体。玛塔马上关掉手机。

　　"我们所有的学生都被迅速疏散，安全返回校园。"德雷斯勒博士继续说道，"然而，我们的一位生物老师——斯塔奇太太——沿着小路返回沼泽地，去取一名学生遗落的药品。之后，她没有返回学校，也没人见到她，所以，我们有理由相信，她可能在沼泽地迷路了，一整晚都处于失踪的状态。"

顿时，礼堂里一阵窃窃私语。玛塔伸手掐住尼克的胳膊，一字一顿地说："哦……我……的……天。"

尼克的大脑在飞速地运转。有一个重要的发现，他还没来得及告诉玛塔——他和妈妈发现，录像中的棕色影子并不是黑豹，而是一个活生生的人，在柏树林中乱冲乱跑。

现在，尼克不禁琢磨，那个系着黑色腰带的神秘人物究竟是何方神圣？当时那声恐怖的叫喊是不是他发出的？斯塔奇太太的失踪是否和他有牵连？

那个人是毒烟吗？他猜测。难道是他在背后搞鬼，想要报复斯塔奇太太吗？

玛塔的手仍然掐着尼克的胳膊，尼克推开了她。

"今天早上天一亮，有关部门就前往沼泽地，展开搜寻工作。"讲台上，德雷斯勒博士继续说道，"幸运的是，野火已经熄灭了，昨晚天气温和，所以不需要担心，她不会碰到任何危险。搜寻团队经验丰富，搜查非常仔细，我相信，很快就能收到好消息。"

尼克低声说："毒烟人呢？"

玛塔打量着大礼堂里一排排的人头。"可能迟到了吧。"她说，"早上开大会的时候，他经常迟到。"

"是的。"

"这太奇怪了，尼克。"玛塔鼓起脸颊，重重地呼了一口气，"我想说，我受不了那个女巫，但是，一想到她在那片沼泽地失踪了……"

讲台上，德雷斯勒博士把手上的纸翻过来，继续往下读："今天早上，你们可能已经注意到了，校园里有一些执法人员。请不要惊慌，也不要胡乱猜测，这是例行公事。副警长今天可能会找一些同学问话。斯塔奇太太班上的同学，还有其他班的同学，只要参加了野外考察，都要接受调查，请积极配合。"

玛塔说："我最好打电话跟妈妈提前报备一下。"

"为什么呢？"尼克问道。

"要是她在电视上看到警察找我问话，她肯定会发疯。"

德雷斯勒博士念完了精心准备的声明后，又读了几个校园通告，当然，这些通告就不怎么引人关注了，如下周即将举行足球锦标赛、午餐的菜单有变化（由于牛肉馅在运输过程中变质，接下来的一周，餐厅将暂停供应香辣牛肉酱），还有校园着装的新规定——禁止在校园内穿"露趾凉鞋"。

台下的学生们根本没在听，他们都在热议斯塔奇太太的下落。大礼堂内，每个人都对失踪事件充满了好奇，不过，对于斯塔奇太太的安危，大伙儿倒没有过分担忧。这多亏了校长安抚人心的讲话，大多数孩子相信，搜寻队很快就能找到斯塔奇太太，并且，一旦她安然无恙地回归学校，这次失踪事件只会为她的传奇色彩增添浓墨重彩的一笔。

全校大会后，尼克和玛塔站在杜鲁门的雕像旁，等待上课铃声响起。利比·马歇尔冲了过来，一脸激动。

"德雷斯勒博士说得不对，斯塔奇太太根本没有失踪！她昨晚就离开了沼泽地！"利比脱口而出，"我得告诉他，让他发个校园广播。"

"你见过她吗？在哪里？"玛塔问道。

"我没有看到她，但她肯定路过我家门口了，还把这个留在了门廊上！"利比摇了摇头，像展示奖牌一样展示了她的哮喘吸入器，"是我们家的狗狗山姆发现的。"

尼克质疑道："但是，有人亲眼见过她吗？"

"没有，但是山姆在前门的台阶上听到了她的声音，然后疯狂地叫。如果不是她还会有谁呢？她回沼泽地的目的不就是找吸入器吗？"

和其他学生一样，尼克并不喜欢斯塔奇太太，但他一直默默祈祷，希望她没有受到伤害，也没有遭受更大的不幸。利比带来的消息真是鼓舞人心。

"但是，她为什么不敲门呢？"他说。

"因为太晚了吧。"利比不耐烦地说，"而且灯都关了，她可能不想吵醒别人吧。"

在尼克和玛塔看来，这个解释说得通。

"现在我得去找'大博士'德雷斯勒了，"利比说，"要向他解释清楚。"说罢她便匆匆离去。

铃声响起了，玛塔拿起背包说："我得承认，听到那个卑鄙的老巫婆安全地从沼泽地回来的消息，我很开心。"

"我也是。"尼克说。

"我们为什么要关心她呢？"

"因为她很勇敢，野火都烧起来了，她还敢一个人回去帮利比找吸入器。"

玛塔耸了耸肩："是的，也许，女巫也会偶尔发发慈悲吧。"

德雷斯勒博士坚信，一定能找到斯塔奇太太，但心中却对整个失踪事件充满疑惑。

全校大会结束后，他接到了消防队队长的电话，电话里说，消防队员们在天亮后返回黑藤沼泽，发现斯塔奇太太的那辆蓝色普锐斯牌小汽车居然消失了。队长推测，准是夜里斯塔奇太太从沼泽地走了出来，然后把车开走了。

利比·马歇尔提供的信息似乎印证了队长的推测。她风风火火地冲进德雷斯勒博士的办公室，上气不接下气地解释发现哮喘吸入器的经过。德雷斯勒博士有点儿担心，这孩子本来哮喘病就很严重，现在这么激动，千万别刺激哮喘病发作。

种种事实充分证明，斯塔奇太太还活着，并且已经安全地离开了荒野。否则，利比丢失的吸入器怎么会出现在她的家门口？

但令德雷斯勒博士窝火的是，没有人亲眼见过这位生物老师，也没有人和她说上半句话。

那天早上，斯塔奇太太没来上课，考虑到昨天发生的一切，这情有可原——但是她却没有打电话请个假，这违反了杜鲁门中学教职员工的出勤制度。一直以来，斯塔奇太太都是遵守校规的模范老师。

18年的教学生涯中，她只缺过一天的课，那次开车去学校的路上，为了避开一只兔子，她猛打方向盘，一个急转弯，车翻了。在这种情况下，她仍然借用救护车司机的对讲机，设法联系学校请病假。并且，第二天她就马上回学校了，一只胳膊上打着石膏，一只眼睛上包着纱布，锁骨上还插着两根医用金属别针。

利比离开办公室后，德雷斯勒博士立即尝试拨打斯塔奇太太的手机，一遍又一遍地打，然后又给她家里打电话——始终无人接听。这太令人费解了。

几位副警长询问是否可以找学生调查问话，德雷斯勒博士虽然嘴上应允了，但是有些不情不愿。不过，原则上，斯塔奇太太仍然处于失踪状态，警方的例行调查是合情合理的。

结束与利比的交谈之后，尼克和玛塔期待在教室里看到熟悉的那一幕：斯塔奇太太等着学生来上生物课，手上还是熟悉的动作——转着铅笔。但是，事与愿违，斯塔奇太太的讲桌前坐着的是莫菲特小姐；更令人惊讶的是，一名副警长从门口探过头来，询问小杜安·斯克罗德是否在教室。

莫菲特小姐说："杜安今天不在。"

"好的。"副警长扫了一眼笔录本，"格雷厄姆·卡森呢？"

格雷厄姆急切地举起手，副警长示意他过去。格雷厄姆走出房间时，脸上洋溢着自信的笑容。

"我实在不明白，"玛塔对尼克低声说，"警察是怎么了？难道他们不知道斯塔奇太太安然无恙吗？"

尼克同感困惑。既然斯塔奇太太是安全的，为什么这些警察还需要挨个儿找人问话呢？

另一名身穿制服的警官走进教室，嘴上喊着玛塔的名字。玛塔瞪大双眼，焦急地望向尼克。

他说："没事的。你知道什么，就说什么。"

几分钟后，玛塔回来了，面带愠色。她一屁股坐在自己的座位上。"我都告诉他斯塔奇太太没事了，他还是一直问个不停。"

"问什么呢？"尼克说。

"嘘，安静！"是莫菲特小姐。她指了指黑板，一脸严肃。黑板上写着"重新阅读第八章的内容"。

接下来被叫到的是利比·马歇尔，尼克觉得，利比肯定是最后一个被问话的，因为一旦利比告诉他们斯塔奇太太昨晚送来了哮喘吸入器，警官们就会意识到毫无必要继续调查。

但不知何故，利比回到教室时，面色通红，气愤之情溢于言表。尼克纳闷，刚才的这一轮问话到底发生了什么。

斯塔奇太太生物课上的其他学生，都被一一叫了过去。有些学生很快就回来，有些则过了好一会儿才返回。教室里总是有人进进出出，闹哄哄的，坐在座位上的同学根本无法专心学习：不管是卡尔文循环，还是生物课本上的其他内容，压根儿就看不进去。

尼克是最后一个。他被一位女副警长带到了一间空荡荡的教室，这位警长就是他在杜鲁门雕像旁交谈过的那位。她让尼克坐下来（尼克照做了），还提醒他放松一点儿（当然，面对警察，尼克很难做到真正的放松）。

"回忆一下昨天野外考察的情况吧。"她发话了。一个笔录板支在她的腿上，上面放着一张空白的笔录单，笔录单上面印着尼克的全名，这是她之前打印上去的。

"你确定，斯塔奇太太当时是一个人返回沼泽地寻找哮喘吸入器吗？"

"是的，我当时看到了，她走在木板路上，就她自己一个人。"尼克说。

警长在纸上潦草地记录着。

尼克很快补充道："她一定没事的，昨晚她把利比的哮喘吸入器带回来了。您知道这件事吗？"

警长点点头，继续写着。

"那事情已经水落石出了，为什么还要问这些呢？"尼克说。

"想一想野外考察的前一天。"副警长说，"我想问你另一件事，是关于斯塔奇太太和小杜安·斯克罗德在课堂上的争执。"

尼克顿感脖子发紧。"斯塔奇太太拿铅笔指着杜安，杜安一口把铅笔咬成了两截。"他回答道。

"杜安是不是还威胁过老师？"

"威胁？"

副警长说："刚才几个同学说，杜安说过'你会后悔的'之类的话。然后斯塔奇太太说：'你在威胁我吗？'你还记得这些吗？"

这一切，尼克当然记得清清楚楚。他还记得，当时自己还担忧过，杜安也许不是随口说说，他是在真真切切地威胁老师。想到这里，尼克有些不安，他不知道该不该和警察谈及这一切，因为他不确定小杜安·斯克罗德说那些话时的真正意图。

但是，尼克的父亲教过他，永远做一个诚实的人，即使在最困难的情况下。

"斯塔奇太太罚杜安写一篇500字的作文，关于青春痘的。"

尼克说，"她是认真的，不是开玩笑。"

副警长显然已经从其他学生口中听说了此事，因此，听到这句话，她不动声色。

尼克继续说道："然后，杜安说了几句'你会后悔的'之类的话。他当时很生气——同学们生气时，总是会乱说蠢话。"

副警长又记了几笔。"杜安有外号吗？"她其实已经知道答案，但还是问了一句。

"毒烟。"尼克说。

"为什么这么叫他呢？"

"是他让我们这么叫的。"

副警长抬头一瞥说："有些学生说，是因为他是个纵火犴——因为他喜欢玩火。"

"我不知道。我和杜安不是太熟。"尼克说。

"但你的确听说过这个谣言，对吧？"

副警长似乎期待他说出杜安是个疯子之类的话，尼克能感觉出来。"我觉得，我应该诚实地陈述事实——亲眼看到的事实和自己了解的事实。"他说，"您对谣言应该没什么兴趣吧？"

"有时候谣言会成真的，尼克。"副警长眉头一抬。

"我现在可以回班上了吗？"

她说："黑藤沼泽的那场火并不是野火，是有人纵火。"

"什么？"

"调查人员说，那场火属于'可控燃烧'。放火的人还在旁边挖了一条沟，火一烧到那里就自行停止了，非常狡猾。"副警长说。

尼克顿时目瞪口呆。

副警长拿笔轻敲了一下笔录板，问道："你觉得，放火的会是杜安吗？他有没有可能因为课堂上的争执而报复斯塔奇太太呢？点燃灌木丛，想吓唬她，破坏野外考察？"

"我不知道。"尼克如实回答。

他的脑海中正不断复现那一幕——一个棕色的影子在柏树林间窜来窜去。那个影子尼克确认过了，那根本不是黑豹，而是一个人影。那个人影有没有可能是毒烟呢？

但是，尼克没打算把这个秘密说出来。他需要回家再看看录像，确认影子的身份。

副警长继续说："杜安对老师布置的那篇作文很生气，是不是？"

"当然。"尼克不假思索地回答。他心想：换谁都会生气吧！斯塔奇太太布置那样的作业，不就是在赤裸裸地羞辱杜安吗？

"你知道吗？杜安曾经在伊莫卡利镇附近烧毁了一辆建筑拖车，事发时他只有10岁。"副警长说，"还有一次，他用拖把蘸上汽油，点上火，把州际公路上的广告牌给烧了，凌晨3点，一名州警把他给逮捕了。"

"真的吗？"尼克惊呆了。那些行为可是实实在在的犯罪啊，绝不是熊孩子干的恶作剧。

"你怕杜安吗？"副警长问道。

"不怕。他平时根本不理别人。"

"那斯塔奇太太怕他吗？"

尼克禁不住咯咯笑出了声。副警长询问尼克为什么突然发笑。

他说："如果您认识斯塔奇太太，您也会觉得好笑的。"

副警长又潦草地写下几行，随后合上笔帽问道："尼克，最后一个问题，我们可以在哪里找到杜安？你有什么线索吗？"

"实话告诉您，我完全不知道。"尼克坚定地摇摇头。

"谢谢你的帮助。"副警长起身了。

"我一点儿都不了解那个家伙。"尼克坚持道。

"的确，好像根本没人了解他，是吧？"

她打开门，示意尼克离开。

第六章

下课后，副警长们去了一趟校长办公室，他们说问话差不多结束了。

"嗯，我还没有收到斯塔奇太太的消息。"德雷斯勒博士告诉他们，"杜安·斯克罗德也缺课了。"

女副警长说，如果有必要，警察局会派一位警探跟进此案。"很难找到证据证明是那个年轻人放的火。"她说，"不过有时候，如果能当面审问纵火犯，他们很快就会招供。纵火犯就是那么怪。"

德雷斯勒博士立马直起身体："啊——等等。您的意思是，那场火是杜安放的？"

"没人告诉你吗？"女副警长反问。

校长摇摇头，一脸茫然。

"这孩子有纵火的前科。"另一名副警长补充道。

女副警长把杜安纵火的"黑历史"一一告诉校长，校长无法掩饰自己的震惊。"我完全不知道。"他一脸严肃地说，"我把他家地址告诉你们吧！"

"谢谢，我们有他家的地址，是从他的少年犯罪档案里查到的。"

难怪，德雷斯勒博士先前拜访老杜安·斯克罗德的时候，那位父亲居然都不知道自己儿子的下落。

希望副警长们幸运一些，能从老杜安那里得到有用的信息，不过，千万别被站在他肩膀上的那只鹦鹉给吓到了，那只怪鸟一直学人说话，声音非常瘆人。

校长备感疑惑，为什么学校档案里没有发现小杜安纵火的记录。他猜测，杜安的外婆——那位女富豪——可能动用了一些手段，向杜鲁门中学的招生委员会隐瞒了这些事实。

如果学生纵火报复老师这一假设成立的话，毫无疑问，杜安的嫌疑最大，但其他学生都逃脱不了嫌疑。一想到这里，他顿感坐立不安。

但是，正如副警长所说，如果要给纵火定罪，恐怕非常困难。消防部门的调查人员在现场没有发现任何罪证，连一根火柴棒的残留物都没发现。可见，纵火者很狡诈，任何罪证都没有留下。

警官们刚走，德雷斯勒博士就尝试给斯塔奇太太打电话，无论是她家里的座机，还是她的手机，均无人接听。

德雷斯勒博士的秘书从门口探进头来。"卡森夫妇来了。"她提醒道。

校长沮丧地哼了一声。乔治·卡森和吉尔达·卡森经常拜访校长，每周至少一次，目的当然是讨论他们的宝贝儿子格雷厄姆。夫妇俩坚信，格雷厄姆是罕见的天才，一定要跳到更高的年级，至少要跳一个年级，直接跳两个年级也没问题。

德雷斯勒博士深知，格雷厄姆·卡森只是一个资质相当普通的学生，也许由于家里请了代数课家教的缘故，他在数学上表现得稍稍突出一些——对了，这孩子可能从哪里学过一点儿法语。总体上说，这个孩子还算优秀，虽然有点儿争强好胜，但比起他咄咄逼人、自以为是的父母，这个孩子要讨喜多了。

"我不想见卡森夫妇。今天我也没时间见他们。"德雷斯勒博士告诉他的秘书。

"但他们在大厅里等着呢。"

"告诉他们我染上链球菌性喉炎，或者我的宠物猫在做牙科手术。随便编个理由吧！"校长恼怒地说完，便从办公室后门消失了。

即使车上有导航软件，德雷斯勒博士也很难找到斯塔奇太太的家。她的工作档案上留的地址是"西秃鹫大道777号"，但是奇怪的是，导航上根本找不到这个地址。

校长想到了一个办法，他先导航到了"东秃鹫大道"，然后一直向西开，开了一会儿，地上变成了土路，人行道也没有了。他又继续朝前开了2英里，直到前面没路了才停下来。在一片锯棕榈的掩映下，一个锡制的信箱孤零零地竖立在那儿。

信箱的号码是777，但没写名字。

德雷斯勒博士下了车。他仔细观察灌木丛和树林，寻找附近是否有建筑物的迹象。有一条小道！那是一条狭窄而破败的小道，看起来像是马车道，汽车可能没办法通过。德雷斯勒博士踏上小道，道路蜿蜒曲折，他小心翼翼向前走着，每一步都如履薄冰。前方终于出现一片空地。

那里矗立着一座三层的木屋，百叶窗是关上的，有些歪歪斜斜，杂草爬满墙壁，所有窗户都拉上了窗帘。

德雷斯勒博士胆子不大，这一点他自己最清楚。身处这样的一片乱糟糟的荒郊，远离了熟悉的都市繁华与喧嚣，他感到特别不自在。

德雷斯勒博士惶恐地盯着这栋老房子，脑子里怎么也抹不掉关于邦尼·斯塔奇太太的各种诡异传闻。他的内心抑制不了想逃跑的冲动。前天晚上，他在拜访斯克罗德的家时，就有过类似的冲动，只不过，这次的冲动更为强烈。

和上次一样，他最终克服了心中的恐惧——斯塔奇太太的脾气有些暴躁，性情有些古怪，但她是杜鲁门中学大家庭中最忠实的一员，也是最重要的一员。"我得确保她的安全，这是我的职责所在。"德雷斯勒博士对自己说。

如果斯塔奇太太的蓝色普锐斯停在房子旁边，他也不枉费大老远跑这一趟。但遗憾的是，那辆车不在。

德雷斯勒博士喊了一声"斯塔奇太太"，没有回应。他走近门口的台阶时，心怦怦狂跳。

"斯塔奇太太，你在家吗？"

依旧没有任何回应。

"斯塔奇太太？是我，德雷斯勒博士。"

他抬起一只脚，踏在门廊上，全身突然僵住。

那儿有张摇椅，上面有只老鼠直勾勾地盯着他。

那不是一只小白鼠，而是一只棕色的胖老鼠。它的嘴巴微张，长长的门牙露了出来，牙齿有些泛黄。

德雷斯勒博士讨厌啮齿类动物，大大小小的啮齿类动物都讨厌。它们吃垃圾，携带可怕的疾病，在阁楼里搭窝，生出一窝一窝令人恶心的幼崽……

"嘘！"他拍了拍手，"走开！"

老鼠居然一动不动，真令人发怵。

也许它得了传染病，也许它会钻进我的喉咙里！德雷斯勒博士很担心。

"嘘！走开！"他大喊起来。

老鼠连眼睛都没眨一下，身子也纹丝不动。德雷斯勒博士觉得有些可疑。

他灵机一动，从口袋里掏出车钥匙，朝老鼠扔过去。钥匙"叮"的一声砸在老鼠的头上，老鼠居然从摇椅上掉了下来，摔倒在门廊的长木板上，一动不动地躺在那里。

老鼠纹丝不动，身体像木板一样僵硬。

"这是怎么回事？"德雷斯勒博士咕哝道。

原来这是只死老鼠，准确地说，是一个老鼠标本，就像人们挂在战利品墙上的鹿标本或者鳟鱼标本一样。

校长拎起老鼠的尾巴。他注意到，老鼠的脖子上系着一个东西，那是一个皮制的项圈，上面镶着一块黄铜铭牌。

德雷斯勒博士凝视着那个项圈。上面刻着一个名字：切尔西·埃弗瑞德。

校长微微一颤。记得几年前，切尔西·埃弗瑞德是杜鲁门学校的明星学生——她不仅学习成绩优异，还加入了校游泳队和校网球队。还没毕业，她就被著名的罗林斯学院提前录取了。

但是，关于这个女生，有一件事令德雷斯勒博士记忆深刻：她曾经提出过一次"荒唐"的换课申请——她居然申请退出斯塔奇太太的"王牌"生物课，换到另一位老师的生物课。后来申请获得了批准。

老鼠项圈上刻着她的名字，由此可见，斯塔奇太太从未原谅过切尔西·埃弗瑞德，她一直对这件事耿耿于怀。

德雷斯勒博士小心翼翼地将老鼠标本放回摇椅，鼓起勇气敲了一下门，没有任何回应，他反倒长舒了一口气。

他快步走下台阶的时候，回头看了一眼这间阴森森的房子，心想，像斯塔奇太太这样奇怪的老师，有多少私立学校的校长能碰到呢？也许没有吧。

突然，德雷斯勒博士的脚前方，一条满是条纹的长蛇蜿蜒而过，他一个激灵，立刻向前冲，一直冲到汽车旁边。气喘吁吁的校长跳上车，赶紧锁上车门。

就在这时，斯塔奇太太的信箱上的一个细节引起了他的注意，他来的时候没注意到。

信箱上的小红旗是升起来的！

这个标志的意思是她还在寄信。也就是说，她已经回家了，她真的从黑藤沼泽走出来了……她还活着，一切安好。

这真是个好消息——最好的消息！

然而，德雷斯勒博士纳闷，我给她发了那么多语音信息，她为什么一条都没回呢？为什么打电话她也不接呢？

校长推开车门，战战兢兢地出来。他环顾了一下四周，附近没有任何人。茂密的树林旁，只有他一个人孤零零地站着，显得非常突兀。他打开了斯塔奇太太的信箱。

里面只有一封信。信封上的几行大字让他大惊失色：收信人居然是德雷斯勒博士，收信地址是杜鲁门中学。

校长当然知道，这封信需要经过邮递员取信、邮政运输和投递服务，最后才会送到他手上。但此时，好奇心作祟的他伸手把信取了出来。

德雷斯勒博士不想在这里待太久，万一碰上前来取信的邮递员，他还得解释为何手里拿着别人的待寄信件，于是赶紧开车返回了校园。

回到了属于自己的办公室，校长打开信件，开始阅读：

亲爱的德雷斯勒博士：

非常遗憾，因本人家庭突发紧急情况，特向您申请无限期休假，暂停我在杜鲁门中学的教学工作。

如给学生和教职员工造成任何不便，本人深表歉意。请放心，一旦我的个人问题得以解决，我将立即返回我的教学岗位。

感谢您的耐心和理解，也感谢您尊重我的隐私。

敬上

邦尼·斯塔奇

信打印在一张信纸上，信纸是斯塔奇太太常用的那种样式。校长重读了两遍，然后将信纸对折一下，塞进了信封。

他的办公桌上，摊开放着斯塔奇太太的个人档案，包括工作申请表、养老金档案、保险表格。德雷斯勒博士翻了个遍。

但是，所有的表格中，只要需要填直系亲属的地方，她都填的是同一个字："无"。

德雷斯勒博士倦怠地揉了揉额头，心想：既然她没有家人，怎么会遇到家庭紧急情况呢?

尼克把玛塔带到自己家，想让她在电视屏幕上看那段沼泽录像。这是玛塔第一次来尼克家。

"那是你爸爸吗?"她指了指咖啡桌上的一张带框的照片。

"是的，就是他。"尼克说。

"那是他钓的旗鱼吗? 超级大!"

"很重，110磅。"谈到父亲，尼克想立刻上网查一查电子邮件，转念一想，还是算了，等会儿自己一个人的时候再查吧。

他说："来，我们看看录像。"

棕色的影子一出现，他就马上按下暂停键。玛塔从沙发上跳了下来。"我看到了! 我看到腰带了!"

"像以前牛仔系的那种腰带。"尼克说，"上面可以挂子弹的那种。"

"是毒烟吗? 我看不清。"她眯起眼睛，仔细研究着电视屏幕上的画面。

尼克不记得毒烟是否系过这种挂弹药的军用腰带。玛塔提醒道，杜鲁门中学可能不允许学生系这种腰带吧。

"你准备什么时候把这个视频交给警察？"她问，"或者，你根本没想过上交？"

一整天，斯塔奇太太的学生都在谈论副警长问话的内容，以及毒烟涉嫌黑藤沼泽火灾而被调查的消息。

"看不清那个人的脸——无法确定他是谁。"尼克如实告诉玛塔，他自己也不知道如何处理这段录像。

"我敢和你打赌，赌五块钱，那个人就是他。"她说，"我敢打赌，就是他偷偷溜到沼泽地那边，点火报复斯塔奇太太的。"

考虑到毒烟的"前科"，尼克也没法儿否认，毒烟有很大的作案嫌疑。

"不过，他住在哪里呢？"尼克问玛塔。

"我不知道——也不想知道。"她说，"可能是在某个山洞里吧。"

玛塔一走，尼克就赶紧跑到书房查看电脑，还是没有收到父亲的邮件，一个字也没有。

尼克再也无法说服自己，父亲突然断了和家里的联系是一件正常的事情。自从被外派到伊拉克以来，格雷戈里·沃特斯上尉从来没有这么久不给家里发电子邮件。尼克感到一阵焦虑不安——父亲肯定出事了，没有其他可能性。

他不想一个人待着，沉湎于各种可怕的猜测之中，于是，他一个箭步冲出房门，一直跑，很快便追上了玛塔。

玛塔听到脚步声，惊讶地转过身。"嘿，怎么了？"她笑着问。

尼克放慢了速度，走到她身边——手插在口袋里，努力想要表现出一副轻松的样子。他谎称："我要去便利店买点东西，牛奶之类的。"

"但是，便利店离这里很远啊，有2英里。"

"没关系，我答应过妈妈要去买的。"这不是一个好借口，但尼克实在想不出更好的借口了。

"要不要我陪你去？"玛塔问道。

"可以啊。"

玛塔主动提议和他一起散步，尼克的内心有些欢欣雀跃。他渴望听到玛塔喋喋不休，说个不停——她心情好的时候总是这样。因为现在，尼克迫切需要外界的"干扰"，来分散他对父亲挥之不去的担忧。

果然，玛塔开始大讲特讲，她谈到了自己英文课上的大作文。作文的主题是简·奥斯汀，虽然尼克兴致不大，但也时不时插上几句。比起一直担忧远在伊拉克安巴尔省的父亲的安危，聊一聊简·奥斯汀在英国乡村的逸事让他放松多了。

去便利店的路上，尼克和玛塔要穿过一条与州际公路相连的大街，那条街叫绿苍鹭大街，有四条车道。虽然才开通了几个月，但已经是全县最繁忙的道路之一。

终于，红灯亮了，繁忙的交通得以暂停片刻。尼克和玛塔走在人行横道上。走到一半时，尼克却突然停住了。斑马线外停着一排车，有三四辆，在等绿灯亮起，其中有一辆是蓝色普锐斯小汽车，和斯塔奇太太开的那辆一模一样。尼克伸手遮了一下阳光，眯着眼睛望向那辆车司机的方位。太阳光实在太刺眼了。

"你疯了吗？"玛塔转过头朝他喊道，"还在磨蹭什么？要变灯了，你会被压扁的！"

尼克赶紧快步穿过马路。交通灯变绿了，车流又开始涌动。

那辆普锐斯小汽车驶过时，尼克终于瞥见了司机的样子——那绝对不是一位女性。尼克看不清那人的脸，但他的肩膀很宽，头戴一顶黑色针织帽，帽子拉得低低的，耳朵都盖住了。

认错了，尼克心想。

随后，他注意到，玛塔直勾勾地盯着那辆蓝色的普锐斯消失在高速公路上。"怪了。"她说，"那辆车的车牌和斯塔奇太太的一模一样。"

"真的吗？"尼克没有注意到这一点。

"上面也写着'拯救濒危海牛'，是不是每个人都想拯救可怜的海牛啊？"玛塔补上一句。

"也许吧。"尼克说着，心里盘算着，有这么巧的事吗？

两人到达了便利店。此时，尼克才意识到他的口袋里只有55美分，他刚才撒的谎——去便利店帮妈妈买东西——看来没法儿圆了。

玛塔其实早就看穿了尼克的谎言，只是不想戳穿罢了。她借给尼克几块钱，尼克买了半加仑牛奶。

尼克送玛塔回到她住的街区，然后自己回家。他转过街角，惊讶地发现妈妈的车居然停在车道上。印象中，妈妈从不会提早下班，仅有一次，她在监狱食堂吃了一块馊玉米煎饼，肚子不舒服便提前回家了。

尼克打开前门，喊道："嘿，妈妈？"

妈妈不在客厅，也不在厨房。他把刚买的牛奶放进冰箱，然后穿过走廊来到父母的卧室前。门是关上的。

"妈妈？"他轻轻敲了敲门，"妈妈，是我。"

"进来吧。"

她坐在床边，身旁有一团皱巴巴的纸巾。她抽泣着，双眼布满血丝。

尼克顿时双腿一软，差点儿瘫倒在地。"啊，爸爸出事了？！"他叫道。

"他还活着，亲爱的。只是受伤了。"

"严重吗？"尼克粗着嗓门儿问。

"他在回家的路上。"妈妈一把搂住尼克。

"严重吗？"尼克用颤抖的声音再次发问。

妈妈亲吻他的额头，轻轻抚掉他脸颊上的泪水。

她说："他要回家了，回家就好。"

第七章

米莉森特·温希普今年77岁了，但精神非常矍铄，身材也保持得不错，体重只有92磅。她非常富有，钞票多得花不完。她只育有一个女儿，叫惠特尼。惠特尼抛弃了丈夫和儿子，独自搬到巴黎，在那里开了一家奶酪店。惠特尼的行为无疑是这个豪门家庭的污点。温希普太太并不怎么关心惠特尼的丈夫杜安，但是每每想到自己唯一的外孙和这个男人相依为命，温希普太太总会感到心痛。她的外孙叫小杜安，和父亲同名，是一个身材魁梧的叛逆男孩。

温希普太太下定决心，要为外孙提供最好的教育。小杜安学习成绩不好，还隔三岔五地犯浑，杜鲁门中学似乎不太愿意接收他。后来，温希普太太塞了好大一笔钱，才摆平了这件事。

她很少见到小杜安，因为她"居无定所"。她有五栋豪宅，分布在五个不同的州——加利福尼亚州、纽约州、亚利桑那州、南卡罗来纳州和佛罗里达州。所有的豪宅都建在高尔夫球场旁

（并非普通的高尔夫球场，而是高尔夫冠军赛的球场）。虽然她不打高尔夫球，但她特别喜欢欣赏这样的画面：穿着五颜六色球服的球员，慢悠悠地走下翠绿色的草坡，走几步，停下来，疯狂击打那颗小小的白球。在温希普太太看来，高尔夫球是她见过的最有趣的运动。她特地在每栋豪宅的后窗台都安装了特制的高倍双筒望远镜，每当高尔夫四人对抗赛上演时，温希普太太总是会在望远镜里观赏，一看就是几个小时。

温希普太太偶尔去那不勒斯镇，但待的时间都不长，一年下来总共不超过两周。每次过去，她总是邀请小杜安和他的父亲老杜安共进晚餐。如果父子俩没有及时回应邀请，温希普太太就会命私人司机开车载她去杜安家，当面责骂老杜安。

今天依旧是老样子。老杜安家里的立体声音响传出一阵响亮刺耳的音乐声，那是莫扎特的一首交响乐。温希普太太站在门口，用力地拍打着纱门，嘴上大喊着外孙的名字。

很快，音乐停了，老杜安·斯克罗德拖着脚步，走到门口，看到温希普太太，他有些慌乱。他取下头顶的卡车司机帽，胡乱挠了挠油腻的头发。

"下午好，米莉。"老杜安强颜欢笑，"什么风把您给吹来了啊？"

"当然是来找我外孙的！"她厉声说，"他人呢？"

"要进来吗？"

"不用！你为什么不接电话？"温希普太太逼问道，"我给你留言了，让你们俩过来吃晚餐——两天前就说了，为什么到现在都没回复！"

老杜安无奈地叹了口气，站在他肩膀上的那只大金刚鹦鹉又开始模仿，发出一声叹息。

"你居然还养着这只笨鸟。"温希普太太说。

"它不笨。它会说三个国家的语言。"

"真的吗？让它说说，我的小杜安在哪里？随便用哪种语言都行。"

"它不知道。"老杜安咕哝着，"其实连我也不知道。"

听到这个答案，温希普太太觉得很不可思议。

"你就只有这一个孩子。"她瞪着他，"你居然不知道他在哪里？"

"他说要去郊区的一个地方露营。那是几天前的事了，后来我就再也没见过他。"老杜安推开门，走出门廊。

"那他这几天上学了吗？"温希普太太问道。

"他说想休息几天。"

"啊，这太荒唐了。"

老杜安愤愤地举起双手，肩上的金刚鹦鹉一个没站稳，差点儿摔下来。"你到底要我怎么样，米莉？"他抱怨道，"这孩子长大了，有自己的想法和安排。我总不能逼他做不想做的事。"

"哦，当然不能。父亲怎么能命令儿子呢？"温希普太太不无讽刺地说，"他又惹麻烦了吗？快告诉我。"

老杜安一屁股坐在一张摇摇欲坠的藤椅上，光脚丫露了出来。他用力地挠着脚上的一个大包，那是蚊虫叮咬留下的。

"大约一个小时前，一名警察来过了。"他承认，"有人在大柏树保护区放了把火，他们怀疑是小杜安干的。"

米莉森特·温希普闭上眼睛，心里蹦出一句：不会吧，又是纵火！

老杜安说："警察没有足够的证据，没法儿逮捕他。他们过来只是打听消息的。"

"你觉得，这样说能让我好受些吗？"

老杜安从口袋里掏出一粒瓜子，扔给金刚鹦鹉。他说："放心，小杜安一回家，我就让他给你打电话。要不我们仨再去牛排店吃个饭吧，博尼塔海滩附近的那家店。"

"前提是他没被抓。"温希普太太说，"如果他没被扔进监狱，我们要不要给他买个漂亮的果篮，来庆祝一下呢？"

"唉，别这样说了。"

"你还在失业吗，杜安？"

"不然呢？没有车我怎么工作！"他愤愤不平地指了指他的那辆雪佛兰塔霍车，车身上涂着几个显眼的大字："抵制雪佛兰汽车！！""他们到现在也没给我一个新的变速器。"他抱怨道。

"可能是因为你烧了他们的大楼吧——你觉得呢？"

"这不是重点！"老杜安哼了一声，"不是判我坐牢了吗？我可是老老实实坐了牢，一点儿折扣也没打。"

听到这里，温希普太太反倒没那么生气了，她的心中涌起一阵悲哀与酸楚。尽管老杜安的个性不那么招人喜欢，但在惠特尼抛弃他和孩子逃往法国之前，老杜安一直勤奋工作，努力养家糊口，干得还不错。但妻子离开后，他彻底崩溃了，对自己的生意——那不勒斯镇内的一家古董钢琴店——也不闻不问。短短的一年时间，钢琴店就破产了，从那时起，老杜安就再没拥有过一份稳定的工作。而当他一把火烧毁了当地雪佛兰汽车经销店后，他的人生就陷入了低谷。

"你坐了整整6个月的牢。"温希普太太说，"我实在不明白，你为什么不让小杜安打电话给我？你是怎么想的？家里没有大人，孩子一个人怎么生活？"

老杜安这才停止抠脚丫，抬起头来。"可能是我觉得丢脸吧，不想让你知道坐牢的事。"他用沙哑的声音说，"嘿，小杜安能照顾好自己。他没挨过饿，米莉——我在家里留了一些钱给他用。"

温希普太太心想，那是我寄给你的钱吧，要不然这房子早就被银行强制抵押了。

"我留了不少钱，够他买吃的。"老杜安继续说，"这小家伙表现得挺好的。一直都挺好，以前就跟你说过了。"

温希普太太朝他摇了摇手指说："你这里没有一样东西能称得上'好'。你过得不好，你的儿子也过得不好——没一样是好的。是时候振作起来了，杜安。忘掉惠特尼吧，是时候过你自己的生活了。"

老杜安站了起来，旧藤椅发出一声咯吱声。"是的。"他说。

"是的！"那只蓝黄相间的金刚鹦鹉用法语叫道。接着它又用德语叫道："是的！"

温希普太太翻了个白眼说："拜托，能让这只笨鸟闭嘴吗？"

"它一点儿都不笨。"

"小杜安怎么去的露营的地方？"

老杜安答道："他自己开车。"

"他现在可以开车吗？"

"他拿到了执照，米莉。两个月前他就满16岁了。"

温希普太太双眼一眯："我当然知道。我寄钱的时候，附带了一张生日贺卡，记得吗？"

老杜安面露尴尬："我让他给你打电话，感谢你又寄钱过来。但是，估计他忘记了。"

"所以，你用那些钱给他买了辆车？"

"不，买了辆二手摩托车，我修了一下，也能开。"老杜安说，"小杜安非常喜欢摩托车。"

"哦，太棒了。今年圣诞节我会给他买个头盔。"温希普太太说，"顺道给他买一份人身保险吧，没准儿哪天撞车了用得上呢。"

老杜安皱起眉头："喂，为什么你说话这么难听？"

"为什么？为什么？为什么？"金刚鹦鹉又开始哇哇怪叫了，还是英语、法语、德语"三连叫"。

"听我说，杜安。"温希普太太严肃地说，"我要马上得到我外孙的消息，否则，我保证你的日子将会很不好过。他不好好上学，跑到树林里野营，对得起我付的学费吗？这是对我的侮辱，我讨厌被侮辱。"

这时候，老杜安就像一只被主人踢了屁股的小狗一样，终于服软了。他说："我一定想办法，找到小杜安。"

"很好，我会一直在镇上待着，不见到他，我是不会离开的。"温希普太太宣称，"现在，请你实话告诉我——你认为，放火烧沼泽地的是他吗？"

"说实话，有可能。"

"他为什么会做这种荒唐事？"温希普太太说，"不过，说到纵火，我倒想听听你这位'专家'的意见。"

"我从来没有教过那个男孩纵火。他比任何人都清楚。"老杜安的眼中闪现出一股怒火。

"那我们祈祷警察是错的。"温希普太太转身离开，刚下了一半的台阶，老杜安喊住她。

"嘿，米莉，等等！惠特尼那边，有没有什么消息？"

听到这个问题，米莉森特·温希普心头一沉。

她抬头看了老杜安一眼，轻声说道："惠特尼不会从巴黎回来了。"

"所以，她的奶酪生意做得还不错？"

"抱歉，我不知道，真的抱歉。"温希普太太说，"顺便说一句，你那只珍贵的小鸟把鸟粪都拉在你的衬衫上了。"

老杜安低头看了一眼爱鸟的"杰作"，沮丧地点了点头。

"惠特尼那边，还有什么别的消息吗？"他又问。

星期一早上，也就是尼克目睹毒烟吃掉斯塔奇太太铅笔的那个早上，尼克的父亲——格雷戈里·沃特斯上尉——被从伊拉克转移到了美军设在德国的军事基地，随即又被飞机送去位于华盛顿特区的沃尔特里德陆军医疗中心。

周四一大早，尼克和妈妈就乘飞机赶到医院，在大厅等了一个小时后，终于，有位医生出来接这母子俩。母子二人跟着医生，在一条单调沉闷的走廊上穿行。护士、护工和病人挤满了走廊，不少年轻的男男女女坐在轮椅上，被人推着来来往往，尼克从未见过这幅画面。

尼克和妈妈被带到一个私密的房间。医生指着一张人体横截面图，解释道，沃特斯上尉乘坐的悍马车被一枚火箭弹击中，他失去了右臂，连右肩也被炸掉一大块。

"我们已经知道了。"尼克的妈妈哽咽着说，"拉马迪的基地那边打电话告诉我们了。现在能见他吗？"

"他们有没有告诉过你，因为他的右肩受损严重，假肢不一定能安装成功。"

"你说的假肢，是像机械钩子那样的东西吗？"

"嗯，虽然很难安装，"医生说，"但我们一定尽力。"

"我们可以见见他吗？"

医生领着他们上了一段楼梯，然后又沿着另一条长长的走廊往前走。一路上看到了不少病人——有的缺了只胳膊，有的少了条腿，还有人两条腿都没了。每每看到这些悲惨的景象，尼克总是挪开视线。父亲的病房到了，尼克停顿了一下，深吸一口气，准备好面临这一切。

格雷戈里·沃特斯上尉被固定在病床上，身体被架直起来，但双眼是紧闭的。他的胸腔上缠着厚厚的纱布和胶带，随着呼吸微微起伏。尼克注意到，父亲的头发被剃光了，脸的一侧是红肿的，伤痕斑驳。床的旁边立着一个铝架，上面挂着一个塑料输液袋，琥珀色的液体经过一根透明的管子，一滴一滴地注入父亲仅剩的那只手臂。

尼克的妈妈满眼泪水，一言不发地站在床尾。她的身体有些摇摇晃晃，尼克赶紧伸出一只胳膊，搂住她的腰，扶着她朝椅子走过去。那是房间里仅有的一把椅子，妈妈坐了下来。

"他还在注射大量止痛药，"医生说，"所以醒来时头会昏昏沉沉。"

"能给我妈妈倒杯水吗？"尼克问道。医生倒完水后便离开了，又过了整整一个小时，尼克的父亲才苏醒过来。看到妻儿在身旁，他疲倦的双眼中挤出一丝笑意。尼克的妈妈抱紧他，手抚摩着他的脸。尼克捏了捏父亲的左手，父亲也用力地捏了一下他的手，以示回应。

尼克的父亲望了一下自己右臂的位置，手臂没有了，取而代之的是一个用纱布和绷带缠成的鼓鼓的圆球。他打趣道："看来，我要把所有的衬衫上多余的袖子缝起来。"

尼克的妈妈说："别逗了，格雷戈里。"

"看来，我要练习用左手投曲线球了，不过，那没什么大不了的。"

尼克的父亲是一名真正的运动健将。第一次见到尼克妈妈的时候，他还在为美国职业棒球大联盟成员巴尔的摩金莺队的小联盟队效力，担任投手。他以投球速度快闻名，家里的家庭剪报本上显示，格雷戈里·沃特斯的投球速度最高达到每小时94英里。

后来，他未能如愿进入大联盟，于是返回大学读书，获得工商管理学位，毕业后在迈尔斯堡的一家洒水器公司找了一份办公室的工作。在结束了三年沉闷单调的办公室工作之后，他重返棒球界，担任一家职业棒球小联盟俱乐部的投手教练。虽然挣钱不多，但他很享受这份工作。再后来，他成了国民警卫队的一员。

加入国民警卫队能得到一笔不菲的签约奖励，他拿这笔钱支付了尼克在杜鲁门中学第一年的学费。

此后，每个月中的某一个周末，格雷戈里·沃特斯都会前往坦帕市接受陆战训练。当时，国内一切太平，格雷戈里本人根本没想到（他的家人也万万没想到），某一天，他会被派往海外，参加真正的战争。但是，在美军入侵伊拉克之后，这种可能性居然变成了事实。

"什么时候可以回家呢，医生说了吗？"父亲问道。

"看恢复的情况。明天你就要开始康复训练。"妈妈答道。

"康复训练，应该很有趣吧！"格雷戈里·沃特斯的眼皮像是被灌了铅一样，不由自主地下沉，"我太困了。"

尼克的目光落在父亲右肩的位置上，他强壮的右臂已不复存在，只剩下一团用纱布和绷带缠起来的白色鼓包。那些绷带看起来非常闪亮，不像真正的医用绷带，而像万圣节的时候人们在木乃伊服装上缠的那种带子。

妈妈说："格雷戈里，你先休息一下吧。晚餐的时候我们再过来。"

"你该不会像喂婴儿一样喂我吧？"

"不，先生，你要自己吃饭。"

"这就对了嘛！"父亲咧嘴笑了，"尼克，你还好吧？"

"我很好，爸爸。"

"我知道，发生这种事很不幸，但当时情况真的很糟糕。"他解释道，"我能活着离开那个鬼地方，已经是不幸中的万幸了。和我坐同一辆悍马车的那个战友，就坐在我旁边，他被活活地炸死了。"

听到父亲这番话，尼克顿时觉得天旋地转。"他是你的朋友吗？"他问道。

"是我的铁哥们儿。"

尼克垂下眼帘。一想到父亲距离死亡如此之近，他就感到一阵强烈的后怕。

尼克再次抬头望向父亲时，他已陷入熟睡之中。

杰森·马歇尔警探刚才拜访了老杜安，但并没有获得特别有用的信息。现在，他开车来到了杜鲁门中学，载上了德雷斯勒博士，两人准备一道去邦尼·斯塔奇的家里看看。校长主动要求与警探结伴，警探觉得没问题便同意了。

德雷斯勒博士走在老房子的台阶上，一阵嘎吱作响，他突然惊呼："老鼠不见了！"

"什么不见了？"警探问。

"她在摇椅上放了一个老鼠标本。"德雷斯勒博士说，"她还给那只老鼠起了个名，以一个以前的学生的名字起的。"

杰森·马歇尔一脸困惑。

"我没骗你。"德雷斯勒博士说。

警探敲了敲斯塔奇太太家的大门。无人应答。他按了按门铃，门铃坏了，一点儿反应都没有。他们又绕到房子的另一侧，敲了敲后门。依旧没有回应。

"看来，我得明天来了。"杰森·马歇尔说。

德雷斯勒博士很失望："你能直接破门进去吗？万一她生病

了或者出事了怎么办呢？万一她遇到了其他不好的事呢？”

“德雷斯勒博士，没有搜查令，我不能进入房子。”警探解释说，“除非犯罪事实清楚，证据充分，否则，法官不会给我搜查令。”

校长备感沮丧，只得跟着杰森·马歇尔回到他那辆便衣警车上。

“斯塔奇太太给我写了一封信，说自己不是失踪，而是在处理‘家庭紧急情况’，我根本不信。”德雷斯勒博士说，“她根本就没有什么家人！我把她的档案翻了个遍，一个都没找到。”

警探靠在汽车的挡泥板上，掏出一包口香糖。他示意德雷斯勒博士拿一块，但博士说了句“不用了，谢谢”。

“利比给我讲过了，斯塔奇太太身上发生过很多疯狂的事，”杰森·马歇尔说，“你知道的，孩子们可能喜欢添油加醋，通常我不往心里去。但刚才你说，她在门廊上放了一个老鼠标本——这似乎就有点不正常了，你觉得呢？”

“她的确有点儿古怪。”德雷斯勒博士点点头。

“也许，因为野外考察发生火灾，她被吓坏了。”警探推测，“当时情况一定很可怕，不过最终她总算走出了树林，然后带着利比的哮喘吸入器到了她家，放在门口。最后，她开车回到家，对着镜子说：‘天哪，我刚才差点儿死在那里！我真的需要好好休息一下。’”

德雷斯勒博士对这种说法持怀疑态度。“邦尼·斯塔奇可不是这样的人。”他说。

“想想，在大柏树保护区待上整整一个晚上，树全都烧起来了，"杰森·马歇尔说，"就算是一个硬汉，都有可能被吓尿裤子吧！"

"一切皆有可能吧，我想。"

"嗯，我也只是猜测。"警探拿出手机说，"这间房子的座机号码是多少？"

校长往这里打过无数通电话了，所以号码早就熟记于心。"555-2346。"他脱口而出。

杰森·马歇尔拨通电话，等待着。斯塔奇太太的座机嘟了两声，语音留言就开始自动播放。

"有一条语音留言。"警探低声对德雷斯勒博士说。

"说了什么？"

杰森·马歇尔点了一下重拨键，把手机递给德雷斯勒博士。校长认真听着，手机那头传来了斯塔奇太太提前录制好的问候语：您好。因家庭突发事件，我将暂停学校的教学工作，归期未定。您可以在提示音响起后留言，但本人可能无法及时回复。如造成不便，先行致歉。（接下来是提示音！）

"是她的声音吗？"警探问。

"听上去是的。"德雷斯勒博士说。

"之前她给你写了一封信，现在又在电话上留言。老实说——咱们警察局已经没有必要继续调查了，显然，这位女士还活着，活得好好的。"杰森·马歇尔判断。

"那她为什么不接电话呢？"

"也许她害怕别人问到'家庭紧急情况'，就像我刚才说的，她可能只是需要休息一下，所以找了个借口不来学校。"

"但这不像她的做事风格。"德雷斯勒博士还是坚持自己的判断。

"有些人会突然对工作丧失兴趣。我以前就见过这种情况。"警探打开车门，侧身钻进了驾驶座。

"等等。"德雷斯勒博士说着，大步流星地走到斯塔奇太太的信箱前，朝里面一瞥——空的。

回杜鲁门中学的路上，校长向杰森·马歇尔询问了纵火案的调查情况。警探说，他已将有关小杜安的信息转交给消防部门。

"到目前为止，他们还无法将他与犯罪联系起来。"杰森·马歇尔说。

"那他们发现线索了吗？"

"没什么有价值的线索。在火灾现场附近，他们发现了一支圆珠笔，上面写着一个名字——红钻能源。那是坦帕市的一家油气钻探公司，他们租了沼泽地附近的一块地。"杰森·马歇尔说，"不用说，小杜安不可能为他们工作，所以圆珠笔不太可能是他的。"

"你这边呢，进展如何？"

"找不到重要证据，就很难继续。"

现在看来，即使小杜安最终被逮捕，这一天也不会很快到来。德雷斯勒博士心里暗暗松了一口气。他非常担心，万一警方查实小杜安是纵火者，杜鲁门中学的名誉将会遭受严重影响。几年前，杜鲁门中学的一名学生偷了一辆刨冰车，在路上驾驶时被警方抓获，这件事迅速发酵，上了迈阿密市大大小小电视台的新闻节目。

"如果杜安回来上课，需要我打电话告诉你吗？"校长问杰森·马歇尔，"你还想和他聊聊吗？"

"最好是——让他知道，警方在盯着他。"

"好主意。"德雷斯勒博士说。不过，他觉得，小杜安可能压根儿就不怕警察。

第八章

　　一架直升机从那不勒斯机场起飞，向东边飞去。坐在前排的是一位30多岁的壮汉，名叫德雷克·麦克布赖德，他是红钻能源公司的总裁。坐在他身后的是项目经理吉米·李·贝利斯。两人都戴着有麦克风的耳机，飞机引擎的轰鸣声丝毫不妨碍他俩互相交流。

　　德雷克·麦克布赖德头戴牛仔帽，脚上是一双蛇皮靴子，上身穿着一件带按扣的浅色丝绸衬衫。他拿着一个泡沫塑料杯，品尝着热咖啡。吉米穿着一件棕色的长袖工作衬衫，裤子脏兮兮的，一张地图摊在腿上。

　　短短几分钟，直升机就盘旋在黑藤沼泽的上空。吉米指着下方。茫茫的大草原一片枯黄，一块被火烧焦的区域煞是显眼，从飞机上往下看，形状就像一弯新月，旁边就是古老的大柏树林。

　　"火灾是在那儿发生的。"他告诉老板。

　　"我们的设备没被烧吧？"

"当然没有。"吉米心想：当我是白痴吗？

德雷克·麦克布赖德伸手挡了挡炽烈的阳光，问道："22区就在我们下面的位置？"

"是的，先生。"

"21区在那边？"

"没错。"吉米说。

"看看那张'该死的'地图。"

德雷克·麦克布赖德并不是得克萨斯人，不过他的穿戴都是得克萨斯风格，说话时也总爱模仿得克萨斯人说话的方式。吉米才是真正的得克萨斯人，他来自得克萨斯州休斯敦市，干石油钻探和天然气钻探这一行已经有26年了。听到老板"拙劣"的模仿，他有些恼火。德雷克·麦克布赖德来自纽约上州，那里的人根本就不说"该死的"这个口头禅。

然而，吉米是只老狐狸，即使心里不满，嘴上也不会说出来，谁让这个人是自己的老板呢？

"下降到200英尺的位置。"德雷克·麦克布赖德命令飞行员。

直升机隆隆作响，一些雪鹭停歇在树梢上，听到巨响，扑腾着翅膀飞散了。看，一只鹿冲了出来，在干燥的草原上逃窜。

"看到那只该死的黑豹了吗？"德雷克·麦克布赖德问吉米。

"没有，先生。它早被枪声吓跑了，我敢肯定。"吉米伸手从裤子里掏出一些胃药。自从他被派到大柏树保护区负责钻探项目后，胃灼热的毛病简直快要了他的老命。

德雷克·麦克布赖德说："就算你用炸药把那只豹子炸个稀

巴烂，我也不会在乎。"

"要是杀死黑豹，将面临非常严厉的法律惩罚。联邦调查局可不是吃素的，先生。"

"黑豹……哼！"德雷克·麦克布赖德不屑一顾，"在西部，它们就是普通的美洲狮，你可以随便杀，就像杀郊狼一样。"

他说话时总是模仿得克萨斯人说话的方式，比如，在说"狼"这个字的时候，尾音拖得很重。吉米听来十分别扭，他不喜欢这种拙劣的模仿。

"如果那只黑豹回来，被人看到了，我们的麻烦就大了。"德雷克·麦克布赖德恶狠狠地说，"千万别让那些爱管闲事的狩猎监督员盯上我们，我不喜欢他们在我们的项目现场转来转去，懂吗？"

"那只黑豹早就不见了，先生。我用一把猎鹿步枪朝它的头上轰了两发子弹，它跑得飞快，一下子就没影儿了。说不定现在还在跑，根本停不下来。"

"希望你是对的。"

谁不希望呢？吉米心想。黑豹是佛罗里达州最著名的濒危物种，最近发生了几次公众目击黑豹事件，引发了广泛关注。如果一些热衷野生动物保护的官员把矛头指向红钻公司，认为他们的钻探活动侵扰了黑豹的栖息地，整个项目可能会被推迟，甚至关闭。

直升机再一次飞越了火灾发生地。德雷克·麦克布赖德低头看着这片烧焦的草地和树木，啜了一口咖啡，意味深长地说："嗯，现在是旱季。"

吉米不知道，老板为何突然冒出这句。

"把你手上的事做好。"德雷克·麦克布赖德叮嘱道，"马上就能赚大钱了。"

"是的，先生。"

"还有别忘了——"

"我知道，"吉米说，"保持低调。"

"千万不要张扬。"德雷克·麦克布赖德说。

周日晚上，尼克和妈妈从华盛顿特区返回家中。第二天一大早，他就起床给自己的手臂缠上厚厚的医用弹性绷带。

他让妈妈帮他打个结，妈妈疑惑地看着他问："其他孩子看到了会怎么说？"

"我真的不在乎。"尼克说，"我就想和爸爸一样。"

"但是他暂时也不会回家啊。"

"那我得提前准备好。"

"尼克，别这样。"

"请帮我打个结，妈妈。"

校车上，玛塔像往常一样坐在他旁边。她询问尼克的右臂怎么了——他的右臂紧紧地绑在背后，盖在衬衫下面。蓝色校服外套的右袖软软地垂着。

尼克说："从现在开始，我是左撇子。"

"写字呢？打棒球和长曲棍球呢？"

"干任何事情都只用左手。"

"你胳膊没事吧？"玛塔眉头一皱。

"当然没问题。"

"这太疯狂了，尼克，你这是在取笑残疾人。"

尼克的脸一下子变得通红。"不，恰恰相反。"他尖声说道，"我爸爸在伊拉克受伤了，他的右臂被一枚火箭弹炸没了，连右边肩膀都被炸掉了好大一块。"

玛塔听罢，倒吸一口冷气："天哪，我很抱歉。他没事吧？"

尼克用力地点点头说："但以后他只能用左手了。"

"所以，你把右手绑起来了。"玛塔笑着捏了捏他夹克的空袖子说，"很酷。"

"别逗了！"

"我是认真的。"她说，"那他什么时候回家呢？"

"希望快一点儿。"尼克告诉玛塔，他和妈妈周四去了趟沃尔特里德陆军医疗中心，"所以，周四和周五我都没上学。"

玛塔说："当时没有人告诉我们。我还以为你感冒了。"

"如果只是感冒就好了。"他怅然若失地说。剩下的车程，他一言不发。

尼克当天的第一节课是英语课。格伦沃尔德先生讲授的是斯蒂芬·克莱恩的著名短篇小说《海上扁舟》。在昨天从华盛顿回来的飞机上，尼克就把它读完了。

他想把书包里的活页夹拿出来，但被书袋上的拉链卡住了。如果尼克的右臂没有绑在身后，这是小事一桩，但是现在只用左手，就很难解开了。他试着拉拉链，拉链没拉开，反倒把书包从地上提了起来。显然，只用左手，他失去了支撑。

身后的米奇·马里斯见状伸手想要帮忙。尼克挥挥手，示意他不用了。他暗下决心，自己一定要做到。只见他抬起双脚，踏在书包上方，不让书包乱动，然后，他抓住拉链头，使出吃奶的力气，猛地一拉，"啪"，拉链头断了。

尼克低声埋怨了一句。他索性把书包拽到腿上，用圆珠笔尖撬开拉链齿，这才打开了这个"顽固"的家伙。他取出英文活页夹，一把摊开放在桌子上，左手握了握笔，准备做笔记。

"这篇名作讲述了一个著名的故事，故事的主人翁是一名遭遇海难的船员。"格伦沃尔德先生开始讲课了，"故事是根据这位年轻作家生活中的真实事件改编而成的。"

用左手写字的感觉很奇怪，就像手上抓一只大蟹钳。尼克努力控制着笔的轨迹。他心里想着"基于真实故事"这几个字，但是，笔却不听使唤，落在纸上的字迹宛如春蚓秋蛇，根本难以辨认。

身后的米奇·马里斯目睹了这一切，他低声提议："嘿，伙计，放学后你可以借我的笔记去复印一份。"

尼克坚定地摇摇头："不过，还是谢谢你。"他断然不会如此轻易放弃。

他费尽九牛二虎之力把字一笔一画写出来，全部写完后，看上去也有模有样了。下一堂课是代数课，用左手写那些古怪的公式是一种截然不同的挑战。不过，尼克惊喜地发现，使用左手写数字和符号，比写字容易多了。

上生物课时，他的左臂开始抽搐，手指开始抽筋。代课老师站在黑板前写字，背对着学生。

"斯塔奇太太还没回学校吗？"尼克对玛塔耳语。

"她请假了——你相信吗？"玛塔说，"德雷斯勒博士上周五宣布的。"

奇怪了。尼克心里纳闷："那他提请假原因了吗？"

"说是什么'家庭紧急情况'，我不太懂是什么意思。"玛塔的手机开始震动，她关掉手机，"但他确实说了，'老巫婆'迟早会回来的，想想就头疼。"

尼克从书包里拿出生物课本。"毒烟呢？"他又问。

"没人见过他。说不定他退学了，或者，德雷斯勒把他给开除了。"玛塔说，"管他呢，又不关我们的事。"

"也许，火就是他放的，现在他被警察抓起来了。"

"利比说了，他没被警察抓。她的爸爸恰好在处理这个案子，她知道一些情况。"玛塔说，"嘿，左撇子，你的胳膊感觉怎么样？"

"非常好。"尼克撒了个谎。

代课老师正在用大写字母拼出他的名字：温德尔·瓦克斯莫博士。

"不会吧！"玛塔重重地吸了口气。

"居然是他。"尼克呢喃道。

温德尔·瓦克斯莫是一位传奇人物。尼克和玛塔从来没有上过他的课，但他们都听说过他的故事——每位同学都听说过。

温德尔·瓦克斯莫是一位"奇葩"教师，行为极其古怪，很久很久以前，他就被公立学校系统拒之门外了。但是，像杜鲁门中学这样的私立学校经常需要代课老师，所以，他偶尔会接到电话邀请。

他转过头来，全班同学咯咯地笑出了声。温德尔·瓦克斯莫居然穿着一件只有在最正式的场合才能见到的衣服——燕尾服。他身上那件褪色的黑色燕尾服，配着一条亮黄色的领结，煞是显眼。

"喂，你们这些小鬼头，有啥可笑的？"他的嗓音尖细，听上去就令人忍俊不禁。他的个子很小，大概只有斯塔奇太太的一半，但他膀大腰圆，腰围约莫是斯塔奇太太的两倍吧。他的头顶秃了，秃的面积还不小，大概有一个餐盘那么大，红色的头发稀稀疏疏的，无论怎么往上梳，都遮不住那一片"不毛之地"。

"现在请起立，唱效忠誓词。"他宣布。

同学们面面相觑，不敢置信。没有一个人站起来。这时，格雷厄姆举起了手，温德尔·瓦克斯莫迫不及待地朝他打了个响指，示意他发言。

"我们只在早上全校大会的时候背诵效忠誓词，"格雷厄姆一本正经地说，"并且，效忠誓词不是唱的，是背诵的，瓦克斯莫先生。"

"我是老师，我说了算。"

于是全体起立，用《美丽的美国》这首歌的曲调唱起了效忠誓词。这听起来未免太荒谬了。

唱毕，全班同学坐了下来，一阵窃窃私语。

温德尔·瓦克斯莫宣布，他将接替斯塔奇太太的教学工作，直到她返校为止。他特意提到，同学们最好叫他瓦克斯莫博士，因为他获得了比德尔堡州立大学的高级学位。尼克从未听说过那所学校，不过瓦克斯莫博士说，那是一所名校，被誉为"达科他州的哈佛大学"。

格雷厄姆又举手了。

"又怎么了？"温德尔·瓦克斯莫暴躁地吼道。

"您说的达科他州是指北达科他州，还是南达科他州？"

"都包括在内！那所大学不只是'南北达科他州的哈佛大学'，还是明尼苏达州西部的哈佛大学。"温德尔·瓦克斯莫坚称，"现在，打开课本，翻到117页。今天我们要讲一个动词的变化，这个词是amar，意思是'爱'。"

利比·马歇尔再也按捺不住自己的冲动。"老师，这不是西班牙语课，这是生物课！"她脱口而出。

温德尔·瓦克斯莫的眉头一皱。他抬起头说："需要你告诉我吗？我又不是3岁小孩。对了，这位同学，你叫什么名字？"

玛塔递给尼克一张便条：太荒唐了！他是个大疯子！尼克笑着，把纸条塞进口袋。

温德尔·瓦克斯莫虎视眈眈地瞪着利比·马歇尔，女孩禁不住浑身颤抖。

"没长耳朵吗？你叫什么名字？"他再次问道。

尼克举起左手，还没等老师示意他发言，他便发话了："她说的是对的，瓦克斯莫博士。这是一堂生物课，您看，这是我们的课本。"

温德尔·瓦克斯莫走到尼克身边，一把抓起他的课本，粗暴地翻了几下，然后往尼克身上一塞。

"斯塔奇太太的讲桌上有一本，您可以用。"尼克说。

温德尔·瓦克斯莫转过身，望了一眼讲桌。"原来如此。"他咕哝着，又转身面向尼克，"那你叫什么名字呢，年轻人？"

"尼克·沃特斯。"

"你的右胳膊怎么了，沃特斯先生？"

"胳膊好好的，我只是在做一项实验。"尼克答道。

"我的右胳膊断过一次，一头奶牛压在我身上，把胳膊压断了。"温德尔·瓦克斯莫严肃地说，"你的胳膊又没断，为什么绑个绷带，想搞笑吗？"

"不，先生。这是一项严肃的实验。"

玛塔举起手，想帮尼克解释几句。尼克看了她一眼，示意她放下手，他可不希望全班都议论他父亲的悲惨遭遇。

"好吧，沃特斯先生，要是有一头重500磅的野兽压在你身上，你就会知道，那一点儿都不好玩，你最好祈祷永远都不要有那样的经历。"温德尔·瓦克斯莫大步流星走到教室前面，拿起斯塔奇太太的生物书说，"好了各位，把书翻到第117页。"

学生们只是坐着，没有任何反应。他们以为老师在开玩笑，但实际上，他是认真的。

"你们在等什么呢？"他厉声呵斥。

"这不是西班牙语课本，瓦克斯莫博士。"利比·马歇尔的声音很低，却异常坚定。

雷切尔开口了："生物课本的第117页，我们早就学过了。"

"真的吗？"温德尔·瓦克斯莫的脸上浮现出一种似笑非笑的表情，"显然你们都没有上过我的课，要不然，你们就会知道，星期一我都教第117页，只教这一页——不管上什么课。"

尼克紧咬着嘴唇，努力憋着不笑出声来。

"例如，今天早上的早些时候，我去埃格蒙特日校顶替麦凯小姐上课，上的是高级世界历史的内容。"温德尔·瓦克斯莫说，"下课铃响的时候，几乎每个学生都记住了历史书上第117页的内容。那一页是一张古罗马帝国的地图！"

一般来说，代课老师总是有些特立独行，但在所有的代课老师中，温德尔·瓦克斯莫绝对是最特殊的那一个。"每个老师都有一套最适合自己的方法。"他喋喋不休地说，"斯塔奇太太有她的方法，我有我的。我的方法是选择一页，只专注这一页，重复，重复，再重复。"

他打开生物课本，翻到第117页。快速略读了几段后，他便兴冲冲地抬起头，问道："那么，谁能告诉我，蛋白质在质膜中起到什么作用？"

这一次，格雷厄姆的手迟迟没举起来，这位代课老师也太怪了，他有些紧张。这时，利比·马歇尔用沉闷的语调一个字一个字地背出答案："蛋白质会释放化学物质，使某些细胞相互沟通，蛋白质还能促进水分子和糖穿过细胞膜。"

温德尔·瓦克斯莫博士有些喜出望外："这正是我想说的，同学们！这个小姑娘的回答太棒了！我希望每个人都做好笔记。"

"做笔记有什么用？三周前斯塔奇太太就考过这个了！"玛塔小声咯咯一笑。

"别告诉他。"尼克低声说。

温德尔·瓦克斯莫说话时，他那突兀的喉结上下跳动个不停，时不时顶到领口那黄色的领结。

"现在，咱们利索点——什么是磷脂分子？你回答吧！"他指向格雷厄姆，"请解释。"

格雷厄姆看起来很无助，一副失落的表情。"我忘了。"他说。

温德尔·瓦克斯莫皱起眉头："站起来，年轻人。"

格雷厄姆摇摇晃晃地起来："好的，先生？"

"唱摇篮曲。"

"我不会唱摇篮曲啊，一首都不会。"格雷厄姆说着，眼泪在眼眶里打转。

温德尔·瓦克斯莫叹了口气：

"没有音乐的日子，天空都是阴沉的！来，跟着我唱：

"安静，小宝贝，如果你不说话，

"妈妈会给你买一只八哥。

"如果八哥不说话，

"妈妈会给你买一个布谷鸟闹钟……"

玛塔凑近尼克说："课可不是这么上的吧。"

"那还用说。"

实际上，温德尔·瓦克斯莫根本就没什么音乐天赋。他扯着破锣嗓子唱完后，学生们一个个呆若木鸡，温德尔·瓦克斯莫还误认为他们沉浸在自己优美的歌声中，没缓过神来呢。

"轮到你唱了，年轻人。"他对格雷厄姆说。

"不，我唱不了。"

"什么？"

"我就是唱不了。"格雷厄姆重复道。

温德尔·瓦克斯莫双臂交叉，抱在胸前说："课堂上我说了算。"

"是的，先生。"

"那就照我说的去做，否则后果自负。"

虽然温德尔·瓦克斯莫只是代课教师，没多大的权威，但显然格雷厄姆被这个威胁吓得不轻。"磷脂分子的定义，我想我记起来了。"他鼓起勇气，想要尝试回答老师刚才的问题。

"现在没人想听你回答问题了，快点，唱歌。"温德尔·瓦克斯莫命令道。

"安静，小宝贝，"格雷厄姆开始唱了，脸上一副痛苦不堪的神情，"你别哭——"

突然，门砰的一声打开，一个男孩走进教室。尼克一开始没认出他。

男孩的夹克显然经过了精心的烫熨，看上去非常整洁。一条卡其色裤子，一尘不染，裤缝笔挺，还有精致的领结，十分惹眼。男孩的脸颊清爽，皮肤富有光泽，头发是分开梳的，修剪得整整齐齐。一双干干净净的手，不藏半点儿污垢。

"你是谁？"温德尔·瓦克斯莫博士问道。

"小杜安·斯克罗德。"男孩自我介绍。

第九章

玛塔又给尼克写了一张纸条：他看起来比以前更可怕了。

和玛塔以及班上的其他人一样，尼克的视线无法从毒烟身上挪开。他的转变实在太大了，简直就像换了个人似的。

温德尔·瓦克斯莫说："你迟到了，斯克罗德先生。"

"对不起。我的摩托车发动机坏了。"毒烟放下背包，取出一个薄薄的塑料活页夹，递给代课老师。

"这是我的作文。"他说，"500字，按照斯塔奇太太的要求写的，准确地说，是508个字。"

教室里的气氛一下子变得欢快了不少。

温德尔·瓦克斯莫打开活页夹的第一页，作文的标题位于中间的位置：

顽固青春痘的死亡诅咒

作者：小杜安·斯克罗德

温德尔·瓦克斯莫犯了一个极其愚蠢的错误，他大声地念出了标题，惹得全班哄堂大笑。

"是她要求的，我要写得有趣一点儿。"毒烟解释道。

毒烟的衣着如此讲究，一下子成了全班关注的焦点，他自己似乎也感到有些不自在。

"这是什么鬼东西？"温德尔·瓦克斯莫合上活页夹，在空中挥舞了几下。这个动作，配上他身上的燕尾服，活脱脱像管弦乐队的指挥家。"你的意思是：斯塔奇太太让你写一篇研究青春痘的作文？别开玩笑了！"

尽管老师的态度充满敌意，但毒烟却出奇地平静。"你要不要我读？"

"你的意思是，大声朗读这篇作文？"温德尔·瓦克斯莫绷着脸，"我看还是别了，斯克罗德先生，坐下吧。"

温德尔·瓦克斯莫将那篇作文塞进破旧的公文包，脸上露出鄙夷的神情。

毒烟坐了下来，让大伙儿备感惊讶的是，他居然拿出了一支笔和一个笔记本。自从尼克认识毒烟以来，尼克不记得他什么时候做过笔记。

"这一点儿都不像他。"玛塔低声说，"他准是个冒牌货。"

"或者是他的秘密孪生兄弟。"尼克说。

对于毒烟抢走了自己的风头，温德尔·瓦克斯莫博士似乎有些光火。他快步走向小杜安·斯克罗德，质问道："年轻人，我想确认下，关于这篇荒谬的青春痘作文，你说的到底是不是实话？或者说，那是你想出的恶作剧，想故意取笑我，逗大家开心？"

"我为什么要做这种蠢事呢？"毒烟一脸疑惑。

"因为孩子们总是想方设法取笑代课老师，甚至欺负代课老师，这就是原因。你们总觉得代课老师不会正儿八经上课，只是带着你们玩玩，混混时间。"

温德尔·瓦克斯莫逼得更近了一些。

"我知道你的坏心思，小子。"他说，"但我一直尊重这份代课工作，要不然，为什么我还要穿这么隆重？"

"因为你有怪癖吗？"毒烟耸了耸肩。

"怪癖"这两个字瞬间引爆了整个班级，温德尔·瓦克斯莫一脸铁青。但很快，他的下一个动作却令全班的笑声戛然而止：他伸出一根手指，戳了戳毒烟的鼻子。他那苍白的手指上骨节突出，看起来有些瘆人。

"你！"他怒气冲冲地说，"必须道歉！"

尼克和其他学生似乎都预料到了接下来发生的事情：毒烟会把代课老师的手指一口咬成两半，就像咬断斯塔奇太太的黄色铅笔那样。

但是杜安的表现令所有人震惊不已。他并没有攻击温德尔·瓦克斯莫，甚至一点儿攻击性的倾向都没有。相反，他绷紧了下巴，深深地吸了一口气，然后郑重道歉："你说得对，老师，对不起。"

玛塔迫不及待地给尼克写了另一张便条：这个家伙变成了外星人！

其实，在选择代课老师时，德雷斯勒博士还有另外四位候选人——那四位老师心智健全，神志正常。但是他最终选择了温德尔·瓦克斯莫，当然，他比谁都清楚，这位代课老师有点儿疯癫。

德雷斯勒博士故意让这位怪老师上斯塔奇太太的"王牌"生物课，而一贯认真负责的斯塔奇太太要是知道了，一定会马上终止休假，火速赶回来"营救"她的学生。

与此同时，校长已经做好了心理准备，随时接受学生家长的电话轰炸。家长们极有可能会愤愤不平地抱怨：温德尔·瓦克斯莫的着装怪异，分散了学生的注意力；他的教学风格怪异，让学生难以接受；上课的过程中，他还会时不时引吭高歌一曲，着实荒唐。

不过当下，德雷斯勒博士要处理一个更为紧迫的问题。

"你想喝杯咖啡吗？"他询问杰森·马歇尔。

警探拒绝了，然后坐了下来。"你和那孩子说过话了吗？"

"一个字也没有。他今天早上刚过来上课。"德雷斯勒博士说，"真是出乎意料。"

"他有什么不同吗？"

"跟以前完全不同，就像换了个人。"德雷斯勒博士不安地笑了笑。

"你的意思是？"警探问道。

"我的意思是，他现在完全是一副好学生的样子。看上去，他真的很想待在学校，好好学习。"

"但这是一件好事，对吧？"

"当然。"德雷斯勒博士嘴上这样说，但是，对于小杜安翻天覆地的变化，他的内心是疑惑不安的。"叮……叮……"下课铃声响起了,他心里一慌,忙不迭地给自己又倒了一杯咖啡。

"一会儿你自己看看。"他对杰森·马歇尔说。

不一会儿,小杜安·斯克罗德走进了办公室。

他看起来完全不像纵火犯,而像未来的大学学生会的主席。虽然他前几天才吞下了斯塔奇太太的铅笔,但现在,他看起来非常健康。

"警官先生想问你几个问题,杜安。"德雷斯勒博士向小杜安介绍马歇尔警探。

"没问题。"小杜安坐在校长室的皮沙发上,泰然自若。

杰森·马歇尔拿出了一个拍纸本。"你和斯塔奇太太的争执,我听说了。"他开始说。

"咬铅笔违法吗?"杜安没有否认。

"但有些孩子说你威胁过斯塔奇太太。"警探说。

"她当着全班取笑我,我有点儿生气,说了些胡话。"男孩承认,"我跟她说,如果她不放过我,她会后悔的。这样说肯定是不对的。"

"所以你不是故意的?"

"当然。"

马歇尔警探记录了小杜安的回答。这个男孩看起来多么正常啊,德雷斯勒博士难以接受。无论是仪容仪表,还是说话态度,小杜安的变化堪称翻天覆地,德雷斯勒博士实在猜不出背后的原因。

"然而,第二天你没有来学校。"警探说。

"是的,我旷课了。这个行为也是错误的。"小杜安说。

"那你去过黑藤沼泽吗?"

106

"当然去了，我经常去那里抓蛇。"

"野外考察的那天，你去了吗？"

男孩不假思索地回答："没去，那天我去马可桥钓鱼了，那里浪很大，有好多鲻鱼。你可以问问本杰·奥西奥拉——他就在桥对面钓鱼。"

德雷斯勒博士觉得，小杜安的解释很具说服力，但警探还没有要停的意思。

"杜安，我还要问你一件事，你必须承诺，听到我的问题不要生气，这是我的工作，好吗？"

"不会生气的，您尽管问。"

"野外考察的时候，你有没有偷偷溜到黑藤沼泽，放火吓唬斯塔奇太太？"

男孩果然言出必行——听到这个问题，他完全没有生气。他直视杰森·马歇尔的眼睛，坚定地说："我不再干那种事了。"

"所以答案是，火不是你放的？"

"当然不是。"

"在过去的几天，你有没有做过任何可能威胁到斯塔奇太太的事情？野外考察后，她再也没有回学校。"

小杜安笑了笑说："那位女士什么都不怕，还会怕小孩子吗？我才不想惹她呢——所以，她让我写那篇愚蠢的作文，我也乖乖地写了。那篇作文真的非常愚蠢，对不起，我不该说'愚蠢'这个词。"

德雷斯勒博士觉得有必要了解一下，便插了一句："什么样的作文？"

小杜安目光转向校长。"关于青春痘的500字作文。"他回答道。

德雷斯勒博士一愣。

"是真的。"小杜安解释。

德雷斯勒博士心里暗暗记下了，等斯塔奇太太回到学校，他一定得找她好好谈谈。管教学生当然是有必要的，但是，万万不能羞辱学生啊。

关于作文的事，警探已经听得够多了。"我差不多问完了。"他说，"谢谢你的配合，杜安。"

小杜安从沙发上起身。

"请稍等——我有一个问题。"德雷斯勒博士说。

小杜安转过身来，眼中流露出一丝不耐烦。

校长说："我只是好奇，杜安。为什么你发生了这么大的变化，发生了什么特别的事情吗？"

"您是什么意思呢？"

德雷斯勒博士微微一笑，努力让自己显得友好一些、真诚一些。"无论是你的衣着，还是你的行为举止，变化都太大了——你自己没察觉吗？"

小杜安低头看了看自己，若有所思地挠了挠脖子上那块暗红色的疤痕，那是一颗很大的青春痘被消除后留下的痘印。"我去露营了几个晚上，花了很多时间去思考。"

"思考什么呢？"杰森·马歇尔问道。

"我之前干的蠢事、犯的错误。总之，所有的错事。"

就连警探也似乎被感动了。"没关系，那些错误只是成长的一部分。"他说。

"嗯，是的，"小杜安补充说道，"我不想再像以前那样稀里糊涂地生活，所以，决定换一种方式。"

德雷斯勒博士欣慰地点了点头："嗯，我们喜欢全新的你，杜安。"

"这是真正的进步、真正的成长。"杰森·马歇尔附和道。

"我想，是吧。"小杜安说完便礼貌地告辞了。

晚餐着实是个大挑战。

"我应该做炸鸡的。"尼克的妈妈说，"你用手指就能抓起来吃。"

"没事儿。我迟早都要解决吃饭这个问题。"

尼克盯着盘子里的猪排，盘算着该怎么切。虽然他的左手能够很好地控制刀，但是如果没有另一只手拿叉子固定，肉总是跑来跑去。

"我把你的右胳膊解开吧。"妈妈恳求道，"就今晚。"

"决不。爸爸也要面临这个问题的，对吧？"

妈妈说："如果他在家，我肯定会帮他把食物切好。"

那天下午医院来过电话，带来一个令人颇感失望的消息：格雷戈里·沃特斯上尉受伤的肩膀有些感染。医生告诉尼克的妈妈，抗生素的药效在尼克父亲的身上不明显。

但是，情况也有积极的一面。医生介绍说，沃特斯上尉的早期康复训练效果显著。尼克很高兴，但一点儿都不惊讶——锻炼身体是父亲一贯坚持的好习惯，相信这次康复训练他也一定会圆满完成。

"他们为什么不让爸爸跟我们通电话？"尼克问。

"因为他在睡觉。他们说，爸爸今天下午在举重机上锻炼了两个小时，用左手举的。"

"爸爸实在是太霸气了。"

"确实如此。"妈妈望着这幅滑稽的画面：猪排在尼克的盘子上滑来滑去，尼克左手拿着刀一通乱砍。

"这要切到什么时候呢？你会饿死的，尼克。我帮你吧。"她提议。

"不！我会搞定的。"无奈之下，他放下刀，伸手拿起一个面包卷，咬了三口就囫囵吞了下去。"这只是我左撇子生活的第一天。"他咕哝道，面包屑沾满了嘴唇。

"如果是左撇子，右手还能帮忙。从严格意义上说，你这是单手，难度大多了。"他的妈妈说，"其他孩子有议论你吗？"

"没有。玛塔还觉得这样很酷呢。"

"体育课上得怎么样呢？"

"一切顺利。"尼克说，当然，真实情况绝非如此。想一想，一个人惯用的右手被绑在背后，怎么打长曲棍球呢？因此，实际情况是，尼克在球队里几乎是个累赘。

后来洗澡的时候，尼克把绷带放在毛巾架上。两个高年级的学生抢走了绷带，把一个体重超大、脚步迟缓的新生给绑了起来，那个新生叫帕吉·鲍威尔四世。两名教练足足花了10分钟才给他松了绑。

所以，对尼克来说，体育课基本上就是一场灾难。

妈妈提醒："绑着绷带上体育课，迟早会受伤的。去洗个热水澡吧。"

尼克并没有争辩半句。不过，他实在不好意思告诉妈妈，自己的左胳膊有多么酸痛。这一天下来，他并没有干什么累人的活，只是记了记笔记、背了背书包、开了几扇门和挥了几下长曲棍球棒，但这些简单的生活琐事便让他筋疲力尽了。他深切意识到，拥有两条健全的胳膊是多么幸运。

泡了半个小时的澡后，尼克感觉好多了。他开始做家庭作业，其中包括18道代数题。中途，妈妈走进房间，在他的左肩上方偷看了一会儿。

"嗯，真不错。我能读懂你的答案。"她说，"虽然我不知道对错，但我绝对能读懂。"

"等着瞧，妈妈，我的答案一定是正确的。"

"我能问你一件事吗，尼克？这种左撇子的习惯，你要保持多久？"

"等我左手用灵活了再说吧。"

"然后呢？"

"不知道，妈妈。"尼克立刻回答，"我还没想过。"

事实上，他早就想过无数次了。医生说，父亲回家后需要进行数月的门诊康复治疗。尼克计划陪他参加所有的左手练习。

完成数学作业后，尼克阅读了著名作家欧·亨利的一篇短篇小说，这篇小说是英语课的课前阅读任务。读完后，他的心情好多了。刷牙的时候，他左手握着牙刷，动作略显笨拙，不过，这项任务完成得还算不赖，牙龈仅有轻微的出血。

他本来打算裹着右臂上床睡觉，但是，他翻来覆去就是找不到一个舒服的姿势。右手一直绑着，不得动弹，尼克开始担心，如果睡觉的时候姿势不对，这种弹性绷带可能会对他的右臂造成永久性损伤。

他费了些力气，总算解开了绷带。右手现在感觉有些无力，还有点儿麻麻的。于是，他握了握拳头，又弯了弯胳膊，让血液重新循环起来。

妈妈过来敲门，尼克已经关灯了，正在听音乐。她惊呼一声："哇，才8点半就准备睡觉啊。"

"我累坏了。"

妈妈坐下来，抚摸他的额头，想确认他的体温是否正常。尼克告诉她，自己没问题。

"你在担心爸爸吗？"她问。

"是啊，想想心里就难受。"尼克点点头。

"我们明天就给他打电话。我保证。"

"爸爸的伤口感染一定很严重。"

"医生说过了，在战争中受伤造成的截肢，伤口容易感染。"妈妈告诉他不要过于担心。

听到"截肢"这两个字，尼克这才如梦方醒——他意识到，自己还迟迟不愿接受这一事实：父亲截肢了。

但至少他还活着，这才是最重要的，尼克安慰自己。

妈妈说："如果你睡不着，起来看会儿电视吧，我陪你。"

"谢谢，妈妈，但我已经准备睡觉了。"

一个小时后，尼克仍然非常清醒，无法入眠。他的身体已经精疲力竭，但大脑却仍在高速运转，胡思乱想个不停。父亲到底经历了什么？他的脑海中不断浮现这样的情景：火光四起，一辆悍马车被火箭弹炸成了碎片，顿时，火焰熊熊燃烧，黑烟阵阵，一阵惊悚的尖叫声传来……

尼克害怕闭上眼睛会做噩梦，于是从床头柜上抓起手机，拨通了玛塔的号码。铃响了两声，她便接了。

"你还没睡吧？"他压低声音。

"还躲在被窝里在社交网站上逛呢，是不是很丢人？"

"还用说吗？"尼克笑道。

"你今天和你爸爸通电话了吗？"

"没呢，他在做康复训练。"

玛塔说："我睡不着，刚才一直在想，最近学校发生的事情太奇怪了。我总算弄明白了，斯塔奇太太是个女巫。"

"你早就说过啦。"

"不，你误会了，我的意思是，她是真正的女巫。想想——她和毒烟几乎同时消失，然后毒烟突然回到了学校，完全变了个人似的。我敢打赌，斯塔奇太太对他施了咒语！"

尼克不禁笑了："这不是霍格沃茨魔法学院，玛塔。这里是杜鲁门中学。"

"我没说她是魔法师。我说她是邪恶的女巫。"

"有什么区别——"

"好吧，智多星，说说您的高见。"

"我可没什么高见。"尼克承认，"不过，最近发生的事情的确很奇怪，这一点我非常赞同。"

"谢谢。"玛塔说。

尼克也认为,斯塔奇太太请假的借口——所谓的"家庭紧急情况"——一听就是假的。这位老师从没缺过一天的课。

然而,更令人惊讶和疑惑的是,小杜安·斯克罗德出现在课堂上时,完全大变样——他的反应非常机敏,着装整洁得体,对待学习有了端正的态度。

尼克有一种不安的感觉,这种感觉很像阅读短篇小说给人的感受:你猜到了开头,却没猜到结尾,结局往往出乎意料!

当然,所有离奇古怪之事都始于那一天,就是毒烟吃掉斯塔奇太太的铅笔那天。

玛塔问:"你坐着的吗?"

"躺在床上。"

"哦。猜猜今天下午放学后我看到了什么?还记得那天在路上看到的那辆车吗?那辆印有'拯救濒危海牛'的蓝色普锐斯小汽车。那辆车看起来和斯塔奇太太的车一模一样,还记得吗?告诉你,其实那就是斯塔奇太太的车。百分之百肯定。"

"为什么这么肯定呢?"尼克表示怀疑。

"我看到那辆车从艾斯·哈达瓦五金店的停车场冲了出去,速度大概在每小时50英里。坐在副驾驶座上的那个人大口喝着激浪,猜猜他是谁——毒烟!"

"胡说。"尼克不信。

"我向上帝发誓。他还穿着杜鲁门中学的校服外套!"

"开车的是谁呢?"

"那个人戴着黑色滑雪帽,帽子压得很低——但我敢打赌是斯塔奇太太。你知道的，女巫可以变形，想变成什么样子都行。"玛塔信心十足地说。

"呃，你怎么变得这么神神道道的？根本就没有什么女巫，别乱说了。"

电话的另一端沉默了。尼克担心，他刚才的话可能伤害了朋友的感情。

玛塔悻悻地说："你不相信我。"

"我只是不相信什么魔法之类的东西，好吗？但我相信，你今天在蓝色汽车里看到是毒烟。"尼克解释道，"我也相信那辆车是斯塔奇太太的。这太奇怪了，绝不可能是巧合。"

玛塔松了一口气，尼克总算开始相信她的话了。"那么，现在我们该怎么办？"她问道。

"现在？"尼克说，"现在我们必须查清楚，到底是谁开着斯塔奇太太的汽车，载着毒烟在镇上转悠。还有，他们到底把斯塔奇太太怎么了？"

"太棒了！"

那晚，结束和玛塔的通话后，尼克还是迟迟无法入眠，不过，他的思绪从伊拉克一下子拉了回来。他不再沉湎于那场造成父亲残疾的火箭弹袭击之中。他的注意力转向了黑藤沼泽，那里头到底藏着什么秘密呢？

第十章

　　没有人注意到直升机从天而降。那天早上，黑藤沼泽既没有巴士载着观光客来往，也没有学校组织学生前来考察。

　　德雷克·麦克布赖德从直升机上跳下来，急匆匆地走向一辆卡车，那辆车的门上印有一个红色的钻石标识。吉米·李·贝利斯从驾驶座上跳了下来，向老板点头致意。

　　"发生了什么事？"德雷克·麦克布赖德问道。

　　"跟我在电话里讲的差不多。"

　　"是他吗？"德雷克·麦克布赖德昂起下巴，往卡车里面看，里面蜷缩着一个人。

　　"是的，先生。"吉米说。

　　他打开车门，一个哭丧着脸的年轻人畏畏缩缩地下了车。这个年轻人居然一丝不挂，身上仅仅裹着一件奇怪的"遮羞布"：那是一层透明的泡沫包装材料，这种材料经常被用来包裹易碎的货物。

"搞什么鬼？"德雷克·麦克布赖德大喊道。

"我能怎么办？卡车里就这些包装材料。"吉米解释，"所以我才叫你多带几件衣服过来。"

德雷克·麦克布赖德耸了耸肩："哦，我忘了。"他对裹着泡沫"衣服"的年轻人说："小伙子，你叫什么名字？"

"梅尔顿。"

"在我们公司干了多久？"

"就三个星期。"梅尔顿说。

"时间不长，你还没法儿享受到全部福利。"德雷克·麦克布赖德说，"但是，你不用担心，我们会给你报销至少60%的医药费。他们有没有伤害你？"

"倒没有受什么伤。但是我的屁股被一些斗牛犬蚁咬了，痛死了。"

吉米说："快点儿，说点儿正经的，告诉麦克布赖德先生发生了什么事。他很忙的。"

梅尔顿似乎并不觉得和总裁说话是一件多么大不了的事。看上去，他反倒希望自己从未听说过红钻能源公司。

"我正在工地上堆管子，"他说，"他们突然从我背后跳出来。接下来我就什么都不知道了。再后来，我就被绑在一棵柏树上，怎么也挣脱不了。"

"还光着身子。"德雷克·麦克布赖德说。

"是啊，他们偷了我的衣服。"

"钻探管也被偷了。"吉米说。从早餐到现在，他已经吃了一整盒胃药。他多么渴望早日完成手上这个该死的项目，然后回到自己的家乡得克萨斯，享受退休生活。

德雷克·麦克布赖德掰着手指，一一列举出可怜的梅尔顿所遭受的罪行："他们犯了攻击他人罪、大额盗窃罪、非礼罪等——对了，他们共有多少人，小伙子？"

"不知道。"

"哦，你看到了几个人？"

"一个。"梅尔顿说，"但是，他肯定还有同伙。一个人肯定没法儿把我绑走。"

吉米虽然没有发表意见，但他相信，对一个身强体壮的正常人来说，要绑走像梅尔顿这种骨瘦如柴的老烟民，并非难事。

德雷克·麦克布赖德把吉米拉到一边说："一定不能告诉警察这事儿发生在22区，要不就说21区吧——只有在21区开采油气才是合法的。你要叮嘱那个家伙，别跟警察说漏嘴了。"

"跟警察撒谎？这太冒险了。"吉米警告老板，"你能相信梅尔顿吗？这个人的智商基本为零。要是警察问起来，他满嘴胡话怎么办？"

德雷克·麦克布赖德重重地叹了一口气说："法律规定，我们不允许踏足22区半步，更别说在那里挖坑和铺设管道了。吉米，除了撒谎，还能怎么着？"

"很简单，别报警了。"吉米不想把这件事闹大。最早，德雷克·麦克布赖德在谋划这场钻探骗局时向他承诺，要是干成了，就有一辈子都花不完的钱。他虽然答应加入了，但是心里始终就像十五个吊桶打水——七上八下。"让我来处理这件事吧。"吉米对老板说。

"难道就眼睁睁地看着这伙人逍遥法外吗？"德雷克·麦克布赖德有些不甘心，"这伙人到底是干什么的？土匪？逃犯？海盗？"

"你真的认为，警察愿意跑到这荒山野岭，就为了抓偷管子的小偷？这种小事他们没空管。"

"可能只是几个缺钱的瘾君子。"德雷克·麦克布赖德喃喃自语，"一群蠢蛋，偷了两吨管子，准备卖给谁呢？"

他们走回卡车，梅尔顿正在那里吸烟，烟已经燃尽了，他还舍不得扔掉烟头。"我被这玩意儿憋死了。"他嘴上抱怨着，准备脱掉身上的泡沫包装。

"哇哦！"德雷克·麦克布赖德做了一个暂停的手势，"没有冒犯你的意思，小伙子，你要是光着身子，我可不想和你说话。先别脱。"

吉米告诉梅尔顿，他会在进城的路上带他去沃尔玛超市。"我会给你买些新衣服，再请你吃一顿热腾腾的午餐。"

"谢啦，那加班费呢？"

吉米看着德雷克·麦克布赖德，老板一脸阴沉。

"嘿，我被绑了一整夜！"梅尔顿愤愤地说，"那些红蚂蚁把我的皮都咬掉了好几块。这个晚上难道不算工作时间吗？"他举起双臂，好让红钻能源公司的总裁看清楚。梅尔顿的胳膊上，一片片红色擦伤非常显眼，上面还有黏糊糊的胶状物。梅尔顿被人用强力胶带绑在了树上，是吉米拿着螺丝刀，一点一点撬开树皮，才让他脱身的。

"先要命再要钱吧，伤好了再说。"德雷克·麦克布赖德回了一句。

吉米说："说说袭击你的那个人吧。"

梅尔顿承认，他并没有看清楚，"他戴着滑雪帽，拉得很低，眼睛都快被遮住了，看不清楚脸。"

"年轻人还是老人？"

"不好说。"梅尔顿回答，"但他真的很强壮——而且非常疯狂。"

德雷克·麦克布赖德皱了一下眉："就是个吸了毒的疯子，刚才我就说了！"

"不，伙计，他清醒得很，哪像什么吸毒的。不过，那家伙实在是太坏了，"梅尔顿说，"他把我绑在那棵该死的树上，还说我只是'诱饵'而已，对，他就是这么叫我的，很坏吧？"

吉米问道："他身上有武器吗？"

"我不知道，可能有。"

那人肯定没带武器，吉米心想。梅尔顿只是不好意思承认自己被一个手无寸铁的人俘虏，而且还丢了一大堆价钱不菲的管子。

"听我说，小伙子。"德雷克·麦克布赖德说，"我们不报警，好吗？我保证，红钻能源公司会处理好这件事的。我们会抓住这个贼，确保他不会攻击其他员工。"

梅尔顿说："越早越好。"

"你还得保证，不要告诉别人这件事，好吗？任何人都不行，"德雷克·麦克布赖德说，"甚至你的妻子和孩子也不行。"

"我只有一个女朋友。"

"她也不行。"吉米插了一句，语气非常坚定，"不许向任何人提起这件事，懂吗？"

"知道了。"梅尔顿百无聊赖，身上透明塑料"外套"里面的气泡被他一一挤破，"嘿，去沃尔玛的时候，能给我买些香烟吗？那个怪人扒我裤子的时候，还顺走了里面的烟，那是我最后一包烟。"

"当然可以。"吉米说。

"还有一件事——我从来没坐过直升机……"

德雷克·麦克布赖德的表情瞬间变得僵硬。

"对不起，哥们儿。"他说，"坐上去兜一圈就行。嘿，别那么小气嘛。"

"不穿衣服不能上直升机，这是联邦航空局的规定。"

"什么？没开玩笑吧？"梅尔顿不相信。

"是真的，你今天运气不好。"

随后，红钻能源公司的总裁转过身，示意飞行员启动发动机。

老杜安·斯克罗德正在狼吞虎咽。他吃的是一块重20盎司的西冷牛排，大概只有三分熟。小杜安·斯克罗德的面前摆放着一大盘热气腾腾的意大利面。米莉森特·温希普品尝着鲜虾鸡尾酒。她年事已高，根本没有耐性闲聊，于是直奔主题。

"亲爱的，这个学期你在杜鲁门中学的成绩怎么样？"她问外孙。

"不算很好。"他说，"但我定了目标，要做得更好。"

"那今晚有家庭作业吗？"

"明天不上课——明天是教师培训日。"

"嗯，那可以好好利用这个时间，补一补功课。"温希普太太说。

"是的，外婆，我把书带回家了。"

"不得不说，你现在看起来有模有样，很帅气。"

小杜安有点儿尴尬，脸唰的一下红了。他忙不迭低下头，叉起一大团意大利面，塞进嘴里。

"他的进步很大，我很感动。"温希普太太转向老杜安。

"别看我，米莉，这不干我的事。"他啜了一口咖啡，"我发誓，他野营回来后，就像变了个人似的。自己收拾脏衣服，一天刷两次牙，还熬夜做作业。好像一夜之间变成了大人。"

"也许，你要向他学学。"温希普太太冷冷一笑。

"哎，得了吧。"老杜安说。

他们坐在户外的桌子上，俯瞰着一个停满游艇和帆船的码头。这家餐厅叫银色海豚，食物非常美味，但价格昂贵。像往常一样，账单是温希普太太付的，当然，她很乐意这样做。看到外孙的变化如此之大，她还有些不适应。

老杜安还是老样子。他对提升自我形象或者改善生活品质完全没有兴趣。就在刚才，温希普太太发现，他偷偷往口袋里塞了几包牡蛎饼干，准备带回家喂那只笨鸟。

她说："告诉我，小杜安，未来你能上大学吗？"

"嗯，外婆，很有可能。"小杜安如是回答。

"听到你这样说，我实在是太开心了。大学想学什么专业，毕业后想从事哪方面的工作呢？想过没有？"温希普太太继续问。

老杜安正在大声咀嚼食物，他插了一句："这太早了吧。米莉，别给孩子压力——"

"环境科学。"小杜安冒了一句。

"真的？"外婆笑逐颜开。老杜安听到儿子的回答，惊讶得嘴都合不上了，温希普太太白了他一眼。

"我真的很喜欢大自然。那么安静，那么美丽。"小杜安说，"另外，我还喜欢动物，喜欢钓鱼之类的活动。"

"你还是个小不点儿的时候，就是个小小探险家，什么都不怕。"温希普太太深情地说。

老杜安开始用牙签剔牙，想把塞在牙缝里的一块肉剔出来。"抱歉，打断一下，我觉得，小杜安不是当科学家的料。见鬼，他的生物课都挂了好几次了，有两三次了吧。"

"两次。"小杜安愤愤地说。

温希普太太怒视着老杜安："给我听着，好好听着。如果他找到好的榜样，一定能成就一番事业，绝对不会像你这副德行。"

"哎哟。"老杜安叫道，不过，他并不是在回应温希普太太的话，而是因为他在剔牙时，不小心在牙龈上扎了一个小洞。

小杜安放下叉子说："如果大沼泽地没了，像我这样喜欢大自然的人就没地方待了，只能去大城市。但是，我讨厌大城市。"

温希普太太若有所思地打量着自己的外孙。"说说你的野营之旅吧。"她提议。

他清了清嗓子："和以前差不多，钓到了一些鲈鱼，看到一只水獭带着两只水獭宝宝，还看到好多好多的鳄鱼。"他又开始吃意大利面了。

"你一个人去的吗？"

"算是吧。"小杜安继续埋头吃着。

"火灾的事，你爸爸告诉我了，校长也给我打电话了。"

"什么火灾？"

"沼泽地的火灾。"老杜安插话道，"别装蒜了，难道你从来没听说过吗？"

男孩拿叉子卷起一些意大利面："哦。那场火灾啊。"

温希普太太用餐巾擦了擦嘴，然后将餐巾重新叠好放在膝盖上。"亲爱的，我已经77岁了。"她说，"虽然我还没老到走不动路、吃不下饭，但已经不年轻了。所以，我不想浪费时间兜圈子，你明白吗？"

"是的，外婆。"

"那直接给我一个答案。火是不是你放的？"

"不是，外婆。"

"但警方认为是你干的。这是为什么呢？"

老杜安又忍不住发话了："他们找不到证据，要不然，这孩子现在就被关在少管所了。"

温希普太太生气地瞪了老杜安一眼。她轻声地问外孙："那你跟警察说了吗？"

"是的，外婆，我直接告诉他们了，我没有纵火。"小杜安说。

"你现在已经不乱放火了，对吧？"

"是的，外婆。再也没有了。"

"放火烧沼泽地也不是未来的环境科学家应该做的事情。"

"当然不是，外婆。"

外婆说："那天早上，杜鲁门中学在沼泽地那儿组织了一场野外考察。亲爱的，那场火可能把人烧伤，甚至烧死。"

小杜安直视着她的眼睛："真的不是我干的，外婆。我发誓。"

"好的。我相信你。"

"谢天谢地，事情解决了！"老杜安不耐烦地扫视餐厅，"我们的服务员滚到哪里去了？甜点怎么还没有上？"

要不是温希普太太对外孙真切的爱，她肯定会毫不留情地一巴掌扇向老杜安，打在他那无可救药的愚笨大脑袋上。

她对小杜安说："你妈妈告诉我，她写信给你了。"

小杜安似乎很惊讶："我并没有收到信。"

"没收到？"

"没有。"

"我也没有！"老杜安尖声说。

一想到自己的亲生女儿如此冷血，对亲骨肉都如此不上心，温希普太太便觉得惭愧不已："对不起，孩子，我会和她谈谈的。"

"这不是你的错，外婆。"

"来点儿甜点吧？"

"不了，谢谢。"

"呃，我的肚子里还有很大的空间。"老杜安拍着大肚皮，一本正经地说。

米莉森特·温希普看着他，那眼神就像在婚礼现场的蛋糕上发现了一只大蟑螂。"我和小杜安都吃饱了。"她毫不客气地说，然后示意服务生结账。

车到了商场。在两人下车前，坐在驾驶座的玛塔妈妈问："这部电影叫什么名字？"

玛塔假装咳嗽了一声，转向尼克，尼克马上会意。

"《蜘蛛侠7：蜘蛛侠的复仇》。"他对玛塔妈妈说。这当然是他杜撰的电影名——他已经不记得蜘蛛侠系列电影到底出了多少部续集。

"是普通级别的吗？"

"是的，妈妈，是普通级别的。"玛塔说。

"10点30分准时来接你们。不要迟到哦。"

"再见，妈妈。"玛塔有些不耐烦。

"手上的钱够吗？"

"再见，妈妈！"

在尼克和玛塔的心中，对家长撒谎绝对是一种不光彩的行为，但他们似乎又别无选择——因为父母永远不会允许他们窥探斯塔奇太太的房子，尤其是在这月黑风高之时。

"地图上显示，到那里只有2.4英里。"尼克正在研究他提前打印出来的地图。他从利比那里得到了斯塔奇太太的地址。在利比的父亲——杰森·马歇尔警探——拜访德雷斯勒博士的办公室后，利比在父亲的书房里找到了一份教师信息目录。

玛塔懊恼道："我居然忘了带手电筒。"

还好尼克没忘，他的手电筒就放在夹克口袋里。"走吧。"他说。两人穿过宽阔的停车场，朝公路走去。

没多久，灯火通明的商场便被抛在身后。他们严格按照地图上的路线走：先步行五个街区到嘲鸟路，再步行七个街区到椋鸟大道，最后终于踏上了斯塔奇太太家所在的街道。尼克说："我们朝西走，走到头应该就到了。"

玛塔笑了："不会吧？那只老'秃鹫'居然住在秃鹫大道上——这也太般配了吧？"

"777号。"尼克说，"最后一栋房子。"

"当然，肯定在最偏僻的角落。"

走着走着，脚下的人行道渐渐消失，头顶上也不见路灯。尼克和玛塔继续沿着土路朝前走。此时，夜色更深了，尼克拿出手电筒。

"除了她，就没有人住在附近吗？"玛塔紧张地问。

他们经过了一排房子，有几栋尚未修建好，还有一栋是废弃的，连屋顶都没了，很可能是遭遇了飓风。路旁的树林中，蟋蟀啾啾叫个不停，知了呼朋唤友。时不时地还会传来一阵重重的沙沙声，可能是兔子或浣熊在活动。一听到动静，尼克就拿起手电筒照向树林，想一探究竟。但光一打过去，那些小动物便立刻停下动作，隐匿在松树林和厚厚的灌木丛中，无处寻觅。

尼克向玛塔信誓旦旦地保证，没什么可害怕的，但其实他的心里也打起退堂鼓。虽然尼克平时酷爱户外远足，但在这一片漆黑之下，他难免心惊胆战。

"拜托，"玛塔说，"取下你的绷带吧。"

"为什么？"

"要是我昏倒了，你才能用双手把我扛回商场。"

"你不会昏倒的。"

"会的，如果突然蹿出一只发狂的熊，我甚至会被活活吓死。"玛塔说。

"或者黑豹。"尼克开了个玩笑，试图缓解一下紧张的气氛。

"别说了。"

他们时不时地回头看，期待看到后方有汽车大灯的光束照过来，但秃鹫大道却像墓地一样死寂。尼克不知道，在一只胳膊绑在背后的情况下，他是否能够跑得像以前一样快。

"还有多远？"玛塔问道。

尼克也不知道。实际距离似乎比地图上显示的要远不少。他加快了步伐，手电筒的白色光束在他们前面晃个不停。厚厚的云层压在头顶，星星和月亮不见了。

就在他们身前，一只不知名的小动物嗖地蹿过马路。玛塔尖叫一声，一把抓住了尼克。"真不该来这里，要不回去吧。"她说。

"嘘。我们到了。"

在手电筒的强光照射下，一个不起眼的金属信箱进入视线，信箱的一侧写着三个数字：777。但没写名字。

"房子在哪儿呢？"玛塔问道。

"这边。"尼克领着她，踏上一条杂草丛生的小道。小道很窄，汽车几乎很难通过。尼克差点儿踩到一条马鞭蛇，那条蛇蜿蜒扭动，一晃就消失在黑暗中。幸好没让玛塔看到！在小径的尽头，尼克俯身蹲了下来。玛塔也在他身后屈膝蹲下。

斯塔奇太太的房子孤零零地矗立在空地中间。尼克数了数，房子虽然有三层，但是由于是旧式的木质结构，因此显得低矮破旧。门廊的天花板上垂下一个光秃秃的灯泡，闪烁着昏暗的灯光。但是，窗户里头没有灯光，院子里也没有看到斯塔奇太太那辆蓝色普锐斯小汽车。

"没人在家。"玛塔紧张到牙齿发颤。

"等等。"

"你要去哪里？"

"溜进去看看。"尼克说，"这不是我们的计划吗？"

玛塔紧跟着尼克。两人绕着房子飞奔到后门廊，那儿没有灯。溜上台阶后，他们四处张望，希望透过窗户窥视房子内部，但一切徒劳无功——所有的窗帘都是拉上的。

"喂，我们已经试过了，现在回去吧！"玛塔说罢，转身准备离开这个令她发怵的鬼地方。

"回来。"

"不要，尼克。我很害怕。"

"这里有些不对劲。"

"多谢提醒！那现在可以走了吗？求你了。"

"我的意思是，看看这个地方，她有一段时间没回来了。"尼克拿着手电筒，来回扫射，"看看，好多蜘蛛网。"

看到这幅场景，玛塔吓得直退缩，不过，她明白了尼克刚才说的意思。斯塔奇太太有非常严重的洁癖，但是，仔细看看她的门廊，最近根本没有打扫过。密密麻麻的蜘蛛网泛着银光，像挂毯一样挂在天花板下，地板上散落着一堆堆松针、一团团飞蛾结的茧和一颗颗蜥蜴的粪便。

尼克说："我敢打赌，野外考察后，她就没回过家。20块钱，敢赌吗？"

"那是谁收她的信件，开她的车呢？"玛塔反问。

"对，这很奇怪。"

"毒烟肯定知道。"

"我们接下来就要调查他，还有——"

这时，玛塔猛地一躲，低头捂着脸："天哪，刚刚有只蝙蝠撞到我了！"

"别那么胆小。"尼克摇了摇后门上的把手，门是锁上的。

"我们该走了。回去还要走好久。"玛塔望了望夜空，忧心忡忡。

尼克仔细扫视门廊，终于有了新发现：地上摆放着一个大陶罐，里面种着一棵棕榈树，不过树已经枯死了。"帮我一把。"他把手电筒塞进口袋说，"把那个玩意儿抬起来看看。"

"好吧，你现在是真疯了！"

"快点儿，一、二、三，使劲儿！"

大陶罐稍稍移动了几英寸，但这已经足够了——尼克伸手一指，原来木地板上出现了一个环状物，脏兮兮的，上面挂着一把钥匙。他喜出望外。

"太棒了，神探尼克！"玛塔赞叹。

钥匙很容易就插进了锁眼，一声清脆的咔嗒声，门开了。

"你进来吗？"尼克问道，"还是你想待在外面，给蝙蝠和蜘蛛做个伴？"

第十一章

深夜潜入斯塔奇太太的房子，是尼克做过的最勇敢的事情吗？还是他做过的最愚蠢的事情呢？他自己也不确定。

但他确信，世界上最令人讨厌的生物老师离奇失踪，绝非因为家庭紧急情况。一定是发生了什么严重的事情，而小杜安·斯克罗德肯定逃脱不了干系。

"如果她死在家里了怎么办？"两人进屋后，玛塔关上门，悄声说，"看到她的尸体怎么办？"

尼克的脑海中也浮现了同样可怕的想法，但他忍住没说出来。

"那么，警察就会认为人是我们杀的！我们要在监狱里待上一辈子！"玛塔说。

"小声点儿，好吗？"

"我好怕，我从没来过这么黑的地方。你的手给我。"

"我只有一只手。"尼克提醒她，"所以你要拿着手电筒。"

他很久没有牵过女孩子的手了。上一次，他牵的是一个五年级女生的手，她叫杰西·克罗嫩伯格。不过，第二年夏天，她举家搬到了亚特兰大，从那以后，尼克就再没有收到她的消息。

"你觉得，老巫婆把她所有的蛇都藏在哪里？"玛塔捏着他的手指，问道。

"那纯粹是谣言，毫无根据。"

"也许是真的呢。也许她杀了她的丈夫。有人说他失踪了，大概20年前失踪的。"

进屋后到现在，尼克和玛塔一直紧张得挪不动脚。

"我好怕。"她说。

"我知道——手指头快被你捏断了。"

尼克挣脱她的手，拿回手电筒。打开手电筒的一刹那，他立刻确认，有关斯塔奇太太的众多疯狂谣言中，至少这一个谣言是真的——整个房间里，全是动物标本——绝不是玩具店里那种软软的、看一眼就想抱的动物玩偶。

玛塔的声音颤个不停："我们……快……快离开这里。"

"等一下。"

"这里就像……就像一个死尸动物园！"

尼克也从未想象过这样的场景——墙上、地板上、椽子上，全是动物标本，神态动作栩栩如生。有大大小小的鸟类、哺乳动物、爬行动物和两栖动物，形态各异，或盘绕，或跳跃，或潜伏，或咆哮，或翱翔，或猛扑。它们都被装上了玻璃假眼，那眼神如此空洞，似乎无视两人，望向无尽的远方。

"我早就说过了，她是个疯子。"玛塔低声说。

尼克举起手电筒，环顾着这座死气沉沉的"动物园"。他发现，每个标本的身上都贴着名字标签，上面的字是手写的。

"我知道她在这里都干了些什么了。"他说。

"很简单，她疯了。"

尼克走近一只黄褐色的斑点猫，它个头很大，和金毛猎犬的尺寸相当。旁边是一只颜色斑驳的小鸟，栖息在一根浮木上，神态活泼。墙上挂着一条相貌丑陋的鱼，棕色，背脊上披着坚硬的鳞片。尼克逐一检查每个标本身上的标签。

"这些都是濒危物种。"他告诉玛塔，"那是一头小黑豹，那是一只塞布尔角海滩雀，墙上那个丑家伙是一条短吻鲟。我知道，它们都濒临灭绝，因为斯塔奇太太在她的课程大纲中列了一份濒危物种清单。"

"你居然看过她的课程大纲？你可真是奇葩中的奇葩啊。"

"她说期末考试要考。"

"不管了，尼克。我们得先回商场——"

"先看这里。"他拿手电筒对准一只短耳朵的棕色兔子，"这是一只泽兔。看那里，"他又指着一只冰球大小的短腿小乌龟说，"这是一只棱皮龟宝宝。而这个小家伙是——"

"老鼠。"玛塔烦躁地打断他，"一只又脏又臭的老鼠。"

"不对。"尼克照着标签，慢慢地念出名字，"这是一只查克……托……哈……奇……海滩老鼠。"

"我刚才已经猜到了，肯定不是只普通老鼠。"她信誓旦旦地说。

"嘿，这里还有只戴着项圈的老鼠。"尼克大声读出项圈上的名字，咧嘴一笑，"'切尔西·埃弗瑞德'。听名字，这人一定非同寻常。"

玛塔不安地环顾四周说:"这个地方太诡异了。"

尼克走近一个破旧不堪的"巨无霸"行李箱,这种行李箱是人们乘坐汽轮长途旅行时携带的。箱子盖很厚重,还有些变形,他无法单手掀起来。

"帮帮我。"他向玛塔求助。

"不要!如果里面装着斯塔奇先生的尸体怎么办?"

"别发牢骚了。"

他们合力掀开了那个老古董箱子,里面空无一物,玛塔长舒了一口气。

她皱了皱鼻子:"闻起来像我爷爷家阁楼上的味道。"

外面突然传来砰的一声,那是关车门的声音。尼克立即关掉了手电筒。

"蹲下来!"说罢,他便把玛塔使劲往下拽。

汽车大灯射出的光芒照亮了窗帘的边缘。尼克和玛塔听到有人咚咚咚地爬上台阶,那人动静很大,丝毫没想掩饰自己的动作。接下来,一声咔嚓响,门把手被拧动了。

"我们要被活捉了。"玛塔抱怨道。

尼克指了指敞开的行李箱:"你先钻进去。"

"不,我不进去。"

"快进来!"

他俩钻进箱子,伸手拉下盖子,把箱子盖上。现在,他们唯一能听到的声音是松木地板上咚咚的脚步声,声音很大,还有些急促。来人可能是斯塔奇太太,因为她走起路来总是风风火火,也可能是毒烟或者其他人。不过，根据脚步声判断，这人块头不小。

"我没法儿呼吸。"玛塔可怜兮兮地说。

"你能行的，别紧张。"

"快把手电筒打开，尼克，不然我会尖叫的。"

"别告诉我你有幽闭恐惧症。"

"有，还非常严重。"

尼克说："哦，那太糟糕了。"其实，他也害怕密闭的空间。手电筒的电所剩无几了，尼克摇了几下，灯光才亮起来。

"感觉好些了吗？"他问。

看上去，玛塔的气色很不好，她脸色苍白，汗如雨下，衣服湿透了。行李箱仅能勉强容下两人，空间实在是太局促了，两人并排坐着，挤得很近，下巴顶着膝盖。对尼克来说，躲在如此狭小的空间里，不仅仅是心理上的煎熬，更是身体上的折磨。那只用绷带固定住的手臂斜斜地压在肩胛骨上，角度极其别扭——他瞬间感觉自己就像一只折翅的雄鹰。

不过，他更关心玛塔的处境。"我不该带你来的，真的很抱歉。"他低声说。

她闭上眼睛，深吸一口气："我有点儿恶心，要是我在这里吐了，你一定会后悔带我来。"

那人进屋后，四处走动，翻箱倒柜。渐渐地，脚步声越来越近了，连行李箱下方的木地板都在随之颤抖。

玛塔刚才一直劝尼克取下绷带，尼克偏不听，现在他后悔不已——如果真被逮了个正着，无论如何，两只手总比一只手要强吧！他懊恼极了，自己为什么如此愚蠢，贸然进入斯塔奇太太的房子。最近，父亲的伤势已经让母亲牵肠挂肚了，要是自己被抓进警察局，或者让人揍进医院，这不是雪上加霜吗？父亲听到后又会有什么感想？

脚步声越来越重，玛塔睁开眼睛，悄声问："外面的人能看到这里面的光吗？"

"不知道。"尼克说。这个大箱子虽然破旧，但箱体看起来严丝合缝。

"最好关掉手电筒，以防万一。"

"黑漆漆的，你不会恶心想吐吗？"

"不会。"

尼克关掉手电筒。他能感觉到身边的玛塔在瑟瑟发抖。在这令人窒息的黑暗中，尼克伸手拉了拉玛塔的手，玛塔一把紧拽住他的手。此刻，他们甚至可以听到行李箱外那有节奏的呼吸声——那人离他俩很近了，最多只有几英尺的距离。

时间仿佛都停止了。尼克感到深深的无助和沮丧，情绪处在崩溃的边缘。但一想到玛塔还需要照顾，他只能稳住神。玛塔的状态比他差多了。

尼克想到了一个简单直接的逃跑策略——当然，这纯属无奈之举。尼克想着，行李箱一被打开，他就向上猛地一弹，像疯子一样尖叫，把那人吓跑，或者吓晕，这样，他和玛塔就可以安全地从后门溜走。

尼克估摸着，如果外面是斯塔奇太太，他的"尖叫"策略有一半的机会成功，斯塔奇太太断然不会想到，大晚上的，箱子里居然藏着两个闯入者。但是，如果外面的人是毒烟，他就没啥把握了。除了特警队，估计那个小混混谁都不怕。

玛塔的手怎么发软了？湿湿黏黏的。尼克轻捏了一下，没有任何反应。行李箱里漆黑一片，尼克慌了，忙伸手去摸玛塔的脸，想确定她的呼吸是否正常。

"小心点儿！"她大喊一声，"你的大拇指都戳到我鼻子里面了！"

"别那么大声。"

但为时已晚。只听到一声重重的撞击声，行李箱移动了。

"出来！"一个男人的声音命令道。

尼克和玛塔吓得不敢回应。又一次剧烈的震动——那家伙正在踢木箱。

尼克不敢相信，自己居然身处如此惊险的境地。玛塔狠狠地戳了他一下，催他想想办法！

尼克把重心转移到脚上，准备像发射火箭一样，把头"发射"出去，冲破笨重的箱盖，吓倒外面的人。就在这时，行李箱却向后一翻，盖子被甩开了。两个被吓坏的孩子滚作一团，手脚纠缠在一起。

一个男人岿然屹立在他们面前，是的，就是他刚才一把掀翻了行李箱。

"起来！"他命令道。

尼克站了起来，然后扶玛塔站起来。他注意到，刚才他们摔倒在一个标本身上，那是一只濒临灭绝的林鹬的标本，林鹬那细长的腿被压断了，现在，它看起来和鸭子一样高。

陌生人拿着手电筒，直直地对准两人的眼睛。"瞧你们这副熊样，这是你们第一次入室盗窃吧？"他问。

"别乱说，我们不是来偷东西的。"尼克脱口而出。

他看不清手电筒后面的脸，但这声音听起来不像小杜安·斯克罗德。

"我们坐车去兜个风吧。"男人说。

"不，等等！"玛塔喊道，"我们是来找我们的老师的，没有别的目的。"

"过来。"

陌生人推搡着两人，从后门出来了。夜空中繁星闪烁，光亮多了一些，两人这才看清楚这个陌生人的样子：他光着膀子，穿着破烂的裤子，脚上是一双泥泞的登山靴；他顶着黑色的滑雪帽，压得很低，头发、前额和耳朵全遮住了；他的身高与毒烟差不多，不过他更精瘦一些，肌肉也发达不少。

尼克甚至根本没想过要逃跑。玛塔被吓得不轻，走起路来都是一副战战兢兢的样子，她绝对跑不过这个陌生人。

斯塔奇太太的蓝色普锐斯小汽车停在房子旁边。

"上后座。"男人命令他们。

玛塔僵在那里："我不上。"

"放我们走吧。"尼克恳求道，"我们不会报警的。"

男人干巴巴地笑了笑："我才应该报警吧？现在给你们两个选择，要么自己上车，要么我扔你们进去。"

尼克和玛塔不情愿地上了车。陌生人驾驶着那辆普锐斯小汽车，左拐右蹿，轰隆隆地驶过小道，开上了秃鹫大道。一路上，车头大灯居然都没开。

"你对斯塔奇太太做了什么？"尼克不禁发问。

男人从后视镜里看了他一眼："问题是，我要对你们俩做什么！"

玛塔伸手捶了一下尼克的腿，怪他多嘴。

"我叫特威利。"男人说。他为什么要做自我介绍？这个男人肯定打算谋杀他们，然后把尸体扔进污水沟——至少玛塔是这么认为的。否则他怎么会如此随便地亮出自己身份，难道他不怕被人举报吗？

"我是尼克·沃特斯。"尼克说，"她是我的朋友，叫玛塔。"

"小子，你的胳膊怎么了？"

尼克很确定，这个叫特威利的男人不会相信他的实话——他正在训练自己成为一个左撇子——而且，要是如实回答，尼克还得进一步解释父亲在战争中失去手臂的细节。尼克心想，还是撒个谎算了。

"长曲棍球，"他说，"训练的时候，胳膊扭伤了。"

"嗯。"男人应了一声。

玛塔插话道："是真的。当时我在场。"

"我又没说不相信。"

"你要带我们去哪里？"尼克问。

"看情况吧。"

"我妈妈要去商场接我们。"玛塔说，"如果我们不见了，她会发疯的。我向上帝发誓，她会打电话给白宫的！"

那个叫特威利的陌生人说："真希望我有一个这样的妈妈。"

尼克心想，是他提议夜探斯塔奇太太的家，才使两人面临现在的危险，既然事情因他而起，他有责任把玛塔救出来。可是，单凭力量，他肯定没法儿夺过方向盘。既然不能力敌，那就只能智取，尼克决定，先和那人寒暄几句，再伺机行动吧。

"先生，您不想因为绑架而入狱吧。"

"不想，我也没想过绑架。"男人平静地说道。

"老实说，只要你放了我们，我们不会报警的——"

"对了，斯塔奇太太是你们的老师吗？"

玛塔开口了："生物课老师。"

"所以，你们如此崇拜她吗？大晚上的闯入她家只是为了确认一下她没事？你们编的故事太差劲了吧！"那个叫特威利的男人打着方向盘，脸上微微一笑。

"也不完全是。"尼克说，"'闯入'这个词不准确。门廊上有一把钥匙。"

"喔。"

"那你呢？你在那儿干什么？"尼克顺口反问道。他完全没料到，对方居然直接回答了他的问题。

"找些可可粉。"男人打开车头大灯，"还找一本书。你们听说过一位叫爱德华·艾比的作家吗？"

尼克和玛塔承认没听过。

"一点儿都不奇怪。"陌生人说，"你们上的那种私立学校很保守，肯定不会教他的理论。爱德华的观点有点儿激进，充满了崇高的理想和信念。他热爱我们脚下的地球，憎恨那些贪得无厌的人类。"

"丁零零——"一阵响亮的手机铃声响起。玛塔有些难为情地捂住手机，铃声没那么吵了。"一定是我妈妈，她现在应该在电影院外面等着接我们。"

"接吧。"陌生人说，"告诉她你会准时到的——但是，如果你敢多嘴一句，我马上把车掉头，直接开去迈阿密，或者基拉戈岛。"

玛塔照做了。

挂断电话后，她说："10点30分。如果我们不在那里，她会吓坏的。"

"明白了。"那个叫特威利的人说。

看到汽车正朝着商场的方向行驶，尼克松了一口气，就现在的情况来看，他们被绑架的可能性越来越小。

"你是怎么认识斯塔奇太太的？"他问陌生人。

"不关你的事，尼克·沃特斯。"男人把滑雪帽拽得更紧了。

"我们很担心她，仅此而已。最近这一个星期，没人见过她。"玛塔说。

"是吗？请你再拿出那个可爱的粉色小手机，小公主，拨拨这个号码：555-2346。"

玛塔打开了手机扬声器，这样大家都能听到录音：

"您好。因家庭突发事件，我将暂停学校的教学工作，归期未定。您可以在提示音响起后留言，但本人可能无法及时回复。如造成不便，先行致歉。"（接下来是提示音！）

"对，是她的声音。"尼克说。

"肯定是的。"玛塔同意道。

"你听听，她的声音听起来正常吗？"那个叫特威利的人问道，"听起来像病重吗？像受重伤了吗？"

"那倒没有。"

"那你们就别瞎操心了。"他的语气很严厉，"还有，记住，别到不该去的地方瞎探索。"

他把车停在一间破旧的当铺前，那里离商场很近，仅有一个街区的距离。他走出那辆普锐斯小汽车，示意尼克和玛塔也下车。那人站在五彩缤纷的霓虹灯下，他三十七八岁，身材非常健美。尼克不禁想起了自己的父亲。

那人又说："最好别让我再看到你们两个。"

"嗯，请放心。"玛塔向他保证。

尼克盯着特威利的腰带，那条腰带是用棕色的牛皮制成的，上面缝着一排用来装子弹的小弹筒。怎么看起来这么眼熟呢？对！在黑藤沼泽进行野外考察时，尼克用摄像机捕捉到了一个神秘人物，他身上系的就是这种腰带！

男人敲了敲腕表说："在你妈妈出现之前，你有6分30秒的时间。走吧。"

"谢谢你。"玛塔感激地叹了口气，重复道，"谢谢，非常感谢。"

"为什么谢我？"

"谢谢你没杀我们，没把我们的尸体扔进臭水沟。"

"不客气。"那个叫特威利的男人说，"我会告诉斯塔奇姨妈，说你俩关心过她的下落。"

142

尼克身体往后一仰，无比惊讶地问："斯塔奇太太是你的姨妈吗？"

那个陌生人伸出一个大拇指，往腰带上一按，两颗锃亮的子弹嗖的一声弹了出来。他抛着子弹，从左手抛到右手，又从右手抛到左手，就像孩子们抛糖豆一样。"我的话从来不说第二遍。"他冷冷地说。

尼克和玛塔吓坏了，开始拼命地跑，一直跑到商场才停下。

第十二章

德雷克·麦克布赖德可谓是"干一行，毁一行"。在干砸了多份工作、毁掉了数家公司后，才误打误撞地进入了石油行业。他对工作从不上心，只喜欢胡乱花钱。久而久之，他变得好逸恶劳，做事时三心二意，对数字也不敏感。

每次德雷克·麦克布赖德干砸了，他富有的父亲就会直接买下一家新公司，任由他"乱弹琴"。这么多年来，他白白荒废了大把的时间，也浪费了数百万美元的投资，终于，父亲对小儿子德雷克·麦克布赖德的挥霍无度失去了耐心，红钻能源公司是德雷克最后的机会。

"如果你再搞砸了，"他父亲警告说，"一分钱我都不会再给你。"

"老爸，你查过汽油的价格了吗？"德雷克·麦克布赖德自信满满地笑了，"只有白痴才会在石油行业赔钱。"

"记得你做房地产买卖的时候，也说过同样的话，不过，你也许没有真正做过房地产买卖，你只是在鬼混！"一脸冷峻的父亲提醒道。

"是市场变坏了，又不是我的错——"

"现实一点儿，孩子。别总是找一些没用的借口。"父亲说，"红钻能源公司是我给你最后的机会。如果你再搞砸了，我建议你把名字改成德雷克·蠢蛋，然后去报名学一下怎么当酒吧服务员，反正我是不会再管你了。赶快去开采石油吧，赶快！"

因为得克萨斯州的竞争非常激烈（也因为他在佛罗里达州的坦帕湾拥有一座海滨公寓），德雷克·麦克布赖德选择佛罗里达作为红钻能源公司的总部。他的第一个动作是聘请刚从埃克森美孚退休的吉米·李·贝利斯。德雷克·麦克布赖德让吉米教他一些石油勘探的常识，还让他负责公司的日常事务，这样，他自己就得以解放，可以优哉游哉地滑水和钓鱼了。

吉米向德雷克·麦克布赖德解释，佛罗里达州最丰富的石油储量位于近海数英里处，被一些大公司控制着。多年来，这些公司一直在争取钻探许可证，但迟迟未获批准——大多数佛罗里达人反对在近海区域钻探。如果发生意外漏油事件，美丽的佛罗里达海滩会被黑焦油污染，佛罗里达人可不想冒这个险。

"噢，忘了海底的那些石油吧。"德雷克·麦克布赖德把一片剪报递给吉米，"看，我们赚快钱的机会到了，我的朋友。"吉米看了看简报的标题，皱起了眉头："大沼泽地？"

"往下读，伙计。"

文章上写着，美国政府宣布了一项计划，在辽阔的大柏树保护区的任何地块，只要发现下面有石油和天然气，该地块的钻探权将由政府收购。此举旨在保护濒危沼泽地免受石油公司破坏性的开采。

"很简单，去保护区那边钻几个孔，弄清楚哪里有石油，不管多少。"德雷克·麦克布赖德兴奋地说，"然后上报政府，政府就会向我们收购钻探权。你想想，只在地上钻几个孔，都不用抽石油，就能赚大钱，这是不是你听说过的最神奇的赚钱计划？"

"当然是。"吉米同意。不过，他立刻提出质疑。

"难道美国政府会出尔反尔吗？"德雷克·麦克布赖德喊道。

"不是这个意思。有个问题——在大沼泽地，我们根本没有石油钻探的租约啊。"

"很简单，你去买一个不就得了？"德雷克·麦克布赖德戳了戳吉米的胸膛说，"然后，我们就可以赚大钱了。"

事实证明，这项任务非常复杂，难以操作。几乎所有的石油钻探租约都被一些大公司和几个年老的富豪持有，在他们的眼中，吉米的报价微不足道。最终，吉米好不容易买到了一块640英亩的土地，卖方是一个名叫小文森特·特拉威克的家伙，他因贪污而面临审判，于是疯狂地出售资产来支付高额律师费。

那块地叫特拉普威克地块，俗称21区，位于那不勒斯镇以东，靠近黑藤沼泽。据说，那是块宝地，地下富含石油资源。然而，地面测试耗时好几个月，钻孔都打了6个，吉米最终却得到一个严峻的结论：21区的石油储量少得可怜，所有的加在一起，估计连一个金鱼缸都装不满。

听到这个消息，德雷克·麦克布赖德有些气急败坏，他恼怒地踹了办公桌几脚，一只牛仔靴上的蟒蛇皮都被踢破了。

"太可惜了，22区又不是我们的。"吉米发话了。

"什么？"德雷克·麦克布赖德又打起了些许精神，"22区的石油很多吗？"

"许多地质学家都是这么说的，但重要的是，22区那块地是国家的。"吉米遗憾地说，"他们又不会出售，那儿属于野生动物保护区。"

"但是，他们说那里有石油，有多深呢？"

"他们估计在1.1万英尺、1.2万英尺左右。但是，我刚才说了，那块地是国家的——"

德雷克·麦克布赖德打了个响指："我有个主意。我们溜到22区打一口油井，偷偷地打，然后铺管道，把井连到我们在21区的钻探塔。"

吉米目瞪口呆："先生，不值得冒这个险。地质学家说了，那里的储油量不太大，日均出油量不会超过九百桶，而且质量很差，先生，黏糊糊的，含硫量很高——"

"我不管它好不好看、臭不臭！"德雷克·麦克布赖德说，"只要是石油，只要是真正的佛罗里达原油就行。这样，我就可以去政府的内政部办公室，找负责人谈判，如果他们要买我们的钻探权，就得给我们一大笔钱，这笔钱可不是小数目，我老爸听到估计都会跳起来。怎么样，要不要和我一起干？"

"我可以选择不干吗？"

"如果你不想被炒鱿鱼，就给我乖乖干。"德雷克·麦克布赖德说。

22区的惊天大骗局就是这样策划出来的。

现在，吉米正眯着眼，透过直升机打开的舱门眺望，他的视线落在那一排粉红色小旗子上，那些小旗子是标识，下面埋着一条非法的管道线，起点在22区，终点则在21区。他们还在一棵高大繁茂的落羽杉上搭起支架，把一台小型钻机隐藏在里面，伪装得如此之好，即使从空中看也几乎不露破绽。

从法律的角度看，这种做法涉嫌非法操控佛罗里达石油罪。但是德雷克·麦克布赖德却不以为然，22区是一片荒凉之地，谁会发现他的勾当呢？而吉米却非常担心。如果哪天有个徒步旅行者在黑藤沼泽拐错了弯，撞见了这一切，那红钻能源公司的骗局可能就会暴露——很可能，吉米会和德雷克·麦克布赖德一道被扔进监狱。每每想到这里，吉米的胃总是犯恶心，他得服用超量的胃药才能缓解。

吉米绝非生来就是骗子，但是，只要找到哪里有石油，甚至都不用把油抽出来，就能赚取数百万美元——这样的诱惑实在太大了，他无法抗拒。尽管如此，自从同意参与德雷克·麦克布赖德的卑鄙计划后，吉米就没睡过好觉。而梅尔顿的离奇遭遇越发加剧了他的不安。到底是谁干的？把一个赤身裸体的人绑在树上，似乎不像是一般的小偷所为。

因此，吉米决定每天乘坐直升机在沼泽地上空巡逻，寻找闯入者的踪迹。到目前为止，他一无所获。

"要回去了吗？"飞行员问道。

"当然。把我送到我的卡车那边。"吉米说。

直升机稳稳地降落在土路上，吉米惊讶地看到，他的皮卡车旁边停着一辆樱桃红色的越野车。这辆越野车的驾驶室上方安装了一组警示灯，两侧涂有"CCFD"几个字母。

吉米过了一会儿才反应过来，这些字母是"科利尔县消防局"的缩写。下直升机前，他又吃了四片胃药。

顶着一头稀疏金发的火灾调查员叫托克尔森。他和吉米握了握手，吉米暗想，这位男士的力道如此之大，徒手捏碎核桃应该不在话下。托克尔森想聊一聊22区发生的火灾事故。

"可是，我们是在21区工作。"吉米忙不迭地说。

"是的，我知道。我们想知道，那天您或您的员工是否在21区发现任何可疑之处。"

"可疑？"

"比如，是否遇见一位或多位擅闯本区域的人士。"托克尔森说话时语气非常委婉，官方辞令不少。吉米·李·贝利斯听来相当不舒服。

"野火发生时，我的员工不在这里。"他说，"我也不在这里，我和他们在一起。"

"那不是野火，贝利斯先生，是纵火。"

"什么？"吉米差点儿被吓尿裤子，但还是竭力掩饰自己的震惊——千万不能让火灾调查员发现他心里有鬼。"纵火？这太疯狂了！"他说着，嘴角挂着一丝尴尬的微笑，"为什么要放火烧沼泽地，有什么意义吗？"

托克尔森耸了耸肩："总有人会干这样的蠢事。你认得这支笔吗？"

他举起一支塑料圆珠笔，上面印着"红钻能源"四个字。看到圆珠笔的那一瞬间，吉米差点儿把早餐吃的松饼吐到调查员的鞋子上。

"是的，那是我的。"他的声音低沉而嘶哑，"肯定是我在直升机上拍摄照片时，从口袋里掉下来的。"

这无疑是谎言。不过，托克尔森似乎相信了。

"那没什么事了，我们只是看看能不能找到有用的线索。"调查员说，"这支笔是在离起火点大约150码的地方找到的。"

"嗯，你可以留着。这种笔，我有一整盒。"吉米装作一副轻松的样子。

托克尔森将印有"红钻能源"四个字的圆珠笔放入一个大号的档案袋，然后掏出一张小照片。"能麻烦你看看这张照片吗？"他问。

那是一张嫌犯大头照，照片上是一个满脸青春痘的青少年。吉米不认识他。那个孩子表情乖戾，一副完全不愿意配合的样子，这让吉米想起自己的儿子，他的儿子和这个男孩年龄相仿。

"纵火的就是他？"他问托克尔森。

"还没确定，但是，他与本案有直接关系。"

"你的意思是，他是嫌疑人？"

"警方还没定性，但是我私下告诉你，是的，他就是嫌疑人。"托克尔森说，"他叫小杜安·斯克罗德，是一个喜欢纵火的本地小混混，之前就被逮捕过。警察局提醒我们，纵火当天，他可能就在这一带活动。"

现在，吉米已经稳住了不安的情绪。他打量着小杜安·斯克罗德的照片，脑海中萌生了一个邪恶的想法。

"他和一位老师吵了一架。"火灾调查员继续说，"第二天他们学校到沼泽地进行野外考察。但是，这个杜安没有出现在校车上。我们正在查，他是不是偷偷溜到这里放火了。"

"你的意思是，他纵火是为了报复老师吗？"吉米问。

"对，就是这样。"托克尔森说，"看来，千万别惹这样的孩子。"

吉米看着杜安的照片，仿佛他是上天赐予他的一份礼物：他现在最需要的正好就是一个真正纵火犯，替他顶罪。

吉米从来没有料到，自己精心设计的黑藤沼泽野火骗局，居然被人看穿了。当时，为了让那场火看起来像野火，他可没少费心。

他纵火的目的很简单——吓跑那些野外考察的学生，他担心有学生误打误撞闯进22区，撞见红钻能源公司在地上打的泥坑，以及堆放的钻井设备。吉米自认为，这场火完全在他的控制之中，学生们无论如何都不会面临严重危险。他特地在纵火点附近挖了一条水沟和一道护堤，有了这些屏障，大火根本没法儿逼近学生们。

吉米点完火，几缕黑烟冒起，野火的骗局便完成了。不到10分钟，老师们让学生们排好队，从沼泽地鱼贯而出。那时，吉米躲在远处，嘴巴和鼻子上蒙着一条大红手帕，手上拿着一个双筒望远镜，暗中观察。

等到火完全熄灭后，他过去亲手清除了现场的所有罪证——他当时认为，自己没留下任何蛛丝马迹。不过现在，他不断埋怨自己，怎么把那支该死的圆珠笔遗失在现场。自己怎么会这么不小心呢？如果德雷克·麦克布赖德知道了此事，估计会气炸的。

"你确定是纵火？"吉米问托克尔森。

"我们在灌木丛中发现了一道可疑的痕迹，人为纵火的痕迹。"调查员说。

吉米很庆幸，那天晚上，在回家的路上，他特地绕了老远的路，把点火用的打火枪扔进了29号公路旁的运河中。那是唯一能将他和纵火案联系起来的直接证据。不过，现在那把打火枪正在30英尺深的运河里慢慢生锈，那里非常泥泞，而且鳄鱼出没。

最好的消息是，消防部门已经锁定了吉米之外的嫌疑人。这个叫杜安的孩子显然是个浑蛋——也许，攻击可怜的梅尔顿的人就是他，吉米心想。把这样的小混混抓起来，还能促进社会安定呢。

"哦，对了，"托克尔森朝吉米手上的照片点了点头，吉米的手不像刚才那样颤抖得厉害了，"你有没有见过这个年轻人在这附近转悠？"

"我想应该见到过。"吉米·李·贝利斯说。他皱起眉头，假装认真思考："是的，我很确定。"

第十三章

今天是教师培训日，学生不用上课。尼克大部分时间都花在锻炼他的左手上。他帮妈妈洗车、擦洗烤箱。还好，妈妈没有问起他和玛塔谎称要去看的那部电影。后来，尼克骑自行车去公共图书馆借了本书，作者是爱德华·艾比，那个陌生人——在斯塔奇太太家抓住尼克和玛塔的那个男人——曾经提到过这个作家。

下午阳光灿烂，但还算凉快，尼克趁着好天气练习左手投球，一直到天黑才停下来。上床睡觉时，尼克的手臂又酸又胀，僵硬得像一块水泥板。白天借的那本书的名字叫《猴子扳手帮》，尼克本打算睡前好好拜读一番，但他太累了，只翻了几页便酣睡如泥。

第二天一大早，尼克醒来后便给华盛顿特区的陆军医院打了个电话。他挂念着父亲的伤情，不知道他肩膀上的伤口感染是否有所好转。病房里的一位护士接的电话，她告诉尼克，格雷戈里·沃特斯上尉不在，但拒绝透露任何其他信息。

尼克马上尝试联系正在上班的妈妈，但没联系上。在前往杜鲁门中学的校车上，忧心忡忡的他一人孤零零地坐在角落，甚至都没向玛塔和其他朋友打个招呼。

整个上午，尼克都魂不守舍，心思根本不在学习上。比如，生物书第329页对一个专业术语"间断平衡"进行了解释，尼克根本看不进去。周四的生物课上，温德尔·瓦克斯莫博士总是教第329页上的内容，别的内容都不教。

间断平衡是一套关于动物进化模式的学说，即便是利比·马歇尔这样的学霸，在解释的时候也是磕磕巴巴的。温德尔·瓦克斯莫扫视着教室，准备再找个学生回答。他叫到了尼克的名字，不过，一直叫到第三遍的时候，迷迷糊糊的尼克才反应过来。

"好吧，沃特斯先生，请起立。"温德尔·瓦克斯莫吼道，"和我一起唱歌。"

尼克蓦然清醒过来，感到一阵手足无措。

"我敢打赌，就算一只胳膊绑在背后，你照样能高歌一曲。"温德尔·瓦克斯莫说。

"不，说实话，我唱不好。"

"唱《忧郁河上的桥》这首歌吧？"

"对不起，我连这首歌的歌词都不知道。"尼克说。全班都看着他，除了毒烟——那个男孩的头埋在课本里。

"《白色圣诞节》吧？"那个疯疯癫癫的代课老师问，"看在上帝的分儿上，三岁小孩都会唱这首歌吧！"

"请不要让我唱歌。今天我实在唱不了。"

尼克的心中涌起一种奇怪的感觉，课桌前，自己的身体在痛苦地蜷缩，越缩越小，他感觉每一秒都是如此难熬，心想：要是我能让自己消失就好了……

"嗯？"温德尔·瓦克斯莫催促。

"我就是没法儿唱。"

"为什么呢，沃特斯先生？"

"因为……我只是……我……"

"因为什么？"

"因为他没心情唱！"玛塔站起身来。其他学生目瞪口呆地看着这一切。

有那么短暂的一瞬间，温德尔·瓦克斯莫居然有些慌乱。他摆弄了一下领结——今天领结的颜色是柠檬绿。然后他打起精神，瞪向玛塔。

"玛塔·冈萨雷斯小姐，很高兴你终于参与了课堂讨论。请告诉大家，你是怎么知道尼克·沃特斯先生没有心情唱歌的呢？"

玛塔侧眼看了尼克一眼，尼克点点头示意她坐下。玛塔替他解围，他当然非常感激，但他绝不希望她因此惹上麻烦。

"我在等呢，冈萨雷斯小姐。"温德尔·瓦克斯莫拂了拂那件破旧燕尾服的翻领，"请告诉我们，为什么你的朋友没心情唱歌呢？"

"因为他爸爸在伊拉克遭到了炸弹袭击，"玛塔平静地说，"差点儿被炸死了。所以，请你放过他，好吗？放过他吧。"

温德尔·瓦克斯莫的表情很奇怪，好像刚才有一颗保龄球砸在他的脚指头上。他的嘴巴僵住了，看上去就像一个字母"O"，他的口中发出一串深长而微弱的咝咝声，很像轮胎漏气时发出的声音。

尼克不知道如何是好。大多数孩子悲悯地看着他，甚至连毒烟也合上课本，望向教室那一头的尼克。

玛塔坐了下来，眼中噙着泪花。她草草写了一张纸条，塞给尼克：我要斯塔奇太太回来！

温德尔·瓦克斯莫脸上的表情逐渐恢复了正常，用力地清了清嗓子。他又一次在班上被学生呛得下不了台，只不过，这次情况有些特殊，他没法儿反驳。

"沃特斯先生，我们真诚地为您的父亲和家人祈祷。战争是一场悲剧，"代课老师说，"但生活还得继续。所以，各位，请把注意力转回课本第329页，我们开始讲间断平衡理论。"

尼克举起左手。

"请讲，沃特斯先生。"

"我爸爸会没事的。"尼克坚定地说，"医生说了，他会没事的。"

温德尔·瓦克斯莫希望这种乐观的精神能鼓舞其他同学。"真是一个好消息！"他说，"我认为，大家应该鼓掌！"

学生们望着这个男人，脸上写满了惊讶。温德尔·瓦克斯莫看着墙上的时钟：离下课还有9分钟。

"还有件事。"他冷不丁地冒出几个字。只见他从破旧的公文包里取出小杜安·斯克罗德的作文纸，上面打了一个惨不忍睹的成绩："D＋"——那是用鲜红色的记号笔写的，笔迹很潦草，很大很醒目。班上的所有同学，即使坐在最后排的同学，都看得一清二楚。

温德尔·瓦克斯莫走到毒烟面前，挥舞着那几页作文纸说："你的作文确实是研究青春痘的，斯克罗德先生。"纸上满是红色的批改痕迹，有些地方画了线，有些地方圈了起来，有的地方还附上了潦草的批注。

"我根本没想写这个。"毒烟嘟囔着，"是斯塔奇太太让我写的。"

"不过，她现在不在，是吧？"

"您为什么给我这么差的成绩？"

"简单点儿说：学术性差，或者，缺乏一些重要内容。我要把你写的鬼东西留给斯塔奇太太，让她自己看看。"温德尔·瓦克斯莫回到教室前面，将"青春痘作文"塞进斯塔奇太太讲桌最上层的抽屉里。

其他学生都保持缄默，教室里似乎很安静，气氛却很紧张，充满敌意。尼克注意到，玛塔很生气，脖子上青筋都暴起来了，她想再写一张纸条给尼克，但又停下了，索性把纸揉成一团，直接对尼克说出一句："我恨他！"

毒烟似乎对"D＋"的成绩感到无比失望，尼克也为他感到难过。疯癫的瓦克斯莫博士本应该等到下课后单独告诉毒烟成绩，而不是当所有人的面让他如此难堪。

毒烟举起手。

但温德尔·瓦克斯莫却示意格雷厄姆回答，格雷厄姆自己都没预料到。"格雷厄姆·卡森先生，请向同学们解释下，不间断平衡与物种形成概念之间有什么关系？"

格雷厄姆站起来，像往常一样，自信满满地给出答案——一个完全错误的答案。

这时，毒烟把手举得更高了。温德尔·瓦克斯莫却望向另一边，喊出米奇·马里斯的名字。

尼克实在无法忍受，他清了清嗓子，开口了："杜安有话要说，瓦克斯莫博士。"

"什么？"代课老师转过身来，怒视尼克，"你在故意打断我吗，尼克·沃特斯先生？"

尼克指了指毒烟："杜安一直举着手。"

"难道我的眼睛瞎了吗？"

"当然不是，先生。"

"他举手是他的事，我想点谁是我的事。"

尼克说："但是，这样是不对的。"

"是的，杜安，你不用管他，想说什么直接说就行。"玛塔说。

温德尔·瓦克斯莫气炸了，脸一下子红到耳根，头顶的秃斑一阵刺痛，燕尾服下的皮肤阵阵发痒。这几个学生到底怎么了？真是难以置信！

他举起一只胖嘟嘟的拳头，敲打桌子，呵斥道："安静，你们这帮小浑蛋——"

就在这时，教室门上响起了重重的敲门声，德雷斯勒博士走进了房间。他指着尼克说："尼克·沃特斯先生，去我的办公室。马上走。"

在红钻能源公司出现在大柏树保护区34年前，特威利·施普雷出生在佛罗里达州的一个叫基韦斯特的小岛上。特威利的父亲是一名出色的房地产推销员，他的母亲以种植盆景树为业，并以罗莎莉·杜邦为笔名出版过一本恐怖爱情题材的小说。

特威利18岁时，祖父突然去世，给这个年轻人留下了500万美元的丰厚遗产。特威利的投资眼光独到，现在已经积累了可观的财富——即使他想购买私人飞机，也不在话下。

当然，他并没有买。他很少离开佛罗里达州，因为他深深地热爱着这片土地。不过，每当看到这里的自然资源一点点消耗殆尽，他总是心碎不已。

特威利·施普雷的意愿很好，但脾气很糟，这偶尔会让他陷入困境。他讨厌高层建筑、高速公路，以及那些以虚构的水獭或鹰命名的丑陋住宅区。他讨厌混凝土和沥青，尤其讨厌那些用混凝土和沥青扩张城市、破坏荒野的浑蛋。

特威利·施普雷已经向保护组织捐赠了数不清的钱，不仅如此，他还经常参与自己所热衷的环保事业——他有些过于亲力亲为，并且方式颇为极端。有一次，特威利看到一个人从汽车里往外扔汉堡包装纸，于是驾车跟着那个人，沿着收费公路走了足足103英里，一直跟到劳德代尔堡。那天晚上，那人发现，自己的红色宝马敞篷车被四吨原生垃圾给"活埋"了。那时，特威利躲在一棵松树顶上看着这一切，对自己的行为心安理得。

虽然特威利的钱多得花不完，但比起住在最豪华的酒店的顶层套房，他更喜欢躺在星空下的帐篷中，感受大自然的呼吸。近一个月，他一直在位于那不勒斯镇东部那片美不胜收的柏树林中露营，那个地方被称为黑藤沼泽。

火灾发生当天，特威利其实一直藏在树林的深处，观察那群在大自然中徒步探索的学生。火灾发生的时候，他正好发现了一个不可思议的东西，这吸引了他全部的注意力，让他无暇去追纵火犯。不过，特威利相信，他迟早会抓住那个浑蛋。

　　现在，沼泽地上方盘旋的直升机并没有注意到特威利，因为他的露营地隐藏得非常好，从空中根本看不到。特威利知道，那是红钻能源公司租用的直升机，那家公司正准备在沼泽地钻探石油。特威利当然不同意。

　　那天，特威利打算先警告他们一下，于是，他抓住了红钻公司的一名工人，剥光了他的衣服，然后用胶带把他绑在树干上。这名工人身体上当然没有受到伤害，但是心理上被弄得很不好受。并且，那名工人正在卸的货——一堆铁管——也被特威利征用了。特威利安排了一辆货轮，装上铁管运往海地，那里的贫困农民急需水浇灌菜园子，那些铁管子正好可以用来做水管。特威利有的是资金和人脉，像这样不可思议的事情，他可干过不少。

　　特威利预计，在经历了员工被绑和铁管消失事件后，红钻能源公司肯定会加强安保措施，因此，直升机出现在头顶也就不足为奇了。直升机刚离去，特威利就从树上滑下来，踏过一片草地，照着手持全球卫星定位系统上记录的经度和纬度，找到精确的位置。他盘腿而坐，饶有兴趣地欣赏一排公牛蚁抬着一只死蟋蟀"行军"，借以打发时间。

　　不一会儿，另一架直升机从南方飞来，在特威利的正上方盘旋。螺旋桨飞速旋转，巨大的气流吹散了蚂蚁军团，吹得软绵绵的草丛疯狂地摇晃，东倒西歪。

这是特威利租用的直升机。他朝飞行员挥了挥手，飞行员打开门，推出一个包裹，包裹掉在距特威利10码的地方，发出砰的一声闷响。

他用小刀割开厚厚的外包装，撬开板条盖，确保包里面的重要物品没有损坏。他数了数，里面共有两打小塑料瓶，每一瓶都装满了有些发白的液体。瓶子下面是一层干冰，起到冷藏的作用。

特威利·施普雷微笑着，心想：希望总是有的。

他向飞行员比了一个"OK"的手势，直升机在一阵轰隆隆的巨响中起飞。很快，清晨的阳光斜斜地落下来，大草原又恢复了沉寂。

对尼克来说，德雷斯勒博士几乎是一个陌生人，他当然不想从德雷斯勒博士的口中听到父亲的噩耗。但校长突然把他叫出教室，还能有别的原因吗？

两人走向行政大楼，德雷斯勒博士全程一言不发。尼克很想转身冲回家。如果校长带来父亲的噩耗，尼克的世界可能会一下子坍塌，而他只想待在家里。妈妈有没有收到噩耗呢？如果有，她现在人在哪儿？有谁能安慰她呢？

"请坐下。"到达校长办公室后，校长说。

尼克的确需要坐下。他感觉头晕目眩，房间似乎在旋转，校长说话的声音也听不大清楚。

"我能给我妈妈打个电话吗？"尼克问道。

"为什么啊？"

"哦，所以她已经知道了。"

德雷斯勒博士看起来很困惑："知道什么？"

尼克从未晕倒过，但他很确定自己下一秒就要倒下了。他用左手抓紧椅子扶手，让自己挺直脊背，然后紧闭双眼，祈祷房间停止旋转。

我爸爸死了吗？他不敢问这个问题。他太害怕了。

"你还好吗？"校长问道。

"不，先生，不太好。"

"你的胳膊有问题吗？"

尼克说："胳膊没问题，绑成这样是因为我想训练左手。"

"很有趣。"德雷斯勒博士试图表示支持，但这并没有让尼克好受些。

"不过，你的脸色看起来不好。"校长说，"我这就给护士打电话——"

"请不要。我没事。"尼克睁开眼睛，看到德雷斯勒博士拿着一个信封。

"这封信寄到了学校，尼克，是写给你的。"

"谁写的？"

"先仔细读读，我一会儿问你几个问题。"德雷斯勒博士说。

尼克接过信封，却发现信封是拆开的。拆别人的信不对吧！他的内心很愤怒。如果这封信的内容关乎自己的个人隐私，岂不是太难堪了？

德雷斯勒博士感觉到了尼克的愤怒，安抚道："这只是学校的一种预防措施。我们要防止闲杂人等联系我们校内的学生。"

"所以您偷看了我的信？"

"我们只是出于谨慎考虑，尼克，你自己看看，上面连寄件人地址都没有。"

尼克刚才第一眼就注意到了。他现在总算松了一口气，他确信，陆军国民警卫队不会用没有标记的信封寄送死亡通知，再说了，信封的颜色也不对，军队应该不会用紫色的信封吧。他展开信，开始阅读：

亲爱的尼克·沃特斯先生：

我了解到，你和玛塔·冈萨雷斯小姐对我的安全和健康事宜表现出浓厚的兴趣。我谨告知二位，我的状况良好，并打算尽快返回杜鲁门中学，履行我的教学职责。

在所有的学生中，只有你和玛塔·冈萨雷斯小姐对我表达关心，我对此深表感谢。但是，我在此强烈要求，在没有被正式邀请的情况下，二位请不要继续调查我的个人事务或私闯我的住宅。

相反，你们两人都应该专注于学业（据我回忆，你们的学业仍有很大的提升空间）。

真挚的，
斯塔奇太太

这封信是打印在印有斯塔奇太太名字的信纸上的。尼克心想，如果这封信是伪造的，那这位冒名顶替者几乎完美地模仿了斯塔奇太太说话时的严厉语气。无论如何，这封信与他父亲的健康状况无关，尼克大大地松了一口气。

校长直奔主题："你和玛塔真的去过斯塔奇太太家吗？"

尼克点了点头："自从野外考察后，再也没有人见过她。这看起来太奇怪了。"

"她家里发生了紧急情况。"德雷斯勒博士说，"她跟学校报备了，说需要休息一段时间，没有什么奇怪的。"

在尼克听来，德雷斯勒博士说话的语气没那么肯定。事实上，他好像在试图说服他自己——斯塔奇太太突然失踪是正常的。

"你和玛塔是怎么到她家的？她家在商场旁边，挺远的。"校长说。

"我们是从商场那边的电影院走过去的。"

"你们发现了什么？"

尼克细细斟酌了一下自己该如何回答。他和玛塔彼此承诺过，不向他人透露曾经见过那个陌生人——那人自称特威利，还说斯塔奇太太是他的姨妈。

"呃，她不在家。"尼克说，"看起来，她好像已经很久没回家了。"

德雷斯勒博士十指交叉，动作十分僵硬。在尼克看来，他在故作镇定。

"那你们有看到什么异常吗？"校长问道。

尼克的脑海里立刻浮现出斯塔奇太太房子里那令人毛骨悚然的画面：稀奇古怪的动物标本，挂得满满的，像画廊里的展示品。"天很黑。"他觉得没有必要编造谎言，于是直接避开了德雷斯勒博士的问题。

"很明显，她知道你和玛塔去过她家，否则她就不会写这封信了。"

一定是特威利告诉了斯塔奇太太。然而，尼克认为没有必要告诉德雷斯勒博士那件事——他和玛塔被一个戴着滑雪帽的奇怪陌生人抓住，更何况，那人腰间还别着一条装满实弹的弹药带。

"也许她从楼上的窗户向外偷看，发现了我们。"尼克说，"我们敲门，没有回应，但这并不意味着她不在家。"

"是的，确实如此。"校长说。

"她离开后，你有没有和她说过话？"

桌子后面的德雷斯勒博士一下子怔住了。"我刚才说了，她和学校有保持沟通。"他说。

"但你和她说过话吗？有任何人和她说过话吗？"

"我敢肯定，她会打电话来的。"德雷斯勒博士草草地回了一句，"只要她的家庭情况处理好了。"

电话响了，德雷斯勒博士接了起来。听了一会儿，他起身离开了办公室。几分钟之后，尼克等得有些不耐烦了。

他注意到，德雷斯勒博士办公桌的一角，放着一份很厚的文件夹，上面贴着"邦尼·斯塔奇"的名字标签。尼克翻开文件，快速翻阅。他并不是一个爱窥探别人隐私的人，但是，斯塔奇太太写给自己的信，德雷斯勒博士未经他的许可就打开了，他到现在依然非常恼火。于是，看到了校长办公桌上斯塔奇太太的档案，他索性伸手打开了，他觉得这是德雷斯勒博士欠他的。

尼克试图寻找一条特定的信息，但斯塔奇太太档案中的材料大多是沉闷单调的日常文书。他刚找到了自己要找的东西，就隐隐约约听到德雷斯勒博士和门外的某个人在说话。几乎是在德雷斯勒博士进屋的那一瞬间，尼克合上了文件夹。

"我只有一个问题，尼克。"

"请讲，先生。"

"你能绝对保证，你和玛塔会遵从斯塔奇太太的意愿吗？请尊重她的隐私，这是很正当的要求。"

"我们只是很担心她，没想制造麻烦。"

德雷斯勒博士似乎很难相信，居然有学生如此关心像邦尼·斯塔奇这么严苛的老师。

"嘿，我知道她不是杜鲁门中学最受欢迎的老师。"尼克说，"而且事实上，她可能是最不受欢迎的。但是，那次野外考察时，她居然……"

校长点点头："是的，她非常勇敢，火烧起来了，她居然一个人回去找利比的吸入器。请放心，尼克，等她回来了，学校会对她进行适当的奖励。"

德雷斯勒博士送尼克走出办公室，显然，他觉得，尼克已经做出了承诺——不再继续调查斯塔奇太太的下落。但事实上，尼克并没有做出这样的承诺。

"你有和她的家人谈过吗？"他问校长。

"没有。"

"我听说她有个外甥。"尼克假装自己不知情。

"我不知道。"德雷斯勒博士回答，但是他好奇的表情证实了尼克在斯塔奇太太的工作档案中看到的情况。档案上写着，她并没有任何兄弟姐妹，这意味着，从血缘上说，她不可能有一个叫特威利的外甥——或者任何叫其他名字的外甥，比如乔、弗雷德或恩格尔伯特。

事实上，斯塔奇太太的档案中没有列出任何在世的亲属，因此，"家庭紧急情况"这个借口显得非常可疑。

尼克迫不及待地要把斯塔奇太太写的信拿给玛塔看，但他并没有回到生物课上。

当他匆匆走出行政大楼时，听到了汽车喇叭声，有人在喊他的名字。

是妈妈，她在停车场那边，冲着他挥手。尼克看不清她是否在哭。他用力地咽了下口水，跑过去见妈妈。

第十四章

　　佛罗里达州大沼泽地深处的一片水域，一艘平底小船在浅水区游弋，尼克和父亲坐在船上，向导一边撑着篙，一边寻觅着红鱼和锯盖鱼的踪迹。这次的钓鱼之旅是妈妈提前送给父子俩的圣诞礼物。而就是在这时，尼克得知，他的父亲即将远赴中东。

　　尼克坐在船中央的一个手提冷藏箱上，看着父亲优雅地投掷着飞蝇钓竿，他的动作轻盈，节奏近乎完美。他前后挥舞着钓竿，50英尺长的钓线在他身后舒展，飘荡在半空中，在空中画着圆弧。随后，父亲一个抛竿，钓钩像雪花一样轻柔地落入水中。多么奇妙的一幅景象。

　　"我的警卫队被征召了。"尼克的父亲说着，眼睛盯着水面。

　　"你的意思是，去参战？"

　　"估计得到了那边才知道。"

　　"你要去多久？"尼克努力稳住自己的情绪。

　　"听说是去一年，但希望别那么久。"

父亲抛出的下一竿就有了收获，他钓住了一条锯盖鱼，但那条鱼猛地扑腾了两下，冲进了红树林，把钓竿头都给扯掉了。向导咒骂了两声，但尼克的父亲似乎很高兴，好像鱼已经被他拖上岸了似的。

　　"轮到你了，尼克。"他说着收起了钓线。

　　"不，爸爸。你继续投。"

　　"来吧，我的好运气用完了，轮到你了。"

　　"你再钓一条嘛！"尼克说。

　　事实上，尼克并不喜欢钓鱼。坐在一旁看着父亲操纵着钓竿、挥舞着轻飘飘的钓线是一种享受，尼克想要保留这样鲜活的记忆。当他的父亲——格雷戈里·沃特斯上尉离家奔赴战斗时，这些记忆将一直陪伴他。

　　"你告诉妈妈了吗？"尼克问道。

　　"昨晚告诉她了。"

　　"她没事吧？"

　　"她好像预感到了。可能是看了一些相关新闻报道。"

　　"你害怕吗？"

　　"一点点。"父亲坦承，"主要还是遗憾，因为我会错过你的足球赛季，也许长曲棍球赛季也会错过。但我们在那边能发电子邮件。"

　　"好的，我会把球赛比分发给你。"

　　"尼克，我想，没有必要向你千交代万叮嘱吧？"

　　"交代什么？叮嘱什么？照顾好妈妈？"

　　"对。"

"请放心。"尼克说。

"嗯，我相信你。"

尼克父亲又抛出一竿。水面上立刻闪过一道银光，钓线绷紧了。5分钟后，向导伸出抄网，悄悄地放在猎物下面，一把舀起来。那是一条巨大的锯盖鱼，也许是常年生活在沼泽地里，这条鱼身上呈现出一种深褐色的光泽。尼克父亲抓住鱼的下颚，把这条黏答答的大鱼举起来，尼克赶紧拍了一张照片。

父亲眉开眼笑："你觉得有多重——10磅？"

"不止。"尼克说，"至少12磅。"

那天深夜，父母上床休息后，尼克特地上网搜索了伊拉克这个国家，他想弄清楚为什么那里总是战火不断。不过，七个月之后，他依旧没弄清楚——据称，伊拉克政府藏匿着一些可怕的武器，但这么长时间过去了，没人能找到，或许那些武器根本就不存在。

尼克平素性情温和，头脑冷静，很少发脾气，但最近，他时不时因一些事情恼怒。此时，他正跑向学校的停车场，妈妈在那儿等他。尼克心中七上八下，担心妈妈带来最坏的消息，他的内心又涌起一股愤怒——自己的父亲要是在一场不明不白的战争中丢了性命，换作谁都会愤怒的。

尼克跑到妈妈身边，把她拉近。他眨了几下眼，挤掉泪水，正想说话，却又一阵哽咽。

"怎么了，尼克？"她听起来异常坚强和平静。

"我打电话给医院，他们说爸爸不见了。"

"是的，我知道。"

"但我认为他恢复得很好！为什么会这样！发生什么事了？"尼克叫道。

"你自己问问他吧。"

妈妈拽了尼克一把，让他转过来，面向汽车。格雷戈里·沃特斯上尉坐在副驾驶座上，左手竖起大拇指，望着儿子微笑。

每晚，温德尔·瓦克斯莫博士都会为流浪猫准备十多碗食物，这一举动惹恼了他的邻居们，但在野生浣熊、松鼠和负鼠中，却颇受欢迎。那些动物朋友从树林中溜达出来，围着那些不算新鲜的猫食，大快朵颐。

温德尔·瓦克斯莫住在一间小公寓，离那不勒斯海滩仅五个街区。那不勒斯海滩很漂亮，但他从未去过，因为他患有鼻窦炎，海水一泡就发作，而且，他的皮肤对紫外线非常敏感。严格来说，温德尔·瓦克斯莫是一个宅男，喜欢窝在家里。但是，作为一名教师（即使只是代课教师），他却懒得花时间读读书，或者钻研怎么提高自己的科学、数学和英语水平。

相反，温德尔·瓦克斯莫更喜欢把时间浪费在乏味的电视节目上，尤其是电视购物节目和电视促销节目。他对广告噱头深信不疑，上面所有愚蠢的、毫无价值的小物件，他都统统买回家——奶酪刮花刀、蛋黄酱搅打器、定制烤箱手套、耳毛修剪器、袜子电子除臭器、可重复使用的牙线，甚至还有一个能连续使用三年、昼夜不灭的手电筒。

温德尔·瓦克斯莫总是不断切换电视购物频道，寻找新奇的商品，他活在自己小小的"古怪"世界中，外界的情况都被他屏蔽了，手机节奏强烈的铃声响起，他根本注意不到。公寓楼后，饥饿的浣熊抢流浪猫的食物，猫受欺负后发出一阵鬼哭狼嚎，温德尔·瓦克斯莫也充耳不闻。

那天，温德尔·瓦克斯莫又在握着电话，订购电视广告上的新奇商品。他正满心激动地订购一台太阳能葡萄去皮机，价格是49.92美元（分12期，每月支付4.16美元，不包括运费）。当他抬起头时，突然发现客厅里站着一个陌生人。

"这件燕尾服很不错。"男人评论道。

温德尔·瓦克斯莫紧握着电话，好像生怕这位闯入者夺走电话，和自己抢购葡萄去皮机。温德尔·瓦克斯莫结结巴巴地说："等我几分钟。"

男人坐下来等待。温德尔·瓦克斯莫回过神来，完成交易后，放下了电话。他望了一眼闯入者，心想，这人不像电锯杀人狂。

"你怎么进来的？"他问。

"门没锁。你应该多加小心。"那名男子头戴深色滑雪帽，穿着卡其色衣服，身上系着一条西部牛仔风格的弹药带。

"如果你要抢劫，想要什么就拿什么。"温德尔·瓦克斯莫挥挥手说道，"只要别伤害我就行。"

闯入者扫视了一番，到处都是各式各样的无用小玩意儿，架子、桌子和地板上都有。他苦笑一声。

"虽然我很想拥有一台三速声波洋蓟榨汁机，"闯入者说，"不过，还是算了吧。"

"那你来这里做什么？"

"为美国的年轻人做点儿事。"

温德尔·瓦克斯莫慌忙地松开领结问："什么意思？"

"你即将从教师行业退休。"

"什么？"

"从今天起，杜鲁门中学不再需要你去代课了。"

温德尔·瓦克斯莫眯起小眼："你到底是谁？"

闯入者说："温德尔，邦尼·斯塔奇非常认真负责，她希望顶替她上课的人也是如此。但是最近，班级那边经常传来一些令人非常不安的消息。"

"我不知道你在说什么。"

"每天只讲一页的内容，一遍一遍地讲，下周还是讲那一页；无缘无故地要求学生站起来唱歌。"闯入者耸了耸肩，站起来说，"对了，什么样的傻子才会唱效忠誓词？"

"你说的是这个啊？"温德尔·瓦克斯莫表示不满。有那么一瞬间，他想为自己的教学方法辩护。

"我的方法有效果！"他宣称。

"不，你的方法只会被嘲笑。"闯入者说，"有个孩子好不容易凑了一篇500字的作文，那孩子一辈子都没写过什么东西，你居然当着全班同学的面诋毁他。太糟糕了。"

"你是说'青春痘作文'？"

"另一个孩子，他的老爸在伊拉克被炸弹炸了，你还想让他唱《白色圣诞节》？"闯入者厌恶地摇摇头，"你不仅是个怪咖，还是个十足的蠢蛋，对教学一窍不通。我建议你换个行当吧，别再误人子弟了。"

温德尔·瓦克斯莫冷哼了一声："据我所知，斯塔奇太太对她的学生也同样严厉。"

"哦，我不怀疑这一点。"闯入者说着，走向门口，"但是，学生至少学完了整本书。"

"你无权解雇我！只有校长才可以。"

闯入者停了下来，走回温德尔·瓦克斯莫身边。他掐住温德尔的肩膀，把他从椅子上硬生生地提了起来。他把脸凑近，说道："我比你更疯狂，千万别让我回来找你。"

温德尔·瓦克斯莫被吓坏了，当然，这个反应是理智而正常的。闯入者的手臂如岩石般坚硬，眼神如刀子般凌厉。他的表情如此威严，不见任何恐惧，也没有一丝丝软弱。

"那我明天请病假。"温德尔·瓦克斯莫偷看他一眼。

"不是请假，而是永远请辞。"

"好。我就撒个谎，说我得了一种可怕的传染病。"

"好主意。"戴着滑雪帽的闯入者把温德尔·瓦克斯莫放回椅子上。

"虽然你可能不想听我唱歌，"温德尔·瓦克斯莫说，"但是如果你听了，你可能改变主意。"

"不用了。"

"那你告诉我——你是邦尼·斯塔奇派来的间谍吗？"

"晚安，温德尔。"闯入者大步走出后门，走下台阶，门口那一群嗷嗷叫唤的流浪猫被惊散了。

小杜安·斯克罗德放学回家时，父亲递给他一份简短的购物清单，其中包括牛奶、麦片和5磅瓜子——东西太多了，骑摩托车没法儿运回来。于是小杜安启动了家里的一辆皮卡车，朝商店出发，车轮滚动起来，碎石四溅。

在路边等候多时的吉米·李·贝利斯认出了这个男孩，之前，火灾调查员托克尔森给他看过小杜安的照片。皮卡车一离开视线，吉米就立刻把自己的车开到小杜安家的房子旁，停靠在一辆雪佛兰塔霍小汽车旁边，那辆小车的车身上胡乱涂着几个大字：抵制雪佛兰汽车！

颇具讽刺意味的是，吉米本人驾驶的就是一辆雪佛兰四门轿车。这辆车是他租来的，他担心开公司的卡车过来会被人发现。此次行动，他必须要严格保密，一定不能暴露自己与红钻能源公司的关系。他打算利用自己的巧舌如簧，进入杜安家的房子，然后顺手偷走一些东西——任何东西——只要是这个男孩的东西就行。

窗户是敞开的，里面黑漆漆一片。一首交响乐响亮地演奏着，吉米有些纳闷。这栋房子并不精致，有些部分甚至还未完工，与高雅的交响乐根本就不搭。他本来以为会听到他最爱的布鲁斯或乡村音乐。

小杜安的父亲应了门。他赤着脚，胡子约莫三天没刮了。他戴着污迹斑斑的老花镜，头上有一顶肮脏的红帽子，上身披着一件迷彩狩猎衫，但没穿长裤——只穿着一条豹纹平角短裤。

"你是来收税的吗？"男人问道。

对吉米说，这听起来像是一个不请自来的完美托词，比他最初准备冒充化粪池检查员的借口要好得多。

"没错。"吉米对老杜安说，"我是税务局的。"

"嗯，我一直在等你。"老杜安嘴上正说着，手上掏出一把生锈的尖嘴钳，像毒蛇攻击猎物一样，闪电般夹住了这位客人的嘴唇。吉米惊骇不已。

如果吉米能张嘴的话，他一定会发出他一生中最为响亮的尖叫声。现在，他能做的只是痛苦地呻吟，他的身体不敢动弹，即使是最轻微的动作，也会加剧尖嘴钳带来的疼痛。

"喂，纳丁！"老杜安喊道。

一阵响亮的扑腾声响起，一只体形巨大、羽毛鲜艳的鸟儿停在老杜安的肩膀上，随即发出一声刺耳的尖叫。吉米的嘴唇太疼了，眼泪不由自主地往外冒。他不安地望着这只大鸟。

"你好！"它分别用英语、法语和德语叫道。

"唔……唔……"吉米回答。

老杜安用钳子拖着他的"囚犯"，走到客厅，关掉音响。"一个人的家就是他的城堡，基督教的《圣经》里是这样说的。"他嘟囔道，"未经许可，不得入内。"

吉米的嘴被夹着，根本没法儿辩解。慌乱之下，他只想着怎么脱身。

"要不我扯掉你的嘴唇喂纳丁吧？这样你就会记住，永远不要随便闯进别人家！"老杜安·斯克罗德说道。

"唔……唔……唔……唔……"吉米想哀求老杜安，却张不开嘴。

"它是一只蓝黄金刚鹦鹉，会说三种语言。有一次它太饿了，把一个啤酒罐子吃了下去。"老杜安骄傲满满地回忆道，"那个啤酒罐是用顶级铝材做的——但是，它就像吃燕麦饼干一样，几口就吞下去了。"

吉米这下知道了，小杜安为何变成了劣迹斑斑的问题少年——有其父必有其子。虽然他打算把纵火罪嫁祸给小杜安，但此刻，他却莫名地同情起这个男孩来。

"嘿，纳丁宝贝，要吃点心吗？"老杜安望着那只金刚鹦鹉，打趣地说。那鸟儿正饶有兴趣地打量着吉米。吉米小心翼翼把手放进口袋，掏出一小沓现金，递给老杜安。

他数了数钱，说："19美元？你认为，你能用19美元买你的自由吗？"

他开始拿那些钞票喂那只金刚鹦鹉，一张接一张地放到它的嘴里。他一边放一边说："我跟你们税务局说过了，大约说了1000次，要是雪佛兰公司赔给我一个新的塔霍车变速箱，我马上就去工作，也很乐意交税。"

"啊……啊……啊……"吉米颤抖着。他已经受够了老杜安在那边胡扯。他用力抬脚，朝老杜安裸露的膝盖踢过去，踢了个正着。老杜安痛苦地大喊一声，也顾不上手中的尖嘴钳了。那钳子居然没掉，现在还挂在吉米的脸上。

老杜安痛得跳来跳去，他嘴上咒骂着，手捂着受伤的膝盖。金刚鹦鹉愤怒地尖叫一声，飞起来。吉米冲向纱门，但是速度太慢——那只鸟从后面攫住了他，用锯齿状的喙钩住他的头皮，想像剥椰子一样剥掉他的脑袋瓜儿。

吉米跪倒在地，伸手朝那只凶恶的大鸟胡乱拍打，但它就是不肯松口。吉米拖着自己的身体，在发霉的粗毛地毯上费力挣扎。突然，他的手摸到了一个带肩带的尼龙挎包，很沉。他抓起包狠狠击打自己的脑袋，这一招很奏效。虽然吉米的头被砸得生疼，但也有几次砸中了纳丁，它那蓝黄相间的羽毛散落一地。被打蔫儿了的大鸟嘴里迸出几句德语，终于松开了吉米的头皮，朝老杜安飞去。它的主人正发疯似的寻找那把钳子。

刚才吉米砸得实在太重了，砸得自己头晕目眩的，他跌跌撞撞地走下门口的台阶，钻进他租来的那辆汽车。车快开到州际公路，他才回过神来——刚才用来击打金刚鹦鹉的笨重背包居然被自己带到了车上。那是一个印着迷彩图案的书包，放在驾驶座旁边的前座上。

那是小孩上学用的书包。

吉米心中一喜："太好了，真是天助我也。"

在停车场，尼克的妈妈打电话给德雷斯勒博士，校长允许尼克提前离开学校。在回家的路上，尼克迫不及待地向父亲发问，问题一个接一个，像连珠炮似的，妈妈忍不住叮嘱他，速度放慢一点儿，喘口气。

"所以，感染肯定已经好了吧？"尼克问道。

"情况越来越好。"格雷戈里·沃特斯上尉说，"迈尔斯堡有一家美国退役军人管理局的诊所，我可以在那里复查。"

尼克注意到，父亲脸上的红肿和烧伤痕迹正在愈合，头发也开始慢慢长出来了。

"康复训练怎么样了？"

"很好，尼克。听说你要当我的左撇子队友？"父亲指着他用绷带包裹着的右臂说，"你都做了什么训练？"

"主要是写作文和做数学题。"尼克说，"不过，比我想象的要难多了。"

妈妈插话说："你应该看看他怎么操作电脑的，格雷戈里。他用一只手打字，都快赶上两只手的速度了。昨天晚上，他还用左手扔棒球！"

尼克的父亲面露喜色："左手投球？太棒了。"

尼克有点儿尴尬："不过，投球的姿势还是有点儿僵硬。"

"一点儿都不僵硬。"妈妈加重语气说，"你做得棒极了。"

"展示一下吧，我想亲眼看看。"父亲说。

"不行，爸爸，我还没准备好。"

"来吧，我还要向你学习呢。"

"过几天再说吧。"尼克说。

三人到家了，尼克和妈妈扶着爸爸走进卧室，他迅速躺下睡着了。他睡了整整一个下午，醒来后饥肠辘辘。

尼克父亲不顾妻子的反对，宣称晚餐将是父子俩左撇子速食大赛，获胜者将获得5美元。父子俩搞得乱七八糟，沙拉溅得到处都是，小方饺和青豆被戳得散落一地。

比赛即将结束的时候，他们笑得合不拢嘴，食物都没法儿咽下去。尼克的妈妈宣布比赛打成平局，然后端出饭后甜点。她特地准备了巧克力奶昔，父子俩直接用嘴喝就行，可以让手休息一下。

晚餐后，尼克和父亲来到后院。父亲坐在露台的椅子上，对尼克说："嘿，看看你练得怎么样了。"

尼克捡起球，走近一块隆起的圆形土堆，那是父子俩自制的投手丘。带框的网在大约40英尺外，尼克望了一眼，感到有些紧张。3岁的时候，他就和父亲开始练习投球接球了，因此，说到打棒球，他从来都不会感受到任何压力。不过，此时此刻，他居然有些紧张。

当然，他并未怀疑自己的棒球技术，他只是渴望为失去右手的父亲带来希望和信念。尼克想用自己的表现告诉父亲，两只手做的事情，一只手也能做到一样好。

"放松，慢慢来。"父亲建议道。

"如果我搞砸了，别笑我。"

"当我还在美国职业棒球小联盟打比赛的时候，我有个队友，两只手一样灵活，都能击球，他击的球能让队友轻松接杀对方的跑垒员。在右边场上，他用左手击球；而在左边场上，他用右手击球。"

"你说的是真的吗？"尼克说。

"不可思议的运动员。不幸的是，他击出了那么多的弧线球，也没让他的生活好过点儿。"父亲感叹说，"现在他在彭萨科拉，靠卖洗衣机为生。"

尼克左手转动着棒球，让大拇指和食指与棒球上的缝线对齐。自从把右胳膊绑起来之后，他的平衡感就不太好，总感觉身体往左边倾斜。

"放松一点儿。"父亲叮嘱道。

尼克用尽全力把球投掷出去。球落在球网前6英尺处，弹了几下，慢慢滚入网中。

尼克的脸唰的一下红了，狠狠地跺了几下脚。"天哪，这球投得太烂了，还没女孩子投得远！"

父亲哈哈一笑："千万别让妈妈听到了——她读大学的时候，是校棒球队的王牌投手呢。你再试一次吧，记得，动作放慢一点儿。"

尼克捡回棒球，这次，他想把节奏放慢点儿。果然，球击中了网的下半部分。

"好多了。投球的时候，脚还可以往前迈一步。"爸爸耐心地建议。

到第十次投掷时，尼克投出的球能稳稳击中好球带，球速虽然不算很快，但至少都是标准的直线球。

父亲说："尼克，说真的，你投得真棒。"

"谢谢老爸。"

"能让我试试吗？"

"当然。"

但父亲一起身就有些摇摇晃晃。尼克赶紧冲过去扶住他。

"等明天吧，爸爸。回家的路上折腾得够辛苦了。"

"我没事。球给我。"

"你确定？"尼克回头看了一眼厨房的窗户，妈妈正站在洗碗池旁往外看，表情有些担忧。

"请给我球。"父亲伸出左手。

尼克把棒球递给父亲，父亲朝投手丘走去。他的步态有些蹒跚，由于右肩上缠着厚厚的绷带，他看起来非常笨拙，就像一头熊似的。

"记住——放松点儿。"尼克喊道。

"一点儿没错。"

瞧父亲那架势！他仿佛在参加真正的棒球比赛，他望了一眼想象中击球手的位置，又对着想象中接球手的位置点了点头，随后，上身后仰，摆出了平时的投掷动作，只不过，他现在的动作比以往僵硬不少。球仿佛不受控制，从球网的上方掠过，穿过树篱，掉到了栅栏那头。当的一声，棒球击中了邻居家的烧烤架。

"哦，糟糕。"父亲咕哝道。

尼克不想看到父亲失望。"爸爸，你还是力大如牛啊！"

"能去捡一下球吗？我想再试一次。"

"今晚就不试了。你需要休息。"

"尼克，去捡球。"父亲命令道。

那颗棒球正漂浮在邻居的游泳池里。尼克把球捞上来，翻过围栏，回到自家院子。看到妈妈走出来了，他很高兴，希望妈妈能说服父亲，让他去休息一下。

"门口有人找你。"她对尼克说。

"谁啊？"

父亲伸手去拿棒球，但尼克妈妈的动作更快，一把夺走棒球。"嘿，大个子，你今晚只是替补队员。"她叮嘱丈夫。

"谁在门口啊，妈妈？"尼克又问。

"一个男孩，骑着一辆摩托车。"她说，"说是你生物课上的同学。"

第十五章

小杜安·斯克罗德站在车道上，一动不动。他背对着房子，似乎在欣赏落日的余晖。

"嘿，毒烟，有什么事吗？"尼克说。

杜安转身时，尼克注意到，他身上还是杜鲁门中学的校服——穿着夹克，打着领带。

"嘿，尼克·沃特斯。"毒烟看起来有些局促不安，甚至有些害羞，"喂，哥们儿，我想借一下你的生物书。明天还你。"

"没问题。"尼克说，"今天的最后一节课，我没上。我们的怪老师布置作业了吗？"

"别管他，以后不用再怕他了。"

"你的意思是？"

"那个人已经不存在了，哥们儿。"毒烟比了一个用刀割喉的动作说，"消失了，完蛋了，不存在了。"

这听起来不太对劲。尼克感到一阵恐惧："发生了什么事？

他是死了吗？还是怎么了？"

毒烟微微一笑："放松点儿，哥们儿。瓦克斯莫并没有死——没有人动他一根手指。不过，今天他那样侮辱你，你干吗还管他死活？"

听杜安这样说，尼克马上回想起课堂上的那一幕——疯狂的代课老师命令他唱圣诞歌，而玛塔为他辩护，他顿时感觉有点儿尴尬。尼克心想，自己一个堂堂男子汉，却让一个女孩子为自己出头，搞不好毒烟会取笑自己吧。

他说："没啥大不了的。我只是希望那个老师没有被人暗杀。"

"你心肠真不错。可以麻烦你把书拿给我吗？天有些晚了。"

"当然。"尼克说完便进了屋。

他正要走进自己房间，妈妈拦住了他。"那男孩是谁啊？"她问，"怎么不请他进来坐坐？"

"小杜安·斯克罗德。"

"吃铅笔的那个同学？但他很正常啊，看起来干净利落。"

"干净利落？也许吧，不过，他突然变成这样，绝对有问题。"尼克说。

书包里面很凌乱，生物书放在最下面。他拿起书急忙跑到屋外，递给正在摩托车上等待的毒烟。杜安已经全副武装，手上戴着骑行皮手套，头上顶着一个带黑色塑料面罩的头盔。尼克看不到他脸上的表情。

"毒烟，问你一下，你为什么要借书啊？"

"因为我的书包丢了。"

"我的意思是，今天又没有布置家庭作业，你为什么还要借书呢？"

毒烟并没有马上回答。他把书夹在一只胳膊下，启动摩托车。"因为我要学习。"他说。

尼克几乎听不见他的声音："什么？"

"我要复习，准备考试！"他隔着面罩喊道。

什么考试？尼克纳闷。他示意杜安等一等。尼克突然想到，自己还有好多好多的问题想问他：比如，黑藤沼泽的火灾到底是怎么回事？玛塔看到的那个人——那个坐在斯塔奇太太的蓝色普锐斯小汽车副驾驶座上的人——到底是不是他？还有，他是否认识特威利，也就是那个自称是斯塔奇太太外甥的人？

但最重要的是，尼克想知道杜安是否清楚斯塔奇太太的下落。

"能把摩托车先熄火吗？就一分钟。"他喊道。

但杜安把发动机开得更大声了。

"把摩托车熄火，好吗？我要问你一些很重要的事情！"

"你爸怎么样？"毒烟喊道，这个问题让尼克措手不及。

"他挺好的，今天回家了。"尼克喊道，"嘿，我真的需要和你谈谈——"

毒烟轻轻一挥手，以示道别。摩托车咆哮着，一溜烟不见了。

妈妈打开门。"他来干什么？"她问。

"借书。"尼克说，"我不知道他为什么偏偏找我借。"

"也许他没有其他朋友。"

"但是，从小学到现在，他几乎没有和我说过话。我没把他当作朋友。"

"好吧，但是，也许他把你当作朋友呢。"尼克的妈妈说。

"现在，去帮帮爸爸。他坚持要洗澡，我不想看到他摔得鼻青脸肿的。"

"如果我上学，你上班，到时谁看着他啊？"

"他说他会照顾好自己，尼克。"

"但是康复训练呢？"

"猜猜，他让我给他买什么？"

"棒球？"尼克猜测。

"是的。"妈妈比了一个投球动作，"他想要买棒球，买整整四打。我猜，他会整天朝那个该死的网投球。你能相信吗？他才刚出院！"

"我相信。"尼克了解爸爸。做自己喜欢的事情，爸爸是最开心的。

第二天一早，德雷斯勒博士到达杜鲁门中学时，他发现办公室门上贴着一张纸条，上面写着：请尽快给温德尔·瓦克斯莫打个电话。

德雷斯勒博士可不想一大早和温德尔·瓦克斯莫通话，事实上，他根本就不想理那个人。那个人真是太奇怪了，学生中也没一个人喜欢他。

每天，德雷斯勒博士都会接到学生家长的投诉电话，他们愤怒地投诉温德尔·瓦克斯莫种种疯狂滑稽的举动，强烈要求解雇他，或者直接把他送到精神病院。德雷斯勒博士只能向他们保证，他会及时调查情况，并采取适当的行动。

当然，这只是他的拖延策略罢了。他希望这些坏消息能传到斯塔奇太太的耳朵里，那么，她会马上冲回杜鲁门中学，将她的学生从世界上最糟糕的代课老师的魔掌中解救出来。

然而，到目前为止，温德尔·瓦克斯莫都快上一周的课了，斯塔奇太太依旧无声无息。德雷斯勒博士不知道自己的拖延策略还能坚持多久，那些愤怒的家长随时可能跳过校长，直接向校董事会投诉。德雷斯勒博士甚至亲自给斯塔奇太太的电话答录机留了言，他故意抱怨温德尔·瓦克斯莫的糟糕行为，还询问她何时能重返校园，他留言时的语气很温和，但带着明显的焦急。

但依旧没有任何回应。

现在，温德尔·瓦克斯莫本人致电，要求与德雷斯勒博士通话。德雷斯勒博士不情愿地拨通温德尔·瓦克斯莫的电话号码，心想，和他说话准是浪费时间，就和他上课是浪费学生的时间一样。

但是，温德尔·瓦克斯莫一开口，德雷斯勒博士便惊呆了。代课老师直截了当地说："我不回杜鲁门中学上课了，恐怕你得另找一个老师来替斯塔奇的课。"

"你应该早点儿跟我说啊——离第一节课上课，只有不到一个小时了。"

"没办法，德雷斯勒博士。我病了。"

"很抱歉。病很重吗？"

"很重。我得了缅甸热带皮肤病。"

"什么东西？"

"缅甸热带皮肤病！"温德尔·瓦克斯莫不耐烦地说，"你肯定听说过这种病。"

"当然。"德雷斯勒博士撒了个谎。到底是什么病其实并不重要，因为温德尔·瓦克斯莫的声音听起来根本不像病重的样子。

"情况很糟糕，德雷斯勒博士。这种病让人的皮肤变绿，然后一层层脱落。"

"真的吗？"

"而且，医生们说，我是在你们学校得的这个病！是你们的食堂不卫生造成的！"

德雷斯勒博士严重怀疑这一点。刚才，他在自己的台式电脑上调出搜索引擎，输入了"热带皮肤病"这几个字。

温德尔·瓦克斯莫唠叨着："我的身体状况非常糟糕，非常糟糕。"

"但是，那只是一种脚部真菌。"校长读完了网上对于该疾病的介绍，评论了一句，"我看的这些医疗网站上说，涂一点儿外用抗生素就能治好。"

"不，不，不——你说的是普通的热带皮肤病。缅甸热带皮肤病要严重100倍。现在没法儿治疗！"

"呃……"德雷斯勒博士说，"那你怎么会在我们食堂吃到这种东西？"

"肯定是在沙拉柜台那边吃到的。"

"不可能，难道你把臭脚放在沙拉上了吗，温德尔？"

"不说这些，现在的问题是，我病得很重。"

他不是病了，而是脑子坏了，德雷斯勒博士心想。

"令人伤心的是，我不会再回到杜鲁门中学教书——永远不会了。"温德尔·瓦克斯莫继续说道，"以后你们再找代课老师的时候，也请不要找我。"

不找你，并没有什么损失，德雷斯勒博士思忖着，但现在我该如何引诱邦尼·斯塔奇回学校呢？

"我要经历一场漫长而痛苦的斗争。"温德尔·瓦克斯莫夸张地说。

"我们都会祈祷，祈祷你的缅甸热带皮肤病早日治愈。"

"我很感激，德雷斯勒博士。"

"但是，你别想着要起诉我们，别想把病赖在我们身上。"

"天哪，怎么可能！我都没想过！"

"谁知道以后的情况，提前说清楚比较好，温德尔。对了，我没想冒犯你，好像你在杜鲁门并没有交到什么朋友。"

"嗯，我只和合得来的人说话。"温德尔·瓦克斯莫说。

"这种方式……呃，好吧。"德雷斯勒博士并不知道温德尔·瓦克斯莫离开的真正原因，他也不打算浪费时间去查明。这个人无论是说话还是做事，都不靠谱。

"哦，我差点儿忘了，"温德尔·瓦克斯莫说，"请通知新的代课老师，学生准备上第263页的内容。"

"哪个班的学生？"德雷斯勒博士问道。

"所有的班级。"温德尔·瓦克斯莫毫不掩饰地说，"今天是星期五，星期五我们总是学习第263页，没有例外。"

德雷斯勒博士翻了翻白眼，但他努力克制住了自己，没有对着电话那端蹦出一堆脏话："每个星期五都上同一页？"

"当然。重复，重复，再重复！"

"再见，温德尔。祝早日康复。"

"谢谢你，德雷斯勒博士。"

吉米·李·贝利斯没有向老板提及自己接受纵火案调查的事，但德雷克·麦克布赖德还是发现了。显然，直升机飞行员这个大嘴巴走漏了消息。

"你打算什么时候告诉我——或者，你根本没打算告诉我？"德雷克·麦克布赖德质问。

"我认为没有必要告诉您，先生，一切尽在掌握之中。"吉米解释。

他们坐在德雷克·麦克布赖德的办公室里，这里可以一览坦帕湾的壮丽景色。远处，帆船在波涛汹涌的海面上来回穿梭。

"但你告诉过我，你把现场清理得干干净净。你告诉过我，他们永远都不可能怀疑到我们头上。"德雷克·麦克布赖德质疑道。

"说真的，您大可不必担心。"

"不担心？"德雷克·麦克布赖德的双手举得老高，"纵火是重罪，伙计。要是被发现了，我们会被关进监狱！"

吉米解释："我和火灾调查员聊了不少，他根本没有怀疑我们。他们的目标是当地的一个问题少年，一个有前科的纵火犯。"

德雷克·麦克布赖德从办公桌前起身，给自己倒了一杯清咖啡。他没给吉米倒，因为吉米的胃病加重了。此外，经历了与老杜安·斯克罗德的遭遇战之后，吉米的嘴唇仍然疼得厉害，根本没法儿喝热咖啡。

"我实在不明白，放把火有什么大不了的。"德雷克·麦克布赖德生气地说，"又不是放火烧孤儿院——只是一块毫无价值的该死的沼泽地。明年这个时候，草一长出来，根本看不出那里发生过火灾。"

"那片树林里，经常有闪电引发野火。"吉米补上一句。

"说得太太太对了！难道每发生一场火灾，火灾调查员就会过去调查吗？不可能！"德雷克·麦克布赖德很生气，"现在大沼泽地突然变成了犯罪调查现场，莫名其妙，简直是浪费纳税人的钱！"

有关部门为何对黑藤沼泽的火灾感兴趣，吉米当然知道。"因为火灾发生的时候，有不少学生在那边。"他说。

"是啊，好吧，那些小鬼有没有受伤呢？没有吧！一根眉毛都没烧着。"德雷克·麦克布赖德站在观景窗前，若有所思地凝视着海湾，"我们的底线是：无论如何，绝对不能让别人靠近22区。所以，我们必须想办法把那些学生赶走，那场火灾很有效，不是吗？"

"是的，先生。反正也没有伤到他们。"

"顺便说一句——那个愚蠢的地方难道适合野外考察吗？连人影都看不到。如果我是老师，我会带学生去海底世界，看看虎鲸跳芭蕾舞之类的。"

吉米补充道："或者去威基沃奇，让所有的女孩都打扮成美人鱼，抱着浮板游来游去。"

"你说得太对了！"德雷克·麦克布赖德终于笑了，不过，一回到办公桌前，他又变得严肃起来，"吉米，请告诉我，他们没有证据可以将红钻能源公司与纵火案联系起来。请告诉我，我不需要找律师和保释担保人。"

"他们什么证据都没有，先生。"但吉米没有告诉老板，他把一支公司的笔遗落在犯罪现场了。

德雷克·麦克布赖德探了探身子，好奇地盯着他："你的脸是怎么了？有人揍你了吗？"

事实是，有一个疯子，养着一只疯鹦鹉，他差点儿用钳子拔掉吉米的嘴唇。但吉米决定守口如瓶。

"我自己不小心刮伤了。"他说。

"你是用割草机刮胡子的吗？"

"没什么大不了的。"吉米捂着嘴咕哝道。

德雷克·麦克布赖德冷冷地盯着他，他经常对着镜子练习这种眼神。"看着我，伙计——你刚才说情况已经得到控制。那是不是意味着我下午可以休息？我要骑雷霆王去兜兜风。"

"当然可以。"

为了让自己看起来像得克萨斯人，德雷克·麦克布赖德买了一匹叫"饺子"的马，给它改了个霸气威武的名字——雷霆王。此外，他还特地报了马术课，打算好好学学骑马。吉米笃定，要是这匹马发现马鞍上的"得克萨斯人"其实是个冒牌货，它没准儿会把德雷克·麦克布赖德狠狠地甩下来，踏上几蹄子。

"火灾调查员和我聊得很投机。"吉米试图安抚老板。

德雷克·麦克布赖德向后一靠，把他闪亮的蛇皮靴子跷在桌子上，说道："你说的那个孩子，听上去像是头号嫌疑人。"

"当然。"吉米解释，"他有纵火的前科。"

"他们应该好好查查他。"

"嗯，他们在查了。"

"红钻能源公司可以提供任何帮助——"

"我们当然全力配合。"吉米同意。

德雷克·麦克布赖德使了个眼神："他们需要什么，我们就提供什么，好吗？"

"对，我现在就是这么做的。"

"还有一件事，伙计。"

"请讲。"吉米讨厌德雷克·麦克布赖德称他为"伙计"。显然，这家伙是在看有线电视上的经典西部片时刻意学的。

"如果发生其他不好的事情，"德雷克·麦克布赖德说，"我不想从直升机飞行员那里听到消息。懂吗？我希望你亲口告诉我。"

"好的，先生。说到直升机，我正要坐直升机去钻探现场。"

"当然可以——不过，要先把我送到那个……对了，那个词是怎么说来着？意思就是养马的地方，你知道的。"

"你是说马厩吧。"吉米说。

"对！"德雷克·麦克布赖德调整了一下牛仔帽倾斜的角度。"马厩。"他重复道。

第十六章

在去学校的校车上，尼克把毒烟突然造访一事告诉了玛塔。

她说："你的意思是，那个疯子知道你家的位置？这有点儿恐怖。"

"他只是想借我的生物书。"

"谁相信？"玛塔质疑。

"他说，要复习功课，准备考试。"

"什么考试？没有考试吧……有吗？"

"从来没听说过。很奇怪。"尼克说，"后来，我正准备问斯塔奇太太的事，他马上就消失了。"

玛塔皱了皱眉："别再问了，别再管那件事了。"

自从遭遇那个叫特威利的男人之后，玛塔完全没有兴致再去调查斯塔奇太太失踪之谜了。

尼克说："我读过爱德华·艾比的一本书，就是特威利谈到的那位作家。书名叫作《猴子扳手帮》，主人公是一个疯狂的家

194

伙，叫海杜克，他想炸毁一座大坝。"

"为什么呢？"玛塔问道。

"因为大坝把一条大河堵住了，所以，他和其他几个家伙发动了一场'地下战争'。"

"那些人都是男的吗？"

"不，那帮人里面也有一位女士。"

"真老套，和漫画书里的人物设定一模一样，尼克。"

"说真的，故事很精彩，也很有趣。"

"但这和斯塔奇太太有什么关系？"

尼克摇摇头："谁知道呢。也许什么关系都没有。"

"听着，我真的不在乎她在哪里，或者在做什么。"玛塔说，"我只是希望她快点儿回杜鲁门中学，这样我们就不用与瓦克斯莫打交道了。虽然她是一个女坐，但是她知道怎么上课，比那个来自火星的疯子好多了。"

"毒烟说瓦克斯莫博士走了。"

"真的吗？"玛塔高兴地叫道。

"我不知道到底发生了什么事，但是，看毒烟的样子，他好像知情。"尼克说，"这事有点儿诡异。"

玛塔只顾着兴奋地拍手："我不敢相信，居然摆脱了疯子瓦克斯莫。这是真的吗？像做梦一样。"

"很快就会知道的。"

果然，当玛塔和尼克走进第三节生物课的教室时，另一个代课老师坐在斯塔奇太太的讲桌前。两人交换了一下眼神，坐下来。格雷厄姆已经在朝老师挥手，示意自己要发言。大多数学生都认识这位老师，她叫罗伯逊太太，经常在杜鲁门中学代课。

"瓦克斯莫博士打电话请了病假。"她开始说，"德雷斯勒博士说他得了一种可怕的流感，所以，估计我会一直教这门课，直到斯塔奇太太回来。"

学生们爆发出一阵热烈的掌声，掌声中饱含庆幸之意，罗伯逊太太努力憋着不笑出来。温德尔·瓦克斯莫是一个"传奇"，所有的代课老师都对他疯疯癫癫的个性有所耳闻。

庆祝结束后，她说："好吧，我们得上课了。你有问题吗，格雷厄姆？"

男孩放下手说："老师，课文第263页，我准备好了。"

"哦？"

"瓦克斯莫博士让我们背'配子'和'染色体'的内容，我全背下来了！"

"那很好。"罗伯逊太太耐心地说，"但我的教学方法与瓦克斯莫博士的不同。我觉得，比起随便选一页，按章节循序渐进的学习方法更有效。"

罗伯逊太太示意学生们打开教科书上的第十章，格雷厄姆看起来垂头丧气。这时，尼克注意到，毒烟缺课了，尼克的生物书还在他手上。现在，尼克只能和别人共用一本书。

玛塔递给他一张纸条：你的新朋友呢？

尼克耸了耸肩。那个改头换面的小杜安，也许现了原形，又当回了小混混。

托克尔森将越野车停在土路上，走近一架在地面等人的直升机，吉米·李·贝利斯坐在里面。

"上来吧。"吉米对火灾调查员说。

托克尔森坐上后座，系上安全带。"你是什么时候发现的？"他问。

"大约一小时前。我一发现就立刻给你打了电话。"吉米说。

直升机只用了大约3分钟就抵达目的地。托克尔森看着窗外，吉米咂了一人把胃药，他希望火灾调查员不要过问，为什么他的嘴唇上有被钳子夹过的痕迹。直升机降落在一片干燥的空地上，两人跳了下来，吉米在前面带路。

"小心响尾蛇。"他警告。

"当然。"火灾调查员说。

两人来到一片棕榈林，里面挂着一个吊床。地面散落着厚厚的一层枯叶，隐隐约约能看到下面有一个迷彩图案的书包。吉米扬扬得意，自己可真是一个伪造证据的天才啊。

托克尔森拿起书包，检查了一下。

吉米说："我们正在直升机上做飞行探测，我看到树林这边有一些野猪窜来窜去，就让飞行员降落。我拿了把步枪下来，虽然没有打到那些该死的野猪，但是刚好看到了这个书包，我想，你可能会感兴趣。"

火灾调查员拉开书包的口袋，仔细地整理里面的东西。

"里面到底是些什么东西？"吉米故意问。他当然已经做过手脚了：他仔细检查每份作业上的日期，只要是在纵火案那天之后的，都被他拿走了。要不然，托克尔森会推断出，这个书包不可能在案发当天掉在现场。

"课本、铅笔、计算器。"托克尔森说，"啊，还有这个——"

他从其中一个隔层里拿出一个小小的打火枪。

吉米吹了一下口哨："你撞大运了！"

托克尔森将书包和打火枪放在一片棕榈叶上，拿出数码相机拍照。

"这里离起火的地方不远吧？"吉米再次故意问道，"那孩子准是放火后把东西藏在这里，然后逃走的。"

"看上去是这样。"

托克尔森快速记下打火枪的品牌和型号。从杜安家回来的路上，吉米去了趟自己常去的那家五金店，买了这把打火枪。为了测试打火枪是否好使，他打开打火枪开关，把五金店开的购物收据给烧掉了，这样，就没人能查到他的头上。

火灾调查员把书包重新装好，挎在肩上，然后随吉米回到直升机上。飞行员启动飞机，特地拐了一个超级大的弯，就是为了避开22区，因为红钻能源公司正在那儿架设了非法石油钻井平台。平台搭建在密林中，隐藏得很好，但身边坐着像托克尔森这样目光敏锐的乘客，吉米觉得，完全没必要冒险。

直升机降落在土路上，吉米跳下来，陪火灾调查员一起走向他的越野车。

"那个背包上有名字标签吗？"吉米若无其事地问道。

"有。"托克尔森说，"小杜安·斯克罗德，就是我之前跟你提到过的那个小孩。"

"那恭喜你找到了纵火犯！"

托克尔森将"证物"放到越野车的后座上，说："吉米先生，您提供了很大的帮助。非常感谢。"

"如有需要，随时打我电话。"吉米回到直升机时，脚步无比轻快，内心一阵欢呼雀跃，庆幸事情终于摆平了。不过，他不知道的是，从那一刻起，他已经登上了被监视名单。

特威利·施普雷躲在一棵大柏树上，繁茂的枝叶为他提供了最好的伪装。他拿着一片从商店买来的西柚，直接伸嘴吸柚汁。红钻能源公司的直升机刚飞走，他便溜下树，慢慢从那一片绵延的大柏树林中跋涉而出。

他不怕蜘蛛和蚊子，也不怵毒蛇和鳄龟。一来到荒野，他便觉得如鱼得水。黑藤沼泽中，虽然偶有几只饥饿的鳄鱼和黑熊出没，但特威利毫不畏惧，他觉得，在这里徒步行走，比起在高峰时间驾车在75号州际公路上行驶要安全得多。

每天早上，红钻能源公司的工人到达之前，特威利都会做同一件事：寻找那只黑豹的踪迹。即便发现一个模糊的爪印，他都会欣喜若狂，不过，他一点儿蛛丝马迹都没找到。那天，他在附近听到两声步枪射击的声音，之后，便再也没有见过那只黑豹。但是，他没有发现黑豹的尸体，甚至一点点血迹都没看到。因此他断定，那只黑豹已经逃走了，没有受伤，也没有死亡。

火灾发生的当天，特威利再次听到了黑豹的尖叫——那一声哀嚎，令人毛骨悚然——他相信，那就是他一直寻找的黑豹。它得回到自己的领地，越早越好！这是一件生死攸关的大事，虽然与特威利无关，但他管定了。

回帐篷的路上，他遇到了那个孩子。

"小子，不上学来这里干吗？"特威利问。

"我做个了梦，梦到我找到了那只黑豹。"

"在哪里发现的？"

"在木板路上。"那个叫小杜安的孩子说，"所以，我得过来确认一下，万一是真的呢？结果不是。"

"啊，太糟糕了。"特威利很少做梦，但他知道，一些塞米诺尔人和米科苏基人拥有预知未来的能力。

在阳光的照射下，小杜安眯着眼睛，扫视沼泽地，他问道："所以你也什么都没找到吗？没有脚印吗？"

特威利摇了摇头："没有，只有一只山猫和几头鹿的脚印。你看到那架直升机了吧？"

"别担心。"小杜安说，"他们没看到我。我把自行车藏得很好。"

"移动一下你的小屁屁，回去上学吧，总在这里待着不好。"

"嗯，我知道。"

"你的书包找到了吗？"

"没有，我发誓我带回家了。"孩子说，"但是，怎么找都找不到，奇怪。"

"问你爸爸了吗？"

小杜安哼了一声："他把自己和那只疯鸟锁在音乐室里。他说，他赶走了一个政府的税务人员，下次来的搞不好就是联邦调查局的特工。他现在变得神经兮兮的，问他等于白问。"

显然，这个男孩在家里的处境很艰难——他的母亲逃到了欧洲，而他的父亲总是疯疯癫癫的。特威利·施普雷为他感到难过，不过，他肩负着一项重大的任务，不想节外生枝去插手小杜安的家务事。

　　"嘿，我看到瓶子运过来了。"小杜安说。

　　"是的，目前一切还算顺利。"

　　"你做的那件事很酷。"

　　"夫卜学。"特威利告诉他，"别逼我再说一遍。"

　　"好的，再见了，伙计。"

　　看着那男孩慢慢走远，特威利多希望自己能给他一些明智的建议。然而，在一生中的大部分时间，他都是凭直觉做事，很少理性思考，所以，他算不上是一个明智的成年人，自然也没法儿成为孩子的榜样。

　　他朝帐篷的方向往回走。凭借着记忆中的地形，他悄无声息地蹚过泥泞的沼泽地，踏过绿油油的草地，翻过林木丛生的小岛。在一段湿漉漉的路面上，他发现了一些黑黑的东西。他明明记得，早上过来的时候，地上没有那些东西。

　　特威利趴在地上，把脸凑近了一点儿，想确认这到底是何物。这个新发现让他激动不已。他先用一根树枝戳了戳那团东西，然后用一片叶子包住，翻过来，他甚至靠近闻了闻。

　　毫无疑问，那是黑豹的粪便！

　　乔治·卡森和吉尔达·卡森夫妇又来拜访校长了。德雷斯勒博士的午餐被打断，那一天的心情也被弄得很糟糕。这两人每周都过来，请求让他们"聪明绝顶"的儿子格雷厄姆往上跳一两个年级。

德雷斯勒博士拿着格雷厄姆近期的成绩单。上面显示，格雷厄姆的学习成绩一般，符合他现在所在的年级的平均水平。

"他的平均成绩为C＋。"德雷斯勒博士提醒卡森夫妇，"这个成绩不算好，也不算坏。显然，他需要好好应对现阶段的学习任务。"

"你是什么意思？"吉尔达·卡森气鼓鼓地说。

"是啊，你想说什么？"乔治·卡森插了一句。学生家长总会时不时提出一些无理的要求，作为校长，这是德雷斯勒博士必须忍受的事情。但是，在少数特定情况下，他发现自己很难保持礼貌的态度。

"我们通常不会让学生跳级，除非成绩是全A。"他解释说，"而且，就算成绩是全A，还得通过一系列测试，证明各方面能力极其优秀，才能跳到比同龄学生更高的年级。"

吉尔达·卡森说："我们之前就让你给格雷厄姆做那些测试呀。"

"我做了。"德雷斯勒博士递给她一份表，上面记录的测试结果的确不太出色，她递给丈夫看。

"那天他状态不好。"乔治·卡森说，"大不了让他再测试一次呗。"

德雷斯勒博士厌烦地瞥了一眼办公桌上的黄铜钟。他说："格雷厄姆是一个很好的学生。他上课很专心，非常积极地提问。他很努力，但是——"

"但是什么？"格雷厄姆的妈妈冷笑道。

"但他只是一个C+的学生。"

"这是老师的错，德雷斯勒博士。显然，格雷厄姆的潜力只发挥了一点点。"乔治·卡森挥舞着测试表说，"像杜鲁门中学这样的私立名校，不应该发生这种情况。我们支付了好多好多的学费……"

对于"高学费＝高分数"的说法，德雷斯勒博士总是置若罔闻，他从学生家长那里听得够多了。只要孩子没有达到他们的期望，他们只会责怪学校。其实，通常情况下，家长只要多一点儿耐心，给孩子们多一点儿鼓励，孩子们都能以出色的成绩毕业。

然而，卡森夫妇没有心情讨论育儿之道，德雷斯勒博士也没有心情应付这对胡搅蛮缠的家长。他正准备对两人摊牌，明确拒绝他们的无理要求，突然，他的助手推开了门。

"抱歉打扰了，德雷斯勒博士，马歇尔警探来找您。"

"好，马上。"总算摆脱了卡森夫妇（他俩离开时嘴上抱怨个不停）。德雷斯勒博士刚松了口气，马上又陷入忧虑之中。警探突然造访，不太可能只是过来打个招呼。

杰森·马歇尔一进办公室，便直接切入正题。"我是过来逮捕小杜安·斯克罗德的。"他说。

"因为沼泽地的火灾？"

警探冷静地点了点头。

德雷斯勒博士心一沉，脑海中浮现一个大大的新闻标题：杜鲁门中学学生因涉嫌纵火被捕。

小杜安还是个未成年人，警方不会公布他的名字，当然，对小杜安来说，就算公布了姓名也无大碍。只是，从学校的角度来说，要是杜鲁门中学的学生被指控犯有如此严重的罪行，这种消息一经传播，会给学校的声誉带来极坏的影响。德雷斯勒博士预计，学校董事会会做出强烈反应，而那些给学校捐赠的富豪更会百般责难。

"消防部门大约一个小时前打来电话。"杰森·马歇尔说，"听起来，他们已经找到确凿证据。"

德雷斯勒博士甚至都懒得询问细节。鉴于那个男孩的纵火前科，德雷斯勒博士对于警方的结论毫不怀疑。其他学生都叫他"毒烟"，看来也是情有可原的。

"离放学只有20分钟了。"德雷斯勒博士说，"难道不能等等吗？"

警探说："不行，事不宜迟。"

德雷斯勒博士看了看课程安排表，现在，小杜安·斯克罗德正在参加里乔老师的英语课研讨会。

"你留在这里，我去找他，这样可能会比较好。"校长向杰森·马歇尔建议，后者表示同意。

英语课的教室在校园的另一头，德雷斯勒博士急匆匆赶到那里。当校长敲门并把小杜安叫到外面时，他并没有表现出什么异样。

两人朝行政大楼走去，走到一半的时候，男孩终于问起，为何他被突然叫出课堂。

"我们遇到了点儿问题，杜安。"德雷斯勒博士说。

"什么意思？"

"警察局有个人想和你说话。"

"又要谈？为什么？"

"你爸爸在家吗？过一会儿，你可能得给他打个电话。"

"等地狱结冰的时候，我会给他打电话。"男孩说。

杜鲁门中学严禁学生说这种诅咒的话，但现在这个时候，德雷斯勒博士也不想追究了。小杜安是个大块头，身强体壮，校长不想激怒他。他知道，对付这样的小混混，警探有的是办法。

杰森·马歇尔在等他们，手上拿着一副手铐。

"不可能！"小杜安这才意识到发生了什么事，嘴上喃喃冒出一句。

"对不起，孩子。"警探说，"请转身。"

男孩一动不动。他重重地叹了口气，看向天花板。"你们肯定搞错了。"他说。

德雷斯勒博士此刻非常紧张。警探在他的办公室里逮捕犯罪嫌疑人，这可是破天荒第一次。"杜安，请遵从马歇尔警探的指示。"

男孩非常缓慢地转过身来。

谢天谢地！校长心想。

接下来，就在杰森·马歇尔上前准备给小杜安扣上手铐时，小杜安狂奔而出。

"嘿！"警探喊了一声，立刻追上去，"站住！"

德雷斯勒博士呆若木鸡地独自站在那里，心中一阵慌乱。突然，他觉得此时的场景像极了警匪片中的画面，而自己也成了剧中的一员。

德雷斯勒博士忙不迭地望向窗外，小杜安·斯克罗德正拼命冲向运动场。虽然他体格粗壮，但跑步的速度出奇地快，身后气喘吁吁的警探和他之间的距离不断拉大。德雷斯勒博士纳闷，为什么没有人说服小杜安为杜鲁门中学足球队效力呢？这支球队急需一名身强体壮、速度飞快的后卫。

一支长曲棍球队正在运动场的西侧训练，小杜安径直冲向一名球员。即使距离很远，德雷斯勒博士还是一眼就认出了那位学生球员，那是尼克·沃特斯，他的右肩上绑着厚厚的绷带，很显眼。

德雷斯勒博士困惑地看着这一幕：小杜安·斯克罗德居然把尼克拉到一边，快速蹦出几句话。然后那个男孩又开始飞奔，翻过铁丝网，背影消失在松林深处。杰森·马歇尔警探远远地跑在后面，挥着手，叫喊着。

德雷斯勒博士认为，小杜安在杜鲁门中学根本没有朋友，一个都没有。那为什么他唯独把尼克·沃特斯拉到一边说话呢？他说了什么呢？警察就在屁股后面追，他为什么还特地停下脚步？一定是有极其重要的信息要告诉尼克。

如果德雷斯勒博士有顺风耳，能够听到小杜安在练习场上说的每一句话，他可能会对黑藤沼泽纵火案产生一些不同的看法。

那个叫毒烟的男孩告诉尼克·沃特斯的第一件事："你的生物书在我的储物柜里，密码是535。"

他说的第二件事："我没有纵火，哥们儿，我是无辜的。"

第十七章

尼克放学回到家时，看到父亲在后院练球——练习用左手将棒球扔进投手网。尼克脱下校服外套，往椅子上一扔，扯下领带，冲了出去。

"你的……那个……还好吗？"他指了指父亲右肩上的绷带。

"你是说，我这根'树桩'吗？"父亲苦涩地笑了笑，"其实，连树桩都算不上，这棵老树已经被连根拔起了。"

尼克心想：父亲少了只胳膊，但还是很幽默。

父亲说："感染几乎好了，但是，如果我说感觉好极了，那肯定是在撒谎。"

"那还是别练了，休息下吧。"

"不，孩子。"格雷戈里·沃特斯上尉从脚边的球桶里抓起另一个球，"尼克，取下绷带，我们练练接球。"

尼克清楚父亲那执拗的个性，于是不再坚持。"球扔过来。"他说。

"把绷带解开，戴上手套。"

"不用了，直接来吧，爸爸，快扔过来。"

"随便你。"父亲摆好动作，把球投出去。砰的一声，球落在尼克手上。因为没戴手套，他的手都被震疼了。

"哇！"尼克叫了一声，甩了甩手指，"好球。"

"我进步很大吧？"父亲说。

尼克把球扔了回去，球的飞行路线挺直的，不过力道还不够。用左手投球，他还是觉得有点儿别扭。

"爸，你在这里练了多久？"

"四个小时多一点儿。"

"啧啧，不累吗？"

格雷戈里·沃特斯笑了。"你在开玩笑吗？我快累瘫了。"他说，"但是，为了增强力量，获得一些肌肉记忆，这样练是最好的。"

接下来，投球的位置有点儿低，方向还歪了。尼克从草地上捡起球，迈出一大步，扔了回去——太高了，比父亲要高5英尺。

格雷戈里·沃特斯笑着说："就算我有两条手臂，也跳不了那么高啊。"

棒球落在一大丛天竺葵之中，尼克捡了回来，慢跑着回到院子的另一头。

"你最喜欢的左撇子球星是谁？"下一次投掷时，尼克问父亲。

"费城人队的史蒂夫·卡尔顿，他是一个老牌球星，远远早于你出生的年代，不过，你真应该见识见识他的快球。"

"比约翰·桑塔纳还厉害吗？"

"约翰太逊了，等他哪天进了棒球名人堂，再问我吧。"他又朝尼克掷了个快球，接球时，尼克的手还是会有些刺痛感，但他毫不介意。看到父亲用曾经不惯用的左手完成如此有力道、如此精准的投球，尼克兴奋不已。

"尼克，杜鲁门中学最近有什么大事吗？"

毒烟拒捕之事，尼克本打算在晚餐时告诉父母。不过，他们迟早会知道的，现在告诉他们也无妨。

"利比的父亲来学校了，要逮捕一个同学。不过，他钻进树林，逃走了。"尼克说。

格雷戈里·沃特斯停下投球动作。他放低了手臂，但球还是紧紧抓在手上。

"为什么要逮捕？"

"我告诉过你的，我们去野外考察的那天，沼泽地发生了火灾。"尼克说，"但是，爸爸，事情是这样的——我觉得，火根本不是他放的。"

"你怎么知道？"

这时，后门打开了，妈妈走了出来，手上戴着手套，那是棒球比赛时一垒手佩戴的巨型手套，就像一块巨无霸火腿那么大。看这架势，她是要向自己的丈夫发起挑战，她佯装愤怒，朝他咆哮道："来吧，阿兵哥，看看你有什么本事！"

格雷戈里·沃特斯咧嘴一笑，把球扔了出去，她轻松地抓住了球，然后一个低手的姿势扔给尼克，力道十足。大学毕业后，妈妈再也没有打过棒球，但她的手臂还是如此有力。

"你回家多久了？"尼克问妈妈。

"大约30秒前。我看见院子里有两只'菜鸟'在练球，我想，菜鸟们可能需要一些专业支援，不然，斯托特太太家的窗户玻璃就要遭殃了。"

"我不是菜鸟！"尼克的父亲假装受到冒犯，"尼克才是。"

接下来的半个小时里，三人玩起了接球练习，整个过程中，没有大声交谈，但气氛轻松愉快。格雷戈里·沃特斯被派往伊拉克之前，一家人经常这样练习。对尼克来说，距父亲受重伤还不到两周，他就已经回家，现在还在投棒球！这似乎很不真实。真是不可思议的奇迹，尼克心想。

不过，话又说回来，父亲绝不是普通的病人，就算少了只胳膊，他依旧是尼克心中的超人。

格雷戈里·沃特斯说："尼克，告诉妈妈，今天在学校发生的事情。"

"哦，我已经知道了。吉尔达·卡森给通讯录上的每一位学生家长都发了短信。"妈妈说，"那个从警探手上逃脱的男孩，昨晚还来过我们家找尼克借生物书呢。"

"真的吗？尼克刚才可没说这个。"格雷戈里·沃特斯看起来很担心，但没有停下扔球的动作。

"他叫小杜安·斯克罗德。"妈妈说，"他的父亲曾经因为纵火罪入狱，所以我想，上梁不正下梁歪——"

"妈妈，他没有纵火。"尼克打断了妈妈的话，他的语气非常坚定。

"你为什么这么肯定？"

"他是这么告诉我的。"尼克说，"马歇尔警探在追他的时候，我正在练习长曲棍球，他拦住了我，说他是无辜的。如果不是这样，他根本没必要专门跑过来跟我说啊！"

妈妈把棒球扔给了他："人都会说谎，孩子，尤其是遇到麻烦的时候。"

"但我相信他！你们没有看到他当时的眼神，而我记得很清楚。"尼克把球传给父亲，父亲漏接了，球掉在草地上。显然，尼克的话分散了他的注意力。

妈妈说："告诉爸爸，其他孩子怎么叫小杜安的。"

"哦，那只是一个绰号。"尼克抗议道。

"说说吧。"父亲说。

"毒烟。"尼克轻声回答，他知道，听到这个绰号，父母更加不会相信杜安是无辜的。

"毒烟？"格雷戈里·沃特斯捡起棒球，在手里转来转去，"我来猜猜为什么大家叫他毒烟。"

"因为他喜欢别人这样叫他。没有人知道为什么。"尼克补充说，"好吧，警察说，很久以前，他放过两把火——但这并不意味着，这次的火就一定是他放的。"

尼克心想，妈妈肯定是从卡森太太那里知道了毒烟的纵火前科，而卡森太太可能是从格雷厄姆那里得到了这些信息。

"孩子，这听起来不对劲。"父亲说。

"爸爸，那都是过去发生的事，和这次没关系——如果这次他没放火，就不应该被捕，"尼克坚持说，"咱们不能放过坏人，也不能冤枉好人。"

妈妈走过来,一只胳膊搂住尼克,她的棒球手套贴着他的背,搭在那一团鼓包上,尼克的右手就绑在里面。她解释道:"根据卡森太太的说法,警方有确凿的证据能证明是小杜安纵的火。"

"什么证据?"

"她没说具体的内容。但听她的意思,事情已经是板上钉钉了,不是空穴来风。"

尼克从妈妈的怀抱中挣脱出来,然后坐在露台椅子上说:"呃,反正我不信。不管怎样,只要还没被判有罪,他就应该是无辜的,对吧?"

尼克心想,如果毒烟在长曲棍球场上对我说的都是谎话,那他无疑是世界上最伟大的演员。

"警察抓到他了吗?"他问。

"还没。"他妈妈说,"我要准备晚饭了,一会儿再说。"

格雷戈里·沃特斯上尉坐下来,活动了一下左手手指。他看起来浑身酸痛,疲惫不堪。"也许明天我会试试飞竿钓鱼。"他说。

尼克的视线不由自主地落在父亲身上,他衬衫右边的袖子空荡荡地垂下来——当然,要习惯他缺了一只胳膊,还需要一段时间。父亲又何尝不是呢?他甚至自嘲,自己在镜子里看起来非常"不对称"。

"我能问你一些关于战争的事情吗?"尼克说。

"当然。"

"火箭弹击中你坐的悍马车,旁边那个人死掉了——你说他是你的铁哥们儿?"

"是真的,他是。"父亲说。

"在那之前，你认识他多久了？"

格雷戈里·沃特斯思索了片刻："两三周吧。"

"那不算久啊！"尼克说。

"嗯，有时候碰到志同道合的人，马上就能成为好朋友。"

"而且，不只是因为你们一起作战？"

"对，我在棒球小联盟打球的时候，也碰到过这样的情况。"父亲说，"每次春季训练的第一天，我们都会碰到新队友，聊上几句，你就知道，哪些人以后是你的哥们儿，哪些人你以后绝对不想搭理。"

"我懂你的意思。"尼克说，"好像人都长着奇怪的雷达，会接收特殊的信号。"

"嗯，有点儿道理。"

尼克站起来说："晚饭前我要打个电话。"

父亲问："警察正在追捕的那个男孩，是你的朋友吗？"

"好问题。"尼克说，"我想，也许是吧。"

尼克帮妈妈摆好餐桌后，去了自己的卧室。他关上门，给利比·马歇尔的手机拨过去，利比正在外面遛那只叫山姆的狗狗。

"不，他们还没有抓住他。"利比她不等尼克发话，便接着往下说，"但他们一定会抓住他的。我爸爸很生气——在追他的时候，他还把脚筋拉伤了！"

尼克同利比说话时，非常小心谨慎。利比当然笃信毒烟是有罪的，因为她爸爸肯定是这么告诉她的。

利比说："我爸爸说，他之前在州际公路上点火烧了广告牌，现在还处于缓刑期，所以警察现在可以把他关起来，一直关到这次纵火案审判结果下来。可以关6个月，甚至更久。"

难怪他跑了，尼克心想。"警察还在外面找他吗？"尼克问。

"没有。他又不是那种连环杀手。"利比说，"等他一回家，警察就会逮捕他。爸爸说，抓少年逃犯很简单，在他们家里等就行。"

"但是，如果他不出现呢？"

"对，尼克。不过，他如果不回家，他还能去哪里？"

尼克暗想：我要是知道就好了。

"他们为什么这么确定火是他放的？"利比的父亲说新发现了一个证据，尼克想打探打探消息。

幸运的是，他打探到了。

"有人在起火地点附近发现了毒烟的书包。"利比说，"猜猜里面有什么——一个便携式打火枪，纵火犯经常用的那种！他完蛋了，尼克，案子已经破了。"

"他上学用的那个书包吗？有迷彩图案的那个？"

"等一下。"利比叫道，"山姆，不要！坏狗狗！坏狗狗！"

她冲着那只宠物狗大喊大叫，嘈杂的叫喊声传到电话另一头，尼克把手机拿远了一些。毒烟的书包怎么会突然出现在黑藤沼泽呢？这完全不合理。

利比的声音再次传来，她有些上气不接下气："对不起，尼克，我得走了。山姆把一只大公猫逼到墙角这边，它正要扯掉猫的鼻子……不要！坏狗狗！不许咬！"

尼克挂了电话，迫不及待地给玛塔拨了过去。

"你明早有事吗？"他问。

"睡觉。"她回答，"今天是星期六，你忘啦？"

"我们骑自行车去吧。"

"我不想去，尼克。"

"准备好，8点出发。"

"别逗了。"玛塔说，"我明天早上8点还在打鼾，像北极熊那样打鼾。"

"不，有件很重要的事。具体情况见面后再跟你解释。"

"你千万别再带我去斯塔奇太太家！我不想死在那里，我可不想像那些动物标本一样——眼睛里安上玻璃眼球，脖子上挂上名字标签。"

尼克说："别担心。我们要去别的地方。"

第二天早上，老杜安溜进厨房给纳丁拿一些瓜子。有人在敲门，随后，一个声音在喊："杜安，你在家吗？"

听声音，不像是联邦调查局的特工，更像是孩子略显稚嫩的声音。但老杜安不敢冒险。慌乱之下，他连滚带爬回到音乐室，然后把门死死地堵住。那只金刚鹦鹉饿坏了，生气地叨着他的耳垂不放，老杜安感到一阵剧痛，但他还是咬紧牙关，憋着不发声。

他不想再被扔进监狱，不过，他意识到，事态的发展可能对他不利。攻击那个税务员绝非明智之举，他觉得，美国政府肯定不会放过他的，迟早他们会派出全副武装的特工，把他的房子重重包围。

今天早些时候，老杜安已经躲过了另一个陌生人，那名男子敲了很久的门，自称是一名副警长，过来找小杜安。老杜安把纳丁从笼子里抓了出来，带上它钻进音乐室，躲在一床被子下。

"杜安，开门！是我——尼克·沃特斯。"新来的访客在外面喊道。

然后，又有一个女孩的声音："我早就告诉过你，他根本不在家。"

老杜安推测，门廊上那两个人可能是来找儿子玩耍的，但他很快又否定了这种可能性。他记得，除了一两个米科苏基印第安人，小杜安没有任何同龄朋友。

不，老杜安心想，联邦调查局的特工肯定都是老奸巨猾的狠角色，这准是他们设的陷阱。

外面的声音一停，纳丁就松开了老杜安的耳朵。几分钟后，他小心翼翼地挪到音乐室的门口，想把堵在门口的那架小钢琴推开。

"我饿了！我饿了！"纳丁用德语和法语唠叨着。

"小声点儿，笨鸟。"老杜安低声呵斥，"小心我把你卖给桑德斯上校。"

身后传来一个女孩的声音："别这样。"

老杜安又退了回来，蜷缩在钢琴旁边。敞开的窗户中居然出现了两张小孩的脸——一男一女，两人正惊讶地看着他。

"你们想干吗？"他质问道，"你们也是政府派来的吗？"

男孩说："我们和杜安是一个学校的。我们要找他。"

"呃，很多人都在找他。"

"他是我们生物课上的同学。"女孩补充道。

纳丁尖叫着，扑腾了两三下翅膀，在房间里横冲直撞，最后落在一盏满是尘土的吊灯上。

"快滚！"老杜安对着孩子们咆哮。他认准了，这两个孩子是联邦调查局特工乔装的。

男孩说："警察要抓杜安，他逃跑了。他们打算控告他纵火，但我们认为，火不是他放的。"

"不，尼克。"女孩打断了他，"是你这样认为，我可没这么说。"

"随便。反正我们得和他谈谈。"

老杜安说："我不知道他在哪里，就算我知道，我也不会告诉你们。所以，哪儿凉快哪儿歇着去，现在就滚。"

两个孩子一动不动。

这世界是怎么了？老杜安有些不明白。什么时候大人说话，小孩都不听了呢？

"那架钢琴真不错。"女孩评论道，"我从4岁起就上钢琴课了。"

"很了不起吗？"老杜安嘟囔道，"现在，快滚。"

两个孩子依旧置若罔闻，他俩径自翻过窗户，进入房间。老杜安看得目瞪口呆。女孩发话了："您知道我在秋季独奏会上演奏了什么曲目吗？《拉赫玛尼诺夫第4号D大调前奏曲》。"

"你在开玩笑吧。"老杜安不信。拉赫玛尼诺夫是他一直以来最喜爱的钢琴家之一。他把顶在门后的钢琴推开。女孩坐上钢琴凳，凭借记忆弹奏了整首曲子。

"弹得真是太好了。"老杜安承认。

她说："我叫玛塔。他是尼克。"

"我是杜安的爸爸。但是，我还是没法儿告诉你们他在哪里，因为我也不知道。并且，你们有可能是联邦调查局的卧底。"

女孩说："这是我听过的最愚蠢的事情。我连学校的啦啦队都没参加过。"

老杜安有些惭愧，脸上发红。

那个叫尼克的男孩说："昨天学校发生的事，您没听说吗？"

"没有。我只知道小杜安没回家。"

"那就对了，逃犯怎么敢回家呢。"那个叫玛塔的女孩不无夸张地说。

"啊，完蛋了。"老杜安·斯克罗德喃喃自语。

男孩把整件事情的来龙去脉讲述了一遍——警方已经认定杜安是黑藤沼泽纵火案的犯罪嫌疑人，还派了一名警探去学校逮捕小杜安，不过最后让他逃跑了。

"但是小杜安说过，警察没有证据！"老杜安反驳道，"他发过誓的！"

"昨天之前，他们都没什么证据。"尼克解释，"不过昨天，他们在火灾现场找到了他的书包。"

老杜安听得很困惑："小杜安有'书包'吗？"

女孩不耐烦地叹了口气："先生，难道您的儿子上学不带书包吗？"

"那个有迷彩图案的包。"尼克继续说，"有点儿像猎人的背包。"

"嗯，对。"老杜安这才想起了那个书包。

"您最后一次看到那个书包是什么时候？"男孩问道。

"前天。"

两个孩子窃窃私语，然后女孩转向老杜安："您百分之百确定吗？"

"当然。那天政府派了一个收税的闯到我家里，侵犯我的个人隐私。那个人从地板上抓起杜安的包，想要谋杀我亲爱的纳丁——对吧，亲爱的？"

"对！"吊灯摇晃着，停歇在上面的那只金刚鹦鹉嚷了一句。

"那个背包现在在哪里呢？"女孩问道。

"这我就不知道了。可能是那个收税的在逃跑的时候拿走了。"此时，老杜安正寻思着，该什么时候打电话给米莉森特·温希普呢？她亲爱的外孙又犯法了，这个消息，他不知道还能隐瞒多久。

尼克断言："我觉得，杜安是无辜的。"

老杜安咳嗽了一声："我巴不得你说的是对的，但是，就像他们说的，小杜安的确有纵火'前科'。"

"哦，但这次不是他干的。"男孩断言道，"这是他亲口告诉我的，我愿意相信他。"

"那你们希望我做什么？冲到法院去抗议吗？"老杜安无奈地耸了耸肩，"只要他自己不走出树林，警察永远都找不到他，一万亿年内都找不到。"

"如果您收到他的消息——"

"谁说我会呢？"

"万一您收到他的消息，"玛塔说，"告诉他别再逃了，赶快自首，这是他洗清罪名的唯一方法。"

老杜安苦笑着说："你知道的，这又不是在拍电影。孩子，生活并没有那么简单。"

男孩先爬出窗户。女孩跟在后面，但她在窗台上暂停了片刻，说："那真是一架漂亮的小钢琴。您也弹琴吗？"

毒烟的父亲摇了摇头："好几年没碰了。"

"嗯，那您应该再弹弹。"

"是吗？为什么呢？"

"因为弹琴会让您开心一点儿。"女孩说罢便消失了。

回家的路上，尼克十分激动，他的自行车走的是S形路线，还时不时冲出人行道。

"你还不明白吗？这完全就是陷害！"他冲玛塔喊道，"毒烟不可能在火灾那天把书包丢在沼泽地里，没听他爸爸说吗？两天前他还见过那个包。你知道吗？我也见过那个包，瓦克斯莫第一次上生物课的时候，毒烟把那包放在了桌子底下！"

玛塔说："放松点儿，尼克，瞧你，气都快喘不上来了。"

"我是认真的，肯定是有人偷了他的书包，在里面藏了一把打火枪，然后把包故意放在纵火现场。毒烟被人陷害了！"

"谁要陷害他呢？这太疯狂了。"

尼克不得不承认——他的结论似乎缺少一些合理的依据。尽管小杜安在杜鲁门中学独来独往，但是，他也并没有四处树敌。谁会故意陷害这么一个孩子，让他坐牢呢？

"别忘了，"玛塔说，"这家伙的爸爸也是个怪人。所以，他的话我不太相信，他说税务人员偷了杜安的书包，哪个税务人员会这么做？"

"如果那个家伙是冒牌货呢？"尼克推测，"如果那人去毒烟家只是为了拿点儿东西，然后故意放在黑藤沼泽，来伪造纵火证据呢？"

玛塔哼了一声，以示怀疑。"喂，别胡思乱想了。"她说，"还有另一个假设。"

"好的，你说。"

"毒烟会不会有两个书包呢？一个装书，另一个装打火枪。"

尼克对玛塔越来越失望——事情已经这么清楚了，为什么她还看不明白？"但是，他星期四晚上过来借我的生物书，记得吗？他说他的背包丢了。第二天我就告诉你了。"

"那他还说要复习功课，准备考试。哪有什么考试呢？"玛塔指出疑点，"你的推测有很多不合理的地方。你刚才自己都说了。"

尼克把自行车刹住，停在树荫下。他想好好地理一理头绪。黑藤沼泽中的火灾实在是太诡异了，从斯塔奇太太的离奇失踪到小杜安书包的神秘出现，一切都极不合理。

玛塔把自行车停在尼克的自行车旁。"如果毒烟听说他的书包在纵火现场被发现了，他就去找你借书，故意透露说书包刚刚'丢'了。之后他就可以辩称，包是前两天丢的，不是火灾当天丢在现场的，那天他根本不在现场。还有，他让他爸爸撒谎，说两天前那个包还在家里，但后来被陌生人顺手偷走了。"

尼克说："我还是更倾向于我的推测。"

"如果他没干坏事，为什么一看到利比的爸爸，就拼命地逃跑呢？"

"因为他害怕被捕。他被吓坏了，就这么简单。"

玛塔说："你不看法制节目吗？上面哪个罪犯不说自己是无辜的？"

尼克内心承认，玛塔可能是对的，自己有可能被毒烟骗了。但是尼克的父亲总是教他，做任何事情都要相信自己的直觉，而尼克的直觉是毒烟说的是实话。

"玛塔，我还是相信他是无辜的。"

"那好，请问，这个镇上有谁想陷害他？为什么要陷害他？能给我一个合理的理由吗，尼克？"

尼克根本没在听。他刚刚溜下了自行车，现在正要跑到街道对面。"来吧。"他扭头对玛塔说。

"你疯了吗？"玛塔大喊。

"快点儿！"满脸兴奋的尼克打了个手势，示意玛塔过去对面的一个购物中心。玛塔赶紧把两辆自行车锁在树上，跑步追上尼克。

斯塔奇太太的那辆普锐斯小汽车——那辆印着"拯救濒危海牛"字样的小汽车，就停在一家名为"小那不勒斯"的比萨店外。车内空无一人，没有上锁。

尼克环顾四周，确保没人注意到他俩，然后钻进后座，为玛塔打开车门。

"你到底在做什么？"她一边询问，一边焦急地回望。

"等开这辆车的人。搞不好就是特威利那个家伙。快进来。"

"但他说过，他不想再看到我们！你忘记了吗？"

尼克当然没有忘记。他解释道："这是我们找到真相的唯一办法。我不知道你的感受怎么样，但是最近发生的一切让人一头雾水，我快烦死了，我要找到真相。"

玛塔皱着眉，生气地抱着头一个劲儿地挠。"你是彻彻底底地疯了吗？我不想找什么真相。你不要命了吗？那家伙的腰带上面有子弹，真正的子弹。尼克，你想一想，他身上很可能有枪。"

"反正我不走了。"尼克断然地说，"你要么回家，要么上车和我一起。不过，你最好快点儿拿主意，因为我看到他过来了。"

玛塔上了车。

第十八章

特威利看到坐在普锐斯后座上的尼克和玛塔，没有任何反应。他坐到驾驶座上，把两个比萨盒放在副驾驶座，然后发动汽车。

"你能带我们去见斯塔奇太太吗？"尼克问。

特威利没应答。两个孩子望了一眼后视镜，那个男人正在自顾自地数数呢。

"你在干什么？"玛塔问他。

"数到二十，你们必须离开这辆车。"

尼克说："在找到真相之前，我们哪儿也不去。"

"如果你想把我们扔出去，"玛塔补充说，"我就会尖叫，一直叫，直到有人报警。"

特威利叹了口气说："电视剧看太多了吧？别那么夸张！"他从驾驶座上扭过头，扫了一眼车后的情况，把车倒了出来。

玛塔指着他："那是什么？"

"秃鹫的喙。一个朋友送给我的。"特威利说，"有'幸运’的寓意。”

他裸露的胸膛上挂着一根破旧不堪的皮革挂绳，上面系着两只鸟喙。久经太阳暴晒，那两个挂坠明显颜色发白，表面也相当粗糙。玛塔显然不喜欢那样的怪东西，她对尼克使了个脸色，嘴里念叨着恶心。

特威利驾驶着小车，缓缓地汇入车流。尼克想找个话题，来掩饰他的紧张：“我正在读爱德华·艾比的一本书。那本书太奇妙了。”

特威利透过后视镜看着他：“所以，你的意思是，你很喜欢这本书？”

“是的，他写得真有趣。真的有猴子扳手帮吗？”

“天晓得？希望有吧！”特威利暗自一笑，把滑雪帽拉到额头上。“你呢？”他对玛塔说，“你都读些什么书？”

她说：“《哈利·波特》系列全读了——还读了三遍。说真的，你脖子上那两个恶心的东西真是秃鹫身上来的吗？”

“是的。”

“所以你的朋友——”

“不，他并没有用枪打秃鹫。”特威利解释，“秃鹫是在路上被轧死的。”

玛塔点点头，一脸专注地说：“秃鹫的喙是不是有什么魔法？”

“那我不知道。”

他们穿过匝道，驶入州际公路，离城镇越来越远，尼克不知道自己是不是犯了大错。他们对这个人几乎一无所知，他甚至可能会把车开到另一座城市，将他俩扔进不知名的湖里。

尼克说："斯塔奇太太并不是你真正的姨妈吧？"

"当然不是。"特威利回答。

"所以，你把她囚禁起来了吗？"玛塔直截了当地问，"我们知道，野外考察的时候，你当时也在黑藤沼泽。尼克拍摄的视频中有个人影，那人腰上的弹药带和你身上的一模一样。所以，火是你放的吗？"

尼克身子一瘫。玛塔一旦激动起来，什么话都能说出来。尼克觉得，在当前的情况下指控特威利绑架和纵火，非常不妥。

不过，特威利并没有生气。"这么多烦人的小问题啊。"他用诙谐的口吻说，"首先，我没有囚禁亲爱的斯塔奇姨妈。我敢肯定，任何人，如果敢囚禁她，都会吃不了兜着走。还有，你说得对，那天我的确在黑藤沼泽。但是，那把火不是我放的，另有他人。"

"不会是毒烟吧？"尼克禁不住发问。

"毒烟？"

"他的真名是小杜安·斯克罗德。"尼克解释，"前几天，玛塔看到他坐在这辆车里——和你一起。"

特威利说："有人想搭便车，我就载一下。现在不就是在载你们吗？"

尼克继续说："杜安和我们一起上斯塔奇太太的生物课。昨天，有一名警探要以纵火的罪名逮捕他，但他逃脱了。"

玛塔又犯急性子了，她直奔主题："杜安跟尼克说，他是无辜的，但消防部门在现场找到了他的书包。"

镜子里，特威利的表情顿时严肃起来："不是消防部门找到的，是一个普通人发现的，他发现后就给火灾调查小分队打了电话。”

“有什么区别吗？”玛塔问。

“天差地别，小公主。”

“你怎么知道这一切的？”尼克兴奋地问，“你见过毒烟吗？”

特威利说：“闲聊结束。”他拿起一个比萨盒，递给玛塔。

“再问一个问题，”尼克恳求道，“然后我们就闭嘴。是吧，玛塔？”

在张嘴咬比萨之前，她朝尼克礼貌一笑，微笑里带有一丝揶揄。特威利的手在方向盘上敲了敲，催促尼克。

“到底是谁放的火？”尼克问道。

“如果我知道，我会——”

“你会什么？”

“没什么。”特威利再也不说话，他把收音机的音量开得很大。

吉米·李·贝利斯到达急诊室时，德雷克·麦克布赖德已经不再对护士大吼大叫。他刚才被注射了一些特殊的药物，这才镇定下来。护士告诉吉米，德雷克·麦克布赖德是头部先着地的，很可能摔出了脑震荡，可能还有几根肋骨骨折。

“雷霆王把我甩了下来。”德雷克·麦克布赖德有气无力地抱怨道，“然后它在我的胸口上跳了一段该死的踢踏舞！”

吉米坐下来，安慰道：“你会没事的。”

"他们甚至不让我去看医生！"

"你得和其他人一样，排队看医生。"

"为什么？我是什么身份？怎么能和其他人一样？"德雷克·麦克布赖德抱怨道，"我刚才想塞点儿现金给他们，让他们安排我先看医生，但那些人都很傲慢，简直是群疯子……"

吉米暗自庆幸，还好自己错过了那令人尴尬的一幕。"你不能贿赂护士。医院有自己的一套规定。"

"那不是贿赂，只是一点儿小费。"德雷克·麦克布赖德停下来，对着一个塑料便盆一通呕吐。他抬起头，请求道："帮我个忙，伙计。去马厩一趟，帮我一枪打死那匹该死的畜生，好吗？不能留它的命，再被它摔一次，可就要了鄙人的老命。"

"好的，先生。"吉米嘴上应允，但他无意伤害老板的马。

与大多数星期六一样，医院的急诊室里熙熙攘攘。德雷克·麦克布赖德坐在等候区，被形形色色的伤员所包围：有一个中年妇女，她骑电动自行车直接撞上了信箱；一位老人，在一场网球比赛中，他被自己的双打搭档挥拍击中了头部；还有一个年轻窃贼被铐在椅子上，叫叫嚷嚷的，他的要害部位被警犬咬伤了。

"那一下摔得我晕头转向。"德雷克·麦克布赖德说，"头疼得要命。"

尽管老板昏昏沉沉、痛苦不堪，但吉米还是决定把消息告诉他。"先生，我有一个好消息和一个坏消息。"他说。

德雷克·麦克布赖德叹息一声："让我解释一下，如果你有坏消息，那就不可能再有好消息，因为坏事总是把好事盖过去。"

吉米压低了声音。"22区纵火的案子，警方决定控告那个小子。"他凑过去对德雷克·麦克布赖德说，"这意味着，我们安全了。"

"很好，还有什么事？赶快说，我承受得了，我又没有摔断九根肋骨！脑子也没摔坏！"

接下来，吉米说到了梅尔顿："那个笨蛋又被人伏击了。这一次，他从头到脚被喷上了橙色的油漆，绑在卡车的引擎盖上。"

"又被脱光了吗，和之前一样？"德雷克·麦克布赖德软弱无力地问。

"是的，先生。"

"是绑在红钻能源公司的卡车上吗？"

"幸好是被我发现的，没被外人看到。"吉米说，"要不然，你想想，沼泽地里面有一个光着屁股的男人，全身都是橙色，这等怪事很可能会登上报纸头条，甚至还会被福克斯电视台报道。"

德雷克·麦克布赖德沉下脸，点了点头："是的，不幸中的万幸。本来，今天那匹蠢马摔掉了我半条命，你这个消息几乎要了我另外半条命。"

吉米接着说："那伙人还把皮卡车的前轮轴给取走了。"

"我们公司的皮卡车吧？"

"是的，先生。"

"我受不了了，我要躺下。"德雷克·麦克布赖德从椅子上一屁股滑下来，直接趴在地板上。旁边其他病人和他们的亲戚坐在一起，根本就没有理会德雷克的怪异举动。

"还有一些情况。"吉米继续说，"今天早上，我带梅尔顿去洗车场，冲洗他身上的油漆。有个保护区管理员给我打电话。"

德雷克·麦克布赖德哼了一句："州管理员还是联邦管理员？"

"联邦的。他自称是什么野生动物保护工作人员。"

"啊，不会吧！"

"是的，他接到了报告，说在我们租的土地附近出现了一只野生黑豹。他想尽快过来这边看看。"

德雷克·麦克布赖德站了起来说："所以，现在有什么问题呢？你之前不是告诉我，黑豹跑了，被你开枪吓跑吗？"

吉米知道，他的老板从来都不是一个头脑聪明的人。但是，头摔在地上后，他好像变得更蠢了，蠢得无可救药。

他还不明白，问题的关键不是那只黑豹去哪儿了。就算野生动物保护官员在这儿连黑豹的影子都找不到，红钻能源公司照样可能会有大麻烦。只要他发现哪怕一个黑豹的爪印（即使不完整），或者一丁点儿粪便（即使是很久前留下的），政府就可能会介入，派人监督红钻能源公司的石油钻探活动，甚至直接关停这个项目。

"《美国濒危物种保护法》非常严格。"吉米提醒德雷克·麦克布赖德。老板小声诅咒了几句，再次瘫倒在那肮脏的地板上。

德雷克·麦克布赖德说："如果保护区管理员闯到22区，发现我们的秘密项目怎么办？我们完全没办法狡辩啊，那块地是属于佛罗里达州政府的，而不是我们的。"

"我会想办法的。"吉米说，"我们至少需要10天的时间才能埋好石油运输管，所以，得想想办法稳住那个人，让他只在21区活动，别让他乱跑。"

"还有，赶紧告诉我，你准备怎么清理那只该死的黑豹留下的粪便？"

关于这个棘手的任务——怎么找到并清除黑豹粪便，吉米当下并没有什么好办法。他解释道："那里面积太大了，总共有640英亩。我们所能做的就是祈祷老天爷，快快下一场大雨。"

"旱季下大雨？你疯了吗？"德雷克·麦克布赖德用手捂住脸，侧着身子，在地板上一个劲儿地抽搐。"我倒不如死在这里算了。"他悲惨地说。

吉米也不好受。就在仅仅两周前，他还在悠闲地翻阅哥斯达黎加房产宣传册子，盘算着如何花掉那笔巨款——那笔他将从红钻能源公司的骗局中赚到的数百万美元。而现在，他的脑海中只有一个念头：怎么做才能不被扔进监狱。

"我们要给梅尔顿加工资，加多一点儿。"他建议道，"被袭击了两次，他真的很生气，我们要用钱堵住他的嘴，不让他到处乱说。"

"那橙色油漆洗掉了吗？"德雷克·麦克布赖德问道。

"大部分洗掉了。还有些地方洗不掉。"

"你赶紧去查，不惜一切手段，查查到底是谁干的，给他点颜色看看，不要手软。"

吉米说："我这就去办，别担心。"

一名表情严肃、肩膀宽厚的护士走上前，提醒吉米将他的老板搬回椅子上。"就快轮到他看医生了。"她说，"他前面还有两个病人，一位被黄蜂蜇伤的女士，还有一位吃烧烤被烫伤的男士。"

"我的天哪，终于要轮到我了。"德雷克·麦克布赖德喃喃自语，挣扎着站了起来。

特威利·施普雷并不是一个外向的人，通常来说，比起与人打交道，他更喜欢和动物待在一起。但是，无论是与人打交道还是与动物相处，他始终保持着谨慎的态度。曾经有一次，在教训一个蠢蛋时（当然，那个蠢蛋活该被教训一顿——甚至好几顿），特威利绑架了他的笨狗，和它待了几天。而到了和狗说再见的时候，特威利发现自己居然很悲伤，也很惆怅，他蓦地一下警醒了。他觉得，自己不能再被一些情绪化的感受所左右，必须把注意力百分之百放在任务上。

说实话，汽车后座上的那两个孩子并不惹人讨厌，并且，他们的心肠一点儿都不坏。但是，在开车前往黑藤沼泽的路上，特威利始终保持谨慎，尽量不与他们交谈。他的心思都放在那个自称毒烟的男孩身上——他现在四处逃亡，急需帮助。

令人不安的是，小杜安是被人陷害的。特威利怀疑，红钻能源公司就是幕后黑手。前天，在这家公司的钻探现场，一个工作人员请来了火灾调查员，那两人短暂碰面时，特威利就躲在远处的一棵大柏树上。不过，当时他并不知道杜安的书包被盗之事。之后，他询问了在外逃亡的小杜安。再后来，他与警察局一位健谈的秘书交流了一番，最终才确认了这件事。拨开云雾见月明——当他把搜集到的这些线索串联到一起时，事情总算大致明朗了。

红钻公司为何要将纵火罪嫁祸给一个无辜的孩子呢？特威利推断，唯一动机是他们想隐瞒自己参与纵火的事实。有个问题还困扰着他，红钻公司为何在孩子们野外考察时点燃灌木丛，吓跑他们呢？他正在研究各种可能性。

这家公司刚成立不久，互联网上几乎找不到这家公司的信息。然而，特威利聘请的私家侦探挖出了总裁兼首席运营官的名字——德雷克·W.麦克布赖德。不过，这仅仅是一个开始。

与此同时，特威利也没闲着，他继续偷偷探索21区。梅尔顿这个可怜的笨蛋与他遭遇了两次，每次都被他狠狠地捉弄了一番。

特威利·施普雷的肩膀被轻拍了一下。后座上，那个名叫尼克·沃特斯的男孩问道："你能把收音机声音关小一点儿吗？"

"不！"特威利说。

"那至少换个频道吧。"那个名叫玛塔的女孩建议。

"甭想。"特威利开车时，背景音乐必须是经典摇滚乐，别无他选。

尼克凑近他的肩膀，问道："你为斯塔奇太太工作吗？"

"我告诉过你，不要再问了，吃点儿比萨吧。"

玛塔说："他不喜欢里面的蘑菇或橄榄。"

"气味好重！"比萨散发出的浓浓奶酪味弥漫了车内的空间，特威利打开车窗，让空气流通。"听着，我不为任何人工作。"他说，"我就是所谓的'失业者'。"

"那你无家可归吗？"玛塔问道。

"恰好相反，我想住哪里都可以。"特威利有点儿被惹毛了，他甚至有点儿冲动，想把车停在一条偏远的路上，把这两个小毛孩赶下去，但他隐隐觉得，这俩孩子以后可能会有用。至少，小杜安知道有人关心他，也不失为一件好事。

特威利驶出29号公路，拐进一条尘土飞扬的农场马路。几分钟后，这辆普锐斯小汽车沿着一条崎岖不平、杂草丛生的通道缓缓前行，这条通道曾经是伐木作业的专用路线。小路的尽头是一扇破门，门上挂着一个"禁止擅自闯入"的标志牌，上面锈迹斑斑。特威利把车停在一棵巨大的绞杀榕下面，关掉收音机，并指示两个孩子不要轻举妄动。他留神听了一下，天空一片寂静，只有红钻能源公司的直升机发出的尖锐的突突声。

他迅速下车，搬起一些树枝和棕榈叶，摆放在汽车上，把汽车掩藏起来。那些枝叶是他提前采摘好的，就堆在一旁。虽然尼克·沃特斯只有一只胳膊能活动，但他也上前帮忙；而玛塔怯生生地站在一旁，挥舞着手机，想要引起特威利的注意。

"看，这是我手机上的快速拨号页面，第二个号码就是利比·马歇尔，她爸爸是警探，所以，你不要乱来。"她警告说。

特威利笑了："我会努力控制自己的。你们俩准备好远足了吗？"

"当然。"男孩说。

"有多远？"女孩问道。

20分钟后，沼泽地里的泥水淹没了玛塔的膝盖，她用更大的声音问了同样的问题："有多远？"

特威利将一根手指举到唇边，继续向前跋涉。他领路，两个孩子紧跟在后，三人沿着一条泥泞的小径，穿过一片不长树木的沼泽地，最后踏上了一片干燥的平地。那儿有一片松树林，特威利发现了白尾鹿、山猫和浣熊活动的痕迹。不过，他看起来很焦急，并没有特地停下来，像探险向导那样给孩子们一一解释不同的爪印和粪便。

尼克左手托着比萨盒，走到特威利身边。他压低声音问："这里有黑豹吗？"

"你在野外考察的时候，难道没有听到一声尖叫吗？"

"那是你的声音，"尼克说，"不是吗？"

特威利朝他使了个眼神，摇摇头。

"真的吗？！"男孩看起来很兴奋。

玛塔在他们身后几步远的距离，她正在发牢骚呢："为什么我们不能像别人那样走木板路呢？我的匡威鞋是刚买的，这下彻底报废了！"

一头红肩鹰攫着一只老鼠，从三人头顶掠过。特威利又一次停下来，留神听周围的动静——不过，上方只传来一阵笃笃声，那是一只啄木鸟在啄一棵枯树。

玛塔追上来，问了一句："这太荒谬了，斯塔奇太太呢？"

特威利将两根手指头插入嘴里，吹起了响亮的口哨。没有回应——特威利和斯塔奇太太约定好了，如果特威利吹完口哨后没有收到回应，那意味着一切安全，他可以继续前行。

玛塔冷不丁冒出一句："尼克，万一他不是带我们去见斯塔奇太太呢？万一他要把我们剁成碎片喂鳄鱼呢？"

"人肉很柴的，咬不动。鳄鱼更喜欢吃鱼。"特威利插了一句，然后继续赶路。

尼克仍然和他肩并肩前进。"她只是害怕而已。"他低声解释。

无须解释，特威利当然明白。他那副荒野浪人的形象，很难给人安全感——这一点他自己最清楚。

"很快，这一切就会水落石出。"他说，"迟早的事。"

"我相信你。"

"呃，尼克·沃特斯，我可不会随便相信别人哦。"

"我爸爸告诉我，要永远相信自己的直觉。"

"他在伊拉克受了重伤，对吧？"

尼克看起来大吃一惊："你怎么知道的？"

"杜安提到过。"特威利说，"对了，你上次说，胳膊是在打长曲棍球的时候弄伤的，是吗？"

"不是的，上次我是骗你的。"

"我早猜出来了。我从来没见过像这种绑在后背上的吊带。"特威利用手轻弹一下男孩右肩后面的位置，那里鼓出来一个形状奇特的包。

他说："我的胳膊好好的。但我正在自学成为一个左撇子。"

"就像你老爸现在要面对的一样。"

尼克点点头，陷入沉默之中。

"你是好样的！"特威利说。

他努力回忆，自己小时候，是否曾经像尼克这样关心过自己的父亲。他的心中涌起了一种复杂的情绪。每每忆起童年往事，他总会有这种感受。

女孩远远落在后面，她朝两人喊道："你们的脚都没事吧？

我的脚上起满了水疱，一个接一个！"

距目的地很近了。昨晚篝火的余烬仍散发着淡淡的烟味，特威利·施普雷闻到了。

"你最后一次看到野生黑豹是什么时候？"他问尼克。

"从没见过。"

"那今天就是你的幸运日。"

第十九章

秘密露营地藏于暗处，位于枝叶稠密的树冠下。那儿搭着两个小帐篷，地上挖出了一个火坑。地上铺着一块褪了色的绿色防水布，四个角钉在地上，但中间鼓鼓的，都到了人胸口的高度——里面都是各种生活用品。

其中一个帐篷的帘子被掀开，一个瘦削的身影爬了出来。那是斯塔奇太太。她缓缓起身，整了整衣衫。看到尼克和玛塔时，她的眼睛里流露出惊讶的目光。

"这是怎么回事？"她质问。

"好像是……他们在车上把我劫持了。"特威利打趣地说。

斯塔奇太太皱起眉头说："哦，拜托。"

尽管遭受冷遇，但是，看到自己的生物课老师安然无恙，而且说话的语气依旧犀利，尼克还是长舒了一口气。斯塔奇太太的身上还是野外考察时的那一套装束——上身穿着宽松的长袖衬衫，下身是一条帆布裤，脚上穿着涉水靴，只是头上多了顶草帽。不过，她看起来有些不同了——人似乎更苍老了一些，神态也略显疲惫。她的浓妆已褪去，头发也有些不一样了，之前她的头发全染成了金色，现在头发变长了，发根处显露出头发的原色——咖啡色。她扎着一条杂乱的马尾辫，之前戴的那副巨大的蜻蜓太阳镜也不见了。

"轮到你招待他们了。我要出去一下，把帐篷外面的动物粪便清理一下。"特威利告诉她，然后优哉游哉地走到树林里。尼克猜测，他准是要找个地方小解。

斯塔奇太太开始来回踱步，就像她在课堂上那样。看到她这个熟悉的动作，玛塔又犯起了上生物课时常犯的毛病——她的脸色开始发青，胸口一阵恶心。尼克赶紧把比萨盒放在一个树桩上。

"你们两位有什么想说的？"斯塔奇太太问。

玛塔不在状态，而尼克显然还没准备好回答，只能憋出一句："我们很担心您。"

"担心？还是只是纯粹爱管闲事？"斯塔奇太太反驳道，"本来，你们闯进我家已经非常无理了，现在为什么还来这里？"

尼克似乎听到了一个微弱低沉的叫声，但他不知道那声音是从何而来的。玛塔坐在火坑附近的一根圆木上，手上仍然抓着手机。她大口地深呼吸，借以缓解恶心。

北面刮来一阵风，凉丝丝的。斯塔奇太太在孩子们面前来回走动，脚踩在枯枝落叶之上，嘎吱作响。看上去，她好像没有尼克记忆中那么高。

"你们不应该待在这里。不应该。"她说。

玛塔弱弱地举起一只手说："这都是尼克的主意。"

"毫无疑问。"斯塔奇太太说。

"我们只是想知道事情的真相。"尼克本能地回了一句。

"哪件事情的真相？具体点。"

"呃，火灾，请告诉我们火灾的真相吧。"

"噢？"斯塔奇太太有些惊讶。

"还有毒烟——我说的是小杜安。"

老师停止踱步，手叉在腰间："还有别的想问的吗？"

"是的。"尼克如实回答。他还有好多疑问等待她解答。

玛塔吱声了："你的房子里——那些动物标本——"

斯塔奇太太来回摇动一根瘦骨嶙峋的食指，以示抗议："这个问题涉及个人隐私，太私密了。"

尼克又听到了那奇怪的叫声——就像一只被困在枕头套里的鸟发出的声音。"那是什么？"他问斯塔奇太太。

她转过头，担忧地瞥了一眼身后。稠密的枝叶下，光影斑驳，她下巴上那块铁砧状的疤痕显得很暗沉，看上去几乎是紫色的。

"我什么也没听到。"玛塔说。

斯塔奇太太弯下腰，逼近尼克，她的鼻子都快贴上尼克的鼻子了。尼克发现，她的鼻子不太好看，上面不仅长满了雀斑，还溅了不少泥，看上去就像是被许多小虫叮咬过似的。

"我要给你们看一样神奇的东西。"她说，"但如果你们中任何一个告诉别人，敢提半个字，我发誓我会……我会……"

"赶我们走？"尼克问。

"还是杀了我们？"玛塔问道。

"比那严重100倍！"斯塔奇太太叫道，"我不会再尊重你们！一点儿都不会！"

尼克眨了眨眼。斯塔奇太太尊重过他俩吗？尼克觉得不然。玛塔也是一脸困惑。

"只能你们俩自己知道，不能告诉任何人。"她的语气坚定，"不能告诉你们的爸爸妈妈，不能告诉爱在社交网站上满嘴跑火车的小伙伴，不能告诉你们的堂表兄妹，不能告诉任何人。明白吗？"

"非常明白。"玛塔喃喃道。

斯塔奇太太抓住尼克的左肩。"这是生死攸关的大事。"她低声说，"你明白吗？"

"我们不会告诉任何人。"尼克说。

"生死攸关。"斯塔奇太太重复道。然后她俯下身子，匆匆钻进帐篷。

不出所料，出于保护青少年隐私，当地报纸和电视台在报道纵火案时，把小杜安描述为"某位"有纵火前科的少年。但是，即便警方公布了这个男孩的全名，德雷斯勒博士也不会感到有什么区别，反正，他平稳有序的生活节奏已经被这事彻底打乱了。

"杜鲁门中学一学生因纵火被警方通缉，目前仍在逃"，类似这样的标题充斥着各大新闻头条。为应对甚嚣尘上的舆论，学校董事会于周六召开紧急会议。董事会成员焦头烂额，抛出了许多尖锐的问题，一个接一个，德雷斯勒博士疲于应付。

在校长看来，董事会成员有些言论是很不公平的，但他也没有浪费精力为自己辩解。会场的气氛异常紧张，他完全能理解，杜鲁门中学的一名学生被指控犯有严重罪行，这无疑令学校蒙羞，让董事会真正炸开锅的是各大媒体的夸夸其谈，它们添油加醋地描述小杜安如何拒捕，在校园里如何逃跑，警探如何拼命追赶却还是让他逃之夭夭。

尽管确切来说，逮捕纵火犯、给纵火犯戴上手铐不是德雷斯勒博士的职责所在。但是，据他预测，因为是他松口同意警探在上课期间逮捕小杜安，他可能因此受到惩罚，甚至被解雇。

最后，董事会通过投票做出以下决议：首先，校长必须受到谴责；其次，应开除小杜安，即刻执行。不过，当德雷斯勒博士提醒，小杜安的外婆每年都向杜鲁门中学捐赠大笔资金时，董事会成员迅速围成一团，进行新一轮投票。这一次他们决定，在纵火案进入法庭审判阶段前，男孩应"暂时停学"；而法庭判决下达后，学校董事会将再次讨论。

摆在德雷斯勒博士面前的是两项棘手的任务：一是通知小杜安富有的外婆米莉森特·温希普，二是通知他古怪的父亲老杜安。这俩人没一个是善茬儿，校长只能抛硬币决定先应付哪位。现在他正在开着车，朝杜安家进发。

车拐上了杜安家门前的那条马路，他注意到，一侧的角落里停着一辆警车，里面坐着一位副警长。而另一侧停着一辆黑色轿车，车窗贴了膜，看不清里面的情况——可能是辆便衣警车，里面估计也坐着警官。如果小杜安想偷偷溜回家，肯定会被逮个正着。不过，德雷斯勒博士认为，这些警察如果躲在暗处，抓捕的成功率会更高些吧。

德雷斯勒博士把车停在老杜安那辆喷满涂鸦的塔霍车旁。和上次校长来的时候一样，窗户那边传来一阵音乐声，那是一段音乐会钢琴演奏曲目。不过，这次播放的是贝多芬的名曲，不是巴赫的。德雷斯勒博士不情愿地下了车，艰难地迈上台阶，敲了敲纱门。

音响停了，一个沙哑的声音喊道："进来！快一点儿！"

"斯克罗德先生？"

德雷斯勒博士小心翼翼地走了进去。老杜安·斯克罗德正斜靠在电视机前的人造革躺椅上，电视是开着的，音量调得很低。老杜安的帽子歪歪斜斜地搭在头上，他身上穿着一件褪色的衬衫，从脖子到腰间的扣子全是解开的。破损不堪的椅子扶手上，站着一只巨大的蓝黄金刚鹦鹉。

"我记得你。"老杜安有气无力地对德雷斯勒博士说，"纳丁也记得。"

"我可以坐下吗？"

"不可以。快说你是来干吗的，说完就走。我今天见的客人够多了。"老杜安并没有将视线从电视屏幕上移开。那只鸟似乎也沉迷在电视节目中。

"你在看什么节目啊？"德雷斯勒博士问道。

"一个烹饪节目，法国的节目。"

这完全出乎德雷斯勒博士的预料。他本以为，像老杜安这样的糙汉，准会在周六早上守着电视观看职业摔跤比赛，或者赛车比赛。当然，以貌取人是不对的，德雷斯勒博士提醒自己。这人沉迷于古典音乐，这是事实。

老杜安喝了一口汽水，说："小杜安的妈妈住在巴黎。我们在想，如果节目播放到添加奶酪的单元，她可能会出现。她开了一家奶酪店，卖的都是非常高档的奶酪！你能想象吗？"

德雷斯勒博士不知道该说些什么。他把手伸入外套，掏出两包洋葱饼干。那是他来之前特地在学校食堂拿的。"我给纳丁带来了这些。"他说。

一瞬间，那只鸟拍着翅膀猛扑过来，从他手里抢过零食，然后飞回椅子上。

老杜安责骂那只金刚鹦鹉不懂礼貌："你应该对那个人说什么，纳丁？"

"非常感谢！"那鸟尖叫起来。

德雷斯勒博士凑近了些。"我是来和你谈谈小杜安的。"他说，"你知道的，发生了这些不好的事情，恐怕我们得让小杜安暂时停学。"

老杜安终于转过身来，直勾勾盯着校长："千万别让我去通知他外婆。"

"不用，先生，那是我的工作。你看新闻了吗？"

"看了。至少他们没有直接打上小杜安的名字。"

"情况非常严重。"德雷斯勒博士说。

老杜安表示同意："够丢人的。过去几天，小杜安一直很努力地看书，却突然冒出这些乱七八糟的事。"他拂掉袖子上的一块饼干碎片，埋怨道："纳丁，你吃得像头猪一样。"

他和那只鸟又把注意力转回那档法国烹饪节目上。德雷斯勒博士站在那里，感觉很不自在，不知道下一步该做什么。作为杜鲁门中学的校长，在自己的学生遇到大麻烦的时候，他有责任对学生家长说些鼓励的话，但是说实话，他以前从未接触过像老杜安这样古怪的家长。

"我能再说一件事吗？"德雷斯勒博士问道。

"好吧，看在你带了饼干的分儿上，快说。"

"您的儿子最好向警方自首，越快越好。"

老杜安挠了挠头上的帽子说："你说得可能是对的，但如果你说得不对，那小杜安不是完蛋了吗？"

"斯克罗德先生，无论如何，他们最终会抓住他的。"德雷斯勒博士说，"等到那个时候，他们会加倍地惩罚他。所以，如果你看到小杜安，请告诉他。"

"哎呀，要不你自己告诉他吧。喂，小杜安？"老杜安向前倾了倾身子，扯着嗓音叫道，"小杜安，出来吧！"

德雷斯勒博士听到门嘎吱打开的声音，接着，走廊那边又传来咚咚的脚步声。小杜安出现了，他看上去很平静，但面色凝重。他穿着一身狩猎风格的迷彩服，一只胳膊夹着摩托车头盔。

德雷斯勒博士这辈子都没有亲眼见过逃犯，此刻的他比小杜安还要紧张。"你在这里做什么？"他问男孩。

"来拿换洗的衣服。"小杜安如实回答。

"但是，街道的两头儿都有警察守着的！"

"我走的后门。"男孩解释说，"从邻居家的院子翻过来的。他们全家去佐尔福·斯普林斯看牛仔竞技表演了。"

老杜安大声说："小杜安，他说你被停学了。"

"呃，不用说都知道。"

"他还说你应该向警方自首。"

"哦，知道了。"小杜安说。

那只大鸟尖叫着从椅子上飞起来，扑腾着翅膀，冲向德雷斯勒博士，想要找更多的饼干。德雷斯勒博士想躲开，但徒劳无功。金刚鹦鹉直接落在他的脖子上，探出攻击性极强的喙，一个劲儿地啄他的头皮。

"纳丁！"老杜安咆哮道。

"救命！"德雷斯勒博士打着哭腔说。

小杜安一把抓住那只鸟，把它从前门扔了出去。他的父亲叹了口气，坐下来继续观看烹饪节目。德雷斯勒博士仔细地检查自己的衬衫衣领，确保纳丁没在上面留下恶心的小"礼物"。

"这只鸟真烦人。"小杜安咕哝着，用手在裤子上擦了擦。

"我流血了吗？"德雷斯勒博士问道。

"只有一条划痕，回家洗干净就好了。"

德雷斯勒博士仔细斟酌了好久，才说出下一句："杜安，你不能这样一直逃下去。"

"我也不打算一直逃。"

"如果你有律师，他也会建议你立即向警方自首。"

"如果我有律师，我会告诉他——如果我被关在监狱里，就无法证明我是无辜的。"小杜安反驳道。

"杜安，听着——"

"不，请您听我说。我没有纵火，也不想背黑锅。"

小杜安看起来很生气，完全不像是装出来的。多年来，德雷斯勒博士听过太多学生当着他的面编造一些蹩脚的谎言，杜撰那些无中生有的故事，他坚信，自己并不是一个容易上当被骗的人。此刻，他盯着小杜安的眼睛，开始意识到这个男孩说的可能是实话。

"如果你不是纵火犯，那谁是？"

"不知道。"小杜安说。

"你的书包怎么会掉进沼泽地里？"

小杜安瞥了父亲一眼，压低声音："爸爸说，有一个税务人员来到家里，把书包偷走了。但谁知道呢，他有时候会说胡话。"

一声巨响，三人不约而同地转过身来。只见纳丁像一只巨型飞蛾一样挂在纱门上。老杜安的目光从电视上移开，他挥了挥拳头："除非它说对不起，并且用三种语言说，否则，你绝对不要让它进屋！"

小杜安的注意力不在鸟身上。他对德雷斯勒博士说："现在我有一个问题要问您。"

"当然可以。"德雷斯勒博士急切地想提供一些明智的指导，但这不是小杜安想要的。

"请对我说实话，"他说，"出这栋房子后，你会跑去警察那里告发我吗？"

德雷斯勒博士犹豫了片刻。"不，杜安，我承诺，我一个字都不会说。"说罢，他自己都感到惊讶，为什么刚才自己如此果断地向小杜安做出那样的承诺。

"谢谢。"那个叫毒烟的男孩说完便从客厅消失了。

斯塔奇太太从帐篷里爬出来，手上小心翼翼地捧着那顶草帽，它皱皱巴巴的，里面似乎装着什么东西。

247

"现在，请安静。"斯塔奇太太说。随后，她转向玛塔，冷静地说："防水布下面有一个装满牛奶瓶的冷藏箱。麻烦你帮我拿一瓶牛奶，好吗？"

斯塔奇太太盘腿坐在一棵大柏树下，帽子放在膝盖上。她用手暖了暖瓶子，然后打开瓶盖把一个橡胶奶嘴安装到奶瓶上。尼克和玛塔跪在她面前。他俩往帽子里一瞥——里面居然有一个蜂蜜色的"毛球"在蠕动。

那是一只动物幼崽，某种猫科动物的幼崽，但他俩从未见过这样的动物。

"我们叫他'小水枪'，"斯塔奇太太说，"因为它整天都在撒尿。"

小家伙扑向奶瓶，开始大声地吮吸。玛塔伸手想去抚摸它，被斯塔奇太太阻止了。"第一条规则：不许摸它。"她声明。

"它实在是太可爱了。"玛塔低声说。在斯塔奇太太允许的距离范围内，她尽可能靠近那只小动物。"它是什么动物呀？"

"我打赌，尼克知道。"

他说："这是一只小黑豹。"

他在斯塔奇太太家里见过黑豹的标本。这只黑豹虽然是迷你版的，不过，它是活生生的黑豹！

老师笑了："没错，它就是佛罗里达黑豹。这种动物的学名叫什么呢？"

"佛罗里达美洲狮。"

"又对了。居然有人看过课程大纲！"斯塔奇太太不无惊讶地说，"还有一个可以接受的答案是佛罗里达山豹，不过'美洲

248

狮'这个名字听起来更威武些。在南美洲的一些地区，这个词象征着神秘和力量。"

对尼克来说，这只小动物有一种超凡脱俗的美，美得那么独特，美得那么精致。它的毛皮上布满了斑点，这些斑点会随着年龄增长而逐渐褪色。它长着一根长长的黄褐色尾巴，尾巴的末端向上弯曲，形成一个环形，和普通豹子的尾巴很像。它的两只耳朵又大又尖，里面毛茸茸的，像棉花一样白。

一道道乌黑的鬃毛，勾勒出小黑豹嘴巴和鼻子的轮廓。现在，它正专注地吸吮着，嘴巴上沾满了牛奶，乍一看，就像是脸上蓄着一道胡子似的——有点像电视上那些罪犯经常留的小胡子。它的眼睛眯成一道缝，瞳孔是细腻的暗蓝色。尼克之前就读到过，这种蓝色很快会变成棕色，最终变成淡淡的金色。它的前爪比成年公猫的前爪还要大一些，现在正紧紧地扣在奶瓶上。

这个小家伙的"马达"是多么强劲啊——听，它吃奶时发出的声音，不是那种温柔的吧唧声，而是响亮的咕噜咕噜声。

"黑豹妈妈呢？"玛塔想知道。

"别那么大声，亲爱的。"斯塔奇太太说。

"黑豹妈妈死了吗？"尼克担心是否发生了最坏的情况。现在，野外生存的黑豹数量少之又少，很少有人目击过。

"不，黑豹妈妈还活着。"斯塔奇太太说，"至少特威利·施普雷先生是这么认为的，他自诩为野生动物专家。"

小黑豹猛地吐出橡胶奶嘴，打了一个超级大声的嗝，简直像是一头狮子打嗝的声音。斯塔奇太太居然笑了——这着实罕见。

她对尼克和玛塔说："你们俩有很多问题，我会在适当的时候一一回答的。但是现在，我们的'小水枪'先生还在享用午餐——对吧，宝贝？"

小黑豹仿佛听懂了，喵呜个不停。

斯塔奇太太慢慢地把奶瓶举到小黑豹的嘴边，开始哼唱摇篮曲。出人意料的是，那曲调居然如此舒缓、如此优美，玛塔和尼克惊呆了。他俩从未见识过生物课老师如此温柔的一面。他们甚至想都没有想过，一贯雷厉风行的斯塔奇太太居然能和"温柔"二字沾上边儿，哪怕只是一点点。

于是，有那么一阵子，两个好朋友就这样安静端坐于沼泽地，聆听斯塔奇太太哼唱柔美的曲调。小黑豹欢快地啜吸着，阳光下，微微摆动的枝叶如此葱茏。

微微凉风迎面吹来，舒服极了。

第二十章

为了寻找那只失踪的黑豹，特威利·施普雷在黑藤沼泽中辗转了数百英里。这无疑是一段单调而冗长的行程。这一天，他来到一片幽深的柏树林，这片区域，他未曾探索过。

他低下头，眼睛紧盯着地面，迈着谨慎的步伐前行。枯枝落叶铺满地面，厚厚的一层，想要发现黑豹粪便并非易事。

一抹粉红色引起了他的注意，乍一看，特威利以为是一片牵牛花的花瓣，可是，他捡起来之后，却发现是一面小旗子，小旗子串在一根长绳上。然后，他顺着那根绳，发现还有不少旗子，一面、两面、三面……越来越多，所有的小旗子都串联在一根笔直的绳子上。

特威利加快步伐。他沿着这些小旗子标示的方向，一直走到了大柏树林的边缘处，在那里，他发现了一块泥泞的土地，那里似乎被全地形履带式工程车给轧烂了，地上依稀可见车辆掉头形成的车辙、倒车刹车的痕迹、硕大的车轮旋转时留下的纹路……

他继续向前走，每看到一面塑料旗，他就伸手扯掉。顺着这条路线，他来到了一片郁郁葱葱的树冠下，踏上一片宽阔的空地，四周的树密密匝匝地长在一起，枝繁叶茂，遮天蔽日。

空地中间被人挖出了一个矩形的坑。旁边赫然耸立着一堆黑色的铁管，高度是特威利身高的两倍，直径8英寸，和红钻能源公司之前"丢失"的铁管一样（不过，那批铁管早被特威利没收并捐赠给海地的农民）。旁边还堆放着四块运送货物用的栈板，一个圆形水箱，空空的，还有一个油箱，里面装满了油。另一边的空地上，摆放着几个大货箱，箱体上贴着得克萨斯州和俄克拉荷马州设备公司的运输标签。所有的标签上印着相同的收货地址——"红钻能源公司（收）/经办人：吉米·李·贝利斯"。特威利撬开一个大货箱的盖子，一台全新的柴油发动机映入眼帘，特威利猜测，这肯定是为了发动钻孔机准备的。

他走到泥坑边。泥坑里有水，显然是地下水。在这密林深处，要想偷偷地清理出一块地，然后在上面挖出如此大的深坑，一定经过了精心的谋划。当然，人手也不能少，至少需要一个小型工程队。这个项目显然藏着不可告人的目的，而且耗费的成本不菲。根据特威利的私家侦探搜集的相关信息，红钻能源公司既没有租赁这块土地，更没有买下这块土地，这块地属于野生动物保护区，所有权是佛罗里达州政府的。

巨大的树冠形成了一个天然穹顶，无比阴凉，特威利在一个大货箱上坐了下来，苦苦思索着下一步该怎么办。他来回抚摸着脖子上那根幸运项链的挂坠——那两块尖利的秃鹫喙，万一它们真的有魔法呢？要知道，在古老的美洲本土文化中，秃鹫总是能为人们指引前进的方向。

或者，其他任何魔法都行。特威利心想。

躲在帽子里的小黑豹刚睡着，斯塔奇太太就立刻把它放回帐篷中。她再次出现时，询问道："嘿，那块冷冰冰的比萨呢？"

尼克把比萨盒子递给她。斯塔奇太太狼吞虎咽地吃了四片比萨，一片接着一片，没有停歇。

玛塔问："小黑豹多大了啊？"

"特威利·施普雷先生说，刚出生才几周。对了，请原谅我粗鲁的行为——我们这里缺餐巾纸。"斯塔奇太太直接用袖子擦了擦嘴，"'小水枪'需要喝妈妈的奶。现在，我们给它喂的是特殊配方奶，是特威利托一个在迈阿密动物园工作的朋友制作的。特威利安排私人直升机每周二和周五送奶瓶过来。他的能耐挺大吧？"

"您的意思是，他很有钱？"玛塔说，"但看起来一点儿都不像。"

斯塔奇太太说："小黑豹太小了。如果黑豹妈妈不在，它没法儿活下来。就算接下来一整年我都待在这里照顾它，我也没法儿教它在野外捕食。"

"可以送它去动物园吗？"玛塔问道。

"特威利说不行。他说，不许再提动物园三个字。"

尼克请求斯塔奇太太从头开始解答他和玛塔的种种疑惑。"在野外考察的时候，"他说，"火灾发生了。"

"对。"

"然后你回到树林里取利比的药。"

玛塔说："是的，那个决定非常……呃……"

斯塔奇太太皱了下眉："非常什么？"

"非常勇敢。"玛塔内心有些愧疚，回答时畏畏缩缩的。

尼克知道，此刻，玛塔内心感到有些难过，为之前说过斯塔奇太太不少坏话而难过。

斯塔奇太太说："对了，我不是什么'女巫'，很抱歉让你失望了。"

玛塔的脸唰的一下红了："您怎么知道我这么叫您？"

"我在课堂上戴着助听器。虽然我耳朵没什么问题，但是我很喜欢偷听你们这些小鬼上课时窃窃私语。"斯塔奇太太狡黠一笑，"那东西还没一颗纽扣大。你们可能从来没有注意到。"

玛塔看上去无比尴尬。

"不过，你不是第一个叫我女巫或泼妇的学生。"斯塔奇太太说。

玛塔只能说："我不是故意的。"

"不，你就是故意的。不过，没关系。"听斯塔奇太太的语气，她既没有一丝生气，也没有半点儿怨恨，"听着，我的工作是用知识充实年轻人的头脑，不过，某些领域的知识有时候很无聊，真的很无聊。所以这意味着我必须严厉一点儿，才能让我的学生保持专注。我对于'最受学生欢迎的老师'之类的称号完全没兴趣，但是，当你完成我的课程时，至少，你能够写出一篇500字的专业文章，如关于卡尔文循环的文章。"

她打开另一个冷藏箱，取出三瓶冰水，自己留一瓶，其余两瓶递给了尼克和玛塔。

"再说说火灾的事吧。"她说，"我花了一段时间才回到利比掉落哮喘吸入器的地方。烟很重，我开始咳嗽。我的肺被烟呛得很难受，眼睛刺痛得厉害，根本睁不开，很快，我就找不到那条木板路了，根本没法儿找。那个时候，我连自己的鼻子几乎都看不见了——你们也能看到，我的鼻子不算小吧？"

"那您接下来做了什么？"尼克不禁问道。

"当然是被吓坏了。"斯塔奇太太说。

玛塔憋住笑。

"我乱喊乱叫，大声呼救。"老师继续说，"老实说，我以为我可能会被烧死在这片沼泽地中。然后，突然有个人从后面冲了过来。"

"特威利？"玛塔猜到了。

"是的。他抓住我的手，几乎是把我拖到了这个露营地。他没问我是谁，甚至也不管我有没有受伤。他只说了一句话：'我需要你的帮助。'"

尼克试图想象当时的场景。第一眼看到特威利的时候，斯塔奇太太估计被吓得不轻。

"您不怕他吗？"

"我更怕火。"斯塔奇太太说，"特威利用蒸馏水给我清洗眼睛，还给了我一杯热啤酒，不过我当时拒绝了。然后他给我看了那个漂亮精致的小东西……"

她悲伤地望向帐篷，声音也变小了些。

"您当时知道那是什么动物吗？"玛塔问道。

"当然。佛罗里达州的每一个濒危物种，我都知道——你也应该知道。"

"嗯，我正在努力补上这些知识。"玛塔说。

"特威利告诉我，黑豹妈妈被一个拿着枪的浑蛋吓跑了。他发现小黑豹在树林里哭泣——它那时太小了，甚至连眼睛都没睁开。接下来，他把小黑豹放在我的怀里，给了我一个婴儿奶瓶，然后说：'如果你不喂它，它就会死。而且，如果我们不能尽快找到它的妈妈，它肯定会死。'所以我就一直待在这里。"

"所以，你当了黑豹的替补妈妈。"尼克说。原来，这就是让斯塔奇太太迟迟不能返回学校的"家庭紧急情况"。

"无论什么身份——育婴女佣、替身母亲，还是保姆，我别无选择，只能站出来。"她说，"特威利整天都在寻找黑豹妈妈，他无法照顾'小水枪'。所以我向杜鲁门中学请假，这是我18年来第一次请假。不过，我有个遗憾，那就是你们受到了瓦克斯莫博士的负面影响，坦率地说，他不应该在教育界——也许马戏团更适合他。"

玛塔抱怨道："那个人简直就是一场噩梦。"

"哦，我知道。"斯塔奇太太悲伤地说，"关于温德尔·瓦克斯莫所有的情况，杜安都告诉我了。我让特威利去和温德尔聊聊，之后温德尔突然生病请辞了。还好，新来的代课老师罗伯逊太太是一位非常称职的老师——"

"稍等一下，杜安是怎么加入你们的呢？"尼克问道。

"我等会儿就要说这个。耐心点。"

"警察在追捕他！他们认为是他放的火，目的是报复您，但他告诉我火不是他放的。他说有人偷了他的书包，把它放在沼泽地里，故意陷害他。”

斯塔奇太太拿起水瓶，悠闲地喝了一大口。她说："报纸上还说，书包里有一支打火枪。看起来，杜安的嫌疑很大。"

尼克提高嗓音："但是，杜安说他的书包被偷走了。我知道他说的是实话，因为他来我家借过生物书——"

"是的，他说是为了复习准备考试，哪有什么考试？"玛塔怀疑地插上一句。

斯塔奇太太举起了手说："的确有考试——我单独为杜安安排了一场考试。我一直在私下给他辅导功课，每门课都有。你们可能已经注意到了，他在学校准时上课，人也收拾得整洁多了。这里什么都没有，只有最传统的东西，一块肥皂，一盆水，不过挺管用，甚至他脸上的青春痘也有所改善。"

尼克心想：这就解释了毒烟的神秘转变之谜，原来是斯塔奇太太在背后默默付出，才创造出了一个全新的杜安。

"顺便说一句，"她补充道，"你说得对，这个年轻人根本没有参与纵火案。接下来，我在说的时候，请不要再打断我。"

此时，她的语气听起来很熟悉，就是她上课时惯用的语气，尼克和玛塔的印象再深刻不过了。于是，他俩沉默下来，静静倾听。

"杜安和我现在属于同一个'团队'，似乎听起来很奇怪。"斯塔奇太太说，"但我俩的共同点比你们想象的要多。"

尼克无法想象，风马牛不相及的这两个人身上会有什么共同点。

"一方面，我们都喜欢荒野。"她继续说，"杜安觉得最开心的事情是在野外钓鱼、露营或追踪熊和鹿。而我的兴趣是研究濒临灭绝的野生动物，你们潜入我家的时候应该都看到了。你们看到的每一种鸟类、每一种爬行动物、每一种哺乳动物都是在高速公路上被撞死的，或者是在暴风雨中被闪电劈死的。"

"那只黑豹标本也一样？"尼克问道。

"是的，很遗憾。它是在塔米亚米大道上被汽车撞死的。那天下午，从迈阿密开车回家的路上，我看到了黑豹尸体，就搬上车带到镇上的一个标本剥制师那里，他是我的老朋友。"

"您家里的动物尸体太多了，比我之前见过的所有动物尸体都要多，当然，博物馆里面的除外。"玛塔总是这么直率。

斯塔奇太太解释说，她之所以把这些标本摆在家里，是因为她觉得自己以后永远不会在野外看到这些物种了。"可悲的是，它们越来越稀有了。"她去检查了一下黑豹幼崽，回来的时候，手上拿着一袋混合干果。

两人太过沉迷于老师的故事，一点儿都不觉得饿。

斯塔奇太太一边嚼着干果，一边继续说道："杜安和我还有一个共同点——我们都知道被抛弃是什么感觉。用现在的流行语来说，就是'被甩了'。杜安的妈妈有一天突然跑去法国，一个字都没和他说。我丈夫也是那样——不过，他不是去巴黎，而是去了他最爱的得克萨斯州普莱诺市。我不知道他为什么离开我，但我很心痛，直到现在，心还会痛。"

玛塔扭动着身体，每次她想提问时都会这样。尼克猜到了玛塔想问什么。

"有传言说，您的丈夫斯塔奇先生出事了。"玛塔说，"好像是……死了，给制成了标本，像驼鹿标本那样。"

"对他来说，这个下场还算是好的呢。"斯塔奇太太讽刺地说，"斯坦利·斯塔奇活蹦乱跳的，怎么可能会死？他每年四月都会给我寄一张生日贺卡，还总在贺卡上附上几句，吹嘘最近又交到一个新女朋友。还有什么其他想问我的吗？"

"蛇——他们说你在地下室养了各种各样的毒蛇，像响尾蛇、食鱼蝮和铜头蛇。"玛塔越问越来劲，都停不下来了，尼克本来想让老师停下休息会儿，但完全插不上嘴。

"也不是真的。"斯塔奇太太说，"有一段时间，我很幸运地拥有一对东部靛青蛇，是我的一个学生从建筑工地救出来的。那种蛇实在是太美了，没有攻击性，不过，也快灭绝了。我把它们拿到法喀哈契森林放生了，希望它们在那里找到各自的真爱，然后生好多好多蛇宝宝。还有别的要问的吗？"

"没有了。"尼克忙不迭地回了一句。

"还有，"玛塔又继续发问，"这里。"她用一根手指摸了摸下巴。

"哦，伤疤吗？"斯塔奇太太不但没有生气，反倒似乎被玛塔的大胆提问逗乐了。

尼克抱歉地说："这是您的私事，您完全不用回答！"

"没错，但是，告诉你们也无妨。"斯塔奇太太说，"我和你们差不多年纪的时候，一只鱼鹰的雏鸟从巢里掉下来了，我当时年纪小，天不怕地不怕，决定把那只小家伙放回窝里，让它和兄弟姐妹待在一起。鸟巢在电线杆上，很高，风当时还很大，但是我还是爬到了电线杆的顶部。"

玛塔问道："那发生了什么事——是鸟啄了你的脸吗？"

"当然不是啦！那些小鸟的胆子可小了。我爬下来的时候，爬到一半，脚上的拖鞋踩滑了，我从大概20英尺高的位置直接摔下来了——我觉得用'倒栽葱'更合适——最后，脸砸在路边的一个玻璃瓶子上，也不知道是哪个垃圾虫乱扔的。"斯塔奇太太轻轻摸了一下那道伤疤，"有人说像铁砧的形状，有人说是沙漏。但是，玛塔，这并不是什么恐怖的魔鬼印记，只是因为砸到玻璃瓶子上，留了个疤，仅此而已。"

"缝了几针？"

"愚蠢的是，我当时拒绝去医院，所以留下了这块疤。"斯塔奇太太舒展了一下双臂。她说，她累了，需要休息一会儿。"在这里等特威利吧。他会开车送你们回城。记住，你们都发过誓，要保密的。"

"火灾后，你还没回过家吗？"尼克问道。

"没有，我一直待在这里，从没离开过。从给利比送吸入器开始，特威利·施普雷先生就一直帮我跑腿，什么事情都办得妥妥的。他甚至还给我的车做了轮胎保养。"

玛塔坐直了身体："听！"

远处传来一阵引擎的高声轰鸣，那是机车换挡加速时发出的声音。

斯塔奇太太似乎一点儿也不担心。"别紧张。"她说，"是我们的'队友'。"

"是杜安吗？"尼克问道。

"对。"

"我不明白，您为什么会找他帮忙呢？那天他把您的铅笔咬成了两半——他对那篇青春痘作文很生气。"尼克不解。

"哦，我从来没想让杜安加入我们，做梦都没想过！"斯塔奇太太解释说，"相信我，那个男孩曾经在我的'捣蛋鬼排行榜'上排名第一。拉他入伙的是特威利·施普雷先生。他们是在一次探险中认识的。"

玛塔说："这很合理。"

"是的，人生何处不相逢。想象一下，那天早上杜安走进野营地的时候，我有多么震惊。"

杜安看到您会更震惊吧，尼克心想。

摩托车越来越近，轰鸣声越来越大，突然，声音戛然而止。"他会把摩托车藏在树林里，然后从南面徒步过来。"斯塔奇太太解释道，"通常需要半个小时左右。"

老师讲了这么多故事，信息量着实太大，尼克发现自己一下子很难全盘消化，他感觉自己的头蒙蒙的。"但是，特威利是怎么认识杜安的呢？"他问，"您刚才说的探险，是什么样的探险呢？"

"这我就不知道了，问问特威利吧。"斯塔奇太太打了个哈欠，"玛塔，我可以在帐篷里和尼克单独聊几句吗？"

玛塔面露犹豫，环顾了一下四周问："那我一个人在这里干什么呢？"

"听鸟唱歌。"

尼克弯下腰，跟随斯塔奇太太钻进帐篷。他的右臂被束缚着，因此爬行对他来说并非易事。他就像一只瘸了条腿的狗，跳

261

一下，爬一下。尼克好不容易才盘起腿，坐在斯塔奇太太的睡袋旁。帐篷里有一块方形纸板，上面整齐地排列着一些基本生活物品：手电筒、牙刷、漱口水、发刷、一瓶阿司匹林、一块肥皂和一些便笺大小的紫色信封。旁边还摆放着一台小型的手动打字机。置身于斯塔奇太太的私人空间，尼克感到很不自在。

"给你。"她把草帽递给他，尼克接过来夹在左臂弯里。

小黑豹正在酣睡呢，看起来像一个毛茸茸、胖乎乎的标点符号——逗号。它爪子上的肉垫厚厚的，蒙住了脸，鼾声被挡住，听起来没那么响亮了。

斯塔奇太太压低了声音："尼克，你想加入我们——同时帮助你的朋友杜安吗？"

尼克无法将目光从小黑豹身上移开。一想到手里捧着的可能是地球上最后一只黑豹，那种震撼的感受实在难以言表。

"你加入吗？"斯塔奇太太再问一次。

"加入。"

"你必须非常确定。"

"我非常确定。"

"很好。"她接过装着小黑豹的草帽，小心地安放在睡袋开口处，那儿是一块柔软的法兰绒，"尼克，我要请你做一件事。"

"请讲。"

"解掉绷带。"

他大吃一惊："为什么呢？"

斯塔奇太太说："我知道你为什么绑着绷带——杜安把你爸爸的遭遇告诉我们了，你对你爸爸的爱非常深沉，我非常感动。

但黑藤沼泽里的情况还不明朗，不知道有什么未知的凶险等着我们，我们每个人不仅要有一颗坚强的心，还要有两只强壮的手臂。尼克，我们需要百分之百的你。"

尼克犹豫不决。

"你爸爸会理解的。"她说。

尼克脱掉衬衫，老师帮他解开缠在肩膀和腋下的绷带。右臂释放开后，尼克立刻弯了弯手肘，握了握拳头，让血液循环起来。

"如果特威利找不到黑豹妈妈怎么办？"他问斯塔奇太太，"或者，如果黑豹妈妈不回来找小黑豹怎么办？"

"希望总是有的，尼克。"

远处再次传来引擎声。斯塔奇太太皱起眉头，耳朵循着声音传来的方向，仔细辨听。

"那不是摩托车。"她说，"那是直升机。"

"是我们的人吧？"

"我想恐怕不是。"

第二十一章

吉米·李·贝利斯把枪放在腿上，这个举动让直升机的飞行员紧张兮兮的。

"放松点，不会射到你的。"吉米说。但是，这并非不可能。

他在射击上的表现一直很糟糕。任何目标，无论是移动的还是静止的，对他来说，都是很大的挑战。没人愿意与他结队打猎，只有得克萨斯州老家的朋友偶尔邀请他一道去打猎——不过，主要是出于怜悯。

他手中的那杆猎鹿步枪，从来没有真正击中过一头鹿，甚至从未近距离接近过一头鹿。不过，步枪射击时发出的巨响倒是吓坏过不少人。这正是吉米现在打算做的，如果他遇到那些骚扰梅尔顿、窃取红钻能源公司设备的浑蛋，他准备朝着他们的头顶接连轰上几枪，把他们的魂都给吓没。

就像他之前对那只黑豹所做的一样。

飞行员说："你那杆枪的保险栓拉上了吧？"

"拜托。"吉米偷偷瞥了一眼扳机上方的保险栓——保险栓是拉上的,他暗暗松了口气。

"你身上有胃药吗?"他问飞行员。

"没有。你肠胃不舒服吗?要不要我降下直升机,让你去上个大号?"

"不需要。"

吉米不知道他的老板是否感觉好些了。吉米离开医院时,护士们还在用胸带固定德雷克·麦克布赖德的肋骨,老板嘴上骂骂咧咧的,样子看起来令人讨厌。

飞行员问:"你想飞多低?"

"差不多200英尺。"

他们在21区盘旋了15分钟,除了一对野猪,地面上不见任何生物。吉米决定向野猪开枪,练习一下自己的射击技术。飞行员总算能休息片刻,他将直升机悬停在空中,任由吉米往下方一通胡乱射击。不过,没一颗子弹击中目标,两只野猪哧溜钻进了灌木丛。

"真倒霉!"吉米抱怨道。

"现在去哪儿?"

"老地方。"

22区同样很平静。吉米命令飞行员以非常缓慢的速度通过这一区域,他需要瞪大眼睛,确保从空中仍然看不到红钻能源公司偷挖的那口盗油井。不过,如果仔细观察的话,不难发现,在红钻能源公司卸货的地方,有全地形履带式工程车驶过的痕迹。不过,只是车辙而已,就算被人看到,最多只是怀疑此处有人偷偷猎鹿，谁也不会想到，这里竟隐藏着非法钻探石油的勾当。

直升机爬升到500英尺的高度，慢慢掉头，朝海岸的方向飞去。这时，飞行员指着驾驶舱的窗户说："嘿，看那里！"

起初，吉米不明白他的意思。很快，飞机的机头一斜，令人不可思议的一幕映入眼帘。他顿感口干舌燥，耳根直痒痒。

"停住！"他对着飞行员咆哮，"马上！"

"收到。"

"笑什么笑？"

"很好笑啊。"飞行员说。

"我觉得一点儿都不好笑！麦克布赖德先生——那个付你钱的人——也不会觉得好笑！"

"好吧，不好笑。"

"没错，一点儿都不好笑。"吉米快被气疯了。

所有的粉红色小旗子都被从地上扯了出来，也不知道是哪个浑蛋把它们连根拔起了！当时插这些旗子的时候，可费了好大的劲儿——先经过测量员仔细测绘，在地上计算出精准的位置，才一面一面插上去的。插旗子的目的是标注出一条路线，以便在地下偷偷开辟出一条石油运输管道，从22区一直通往21区。

拔旗子那人不仅仅是个邪恶的浑蛋，还是一个心理扭曲的变态！看，那些旗子不只是被连根拔起，还被故意重新排列了一番，一眼看过去，它们就像玉米蛋糕上精心点缀的蜡烛，照亮了那一片干枯的草原。

从低飞的直升机上往下看，想不注意那些旗子都难，因为它们摆放的方式非常显眼——攻击性很强，并且具有双重寓意。

"S-C-A-T"，小旗子摆成了四个大写字母的形状，一面面小旗子像五彩纸屑一样欢快地飞扬，仿佛在嘲笑飞机上的人。SCAT？

"那人是故意这样摆的，这个单词有两个意思吧？要么是让你滚蛋，"飞行员思忖着，"要么是骂你是一坨屎。"

或者两个意思都有，吉米心生厌恶。

飞行员使劲憋着笑问："你想让我把飞机降下来，过去看看情况吗？"

"不，先生。"吉米满脸严肃地说，"我想让你找找，哪里有租猎犬的地方。"

三人听到摩托车发动的声音，随后一阵轰鸣，摩托车飞驰而去。

斯塔奇太太说："他肯定是被那架直升机吓跑了。"

尼克透过茂密的树枝向上望去，瞥见一小片蓝色的天空，说："是警察吗？"

"我觉得不是。"

玛塔检查了一下脚上那双浸过水的运动鞋，沮丧地说："我们得走了，这里还安全吗？"

"特威利不来，我们不走。"斯塔奇太太打开了第二个比萨盒，"谁想来一片吗？"

尼克问："那么，我们有没有什么计划呢？"

玛塔一把拉住他的右袖说："如果我不尽快回家，要被罚关禁闭，直到我100岁才能被放出来。嘿，你的胳膊又长出来了！"

"老师命令的。"斯塔奇太太咬着一片意大利辣香肠，"今天是周六还是周日？在这里我时间都记混了。"

　　尼克告诉她今天是星期六。她眉头一紧，但还是继续吃饭。玛塔伸手从裤子上弹掉一只巨大的红蚂蚁。

　　"说到计划，"斯塔奇太太说，"我们的计划是尽快找到黑豹妈妈，让它和小黑豹团聚。它们分开的时间越长，就越糟糕。如果再继续拖延下去，要是有一天黑豹妈妈不认自己的幼崽了，那小黑豹很难活下来。"

　　"好的，我们能做什么呢？"尼克问道。

　　"第一，跟着杜安，不让他做任何疯狂的事情。"

　　玛塔翻了个白眼："您的意思是像躲警察这样的事吗？哎呀，这对他来说，一点儿都不疯狂。"

　　尼克说："斯塔奇太太，毒烟行踪不定，没人能一直跟着他。"

　　"这和两只黑豹有什么关系呢？"玛塔问道。

　　斯塔奇太太耐心地解释："你们的朋友杜安有一个天赋，对这项任务至关重要。没有他，我们别想成功。"

　　尼克甚是好奇："什么天赋？"

　　玛塔则恼怒地嚷道："他是个逃犯！如果我们帮助他，我们就是在犯法。"

　　但他也是无辜的，尼克心想，一定要想办法帮杜安洗清罪名。

　　"一定要跟着杜安。"斯塔奇太太催促道，"如果你们做不到，'小水枪'可能会死在我的怀里。所以，要紧紧地跟着他。"

　　50码外传来一声尖锐的口哨声。那是熟悉的声音，斯塔奇太太露出微笑，她看了看腕表。

特威利・施普雷一头扎进营地。他气喘吁吁，汗流浃背。

"快走！"他向玛塔和尼克招了一下手，厉声喝道。

"终于要走了。"玛塔激动地跳了起来。

尼克问特威利怎么了。

"跟着我，保持安静。"他说。

斯塔奇太太站起身："稍等，发生了什么？"

"我晚点跟您说。"

老师双臂抱胸，动作僵硬，那神态仿佛是在训诫一个调皮的学生。她一脸严肃地说："发生了什么事，特威利・施普雷先生？"

"我给他们留言了。那是他们应得的。"

"什么留言？"

"四个字母。"

"天哪！"斯塔奇太太说，"你为什么一个人行动呢。"

"我当时实在忍不住。"

"立刻带这两个年轻人回镇上，还有，千万别在路上带他们做坏事。"

三人跑向汽车时，心情紧张，脚步匆忙，特威利远远地跑在前面，为尼克和玛塔领路，他熟练地绕过吊床，冲过平地，穿过一片塞润榈林。尼克庆幸自己摘掉了右臂上的绷带，现在他才能不费力地拨开眼前的重重障碍：弯曲的树枝、如手臂般粗壮的藤蔓，还有那一张张黏性十足的蜘蛛网。玛塔努力跟上他们的步伐，并且，她严格遵守了特威利的指示，一路保持沉默。几分钟不说话，对她来说简直是一种折磨，但她做到了，尼克对此相当惊讶。

现在，那辆普锐斯小汽车在满是车辙的农场小路上疾驰——汽车左拐一下，右拐一通，尼克和玛塔被甩来甩去，还好，他俩系好了安全带——这时，特威利终于开口了。

　　"斯塔奇姨妈跟你们说了什么？"他问。

　　"所有的都说了，除了没说毒烟是怎么加入你们的。"尼克坦承。

　　"我明白了。"

　　"要是你能解释一下那个就好了。"

　　"知道那个有什么好的？"特威利想岔开话题。他戴上滑雪帽，黑色太阳镜也戴上了。

　　玛塔往前探了探身子："告诉我们吧。别装得好像你不知道似的。"

　　"哼！"

　　不过，短短几分钟后，特威利主动开口了，但语气似乎有些不情愿："几年前，我从塔拉哈西开车到乔科洛斯基，中途没停过——别问为什么。我大概喝了整整17杯咖啡，然后把车停在州际公路旁边去上厕所。"

　　"那是在哪里呢？"尼克问道。

　　"就在这里——那不勒斯镇，101号高速出口的位置。"特威利说，"凌晨4点，雾很浓，什么都看不清，我当时站在那里，给广告牌下的杂草'浇水'，突然闻到一股毒烟的味道——我不是指你们的朋友杜安，我的意思是很难闻的烟味，好像在烧什么奇怪的东西似的。我抬头仔细看，有火焰，原来是广告牌在燃烧。"

"纵火的是杜安，对吧？"玛塔猜测。

"我正准备跑，他刚好迎面冲过来，我俩结结实实地撞到一起。"特威利回忆道，"他嘴里说的第一句话是：'火是我放的！'难道我连这都看不出来吗？他一手提着汽油桶，一手举着燃烧的拖把。我问他为什么放火，他跟我说了。我又问他的名字，他也说了。接下来，有警笛声传来，我就拍拍屁股走人了。他待在那里，后来听说自首了。"

玛塔问："为什么毒烟明明有机会逃走却放弃了？"

特威利说他也不知道："但我告诉你，他烧毁的那个广告牌上刊登的是什么：美国航空公司的大幅广告。他们正推出一场冬季机票打折活动——迈阿密到巴黎的机票，只需花费395美元。"

"巴黎？"尼克总算明白了，"杜安妈妈的事，斯塔奇太太告诉我们了。"

"是的，那件事对这孩子很不公平。"特威利遗憾地摇摇头。

"他妈妈乘坐的就是那条航线吗？"玛塔问道。

"是的，她甚至都没和杜安说一句'再见'。"

"太糟糕了。"尼克感叹。

"是的，我为这孩子感到难过。"特威利说，"我主动提出给他找一位优秀的辩护律师，但他的外婆出面处理了这件事。最后，他因为焚烧广告牌，被法庭判了缓刑。"

"但你们后来一直保持联系吧？"玛塔说。

"偶尔一起钓鱼。"

尼克迫不及待地问："你为什么需要毒烟的帮助来救小黑豹？斯塔奇太太说他有个'天赋'，那是什么？"

"很简单：这个男孩是天生的追踪高手。如果你问我，谁能找到黑豹妈妈？答案只有一个：杜安。"

特威利告诉他们，有一次，他和杜安去海兰兹县野营。当天晚上，暴雨大作，杜安为了追踪一只黑熊，追了好几英里，蹚过了两条泥泞的小溪，穿过了三条县道，一直追到了熊搭窝的那棵树。他在树干上刻下了自己姓名的首字母缩写，转身就迎着暴风雨徒步回来。为此激动得不得了，像圣诞节早晨被礼物"轰炸"的孩子一样。

"这就是天赋。即使是古老的塞米诺尔人也没法儿预言他是怎么做到的。"特威利说，"所以，计划就是：我先找到黑豹粪便，然后让杜安顺着粪便追踪黑豹。一旦我们找到了黑豹的位置，就会把幼崽放在附近。之后，我们只需要祈祷小黑豹快点和妈妈团聚，不要被山猫或郊狼吞了就行。"

想到这里，玛塔不寒而栗："你已经找到一些'那个'了？你知道的……"

"黑豹粪便？是的，女士，我昨天撞了狗屎运。不过，到底是不是'小水枪'妈妈留下的，我也说不准。"汽车飞速驶过路面上的一个坑洼，特威利打了个趔趄，哼了一声。

"附近有一家石油公司，在干一些见不得人的勾当。"他说，"他们不希望任何人在附近窥探，尤其是那些寻找濒危动物的野生动物管理员。"

对尼克来说，现在所有的故事线终于汇聚到了一起。"在黑藤沼泽放火的是他们吧？陷害毒烟的也是他们。"

"是的，开枪吓跑了黑豹妈妈的也是他们。"特威利补充说，"这家公司叫红钻能源公司。"

玛塔被激怒了："我们怎么阻止他们呢？我们能做些什么？"

"他们的工程已经受到了一些小小的干扰，放心，后面还有很多苦头等着他们。"

尼克说："你是猴子扳手帮的一员吗？"

在后视镜中，他看到特威利居然微微一笑，那是一个意味深长的微笑。

"嘿，是不是呢？"尼克继续问，"我正在读《猴了扳手帮》，书里的那伙人都是疯子，在沙漠中奔跑、炸毁桥梁、破坏推土机——"

"还有，燃烧广告牌。"特威利眨了眨眼，补充道，"各种各样的犯罪行为，他们都干。不过，你心里总是忍不住想支持他们，对吗？他们那样做，无非是想拯救自己所爱的那片土地。"

玛塔对尼克耳语道："我想，他已经回答了你刚才的问题。"

特威利接着说："那本书里有一些脏话，也许你应该等到大一点儿了再看。"

"说实话，你想成为海杜克吗？"尼克所说的海杜克是那本书中的主角之一，猴子扳手帮的领军人物。

特威利好像厌倦了这个话题，他话锋一转："还记得火灾那天那只黑豹的尖叫吗？"

"我永远不会忘记。"尼克说。

玛塔想到那时的情景，一个激灵："我也不会忘记。"

"嗯，它就是我一直在寻找的那只黑豹。我在你们校车停放的路边发现了它的足迹，我知道它就在附近，可能是躲起来了，等天黑再出来寻找自己的幼崽。"

特威利用手指敲着方向盘说："然后，野火开始烧了——不对，应该是纵火。"

"它又跑了？"尼克说。

特威利严肃地点点头。"大多数野生动物，一闻到烟的味道就跑。但它可能又回来了。我昨天发现的粪便是新鲜的。"

小车到达了29号公路的十字路口，特威利打了一下方向盘，车拐到了南面的道路上，跟在一队运输蔬菜的卡车后面。

"黑豹妈妈什么时候会不认自己的幼崽呢？"尼克问道。

"每天都有可能，所以我们的机会越来越小。"

一辆警车在对面车道飞驰而过。尼克注意到，特威利开车的速度居然比道路的限速还要低五英里，此外，他也规规矩矩地系好了安全带。

"发现那只小黑豹的时候，你到底在沼泽地里干吗呢？"玛塔问道。

"管好自己的事。"特威利回答，"少管别人的私事。"

"斯塔奇太太说你很有钱。"

"只是投胎投得好而已。"

尼克说："那你就绝对不是海杜克了。"

特威利将车驶离公路，停靠在一排报纸架附近。他从头上一把扯下滑雪帽，揉了揉眉心，然后突然猛击汽车的仪表板，尼克和玛塔被吓了一大跳。

特威利在座位上转过身，抬起墨镜，用苦涩的目光盯着孩子们。

"我想告诉你们一件事，这件事连亲爱的斯塔奇姨妈也不知道。"他说，"讲完后，请你们不要再乱猜我的身份，也不要再问我，为什么像我这样的有钱人会生活在帐篷里。我做的一切，仅仅是因为我热爱这片土地，热爱生长在这里的一花一草，热爱生活在这里的每一种动物。最近这里发生的一切让我愤怒。你们知道这些就行。"

不过，他的语气中没有太大的愤怒，而是充满了浓浓的悲伤。"哎，这块土地上的情况越来越糟。"他说。

尼克和玛塔不知道该说些什么。

特威利举起两根手指："其实，真正的数量是这么多。"

"什么东西？"玛塔疑惑地问。

"黑豹幼崽。"他说，"其实，我发现了两只黑豹幼崽。黑豹妈妈有两个孩子。"

尼克闭上眼睛。

"其中一只死了。"特威利说，"我尝试了所有的方法，但是，比较小的那只没能熬过第一个晚上。这件事，我没有告诉斯塔奇太太，也没有告诉杜安，从来没有告诉过任何人。"

玛塔捂着脸。

特威利放下了眼镜："还有什么问题吗？"

"没有了。"尼克平静地说。

第二十二章

星期天早上，老杜安拖着脚，跌跌撞撞地走到前门。

"你怎么这么快就到了？"他问米莉森特·温希普。

"包了一架喷气式飞机。快开门。"

老杜安装出一副热情的样子，欢迎岳母进屋。温希普太太迫不及待迈过门槛，差点儿把他撞个趔趄。她的灰色裤装非常雅致，不见一丝褶皱，头上的银发梳理得整整齐齐，没有丝毫杂乱。

"你的脑袋呢？躲在这顶愚蠢的帽子里面睡觉吗？"她问。

"是吧。"老杜安只穿着一条纳斯卡拳击短裤，他更担心她对此的反应。

温希普太太皱起眉头，望向别处："看在上帝的分儿上，快穿上裤子。还有，让那只讨厌的笨鸟滚开，否则我会拔掉它身上的毛，一根都不剩。"

"米莉，它不笨，它是一只正宗的金刚鹦鹉。"

"它就是个讨厌鬼。赶快。"

276

老杜安穿上一条蓝色牛仔裤，将纳丁塞进笼子。他回到客厅时，温希普太太双手交叉抱在胸前，急切地等待着。

"听说，我的外孙现在是逃犯了。"她说，"校长把整件事都告诉我了，小杜安也被杜鲁门中学停学了。但我觉得，比起当逃犯，停学根本算不上是问题。"

"警察搞错了，他们犯了一个大错。"

"小杜安人呢？"

"老实说，我不知道。"老杜安说，"他像个幽灵一样，有时候突然出现，一下子又不见了。"

"难道你没有办法联系到他吗？我给他买的手机呢？"

"他从来不接电话，米莉。你把这件事告诉孩子他妈了吗？"

"当然，我马上给她打了电话。"

"她要回来吗？"

"不，杜安。她回来又有什么用呢？"温希普太太扫了一下椅子上变质的饼干屑，坐了下来。她的女儿提出要打电话给杜安，劝他去自首，但没说要回家看他。

老杜安说："我想，从法国一路飞过来，机票肯定不便宜。"

"和钱无关。我本来准备要给她买一张头等舱的票。"

"然后呢？"

只有在谈到女儿的时候，温希普太太才觉得自己老了，不中用了。"惠特尼说她必须留下来打理她那家奶酪店。她说现在是旺季。"

老杜安心不在焉地望着地板："也就是说，奶酪生意比她自己的亲生骨肉还重要。"

"抱歉，杜安。我真的很抱歉。"

"小杜安的事情，接下来该怎么办？"

"我已经联系了律师。你觉得他可能藏在哪里？"

"躲在郊区的某个地方。"老杜安的手随意一挥。

"哦，谢谢你的帮助。"温希普太太不无讽刺地抱怨，"请把范围缩小到大约200万英亩！"

她站起身来，抚了抚裤子，然后把手提袋搭在肩膀上，语重心长地说道："下次见到你儿子时，请告诉他，外婆强烈建议他尽快向警方自首。告诉他，这是我能帮助他摆脱困境的唯一方法。"

"我会的，米莉，但小杜安根本不听我的话，就像惠特尼不听你的话一样。"

温希普太太没有理会这句话。让这个悲惨的男人抱怨一句也无妨——他深爱着惠特尼，但她义无反顾地离开了他。

"报纸上说，在纵火现场发现了杜安的书包。"温希普太太质疑，"如果他是无辜的，那报纸上不都是胡扯吗？"

老杜安一股脑儿地抛出事实——"政府的税务人员"从家里偷走了小杜安的书包，但是，说话时，东一句西一句，顺序颠倒，逻辑混乱。温希普太太似乎很怀疑。

"噢，能做的，该做的，我们都做了。"她说着，从老杜安身边走过，迈出大门。

"谢谢你，米莉。"他在她身后喊道。

她在台阶上转过身来："为什么谢我？"

"谢谢你这么关心孩子。"

"信不信由你，你们两个我都关心。"温希普太太硬邦邦地说，"现在，和你的鹦鹉玩去吧。"

　　德雷克·麦克布赖德从医院直奔高档酒店——丽思·卡尔顿，他入住了其中一间豪华套房，准备好好休养一阵。吉米·李·贝利斯遵照命令，带着猎犬来到房间。

　　这只狗名叫贺拉斯，长相煞是独特：一对巨型耳朵耷拉着，下巴上满是湿漉漉、黏答答的口水，鼻子又大又长，活像一根长条面包。它一进屋就躺在地板上，打起了呼噜，很快，地上流下一摊口水。

　　"贺拉斯累了。"驯犬师解释道。

　　"你就找了一只猎犬吗？我们需要的不止一只啊！"德雷克·麦克布赖德抱怨道。

　　"不，这一只就足够了。"驯犬师说。

　　"这种狗在单兵作战的时候威力最大。我还专门问过休斯敦的几个朋友，他们是猎犬专家，听他们的没错。"吉米说。

　　德雷克·麦克布赖德仍然四肢摊开躺在床上，他坚持认为，他们需要的是一大群狗。"看过狗捉熊吗？都是一大群狗冲过去，是吧？"

　　驯犬师说："原来是要抓熊啊。我还以为是要跟踪人呢。"

　　"我们就是要跟踪人。"吉米插了一句，他的胃病又犯了，肚子里好像一堆热炭在翻滚。他向老板解释说，贺拉斯是一只世界级的猎犬，"他们用它来追踪失踪人员、迷路的徒步旅行者，甚至还有逃犯。它还上过两次《全美通缉令》节目呢。"

　　"它只要闻一闻气味就行。"驯犬师说。

"我们身上有气味吗？"德雷克·麦克布赖德暴躁地问。

吉米说："当然有。"那个浑蛋在重新摆放那些粉红色旗子的时候，肯定留下了气味。

德雷克·麦克布赖德伸手从床头柜上拿水杯，伤口被扯到，他疼得叫了一声，贺拉斯只是短暂地睁开水汪汪的棕色大眼睛，眨了一下。

"麦克布赖德先生从马上摔下来，肋骨断了。"吉米告诉驯犬师。

"还得了脑震荡。"德雷克·麦克布赖德补充道，"嘿，伙计，你知道有人想买纯种马吗？我有一匹，非常便宜。"

驯犬师说不知道。

"今天可以开始了吗？"吉米问道，"我们用直升机带你们过去。"

"好的。"

"你确定这只狗能在热带沼泽地中追踪到人的气味？"

"别说沼泽地，就算把它扔在味道刺鼻的醋厂里，它也能追踪到人的气味。"驯犬师笃定地说。

德雷克·麦克布赖德指着那只猎犬，它的眼皮又垂下去了。"这只老狗什么时候才能睡醒呢？"

"我让它醒它就醒。"

"现在试试怎么样？我一会儿还得和吉米·李·贝利斯先生单独谈谈。"德雷克·麦克布赖德大声拍了三下手，"贺拉斯，醒醒！贺拉斯！"

狗一动不动，吉米很沮丧。

德雷克・麦克布赖德抓了抓胡子拉碴的脸，说："噢，没什么了不起的啊。不要这只杂种狗，换一只，吉米。"

驯犬师轻轻地咂了下舌头。贺拉斯从地上猛地跳了起来，仿佛触电了一般，它鼻孔朝天，尾巴竖立，眼睛睁得大大的，炯炯有神。

"不要叫它杂种狗。"驯犬师说。

德雷克・麦克布赖德笑了起来："对不起，贺拉斯。现在请两位回避一下，好吗？"

吉米将猎犬和驯犬师带到套房门口，说10分钟后他会在大厅与他们会合。当他回到卧室时，他发现德雷克・麦克布赖德挺直身体，双手揉着头。他的睡衣是解开的，露出了缠着厚厚绷带的胸膛。

"昨晚我家老头子打来电话了。"他不高兴地说，"我撒了个谎，说这里的一切进展顺利。"

"会的，如果我们解决了现在的问题，一切都会顺利的。"吉米很清楚，如果不是德雷克・麦克布赖德富有的父亲，红钻能源公司根本就不会存在。他还意识到，德雷克・麦克布赖德的父亲对儿子的耐心与日俱减。"先生，一旦那只猎犬在这块地上抓到那个浑蛋——"

"或者是一群浑蛋！"德雷克・麦克布赖德恶狠狠地说，"不管是谁，谁惹到我们，就没好果子吃！"

"对。但是，抓到他们之后怎么处置呢？"吉米问道，"如果他们已经发现了那口盗油井呢？我们不能报警，如果报警，他们肯定会把我们供出来，那我们就完蛋了，要蹲监狱。"

"不，我们不能报警。绝对不能！"德雷克·麦克布赖德同意。

"那么，我们怎么处置这帮浑蛋？如果他们已经知道22区的事，我的意思是……"

一瞬间，屋里鸦雀无声，每一秒钟都极其缓慢。

"我还没有弄清楚所有的细节。"德雷克·麦克布赖德终于开口了，"但我们会不惜一切代价保护这个项目。你明白吗，伙计？不管付出什么代价。"

听到这个答案，吉米胃部的灼热并没有好受些。

尼克床边的数字时钟显示的是9点15分。这不正常。大多数星期天早上，妈妈总会在8点整便叫醒他，然后两人一起制作酪乳煎饼和培根。

他从床上滚下来，套上一件睡袍。楼下的客厅里传来一阵低沉的声音——有人正在讨论什么。他透过窗户望去，车道上停着一辆灰色的美军运输车。

尼克跑到客厅，父亲正被两名年轻士兵扶上轮椅。妈妈僵直地站在门边，一只手抚着脸颊。

"这是怎么回事？"尼克问道。

"一点点小挫折。"父亲的声音沙哑，"我猜，沃尔特里德陆军医疗中心的朋友们想念我了。"他的脸色略带慌乱，眼睛里满是疲倦，布满血丝。

尼克转向妈妈："伤口又感染了吗？"

"感染一直都在，从来没有消失过。"

一名士兵将轮椅推到运输车旁，车厢里伸出一架扶梯，将轮椅抬进车的侧门。另一名士兵提着一个小尼龙手提箱——那是尼克妈妈刚刚装好的。那名士兵把手提箱放进运输车，靠在轮椅旁边。格雷戈里·沃特斯上尉踢开腿上的毛毯，说："不用这个，我还没到80岁！"

尼克妈妈与丈夫吻别："过一两天，我去看你。"

"我也去。"尼克说。

"不用，小伙子，不许再缺课。"父亲提醒他。

"但是，爸爸——"

"就这样。我答应你，我会很快回家。"

他捏了捏尼克的右臂说："喂，你把绷带摘下了吗？别告诉我，你要放弃当左撇子了。"

"等着吧。你回来的时候，我会变成一个正宗的左撇子。"

他的父亲勉强笑了笑，但尼克能看出他脸上的痛苦。"是的，尼克，我们到时候去大沼泽城市钓鱼，就我们两个。"

运输车驶出车道，尼克和妈妈挥手告别。那辆车渐行渐远，直至消失不见，母子两人站在那里，手还在挥着。尼克有些茫然，刚才发生的一切就像一场可怕的梦。明明父亲昨天晚上状态很好。

"怎么了，妈妈？告诉我！"

"先吃早饭。"妈妈的情绪也很糟糕。

"我不饿。"

"反正我饿了。"

她的确很饿，她摆上了自己的早餐：三个煎饼、两条培根、一根香蕉、半杯蓝莓和一大杯鲜榨橙汁。

尼克拿起一碗干格兰诺拉麦片。他不想打扰妈妈吃早餐，只能坐立不安地等待。

妈妈给自己倒了一杯咖啡，坐下来后告诉尼克发生了什么事："那次你给医院打电话，他不在，你还记得吗？"

"当然记得。他就是那天回家的。"

"是的，他回家了，"尼克的妈妈说，"但是没有告诉医生。凌晨4点30分，他从沃尔特里德陆军医疗中心出来，搭上了一辆出租车，然后直接去了机场。"

"不会吧！"

"这是一件愚蠢的事情。他的伤根本没好，尼克。"

"所以他撒谎了？"

"他只是不想让我们担心而已。"

"他是不是疯了？"尼克生气地说。

"你爸爸只想待在家里。他相信，如果和我们在一起，他会好得更快。"

"但他并没有好转，"尼克阴郁地说，"情况还变糟了。"

妈妈盯着她的咖啡，拿勺子慢慢搅拌——勺子拿反了，她居然丝毫没有察觉。她说："昨晚他醒来的时候，一直打寒战，还发高烧，高烧40摄氏度，我才知道感染并没有好。他很痛苦，最后终于承认——他的肩膀上还有残留的火箭弹碎片，需要动手术才能取出来。"

"啊，天哪。"尼克瘫坐在椅子上。

"你爸爸是个硬汉。他一定会没事的。"

284

"你呢？你还好吗，妈妈？"

"不用担心，孩子，我很坚强。"她起身说，"现在，我要去收拾行李了。我要坐飞机去陪你爸爸。"

尼克紧紧地抱着她："我不敢相信，他居然从医院偷偷跑回来了。如果我做了那样的事情，我肯定会被关禁闭，关上整整一年。"

"那样做很不明智。"妈妈同意，"不过，他只是太想念我们了，尼克，事情就是这样。我们应该庆幸，至少他现在不在伊拉克了。等华盛顿那边的医生把他治好了，他就会回家，永远地待在家里。"

妈妈离开后，尼克尽量让自己忙碌起来，因为他一闲下来，心中就满是对爸爸无尽的担心。他打扫了厨房的水槽，把脏衣服放进洗衣机，解了几道代数题，并为一篇两周后交的英文作文重写了大纲。

玛塔两次打电话过来，尼克都没接。他没有心情和任何朋友交谈。他做了一个花生酱三明治当午餐，但只吃了三口便放下了；他完全没有胃口，但是奇怪的是，他感觉自己身上有使不完的劲儿。

于是他戴上波士顿红袜棒球队的帽子，走到后院，用左手将棒球扔向投手网，直到肘部有些抽筋才停下。他还有太多的话想和父亲聊，但他深知，现在还不是时候。父亲必须返回医院，接受必要的手术。

取回球后，尼克将装满球的桶拖回父子俩搭建的家庭投手丘。尽管疼痛难忍，但他还是继续投球，每一投都竭尽全力。

尼克摆好姿势，正准备投出一球时，身后响起一个熟悉的声音："哥们儿，你这样胳膊会断的。"

尼克转过身，原来是毒烟，他正推着摩托车绕过房子的一角。

"你在这里做什么？"尼克问道。

小杜安把摩托车靠在墙上，说："你得帮帮我。有人在野营地附近放了一只猎犬。"

"谁干的？"

"那家石油公司。"

"特威利在哪儿？"

"被狗追得拼命跑，是他要我过来找你的。"毒烟紧张地环顾四周，"到处是警察，我不能躲在家里。他们现在直接把警车停在我家门口！"

"斯塔奇太太和小黑豹呢？"尼克说。

"他们没事，到目前为止没事。但是那只猎犬超级难缠，哥们儿，那是只专业猎犬。"

"我怎么帮你呢？"尼克问，虽然他已经猜到了答案。

"我需要一个住处。"毒烟说，"只是暂时的。"

"没问题。"

尼克把手上的棒球扔进桶里。他不知道该如何告诉妈妈，甚至是否应该告诉妈妈。逃犯来家里做房客，很可能是她生平头一遭。

第二十三章

杰森·马歇尔警探星期天通常不工作，但今天例外。在找到失踪的纵火嫌疑人小杜安·斯克罗德前，他的神经完全没法儿放松。同事们谈到纵火案时，总是善意地安慰他，这不是他的错，那个孩子还没等他亮出手铐就冲了出去，谁能追得上呢？但这样的话在马歇尔听来，不像是安慰，更像是一种揶揄。

每晚，杰森·马歇尔都会服用两片阿司匹林，并在酸痛的腿后腱贴上热敷贴。小杜安身藏何处？他总是伴随着这个问题入眠。他的睡眠质量很差，总是断断续续的。

每天早上，杰森·马歇尔醒来的第一件事就是冥思苦想，有什么线索能帮助他找到那个男孩，或者至少锁定他的位置呢？今天，马歇尔警探决定不去教堂做礼拜了，他想上网搜一搜手持式打火枪的信息。

小杜安的书包中发现的打火枪品牌名为"奥卓点火器"，在这家公司的官方网站上，马歇尔警探找到了一份名单，他如获至宝——名单上显示，在科利尔县，只有三家零售店在销售该品牌的产品，这三家店都是卖五金的。

其中一家已经倒闭了，杰森·马歇尔本以为另外两家店星期天会关门，但他错了。那不勒斯镇东边的那家店今天依旧开门营业。

马歇尔警探开车去了那里，拿出一张小杜安的照片，那是他放火焚烧广告牌被捕后警方拍摄的照片。五金店的老板发誓他以前从未见过这个孩子。

"你们卖了很多那个牌子的打火枪吗？"警探问道。

"不多。"店主回答，"我可以在电脑上查一下，告诉你确切的数字。"

在过去的30天里，这家商店只售出了两把奥卓牌点火器。杰森·马歇尔记下了购买日期。

"你知道顾客的名字吗？"警探问。

"不知道。我只能告诉你，这两把打火枪都是用信用卡购买的。"

"你确定吗？"

"对。我们的库存软件会记录顾客的付款方式——现金或者信用卡。"店主解释说。

杰森·马歇尔认为小杜安几乎不可能使用信用卡，除非他偷拿他父亲的信用卡，或者偷别人的卡。

"我看你这里装了监控摄像头。"警探说。

"现在哪家店没装摄像头呢？"

"那你还留着卖打火枪那天的录像吗？"

"不确定。"店主回答。当然，这是谎言。所有的监控录像，他都会保存六个月，店里总是会有顺手牵羊的人，如果要起诉那些人，录像便是最好的证据。不过，今天是星期天，他不想浪费时间去筛选那些冗长的视频录像。

"我们一起看看吧。"杰森·马歇尔说。

"其实，我现在有点忙。也许你可以下次再来。"

"我也很忙。"杰森·马歇尔说，"所以，抓紧时间，来看看那些录像吧。"

没多久，警探便检查完监控录像，并锁定了那两笔交易发生时的录像片段。他告诉店主，录像带他得留着，作为证据。

"这到底是怎么回事？"店主担忧地问，"我是不是遇到什么麻烦了？"

"完全没有。"杰森·马歇尔说。

他开车回到警察局，马上打电话给消防部门的火灾调查员托克尔森。他告诉托克尔森，他找到了一家商店，那家店卖出了两把打火枪，其中一把与小杜安书包中的那把一模一样。

"有一把是在沼泽地火灾前一天买的。"警探说。

"太棒了！"

"但第二把打火枪是三天前才买的。"

火灾调查员说："我不关心第二把。"

"呃……你应该关心。"杰森·马歇尔说，"因为，这两把都是同一个人买的——而且不是小杜安那个孩子。"

"你怎么知道？"

"五金店有监控摄像头。我拿到了录像带。"

电话那端沉默了片刻，沉默中夹杂着些许不安，托克尔森在思考这些信息意味着什么。

"也许那个男孩有同谋。也许他们买第二把打火枪是为了谋划另一次纵火。"他终于说话了，"视频上那个顾客年龄有多大呢？"

"我猜，在55岁到60岁。"

"哦，"托克尔森说，"不是男孩的父亲吧。"

"不是。"

"嗯，总得有个解释。"

"我能想到一个。"警探说。

"说说看。"

"也许我们找错人了。"

电话那端又沉默了片刻。然后，火灾调查员焦急地说："我需要看看那些录像带。"

"是的，你得好好看看。"杰森·马歇尔很赞同。

这棵橡树有40英尺高，几年前遭到一场雷击后就枯死了。高高的树干上有个洞，一只母浣熊和三只浣熊幼崽住在那里。

一天，一台巨大的反铲挖土机轰隆隆地开到这片土地上，要推倒这里所有的树。有个男孩这几周一直在观察那个浣熊家庭。他从自行车上跳下来，冲着挖土机司机大喊大叫，让他避开那棵枯死的橡树。

但是，司机根本不听他的。他只是挥手让男孩走开，随后便启动了那个"大怪物"，推倒了那棵橡树，住在上面的四只浣熊全部遇害。男孩只能远远地看着，抽泣着。

那台挖土机属于一家建筑公司。这家公司正在清理这片土地，准备在此地修建一个露台家具的仓库。清除所有树木后的两天内，那家公司就在工地上搭起了一栋临时建筑，隔成两间办公室，办公室外面挂着一面醒目的横幅，庆祝项目启动。当晚，男孩骑自行车到了那边，往里面放了一把火。最后，偌大的两间办公室被烧成了一片灰烬。当然，里面没有人。

"放火前我仔细检查了，里面没人。"毒烟向尼克保证。尼克认真听完了整个纵火故事，没插一句话。

"所以，我不是真正的纵火狂。"毒烟补充道，"我放火不是为了追求刺激，只是太生气了。"

"不过，那样做——"

"很蠢，是吧？烧广告牌也是。"毒烟说，"那天，我妈妈刚坐上去巴黎的飞机，我整个人都崩溃了，刚好又看到航空公司的机票打折的大幅广告，我简直快发疯了。你没法儿体会我当时的感受，哥们儿。没有人能体会。"

尼克一句话都没说。他完全无法想象，要是自己的妈妈坐上飞机，甚至不说一声再见就永远地离开，自己该如何面对。尼克从未有过这种刻骨铭心的经历。

毒烟苦涩地笑了笑："不过，办公室烧了也没用，他们还是建了那个愚蠢的家具仓库。广告牌烧了也没用，没几天那里就竖起一块新的广告牌。"

"你还放火烧过其他地方吗？"尼克问道。

"没有。"

"那你为什么要别人叫你毒烟？"

"毒烟听起来比杜安酷多了。"

他俩坐在尼克卧室的地板上。窗帘是拉上的,门也被锁上了。

"特威利说你是一名追踪天才。"尼克说。

"好像我比较擅长那个。"

"他还说,只有你才能找得到那只黑豹妈妈。"

"我一定全力以赴。"毒烟坚定地说道。

"斯塔奇太太说时间不多了。"

"她说得对。那只猎犬在附近嗅来嗅去,严重影响我们追踪黑豹。"毒烟说,"狗一来,那些野猫野豹就跑没影了。"

尼克禁不住问:"你跟她之间是怎么回事?"

"斯塔奇太太?她没那么坏。"

"那天课堂上的事情发生后,大家都觉得你对她恨之入骨。"

毒烟笑了笑:"我当时确实挺恨她的。但后来发现,虽然她看起来很刻薄,但心肠不坏。嘿,门外刚刚停了一辆车!"

很快,前门打开了,妈妈开始呼唤尼克的名字。毒烟一把抓住了他的肩膀:"不要提到我,一个字都不行!"

"但我不能撒谎。"尼克低声说。

"听着,哥们儿。一旦她知道我藏在这里,她必须得告诉警察,不然的话,她会进监狱的!"

"什么意思?"

"窝藏逃犯!"毒烟说,"如果你告诉她我在这里,就等于把她推进火坑。难道你想害她吗?"

客厅里传来妈妈的声音:"尼克,你在哪儿?"

"我马上来,妈妈!"

毒烟侧身挤进尼克卧室的壁橱。"去吧！"他对尼克说，"假装我不在这里。"

尼克溜出卧室，关上门。他沿着走廊走到客厅，惊讶地发现妈妈身旁还有别人。

"尼克，还记得佩顿吗？"

"当然。"他说。

佩顿·林奇是尼克儿时的保姆之一，那时，尼克上小学，她上高中。现在她在上大专，还在一家凉鞋店兼职打工。

"嘿，小尼克。"她大口嚼着泡泡糖，嘴巴鼓鼓的。

妈妈说，她要去找尼克的父亲，这段时间，佩顿会在家里待上几天，照看尼克，"今天下午晚些时候，有一班飞机从迈尔斯堡起飞，可以转机到华盛顿。"

"那很好。"尼克说。

这个安排确实不错——父亲有人照顾，尼克也不用担心杜安被妈妈发现。佩顿·林奇是个好女孩，但人有点儿迟钝——如果佩顿是尼克的同学，斯塔奇太太肯定会这样评价她。

当尼克很小的时候，只要佩顿在，他想做什么就做什么，佩顿根本不管他，她只顾自己煲电话粥，涂脚指甲油，或者悠闲地欣赏音乐电视频道。她应该是孩子们心目中最理想的保姆吧——因为她对怎么做保姆一窍不通，孩子们想干什么都行。

有一次，尼克9岁的时候，他不小心把高尔夫球扔到台式电脑的显示器上。那时佩顿戴着耳机，压根儿就没有听到电子管爆炸的声音，因为耳机里的音乐声太大了。尼克搬着一个满是玻璃碴的破显示器从房间出来时，她也丝毫不关心发生了什么事。

尼克的母亲说："佩顿，记得待在家里。我现在要去收拾行李了。"

佩顿把旅行包放在地毯上，一屁股坐在沙发上。"嘿，尼克，在学校里还好吗？"

"挺好的。"他说。

"那你们学校有卖斯纳普果味的饮料吗？"

"没有。"

"绿茶呢？"她一边问，一边把音乐播放器耳机塞进耳朵里，"豆腐汉堡呢？春卷呢？"

"我去冰箱拿点儿东西。"尼克礼貌地微笑一下，借故离开。

佩顿·林奇永远不会注意到小杜安·斯克罗德住在房子里，只要他不把摩托车停在厨房里。

德雷克·麦克布赖德非常恼火。

他呻吟一声，从床上爬起来，迈着蹒跚的步伐，跟随吉米·李·贝利斯来到客厅。驯犬师在那里等待，面色凝重。

"怎么了？"德雷克·麦克布赖德质问道，语气中没有一丝同情。

驯犬师说："你得付我2000美元。"

"因为你的笨狗迷路了？你脑子进水了吗？"

"贺拉斯没有迷路。"那人矢口否认，"今天你不给我钱，我就不走。"

吉米紧咬着嘴唇。他强烈建议老板付钱给那个人，让他滚蛋，但德雷克·麦克布赖德说，没门儿，伙计，一分钱也别想。

"我觉得，"德雷克·麦克布赖德扣上紫色睡衣上装的扣子，"你纯粹就是用一只有问题的狗来糊弄我们。就算把那只老狗放进面包箱，它估计都会迷路。"

驯犬师的个子虽然没有德雷克·麦克布赖德高，但他精瘦精瘦的，很健壮。吉米知道，这样的人不好惹。

"听着，不管到底发生了什么情况，这人的狗不见了。"吉米对老板说，"我们总得商量商量，看看怎么妥善解决。"

"贺拉斯是一只冠军追踪犬。"驯犬师自豪地说，"贺拉斯是最好的。"

"贺拉斯是个废物！"德雷克·麦克布赖德咯咯地笑了起来，"冠军猎犬还会迷路？谁听过吗？"

那一刻，吉米意识到，德雷克·麦克布赖德的大嘴惹祸了。这位红钻能源公司的总裁被卡住脖子摁在酒店房间的墙上，脸色发紫，和他那件滑稽的睡衣颜色一模一样。

"贺拉斯不是迷路了。它被咬死了！"驯犬师使劲地掐着德雷克的脖子，怒吼，"被吃掉了！"

吉米试图从德雷克·麦克布赖德的脖子上撬开驯犬师的手，但怒不可遏的驯犬师非常强壮，吉米根本无能为力。德雷克·麦克布赖德的眼球都快进出来了，他的手胡乱拍打着，呼吸越来越困难，只能像老鼠一样发出微弱的吱吱声。

"求求你，放开他！"吉米恳求道，"他会付你钱的。"

"他刚才骂贺拉斯，要道歉！"

"如果你愿意，他会在报纸上刊登道歉广告。"

驯犬师这才松了德雷克·麦克布赖德。后者直接瘫倒在地毯上，接下来整整5分钟，他一直咳嗽个不停，大口地喘息。等呼吸平顺了，他忙不迭地向驯犬师道歉。

"给我钱。"驯犬师直截了当地说。

"你说你的狗被吃掉了？"

"很可能。"

"方便问一下，是被什么东西吃掉了？"

"别装蒜了，你难道不知道吗？"那人冷冷地说。

德雷克·麦克布赖德疑惑地看着吉米："他在说什么？"

吉米暗想：我的老板简直就是个白痴。

"他说的是黑豹，先生。"

"啊！不是说那里没有黑豹嘛！"德雷克·麦克布赖德断言，显然，他这样说只是做做样子罢了，此刻，他那苍白的脸上写满了焦虑。

驯犬师说："我亲眼看到了粪便。"

"你错了，伙计。很可能你看到的是山猫的粪便。"

"是吗？"那人猛地把德雷克·麦克布赖德拽了起来，一把推到扶手椅上，"黑豹的粪便和山猫的粪便，我还分不清吗？我所看到的绝对不是山猫的粪便。"

德雷克·麦克布赖德担心自己又被锁喉，马上服软了："听你的，你是专家。"

"说对了。"驯犬师说。

为了让谈话以和平的方式结束，吉米向德雷克·麦克布赖德解释说，如果驯犬师知道黑藤沼泽潜伏着一只黑豹，他绝不会允许贺拉斯去黑藤沼泽追踪气味。

"那只狗只能追踪人，追踪不了黑豹。"吉米说，"我觉得，我们有义务赔偿这个人的损失。"

"好吧，好吧。"德雷克·麦克布赖德咕哝着，一瘸一拐地走进卧室去取支票簿。

驯犬师说："在西部，他们使用经过特殊训练的猎犬来猎杀美洲豹。但是贺拉斯没有受过这样的训练。它可能闻到了黑豹的味道，但是，估计还没来得及叫两声，就被黑豹咬死吃掉了。问题是，我特别喜欢那只狗。"

"我们对发生这种情况感到非常抱歉，非常抱歉。"吉米用最真诚的声音说道。

"你们的确应该道歉。"驯犬师说。

"我们的地块上怎么会有一只危险的黑豹呢？我和麦克布赖德先生完全都不知道。"

"得了吧，你们两个满嘴胡话，我不信。"

吉米并没有反驳。老板回来了，他丧气地坐上扶手椅，一只手拿着圆珠笔，一本支票簿摊开放在膝盖上。

他挤出一丝假笑："2000美元，是吧？"

驯犬师迟迟不回答，反倒若有所思地揉起了刚毅的下巴。吉米心里一慌，手上摸索着找胃药。

"贺拉斯在消失之前，发现了一串新留下的足迹。"驯犬师回忆道，"我们顺着这道足迹，从你们公司的地一直跟踪到了另一块地，你们肯定不会相信我发现了什么——不对，你们可能会相信。"

吉米一惊，一个大大的酸嗝正要打出来，却被他硬生生地咽了下去。德雷克·麦克布赖德的肩膀一下子耷拉下来。

"有一大堆管子，还有很多箱钻探用的工具。"驯犬师继续说，"似乎，有人在公家的土地上偷偷打井！你们永远猜不到箱子标签上的名字——不对，你们也许能猜出来，和你们的衣服上的那几个字一样，上面写着'红钻能源'。很奇怪吧？"

德雷克·麦克布赖德抬起头，沙哑地说："先生，你到底想怎么样？"

驯犬师假惺惺地长叹了一口气："我确实很想念我的猎犬。"

吉米说："咱们就不绕圈子了，5000美元怎么样？"

"听起来不错。"

"但是，如果有人问起，你要说你从来没去过22区，好吗？你也没有看到泥坑或钻孔，什么东西都没看到。"

"好的，先生。"驯犬师说，"现在，唯一知情的是贺拉斯，不过它不在了，上帝啊，请让它的灵魂安息！"

德雷克·麦克布赖德皱起眉头："得了吧，我都快感动地哭了。"

他潦草地写了一张5000美元的支票，递给驯犬师。"拿着，再去买只笨狗！"他说完便踉跄着回到了床上。

第二十四章

尼克感觉有人在粗暴地推搡他。他希望这只是梦，他还想多睡一会儿。

"快起来！"一个低沉的声音命令道。

尼克睁开一只眼睛，看到小杜安·斯克罗德站在他身边，穿着一身狩猎用的迷彩服。"特威利刚刚打电话了。"那孩子举起手机说，"我们得走了。"

"去哪里？"

"老地方。"

"但我还要上学呢。"尼克说道。

毒烟抓住他的脚踝，把他从被子里一把拽了出来："给你的保姆写张便条。"

"她不是我的保姆！"

"随便！在厨房里放一张纸条——告诉她，你搭一个学长的车去上学了。"

"但现在还是晚上。"尼克说。

"不是的,伙计,外面黑黑的那是雾。天都快亮了。"

尼克穿上了平时上学穿的全套校服,包括领带和西装外套,以防佩顿·林奇醒来时撞见他离开。他不知道的是,她睡得很沉,非常非常沉——她凌晨3点才睡着,睡前一直和几个在中国旅行的朋友发短信。

尼克和毒烟一起溜出了前门。

"我们骑摩托车吗?"尼克问,他不知道自己穿得是否暖和。

"特威利说不要骑摩托车,摩托车太吵了。"毒烟说,"今天我们需要安静一点儿。"

在街区的尽头,那辆蓝色普锐斯小汽车在等待,车头灯是亮着的。虽然挡风玻璃上沾满了露水,但尼克还是能依稀看到车内有两个影子。他猜测是特威利和斯塔奇太太,但他只猜对了一半。

驾驶座旁的车窗摇了下来,特威利让尼克和毒烟坐到后座上。等孩子们系好安全带后,特威利指了指一旁的乘客——那不是斯塔奇太太,居然是一只长着四只脚的动物。

"向贺拉斯问好。"

那只猎犬耷拉着眼皮,转向男孩们,口水从下唇流下来,一滴一滴,好似一串珍珠。

毒烟欣喜若狂:"这是追踪我们的那只猎犬吗?"

"过去的事情就不追究了。"戴着黑色太阳镜的特威利回答。

"别告诉我你用一个生汉堡就把它收买了。"尼克抚摩着猎犬柔滑的耳朵说。

"不,是牛排。"特威利说,"贺拉斯嗅了一下,就认定了我是它最好的新朋友。我发现它是一个很好的伙伴，从来不会问很多八卦问题。"

"你怎么知道它叫贺拉斯？"

"它的浑蛋主人把它弄丢了，在树林里面到处喊它的名字，被我听到了。顺便说一句，"特威利看着后视镜中的尼克，"你为什么穿得像个招待员？你去沼泽地远足都穿这样的衣服？"

"呃，不是。我必须看起来像去上学的样子。"尼克红着脸说。他脱下杜鲁门中学的校服外套，扯下领带。"天还是黑乎乎的，你为什么要戴墨镜？"他回击特威利。

"对我来说，黑夜白天一个样。"

毒烟问道："你又发现'那个'了吗？"

"是的。"特威利说。

"有多新鲜？"

"最多2个小时之内的。"

尼克向前趴过来，满脸兴奋："黑豹粪便？"

"对。"特威利说。

毒烟看着窗外。"太棒了。"他喃喃道。

尼克借毒烟的手机给玛塔打电话，玛塔央求加入他们。起初特威利犹豫不决，但毒烟直言不讳地说，在搜寻的时候，多一个人就等于多了一双眼睛和一对耳朵，总归不会有坏处。于是，尼克告诉玛塔在公交站附近的信箱那儿会合。当汽车在约定地点停下时，玛塔已经在等了，她穿着牛仔裤和连帽运动衫。

她太兴奋了，几乎是飞到后排座位上的。过了一会儿，她才注意到，前面居然坐着一条流口水的大狗。"怎么有只狗？"她问。

"它叫贺拉斯。"尼克说。

"它是一只猎犬，"毒烟补充道，"超级厉害。"

对这句赞美，贺拉斯报以一个大大的哈欠。

玛塔恍然大悟："哦，我明白了，它会帮我们追踪黑豹妈妈。"

特威利模仿电视竞答游戏节目中的蜂鸣器，发出"啊哦"的一声，示意答案错误。"错。"他说，"贺拉斯很快就会被拴在树下，像打雷一样打鼾。它不追踪猫科动物。"

"它受过特别训练，专门追踪人。"毒烟解释道。

"那它从哪里来的呢？"玛塔问道。

尼克说："特威利'偷'来的。"

"别听他瞎说。我用一大块牛排'贿赂'了它，就是这样。"特威利说。

因为有浓雾，车开得比平时慢，开了好一会儿才驶入通往黑藤沼泽的土路。特威利中途靠边停了一下车，贴心地给贺拉斯系好安全带，尼克心中默默赞许——车颠簸得厉害，大伙儿都被晃得晕头转向，更何况贺拉斯刚刚才饱餐了一顿，要是它吐在车里，那就糟了。

他们把斯塔奇太太的车藏在老地方——那棵绞杀榕的下面。然后，大伙儿步行出发了。特威利牵着贺拉斯脖子上的绳，走在最前面，接下来是毒烟，尼克和玛塔则紧跟其后，确保不会在浓雾中被落下。那浓雾就像一片悬挂在空中的湿羊毛裹尸布，把沼泽地和树岛全都裹得严严实实。

特威利的野营地里，生起了一小堆篝火。尼克和玛塔站在火边，毒烟走过来加入他们，一股股热气蹿到孩子们的脸颊上，很舒服。特威利把猎犬拴在一棵棕榈树上，端来一碗水，贺拉斯吧唧几口就喝完了。

随后，特威利煮了一壶热咖啡，给每人都倒了一杯。特威利催促他们抓紧时间，快点喝完。说实话，尼克不太喜欢那咖啡的味道，但他心中仍充满感激之情——匆忙之下，特威利还能如此体贴周到。

斯塔奇太太端着草帽走出帐篷。小黑豹猛地抬起头四处张望，然后开始呜呜地啜泣。

"耐心点儿，亲爱的'小水枪'。"斯塔奇太太对小黑豹说。

三个孩子围在小黑豹身边。它可爱极了，但是一直表现得有些烦躁，身体蠕动个不停，孩子们想抱它，它也不太配合。尼克注意到，斯塔奇太太手臂上有一些长长的划痕，看起来脏兮兮的。此时，那只叫贺拉斯的猎犬已经在棕榈树下打起了瞌睡。

特威利站在远离火堆的地方，按着手持全球卫星定位系统上的按钮。他说："好消息是，这种天气下，他们不会使用直升机来追捕我们。坏消息是，要找到这个小家伙的妈妈，我们的难度加倍了。"

斯塔奇太太用威严的目光盯着尼克和玛塔。"路上一定要保持沉默。"她告诉他们，"人类一个小小的喷嚏，就能把黑豹妈妈吓跑，永远不回来。这对'小水枪'来说，就等于是宣判死刑，你们明白吗？它需要妈妈才能活下去，它不能总是靠动物园的配方奶生活。"

玛塔和尼克清醒地点点头。两人都想到了另一只黑豹幼崽，那只已经死去的黑豹幼崽。

"该走了。"毒烟提醒道。

特威利钻进帐篷，拿出一杆步枪。

"拿枪做什么？"玛塔紧张地问道。

"图个心安。"特威利检查了他的弹药带，确保子弹套筒都装满了，"大家准备好了吗？"

小黑豹似乎迫不及待地要找妈妈，它在草帽里嗷嗷地叫唤，特威利看到后都忍不住笑了。他们走出空地，踏入浓雾笼罩下的树林。特威利还是在前面带路，小杜安·斯克罗德在他身后，尼克和玛塔紧跟着队伍，斯塔奇太太走在最后面。她拿起一瓶配方奶，放在小黑豹的嘴边，它饿了。

接下来近半个小时的时间里，他们迈着轻快而安静的步伐，徒步穿过柏树林，踏过平地，绕过吊床，随后钻进了大片的松树林和锯棕榈丛。雾似乎更浓了，空气也更潮湿了，大伙儿感觉身上越来越冷。

特威利正在使用全球卫星定位系统，沿着他先前探过的路线前行。尼克知道，要是没有全球卫星定位系统，他们永远找不到想要的东西。大家都静默不语，玛塔的一只运动鞋陷进淤泥里，她费力拔了出来，全程没有发出任何声音。小黑豹吃完瓶子里面的奶后还嫌不够，生气地举起肥肥的爪子，用力拍打斯塔奇太太的鼻子，血流了出来，她哼都没哼一声。

最后，特威利示意团队停下脚步，全部围过来。他弯下腰，小心翼翼地抬起一片棕榈叶，地上露出了一堆墨绿色的东西，那些东西夹杂着几簇鹿毛、些许骨头碎片，还有几根白鹭的羽毛，毫无疑问，这就是他们要找的东西。

玛塔指着那团臭臭的块状物，用唇语问："黑豹便便？"

特威利竖起大拇指。小杜安单膝跪地，开始检查粪便。沼泽地中一片沉寂，只能听到躲在斯塔奇太太草帽里的小黑豹低声咆哮。玛塔轻轻地抓住了尼克衬衣的下摆，尼克感觉到了。

片刻之后，毒烟站起身，正式开启追踪之旅。他沿着一条只有他自己才能察觉的蜿蜒小径前行，他的步伐很小，脚踩在地上，不发出一丝声响。

其他人紧随其后，心中充满期待。

吉米·李·贝利斯认为最好由他单独与保护区管理员沟通，但德雷克·麦克布赖德执意要加入。吉米已经通知了梅尔顿和其他员工，今天早上停工，22区内所有的机器必须停转。如果联邦官员在21区巡查时无意中听到隔壁地块有动静，红钻能源公司岂不是完蛋了。

两人正在前往黑藤沼泽的路上，德雷克·麦克布赖德的肋骨还没好，这一路颠簸简直要了他的命，他全程咒骂个不断。吉米把公司的卡车停在公共木板路入口附近。他从来没见过如此浓的雾。很奇怪，这雾像是大火燃烧时冒出的浓烟，但不同的是，寒气逼人。

德雷克·麦克布赖德下车后揉了揉缠着绷带的胸部。看他的样子，他还在为自己赔给驯犬师5000美元怄气。

"你真的以为，那只狗是被黑豹吃掉了？绝对不是，伙计。"

"当时的情况下，我们只能付钱，别无选择。"吉米说。

德雷克·麦克布赖德轻蔑地哼了一声："他就是个骗子。"

"是不是骗子不重要，重要的是他在22区发现了我们打的井坑。"这是吉米第十次提醒老板，"如果我们不给他一些钱，他会举报我们的。"

"伙计，我讨厌骗子。"德雷克依旧不依不饶。

吉米无奈地苦笑。他完全理解为什么连老板的父亲都认为自己的儿子是个笨蛋。

浓雾中冷不丁地冲出一辆绿色的皮卡车。车停了下来。那辆车的车身上印着美国鱼类和野生动物管理局的标志。

德雷克·麦克布赖德提议："让我来对付这个小混混吧，吉米。"

事实上，德雷克口中的"小混混"比他还要年长一些，但至少当下，那人的身体要比德雷克健康得多。他戴着徽章，腰上挂着一把枪，他介绍自己是康威特工。

"'特工'？"德雷克·麦克布赖德一脸坏笑，"所以你就是专门在野外闲逛的詹姆斯·邦德喽？"

"你是？"康威说。

"德雷克·麦克布赖德，红钻能源公司的总裁。"

"好的。"康威望向吉米问道，"你呢？"

"他是我的项目经理。"德雷克·麦克布赖德继续说，"他叫吉米·李·贝利斯。咱们就别浪费大家的宝贵时间了——这里没有黑豹，好吗？没有黑豹。有人搞错了，大错特错！"

康威礼貌地笑了笑："我们收到一位市民的目击报告，他很肯定，在这个地区看到一只黑豹，所以我们要过来看看，但今天的雾太大看不了，先生。"

吉米轻轻地松了口气。德雷克·麦克布赖德心里却很窝火。

"你们公司租的地是从哪里开始的？"康威问道。

"这条路往前四分之三英里的地方。"吉米指过去说，"那里挂着一个标志，还有一扇金属门。"

"明天早上请把那扇门打开。"特工建议，"如果天气好，我会带着其他几名警官和一只追踪犬过来。"

"该死！"德雷克·麦克布赖德小声嘀咕道，"又要来一只笨狗。"

"对不起，你说什么？"

"没什么。"

吉米迅速插话："我们会全力配合，康威特工。需要什么说一声，包在我们身上。"

"好。"警官说着取下金属丝框眼镜，擦掉镜片上的水雾，"佛罗里达黑豹是地球上濒临灭绝的动物之一——你们知道吗？现在只剩下60到100只，仅有这么多，我们的工作是拯救黑豹，不让它们灭绝。所以，只要收到黑豹目击报告，我们都得跟进。"

"但我告诉过你，这里不可能发生目击事情，因为这里根本就没有该死的黑豹！"德雷克·麦克布赖德抗议。

特工说："它们真的很漂亮。你见过黑豹的照片吗？"

"没有，但是我在西部见过很多美洲狮，随便射杀，随便剥皮，政府根本不管。我看，黑豹和美洲狮差不多，都是有害动物。"

康威戴上眼镜，背对红钻能源公司的总裁。"请确保那扇门是打开的。"他对吉米说。

"好的，先生。方便问一下，是谁打电话说在附近看到了一只黑豹呢？"

康威走到皮卡车旁，看着他的写字板。"报告上目击者的名字是海杜克。"他说，"乔治·W.海杜克。"

这是《猴子扳手帮》那本书中主人公的名字，不过，吉米或他的老板肯定不认识，从大学三年级起，他俩就没有完整地读过一本书。

"他还提供了一个位置坐标，"康威补充道，"这样，我们搜查的时候，效率会高很多。"

"真的吗？"吉米突然觉得恶心。

德雷克·麦克布赖德愠怒地说："所以，我猜任何一个疯子都可以打电话给美国政府，说看到了一只黑豹或一只独角兽，甚至是一个不明飞行物，然后你们第二天就派一队人过来。政府就是这样工作的吗？这不是闹着玩儿吗？"

康威特工钻进皮卡车，摇下车窗。"雾很大，保重。"他说罢便开车离开了。

那个星期一早上，杰森·马歇尔警探接到了两个意想不到的电话。第一个打电话的是一个叫伯纳德·比斯托普三世的人，他被称为"豆子伯尼"，是坦帕市声名最为显赫、收费最为昂贵的刑事辩护律师。

豆子伯尼告诉杰森·马歇尔，他已受小杜安·斯克罗德的外婆聘请，担任那名被控纵火的年轻人的辩护律师。豆子伯尼称，目前他正在与小杜安的家人一起寻找小杜安，将说服他自首。这位律师还表示，这个男孩是"百分百无辜的"，警方针对小杜安的任何指控，他都将提请上诉。

"但是我逮捕他的时候，他逃跑了。"警探指出，"那是拒捕。"

"情有可原。"豆子伯尼抱怨道，"那个可怜的孩子只是被吓坏了。不管怎样，如果你比我们先找到杜安，请告诉他，他的外婆已经给他找了律师。不是普通的律师——是最好的！"

对杰森·马歇尔来说，这次谈话并非调查的转机，其实，自从查访了出售打火枪的五金店后，他就对黑藤沼泽纵火案的调查结果充满了怀疑。

同样令人不安的是当天的第二通电话。打电话的是一位热心的州检察官，他告诉马歇尔，虽然录像上显示打火枪不是小杜安买的，但是那个逃亡的少年仍然是本案的主要嫌疑人。

"那些录像并不能证明那个小混混没有纵火，"他补充道，"只能证明他不是在那家店买的打火枪。哼，他完全可以在互联网上买到那个牌子的打火枪！"

当然，这也是可能性之一，警探心想，但考虑到纵火的时间，这样的巧合未免有些蹊跷。

"这起案件唯一的谜点是，"检察官继续说道，"像小杜安这样的小混混是怎么进入杜鲁门中学这样优秀的私立学校的。我的意思是，连你的女儿都在那儿读书，对吧，杰森？"

"是的。"警探的嗓子有些发紧。

"噢，如果我的孩子身边有像小杜安这样的惯犯，我肯定受不了。"

警探没有兴趣继续这个话题："我抓到他后会第一时间告诉你。"

火灾调查员托克尔森十点整准时到达警察局。杰森·马歇尔把他带到办公室，说出了自己对于纵火案的疑虑。托克尔森若有所思地听着，随后问道："我可以看看录像带吗？"

警探调出一台磁带录像机，在托克尔森身后坐下。共有两段监控录像片段，虽然不是同一天录制的，但两个片段中都有同一个男人的身影。那人手上拿着奥卓牌打火枪，在收银台排队结账。等待的过程中，那人还掏出一些胃药，往嘴巴里塞。托克尔森一直循环播放那个片段，不停按着暂停键，他想看清那人的外貌特征。

"那可不是小杜安。"杰森·马歇尔说。

"显然不是。"火灾调查员走到电视屏幕前，弯下腰，手托着下巴，细细端详。

"嗯，你有什么看法呢？"杰森·马歇尔问道。

"我觉得，我们的检察官朋友会非常失望。"托克尔森按下录像机上的暂停按钮，打开公文包，取出一个透明的塑料袋。他举起塑料袋，好让警探看清楚。

袋子里面是一支廉价的圆珠笔，上面赫然印着"红钻能源"四个字。

杰森·马歇尔说："我记得这支笔。你在纵火犯点火的地方发现的。"

"没错。"托克尔森说，"巧了，丢这支笔的人就是后来打电话的人，他说在火灾现场找到了那个男孩的书包。"

警探系紧了领带，脸上泛起了笑容。他问道："我猜，就是藏着一把打火枪的那个书包吧。"

"对。快看这里！"火灾调查员转身望向电视屏幕，购买打火枪那人的正脸终于被定格住了。虽然监控录像的画面是黑白色，颗粒感还很重，但那张脸很容易辨认。

"那人是吉米·李·贝利斯。"托克尔森说，"他为那家石油公司工作——红钻能源公司。"

杰森·马歇尔竭力想表现得冷静一些、专业一些，不过仍然难掩自己的兴奋之情。"所以，事情的经过是这样的：吉米·李·贝利斯去五金店买了第一把打火枪，用来纵火。"他分析道。

托克尔森点点头："可能，用完后当天就扔掉了。"

"但是，后来，你说那不是野火，而是纵火。他听到后很担心。"

"应该是快被吓死了。"

"所以，他冲到同一家商店，买了另一把相同的打火枪。"警探说，"他想把纵火罪嫁祸给那个男孩。"

"现在一切水落石出了，是吧？"火灾调查员将罪证之一——那支圆珠笔——放回了公文包中。

杰森·马歇尔站了起来，摸了摸背后的腰带，确认手铐在套子里。他说："还有一个很大的谜团没有解开——吉米当初为什么放火烧沼泽地？"

托克尔森从录像机中取出录像带，说："我们去问问他！"

第二十五章

五人黑豹追踪组好像在踮着脚穿过云层。

尼克的衬衫被雾水打湿了，紧紧贴在胸前，他感觉皮肤黏答答的。他的睫毛尖儿上都是露水，宛如一颗颗银色的小珠子。此时，沼泽地沐浴在淡灰色的晨曦中，尼克简直不敢相信现在是清晨，高处的某个地方，炽热的太阳也许已经高高挂起了吧。

在追踪黑豹妈妈的过程，毒烟表现得非常沉稳。他时不时停下来，示意这里有一根刚折断的嫩枝，那儿有一片被压平的草丛，地上还有若隐若现的爪印。追踪队伍每向前迈进一步，离黑豹妈妈就近了一步，但是当下，它仍然只是一个看不见的幻影，一团抓不住的迷雾。

它已经跑了吗？是躲在某个角落等待，还是蹲在橡树的枝干上偷偷观察呢？

特威利·施普雷取下了他的幸运项链，那两个干瘪的秃鹫喙碰到一起会发出声响，他担心会惊动黑豹。他紧跟在毒烟身后，提着步枪，微微发蓝的枪管指向天空。玛塔后退了几步，和斯塔奇太太一起走，她想离那只熟睡的小黑豹更近一些。

尼克惊喜地发现，五个团队成员学会了如何悄无声息地穿过满是荆棘的灌木丛，蹚过泥泞的沼泽地——他们的动作如此整齐划一，就像一条蜈蚣顺次移动相邻的腿，机敏前进；又像一条蛇，全身肌肉交替伸缩，蜿蜒爬行。他深知，黑豹拥有极其敏锐的听觉，即使是捂着嘴低声咳嗽一声，或者偷偷清一下嗓子，黑豹都有可能受到惊吓，仓皇而逃，窜到数英里之外。

追踪警惕性如此之强的动物需要完美的隐蔽和高度的专注，因此，尼克的思绪无法飘远，对他来说，这不失为一件好事。假如现在他在学校上课，这一天注定将是漫长而难熬的，因为每一分每一秒，他都会担忧躺在部队医院手术台上的父亲。追踪黑豹让尼克从身体和精神上保持极大的专注，分散了他对父亲的担忧。说实话，尼克从未感到自己像现在这样专注过。

他不知道自己所在的团队身处何处，亦不知道他们要去往何方。此时，那条熟悉的木板路从雾中渐渐显现出来，毒烟突然向下一蹲，其他人也纷纷效仿。特威利抓紧示意斯塔奇太太，让她把黑豹幼崽带到队伍的最前面。

瘦长的生物老师双手端着草帽，仿佛捧着一件易碎的稀世珍宝，她迈着摇摇晃晃的步子，动作非常缓慢。在尼克看来，她的动作像极了鹳捕食虫子的场景：小心翼翼地靠近目标，生怕发出一点儿声响。尼克把手伸到身后，摸索着找到了玛塔的手，他想把她拉近一些，好让她看得更清楚。

毒烟又站起身来，凝视着一团浓雾。特威利对斯塔奇太太耳语了两句，随即斯塔奇太太把小黑豹从帽子中取了出来。小黑豹伸了伸粗短的腿，用力地打了个哈欠。然后它开始活动了，身子扭来扭去，爪子胡乱拍着，胖胖的爪子像耙子一样，硬生生地划在斯塔奇太太的手和前臂上。斯塔奇太太费了好大的劲才让它安静下来。尼克和玛塔惊讶地发现，这么可爱的小毛球，身体里面居然蕴藏着如此大的能量。

很快，小黑豹开始嗥叫，斯塔奇太太的脸上泛起慈爱的微笑，特威利和毒烟也赞许地点点头。他们希望这叫声能吸引黑豹妈妈从树林里出来，来到小黑豹身边。但前提是它能听到。

毒烟对特威利说了些什么，特威利一下子僵住了，但他马上举起步枪，做好射击准备。玛塔紧张极了，她抓紧尼克，大口呼吸着，尼克感觉脖子上一阵暖意。

"那里有人！"

"不可能！"

"听，尼克！有声音。"

毒烟肯定也听到了那些声音吧，不过尼克没听到，只听到小黑豹的叫声和自己怦怦的心跳声。

斯塔奇太太放下小黑豹，它轻快地跑到几码外的一片小空地上，然后突然坐了下来，瞪大眼睛，不知所措。

特威利示意大家后退。他们在一片矮松树林中重新集合，暗中观察小黑豹，尽管前方大雾弥漫，大伙儿仍然可以看到"小水枪"——那个毛茸茸的肉球浑身长满了斑点，在地上很显眼。小黑豹一直叫唤，但也许是出于动物自我保护的本能，它一动也不动——即便它只是蹬蹬腿，也可能被饥饿的老鹰发现。

"快点出现吧，黑豹妈妈。"斯塔奇太太用近乎祈求的语气低声呼唤着。尼克和玛塔从来没见过她这样说话的样子——这哪像生物课上那个令人闻风丧胆的"巫婆"啊！

"你真的看到黑豹了吗？"尼克问毒烟，后者摇了摇头。

"但它离得不远。"他说。

"你怎么知道？"玛塔问道。

"复苏蕨上有刚尿的小便。"

"太棒了。"

尼克问毒烟，刚才他是不是像玛塔一样听到了声音。

"是的，哥们儿，我听到了。"他忧心忡忡地说。

特威利并没有观察小黑豹，他正在扫视树林和灌木丛，枪紧贴着他强壮的胸膛。在偌大的沼泽地上，可怜的小黑豹的叫声听起来那么微弱，就像是婴儿毛绒玩具发出的吱吱声。

"别放弃，小家伙。"斯塔奇太太说着，手紧紧攥着草帽，草帽都皱得不像样了。

玛塔闭上了眼睛。尼克知道，她是在为小黑豹祈祷。尼克心想：但愿祈祷会有一点儿帮助吧。

时间缓慢流逝，每一分每一秒都那么难熬，小黑豹的叫声变得越来越微弱。它累了。

"情况不妙。"毒烟说。

特威利也这么认为："再给它5分钟吧。"

小黑豹一定是听到了他们的低语，因为它竖起耳朵，头转向他们在松树林中的藏身之处。

斯塔奇太太说："真让人心疼。"

浓雾深处传来一声尖锐的叫声，很刺耳，野性十足，像极了恐怖片中杀戮时出现的声音。特威利僵住了，斯塔奇太太倒吸了一口凉气，玛塔的指甲深深地陷在尼克的肩膀里。

"黑豹！"毒烟兴奋地叫道。

一阵枪声。

康威特工的车早已消失在迷雾中，德雷克·麦克布赖德和吉米·李·贝利斯还在土路上来回踱步。22区的石油骗局何去何从？两人正在忧心忡忡地讨论着。

"我们完蛋了。"德雷克苦涩地说，"有大麻烦了。"

"不一定。要知道，政府最擅长做样子。"吉米说，"所以，他们也许只是过来随便看看就回去了。"

"不，你没听那人说吗？他们会派骑警在这片沼泽里搜索，还说要带只狗，搞不好是只真正的猎犬，不像上次那只笨狗。他们一定会找到我们的钻探现场，吉米，那我们就彻底完蛋了！"

吉米担心，这一次他的老板说的是对的。寻找黑豹的时候，警官们很可能会发现那口盗油井，如果他们意识到，红钻能源公司试图在属于佛罗里达公民的土地上窃取石油，那时，真正的大麻烦就要来了。

"你还有什么想说的？说完了吗？"德雷克·麦克布赖德气急败坏地说。

"我只是在想……"吉米说。

"想什么？——我俩谁能幸运地分到牢房的上铺吗？"

实际上，吉米的心已经飞到了另一个国家——墨西哥。他之前在电视上看过这个国家，那里气候温暖、人们热情好客，是一个宜居之地；还有一点，那里没人像德雷克这样总是逼问他。从坦帕市到墨西哥肯定有直飞航班，没有的话，从奥兰多市起飞也行。问题是，他不知道自己有没有把护照留在得克萨斯州老家。

德雷克·麦克布赖德一边揉着酸痛的肋骨，一边抱怨着最近的坏运气："我想知道，到底是谁给联邦调查局打电话说看到那只黑豹的？肯定是捉弄梅尔顿的那个小丑。"

"毫无疑问。"吉米赞同。他的脑海中闪过了那天在空中俯瞰到的壮观景象，那些粉红色的小旗子被故意排成四个字母S-C-A-T的形状，意思很明显，就是让红钻能源公司的直升机滚蛋。吉米还没和老板分享这个故事，但他觉得现在已经没有必要了。

"我该怎么跟老头子说呢？"德雷克·麦克布赖德感叹道。

"叫他给你找个律师。"

"哦，真是有趣。"

吉米说："我没开玩笑。"

德雷克·麦克布赖德朝一块石头猛踢："这不公平。"

"我当时就告诉过你，那就是个馊主意。我警告过你，你偏不听。"吉米抱怨道。

"是吗？好吧，伙计，我记得，当我告诉你这个项目能赚到多少亿美元的时候，你那双眼睛瞪得像铜铃一样。"

吉米靠在卡车那潮湿的保险杠上，仔细考量现在的局势。拆除22区里红钻能源公司安装的管道和设备需要几天时间，此外，那个坑还得填满。所以，时间根本不够。吉米把手伸进裤子口袋，发现胃药又吃完了，他一脸沮丧。

"嘿，要不我们再放一把火吧？"德雷克·麦克布赖德建议道，"把保护区管理员挡在22区外。"

"你是认真的吗？"

"我的意思是放一把真正的大火，冲天的大火。"

"不行。"

"连续烧上几周！让火在钻探现场几百码之外的下风位置烧，然后派梅尔顿和几个工人溜过去，把我们的设备清理掉，再把坑填上。瞧，麻烦不就解决了吗？"德雷克·麦克布赖德停了下来，"喂，你干吗用那种眼神看我？"

"因为你可能是我见过的最大的蠢蛋。"

"什么？！"

"你没有听错。"吉米在心里已经撇清了和红钻能源公司的关系，因此他觉得自己可以随意侮辱德雷克·麦克布赖德。他再也不会称呼这个笨蛋为"先生"了。

"如果你想要再放一场'野'火，你自己动手吧。"他对前老板不满地说。

德雷克·麦克布赖德的脸涨得像西红柿一样红，他握紧拳头走向吉米。吉米站了起来，准备与德雷克对峙，并且如果有需要的话，他不介意对着德雷克缠着绷带的胸膛来上几拳，让他的肋骨再折断几根。

二人面对面，怒目对视，距离只有几英寸。突然，一声令人毛骨悚然的叫喊穿破层层迷雾，响彻整个沼泽地。那叫声很像人的声音，但人类绝对没法儿发出那么凄厉的声音。也许，只有哪个倒霉鬼掉进了开水池才会发出那样的声音吧。

吉米脖子后面的汗毛全竖起来了。气红了眼的德雷克·麦克布赖德把手伸进皮卡车的车厢，抓起步枪。在浓雾中，他肆无忌惮地摇晃着那把步枪。

"那是我的枪，还给我！"吉米喊道。

"退后！"德雷克·麦克布赖德目露凶光。"那是一只黑豹。"他沙哑地说。

"得了，我们离开这里吧。"

"不，这是我们唯一的机会。"

"别逼我动手。"吉米说。

"解决麻烦的好机会到了——一枪就行！"

德雷克·麦克布赖德端起步枪，朝着尖叫声传来的方向沿土路前行。吉米紧随其后，他准备伺机制伏那个白痴前任老板，抢走他的枪，然后永远逃离黑藤沼泽。像他这样有经验的石油商人，在墨西哥找到一份体面的工作应该不在话下。

"你看到了吗？"德雷克·麦克布赖德身体一僵，放慢了步伐。

"什么？"

"我发誓，有个东西在我们前面移动了。"

吉米说："我什么都没看见。"

德雷克·麦克布赖德并没有出现幻觉。的确有东西。

浓雾散开，出现一个黄褐色的动物轮廓，那线条无比流畅，身子紧紧贴近地面。它就在10码之外，强壮的四肢趴在地上，淡金色的眼睛盯着两个受惊的男人。这只黑豹的身体纹丝不动，只有尾巴在不停地扭动。

吉米屏住了呼吸。他从来没有近距离见过这样的顶级掠食者，不过，他并没有慌乱，反倒被这只珍稀动物深深吸引了。他凝视着它，心中感叹造物主的神奇，甚至都没注意到德雷克·麦克布赖德举起了步枪。

顿时，黑豹身旁的一棵棕榈树炸开了花，黑豹尖叫着，纵身一跃，仿佛腾云驾雾一般。接着又是惊人的一跃，它钻进了迷雾中。德雷克既恼怒又恐惧，慌忙之中，他又补了两枪。

吉米朝枪口猛冲过去，德雷克·麦克布赖德一把甩开吉米，枪口朝着雾气笼罩下的树林一通胡乱扫射。等到吉米控制住德雷克·麦克布赖德的时候，子弹已经射光了。沼泽地又陷入了沉寂，只剩下枪声的余响在回荡，久久不能散去。

吉米从前任老板手中夺过步枪，说："我应该把你扔在这儿，让你烂掉。"

"我打中了那只该死的黑豹了吗？"德雷克·麦克布赖德问道。

"你最好希望没打中。"

"什么——你要去告发我吗？你敢吗？"德雷克·麦克布赖德幸灾乐祸地笑道，"别说废话了，快扶我起来，伙计。"

一声金属的咔嗒声传来，两人吓得不敢动弹，接着，有人用极为平淡的语气说："放下武器，双手举过头顶，慢慢站起来。我不会再说第二遍。"

两个人从迷雾中走了出来。一个人穿着外套，打着领带，手上拿着一把左轮手枪，枪口对着吉米。另一个穿着深蓝色连身衣，上面带有"CCFD"字样。绝望的吉米立刻认出了第二个人——火灾调查员托克尔森。

他说："吉米·李·贝利斯先生，我强烈建议你遵照马歇尔警探的指示做。"

吉米乖乖地站了起来，手上的步枪像一颗烫手的山芋，立刻被他扔掉了。在举起手的同时，他狠狠一脚踹在德雷克·麦克布赖德的屁股上，嘴上吼道："你现在开心了吗，笨蛋？"

德雷克·麦克布赖德缓缓起身，手紧紧地按着缠满绷带的胸部。但是，如果他指望因为自己受伤能得到执法人员的同情，他一定会失望的。

"你们两人被捕了。"马歇尔警探宣布。

"稍等一下。"吉米说，"我想做个交易。"

德雷克·麦克布赖德瞪着他："真不敢相信——难道你想把一切罪名都推卸到我的身上？"

"正有此意。"

"别吵了，先生们。"托克尔森插话说，"请听从马歇尔警探的指示。"

"不，先生！不，先生！"德雷克·麦克布赖德喊道，一溜烟冲进沼泽不见了。

火灾侦查员和警探对望了一下，不约而同地耸了耸肩，他们并没有去追赶红钻能源公司的总裁。

"他真的蠢到以为自己能跑出沼泽地吗？"托克尔森问道。

"比你们想象中的蠢10倍。"吉米说着，伸出手腕让杰森·马歇尔戴上手铐。

第二十六章

第一声枪响后，他们立刻趴到地上，身体尽量贴近地面。随后又是两声枪响，紧接着是一串连续的枪响。尼克确信，刚才他听到一颗子弹尖啸着从附近一棵树边飞过来。

枪声停了，特威利站起身，端起了自己的步枪。他大口喘着气，竖起耳朵仔细辨听脚步声的方位。

毒烟也站了起来，接下来是尼克和玛塔，他俩的腿颤抖得很厉害。

"大家还好吗？"特威利问道。

孩子们点点头。

有个人情况不好。斯塔奇太太依旧躺在地上没起身。她的脸色苍白，目光呆滞，她的帆布裤的一侧出现一大团深红色的血迹，面积还在不断扩大。

"哦，不！"特威利惊叫。他放下步枪，跪在她身边。尼克和毒烟帮助她翻过身，而玛塔站在后面，轻声抽泣。

特威利赶紧把沾满血迹的裤腿割开，检查枪伤的情况——伤势很重。尼克感到一阵晕眩，有些犯恶心。"她需要马上看医生。"他说。

"她会死吗？"玛塔含泪叫道。

斯塔奇太太抬起头："不，亲爱的，我不会死的。"

她的声音微弱，却无比坚定。

"我们送你去医院。"特威利说。

关于接下来的安排，无须讨论，也不存在任何争议。因为斯塔奇太太个子很大，自然应该由团队里力气最大的两个人——特威利和小杜安——负责把她抬回汽车上。这将是一段漫长而艰难的行程，两人抬着伤员蹚过沼泽地，绕过吊床，难度可想而知。

特威利甚至没有问毒烟，便直接从他的衬衫上撕下一块布条，做成一根压力绷带，紧紧系在斯塔奇太太腿上。"我们的时间不多了。你血流得很厉害。"

"我知道。"斯塔奇太太说，"小黑豹呢？"

就在这时，附近的灌木丛中突然冲出一只大型猛兽——伴随着咆哮声，那黄褐色的身影从大伙身旁一闪而过，然后蹿上一棵枯死的松树顶部。

"是它。"毒烟说。他凝视着黑豹妈妈，心中充满敬畏。它喘着粗气，显然刚才那一阵枪声把它吓得不轻。

"小黑豹呢？"斯塔奇太太再次低声问道。

尼克扫视着空地，终于发现了那只小毛球的踪迹，它显然受惊了，蜷缩在一层厚厚的枯松针上。

"它很好。"尼克向斯塔奇太太保证。

"你们能帮助它吗？现在一切都得靠你们去完成了。"她说，"你和玛塔。"

"我们可以做到。"

特威利在包扎斯塔奇太太受伤的腿，但是流血的情况并没有明显改善。毒烟的眼睛一直盯着树上的黑豹，尼克和玛塔看着地上的小黑豹。目前，两只黑豹——黑豹妈妈和小黑豹，仍然不知道彼此的存在。

几分钟后，特威利把斯塔奇太太扶起来，教她如何坚持下去。毒烟在斯塔奇太太的另一边扶着，两人合力为斯塔奇太太架起了一个"人工"拐杖。

"如果你们听到有人来了，"特威利对尼克和玛塔说，"就赶紧跑。如果逃不了，就用这个。"他点头示意，把步枪靠在树桩上。

尼克从未开过真枪。虽然他的父亲已经是国民警卫队的王牌射手，但他家里一把枪都没有。

玛塔说："我以前打过点22口径的步枪。我在迈阿密的堂兄带我到靶场打的。"

"这完全不同，"毒烟告诉她，"简直是天差地别。"

特威利用空闲的手从口袋里掏出秃鹫喙挂坠，扔给了玛塔。"这个有魔法，你用得上！"他笑道。

显然，斯塔奇太太的伤口很疼，她的生命力正在一点点减弱。"请竭尽全力。"她叮嘱尼克和玛塔，说完，她的眼皮开始不住地颤抖。

特威利把尼克拉到一边说："我会尽快回来。你们别瞎跑。"

"我们就在这儿待着。"

接下来，三人动身，踏上那片雾气笼罩的平地。特威利和毒烟不发一言，面色严峻，斯塔奇太太瘫软无力地被架在两人中间，脚拖在地上，左右胳膊分别搂着他俩的一边肩膀。毒烟回头望了一眼，脸上带着焦急的表情，尼克朝他挥手告别。

玛塔戴上特威利那条怪项链，问道："准备好了吗？"此时，恐惧从她的声音中完全消失了。

"开始吧！"尼克说。

刚刚尼克把小黑豹抱起来的时候，小家伙还在瑟瑟发抖，它准是被枪声吓坏了。现在"小水枪"躺在尼克的怀里，感觉安全多了——即使抱着它的是一个人类，一个陌生的人类。它甚至没有伸爪子挠尼克，也没有张嘴咬他。

小黑豹蜷缩在尼克胸前，尼克站在那棵高大的枯松树下，往上眺望，盘算着怎么爬上去。他想让小黑豹尽可能靠近黑豹妈妈，但黑豹妈妈隐匿于高高的枯枝之中，只能隐约瞥见它的影子。

"如果它不是小黑豹的妈妈怎么办？"玛塔问道。

"不会的，毒烟说就是它。"

"但如果毒烟弄错了呢？"

"他不会弄错的。"尼克说，"他也没弄错过。"

"这棵树枯死了，不好爬，掉下来脖子会摔断的。"

"嘿，别说丧气话了！"

尼克的动作很慢。他只用一只右手抓住一根光秃秃的枯枝，等身子蹿上去后，他再抓住另一根枯枝，不断向上攀爬。整个过程中，小黑豹几乎没怎么动，只是把头紧紧地贴着尼克的左臂弯。

树顶上的那只野兽密切注视着尼克，尼克一步一步往上爬，刻意不抬头看它，但偶尔他会向下瞥一眼守在树下的玛塔。那个平素文弱的女孩握着特威利的步枪，着实是一幅奇怪的场景，但尼克有一种莫名的安全感。不知怎的，他坚信，如果碰到危险情况，玛塔一定能正确使用那把步枪。

的确，她就是这么做的。

尼克爬到了枯松树中间的位置，那里离地至少30英尺。突然，他听到玛塔在下面喊道："站住，否则我就开枪了！就停在那里！"

尼克一慌，伸长脖子往下张望。糟糕的是，他这一动，自己的重心发生了变化，身下的树枝被压断了，他开始笔直地往下坠落，脚朝着下方，就好像在失控的电梯里一样。

一瞬间，天旋地转。尼克的右边衣袖像是被什么东西钩住了——原来那是一根枯枝——接下来，他听到了一个令人不安的声音，"咔"，那是骨头断裂的声音。一阵强烈的疼痛感从手腕一直传到头顶，尼克感到眼前一黑。

他感觉自己的身体在半空中缓慢旋转，就像马戏团的杂技演员一样。他睁开眼睛时，意识到自己的一只胳膊断了，是在刚才下坠的过程中被树枝撞断了。现在，断臂仍旧卡在树枝上，自己的身体则悬空挂着。他感觉自己随时可能会掉下去摔死。咦，怎么胸口一阵火辣辣的？就像有人用灼热的针头扎进他的胸膛——原来是小黑豹，受到惊吓的小家伙紧紧地"钩"住尼克的胸膛，爪子深深地扎入了他的皮肉中。

"他跑了！他不见了！"玛塔在树下发出胜利的欢呼。

"谁？"尼克喘着粗气问。

"刚才有个裹着绷带的家伙。我把他吓跑了！"

接下来，她抬头朝树上望去。她大吃一惊：尼克怎么挂在树上荡秋千啊？他衬衫的一只袖子挂在树枝上，整个身体在空中晃来晃去。"你怎么啦？"

"你看不到吗？"他呻吟着。

"你会掉下来摔死的！"

尼克当然想到了这种可能性。于是，他仲出剩下的那只能活动的胳膊——左臂，他可是花了好几周的时间训练左臂的灵活性，锻炼左臂的力量。他用左手抓住了那根卡住断臂的树枝，开始把自己的身体拉上去。

他拼命地往上拉。

他忍着剧痛往上拉——他从未遭受过如此剧痛，甚至从未想象过，这等剧痛会是何种感觉。

他不顾一切往上拉，即使一只受惊的小黑豹像仙人球一样挂在他身上，爪子深深扎进他的肉中，朝他咆哮，喷他一脸口水。

他拉着，拉着，终于依靠单手支撑起自己的身体，他成功了。这个动作看似简单，但是难度极大，不亚于普通人完成一个标准的单手引体向上。

现在，尼克用左手撑住身体，但他的右臂仍被卡在树枝上，这个姿势保持了好一会儿，非常累人。他灵机一动，用牙齿解开右臂的袖子。那只卡在树枝上的手臂总算解放了。现在它无力地垂在身侧，肘部是弯曲的，角度很别扭。

很快，尼克的脚居然奇迹般地摸索到了支撑点。皱皱巴巴的树瘤上有一个棒球大小的洞，刚好为尼克提供了支撑。其实，那是一个废弃的啄木鸟巢穴。

玛塔喊道："我要爬上去！"

"不！"尼克说。

因为黑豹妈妈正在往下爬。

大雾中，黑豹妈妈的轮廓越来越清晰。这种动物的体重很大，轻松超过100磅，但是它们活动起来，却像麻雀一样轻巧。

尼克只能屏住呼吸，等待小黑豹的叫声把黑豹妈妈吸引过来——近一些，更近一些。他本以为自己会害怕，但此刻却出奇地平静。

那只黑豹身姿优雅，动作敏捷，如鬼魅般令人着迷。尽管尼克在书上和杂志上看过不少黑豹的照片，但目睹真正的黑豹是截然不同的体验。他瞠目结舌地望着那只黑豹，仿佛自己置身于梦境。断臂上的灼痛感几乎消失了，他怀疑自己是否陷入了休克之中。

很快，黑豹妈妈靠得很近了，现在，它就在几码之外，爪子挂在尼克头顶正上方一根粗壮的Y形树枝上。它的耳朵耷拉着，鼻子嗅个不停，明亮的眼睛直勾勾地盯着小黑豹——那只不安分的小毛球正牢牢抓着尼克的衬衫。他知道，黑豹妈妈一定很好奇，为什么只有一只幼崽在叫唤，自己的另一个孩子去哪儿了呢？

尼克听到一阵低沉厚重的呜呜声，那绝不是小黑豹发出的声音，那是黑豹妈妈即将怒吼的前兆，他意识到，机会来了！

尼克伸手想把那只惊慌失措的小黑豹从胸口上拿开，但是，他的两只脚挤在那个小小的啄木鸟洞里，导致重心不稳，身体摇晃个不停。小家伙大声地叫着，显然，尼克刚才的动作吓到了它。尼克担心，要是黑豹妈妈护崽，随时有可能朝他扑过来。

玛塔肯定也有同样的担忧，她已经摆好了架势——身体靠在树上，稳稳地举着特威利的步枪，瞄准黑豹妈妈。

尼克抬眼望向黑豹妈妈，用非常温和的语气说："没事的，我不会伤害你的小宝宝的。"

黑豹妈妈眨了眨眼，耳朵竖了起来。小黑豹居然主动松开了尼克的衬衫，尼克极其小心地把它放在树干上。它伸出带钩的利爪，抓住松脆的树皮，伴随着一声有力的叫喊，小黑豹开始往上爬。

黑豹妈妈立刻抬起头来，喉咙里发出低沉的噉噉声，显然，这声音比刚才温柔多了。

尼克十分清楚，不能再等了。只要他还留在树上，黑豹妈妈很可能迟迟不敢过来与小黑豹团聚。而指望小黑豹自己爬上树枝找妈妈，风险很大，因为它没有爬树的经验，要是爪子一个没抓稳，就会从树上摔下去。

于是，尼克低下头观察，很快，他选好了一个着陆区域。

"别这样！"玛塔喊道。

"站远点儿！"说完，他用强壮有力的左臂把身体从树干上推开。还好，这一次他比较幸运，下落的过程中一根树枝都没碰到。

他仰面着地，落在一堆乱蓬蓬的枯松针上。看，黑豹妈妈纵身一跃，在空中展开身体，然后落到另一棵树上。尼克看到这一幕后，就晕了过去。

在刚才那次跳跃的过程中，黑豹妈妈伸嘴叼住了小黑豹的后颈。

德雷克·麦克布赖德试图弥补他对贺拉斯所说的所有脏话。

"你是只好狗！"他往树下喊。

但贺拉斯并未改变主意，还是继续狂吠个不停，龇着牙的大嘴里喷出一团团泡沫状的唾沫。

德雷克·麦克布赖德不敢贸然下树。那只猎犬看起来非常凶猛，侵略性十足——一点儿也不像驯犬师带到酒店套房的那只懒惰的笨狗。

贺拉斯精力充沛，情绪激昂，它死守在大树下——它就是在那里把红钻能源公司的总裁赶上了树。

这是德雷克·麦克布赖德在逃跑中第二段不和谐的插曲。第一段插曲发生在他跌跌撞撞地闯进一片空地，与一个瘦削的古巴裔女孩对峙的时候，那女孩握着一把大型步枪，一本正经发誓道，如果他敢向前迈进一步，她就开枪。

所以他转身就跑，继续逃命，糟糕的是，那只猎犬闻到他的气味，把他赶上了树。"好狗狗！"德雷克·麦克布赖德大声喊道，这应该是他第18次哀求贺拉斯了。

"呜呜呜呜呜呜呜！"贺拉斯回应。

那个人和那只狗就这样僵持了整整两个小时。突然，那只狗转过身，不再吠叫，尾巴欢快地摇个不停。这时，大树下多了一个光膀子的男子，他头上裹着针织滑雪帽，一副环绕式太阳镜贴在脸上，腰间还挎着一个弹药袋。

德雷克·麦克布赖德心想，这人肯定是个偷猎者，管他呢，只要能帮我就行。

"帮帮我，兄弟！"他恳求道。

"快下来。"陌生人说。

"那只狗呢？"

"赶快，我赶时间。"

德雷克·麦克布赖德怯生生往下爬。他看到那只猎犬的注意力放在一袋汉堡上，这才松了口气。

"我简直不敢相信我花了5000美元买了那只笨狗。"德雷克·麦克布赖德对陌生人说，"因为他们说它被黑豹吃掉了。我倒希望那是真的。"

"这只狗，你还想要回去吗？"

"得了吧，它都把我赶到树上了。"

男人似乎被逗乐了："我猜贺拉斯很无聊，把拴绳咬断了。"

德雷克·麦克布赖德惊慌失措："你怎么知道它的名字？"

"贺拉斯和我是老朋友了。你是谁？"

"我是德雷克·麦克布赖德。"

"嗯，祝你好运，握个手吧。"

德雷克·麦克布赖德伸出右手。那人却故意手一抽，让德雷克·麦克布赖德握了个空。那人得意地笑了。

"你知道我是谁？"德雷克·麦克布赖德惊讶地问道，心中隐隐生出一丝恐惧。

那人说："是的。你是一个微不足道的石油公司的老板，你们在国家野生动物保护区非法打钻井，准确点儿说，应该是'曾经'非法打钻井，因为你们现在已经完蛋了。"

德雷克·麦克布赖德满脸沮丧，他想知道，今天何时才是个头？怎么处处有人与他作对。

"那你是谁？"他的声音空洞而沉闷。

"是我打电话给鱼类和野生动物管理局特工讲了关于黑豹的事情，是我把你的手下梅尔顿绑在树上，给他全身喷满橙色的油漆，拆了他的卡车零件，还偷走那堆管子。对了，我还是那个让你们滚蛋的人。"陌生人掏出手机，拨通了一个号码，"雾已经散了，现在启动直升机，马上飞来这里。"他吩咐电话另一端的人。

德雷克·麦克布赖德心里想过一个字——跑，但他知道，那样做的下场只会比现在还惨。像德雷克这样的矮胖子，不仅身材走样得厉害，肋骨还折了好几根，怎么跑得过那个陌生人呢？那人一眼看上去就是个运动健将。

"忘掉过去的事吧，给你5000美元，放我走，怎么样？"德雷克·麦克布赖德提议道。

陌生人一阵狂笑，声音如此之大，连在牛肉汉堡袋子中埋头狂吃的贺拉斯也抬起了头。

"你让我想起了我家老头子。"那人对德雷克·麦克布赖德说。

"这听起来不像是恭维话。"

"当然不是。"

"10 000美元怎么样？"

陌生人的脸色瞬间变得严肃起来，突然，他一巴掌拍在自己脖子上——一只苍蝇被拍死了。

"麦克布赖德先生，我会免费放你走。"他说，"但是，你给我再多的钱，我也没法儿忘记你在这块土地上干过的坏事。"

"如果你让我搭警察直升机回城，我就给你20 000美元现金！"

"对不起，直升机满员了。"

"嘿，等等——"

"来吧，贺拉斯。"陌生人慢跑着进入黑藤沼泽，猎犬跑过去，紧跟着他。

"喂，你要去哪里？"德雷克·麦克布赖德在他身后喊道，"我怎么办？我怎么离开这里？"

尾 声

斯塔奇太太失踪一个多月后的一天，她第三节生物课上的学生迫不及待地拥入教室。他们的表情充满了兴奋和好奇，有传言说，自黑藤沼泽火灾以来，杜鲁门中学最令人闻风丧胆的（当然也是最著名的）老师将"荣归故里"。

现在，所有的孩子都知道了黑藤沼泽发生的一切——关于黑豹的精彩故事，尼克和玛塔大概已经讲了100遍了。

尼克告诉大家，他如何英勇地爬上枯树与黑豹近距离接触，以及后来他怎么从树上跳下，最后晕倒在地。他还努力回忆起自己在直升机上醒来时的情景——一只大猎犬的脸凑近他，鞋子上全是它的口水。

玛塔的秃鹫喙项链在学校很受欢迎。在玛塔版本的黑豹追踪冒险中，她绘声绘色地讲述了尼克如何在高高的树枝上帮助小黑豹与母亲团聚，而她自己手握高性能步枪替他站岗，并阻止了一个疯狂的闯入者。她还透露了直升机参与救援的生动细节，包括一只毛茸茸的大狗降落在医院屋顶时的情景。

这无疑是一个精彩绝伦的故事，无论是从谁的口中讲出来。

上课铃响了，德雷斯勒博士走进了教室。他的动作比平时更加干练，表情比平时更加镇定，当然，这是可以理解的。校董事会刚刚给了他一份为期5年的新合同，他将继续担任杜鲁门中学的校长。鉴于杜鲁门中学最近得到各大媒体的积极正面报道，董事会还主动为校长大幅加薪。

邦尼·斯塔奇和她的三个学生挽救了一只稀有黑豹幼崽的生命，并在此过程中帮助揭露了一个在大柏树保护区非法钻探石油的勾当。这是整个佛罗里达州的大新闻，甚至几家全国性的媒体也做了专题报道。

当然，杜鲁门中学收到了数不清的入学申请，更重要的是，富人的捐赠支票也不请自来。虽然德雷斯勒博士并没有亲身参与到斯塔奇太太和学生们的英雄事迹之中，但他似乎很享受蹭一蹭几个大英雄的热度。

"我有两个简短的通知要宣布。"他对上生物课的学生们说，"首先，撤销小杜安的停学令。我很骄傲，也很高兴地欢迎他回到杜鲁门中学。"

校长转向敞开的教室门，伸出两根手指，示意外面的人进来。毒烟一进屋，所有人都开始鼓掌，除了尼克，他的右臂从手指到肩膀还都打着石膏。尼克用左手的手掌拍打着课桌，以示欢迎。

面对全班同学的热烈欢迎，毒烟似乎感到有些难为情，他急匆匆地找到座位坐下。

玛塔给尼克递了一张字条：他看起来更瘦了！

尼克也注意到了。毒烟在少管所被关了14天，不用说，那里的饭菜肯定既不丰盛，也不营养。

同学们对毒烟被关进少管所一事感到愤怒，毕竟他做了那么多好事。如果没有他敏锐的追踪能力，他们几个人很难找到失踪的黑豹妈妈。如果没有他强壮的体力，斯塔奇太太在遭受枪击之后可能永远没法儿活着被送到急诊室。

尽管针对毒烟的纵火指控被撤销了，因为一个名叫吉米·李·贝利斯的得克萨斯州石油商人供认犯罪——但州检察官坚持要惩罚这个男孩，罪名是拒捕。因为之前犯下的两起纵火案，毒烟当时处在缓刑期（犯罪分子如在缓刑期犯了新罪，缓刑将被撤销，犯罪分子将立即收入监狱，新罪旧罪一起清算）。

考虑到当时的情况，就连杰森·马歇尔也认为，入狱两周对这孩子来说过于严苛。利比说服父亲打电话过去为小杜安求情，但检察官不肯让步。

所以毒烟去服刑了，当然，他没有丝毫抱怨，在少管所的短短两周，他成为一名模范囚犯。

"我的第二个声明是针对校园里流传的另一个谣言——今天的生物课没有代课老师。"德雷斯勒博士说，"这个谣言凑巧是真的。斯塔奇太太，您需要帮忙吗？"

走廊里传来冷冷的一句："当然不需要。"那声音多么熟悉啊！

斯塔奇太太迈着轻快而坚定的步伐走进教室。虽然她拄着拐杖，但看起来毫不虚弱，走路时她的身体很稳，没有半点儿摇晃。她甚至看起来比以前更加高大，更有气势。

她那一头染过的金发斜斜地堆向一边，竖得很高，眼睑上的紫色眼影似乎是用工业油漆滚筒涂上去的，又粗又亮。她的脸上略显病容，脸色苍白，下巴上那块像铁砧一样的疤痕越发显眼，看上去好像是一块新鲜的瘀伤。

学生们自发地欢迎她的归来，不过方式有些出人意料：他们集体从课桌后站起来，一时间，欢呼声、口哨声和鼓掌声不绝于耳。就连德雷斯勒博士也加入进来，察觉自己的举动后，他略感惊讶。

一时间，斯塔奇太太不知道如何回应。

她拄着拐杖，走到讲桌前，马上开始整理教学材料，她一下子拿起这个，一下子又放下那个，手上忙活个不停。尼克觉得，她其实是在努力抑制内心的情绪，忍住不哭。

最终，学生们都坐了下来，德雷斯勒博士也顺利地完成自己的任务，向大家告辞。一阵尴尬的沉默之后，斯塔奇太太清了清嗓子说："早上好，各位。请打开课本——我们有很多内容要抓紧补上。"

格雷厄姆·卡森的手猛地抬起。斯塔奇太太自然没有理会他。尼克笑了：有些事情永远不会改变。

"谁能告诉我，沃森和克里克的脱氧核糖核酸结构模型是什么？"斯塔奇太太问道。和往常一样，教室里一阵沉默，学生们面面相觑。"没有人读第十一章吗？"她说，"你们找不到第十一章吗？就在第十章和第十二章中间，连这都要我告诉你们吗？"

只有格雷厄姆挥了挥手。斯塔奇太太却转向米奇·马里斯："呃……就是你，请回答。"

米奇·马里斯吞了吞口水，开始疯狂地翻阅课本。"沃森的蟋蟀吗？"他问。

"是沃森和克里克[1]。"斯塔奇太太不耐烦地说。

"嘿？"坐在教室另一侧的格雷厄姆·卡森恳求道，"嘿，斯塔奇太太，我能回答吗？"

她转过身来，无奈地叹了口气："好吧，格雷厄姆，请你来回答。"

他站起来，定了定神说："沃森和克里克是两位科学家，他们提出了一种被称为双螺旋的脱氧核糖核酸模型。这种模型能显示两条相互缠绕的核苷酸链。螺旋的外部由糖磷酸组成，内部则由氮碱基组成。"

其他学生目瞪口呆，连拄着拐杖的斯塔奇太太也微微一怔。

"说得好，格雷厄姆。"她终于开口了，"对你来说，这真是具有历史意义的一天。"

尼克偷偷看了一眼玛塔，看起来，她一点儿都没犯恶心，以前上生物课，她总是恶心想吐。玛塔报以一笑，小声说道："这一章，我也全部背下来了。"

格雷厄姆的完美回答令斯塔奇太太有些震惊，她缓过神后告诉他可以坐下了。

"但我有一个问题要问您，一个非常重要的问题。"格雷厄姆说。

"最好是。"

1　在英语中，蟋蟀和"克里克"是同一个单词。

"您还好吗？"

"什么意思？"

"我的意思是，您没事了吗？"格雷厄姆问道，"大家都很担心您。"

斯塔奇太太似乎有些不知所措。她的目光闪烁不定，她先是瞥了一下尼克和玛塔，然后目光又转到小杜安·斯克罗德身上。

短暂的心慌意乱之后，她发话了："谢谢你的关心，格雷厄姆。我会没事的。"

她从桌子上的笔筒里拿出一支黄色的2号铅笔，用橡皮擦那头在她左臀的位置轻敲了一下。

"子弹就在这里，在关节下方，"她说，"从这里一直穿过我的腿。幸运的是，没有伤到股动脉，不过也只差一点点。"

学生们全神贯注地听着，她扫视着全班，怀疑学生们没听懂那个术语："我认为除了利比·马歇尔，没有人能描述股动脉在人体循环系统中的作用。"

利比双颊通红。斯塔奇太太说："放松点，女士。聪明并不可耻。"

由于受伤，斯塔奇太太的活动范围不像之前那么大。不过，她还是和以前一样，在教室走来走去，停不下来。

"在我们讨论双螺旋的特点之前，"她说着，顺着教室中间的过道走去，"我还有一件小事要宣布。"

她在毒烟的课桌前停下，递给他几张纸。毒烟细细打量着，眉头紧锁。

"这是你的青春痘作文。"斯塔奇太太说。

"对。"他拨开额头上的一缕黑发。

她说："标题起得很有创意——顽固青春痘的死亡诅咒。"

"谢谢。"毒烟低声回答，但语气很谨慎。

"我知道，你的幽默感很强，杜安。我是不是告诉过全班，你有着极强的幽默感。"

他抬头看着她："但这里写着，我得了A－的分数。"

斯塔奇太太点点头："对的。如果你没有写错'激素'这个词，我甚至会给你一个A的成绩。"

玛塔小声吹了声口哨。众所周知，斯塔奇太太非常吝惜给学生A的成绩。

毒烟说："但是瓦克斯莫博士给了我D＋的成绩。"

"那是因为瓦克斯莫博士无药可救了。"斯塔奇太太说，"恕我直言，他就是个十足的笨蛋。"

温德尔·瓦克斯莫用红笔画出的一道道斜线，非常显眼，就像在毒烟的作文上涂上了鲜红的番茄酱一样。为了盖过他打的成绩，斯塔奇太太在作文第一页潦草地写下了一个超级大号的成绩——A－。

"我从来没有得过和A沾边的分数，不管是A＋、A还是A－，"毒烟说，"您不是开玩笑吧？"

尼克希望不是。他希望斯塔奇太太并没有故意捉弄杜安，杜安可是她的救命恩人啊——是杜安帮助特威利，把斯塔奇太太先从沼泽地里一步一步拖出来，然后紧急送往医院，要不然，她会因流血过多而身亡。

斯塔奇太太撑在拐杖上，让身子保持平衡。她说："杜安，我绝不会拿学习上的事开玩笑，永远不会。"

"那我还需要大声朗读吗？"

"不用了，除非你自己想读。"

"我不想读。"毒烟说。

"你写的这篇作文有理有据，有一定的深度，我从中了解到了一些以前不知道的青春痘知识。"斯塔奇太太把手伸过去，用黄色铅笔指了指作文纸上那个超大号的成绩"A－"。"这是你努力得来的。"她告诉小杜安。

"我猜是吧。"说罢，他随意地一张嘴，把铅笔一口咬成两截。

教室里像墓穴里一样沉寂，大家都不敢相信自己的眼睛。尼克隐约感觉到，自己的下巴都快合不上了。他用余光瞥了一下玛塔，那女孩捂着头，满脸阴郁。

斯塔奇太太眯起眼睛，不安地望着断成两截的铅笔，那上面沾满了杜安的口水。随后，她的脸上慢慢浮现出笑容，非常罕见的笑容。

"杜安，我可真拿你没办法。"

"当然。"他报以微笑。

同一天早上，吉米在科利尔县监狱办理保释手续。一位名叫沃特斯的女狱警押送他从牢房到管理处，去取走他的随身物品。

"他出现了吗？"吉米问道。

吉米指的是自己的前任老板德雷克·麦克布赖德，从他冲进团团迷雾的那一天起，他就从大柏树保护区彻底失踪了。在此期间，吉米为了避免长时间的牢狱之灾，主动供认了自己在黑藤沼泽非法纵火的事实。他还承诺自己将在法庭上指证德雷克·麦克布赖德。德雷克面临一系列严重指控，包括企图杀害一只濒临灭绝的佛罗里达黑豹。

"说起来挺好笑的，"沃特斯警官对吉米·李·贝利斯说，"德雷克·麦克布赖德先生昨天出现在迈阿密海滩的一家高档酒店。他留着山羊胡子，剃了个大光头，用的还是假名。"

吉米感到非常惊讶，那个蠢蛋缺乏基本的生存技能，方向感极差，他是怎么走出荒野的呢？沃特斯警官解释说，德雷克·麦克布赖德在黑藤沼泽中绕了无数圈，连身上的肥肉都掉了足足22磅。最后他才跌跌撞撞地走上了29号公路，路过的一位好心的卡车司机载了他一程。

沃特斯警官说："他正在享受按摩的时候，警察逮捕了他。"

"他们怎么知道他藏在哪里？"吉米不解。

"他老爸告发的。"

"大义灭亲啊。"

"显然，德雷克·麦克布赖德先生给他老爸打过电话，打过去要钱。他老爸气坏了，马上打电话报警，告发了他儿子藏身的酒店地址和房间号。"

吉米说："这种事也只能发生在他这种人身上。我的律师还在吗？"

"他在外面等着呢。"沃特斯警官说。

她递给吉米一个纸袋，里面装着他的手表、钱包、手机，还有一个皱巴巴的空纸袋，那是他装胃药用的。他道了一声谢谢，走向铁网门，那是通向外面世界的大门。

警官说："在你走之前，贝利斯先生，还有一件事你应该知道。在你纵火的那天，我儿子是沼泽地里的学生之一。当你的朋友拿着那把步枪扫射的时候，他也在场。"

吉米意识到，这下没法儿轻易离开了。沃特斯警官拿着监狱大门的钥匙，但她似乎并不着急开门。

"我真的非常抱歉，女士。我希望您的孩子没有受伤。"他说，"但请相信我，德雷克·麦克布赖德从来都不是我的'朋友'。"

"敢作敢当吧，贝利斯先生。那场采油骗局就是你们俩一起谋划的。那里发生的一切都是你的错，也是他的错。"

她说得很对，吉米甚至连争辩的勇气都没有。

"我会努力弥补的。"他沮丧地说。

"你太贪心了。"

"是的，女士，你说得对。"

"而且非常鲁莽。"她补充道。

"我知道。"吉米渴望地望着紧锁的监狱大门。沃特斯警官逼近他，用力地戳了一下他的胸膛。

"因为你们，我儿子的胳膊都弄断了。"她说。

"天哪，实在是万分抱歉！"吉米感到一阵窘迫和愧疚。在此之前，这位女警官对他一直都客客气气的。

她说："贝利斯先生，当你出庭做证的时候，你最好说出全部的真相。我的意思是，所有你做过的事，所有你知道的东西，都得告诉法官。"

"当然。"

"那我们说好了，说话要算数。"

"我本来就打算这么做。"吉米坚定地说。

"千万别耍什么小聪明。"沃特斯警官出示了一沓精美的墨西哥旅行手册。吉米的脸色一下子变得惨白。

"我在你牢房的床垫下发现了这些。"她说。

吉米耸了耸肩："我想去墨西哥生活，不行吗？"

"如果法官扣押了你的护照，恐怕就不行了。再见了，贝利斯先生。"

尼克·沃特斯的妈妈打开了沉重的铁门，吉米垂头丧气地走出了监狱。

律师正在大厅里等着，他和吉米没见过面，只在电话上聊过。他身穿一件黑色的双排扣西装，手上提着一个鳄鱼皮公文包。他叫伯纳德·比斯托普三世。

"但每个人都叫我豆子伯尼。"他爽朗地说。

吉米握了握律师的手说："很高兴见到你，伯尼。"

吉米只是嘴上寒暄而已，见律师就意味着要上法庭，他怎么高兴得起来呢？

77岁高龄、体重92磅的米莉森特·温希普用尽全身力气猛击纱门。女婿的房子里正在播放马勒交响乐，劣质音响发出的刺耳巨响盖住了她的叫门声。

她忍无可忍，于是大步走下台阶，在杂乱无章的院子里找到一根生锈的撬棍。她的私人司机不敢贸然上前阻拦。温希普太太平静地走近一扇窗户，棍子一挥，窗玻璃哗啦碎了一地。

音乐戛然而止，老杜安·斯克罗德出现在门廊，肩膀上的那只金刚鹦鹉歇斯底里地尖叫着。

"米莉，你疯了吗？"他喊道。

"让你的鹦鹉小声点儿。"

"不要碰纳丁！"

"救命！"那只鸟用三种语言叫道。

一个棕色的大脑袋从碎窗框中探了出来，它双耳低垂，睡眼惺忪。温希普太太被吓了一跳。

"有人送给孩子一只猎犬。"老杜安不高兴地解释道，"它叫贺拉斯。"

温希普太太把撬棍靠在墙上，质问道："我订好的午餐是在中午12点整，现在是下午1点30分了吧？"

老杜安拍了拍自己的脑袋："该死。"

温希普太太抚摸着猎犬皱起的额头："你知道，我讨厌没有礼貌的行为，杜安。"

"我记错了——我以为我们的午餐是在明天。"

"你也知道，我讨厌粗心大意。"

"对不起，米莉。"

金刚鹦鹉尖叫着，张开翅膀，好像要冲向温希普太太。她怒视着那只鸟说："纳丁，你想攻击我？没门儿！"

老杜安把那只聒噪的宠物鸟塞进笼子里，然后穿上一件干净的衬衫，用梳子梳理头发。

温希普太太在那不勒斯码头附近的一家餐馆订了位置。她特地选择了露台上的一张桌子，坐在那里可以欣赏海鸥飞翔时的优美姿态，聆听海滩上的海浪拍打的声音。老杜安很紧张，没有心情享受这明媚阳光下的美景。

"我会还你的。"他冷不丁冲着岳母说。

"还什么？"

"你给孩子聘请律师的钱。我知道，那个律师收费很贵的。"

温希普太太摇摇头，从沙拉中叉起一只虾。"比斯托普先生以为自己是佩里·梅森[1]，什么案子都能辩赢。不过，小杜安的纵火指控被撤销后，他确实没怎么上心了。拒捕的指控他没有辩护成功，害得小杜安被关押了整整两周。所以，这么说吧，我和比斯托普先生协商好了，会扣他不少律师费。"

"谁是佩里·梅森？"老杜安问道。

"哦，那不重要，只是随便说说。"

"但我还是想把律师费还给你。"

"刚才我把窗户打破了，你去修好，我们就算扯平了。"

"但我现在有工作了，米莉。我会一直有收入的。"

她的叉子停在半空中，上面是另一只被刺穿了的虾。"什么样的工作？"她问。

"钢琴老师。有三个孩子报名参加了我开的钢琴课程，每周一次。"

温希普太太欣慰地笑了："那太好了。"

1　佩里·梅森，美国系列侦探小说《梅森探案集》的男主人公，是一名刚正不阿的律师。

“赚不了大钱。”老杜安·斯克罗德说，“不过，是一份好工作。我很喜欢。”

“你的钢琴天赋，我从来都不怀疑。你肯定能干得好。”

“猜猜还有什么好消息，我又有车开了——雪佛兰品牌的经销商给我的塔霍车装了一个新的变速器！米莉，他们终于让步了，我赢了！”

“恭喜你。”温希普太太说。

“他们还会给车重新刷一遍漆。”

“当然。”

伦道夫·史密瑟斯就是本地的雪佛兰汽车经销商经理。温希普太太最近打电话和他交涉了一下，但她没跟老杜安提这事。打那通电话前她就估计，伦道夫·史密瑟斯应该看过不少拯救黑豹的报纸和电视报道，也应该知道了小杜安·斯克罗德在拯救黑豹的过程中发挥的重要作用。

温希普太太告诉伦道夫·史密瑟斯，她的外孙目前还未接受任何媒体采访，但如果哪天接受采访，记者肯定会问他父亲的情况。

他的父亲没有车，生活一团糟，未来一片黯淡——这一切都是因为他的雪佛兰汽车的变速器坏了，而那辆车是老杜安在史密瑟斯家的雪佛兰经销店购买的，当时，他是多么信任这家店啊。

温希普太太提议，过去的事情就让它过去吧。伦道夫·史密瑟斯很快就同意不再追究老杜安烧毁经销店的事。

史密瑟斯还提出免费修理那辆雪佛兰牌塔霍车，但有一个前提条件——杜安一家人接受采访时，如果提到史密瑟斯家的汽车业务就说一些褒奖的话，或者就干脆别提他家店的名字。

"小杜安今天回学校了。"老杜安说着，把最后一口炸石斑鱼三明治塞进嘴里，大口咀嚼。

"被关押了两周，他有什么感受吗？"温希普太太问道。

"他说，监狱就像地狱一样，他永远不会再进去了。对了，我给他买了个新书包。"

"我很感动，杜安，说真的。"

"还买了一个防水帐篷，给他露营的时候用。米莉，我发誓，为了孩子，我会做得更好。"

温希普太太说："他需要的不是物质上的东西。他需要一个真正关心他的父亲。"

"对，我就是这个意思。"

"杜安，你真想还我钱吗？要不这样，你履行好父亲的责任，就当是还我钱了。"温希普太太优雅地吃掉了盘子里最后一只粉红色的虾。此时，她已经预料到，下一个话题大概会是什么。

"惠特尼怎么样？"老杜安·斯克罗德问道。

"她最近很不开心。几个政府官员在她的奶酪店买了一些变质的布里干酪，吃了之后生病了，卫生部门把她的店给封了。"

"她被巴黎的卫生部门抓了？"

"对法国人来说，奶酪就是他们的命。"温希普太太解释道。

"那出了这种事，惠特尼要回家了吧？"

"不，杜安，她不回家。"

"好的。"他说。

"事实上，她正在申请和你离婚。"

"我没意见。"

温希普太太眨了眨眼。她不敢相信这句话是从老杜安嘴里说出来的。

老杜安说："我正准备和一位女士约会。她是个吉他手，专门在教堂里弹民谣吉他。"

"你最好理下头发，刮刮胡子，这样更有机会赢得她的芳心。"温希普太太建议道。

"小杜安也是这么说的。"

"最好把你的房子也好好打扫下，搞不好你那位吉他手有洁癖呢。"

"没事。"老杜安不好意思地说。

"而且，你一定要把那只可怕的笨鸟扔掉。"

"米莉，它不笨，它是只正宗的金刚鹦鹉！"

温希普太太说："好好听听我的建议吧。"

媒体上所有与拯救黑豹相关的报道中，都没有提到特威利·施普雷的名字，这正合他意。应特威利的要求，斯塔奇太太和孩子们没向外界透露他的存在，虽然他在拯救黑豹的过程中起到了至关重要的作用。

特威利开车把斯塔奇太太送到医院，让小杜安留在医院照顾她。然后，他急匆匆地赶回去接另外两个孩子。他以冲刺的速度穿过黑藤沼泽，一路上，他先遇到了贺拉斯，然后看到了躲在树上哀号的德雷克·麦克布赖德。算上尼克和玛塔，直升机上只剩一个空位，德雷克·麦克布赖德还是贺拉斯，谁上飞机呢？特威利当然选择了那只狗。

特威利找到尼克和玛塔时，浓雾已经散去，树林沐浴在柔和的阳光下。男孩的右臂严重骨折，人已经疼昏过去了。女孩在一旁守着他，手上紧紧握着那把步枪，在尼克身旁焦急地徘徊。其实，刚才离开前，特威利把步枪的子弹都带走了。不过现在，特威利觉得没必要再告诉她。

他用树枝制作了一个临时夹板，用来固定住尼克受伤的手臂。然后，在玛塔的帮助下，他将男孩扛在肩上，小心翼翼地走向一片空地，直升机即将在这里降落。

就在那里，特威利发现了黑豹妈妈的身影，它就在他们前方100码处，嘴上叼着小黑豹，跑向那片棕榈树林。消失之前，黑豹妈妈还回望了一眼。"快去吧！"特威利低声敦促道。

直升机降落后，特威利将尼克搬上座位，系紧安全带，叮嘱玛塔看好他。特威利自己无意和他俩一起飞回那不勒斯，因为警方肯定会问很多他不愿意回答的问题。特威利还特地叮嘱飞行员，如果有人问起直升机缘何出现在沼泽地，上面为什么还有两个孩子，他应该这样回答：从迈阿密飞往迈尔斯堡的途中，我发现了两个孩子在树林中的空地上迷了路，就顺道载了他俩一程。

至于猎犬贺拉斯，特威利让玛塔把狗转交给小杜安·斯克罗德，那男孩正在医院守着斯塔奇太太。由于急诊室不允许狗进入，特威利叮嘱玛塔，把贺拉斯绑在离急诊室最近的树上，给它留一些水。

伴随着一阵轰鸣声，直升机渐渐远去。特威利返回营地，迅速收拾好他的装备。他知道，未来几天的沼泽地将会无比喧闹——各路新闻记者会纷至沓来，各级野生动物保护官员将如期而至。当然，还会有不少工作人员过来，负责拆除红钻能源公司的非法钻探设备。

于是特威利·施普雷开始向南跋涉，穿越大柏树保护区。在夜幕的笼罩下，他踏过鳄鱼巷。几天后，他又出现在塔米亚米公路。一路上，为了躲开几场小型野火，他绕了不少弯路。这时，他想到了德雷克·麦克布赖德，那个家伙被他丢在沼泽地深处，下落不明。

曾几何时，对付这种愚蠢贪婪的人，特威利的手段更狠。并且，他有的是鬼点子对这样的人进行公开羞辱，保证给他们留下刻骨铭心的记忆。但现在，他只是安静地走开了，留下那人在荒野中大喊大叫，没有伤到那人一根毫毛，也没有对那人进行侮辱性的攻击。特威利不知道，是自己心肠变软了，还是自己变得更理智了。

他还发现自己很喜欢那三个孩子——小杜安、玛塔和尼克。他们不惧艰险，拯救了那只小黑豹。他们意志坚定，勇气过人，果敢坚决，在特威利看来，很多成年人往往缺乏这些品质。

就在刚才，他还想到了邦尼·斯塔奇姨妈，她总说，希望总是有的。结果证明，她是对的。

他终于来到了特纳河，沿河一直走，来到了乔科洛斯基湾的入口处，那里有一片繁茂的红树林，里面停泊着一艘小小的蓝色独木舟。

特威利去超市购置了一些食物和水，还在邮局给尼克寄了些东西。然后他把那些生活物资搬上独木舟。他扬起桨，在无尽的万岛群中自由地徜徉。这是一个容易迷路的地方——但正是他想去的地方。

从沃尔特里德陆军医疗中心回来三周后，尼克的父亲宣布全家要一起去钓鱼。

那是一个雾天，他们驱车前往乔科洛斯基湾。漫天的大雾让尼克想起了那天他与黑豹妈妈近距离接触时的情形。当然，他还想到了特威利——他像是突然从人间蒸发了。几天前，尼克收到了一个纯棕色的邮包，里面装着一本书，书名叫《海杜克还活着！》，作者是爱德华·艾比。旁边还附着一张没有署名的便条，上面写着一行字："来自你最喜欢的猴子扳手帮，再会！"尼克觉得，这是他收到过的最酷的礼物之一。

码头上站着一个蓄着大胡子、皮肤黝黑的钓鱼向导，他在等沃特斯一家三口。雾气逐渐消散，晴朗无云的早晨就此拉开帷幕。尼克和父母上了船，三人的脸上都抹了防晒霜。

向导掌着舵，直奔查塔姆湾。小船在浅滩上疾驰，行驶了好几英里。水面无比清澈，数不清的断枝和树桩迎面漂过。向导说，只要有水流，就能发现锯盖鱼和红鱼。

他们到达了目的地，格雷戈里·沃特斯上尉挪步到船头，他凝视着飞钓竿，神情有些紧张。

尼克说："加油，左撇子。"

大多数飞钓竿的使用方法是，钓手一只手握竿、抛鱼钩，另一只手放线，两只手同时配合，把鱼钩投掷到水面上。鱼钩的形状像小鱼，在水面上跳来跳去，大鱼误以为那是猎物便一口吞下去。

沃尔特里德陆军医疗中心的外科医生为尼克的父亲安装了一只带智能假手的人造右臂。这种智能仿生手被称为"智慧义肢"，里面装有一个计算机芯片，可以发送神经脉冲到格雷戈里·沃特斯受损的肩部。令人惊叹的是，仿生手的五根手指头都能活动，并且几乎和真人的手指一样灵活。

　　每天下午，尼克的父亲在杜鲁门中学足球场附近的池塘里练习左手抛竿。现在，他抛出的鱼钩能飞足足70英尺远，速度则像子弹一样飞快。

　　怎么把抛出去的钓线收回来，却让他颇为光火。假手上套着一只硅胶材制的特殊手套，表面很滑，线经常在手上滑落。此外，五个机械手指的协调性不是太好，抓线的时候经常抓不牢。

　　"太糟糕了。"几次收线的效果都不甚理想，父亲忍不住咕哝一句。

　　"嘿，别抱怨了，钓条大鱼，让我们开开眼。"妈妈在一旁打气。

　　尼克根本不在乎能不能钓到大鱼。只要能欣赏父亲钓鱼时优雅的动作，他就心满意足了。只见他挥舞着细长的钓竿，钓线在泛着鱼肚白的天空中划出一道道弧线。飞竿用的鱼钩的形状像一条泛着白光的小鱼，这种假鱼饵是锯盖鱼的"最爱"。鱼钩轻轻地落入水中，几乎不会泛起涟漪。

　　父亲用力地抛了好几次竿，但总是钓不上鱼，原因是他那只假手的反应太慢了，放线的速度跟不上。不过，装了假手还是要比没有手强很多。

　　尼克知道，事情总不会那么一帆风顺，但他坚信，父亲最后一定会好起来。就在昨天，他们还在后院举办了一场投球比赛。尼克的妈妈特地从那不勒斯警队的一个朋友那里借了一把雷达枪，为父子俩的投球测速。格雷戈里·沃特斯速度最快的那次投球达到了每小时81英里——这对一个左撇子新手来说不算太差劲。尼克最快的那次左手投球只有每小时59英里，角度还不正，差点儿击中邻居家那只暹罗猫的脑袋。

"孩子，轮到你了。我得喝杯咖啡，休息一下。"父亲走下船头，把飞钓竿递给尼克。

尼克一遍又一遍尝试，想完成一次像样的投竿，但时机总是把握不好。他的右臂上还打着笨重的石膏模具，每次左手把竿投出去后，右手放线的动作总是慢不少。设想一下，如果肘部不能弯曲，手上还要完成像上发条那样的动作，几乎是不可能的。大多数情况下，尼克的尝试总是以钓线缠作一团而告终。20分钟后，他终于知趣地放弃了，他交出飞钓竿，嘴上念叨着"投掷棒球比这个要容易1000倍"。

自然而然，妈妈钓到了早上的第一条也是唯一一条鱼。那是一条重达10磅的锯盖鱼，它力气很大，扑腾了六七次，向导捞了好久才给捞上来。

父亲说："别得意，这只是第一轮比赛。"

到了中午，刮起了西风，向导把船挪到大帐篷岛那边，停在岛背风的一侧。尼克的妈妈拿出准备好的午餐——熏火鸡三明治和鳄梨沙拉，格雷戈里·沃特斯上尉称这是他吃过的最好的一餐。尼克问父亲，执行战斗任务的过程中吃什么食物，他笑道："那种情况下，吃什么都一样。吃到嘴里感觉都是沙子。"

岛上随处可见各种鸟类——苍鹭、白鹭、鸬鹚、燕鸥、海鸥，甚至还有一群白鹈鹕。钓鱼向导说，就在一周前，他还看到一只大山猫游过浅滩。

尼克专注地看着海岸线问："这里有黑豹吗？"

向导摇了摇头："黑豹主要生活在大柏树保护区，还有法卡哈奇沼泽。"

"你见过吗？"父亲问道。

"没有，先生，我在这里出生长大，活了54年从来没见过一只。"

"尼克见过，"妈妈说，"还见过两只，一只黑豹妈妈和它的幼崽。"

向导一惊，不无怀疑地说："现在几乎没人能看到黑豹了。"

"这事都上电视新闻啦！"妈妈自豪地说。那天看电视新闻的时候，她才知道，自己的儿子为了帮助黑豹母子重聚，勇敢地爬上了一棵枯死的大松树。那一刻，她立刻原谅了尼克逃学的事。

"可能我不怎么看电视吧！"向导说。

父亲笑道："不过，现在你也知道这事了。"

"方便问一下，你的胳膊为什么会变成这样呢？"

"伊拉克。"格雷戈里·沃特斯上尉只回了三个字。

"我大儿子现在就在那边。唉，真希望他没去。"向导咬了一口三明治，望向尼克，"你的胳膊呢？"

"我从树上掉下来了。没什么大事。"

"我敢打赌，肯定发生了什么大事。"

"对。"妈妈插话了，"那可是一件天大的事。"

此时，一艘小船从他们面前疾驰而过，离小岛越来越近。停歇在岸边的海鸟一哄而散，霎时间，天空中密密麻麻的鸟儿宛如漫天星光，填满了天空。尼克注意到，海滩的高处有一个蓝色的条状物。向导说，那似乎是一艘小独木舟。

　　随后，向导吆喝着，午饭结束，该继续钓鱼了。他还提醒道，两个左撇子得好好加油了。

小读客 经典童书馆

童年阅读经典 一生受益无穷

拯救猫头鹰系列·大自然狂野冒险小说

荒野大求生

[美]卡尔·希尔森 著　　王甜甜 译

河南文艺出版社
·郑州·

中文版权 © 2022读客文化股份有限公司

经授权，读客文化股份有限公司拥有本书的中文（简体）版权

豫著许可备字-2022-A-0063

图书在版编目（CIP）数据

荒野大求生／（美）卡尔·希尔森著；王甜甜译
. — 郑州：河南文艺出版社，2023. 1
（拯救猫头鹰系列. 大自然狂野冒险小说）
ISBN 978-7-5559-1406-8

I.①荒… II.①卡… ②王… III.①儿童小说－长
篇小说－美国－现代 IV.①I712.84

中国版本图书馆CIP数据核字（2022）第152909号

荒野大求生

著　　者	［美］卡尔·希尔森
译　　者	王甜甜
责任编辑	崔晓旭
责任校对	李亚楠
特约编辑	马敏娟　唐海培　张　新
策　　划	读客文化
版　　权	读客文化
封面插画	王晶宇
封面设计	张路云
出版发行	河南文艺出版社
印　　刷	河北中科印刷科技发展有限公司
开　　本	880mm×1230mm 1/32
印　　张	45.25
字　　数	980千字
版　　次	2023年1月第1版　2023年1月第1次印刷
定　　价	295.00元（全5册）

如有印刷、装订质量问题，请致电010-87681002（免费更换，邮寄到付）

版权所有，侵权必究

本书献给奎恩、韦伯和杰克，当然，还有克莱尔，因为她的建议，才有了*Chomp*这个书名。

　　谢谢知名野生动物学家乔·瓦西莱夫斯基，感谢他的洞察力，感谢他为我们带来的那么多关于野生动物的真实故事。要想同满腹牢骚的响尾蛇或饥肠辘辘的鳄鱼讲道理，这位世界一流的动物驯养员无疑是最佳人选。

目　录

第一章

一只死鬣蜥从棕榈树上掉了下来，砸在米奇·克雷的脑袋上。自那以后，他就干不了活儿了。

那只鬣蜥死的时候正值寒潮降临，它的尸体被冻得硬邦邦的，像块板子。米奇的儿子瓦胡用钓钩秤称了称，7.5磅。称完后，他用喂乌龟的青菜将结了冰的鬣蜥包起来，放进了车库后的冰柜里。就在瓦胡做这些事的时候，他爸爸米奇已经被救护车拉到了医院里。医生告诉米奇，他的头部遭受了严重的撞击，还叮嘱他不要着急，慢慢恢复。

让所有人惊讶的是，米奇真的恢复得很慢。因为这次受伤，他眼花了，头也疼痛得厉害，一点儿胃口都没有，整个人瘦了19磅，每天躺在沙发上看电视里播放的自然节目。

"我怕是好不了喽。"他对儿子说。

"别这么说，老爸。"瓦胡说。

瓦胡的名字是米奇取的，取自一位名叫瓦胡·麦克丹尼尔的职业摔跤手，他曾效力于迈阿密海豚队，是一名中后卫球员。瓦胡一直巴望着爸爸能叫他小米奇或乔，甚至鲁珀特也行——只要不叫瓦胡，叫什么都行。有一种咸水鱼也叫瓦胡。

对瓦胡来说，想要人如其名，简直太难了。人们想当然地以为叫瓦胡的人一定都胆大妄为、爱出风头，可是瓦胡根本就不是那种人。很显然，在长大以前，瓦胡拿这个名字无可奈何，但只要一成年，他就会立刻跑去卡特勒里奇法院，告诉法官他要换个正常点儿的名字。

"老爸，你会好的。"每天早上，瓦胡都这么对爸爸说，"你就躺着吧。"

窝在沙发里的米奇抬起头，瞪着他那双猎犬般的大眼睛，说道："不管怎么样，我很高兴我们一起吃了那只哔哔叫的鬣蜥。"

就在米奇出院的当天，瓦胡将那只死鬣蜥解冻后，加了点儿干胡椒，做了锅炖菜，他妈妈非常明智地表示绝不会碰那玩意儿。米奇坚称，吃了这个把他的头盖骨撞了个坑的家伙能给他带来心理安慰，有助于康复。"这可是灵丹妙药。"他预言说。

可是，鬣蜥的味道糟糕透顶，米奇·克雷的头也疼得更厉害了。瓦胡的妈妈很担心，她想要米奇去找迈阿密的脑科专家看病，却被米奇拒绝了。

在这段时间里，来找米奇干活儿的人络绎不绝，瓦胡不得不让他们去找别的动物驯养员，因他爸爸的身体状况暂时还不适宜工作。

放学后，瓦胡会去喂那些动物，还会把牲畜棚和笼子打扫干净。毫不夸张地说，他家的后院就是一个动物园——短吻鳄、蛇、鹦鹉、八哥、老鼠、猴子、浣熊、乌龟，其至还有只秃鹰，在它妈妈被人杀死后，米奇收养了这只雏鹰，一直养到现在。

"要像对待皇室成员那样好好伺候它们。"米奇教导瓦胡，因为这些动物很值钱。要是没有它们，就不会有人来找米奇干活儿了。

看到爸爸这副病恹恹的样子，瓦胡心里十分窝火，因为爸爸是他见过的最强悍的硬汉。

夏天眼看就要到了，一天早晨，瓦胡的妈妈把他拉到一旁，告诉他家里银行账户中的积蓄已经快被取光了。"我要去中国。"她说。

瓦胡点点头，一副满不在乎的样子。

"得去两个月。"妈妈说。

"这么久？"瓦胡说。

"对不起，大个子，可是我们真的很需要钱。"

瓦胡的妈妈教中文，那是一种极其难学的语言。在中国设有分支机构的美国大公司会聘请克雷夫人去给他们的高管教中文，不过，这些公司的员工通常都是飞到南佛罗里达来上课。

"这一次，他们想要我去上海。"她向儿子解释说，"他们在那里大概有五十个人，那些人一直靠听便宜的录音学习中文。有一次，那边的一个老大本来想对别人说'您真是慧眼识珠！'结果，一不留神，说成了'您真是会说话的猪！'这太糟糕了。"

"你跟老爸说了你要走吗？"

"马上就说。"

瓦胡趁机溜出屋子去给短吻鳄爱丽丝打扫池塘。短吻鳄爱丽丝是米奇·克雷麾下的明星之一。它身长12英尺，虽然看上去凶残可怕，但其实温顺得就像条孔雀鱼。多年来，爱丽丝一直活跃在镜头前。它拍过九部剧情片、两部国家地理纪录片和迪士尼制作的一部关于沼泽地的三集特别节目，还给一款法国知名身体乳拍过电视广告。

爱丽丝趴在泥滩上晒太阳，瓦胡在一旁打捞水面上的落叶和树枝。它闭着眼，但是瓦胡知道它在听。

"饿了吗，姑娘？"他问道。

鳄鱼张开大大的嘴巴，只见里面白花花的一片，好似塞了团棉纱。它的牙东倒西歪，磨损严重，齿尖还被池塘里的水藻染成了绿色。

"你没用牙线清洁牙齿吧。"瓦胡说。

爱丽丝发出不满的声音。瓦胡去给它拿吃的。当独轮车的嘎吱声响起时，它抬起了眼皮，转动那个像戴了个大头盔的脑袋，寻声望去。

瓦胡拎起一只拔了毛的鸡扔进它张大的嘴巴里。爱丽丝大口大口地嚼着解了冻的鸡，不断发出咯吱咯吱的咀嚼声，盖住了从屋里飘出来的谈话声——瓦胡的妈妈正在和他爸爸"讨论"去中国出差的事情。

瓦胡又扔了两只冰冻鸡给爱丽丝，然后锁上池塘的门，出去走了走。等他回来时，他爸爸直挺挺地坐在沙发上，妈妈在厨房里，正往今天的午餐三明治里塞博洛尼亚大红肠。

"你相信吗？"米奇对瓦胡说，"她竟然要抛下我们俩！"

"老爸，我们家没钱了，我们快破产了。"

米奇的肩膀顿时耷拉了下来："不至于破产那么严重吧。"

"你想要动物们都挨饿吗？"瓦胡问。

他们仨一言不发地啃着三明治。吃完后，克雷夫人站起来，说道："我会想你们的。要是我能留下来就好了。"

说完，她走进卧室，关上门。

米奇一脸茫然："我以前还挺喜欢鬣蜥的。"

"一切都会好起来的。"

"我好难受。"

"吃点药吧。"瓦胡说。

"我把药扔了。"

"什么？"

"我一吃那些黄色药片就便秘。"

瓦胡摇摇头："你简直离谱。"

"我跟你说，我的肠胃从复活节开始就没舒坦过。"

"谢谢告知。"瓦胡说道。他开始收拾桌子，把餐具放进洗碗机里，尽量不去想妈妈就要飞到遥远的地球另一边的事情。

米奇站起来，向儿子道歉。

"是我太自私了。我不想她去那么远的地方。"

"我也不想。"

在接下来的那个周日，他们一家三口天不亮就起床了。瓦胡拖着妈妈的行李箱，走到等待的出租车旁。他妈妈眼里含着泪，亲了亲儿子，和他道别。

"照顾好你爸。"她小声说。

说完，她对米奇说："你得赶紧好起来。这是命令，先生。"

米奇目送着出租车远去，一脸的绝望。"我这么看就像是她走了两次。"他说道。

"老爸，你在说什么？"

"你忘了？我看东西有重影。这边，一个她走了——那边，另一个她也走了。"

瓦胡现在可没有心情开玩笑："早餐想吃鸡蛋吗？"

之后，他走进后院，去应付那只讨厌的吼猴约科。它撬开了笼子上的锁，到处蹦跶，此刻，它正拼命骚扰鹦鹉和金刚鹦鹉。瓦胡必须十分小心，因为约科满肚子都是坏心眼儿。它明明已经成功地用橘子将这只坏脾气的大猴子引回到笼子里，就在这时，约科用它那脏兮兮的犬牙一口咬住了瓦胡的手。

"我跟你说过多少次，要戴帆布手套。"米奇责备儿子。瓦胡站在水槽旁，清理伤口。

"你也没戴。"瓦胡反驳道。

"我是没戴，可我也没像你这样被咬啊。"

胡说八道！米奇总是被咬，这属于职业风险。米奇的一双手上瘢痕累累，看上去都不像真手，倒像是戴了双万圣节道具手套。

电话铃声响起，瓦胡拿起话筒。米奇东拐西绕转了一圈，坐回到沙发上，拿起遥控器，飞快地浏览各个电视台，最后停在了一个正在放雨林纪录片的频道。

"谁打来的？"看到瓦胡从厨房里走出来，他问道。

"来找你干活儿的，老爸。"

"你让他们去找史迪基¹了？"

吉米·史迪格默尔也是一名动物驯养员，他在西戴维有一个动物农场。米奇·克雷不太喜欢史迪基。

"没有。"瓦胡说。

他爸爸皱了皱眉："那你让他们去找谁了？千万别告诉我是丹德尔！"

唐尼·丹德尔从南美洲走私了三十八只罕见的树蛙，结果被逮了个正着，他的野生动物进口牌照也因此被没收。他自作聪明地把树蛙藏在内裤里，然而，在迈阿密机场，一名海关工作人员听到唐尼的裤子里有吱呱吱呱的声音，就拦住了他，他的这趟冒险之旅便在万分尴尬中画上了句号。

"我也没让他们去找丹德尔。我没让他们去找任何人。"

"好吧，你成功地把我给说晕了。"米奇·克雷说。

"我说这个活儿我们干。我们下个星期就开工。"

"孩子，你疯了吗？你看看我，我看东西都是歪歪扭扭的，路也走不稳，头盖骨疼得仿佛随时都会炸开，就像个烂南瓜——"

"老爸！"

"怎么了？"

"我说的是我们，"瓦胡提醒他说，"我和你一起。"

"可你不得上学吗？"

"周五是最后一天。我已经放暑假了。"

"已经放假了？"米奇不像妻子，不太关注儿子的校历，

---

1 史迪基，即吉米·史迪格默尔，此处是一种习惯性简称。

“那刚刚是谁打来的电话？”

瓦胡说了一个电视节目的名字。

“我不想给这个节目干活儿！”米奇·克雷哼了一声，“我听说主持人就是个混蛋。”

“那1000美元听起来怎么样？”瓦胡问道。

“相当悦耳。”

“每天1000美元。”瓦胡故意顿了顿，“如果你不想干，我就给他们回电话，把史迪基的号码告诉他们。”

“别傻了。”米奇骨碌一下从沙发上爬起来，抱住他，“儿子，你做得对。咱俩一起干。”

“当然。”瓦胡说道，尽量让自己听起来显得信心满满。

第二章

在南佛罗里达，死于那场寒潮的鬣蜥多达数百只，冻死的鬣蜥从树梢上掉落下来。据瓦胡所知，他爸爸是唯一一个被这些掉下来的爬行动物砸成重伤的人。

当时，米奇·克雷正端着一杯热巧克力站在后院的椰子树下。那只死鬣蜥掉下来，不偏不倚，正好砸在米奇的脑袋上。出院回家后，米奇命令儿子把家里搜了个遍，要他把所有在那场寒潮中逃过一劫的鬣蜥全都抓起来，扔到半英里外一个废弃的兰花园里。

瓦胡漫不经心地东翻翻，西找找。那些鬣蜥被冻死并非它们的错。鬣蜥自己也不想跑到这么远的北方来生活，可是，在过去几十年里，迈阿密的宠物贩子们一直在进口幼蜥。把它们买回家的人根本不知道这些幼蜥会长到6英尺长。不仅如此，在吃光花园里所有的花之后，它们还会跳进游泳池里大便。当这可怕的一幕发生后，鬣蜥的主人一怒之下往往会把自己养的宠物鬣蜥扔到附近的公园里放生。不久，在南佛罗里达，成群结队的鬣蜥便随处可见了。然后，大鬣蜥又生出数不清的小鬣蜥。

一场突如其来的寒潮终结了这一切，至少暂时如此。

暑假第一天的早晨，瓦胡看到爸爸正非常仔细地检查后院里的每一棵树。

"老爸，有什么发现吗？"

"永除后患。"米奇·克雷答道。

尽管那次意外已经过去了好几个月，但他仍有些疑神疑鬼，总担心自己会再被另一只掉下来的鬣蜥砸伤。

"你感觉好多了吧？"瓦胡问道。看到爸爸这么早就起床，四处溜达，瓦胡感到很开心。

"我的头已经不疼了！"米奇大声宣布说。

瓦胡说："不可能吧？"

"医生开了大把大把的药片让我吃，结果一点儿用也没有。突然，我一觉醒来，嘭！奇迹发生了。"米奇耸了耸肩膀，"儿子，有些事就是如此，没道理可讲。"

不过，瓦胡觉得爸爸的病是被一句简单的话治好的：每天1000美元。

米奇说："去给盖瑞和盖尔拿点莴苣来。"

多年前，米奇从萨拉索塔的一家动物园购入了这两只年迈的加拉帕戈斯象龟，那时的他才刚刚入行。现如今，需要盖瑞和盖尔出镜的自然节目很少，因为象龟本就不是活跃的表演者。由于念旧，米奇·克雷一直养着它们。两只象龟都已年逾百岁，他不放心把它们交给别的动物驯养员照顾。寒潮降临前的一夜，他还特意跑到院子里，小心翼翼地给盖瑞和盖尔裹上厚厚的毯子，以免它俩被冻死。瓦胡透过卧室的窗户看到了这一幕。

"我想，他对它俩应该不感兴趣。"米奇嘟囔了一句，耳边传来了那两只象龟大口大口地咀嚼莴苣的咔嚓声。

"是的，他说他想要爱丽丝，"瓦胡说，"还要一条成年蟒蛇。"

父子俩说的"他"正是他们这次的新主顾德雷克·巴杰。德雷克是个大明星，他主持参演的《荒野大求生》是眼下收视率最高的有线电视节目之一。每个星期，德雷克都以跳伞的方式降落在一片荒野之中，那里不仅盘踞着各种凶猛的野生动物，还有毒蛇以及传播致病菌的昆虫。他必须凭借仅有的两件装备——瑞士军刀和吸管，翻山越岭，爬过泥坑，游过水塘，才能重返文明世界——或者，被"拯救"。这一路上，他靠吃臭虫、老鼠、蠕虫，甚至树皮上的真菌为生——食物看起来越恶心，德雷克·巴杰脸上的笑容就越灿烂。

瓦胡和爸爸都看过《荒野大求生》，看得多了，他们自然就知道节目里的野生环境都是假的。他们也很清楚，德雷克的身后跟着一个庞大的拍摄团队，他们随身携带了各种食物、点心、防晒霜、水和急救物品，而且很有可能还配了一把枪。

"德雷克还从没在大沼泽地公园拍摄过节目。"瓦胡对爸爸说。

"他们说这家伙特别难伺候，不好对付。"

"老爸，对人家好一点儿。那可是一大笔钱呢。"

米奇保证他会管好自己，"我们什么时候去见那个人？"

"他的助理应该过几天就会来和我们碰面。"

"他们想要什么样的蟒蛇——缅甸蟒？还是非洲岩蟒？"

瓦胡答道："坦白说，我觉得无所谓。"

父子俩开始工作。他们要给一只还在路上的年轻短尾猫搭个围栏。这只从海兰兹县送来的短尾猫被一辆吉普车压断了一条腿，成了瘸子，无法再放归自然。米奇·克雷答应饲养它，希望能将它驯养得温顺些，以后可以拍电视。

短尾猫强悍有力，这意味着围栏必须非常坚固。瓦胡知道，不应该让一个看东西有重影的人用射钉枪，因此，他让爸爸测量并裁剪铁丝围栏。到了中午，米奇的头痛病又犯了，他很难受。瓦胡扶着他回到房间里，让他平躺在沙发上，又拿了四片阿司匹林让他服下。

几分钟后，前门传来了敲门声。米奇坐了起来，说："可能是送短尾猫的人来了。"

瓦胡从窗户里望出去，看到门口站着一个女人，一头茂密的红发格外醒目。那个女人穿着一条褐色短裤，脚蹬一双嵌着亮片的凉鞋，手里拎着一个皮质公文包。

"不是送猫的。"他对爸爸说。

"那就开门吧。"

"可是，如果是银行的人，怎么办？"瓦胡轻声说道。克雷家已经欠了好几个月的贷款没还了。

米奇偷偷瞟了一眼窗户："她绝对不是银行的人。"

瓦胡开门让那个女人进了屋。她自我介绍说她叫瑞雯·斯塔克。

"我是德雷克·巴杰的制片助理。"她说，"我带来了你的合同。"

"太好了。"米奇说。

瓦胡留意到瑞雯·斯塔克的口音很重。他尽量不去看她的头发——她看上去就像顶着一座用红色的铬合金制成的雕塑。

瑞雯·斯塔克问道："我能到处看看吗？"

"不能。"瓦胡的爸爸答道。

他的回答让瑞雯·斯塔克有些吃惊。

"你得先签一份免责协议。"米奇说，"我可不想因为你掉进短吻鳄的池塘被咬伤而惹上官司。"

她听了，哈哈大笑道："克雷先生，我干这一行已经很久了。"

"只要你签了免责协议，我自然会让我儿子带你四处参观。"

几年前，米奇·克雷邀请瓦胡小学班级的同学来参观他养的野生动物。一个名叫廷格利的男孩不听瓦胡的警告，把手伸进笼子里，拽住一只浣熊的尾巴。那是一只坏脾气的浣熊，它转过身，在男孩的胳膊上狠狠地挠了一把，几道抓痕又深又长，宛如一张公路地图。在支付了廷格利看医生的账单后，米奇告诉男孩的父母，他们的儿子长了个石头脑袋，蠢得无可救药。从那以后，米奇的保险公司要求任何人到他们家后都必须签署一份法律协议，声明如果他们受伤，米奇将不承担任何责任。

瑞雯·斯塔克签署了免责协议，米奇也签好了《荒野大求生》的工作合同。瓦胡留意到爸爸的签名不仅歪歪扭扭，还写到了签名栏的下面，这说明他看东西依旧是一团模糊。

"这个节目大概要拍多久？"米奇问。

瑞雯·斯塔克说："拍好为止。"

米奇看起来高兴极了："报酬是每天1000美元，外加场地费和动物租金。"

"没错。"她从公文包里掏出一个信封，递给米奇，"这是定金，一共800美元。"

米奇点了点钞票，扭头对瓦胡说："孩子，带这位漂亮的女士四处转转，她想看什么都行。"

因为节目将会在大沼泽地公园拍摄，瑞雯·斯塔克特别想见见短吻鳄爱丽丝。瓦胡把她带到池塘边，打开了门上的锁。

瑞雯吹了声口哨："就是那个大家伙，嗯？"

"12英尺长。"瓦胡说。

"费用是多少？"

"每英尺150美元，一共是……"

"1800美元整。"瑞雯说，"没问题。"

瓦胡迫不及待地想把这个消息告诉爸爸。

"你们还有别的鳄鱼吗？稍微小一点儿的。"瑞雯问道。

"有，女士。"

"能让德雷克和它搏斗的那种？"

"搏斗？"

"大概4英尺长，"瑞雯说，"最多5英尺。"

"我得问问我老爸。"瓦胡已经可以预料到这次拍摄必定麻烦重重。他爸爸不喜欢让人和他的动物纠缠在一起，任何人都不行。

"你们的蟒蛇呢？"瑞雯问道。

瓦胡把她带到一个厚厚的玻璃缸前，蟒蛇就养在那里面。进口宠物交易让南佛罗里达的外来大蛇和鬣蜥一样，泛滥成灾。安德鲁飓风摧毁了数个养殖大型爬行动物的农场，许多幼蟒和幼蚺因此而散落在野外。

"德雷克想要个能吓唬人的大家伙。"瑞雯说。

瓦胡给她看了一条14英尺长的蟒蛇。有人在达特兰购物中心后面的一个垃圾桶里发现了这条大蛇，被抓时，它正在吞食一只负鼠。发现这条蛇的人本该将它交给政府的工作人员，可是他没有，而是以300美元的价格把它卖给了米奇·克雷。

瑞雯表示这个大家伙的确令人印象深刻，"但它听话吗？"

"这是条母蛇。"瓦胡说，"它会咬人。"

"噢。"

"我老爸可以搞定它。它会乖乖听话的。"

"希望如此。"瑞雯·斯塔克说，"它的价格是？"

"一天700美元。"瓦胡很努力地让自己听起来像个稳重的商人。他不太习惯和人谈判。蟒蛇租赁的行业价格是每英尺50美元。

"可以，没问题。你刚才说你叫什么？"

他把自己的名字告诉了她。

"就是那个'瓦胡'，一种鱼？"

所有人都这么说。"名字是我爸起的，这个名字取自一个摔跤手。"男孩费力地解释道。

"真好玩。"

"一点儿也不好玩。"瓦胡说。

"你能告诉我这是怎么回事吗？"她指着瓦胡右手上的一个白色凸起，问道。那里原本应该长着一根拇指。

"可以，女士。爱丽丝咬的。"

"你不是在开玩笑吧？"

瓦胡飞快地答道："这不能怪它，都怪我自己。"

有一天，一个女孩放学后来他家看动物。为了向女孩卖弄，瓦胡把她带到了短吻鳄的池塘边，给鳄鱼喂食，可是，他站得离爱丽丝太近，这条大鳄鱼一跃而起，一口咬住他手里的冷冻鸡，连同他的大拇指一起咬走了。那个女孩名叫波莱特，她当场就晕倒了。

瓦胡换了个话题，问道："巴杰先生现在在哪儿？"

"巴黎。"瑞雯说。

瓦胡从没听说过巴黎有任何危机四伏的丛林或沼泽地，所以他想这位著名的求生专家一定是在度假。

米奇·克雷从屋子里走出来，走到玻璃缸前，站到他俩身边。瓦胡告诉他，斯塔克女士想租那条名叫比尤拉的缅甸蟒。

"不错的选择。"米奇说。他看上去似乎好多了。

"你们都看过节目吧。"瑞雯问道。

"当然。"瓦胡说，"每周四晚上。"

"每周日早上还有重播。"她说，"所以你们都已经知道，我们的任务就是力求逼真。"

瓦胡没弄明白她最后那四个字的含义，也没打算不懂装懂。他爸爸望着他，耸了耸肩膀。

"就是让一切看起来和真的一模一样。"瑞雯解释说，"在《荒野大求生》里，我们的任务就是让一切看起来都和真的一样。德雷克完成神圣的使命，不辜负观众的期望。"

瓦胡瞟了一眼那些盘成圈蛰伏在缸里的大蛇。它们都是真实的，只不过，它们不是野生的，也不自由。

这位制片助理转过身，对瓦胡的爸爸说："你还有什么问题想问的吗？"

米奇笑了："我们总带动物上电视。我们就是干这个的。"

瑞雯·斯塔克弯下腰，伸出一根手指，用涂满了鲜红指甲油的指尖敲了敲玻璃板。那条名叫比尤拉的蟒蛇就趴在玻璃板后面。

"克雷先生，"她说，"我向你保证，德雷克的节目将会给你带来前所未有的拍摄体验。"

第三章

德雷克·巴杰的真名叫李·布鲁佩尼，他没有接受过任何与生物学、植物学、地理学及森林学相关的训练。他唯一的职业背景就是表演。

年轻时，德雷克一直跟着一个口碑不错的爱尔兰民间舞蹈团在世界各地进行巡回演出，直到在蒙特利尔的一次街道巡演彩排中断了一根脚趾。在医院的急诊室里等待接诊时，他碰巧遇到一个因为吃了不干净的牡蛎而来看病的经纪人。这个经纪人眼光独到，虽然呕吐不止，但他觉得李·布鲁佩尼外形硬朗，相貌英俊，就问他是否想过做一名职业演员。

脚上的伤刚一养好，李·布鲁佩尼就在这位经纪人的安排下飞到加利福尼亚，去一个新的真人秀直播节目参加试镜。《荒野大求生》的制作人特别喜欢李·布鲁佩尼临时给自己加的澳大利亚口音，他——李·布鲁佩尼还大言不惭地说这是模仿已故的传奇人物、鳄鱼猎手——史蒂夫·欧文。李·布鲁佩尼生吞蝾螈后不吐的表现也让制作人赞不绝口。他们唯一不满意的就是他的名字。他们说，如果他是一名爵士钢琴演奏者或艺术品商人，叫李·布鲁佩尼这个名字无可厚非，但是对于一个每星期都必须在野外披荆斩棘、拼杀出一条求生之路的人而言，这个名字少了点儿野性和狂放。

在尝试了各种不同的名字——埃里克·潘瑟、格斯·沃弗林、查德·孔多尔——之后，制作人选定了德雷克·巴杰这个名字，李·布鲁佩尼没有任何意见。想到自己即将成为电视明星，李·布鲁佩尼兴奋至极，就算他们要他叫渡渡鸟丹尼，他也会欣然接受。

《荒野大求生》一开拍就出师不利。第一集的拍摄地点在菲律宾一座小岛上的丛林中，这个现在名叫德雷克·巴杰的男人在丛林里迷了路，还饿着肚子。拍摄第二天就发生了一件可怕的事情，德雷克发现了一只斑纹鼩鼱，他准备用它来当晚餐，却反被咬伤。——这只小啮齿动物看起来像死了一样，谁知它只是在打盹儿。德雷克的嘴唇被咬破了，肿得老高，噘着的嘴唇看上去就像朵盛开的牵牛花。一架医用直升机轰隆着飞驰而至，将他接到马尼拉去打狂犬疫苗。

最终，所有尴尬画面都被删掉了，《荒野大求生》播出后立刻引起强烈反响。没过多久，德雷克·巴杰就成了家喻户晓的大明星，他也很快学会了如何像一个明星那样去表演。

"法国怎么样？"瑞雯·斯塔克在电话里问道。

"简直就是天堂。"德雷克·巴杰答道，"这里的奶酪真是绝了。"

"我想也是。"瑞雯·斯塔克说道，话语中的关切之情溢于言表。野外求生专家理应保持清瘦、健壮的外形，所以她的主要职责之一就是防止德雷克长出赘肉、肌肉松弛。这可不太容易——这个男人十分好吃，尤其爱吃奶酪。

"你给我找到合适的短吻鳄了吗？"他问道。

"找到了，是条漂亮的雌鳄鱼。"她听到了从电话那头传来的吧唧嘴和咀嚼的声音。

"有多大？"

"12英尺长。"瑞雯·斯塔克答道。

"很好！"

"他们还有一条稍微小一点儿的，可以让你搏斗的那种。"

电话那头安静下来，这短暂的停顿让瑞雯·斯塔克感到有些不安。

德雷克说："可是我不想和小的搏斗。我要和那条大的一决高下。"

这是瑞雯·斯塔克最不想听到的回答。"那太危险了。"她说。

"你说什么？"

"德雷克，这件事我们稍后再说。"

"好的。蟒蛇呢？我跟你说过，我想要一条蟒蛇。"

"那位先生答应给我提供一条粗壮的缅甸蟒，只不过，那条蛇还没被完全驯化。"

"那更好！"德雷克笑着说道。

瑞雯·斯塔克叹了口气。她早已习惯了德雷克的自以为是，只不过，有时候她仍然觉得自己有必要提醒德雷克，他充其量只是一名踢踏舞演员，而不是身手矫健的<u>丛</u>林居民。

"这次有什么特别恐怖的情节吗？"他问道。

"我看到他们养了一只巨大的鳄龟。"她回答说。

"有多大？"

"大得足以咬掉人的一只手。"

"非常好。"德雷克说，"安排一个水下场景——我游泳穿越沼泽地，满脑子想的都是自己的任务，就在这时，一只饥饿的大鳄龟突然从沉木下冲出来，把我拖向潟湖底部。"

"可以。只不过，鳄龟不吃人。"

"你怎么知道？"德雷克问道。

"你回迈阿密后给我打电话。"瑞雯·斯塔克说。

瓦胡有个姐姐，名叫朱莉，在位于盖恩斯维尔的佛罗里达大学法学院读书。瓦胡的爸爸为这个女儿感到由衷的骄傲，却从未表露过半分。

"这个世界需要你——又一个讨厌的律师。"米奇嘟囔着。

"爸爸，我也爱你。"朱莉说。如果她在家，说这话时，她一定会轻轻捏一把爸爸的脸。

瓦胡觉得姐姐酷毙了，但有时候她也会让他有种危机感，因为她脑瓜聪明，人也风趣，还善于交际。瓦胡很腼腆，不够自信。朱莉一直都是全A生，瓦胡不是：至今为止，他的最佳成绩不过就是两个A、四个B，还有一个C（当然，这一门是代数）。

"尽力而为就好。"他妈妈总是这么说，"我和你爸爸觉得你这样就很好了。"

米奇·克雷对孩子的功课从来都不上心，因为他总是忙着照料那些动物。

"让老头儿接电话。"朱莉在电话里说。

"他正在外面训练那些蟒蛇呢。"瓦胡答道。

"我要跟他谈谈《荒野大求生》的那份合同。我觉得有点问题。"

虽然他爸爸经常看都不看就签字，但瓦胡每次都会把电视台的合同发传真给姐姐，让她过目。

"有什么问题，朱尔[1]？"

"譬如说，在第七页，合同上说'节目拍摄期间，摄制组可以无限制地使用指定的野生动物物种'。这意味着他们想怎么对待那些动物都行——而且他们根本不需要征求老爸的同意。"

"这可不行。"瓦胡说道。他立刻想起瑞雯·斯塔克说过，德雷克·巴杰想和一只鳄鱼搏斗。

"老头儿收了他们的钱了吗？"朱莉问。

瓦胡告诉姐姐，对方已经付了800美元的定金。朱莉说，只要米奇把这些钱退回去，他就可以毁约。

"来不及了。他已经把钱花掉了。"瓦胡说。

"他干吗了？——给猴子买吃的了？"

"还贷款了。"

"天啊！"瓦胡的姐姐哀叹道。

1　朱尔，瓦胡对姐姐的昵称。

"朱尔，我们家差不多已经破产了。自从他受伤以来，家里的日子一直不太好过。"

"这么说，妈妈也是因为这个才去中国的。我明白了。"

瓦胡并不想让姐姐担心，于是他用高兴的口吻说道："自从我们接了这个活儿之后，老爸的状态就好多了。"

"这个德雷克·巴杰是个什么人？"

"你没看过这个节目？"

朱莉咯咯地笑了起来："老弟，我这儿连电视都没有。在学校里，我只做一件事，那就是啃书本。"

"德雷克·巴杰是个生存专家。"瓦胡说。他向姐姐解释了冒险节目的拍摄模式和方法。

他姐姐说："别说了，饶了我吧。"

"朱尔，他可是个大明星。"

"把我说的关于合同的事告诉老爸。"

"必须得说吗？"瓦胡问。

他问的时候半开玩笑半认真。他知道那些问题很快就会变成他的麻烦。

米奇·克雷光着脚站在后院里，蟒蛇比尤拉趴在他身边。他尽情地欣赏着它身上的花纹——光滑的银色表皮上长着一块块浓郁的巧克力色马鞍形斑纹。整整14英尺长的躯干，每一寸都充满原生态的力量，大脑却只有一颗弹珠大小。

在米奇还是个孩子的时候，他就开始把蛇当作宠物——绿色的树蛇、王蛇、食鼠蛇、水蛇、环颈蛇、花纹束带蛇，他甚至还养过一些有毒的响尾蛇和鹿皮蛇。米奇养的蛇全是自己抓来的。直到现在，他仍然觉得蛇是一种神秘莫测、令人着迷的动物。

现如今，大沼泽地公园里外来蛇泛滥成灾，它们吃鹿、鸟、兔子，甚至鳄鱼——那场面实在是太过凶残，无法用言语描绘。大沼泽地公园里本不该有蟒蛇，蟒蛇的天然家园在东南亚。于是，美国联邦政府及佛罗里达州政府联手发起了一场灭蛇大战。

米奇当然知道个中原因：蛇的到来彻底打破了自然界的平衡。一条成年缅甸蟒一次就能产五十多枚卵。它们是世界上最大的捕食者之一，成年后的身长可达20英尺，巨大的体型使它们根本就没有自然天敌，就连黑豹遇到它们都会退避三舍。

政府邀请了解动物且抓捕经验丰富的米奇·克雷前往沼泽地抓捕这些入侵的爬行动物，抓的数量多多益善。政府开出的酬金也相当可观，但米奇拒绝了。他知道所有被他抓住的蟒蛇最后都会被执行安乐死，他无法接受自己参与屠杀蟒蛇的事实。他太喜欢蛇了——问题就出在这儿。

他坐在比尤拉身边，它扭动身躯，扬起那砖块大小的脑袋，慢慢吐出丝带一般的舌头，缓缓朝他爬来。

米奇笑了："你上次吃东西是什么时候？"

比尤拉压在米奇的左脚上，用圆滚滚的尾巴，把他的两条腿缠了起来。

"我的小公主，放轻松一点儿。"他说道。

大蟒蛇在他身上又绕了一圈，紧接着又是一圈。米奇飞快地将两只胳膊交叉，护在胸前，以免自己的肺部受到挤压，然而，他的身体已大不如从前，比尤拉又如此强壮。

"瓦胡！"他高声喊道，"嘿！"

"干吗？"屋里传来了儿子的声音。

"快过来！"

蛇咬住了米奇的脚，仿佛那是一只小兔子。米奇当然知道不能挣扎，因为那样只会让比尤拉越卷越紧。

瓦胡跑了出来。看到爸爸被大蟒蛇缠住后，他立刻大喊道："不要动！"

"哦，这个提议不错。"米奇喘着气说，"我还正想来段踢踏舞呢。"

"真见鬼，这到底是怎么回事？"

"你忘记喂它了。"

"不可能！我上周刚喂过它，我发誓，老爸。"

"你给它喂了什么？——一杯酸奶吗？看看这可怜的孩子，它饿坏了！"

瓦胡怀疑爸爸说得没错——成年蟒蛇吃饱后通常好几个星期都无须进食。也许，他真的忘记喂它了。

"去拿波旁威士忌。"米奇说，"动作快一点儿。"说话时，他已经开始大口大口地喘气了。

瓦胡跑回屋子，抓起一瓶酒，那是他爸爸专门为这种紧急情况准备的。蟒蛇的牙齿又长又弯，而且不止一排，一旦咬住猎物很难被撬开。要想让它们松口，最快的办法就是往嘴里倒一些烫的或它们不喜欢的液体。

蛇和人不一样，它们的舌头上没有味蕾，所以比尤拉讨厌的并不是波旁威士忌的味道，而是酒精带来的刺痛感。瓦胡跪下来，顺着肌肉健硕的蛇身绕着圈地摸索着，终于摸到了它的头。它的嘴巴张得大大的，米奇的半只脚已经被它吞进了嘴里。

"你居然连鞋都没穿？"瓦胡说。

米奇哼哼了一声："快动手吧。"

瓦胡拧开瓶盖，将瓶中的棕色液体直接倒进比尤拉的喉咙里。几秒钟后，蛇身开始抽搐，紧接着，在一阵清晰响亮的咝咝声中，盘成弹簧状的蛇身渐渐松散开来，比尤拉吐出了口中的"食物"。瓦胡用力地扒开缠在爸爸身上的大蟒蛇，米奇一动不动，看起来十分虚弱。

比尤拉没有丝毫的反抗和挣扎。它已经彻底丧失了想把米奇吞进肚子里的兴趣。波旁威士忌里的酒精让它十分恼火，强烈的刺激令它不断地张嘴和闭嘴。

米奇大口大口地喘着气，几分钟后，他的呼吸顺畅了许多，双腿的血液循环也渐渐恢复正常。他从地上站起来，单脚着地，就这么一蹦一跳地和儿子一起把比尤拉拖回到了它的玻璃缸里。做完这一切后，父子俩回到屋子里，处理米奇那只被咬伤的脚，此刻，那只脚又紫又肿，就像个紫色的靠枕。

"你发誓你真的喂过它？跟我说实话，儿子。"

瓦胡很内疚："我应该是忘了。"

"我跟你说过一百遍，蛇在春天会变得十分活跃，需要吃东西。"米奇哼哼了几声，便四仰八叉地平躺在沙发上。

"爸爸，我真的很抱歉。"

"等我们把这里的事忙完，你，马上去冰柜里找几只肥一点儿、大一点儿的鸡，拿去喂它。喂之前，记得用微波炉把它们彻底解冻，听到没？蟒蛇不喜欢吃冰棒。"

"我知道了，爸爸。"

瓦胡往爸爸的脚上涂了整整一管抗菌软膏，他用黄油刀将黏糊糊的药膏很小心地抹到那一个个圆孔状的伤口周围。伤口密密麻麻的，数量多得数不过来。蟒蛇没有毒，但是被咬伤后如果不及时处理伤口就会导致严重感染。

"对不起。"瓦胡再次道歉，"是我把事情搞砸了。"

"好啦，每个人都会犯错。"爸爸说，"也怪我，我也不该把那么大的蛇当成毛茸茸的卷毛狗，和它闹着玩。"

"别动，老爸。"

米奇凝视着天花板："儿子，我知道，这不是你这个年纪的孩子该过的生活。"

"你又来了。"瓦胡说。

"不，我是认真的。"米奇接着说，"要是没有你和你妈，我该怎么办？我命好，这些年来，家里一直都是她忙前忙后。"

"没错，你命好。纱布在哪儿？"

直到将爸爸的伤口包扎完毕后，瓦胡这才把朱莉刚刚提到的关于《荒野大求生》那份合同的事情告诉他。

"我就知道那家伙会给我惹麻烦。"米奇嘀咕了一句。

"那我们现在怎么办？"

"干活儿，儿子。我们得干活儿。"米奇直起身子，抬起那只被蛇咬伤、被包成粽子一样的脚，把它搭在咖啡桌上，"我才不管那愚蠢的合同上写了什么——我的动物，我自己说了算。那个德克·巴杰先生尽管放马过来，我可不怕他。"

“是德雷克·巴杰。”

“哼！你觉得对这种人来说，名字重要吗？”

“不重要，老爸。”

“你知道比尤拉会怎么说吗？‘你们这些愚蠢的人类吃起来味道都一样！’”

瓦胡发现自己竟然真的在思考：爸爸说的是真的吗？

第四章

妈妈打电话回家的时候,瓦胡正在刷牙。

他听到爸爸嚷嚷着:"苏珊,我和你儿子太可怜了!求求你,回来吧!"

瓦胡吐掉嘴里的牙膏,跑到客厅里。米奇用一只手捂住话筒,小声说道:"上海现在是早上8点——她刚刚吃完早饭。"

"能让我和她说几句吗?"

"又是鸡蛋面——她的碳水化合物摄入肯定会超标。"

"让我说几句话,行吗?"瓦胡说。

米奇把电话递给他。

"他也太夸张了。"瓦胡的妈妈在电话那头说,"看在上帝的分儿上,你爸爸就不能稍微正常点儿吗?他觉得我很想来这儿吗?"

"我们接了一个大单,电视台的节目。其实,他现在已经好多了。"

"头疼也好了?"

"不疼了，他说的。"

"你得好好看着他。"妈妈建议道。

她问了一些关于学校的事情。瓦胡说他觉得自己期末考试考得还行。

"包括西班牙语？"

"那是我的死穴。"他承认。

"只要你尽力了就好。"

"我想你，妈妈。"

"我也想你，大个子。这种感觉真不好。"

瓦胡费力地吞了一口唾沫，尽量不让妈妈听出他话语中的哽咽。他不想让妈妈察觉出自己内心的沮丧和烦恼，因为她离自己太远了。"我在网络地图上找到了你住的宾馆。"他说，"从卫星照片上看，还蛮温馨的。"

"跟我说说电视台的工作是个什么活儿。"她说。

"对方出手很大方。"

"可那活儿好干吗？"

"当然，没难度。"瓦胡说道，他心里想的却是：都要破产了，能有活儿干就不错了。

米奇·克雷凑了过来："嘿，轮到我说了。你就此打住吧。"

瓦胡和妈妈说完再见，就拎起一个5加仑[1]的桶，装满猫粮，去外面喂浣熊。在他们学校，只有他的爸爸是职业动物驯养员，他们家的生活也从来不会单调乏味。尽管少了一根拇指，但瓦胡

1　1美制加仑约为3.79升。

基本可以独自搞定大部分日常事务。他自学了用左手写字、投篮和投掷棒球。他爸爸有时间的时候会带他坐船去水上玩，他甚至还能踩着滑水板来个干净利落的360度转体。

　　只有一件寻常事是克雷家无法一起完成的：暑假一起去度假。米奇不放心把他的动物交给别人照料，他谁都信不过。有一次，瓦胡的罗丝婶婶去世了，他们一家飞去西弗吉尼亚州参加葬礼。米奇让唐尼·丹德尔帮他照顾家里的动物，结果，事实证明这是一个错误的决定，而且代价颇高。他们一家离开了三天，然而，就在这短短的三天里，两只稀有的鹦鹉飞走了，一只狐猴得了流感，爱丽丝还把另一条鳄鱼的尾巴咬断了。

　　"该死的阿司匹林在哪儿？"米奇站在屋子里朝外面嚷道。

　　"就在橱柜上，咖啡机旁边。"瓦胡大声答道。

　　每次看到瓦胡，浣熊们都兴高采烈，因为他的出现意味着进餐时间到了。他一走进围栏，它们就一窝蜂地围上来，在他身边吱吱呀呀地吵着闹着，还用它们那像手一样的爪子不停地拉扯他的口袋。他把猫粮平均分倒进四个盘子，每个角放一个，这样就能让这些饿坏了的小动物分散开来。无论何时，只要它们围在一起，这些小东西就会因为争抢食物打得不可开交。有一次，它们的尖叫声和打闹声实在太大了，让一个邻居误以为克雷家发生了可怕的谋杀案，甚至打电话报了警。

　　瓦胡趁机溜出了围栏，锁好门，随手拿起一根花园里浇水的软管，开始洗手。

　　"伙计，别忘了打肥皂。"他背后突然传来一个声音。

瓦胡一扭头，看到德雷克·巴杰就站在他身后，旁边是瑞雯·斯塔克。

　　"带我去看看你们的短吻鳄。"德雷克说。

　　"那得叫上我爸。"

　　"那就快点去喊他。快去。"

　　瑞雯·斯塔克开口说道："德雷克非常累。他刚从巴黎回来，坐了整整一晚上飞机。"

　　"该死的飞机。"德雷克说，"我压根儿就没合过眼。"

　　瓦胡对他的这句话深信不疑。眼前这个男人耷拉着一对硕大的肿眼泡儿，苍白的脸颊上沾了些不干净的东西；他的头发——说是金发，但看上去更像是橙色——出了油，粘在头皮上，乱糟糟的。脚上蹬着一双黑色休闲鞋，没穿袜子，白色的亚麻长裤皱巴巴的，猎装式衬衫上的扣子被解开了，从而使得他那圆滚滚的肚腩一览无余。在瓦胡看来，德雷克·巴杰看上去一点儿都不像精干健硕的生存专家，倒像是一名没睡醒的游客。

　　"我的行程很满，时间有限。"他说话的时候瞟了一眼腕表。

　　瓦胡跑回屋子，把他爸爸叫了过来。瑞雯·斯塔克为双方做了介绍。在和德雷克握手的时候，米奇勉强挤出了一丝笑容。

　　"我们都很期待能和你一起工作。"米奇说，虽然这并非他的真心话，但听起来倒是很真诚。

　　爸爸努力示好的表现让瓦胡感到很高兴。能和德雷克这样的电视明星合拍自然节目，这绝对是天赐良机。如果一切进展顺利，这可能会给他们带来更多和电视台合作的机会。

　　"我们去看看爱丽丝，好吗？"瑞雯·斯塔克说。

那条短吻鳄正趴在池塘岸边打盹儿。德雷克看了一眼那个大家伙，说道："太完美了。"说完，他扭过头，对瑞雯·斯塔克说："我们什么时候能搬走它？"

"搬走它？"米奇问道。

瑞雯·斯塔克回答说："我们的拍摄地点定在塔米亚米步道旁边。"

瓦胡心想：果然！

"它重620磅。"他爸爸答道。

德雷克咯咯地笑了起来："别担心，伙计。我们会雇辆起重机，外加一辆卡车。"

米奇·克雷走到德雷克跟前。"爱丽丝哪儿都不去。"他说，"你想要爱丽丝？那就在这儿拍。"

多年前，瓦胡的爸爸在后院的角落边缘处搭建了一个虽然小但十分逼真的迷你大沼泽地公园。郁郁葱葱的池塘里长满了大沼泽地公园里常见的梭鱼草和睡莲，10英尺的水深足以满足拍摄水下镜头的需求。

德雷克根本不想听这些："你可以把你漂亮的小水塘留着拍空气清新剂的广告。"

米奇说："如果迪士尼都能在这里拍，你也可以，兄弟。"

瓦胡担心爸爸会说出一些难听的话或做出一些无礼的举动事，让《荒野大求生》这个大单还没开工就泡汤。

瑞雯·斯塔克好不容易才挤到两个男人的中间，说："那些小一点儿的短吻鳄呢？"

"我的皮卡货车正好能装下它们。"瓦胡的爸爸答道，"你们可以搬走它们。"

德雷克低下头，看着仍在酣睡中的爱丽丝。"我只要它。"他大声宣布说。

说完，他转过身，扬长而去。

瑞雯·斯塔克以一种硬邦邦的口吻说道："克雷先生，合同你已经签了。"

"我正打算用它来擦屁股——"

瓦胡打断了他的话，虚张声势地说道："我们的律师看过那份合同。她说合同不成立。"

朱莉还不是一名真正的律师，但很快就会是了。

"希望你们能找到另一条和爱丽丝一样温顺的短吻鳄，祝你们好运。"米奇说。

瑞雯·斯塔克被激怒了："我们付过你定金，你忘了吗？800美元。"

"再次祝你们好运，希望你们能赚回那笔钱。"

瓦胡自告奋勇地表示愿意带德雷克去看看那个迷你大沼泽地公园，并表示，德雷克看过后就会知道那地方完全能以假乱真。瑞雯走回车里去叫德雷克，但最终回来的只有她自己。

"他在打电话。"她冷静地说道，"对方是我们在加利福尼亚的制作人。"

米奇压低嗓音，冷嘲热讽地嘀咕了几句后就转身回屋了。

"听我说，我们还可以继续合作。"瓦胡对瑞雯说。

"如果你父亲依旧这么冥顽不灵，我们没法合作。"

"我负责搞定我老爸，怎么样？"

"我没有任何看不起你的意思，但是你还只是个孩子。"

瓦胡很努力地摆出一副彬彬有礼的样子："我是他的孩子。他会听我的。"

"你们很需要钱，对吧？"瑞雯看了看周围的围栏和笼子，"养活这些动物，可是一笔不小的开支。对你们家来说，这是笔不错的买卖。"

瓦胡觉得嗓子有点儿发紧："请告诉巴杰先生，这活儿我们干。"

瑞雯笑了："瓦胡，你今年多大？"

"反正不小了，足以搞定你们这一单。"他答道。

瓦胡回到屋子里，看到爸爸正躺在沙发上，额头上敷着一个冰袋。

他坐到爸爸身边："老爸，这次拍摄机会对我们真的非常重要。"

"爱丽丝也很重要。"米奇伸手去摸电视遥控器，"看看有什么好看的电视。"

他按下一个键，出现在屏幕上的正是《荒野大求生》——德雷克·巴杰冒着雨走在哥斯达黎加的丛林中。在这一集的片头里有一个画面：这位大明星睡在由草藤编成的吊床上，一只毛茸茸的大蜘蛛正顺着他的胳膊往上爬。

米奇竖起一根伤痕累累的手指，指着电视说："我赌五块钱，他最后会杀了那东西，然后油炸了当饭吃！"

"我不跟你赌。"

"你又不是不知道，在距离他两英尺的地方，就站着一名摄影师，手里正举着一瓶杀虫剂，随时准备喷向那只可怜的塔兰图拉毒蛛。"

"娱乐节目而已。"瓦胡说。

"这人完全就是个'工具人'！"

"我知道，老爸，可是我们需要这份工作。"

父子俩又看了一会儿节目。就在那只大蜘蛛快爬到德雷克·巴杰脖子上的时候，他不出意外地醒了，用手将它掸到地上，然后举起一只靴子拍扁了它。不过，他并没有将那只被拍扁的黑色大虫子丢进油锅，而是将它放到一个小火堆上烤，边烤边吧唧着嘴，喋喋不休地感叹自己刚刚与可怕的死神擦肩而过。

不过，有些事情是《荒野大求生》的忠实观众不知道，但瓦胡和他爸爸知道的——塔兰图拉毒蛛几乎从不咬人。哪怕被它们咬了，那感觉充其量也就和被一只大黄蜂蜇了差不多。

米奇·克雷厌恶地嘟囔了几句，关掉电视，将遥控器扔到咖啡桌上。"我们拍过的那些节目，就算再差、再不济，也和野生动物有关。"他说道，"可这次，主角是他。"

在和德雷克·巴杰合作这件事情上，瓦胡的意愿并不比爸爸强烈多少。"老爸，还有不少账单等着我们付呢。"他说，"爱丽丝也得吃东西，不是吗？"

"好吧，可是爱丽丝哪儿都不去。这是我的底线。"

"好，爱丽丝哪儿都不去。"瓦胡说，"可是，你得承认，眼看着那些笨蛋费劲巴拉地把它拖出池塘，那场景不也挺逗的嘛。"

米奇·克雷哈哈大笑道："哦，没错。"

第五章

尽管从未说出口，但瑞雯·斯塔克一直都觉得自己的工资太低了。她的职位是"高级制片助理"，可事实上，她还要兼任保姆、护士、司机、酒保、导游、贴身仆人、私人美容师和业余心理咨询师。

德雷克·巴杰是个麻烦精。

"我们要迟到了。"她说着，再次敲了敲他酒店套间的房门。

里面依旧没有任何动静，于是，她掏出了房门卡。德雷克不在房间里，他站在阳台上，低头凝视着下面的高尔夫球场。

瑞雯说："看在上帝的分儿上，快穿上衣服。"

这位《荒野大求生》的大明星只穿了一条格子短裤和一双黑色及膝袜。这画面看上去可不怎么美观。

"我拒绝和那个粗鲁无礼的乡巴佬合作。"他说道。很显然，他指的正是米奇·克雷。

"德雷克，有人看着你呢。快进屋吧。"

"你的意思是，整个南佛罗里达就只有那一条大短吻鳄能用？要知道，这儿可是全世界的短吻鳄之都！"

对于德雷克的愤怒和牢骚，瑞雯早已习以为常。"这条鳄鱼恰好和我们的拍摄需求高度吻合。"

"吻合程度有多高？"他嘟囔道。

"快穿裤子。我们该走了。"

按照剧本要求，在这次大沼泽地冒险中，德雷克要从一条硕大的短吻鳄旁边游过，这需要这条鳄鱼不仅能够忍受毫无常识可言的德雷克，还能抑制住一口咬掉他脑袋的冲动。米奇·克雷的儿子向瑞雯保证，爱丽丝从没故意伤害过任何人（他也再次重申，它咬掉他的拇指完全是他自己的责任），而且那条大鳄鱼也已经完全适应了嘈杂的录制现场。

"可是，我们根本不可能在那个白痴家的后院里拍摄那些大场面。"在乘车去克雷家的路上，德雷克抱怨道。

瑞雯向他保证，那家人搭建的大沼泽地场景根本看不出是在谁家的后院，"它看上去和真的沼泽地一模一样。你到了后一定会对它另眼相看。"

德雷克不屑地哼了一声："不，等他们看到我跳到那条大鳄鱼身上的时候，他们就会对我另眼相看了。"

"不可能。保险公司说不行。"

"眼镜蛇跳舞那次，他们也说不行，但最后我不也做了？"

感谢提醒，瑞雯心想。

在柬埔寨拍摄《荒野大求生》的时候，德雷克想要像耍蛇人那样对着一条吐着芯子的眼镜蛇吹奏乐曲。那条眼镜蛇是节目组从一个名叫纳先生的当地人那儿租来的。当纳先生看到德雷克的所作所为后，立刻跳到了德雷克和那条毒蛇之间，也就在那一瞬间，眼镜蛇喷射出了一团致命的毒液，有几滴落在了纳先生的头发上。他立刻跑去冲澡，以免中毒。等纳先生重新回到《荒野大求生》的拍摄现场时，他才得知，在这期节目的最后一幕中，德雷克用一把生了锈的砍刀把他的宠物蛇砍成了好几段，当晚餐吃掉了。

"兑雷家的人绝不会让你碰爱丽丝。"瑞雯说。

德雷克自顾自地笑了起来："那我们走着瞧。谁会给一条又老又蠢的鳄鱼取名叫爱丽丝？"

"把它当成自己家人的人。"

"土包子一个。"德雷克说，"你身上有多余的现金吗？"

节目的制作团队一早就赶到现场，开始为拍摄做准备。摄影师和灯光师们满脸惊愕地看着爱丽丝在米奇·克雷的引导下，离开自己的池塘，缓缓爬到位于院子另一端仿照原生态沼泽修建的池塘里。这个庞然大物甩着它那粗壮结实的大尾巴，像只小狗一样乖乖地跟在米奇身后。米奇的两个胳肢窝里各夹着一只解了冻的大肥鸡，有了它们，他走到哪儿，爱丽丝就会跟到哪儿。

瓦胡正忙着招呼那只瘸了腿的短尾猫，想方设法地哄着它吃东西。这个可怜的家伙坐着卡车从海兰兹县一路折腾来到他们家，长途跋涉把它折磨得既疲惫又烦躁，一瘸一拐地绕着新围栏不停地转圈。时不时地，这只猫就会扒着一根旧电话线杆，用爪子拼命地抓挠。米奇把电话线杆埋在围栏里就是为了帮它排解情绪。即便如此，瓦胡也用了近一个小时才让短尾猫平静下来，开始在盘子里小口地啜食。

瓦胡刚走到大沼泽地旁就看到德雷克·巴杰从开着冷气的大巴车上走下来，在拍摄过程中，那辆车就是他的更衣室。那辆车通体素黑，和灰狗巴士[1]一样大。德雷克穿了一条烫得笔挺的卡其色短裤、一件同色猎装式衬衫，登山鞋上的斑斑点点燕麦粥渍看起来就像溅上去的泥巴。

"假模假样！"米奇说。

"放轻松一点儿，老爸。"

"我们不是还养了些火蚁吗？"

"行啦。"

一个脚蹬橙色运动鞋、身穿灯芯绒背心、衣服皱巴巴的助理开始往德雷克·巴杰的胳膊上和腿上喷东西。起初，瓦胡推测他喷的应该是驱蚊水，直到他让德雷克闭上眼睛，开始往他脸上喷。

"他们喷的是什么？"瓦胡问瑞雯·斯塔克。

"美黑喷雾。"她用一种实事求是的口吻说道。

瓦胡以为，即使是真人秀里的生存专家，他黝黑的肤色也应该是晒出来的，可事实证明，德雷克·巴杰身上没有一样东西是真的。那位大明星回到大巴车里等待着美黑喷雾起效，与此同时，工作人员则在一旁吃甜甜圈和硬面包圈，暂作休息。瓦胡帮爸爸修剪锯齿草，为三台摄像机中拍摄水下场景的那台摄像机腾

1　一趟路线贯穿全美的长途大巴车。

出拍摄空间。

"爱丽丝怎么样？"瓦胡问。

"吃了个够，开心着呢。"他爸爸答道。

吃得饱饱的爱丽丝正趴在池塘底部休息。每隔一段时间，水面上就会冒出一串气泡，从而暴露了它鼻子的位置。

"枪在哪儿？"瑞雯问米奇·克雷。

"哦，放心吧。"他撩起T恤衫，露出了他别在腰间的手枪枪把。《荒野大求生》的合同里要求米奇随身佩带武器，以免发生意外，动物伤人。

"这是把点45口径的手枪。"米奇说，"现在感觉好多了吧？"

瑞雯上车去叫德雷克，瓦胡去抱那只鳄龟，它将在第一个片段中出镜。尽管鳄龟很沉，但瓦胡只用一只胳膊搂住它的身体，就将它抱了起来。鳄龟的脖子很长，而且极其灵活，瓦胡刚把它抱起来，它的脖子就立刻支棱了起来。

"这东西有名字吗？"德雷克用一种嘲笑的口吻问道，"就叫它恶魔龟蒂米，怎么样？"

瓦胡并没有搭理他。他把这只龟壳棱角分明的大家伙放在池塘边，就从镜头里退了出来。导演是个留着大胡子的男人，大喊道："摄像机正拍着呢！"

德雷克立刻跪下来，把他那张油光锃亮的脸凑到鳄龟旁边，只不过，他距离鳄龟还有些距离，远没有镜头里看起来的那么近。他屏住呼吸，开始背诵剧本里的台词："这些鳄龟是大沼泽地公园里最凶猛的捕食者之一！天然的伪装使它们看上去就像一块长满青苔的岩石，它们的上下颌十分强壮，喙部非常尖利，嘴里隐藏着一条沾满唾液、像虫子一样的大舌头，它们会故意抖动舌头，用它来当诱饵——"

德雷克突然停住，大喊一声："卡！"他不耐烦地扭过头，冲着米奇·克雷做了个手势，"我们必须得看到蒂米的舌头。"

"它不叫蒂米。"瓦胡的爸爸答道，"如果它不想张嘴，我也没办法。"

"那我们付钱让你来干吗？"

"我的主要任务就是不让你进急诊室。"

"你说什么？"

瓦胡飞快地向前迈了一步："巴杰先生，鳄龟只会在水下伸出舌头，而且还是在它饿了的时候。"

"那真是太好了。"德雷克望着瑞雯说道，"我从一开始就对这次拍摄有种不好的预感——我说了吧？"

瓦胡的爸爸说道："你想看看它嘴巴里面是什么样？"他从松树上折下一根细细的松枝，掰掉上面的嫩权后，递给这位大明星，"试试这个。"

瑞雯紧张地说："起来。德雷克，你小心。"

"知道啦，老妈子！"他大笑道。他再次跪了下来，这一次，他距离鳄龟比之前又近了一点儿。摄像机开启后，他立刻用松枝的尖端戳了戳鳄龟那尖尖的喙部，后者顿时闭上眼睛，把头缩回到了龟壳里。

"别这样嘛，恶魔龟蒂米。"德雷克柔声细语地说道，"来吧——"

瓦胡知道自己必须马上做点什么。他悄悄地从摄影师背后走到距离德雷克最近的地方，伸出双手，做了个向前推的动作，示意他退后。不知德雷克是真的没注意到他，还是假装没看见，总之，他没动。

一切都发生得太突然了。只听见"咔"的一声，那根松枝就被咬成了两截，所有人都吓得往后退了几步。眼看着那根松枝瞬间短了一大截，德雷克吓得瞪大眼睛，倒吸一口凉气，连滚带爬地往一旁躲闪，结果掉进了池塘里。那只大鳄龟紧随其后，奋力地划动四肢，朝着平静、冰冷的池塘底部冲去。不久前，爱丽丝正趴在那儿——直到刚刚——呼呼大睡。

导演大喊道："停！停！"

米奇·克雷在一旁鼓掌："嘿，这段很精彩！"

两名工作人员连忙跑过去，把骂骂咧咧的德雷克拖上岸。鳄龟尖利的喙在德雷克那个刚刚染成古铜色的鼻头上撕下了一小块皮，此刻，一滴鲜红的血滴赫然出现在他的鼻尖上。

瑞雯·斯塔克愤怒地走到瓦胡和他爸爸面前："你们两个是不是觉得这很可笑？德雷克刚才差一点儿就受伤致残了！"

米奇耸了耸肩："所以它们才会被叫作鳄龟，而不是哈欠龟。"

"那根松枝是你给他的！"

"这个嘛，总比他用自己的手指强吧。"米奇说，"对吧，儿子？"

瓦胡沮丧地点点头，抬起胳膊，展示原本长着拇指、现在那里却只剩下一小截肉球的右手。他身后的德雷克恼羞成怒，正冲着导演怒吼，让他把自己与鳄龟同框的所有镜头全部删除。

"只要我在网络上看到这些镜头，哪怕只有一秒，这个团队里的所有人都会被炒鱿鱼！"德雷克一边厉声警告道，一边用毛巾擦干身体，"我说的是所有人，一个不剩！"

接下来，他们开始拍摄有蟒蛇的镜头，比尤拉上场了。

瓦胡和爸爸合力将这条色彩鲜艳、长满花纹的大蟒蛇展开，平铺在地上。按照剧本所写，德雷克会偷偷从后面摸上来，一把掐住比尤拉，挑起一场性命攸关的人蛇大战。当然，这一切都是假的。米奇·克雷并没有提到前几天，比尤拉曾想把他的脚吞进嘴里的小插曲。他的脚已经消肿，走起路来根本看不出受过伤。

尽管德雷克一再反对，但米奇坚持要进行一次彩排，自己亲自示范如何与这条大蛇周旋才是最安全的上上策。

德雷克全程心不在焉，不停地念叨着："小菜一碟嘛。"

"它有时候也会咬人。"瓦胡提醒他。

"哼！永远不要表现出你害怕了，因为动物能感觉得到。"德雷克说，"你知道真实的原始恐惧闻起来是什么味道吗？"

"不太清楚。芦笋的味道？"

德雷克眯起眼睛，思索着自己刚刚是不是被侮辱了。

结果，由始至终，比尤拉都没表现出丝毫想咬人的意愿。它一直懒洋洋的，行动迟缓，因为它的肚子里塞满了在微波炉里解冻过的鸡肉。

"很好，这次正式开始！"导演说，"开拍！"

德雷克很快就匍匐穿过了米奇·克雷家那片修剪得十分整齐的棕榈矮树丛。他一边爬，一边装模作样地对着别在领口上的微型麦克风轻声说道："近年来，一种来自其他大陆的致命捕食者入侵了这条长满草的热带河流，仿佛是嫌大沼泽地国家公园还不够危险似的——它就是缅甸蟒！当安德鲁飓风来袭时，迈阿密西部的多个宠物养殖农场被毁，经野生动物贩子之手、通过异国宠物贸易进口的数千条幼蟒就这么散落在沼泽地里。现在，这些可爱的小家伙已经全都长成了凶残的利维坦尼亚，有些甚至长达20英尺！"

"停！"导演喊道。

"怎么了？"德雷克不悦地问道，"我刚才那段独白简直无懈可击。"

"是'利维坦[1]'，不是'利维坦尼亚'。"

同一个镜头，他们又拍了九遍，可是德雷克就是没法把那个词的发音读准确。最后，导演放弃了，"换个词，好吗？就说'怪兽'吧。"

德雷克一次就成功了：

"现在，这些可爱的小家伙已经全都长成了凶残的怪兽，有些甚至长达20英尺！它们可以一口吞下一整只鹿、一只黑豹，当然，就算是人类也不能幸免。

"今天，我跟着一条巨大的野生蟒蛇，匍匐穿越了大沼泽地公园里最偏远、最原始，也最危险的地区——看！它在那里！"

德雷克扭动身躯，向前爬行，一名摄影师紧随其后。伴随着一声胜利的呐喊，德雷克的双手掐在了比尤拉头部以下的位置，

---

1 《圣经》中象征邪恶的海怪。

两条腿也卡住了它的身体，但对于捕蛇者而言，这恰恰也是最危险的姿势。瓦胡见状惊讶万分，因为比尤拉并没有扭动缠绕，也没有张开大嘴咬住德雷克那张肥脸。

"我抓到它了！我抓到这个大家伙了！"他得意地欢呼道。

那条蟒蛇对发生的一切并不在意。它盘起尾巴，绕在德雷克的一只脚踝上，但没有收紧。德雷克憋着气，喉咙里发出一阵阵咕噜噜的声音，在地上滚来滚去，不断地摇晃着比尤拉的脖子，想激怒它，挑起它的战斗意愿。

现场的画面看上去就像是他在和一根14英尺长的大面条摔跤。比尤拉只想盘起身体，好好地打个盹儿。

瓦胡瞥了一眼爸爸，却看到了他不想看到的一幕。米奇·克雷正不停地握紧拳头，然后松开。

德雷克气喘吁吁地对麦克风说道：

"无论如何，我都不能让这个丛林杀手将它粗壮的身体缠绕在我的胸前！它真的会将我一勒毙命！"

米奇小声对儿子说道："我就想这么干，我是说真的。"

"不，老爸，等——"

太迟了。米奇怒不可遏地冲向德雷克·巴杰，然而，他眼前的重影让他扑了个空。

他站起来，拍了拍衣服，又一次冲了过去。这一次，他直挺挺地撞到了对方身上，用两只胳膊抱搂住了德雷克圆滚滚的肚子。米奇用他最大的力气紧紧箍住德雷克的身体，把他从已经被晃晕了的蟒蛇旁拖开。

"停！停！"导演喊道，"你疯了吗？快去拦住这个疯子！"

在场的工作人员饶有兴趣地看着他俩扭打在一起，只有瓦胡一人跑过去营救德雷克。当瓦胡掰开爸爸的胳膊时，这位鼎鼎大名的野外生存专家的脸已经被憋成了酱红色。德雷克四仰八叉地瘫倒在地上，不住地咳嗽、呻吟和抽泣，瑞雯·斯塔克蹲在他身边，轻轻掸去了他头发里的树叶和树枝。

"你真的出手了。"瓦胡说。

米奇脸色阴沉："我们把比尤拉搬回它的缸里吧。"

米奇抱起它的上半身，瓦胡抬起了它的尾巴。

"那是我见过的最差劲的蟒蛇！"说话的是德雷克，他突然站了起来，"你管那玩意儿叫蛇？哼！依我看，它充其量就是条被撑大的蚯蚓。"

比尤拉张开了它那铁铲一样大的嘴巴，打了个饱嗝，露出了一排排铁钩一样的尖齿。德雷克被吓了一大跳，向后连蹦好几步。

"哪儿凉快上哪儿待着去。"米奇·克雷不客气地说道。

"你说什么？"

"你没听错，笨蛋先生。"

瑞雯一言不发地站在那里。瓦胡看到一名摄影师咯咯地笑了起来。

德雷克僵住了："听着，伙计，我们可是签了合同的。"

"你在开玩笑吗？"米奇说。

瓦胡和爸爸抬起那条肌肉结实的大蟒蛇向它的玻璃缸走去。

"嘿！那条短吻鳄呢？"德雷克·巴杰冲着父子俩的背影喊道。

"除非我死，否则你休想。"米奇答道。

"只要爱丽丝出镜，我付你3000！现金！"

"老爸，你听到没？"瓦胡小声说道。

"听到什么？"

"3500！"德雷克喊道。

"老爸，别这样。"

"继续走，不要停。"

"4000！"德雷克叫嚷着，"4500美元！"

米奇·克雷转过声，微笑着说："这次我听到了。"

第六章

瓦胡坐在餐桌旁，手指在计算器的数字键上跳跃着。他爸爸平躺在沙发上。屋外，倾盆大雨下得正欢，院子已经变成了黄泥塘。《荒野大求生》不得不暂停拍摄，直到天气转好。

"我们还欠银行多少钱？"瓦胡问。

米奇·克雷咕哝着说："我记不清了。"

"我相信妈妈一定知道。"

"有零有整，记得清清楚楚。"米奇坐了起来，"那就打电话问她吧。"

"不行，老爸。妈妈说过一周只能打一次电话，你忘了？"瓦胡也很想听到妈妈的声音，但是她警告过他们，打电话不能太频繁。"打1分钟，好像就要10美元。"他提醒爸爸，"而且上海现在是半夜。"

"别在那个愚蠢的计算器上按来按去了。"米奇讪讪地说，"就让我去对付哔哔叫的银行吧。"

瓦胡的妈妈不喜欢听脏话，他爸爸每说一个不文明的词语，她就要他往饼干罐里塞1美元。结果，米奇养成了用"哔哔叫""嘟嘟叫"来代替那些脏话的习惯。这是他从警讯节目中得到的灵感，每当犯罪分子说出大不敬的词语时，节目组就会用嘟嘟声覆盖其原声。

瓦胡说："老爸，不是我想烦你。"

他在学校有个朋友，由于那个朋友的爸妈无法偿还贷款，最终银行收走了他们家的房子。现在，他们一家只能挤在纳兰贾的一间小公寓里生活。瓦胡知道，妈妈不会让那样的事情发生在他们身上——所以她才接受了去中国出差的工作。

然而，他仍然忧心忡忡。

"别担心了，好吗？我们会没事的。"米奇说。

说完，他又躺下了，手里依旧握着电视遥控器。他调了一圈电视，最终定格在一档名为《疯狂的动物》的节目上。电视里，只见一只加拿大黑额黑雁正疯狂地攻击一辆垃圾车。米奇并没有被逗乐。他的思绪早已飞到了千里之外。

爸爸这种无精打采、心不在焉的状态让瓦胡有些心神不安。他拿起一件防雨夹克，走出了屋子。

下雨的日子里，动物们总是昏昏欲睡，因此，现在后院十分安静。摄制组的工作人员收拾好仪器设备，都去吃午饭了。从德雷克·巴杰那辆大巴车上传来的低沉的嗡鸣声透过噼里啪啦的雨声飘进瓦胡的耳朵里。当他从这辆大巴车旁走过时，瓦胡透过一扇边窗看到，德雷克和瑞雯·斯塔克站在一面镜子前，瑞雯正拿着海绵往他的鼻子上涂化妆品，很显然，他们是想遮住被鳄龟咬的那块纽扣大小的伤疤。瓦胡笑了，接着向前走去。

短吻鳄爱丽丝安详地漂在人造沼泽地公园的水面上。这个人造池塘有三个常见的后院游泳池那么大，深度是普通游泳池的两倍。米奇·克雷和他的两个朋友自己动手挖好坑，然后再浇筑上水泥砂浆。那时候的瓦胡虽然只有5岁，但也在爸爸休息时，接过铁铲，挖过土。

"嘿，姑娘。"他和爱丽丝打招呼，举起那只少了拇指的手，冲它挥挥手，这是一个只有他俩才明白的私人笑话。

每一年，学校里的新生都会好奇地打量瓦胡手上那团小肉球一样的伤疤，问他这是怎么回事。一开始，他们都不相信这是真的，随后，他们又都央求他把那血淋淋的过程详细讲给他们听。每当他说起一开始他根本没感觉到疼痛的时候，他的同学总是震惊不已。

事实上，瓦胡当时的确并没觉得有任何异样，直到波莱特——那个他有心示好的女孩——尖叫着晕倒在地。这时，瓦胡才低下头，发现原本长得好好的拇指不见了，只留下一个血淋淋的圆形伤口。

他用自己的T恤衫包住那截断指，飞快地跑回屋子，留下爱丽丝心满意足地大口大口地嚼着鸡肉，以及那看不见的开胃小菜。等到救护车终于赶到时，瓦胡已经疼得撕心裂肺。

之后，他再也没见过波莱特。她父母将她转学去了一所私立学校，那里的男孩子们都来自正常的家庭，家里养的宠物不是金鱼，就是仓鼠，绝对不是会吃人的大型爬行动物。对此，瓦胡完全能够理解。

可即便如此，他也不愿拿自己的童年去交换别人的童年。

和爱丽丝道别后，他便去检查那只受伤的小短尾猫，直到现在，那个小家伙仍然极其敏感，不仅极易受惊，还不服驯养。他爸爸迈着沉重的步伐从他身边走过，雨下得这么大，他连帽子都没戴。他指了指短吻鳄生活的池塘，就走开了。瓦胡坐下来，试图柔声细语地安抚这只野猫，可短尾猫始终以一种迟疑的眼神打量着他。

雨终于停了，大巴车那边传来了嘹亮的汽笛声，那声音格外高亢响亮，像极了密西西比河上拖船的汽笛声。紧接着，车门弹开了，一个熟悉的声音大声吆喝道："快动起来吧，伙计们！午休时间结束啦！"

瓦胡站起来，说道："表演时间到。"

那只短尾猫很识趣地闪到一旁，蹿上了那根电话线杆。

当瑞雯·斯塔克往德雷克·巴杰受伤的鼻子上抹化妆品的时候，德雷克·巴杰问道："鳄龟能吃吗？"

"它们不是食用龟，不能吃。"

"可是，你想想看，在一堆火炭上，将它慢慢烤熟——多吸引眼球的画面啊！我还可以用它的龟壳当汤碗！"

"克雷先生绝对不会同意。"瑞雯说，"从现在开始，不要乱动。"

德雷克皱了皱眉："那我靠吃什么生存？我指的是节目里面，靠什么生存？"

"剧本里写的是牛蛙和小龙虾。"

"就这些？我想吃点儿真正让人恶心想吐的东西。"

"蜈蚣。"瑞雯说，"佛罗里达有让人毛骨悚然的蜈蚣。"

"可是，我们已经吃过蜈蚣了——南非那集，你忘了？"

瑞雯开始翻阅她为大沼泽地公园做的调查笔记，"野生蘑菇、地衣、嫩棕榈芽——"

德雷克抱怨道："真没劲。来只负鼠，怎么样？"

"负鼠太可爱了，这会激怒观众，招来投诉的。"

"负鼠才不可爱呢！它们像魔鬼一样丑陋！"

"并非人人都这么认为。"瑞雯·斯塔克最近刚刚去过纽约市一家国际知名玩具店——施瓦茨玩具店。她发现整整一个货架的手偶都被做成了负鼠的模样，顶着一个粉红色的鼻头，笑眯眯的。它们的确很招人喜爱。

"你觉得蛆怎么样？"她问德雷克，"我们可以挖出足够多的蛆。"

"它们太小了，你不觉得吗？我得吃多少条才行？"

"那就要看情况了。"有时候，德雷克得拍十几次才能完成篝火晚餐那一幕的拍摄。"我想，差不多得吃1磅。"瑞雯思忖道。

"不在话下。"他开心地说道。

"你知道我们说的蛆是苍蝇的幼虫吧？"

德雷克凑到镜子前，开始梳理头发，"说起吃的，这次是谁负责我们的餐饮？请一定要告诉我，是坎迪和安娜贝尔。"

《荒野大求生》的忠实观众可能永远都想不到，在拍摄各种求生任务期间，德雷克·巴杰的伙食丰盛得堪比国王。他的合同里规定，无论拍摄地点多么偏远荒凉，现场都必须提供五星级的豪华盛宴：牛排、羊排、龙虾、红鲑鱼、自制意面、山鸡或鹿肉，同时搭配新鲜蔬菜，以及富含反式脂肪酸的各式甜点。

当然，这些美食都摆在镜头拍摄不到的地方，这样才不会破坏节目营造出来的艰辛氛围。

"坎迪和安娜贝尔接了一个阿根廷的活儿。"瑞雯·斯塔克说，她知道自己的话会让这位老板不悦，"我们这次签的是莱蒂西亚·牛津家的包餐服务。"

"又是他们家！那个傻瓜上次差点毒死我。"德雷克大叫道，"还记得那可怕的布里奶酪吗？"

那件事发生在两年前，罪魁祸首是一盘变质的奶酪。对此，莱蒂西亚·牛津辩解称，当天，圭亚那雨林中的气温和湿度都太高了，可冰块的供应又跟不上。

"是贝尔·格里尔斯，对不对？"德雷克愤愤地问道，他说的是他的对手之一，另一位生存专家，"我敢打赌坎迪和安娜贝尔就是接了他的活儿。瑞雯，你跟我说实话，他们是不是在给那个卑鄙的家伙做吃的？"

"雨停了。"

德雷克伸长脖子，听了一会儿："是啊，停了一阵了。"

"爱丽丝还在等着呢。"瑞雯说。

"对，它正容光焕发地等着我。"他放下梳子，再一次凑到镜子前，审视了一遍那个被鳄龟亲吻过的鼻子。随后，他走到方向盘前，按响喇叭，打开车门，高声喊道："快动起来吧，伙计们！午休时间结束啦！"

米奇·克雷第一次被咬的时候，他还只有4岁。

当时，他妈妈（也就是瓦胡的奶奶）正在打扫露台，突然，她大叫一声。米奇闻声跑了出来，看到她正冲着一条小束带蛇拼命地挥舞扫帚。米奇立刻冲上去，一把揪住了蛇尾巴。小蛇受了惊，蜷起身子，张开它那像钳子一样、带着利齿的嘴巴，一口咬在米奇娇嫩的手腕上。

他站在原地，凝视着它，心中满是惊叹。这是他长这么大以来见过的最酷的事情。

自那天起，米奇·克雷就迷上了动物，大的、小的，有毛的、没毛的，通通喜欢。只要一有空闲，他就会钻进树林和沼泽地，寻找蛇、变色龙、乌龟、蟾蜍、鳗鱼，甚至幼鳄。一旦它们爬走、跑远或跳开，米奇就会伸手去抓它们。

这样做的结果就是他经常被咬。这也是野外探险中他最不喜欢的一部分，不过，相较于他从中得到的乐趣，这点疼痛真的不算什么。如果哪天晚上他骑车回家的时候，身上没有伤口，牛仔裤上也没有血渍，那反而不正常。他的父母倒也通情达理，只要他记得关好杂物间的门，不让动物跑出来，他们从不过问他每次用枕套背回来的、蠕动着的东西是什么。

米奇的家人以为他对野生动物的痴迷不过是少年时期的阶段性行为，然而，他的这份热情却从未衰减过。当他的父母得知，有一个聪明且看似相当正常的姑娘完全不介意儿子收藏的这些形形色色的动物时，他们简直惊掉了下巴，而更让他们吃惊的是，她竟然还同意嫁给他。

那个女孩就是苏珊——她就是这么令人惊叹。

米奇想死她了，可她在八千多英里以外的地方。这个距离是瓦胡从互联网上查出来的，知道这个距离数字后，父子俩更沮丧了。

　　对米奇而言，他要对付的不仅仅是悲伤的心情，还有那让他痛不欲生的头疼。

　　"鼹蜥的诅咒。"他没精打采地在雨中走着，自言自语道。

　　雨滴落在咸水湖里，泛起层层涟漪。两个圆鼓鼓的水泡浮出水面，爱丽丝缓缓地从水底浮了上来，不过，水面上只能看到它凸起的额头和长长的吻部。

　　"你看起来状态不错啊。"瓦胡的爸爸对它说道，"嘿，你一向如此。"

　　在米奇心中，爱丽丝是比德雷克·巴杰更大牌的明星。他们相遇时，米奇还是个十几岁的少年，爱丽丝则刚刚被孵化出来。因此，它就像那些贪吃的没脑子大家伙一样被驯服了，易如反掌。雌性短吻鳄在野外很少能长这么大，但是米奇对爱丽丝宠爱有加，给它喂食时总是十分慷慨，而且喂的次数多。

　　"明天，我们就不会来打扰你了。"他对爱丽丝说道，它一动不动地漂浮着，连眼睛都没眨一下，"这个拍电视的家伙，他就是个傻瓜。你别和他一般见识，好吗？"

　　有时候，米奇会自顾自地和动物们聊天，但他不是疯子。他从没幻想过动物们会真的回应他。不过，这能让它们熟悉他的声音，对于这一点，他倒是很确定。

　　雨终于停了，米奇站起来，挺直腰板，这时他已经淋得像一条落水狗一样了。爱丽丝慢慢地沉入池塘。

一阵汽车喇叭声响起，紧接着，一个男人的声音传来，说着什么叫"午休"。那人说的这个词有点含糊不清，但是他的澳大利亚口音倒是十分清晰。

"德雷克·巴杰先生。"米奇自言自语道。

接着，他对自己最爱的大鳄鱼说道："别担心，小公主。如果他敢玩花样，我会亲口把他的脑袋咬下来。"这时，爱丽丝早已沉入塘底。

第七章

水下摄像机被钉在一根铝棒上，由遥控器远程控制。第二台摄像机被架在池塘边，与地面齐平，第三台摄像机与一个麦克风一起被安装在能俯视整个场景的高架之上。

德雷克·巴杰踏入齐脚踝深的水中，一步步向前走去。他穿着一件一尘不染的猎装式衬衫和一条有折痕的户外短裤，一条腿上绑着一把有黑色把手的潜水刀。

"别担心——它就是个道具。"瑞雯·斯塔克说。她不停地对着德雷克的脸吹风，灯光师在一旁安排布景。

"我看着像把真刀。"米奇·克雷单腿跪地，边嚼泡泡糖边说道。瓦胡看到爸爸后腰处的衬衫鼓起一团，衬衫下就是那把点45口径手枪。

爱丽丝依旧趴在水面以下10英尺的地方，不见踪影。

德雷克·巴杰朝池塘瞟了一眼。"嗯？"他开口道。

"下去找它吧。"导演对他说，"我们这儿正录着呢。"

"没问题，伙计。"

德雷克纵身扑向水面，水没过了他的脖子。他很小心，尽量不弄乱发型。"别出错！"他冲工作人员喊道，然后就气喘吁吁地念起了台词。

"太阳很快就要落山了，夜幕即将降临大沼泽地公园。我此时的处境十分危险。现在，我必须游过这片深邃、浑浊的池塘，才能找到一片干燥的地面。我将在那里扎营过夜，运气好的话，我打算生堆篝火。

"能否穿越这片水域对我是否能在这里生存下去有着至关重要的意义，可是，问题就在于——之前在草丛里，我就已经发现这里有大型短吻鳄栖息的痕迹，也就是说，有一条体形庞大的鳄鱼就潜伏在这附近！不幸的是，我并不知道这个庞然大物藏在何处，不过，它肯定就在不远的地方……"

瓦胡侧过头，瞟了一眼爸爸，他依旧是一副不以为然的样子。

"美洲短吻鳄是这个星球上最原始的大型猛兽之一。历经千百万年的进化，这种生物的外形几乎没有任何改变，这当然是有原因的。大家都知道，短吻鳄堪称是完美的捕猎者——强壮、安静且快得不可思议！

"如果那家伙现在偷袭我，我要想活命，只能奋力反抗，拼死一搏，直击它的双眼……"

瓦胡看到爸爸的脸色越来越难看。

与此同时，那个负责远程遥控水下摄像机的家伙突然指着他的监控屏幕，试图引起导演的注意。很显然，爱丽丝动了。

米奇·克雷站了起来。瓦胡的眼神飘向了旁边的香蒲丛。他事先在那里面藏了一根长竹竿。如果爱丽丝发动进攻，他可以用竹竿将它戳开。

德雷克慢慢地游向池塘对面，一边游一边对他想象中的观众说：

"祝我好运吧。我出发啦！"

瓦胡和爸爸走到监视器荧幕前面，透过摄影师的肩膀，凝视着屏幕。他们看到的是水下摄像机返回的画面——德雷克白花花的胳膊在划水，双腿奋力向后蹬，在身后留下一串水泡，水面上也渐渐泛起泡沫。

爱丽丝就在德雷克的下方，微微仰起头，凝视着这个闯入自己领地的奇怪家伙，心中略感不悦。

"这太疯狂了。"瓦胡轻声叹道。

"没事，它不会碰他的。"他爸爸说道，"它吃饱喝足了，不会有事的。"

不过，米奇的话语中透着一丝紧张。

"可万一你错了呢，老爸？"

"别自己吓自己。这世上还有比我更了解爱丽丝的人吗？"

的确，德雷克·巴杰安全地游过了池塘，迈着略显沉重的步伐踏上了对岸的浅滩。这条拍摄的最后一句台词是：

"啊！刚刚真是千钧一发！"

然而，德雷克说的却是："嘿，那条该死的蠢鳄鱼在哪儿？"

米奇的喜悦之情溢于言表。瓦胡如释重负——爱丽丝真是好样的。

导演向德雷克保证，这期节目一定扣人心弦。"你的脚指头距离它的嘴巴仅咫尺之遥！这就够不可思议的了！"

德雷克踩着水走上岸，走到对岸的工作人员旁边。"我想再拍一遍。"他一脸不悦，愤愤地说道。

"为什么要重拍？你来看看回放——非常完美。"导演望着瑞雯说道，希望她能帮忙说服对方。瑞雯压低声音，恳求德雷克改变主意，但是他并不买账。

导演叹了口气，只得让步。他说："好吧，再拍一条。"

瓦胡的爸爸走上前："小，我们的任务已经完成了。你们也拍到了想要的东西。"

德雷克用手捋着头发，对米奇的话充耳不闻。瑞雯说："克雷先生，就一次。拍完就完事了。"

"除非他不带那把哗哗叫的匕首，否则免谈。"

"我都已经说了，那就是个玩具——"

米奇上前一步，从缠在德雷克腿上的皮带里抽出那把潜水刀。他用刀尖扎向食指的指尖，他的手指上立刻沁出一滴殷红的血滴。瑞雯清了清嗓子。德雷克耸耸肩膀，转身走开了。

米奇晃了晃那把匕首，挑起眉毛。"这是玩具？"他紧紧握住匕首的刀把，似乎是在测试它的刀柄。

看着爸爸眼中闪过一丝狡黠的笑意，瓦胡感到有些紧张。

"老爸，把那东西给我。我把它放到一个安全的地方。"

"别担心。我知道该放哪儿。"

米奇举起匕首，将刀刃在德雷克的衬衫的衣领上擦了擦，他的那颗小血珠立刻在衣领上留下一道棕色的血渍。紧接着，他将匕首高高抛起，眼看着它在空中转了几个圈，最终，只听得"扑

"通"一声，匕首落入池塘中央，转眼就沉入水底。

这时，德雷克一改之前毫不在意的态度："你是不是疯了？"

米奇咧开嘴，用手敲了敲自己的牙齿："兄弟，给你15分钟，就拍一次。"

工作人员立刻忙碌起来。有人拿了件干净衬衫递给德雷克，瑞雯再次给他的鼻子补妆。导演检查了一遍三台摄像机的拍摄角度，与此同时，他的助理们则帮着调整灯光和反光板。

绿油油的池塘里冒出一团水泡——爱丽丝浮上来透气了。这一次，它的整个背部都浮出水面，黢黑的鳞片如一个个藤壶，散发着幽幽的黑色光芒。它的背部几乎与铁轨同宽。

德雷克说："哈！你终于肯露面了。好极了！"

所有人都停下手中的工作，凝视着这个漂浮在不远处的庞然大物。瓦胡看得出来，爱丽丝的出现令所有人都为之一震。他也看得出来，如此近距离地接触这么一个庞然大物让在场的每个人都显得有些战战兢兢。

"你给我乖乖待着！"德雷克冲着大鳄鱼喊道。然后，他又冲米奇叫嚷道："你得确保在我下水前，它一直待在那儿不动。"

米奇摇摇头。

导演喊了句："开拍！"德雷克就跳进了池塘，那"优雅"的姿势像极了一头大腹便便的猪。

爱丽丝瞬间就从水面上消失了。

"不！不！"德雷克扯着嗓子喊道，"它去哪儿了？"他以狗刨的姿势在原地转着圈。

瓦胡很高兴那把匕首此刻正躺在德雷克够不到的水底——谁

也不知道他会干点什么来激怒这条大鳄鱼。通过监视器与水下摄像机相连的屏幕，瓦胡看到爱丽丝已经再次稳如泰山般地趴在了池塘底部。

"快说你的台词！"导演说。

德雷克拒绝道："在那条愚蠢的、该死的大蜥蜴浮上来之前，我一个字也不会说。"

瑞雯凑到瓦胡旁边，问他爱丽丝在水中能屏气多长时间。

"几个小时吧。"他答道。

"你不是在和我开玩笑吧？"

"它最长的潜水时间是3小时。"米奇插嘴道，"3小时15分钟。那是它在某次飓风来袭时创下的纪录。"

"哦，好极了。"瑞雯急躁地看了眼手表，"我们得想办法打发3个小时的时间。"

导演说："好吧，先暂停。"

"不行，继续拍！"是德雷克的声音，在睡莲叶中扑腾的他高喊道，"继续拍！"

瓦胡的爸爸嘟囔道："真是个不折不扣的浑蛋。"说完，他就回屋了。

"你去哪里？"瑞雯问道。

"去吃阿司匹林。"

"吃完了把剩下的都给我。"她说。

10分钟过去了，15分钟过去了。德雷克还在人工沼泽地里扑腾着，爱丽丝依旧不见踪影。

控制水下摄像机的人说摄像机的电池电量不足了，"我需要换块电池吗？"

"别浪费时间了。"导演说，"这样等下去根本没指望。我们就用第一次拍的那条。"

瓦胡朝房子望去，心想不知爸爸现在怎么样了。他很想进屋去看看爸爸，但他又不能抛下还在水里的德雷克，毕竟爱丽丝还在池塘里……

时间一分一秒地过去了。终于，导演对瑞雯说："够了，把他叫上来吧。"

德雷克气急败坏地挥舞着双臂，示意所有人都退后："没门！如果它不上来，我就在水里泡一晚上——"

"嘿！"负责水下摄像机的人叫道，"你们看。"

大家都围了上来，凑到屏幕前——导演、摄影师、瑞雯，还有瓦胡。虽然动作缓慢，但是爱丽丝正一点一点地从池塘底部向水面游去。它那长长的尾巴在水里搅动着，泛起的泥沙让水变得浑浊起来。

这条大鳄鱼缓缓上升，中途停顿的时候，它的鼻尖距离摄像机镜头仅几英寸之遥。虽然闭着嘴，但它那骇人的长牙在镜头里展露无遗，就像是上颌上的一排朝下的尖木桩。

"哇哦。"导演说道，"看看这口大白牙。"

"它绝对需要一名好牙医。"摄影师打趣道。

仍然泡在池塘里的德雷克嚷嚷道："你们在看什么？"

突然，显示屏黑屏了。水下摄像机的电池没电了。

"它去哪儿了？"瑞雯紧张地问道。

导演摸着自己乱蓬蓬的胡子："大事不妙。"

瓦胡走到池塘边，对德雷克说："它上来了！"

"很好，来得正是时候。"他说。

"别动！"

"哈！摄像机还在拍吗，伙计？"

短吻鳄已经在这个星球上生活了1.5亿年，其间，它们历经了数次全球环境剧变——火山喷发、洪水泛滥、长期干旱、冰川融化、陨石撞击——成千上万种生物因此而灭绝，但它们活了下来。在体型庞大的恐龙从这个地球上消失后，短吻鳄凭借其强大的适应能力继续生存。

鳄鱼的最大生存威胁来自人类，进入20世纪后，人类开始捕杀这种爬行动物，就为了坚韧的鳄鱼皮。人类可以用它来制作价值不菲的皮包、皮带和皮鞋。美国东南部原本是短吻鳄的主要栖息地，然而到了20世纪60年代，由于大肆捕杀，这里的短吻鳄已濒临灭绝。最终，政府介入，勒令禁止捕杀短吻鳄，之后，这一物种的数量才开始有了回升。

短吻鳄是自然界里最顽强的生物。

与媒体的炒作恰恰相反，躲避人类是野生短吻鳄的本能，但凡有机会选择，它们通常都会对人类退避三舍。不过，一旦短吻鳄对人类的存在习以为常，它们就不再惧怕人类。恐惧本能的丧失给双方都平添了不少麻烦。

当爱丽丝浮出池塘水面的时候，这条史前生物的大脑里到底有何想法，瓦胡当然无从得知。不过，相比于祖先们曾经历过的各种史诗级灾难而言，眼前这个一身赘肉的冒牌澳大利亚人可能还算不上是可怕的威胁。另一方面，它也从未遇到过如此鲁莽愚蠢的人类。

不知是因为睡莲叶的遮挡，使它没有看到德雷克·巴杰，还是因为德雷克想尽一切办法，故意想拦截上浮的它，总之，最后结果都一样。随着它缓缓浮出水面，德雷克不知怎的，竟跨坐在爱丽丝的背上，兴奋异常的他看上去就像是一名喝醉了酒骑在野马上的牛仔。

"呜——呼！"他像个白痴一样欢呼道。

瑞雯·斯塔克见状，在大喊一声"我的天啊！"之后就再也说不出话了。

看着爱丽丝一动不动，瓦胡惊呆了。很显然，它正试图弄清楚到底是什么爬到了自己的背上。与此同时，它恐怕也在思索自己的肚子是否还能塞得下一份饭后甜点。有时候，年轻的白鹭和苍鹭也会误将鳄鱼看成圆木，在上面落脚，结果还没回过神儿就被对方一口吞下了肚子。

"快下来！"瓦胡大喊。

德雷克依旧自顾自地叫嚷着。

导演一脸严肃地示意瓦胡闭嘴。他可不想让除德雷克的声音以外的其他声音出现在收声筒里。

时间仿佛凝固了一般。瓦胡知道，爱丽丝绝不会容忍这种愚蠢行径太久。当他看到德雷克俯身趴在鳄鱼背上，把手指插进它那凹凸不平的鳞片之间，想张开双臂抱住它的时候，瓦胡心中顿时警铃大作。这个姿势他根本保持不了一秒。

当有人出其不意地骑在鳄鱼身上时，这种爬行动物纲下的鳄目成员的反应和马截然不同。它们不会反抗，只会扑腾和扭转身体。德雷克勉强贴在它身上，跟着它腾空转了三圈，然后就被甩向半空中。爱丽丝扑通一声落入水中的时候仍然不停地扭动着身体。瓦胡很担心它会杀死德雷克。

短吻鳄的嘴巴和尾巴都是致命的武器——在它们坚韧有力的上下颌面前，人类就像是一颗柔软的葡萄，而只要它们扬起那沉重的大尾巴，快速扫过，人的骨头顷刻间就会被撞得粉碎。再度入水时，德雷克落在了爱丽丝的嘴边。爱丽丝嘴里大约有八十颗牙齿，非常不幸的是，他的卡其色短裤偏偏挂在了其中的两颗上，与鳄鱼成了连体婴儿，开始跟着它一起在水中翻滚。霎时间，池塘里冒起无数水泡，水花四溅。

瑞雯·斯塔克尖声惊叫着寻求帮助，可是在场的工作人员全都一筹莫展。直接跳进池塘里救人似乎只会让自己也丧生鳄口或直接被淹死。瓦胡从香蒲丛中抽出竹竿，把它伸进水中，希望德雷克能抓住竹竿，然而，已经晕头转向的德雷克根本辨不清方向。

瓦胡放弃了，将竹竿扔到一旁。用竹竿去戳爱丽丝只会进一步激怒它——这条不高兴的大鳄鱼此时只想甩掉这个像水蛭一样粘在自己身上的讨厌人类。

"开枪打它！"瑞雯叫道，瓦胡忽然意识到她是在和爸爸说话，此刻，他已经从屋子里出来了。

"开枪！快开枪！"她哀求道。

米奇·克雷从腰间拔出那把点45口径手枪，把它递给儿子。随后，他冷静地踢掉鞋子，一个猛子扎进池塘，瞅准机会，一把揪住了刚刚从水里冒出来的染着橙色头发、长着一身肥肉的德雷克·巴杰。

按照导演的要求，摄影师将镜头对准池塘，不间断地拍摄。瓦胡的心脏猛烈地撞击着胸腔，震得他的耳膜都跟着一起砰砰直响。他全神贯注地盯着乱成一团的池塘，压根儿就没留意到瑞雯从旁边冲过来，直奔他手里的手枪而去。她从他手里一把夺过手枪，将枪管对准池塘中的骚乱区域，尽量瞄准鳄鱼露在水面上的部分。

"不，别开枪！"瓦胡大喊，然而她已经扣动了扳机。

咔嗒。咔嗒。咔嗒。

瑞雯目瞪口呆地盯着手枪。当然，枪膛里是空的。瓦胡的爸爸根本就没装子弹。

"这个疯子。"瑞雯说道，浑身颤抖。

她扭过头，望向池塘。爱丽丝再次消失在水面之下，但是米奇站在浅滩里，德雷克气急败坏地大口大口地喘着气，用力地咳嗽着。他的膝盖破了皮，嘴巴也流血了，卡其色短裤早就被扯掉了，但除此以外，这位著名的野外生存专家并无大碍，而且最重要的是，他在这次疯狂的骑鳄鱼表演中活了下来。瓦胡惊呆了。

他爸爸拖着浑身湿透了的德雷克从水里走出来，一把将他丢在地上。"这就是你们所谓的大明星。"他对导演说，"现在，收拾好你们的器材，从我家的院子里滚出去！"

说完，他从瑞雯手里夺过手枪，大步流星地朝屋子走去。瓦胡急忙追了上去。他什么也没说。在这个世界上，最让他爸爸生气的事情莫过于虐待他的动物。

走到门廊时，米奇说："我想我们应该拿不到剩下的钱了。"

"没事，老爸。"瓦胡的心跳得飞快。刚才真是千钧一发——就差那么一点点。

"那个白痴命真大，不然，他丢的就不是他的短裤了。"

"我们也很幸运。"

米奇脱下湿衣服，将它们搭在椅子上。"把电话拿给我。"他说，"我才不管现在上海那边是几点呢。"

第八章

工作人员扶着德雷克·巴杰回到大巴车上，擦干身体后又给他裹上了一件印着"荒野大求生"的毛茸茸的浴袍，让他平躺在床上。

瑞雯·斯塔克留了下来，一边照顾他，一边说道："我还以为这次要失去你了。"

"我的绿茶呢？"德雷克没好气地问道。

导演走了过来。他说器材卡车已经装车打包完毕，准备出发了。

德雷克指了指膝盖上的擦伤，还有已经结痂的嘴唇："这都怪你。"

导演心想，像个小丑一样骑在鳄鱼背上的人可不是我。

瑞雯说："最重要的是没有人受重伤。"

"不，最重要的是我的节目。"德雷克气呼呼地说道。

他想让自己表现得像个硬汉，但顶多也就是装装样子。和鳄鱼的那场打斗已经让他吓破了胆。当时的他真的以为自己不是淹死，就是会被鳄鱼吃掉。在与野生动物拍摄节目的这几年当中，他也曾遇到过大大小小的事故和灾祸，但和这只叫爱丽丝的沼泽怪兽比起来，它们全都不值一提。

"对了，"德雷克对导演说，"你已经被炒鱿鱼了。"

"我有东西要给你看。"

"难道是辞职信？"

导演手里拿着一张光盘。"池塘里的片段。"他说。

"立刻毁掉！"

"别这么着急嘛。"导演说。

德雷克怒目圆瞪："你想借机来威胁我、勒索我？"他将目光投向瑞雯，怒气冲冲地说道："你是我的证人！他不过就是想拿报酬而已！"

"冷静点。"导演说。他将光盘插入连接了高清电视的播放机里。

德雷克示意，让瑞雯帮他拍拍枕头，调整一下高度。他说："就如他所愿，让他高高兴兴地走人吧。"

瑞雯坐在床边，看着这一幕。她已经做好了挨训的心理准备。如果她的老板，《荒野大求生》的总制片人，知道大沼泽地公园这集拍砸了，他一定会勃然大怒。一旦节目拍摄失败，就意味着他们要损失一大笔资金，因为无论如何他们都得支付导演和其他工作人员的工资。

在那次令人难忘的马达加斯加之行中，德雷克从一棵猴面包树上跳下来，结果扭伤了双脚脚踝。剧本里并没有要求他从树上跳下来，是一只小壁虎爬到了他的短裤上，他受了惊吓，这才从树上跳了下来。

还有一次，在墨西哥，笨手笨脚的德雷克被一只乌龟绊倒，摔了个狗啃屎，而且正好栽倒在一棵丝兰属植物上，脸上扎满刺，肿得像只河豚。两周后，他仍然坚持要戴面纱，而且拒绝在公众面前亮相。

在澳大利亚拍摄节目的那次——那是一趟花费不菲的旅行——德雷克不顾当地动物驯养员的警告，非要去招惹一只沙袋鼠，还想把它炖了作为篝火晚餐。结果，他被踢断了五根肋骨，跟腱撕裂，头皮上还缝了16针，在医院里躺了5天。

每次遇到这种情况，他们都不得不取消拍摄，结算费用。瑞雯知道，要不是因为《荒野大求生》收视率高，引起轰动效应，德雷克早就被踢出节目了。

"那就有始有终吧。"她对导演说。

导演按下了播放机上的播放键。35秒后，他关上了DVD机。

瑞雯深深地吸了一口气。德雷克直挺挺地坐在那儿，眼睛瞪得更圆了。

"怎么样？"导演说。

"这……简直了……帅呆了！"德雷克举起双手，兴奋地挥舞着拳头，"我，九死一生，对不对？我差一点儿就死在那头凶残的怪兽手里！"

再次回顾刚才发生的一幕，即便是看录像，瑞雯也不由得浑身颤抖。

导演说："现在，你还想让我销毁它吗？"

德雷克吼道："销毁它？你疯了吗，伙计？这家伙就是个杀手，而你，是个天才！我说得对吗，瑞雯？这就是一枚超级重磅的炸弹啊！"

"的确相当劲爆。"瑞雯平静地说。

"那个发了疯的乡巴佬——你们看到他做了什么吗？"

"彻头彻尾的疯子。"导演附和说。

德雷克压低声音："你能把他从片子里剪掉吗？"

"没问题。剪掉，必须剪掉。"

"棒极了！"

瑞雯说："可是，德雷克，是他救了你的命。"

"他会因此而得到丰厚的补偿。"

导演以一种满怀希望的口吻，笑眯眯地问道："那这是不是也代表我不会被炒鱿鱼了？"

"炒鱿鱼？哈！"德雷克从床上跳起来，用一只胳膊搂住对方的脖子，"我的朋友，我给你加薪，狠狠地加。"

正如瓦胡和爸爸想的那样，苏珊·克雷清楚地记得他们有多少逾期的银行贷款还没还："一共是7912.04美元。"

"别忘了，我刚还了800美元。"米奇说。

"我记得呢，亲爱的，我已经把那800美元扣掉了。"

"哦。"

"你的卡车贷款也有两个月没还了。"她说。

"你确定？"

"我能和瓦胡说两句吗？"

"他就在边上。"米奇把电话递给儿子。

"妈妈，对不起，我们把你吵醒了。"

"那份工作干得怎么样？"

"不太好。"

"怎么了？"

"说来话长。"瓦胡说，要说的事情太多了，可越洋电话太贵，打不起，"上海怎么样？"

"小伙子，我想家了。你爸爸好些没？跟我说实话。"

"时好时坏。"

苏珊·克雷叹了口气："他这个人啊，倔得像头驴。你多留点神吧。"

"我会的。"瓦胡说。

门口传来了敲门声，米奇应声打开门。

"让我和他再说几句。"瓦胡的妈妈说。

"他会给你回电话的，妈妈——我保证，一定在你那边是白天的时候打。"

德雷克·巴杰和瑞雯·斯塔克站在客厅里。瓦胡和妈妈道别后，放下电话。他走过去，让爸爸放下灭火器。

"老爸，我没跟你开玩笑。"

"可是，他们早就应该离开了！"

瑞雯说："我们需要谈一谈，拜托，克雷先生。"

"我不谈。"米奇拉动灭火器上的开关，一团白色的蒸汽喷涌而出，冲向天花板，"你们都给我滚出去！"

"别说了。"瓦胡说。

德雷克拍了拍胸口："伙计，别这么大火气。我们是心平气和来和你谈谈的。"

这个男人裹着一件紫色的浴袍，脚上穿了双同色拖鞋，他的这副装扮实在很难让人相信他说的话。米奇把灭火器放在橱柜上。瓦胡建议大家坐下来聊，他们照做了。

瑞雯说："德雷克有几句话想说。"

"不用想也知道他要说什么。"米奇揉着两侧的太阳穴说道。

德雷克向前倾了倾身体："我和那头短吻鳄摔跤——"

"它有名字，叫爱丽丝。"

"对，爱丽丝。克雷先生，刚才那段片子拍得棒极了。那可能是《荒野大求生》自开拍以来最精彩、最刺激的35秒！"

"可你也差一点儿被淹死了。"

"没错！这条片子最棒的地方就在于它的真实性。"

"你真打算在节目里播出来？"米奇问道，瓦胡立马就猜到了爸爸想干什么。

"当然，我们打算就用那条。"瑞雯说。

"当天晚上，它也会在网络上播出。"德雷克补充说道，"相信我——它马上就会引爆全球，获得数以百万的点击量！"

米奇眯起眼睛："那也就是说，你会把剩下的钱付给我们，对吗？"

德雷克咯咯地笑了起来："我们不仅要把所有的钱都付给你们，我们还打算聘请你带我们进大沼泽地公园，拍摄这一集的收尾片段。你意下如何？"

瓦胡的心中泛起隐隐的不安。

"你们要我做什么？"米奇问德雷克，"你们大可以和以前一样，弄虚作假。"

米奇的话似乎并没有让德雷克感到丝毫的不悦，他一边用手指缠绕着浴袍的腰带，一边说："克雷先生，我从没见过像你这样勇猛无畏的人。有你跟我们一起出外景，我们根本不需要'弄虚作假'。"

"用我们的行话说，"瑞雯插嘴说道，"就是用摄像机'重现'事件现场。"

瓦胡开口了："他不能去。他还有个活儿，明天开工。"

米奇疑惑地望着儿子："什么活儿？"

"老爸，你忘了？雨林频道要找你拍蝎子？"瓦胡只希望爸爸能明白他的暗示，配合他骗过对方。和德雷克·巴杰一起进沼泽地注定会麻烦缠身。

米奇挠了挠头："我怎么不记得有拍蝎子的活儿？"

"即便你有这么一档活儿，"德雷克冲他眨了眨眼，"他们能付给你总共4天，每天2000美元的工资吗？"

瓦胡呆住了。有了这笔钱，他们就能偿还拖欠银行的房贷和车贷，他妈妈就不用将这次去中国出差挣的钱全都交给银行了。

"等一下——那我儿子呢？"瓦胡的爸爸对德雷克说，"他可是我的得力助手。"

"那就2500美元一天——而且我们会在字幕里写他的名字，职位是'野生动物驯养员首席助理'。"

米奇摸着下巴说道："让我想想。"

德雷克似乎有些生气了："你没搞错吧？这可是千载难逢的

好机会。"

对于德雷克同意付他工资这件事，瓦胡不知道是该感到高兴，引以为傲，还是该怀疑他的用意。2500美元一天的工资比他以往做过的任何一份工作的报酬都要高。一想到能在片尾字幕的演职人员表里看到自己的名字，他不禁有些窃喜。

然而，他既希望爸爸能接受德雷克的邀请，又担心拍摄期间会发生可怕的事情。真正的大沼泽地公园和克雷家后院的那个人造小沼泽地绝对不可同日而语。

踌躇不决的他找了个借口溜出屋子，跑去后院看爱丽丝。它仍然有些闷闷不乐，全身浸在水里，只把黑黑的鼻孔留在水面上。瓦胡坐在一个塑料牛奶箱上，看着一只刚刚长成的豹蛙在睡莲叶子上跳来跳去。

不久，水面上漂来一块破破烂烂的布。瓦胡用竹竿将它挑起：是德雷克那条被撕烂了的卡其色短裤。两颗硕大而中空的鳄鱼门齿仍然钩在那块破布上。

"你会长出新牙齿的。"瓦胡对爱丽丝说。在其不断咀嚼的一生当中，每条短吻鳄平均会长出三千颗牙齿。

"是的，它会和以前一样漂亮。"是他爸爸的声音，此刻，他就站在瓦胡身后，"它自己也知道。"

"老爸，你怎么答复他们的？"

"你说德雷克那帮人？"米奇·克雷笑了，"他给我看了录像。他们把它刻在了一张光盘上。"

"快说啊。你答应了还是没答应？"

"他们想把镜头里的我剪掉，让整个过程看起来更像是'死里逃生'，而不是尴尬获救。上一秒钟，那个傻瓜还像个螺旋桨一样在水里转圈，下一秒钟，他就躺在了岸边——就好像他是凭自己的本事从爱丽丝的嘴里逃出生天一样！"听起来，米奇似乎觉得这件事情好笑的成分多于沮丧，"你也说了，它就是个娱乐节目！"

"你答应他们了，对不对？"

"儿子，我们真的很需要那笔钱。"

瓦胡无法反驳爸爸的话。他说："也许，德雷克会从今天发生的事情里汲取些教训。"

"没错。而且浣熊们也该开始曲棍球训练了。"米奇一脚将那位电视明星的破烂短裤踢进香蒲丛中，"好了，去冰柜里拿一只鸡。我们带可爱的爱丽丝回家。"

"拿两只鸡吧，老爸。这是它自己凭本事挣来的。"

第九章

那天晚上，父子俩开车去了一趟佛罗里达市区，在沃尔玛超市买了不少东西：苏打水、佳得乐运动饮料、驱虫喷雾、防晒霜、咖啡、培根、蛋粉、燕麦棒、薯片、速冻热狗、黑豆、火柴和一些急救用品，其中还包括米奇的一大瓶阿司匹林，整整五百片。

在收银台前，瓦胡溜到爸爸前面，用现金结了账。

米奇心生疑惑，望着他问道："你这钱是哪儿来的？"

"我去抢银行了。"瓦胡说。其实，这是他妈妈临走前留下的，她在他放袜子的抽屉里塞了一个信封，里面放了300美元，以备父子俩的不时之需。

米奇说："别跟我耍这种哗哗叫的小聪明。"

"好吧，我没去抢银行。我中了大乐透。"

"我警告你说实话。"

"给你，拿好这些袋子。"瓦胡说。他向妈妈保证过绝对不会把这笔钱的事情告诉爸爸。

正当父子俩把买来的大包小包放到小货车后面时，瓦胡听到有人大喊道："等一下！"

他转过身，原来是和他同校的图娜·戈登。图娜有一头姜黄色的鬈发，使她看起来比同龄人显小，不过，她可不是个腼腆的女孩。瓦胡和她并不熟，只是一起上过生物课，她熟知当地各种蛇和蜥蜴的拉丁语学名，这才引起了瓦胡的注意。

"我想搭个顺风车。"图娜说。她今天穿了一件防雨迷彩夹克、一条蓝色的牛仔裤，脚上蹬了双荧光绿人字拖。她的帆布包鼓鼓囊囊，看起来似乎比她还要重。

"你朋友？"米奇问瓦胡。

"我们一起上过生物课。"

"还有代数。"图娜说。

米奇望着那个帆布包："你怎么来的，孩子？"

"我想问问，"她说，"你们要去哪儿？"

她走到他们跟前，父子俩这才发现她的一只眼睛被人打青了。

"谁打的？"米奇问。

"我自己从楼梯上摔下来弄伤的。"

"不可能。"

"你们走吧，不用管我了。"图娜说。说罢，她转身准备离开。

"等等。"瓦胡招手让她回来。他不知道该说什么，也不知道该怎么办。到底是什么样的人，竟会动手打一个女孩？他心想。

米奇问图娜住在哪里。她指了指停车场尽头处一辆破破烂烂的露营房车。

"了解了，可是平时你把车停在哪里？"米奇又问。

"就停那儿。"

"你住在沃尔玛？"

"他们让房车免费停车。"图娜解释说，"车上有水有电，所有日常所需都有，并没有那么糟糕。"

米奇摇了摇头："除非你喜欢在停车场露营。"

瓦胡知道图娜说的都是真的。五年级时，他遇到过一个男孩。他和他的家人开车拉着一辆湾流牌拖车，在各个沃尔玛超市间辗转，从南卡罗来纳州的美特尔海滩一路开到俄勒冈州的波特兰市，就这么过完了整个夏天。

"说真的，你的眼睛是怎么弄的？"瓦胡问。

"我说了，是我自己摔的。"

米奇说："胡说。那是被人揍的。"

图娜的脸红了。瓦胡没想到爸爸会大声把实情说出来，让图娜难为情。

米奇弯下腰，小声说道："是不是你老爸？"

图娜向后退了几步："就算是又怎么样？"

"他今晚是不是喝酒了？"

图娜的眼睛湿润了。"每天都喝。"她轻声地说。

"你妈妈呢？"瓦胡问。

图娜捂着脸哭了起来："她和外婆一起搬去北方了。"

米奇·克雷凝视着黑漆漆的停车场，望向远处的那辆露营房车，瓦胡知道爸爸一定想去拜访一下这位戈登先生。此情此景下，对峙只会让结局变得很难看，警车和救护车自然也是少不了的。米奇特别看不惯那些欺负小动物的懦夫，更别说打小孩的败类了。

"你和我们走吧。"瓦胡对图娜说，"来一场真正的露营。"

听了他的话，图娜双眼放光："真的吗？"

"我们打算去大沼泽地公园待几天。"

"太好了。"

米奇说："我很快就回来。"说完，他大步流星地朝着露营房车走去，此刻，图娜的爸爸正坐在里面喝酒。

瓦胡跑到爸爸前面，拦住了他："不行，别这样。"

"对了，"图娜说，"他有枪。"

米奇皱了皱眉头："这样的话，最好有人把枪拿走。"

"别去管他了，老爸。她现在很安全。"瓦胡掰开爸爸的右手，将一张20美元的钞票放在他手上。

"你这哔哔叫是什么意思？"

"既然多了一个同伴，我们得再买点儿吃的。"瓦胡说。他侧过头，冲着图娜问道："你喜欢喝可乐，还是运动饮料？"

"随便，我喝什么都行。"她答道。

瓦胡又塞给爸爸5美元："那就运动饮料吧。"

米奇把钞票塞进口袋里，嘟嘟囔囔地说："你们两个在车上等我。"说完，他就拖着略显沉重的步伐向沃尔玛走去。瓦胡一直注视着他，确保他不会中途绕个弯儿再去找戈登先生。

他们俩上车刚一坐好，图娜就说："听我说，我并不想搞砸你们的假期。"

"我们不是去度假，是去工作。"瓦胡说。

"什么工作？"

他如实相告，可她说什么也不相信。

德雷克·巴杰裹着那件毛茸茸的紫色浴袍，一遍又一遍地回看自己和短吻鳄在水中的画面。

"哎呀，这简直就是个金矿。"他喃喃道。

瑞雯·斯塔克坐在大巴车里小巧的吧台边，导演坐在她身边。他们面前摊着一张展开的大沼泽地公园地图。

"直升机的事你安排得怎么样了？"德雷克躺在床上，问道。

"我记在我的清单上了。"瑞雯耐心地答道。

德雷克十分热衷用直升机拍摄他在丛林中跋涉的画面，这能凸显他孤胆英雄的气质。要拍出这种效果，关键就在于要找一处明显没有人类居住痕迹的地点。幸好大沼泽地公园十分辽阔，其中大部分地区人迹罕至。

"新剧本呢？"德雷克问道。

"编剧还没写完。"导演说。

"明天早上，我必须看到新鲜出炉的剧本。听明白了吗？"

为了以短吻鳄"袭击"事件作为节目的压轴大戏，编剧们不得不重写剧本。因为整个事件持续的时间太短，所以只能以慢动作的形式多次播放，这样才能填满节目最后10分钟的播放时间。

如此一来，导演就需要用其他片段来填补节目开篇时的空档——德雷克在锯齿草丛中费力地跋涉，然后选址扎营，最后当然是抓一些倒霉的动物煮了当晚餐。

"就用你和鳄龟面对面的那段，怎么样？"导演问道，"那段其实并没有那么糟糕——"

"我早就告诉过你，删掉那个！"德雷克怒了。

"好吧，就当它不存在。"导演说，不过，他可从没想过要把它删掉。他会偷偷地把鳄龟咬德雷克鼻子的片段和其他德雷克失误的滑稽镜头一起编个幕后花絮，刻一张光盘，等到《荒野大求生》剧组工作人员举办季终晚会的时候，在一块巨大的屏幕上播出。自视甚高的德雷克向来不屑于参加这种活动。播放花絮环节是整个年会的高潮部分——就连瑞雯都会笑出眼泪。

此刻，她正在审视大沼泽地公园的地图，脸上一丝笑意都没有。

起初，米科苏基部落已经同意让《荒野大求生》摄制组以他们的一个定居点为基地，沿着塔米亚米步道进行拍摄。不幸的是，该部落的代表律师刚刚通知瑞雯，他们的部落不欢迎巴杰先生及其摄制组前往该地拍摄节目。

"是和纳瓦霍人有关的那件事让我们改变了主意。"律师解释道，语气十分生硬，"我们在网上看到了整件事的经过。"

回忆乍现，瑞雯的嘴角泛起一丝苦笑。

当时，他们在新墨西哥州拍摄一个岩洞露营的片段，德雷克做了一件极其愚蠢的事情，他竟然拿起纳瓦霍人在祈祷仪式上用的烟斗，伸到后背去挠痒痒。那件古老的圣物顿时裂成了三块，部落首领见状，震怒不已。他命令德雷克马上离开保留地且再也不得入内。

现在，大沼泽地公园的节目眼看就要开拍了，瑞雯必须尽快找一个新的地点作为拍摄基地。

导演指了指地图上的某处："这里怎么样，就在弗莱拉明戈附近。"

瑞雯皱了皱眉："那在国家公园的范围里。"

"那又怎么样？给他们打电话。"

"我觉得我们已经被列入某种黑名单了。"

"你开玩笑吧？"导演说，"就因为黄石国家公园那次？唉，那都是三四年前的事情了。"

"那次不能怪我！"被浴袍裹得严严实实的德雷克抗议道，"我又不知道那该死的东西是鹰巢。"

事实并非如此。当时在场的所有人都告诫过他，说那是个鹰巢。在他爬上那棵古老的三角叶杨树之前，他戴上了头盔摄像机，因此，他犯下的白痴罪行全都被录了下来。幸好，在他作案的时候，一名公园管理员及时赶到，等德雷克从树上爬下来的时候，他已经找回了鹰蛋，让这位野外生存专家的煎蛋饼早餐计划彻底泡汤，但也替他免了牢狱之灾。

因为惊扰了受联邦政府保护的物种，德雷克收到了一张10 000美元的罚单，《荒野大求生》的制作人忙不迭地交了罚款。神奇的是，媒体对这件事竟毫不知情。

大沼泽地国家公园距离黄石国家公园路途遥远，因此，在这位导演看来，佛罗里达政府似乎根本不可能知悉这起鹰巢抢蛋事件。

"好吧。"瑞雯说，"我给公园负责人打电话，试试看。"

看到她这么消极，德雷克有点儿不高兴："你务必告诉对方，我们可是收视率最高的野外生存节目。"

"知道啦。"

"每周播出两次，观众遍布八大洲！"

"八大洲？"导演小声嘀咕道。

瑞雯将手指按在嘴唇上："无须理会。"

德雷克把他们俩叫到床边。"这可是实打实的金矿啊。"说完，他再次按下了重播键，屏幕里的短吻鳄又动了起来。"这可真是一生只有一次、九死一生的经历啊。"

瑞雯和导演纷纷表示赞同。要不是米奇·克雷，在这场和爱丽丝的较量中，德雷克很可能早就一命呜呼了。

"这集节目的其他部分，"德雷克幻想着说，"都必须围绕这一惊心动魄、不可思议的片段展开。不管要付出什么样的代价，都必须做到这点！"

等德雷克回味完刚才的画面后，瑞雯这才开口说话，唯有如此才能让他集中精神。她说："克雷先生想知道他需要带哪些动物去拍摄地点。"

"告诉他，什么都不用带。"

"可是——"

"亲爱的，我不要驯化的动物。这一次，我们要来一次真真正正、原生态的狂野之旅。"

瑞雯忧心忡忡地望向导演，他会意地说道："要不这样，我们先准备一些动物替身，以防万一，怎么样？他们刚刚得了一只跛脚的短尾猫，我相信我们肯定用得上，拍几个镜头——"

"伙计，别再弄虚作假了。从现在开始，我们要返璞归真，让一切回归'真实'。"

瑞雯不喜欢他这个腔调。

德雷克窝在床上，挤出一个双下巴，惬意舒心的模样像极了心满意足的大海象。"当然了，聪明能干的克雷先生肯定能在幽深、阴暗的大沼泽地公园里帮我追踪到一些猛兽，让我与之搏斗、厮杀。"他说，"现在，只要一想到这次拍摄我就兴奋不已，你们不是吗？"

恰恰相反，导演一点儿都不兴奋。从鳄鱼嘴里侥幸逃生这件事让原本就极其自负的德雷克愈加膨胀，也让他的脑袋里多了许多愚蠢的想法。

"可是，如果我们什么野生动物都没看见呢？"导演问，"难道就让观众们看你在泥泞的沼泽地里走50分钟的路？"

德雷克从他的浴袍里掏出一个撒着糖末的甜甜圈，把它塞进鼓起的腮帮了里，"别担心。克雷和他儿子会搞定的——我们付了他们一大笔钱。"

瑞雯走到车外，思考整件事。导演追了出来，两人一直走到距离大巴车有段距离的灵长目动物的围栏前。在猴子们吱吱呀呀的叫声掩护下，德雷克根本不可能听到他们的谈话。

"我不喜欢这个方案。"导演坦承。

"我也不喜欢。"瑞雯冷冷地说道，"那是他吃完午饭后吃的第三个甜甜圈，这样下去，他很快就会胖得穿不进他的那些卡其色服装了。"

"不，我担心的是节目。我们还从没用野生动物拍摄过。"

瑞雯决定乐观一点儿，积极一点儿。"这些都是阶段性的。你等着瞧吧，德雷克会醒悟的。"

"如果他没有，到时候，所有的一切就全都指望那个疯狂的乡巴佬了——他绝对不是德雷克粉丝俱乐部的成员。"

"多往好的一面想。"瑞雯说。

就在这时，围栏里飞出一团黏糊糊、极其恶心的东西，啪的一声，粘在她的头发上。

"你是在耍我吗？"她说。

更多的不明物体从围栏里喷射而出，导演仓皇地跑开了，一边跑一边怒声斥骂那些猴子。

第十章

在得知德雷克·巴杰拍摄节目时什么动物都不要的时候，米奇·克雷吃了一惊。他从没在完全使用野生动物的自然节目里接触过动物，也从没遇到过像德雷克这样，毫无资质却一门心思要和未驯化的动物亲密接触的人。

"要不然，我带一条棉口蛇？我有一条3英尺长的棉口蛇，性情平和，连婴儿都能和它玩。"他说，"或者，带几只浣熊——它们拍出来的效果不错，很有趣。"

对此，瑞雯·斯塔克表示感谢，却依旧拒绝了他："德雷克想来一次真正狂野的原生态探险之旅。"

"狂野和原生态可不是反应慢、脑袋蠢的人能应付的。"

"多谢提醒，克雷先生。"

"我是认真的。那个人差一点儿就被这个世界上最懒散的短吻鳄给杀死了。"

瑞雯说："明天一早见。"

第二天早晨，米奇首先叫醒了两个孩子。在他去院子里检查动物的这段时间里，瓦胡和图娜飞快地吃完早餐，把所有物品都装上了车。瓦胡告诉图娜，她该给她爸爸打个电话，给他报平安。

"我已经打了。"图娜说，"他根本就没发现我不在。"

"他没问你去哪儿了吗？"

"没有。他只顾着冲我嚷嚷。"说话间，图娜已经把她的帆布包放到了卡车的车斗里。她被打的那只眼睛看起来显得更黑更肿了。

瓦胡说："你爸这么做是要坐牢的。"

"要是我告诉你我也还手了呢？这么说吧，他在一段时间里都骑不了摩托车了。"

他俩互相给对方喷了驱虫喷雾，然后就一起往池塘走去，因为图娜想看一眼爱丽丝。

"哇，这是一条密西西比短吻鳄。"

"它是女王。"瓦胡说。

"想想看，它差一点儿就吃了大名鼎鼎的德雷克·巴杰。"

"它并不是有意的。那个家伙骑到了它的背上，它只是想甩掉他而已。"

图娜笑了："不管怎样，还是很厉害了。"

《荒野大求生》是她最喜欢看的电视节目之一，她为能有机会看到德雷克·巴杰拍摄节目而兴奋。瓦胡不想扫她的兴，所以并没有告诉她实情：那个男人简直是所有动物的公敌。她很快就会发现的。

"你觉得我能见到他吗？"她问道，"他会在我的夹克上给我签名吗？"

瓦胡还没想好怎么回答，他们旁边的一个围栏里就炸开了锅——是那群浣熊，它们嚷嚷着要吃的。

"*Procyon lotor*。"图娜脱口说出了浣熊的拉丁语学名。

瓦胡很想知道图娜怎么会知道这么多动物的学名。她解释说，这是一门被称为分类学的学科，它会根据所有生物的特性及其共同祖先对它们进行归类。学名的第一个词表示的是各种生物的属，后一个词则是它们所属的种。

"每个有机体，小到真菌，大到蓝鲸，都在分类图谱中占据着各自特有的位置。你应该去网上搜一搜一个叫林奈的人。"图娜说，"说到名字——不是拉丁语名字——我俩的名字都和鱼有关，这是怎么回事？[1]"

"我不是以鱼的名字命名的。瓦胡是一个摔跤手的名字。"

"对啊，可是那个摔跤手可能是以鱼的名字来命名的。"图娜说，"我和我的姨妈同名，她在一家寿司店工作。不管你从哪个角度来思考这个问题，我俩的名字都来源于身上长着鳞片、有鳃和鳍的动物。就我个人来说，我倒是更想叫个别的名字。"

"我也是。"

"我叫你兰斯吧。"

"别！"瓦胡说，"如果你叫我兰斯，我发誓，我会叫你……露西尔。"

1　瓦胡的英文名为Wahoo，这个单词的意思是刺鲅；图娜的英文名为Tuna，这个单词的意思是金枪鱼。

图娜似乎很开心："没问题，就叫我露西尔好了。"

瓦胡的爸爸走过来，告诉他们差不多该出发了。唐尼·丹德尔站在他身边，等待他下达指令：克雷家的动物都吃什么，多久喂吃一次。

"我回来时，只要让我发现它们中有谁病了——我说的是，哪怕是小猴子流鼻涕也算——你的麻烦就大了。"米奇警告说，"我会像哗哗叫的鬼魂一样缠住你不放。"

"兄弟，别紧张。"唐尼说。自从上次之后——鹦鹉逃走了，狐猴病了，爱丽丝咬了另一条鳄鱼——他还不至于笨到再次激怒米奇。

"我会像对待自己的动物那样对它们的。"唐尼保证道。

米奇皱起了眉头："我就怕你这样。"

车队浩浩荡荡地开赴大沼泽地公园，走在最前面的是两辆运载设备的卡车，车上拉着所有灯具、脚手架、电池、音效板和摄像机。紧随其后的是一辆租来的中巴车，车上坐着瑞雯·斯塔克和全体工作人员，中巴车后面是德雷克独享的豪华大巴车。米奇驾驶的皮卡跟在最后。

他们上路还不到10分钟，瓦胡就眼瞅着爸爸就着咖啡吞下了四片阿司匹林。

"老爸，你感觉怎么样？"

"好得不得了。"

"你看得清楚吗？"

"一清二楚，别操心啦。"

可是，米奇的一双手死死地握着方向盘，还像集邮爱好者那样，眯起眼睛望着前方的挡风玻璃。

"怎么了？"图娜问。

瓦胡把爸爸被鬣蜥砸伤的事情告诉了她。图娜坐在他俩中间，她说："我有一些药，见效很快。"

"我很好。"米奇还在死撑。

"那你的眼睛怎么在流眼泪？"

"管好你自己吧。"米奇抬起手，用衣袖在脸上抹了一把。

图娜说："我马上回来。"

瓦胡还没来得及拦住图娜，她就拉开驾驶室后面的窗户，从窗户爬了出去，跳到了摞在车斗里的杂物和露营装备上。米奇通过后视镜，焦急地看着后面，只见她从容不迫地在自己的帆布包里翻找着。

瓦胡让爸爸开慢点。图娜个子小，他担心万一遇到颠簸，她在后面会被晃得飞起来。

米奇皱了皱眉，松开了油门，"我们犯了个严重的错误，不该让那个女孩和我们一起去的。"

"我们还能怎么办？"瓦胡说，"把她送还给她爸爸，让他继续揍她？别忘了，他有枪！"

"我们应该报警的。"

"如果她爸坐牢了，她能去哪儿？一个人待在那辆破破烂烂的房车里，停在沃尔玛的停车场？"

米奇说："算了，既来之则安之。"

图娜从窗户翻回到了驾驶室里，再次坐到了瓦胡和他爸爸之间。

"你该去当杂技演员，"米奇说，"去杂技团或马戏团之类的地方。"

图娜拧开一个棕色的小瓶子，倒出两片粉红色的小药片。"说'啊——'"她对他说道。

"你疯了吗？"

她一拳打在米奇的肚子上。就在他张嘴呻吟的时候，她将药片倒进了他的喉咙里。米奇别无选择，只得咽了口口水。

"咳咳咳！"他咳了两声。

"这个药能治偏头痛。"图娜告诉瓦胡。

几分钟后，米奇的眼睛就不再流眼泪，他松开了紧紧攥着方向盘的手，轻松地搭在上面。当瓦胡又问他是不是好些了的时候，他没有否认。

"说实话，老爸。"

"好吧，可能是好一些了。但那又怎么样呢？"

"你不打算谢谢人家吗？"

"嘿，我现在忙着呢。我在开车！"

瓦胡对图娜说："他特别固执，从来都不说感谢的话，不过，谢谢你的药。"

图娜笑了："别客气，兰斯。"

在他们正前方，德雷克·巴杰乘坐的黑色豪华大巴车颠簸了几下，摇摇晃晃地沿着公路驶向大沼泽地公园。

这个男人名叫西克勒，一年前，他在加特林堡外的一个假矿上卖假红宝石，事情败露后，他逃离了田纳西州。现在，他在塔米亚米步道旁开了一家纪念品商店。塔米亚米步道始于迈阿密，终点在那不勒斯，是一条横穿南佛罗里达的双车道公路。

在这里，西克勒叫卖着假冒的塞米诺尔手工艺品，并为游客提供游船服务，游览时间1小时，每人收费20美元——午餐的盒饭另算，每份5美元。他承诺，游览期间，如果游客们一条短吻鳄都没看到，他就全额退款，但这种情况从没发生过。因为西克勒从霍姆斯特德的一名动物标本剥制师那儿买了一个8英尺长的鳄鱼标本，把它钉在距离码头大约半英里远的一根柏树原木上。他给那个肚子里塞满填充物的鳄鱼标本起名为"老瞌睡虫"，至今为止，尚没有游客发现个中奥秘。

在收了摄制组1000美元后，西克勒同意让《荒野大求生》团队用他的商店和码头作为拍摄基地。他的电视机很多年前就坏了，所以他从没看过这个节目；他唯一能看的频道就是美食频道，这也是西克勒会长成一个291磅的大胖子的主要原因。

"我们还要租用你的快艇，三艘都要。"瑞雯·斯塔克对他说。

西克勒说没问题，"不过，快艇得单独付费。"

"500美元。"瑞雯说，"就这么定了。"她把钱递给他。

德雷克·巴杰慢悠悠地走过来，做了自我介绍。"你想要我在你商店的墙壁上签名吗？"

"你要这么干，我一定揍扁你。"西克勒说，"我刚刚把这儿重新粉刷好。"

"伙计，别这么大火气。你不知道我是谁吗？"德雷克望着瑞雯，"他是我们这个世界上的人吗？"

"我们去看新剧本吧。"瑞雯说。

德雷克的注意力依旧落在肥嘟嘟的西克勒身上。"我们在这儿能看到什么?"他问道,边说边扬起他那棉花糖一样柔软蓬松的下巴,指向那片波光粼粼的沼泽。

除非万不得已,西克勒自己绝不会深入野外冒险,他察觉出这位巴杰先生和他带领的电视工作者正在探寻危险要素。

"毒蛇。"他阴森森地答道,"当然,还有短吻鳄。"

"什么蛇?"

"棉口蛇、菱斑响尾蛇。这里到处都是蛇。"

德雷克双眼放光:"好极了!"

"现在,这里还有来自亚洲的食人蟒。它们会长到30英尺长,一口就能把在栈道上散步的游客吞下肚。"这根本是无稽之谈,但西克勒说得跟真事一样。

"有黑豹吗?"德雷克满怀希望地问道。

"当然有。"西克勒嘴上这么说,心里想的却是:兄弟,你做梦呢?

全美大约有一百只黑豹,分布在各地。时不时地,也会有联邦工作人员来他的小店打听,快艇的驾驶员是否在附近见到过这种大猫,这样做其实毫无意义。快艇的动力装置是大型汽车发动机,此外,船上还配有航空螺旋桨,它们旋转起来就像一个个巨大的电风扇,推动平底的快艇在水面上高速前进。发动机和螺旋桨工作时会发出巨大的噪声,即使是在几英里外都能听得到,就算有黑豹也早就跑远了。

瑞雯抬起一只手:"有熊吗?"

"当然有，女士。"西克勒不假思索地答道。他人生中最后一次看见熊是三年级时和同学们一起去亚特兰大动物园郊游，那已经是四十年前的事情了。

可是，德雷克相信了他的话："瞧，我们来对地方了！克雷他人呢？"

"在这里。"

这位动物驯养员正倚靠在位于商店 角的自动饮料售卖机上，听着西克勒在那儿胡说八道。

"你能对付熊吗？"德雷克问米奇，"黑豹呢？"

米奇冷冷地瞪了西克勒一眼，这位店主心虚了，找了个借口，扭动着肥硕的身躯往储藏室走去。

米奇对德雷克说："不管出现什么动物，我都能搞定。"

这位大明星开心地竖起大拇指："伙计，我就爱听你这么说。"说话时，他透过窗户瞥到了餐饮车，立刻夺门而出，要草莓煎饼去了。

因为忧心拍摄，瑞雯昨晚整整一夜都没睡，她见德雷克走了，便问米奇能否和他谈谈。

"啊，别担心。"他对她说，"我们不会撞上熊，也见不到黑豹。"

"答应我，你一定要紧跟德雷克，寸步不离。"她说，"像在你家和鳄鱼搏斗那样的事情绝对不能再发生了。我说得够清楚了吧？"

"女士，你觉得我像保姆吗？"

"他差一点儿就死了。"

"没错，因为他是个傻瓜。"米奇说，"到目前为止，人傻没药医。"

"那你就想尽一切办法不让他受伤。"

米奇笑了："你在加利福尼亚的老板给你打电话了，我说得对吗？"

瑞雯目光闪烁，但她的语气依旧十分坚定："务必要确保德雷克完好无损。他是重点保护对象。"

"重点保护，嗯？"米奇略带讥讽地轻声嘟囔道，"这样的话，我猜我们最好能确保棉口蛇不会在他睡觉的时候爬进他的睡袋，一口咬住他的屁股。"

瑞雯听了这话，扑哧一声笑了："哦，克雷先生，德雷克不会和我们其他人一起露营的。他住在实业家大酒店。"

"大酒店？"

"迈阿密最好的酒店之一。"瑞雯说。

米奇十分不解："他怎么可能每天晚上都从大沼泽地公园深处回到市中心去睡觉？"

瑞雯伸出一根涂着鲜红指甲油的手指，按在自己的耳朵上："听到了吗？"

"什么？"

"听。"

米奇听到了。"我早该猜到的。"他喃喃道。

空中传来的是直升机的轰鸣声。

第十一章

自两岁起，瓦胡坐过的快艇不在少数，但他从没见过这么大的。这艘快艇能够容纳一名驾驶员和十五名游客。

米奇说："这没什么，不就是艘铁皮游艇嘛。"

"快上来，伙计！"德雷克·巴杰叫道。

和他们一起上船的还有瑞雯、导演、两名摄影师（他们并没有拿摄像机）和图娜。

"你是谁？"瑞雯问道。

"我是分类学者。"图娜答道，说完就找了个位置坐下来。

瓦胡说："别担心，斯塔克女士。她和我们一起。"

瑞雯满脸狐疑："分类学者？"

图娜开心地点点头。

"小姑娘，你的眼睛是怎么回事？"

"我从楼梯上摔下来了。你的头发是怎么回事？"

瑞雯脸色铁青："我不知道你这话是什么意思。"

德雷克站起来，表示要和西克勒先生说几句话。

"他不去。"快艇驾驶员名叫林克，生得膀大腰圆，却双目无神。

"为什么？"德雷克想不明白，他可是举世闻名的野外生存专家，居然有人会放弃和他一起共赴自然之旅的大好机会！

"因为他太大了。"林克说。

德雷克误解了他的话。"你们听到没有？"他用一种嗤之以鼻的口吻说道，"西克勒先生自恃是个'大人物'，不屑于和我们这样的人同船。"

"不，先生，是他的体积太大，不适合乘坐这艘船。"林克解释，"如果他上来，我们马上就会像石头一样沉入水底。"

除了德雷克，所有人都哈哈大笑。在发动引擎之前，林克给大家分发了耳罩以屏蔽噪声。瑞雯的耳罩戴得格外费劲，她那头硬挺的红发十分倔强，无论如何都不肯配合，图娜和瓦胡在一旁看得忍俊不禁。

快艇擦着水面，沿着水道在水草丛中才行驶了几分钟，林克就熄了火，关了发动机。

"短吻鳄。"他自豪地宣布道，那口气似乎在等着大家给小费。

那个8英尺长的标本趴在一根木头上，看起来像是在晒太阳，嘴巴还张得老大。

米奇·克雷没憋住，哈哈大笑起来。很显然，西克勒没有通知驾驶员，这次船上坐的可不是普通游客。

"有什么好笑的？"林克问道。

"那可怜的家伙是个充气玩具。"米奇摘下耳罩，说道。

"不，不是的！"

德雷克·巴杰好奇地望着那条一动不动的大鳄鱼。《荒野大求生》的工作人员一直小心翼翼地保守着一个秘密：当动物们不配合的时候，他们有时也会用动物标本做道具。即便如此，德雷克也分辨不出那条鳄鱼究竟是不是标本。

瑞雯用胳膊肘推了下导演，后者立刻开口说话了："我们不是来这儿观光的。"他对林克说："我们是来勘测场地，给拍摄取景的。"

驾驶员思索了一阵，然后说道："那是老瞌睡虫。如果你们想给节目拍点视频的话，它明天这时候还会来这儿。"

米奇走向船头："那条鳄鱼怕是不只睡着了这么简单吧？"

"老爸，别说了。"瓦胡恳求道。

"可是他们欺骗了所有人！这是欺诈。"

"游客们不知情反而玩得更开心。"瓦胡说。

米奇整个人都僵住了："儿子，我说的不是游客，我说的是自然——把肚子里塞着东西的动物标本放在沼泽地里，这是在侮辱大自然。"

图娜小声说："他说得没错。"

瓦胡嘟囔道："你就别火上浇油了。"

"先生，你坐好。"站在船尾的林克没好气地冲着米奇说道。

"是啊，克雷先生，请坐好。"德雷克说，"谁会在意那鳄鱼是真是假？"

"可那不是假的！"林克一脸困惑，愤愤不平地说道。

有那么一瞬间，瓦胡很想知道这个男人是否真的相信老瞌睡虫是条活生生的鳄鱼，每天都以一模一样的姿势，趴在同一个地方，日复一日，月复一月，一动不动。

米奇不断揉搓着他那快拧成一团的眉头。"兄弟，"他对林克说，"告诉西克勒，把那愚蠢的玩意儿拿回去，放到礼品商店里，那才是它应该待的地方。"

林克一脸愤恨。德雷克侧过身，很小声地对瑞雯说了些什么，瓦胡并没有听到他说什么。

"你给我下去！"林克命令道。

米奇望着瓦胡，耸了耸肩膀："看看这都是什么事！"

"老爸，坐下。"

"这主意听起来挺不错。"图娜说。

德雷克气呼呼地说："这简直是在浪费我们宝贵的时间。我们走。"

米奇指着老瞌睡虫，挖苦地说道："河狸先生[1]，你不是想练习摔跤技巧吗？你应该能够搞定那条短吻鳄。"

"很好笑。"德雷克咬牙切齿地说道。

林克并没有被逗乐。他大踏步地走向船头，一把揪住米奇·克雷，然后像扔水泥包那样，用力地将他扔进了水里。

为了不让自己笑出声，导演咬住了自己的指关节。米奇的水性很好，他仰面躺在水上，慢悠悠地划着水原地打转，像极了一只懒散的水獭。

---

1 对德雷克·巴杰的戏称。巴杰的名字Badger音似Beaver（河狸）。

"真舒服。"他说。

德雷克冲瑞雯打了个响指，后者随即召唤驾驶员开船。

林克咧开嘴笑了，红红的牙龈比白色的牙齿还要显眼。"马上、马上。"

"可是，克雷先生怎么办？"图娜大喊道。

想到林克的火暴脾气，瓦胡觉得爸爸在水里待着可能比上船更安全。

"别担心啦。"他重新戴好耳罩，"他自己会想办法的。"

当她提出的在大沼泽地国家公园里拍摄节目的申请遭到拒绝后，瑞雯·斯塔克只得借用西克勒的小店和吧台作为拍摄基地。公园负责人的秘书通知瑞雯，鉴于其之前在黄石国家公园的偷蛋行为，德雷克·巴杰已经被列入联邦公园系统的黑名单。

"黑名单的时效性有多久？"瑞雯问。

"永久有效。"秘书彬彬有礼地答道。

事实证明，选择西克勒的小店作为基地，乘坐快艇在周围勘测拍摄场景倒也便捷。《荒野大求生》的导演选了一座远离高速公路的树岛作为第一个营地的拍摄地。小岛周围有一圈天然壕沟，沟里的水不深，刚好适合涉水登岛。不过，工作人员发现岛上爬满了带刺的藤蔓，而且树下的灌木丛异常茂密。为此，大家挥舞着锋利的砍刀，斩断荆棘，好不容易才在遮天蔽日的树丛中开辟出一条道路，进入小岛深处。

当天下午余下的时间里，西克勒的那位司机驾驶着快艇往返于码头和营地之间，运送工作人员的帐篷、补给和各种拍摄器材。瓦胡和图娜在小店门廊上找了个阴凉处，坐在那儿一边聊天，一边等米奇回来。两人都刻意不提自己的父亲。

图娜抓住了一只绿油油的北美绿蜥蜴，并帮助瓦胡记住它那又长又拗口的学名：*Anolis carolinensis*。

突然，图娜莫名其妙地冒出一句："兰斯，你有女朋友吗？"

"别那样叫我，拜托了。"

"那你的回答是肯定的？"

"不，露西尔，我，没，有，女朋友。"

"怎么可能！"

"因为我太忙了。"

"得了吧。男孩才不会因为忙而找不到女朋友呢。"图娜说。

瓦胡此刻只想赶紧换个话题。他说的是实话——他从没有过真正意义上的女朋友。除了上学和体育锻炼，他几乎都在帮爸爸照料动物。动物们不好伺候，常常需要两个人才能应付得过来。

"我以前有过一个男朋友。"图娜主动坦白道，"他叫查德，可以做一百个俯卧撑。很可惜，他这个人就像颗卷心菜，所以我甩了他。"

"把他甩哪儿了？"

"哈哈。"她说，"你不打算跟我说说你那根拇指是怎么回事吗？"

瓦胡正巴不得能换个话题，就算是说说自己愚蠢的受伤经历也无所谓。"被爱丽丝吃掉了。"他说，"但这完全不怪它。"

"我能看看吗？"

没等瓦胡同意，图娜就一把抓起他的右手。她伸出两根手指，好奇地摸了摸他那一道道突起的伤疤，她摸的时候很轻、很小心，但瓦胡其实并不介意。就在这时，被她当成胸针一样放在迷彩外套衣领上的那只精致的小蜥蜴跳了下来，蹦到门廊的木板地上，钻进木板缝中，不见了。

"如果我们失去这份工作，"瓦胡说，"银行就会收走我们家的房子。"说话间，他猛然意识到自己正抓着图娜的手，不禁吓了一跳，图娜捏了捏他的手。"昨天，他们给我的手机上发了条消息。确切地说，是我们的手机。我和老爸共用一部手机。"瓦胡说。

图娜鼓起腮帮，面露同情："我太了解银行了。就是因为他们，我才只能住在沃尔玛的停车场里。可是，兰斯，我们家的情况和你们家不一样。没有人会像我爸那样，把还房贷的钱都换成酒，喝到肚子里。至少你爸还在努力工作。"

"你今天也看到了，快艇上发生的事情——他迟早会被节目组炒鱿鱼。"

"不，他不会。"图娜说，"因为我们绝不会让那样的事情发生。"

"你不是我，你不了解他。"

"你也不了解我。"她笑着说道，同时松开了他的手，"好了，打起精神来。我和你是一伙儿的。"

瑞雯·斯塔克踩着台阶走上门廊，表示想和瓦胡单独谈谈。图娜顽皮地挥了挥手，丢下站在原地的瓦胡跑了。

"年轻人，听我说，"瑞雯一脸严肃地说道，"你爸爸简直就是在得寸进尺……"

就在这时，空中传来直升机的轰鸣声，完全盖住了她余下的话语。瑞雯没好气地回头瞟了一眼，然后转过头，冲瓦胡摆了摆手指头，用夸张的口型说道："最后一次机会，小鬼！"说完，她急匆匆地奔向直升机准备降落的空地，迎接飞机上的德雷克。

瓦胡听到有人在叫自己的名字，便溜溜达达地向水边走去。林克的船停在岸边，导演和几名工作人员坐在船上，正等着出发前往营地过夜。图娜坐在船头，给瓦胡留了个位置。瓦胡抓起背包，上了船。

"你爸呢？"她问道。

瓦胡瞥了一眼林克，立即明白就算他开口让对方稍等片刻也无济于事。这家伙肯定不会再让米奇上船。林克解开拴在码头上的绳索，登上驾驶台，伸出他那毛茸茸的左手，搭在启动杆上，转动点火开关，右脚在油门上用力踩了几脚，发动了引擎。

巨大的螺旋桨立刻开始旋转。快艇动了起来，速度越来越快，不一会儿，整艘船就像离弦的箭一般，在弥漫着肉桂香气的莎草丛中飞驰而去。林克驾船飞快地通过了第一个弯道，突如其来的巨大离心力将乘客们猛地甩向一侧。林克常用这招儿来逗乐游客，而且屡试不爽。为了保持平衡，图娜的两只胳膊死死地揽住瓦胡，瓦胡本可以尽情享受此刻的欢乐，然而，他的全副注意力都集中在了船头的正前方，他看到就在距离他们不到100码的地方有个不明物体。

"停！"随着他们距离那东西越来越近，瓦胡大喊一声，可是，在巨大的引擎声中，林克根本听不到他说话。看起来，坐在驾驶台上的他根本看不到瓦胡。现在，其他人也看到了——一个赤裸着上身的男人正趴在一个黑黢黢且凹凸不平的物体上，手脚并用地划着水，横在前方的水面上。

"小心！"图娜扯着嗓子喊道。

这时，其他乘客也纷纷挥舞手臂，拼命呼喊起来。然而，快艇丝毫没有减速，也根本没有要转弯的意思。林克直挺挺地坐在驾驶座上，面无表情，原本就毫无发型可言的头发在风中狂乱地飞舞着。

神经病！瓦胡心想。他挣脱图娜的手臂，一把抓起自己的背包，用双手将它举过头顶，然后用力地抛向驾驶台。

他运气不错。背包落地时撞开了林克那只踩在油门上的脚，伴随着"吭吭吭"的声音，船熄了火，在距离米奇·克雷只有几英尺远的地方停了下来。米奇平静地抓住船舷，自己爬上船。

"大家好，朝圣者们。"他说道。

船上的其他乘客谁也没说话，大家都瞪着眼睛，看看这个没穿上衣、浑身滴水的男人，又看看他刚刚一直趴在上面的那个怪异的筏子——一个被钉在圆木上、肚子里塞满东西的短吻鳄标本。

"谁有毛巾？"米奇问道。

瓦胡说："老爸，你先坐好。"

林克看了一眼这父子俩："是的，把你的屁股放到座位上去。"

在他们上方，坐在租来的贝尔407直升机里的瑞雯·斯塔克正透过窗户向下望，想弄明白下面这奇怪的场景是怎么回事。德雷克·巴杰坐在她前面，此刻，他正专心思考其他事情。

"给酒店打电话。"他通过耳机对瑞雯说，"让他们给我换一间有按摩浴缸的房间。快点，马上换。"

第十二章

　　苏珊·克雷说，她丈夫拥有一份理想的职业，因为相对于他的人际关系而言，他和动物相处得更加融洽——有时候，甚至比他和家人的关系还要好。

　　"我就直说了吧。"瓦胡对爸爸说道，"你那会儿下水的时候——"

　　"是那个笨蛋把我扔下去的。"

　　"——手机还在你的口袋里！你不是跟我开玩笑吧？"

　　"他太过分了——竟然说我分不清死鳄鱼和活鳄鱼！"

　　瓦胡捡起一根树枝，扔向火堆："太好了，老爸。现在，我们待在一个与世隔绝的地方，还没有手机。"

　　米奇似乎并不担心："我们可以随时跟你女朋友借手机用。"

　　"那也不能打去上海啊。"瓦胡说，"还有，她不是我的女朋友。"

　　克雷父子俩在工作人员的大本营旁边找了个地方扎营，因为米奇不想围着德雷克·巴杰转。他们身处阔叶林深处，周围一丝风也没有，不然，蚊子也不会如此猖獗。在贪婪的蚊群的围攻下，他们的失血量怕是已经有1品脱[1]之多了。

瓦胡帮图娜支了顶小帐篷，她从帐篷里探出脑袋，说："我听到你们俩在说我。"

米奇趁机问道："你的手机能打国际长途吗？别担心，我有信用卡。"

勉强算有吧，瓦胡心想。

图娜指了指天上的云："克雷先生，这儿没信号。也许码头那儿会有。"

"抱歉，儿子。"米奇对瓦胡说，表现得就好像瓦胡特别生气一样。在出发来大沼泽地公园之前，他们给苏珊·克雷打了两次电话，可是电话那头始终没有人接。

图娜说她想在周围走走。米奇让瓦胡和她一起去。

"为什么？"

"因为你是绅士，得有点风度。"米奇一本正经地说道，"别让我说第二次。"

瓦胡拿了个手电筒，主要是防止踩到棉口蛇或响尾蛇。斑驳的云层如幕布般从空中垂下来，遮住了星星和月亮。夜晚的空气温暖而厚重，压得人有些透不过气。瓦胡心想，莫非会有一场雷雨？他们看到，西方地平线处不时闪过道道白光。

1　1美制品脱约为473.18毫升。

数百年流水的冲刷使这座小岛看上去就像一颗滴落的泪珠，岛上最高的树全都集中在小岛的一端。一路上，图娜飞快地念出了途经之地遇到的那些植物的拉丁语学名：*Myrica cerifera*（腊杨梅）、*Annona glabra*（光叶番荔枝）和*Magnolia virginiana*（弗吉尼亚木兰）。

瓦胡问图娜，她是不是靠图片记忆。

她答道："不，亲爱的，我只是在学习。"

没走多久，他们就听到林中有声音传出。透过枝叶，他们看到了《荒野大求生》摄制组的大本营。营地里没有点起篝火，但有不少漂亮的竹质火把，整个营地灯火通明。

一个来自餐饮公司的年轻女厨师正在一台不锈钢烧烤架前烤T骨牛排。这个烧烤架又大又花哨，一看就是在诸如阿拉斯加的河边扎营时常用的网红时髦款。导演、摄影师和录音师坐在折叠椅上，围成一个半圆，正喝着啤酒，说笑声和拍打蚊子的啪啪声不绝于耳。

"把手电筒关了。"图娜小声对瓦胡说，"我们走近一点儿。"

"不。我才不要偷听别人说话呢。"

"这不是偷听，兰斯，这是观察。"

他们蹲在茂密的可可梅后，一点一点地往前挪。那群人正轮流讲故事。瓦胡无法听清楚他们说的每个字，但能听个大概。就连正在烹饪的女厨师都被逗得咯咯直笑。

"他们在说谁？"图娜问瓦胡。

"放开胆子猜。"

"不会是巴杰先生吧？"

"我非常肯定，就是他。"

他们停下脚步，让自己能听得更清楚一些。这次轮到导演讲了，他的声音很大也很吵。他说的是在一次近距离拍摄中，德雷克不小心把一条活生生的蚯蚓贴到了自己的鼻子尖上。

"他们把他说得就像个大白痴。"图娜闷闷不乐地小声说道。

"你也知道，只要大老板不在，人们往往都会口无遮拦。"

图娜和德雷克在一起相处的时间不长，尚不了解事情真相。她和数百万电视观众一样，是他的一名铁杆粉丝，所以，她可能需要一点儿时间才能接受这样的事实——现实中的德雷克与她在电视里看到的那个明星完全是两个人。早前，当她得知德雷克会全程住在豪华酒店里，而不是像他在电视里演的那样在条件简陋的沼泽地扎营的时候，瓦胡就察觉到她已经有些失望了。

她扯了扯瓦胡的衣袖："有人来了！"

"别动。"

一名摄影师站起来，小心翼翼地走进瓦胡和图娜藏身的黑漆漆的树林里。他走到距离他们只有几步远的地方，找了棵月桂树，就开始解腰带。

哦，不是吧，瓦胡心想。别在这儿解决问题啊。

黑暗中，他看不到图娜的表情，但他能感觉得到她有些紧张。他握住她的胳膊，想安抚她，让她保持镇静——如果被他们发现他俩趴在这儿偷听，瑞雯一定会立即开除米奇，她早就想这么干了。

图娜轻轻地推开瓦胡的手，然后做了一件完全出乎他意料的事情：她抓住一根可可梅树枝，用力摇晃起来。

那个正准备尿尿的摄影师听到黑暗中传来的摩挲声，整个人顿时僵住了。图娜并没有停手。她发出了一声低吠，那声音渐渐变得高亢，对于一个没受过专业训练的人来说，那声音听起来就像是一头心情不好的熊发出的低吼声，又像是一只坏脾气的短尾猫或黑豹妈妈发出的咆哮声。

那个摄影师大叫一声，抬起脚，以百米冲刺的速度，头也不回地跑回了营地。

"那边有个大家伙！"他朝其他人高喊道，"我听到它的声音了！"

营地里响起一阵爆笑声，原来这位摄影师受了惊吓，逃跑时忘记拉好裤子的拉链。

图娜说："这个家伙也太粗鲁了。他差一点儿就尿到我们的脑袋上了！"

瓦胡有点紧张："我们还是离开这儿吧。"

"等一下——他掉了什么东西在这儿。"

"拜托，露西尔！趁下一个人过来前我们赶紧走吧。"

"我说了，等一下。"

她走向那棵月桂树，从地上捡起一个东西。瓦胡等不及了，掉头就走，他听到身后传来小树枝被踩断发出的咔嚓声，知道图娜已经追了上来。他俩一口气在树丛中跑了老远，确定已经安全后，瓦胡这才打开手电筒，想看看那个摄影师到底掉了什么。

"这是什么？"图娜飞速翻阅着，"是书吗？"

瓦胡从她手里接过那个东西，将它的封面放到手电筒狭长的光柱里："这不是书，是剧本。"

第一页上赫然印着一个加黑、加粗的标题：

《荒野大求生》第103集——佛罗里达大沼泽地公园

图娜疑惑地望着瓦胡："我猜我们应该还回去，对吧？"

"当然。"他说，"明天起来第一件事就是去还它。"

图娜笑了："但你打算今晚先看一遍，对不对？兰斯，别对我说谎哦。"

"我肯定会看。"他说。

要想做好准备应对德雷克·巴杰的第二次尴尬惨败，还有比这更好的方法吗？

中午——视角：直升机——俯瞰大沼泽地公园

地面上，一个像蚂蚁一样的小黑点在无边无际、波光粼粼的沼泽地里移动着。位于高空的摄像机的镜头逐渐拉近，越来越近，最终定焦在那个左摇右晃的身影上，只见他正费力地在草丛中跋涉。

那人正是德雷克·巴杰。长途跋涉令他精疲力竭，汗如雨下。他的工装裤上溅满了泥点和污渍，有的地方已经开了线，衬衣敞着怀，腰部以上的身体都袒露着。

镜头拉近，视角切换到绑在稳定器上的近距离摄像机，随着德雷克一同前行。

德雷克：我已经在沼泽地里走了4个小时，也可能是5个小时——在这里，我的时间概念已经混乱。这里异常闷热，蚊子多到令人窒息，每隔几分钟，我就要停下来把我吸到肺里的蚊子咳出来！

你们现在明白了为什么他们管这地方叫草河了吧，但这儿的草和你家后院那种柔软的小草绝不是同一种草。看看这个——

德雷克俯下身，扯下一片锯齿草，举到镜头前。

镜头拉近，聚焦在德雷克的食指上，只见他将草的边缘轻轻从皮肤上划过，他的手指上立刻渗出了血珠。

德雷克：看到了吧？它们就像刮胡刀一样锋利！锯齿草绝非浪得虚名。

他舔了一口流血的手指，又踏上了孤独的旅程……

德雷克：已经没时间了。现在，我必须找个安全的地方生个火，把身上湿透了的衣服烤干，这至关重要，希望我能在太阳下山前搞定这一切。一旦天黑，各种捕食者就会出现——短吻鳄、黑豹、熊，还有能一口吞下一个成年人的巨蟒！

和以往一样，这次探险我什么吃的都没带。所有吃的和喝的——相信我，我现在已经饿疯了——都是大自然的馈赠，都取自这片原始却不平凡的荒野大陆。

切换至中景镜头：德雷克把手伸进口袋，掏出一把瑞士军刀和一根塑料吸管。

德雷克：看，这就是我的全副家当——值得我信赖的瑞士军刀和一根干净的吸管。两件简单——却至关重要的——生存工具。

德雷克继续前进。

切换至稳定器上的镜头，德雷克的视角，他踏着锯齿草，一脚深一脚浅地向前走去。

德雷克的声音（惊讶但声音并不大）：哇！那是什么？

切回至中景镜头，依旧聚焦在德雷克身上，他一动不动，仿佛一尊雕像，全神贯注地凝视着刚刚没过其脚踝的棕色水面。

德雷克（小声地窃窃私语）：就在刚刚，我感觉有东西从我的脚踝边游了过去！可能是鳗鱼，也可能是条蛇，希望不是毒蛇。大沼泽地公园里有很多致命的棉口蛇，只要被它们咬一口——哪怕是条刚出生的小蛇，我就会倒地身亡。

啊！它又过来了！

只听扑通一声，水花四溅，德雷克跪在水里。他的两只胳膊扎进浑浊的水里，摸索着，寻找着，直到……

德雷克：抓到你啦！！！

他站起来，手里抓着一条不明就里但异常愤怒的_____。

德雷克：哎呀呀，真是个不安分的小家伙。

镜头拉近，聚焦在_____身上，只见它不停地扭动，龇着牙，吐着芯子，想咬人。

德雷克：伙计，今天恐怕不是你的幸运日哦。

他甩了甩＿＿＿＿＿＿＿，扭过头冲着摄像头。

德雷克（志得意满）：晚餐有着落啦！

切回至中景镜头，焦点仍然落在德雷克身上。他侧过一个肩膀，冲着摄像头，用手揪着＿＿＿＿＿＿的脖子，转眼间就把它杀死了。他将它软绵绵的身体盘成卷儿，放进工装裤的口袋里，继续向前走去。

德雷克（克制而冷静地）：杀死野生动物并不会给我带来任何乐趣，无论什么动物都不会。可是，如果我不吃东西，我就没有力气继续前进。当你身陷险境，在性命攸关的紧要关头，为了活下去，你必须不顾一切。

在他的上方，架在直升机上的摄像机的镜头渐渐拉远，直到德雷克再次变成沼泽地上的一个小黑点，镜头越拉越远，整个大地尽收眼底，目光所及之处，一个人都没有，只有德雷克⋯⋯

瓦胡啪地合上剧本："绝不能让我老爸看到这个。他会气炸的。"

图娜关切地问道："出现在画线处的会是哪种动物？"

"抓到哪种就是哪种。蛇、青蛙、乌龟——你在电视里都看到了。德雷克总是喜欢烤点什么东西吃。"

他俩盘腿坐在越来越微弱的篝火旁,举着手电筒看剧本。帐篷里传来了米奇·克雷的鼾声。

"我每个星期都看他的节目。"图娜说,"我没想到,所有的一切都提前写好了剧本。我还以为一切就像……你懂吧,电视里演的那样,是自然而然发生的。"

瓦胡不得不提醒自己,绝大多数人并不了解自然节目的拍摄和制作过程。尽管每一帧画面都是提前精心设计好的,但是为了让每一次与动物的相逢都显得真实且自然,还是要投入大量的时间和拍摄费用。

"今天晚上,德雷克一定在宾馆里大吃特吃鲜嫩多汁的大牛排。"图娜愁眉苦脸地说道。

"外加一大块青柠派。"

"既然如此,剧本上为何还要写他杀死这个、那个当晚餐?"

"因为,"瓦胡说,"这是他的招牌。"

图娜用两只手撑着下巴:"当我在电视里看到他吃小老鼠或蝾螈的时候,我真的以为他饿坏了。你说我是不是太傻了?"

"不是你傻,是他们没有将幕后发生的事情播出来。"

瓦胡站起来,伸了个懒腰。今天,他们的露营晚餐吃得很简朴:热狗和黑豆卷。吃完后,米奇又拿了些饼干作为甜点。此刻瓦胡已经觉得很饱了。

图娜说:"你老爸不会也和他们一起做这种骗人的事情吧?设陷阱抓一条可怜的蛇或蟾蜍,然后让德雷克烤了当晚饭?"

"我爸不会的。绝对不可能。"

"非常好！"

"时间不早了，我要睡了。"瓦胡说。

"我暂时不睡，我想再看一会儿。"

"你确定？"

图娜点点头。在琥珀色的火光中，她那双棕色的眼睛闪闪发光，流露出坚毅的眼神。

他把手电筒和剧本递给她："记住，这就是个娱乐节目。"

"对我来说，不是。"她说。

德雷克·巴杰一激动就会忘记他的澳大利亚口音。

"你管这玩意儿叫龙虾？"他冲着那个把食物送到他房间里的服务员咆哮道，"我吃过的对虾都比这该死的玩意儿大！"

那个服务生忙不迭地道歉，用一个银色的罩子盖住餐盘，推着餐车从房间里退了出来。

"下次记得拿只真正的龙虾，产自缅因州的那种。"德雷克冲着他的背影嚷嚷道。

此刻，这位《荒野大求生》的大明星正悠然自得地泡在按摩浴缸里。浴缸旁就是一扇巨大的落地窗，整个比斯坎湾和迈阿密的天际线处的风景都尽收眼底。关于大沼泽地公园的这期节目，他想了整整一夜——如何才能让这一期的《荒野大求生》成为真人秀历史上最激动人心、最令人毛骨悚然的节目。

德雷克热情高涨，迫不及待地想做点不一样的事情。他和狂野频道的合同马上就要到期了，他的经纪人正在以更高的价格为他争取一份为期三年的新合同。

他迫切需要这份合同。在这一季节目开拍前，他刚刚买了一艘99英尺长的游艇。现在，这艘船正在西棕榈滩的一家造船厂里进行翻新。游艇上配有一间台球室、一个迷你电影院和一间德雷克可能永远都不会去的健身房。这是一件极其昂贵的奢侈品，比他想象的还要贵许多。光是在游艇的船尾喷上一个新名字——他给它取名叫巴杰海号——其成本就高达1800美元。

狂野频道那些狡猾的家伙们表示，签订新合同时，他们愿意将德雷克的酬金提高10%。在德雷克看来，这简直就是莫大的侮辱，而且这根本不足以维持一名国际电视巨星（现在，他还是一名游艇的主人）正常的日常开支。正因为如此，大沼泽地公园这一期节目必须是有史以来最好的一期，必须一鸣惊人。到那时，为了不让其他户外节目抢走他，狂野频道那帮人别无选择，只能接受德雷克的漫天要价。

和短吻鳄爱丽丝的那次交手真可谓是惊心动魄——迄今为止，德雷克至少重看了二十遍那个片段——它激励了他，一定要让余下的节目也一样令人难以忘怀。他懒洋洋地斜靠在浴缸边缘，望着自己的肚子发呆，白花花的肚皮如一碗香草布丁般在水柱的冲击下微微颤动。他在脑海里幻想着在不久的将来，自己出现在诸多脱口秀节目中，凭借在佛罗里达大沼泽地里惊险异常的经历令大牌主持人们瞠目结舌。

对大多数人而言，在被一条12英尺长的短吻鳄拖进水里，差点淹死后，他们只会对这次侥幸逃生心存感激，绝对不会迫不及待地想再重复一遍差点置自己于死地的鲁莽行为。然而，当德雷克·巴杰抿着法国红酒，透过脚指头上裹着的肥皂泡欣赏迈阿密市中心闪烁的霓虹灯时，他的想法截然相反。那次与死神擦肩而过的鲁莽缠斗反而让他觉得自己无往不利。

铁石心肠。

坚不可摧。

"这一杯敬爱丽丝。"他举起酒杯，独自敬酒。

不再租用米奇·克雷的任何动物，这个决定十分冒险，可是，风险恰恰就是德雷克此刻最想要的。他知道，相较于驯养过的动物，野生动物更具侵略性，行为的不可预测性也更大。令人失望的蟒蛇镜头就是一个极好的例证——克雷那条懒惰的大蛇温顺得就像是花园里浇水的水管。

为了让镜头里画面的戏剧效果最大化，德雷克想来一次完全原生态的、货真价实的野外探险。一个头脑清醒的人一定会让其行为接受谨慎和常识的管控，然而，对德雷克而言，面对盲目追求名利的渴望，谨慎和常识已经彻底缴械投降。

他特别期待自己能够遭遇来自大沼泽地栖息者的袭击，或戳伤、刺伤，或抓伤、挠伤，或被咬、被啃。

他会得偿所愿的。

第十三章

　　瓦胡已经习惯了爸爸的鼾声，那声音听上去就像是卡车自动卸货时齿轮转动的声音。因此，叫醒他的并非米奇的鼾声。

　　而是一个关于图娜的梦。

　　图娜的爸爸怒气冲冲地在沃尔玛的停车场里绕着圈地追她，瓦胡试着想绊倒他，好让图娜趁机逃走。在梦里，图娜的爸爸没有脸——本该长着嘴巴、鼻子和眼睛的脸变成了一团满是麻点的灰色影子。瓦胡实在想不出一个会下如此重手伤害自己女儿的男人到底长什么样。

　　瓦胡从睡袋里爬出来，走出他和爸爸的帐篷。昨晚下了一场小雨，天空依旧阴沉沉的。太阳已经在天上挂了足足一个小时，但是树荫之下，空气依旧凉爽宜人，还弥漫着一种异域植物的独特香气。远处，一只蓝色的大苍鹭正引吭高歌。

　　在发出一连串响亮的鼻音后，米奇·克雷坐了起来。瓦胡想到一会儿要冲咖啡，便重新点燃了篝火。林中依旧一丝风都没有，他的出现让蚊子喜出望外。图娜从她的帐篷里走了出来，睡眼惺忪地说了句"早上好"，就盘起腿，一屁股坐在了地上。

米奇看到了她手上的剧本，问道："宝贝儿，你看的那是什么？"

"莎士比亚。"她答道，随手将剧本翻过来，盖住了封面，"我在一个夏日剧团的《哈姆雷特》里扮演奥菲莉亚。"

她的快速反应和听起来无懈可击的借口令瓦胡不禁多看了她一眼。

"莎士比亚，嗯？"米奇说道，看来他一点儿兴趣都没有，他伸手去拿咖啡壶，"嘿，你那儿还有多余的那种治头痛的药片吧？你不会就没了吧？"

图娜说："我用两片药片换你们的一杯爪哇咖啡，如何？"

"价格公道。"

"也给我来一杯。"瓦胡说。

米奇笑了："你从什么时候开始也要喝这东西了？"

"老爸，拿好你的药。"

图娜提议他们去大本营吃早饭，即便隔着茂密的月桂树，他们也能闻到从那边飘来的一阵阵诱人的香气。瓦胡的爸爸仍然坚持要自己做饭。很快，一顿简朴但美味的早餐就做好了：培根加蛋粉。他说，和德雷克·巴杰一起吃饭会让他胃口全无。

片刻后，他们听到了快艇的引擎声，这意味着《荒野大求生》的工作人员正在搬运器材，准备前往拍摄地点。当图娜、瓦胡和米奇急匆匆地穿过树林加入他们时，三人看到有工作人员正拿着水壶从一个容量为50加仑的饮水机里接水，还有个人正拼命地往口袋里塞燕麦卷。瑞雯·斯塔克也在，但是德雷克还没到。

过了好一会儿，众人才把器材打包装船完毕，上船坐好。图娜、瓦胡和米奇分到了林克旁边的位置，看到他们仨，林克一脸的不高兴。

"怎么是你们？"坐在驾驶台前的他没好气地哼了一声。

图娜朝他微微摆了摆手，以示友好。"对我们好一点儿嘛。"她说道，说完就坐到了米奇和瓦胡之间。

林克戳了戳米奇的后背："我会好好看着你的。听清楚了没有？"

米奇没理他。瓦胡抬起头，说："我们都听到了。"

"而且听得非常清楚。"图娜又补充了一句。

这趟旅程比瓦胡预计的要长，三艘快艇在一片高高的锯齿草丛里轧出一条水道。看那些草的长势，这里应该很久都没有访客来过了——至少没有人来过。大约一小时后，导演乘坐的领头船在一片开阔的水塘岸边停了下来。成群的蜻蜓在水面上飞舞着，水里到处都是一种名叫紫水鸡的涉禽。其余两艘船也停在了同一地点，乘客们摘下了耳罩。

被林克绑在腰间的步话机发出了刺啦刺啦的指示声。瓦胡听出那是导演的声音。

"4分钟倒计时。"他宣布，"准备好。"

在第一艘船上，一名摄影师摇摇晃晃地走向船头的拍摄点。瑞雯站在第二艘船的船头，她今天戴了一顶粉红色的遮阳帽，帽檐宽得都快赶上墨西哥宽檐帽了。德雷克·巴杰依旧不见踪影。

"他到底在哪儿？"图娜小声问道。

米奇闻言，在一旁偷笑。瓦胡指了指空中的一个黑点。空中传来了螺旋桨的轰鸣声，那声音越来越大，只见一架直升机正从东边快速朝这里飞来。

"他准备跳伞了！"图娜欢呼道，"太好了！"

尽管在其他电视节目里，野外生存专家们有时也会采用同样的着陆方式，但是身背降落伞空降至野外绝对是德雷克的经典招牌动作。二者的不同之处就在于，德雷克会蒙着眼睛从飞机上跳下来。这样做不但愚蠢，而且也毫无意义，每次看到电视里播出这一幕，米奇都会这么说。

直升机开始减速，最终停在了快艇停泊点的上空。从地面上可以看到，敞开的机舱门旁出现了一个熟悉的身影，他的半只脚已经悬空。他的身边站着一个手持摄像机的人。

"五，"林克手里的那台步话机里传出倒计时的声音，"四，三，二，一……开拍！"

那个身影纵身跳下，像蜘蛛那样张开四肢，呈自由落体状坠下。不一会儿，降落伞弹开，伞上的绿色条纹在阴霾密布的天空中显得格外鲜艳耀眼。为了看得更清楚，米奇用手搭在额头上遮住光线，目光则一直追随着滑翔中的降落伞。

"我说了吧！"图娜兴奋地说道，"你看，他在飞！"

瓦胡觉得德雷克着陆时一定会很狼狈。然而，眼看降落伞缓缓落下，刚好落在指定地点，柔软的伞体漂浮在池塘的正中央。

"停！"导演对着步话机喊道，"非常好！赶紧把他捞出来。"

三艘快艇几乎即刻启动，船上的人根本来不及戴耳罩。林克率先到达地点。他关闭发动机，挨着丝绸伞体的边缘处停下来。瓦胡看到德雷克已经顺利地与降落伞分离，正涉水朝这边游来。

林克迈开腿，跨过其他乘客，伸出手，摆好姿势。当德雷克靠近后，他一把抓住德雷克背上的绑带，将他拎出水面。所有人都开始鼓掌，除了瓦胡和他爸爸。

因为水里那个人并不是德雷克，而是一名专业的特技演员。只不过，他身上穿的猎装式衬衫里垫了泡沫，头发也染成了和那位电视明星一模一样的橙黄色。

当这位特技替身摘下眼罩后，刚刚还在拼命鼓掌的图娜突然停了下来，脸色也变了。

导演大声说道："干得漂亮，瑞奇！"

"轻松搞定。"特技替身说。

他至少比德雷克年轻10岁，瘦30磅，而且他那皮肤的古铜色看起来也像是真的——绝不是喷上去的。

"这个，你早就知道？"图娜问瓦胡，"你早就知道跳伞的镜头是假的？"

瓦胡说："我发誓我不知道。"不过，他一点儿也不惊讶。

"好了，所有人抬头！"导演双手紧握，高举过头，仿佛手里握着把手枪，正在瞄准。

直升机在空中转了一圈，飞到池塘里快艇的正上方，慢慢往下降。紧接着，只见一个硕大的金属篮子由缆绳吊着，从直升机上缓缓垂下来。篮子里坐着一个人，那个人的穿着和打扮与刚刚跳伞的特技替身一模一样，两条又短又粗、光溜溜的腿从围在吊篮四周的帆布里伸出来，垂在半空中。

"太可悲了。"图娜说。

直升机越降越低,螺旋桨带起的旋风搅乱了平静的水面,吹得睡莲叶片在水面上颤抖着,四散开来。当吊篮就快要碰到水面的时候,真正的德雷克·巴杰站了起来,戴上眼罩,跳进水里。

直升机快速提升高度,将吊篮拉到了镜头以外的地方。

"开拍!"导演大喊一声。站在他那艘船船头位置的摄影师立刻投入工作,镜头逐渐拉近,聚焦于水里游泳的那个人身上。

恰好也是在这个时候,德雷克开始伴随着划水频率发出一种很夸张的呼哧呼哧的声音。几秒钟之后,他成功地卷入了降落伞的绳索之中,而此时的降落伞已经浸透了水。

"救命!"他呼哧带喘地呼喊道。

导演高兴地伸出大拇指,以示回应。

"不,我没在开玩笑。"德雷克有气无力地说,"快找人来救我,否则我会被淹死的。"

"停!"瑞雯·斯塔克大叫,"停!快别拍了!"

"好吧。"导演不耐烦地说,"那就先暂停拍摄吧。"

米奇·克雷转身望着瓦胡和图娜,他看起来倒是一副很开心的样子。

"他真的假透了。"他说。

导演宣布休息片刻,然后开始拍德雷克独自一人穿越锯齿草荒原的大场景片段。瓦胡看过剧本,知道接下来要发生什么,但他爸爸并不知道。

"你,克雷先生!"导演叫道,"我能和你说几句话吗?"

另一艘快艇靠了过来，米奇上了船。他和导演的谈话十分简短。随后，他就跳进了齐腰深的水里，并示意瓦胡也过去。

父子俩在睡莲叶中间涉水前行，瓦胡问爸爸："他们要条蛇，对不对？"

"15分钟内必须找到。你怎么知道？"

"他们还和你说了什么？"

"他们想要我让那条蛇游向德雷克，好让他能抓住它。"

"老爸，事情可没这么简单。"

"让我猜猜。"米奇的眼睛扫视了一遍池塘，搜寻水下的动静，"他会杀了那条蛇。"

"没错。"

"然后用它当晚餐。"

"他们给你看剧本了？"瓦胡问。

"没，即使不看也知道。"米奇俯身沉入水中，向前游去。当他浮出水面的时候，两手空空，他说道："是个小东西。"

瓦胡压根儿就没看见有蛇游过。他爸爸的视力令他吃了一惊，很显然，他看东西有重影的毛病已经好了。

"那你打算怎么办呢？"瓦胡问。

"一会儿你就知道了。"

"等一下，老爸——你不是想找条棉口蛇吧？"

米奇脸上浮现出一丝坏坏的笑容："那才好玩嘛。"

"不，疯子才会那么干。你会进监狱的。"

棉口蛇，又名水蝮蛇，这种蛇脾气坏，难驾驭，而且有剧毒。

"你想都别想。"瓦胡警告爸爸。

"放心吧，那家伙不会死的——我很肯定，那帮人这么聪明，他们的急救包里一定有应对被蛇咬伤的物品器材。不过，如果没有的话……"

"老爸，到此为止。"

"嘿，我就是开个玩笑嘛。你干吗这么紧张？"

瓦胡看到芦苇中游过一条小丝带蛇，便快步追了上去。米奇让他放过那条蛇。他们距离快艇大约50码远，瓦胡看到图娜正站在船头，紧挨着林克。他们俩似乎在说些什么，可瓦胡实在想不出他俩有什么可说的。

"哇哦！"米奇示意儿子别再追了，"这里有条大的。"

"我什么也没看到。"

"儿子，你别动，它来啦。"米奇凝视着茶汤一般的水面，准备出手。

"是鹿皮蛇吗？"瓦胡尽量让自己的声音听起来显得不那么焦虑。

"啊哈！"米奇大叫一声，两只手同时扎进水里。他抓到了一条大约3英尺长的水蛇。

瓦胡悬着的一颗心终于落了地。水蛇会释放出一种难闻的气味，但是它们是无毒蛇。这条蛇正奋力地甩动尾巴，拼命扭动身体，米奇抓住它脑袋后侧的一处，连手带蛇一起浸在水里，晃了晃，洗去那股臭味。

"距离规定时间还有4分钟。"他看了一眼手表，说道。

"还不赖。"瓦胡说。爸爸是他见过的最厉害的捕蛇者。

可接下来会怎样？他心想。

父子俩费力地蹚着水朝快艇走去，米奇似乎一点儿也不担心这条他刚刚抓到的蛇接下来的命运如何。

"嘿，我们给它起名叫毒牙，怎样？"他说。

瓦胡摇摇头："不好。"

"怎么不好了？"

"因为……"瓦胡有点不高兴。如果它最终的结局就是在太阳落山时被德雷克架在火上烤了吃，为何还要给这个可怜的家伙取名字呢？

导演笑得十分开心，连他那汗津津的胡子仿佛都在笑。

"好极了！"当米奇向他展示自己的战利品时，他立刻高兴得欢呼起来，"德雷克，快来看！这就是你今晚美味无比的大餐！"

"哦，厉害了。"德雷克说道。此时的他正忙着补妆，喷他的古铜色喷雾。

瓦胡刚一登上林克驾驶的那艘快艇，图娜就跑过来，揪住他的左胳膊，用力地掐了他一把。

"疼！"

"你说过你老爸绝不会让他们这么干的。"她愤愤地质问道，"你向我保证过！"

"我以为他不会。"

"兰斯，这不行。"

"听我说，我们真的很需要这份工作。"瓦胡说。

"这！不！行！"图娜又在他的胳膊上狠狠地掐了一把，这才放手。

德雷克小心翼翼地走进水里，直升机已经就位。

图娜往米奇·克雷那边侧了侧身，用手遮住嘴巴，凑在他耳边说道："那个鬼东西呢？"

"嗯？"

"那条蛇。"她轻声说。

"哦，你说毒牙啊。"

"这个名字好玩。"

米奇解开衬衫最下面的三颗扣子，让图娜看他把那条长着赤褐色和深棕色斑纹的蛇藏在哪里，那个小家伙安静地盘成一卷，缩在米奇怀里。

"*Nerodia fasciata*（南美水蛇），"她说，"不过，这不是林奈定的学名。林奈叫它*Coluber fasciatus*（赤腹游蛇）。"

"我喜欢毒牙这个名字。"

"当然。"

瓦胡凑过来："老爸，你有什么计划？"他希望他有。

"温度。"米奇冲他眨了眨眼。

图娜一脸不解地问道："什么意思？"

米奇用下巴指了指那条蛇，这个小家伙安静地贴在米奇光溜溜的肚皮上。"温度是个好东西。"他说。

图娜耸了耸肩膀："你说是就是吧。"

不过，瓦胡已经明白了爸爸的意思。他心想，也许这法子能行得通，也许行不通。

导演命令所有快艇都开到附近的一座树岛后面，这样它们就不会在直升机上的镜头里穿帮。为了让德雷克的探险更加真实可信，大沼泽地必须是无边无际的，且空无一人。

地面上，一个像蚂蚁一样的小黑点在波光粼粼的沼泽地里移动着。位于高空的摄像机镜头逐渐拉近，越来越近，定焦在那个左摇右晃的身影上，只见他正费力地在草丛中跋涉。

那人正是德雷克·巴杰。

飞行员和摄影师的手都很稳，这个镜头拍摄起来倒也容易。导演坐在小岛背面，通过一个便携式屏幕和一台对讲机监控拍摄过程。

他对飞行员说："路易，你总是这么厉害！"

"谢谢，兄弟。看这样子要变天了，我们得回基地加油。"

"记得6点前回来接老大和斯塔克小姐。"

"收到。"

导演收好对讲机，转头对快艇的驾驶员说："好了，都动起来吧，出发！"

远远望去，德雷克孤零零地站在天空与沼泽地的交界处，当快艇靠岸后，等在原地的他满脸的不高兴。"你们怎么这么半天才来？"他抱怨道，"有群秃鹰在这儿飞半天了，就等我倒下好吃我的肉。"

和导演同船的摄影师很小心地走进水里。他背了一台十分昂贵的摄像机稳定器，有了它，他就能和德雷克并肩同行，但拍摄出来的画面却平稳流畅，几乎没有任何晃动。

"所有人就位了吗？"导演高声喊道，"好……开拍！"

德雷克说："等一下！我的台词是什么？"

瑞雯站了起来，手里拿着一本剧本的复印件："你的台词是：我已经在沼泽地里走了4个小时，也可能是5个小时——在这里，我的时间概念已经混乱。"

"知道啦。"德雷克说，"开拍吧。"

"第二遍，开拍！"

"我已经在沼泽地里走了4个小时，也可能是5个小时——在这里，我的时间概念已经混乱……"

拍到他感觉到有东西从他两腿之间游过时，德雷克停住了。导演朝米奇飞快地做了个手势，示意他下水。

"你那个吓人的小家伙呢，克雷先生？"

"就在这儿。我什么时候上？"

"台词是：啊！它又过来了！说到这儿，你就可以把蛇放到德雷克旁边了。"

"没问题。"

"记住，千万不能让你的爪子出现在镜头里！"德雷克突然插了一句。

瓦胡想：好啦，开始吧。

然而，不知何故，他爸爸依旧一动不动。"恕我直言，河狸先生，我又不是第一次拍电视。"他不急不慢地说道。

"是巴杰，不是河狸！"

米奇把手伸进衣服里，温柔地托出了那条刚刚被他取名为毒牙的小水蛇。它整个身体缠绕在米奇的小臂上，吐着红色的芯子，好奇地试探着。

远处传来隆隆的雷声，瓦胡和图娜抬起头，看了一眼越来越暗的天空。

导演也抬头看了看天。他拍了拍手，说道："好，各就各位，三，二，一……开拍！"

德雷克继续说道：

"就在刚刚，我感觉有东西从我的脚踝中间游了过去！可能是鳗鱼，也可能是条蛇，希望不是毒蛇。大沼泽地公园里有很多致命的棉口蛇。只要被它们咬一口，哪怕是条刚出生的小蛇，我立刻就会倒地身亡。

"啊！它又过来了！"

爬行动物都是冷血动物，这意味着它们的能量和警觉性会因温差而产生巨大差异。在寒冷的天气里，蛇新陈代谢的速度会大幅降低，它们会因此而变得呆滞，昏昏欲睡。温度越高，蛇就越有活力，越爱动。

之前，米奇·克雷故意让毒牙一直紧贴着他的皮肤，用体温温暖它，他确信这会让这个家伙完全清醒，当他将它放回到池塘里的时候，它一定精神抖擞。他也知道，此时如果有人想再次抓住它，它会表现得相当不友好。

"抓到你啦！"德雷克很随意地一把抓住蛇身的中间位置，兴奋地欢呼道。

然而，就是从这一刻开始，剧本成了一堆废纸。

正如米奇所预想的那样，毒牙被激怒了。它在德雷克的一只胳膊上狠狠地咬了一口，紧接着，另一只胳膊也被咬了。它咬了他的指关节、手腕，甚至还在他的下巴上咬了一口。

"啊！"他虽被咬得嗷嗷直叫，却始终没有松手。

图娜把胳膊搭在瓦胡的肩膀上，只说了一句"哇哦"。

突如其来的这一幕把导演都看呆了，他忘了喊"停"。和他在同一艘船上、坐在他身后的瑞雯·斯塔克飞快地用手捂住了眼睛，低头不敢再看。

与此同时，背着稳定器的那位摄影师则尽职尽责地用镜头记录下了这场浴血奋战的场景。德雷克手忙脚乱地想掐住这条疯狂扭动身体、肆意攻击他的蛇，然而一切都是徒劳，可即便如此，他还很努力地背诵着自己的台词：

"伙计，今天——哎哟哟——恐怕不是你的幸运日哦。"

他身上的牙齿印每多一处，他想要把这条活蹦乱跳的蛇烤了吃的决心就少一分。不过，他仍然没有放弃，依旧想在镜头前向他的粉丝们展现自己的勇猛。

"晚餐！"德雷克那吱哇乱叫的喊声使他的话听起来可信度极低。紧接着，又是一声："哎哟哟喂！"

毒牙已经瞄准了他的一个拇指，一口吞进了嘴里。

德雷克用力地甩动着那只受伤的手，身体却不听使唤地向后仰去，激起一片几乎有一人高的水花。三名工作人员赶紧跑上去把他从水里捞出来，他大口大口地吐着水，那条蛇早已不见了踪影。

"好样的，毒牙。"米奇轻声说道。

图娜望着瓦胡，瓦胡将头扭向一边，费了好大劲儿才没让自己大笑出声。

第十四章

　　德雷克·巴杰飞似的跑回营地，在被咬的——虽然小却多得数不清——伤口上抹了厚厚一层抗菌药膏。在和那条倔强不屈的水蛇恶战一场之后，他浑身颤抖，最终宣布今天的拍摄到此为止。

　　"叫直升机来。"他对瑞雯说，"我要回酒店。"

　　她告诉他，因为天气条件不允许，直升机在迈阿密根本无法起飞。

　　"这太荒谬了。"德雷克话音刚落，西边就传来了一阵不祥的雷声。

　　"有闪电，他们飞不了。太危险。"瑞雯说。

　　"危险？哼！你是不是忘了你在和谁说话？"

　　这时，米奇·克雷走了过来，德雷克立刻高举两只胳膊，露出了斑斑点点的伤口。

　　米奇说："在野外，发生这样的事情再正常不过了。"

　　"可是，你是动物驯养员！我们可是花了大价钱请你来控制那些动物的。"

"听我说，河狸先生——"

"不准再这么叫我！"

"这个世界上根本就没有所谓的蛇语者。"米奇说，"我家里养了一些胖乎乎、昏沉沉的蛇，就算你把它们打个结，它们也不会咬你。可是，是你想要狂野一点儿，现在这个结果就很狂野。"

德雷克抬起下巴，露出另一个由密密麻麻的小洞组成的U形伤口。伤口上抹的药膏微微反光，使他的整个下巴都透着油光。"这都怪你，克雷！"

米奇并没有打算道歉。他扭头望向瑞雯。

"接下来干吗？你还想要我抓浣熊吗？或者，臭鼬？"

"我们暂停拍摄。"她说。

"好计划。看这天气可是来者不善啊。"

德雷克嘀咕道："多谢告知。"说完，他又对瑞雯说："再给飞行员打电话。马上！"

米奇转身，往他的小帐篷走去。他吞了两片图娜给他的治头痛的药片，钻进睡袋，伸直腿，打算小憩一阵。眼看一场瓢泼大雨即将来袭，瓦胡和图娜扯了一块蓝色的塑料防水布罩在火坑上，以免木柴被雨淋湿。他们刚刚打理好一切，两道白花花的闪电就划破云层，照亮天际，片刻之后，一个炸雷在他们头顶翻滚。

三艘快艇都已向着西克勒的码头出发。几分钟后，大风卷着急雨来袭。瓦胡和图娜赶忙躲进图娜的帐篷里，拉上防风门的拉链。狂风奋力地拍打着帐篷的外层防水布。

帐篷外，一只苍鹭在隆隆的雷声间隙中高声惊叫，图娜听了，说道："那一定是*Ardea herodias*[1]在抱怨这糟糕的天气。"

图娜的这一奇特技能令瓦胡既困惑又着迷。他忍不住问道："你到底记了多少个物种的拉丁语学名？"

"我不知道——可能几百个吧。"

"可你为什么要记它们呢？"

"因为我喜欢。"她答道，"地球上的每一个物种都被人类以科学的方式加以分类。我永远都无法完全掌握这门知识，但是我会不断地学习。"

瓦胡并不打算就此放过她："上英语课时，只要让我背诗，就算是很短的诗，我都会头疼。你的秘诀是什么？"

"我说了啊，我做了很多研究。"图娜顿了顿，等头顶的雷声过后，她才接着说，"在银行没收我家房子之前，我经常待在自己的房间，关上门，然后像网瘾患者那样疯狂地在网上搜索信息。有时候，一连好几晚，我都会一直研究昆虫。有时候，我研究的对象又会换成鱼，或者两栖动物，或者其他动植物。我坐在电脑前，一遍又一遍地念那些拉丁语学名，直到它们深深地刻在我的脑海里。"

"这不就和写家庭作业一样嘛。我做不到。"瓦胡说。

"你当然做得到——如果你老爸脑子坏掉了，言行举止像个疯子。到那时，你就会找个地方藏起来。"她说，"再找点事情做，让自己远离疯子爸爸和他做的那些疯狂的事情。"

1　大蓝鹭。

瓦胡感到自己的脸有些烫，他觉得自己可能生病了。他胡乱给自己找了个理由，离开了图娜的帐篷。他的呼吸变得短促，他走进雨里，在张牙舞爪的暴风雨中漫无目的地向前走去。

雨水噼里啪啦地打在瓦胡的脸上，很快，他的衣服就湿透了。蓝色的闪电自上而下将天空劈开，可是他心中毫无畏惧。他像个木头人一样，迈着坚定的步伐向前走去。图娜的遭遇令他感到既愤怒又内疚——他为她爸爸伤害了她而愤怒，也为自己拥有如此惬意、美好的生活而感到内疚。和图娜相比，他仿佛生活在天堂之中，又像在海滩上度假。在他身边，没有人曾喝醉过，也没有人毁了家里的房子，更没有人会一拳打在他的眼睛上。

"看在上帝的分儿上，别再淋雨了！"

"什么？"瓦胡抬起头，这才发现自己已经走到了拍摄大本营。

瑞雯·斯塔克招呼他到餐饮公司的大遮雨棚下避雨。大多数工作人员都躲在这儿，等暴风雨过去。不知为何，瑞雯的一头红发在风雨中依旧那么服帖，一丝不乱。

"你到底是怎么回事？"她问瓦胡，"一道闪电劈下来，你就会变成人形烧烤，到那时，你那个疯子爸爸一定会起诉我们。"

瓦胡还没有从悲伤的情绪中完全恢复过来："巴杰先生呢？"

"在那边。"瑞雯指向一顶被风吹歪了的白色六边形帐篷。帐篷入口处的拉链被拉得紧紧的。"他要等雷暴停了再出来。"她说，"给你，快披上，免得着凉感冒。"

她递给瓦胡一件亮闪闪的蓝色防雨夹克，夹克的正面印着"荒野大求生"五个金色大字。他脱下湿漉漉的T恤衫，用夹克裹住肩膀。

不远处的一张桌子上有一个黑色的盒子，里面有台电话。看起来那盒子像是可以防水。

"你们的手机在这儿有信号？"瓦胡问。

瑞雯说："孩子，那是卫星电话，就算是在珠穆朗玛峰上也有信号。"

"我能借一下电话吗？"

她被他的这个要求逗乐了："你想给谁打电话？"

"求你了！"

"年轻人，你先坐下。"

当她给他擦干头发后，瓦胡把手伸进口袋里，摸索了一阵，最后掏出一张写着电话号码的纸。那张纸湿透了，他展开时特别小心，生怕把它撕烂了。

瑞雯把电话从盒子里拿出来，开机。

"我会把钱给你的。"瓦胡说。

"别担心。这是公司的电话。"

他把那个号码递给她。"这是中国的电话号码。"他小声说，"用这个电话打了多少话费钱，你就从要付给我们的钱里扣掉多少。"

瑞雯满脸疑惑地笑着说："你在中国还有认识的人？"

"是我妈妈。她在那里工作。"

"什么工作？"

"她是一名语言老师。"

幸好，瑞雯似乎并不怀疑他的话。她看了看表，说道："现在

140

这个点，你妈妈可能还在睡觉。在世界的另一边，现在是半夜。"

瓦胡点点头："嗯，我知道。你能给她打一个吗？"

雷暴云马不停蹄地奔向东方，雨势渐小，转眼就变成了毛毛雨。

拨号的时候，瑞雯说："我跟你说个秘密：我每天都用它给我妈打电话，无论我在哪里。"

"她住哪儿？"瓦胡问道。瑞雯说话有口音，他猜她可能来自其他国家，如南非或新西兰。

"亚拉巴马州的费尔霍普。"瑞雯说。

"你说起话来可不像是亚拉巴马人。"

她把卫星电话递给他："10分钟，够吗？"

苏珊·克雷没有睡觉，她坐在床上，呆呆地望着那台大块头的老式电话。电话铃响了，在拿起电话前，她就已经知道是谁打来的了。

从瓦胡很小的时候开始，他和妈妈之间就存在着一种很特别的纽带，那是一种类似于心灵感应的感觉。有一次，他在幼儿园的游乐场里摔了一跤，头上破了一个大口子。当苏珊·克雷赶到幼儿园的时候，救护车都还没到——就连瓦胡的老师都还没来得及打电话通知苏珊。苏珊当时正在工作，突然，一种奇怪的焦虑感向她袭来，她立刻就知道儿子需要她，于是她赶到了幼儿园。

在爱丽丝误伤瓦胡，咬掉他的大拇指的那天下午，情况也一样。苏珊几乎是跟医护人员同时进的家门——但没有任何人给她打电话，通知她这起事故。

因此，当身在上海的她接起电话后，说的第一句话就是："出了什么事？"

"妈妈，什么事都没有。我就是想给你打个电话说说话。"

"啊，你真贴心。"苏珊·克雷说，"可是，我不相信。"

"我真的很好。老爸也很好。这个工作目前……也算进展顺利。"

"可是？"

"没有'可是'。"瓦胡说。

"你不说我也知道。我从你说话的声音里就能听得出来。"

"好吧，是因为一个女孩……"

电话里传来了妈妈的啧啧声。

"妈妈，拜托了。"

"我在听呢。"

"其实，她算是跟着我和老爸跑出来的。"

"算是？"

"她爸爸打了她。"瓦胡说。

电话那头的苏珊一言不发。

"她妈妈走了，她没地方可去。"瓦胡边说边等待妈妈的回应。听到那边依旧没有反应，他接着说道："我们就带着她一起出来工作了。她和我们一起在沼泽地的树林里。"

他妈妈终于开口说话了："你这个新朋友多大？"

"她和我是一个学校的，我们同年级。"

"你爸爸应该打电话报警。"

"他是这么想的。"瓦胡说，"可是，如果警察把她爸爸抓走了，她还是一个人。妈妈，他们住在沃尔玛的停车场里。"

"别胡说。"

"我说的是真的。他们就住在一辆旧露营房车里。"

苏珊·克雷说："警察不会把她一个人丢在那里的。他们会找人照顾她。"

"你是说那种寄养家长？"

"也可能是家庭。她没有姨妈、姑姑或叔叔、舅舅吗？"

瓦胡说他没问。

"你问清楚。"

"这已经不是她第一次挨打了。她爸爸只知道喝酒。"

"这太糟糕了。"

"她跟我说这些事情的时候，我根本就听不下去。"瓦胡听到自己的声音竟有些颤抖，心想，我这是怎么了？

他妈妈说："她是需要一个倾诉的人。你得坚强一点儿。"

"我知道，可就是……"

"就是怎么？"

"妈妈，她又瘦又小。我不明白一个人怎么能这样对待自己的孩子。他用的是拳头，像打沙包那样打她！"

电话那头，苏珊叹了口气。瓦胡能想象得到妈妈此刻的表情。

"你想不明白的。"她说，"所以别去想了。这个世界上有一些人的脑子彻底坏掉了，跟团糨糊一样。"

瑞雯·斯塔克走到瓦胡身边，抬起手，敲了敲手表。他伸出一根手指，申请再多说1分钟。

苏珊·克雷说："等这份工作结束了，你和你爸应该带你的这位朋友去警察局，让她把发生的一切都告诉警察。"

"可到那时，她眼睛上的淤青就消了。"

"他们会相信她的。他们也最好相信她。"

"妈妈，我想你了。"

"我也想你，大个子。你的那个新朋友，她叫什么？"

"这不重要。"

"你开什么玩笑？快告诉我。"

瓦胡把手臂紧紧抱在胸前："他们叫她图娜。"

电话里传来了苏珊·克雷的笑声："瓦胡和图娜！也许，这就是命中注定啊。"

"我就知道你会觉得这很好玩。"

"嘿，你必须承认，你们这两条'鱼'，这也太巧了。"

"我得挂电话了。"瓦胡说，"这位女士要电话了。"

"你先跟我说说你爸怎么样，再挂电话。"

"好多了。妈妈，我说的是真的。"

"你的意思是他表现得很乖？"

"嗯。"瓦胡小心翼翼地选择自己的措辞，"我们还没有被炒鱿鱼。"

天气不仅没有转好，反而更差了。雷阵雨一波接一波，似乎永远也下不完。傍晚时，德雷克·巴杰从他的豪华私人帐篷里走了出来，抬起头，望着乌云密布的天空。

"直升机还没来？"他不耐烦地问瑞雯·斯塔克。

"情况看起来不太好。"她答道，只不过，她的措辞十分委婉。导演通过自己手机上的雷达小程序看到，一大团来自西方的气流正浩浩荡荡地朝这边奔涌而来。

"在这种天气下，直升机根本没法起飞或降落。"

"那我怎么回酒店？"德雷克反问道。

有时候，就连瑞雯都惊叹自己竟如此有耐心。"情况看起来不太好。"她重复了一遍刚才的话，"我们可能得和其他人一起在这里过夜了。"

如她所料，德雷克气坏了，像个还没长大的孩子一样，开始愤恨不平地咒骂着。他飞起一脚，将一个装有驱蚊液的塑料瓶子踢进了树林里。紧接着，他又将一个装有火鸡三明治的托盘打翻在地。最后，他骂骂咧咧地从一棵干枯的橡树上掰下一截树枝，用尽全身力气将它扔了出去，结果非常不凑巧，那根树枝偏偏砸在他自己的帐篷上，戳出一个洞。

他还发誓说一定要把那个不听话的飞行员炒鱿鱼。

突然，一道闪电从天而降，劈在距离营地不过几百码远的地方，令这出幼稚的闹剧戛然而止。德雷克吓得面如土色，赶紧躲进那个破了个窟窿的帐篷里，缩在里面瑟瑟发抖，直到夜幕降临。

当天，晚餐的时间比平时晚，而且是趁着暴风雨稍有缓和的间隙才开餐——焖鸡块、煮野生稻米饭、黄油卷和田园沙拉。德雷克抵挡不住菜肴香味儿的诱惑，钻出帐篷，和大家一起挤在餐车帐篷下。火把湿透了，根本点不着，加上没有人想到要储备一些干燥的柴火，于是，众人只得用锤子砸碎了折叠椅，用它们生了一堆火。

在吃完第三盘鸡块加米饭后，德雷克打了一个大大的饱嗝，问道："今天的甜点是什么？"

"奶酪蛋糕。"厨师答道，"配车厘子。"

德雷克听后两眼放光："呼啦啦！快给宝宝来一块。"

这时，瑞雯开口了，且语气坚定："你只能吃一小块。"她打量着他的肚子，浑圆的肚腩呼之欲出，衬衫上的扣子仿佛随时都有可能被崩掉。

"哦，别生气嘛，妈妈。"他说，"在经历了如此可怕的一天后，就让我敞开肚子吃一次嘛。"

说罢，他就向奶酪蛋糕发起了猛攻，那吃相简直令人叹为观止。瑞雯只能站在一旁，一脸嫌弃地望着他。导演和摄影师纷纷背过身去，有人甩出一副扑克牌，大家立刻玩了起来。

当德雷克狼吞虎咽地吃完后，托盘上干干净净，连一点儿蛋糕渣都找不到。他那个被蛇咬过、涂满了抗病毒药膏的下巴上此刻又多了一层黏糊糊的奶油，越发显得光滑油亮。他拿起一张餐巾纸，轻轻一抹嘴，冲瑞雯点了点头。

"我们今天下午拍的片子，"他很小声地对她说，"你看过脚本没？"

"还没看。"

"我是这么想的，就说咬我的是一条棉口蛇，你觉得怎么样？"

"那样的话，我们会接到无数来自蛇类爱好者和爬行动物学家的投诉，他们肯定一眼就能看出那根本不是棉口蛇。"

德雷克笑着说道："别这样嘛，瑞雯，发挥一下你的想象力。我们有CGI，你忘了？"

德雷克所说的CGI是计算机生成图像（Computer-Generated Imaging）的简称。这是电影后期制作中常用的一种技术，常被用来制作科幻和特效镜头。"后期制作部高手如云。"他说，"他们完全可以把它变成棉口蛇或响尾蛇，或者任何我们想要的蛇。然后，我们再拍一个我给自己注射解毒血清的镜头，我救了我自己！"

瑞雯往后一仰靠在椅背上，两只胳膊抱在胸前："是你说的，我们不要再弄虚作假。你还说你想让一切返璞归真，回归'真实'。"

听到瑞雯提起他之前这番义正词严的说辞，德雷克不免有些窝火。

"随便你吧。"他怯怯地嘀咕了一句。

空中闪过一道光，一道锯齿状的蓝色闪电划过天际。隆隆的雷声从远处传来，桌上的银器被震得丁零当啷直响。

德雷克皱起眉头："找个人把我帐篷上的洞补好。快点。"

"好的。"瑞雯答道。

"说起帐篷，难道就没有人发明一个带空调的帐篷吗？那里面的温度绝对不低于32摄氏度——"

就在这时，他们背后突然传来一声刺耳的尖叫。他俩扭过头，只见餐饮公司的一名员工正疯狂地跳来跳去。那个头上戴着绿色发网的中年妇女边跳边指着桌上一团毛茸茸的东西，那东西拖着一条长尾巴，正趴在蛋糕盘上瑟瑟发抖。

瑞雯站起来，吸了口冷气："那是什么——鸟吗？"

德雷克也站了起来。"鸟没有那么大的耳朵。"他说。

"老鼠！"

"不。老鼠没有翅膀。"他靠近蛋糕盘，低下头打量着这个颤抖的毛球。观察了一阵后，他笑眯眯地回到了瑞雯身边。

"和我猜的一样——是只蝙蝠！"

她说："上帝啊，这么大的蝙蝠！"

"的确不小。"篝火映在德雷克的眼睛里，使他的眼睛泛起点点金色的光芒。

"它一定是病了或受伤了。"瑞雯说，"我去找克雷先生。"

"等一下，我有个更好的主意。"德雷克转向导演，"你的人需要多久才能把灯光弄好？"

导演收起手里的扑克牌："你真的现在就要？"

瑞雯走过去，看了看那只孱弱的蝙蝠后，回到了德雷克·巴杰的身边。

"哦，不会吧？"她说。

"嗯，我就是这么想的！"德雷克舔了舔上嘴唇，"我们就这么干！"

第十五章

瑞雯·斯塔克要瓦胡留下来，和工作人员一起吃晚饭，瓦胡表示感谢后还是离开了。当他回到自己的营地时，图娜正坐在防水布的一角，打着手电筒看书。

"外套不错啊。"她说，"这是不是表示你已经正式成为他们的一员了？"

瓦胡脱下《荒野大求生》摄制组的夹克，换上一件干的T恤衫。他和爸爸的帐篷里传来了一阵阵十分熟悉的鼾声。米奇很早就睡着了。

"是我把你吓跑的，对不对？"图娜说。

瓦胡摇摇头："是你爸爸，他的那些事情实在是——"

"太沉重了。"

"是的。"瓦胡坐在她身边，"你就从没想过报警吗？"

他的这个问题仿佛一缕青烟，在林中飘荡着，瞬间就消失在静谧的黑夜之中。

图娜说："今天，快艇驾驶员问过我的眼睛是怎么回事。他觉得是你揍的。"

"他真这么说？"瓦胡感到十分难为情，"你是怎么回答的呢？"

"当然是实话实说了，你猜怎么着？他老爸以前也对他和他妹妹做过同样的事情。"

这就是林克和图娜站在船上聊天的全部内容。瓦胡再一次哑口无言，不知该说什么才好。

"他跟我说，就算是圣诞节，他爸也照样会打他们。"图娜说。

"他们报警了吗？"

"我没问。"图娜合上书，把手电筒还给瓦胡，"嘿，我并不是故意想吓你的。"

"没事，我没事。如果你想找人聊聊，可以随时来找我。"

"雨停了。我们吃点东西吧。"

他们掀开防水布，下面的柴火一点儿都没被打湿。瓦胡点着火，热了几个裹着培根条的热狗。它们不如餐饮公司的晚餐花哨精致，但是味道很不错。今晚的甜点是水果卷。

吃完饭后，图娜和他说起了大沼泽地公园里的野生兰花。"有一个品种叫幽灵兰花。这种花极其罕见，但是超美！"

瓦胡有一搭没一搭地听她说着。他还在想他跟妈妈说起图娜的事情后，妈妈说过的那些话。

"兰斯，你走神了。是不是我说的东西太无聊了？"

"对不起。"瓦胡说，"我刚才就是——"

"什么？"

"你说你妈妈去北方了。"

"她在芝加哥。"图娜说。

瓦胡不想让图娜觉得自己在逼问她，可是有些事情他必须要弄清楚。"她什么时候回家？"

图娜摇摇头："我不确定。我外婆病得很重。"

"你把这件事告诉你妈妈了吗？你爸爸是怎么对你的！"

"她要担心的事情已经够了。"

"可是——"

"听着，他以前也打过我妈。"图娜说。

瓦胡再次呆住了。他无论如何也想象不出爸爸揍妈妈的情景。和这位戈登先生一起生活真是一件恐怖至极的事情。

"妈妈想要我和她一起去北方照顾外婆。"图娜说，"可是，我决定留下来，我想读完这一学年的课程。于是，她把我爸拉到一边，说：'我不在家的时候，如果你敢动这个女孩一根汗毛……'可这又怎样呢，他根本就不听。"

"他是从什么时候开始这样对你的？"瓦胡问，"我说的是，动手打你。"

"说这个已经没有意义了。有时候，你等一个人改变，等了好久，对方却没有丝毫改变。等妈妈一回来，我们就离开这里。"

"可是，在那之前，你还有别的地方可以去吗？你有姨妈、姑姑或叔叔、舅舅吗？"

"兰斯，我累了。"

"抱歉，是我多管闲事了。"

"嘿，没事的。"图娜的脸上浮现一个略显悲伤的笑容，"如果你遇到这样的事情，我也会问你同样的问题。"说完，她和他道了晚安，就钻进了自己的帐篷里。

瓦胡毫无困意。他往火堆那边挪了挪，拿起一根柴火插进奄奄一息的火苗中。之后，他举起手电筒照向树林，找到了六株顶上长有暗红色花朵的附生植物。黑暗中，它们看上去就像是一顶顶万圣节戴的假发。树顶上不时传来扑棱翅膀的声音——可能是猫头鹰，也可能是老鹰。

另一顶帐篷里传来了低沉的呓语声。瓦胡往帐篷里瞟了一眼，看到爸爸似乎做了噩梦。瓦胡轻轻摇醒了他。

"我的头。"米奇呻吟着。

"你想吃图娜的药片吗？"

"我现在只想让自己好起来。"米奇坐起来，使劲地眨了眨眼。

瓦胡在手电筒的光柱前伸出四根手指："老爸，这是几？"

"4。"

"很好。"

"我不会是被那只哗哗叫的鬣蜥砸了后，脑子里就长肿瘤了吧？"

"这可不是说着玩的。"在网上搜索过爸爸的病症后，瓦胡也曾有过同样的担忧。"脑震荡不会变成脑肿瘤。"尽管他也不确定，但他仍语气坚定地说道。

"你知道我做了个什么梦吗？"米奇说，"我梦到有偷猎者在追踪爱丽丝。太可怕了。"

瓦胡扶着爸爸走出帐篷,他留意到爸爸胳膊上和肩膀上的肌肉十分紧张,硬得就像船上的缆绳。哪怕是窝在家里好几个星期不活动,这个男人依旧保持着健硕的体型。

"老爸,坦白说,你做的梦成真过吗?不管是好是坏。"

"一次都没有。"

"那就是了。爱丽丝好着呢。"

米奇仰起头,闻了闻:"又下雨了?"

"我跟你说,我给妈妈打过电话了。"瓦胡说。

"你说什么?什么时候打的?"

"你睡着的时候。斯塔克女士让我用她的卫星电话打的。"

"你应该叫我起来的。"米奇没好气地说。

"妈妈觉得我们应该带图娜去警察局,让她把她爸爸做的事情告诉警察。"

"嗯,然后呢?"

"妈妈就说了这些,没说别的。"

米奇弯曲起手指,用指关节摩挲着满是胡茬儿的下巴。"要是那些警察就是做个记录,然后又把她送回家了呢?或者,就像你说的,他们抓了她爸——到那时,她去哪儿住?"

起风了,凉飕飕的。瓦胡拉紧了那件印着"荒野大求生"的夹克上的拉链,说道:"我们再想想吧,并不是今晚就得做决定。"

"嘿,你们俩,决定好了别忘了告诉我!"是图娜的声音,声音是从她的帐篷里传出来的,"你们刚才说的可是我的生活哦。"

瓦胡刚想对她说对不起,就在这时,一声战栗的叫声划破夜空,紧接着,一声又一声……

佛罗里达犬蝠是美国东南部体型最大的蝙蝠，其体长接近7英寸，通体长满黑色或浅黄褐色的光滑短毛，身后拖着一条类似于老鼠尾巴的尾巴。佛罗里达犬蝠的尾巴长度远远超出其翼展宽度。它们的翅膀长而纤薄。

人们普遍认为，多年前的一场飓风将这种蝙蝠从古巴带到了佛罗里达。这种蝙蝠极其罕见，被认为是一种濒危物种。白天，它们通常都会躲在棕榈叶的缝隙间睡觉。和别的蝙蝠不同的是，它们的活动时间不是黄昏，而是深夜。犬蝠飞行速度快，可以飞到很远的地方觅食。它们主要以昆虫为食，通常情况下不会咬人，也不会吸人血。

闯入《荒野大求生》餐饮车帐篷里的是一只年轻的雌性犬蝠。为了追捕一只小飞虫，它从低空掠过，恰在此时，它的声呐系统出了故障，致使它在全速飞行中一头撞在了帆布顶上，稀里糊涂地掉到了盛德雷克·巴杰吃的那块奶酪蛋糕的托盘上。

和其他夜行动物一样，犬蝠对光极其敏感。营地里人工照明发出的白光强度远胜于太阳，这使这只无意中闯入营地的蝙蝠受到了惊吓。它看不到这束奇怪而强烈的光从哪里来，也看不到围绕在它身边的人类。

通过两只树叶状的耳朵，它接收到了许多稀奇古怪的声波，进一步加剧了它内心的困惑。

"在大沼泽地公园深处，环境恶劣，食物稀缺。
在这里生存全凭因地制宜，而这就意味着绝不能挑食，
有啥吃啥。今晚，这场危险的雷暴加上铺天盖地的狂风

暴雨，使我根本就无法离开此处去抓捕我梦寐以求的晚餐：鲜嫩多汁的牛蛙和小龙虾。

"不过，我运气不错——相信我，在这里，你最需要的就是运气了——暴虐的天气也将一份美味的食物送到了我的嘴边，它能为我提供足够的营养，让我在这热带丛林里熬过另一个残酷的夜晚。

"让我来看一看……"

蝥蝠和绝大多数蝙蝠一样，可以倒挂身体，然而，它们不太习惯用尾巴吊住身体，悬挂在半空中。

即便受亮光的影响，处于半盲的状态，它们也能够在一定程度上识别出捕食者，尤其是当这个捕食者拥有一个锃亮的下巴、一张大大的椭圆形嘴巴和一头扎眼的橙色头发的时候。

"这家伙去掉骨头，可能只有区区15克肉。不过，当你像我一样饥肠辘辘的时候，这点剔骨肉看起来也像T骨牛排一样，让人垂涎欲滴！

"不幸的是，雨水浸透了引火物，我没办法生火做饭。我想，在这种情况下，我恐怕只有一个选择。

"听好了，请你千万不要模仿和尝试——野生蝙蝠十分凶残，它们的牙齿像钢针一样锋利。请记住，我是一名经验丰富的野外生存专家，我知道如何应付这些捉摸不定的坏蛋……"

德雷克·巴杰缓缓低下头，张开大嘴，准备开吃。他眼前的这只蝥蝠其实并不凶残。它只是不想被吃掉。

所以，它毫不犹豫地展开了反击。当对方进入它的攻击范围内之后，它一口咬住了那个逐渐逼近的目标，而那个目标恰好就是德雷克胖乎乎还泛着紫色斑点的舌头。

"啊啊啊啊啊！啊啊啊啊啊啊！啊啊啊啊啊啊啊啊啊啊啊！"

在这只蝙蝠意外闯入后，德雷克急匆匆地在餐巾纸上现编了这段台词，但是这几声惨叫并不在他的台词之内。这声尖叫完全是他的即兴发挥。

"不要动！不要动！"瑞雯·斯塔克喊道，可是德雷克已然失控。他一个趔趄，整个人仰面朝天地摔进了一丛蕨类植物中，那只扑棱着翅膀的哺乳动物仍然紧紧贴在他那张满是血污的大脸上。

"停！"导演大喊一声，"快去找克雷！"

瓦胡的爸爸站在这位跌倒的电视明星身边，此刻，德雷克全身僵硬，双目圆瞪。他那件猎装式衬衫的前襟上已经溅了不少暗红色的斑点，那只蝙蝠吊在他的嘴边，宛如一件奇特的假日装饰品。

"简直让人不敢相信。"米奇说。

"快做点什么！"瑞雯哀求道。

米奇扭头对儿子说道："我需要我的那副厚手套。"

瓦胡立刻飞奔回他们的营地，这时，图娜向前凑了凑，打量着眼前这一幕。"这是什么蝙蝠？"她问道，"我知道它是平躺着的、不倒挂的那种，可它到底是哪一种蝙蝠？"

瓦胡的爸爸耸了耸肩膀。他指挥工作人员调整灯光的位置，使光线能直射到德雷克·巴杰摔倒的位置，将那里照得如医院里的手术室一般灯火通明。当瓦胡取来那副厚手套后，米奇立刻戴上手套，并让所有人都往后退。

"他还有呼吸吗？"瑞雯问道，"求求你，一定要告诉我他还有呼吸。"

"他们俩都还有呼吸。"米奇跪在德雷克身边，思考如何才能挪走这个受惊了的小家伙，同时保住德雷克的舌头。

瓦胡知道爸爸不喜欢蝙蝠。它们很狡猾，训练难度大，而且和其他哺乳动物一样，蝙蝠有时候会携带致病菌。然而，眼下是突发事件，而且营地里除了爸爸没有人能处理这件事。

米奇凑到德雷克的耳朵边，很小声地说："如果你能听到我说话，就眨两下眼睛。"

德雷克眨了两下眼。导演如释重负地拍起了手，有些工作人员跟着欢呼起来。

"嘘！"米奇侧过头，示意众人噤声。随后，他对德雷克说："别担心，我会把你这个笨蛋救出来。诀窍就在于，千万不要再刺激这个毛茸茸的小朋友，让它更加紧张。伙计，你必须得一动不动，不管有多疼都不能动。你听明白了就眨一下眼。"

德雷克又眨了一下眼。米奇让瓦胡掰下一根蕨类植物，撸掉所有叶子，只剩一根柔软的绿茎。瓦胡把它递给爸爸，米奇称赞道："完美。"

"你打算怎么办？"瑞雯不解地问道。

"给它挠痒痒。"米奇答道。

"你说真的吗？"

"我相信他没在开玩笑。"图娜说。

瓦胡留意到工作人员已经架好工具，准备把整个过程都拍摄下来。通常情况下，德雷克一定会强烈反对，他可不想让观众看到他们这位肌肉发达的英雄被一只2盎司重的小东西折磨得不能动弹。然而，在当前这种情况下，他只能选择保持沉默。

米奇趴在地上，让自己与蝙蝠处在同一水平位置上。此刻，这个小东西正瞪着一双湿乎乎的黑眼睛，很不高兴地注视着他。在瓦胡和图娜看来，这只被激怒的小动物似乎并不喜欢德雷克·巴杰的舌头的味道。

米奇用那根软绵绵的蕨茎轻轻挠着蝙蝠的肚子，时不时地戳戳它，有时又在它的肚子上划来划去。不一会儿，那只蝙蝠就开始抽搐，同时发出吱吱的叫声。

"镜头拉近，来个特写！快！"导演向摄影师发出指令。

瓦胡摆了摆手，示意所有人都不要动。他担心，那只受惊的蝙蝠松开德雷克后会转而扑向他爸爸。

事实上，这只小动物只有一个计划：逃走。

没有科学家研究过蝙蝠是否会像人一样，能够感受到痒这种感觉。但是，米奇用那根蕨茎给它挠痒痒的办法显然奏效了。只见那只蝙蝠浑身抖动，松开了一直咬着德雷克舌头的牙齿。

"快，杀了它！杀了它！"瑞雯大喊道。

"别开玩笑了。"米奇说。

那个小家伙发出"噗"的一声，落在了德雷克那个喷了古铜色喷雾的额头上，随即展开它那对薄膜般的翅膀。不同于其他蝙蝠，獒蝠能够从水平面上直接起飞。这只小蝙蝠就这么飞走了。它借着一阵清风，歪歪扭扭地绕开了拍摄大灯发出的炽热光柱，很快就消失在阔叶林那黑漆漆的树冠之中。

　　瓦胡和图娜相互击掌，导演大声喊道："好极了，克雷先生。干得漂亮！"

　　瑞雯焦急地跑到德雷克身边，跟他说了些什么狂犬病和瘟热病的话。瓦胡的爸爸向她保证说，那只蝙蝠没有病。"它咬河狸先生完全是出于自卫，目的简单而纯粹。"

　　德雷克对于再次被叫作河狸毫无反应，这表明他可能真的被吓呆了。好几个工作人员围了上来，把他抬进了他的帐篷。瑞雯脸色阴沉，拎着急救箱紧随其后。

　　米奇对瓦胡和图娜说："走吧，我们回去睡觉。"

　　就在他们回营地的路上，雨又噼里啪啦地下了起来。大雨哗啦啦地下了一整夜，偌大的一座岛上，万籁俱寂。

　　除了一个人。

第十六章

瓦胡是被快艇的声音吵醒的。他想船应该是来接德雷克·巴杰，送他去医院接受治疗的。

走出帐篷，瓦胡看到图娜正捧着一本绿色封面的书在看。那是一本关于佛罗里达州哺乳动物的野外指南。她把它和其他许多书、日记本和速写本一起塞在她的帆布包里。图娜走到哪儿都会背着那个大包，绝不会让它离开自己的视野。

"这就是昨晚那个犯罪嫌疑人。"她说，"它叫獒蝠，*Eumops glaucinus floridanus*[1]。"

她指着指南里的照片，给瓦胡看。"对，就是它。"他表示赞同。

"我要记住所有热带蝙蝠的拉丁语名字，就从今天开始。"

"看到我老爸了吗？"

1　佛罗里达戴帽蝙蝠。

"他去打猎了。"图娜边说边吃着不像早餐的早餐——什锦坚果和运动饮料，"我猜他们肯定要送德雷克去迈阿密打狂犬疫苗。"

"我爸往哪边走的？"

"兰斯，放轻松。他说了他的头已经不疼了。"

雨下了一夜，他们的营地彻底变成了一个烂泥塘。瓦胡并不打算费事去生火做饭。他吃了两根能量棒，喝了点微微还带着温度的柠檬口味运动饮料，就算吃过早餐了。

"那接下来怎么办？"图娜问。

自从昨晚看到德雷克那副呆若木鸡的模样之后，瓦胡觉得这期的大沼泽地公园的拍摄工作应该会被取消，他爸爸的动物驯养员工作也结束了。

"我想，应该是打包行李，准备回家。"他说。

"回家，温馨的家。"图娜话里有话地笑着说道，"我都等不及了。"

瓦胡看到她眼睛周围的淤青已经淡了许多，只留下一圈黄色的淤痕。"也许，你还可以和我们一起住上一段时间。"他提议说。

她快速浏览了一遍书上关于那种蝙蝠的内容，说："我敢肯定，我很快就会收到我爸的短信了，因为他该洗衣服了。每次都这样，流着眼泪跟我道歉，可惜都是演戏，假的。"

"你以前也离家出走过？"

图娜抬起头，望着他："当然，跑过两次。"

"然后你又回去了。"

"对啊，可是我不会一直这样下去的。妈妈一定会离开他。"

瓦胡心生一计："等我和我爸拿到这份工作的报酬，我们就给你买张去芝加哥的机票。"

"我不要。"图娜说，"不过，还是谢谢你。"说完，她转过身，不想让他听出话语中的哽咽。

"学校已经放暑假了，你没有理由还留在这里。"

她把那本指南塞进包里，站起来，说道："听我说，我知道你和你爸都想帮我，可是我真的没事。我能应付我爸爸，直到我妈回来。"

"好吧。"瓦胡嘴里这么说，心里却想，可那个男人有枪。

三只花斑蝴蝶飞过，图娜的脸上立刻绽放出灿烂的笑容，紧接着，她像芭蕾舞演员一样，身姿轻盈地闪到了吊床的另一边。

"嘿，兰斯，你来看看这个。"她说，"长尾玳瑁凤蝶。*Eurytides marcellus*！"

瓦胡只想知道这几只蝴蝶到底是结伴飞行，还是碰巧遇上了彼此。他抬起头，一片厚厚的云层映入眼帘，仿佛天空中铺了一层灰蓝色的垫子，一群美洲秃鹫乘着上升的暖气流，排着队从空中掠过。太阳早就升起来了，可是阴沉沉的天空丝毫看不出早晨应有的模样。瓦胡厌倦了这种坏天气，也厌倦了这种潮湿的感觉。

他爸爸跨过林中的矮树丛，朝营地这边走来，手里拎着两条鼠蛇。这是两条漂亮的鼠蛇——5英尺长，暗橙色的蛇皮上点缀着灰色的斑纹，肚皮是明亮的奶油色。

"看看我找到了什么。"他兴高采烈地说道。

"会咬人的家伙？"瓦胡故意反问道。

"两个不一般的家伙。"

图娜也觉得这两条蛇很漂亮，但是她始终站在远处，不靠近。

"没事，露西尔。"瓦胡说，"跟我们说说，林奈先生管它们叫什么？"

"等一下，我正在想呢。"她闭上眼睛，全神贯注地思考着，"它们属于锦蛇属，学名是*Elaphe*。我马上就想到了。"

瓦胡笑了："加油想。老爸，我想我们这次可难住她了。"

米奇没有听他俩的对话。他在听附近传来的另一个声音——踩着树枝，朝这边走来的沉重的脚步声。"有人来了。"他说。

迈着重重的步伐走进这片空地的正是那个大块头的快艇驾驶员林克。他穿着一件脏兮兮的条纹汗衫、一条褪了色的牛仔裤，脚上穿了双破破烂烂、没有鞋带的登山靴。他扫了一眼营地，当他看到米奇和他手里的蛇的时候，他的鼻子里发出了一个不易察觉的"哼"的声音。

"他在哪儿？"林克问。

"谁？"瓦胡反问道。

"拍电视的那个家伙。"

图娜上前一步："你是说巴杰先生？"

"是的，他走了。"

米奇嘟囔了一句："走了才好。"他的两只胳膊上各缠了一条鼠蛇。

"让那玩意儿离我远点。"林克警告道。

"嘿，别像个孩子一样嘛。"

"今天早上，那个拍电视的不在他的帐篷里。"

图娜说："也许，他去远足了。"

"或者，他在这里，和你们在一起。"

米奇哈哈大笑："说得对，神探先生。我们昨天半夜绑架了他！我刚想起来。"

"老爸，别这样。"瓦胡说。林克是个冷冰冰的人，没有丝毫的幽默感。

"他们要我来接他。"林克接着说道，"带他去西克勒的店里。医院派了辆救护车来，说他被水獭咬了。"

"是被蝙蝠咬了。"图娜插嘴说。

瓦胡想不出德雷克·巴杰离开的原因，也想不出他会去哪里。这座树岛很大，可能有15英亩[1]。"我们会帮你找他。"他对林克说。

趁着米奇把那两条鼠蛇装进枕套的空档，图娜和瓦胡已经给自己喷好了驱虫喷雾。他们递给林克一瓶运动饮料，他只用几口就喝了个底朝天。接着，他们就一起出发，穿过林间密密麻麻的藤蔓，去寻找那位失踪的电视明星。米奇走在最前面。

没走多远，他们就在路上遇到了导演和工作人员，心急如焚的瑞雯·斯塔克也跟他们在一起，她的一头红发上粘了不少蜘蛛网。

"我们到处都找遍了。"她心慌意乱地说，"德雷克不见了！失踪了！"

"不可能。"米奇说。

1　1英亩约为4046.86平方米。

导演将他拉到一旁，小声对他说：“要是他被熊抓走了，怎么办？”

“佛罗里达熊不吃人。况且，也没发现血迹和骨头。”

“那他一定是迷路了……”

米奇说：“他没有迷路。他躲起来了。”

他们所在的这个地方位于小岛一侧的边缘处，地势低洼，植被稀疏，地形狭长。

“躲起来了？”瑞雯大声说道，“为什么要躲起来？”说完，她就转过身，高声呼喊德雷克的名字。

瓦胡和图娜觉得自己也应该这样做。然而，四周没有回应。米奇建议大家分开行动，以大本营为中心，再找一次。

“给你，你拿一台对讲机。”导演说。

就在这时，他们听到了快艇发动机的轰鸣声，大家一起伸长脖子循声望去。起初，林克还一脸困惑，但很快他就变得怒气冲冲。

“那是我的船！”他大喊一声，压低重心，像头发疯的水牛一般，冲过灌木丛。

导演骂了一句，瑞雯发出了绝望的哀号。瓦胡和图娜简直不敢相信眼前发生的一幕。

米奇·克雷摇了摇头：“这真是越来越精彩了。”

《荒野大求生》的总制片人名叫格里·杰曼。这个人脾气暴躁且固执，开着一辆淡黄色的法拉利跑车，脚上穿着标价900美元的休闲鞋。在加利福尼亚，距离洛杉矶市中心不远的地方有一座影视城，格里·杰曼在那儿有一间自己的办公室。他坐在这间杂乱不堪的办公室里统治着自己的电视王国。除了《荒野大求生》，格里·杰曼还制作了另外其他三档同样很受欢迎的真人秀节目——《响尾蛇围捕行动》《虾·战》和《疯狂极地》，最后这档节目讲述的是一个喜欢吵架的家庭在一座快要融化的冰山上生活的故事。

格里·杰曼几乎从来不看自己制作的节目，但是他十分关心节目预算。德雷克·巴杰就一直在预算上给他制造各种麻烦。他上一次提出的加薪要求直接惹怒了狂野频道的总裁，而狂野频道正是格里·杰曼所有真人秀节目的播出平台。刚刚在科罗拉多的阿斯彭买下度假屋的他只想和狂野频道维持良好的合作关系。因此，在他看来，德雷克·巴杰不仅爱发脾气，还总是闯祸，徒增节目成本，少了他，《荒野大求生》反倒清静。

"你说'走了'是什么意思？"尚在大沼泽地里的瑞雯通过卫星电话联系到了他，在电话里，格里·杰曼问道。

"昨晚，他被一只蝙蝠咬了。"

"还有别的消息吗？"

"那只蝙蝠被激怒了。德雷克流血了，血流得到处都是。"瑞雯说，"今天早上，我们去他的帐篷找他，发现他走了。"

"嗯。"

"后来，我们发现他偷了——我们姑且说是'借'吧——一艘快艇。我们也不知道个中原因。"

"那个白痴从哪儿学的开快艇？"格里·杰曼问道。

"两年前，我们在路易斯安那州的一个河口拍过节目。那一集里，德雷克找到了一艘破旧的快艇，用他的瑞士军刀修好了发动机，最后坐船逃生——你还记得吗？"

"我记得那次的账单数额可不小。"格里·杰曼说，"我们向某个渔民支付了2400美元的'船只维修费'。"

瑞雯清了清嗓子："就是那次，德雷克开船撞到了柏树的树桩上。"

"那是自然。"格里·杰曼在脑海里梳理并权衡各种选择项，"你打算怎么找他？"

"嗯，当地警长手下有一支搜救队。"

"绝对不行。我可不想让这件事被各大媒体争相报道。"

"可是他受伤了。"瑞雯说，"他需要帮助。"

"伤得严重吗？你觉得他会……死吗？"格里·杰曼早就在脑海里幻想过这个看似残酷无情的结果。如果德雷克·巴杰没能顺利完成他的探险求生任务，节目播出当晚的收视率一定会一路狂飙。这也为他换掉这个自负浮夸、尖酸刻薄还笨手笨脚的节目主角扫除了障碍。想要这份工作的人多得数不胜数，而且价格还只有他的一半。

瑞雯说："那只蝙蝠可能携带了狂犬病毒。德雷克可能会失去理智。"

出于好奇，格里·杰曼在笔记本电脑上打开网站，搜索"狂犬病症状"。

"这件事，务必要保密。"他说，"尤其是在万一那个人感情用事，选择自杀的情况下。我们的节目绝对不需要这种形式的曝光。"

他完全能够想象出事发时的情景：当警察把德雷克从沼泽地里捞出来的时候，他瞪着一双眼睛，嘴里喋喋不休地胡说八道。面对摄像机，谁也不知道这个家伙的嘴里会说出什么不着边际的话。狂野频道是一个家族公司，其经营者们吹毛求疵，绝对不会喜欢这种令人难堪的场面。

"绝对不能让警察掺和进来。"格里·杰曼以不容商量的口吻说道。

电话那头的瑞雯沉默了。

"召集工作人员，尽你所能，找到他。"

"要是我们找不到呢？"瑞雯问道。

"到那时你再给我打电话。"

"我们需要直升机，格里。"

"哦，这个嘛，我的大小姐。巴杰的合同上说他可以每晚搭乘直升机返回酒店。那上面可没有说，如果他疯了、逃跑了，我们也得租个烧钱的大家伙来找他。你知道要让直升机飞上天得花多少钱吗？"

"每小时800美元。"瑞雯说，"我上次查过。"

"是1000美元。"

在听到格里·杰曼拒绝租用直升机帮他们找人之后，瑞雯整个人都呆住了。

"就四个小时。"他对她说，"多1分钟都不行。"

"这可是一条人命啊！"

"那就祝你好运了。"格里·杰曼说。

他挂断电话，继续浏览笔记本电脑上的页面。看起来，狂犬病似乎是这个世界上最不招人待见的疾病了。

　　等到西克勒的另外两名快艇驾驶员驾船赶到树岛时，德雷克·巴杰已经离开近一个小时了，林克气坏了。之后，他们又花了30分钟讨论如何开展搜索工作，以及去哪儿找他。最终的决定是，米奇·克雷和瑞雯坐一艘船，林克和导演乘坐另一艘船。然而，谁也没想到的是，第一艘船居然抛锚了，只能在另一艘船的牵引下前进。结果，他们不仅白白浪费了一个早晨的时间，还把每个人都惹了一肚子气。

　　他们打电话从米科苏基保留地叫来了四艘大型舱式快艇，将所有工作人员、拍摄设备和餐饮团队全都拉回了西克勒的码头。西克勒趁火打劫，以每盒8美元的超高价为他们提供了一顿烧烤鸡翅作为午餐。吃饭时，气氛十分紧张，瑞雯和导演仔细地研究着地图，而林克则在一旁抽着烟。

　　米奇决定打包所有物品装车。

　　"那个女孩去哪儿了？"他问瓦胡。

　　"在纪念品商店里。"

　　"去叫她。我们要出发了。"

　　"等一下，亲爱的。"说话的人是瑞雯，她透过镜片，朝他们这边瞟来，"你们不是真的放弃了吧？"

　　她的话让米奇吃了一惊。"既然河狸先生都已经溜之大吉，我想，我的工作也结束了。不过，女士，如果你愿意付钱让我留下来帮把手的话，我乐意之至。"米奇说。

　　林克说话了："让他走。我们不需要他。"

"我认为我们需要。"瑞雯说,她用手指敲了敲地图,"这地方无边无际。现在,德雷克可能在任何地方。"

瓦胡和他爸爸都知道事情并非如此。德雷克·巴杰不是狡猾老到的沼泽老鼠,根本不懂如何掩藏行踪,躲避追踪者。这个男人甚至不知道自己要去哪里,也不知道自己在干什么。他极有可能驾驶着林克的快艇一路狂飙,穿过锯齿草沼泽地,直到冲上干燥的土地,被树林拦住去路,又或是一直开到船没油才不得不停下来。

"他饿不死的。"米奇·克雷对瑞雯说,"不过,对一个傻瓜而言,自寻死路的方法可不少。我会帮你找到他。"

导演一脸绝望地凝视着地图上那片平平无奇的绿色区域,德雷克就是在那里失踪的。那儿没有公路,没有水道,也没有堤坝。那是一片沼泽地,除此以外,什么都没有。

林克说:"我的船上有1加仑水。"

瑞雯稍稍放松了些。"那应该能让他暂时保住性命。"她站起来,摆出一副公事公办的样子,尽量不让旁人看出她内心的焦虑,"趁着没下雨,我们赶紧行动吧。"

瓦胡去找图娜。他在西克勒纪念品商店的收银机旁找到了她。"你有什么发现吗?"他问道。

"没有。"她递给他三张1美元的纸钞。他之前给了她5美元,让她买零食吃。

"你一定是买吃的了。"瓦胡说。

图娜有些慌乱:"哦,是的。我忘了跟你说——我买了个玉米煎饼,硬得像石头。"

瓦胡看出来事情有点不对劲儿："怎么了？"

"我很好。"图娜回答说，却显得言不由衷。

"没事的，有什么事你可以跟我说。"

"没事。"她从他身边一闪而过，径直走向纱门，"兰斯，我们坐哪艘船？我想坐林克那艘。"

第十七章

　　其实，只要稍微花点时间去德雷克·巴杰休息的豪华大巴车上找找，很快就能找到他这次离奇出走的线索。

　　他的床垫下塞着一个丝绸枕套，里面有3张珍藏版视频光盘：《夜翼》三部曲全集。这个电影系列是由一套畅销小说改编而成，讲述了英俊敏感的高中棒球明星达克斯·曼戈尔德和他女朋友卢帕·珍之间发生的故事。在第一部《厄运之轮》中，卢帕参加啦啦队排练时被一只蝙蝠咬了，变身成了吸血鬼。在第二部《暗夜王子的嚎叫》中，卢帕·珍咬了达克斯的狗，一只有点儿呆但很可爱的比格犬，名叫比克斯比。小狗比克斯比也变成了吸血鬼。

　　在终章《血月下的复仇》里，达克斯也被咬了，咬他的除了蝙蝠、飞鼠、发了疯的豚鼠，还有可爱的比克斯比，当然也有卢帕·珍（她咬了两次）。然而，达克斯不仅摆脱了吸血鬼的诅咒，还将自己的爱人和宠物从活死人的世界里救了出来。在购书网站上，有人留下了这样一条抨击它的评论："有史以来最无脑的三本英语书籍，对于任何一个不加怀疑就买来看的读者而言，这都是一个悲剧性的错误，也是一种莫大的侮辱。"

德雷克·巴杰从没看过这三本书，因为他一直竭尽全力地让自己远离阅读。然而，他喜欢看电影，尤其是那些恐怖吓人的电影。其中，吸血鬼题材的影片是他的最爱——他永远看不腻，一遍又一遍地回看由鬼魅般的贝拉·卢戈西主演的《德库拉吸血鬼》。这是他的秘密癖好，就连瑞雯·斯塔克也不知道。

不过，在被那只蝙蝠咬伤的时候，德雷克并没有想过吸血鬼的事。当时，他只想把这只被吓坏了的小家伙生吞活剥，完成他在节目里的招牌动作。对《荒野大求生》的忠实观众来说，目睹这种恶心的镜头已经成了他们观看节目时的一种期许。

德雷克原以为这个小动物已经不能动弹，因此，当它一口咬住他的舌头的时候，他不禁大吃一惊。钻心的疼痛使他忘记了灯光和镜头，也顾不上镜头里被蝙蝠翅膀扇脸的自己看上去有多么愚蠢可笑。突然间，他只觉得全身乏力，头晕目眩，整个人仿佛梦游一般。他能回忆起来的最后一件事就是，那个乡巴佬驯养员米奇·克雷弯下腰，用一根小树枝戳弄着那只焦躁不安的蝙蝠。

几个小时后，德雷克醒了，他发现自己躺在帐篷里，汗水浸透了他的衣服，而且他正在发烧，浑身止不住地发抖。他的舌头肿了，仿佛嘴里插了根德国蒜肠，根本说不出话——或者说，别人根本听不懂他说的话。但这一切都不重要，因为他也没什么想说的。

蝙蝠的牙齿肯定很不卫生，那只带有外来致病菌的蝙蝠咬了德雷克，使他迷失了心智，并在他心里埋下了深深的恐惧和不安。现在，他只想赶紧逃跑，然后躲起来。

当他跟跟跄跄地走出帐篷的时候，营地里一片漆黑，到处都安静极了。他抓起一个手电筒和头盔摄像机就跑了。后者价值不菲，是一种高科技产品。有时候，他会戴着它来拍摄自己的一举一动，让电视观众误以为整个探险过程都只有他一个人。

当德雷克东拐西绕，躲开那些密密麻麻的吊床时，他还没有任何具体的计划。直到后来，他爬上一棵无花果树，坐在树顶上歇息的时候，他大脑里的细胞慢慢恢复了活性，这才想起了咬他的那只小动物。它会是吸血鬼蝙蝠吗？他会不会也变身成那些邪恶无比、爱在夜晚号叫的魔鬼？

如果没有生病，德雷克一定会对这种荒谬的想法嗤之以鼻。然而，这种想法一旦扎根，他那个已经被烧得稀里糊涂的脑袋瓜儿根本无力阻止它的生长和蔓延。

他决定效仿达克斯·曼戈尔德。在《夜翼》三部曲的终章里，达克斯遭到了蝙蝠（和诸多生物）的攻击，他感觉得到自己的血管里流淌着邪恶的血液，于是，他逃进密林之中，与来自地下世界的可怕的幽灵斗争，拯救自己的灵魂。

《荒野大求生》摄制组的导演和工作人员都担心德雷克·巴杰会因此感染狂犬病毒，但德雷克担心的是比狂犬病毒更加可怕的事情。他紧紧地搂着树干，忐忑不安地过了一夜，生怕天一亮，他就会长出蝙蝠的翅膀和皱巴巴的耳朵，用脚抓着树干，倒挂在树上。

天刚蒙蒙亮，他就听到了快艇的轰鸣声。不久之后，瑞雯和一些工作人员就开始大声喊他的名字，闹哄哄地开始找人。他们从德雷克藏身的那棵老无花果树下跑了过去，却没有一个人抬头看一眼。很快，他就从树上爬了下来，飞奔到了池塘水沟边，找到了林克的那艘快艇。

德雷克不是真正的野外生存专家，没有与生俱来的方向感。他驾驶着这艘平底船，沿着一眼望不到头的水路，七拐八绕地驶过一片长满青草的沼泽地，直到另一座树岛赫然出现在眼前。他的船径直冲上小岛。在这一小时里，他开着快艇走了整整29英里，最后的那个急停直接将德雷克甩出了船舱。

他的头先着地，幸好戴了头盔摄像机。落地后，他两次被弹起，然后骨碌碌滚进了一团臭烘烘的毒葛里。他躺在藤蔓丛中，发疯似的挠痒痒，直到一束阳光透过枝叶形成的天然凉棚，明晃晃地照在他的眼睛上。

德雷克猛然想起，阳光会令吸血鬼融化或浑身着火，又或者二者同时发生。他忍着周身的疼痛，艰难地向着卡在岸边的快艇爬去，刚一爬到船舷下，他就立刻蜷缩成一团，把脸埋在刚被撞得凹凸不平的头盔摄像机里，乍一看就像只超大的鼹鼠。

他做好准备，像达克斯·曼戈尔德在《血月下的复仇》里那样，反复唱诵着：

"伊——卡——拉罗！伊——卡——拉罗！冈波，谬丘，伊——卡——拉罗！"

以此来抵制吸血鬼变身时的初始症状。

德雷克对这段唱词的确切含义一无所知，但是"伊——卡——拉罗"的发音总让他想起他最爱吃的甜点长条泡芙[1]。巧克

1　发音同éclairs，即长条泡芙。

力酥皮裹着法式香草奶油冻!

很快,德雷克的肚子就发出了饥饿的呐喊,那是一头比任何吸血鬼都更加野蛮、更加凶残的猛兽。

野外生存专家失踪这件事并没有让西克勒少睡半分钟。德雷克·巴杰失踪的时间越长,西克勒的生意就越好。

在出发寻人之前,快艇驾驶员和摄制组人员从西克勒的商店里买了许多瓶装纯净水、苏打水、咖啡、小食品和防晒霜,然后把它们统统搬上船。瑞雯·斯塔克警告西克勒绝不能把这件事告诉任何人,因为那人很有可能会把这个消息泄露给媒体,届时,爱打听消息的八卦记者很快就会出现。西克勒答应暂时不会就此事透露半个字。如果能借此得到在晚间新闻里露脸的机会,这自然能给他的商店带来不错的宣传效应。不过,就目前而言,他愿意先观望。

他一个人坐在收银台后面,抱着一盒撒了糖粉的甜甜圈狼吞虎咽。就在这时,一个身材魁梧、蓄着胡须的男人推开纱门走了进来。一身油亮的古铜色皮肤表明他绝非游客。他穿了一件褪了色的水牛城队运动衫、一条松松垮垮的灰色运动裤和一双没有鞋带的脏兮兮的运动鞋,头发乱蓬蓬地盖在头上,眼睛里布满血丝,眼角还挂着眼屎。

"有什么我能帮你的吗?"西克勒问道。

"我想是的。"

"老兄,你看起来好像很渴。要来瓶苏打水吗?"

"啤酒。"男人说。

"没问题。"

"有瓶装的话给我来一瓶。"

"马上。"

"那个是真的还是假的？"他指着微波炉上方的松木架问道，那上面摆着一个漂白了的狐狸头骨。

"当然是真的。"西克勒用一种有点委屈的口吻说道，"是我开枪打死的。"他当然是在撒谎，"给我40美元，它就是你的了。"

"不，谢谢。"

"30美元怎么样？"

"能让我安静地喝口酒吗？"那人一口气干掉半瓶啤酒后，说道："我在找人。"

西克勒立刻就想到了德雷克·巴杰，但似乎又对不上。眼前这个陌生人看上去并不像记者。

"你在找什么人？他叫什么？"

"不是他，"那人说道，"是她。"

西克勒笑了，又拿起一个甜甜圈，舔了一口上面的糖粉。"到这儿来的女人可没几个，老兄。我很肯定每个我都记得。"

只听到啪的一声，那个男人将一张钱包大小的照片拍在了柜台上。"不是女人。"他粗声粗气地说，"是我女儿。"

那是一张穿着校服的照片，照片中的正是和德雷克·巴杰摄制组一起来的那个骨瘦如柴的小女孩。照片和她本人看上去一模一样，唯一不同的是，照片里的她眼睛上没有淤青。

"她病了。"男人说，"她离家出走，却没有带药。"

"她怎么了？"西克勒问道。

"她得了一种叫弗洛伊德病的疾病。这个病可能会要她的命。"

"从没听说过这种病。弗洛伊德病？"

"这种病很罕见，"男人说，"2200万个孩子里才会有一个，这是医生告诉我的。"

这些年来，西克勒见过的麻烦事太多了，他才不想自寻麻烦呢。也许，这个陌生人说的都是真的；也许，他撒谎了。不管怎样，西克勒都不想卷入别人的家事里。

他推开女孩的照片："抱歉，我没见过这个人。"

"噢，是吗？"那个男人用胳膊撑着柜台，探着头，恶狠狠地说，"滑头，她就是从这儿给我打的电话！"

西克勒向后退了一步。他的块头比这个陌生人大——将近300磅的体重使他几乎比所有人的块头都要大——但是，他已经胖得无可救药，身材完全走形。这也是为何他会在柜台后放一把羊角锤的原因。

他拿出锤子，说道："老兄，冷静点。"

那个男人举起双手，带着歉意说："对不起，伙计。我必须得在她昏迷或发病前找到她，仅此而已。你大可以放下锤子。我绝不会给你找麻烦。"

西克勒没有照做。他说："很多游客们的手机没电了，就会从高速公路上下来，到我这儿借电话。我不会留意他们长什么样，也不会留意他们的孩子。"

"她不是游客。"

西克勒不喜欢被这个陌生人揪住不放，更不喜欢他那恶毒的眼神。"滑头"从来都不守规矩。

"我已经说过了——我没见过这个女孩。现在，我要做事了，你请自便。"

"等一下——"

"不过，你先把酒钱付了。"西克勒举起锤子，敲了敲柜台，"4美元整。"

陌生人从一沓脏兮兮的钞票里抽出几张："她叫图娜。"

"蒂娜？"

"不，图娜。"

"和鱼叫一个名字？"

"她在电话里说她在阿鲁巴岛，"那个男人说，"制作一份飞蛾和蝴蝶清单。她让我别担心，说几个马戏团的人答应顺道带她坐船出海。"

"阿鲁巴？"西克勒笑了，"这个故事编得不错。"

"但是，我的手机能够显示主叫号码。我就是通过这个知道她在这里的。"

哦，你真厉害，西克勒心想。

"她给我打电话的时候，我的手机上显示了这个地点。"那个男人继续说道，"我在网上搜到了你的地址，然后我就来了。"

西克勒并不打算承认自己见过这个女孩，更不打算告诉这个男人，自己收了她2美元，让她借用办公室电话。"她什么时候给你打的电话？"

"一个小时之前。"那个陌生人说道。他看了看手表："应该是1小时11分钟之前。"

"无所谓了。"西克勒耸了耸肩膀，"那时候我不在。我去那不勒斯了。不过，我会问问帮我看店的女人，看她记不记得见过这个女孩。我能做的就这些。"

"我把她的照片留在你这儿。"男人说，"对了，外面那辆豪华大巴车是你的吗？就是那辆贴着有色玻璃的黑色大巴车。"

"是我的。"西克勒又撒了一个谎。

"真不错。你花了多少钱？"

"你不会想知道的。"

"我也曾有一辆风光无限的温尼贝戈露营房车。好在我不用开着它跑远路。"

西克勒说："嘿，跟我说说。"

"你想知道什么？"

"为什么这个女孩——"

"是我女儿。"男人打断他的话。

"她为什么要说自己在阿鲁巴，但其实她不在？她为什么要对自己的爸爸撒谎？"

男人一口气喝完剩下的啤酒，打了个嗝儿，转身朝门走去。"那可说来话长喽。"他说道。

我想也是，西克勒心想。

第十八章

他们找了整整一下午也没找到德雷克·巴杰。因为一个名叫配平制动器的装置出了故障，直升机早早就打道回府了。当他们一行人乘船回到西克勒的码头时，所有人都心情沮丧。

和观众们在节目中看到的情形恰恰相反，自《荒野大求生》开拍以来，德雷克从未真的迷路过。他总是待在距离小吃和饮料咫尺之遥的地方。

瑞雯担心，这位由节目包装而成的野外生存专家在大沼泽地公园里根本撑不了多久。对此，导演也没有任何信心。德雷克不具备任何常识，因此，他很可能会不小心吃下有毒的莓果，或是一脚踩在致命的棉口蛇身上，一切不过只是时间早晚而已。而且，首要前提是狂犬病没有发作，他还活着。

"你是专家。"瑞雯厉声厉色地对米奇·克雷说，"你有什么好主意吗？"

"有啊，明天接着找。"

一直在看手机的导演抬起头："糟糕，天气预报说还会继续下雨。"

"看来我们免不了要淋成落汤鸡了。"米奇说。

瑞雯举起双手挥着手臂，冲他嚷嚷道："这就是你的计划？你不是在跟我开玩笑吧？我们要淋湿了？"

"女士，这个地方太大了。况且，我们要找的这个笨蛋还一心躲着我们。"

"可这也太可笑了！德雷克为什么要躲着我们？"

"你难住我了。我能搞明白动物们在想什么，至于像他那样的人，我根本搞不明白他那小得可怜的大脑究竟在想什么。"

就在这时，一整天几乎都没说过话的林克突然开口，把众人吓了一跳："要是那家伙弄坏了我的船，我就将他掰成两半。"说完，他抬起膝盖，将一根树枝啪的一声折成两截。

瑞雯立刻召集几个人去德雷克的豪华大巴车上开会，商讨搜寻策略。米奇让瓦胡和图娜在他不在的时候先把帐篷支好。

他们在西克勒商店附近的野餐桌旁找到一块空地。这里的蚊子不仅多，而且根本不怕死，任何裸露在外且没有喷驱蚊水的肌肤都会成为它们进攻的目标——眼皮、耳垂，甚至就连腋窝都不放过。在工作的过程中，图娜和瓦胡不断地用手拍打着身体的各个地方。快艇上疾驰的风把他们的脸蛋吹得红扑扑的，加上为了驱蚊而不断地拍打，此刻，两个人的脸已是又红又肿。

图娜停下手里的活儿，凝视着手掌心里刚刚被她拍扁的进攻者。

"说说看，它叫什么？"瓦胡说。

"我猜，可能是*Aedes aegypti*[1]。"她拍掉手心里的尸体，"大沼泽地公园里共有43种蚊子，但是咬人的只有13种。你不觉得这很奇怪吗？"

瓦胡撇了撇嘴，笑着说："那些友好的蚊子都去哪儿了？"

搭好帐篷后，他和图娜摊开睡袋。图娜想生火，但是不远处就立着一个大大的黄色指示牌，显示禁止生火。随着夜幕降临，他俩就着运动饮料吃完了一罐薯片。看到图娜似乎又变回了原来那个活泼开朗的她，瓦胡感到很高兴。

"是谁给你起了这个鱼的名字？"没来由地，图娜问了这么一句。

瓦胡告诉她，他爸妈结婚后不久，两人就达成了一个协议。第一个孩子的名字由他妈妈来起——所以他姐姐叫朱莉，第二个孩子的名字则由他爸爸来起。

"你也太倒霉了。"图娜说。

"我爸小的时候，最喜欢的摔跤手就叫瓦胡·麦克丹尼尔。他有乔克托印第安人的血统，壮得像头熊。他还曾经在海豚队打过球，是一名中后卫球员。"

"你妈没意见吗？她真的叫你瓦胡？"

"她对这个名字无感，但是她说了，一诺千金。"

"兰斯，你是个摔跤手？"

"不是。我也不是足球队的队员。"

"可是，他们难道没有选你加入校队吗？就因为你那个搞笑

1　埃及伊蚊。

的名字？"

"一开始，我常被人笑话。"瓦胡说，"直到发生了这件事。"他晃了晃原本长着拇指、现在只剩下一个小骨凸的右手："现在，已经没有人笑话我了。不管是谁，如果他被一条短吻鳄咬了，还能自己走，其他人都会觉得他一定是个超级彪悍的男子汉。但其实这和男子气概没有任何关系。"

"这可说不好。"图娜打开帆布包，在一堆自然书籍和杂志里看到了《荒野大求生》的剧本。"我想这个可以扔掉了。"她说。

"等一下，看看它的结尾是什么。"瓦胡拿出手电筒，和图娜一起坐在睡袋上，打开剧本，翻到最后一页：

给德雷克的瑞士军刀一个特写。他正在用它削木头。

那根圆木已经不再是一根普通的木头。它变成了一艘独木舟，和塞米诺人穿越沼泽地时使用的那种传统手工小船几乎一模一样。

切换转至中景镜头：已经完工的独木舟。

德雷克（精疲力竭）：它很美，对吧？我做了整整一夜，现在，它终于能漂起来了！我都等不及要离开这里了。

哎呀，自从被那条可怕的短吻鳄伏击之后，我就觉得自己已经是死过一次的人了。有一件事我很肯定：我再也没有力气进行第二场战斗了，是时候离开这里了。

他扣好头盔摄像机的皮带，抓起一根树枝作为船桨，小心翼翼地坐到独木舟里，将它驶离了岸边。

切换转至头盔摄像机，以德雷克的视角来观察周围的一切。他划着船，慢慢地穿越覆盖着睡莲的池塘，向着一片锯齿草的海洋划去。

德雷克（一边划船，一边喘着粗气）：在大沼泽地公园的这片区域里，无论你朝哪个方向望去，看到的都是一样的景色。中午时分，火辣辣的太阳炙烤着地上的一切，过高的温度随时都有可能引发致命的中暑。我现在只希望有人能找到我，带我出去，不然，一切都太迟了……

来自头盔摄像机的天使全景视角，向上仰拍：秃鹫在高空盘旋。德雷克继续划桨，锯齿草从他那晒伤了的胳膊上划过，留下一道道血痕，直到……

德雷克：我是不是产生幻觉了，可是我发誓我听到了飞机的声音！

切换转至直升机上的镜头：从高空俯拍。

德雷克站在独木舟上，拼命地挥舞双臂。一架单引擎的小飞机飞过。

德雷克（拼尽全力呼喊）：嘿，兄弟，看下面！回来啊！

这一扣人心弦的画面过后，渐渐地，那架飞机开始向后转弯。德雷克欢呼着，两只手紧紧握拳，在空中挥舞着。飞行员驾驶飞机向一侧微微倾斜，示意他已经看见了这位孤独的旅行者。

切换转至头盔摄像机，仰拍，镜头里的飞机盘旋着越来越近。

德雷克：好！好！太好了！多么激动人心的画面啊！

切换转回直升机上的镜头，渐渐拉远，越来越高，越来越远。

德雷克（在无边无际的大沼泽地平原上，他变成了一个小黑点）：当我以自己的肉体对抗那条凶残的短吻鳄的时候，有那么一瞬间，我真的不确定这次探险是否可以圆满完成。现在，我马上就要活着离开这个地方啦！

下周见！

演职人员表。

图娜把剧本扔在地上："没有人能用一把折叠刀挖出一艘独木舟！饶了我吧。"

"欢迎来到真人秀节目的真实世界。"瓦胡关掉手电筒，手电筒的光招来了不少昆虫。

夜幕眼看就要降临，天边只剩下最后一丝淡淡的霞光。瓦胡听到图娜问道："要是他真的死在这儿了，怎么办？"

"你是说德雷克？"

"要是他已经死了呢？"

瓦胡早就想过这个让人心惊肉跳的问题。他伸出手，握住图娜的手，说："也许，只是快艇没油了。"

瓦胡无论如何也想不明白，在被蝙蝠咬了之后，德雷克为什么要逃离大本营。或许，他这样做只是想给自己加点戏，让导演和工作人员更关注他。这个人一直都很热衷于成为众人关注的焦点。

"我知道，他就是个彻头彻尾的大傻瓜。"图娜说，"可是我以前真的很喜欢看他的节目。每个星期四晚上9点，正好每天的那个时候，我爸都已经喝得不省人事。"

瓦胡完全能够想象得出那是怎样的一番情景，只不过，在他的脑海里，图娜的爸爸始终没有脸。

她接着说道："沃尔玛的电视机柜台超级棒——如果我爸的呼噜声太吵，我就会去那里看《荒野大求生》和《虾·战》。"

"露西尔，德雷克没有死。他们会找到他的。"

"我当然希望如此。"

瓦胡也希望如此。有一件事是他非常肯定的：无论这位所谓的野外生存专家在漫无边际的大沼泽地公园干什么，他都绝对不可能自己做一艘手工独木舟。

蜗牛的味道实在是恶心，尽管舌头肿得厉害，但德雷克还是嚼了三个吞下肚子。蜗牛很小，它们那螺旋状的壳很薄，稍一使劲就能嚼碎。他还抓了一只绿色的树蛙，直接囫囵吞枣般地整个咽了下去。他把它吞下去的时候，小家伙一直在蠕动，从他的喉咙一直扭到胃里。他摘了些树叶放在嘴里用力地吮吸着，好不容易才把嘴里的黏液弄掉。

这一切都发生在日落之后，只有这时，吸血鬼才是安全的。

尽管德雷克一直战战兢兢，觉得自己随时会变身，但他并没有感受到任何要变身为吸血鬼的征兆。自从他被蝙蝠咬伤后，24个小时过去了，他没有出现任何要变身的信号，他还是个凡人，而不是黑夜里的活死人。

他很渴，但是他丝毫没有想咬破别人的脖子、喝人血的欲望。他现在只想来一瓶冷饮。他时不时就会用指尖摸摸自己的牙，总以为会摸到尖尖的獠牙。

德雷克还在发烧，不停地出汗。此外，他发现自己多了一个让人心烦意乱的症状：他的四肢奇痒无比，而且是那种抓心挠肺、止不住的痒痒。稍微有点见识的人都能认出毒葛留下的伤痕，但是德雷克被蝙蝠咬伤后，脑子彻底糊涂了。他想，这种痒是不是和要变成吸血鬼有关？哪怕他根本不记得达克斯·曼戈尔德或《夜翼》里的其他任何角色曾经挠过痒痒。

吃完树蛙和蜗牛后，他依旧很饿。借助头盔摄像机上的小灯，他好不容易才找到这么点吃的。尽管它在那次硬着陆中撞得不轻，但看起来似乎并不影响它正常工作。德雷克在那艘搁浅了的快艇上东翻西找，终于找到了林克的水罐，立刻抱起来喝了个痛快。

夜晚的空气中弥漫着各类昆虫的嗡鸣声，灌木丛生的树林深处不时传来窸窸窣窣的声音。德雷克平躺在快艇的长凳上，凝视着夜空，只见空中阴云密布，不友好的月亮依旧不见踪影。

他的肚子里传来了咕咕声，他只希望这不是那只试图逃生的树蛙发出的叫声。就在这时，他的脑袋里闪过一个聪明绝顶的主意：他可以给《荒野大求生》栏目组拍下自己变身成吸血鬼的全过程。到时，节目的收视率一定高得吓人！

德雷克打开了与头盔相连的小摄像机，将它固定在船的驾驶平台上。一道纤细的光柱是他唯一的照明光源，他对准那个硬币大小的镜头，摆好姿势，开始演绎耸人听闻的故事：

"比……比……比……边……边……变……丝……丝……使……嗯……嗯……嗯……身……"

鉴于他的舌头依然肿得厉害，自然不可能把话说清楚。他尝试了多次，但最后说出来的都是一些莫名其妙、让人听不懂的话。最终，他关闭摄像头，仰面躺下，闷闷不乐地去挠痒痒了。

无论是从生理上还是从心理上来看，德雷克的情况都不太妙。尽管咬他的那只蝙蝠没有携带狂犬病毒，但是它唾液里的细菌是有毒的，足以将他那原本就不太灵光的大脑搅成一团糨糊。

在他那个烧得滚烫的脑袋里，吸血鬼电影《夜翼》里的一切都和国家地理的自然纪录片一样真实。

他再次对林克的快艇展开搜索，这一次，他翻出了一小袋炸猪皮，尽管因为受潮了，比生猪皮还坚韧，但德雷克还是很努力地吃了下去。他那受了伤的舌头仍然是他进食的主要障碍。远处传来了苍鹭聒噪的叫声，但是在德雷克听来，这俨然是僵尸发出的呻吟。

他闭上眼睛，整个人蜷成一团，缩在船舱里。他的思绪再度转向食物——具体来说，这次出现在他脑海里的是每晚送到他酒店套房里的甜点拼盘。他能闻到胡萝卜蛋糕散发出来的浓郁香气，唇齿间回荡着的是奶油的丝滑口感……

我决不会向黑暗屈服，德雷克暗暗发誓，不停地在心中默念达克斯·曼戈尔德那句魔法台词："伊——卡——拉罗！伊——卡——拉罗！冈波，谬丘，伊——卡——拉罗！"

第十九章

瓦胡天不亮就醒了，还赶跑了一群在帐篷周围打探、寻找食物的浣熊。天空中的云压得很低，预示着更大的降雨。于是，他裹紧了瑞雯·斯塔克送给他的那件花哨的防雨夹克，拉紧拉链。

米奇·克雷走出帐篷，睡眼惺忪的他看起来十分憔悴。

"老爸，这是几根手指？"瓦胡举起两根手指，问道。

"嘿，我很好。"

"头不疼了？"

"就是睡得不好，仅此而已。"

瓦胡知道他没睡好的原因。爸爸很担心。

"你觉得德雷克能在林子里撑多久？"

"不好说。"米奇说，"如果船翻了，他现在肯定已经死了。螺旋桨会把他绞成生菜沙拉。"

"如果船没翻呢？他就这么一直开下去，直到没油了呢？"

米奇想了想："这家伙身上肥肉不少，这能让他撑上一阵子。"

"一个星期？"瓦胡问道。

"至少一个星期。除非他自己做傻事。"

这也是所有人最担心的。瓦胡问爸爸，他是不是觉得德雷克精神失常了。

"谁能搞得清？"米奇说。

在此之前，从来没有人聘请他去找一个古怪的电视明星。事实上，这也是他第一次参与搜救行动。正因为如此，他才辗转难眠，没睡好。尽管他很鄙视德雷克·巴杰，但是一想到这个人最后可能会死——或失踪，米奇的心就猛地一沉。

图娜从她的帐篷里钻了出来，说她打算去喝杯咖啡，再吃一个用微波炉加热的玉米煎饼。在去西克勒商店的路上，他们经过码头，看到瑞雯正在给准备出发的工作人员和驾驶员打气，两人停下了脚步。林克也在人群里，一副闷闷不乐的样子。在他心里，快艇的下落显然比德雷克·巴杰更加重要。对此，米奇深表同情，这让瓦胡很吃惊。

"船就是他的命根子。"他压低声音说道，"那船很可能是他自己组装的。"

"老爸，他曾想过要开船撞你。"

米奇笑了："如果他真想这么干，我很肯定我现在根本不可能站在这儿和你说话。"

瑞雯站在一个器材箱上，扯着嗓子高声喊道："今天必须成功，听到没有？我们要找到巴杰先生，把他安然无恙地带回来！明白了吗？"

众人出于礼貌，纷纷回应，可是瓦胡却觉得所有人都很悲观，都觉得希望渺茫。天公也不作美，从很远的地方传来一阵低沉的雷声，让一名米科苏基驾驶员不悦地吹起了口哨。任何熟悉大沼泽地公园的人都知道，在雷电交加的暴风雨里，沼泽地是个相当危险的地方。一座座树岛就仿佛一块块磁铁，吸引着闪电的到来，与此同时，坐在金属快艇上也不见得有多安全。

"所有人的对讲机都有充满电的备用电池吗？"瑞雯继续说道，"急救包都带了吗？加油！最后检查一遍各自的清单。"

瓦胡的爸爸用胳膊肘推了推他："我们去拿点吃的。你女朋友去哪儿了？"

"她不是我的女朋友。"

"好，她不是。"

瓦胡并没有留意到图娜是什么时候离开他们的。他扫了一眼四周，最后看到她站在大约50码开外的一排护栏旁边。护栏这边是西克勒的商店，另一边则是停车场。瓦胡喊她的名字，可是她装出一副完全没听到的样子。他又叫了一遍，声音大了许多，然而她依旧没有反应。

米奇说："一会儿商店见。你要橙汁？"

"好。"

"有果肉的，还是没有果肉的？"

"都行，老爸。"

瓦胡往图娜那边走去，刚走了一半，图娜突然转过身，朝他这边跑来。她跑得飞快，瓦胡立刻意识到她不是在闹着玩儿。她从他身边跑过，双手搂着她的帆布包，紧紧抱在胸前，一脸惊恐。

纪念品商店里，西克勒正忙着给买了垃圾食品和不新鲜的能量棒的搜索队员们结账，一开始，他并没有注意到昨天的那个陌生人也排在结账的队伍里。

"我又来了。"那个陌生人说。

西克勒低下头，面无表情地望着对方："有事吗？"

"我的事就是找我女儿图娜。"

"我问过看店的人了，也给她看了那张照片。"

"然后呢？"

"他们说不记得见过像她这样的女孩来借过电话。"

今天早上，西克勒还没见过那个女孩，但是他知道她就在商店附近。此刻，他最不想看到的就是这个女孩的爸爸发现她，然后两人纠缠不清，打起来。旁人见状很可能会报警。

那个男人问道："我能私下里和你说几句吗？"

"老兄，我现在可没空。"

"1分钟就行，然后我就会离开。"

"抱歉。"

那个陌生人站在收银台前，一动不动："滑头，我知道你在撒谎。我相信我女儿就在这附近的某个地方。"

西克勒拿出了那把羊角锤："我知道你喝酒了。"

"你凭什么这么说？"

"因为你一身都是啤酒味儿。现在，请你出去。"

那个浑身散发着酒气的男人摇了摇头："除非你告诉我她藏在哪儿。"

"我告诉你她在哪儿。"一个声音从背后传来。

恼怒的西克勒歪着头，绕过那个酒鬼，看到说话的正是德雷克·巴杰节目组里的那个动物驯养员。

"事实上，我可以现在就带你去找她。"动物驯养员对女孩的爸爸说道，"我们开车去。"

"她在哪儿？"陌生人眯起他那双布满血丝的眼睛，问道，"你是谁？"

动物驯养员伸出右手："米奇·克雷。你贵姓？"

"戈登，杰瑞德·戈登。"男人答道。他的握手显得绵软无力，毫无诚意。

西克勒插嘴道："别听他的，他不知道你女儿在哪儿。"

米奇·克雷挑了挑眉毛，希望西克勒能会意：不要多管闲事。

"没事儿。"米奇安抚图娜的爸爸，说道，"她正在等你。"

杰瑞德·戈登的嘴角微微翘起："这是怎么回事？"

看到店里的人都走光了，西克勒放心了。现在，店里就剩他们三个人。他不是圣人，但是他讨厌打自己孩子的混蛋。

"她的眼睛怎么是青的？"他问杰瑞德·戈登。

"这么说，你见过她！"

"她的眼睛是怎么回事？"

"我告诉过你，她有弗洛伊德病。那个就是症状之一——脸上青一块，紫一块。"

"说得跟真的一样。"西克勒说。

米奇打断了他们的话："跟我走吧，杰瑞德。你跟我上车。我们得开好久的车呢。"

"不，——谢谢。"

"你不想见你女儿了？"

"我当然想。"图娜的爸爸说道，"可是，我知道你在骗我。先生，你和这个滑头一样。我知道她还在这里。我也知道你们俩都很清楚她在哪里。"

话音刚落，杰瑞德·戈登就把手伸进了他那件破旧的运动衫里，掏出一把左轮手枪。"我知道你们会带我去见她，马上。"他说，"否则，某个人的脑袋上就会多一个大窟窿。"

的确如米奇所言，林克自己组装了那艘快艇，船就是他生活的全部。他的生活并不复杂。他独自一人住在一辆拖车里，拖车就停在29号公路上一个名叫科普兰的小镇附近。他的爱好不多，仅限于钓鱼、打猎和捣鼓他那艘船的发动机。那是一台老式454轮式拖拉机的发动机，压缩稍微有点儿问题。

林克的思维方式十分简单，他没有好奇心，也没有远大的抱负。他觉得大沼泽地公园里的生活自在逍遥。坎坷艰难的童年生活结束后，他尤其喜欢独处。他不怕熊，不怕黑豹，也不怕鳄鱼，就怕蛇，无论大小。尽管他看上去像是个野蛮凶狠的大块头，但其实他人并不坏。不过，他从来都不畏惧用自己的拳头说话，而且只要出手，他通常都是赢家。

在林克的拖车里，你几乎看不到书或杂志，因为对他而言，阅读太过痛苦。他爱看电视，但不看自然频道，所以他对大名鼎鼎的德雷克·巴杰毫无仰慕之情。林克之所以会接受《荒野大求生》栏目组的这份临时工作，完全是因为摄制组会按照每天200美元的标准付他工资，而且他还可以开自己的船。至今为止，他并没有被自己目睹的拍摄工作所打动，也不打算在周四晚上收看这档节目。他会继续收看需要付费的笼中格斗大赛。

这并非林克参与的第一次搜救行动。他搜寻的目标大多为业余赛船手或背包客，通常来说，一两天内就能找出他们的具体方位——找到时，他们大多伴有晒伤和深红色的虫咬伤，且都饥肠辘辘。林克希望，当搜救者们找到巴杰的时候，他也同样如此，虽身体状态不佳但无大碍。他已经想不起上次发现有人被鳄鱼吃掉或被蛇咬死是什么时候的事情了。

不过，他更关心的是他那艘宝贝快艇，整艘船都是他自己一点一点拼装起来的。迄今为止，他从没让除自己以外的任何人驾驶过那艘船。让德雷克那样的人开船，什么事情都有可能发生。他很担心自己的杰作最终会变成一团皱巴巴的废铝，因此，林克在搜救过程中表现得十分积极。

当瑞雯·斯塔克在西克勒的码头上给搜救小组开动员大会的时候，林克显得有些坐立不安，来回地踱着步子。他迫不及待地想出发寻人。瑞雯安排他和一个名叫布莱德利·江珀的米科苏基年轻驾驶员一起驾船，现在，那个年轻人正坐在不远处的一棵榕树下，慢条斯理地吃着一个裹着糖粉的甜甜圈。

"该出发了。"林克说。

"兄弟，让我先把早餐吃了。"

在林克看来，布莱德利·江珀似乎对当前的紧急状况一无所知。

"现在就走！"林克说。

"少安毋躁。"

197

这可不是林克希望听到的回应。就在他准备走过去，揪住布莱德利头上的马尾辫，把他拖上船的时候，那个名叫图娜的女孩跑了过来。

"帮我个忙。"她气喘吁吁地说。

"没问题。"林克说。

她跳到了布莱德利·江珀的快艇上——这是一艘专为沼泽地设计的湿地游船，长20英尺，配有一台八叶片的涡轮螺旋桨发动机。林克也跟着跳上了船，并立刻启动了发动机。

"嘿！"布莱德利吐出一口面包屑，不满地喊道。

可是，林克已经松开了挂在岸边的缆绳。图娜站在船头，那个动物驯养员的儿子也不知从哪儿跑了过来，站到图娜身边。林克什么也没问，因为他能看得出来女孩已经吓得魂不附体。他至今仍然记得这种感觉。

"快点！"她大声喊道，声音甚至盖过了启动中的发动机的轰鸣声。

瑞雯·斯塔克站在码头边，双手叉腰。"你们三个要去哪儿？其他队员还没上船呢！你们的无线电对讲机呢？"

林克压根儿就没听到她说的话，他已经坐在了宽大的驾驶台前，驾驶快艇驶离了岸边。就在他加速的时候，他感到有东西击中了他的右肩胛骨。他哼了一声，扭过头，用余光瞥到水道旁的甲板上站着一个身穿球服的陌生人。那人抬着一只胳膊，手里握着一把黑色的手枪，另一只胳膊勒在那个名叫克雷的动物驯养员的脖子上。

这一幕让林克疑惑不解，同时也心生警惕。他踩了一脚油门，快艇疾驰而去。10分钟后，他把船开到了7英里之外，直到这时，他才终于将背上愈演愈烈的疼痛感和那个拿枪的陌生人联系在一起。

也许，我中枪了，他心想。

他的视野之内——云、水、高低起伏的锯齿草——开始变得模糊起来。他背上的T恤衫也变得暖烘烘、湿漉漉的。

我肯定是中枪了，他心想。

在倒下前，他将船熄了火。那两个孩子已经找到了急救包，开始为他处理枪伤。游离在休克边缘的林克断断续续地听到了他们俩的对话。

"血止不住吗？"女孩带着哭腔问道。

"我在努力。"男孩说，"你看到那把枪了吗？什么型号？"

"点38口径左轮手枪。"

她怎么会知道这个？头脑已经不太清醒的林克心想。

他抬起头，好不容易才睁开一只眼睛："你知道是谁开枪打我的？"

"是的。"女孩答道，"我那个喝醉了酒的爸爸。"

"啊。"

"就算是对他来说，"她补充说，"这也太离谱了。"

"我会死吗？"林克问道。

"不会。"男孩说。

"很好。"林克闭上眼，昏了过去。

瓦胡的急救经验相当丰富。后院里养了那么多动物，他和他爸爸经常被抓伤、拉伤或咬伤。就疼痛感来说，猴子咬人最疼，浣熊的咬伤略轻。这种伤害并不致命，但需要即刻消毒处理，否则就会引发感染，进而危及性命。通过一次又一次的实践，瓦胡学会了如何快速止血、清理伤口以及涂抹抗菌药物。

在他为林克进行急救的时候，图娜跪在他身边。他从船上的工具箱里找了把螺丝刀，用它划破了林克被血浸湿的T恤衫。接着，他用双氧水冲洗伤口，然后涂抹酒精，强烈的刺痛感让林克忍不住呻吟起来。

伤口只有豌豆大小，在用镊子除去伤口附近的铅屑后，瓦胡说："子弹碎了，很可能打中了骨头。"

图娜捡起那些碎片，放在掌心。"我简直不敢相信。"她说，"我爸爸真的疯了。"

"他到底是怎么找到这儿来的？"瓦胡问。

"我太傻了，都怪我。我的手机没电了，所以我借了商店的电话。我爸的手机上一定显示出了呼入者西克勒的名字。都是我的错——看看发生的这一切！"

她可怜巴巴地望着躺在甲板上不省人事的林克。当他从驾驶员的操作纵台上跌下来后，她和瓦胡合力给他翻了个身，让他趴在甲板上。

"这太可怕了。"她说。

瓦胡根本无法反驳。尽管他告诉林克他不会死，可他其实并不确定这一枪是否会致命。在没有X光片和其他检查结果的情况下，谁也不知道这颗子弹到底对他的身体造成了多大的伤害。一想到林克可能会死，他就近乎崩溃，所以他尽量不去想这件事。

这样，他才终于让双手不再颤抖，往林克的伤口上喷了一种看起来很像牛排酱汁的抗菌喷雾。

图娜向他解释西克勒码头上发生的一幕："当我在停车场里看到我们家那辆破旧的露营房车时，我都吓傻了……我没想到他居然会跟踪到这里来……我唯一能做的就是跑。"

"你为什么要给他打电话？"瓦胡问。

"我养了一只小仓鼠当宠物。"

"然后呢？"

"兰斯，它和你的那些动物一样，得吃东西。我给我爸打电话就是想让他给仓鼠喂食。"她说，"因为只要我不在，他就一定会忘记。我已经离开4天了。"

瓦胡心想：一只饿肚子的仓鼠？

"别生我的气好吗？"图娜说。

"我没有生气。我就是有点儿紧张。"

下雨了。林克打了个哆嗦。他的呼吸声很重，但至少他还有呼吸。瓦胡在他的伤口上贴了一块正方形的医用纱布，用交叉的医用胶带固定好。现在，他的伤口已经不流血了。

"我们接下来怎么办？我爸还在那儿，我不能回去。"图娜说。

瓦胡也不知道该去哪儿求助，或是如何求助。最重要的是，他不会开快艇——而且，就林克现在的状态而言，恐怕也无法教他。快艇速度快，不易驾驭，即便是经验丰富的驾驶员一不留神也会翻船。

他想知道，此刻，在西克勒码头上，情况如何。瓦胡知道爸爸绝对不会袖手旁观，任由一个拿着手枪的酒鬼耍酒疯。这不符合米奇·克雷的行事风格。只要遇上麻烦，米奇总会冲在前面。瓦胡觉得自己比爸爸更加冷静、谨慎——不过，这一想法尚未经过实践的考验。

"你爸刚才是想开枪打你吗？"他问图娜。他问得有些犹豫，说话的声音也略微有点沙哑，听起来根本不像是他的声音。

图娜眨了眨眼，抖掉睫毛上的雨水，思考着这个问题。最后，她回答说："我想他瞄准的应该是发动机。我选择相信这个答案。"

瓦胡点点头，深深吸了口气。就在这时，风向变了，他们听到了发动机的轰鸣声，另一艘快艇正全速朝这边开来。

第二十章

　　德雷克·巴杰通过电影获悉，对吸血鬼而言，暴露在阳光之下是一件危险的事情——可如果是阴天，太阳被云遮住了呢？

　　他决定冒险尝试一下。之前，他一直躲在搁浅的快艇下的一个湿乎乎的小坑里。此刻，他小心翼翼地把一只手伸进清晨的空气之中。看到自己的手并没有瞬间变成火炬之后，他松了口气。在《夜翼》三部曲里，这样的事情经常发生在那些粗心的吸血鬼身上。

　　正当德雷克费劲地从他的藏身洞往外爬的时候，冰凉的雨滴落了下来。他感到一阵微微的寒意顺着脊柱自上而下蔓延开来，他好像已经退烧了。德雷克想起了在哥斯达黎加雨林中拍摄时的一幕情景——编剧想了个好玩的桥段。他摘下头盔摄像机，将它上下颠倒，头盔就变成了一个小桶。和他那辆豪华大巴车上冰箱里的瓶装意大利矿泉水相比，雨水当然不如矿泉水清甜可口，但德雷克仍然如饥似渴地喝完了。这让他觉得自己俨然已经是一个真正的野外生存专家。

在那之后，他把快艇的螺旋桨当镜子，检查了一遍自己的牙齿：獠牙依旧不见踪影。

被蝙蝠咬过的舌头消肿了，基本可以缩进嘴巴里，合上嘴。除此以外，折磨了他一整夜的瘙痒似乎也消失了。换作任何一个正常人，面对这些变化，一定会欣喜若狂，德雷克却很失望。他很期望能变成吸血鬼，然后战胜邪恶的诅咒，成功恢复人形——就像达克斯·曼戈尔德那样。

让人伤心的是，《荒野大求生》里不会有吸血鬼特辑了。雨水泡坏了头盔摄像机的电路，摄像机无法工作。

德雷克冒着雨，费了九牛二虎之力才把快艇推下岸，让它漂起来，自己则被淋成了落汤鸡。船依旧动不了，它无法靠船底那仅3英寸深的小水坑航行。

德雷克不习惯独居。前天晚上，他蜷缩在林克的快艇里过了一夜，那是他第一次一个人在野外过夜，这个事实恐怕会让数百万电视粉丝惊掉下巴。德雷克很怀念向导演和工作人员发号施令的时光。他也很想念寸步不离对他有求必应的瑞雯·斯塔克。

他最想念的当然还是能够每晚坐直升机回豪华酒店过夜的日子。在那里，有人给他按摩，他能舒舒服服地泡在汩汩喷水的按摩浴缸里。

眼看着快艇里的雨水越积越多，德雷克越来越焦虑。如果船舱里积水太深，发动机被水泡坏了，他就真的会被困在这该死的大沼泽地公园里，永远无法脱身。他再次求助于头盔摄像机，忙不迭地用它把水从船舱中舀出去。

在瓢泼大雨中舀水，其难度可想而知，德雷克只坚持了15分钟就放弃了。筋疲力尽的他骂骂咧咧地跑到一排树下躲雨——当天上布满雷雨云的时候，这显然是最愚蠢的选择。他从一棵野生的咖啡树上捯下一把红色的果子，那些果子不是一般难吃。他将没嚼碎的果子连同唾沫一口吐了出来，通常情况下，只有在摄像机关闭的时候他才会这么做。

恶心不已的他坐在一棵月桂树下。雨水顺着叶片滴滴答答地落下来，地上的土被水泡得又湿又软，于是，他干脆摘下头盔摄像机，垫在屁股下。

风越来越大，地上的叶子打着旋儿地往上飘，德雷克试着尽量不去想吃的，却无济于事。一只美丽的蝴蝶飞过来，落在一根藤蔓上，它的翅膀如白色的羊皮纸般富有质感，他一把抓住这个毫无戒心的小家伙，塞进嘴里。蝴蝶的味道仅仅比刚才那把咖啡果略好一点点。德雷克刚把它咽下去，他就意识到自己犯了个错误。

他本想立刻催吐，把它呕吐出来，但空中劈下一道闪电，早一步击中了他。

"你找到他了吗？"格里·杰曼问。

"出了点小事故。"瑞雯·斯塔克答道，她觉得手里的卫星电话越来越沉，自己仿佛举着一个杠铃，"我们的两艘搜救船都……"

"怎么了？"

"被劫持了。"她答道。

"被谁？海盗吗？"格里·杰曼话语中充斥着讽刺的味道，

"亲爱的，你究竟是在佛罗里达，还是在索马里？"

"我不是说它们被'劫持'了，我的意思是被抢走了。"瑞雯现在可没心情玩文字游戏，这简直是她成年以来最糟糕的一天，"很显然，这都源于一场家庭纠纷。"

"那就长话短说吧。"这位《荒野大求生》的总制片人正坐在自家的海景泳池边，啜饮着葡萄橙子混合口味的奶昔，俯瞰着太平洋。他戴着墨镜，裹着一条短款的亚麻浴袍，脚上穿着一双滑稽的拖鞋——鞋上竟镶嵌着黄色貂皮。他的笔记本电脑开着，放在桌子上。

"我所知道的情况是，"瑞雯说，"我们聘请的动物驯养员有个儿子。这个男孩有个女朋友，这个女孩的爸爸酗酒。今天早上，他跑来找女儿，还带了把装满子弹的手枪——"

"就这么回事？"

"没有人被枪杀——"

"你彻底毁了我看日出的心情。"格里·杰曼说。

"——至少，我们觉得没有人死亡。"

"这么说，你不确定。"

"他朝着他闺女上的那艘船开了一枪。"瑞雯说，"不过，正如我说过的，我们觉得没有人中枪。然后——"

"你先别说了。就在家庭闹剧上演的时候，有人出去寻找那个靠不住还漫天要价的巴杰先生吗？有人去找过我那档节目的当红明星吗？有，还是没有？"

"暂时没有。"瑞雯独自一人坐在德雷克的休息大巴车上。雨水哗啦啦地冲刷着车窗。"这里现在是雨季。"她说道，她的另一只手不停地搅拌着杯里的热茶，"这起枪击事件让另外一名快艇驾驶员受了惊吓，所以——"

"不受惊才怪。"格里·杰曼很清楚这起事件的严重性，"瑞雯，是你那边在打雷吗？"

"对。"

摄制组全体人员待命，因天气原因导致拍摄期延长，这往往意味着拍摄预算会大幅增加。打官司的费用也相当可观——况且，摄制组可不是一个拿着枪的酒鬼该待的地方。格里·杰曼知道该怎么做。他别无选择。

"那个有枪的乡巴佬仍然逍遥法外？"他问道。

"是的，可是——"

"那你最好立刻报警。"

"警察已经在来的路上了。我们很倒霉，在暴风雨停止前，他们能做的非常有限。这里的情况太可怕了，真的是令人毛骨悚然。"

格里·杰曼叹了口气："你跟警察说了德雷克逃走的事吗？"

"我说了。"瑞雯很想知道自己是否会因此而被开除，从某种程度上来说，这也是一种解脱，"坦白说，我觉得这里的情况已经彻底失控。"

"你已经表达得相当委婉含蓄了。"

"警察说，任何一个自称为野外生存专家的人应该都能成功挨过这场暴风雨。他们说他们的职责是追捕犯人，而不是寻找电视演员。他们甚至不会开始寻找德里克，直到他们抓住了那个带枪的酒鬼！"

"嗯。"格里·杰曼说。这并不是他听到的最糟糕的消息。

事实上，他已经打电话联系了一个新西兰肌肉男，此人在常青电视网的一部低成本户外节目中担任主角。当这个年轻人听到格里·杰曼开出的工资价码后，他立刻表示，如果德雷克·巴杰因这场悲剧无法继续出演《荒野大求生》，他会非常乐意在这档节目中担纲主角，并为此感到无比荣幸。

通过网络搜索，格里·杰曼得知，狂犬病毒的潜伏期从几个星期到几年不等，因此，感染者一开始可能不会出现任何症状。对于想偷偷找人替换德雷克的格里·杰曼而言，这无疑是实施这一秘密计划的拦路虎。因此，当他获悉警察们更关心那个头脑不清醒的持枪男人，而不是这位落跑明星之后，这位总制片人的心情倒也不至于那么沮丧。

在格里·杰曼看来，德雷克在大沼泽地公园里失踪的时间越久，他被找到后继续完成拍摄的可能性就越小——前提是他们最终能够找到他。无论是哪种情况，德雷克都将缺席拍摄，这也就给了格里·杰曼飞往新西兰进行新人选拔的机会。

瑞雯说："格里，还有一件事，和那个动物驯养员有关——他被挟持了。"

"现在先别说了。我要去游会儿泳。"

瑞雯虽忠于德雷克，但忠诚度有限。在眼下这个紧急关头，她更关心的是自己能否保住这份工作。"听我说，我知道这次的拍摄成本很高。"她说，"不过，就算德雷克无法完成拍摄，你花出去的钱也不会全部白费。"

"怎么说？"

"相信我，他骑在那条大鳄鱼身上的画面绝对不同凡响。况且，他还被一只鳄龟咬了鼻子，被一条水蛇咬得血流满面——还有蝙蝠袭击他的镜头，这些只要播出一定会成为网络上的经典画面。格里，我想告诉你的是，我们已经有足够的素材，稍加剪辑就能制作出一集激动人心的佛罗里达冒险专题。"

"除了最后收尾的素材。"格里·杰曼说，"我们还没有拍结尾，对不对？"

"是的。"瑞雯郁郁地答道，"我们还没拍。"

6岁时，瓦胡曾有过一次与死神擦肩而过的经历。至少，在他的记忆中是如此。

当时，他爸爸正在一条铁路边抓蛇，瓦胡独自跟在后面。他姐姐朱莉也在，还拿了一个旧枕套用来装抓到的蛇。为了抓一条跑得很快的细鞭蛇，米奇跑开了，朱莉也跟着追了上去。

瓦胡独自沿着铁路路基溜达。他全神贯注地数着埋在铁轨和石砾之间的枕木数量——他爸爸告诉他，每一英里的铁轨里埋着三千根枕木。瓦胡不相信。

他走得很慢，确保自己不会落下任何一根枕木，而且他还把每个数字都大声地念出来。数到第一百零四根的时候，铁轨开始震动。瓦胡扭头向身后望去。

只见一辆灰头土脸的蓝色机车正拉着一节节货车车厢朝他这边飞驰而来。

在好莱坞电影里，当铁轨上有东西的时候，火车总是会发出呜呜的汽笛声。然而，这样的情景并没有出现。瓦胡不高，所以火车司机可能没有看见他。

时间一秒一秒地过去了。瓦胡本该十分害怕，可他没有。他本该挥舞双臂，但他也没有这么做。他静静地站在那里，感受着从脚底板传来的轰鸣声。火车没有减速，但瓦胡的双腿似乎也不着急想要移动。后来，他爸爸告诉他，机车的运行速度是每小时58英里。瓦胡相信这是真的。

机车距离瓦胡越来越近，铁轨开始颤动。车头的大灯宛如一个硕大的眼球，放射出刺眼的白色光芒。在生死攸关的最后几秒钟，瓦胡大脑里突然警铃大响。他从这一奇怪的恍惚状态中醒过神来，闪到了一旁。

现在，他记得最清楚的就是那震耳欲聋的噪声——装煤的车厢、油罐车厢、平板车厢、火车车厢呼啸而过——他就蹲在距离铁轨仅几英尺远的地方，即便用双手死死捂住耳朵也无济于事。在那之后，一连好几天夜里，他都会被脑海里那可怕的火车声惊醒。

现在，那种感觉又回来了，和上次不一样的是他的手近在眼前，可他几乎看不见。图娜整个人抱成一团，蹲在他身边，林克趴在他脚边，另一艘快艇正朝他们这边驶来。

瓦胡心想：无论开船的是谁，这人肯定是个疯子。

他们的船顺着水流漂到了一片高高的锯齿草丛里，如此一来，他们要想被人发现就更难了。瓦胡担心他们的船会直接被撞翻。

眼下，他的选择很有限。其一就是站在螺旋桨的保护罩上，希望另一艘船的驾驶员能及时看到他——只不过，这样做很危险，尤其是在电闪雷鸣的雨天里。凸出的金属防护罩就像一块大磁铁，吸引着天空的闪电。

然而，瓦胡知道他必须得给出信号，拦截那艘船求助。林克需要医生，那艘越来越近的快艇可能是接下来几个小时，甚至几天里唯一路过此地的船只。

"你躺平。"他对图娜说，"万一对方撞上来呢。"

她挨着林克躺了下来。"那你呢？"图娜问瓦胡。

"不要起来。"他一边说，一边像只大猿猴一样，手脚并用地爬上了防护罩。

他迎着风，尽量挺直身体，任凭雨滴噼里啪啦地打在他的脸上和身上。为了保持平衡，他把已经湿透了的运动鞋的鞋尖卡在那上面的铁丝网格里。他希望自己身上那件印着"荒野大求生"的蓝夹克能让自己像灯塔一样显眼：在被绿草覆盖的棕色天际线上，他俨然就是一个蓝色的光标。

尽管瓦胡依旧看不见那艘快艇的踪影，但他知道它就在附近——风雨中，巨大的发动机轰鸣声十分清晰，仿佛有一百万只愤怒的黄蜂在嗡鸣。那噪声越来越大，震得耳膜生疼，瓦胡忽然又有了多年前站在铁轨上看着火车向着自己疾驰而来的那种感觉。只不过这一次，他不会一动不动。

云层中划过一道紫色的闪电，紧接着，一声炸雷响彻云霄，震得他左摇右晃。

"你这个傻瓜，快下来！"图娜喊道。

"不行！"瓦胡集中精神，聆听发动机的声音。他眯起眼睛，凝视着灰蒙蒙的前方，随时准备高声呐喊。

一艘绿色的快艇冲出雨雾，出现在距离他们船尾大约40码的地方。好消息是它不会撞上他们。坏消息是，船上的两个男人正朝着另一个方向张望着。

瓦胡正要呼喊和挥舞手臂——突然，他定住了。

图娜看到瓦胡飞似的从上面跳下来，连鞋子被卡在防护罩上都顾不上回头去捡。他整个人平趴在甲板上，脸贴着甲板，一动不动，直到另一艘船彻底离开，发动机的轰鸣声几乎听不到为止。

"怎么了？"图娜问。

"我们得把他叫醒。"瓦胡边说边摇了摇林克的肩膀，"我不会开这个大家伙。你快帮我把他叫醒。"

"兰斯，放松点。这人中枪了，你忘了？"

"你不明白。"因为紧张，瓦胡的声音都变了，"你爸爸就在那艘快艇上！"

图娜一脸不解地望着他："你确定？"

"我非常确定。"瓦胡说。

"可是我爸不会开船。"

"不，开船的是我爸。你爸手里拿着枪。"

图娜的脸色瞬间变得煞白："他看到我们了吗？"

"我想没有。"

"哦，天啊！他一定是来找我的。"

"现在，我们要去找他们。"瓦胡抓起林克那脏兮兮的手，用力地捏他的手指，"大哥，拜托了，快醒醒！"

第二十一章

要不是坐在头盔摄像机上，德雷克·巴杰现在可能已经是一个死人了。

闪电劈中了月桂树旁的一个树桩，电流顺着树根传导至地面，汇聚在那个金属头盔上，强大的电流将德雷克像发射炮弹一样弹射出去。

过了好一会儿，他才迷迷糊糊地醒过来，只觉得身上有麻麻的刺痛感，却完全不知道是怎么回事。他并没有发现自己屁股上的裤子被烧焦了，也没看到就在他刚坐的位置那儿，一缕青烟袅袅升起。他捡起头盔摄像机，好奇地盯着那个四周被烤得黢黑、拳头大小的洞。对他而言，这是个谜。

事实上，关于今早发生的一切，他的脑海里都是一片空白。刚刚的那次电击彻底抹去了他脑海中关于暴风雨的记忆。只不过，德雷克觉得自己和以前不一样了，仿佛变了一个人似的。起初，他耳朵里始终回荡着一种类似于消防车警笛的声音。渐渐地，这个声音越来越小，最终变成了一种沉闷的嗡鸣声。接着，他感到一种奇怪的刺痛感在他身体里上蹿下跳，让他忍不住想挥舞双臂，飞上天空，就像蜂鸟那样。

或者，像只蝙蝠。

啊！终于来了！德雷克心想。这一幕真的发生了。

奇怪的是，他一点儿都不饿。确切地说，只要一想起长条泡芙，他就觉得恶心。在德雷克看来，这就是证据，证明他正在从一个普通的凡人变身成吸血鬼。因为在《夜翼》里，吸血鬼们对食物毫无兴趣，他们只想喝人血。

他站起来，忽然觉得屁股疼得厉害。他伸手摸了摸，发觉自己的卡其色短裤破了个洞，破洞下的皮肤似乎受了点儿伤——轻微烧伤，那道闪电通过头盔摄像机击中他的屁股时留下的痕迹。当然，德雷克对此毫无记忆。

"记号！"他高声喊道，"吸血鬼的记号！"

事实上，这是愚蠢的记号——一个在雷雨天气里，只要坐在树下就可能得到的记号。那道变向后击中他的闪电彻底斩断了德雷克与现实世界之间最后一丝脆弱的联系。加上被蝙蝠咬伤后迟迟未愈的感染，他彻底陷入了一个想象中的地下世界，一个邪恶的活死人横行肆虐的世界。

"我必须抵抗。"他轻声自言自语道。

摇晃着依旧昏沉沉的脑袋，他走出树丛，向着快艇的位置走去。他万般沮丧地发现，船里积满了雨水，已经重得推不动了。一只豹蛙正开心地从一个座位游到另一个座位。德雷克丝毫没有拿它填饱肚子的欲望。还没有完全退烧的他打了个哆嗦，无精打采地转身回树丛里避雨去了。

在《夜翼》的最后一部《血月下的复仇》里，达克斯·曼戈尔德逃进了森林，选了一棵高大粗壮的枫杨树，在树上用树枝搭了一个休息平台，以此来躲避那些捕食动物的侵袭。

在《荒野大求生》苏门答腊的那一集里，德雷克也曾睡在一个类似的平台上。他在电视里告诉观众，这是他自己搭的，但这个台子其实是由当地居民搭建的。当他们搭建这个树顶上的木头吊床的时候，德雷克正在200英里外有空调的酒店里呼呼大睡，所以他根本不知道该从何处开始做。

现在，德雷克别无选择，只能躺在潮湿松软的土地上。他试探性地把手伸进嘴巴——欣喜地发现自己的舌头已经消肿，几乎恢复了正常大小，但依旧没有长出蝙蝠的獠牙。德雷克的四肢仍残留着过电后的那种麻麻的刺痛感，他闭上眼，昏昏欲睡。他得休息，耐心等待夜幕降临，然后才能外出活动。

米奇·克雷一点儿都不喜欢有人拿枪指着自己的感觉。他有过一次这样的经历，当时是深夜，他刚从银行外面的自动提款机里取完钱，一个穿着深绿色套头衫的年轻人用枪顶住了他的肋骨，要求他把钱交出来。米奇把身上所有的钱都给了他——75美元——之后，那个抢劫犯跳上一辆车，扬长而去。

抢劫犯不知道米奇跟踪了他，直到他在自己的公寓中被一只奇怪的大手掐住喉咙惊醒后，才意识到这一点。常年驯养巨蟒和蚰使米奇的手指极其强劲有力，这个抢劫犯被他掐得几乎无法呼吸。

"把我的钱还给我。"米奇说。

这个喘不上气的年轻人指着地上的一条牛仔裤，米奇在口袋里找到了自己的75美元。

"现在，告诉我枪在哪儿。"米奇对他说，后者边咳边说出了枪藏在床下的秘密。

米奇没收了那把手枪，后来，他将它扔进了湖里。"你从哪儿来？"他问那个半大小子。

"西弗吉尼亚。"

"回去吧。"米奇说，"我的意思是，明早天一亮就动身。"

"你说真的吗？"

"除非你想让我带着警察来找你。还有，我翻过你的钱包，找到了你老妈的名字。"

"别把她扯进来！"小伙子哀求道。

"那就乖乖回家。"米奇说。

此刻，驾驶着快艇在瓢泼大雨中飞驰，米奇很想知道图娜的爸爸是否也会像当年那个年轻的抢劫犯一样敏感、重情义。杰瑞德·戈登已经毫无顾忌地开枪了，他先是在码头上朝另一艘快艇开了一枪，接着，他又朝着一条浮出水面的鳄鱼开了一枪。事后，米奇认出中枪的正是西克勒用来欺骗游客的填充标本老瞌睡虫。

只要杰瑞德·戈登想，他一定会再次开枪，对此，米奇毫不怀疑。这也是对付酒鬼的一大难题。他们毫无理智可言。

但凡有机会，米奇一定会直接来个急转弯，将这个人甩出船舱。然而，图娜的爸爸用皮带将自己固定在驾驶员的座位上，同时用枪顶住了米奇的脖子，而且他的手指始终搭在扳机上，这也意味着米奇必须万分小心。现在，他最需要的就是耐心，可这恰恰不是米奇的强项。

事实上，米奇不喜欢枪。他几乎从不带枪，就算带了，枪里也不会装子弹。此时此刻，他的手枪就躺在位于西克勒停车场里的那辆皮卡车的前排座位下。有生以来第一次，米奇后悔自己没有带枪。

"他们在哪儿？他们去哪儿了？"杰瑞德·戈登嚷嚷道，他一边喊，一边朝雨里吐了口唾沫。

米奇说："老兄，这里可是大沼泽地公园。"

当他们从另一艘快艇旁一扫而过的时候，他很庆幸这个酒鬼找错了方向。瓦胡朝他们挥手，可是杰瑞德·戈登没看到，所以米奇只管继续往前开。他们现在已经向前开出了好几英里远，林克应该有足够的时间把那两个孩子送回西克勒的码头。即便警察现在还没到，用不了多久也就会赶到了。

"好了，能干的家伙，快减速！"图娜的爸爸声音嘶哑地喊道。

米奇停下了船。杰瑞德·戈登解开皮带，整个人偏向一侧，稀里哗啦地吐了一阵，但他手里的枪依旧指着米奇。

"给我瓶啤酒。"他用球衣的袖子抹了把嘴，说道。

"没问题。"米奇说。

在劫持这艘快艇追赶前一艘船之前，杰瑞德·戈登拖着米奇回到西克勒的商店里，抢了一打冰啤酒。否则，林克和那两个孩子也不可能如此顺利地离开码头。

"你女儿为什么要离开你？"米奇装出一副毫不知情的样子问道。

"因为她忘了谁才是老大，谁说了算。这就是原因。"

"在我看来，她只是吓坏了。"

"哈！"杰瑞德·戈登开了瓶啤酒，"我管这叫作尊敬。"

"你是干什么的？"

"保安。所以我才有持枪许可证，才能带着这个坏家伙。"他指的当然是左轮手枪，"现在，我还在找工作。嘿，你听到什么声音没？"

"没有。"米奇·克雷答道，但他显然在撒谎。他听到的是巨大的发动机的声音。也许，是警察来了，又或者，难道是……林克？

可是这说不通啊——追踪一个正在追你，手里还有枪的人。更别说船上还有两个孩子。

米奇心想，林克不是爱因斯坦，但他也绝对不是个傻子。

"你听到的是雷声。"米奇对图娜的爸爸说。

"不，不是雷声。"

米奇飞快地启动发动机，想以此盖住另一个声音。

图娜的爸爸一口气喝光瓶里的啤酒，把空瓶子扔进水里。对于这种乱扔垃圾的人，米奇向来不会口下留情，但是这一次，他什么也没说。枪能改变一切。

"声音是从那边传来的。"杰瑞德·戈登坚持己见，"去那边看看。"

"你说了算。"米奇说。

米奇打算驾船往相反的方向开，以免来者真的是林克和那两个孩子。他想要让图娜的爸爸尽可能地远离他们，因此，刚一启动他就拨到了最高挡。然而，杰瑞德·戈登很快就起了疑心。

"不，我说的是那边！"他把枪用力地按在米奇的身上，左右扭动着。

暴雨模糊了视线，前方几乎什么都看不清，此情此景让人害怕，却正好帮了米奇的大忙。如果视野清晰，四周一片寂静，另一艘船只的声音无论如何都藏不住，轻而易举就会被发现。图娜的爸爸也会一下就发现米奇在带着他兜圈子。

"我什么也看不到！"杰瑞德·戈登喊道。

"我也一样。"

话音未落，他们的船撞上了一根柏树圆木，整艘船腾空而起。就在这一刻，米奇想起了大沼泽地公园里的偷猎者说起这种倒霉事时常说的一句话：

你以为他们为啥要叫它快艇？

"你感觉怎么样？"瓦胡问林克。

"我能开。"

图娜开口了："不，你不能。你背上有弹孔怎么能开？"

瓦胡也表示赞同。林克太虚弱了，一直在发抖。

"你能教我开吗？"瓦胡问。

"如果你和你爸一样顽固不化，我就教不了。"

"那个开枪打你的男人刚刚开着另一艘船从我们旁边过去，他抓了我爸当人质。"

瓦胡知道林克一直不喜欢米奇·克雷，所以他说完后就一直死死地盯着他，想看看他有何反应。

"开枪打我的人？他在哪儿？"林克望向周围那一大片湿地。

图娜沉着脸，说道："就是那个叫杰瑞德·戈登的人。他是我爸。"

林克点点头。他并没有询问米奇的情况。

"你过来，你来开。"他对瓦胡说，"脚踏板是油门，方向舵控制方向。"

"刹车在哪儿？"图娜问。

"没有刹车。"林克答道。

截止到刚刚那一刻，瓦胡开过的速度最快的交通工具是一辆破旧不堪的高尔夫球车，米奇用这辆开起来嘎吱作响的车给动物们运送补给物品。快艇的速度、噪声和驾驭难度都是那辆老爷车的五倍。方向舵的操控性根本无法与方向盘相提并论，瓦胡费了九牛二虎之力，仍然没有找到太多感觉。在急启急停了好几次后，他终于能让船平稳前进了。

"我们往哪儿走？"林克大声问道。

图娜指着被另一艘快艇轧平了的草垫。瓦胡驾船朝着她指的方向驶去，但是他踩油门的那只脚始终收着力气。他不知道如果真遇上杰瑞德·戈登，他们该怎么办。他还没想那么远。

站在驾驶员的位置上，他看得比林克和图娜更远，也更清楚，他很快就忘记了紧张。这种在野外擦着水面飞驰的感觉既新鲜又刺激，比主题公园里的驾船体验好太多了。他不介意雨水打在脸上的刺痛感，甚至就连那震得人几乎耳聋的发动机轰鸣声他也不在意。每当他需要转动方向舵的时候，快艇都像在空中翱翔的鹰一般，在水面上画出一个平稳光滑的弧度，完成转弯。瓦胡有种一切尽在掌握的感觉，全神贯注地驾船前进。

他们顺着另一艘船驶过的水径一路向前，直到驶出锯齿草丛，开进一片布满睡莲的开阔的池塘之中。林克举起一只胳膊，做了个搅拌的手势，瓦胡开始驾驶着快艇在水面上绕圈，搜寻杰瑞德·戈登的身影。

一道闪电从他们头顶划过，林克扭头望了一眼天空，说了句"糟糕"。

瓦胡读懂了他的唇语，点点头。在雷电交加的暴风雨中，让自己暴露在沼泽地里是一件危险的事情：只需一秒钟，他们所有人都会被烤焦。

紧接着的一道闪电伴着炸雷而来，响声震天动地，仿佛炸弹爆炸。图娜吓得大叫一声，瓦胡一脚踩在油门上。

"我们得离开水面！"他大喊道。

他们只差一点儿就成功了。就在他们向一座小岛靠近的时候，发动机突然发出一声闷响，然后就没动静了。小船猛地向前蹿出一段距离后，就懒洋洋地停在距离岸边不远的地方。

林克从固定在座椅下的一个干燥盒子里找出一张防水布，几分钟后，他们三人就抱成一团，顶着防水布往岸上走去。他们运气不错，这虽然是座树岛，但他们登陆的位置位于小岛一侧，这里不仅地势平坦，而且只有低矮的灌木丛，与容易吸引闪电的40英尺高的柏树林之间有一段较远的安全距离。

瓦胡垂头丧气地说："唉，简直不敢相信，我竟然开坏了一艘快艇。"

"不是你的错。"林克低声说道，"是那个布莱德利·江珀，是他没好好打理自己的船。"

"你带手机了吗？"

他们距离信号塔很远，但是瓦胡还是想试试。林克把手伸进口袋，摸出一个翻盖手机，结果发现手机进了水，已经不能用了。

图娜默默地看了一眼手机："大个子，我希望你买了保险。"

林克还在发抖。他没穿上衣，裤子已经彻底湿透。瓦胡脱下瑞雯·斯塔克之前给他的那件印着"荒野大求生"的夹克。

"快，穿上这个。"他说。

夹克穿在林克身上变成了超级紧身衣，袖子也短了一大截，但林克表示很感激。他伸手摸了摸后背，摸到了瓦胡给他包扎伤口时贴的纱布。

他缓缓扭过头，问图娜："你爸为啥要杀我？"

"林克，他不是想杀你。他就是随便开了一枪，像个失去理智的傻瓜一样。"

接着，她带着哭腔说道："他郑重其事地向我保证过，他已经当掉那把枪了。很显然，他骗了我。"

瓦胡满脑子都是爸爸被杰瑞德·戈登用枪顶着脖子，开船从他们旁边一闪而过的画面。那家伙已经彻底失控。

因为一只从天而降的鬣蜥，米奇·克雷不再是原来那个身强体壮、不可战胜的男人。仅剧烈的头痛一项就已经让他的反应——以及他的判断——迟钝了不少。此外，带有重影的视线也可能会严重干扰驾驶，使他随时都有翻船的风险。

瓦胡尽量不去想那些令人不寒而栗的可能性。他知道，因为暴风雨，要想在可怕的事情发生前追上爸爸的可能性几乎为零。

林克说："我有点儿喘不上气。"

每次他吸气，他的胸腔里都会传出刺耳的刮擦声。瓦胡怀疑是不是有子弹碎片击穿了他的肺。如果真是那样的话，他们只有一个办法：一旦天气转好，他们就必须以最快的速度把林克送到医院去接受救治。

这意味着要把米奇·克雷一个人丢在这片沼泽地里，让他独自面对图娜的疯子爸爸。

"看这个。"图娜从灌木上扯下一只带有深褐色条纹的蜗牛，"这是*Liguus fasciatus*，可爱的古巴舌形蜗牛。"

尽管心事重重，但瓦胡还是不得不微微一笑："露西尔，你这就过分了啊。"

风拼命地拉扯着防水布的四角，雨滴噼里啪啦地拍在防水布上。雷声响彻云霄，他们仨全都不由得哆嗦了一下。

"我想要祈祷。"林克喘息着说。

图娜拍拍他的胳膊。"好主意。"她说。

第二十二章

有时候，瑞雯·斯塔克也想不明白自己为何会如此忠于德雷克·巴杰，他不仅对她颐指气使、要求苛刻，还对她的辛勤付出没有半点欣赏与感恩。但是，她是一个具有团队合作精神的人，她为《荒野大求生》这档节目的大获成功而感到骄傲。尽管德雷克惹人厌，耍性子，但是他毕竟是这个节目的核心——为他服务是她的主要职责。

"从没听说过这个人。"那个名叫拉米雷斯的警长说。

"你是说真的吗？"瑞雯问道。

"我不看儿童电视节目。"

"那不是'儿童'节目。我们的观众里57%都是成年人！"

此时，他们正坐在德雷克休息用的大巴车上，小口地喝着咖啡，期盼天气转好，这样才能开展大规模搜索。对瑞雯而言，过去的每一分钟都让她既沮丧又无奈，因为她知道德雷克正孤身一人待在这荒野的某个地方。考虑到他那糟糕透顶的方向感，他绝无可能自己找到回归文明世界的路。

"你很担心，这我理解。"拉米雷斯警长说，"可是有一名嫌犯也在沼泽地里，还绑架了至少一名人质。所以，我们的首要任务是赶在有人受伤前抓住那个家伙。"

瑞雯明白，警察是对的。德雷克是自己走失的，但米奇·克雷是被人绑架的。还有那两个孩子——要是那个有枪的男人追上他们了，怎么办？

这简直就是一场灾难，瑞雯心想。

大沼泽地公园这期节目的拍摄完全失控，乱成一锅粥。面对现实情况，镜头里的一切都混乱不堪。

警察赶到这里5分钟后，西克勒的商店里就出现了当地新闻记者的身影。等到明天，大批的媒体工作者就会在这里安营扎寨。导演和摄影师们竟然打赌，赌他们要多久才能找到德雷克的尸体。还有比这更糟糕、更混乱的拍摄吗？

与此同时，在遥远的加利福尼亚，她的老板似乎并没有因为这个大明星的失踪而吃不香、睡不着。毕竟，这不过就是个娱乐节目。无论那个人的名气有多大，他都不是不可替代的。瑞雯深谙这一行的冷血规则。

自从加入《荒野大求生》栏目组后，瑞雯就一直希望有一天，她能成为一名一流的电视节目制作人，就像格里·杰曼。现在，因为德雷克，这次拍摄彻底失败，她的这个梦想也随之化为泡影。剧本上根本就没有吃蝙蝠的剧情。

瑞雯有些自责。还有谁比她更了解德雷克呢？为了让自己显得无所畏惧，为了能惊掉观众的下巴，这个人会不择手段。

想到自己因此而失去了成为电视节目制作人的机会，瑞雯其实倒也没那么沮丧。整天窝在好莱坞的一间办公室里——开会、打电话——这样的工作听起来似乎也没什么意思。

　　德雷克是个极度自以为是的人，给他当助理的确既烦琐又无趣。但是瑞雯很享受这种能在世界各地旅行的工作氛围，她喜欢在户外工作。也许，她可以去其他电视公司找份类似的工作。

　　"你们所说的这个人，杰瑞德·戈登，一年前，我们曾以醉酒驾车的罪名逮捕过他。"警长说，"他试图殴打我的一名同事，并用电棍袭击他。"

　　瑞雯说："他女儿到这儿时，有一只眼睛被打青了。我想她应该是自己跑出来的。"她认为警方应当知道这一点。

　　"目击证人说他身上有啤酒味儿。"拉米雷斯警长说道，"他还从西克勒先生的商店里偷了一打啤酒。酒精加上武器——这就有点儿麻烦了。"

　　说话的时候，这位警长时不时就会瞟一眼窗户，想看看雨是否已经停了。"只要天气情况许可，我们就会派直升机进行搜索。"他说，"谁知道呢——也许，他们在找其他人的时候能碰巧遇上河狸先生。"

　　"他姓巴杰。"瑞雯说。

　　"我从没见过那位'野外生存专家'。你是怎么找到这份工作的？"

　　瑞雯撇了撇嘴，淡淡一笑："首先，你得有一档电视节目。"

　　她越想就越觉得羞愧，她一开始还建议警方，寻找德雷克比抓捕危险的杰瑞德·戈登重要。

"关于那个人质，你知道些什么？"拉米雷斯警长问道。

"你自己看吧。"瑞雯说。她把一张光盘插进播放机，播放了德雷克被那条名叫爱丽丝的大鳄鱼虐打的无剪辑片段。

警长看得目不转睛："那个一头橙色头发的胖男人是谁？"

"他就是巴杰先生。"

"那个像疯子一样跳进去救他的男人呢？"

"他就是克雷先生。被那个持枪者绑架的就是他。"

拉米雷斯警长一脸震惊，眉毛挑得老高："我能再看一遍吗？"

"当然。"

他们又看了两遍。之后，拉米雷斯警长说："哇，那个叫克雷的还真是无惧无畏啊。"

"他不是个一般人。"瑞雯表示同意。

警长放下手里的咖啡杯："我敢打赌，杰瑞德·戈登现在肯定忙得不可开交。你觉得呢？"

撞上那根横在水里的柏木后，快艇直接飞了起来，然后底朝天地落在岸边的草地上。米奇·克雷的落地位置距离快艇只有10码远，地上厚厚的香蒲草充当了天然缓冲垫。令他惊讶的是，他的头不疼了，眼也不花了。

当他看到那艘撞坏了的快艇时，他觉得图娜的爸爸一定非死即重伤——然而，他错了。杰瑞德·戈登从翻倒的船体下爬出来，举起枪对准米奇。

"不准动！"

"你说了算，兄弟。"

"过来，拿上我的啤酒。"

杰瑞德·戈登掉了颗门牙，但并没有受重伤。他用皮带将自己固定在驾驶座位上，皮带捆得很紧，使他并没有在翻船时被甩出去或遭到碾压。更令米奇吃惊的是，手枪居然也还在他手上，没有飞出去。

"走！"杰瑞德·戈登说。

"放轻松点嘛。"

他们俩冒着大雨，想找一块高地。米奇拖着那箱啤酒，在前面带路。他们头顶的天空依旧电闪雷鸣。

地上的淤泥太厚，他们的靴子很快就陷进了泥里。杰瑞德·戈登跌跌撞撞地向前走去，边走边骂，他的步伐越来越蹒跚。米奇一直在观察，想找机会抢那把左轮手枪，可是杰瑞德·戈登一次都没跌倒过。这实在是让人懊丧。

一小时后，空中的闪电终于偃旗息鼓，雨也小了不少。他们俩走到一片隆起的林地上，图娜的爸爸坚持要停下来喝点儿"成人饮料"。

米奇递给他一瓶啤酒，他接过酒瓶立刻咕咚咕咚地喝起来。紧接着，他表示要再来一瓶，然后问道："现在怎么办？"

"等。"

"等什么？"

"等救援。"

"我不需要救援。"杰瑞德·戈登说，"我得找到我女儿。"

"那你能在水上行走吗？"

"你这话什么意思？我当然不能在水上行走。"

"我也不行。"米奇说，"这就意味着我们被困在这儿了。"

图娜的爸爸恶狠狠地晃了晃手枪："不，我们没有被困。"

"你说什么？难道想让我背着你蹚过去？就像背小孩那样？"

"如果必须得那样的话。"

"这不可能，朋友。"

"嗯？"杰瑞德·戈登发现尽管他手里握着一把子弹已经上膛的枪，但这个人质好像并不害怕。

"没有我，"米奇说，"你永远都找不到离开这里的路。你只能在这片沼泽地里等死——迷了路、醉酒，而且孤身一人。事实就是如此。"

即便是在风和日丽的日子，杰瑞德·戈登的大脑都不可能像一台状态良好的机器一样正常运作，更何况今天的天气并不好，糟糕透顶。他决定让米奇·克雷知道他可不是说着玩的。

"趴下，脸朝下。"他说。

"干吗？"

"照做就是。"

米奇一直在很认真地思考自己的处境以及最明智的应对之策。他的首要任务是，无论那两个孩子在哪儿，他都必须阻止图娜的爸爸找到图娜和瓦胡。鉴于此，米奇绝对不能做傻事，让自己挨枪子儿。在警察到来前，他是挡在杰瑞德·戈登和那两个孩子之间的唯一屏障。

所以虽然不情愿，但他还是照做了。他趴在湿漉漉的草地上，如果那家伙朝他开枪，他就随时准备飞快地滚向一侧。

然而，杰瑞德·戈登朝另一个方向走去。

"你看。"他边说边举起枪，瞄准芦苇丛中一只高高的白色苍鹭。

米奇抬起头："嘿，别开枪。你想吃鱼，我可以抓。"

"哈！这和午饭无关。"

眼看着杰瑞德·戈登瞄准，米奇调动起全身的每一根神经，好不容易才让自己保持静止。苍鹭是一种神奇的鸟，平时看上去仪态万方，抓起鲹鱼来却诡计多端。有一只好奇的年轻雄苍鹭，时不时就会来造访克雷家的那片人造沼泽池塘——瓦胡给它起了个名字，叫哈利。

"你哗哗叫到底想证明什么？"米奇问。

"闭嘴。"图娜的爸爸扣动扳机，枪声在空中回荡着。

那只白色的苍鹭拍拍翅膀，发出一声嘹亮而愤怒的叫声，飞走了。

"该死。"杰瑞德·戈登嘟囔了一句，那只握枪的胳膊随之耷拉下来。

米奇心想：很好，还剩三颗子弹。

雨渐渐变成了毛毛雨，雷声也消失了。瓦胡和图娜再也坐不下去了。他俩让林克在防水布下继续休息，自己则开始探索这座小岛。

"保持安静。"瓦胡小声说道。

"嗯。"图娜答道。

他们小心翼翼地在树下的灌木丛中一点一点地向前挪。瓦胡发现了一丛毒葛，果断地绕开了它。紧接着，一幅生命与死亡较量的画面映入他们的眼帘：一只软绵绵的紫色秧鸡被一条缅甸蟒死死地缠住了。蟒蛇大约7英尺长，和比尤拉相比小了许多，可即便如此，那只鸟也已毫无生还的可能。

图娜停下脚步，仿佛撞上了一堵墙一般，一动不动。她从没目睹过这样的场景——只在电视上的自然节目里看过。她识别不出这是哪种蛇，想从帆布包里拿出那本野外指南，对照着查询。

"别找了，继续前进。"瓦胡说。

"它不会来追我们？"

"别担心了，露西尔。我们不在它的猎物菜单上。"

瓦胡看得出图娜有些紧张。能够记忆野生动物的学名和走进它们的世界是两件事。那只鸟死了，那条蛇就不会饿肚子。

"这太残忍了。"图娜说。

"人类更残忍。人做的很多事情完全是出于恶意。"

"譬如说？"

瓦胡听出了她话语中的难过之情。"我不是那个意思。"他说。

"没事。我爸就是那样的人。"

他们绕过进食中的蟒蛇，继续前进。图娜的人字拖不断陷进烂泥之中，于是她干脆甩掉了脚上的拖鞋。这场暴雨让水位大涨，小岛四周的不少地方都被水淹没了。瓦胡指向地上的一条拖痕，那是一条大鳄鱼爬上岸来睡觉时留下的痕迹。

"它现在在哪儿？"图娜望了望四周，问道。

"别担心了。"

"我没有担心。"

瓦胡首先发现了空空如也的快艇，船尾的螺旋桨在香蒲草丛中划出了一道豁口。他立刻俯身蹲下，把图娜拉到身边。

　　"是他们的船吗？"她焦急地问道。

　　"我不知道。待在这儿别动，我去看看。"

　　"不行。"

　　"我是认真的。"瓦胡说。

　　"兰斯，我也是认真的。你去哪儿，我就去哪儿。"

　　他们像两只谨慎的小猫，一点点地向船靠近。图娜的腿上落满了蚊子，可是她不敢拍，生怕被别人听到。瓦胡侧过头，很仔细地聆听周围的动静——尤其是他爸爸的声音。树林里静悄悄的，只有淅淅沥沥的雨滴落在树叶上发出的滴答声。

　　走到距离那艘搁浅的快艇只有几英尺远的地方时，瓦胡突然停住了。"颜色不对。"他说。

　　图娜爸爸劫持的那艘船的油漆刷得通体透亮，而且是绚丽的绿色。这艘船的船身是一种暗沉的迷彩色，而且很显然是手工上色。

　　"是林克的船！"图娜松了口气，"被德雷克开走的那艘。"

　　就在这时，树林深处传来一阵咕哝声，紧接着又是一段颤抖的奇怪的歌声。

　　瓦胡向前快走几步："巴杰先生？"

　　"走开，伙计！"一个刻意模仿澳大利亚口音的声音传来。没错，就是他！

　　"绝对是他。"图娜小声说。

　　那个完全听不出音调的歌声再次响起："伊——卡——拉罗！伊——卡——拉罗！冈波，谬丘，伊——卡——拉罗！"

"你受伤了吗？"图娜问。

"快走开！"德雷克大喊道，"我这是为你们好！"

图娜跟着瓦胡，顺着那个沙哑的声音朝树林走去。他们发现这位电视明星正局促不安地趴在一棵巴西胡椒树上，头上还顶着一个被炸穿了的头盔摄像机，他裤子后面那个烧焦的洞也清晰可见。整个人看上去十分憔悴，双眼充血，眼球突出。

"下来吧。"瓦胡说。

"不！我被诅咒了！"

"什么诅咒？"图娜问。

"你们俩赶快逃命去吧！快——快跑！"

瓦胡说："巴杰先生，我们需要那艘快艇。"

"孩子，你眼睛没瞎吧？那该死的东西里现在盛满了水。"

"你可以帮我们把它推下水。"

"别管我，让我一个人待着！"

"你可以待在上面，但请你放松些。"图娜安慰他说道。这是她第二次近距离接触这位颇具传奇色彩的"野外生存专家"——第一次是他试图吃掉那只蝙蝠却反被它咬伤——现在，她已经不再崇拜这个人了。看样子，他显然不善于爬树。

"伊——卡——拉罗！伊——卡——拉罗！冈波，谬丘，伊——卡——拉罗！"趴在树上的德雷克发出一阵嘶吼。

瓦胡举起双手："谁有时间跟你玩这个？"

"这是来自活死人的诅咒！"德雷克哑着嗓子，义正词严地说道。

我听着更像是神经病的诅咒，瓦胡心想。

就在这时，啪的一声巨响传来，听起来像是汽车重新发动回火的声音。紧接着，一只苍鹭的尖叫声传入他们的耳朵里。

　　图娜猛地一转身："那是不是——？"

　　"是的，是枪声。"瓦胡也不由得紧张起来。他们站在开枪者的下风处，却无法判断出他们之间有多远。100码？或者200码？

　　树上传来一阵窸窸窣窣的声音，只听砰的一声，一个东西重重地落在图娜的脚边。原来是那个已经残破不堪的头盔摄像机。

　　"救救我！"德雷克·巴杰喊道，他的澳大利亚口音突然消失了。

　　他的一条腿挂在一根细细的树枝上，整个人倒吊在树上，拼命地挥舞双臂，那根挂着他的树枝实在太细，他又太重，眼看树枝就要断了。

　　"你中枪了吗？"图娜喊道，"坚持住！"

　　"快接住我！"

　　"哦，"瓦胡说着，一把将图娜拉到一旁，"他要掉下来了。"

　　然后，他掉下来了。

第二十三章

米奇·克雷的计划很简单：想办法让杰瑞德·戈登打掉剩下的三颗子弹，然后制伏他。

"听到没？"米奇假装兴奋地问。

"我什么也没听到。"杰瑞德·戈登嘟囔道。

他们正沿着一排矮树，穿越一片平地。雨刚一停，杰瑞德·戈登就变得坐立不安，坚持要继续前进。米奇想拖延时间，说他们现在没有快艇，无法在沼泽地里穿行，所以他能找到图娜的可能性小得几乎可以忽略不计。

杰瑞德拒绝了他的建议，他已经彻底被啤酒灌醉，无可救药。他现在一门心思只想抓住那个离家出走的女儿，狠狠地惩罚她。

"等一下！"米奇用一根手指压在嘴唇上，"你现在该听到了吧？"

杰瑞德·戈登摇摇头。

"听起来像头熊。"

"啊，不可能。"杰瑞德·戈登不屑地说。

"我是说真的。西克勒说过，这地方有熊。"

"熊？"

米奇忽然煞有介事地蹲下身来："就在那儿！就在月桂树那儿。"

杰瑞德·戈登伸长脖子，张望了半天，却压根儿没看到熊的影子。事实上，他什么都没看到。他只觉得嘴巴干而无味。

"块头大吗？"他问米奇。

"老兄，你的枪法如何？"

"你先告诉我它在哪儿。"

米奇指向前方："看到那些晃动的树枝了吗？"

"嗯。"

只要有风，树枝总是会晃的。

"快——快开枪！"米奇催促道，"就算打不中，你也可以把它吓跑。"

"听你的。"杰瑞德·戈登开枪了。

子弹呼啸着射进树丛中。

"向右大约6英尺的地方。"米奇给出指令。

"小菜一碟。"图娜的爸爸再次扣动扳机。

"看到没？它跑了！"

"它跑不远。"杰瑞德·戈登射出了第三颗，也是最后一颗子弹。

随着枪声的回音渐渐消散在树林中，米奇站起来，说道："枪法不错啊。"

“你确定它跑了？我们最好还是过去看一眼。”

“哦，它已经跑了。别担心。”米奇说话的同时，眼睛已经盯上了那把枪。

“我在这儿等着。”杰瑞德·戈登向后退了几步。

米奇独自走进树林。他走到月桂树下，装出一副寻找动物踪迹的样子。在这儿拖延时间倒也没什么不好的。他的计划进展得十分顺利——图娜的爸爸朝这个他虚构出来的野兽射完了所有子弹。现在，米奇安全了，他终于可以想办法夺取控制权，给杰瑞德·戈登这次毫无意义的行动画上一个句号了。

找了一阵后，他回到开阔地，说：“兄弟，你干得很漂亮。那可怜的家伙现在已经往鲨鱼河那边跑远了。”

图娜的爸爸得意地笑了，露出他那参差不齐的门牙：“我说了，我枪法好得很！”

“看来你没说大话。”米奇突然泄了气，说话的声音越来越小。

他死死地盯着杰瑞德·戈登的左手。那只手里抓着六颗亮闪闪的子弹，杰瑞德·戈登慢条斯理地将它们一颗一颗地塞进左轮手枪转轮的弹巢里。

“我总是会随身带些备用子弹。”他说，“以防万一。”他扣上转轮，举起手枪：“好了，伙计，继续前进，省得一会儿雨又下起来了。”

米奇·克雷耷拉着脑袋，点点头。“走吧。”他嘟囔道。

自从德雷克·巴杰开启他的演艺生涯以来，他第一次因为身材丰满而获益。松弛的脂肪充当了减震垫，保护了从巴西胡椒树上跌落的他。

"我还活着！"他喘息着说道，话语中依旧听不出丝毫的口音。地上厚厚的落叶吸满了水，仿佛一张松软的海绵床。他四仰八叉地躺在这张树叶床上，望着那两个不招人待见的孩子。他们也正目不转睛地凝视着他。

"你活得好好的。"瓦胡对他的话表示肯定。

"我的脖子没有断？"

"我想如果断了，你应该会有感觉。"图娜说。

德雷克的样子看上去糟透了。他脸上的化妆品和古铜色的皮肤喷雾都已经被雨水冲洗干净，这场大沼泽闹剧留下的种种痕迹倒是清晰可见——鼻头上留着鳄龟的咬痕，下巴、胳膊和拇指上布满了蛇的牙齿印，嘴唇上的伤疤结痂了，两个膝盖也在和爱丽丝搏斗时擦破了皮，还有毒葛在他身上留下的扎伤以及他和蝙蝠对峙时被咬破的舌头。

"瑞雯在哪儿？哦，算了。"德雷克坐了起来。

瓦胡说："我们得赶快离开这儿。林克中了枪，我爸爸有麻烦了。"

"不，你们得走了，"德雷克说，"趁着太阳还没落山。"

"你在说什么？"

"你们俩，快点离开这里！我背负着黑暗诅咒，你们难道看不出来吗？"他的目光最终落在图娜的那个大帆布包上，"嘿，你这里面不会刚好有瓶装的气泡矿泉水吧？"

"你为什么要从营地逃跑？"图娜问。

德雷克搓着脚说："因为我遭到了一只吸血鬼蝙蝠的野蛮袭击。你知道这意味着什么。"

"什么的袭击？"瓦胡问，"它咬你是因为你想吃了它。"

图娜补充道："巴杰先生，咬你的不是吸血鬼蝙蝠，是獒蝠，学名是 *Eumops glaucinus floridanus*。"

"你说的那个词在标准英语里是不是还有一个意思该翻译成——'长毛的吸血魔鬼'？"

"你说的'诅咒'是什么？"瓦胡问。

德雷克用一种很小但冷冰冰的声音答道："就是达克斯·曼戈尔德身上的那种诅咒。"

瓦胡一脸疑惑地扭过头望着图娜，图娜只说了一句话："哦，天啊。"

"什么？"

"《夜翼》三部曲。"

德雷克赶紧点点头："没错！你知道接下来会发生什么了！"

"好吧，我宣布放弃。"瓦胡彻底失去了耐心，"《夜翼》三部曲是什么？"

图娜的评价十分严苛："我连第一本都没看完。那是我看过的最愚蠢的故事书。"

"电影很经典！"德雷克表示抗议。

"铺天盖地的吸血鬼。"图娜接着说道，"吸血鬼球员、吸血鬼啦啦队，连小猎犬都是吸血鬼。情节我就不跟你啰唆了。"

"现在可不是闹着玩的时候。我们得离开这儿，现在就走。"瓦胡一直在想他们先前听到的那一声枪响。那是信号吗？

还是杰瑞德·戈登朝爸爸开枪了？

德雷克抬起他那胡子拉碴的下巴，指了指天上的云："现在是什么时候了？"

"回归现实的时候。你不是吸血鬼。"瓦胡伸手去拉德雷克的胳膊，但对方立刻缩了回去。

"还有多久天黑？"他焦急地问，"今晚会有月亮吗？"

图娜翻了个白眼。

"巴杰先生，如果你还不打住的话，"她说，"我就去你的社交网站主页上留言，让你颜面尽失。我会告诉你所有的粉丝，你是如何在大沼泽地公园里迷路，如何像个爱哭的婴儿一样叫苦连天、发牢骚。我会曝光你的跳伞着陆是作假，你被蝙蝠咬了舌头，一条小水蛇就差点弄得你心脏病发，我还会告诉他们你连爬树都不会。你就是个可怜的骗子。你想让全世界都知道这一切吗？"

德雷克脸色煞白："宝贝儿，别说了。你们还没想到办法，对不对？我帮你们推船。"

那道闪电并没有对德雷克的理智造成毁灭性的伤害，所以他能清醒地认识到什么会对其明星身份构成真正威胁。无论他是否注定要成为不死族的一员，他都不想失去自己的明星身份和声誉——也不想失去这档节目。不然，他怎么可能负担得起他那艘梦想游艇巴杰海号的巨额开销呢？即便是在眼下头脑极不清醒的状态下，德雷克也明白自己绝对不能回归李·布鲁佩尼的身份，做一个寂寂无名的爱尔兰舞蹈演员。

"快走吧。"瓦胡说。他们已经浪费了太多时间。他爸爸现在十分危险，而这个疯子还没完没了地说着吸血鬼和稀奇古怪的诅咒。

他们仔细地检查了一遍林克的快艇后，心中备感失望。从船头到船尾全是水，船舱里的水都快要溢出来了。瓦胡在船尾甲板上找到一个生锈的放水塞，可是他的手刚一碰到松闸手柄，手柄就断了。头盔摄像机被炸了个窟窿，根本没法舀水，所以他们三个不得不用手捧着往外舀水。

事实证明，德雷克根本帮不上忙。他一直在抱怨，喷出的口水比他舀出去的雨水还多。想到自己每周守着电视看《荒野大求生》，连周日重播都不错过，想着自己浪费掉的那些时间，图娜就觉得可悲又可气。一想到自己曾经以为德雷克的所有冒险——以及他的粗犷、坚韧——全都是真的，她就觉得自己是个彻头彻尾的大傻瓜。他压根儿就不是个硬汉，他只是好莱坞打造出来的一个大骗子。

如果他真的相信这世上有吸血鬼，这只会让他在图娜心中的形象更加糟糕。她已经完全丧失了问他要签名照的欲望。

与此同时，瓦胡一直在拼命地舀水。如果能让船变轻些，他们就可以把它推下岸，滑进浅水里。水坑里的水深只要有三四英寸，林克的这艘船就能漂起来。接下来，他们面对的挑战就是如何启动发动机。

"伙计，我得歇会儿。"德雷克有气无力地说。

图娜不屑地哼了一声："哦，别了。你觉得达克斯·曼戈尔德会休息吗？"

瓦胡注意到德雷克看上去精神欠佳。他的额头有些发红，额

241

头上还挂满了汗珠，像是在发烧。尽管他在大本营接受了急救治疗，但是他仍然有可能因为蝙蝠的咬伤而感染。好几次米奇·克雷被咬伤后，也曾有过感染的症状。

"休息一下吧。"瓦胡对德雷克说，后者闻言，立刻感激地点点头，然后就在快艇旁边找了个地方躺了下去。

"给你这个。"他把自己的"生存工具"之一——吸管递给瓦胡。吸管上还刻了一排小小的字，看上去像是德雷克的签名。"用它当虹吸管。"他说。

瓦胡不是一个生性刻薄的人，几乎从不挖苦讽刺别人，但是这根吸管真的成了击垮他的最后一根稻草。"很好，我深表感激。"他冷冷地说道，然后随手就把它扔了。

图娜用双手捧了一捧水——容量相当于一杯的水——倒了出去。"兰斯，这水永远也舀不完。你心里也明白，对吧？"

瓦胡拒不接受这种会让自己气馁的话。这艘船是他们唯一的出路，他们必须在事态进一步恶化前找到他爸爸和杰瑞德·戈登。

只希望事态尚未恶化。

而且如果林克的伤势没有好转，反而恶化——这种情况下，他们就需要用这艘船直接送他去城里接受治疗。到那时，米奇·克雷就只能靠他自己了。

"别这样想，"瓦胡对自己说，"乐观一点儿。"

可这谈何容易？是他说服爸爸接受《荒野大求生》的这份工作，来到沼泽地，也是他说服爸爸不要放弃，但现在看来当初宣布放弃可能是一个明智的选择。

图娜压低声音，不想让德雷克听到她的话："对于发生的这一切，我真的非常抱歉。你不知道我心里有多内疚。"

"这不是你的错。"瓦胡说。

"是我把你们拉进这堆烂摊子里的。我就不应该离家出走。我应该留下来，在沃尔玛里找个地方藏起来。"

"你们在说什么？"

"沃尔玛的园艺区特别大。如果我藏在那儿，我爸要用一个礼拜的时间才能找到我。"

"好了，这听起来就太疯狂了。"瓦胡说。

他俩继续向外舀水，一捧接一捧，朝各个方向往外洒。

图娜绷着脸，拼命不让眼泪掉下来："我从没想过他会朝人开枪。打死我都想不到。"

"就像你说的，可能就是个意外。"

"不，他已经彻底失去了理智。兰斯，要是他真的杀了人怎么办？"

瓦胡依旧低垂着头："我爸会照顾好自己的。"

"可是，我爸爸……"图娜发出一声苦笑，"我爸连早餐都不会弄——"

三声枪响传来，一声接一声。瓦胡和图娜不再舀水，侧过头，仔细地听。正在打瞌睡的德雷克也听到了枪响。

"有多远？"图娜轻声问道。

"比之前要近。"

开枪的人极有可能就是杰瑞德·戈登。也许，是一只短尾猫或蟒蛇拦住了他的去路——又或者，是米奇·克雷想逃跑。想到这儿，瓦胡觉得仿佛有一个拳头重重地砸在他的肚子上。

一阵风吹过，空中飘来一丝隐隐约约的对话声。说话的是两个男人，这意味着米奇可能还活着——至少，瓦胡愿意这样想。

　　他也必须这样想。

　　"听声音他们好像在往这边走。"他对图娜说。

　　德雷克醒了，询问他们发生了什么事。

　　"我们得藏起来。"瓦胡告诉他，"快起来。"

　　"藏起来？躲避什么？吸血鬼吗？"

　　"比吸血鬼还可怕。"图娜说，"兰斯，你带路。"

第二十四章

天气稍有好转，拉米雷斯警长就立刻派出了搜救队员。四艘快艇疾速驶离西克勒的码头，每艘船上都有一名警官。警方还派出了一架载有红外仪器的直升机，飞机已经从南迈阿密起飞，海岸警卫队派出的搜救直升机也已经从奥帕洛卡赶来。

与此同时，瑞雯·斯塔克把自己锁在了德雷克·巴杰的那辆休息用的大巴车上，躲避蜂拥而至的记者，他们都已获悉著名野外生存专家在大沼泽地公园里失踪的消息。记者们想把德雷克的失踪和在西克勒的商店里恐吓众人的"疯狂持枪者"联系在一起，可是警署发言人却说这两起事件之间并无关联。

之后，《荒野大求生》导演的一番话更是在各大媒体中掀起轩然大波。他向一名八卦小报的专栏作家透露，德雷克遭遇了一只蝙蝠的袭击且受伤流血了，暗示他怀疑德雷克感染了狂犬病毒，孤身一人的他恐怕正在这片幽深阴暗的湿地中的某处等待死神的降临。数以万计的狂热粉丝纷纷涌向德雷克的社交媒体账号，在那上面留言，还有许多人焦急地转发这一消息。

导演的行为让瑞雯十分恼怒，可是身处加利福尼亚办公室里的格里·杰曼似乎并不担心。这位制片人相信，大众对于德雷克处境——无论结局如何——的关注可以让《荒野大求生》节目的收视率大涨。这就意味着广告收益的大幅提升，狂野频道的播出收益自然也能再创新高。

如果该事件最终演变成一场悲剧，德雷克死于狂犬病毒（或其他热带疾病），格里·杰曼打算在事后播出一期长达2小时、包含精彩回放的特辑来纪念德雷克。这期节目一定会创下国内收视率新高。

"我们向媒体发表一则声明，"瑞雯说，"就说我们有信心，德雷克的野外生存经验如此丰富，所以他一定还活着，而且安然无恙。"

"先别那么着急。"格里·杰曼显得很谨慎，"让全世界都为他担心，这其实也不是一件坏事。还记得智利那些被困井下的矿工吗？他们被营救出来的时候，受关注程度完全不输给摇滚明星。"

这个比较着实有些蹩脚。那些智利矿工都是真正的生存专家，人家都是有真本事的。瑞雯和她的老板都知道，如果狠心地把德雷克·巴杰丢到又冷又黑的地道里，24小时内，他必死无疑。

"这边很快就要天黑了。"她说，"搜救的进度也会因此而变慢。"

"嗯。"格里·杰曼正在用一把亮闪闪的银质开信刀清理指

246

甲。那把开信刀是《荒野大求生》栏目最大的赞助商之一送给他的礼物，上面还刻有那位赞助商姓名的首字母缩写。这家公司有一款腋下除臭剂，广告语就是"我们所有人的狂野冒险"。德雷克·巴杰拒绝为这个产品代言，说它闻起来就像坏了的杧果。

"如果运气好的话，警察们会在找到那个疯子戈登前发现德雷克。"瑞雯说道，"这样一来，我们的机会就来了。德雷克将成为全美所有报刊电视的头条人物。"

格里·杰曼礼貌性地表示认同她的说法："瑞雯，你看过新西兰一档名为《潜行的蛇》的真人秀节目吗？"

"《潜行的蛇》，这是什么？"

"这档节目由一个名叫布里克·杰弗斯的年轻人主持，他的镜头感特别好——诙谐、真实，而且有一身漂亮的肌肉。他每集的开场镜头也是蒙住眼睛跳伞，和德雷克一样。只不过，人家是亲自上阵，没有特效替身。"

"格里，你想说什么？"

"你懂的。做好最坏的打算，以防万一。"

瑞雯呆住了："你的意思是，如果德雷克没能活着离开大沼泽地，这个人就会取代他，成为《荒野大求生》的主角？这个什么《潜行的蛇》，谁都不认识的布里克·杰弗逊？"

"他叫杰弗斯。我们打算让他从奥克兰飞过来面试。"

"我简直不敢相信！"

"就像我说的，以防万一而已。如果德雷克不能再参演节目，我们找个备选，这也是合情合理的。"

"你这样说，就好像他已经死了一样。"

"我也就是这么一说。"

"可是他还没死。"瑞雯说,"我很清楚这一点。"

格里·杰曼说:"有消息马上给我打电话。"

说完他就挂断电话。接着,他又让秘书打了几个电话。他想知道在比弗利山的哪家餐厅能吃到最鲜嫩美味的烤羊排。

瓦胡比他爸爸有耐心,但是德雷克·巴杰却将他逼到了极限。

"你管这地方叫藏身之处,伙计?"

"说话小点声。"瓦胡说。

他们蹲在一丛黏糊糊的藤蔓和可可梅树丛中。德雷克一直抱怨个没完。他说自己烧得更厉害了。他一会儿说自己肌肉抽筋,一会儿又大惊小怪地说脚下有奇怪的东西。

图娜在帆布包里翻了半天。"给你,试试这个。"她递给他两片粉红色的小药片,之前,她给瓦胡爸爸的也是这个药片。

"这是什么?"德雷克有点儿怀疑地问道。

"20毫克优质配方的拉古色拉普。"

"拉古——什么?"他一口吞下药片,做了个鬼脸。不过,他很快就不再抱怨这儿疼那儿疼了。不到一小时,他就再次呼呼大睡起来。

瓦胡说他想看看那个装药的瓶子。"拉古色拉普是一种什么药?我必须得给我老爸多买点放家里常备。"

图娜哈哈大笑:"兰斯,那根本就不是什么药。就是些糖丸。"

"什么?"

"我没开玩笑——那名字是我自己胡编的。就是纯糖,你倒过来念。[1]"她解释说，"我还特意打印了一个标签，可以贴在瓶子上。"

"我还是没搞明白。"瓦胡说。

"你听说过安慰剂效应吗？当医生在测试新药的时候，参与测试的一半病人会接受新药，另一半病人得到的则是安慰剂——一种不含任何药物成分的小糖丸。参与测试者并不知道谁拿到的是药，谁拿到的是安慰剂，但结果令人震惊：一些服用安慰剂的病人反而疗效更好。而且每次测试结果都是如此。"

图娜笑了笑，用一根手指点了点自己的太阳穴："我们的头脑拥有强大的治愈能力。只要你相信这种药能治好你，它就真的可以。"

"可是，如果那些药片真的只是糖丸，你为什么还会需要它们呢？"

"哦，我用它们来安抚爸爸。有时候，它们能让他安静一些。"图娜说，"他也经常头疼，还有背疼、胸口疼、脖子疼，凡是你能想到的地方都疼。他觉得拉古色拉普是一种有魔法的神奇药片。当然，对他而言，酒也一样。"

想到爸爸的症状大概率源于心理作用，只需几颗糖丸就能治好，一时间，瓦胡觉得难以接受。"这么说的话，我俩的爸爸都是疯子。"他闷闷不乐地总结道。

"千万别这么想。"图娜坚决地否认了他的话，"他们是截然不同的两种人。"

1　纯糖英文是pure sugar，倒过来拼写就是Raguserup。

关于这点，她倒是说得很对。"我最好去看看林克。"瓦胡说，"你自己一个人和那个'初代吸血鬼'待在这儿可以吗？"

"可以，可以。你去吧。我们没事。"

瓦胡静静地钻进树林，每走几步就停下来听听周围的动静。他再也没听到枪声，风中再也没飘来更多的声音。要么就是之前他们听到说话的那两个人改变了路径，要么就是风向变了，他们的声音也就消失了。

爸爸不在之后，瓦胡渐渐生出一种感觉，觉得自己有责任保护岛上每一个人的安全——德雷克、林克，尤其是图娜。他摆脱了米奇的阴影，脱离了他的庇护，这是一种全新的体验。现在，在瓦胡看来，一切都和以前不一样了，他成了做出关键决定的那个人。用他自己的话来说，考验胆量的时候到了。

在离他们和林克分别处不远的地方，瓦胡找到了林克。他坐了起来，赤裸着上身，膝盖上盖着瓦胡给他的那件印着"荒野大求生"的夹克。

"我本来想走几步的。"他说，"油箱没油了。"

他看上去毫无生气，呼吸时肺里依旧会发出刺耳的呼哧声。"有吃的吗？"他问道。

瓦胡带了半根燕麦棒。他递给林克，说道："好消息，我们找到你的船了。"

"完整的船？"

"对。不管你信不信，德雷克并没有把它撞散架。"

林克如释重负，脸上的表情瞬间就放松下来。"真是奇迹。"他说。

看到天气转好，瓦胡很高兴。厚厚的云层中露出一小片清澈的天空。

"就在不久前，你听到那几声枪响了吗？"他问林克。

"听到了。听着像是从远处传来的。"

"还有两个男人说话的声音。"

林克摇摇头："我只听到了猫头鹰叫。"

瓦胡撕开他贴在林克背后的纱布一角看了看，伤口很干净，没有新的血迹。

"你呼吸的时候还是疼吗？"

"有一点儿。"林克说。

"疼得比之前厉害吗？"

瓦胡已经可以确定，林克有一个肺被子弹打穿了。那么小的一颗子弹居然能撂倒一个像牛一样壮的男人，这的确令人震惊。

"待在这儿别动。"瓦胡对他说，"我们送你去医院。"

"我的船离这儿有多远？"

"从这儿到那儿，相当于一次远足。所以你就安心待在这儿，不要动。"

林克浅浅地吸了口气："开枪打我的那个男人呢？就是那个女孩的爸爸。"

"警察肯定会抓到他。他很快会被送进监狱。"

"监狱？"林克低声说，"会吗？"

"我能问你几句话吗？"瓦胡说。

"问吧。"

"我知道你不喜欢我爸爸，这没关系。想起他可能会让你不高兴。可是那天，他在水里，你开着船直接冲向他……"

林克轻笑了几声："嘿，我就是想吓唬吓唬他，仅此而已。你以为我真的想开船撞他，把我的船撞个大凹槽？不，绝对不行。"

"我和图娜都被你骗了。"瓦胡说。

"但没骗过你爸爸。他一点儿都不害怕。"

听到这儿，瓦胡笑了："你哪儿都别去。我一会儿就回来。"

"你自己还是个孩子。你要干吗去？"

"带大家离开这里。"

林克再次发出了有气无力的笑声："给你，披上你的夹克。我穿太小了。"

"听！"瓦胡举起一根手指，指向空中，"你也听到了，对吧？"

"我听到了。"

"是快艇！很多快艇！"

林克的眼里闪现出希望的光芒。

"如果我是你，"他对瓦胡说，"我就会生堆火。"

米奇·克雷不是一个善于交际的人——如果听到这句话，他会第一个表示赞同。他更喜欢和动物在一起（他的家人除外，他无条件地爱着他们）。

由于米奇甚少参与社交活动，所以当他需要采取行动的时候，很少会瞻前顾后。作为一名动物驯养员，他的经验告诉他要靠本能反应——绝不能做无用功。当你面对的是一条性格顽固、重达600磅的短吻鳄，或是一条脾气古怪、14英尺长的大蟒蛇的

252

时候，心理学发挥不了任何作用。这时，顺利完成任务的法宝是务实的行动和快速的本能反应，而不是和对手玩心理游戏。

米奇相信杰瑞德·戈登大脑的智商低于爬行动物的平均值。然而，爬行动物通常不会随身携带一把子弹上了膛的手枪和咝咝冒泡的啤酒。

"再来一瓶。"戈登喊了一嗓子，"我都快渴死了！"

啤酒的温度不亚于刚出口的唾沫，但他似乎压根儿就不在乎。大多数人在饮酒过量后往往会头晕眼花、四肢无力，可是他却健步如飞，踩着米奇的脚印大踏步地继续前进。米奇每次侧过头向后瞄的时候，他都会看到一个黑黑的枪管正对着自己的后背。

"别做傻事。"图娜的爸爸警告说。

"从没想过。"

他们已经跋涉了一段时间，太阳很快就要落山了。米奇希望此刻林克已经回到西克勒的码头，瓦胡和图娜也都已经安全了。

远处传来了快艇的轰鸣声——是搜救小分队，他们正四散至沼泽地各处。这是一个让人心情愉悦的声音，但米奇尚未做好迎接它的准备。一旦夜幕降临，他们被人发现的可能性就变得微乎其微。夜幕下的大沼泽地公园是一个水路交错纵横、沼泽草甸星罗棋布的大迷宫。搜索队员们只能借助手持聚光灯和运气来寻人。

在听到搜救快艇的引擎声后，图娜的爸爸似乎一下子清醒过来。他不由得绷紧了肩膀上的肌肉，步伐也略显沉重。

"看来情况不太妙。"他嘟囔着。

他曾打算用枪抓回他离家出走的女儿，在他刚刚开始啤酒狂欢的时候，这个计划看起来似乎聪明绝顶，现在却变成了一个巨大的错误。

"他们迟早会追上我们。"米奇对他说，"这是事实。"

"你最好乖乖闭嘴！"

此刻，杰瑞德·戈登已不再一门心思只想找到图娜了。他满脑子想的都是如何逃跑。

他咬着牙深吸一口气后，说道："我告诉你——我绝对不要再被关进监狱。"

"如果他们抓到你时，你手里还拿着那把点38口径左轮手枪，你必进无疑。"

"这里离高速公路有多远？"

"太远了。"米奇说，"不但远，而且这里的水也太深了，不可能的。靠步行是不可能的。"

杰瑞德·戈登用枪管戳了戳他："滑头，别担心。我通常都有后备计划。"

"你的后备计划是'来一瓶'？"

"哈！你就是我离开这里的法宝，你自己都没想到吧？"

米奇说："老兄，压根儿就没有法宝。警察知道你是谁。"

"没关系。等他们来了，我要和他们做笔交易，他们无法拒绝我提出的要求：用你的命换我的自由。"

"你电影看多了。"

杰瑞德·戈登说话的时候非常认真："就像你说的，他们肯定会找到这里，发现我们——就算今晚找不到，明天肯定找得到。等他们来了，我就用这把枪指着你那颗肥嘟嘟的脑袋，让他们给我一艘船。他们肯定会照做，因为如果他们不听我的，我只

254

能打爆你的头，那场面就很不好看了。我说得对不对？"

"继续说。"米奇说。

"等我拿到船，你就直接带我上大路。"

他说的大路是美国41号公路，也被称为塔米亚米步道。

"然后呢？"

"然后我们就分道扬镳。"杰瑞德·戈登觉得自己这个计划天衣无缝，扬扬得意地咧开嘴笑了起来，"你把我放在一段空旷的直行道边，然后我就会像幽灵一样，瞬间消失。偷偷溜到巴哈马群岛或别的什么地方。我在旅游频道里看到过有个地方叫哈伯岛——在那儿，你可以在沙滩上骑马。还有那里的沙子，他们说是复活节玫瑰的颜色。我完全能适应那里的生活。"

"你的女儿怎么办？"

"哦，过段时间我就会回来，然后再料理她的事。这所有的麻烦都是她给我惹出来的。"

米奇并不打算把杰瑞德·戈登放跑，可是他现在是孤军作战。

他说："我们应该停下来，生堆火。这样他们就能早点儿找到我们了。"

"老滑头，我没意见。"

在前面不远处，有一片阔叶林，那里的地势更高。走进树林后，米奇开始寻找干木材。长时间的暴雨把一切都淋得透湿，至今仍拧得出水，地表的覆盖物也因某种动物的活动而被破坏了。米奇突然发现泥土里有一个脚印，他顿时心跳加快，一颗心怦怦地撞击着他的胸腔。那是人类的脚印，留下这个脚印的是一个没穿鞋的孩子。米奇飞快地用自己的靴子在那个泄露行迹的脚印上蹭了蹭。

他对杰瑞德·戈登说："这里太潮湿了。我们换个地方吧。"

"到处都湿漉漉的。我不想动了。"

搜救船只的引擎声让米奇十分紧张。他很难判断出是否有船在朝他们这边驶来。

杰瑞德·戈登从地上捡起一个东西，扯着沙哑的嗓子喊道："嘿，你看这儿！"

他手里高举着一只绿色的人字拖，鞋带上还镶嵌着亮片。即便他不说，米奇也知道这是谁的拖鞋。他一眼就认出来了。

"这样的概率有多大——百万分之一？你刚才说什么来着？"图娜的爸爸幸灾乐祸地说道，"我竟然在这儿找到了她的拖鞋，老滑头。这意味着她就在这附近的某个地方。我要找到她。希望渺茫？哈哈！"

米奇研究过瑞雯·斯塔克的地图，他自然知道这绝对不是百万分之一的概率。在西克勒的码头周围，全都是平坦的沼泽地，高于沼泽地的翠绿色的树岛加起来不超过六座。对于旅行者而言，要想在这附近寻求遮蔽或落脚的地方，这些小岛显然就是最佳选择。

可是，林克为何要把船停在这儿呢？米奇想不明白。难道是他的船坏了，或是出了某种紧急状况？

一个令人不寒而栗的事实就清楚地摆在眼前：如果图娜就藏身在这座小岛上，瓦胡也一定在。他绝对不会丢下她不管。对米奇而言，风险已经高得不能再高。两个孩子就在附近。是时候采取行动了。

"我们去找你女儿吧。"他对图娜的爸爸说道,说完就朝着与他发现的脚印所指的相反的方向走去。

杰瑞德·戈登从后面跑上来,举起图娜的那只人字拖,拍了拍自己的脑袋:"嘿,你以为我傻吗?我知道你在想什么。"

米奇的右手攥成一个拳头。只要朝着戈登的下巴来上一记重拳,他就能把那家伙击倒在地。他根本就没有开枪的时间。

"我知道你有什么打算。"杰瑞德·戈登接着说道,"你想打倒我,嗯?你想做个英雄。"

米奇让自己平静下来稍稍平衡自己的身体:"我不是英雄。你说什么呢?我看起来像个英雄吗?"

"闭嘴,把你的爪子举起来。"

"干吗?"

"我给你3秒钟。"

"足够了。"米奇说。

他猛地一转身,举起拳头,重重地向前挥去,却没有击中目标。

第二十五章

瓦胡闻到了木头燃烧的气味，心中不禁有些疑惑，难道是德雷克·巴杰生的火？也许。即便他是个假冒的野外生存专家，也能捡些木柴生火。

然而，当他再走近一些，看到那些火苗的时候，瓦胡立刻俯身趴在地上，躲在树丛里一动也不敢动。林间空地上有三个人，德雷克并不在其中。图娜盘着腿坐在地上，低着头，一头鬈发耷拉着。跪在她旁边的是米奇·克雷，他的额头在流血，双手被人用藤蔓反绑在身后。

一个健壮敦实、胡子拉碴的男人正围着那堆火缓缓地踱着步子。瓦胡猜那人就是图娜的爸爸。他一只手依旧握着那把左轮手枪，另一只手里钩着一只绿色的人字拖，时不时地举起来看两眼。虽然躲在30码开外的地方，但是瓦胡看得格外分明，他噩梦里那个在沃尔玛停车场上追逐图娜的无脸人的五官瞬间变得清晰起来。现实中的杰瑞德·戈登看上去一点儿也不像个面目狰狞的怪兽，他看起来只是个坏脾气的人生输家。

在噼里啪啦的木柴燃烧声中，他们三个的谈话声时高时低。瓦胡几乎听到了所有的谈话内容。杰瑞德·戈登的新计划是想让米奇开船，他带着图娜一起坐林克的快艇逃走。

米奇对此的回答是"我们会船毁人亡"。

"为什么？"图娜的爸爸问道。

"因为你用枪砸了我的头，现在，我看所有东西都有重影。"

"哼！老滑头，挺会找借口啊。"

图娜抬起头："爸爸，克雷先生说的都是真的。几个月前，他就得了脑震荡，你刚刚又砸了他的头一下。"

杰瑞德·戈登一脸怒容："他还是可以开船的，慢一点儿就行了！"

"你开玩笑吗？"瓦胡的爸爸说，"我的头疼得都要炸了。"

"那你想用子弹来了结这一切吗？"

米奇耸耸肩："反正我的感觉糟糕透了。"

图娜再次开口说道："爸爸，你就稍微等一小会儿，等他能看得清楚些再说。到那时，他就能把咱俩送回到公路上了。"

瓦胡知道图娜很聪明，她这分明是在拖延时间。一旦夜幕降临，米奇就能驾驶快艇在大沼泽地里兜圈子，杰瑞德·戈登根本就察觉不出来。

"嘿，我有个主意。"杰瑞德·戈登用膝盖顶了顶女儿的后背，"给他吃几片你那个神奇的粉红色小药丸。"

听了他的话，图娜没有任何反应。她的目光转向米奇，正好与他四目相对，米奇说了句："好啊，给我来几片。"

瓦胡的爸爸把瓶子里的最后四片药丸倒进嘴里，硬咽了下去。杰瑞德·戈登把那只泄露了图娜行踪的人字拖丢到一旁，一屁股坐了下来，他虽有些按捺不住，却也只能等待药物起效。

他对图娜说："我还是不敢相信，你居然就这么离家出走了。我养了你这么多年，你就这样来感谢我吗？趁着天黑偷偷摸摸地一走了之？"

图娜回答的声音小得几乎听不到，但是瓦胡清楚地听到米奇插嘴说道：

"戈登，你给了她那么大一个黑眼圈，你一定特自豪吧？跟我说说——一个男人能有什么狗屁苦衷，才会对一个孩子下那样的重手？"

瓦胡趴在草丛里，在心里苦苦哀求：别说了，老爸，趁他还没有失去理智。

火堆眼看就要熄灭了。图娜又找了些干木枝和泥炭块扔进去，但火势并不见长，依旧是一副奄奄一息的样子——瓦胡担心，火苗太小，搜寻队员们根本发现不了。搜索船只的引擎声听起来依旧是那么遥远。

杰瑞德·戈登抱怨啤酒喝光了，但其他人谁都没说话。太阳慢悠悠地向西方的天际线滑落，一轮奶黄色的残月不知何时已经爬上了东方的天空。这是这一周以来第一个无云的夜晚，随着夜色越来越浓，星星也开始在天上眨起了眼睛。

瓦胡依旧蹲在树丛中，心里思索着不知德雷克现在怎么样了。他是不是做了什么事激怒了杰瑞德·戈登，被他揍晕了——或者情况更糟？瓦胡很努力地稳定住自己的情绪，然后想办法化解这一困境。只要他错一步，他爸爸很可能就只有死路一条。

杰瑞德·戈登给他女儿扔了把折叠刀，让她给米奇松绑。图娜照做。之后，杰瑞德·戈登一把夺过小刀，说道："时候到了，出发。那些药现在应该已经起效了。"

"还没呢。"米奇说。

"那就对不住了。你就忍着吧。"

瓦胡尽量让身体贴近地面，在落满树叶的地面上匍匐前进。他希望能发现一根粗树枝抑或一块大石头，这样他就有武器了。

他听到他爸爸说道："戈登，我可以把你们送到公路上，但我有一个条件，你得把你女儿留在这儿，等待救援。"

"不可能！我跟你说过，她有病，弗洛伊德病。她需要看医生，马上就看。"

图娜提高音调："克雷先生，别听他的。我没有病——弗洛伊德是我养的那只仓鼠的名字。"

"真可爱。"米奇说。

"不过，如果我爸想的话，我会跟他一起走。"

"不，你不会的。只要是我开船，我就绝不会让你离开这里。"

瓦胡看到杰瑞德·戈登向前迈了一步，举起枪，指着他爸的胸膛，他不由得倒吸一口冷气。

"这个女孩可是我的亲生骨肉，老滑头，我绝对不会把她一个人丢在这片沼泽地里。"

"那你也别想走。"米奇·克雷说道。

瓦胡不想看到爸爸死在自己眼前，他还没有做好这种心理准备。一时间，他只觉得百感交集——恐惧、惊慌、绝望，还有愤怒。他从未有过这样的感觉。他不像米奇那么冲动，那么勇猛无畏，但是瓦胡很爱爸爸，他对爸爸的情感真挚而强烈。他必须放手一搏，而且行动必须要快。在他的心目中，这不是有没有勇气的问题。

但是，这的确关乎勇气。

和他儿子想的一样，米奇也不想死。

然而，他绝对不可能让图娜跟她爸爸走，尤其是在杰瑞德·戈登曾那样粗暴地对待自己的女儿之后。如果这意味着米奇必须得挨一颗枪子，那就挨枪子吧，至少这声枪响还能引起瓦胡的警惕。

可那孩子在哪儿？米奇焦急地想。

我希望，你能找个好地方藏起来。一定不要输给她爸爸。

米奇之前的那记拳头之所以没能击中杰瑞德·戈登，是因为后者早就看出他要出拳，举起枪托砸在了他的头上。当米奇醒来后，他经历了一次让他毕生难忘的头疼（其疼痛程度仅次于被鳄蜥砸伤的那次），并发现自己的两只手也被藤蔓捆得紧紧的，背在身后。

他向图娜的爸爸抱怨说自己看不清东西，其实是在撒谎。他看得很清楚。他只是想把这个家伙单独骗上快艇，远离图娜和瓦胡，哪怕他并不知道瓦胡在哪儿。

尽管此时此刻，杰瑞德·戈登的枪正对着米奇的胸口，他却一点儿也不惊恐。他在等杰瑞德·戈登自己醒悟：他不会开快艇，如果他想逃出大沼泽地，他就只能放米奇一条生路。

除非这个人的智商真的低于平均水平，才会做出射杀唯一的快艇驾驶员这种愚蠢至极的事情。不过，迄今为止，图娜的爸爸所做的每一件事都让米奇觉得这个人已彻底丧失理智。

除此以外，米奇还要解决另一个问题：他内心的愤怒以及他对杰瑞德·戈登的鄙夷和不屑之情。他费了九牛二虎之力才勉强克制住这种异常强烈的情绪。有时候，苏珊·克雷会开玩笑说，她丈夫需要在大脑和嘴巴之间插入一种特制的过滤器，以免他把自己的想法一股脑儿地全都说出来。

他之前就没忍住，才会说出"一个男人能有什么狗屁苦衷"这样的话。

现在，这个白痴正用枪指着米奇，说道："这个女孩可是我的亲生骨肉，老滑头，我绝对不会把她丢在这片沼泽地里。"

对于"老滑头"这个称呼，米奇早就听得不耐烦了，所以他直接回答说："那你也别想走。"

用孩子们的话来说，这真是一场史诗般的大冒险。

而且这场冒险很有可能以失败告终——如果杰瑞德·戈登真的蠢到了家，没有想到米奇才是唯一一个能带他逃离此地的人。

"好吧。"米奇说，"现在怎么办？"

杰瑞德·戈登没说话。他的目光越过米奇，脸上的皱纹渐渐拧巴成一团，仿佛一块臭烘烘的抹布。

"怎么办？"他低声咆哮道。

"瓦胡！"图娜大叫一声。

米奇只觉得后脊发凉，他飞快地转过身。来人正是他儿子，他在高高低低的灌木丛中上蹿下跳，看上去就像是有群蜜蜂在追他一样。

"瓦胡,快跑!"图娜大喊。

杰瑞德·戈登说:"瓦胡?这是什么意思?是一种暗号吗?"

"不,爸爸,那是他的名字。"

"谁是瓦胡?"

"是我学校的一个男生。"图娜说。

"原来如此。那他为什么在这里表演猴子舞?"杰瑞德·戈登被转移了注意力,不经意间把正对着米奇的枪放了下来。米奇什么也没说,丝毫没有透露他和瓦胡的关系。他知道儿子想干什么。这很勇敢,但过于冒险。

瓦胡想吸引杰瑞德·戈登的注意力,这样米奇就能制伏这个男人了。

"你到底是怎么回事?"图娜的爸爸高声问道。

瓦胡停止了跳跃。"你到底是怎么回事?"他反问道。

"快跑!"图娜喊道。

"不,孩子。"杰瑞德·戈登说,"你赶紧给我滚过来。"

"你来抓我啊。"瓦胡说。

"抓你?"杰瑞德·戈登没好气地说,"孩子,看到这把枪了吗?"

"戈登先生,看到这部手机了吗?"瓦胡高高举起林克那部进了水的手机,从远处根本看不出这是一部故障电话,"我要给警察打电话,告诉他们你在这里!"

"不!不准打!你怎么知道我叫什么?"

"这上面还有全球定位系统!"

杰瑞德·戈登气得涨红了脸。他朝瓦胡晃了晃手里的枪，瓦胡退回到了树林里，再次在树丛中跳了起来，像动画片里的袋鼠一样，忽上忽下。

"你，不许动！"杰瑞德·戈登咬牙切齿地说道。

"爸爸，放了他吧。"图娜哀求道，"他脑子有点毛病。"

"没错，他的脑子坏掉了，他死定了。"

瓦胡的爸爸一个箭步挡在枪口前："别为了个疯孩子浪费子弹。"

"你说得对。"杰瑞德·戈登说，话音刚落，他就朝米奇·克雷开了一枪。

瓦胡惊恐万状地从树丛里冲了出来："老爸！不！"

"他刚才是不是叫了声'老爸'？"杰瑞德·戈登笑了，"现在，我总算是搞明白了。"

德雷克·巴杰走进树林里去上厕所，不一会儿的工夫就彻底迷了路。他斜睨着天上那轮半圆形的月亮，正琢磨着自己是否马上就会变身为吸血鬼，就在这时，空中传来一声枪响。

德雷克希望这是搜救小队发出的信号，便朝着声音传来的方向走去。笨手笨脚的他一边费劲地在矮树丛中艰难地向前跋涉，一边在脑海里构思自己被营救的剧本。他心想可以在节目结束时插入这一段，增加这期节目的可看性：

"我这次悲惨的大沼泽地冒险终于进入尾声了，

我等这一刻已经等了太久。我不但彻底断粮、断水，而且在被那只罕见又致命的蝙蝠袭击后，我的身体异常虚弱，一度生命垂危。

"它疯狂地一口咬住我，咬得我头晕目眩，神志不清，连着好几天高烧不退。啊，有好几次，我甚至都以为自己已经变身成了吸血鬼！庆幸的是，我刚刚听到一声枪响，应该是搜救人员正往这边走来，我的苦难和考验终于要结束了……"

可是，一切尚未结束。

一个敦实的黑影出现在德雷克前方的小路上，他立刻来了个急刹车。漆黑的夜幕之下，他看不清那影子的真实面貌——一头熊？黑豹？——但它喷出的一连串带着鼻音的低吼声绝对饱含敌意。

为了防身，德雷克拔出了他那把著名的瑞士军刀。这是一把廉价的复制品，每周的《荒野大求生》都会进行有奖竞答，答对的幸运观众就会得到一把一模一样的小刀作为奖品。

德雷克试了下刀刃的锋利程度，结果发现因为不够长，它连个金橘都切不开。

"滚开！"他冲着那个神秘的闯入者喊了一嗓子。

对方喷出另一声愤怒的鼻息声以示回应。那东西一动不动，丝毫没有要逃跑的意思。

这时，德雷克想起了自己当初的那个决定：不用米奇·克雷驯养的动物来拍摄这期节目——只用野生动物，让一切"回归真实"。此刻，挡住他逃生之路的那头野兽可能从没见过人类，所以它毫无惧色。

有趣的是，在《血月下的复仇》里，达克斯·曼戈尔德也遭遇过类似的窘境。一只体型与圣伯纳德犬相当的负鼠将他逼进了森林的深处。不过，凭借自己的吸血鬼超能力，这位勇猛刚毅的年轻斗士最终将这只有袋动物击倒在地，咬破了它的静脉血管，成功地制伏了这头可怕的野兽。

德雷克不确定这一大胆的策略是否也适用于自己。他有此疑虑当然是有原因的。

如果他能在出发前稍微花点儿时间研究一下南佛罗里达，就会知道这里的树林和沼泽地区早已野猪泛滥。这些自由散漫的掠夺者都是普通食用猪的后代，其祖先从农场里跑出来，在此定居，只不过人沼泽地公园里的野猪体型更大，毛发更长更浓密，而且脾气更臭。野猪的獠牙又长又弯，锋利得足以杀死对手，因此，它们是一种极其危险的动物。

挡住德雷克·巴杰去路的大块头身上散发出一种臭烘烘的热气。从某种程度上来说，黑夜的笼罩倒不失为一种保护，因为黑暗中德雷克看不到那家伙一双墨黑的眼珠子里射出来的精光。如果看到了，他十有八九会立刻晕倒。

"滚开！"他又喊了一声，那头野猪却似乎故意在跟他作对。

德雷克想逃跑，可是多年来对法国奶酪和甜点的热爱让他根本就跑不快。那头猪从他背后用獠牙将他向上一挑，这位鼎鼎大名的"野外生存专家"就飞上了一棵扇叶棕榈树，惊慌失措的他像只吓坏了的青蛙一样，死死地抱住树干。

那头野猪围着树转了几圈，气鼓鼓地大叫了几声，这才一路小跑地走开了。为了不让自己掉下去，德雷克试着想将那把瑞士军刀扎进棕榈树的树皮里。谁知，那把小刀立刻就断了，他自己则像一个装满豆子的麻袋，重重地跌落在地上。

这么看来，我还是别爬树了。他拍了拍身上的泥土，闷闷不乐地想。

米奇·克雷抬起头，望着儿子，说道："不准告诉你妈。"

"老爸，很疼吗？"

"伤口看起来严重吗？"

"相当糟糕。"瓦胡说。

杰瑞德·戈登的那一枪打穿了米奇的左脚。

"和比尤拉咬的是同一只脚。"他沉着脸说道。

图娜哭了："爸爸，你到底是怎么回事？你真的疯了吗？"

"这家伙根本不把我的话当回事。现在不会了。"杰瑞德·戈登说。

瓦胡帮爸爸把沾满血的那只鞋脱下来，边脱边说："天啊。"

米奇那只脚受伤严重，大脚趾彻底被打飞了。

米奇看着伤口，疼得脸都变了形。"现在，我俩一样了。"他对瓦胡说。

"老爸，不完全一样吧。"

"你说得对。我宁愿少个脚指头，也不愿少个拇指。"

"别动。"瓦胡脱下T恤衫，撕成布条，将爸爸的脚紧紧地包扎起来。

"希望你能比你爸识相点儿。"杰瑞德·戈登嘟囔着，"孩子，你来这儿干吗？说实话。"

"来给一个电视节目剧组干活儿。"瓦胡不用看也知道图娜的爸爸正挥舞着手里的枪。

"什么电视节目？"杰瑞德·戈登继续问道。

图娜告诉了他。

"就是那个澳大利亚口音的野外生存专家主持的电视节目？"杰瑞德·戈登吃吃地笑着说，"不会吧！他可是大明星。"

"克雷父子俩是专业的动物驯养员，老爸。"

"你的意思是说，他们可以教北极熊骑自行车？就是干这个的吗？"

瓦胡叹了口气，说："算了，随你怎么想。"

杰瑞德·戈登用枪戳了戳他："你老爸可以动了吗？我们出发吧。"

"如果你没发现的话，我想提醒你一句。"米奇说，"我走不了了。"

"你是走不了，可是你可以开船。"

"开船并不难，我可以教你。"

"不，老滑头。"图娜的爸爸说，"你就是我的司机！"

瓦胡把印着"荒野大求生"的夹克绑在一根梧桐树的断枝上，然后把它戳进快要熄灭的火堆里点燃，做了个火把，递给图娜。接着，他和杰瑞德·戈登一起把米奇扶起来，一人扶一边，充当人体拐杖。图娜在前面带路。就这样，他们一行人沿着小道向水边走去。

六只手（杰瑞德·戈登现在一只手拿着左轮手枪，一只手举着火把）一起舀水，只用了大约半小时就排尽了船舱里的水。之后，众人一起发力，这艘快艇终于安全地漂了起来。

瓦胡跳到驾驶员的座位上，说："这个我能干。"

他爸爸皱了皱眉头："你什么时候学会的？"

"哼！不行！"杰瑞德·戈登说，"你给我下来，孩子，让你爸开。快！"

米奇缓缓站起来："儿子，按他说的做。"

在瓦胡和图娜的搀扶下，米奇忍着钻心的疼痛走到控制台前。

"打起精神来，老滑头。"杰瑞德·戈登开始发号施令，"带我们去大道上。"

"我们走着瞧。"米奇咬着牙嘀咕道。

发动机发出了噗噗噗的声音，转而又变成了吭吭吭的声音，可是船始终没动。米奇又尝试了好几次都没成功，他等了几分钟，再次点火。

"也许是该死的油箱进水了。"他说。

"也许，是你在耍花样。"杰瑞德·戈登望着火把说道，"也许，你压根儿就不想让它动起来。"

瓦胡的爸爸冷笑着说："没错，这样才说得通。我宁愿留在这儿，看着我的脚烂掉，也不想去医院治疗。"他同情地看了一眼图娜："年轻的小姐，我无心冒犯你，可是你爸爸的脑袋的确不太灵光，我说得对吗？"

"别说了，老爸。"瓦胡说。

图娜侧过头："你们听到了吗？"

米奇抬起头望着天空："听起来像是直升机的声音。"

杰瑞德·戈登发怒了："立刻让它动起来，马上！"

"你再试试。"瓦胡对爸爸说。

这一次，在一阵突突声中，发动机终于点着火了，快艇尾部的螺旋桨开始旋转。

"嗯，很好。"杰瑞德·戈登说道，只不过噪声中谁都听不见他说话。

就在这时，突然之间，四周一片寂静。

"不！不！不！"杰瑞德·戈登喘着粗气，气急败坏地喊着，"你是在和我开玩笑吗？是不是你把这船弄坏了？"

米奇说："事实上，是我把发动机给关了。"

"你说什么？！你这个老滑头，该死的，你最好给我一个像样的理由。"

"我想，这艘船的主人有话想跟你说。"

"嗯？"图娜的爸爸挥舞着火把照向岸边，岸上站着一个膀大腰圆的陌生人，但看不清长相。

"从我的船上滚下来。"那人说道。原来是林克。

杰瑞德·戈登不屑地哼了一声："你是谁？"

"那个被你开枪打中后背的人。"

"是吗？很好，我也可以朝你前胸再开一枪，你就别想离开这儿了。"

图娜大叫道："爸爸，够了！"说完，她扑到爸爸身上，杰瑞德·戈登一甩手，图娜跌倒在甲板上。

瓦胡把她扶了起来。直升机去哪儿了？他焦急地扫了一眼天空。

"把快艇还给我。"林克一边说，一边蹚着水朝这边走来。

米奇·克雷举起一只手："放轻松，老兄。为了船死在这儿，不值得。"

"去你的。"林克气喘吁吁地说道。

"别过来！"瓦胡说，"你会要回你的船的，我保证！"

可是，林克依旧大踏步地朝这边走着。

杰瑞德·戈登稳稳地站在螺旋桨保护罩上。为了能看清来者，他把火把举得更高了，另一只手握着枪瞄准对方。

"野人泰山，我警告你。"他说道。

说话时，他犯了一个错误，他的目光离开了那个动物驯养员的儿子。瓦胡一跃而起，扑向他，将他拖到了船舷旁，紧接着，两个人一起摔下了船。枪从杰瑞德·戈登的手里飞了出去，火把也掉到了泥泞的岸边。

瓦胡从没想过坐视不理，哪怕一分一秒都没有过。他这一跃靠的完全是本能反应和肾上腺素的刺激，根本没时间去思考和图娜那个疯子爸爸纠缠在一起有多危险。很明显，他要开枪打林克——而且这一次不会只打脚了。当瓦胡扑向他的时候，他正在用枪瞄准林克的额头中央。

图娜立刻跳下船去帮瓦胡，脚受了重伤的米奇只能骂骂咧咧地坐在驾驶员的位置上看着这一切的发生。浅水滩涂上，他们几个人扭打在一起，一时间，只见腿乱蹬、脚乱踹、胳膊乱舞、手乱抓。目睹这一幕的米奇不禁想起了与短吻鳄之间的较量。林克想方设法地夺枪，两个孩子则拼尽全力想制伏杰瑞德·戈登，但后者不停地踢蹬，扭动身体，像极了拒不配合的精神病人。

米奇再也坐不住了。他重新启动快艇，驾驶它从侧面冲向岸边，旋转的螺旋桨在水中引起的回流激起巨大的浪花，啪啪地打在杰瑞德·戈登的脸上。

令人难以置信的是，这个男人竟然没被水浪冲倒。他不知用了什么办法转身背对水浪，保持住了平衡。不一会儿，他就挣脱了女儿的拉扯，紧接着，他又甩开了瓦胡。

转眼间，就只剩下林克一个人和杰瑞德·戈登缠斗，然而他也没能坚持多久。肺部的剧烈疼痛削弱了他的力量。米奇看到他整个人开始摇晃，呼吸也越来越急促，但那把左轮手枪又被杰瑞德·戈登紧紧地握在手里。

与此同时，瓦胡和图娜正准备再次向这个男人发起进攻。米奇熄灭发动机，叫他们上船。就在这时，一阵轰隆隆的声音从南边的天空传来，吸引了他的目光。不是打雷，是一架低空飞行的直升机，距离这里不到1英里。一道紫色的搜索光束从飞机上射下来，在下方黑黢黢的沼泽地里来回游走。

"老滑头，我们走！"杰瑞德·戈登气喘吁吁地喊道。他身上的T恤衫被扯烂了，脸上也多了好几道挠伤。快艇激起的气流将他的头发吹成了一个鸟窝。

米奇看到林克跪倒在地，倒了下去。两个孩子正费力地把他拖上干燥的岸边，一边拖一边托着他的头，不让他呛水。

杰瑞德·戈登朝天开了一枪。"我说了，我们走！"

瓦胡的爸爸抬起手，示意他上快艇。杰瑞德·戈登抬头看了一眼。"他们发现了我们生的火。"他恼怒地嘟囔了一句。

"跳上来。"米奇说，"我带你去你想去的地方。"

瓦胡和图娜把林克拖上岸，尽量让他躺得舒服一些。杰瑞德·戈登蹚着水走上岸，一把揪住他女儿的衣领，瓦胡见状立刻抱住了他的膝盖，却被他一脚端在下巴上，往后滚去。

怒不可遏的米奇想下船去帮儿子，可那只受伤的脚根本使不上力气，又疼痛又恼的他跌倒在驾驶员座位上。

"你，起来！快起来，开船！"杰瑞德·戈登拖着女儿向快艇走去，边走边喊。

瓦胡一翻身，爬起来，想喊图娜。直升机向他们这边飞来，巨大的轰鸣声中，图娜什么声音都听不到。她拼命想挣脱爸爸的手，但是杰瑞德·戈登用他那粗壮的胳膊勒在她的脖子上。他朝倒在甲板上的米奇·克雷挥了挥手里的枪。

"我数到三！"

"老兄，我动不了了。"

"老滑头，你可以的，否则你就死定了！"

"可是——"

"一！……二！……"

他的声音消失了。瓦胡跪在岸边，看到一束微微泛蓝的强光从天而降，将杰瑞德·戈登罩住，他畏于强光，不由得低下头，弓起背，被他钳制住的图娜还在奋力挣扎。警方的直升机就悬停在他们头顶上方不到100英尺的空中。

无数昆虫扑向光束，欢快地飞舞着，笼罩在细细长长的圆柱形光柱中的杰瑞德·戈登显得极度焦躁。他眯起眼睛，冲着直升机不停地咒骂，就像只大鮰鱇，只不过，他那唾沫星子四溅的咒骂声完全淹没在螺旋桨巨大的轰鸣声中。

瓦胡知道接下来会发生什么，他也知道自己隔得太远，根本不可能有时间去阻止图娜的爸爸。

　　杰瑞德·戈登举起手枪，直接冲着直升机驾驶舱开枪了。

　　吓坏了的瓦胡不想看这可怕的一幕，本想扭头不看。如果他真把头扭过去，就错过了令人震惊且难忘的一幕——一件他无论如何也想不到的事情发生了。

　　德雷克·巴杰号叫着从树林里冲了出来。他不顾一切地冲向岸边，然后马不停蹄地奔向林克那艘快艇的船头，弓着身子撞向了站在那里的杰瑞德·戈登，后者目瞪口呆地站在那儿，一动不动。

　　他们三个——德雷克、杰瑞德·戈登和图娜——扑通一声倒在水里，激起一大片水花。这时，瓦胡也冲了过来，图娜从水里站了起来，手里拿着那把枪。

　　杰瑞德·戈登的麻烦似乎不小。他栽倒在水里，被一个胖墩墩、双眼怒睁的陌生人压在沼泽淤泥里，动弹不得。

　　不知为何，这个陌生人还像发了疯一样，拼命地咬他的喉咙。

第二十六章

"今天又不是满月。"图娜说。

德雷克·巴杰耸了耸肩膀:"我无话可说。"

显然,他当不成吸血鬼。杰瑞德·戈登的血的味道简直令人作呕。

瓦胡伸出手,握住德雷克的手:"你太了不起了。谢谢。"

"小菜一碟。"德雷克自己也没想明白这一切究竟是怎么回事。冒着生命危险去救别人绝非他的本性。攻击一个持枪男人,这更像是电影里的达克斯·曼戈尔德才会做的事情。

"太不可思议了。"图娜说,"我们应该检测你的唾液。兰斯,你也得测。"

他们听到救援船只正从锯齿草丛那边向这儿驶来。直升机一直在他们头顶盘旋着,飞行员用他那高超的驾驶技术,让救援光柱始终聚焦在他们身上,从而帮助救援团队定位。

图娜守在一旁,瓦胡从快艇上找来一些尼龙绳,把杰瑞德·戈登的手腕和脚踝全都捆得紧紧的。林克打了个很结实的结，确保杰瑞德·戈登无法挣脱。后来，为了解开这些绳结，人们只得用一把刀割断了绳子。

幸亏德雷克没有长出獠牙，杰瑞德·戈登脖子上的伤口虽然很疼，但不致命。不过，当他扑向图娜的爸爸时，他真的使出了全身力气，以至于瓦胡费了好大劲儿才把他拉开。

杰瑞德·戈登的一侧脸颊上沾满泥巴，他朝着那个压倒自己的人吼道："你看起来和电视里的完全不一样。"

"嘿，伙计，少安毋躁。"德雷克说，"你会得到你想要的东西的。"

瓦胡的下巴火辣辣的，仿佛被拳王迈克·泰森揍了一拳。在浇灭火堆前，他重新点燃了用那件夹克做成的火把，然后举着火把回到了船上，坐在爸爸身边。此时，米奇依旧躺在甲板上。

"我为你感到骄傲。"米奇对他说。

"我什么也没做。"

"留着去跟林克说吧，是你救了他的命。"

"可我没能阻止你受伤。"瓦胡说。

"嘿，那是我自找的。"米奇疼得咧了咧嘴，"爱丽丝咬的，记住了吗？"

"什么？"

"如果你妈问我是怎么受伤的，你就说是爱丽丝咬的。"

"这也太假了。"瓦胡说。

"假吗？你的拇指不就是被它咬掉的吗？"

"好吧，老爸。我们试试看。"

林克坐了起来，他的呼吸听上去比之前更浅了，就连说话时都很疼，所以他干脆一言不发。看到自己的船完好无损，他高兴坏了，一点儿也不担心自己身体里的那颗子弹。

德雷克问："你们打算怎么跟警察说？"

"实话实说。"瓦胡说。

"全部？"

"他不想我们把《夜翼》的事说出去。"图娜说，"对吧，巴杰先生？"

德雷克不安地点点头："拜托了。"

"可以——不过，你得在我的外套上签个名。"说完，她把手伸进包里，摸了半天，掏出一支黑色的记号笔。

德雷克半信半疑地望着她："你想要我的签名？"

图娜说："你是我见到的第一个电视明星。况且，你今晚还做了一件超级勇敢的事情。虽有波折，但是很勇敢。"

"胡说！"她爸爸呵斥道，"那个疯子明明想淹死我！"

"爸爸，你别说了。"图娜从杰瑞德·戈登的脚上扯下一只臭烘烘的湿袜子，塞进他的嘴里。

之后，她把笔递给德雷克。"我叫图娜。"她说，"就是金枪鱼的那个图娜。"

德雷克龙飞凤舞地在图娜的外套袖子上写道：致我的朋友图娜，你是真正的野外生存专家！你的粉丝，德雷克·巴杰。

直到第一艘救生艇赶到时，图娜依旧乐得合不拢嘴。驾驶员和警察毫不费力地把林克抬上了船，让他平躺在长椅上。接着，他们扶着米奇·克雷上了船。

瓦胡把火把递给图娜，自己爬上船，坐到爸爸身边。

"这两个人需要医生。"头上戴着照明灯的驾驶员说道，"我们得马上出发。"

瓦胡举起那只没有拇指的手，摆了摆："一会儿见，露西尔。"

图娜笑了，她也冲他挥了挥手，挥手时还故意把拇指窝了进去。船开远后，她把爸爸的枪交给警察，警察留下来是为了向杰瑞德·戈登宣读他的法律权利，然后将其正式逮捕。

与此同时，德雷克·巴杰还沉浸在自己的英雄时刻中，久久不能自拔。"嘿，伙计，据你所知，警方的那架直升机上有摄像机吗？"

那个警察说他不确定："你就是有线电视网里那个叫河狸的，对不对？我们家孩子每个星期都看你的节目。"

"是巴杰。"德雷克有些不悦。

第二艘救援船开了过来，停在岸边，另外两名身穿制服的警察跳下船，将图娜的爸爸从地上拉起来。

他一口吐出嘴里的袜子，说道："我要找律师。"

"先生，请问你尊姓大名？"一名警察问道。

"无可奉告。"

"Homo sapiens[1]。"图娜说，"不过，这个标本的质量可不太好。"

她将火把扔进浅水滩，小火苗立刻哧哧地熄灭了。

1　智人。

尾　声

在摄制组离开大沼泽地公园近三个月后，第103集《荒野大求生》才与观众见面。德雷克·巴杰的谢幕表演吸引了来自全世界的1720万名观众收看，创下了有线电视网非体育类节目的收视纪录。

导演和剪辑师运用技巧将各个片段拼接成了一个真实可信的故事，其高潮部分就是德雷克与爱丽丝那段为时35秒的搏斗。当然，节目中的爱丽丝被描绘成了一条偶然出现的野生短吻鳄，而不是经常出演各种节目的老演员。

经过数字化"处理"，在遭遇鳄龟及水蛇的尴尬场景中，德雷克也不像实际情况中那样笨手笨脚，颜面尽失。在狂野频道的代表律师（他担心这可能会招致年轻观众的争相模仿）的反复敦促下，德雷克试图吃蟛蝠却以失败告终的片段被完全删除。不过，导演当然不会放过这个绝对能引起满堂哄笑的精彩画面。因此，他将这个片段收录在了其私下制作的德雷克糗事集锦光盘中，准备在员工年会上播放。

杰瑞德·戈登在迈阿密-达德郡监狱的医疗室里观看了大沼泽地公园的这期节目。为了获得特殊待遇，他谎称自己有胃痉挛，因此被送进了医务室。牢狱生活令人沮丧，尤其是他的辩护律师还建议他接受有罪辩护，而不要冒险直面法官和陪审团的审判。他还没有做出最终决定，不过，无论他做何选择，他都不可能在99岁生日之前获得自由。

与此同时，那个将他送进监狱的男人正在电视里笑呵呵地望着他，那两排白得耀眼的大白牙正是当初毫不留情咬在他的喉咙上、给他留下一圈玉米粒般瘢痕的罪魁祸首。

"关掉电视，让那个白痴消失！"杰瑞德·戈登央求道，可偌大的医务室里根本没人理他。

那天晚上，获救后的德雷克安然无恙地离开了树岛。自那以后，瑞雯·斯塔克就一直驾驶着他的那辆豪华大巴车，开了整整一个夏天，就连大沼泽地公园的那期节目都是在车上看的。车开起来很顺手，瑞雯——戴着她的宽檐太阳帽——决定慢慢地开回加利福尼亚，尽情欣赏沿途的美丽风光。她已经顺道去了一趟迪士尼乐园，探望了住在亚拉巴马州费尔霍普的妈妈，还去新奥尔良的法国集市逛了一圈。之后，她游览了大雾山国家公园，探访了著名歌星猫王埃尔维斯·普莱斯里的那座著名的庄园——格雷斯兰庄园。接下来，她还打算去大峡谷、派克峰、卡斯特战场和冰川国家公园看看，她希望能在最后一个目的地看到野生灰熊。

在发生了这一切之后，瑞雯觉得放个长假是她应得的回报。

是她撰写了一篇高质量的新闻稿，生动描绘了在抓捕那名危险的持枪者的过程中，德雷克发挥的决定性作用，从而救出了四个无辜的人。善良的她只字未提他那愚昧的吸血鬼幻想，以及他咬破杰瑞德·戈登的脖子一事。

也是她秘密安排了一位医生，为德雷克进行了狂犬病毒的测试（结果为阴性），并为他注射了足量的抗生素，治愈了因蝙蝠咬伤而导致的长时间感染。同样也是在她的安排下，德雷克接受了多位大名鼎鼎的主持人的采访。

是她说服了佛罗里达州的州长，为德雷克颁发了一枚酷似脐橙的阳光州荣誉奖章，得到过该奖章的电视名人屈指可数。

媒体对这一事件的高度关注使得《荒野大求生》的收视率暴涨。因此，当瑞雯获悉公司不会和德雷克续约的时候，她（以及德雷克）十分震惊。该节目的总制片人格里·杰曼在参加《今夜娱乐》时说，巴杰先生在这期堪称浩劫的节目中备受折磨，所以他想放个假，给自己"充充电""探寻其他工作机会"。

这是好莱坞炒人鱿鱼时的标准说辞。

不过，这一切都是德雷克咎由自取。他急于想把自己的新英雄身份兑现，在新合同里直接漫天要价，这正中格里·杰曼的下怀，直接拒绝了他。那个名叫布里克·杰弗斯的新西兰肌肉男感激涕零地接受了这份工作，他的工资只有德雷克的一半。

眼见德雷克被炒鱿鱼，瑞雯原本愤恨不平，直到她在半路上接到格里·杰曼的电话。她原以为他一定会为她开走这辆大巴车而冲她发火，谁知他不仅没生气，还表示想聘请她担任改版后的《荒野大求生》的执行制片人。

一开始，她拒绝了。后来，她在网上和布里克·杰弗斯聊了一小时。这个小伙子魅力四射,仪表堂堂——而且,和德雷克相比,他的智商至少要高出二十五个点。

于是,瑞雯接受了这份新工作。现在,德雷克已经不接她的电话了。

他正在跟自己的游艇巴杰海号怄气。这艘船现在正停泊在加勒比海的圣巴特岛上。德雷克在这里观看了自己在《荒野大求生》里的谢幕表演。

虽然看完节目后他颇为得意,但是,相比于和米奇·克雷那条宠物鳄鱼的角斗,他仍然认为自己与杰瑞德·戈登的殊死搏斗才是全集最吸睛的片段,播出效果更佳。不幸的是,警方的直升机驾驶员忘了打开摄像机。因此,德雷克在沼泽地树岛上的那次实打实的英勇行为并没有被记录下来。

被节目组炒鱿鱼令他那过度膨胀的自信备受打击。他立刻给几位知名电视同行致信,倾诉了自己的不平与委屈。不过,他暂时没有收到任何回信。其他电视网纷纷向他抛出了橄榄枝,邀请他出演新的真人秀节目,而他目前仍在考虑之中。

他倾向于接受灾难频道的工作邀请。对方以高得离谱的价格来换取他的灾难之行,希望他能迎着各种灾难而上:飓风、台风、火山喷发、山野大火、泥石流、雪崩以及海啸。而最吸引他的一点就是,这档节目——名为《放马过来!》——将会在每周四晚上播出,正好与《荒野大求生》播出时间撞车。德雷克希望借此机会在收视率大战中羞辱年轻的布里克·杰弗斯,同时也让格里·杰曼尴尬。

然而,唯一的难题就在于——《放马过来!》的制作人想要德雷克亲自上阵出演所有镜头，包括开始时的跳伞着陆。眼下的他显然不具备担任这一角色的适宜体型。他在旅居圣巴特岛的这段时间里，又胖了19磅，而这一切都应归功于他对各类奶酪和甜点的热爱。

以往遇到类似情况，德雷克都会像个小孩子一样，跟瑞雯·斯塔克耍小性子、抱怨，让她解决问题，可这一次，她也抛弃了他。因此，他只能一个人坐在巴杰海号的驾驶舱里，一边看着自己在《荒野大求生》里令人咋舌的表演，一边气鼓鼓地吞下了今晚的第三个肉桂长条泡芙。节目刚一结束，他立刻在视频网站上预订了高清版的《夜翼》三部曲，打算一口气看完。

透过游艇的舷窗，德雷克瞥到一轮浑圆的满月，圆圆的月亮白得堪比蜘蛛兰的花瓣，悬挂在这座热带小岛的夜空之中。

生活啊，他对自己说道，果然是没有最糟糕，只有更糟糕。

在佛罗里达，医生成功取出了嵌在林克右肺里的子弹碎片。他出院后做的第一件事就是买了一部新手机，给瓦胡·克雷打电话。在树岛上，多亏这个孩子扑倒了杰瑞德·戈登，不然，他早就一命呜呼了。

"谢谢你所做的一切。"林克说。

"客气。"

"如果你还想学开快艇，就跟我说。"

"一言为定。"瓦胡说。

媒体对沼泽地里发生的这一系列极富戏剧性的事件进行了全方位的详细报道，自那以后，林克就成了这附近小有名气的明星人物。对于并不喜欢社交的他而言，这一改变令他感到很不自在。

在德雷克·巴杰的最后一期节目播出的那天晚上，林克很不情愿地出席了在西克勒的丛林驿站和果汁吧举行的放映派对舞会。西克勒兴致高涨，因为那名失踪的野外生存专家和逃亡的持枪者，他的小店曝光率大增，从一间名不见经传的路边小店，摇身一变，成了猎奇的游客们趋之若鹜的网红景点。

精于骗术的西克勒还弄来了一张巨大的德雷克·巴杰的海报，并在海报下方伪造了这位大明星的签名，将它张贴在收银台旁边的墙壁上。他将饱经风霜的老瞌睡虫挂在小店的横梁上，告诉每一位来这儿的顾客，它就是电视里和德雷克缠斗在一起的那条短吻鳄，它在搏斗中耗尽了体力，最终淹死在沼泽地里。

一时间，西克勒的纪念品商店人满为患，慕名而来的人们排着长队购买那些价格虚高的纪念品：椰子壳雕刻而成的工艺品、用聚酯纤维制成的响尾蛇蛇皮以及那些"正宗"塞米诺挂珠衬衫，但事实上它们全都产自越南。

那天晚上，人们聚集在商店里，观看《荒野大求生》，当西克勒的名字被冠以类似于"当地顾问"的头衔出现在屏幕上的时候，人群中爆发出了雷鸣般的掌声。林克本人对这种节目本就不感兴趣，更何况电视里还一遍又一遍播放德雷克·巴杰像竞技比赛中的牛仔那样，骑在鳄鱼身上的画面，看得他百无聊赖。

在派对舞会结束前的10分钟，林克偷偷从商店的后门溜了出来，回家去修补他的快艇。他给这艘快艇取了个名字"露西尔"，以此来纪念那个心地善良，却和他一样摊上了酒鬼父亲的女孩。最终，林克成了米科苏基保留地的一名向导，他再也没有接受过其他电视拍摄工作。

瓦胡·克雷在家看完了德雷克的最后一期节目。他妈妈终于结束了中国之旅，回来了（而且，她根本就不相信米奇关于他失去那个脚指头的所有解释）。不过，米奇和瓦胡用从《荒野大求生》摄制组领到的酬劳还清了房子的贷款。得知这一消息后，苏珊·克雷虽然很惊讶但也十分开心。更让她开心的是，她发现被那只鬣蜥砸成脑震荡的丈夫已经彻底康复了，再也没有出现过头痛或眼花的症状。

尽管少了一个脚指头，但在接受手术后，米奇很快就重新投入工作之中。他一瘸一拐地穿梭在后院的围栏之间，照料他的动物。大蟒蛇比尤拉再次犯错，想把米奇吞进肚子，结果因此而丢了几颗牙齿。

德雷克·巴杰的最后一期节目播出的那天晚上，克雷一家抱着奶油爆米花，坐在电视机前看完了整期节目。瓦胡觉得，相对于沼泽地里发生的一切，电视里的画面实在是过于温柔。不过，他也很惊叹于剪辑师的高超技巧，竟然能将互不相干的片段拼接成一期老少皆宜的娱乐节目，其中还包括他们从德雷克那个破损的头盔摄像机中恢复的颤巍巍的爬树画面。

对于这期节目，米奇·克雷无话可说，但他表示爱丽丝的表演堪称完美。苏珊·克雷则觉得这个故事编得有些离谱，过于夸张。

节目结束后，瓦胡接到了姐姐朱莉打来的电话。

"说说你的评价吧。"瓦胡说。

"节目马马虎虎。不过，那个叫德雷克的家伙，仍然只是一个工具人。"

"朱尔，他没那么差劲。"

"你和老爸最后能拿到钱，我很高兴。"

"多亏有你。"瓦胡说。

起初，格里·杰曼拒绝按照事先谈好的价格支付克雷父子俩的工资，声称正是因为他们与图娜·戈登以及她那个动不动就爱开枪的爸爸纠缠在一起，打乱了节目的制作流程，使摄制组的工作人员的生命受到了威胁，公司也为此而增加了数千美元的拍摄成本。

第二天，朱莉·克雷给杰曼先生打了个电话，威胁说要起诉他和狂野频道，因为正是他们的重大疏忽，《荒野大求生》在极不安全的环境下进行拍摄，这才导致她父亲的脚遭受重伤，她还强调说该伤势令他的行动力受损严重，使他在工作中面对大型爬行动物和其他不可预测的野生动物时无法快速做出反应，随时都有性命之忧。此外，朱莉还很隐晦地列出了《荒野大求生》在拍摄过程中违反野生动物保护法规的诸多行为，并且表示她会非常乐意与迈阿密的检察官办公室共享这一信息。

她的这个电话令格里·杰曼心头一惊。他立刻告诉朱莉·克雷，他会按照合同约定全额支付瓦胡和米奇的工资，并且愿意报销米奇那份高达13 000美元的医疗费账单。这也是瓦胡一直坚信自己的姐姐一定会在职场中取得成功的原因。

在朱莉挂断电话前，格里·杰曼突发奇想：米奇是否愿意成为改版后的《荒野大求生》的全职员工，出演布里克·杰弗斯的动物驯养员搭档？

朱莉将他的这一想法转告给了爸爸，后者只回答了五个字："绝对不可能！"

节目结束后，他们接到的第二个电话来自图娜。她已经去芝加哥和妈妈团聚了。

"我在演员表里看到了我的名字！"她兴奋地喊道，"图娜·J.戈登——分类学者！"

"你太厉害了！"瓦胡说。

"你也很不错啊！瓦胡·克雷——野生动物驯养员首席助理！"

"好吧，我们都很厉害。"

瓦胡的爸妈送给了他一部手机作为生日礼物。他和图娜经常会给彼此发消息——用他那唯一的一个大拇指——直到那只讨厌的吼猴约科从瓦胡的牛仔裤口袋里抽出手机，用一根榕树枝将它砸成了碎片。

自那以后，瓦胡只能等图娜给他家座机打电话时，才能和她聊天。

"你外婆怎么样了？"他问道。

"多亏有妈妈，她撑了过来。我们会留在这里。"

"你这次搬家，弗洛伊德适应吗？"

"哈哈，它是一只仓鼠，对它而言，每天都是美好的一天。"

瓦胡很好奇，他想知道芝加哥有野生动物可以供图娜进行分类吗？

"人们其实高估了秋天的温度。"图娜说，"对蝴蝶而言，现在的天气已经太冷了，不过，上个月，我发现了一只 *Vanessa atalanta*。"

"那是……？"

"优红蛱蝶，一种红色的蝴蝶。它在格兰特公园里飞来飞去，享受最后的美好时光。"

"你猜我昨天在我们家的一棵棕榈树上看到了什么？"

"不会是鬣蜥吧！"

"就是它！"瓦胡说，"一只如假包换的鬣蜥。"

图娜咯咯地笑个不停："你喊你爸看了吗？"

"当然没有。"

"干得漂亮。"

她告诉瓦胡，她外婆以前住在城市北边的一个街区，那里有许多肥头大耳且胆大包天的浣熊。"它们最喜欢钻烟囱。"她说，"不然也不会被人叫作掏灰浣熊了。"

瓦胡笑了，他立刻想起图娜是个很有趣的人。他很想她，不过他也为她感到高兴，现在，她生活在一个安全的地方，再也不用晚上一个人锁上门，躲在自己的房间里了。

"我爸可能会做认罪辩护。"她说。

"这是个好消息。"

有几次，她和瓦胡说起等她爸爸的案子在迈阿密法院开庭了，他俩可以出去玩玩。事实上，他们俩谁也不想在杰瑞德·戈登的虎视眈眈之下出庭作证。因此，他们都希望这起案子最好不用开庭审判。

不过，瓦胡也有自己的私心，想到自己可能因此而无法见到图娜，心里不免有些失落。

"所以，你也不知道什么时候才会回佛罗里达？"

"圣诞假期的时候回来。"她说，"我妈已经答应我了。"

"真的吗？"

"说不定还会更早一点儿。"

"太好了。"他说，"我们一起去给小动物分类。"

"兰斯，我喜欢这个提议。"

"我也是，露西尔。"

小读客 经典童书馆

童年阅读经典 一生受益无穷

拯救猫头鹰系列·大自然狂野冒险小说

盗猎终结者

[美]卡尔·希尔森 著　　王甜甜 译

河南文艺出版社
·郑州·

图书在版编目（CIP）数据

盗猎终结者 /（美）卡尔·希尔森著；王甜甜译

. —— 郑州：河南文艺出版社，2023.1

（拯救猫头鹰系列. 大自然狂野冒险小说）

ISBN 978-7-5559-1406-8

I.①盗… II.①卡… ②王… III.①儿童小说 – 长篇小说 – 美国 – 现代 IV.①I712.84

中国版本图书馆CIP数据核字（2022）第152910号

盗猎终结者

著　　者	［美］卡尔·希尔森
译　　者	王甜甜
责任编辑	梁素娟
责任校对	李亚楠
特约编辑	马敏娟　唐海培　张　新
策　　划	读客文化
版　　权	读客文化
封面插画	王晶宇
封面设计	张路云
出版发行	河南文艺出版社
印　　刷	河北中科印刷科技发展有限公司
开　　本	880mm×1230mm 1/32
印　　张	45.25
字　　数	980千字
版　　次	2023年1月第1版　2023年1月第1次印刷
定　　价	295.00元（全5册）

如有印刷、装订质量问题，请致电010-87681002（免费更换，邮寄到付）

版权所有，侵权必究

目　录

第一章

有一个小孩，他被学校开除了。

这可不是一件容易的事——你得真的违反校纪校规才会被开除。对此，我们听说了各种各样的传闻，但谁也说不清到底是怎么回事。

那个被开除的小孩叫杰玛，我分到了他的储物柜。

没人知道他以前在柜子里放过什么，但他一定把柜子的密码昭告天下了。总有人趁我不在的时候把柜子里的东西翻得乱七八糟。

于是，我在柜子里放了条蛇。问题解决了。

那是一条东部菱斑响尾蛇，一种吓人的爬行动物。它的尾巴上就像有八块响板，每当有人打开储物柜的门，它都会摇动尾巴，发出很大的声响。惊吓指数相当高。

别担心——那条响尾蛇不会咬人。我用胶带把它的嘴巴缠起来了。这活儿可不好干，不适合新手。干这个活儿不需要常识，只需要一双稳健有力的手就行了。我肯定不会再做第二次。

总之，我从没想过让那条响尾蛇伤害任何人。我只是想让大家离我的柜子远一点儿。

我成功了。

之后，我把这条响尾蛇带回我发现它的地方，将它放生。你沿着格瑞普弗鲁特路一直走下去，走个几英里，就会看到一截原木，那里就是我发现它的地方。放生后，你得快速离开，因为成年响尾蛇的攻击距离可以达到自己身长的三分之一。大多数人都不知道这一点，他们干吗要知道这个呢？如果你过的是普通的生活，这个知识对你而言可有可无。

但我过的不是普通的生活。

"你爸爸是做什么的？"

每当我们搬到一个新地方，都会有人问我这个问题。

对此，我的标准答案是："他是开公司的。"

可事实上，我根本不知道我爸爸是做什么的。他只寄来支票，妈妈兑现后支付家庭开支。好像从3岁开始我就再也没有见过那个男人。也许是4岁。

我是否会因此感到困扰？可能有一点儿吧。

我读过一些这方面的书：父母分居为何会让人一蹶不振？尤其是在其中一方完全缺席家庭生活的情况下。我不想成为那种一事无成的孩子，但我也无法排除这一可能性。

妈妈很少提起爸爸。支票总是按时送达——每个月的10号——而且从不会跳票。我们可能并不富有，但肯定不是穷人。如果我说出我姐姐有多少双鞋，你可能都不会信。我的天啊，我给她制造了那么多麻烦。

我觉得，妈妈之所以过不了我这关就是因为她不想谈论爸爸。这绝对不是你们所说的那种健康、开放的解决问题之道。所以，我时不时就会提起他，只不过我从来不会让妈妈下不来台。

我会问她："他靠什么为生？"我说话的口气听着就像我从来没问过这个问题。

"这个嘛，比利，我其实也不太清楚他是做什么的。"一开始，她会用一种略显紧张的语气回答我的问题，"不过，我可以告诉你他不会做什么。"

随着时间的推移，根据妈妈对他的评价，我已经大致能将以下这些职业排除在那位影子爸爸的职业范围以外：

宇航员、量子物理学家、律师、医生、重金属吉他手、兽医、建筑师、曲棍球运动员、赛车手、赛马骑师、水管工、屋顶修理工、电工、飞行员、警察、汽车销售以及瑜伽导师。

妈妈说，爸爸有严重的幽闭恐惧症，所以当不了宇航员；他数学差得离谱，自然也做不了量子物理学家；因为太害羞，他当不成律师；敏感、易呕吐的毛病使他无法成为医生；他的手指极其不协调，根本弹不好吉他；他个子太高，不适合当骑师；他极易亢奋，练不了瑜伽；等等。

我不喜欢玩这种游戏，但我得到了信息，事情也有了些眉目。对于这个话题，妈妈依旧十分敏感，所以我会尽量营造出一种轻松的氛围。与此同时，我姐姐贝琳达却表现得漠不关心，仿佛她一点儿都不好奇、完全不想了解自己的老爸一样。按照我读过的那些书上的话来说，她这种虚伪的态度其实是一种"应激机制"。

也许，我爸爸是一名精神科医生，有一天，我会躺在他诊室的沙发上，我俩一起解开这个谜题。又或者，仍然解不开。

在学校里，我尽可能地保持低调。如果你也和我一样，经常搬家，你就会知道交朋友是一件不切实际的事情。当你不需要和任何人道别的时候，离开一个地方会变得更加容易。对于这点，我深有体会。

不过有时候，你不得不"插手干预"。你别无选择。有时候，要想不引人注目都不可能。

本学期的最后一周，长曲棍球队有人在D-5的走廊上欺负一个小孩。毫无疑问，这个小孩有点儿呆呆的，但是他从不会惹麻烦。那个长曲棍球队队员目测比他重40磅。围观的人虽然不少，但大家都站得远远的，眼看着这起说是打架但其实与行凶无异的殴打事件的发生。在场有好几个人都比我高，也比我壮，可他们只会按压自己的指关节，时不时地叫声好。没有人想过要做点儿什么，结束这场殴打。

我见状，立刻丢下书包，跳到了那个大块头的长曲棍球队队员身上，用右胳膊死死地勒住他的脖子。不一会儿，他的脸就涨成了紫色，两个眼球也鼓了起来，看上去就像一只便秘的牛蛙。这时，他的两个队友把我从他身上扯了下来，一位体育老师也冲过来，制止了这场混乱。没有人因此而被停课，就连留校察看都没有。通常来说，打架的人都会被留校察看。

我不知道那个挨了打、有点儿呆的小孩叫什么名字。长曲棍球队的那个家伙好像叫什么凯尔。我们学校有七个人叫凯尔，我不可能记住他们所有人的名字。后来，这个叫凯尔的在第六节课和第七节课的课间找到了我，说要揍得我屁滚尿流。他的一个朋友拉住他的胳膊，小声对他说："哥们儿，冷静点儿，他就是那个在储物柜里放响尾蛇的神经病。"

我露出一个标准的神经病才会有的微笑，凯尔消失了。这个纸老虎，就会欺负体型只有自己一半大的同学，可怜的家伙。

不过，很多人都怕蛇，这被称为恐蛇症。专家说这是一种深藏于人类心底的原始恐惧。但我从未有过这种感觉。

上第七节课时，我被学校的校警叫了出来。校警名叫希克利，大家都管他叫副警长，他负责校园安全，常在主教学楼里溜达。希克利又高又壮，为人和善，就快要退休了。

"比利，我就开门见山直说了吧。"他站在走廊里，对我说，"大家都在传，说你的储物柜里有条蛇，还是条响尾蛇。"

"活的响尾蛇吗？"我哈哈大笑，"这也传得太离谱了。"

"我们能看看你的柜子吗？"

"没问题。你说的'我们'是——？"

"就是我，只有我一个人。"

"当然可以，希克利长官。你其实都不需要问我。"

"哦，我通常都会先问对方的意见。"他说，"你知道吗？如果我尊重学生，学生就会尊重我。这是双向的。"

"你请便。"我对他说，"你能打开柜子门，对吧？"

"我希望你能和我一起去。"

"可是，这堂课很重要，我不能缺课。"我说，"布劳尔老师正在带我们进行期末复习。"

“比利，你得和我一起。我不喜欢蛇。”

我们沿着走廊走向我的储物柜。我打开柜门的时候，希克利站在我身后，距离柜子至少有10英尺远。

“你看吧。”我说。

“我的天啊！”

“这不是真的。”我晃了晃那条橡皮蛇，它的尾巴颤巍巍的，“看到了吧？就是个玩具而已。”

希克利的脸上渐渐有了血色。我在一间聚会用品商店里花3美元买了这条恶作剧蛇。蛇身是黑色的，又细又长，跟东部菱斑响尾蛇长得完全不一样。在那家商店里，这些蛇和假的呕吐物及狗屁屁放在同一条过道上。

“比利，你为什么要把它放在柜子里？”

“因为总有同学偷开我的柜子，把我的东西翻得乱七八糟。你知道杰玛吧？在他被开除前，这是他的储物柜。”

“哦。”希克利说，“这么看来，我们应该给你换个柜子。”

“没那个必要。”

“可这个柜子闻起来还有一股杰玛……的东西的味道。”

“所以这个柜子才臭臭的？”

希克利说：“我给你拿罐空气清新剂吧。”

看到这儿，你可能会觉得，这家伙还真是烦人。

想想我的遭遇，还有那条响尾蛇，不是吗？

不过，我从很小的时候就开始抓蛇，在这方面，我驾轻就熟。通常情况下，我不会去碰那些毒蛇，因为稍有不慎，我就会被抬上救护车，飞速驶向急救室。蛇咬了你，你可能不会死，但是据说，那种痛苦的滋味会令你生不如死。

现在，我家有五条蛇：一条玉米蛇、一条王蛇、两条黄色的鼠蛇和一条有条纹的水蛇，全都是无毒蛇。我不能说它们是"无害的"，因为水蛇既狡猾又恶心。说实话，对付响尾蛇要容易得多。

每条蛇在我家生活的时间都不会超过两周。我不会把它们带进屋，它们全都待在车库里，乖乖趴在盖好盖子的鱼缸里。妈妈并不喜欢我的这种爱好，但她已经习惯了。她说，玩这个比玩滑水和极限跳伞安全得多。这两项运动永远都不会出现在我的爱好清单上。

野生的蛇不会伤害任何人，前提是你得和它们保持距离。这一点也适用于响尾蛇。

"你是不是有毛病？"我姐姐总这么说，但她并不是在质问我，"你就不能养点普通的宠物？"

"它们不是宠物，贝琳达。它们不属于我。"

"至少，小狗能爱你。除了死死地盯着你看，蛇能带给你什么？"我姐姐，天生的喜剧人。

再过几个月，她就要离开家去上大学了——位于纽约州伊萨卡的康奈尔大学。那可是一座知名学府，去那儿上学对她有好处。

贝琳达说她十分期待北方的冬季，但她对北方的冬季一无所知。她和我一样，自打出生就一直住在佛罗里达。每年一月，这里就令所有的北方人无比向往。

对于响尾蛇，她当然也是一无所知。我妈也一样。她们会刻意远离我放在车库里的那些鱼缸。

当妈妈探头进来的时候，我手里正抓着那条王蛇。她对我说："比利，今天学校发生了什么事？把那吓人的东西放好，进屋。"

原来，那个呆呆的小孩——他姓金——在社交网站上加了我妈为好友。谁会干这种事？他给她发了一个消息，感谢我今天在D-5的走廊替他解围。他说在此之前从没有人替他出过头。

看吧，这就是我不用社交媒体的原因。人与人之间的联系太过密切。

"你怎么没跟我说？"妈妈问。

"因为这又不是什么大事。"

"打架可是天大的事情。再有一个星期就要放暑假了，你就不能小心点儿？万一你被开除了怎么办？"

"他们不会开除我的，妈妈。我门门功课都是A。"

"可万一你伤到那个男孩了呢？"

"我唯一会伤害到的就是他那不可一世的自负心理。"

妈妈叹了口气："比利，我们以前就谈过这件事。"

"怎么，当我看见不好的事情发生时，你觉得我应该掉头就走，视而不见吗？"

"不，当然不是。不能这样。你应该马上报告老师，或者去办公室里叫人。这才是处理霸凌的正确方法。学校的行为守则里也是这么说的。"

我没忍住，笑出了声。我并不是不尊敬我妈，可这也太搞笑了——行为守则？那个长曲棍球队的明星凯尔一拳打在那个可怜的男孩头上，拜托，我能不管吗？

第二天，我看到金一个人坐在学校的餐厅里吃东西。他的一只眼睛被打青了，一侧耳朵上也贴着白色的医用胶带。他始终低着头，盯着自己的餐盘，所以他没看到我。

我径直走向长曲棍球队队员那桌，在凯尔的身边坐下，开始吃我的火腿煎蛋三明治。他直勾勾地瞪着我。他盯着我看肯定不会是想跟我培养感情。

凯尔的一个队友让我换张桌子吃饭。

"啊，可你们都很酷。"我说，"我也想和你们一样，酷酷地说话，穿和你们一样酷酷的衣服，和那些酷酷的女孩交往。能和你们一起坐在这张酷酷的桌子边吃饭，我真的觉得无比荣幸。说真的，这顿午饭绝对是我人生中的巅峰时刻。"

难道他们以为自己才是讽刺人的行家？

"走开，蛇小子！"有人不客气地喊道。

我忍不住哈哈大笑起来。这就是他们给我起的新绰号？

"这么说，你们也喜欢爬行动物？"我放下手里的三明治，掏出手机。

凯尔很生气，但我看得出他很紧张。他什么也没说。

我在网上搜出一张野猪猎人被东部菱斑响尾蛇咬伤的照片。那名猎人的胳膊肿得跟松树的树桩一样粗，他的手指看起来就像是一根根煮熟的紫色大香肠。我举起手机，好让凯尔和他的队友们看清楚这张照片。

"如果你们不当心，"我说，"被蛇咬了就会这样。"

凯尔脸色苍白，屁股在椅子上扭来扭去。"哥们儿，你真是一个不折不扣的神经病。"

"我能吃点儿你们没吃完的玉米片吗？"我笑眯眯地问道。

他们全都站了起来，端起盘子，扭头就走，凯尔走在最前面。

对了，照片里那个被蛇咬伤的猎人没有死。一个月后，他就重返树林了——但这一次，他小心多了。

我猜，凯尔再也不会去骚扰金了。

学校放假前一夜，妈妈在厨房里算账，做家庭预算。她面前摆着一个黄色的小本子、两支削尖的铅笔和一个计算器。我看到爸爸寄来的支票就摆在桌子上。支票上印着他的名字，但没写地址。

妈妈并不介意让我们看到支票，不过，她总是会把信封剪碎，扔掉——我再从垃圾桶里把碎片翻出来，试着将它们粘贴复原。

通常来说，能复原的可能性不大，因为剪碎的信封碎片小得就像五彩纸屑，但今晚，妈妈一定剪得很着急。趁她不注意，我翻出信封碎片，偷偷带回自己的房间。这一次，碎片就像是一套迷你拼图，很快就被我拼凑完整，我轻而易举地得到了写在信封左上角的回邮地址。

我回到厨房，问道："妈妈，去蒙大拿的机票多少钱一张？"

"你在说什么呢？"

我给她看了被我粘好的信封。

她皱起眉头："这个夏天，我们哪儿都不能去。我在这儿刚找了份新工作，你忘了？"

"蒙大拿州也有网约车。"

"我表示怀疑。"妈妈说，"可能有网约卡车。"

妈妈注册了一个网约车的手机应用小程序，我和姐姐都不赞同她做这份工作，因为开车上路太危险。佛罗里达拥有这世上最差劲的司机，而且持枪者人数全球第一。

然而，妈妈说她厌倦了会计这个职业，想换一个每天都能见到不同的人的工作。

"那就让我自己去。"我说，"我可以用我存的钱买机票。"

"你去了住哪里？"

"和爸爸一起住。不然呢？"

"可是比利，他并没有邀请你去。"

"我不请自来。"

妈妈看起来有些伤感，"宝贝，你爸爸现在已经有了全新的生活。"她说。

"胡说。"我说，"换了新邮编并不意味着就有了新生活。比如我们。"

妈妈闭上眼睛，过了好一会儿才说："我也希望自己能放手让你去找他，可是这真的不是个好主意。他再婚了。"

"他难道不会问起我和贝琳达吗？"

"我给他寄过照片。"

"就这样？"

"比利，我们先不说这个了。"

我回到房间，上网查了一下我的银行存款：633.24美元。这里面有我的圣诞节和生日红包，外加我在超市打工的工资。我在那儿一连干了五个周末，后来实在坚持不下去才放弃。我的工作是给客人打包，这要求我必须能和陌生人愉快地交谈，但这恰恰是我最不擅长的事情。

坦白说，看到我账户里有这么多钱，我还挺惊讶的。我在一家旅行网站上看到有从奥兰多到蒙大拿州博兹曼的往返机票，票价542美元。于是，我给妈妈写了一张支票，等她睡觉后悄悄塞进了她的包里。

之后，我"借"她的信用卡从航空公司的网站上预定了那张机票。

本学期的最后一天十分短暂，因为我只有一门考试：代数。中午，我考完了，妈妈在停车场等我。她在钱包里发现了我写给她的支票，十分生气。

"你不能去蒙大拿。"她的口气不像是在和我商量。

"我买的是不能退的机票。"

"比利，不要自作聪明。我连你爸的电话都没有！"

"那你怎么知道他再婚了？"

"他在信里跟我说的，那都是好几年前的事情了。"

"你生气吗？"

"我生气是因为他从来不给你们打电话。仅此而已。"

"你真的不知道他现在做什么工作？"

妈妈叹了口气："他说他给政府做事——差不多就是这个意思吧。"

"那你怎么从来都不跟我说？"

"因为除此以外我什么都不知道，这让我很尴尬。"

我伸出手，轻轻捏了一下她的胳膊："如果他不想见我，我就直接回家。我保证。"

她说："这都是我的错。"

"求你了，千万不要哭。就当我打了个飞的吧。"

她当然不会相信我的话。我自己其实也不信。

时间过去太久了，我需要和那个男人好好谈一谈。

当天晚上，我把我的蛇从鱼缸里拿出来，放进枕套里，将开口处缝得严严实实。妈妈开车带我沿着格瑞普弗鲁特路一直往前开，直到我觉得到了合适的地方，这才叫她停车。和大多数普通人一样，她没有下车，我走进树丛，打开枕套，放走了那些蛇。

我一直等到天黑，它们安全地爬走后，我才离开。绝大多数鹰都不会在夜间捕食，这又是一个你可能永远都用不上的冷知识。

第二天早上，妈妈送我去机场。我告诉她，我已经和爸爸通过话了，他知道我要去找他后十分兴奋。

我撒谎了。我上网找了整整一个小时，也没找到他的电话。我只有那个写在信封上的回邮地址。

现在，我就要登机了，穿越大半个国家去见一个可能并不想见我的男人。

太棒了。

第二章

我们之所以会如此频繁地搬家，都是为了满足妈妈的一个奇怪的要求：

我们必须住在白头鹰[1]巢的附近，按照妈妈的要求，"附近"意味着最多15分钟的路程。她对这种鸟十分着迷。在我看来，它们的确令人过目难忘。不过，以此来选择和安排自己的生活，这未免太过古怪。

我们可以在网上找到全国各个鹰巢的具体位置。妈妈通常会选择那些邻近好学校的鹰巢，所以她最终选择了我们现在住的这个小区，并买下了这栋房子。

星期天是我们家的观鹰日。它们通常会在很高的枯树上搭建巢。我、妈妈和贝琳达都有自己的望远镜——就像我之前说的，我们不是穷人——我们坐在车的引擎盖上，仰着头观察那些鸟，

1　又名美洲雕、白头海雕，属鹰科。

一坐就是一两个钟头。

"它们交配后就会生死相依。"妈妈常这么说。

有些是这样，但有些不会。我们暂且不讨论这个话题。

只要找到配偶，佛罗里达的白头鹰通常不会向北迁徙。等到雏鸟长大，离巢之后，它的爸爸和妈妈有时也会飞走。我跟妈妈解释过，鹰往往有不止一个巢。可如果几天之后，她看不到它们回来，就会开始担心。她担心它们吃了污水中的鱼生病了，又或是被人开枪打死了。这种事情的确可能发生，但有时候鹰离开自己的巢纯粹只是因为它们想去探索其他地方。

之后，巢渐渐荒废，用不了多久，你就会发现原来筑巢的地方只剩下一堆枯枝烂叶。

在那之后不久，妈妈就会打开笔记本电脑，又开始搜索新的巢的地址。接下来，我们的房子就会挂上"待售"的牌子。随后，搬家卡车出现，我们一家踏上旅程，前往另一个有鹰的小镇。自从我爸爸离开后，我们先在大礁岛生活了一段时间，又从那儿搬到了克利尔沃特，再到大沼泽地城，之后去了戈尔达角，现在，我们住在皮尔斯堡。

在所有这些地方里，我最喜欢大沼泽地城，因为那座城市被荒野所包围——或者说，那里是全佛罗里达仅存的最接近自然的地方。我们在那里生活了两年三个月，直到我家附近的那个巢被一个水龙卷——水上龙卷风掀翻。那个水龙卷的旋涡中心是朵黑压压的漏斗云。从我们家到那个鹰巢，距离很近但需要坐船，因此一到周日，我们邻居就会把他的小划艇借给我们去看鹰。那对鹰夫妇通常都会养育两个孩子，每到仲夏，两只小鹰羽翼丰满后就会离开鹰巢。十月的第一个周末，笼罩在乔科洛斯基湾上空的雷暴云中分离出了一个水龙卷，正是它摧毁了鹰巢。

尽管我怀疑鹰爸爸和鹰妈妈并没有死于那场暴风雨，但是我们再也没见过它们。白头鹰的生命力极其顽强。它们很可能已经在别的地方搭了个新巢。妈妈不愿谈论这件事——她为这事伤透了心。

我想了个办法，希望能让她振作起来，只有这样我们才能留在大沼泽地城。然而事与愿违，我的计划失败了，她还是卖掉了那栋房子。就在我们摘下"待售"的标志牌的那天晚上，我把我的蛇装进袋子里，带到塔米亚米步道旁的一条鹅卵石小路附近，将它们全放了。

妈妈坐在车上等我，车门紧闭。这已经成了我们的例行程序。

在我准备出发去见爸爸的那天早上，妈妈在机场对我说的最后一句话是："比利，千万不要带任何活的东西回来。"

"你是说蛇？"

"我说的是任何需要用袋子或笼子装起来的东西。"说完，她在我的脸上亲了一下。

从佛罗里达到蒙大拿没有直飞航班，所以我只能去亚特兰大转机。一个带着航空公司名牌、骨瘦如柴的年轻人正在等我，虽然我告诉他我能找到路（事实上并非如此，因为这个机场实在是大得离谱，而且让人摸不清方向），但他还是一路带着我前往新的登机口。

飞往蒙大拿的飞机比之前那架大得多。在等待飞机起飞的那段时间里，坐在我旁边的女人狼吞虎咽地吃完了一个培根奶酪汉堡包，之后，她整个人闻起来都是一股汉堡包味儿。她的丈夫捧着平板电脑，在看一本关于二战的书。

整个飞行期间，我一直把脸贴着窗户，望着外面。那感觉就像是在巨幕电影中畅游。我们的飞机恰好从密西西比河上方飞过，混浊的河面像一条宽宽的带子，歪歪扭扭地拐向远方。在那之后，一望无际的大平原映入眼帘，宛如一块金色和绿色交错的棋盘，有些农田甚至被分割成了一个个完美无缺的圆形。

不过，我觉得风景最美的还要数落基山。从空中往下看，我首先看到的是一片棕色的小丘陵，它们看上去就像巨人手上突出的关节。突然，一排神奇的山峰赫然出现在我眼前，它们或高或低，沐浴着灿烂的阳光，朵朵云团盘绕在陡峭的山脊之上。现在已是六月，可那些山顶居然还是白色的！我简直高兴坏了，因为我还从没见过雪。

博兹曼机场位于一列高耸入云的山峰的一侧，每座山峰都像顶着一顶白色的小帽子。飞机着陆后，一名空姐让我继续坐在座位上，直到其他所有乘客都离开。我一头雾水，不知自己做错了什么要被留下来。等到飞机上的乘客都下去之后，那名空姐带着我沿着廊桥走进了航站楼。

"你叔叔在那儿等你。"说完，她指向一个留着小胡子、身穿黑色牛仔裤和连帽衫的年轻男人。我以前从没见过这个人。空姐递给他一些文件，让他签字，然后就朝我点点头，和我说再见，离开了。

我冲那个小胡子男人说："我怎么不知道我还有个叔叔？"

他笑了："照做就行了。"

很显然，如果没有"认可"的成年人接机，像我这么大的孩子是不能单独乘坐飞机的。我妈有个朋友的侄子住在蒙大拿，在机场接我的就是他。妈妈事先并没有告诉我，可能是不想让我不高兴。我当然不需要保姆照顾。

来接我的那个人叫库尔特，他告诉我他学的是儿童教育。

"很好。"我说。

"好了，我开车送你去利文斯顿？"

"很远吗？"

库尔特笑出了声："在蒙大拿，大家去哪儿都不会觉得远。有人开六小时的车去看少年棒球联盟的比赛，这点距离根本不算什么。开车走州际公路只要30分钟就能到利文斯顿。"

汽车沿着公路，在各个峡谷里穿梭，时而上坡，时而下坡。峡谷里的树木葱翠挺拔，前半程的风景几乎和我在飞机上看到的一样，都显得那么不真实。我每说三个字就忍不住要哇地叫一声，库尔特一听便知我从没离开过佛罗里达。进入一个叫熊谷的地方后，原本就很曲折的道路瞬间变得陡峭起来，这时我问了一个很白痴的问题："这里有熊吗？"

"哦，有，很多。"他答道。

"我还想看看灰熊呢。"

"哈，不只是你，很多游客都是这么想的。我认识不少人，他们在这里出生并长大，却从没见过灰熊。"

"你呢？"

"没见过。"

"也许，我比你幸运呢。"我说。

库尔特告诉我，这条路上有个景区，里面有不少人工饲养的灰熊，其中最大的那只还出演过许多大片。

"那地方就在前面，开个几英里就到了。"他说，"那些动物特别好玩。你想中途去看看吗？"

"谢谢，可我还是更想看野生灰熊。"

"这个嘛，利文斯顿可没有灰熊。"

"它们在黄石国家公园里出现过。"我说。

"当然，那里是灰熊的主要栖息地。"

"我爸会带我去那儿。要是看到了熊，我给你发照片。"

"好。"库尔特说。

那栋房子位于盖泽尔大街。那是一栋浅灰色的房子，门窗上挂着深蓝色的百叶窗。正门前围着一圈由真正的尖木桩围成的栅栏，栅栏后是一片精心打理过的花园，门廊上吊着一个木质秋千。我走了很远很远的路，从佛罗里达来到这里。

两辆自行车斜倚在栅栏上。我怀疑库尔特带我来错了地方，所以我再次确认了一遍那个信封上的地址，发现它和邮箱上的门牌号一致。

我拉着行李箱走到门口，敲了敲门。开门的是一个女孩，她的头发又长又直，颜色和眼睛一样，都是棕色的。她比我稍微高一点点。

"我想找狄更斯先生。"我说，"丹尼斯·狄更斯。"

女孩吐了口气："哦，兄弟，进来吧。"

"有什么问题吗？"

"我说了，进来吧，兄弟。"

我拖着行李进了门。女孩告诉我，她名叫"萨默"。她说，几年前，我爸爸"相当于"娶了她妈妈。

"他最近不在家。"萨默告诉我。

"他什么时候回来？"

"你想喝点儿柠檬水吗？我妈去比灵斯附近的河上漂流去了，吃晚饭时才会回来。"萨默走进厨房，当她回来时，手里拿着两罐可乐，"柠檬水喝完了，抱歉。"她说道，顺手丢给我一罐可乐，"我们是克劳族印第安人，你可能从没听说过我们。现在，他们都管我们叫乌鸦族印第安人。我妈妈在印第安人保留地遇到了你爸爸，他的无人机撞上了我们的拖车。"

"乌鸦印第安人不就是打败卡斯特将军的那个部落吗？"

"不是。我们部落支持的是战争中的另一方——我们曾经派侦察兵帮助过联邦士兵。"她耸了耸肩膀，"那时候，我们正和拉科塔族印第安人闹不和。"

我挨着一只橙色的花斑猫，在被狗咬得残破不堪的沙发上坐下来。那是一只老猫，身体时不时地抽搐几下，屁股上还秃了一块。一只看起来同样很奇怪的杂种狗在我们旁边东闻闻、西嗅嗅。它看起来像是拉布拉多猎犬和灰狗的杂交后代，长得有些丑，但跑得很快。萨默告诉我，这条狗叫撒旦。

"它本来叫斯帕西。"她补充说道，"但是有一天，它吃了妈妈最喜欢的靴子。"

"我很想见见我爸爸。你知道他去哪儿了吗？"

"比利，我早就预料到有一天你会出现在这里。"

"他知道我要来？"我问道，"所以他才离开了？"

"他出差了。工作上有些事要处理，他临时接到通知说要出差。"萨默喝完了可乐，捏瘪了易拉罐。

房间里的窗户都开着，风凉飕飕的，还有点儿干燥。房间的一面墙上挂着一些相框，里面是我爸爸和他家人的照片。爸爸头发的颜色看上去要比我的浅，在有些照片里，他还留着一撮略显杂乱的山羊胡子。我觉得自己一点儿都不像他，但萨默说我俩长得很像。

"打开门看见你的那一瞬间，我就知道你是谁了。"她冲我点点头，说道。

"我从佛罗里达大老远地飞过来，结果他不在，这真糟糕。"

"那你的胳膊一定累坏了。"她笑着耸了耸肩膀，"一个老笑话。蹩脚的笑话。抱歉。"

"我能留下来，等你妈妈回来吗？我想问她几个问题。"

"当然，比利，你就待在这儿吧。不然，你还能去哪儿呢？"

我俩一起向黄石河走去。隔着好几个街区，我就听到了河水的声音。佛罗里达的河水流缓慢，甚至都看不出河里的水是否在流动。萨默说："黄石河的水都是从高山上流下的雪融水，所以现在不仅水位高，而且水很浑。"我站在岸边，看着奔腾的河水以不可阻挡之势向前流淌。我朝河里扔了一根树枝，转眼间，它就消失了。

太阳滑落到了大山的后面，空气中泛起一丝丝凉意。回到房子里后，萨默捡了几块木头，扔进壁炉里，码放好，让我点燃了炉火。

"我爸爸到底是做什么的？"我问道，"我的意思是，他做什么工作？我妈说他在政府部门工作，可是她并不确定到底是做什么工作。"

"你从没问过他吗？"

"我从很小的时候起就再也没见过他，也没跟他说过话。"

萨默十分惊讶："他从没给你打过电话？一次都没有？"

"没有。但他总是定期给我们寄支票。"

"每个月10号，对不对？5000美元。"

谈论这个话题让我感觉很奇怪——我们家一个月有多少钱——而且还是和一个我刚刚认识的女孩。

"是的，一定是我爸爸告诉你的。"我说。

萨默向前探了探身体，把手伸到炉火边。

"比利，"她说，"那些支票都是我填的。"

我并不想离开大沼泽地城。贝琳达说她已经准备好换一种生活方式，在一个有大型品牌折扣店的城市生活。

可我不想。红树林里的土壤含盐量高，那里的蛇很少，但是我可以骑车去蛇多的地方抓蛇。有一次，我在一条运河边钓鱼，亲眼看到一条蟒蛇和一条短吻鳄搏斗，双方都想吃掉对方。这场战斗持续了差不多三天，最终以双方放弃，各自游走结束。

这是真实的故事，我有视频为证。

当那个鹰巢被水龙卷摧毁后，我想了一个计划，试图平复妈妈的情绪，这样我们就不用搬家了。以下就是我那个事与愿违的计划。

一天中午，我向妈妈借笔记本电脑。

"比利，你要笔记本电脑干什么？"

"一会儿你就知道了。"

我点了几下鼠标，屏幕上出现了一只雌鹰，它正在用咬碎的鲇鱼肉喂雏鹰。这是位于华盛顿特区的国家植物园在网上做的直播。根据网站上的介绍，直播中的画面拍自一个位于白杨树顶的鹰巢。

画面中，雄鹰出现了，还带回一条鱼。它把鱼扔在母鹰旁。雏鹰小小的，毛茸茸的，就像个毛线球。

"嘿，快看，还有一个蛋！"妈妈喊道。

她太激动了，眼泪夺眶而出。我们发现那个蛋上有一条裂纹，纹隙里似乎还有些小绒毛。

"那个蛋里的小鹰也要孵出来了。"我说。

"我知道！我知道！这太神奇了！"

"看到了吧，妈妈，我们根本不需要一直搬家。他们的摄像机遍布全国。你想看随时都能看。"

"真的吗？"

"而且通过视频，你看到的内容比用望远镜看到的更多，对吧？我的意思是，这就像是置身其中。你就像是一只鸟。"

她目不转睛地盯着电脑屏幕："比利，我很担心另一枚蛋。"

"哦，不是吧。"我心想，"她又来了。"

"鹰蛋通常不会一起孵化出来，"我提醒她，"有时候，其中的一个会晚一些。妈妈，放心吧，这是我在书上看到的。"

一连好几天，她都捧着电脑，不睡觉，也不离开家。我根本无法将电脑从她手里夺走。饭是贝琳达做的，衣服是我洗的。妈妈紧张得一直咬指甲，直到她把自己的手咬出血，得贴创可贴才作罢。

一天早上，第二个鹰蛋终于孵化了，当时我正在上学。等我放学回家的时候，我看到妈妈抱着笔记本电脑，倒在沙发上呼呼大睡。我和贝琳达一起把她抬上床。那天晚上，她买了新鲜的石蟹，还给我们仨办了一个小小的庆祝会，我们三个高举饮料，祝福新诞生的小雏鹰。

谁知第二天中午，妈妈又开始哭泣。她说老鹰夫妇对新出生的小鹰不管不顾。

"这很正常。它们只不过是心情不太好。"我说，"别担心——鹰妈妈不会让小鹰出意外的。"

"可是比利，鹰妈妈根本不在窝里！它和鹰爸爸一起出去狩猎了，它根本无法看护那两只小雏鹰。"

"来，让我看看。"我拿起她的笔记本电脑，走进厨房，然后假装一个不小心，笔记本电脑掉在了地上。

我这个自以为聪明的计划就这么夭折了。我早就应该想到这会让妈妈彻底沉迷。当她从维修商店取回笔记本电脑后，我给她设置了父母监控，屏蔽了所有"观鹰"直播画面。我这样做也是为了让她心绪平和，不然她肯定会没日没夜地盯着那些视频看——彻底沦为观鹰"僵尸"。

不久后，我们一家就搬到了皮尔斯堡，也就是我们现在生活的地方。她在印第安河潟湖旁的一棵半死不活的奥地利黑松上找到了一个鹰巢。这个鹰巢的优点就在于：你从地面上根本看不见窝里的小雏鹰，待它们长大，站起来比鹰巢高的时候，你才能看得见它们。那时，它们已经不再是小雏鹰，足够强壮，如此一来，妈妈就不至于太过担心了。最棒的一点就是：到了春天，当雏鹰羽翼丰满飞离爸爸妈妈之后，那对老鹰夫妇并没有离开，而是留了下来。这意味着在一段时间里我们可以不用搬家啦，除非另一场暴风雨来袭，摧毁鹰巢。

"你们这儿也有白头鹰对吧？"我问萨默。

"当然，还有金雕。它们比白头鹰还要讨厌。"

"我想给它们拍张照片，送给我妈妈。"

"如果你运气好的话应该没问题。"

"我还想看看野生灰熊。"

萨默听了我的话，咯咯咯地笑了起来，对我说："蒙大拿可不是迪士尼乐园。你不能买张票站那儿等演出开始。"

"你见过熊吗？"

"你说灰熊？见过。"

"真的吗？在哪里见到的？黄石国家公园吗？"

"它死了，倒在一条小溪里。"说到这里，她脸色略显阴沉，耸了耸肩，"尸骨残缺不全。"

说完，她又往火里丢了块木头。

"它怎么了？"我问。

"没人知道。"萨默说，"也许是一头更大的熊袭击了它，也许它只是老死了。适者生存，比利。"

此时此刻，我更愿意和她聊聊熊和白头鹰，而不是我爸爸。萨默告诉我，因为她数学好，所以我爸爸让她管理支票簿。她说他有很多钱，对她和她妈妈一直很慷慨。

他告诉她们，他是政府部门的一名安保人员，负责一个无人机项目，但是他不能透露任何有关项目的情况。在我看来，他这完全就是胡说八道。

即便他说的都是真的，谁会让一个孩子在自己的支票上签自己的名字呢？

我没有把内心的疑虑告诉萨默，与此同时，我已经开始在大脑里勾勒这位丹尼斯·狄更斯先生的职业可能性。根据已有信息，他可能是一名银行抢劫犯，也可能是一名网络黑客。他甚至还有可能是一名毒品贩子！

"金雕住在哪里？"我问萨默。

"悬崖高处。它们吃囊地鼠和长耳野兔。"

"也吃蛇吗？"

"当然。"她长了一张洋娃娃一样的圆脸，皮肤也很光滑，在火光的映衬下，她看起来显得比我小很多。那只老得毛都秃噜的猫跳到了她的大腿上，而那条看起来傻傻的狗则蜷着身子，窝在她脚边。

"别担心。"萨默说，"你爸爸是个好人，不然，我妈妈很早之前就会甩掉他了。"

"他说了去哪儿出差了吗？"我问道。

"他从来都不说。他的工作总是特别神秘，类似于最高机密那种。"

"可是你难道一点儿都不好奇吗？"

"他会回家的。我只关心这个。"

第三章

萨默的妈妈说她的乌鸦族名字叫小雷雨天。

"但所有人都管我叫李尔。"她又补充了一句，"再来点儿土豆泥吧。"

我饿坏了，所以我把盘子里的食物吃了个精光。我的肠胃依然遵循着佛罗里达东海岸的生物钟，对它们而言，现在已经是晚上10点30分了。李尔晚餐做的是烤野牛肉汉堡，差不多是我吃过的最好吃的。

吃饭时，我们谁也没提我爸爸。李尔将她的一头长发编成两条长长的辫子，因为经常戴太阳镜，她眼睛周围肤色略浅，有点像浣熊。李尔看起来和我妈妈年龄差不多。萨默告诉我，她是一名职业鳟鱼向导，常年划着漂网渔船在河上工作。

"你今天有什么收获吗？"我问道。

"六条漂亮的虹鳟鱼和一条又老又肥的切喉鳟。"

"哇哦！它们的味道如何？"

李尔哈哈大笑起来："它们现在全都在河里，游得开心着呢。我严格遵守抓后即放生的捕鱼规则。"

"她只玩飞钓，"萨默自豪地说道，"绝不用虫子当诱饵。"

我不知道如何才能抛出人造飞蝇并钓上鱼来，但是我看过不少视频，一直都很想学。

"我带新人下河，他们就算绑块砖头，钓线都碰不到水面。"李尔说，"我们能有收获简直就是奇迹。他们来自印第安纳波利斯——一个是牙医，另一个经营着一家连锁殡仪馆。对了，今天就是发薪日。说出来你们可能不信，他们讲的好几个故事都很搞笑。"

"如果你从事殡葬业，"我说，"那你最好多少有点儿幽默感。"

"说得太对了。"李尔把剩下的野牛肉切碎，丢给了撒旦。那只走起路来颤巍巍的老猫似乎压根儿就对这些食物不感兴趣。

虽然有些尴尬，但我不得不承认一个事实，那就是在见到李尔和萨默前，我从没见过任何印第安人。她们看上去和我差别不大，并不像我以为的那样住在圆锥形的帐篷里，也没穿自己手缝的鹿皮鞋。我没读过关于克罗族的书，但是我对西部时代大多数印第安部落的遭遇还是略知一二。像我这样的不速之客最好还是不要挑起这一话题。

我和萨默洗完碗后，走到火炉边，挨着李尔坐下来。她说："很抱歉，丹尼斯不在家。比利，让你大老远地跑到这儿来。"

"我最后一次见他时只有3岁，也可能是4岁。我连他说话的声音都想不起来。"

"他从没给你打过电话，你难道不生气吗？"萨默问道。

"我只是觉得很好奇，仅此而已。"好吧，我承认，可能也有一点点生气。

李尔双手交叉，搭在膝盖上："我来说说你爸爸是如何走进我俩的生活的吧。那是好几年前的春天，一个周六的早晨，我正在家练习飞钓——"

"我当时正在读小学，那天，我正好在做学校布置的美术作业。"萨默插嘴说道。

"突然，只听到砰的一声，我们的拖车都晃了一下，我立刻就想到一定是个大家伙撞了上来，绝不可能是鸟。有时候，知更鸟一时脑子迷糊，也会撞到我们的窗户上，但这一次的撞击声不同于以往。于是，我跑到车外，看到车壁上被撞了一个大坑，地上还躺着一个……坏了的……东西。我不认识那是什么。那个东西上有四个小螺旋桨，还有一对塑料翅膀——"

"还有一个摄像头。"萨默说，"有点像运动照相机，但比它大。"

"我以前从没见过无人机。"李尔继续说道，"不管怎样，我们把地上的零件捡了起来，拿进了拖车。没过多久，我们就听到了敲门声。来人正是你爸爸，丹尼斯。他穿着蓝色牛仔裤、法兰绒衬衫和一双登山靴。他手里拿着一个东西，一直嘀嘀嘀地响个不停，后来我才知道那是个遥控器。他说他的'无人机'不见了。这是他的原话！我当时回答说：'无人机？你说的是那种傻乎乎的玩具直升机吗？'他一本正经地跟我说：'女士，不是玩具。'我指了指餐桌。我们把那个撞毁了的无人机的塑料零部件捡回来后，就放在餐桌上。他看到后说了一句：'哦，不是吧！'我想说的是，当时，那个可怜的家伙看起来心痛不已。"

萨默开口说道："妈妈，你就直接跳到后面，说浪漫的部分。"

"于是，我邀请他进来，和我们一起共进午餐。那天，我们吃的是猪肉三明治和卷心菜沙拉。后来，他约我出去，我拒绝了他。再后来，他不断地给我打电话，终于有一天，我把所有借口都用完了，就答应了。我们约会了几个月之后，他叫我们搬到利文斯顿和他一起住，就这样，我和萨默就来了。"

"对你来说，离开保留地是个困难的决定吗？"我问道。

"我一直都很喜欢这个小镇。这里的学校也很好。"

萨默说："印第安保留地里的生活……怎么说呢？很有挑战性。"

"我爸爸是怎么跟你说他的工作的？"我问李尔。

"隶属于政府部门，做某种监视工作。他们很快就给他买了一架新的无人机。丹尼斯说我们知道得越少越好。比利，你也知道，我们部落并不是百分之百地相信你们的政府。最开始，政府留给乌鸦族印第安人的土地有3800万英亩。你知道现在还剩多少吗？只有原来的十分之一。他们按照每英亩区区5美分的价格抢走了其余的土地。"

"这也太差劲了。"我说道，也许，用"差劲"来形容那100年前发生的事情实在是过于委婉。

"不过，我们眼中的你爸爸和'政府'是两码事。"李尔又补充了一句，"他是一个好人，一个诚实的人。"

萨默点点头："他不会伤害任何人。"

"听你们这么说，我很高兴。我真的很想见见他。"我说。

"他每隔几天就会给我们打电话，好让我们知道他一切平安。"李尔说，"比利，他从来不会走太久。最多一周。"

"我们能现在就给他打电话吗？"

"我已经打过了，他的手机关机了。这样的情况很常见。"

我还有很多问题想问，可我太累了。壁炉里的火光渐渐暗淡，些许燃烧后的炭灰在炉火边飞舞着，炉子里不时地传来火焰熄灭时发出的噼啪声。李尔说我可以睡在那间空卧室里。撒旦跟着我走进房间，扑通一下趴在地毯上，还放了个屁。

萨默走了进来，在道晚安前，她打开了墙式烘炉，解释说："像你这样生活在佛罗里达的男孩子，通常血都不够热。今晚的温度会跌破7摄氏度——现在可是六月哦。"

我躺在床上，盖着一床手工缝制的大被子，等待妈妈临睡前的电话。飞机着陆后，我给她发了消息，但是我们根本没有时间聊天。她一整天都在忙着完成网约车的订单。

她说的第一句话是："你爸怎么样？"

"我还没见到他。他出差了。"

"可是你不是跟我说他知道你要去找他吗？"

"他临时接到通知要出差。"我说。

如果你很少撒谎，你很容易就会露出马脚。我不知道妈妈是否相信我的说辞。

"什么样的公差？"她问道。

"我想，就和平时普通的出差差不多。"

"和你爸有关的事情不可能'普通'。你弄清楚他是做什么工作的没？”

“我见到了他的家人。她们都是些特别好的人。”

妈妈顿了顿，这才开口说话：“你说的‘家人’是小孩吗？”

“他的妻子和继女。”我说，“她们都是乌鸦族印第安人。”

“哇哦。”

“让人很惊讶，对吧？”

妈妈再次顿了顿，然后说：“你喜欢蒙大拿吗？”

“我很肯定地告诉你，”我说，“这里太大了。”

自从和爸爸离婚后，妈妈没有再婚。据我所知，她认识过几个男人，那些人的条件也不算差。贝琳达最喜欢其中一个叫詹姆斯的钢琴教师，他会演奏爵士乐、摇滚乐和古典音乐。有一次，他带了键盘乐器来我家，给我们举办了一场小型音乐会。我妈妈出于礼貌，鼓了掌，但我们都看得出来她并不为之所动。

我最喜欢的那个人是一名快艇驾驶员，带着游客游览大沼泽地。有一次，他带我沿着洛佩兹河游玩。他名叫威廉，只有八根手指。在两次事故中，他的两只手分别被卷进了他那艘快艇的螺旋桨里，从而失去了两根拇指。妈妈告诉我们，她不打算找手脚不灵活的人当男朋友。

这些年来，她出去约会的次数屈指可数。我曾问过她，作为一名有两个孩子的单身母亲，她是否会觉得生活艰难。她告诉我，我和贝琳达是上帝给她的恩宠，因为我们会吓跑那些自私又肤浅的男人。“他们这种人最不想要的就是家庭负担。”她这样说。

我其实并不介意她一直单身，但我知道妈妈有时也会感觉孤独。只不过她永远都不会承认这一点，因为在她的心目中，孤独是脆弱的标志。

你可能会想，到底是什么样的妈妈才会让自己的儿子独自飞行2000英里去见一个他甚至都已经想不起来的男人？

坦白说，妈妈并没有就这件事和我多作争辩，这让我很诧异。不过，我的想法是，她也想弄清楚当初她的婚姻到底出了什么问题。让我去蒙大拿肯定比她自己去要好得多，因为她的自尊绝不会允许她这么做。

午夜时分，妈妈再次打来电话，我们又聊了一会儿。此刻，佛罗里达已是凌晨2点。

"比利，我是不是吵醒你了？"

她的确吵醒了我，不过，我回答说："没有。怎么了？"

"听我说——只要你觉得情况不妙，就立刻跳上出租车直奔机场，回家。"

"遵命，妈妈。"她说得好像随时都有飞往佛罗里达的航班一样。

"我不在乎他的新家庭有多好。如果你无法直接从丹尼斯·狄更斯那儿问出任何你想知道的事情，我希望你能马上回家。你明白我的意思了吗？"

"别担心，妈妈。"我说。

待她冷静下来后，妈妈告诉我，贝琳达在百货公司找了份当收银员的暑期工。我们由此说起等贝琳达去上大学，家里一定安静得出奇。

"今天，我去看鹰了。"妈妈说。

她的声音听起来很清醒。这简直令人难以置信。我的眼睛都快睁不开了。

"有只鹰抓了条鱼。我看着像是一条梭鱼。"

我本来想说"很好吃",可最后从我嘴里发出来的却是一串类似于穴居人打呼噜的声音。

风吹得卧室的窗户呼啦啦直响,墙式烘炉不断发出有节奏的嘀嘀声。

"我该挂电话让你睡觉了。"她说。

"是的,我太困了。"

"比利,我还有点事情想问你。她长得怎么样?我是说你爸爸的妻子。"

这个问题让我有点无所适从。"她是棕色皮肤。"我说。

"别跟我装傻。她是印第安人,皮肤当然是棕色的。"

"不,我想说的是她的皮肤真的是古铜色的。她整天都待在河上。"

"干吗?"妈妈问道。

"因为她是钓鱼向导。她有一条自己的船和所有工具。她每天都划船10到12英里,有时候更多。"

过了好一会儿,我妈妈才开口说道:"我必须得说,这也太酷了。她叫什么?"

"小雷雨天。"

"不会吧!这么好听的名字?"

"她想要大家都叫她李尔。"

"你最好按她说的做。她年轻吗?"

"和你年纪差不多。"我说，"哦，是的，她很年轻。"

妈妈很喜欢我的答案。"小雷雨天，哇。"她说，"这名字有山野的气质。"

"妈妈，我想问你件事。你为什么总是把爸爸寄支票的信封剪得粉碎？"

"因为只有这样才能不让你们知道他在哪儿。我想要他自己亲口告诉你们。"她说，"我想要他说他想要你去找他，可是他从没说过这样的话。"

"我会弄清楚他这么做的原因的。"

"明天再给我打电话。爱你，比利。"

我躺在床上，静静地听着窗外大风发出的低沉的呼啸声。撒旦跳到了床上，趴在我身边，我不敢把它踢下床。两分钟后，我和狗都睡着了，而且都睡得很沉。

第二天早晨，萨默做了奶酪鸡蛋饼外加培根做早餐。李尔打包了一份当午餐。我们一起把冷藏箱放到她的船上。她有一辆运动型多功能汽车，是一辆蓝色的福特探险家，船就挂在车后面。外面有些冷，萨默拿了件爸爸的拉绒外套给我披上。衣服的袖子太长了，但我不在乎，衣服很暖和。

李尔开车来到一个名叫马约尔平台的山坡上，在那里，她自己卸下船，然后推船下水。她让我坐在船头，可她的船没有马达，我根本分不清哪边是船头，哪边是船尾。萨默发现后忍不住笑了起来。

出发前，李尔给我上了一堂飞钓的速成课。她抛绳的动作轻巧自如，让我觉得这是一件再简单不过的事情，可轮到自己动手的时候，我一甩绳，鱼钩直接砸到了我的后脑勺儿上。李尔将鱼钩从我的头皮上拔下来的时候，我一点儿也不觉得疼，因为她事先就把鱼钩上的倒钩掰直了，这样能减少对鱼的伤害。她让我继续练习抛绳。我原以为萨默会嘲讽我，没想到这一次她倒颇为克制。

河道里障碍重重，惊险异常——鹅卵石河床、大圆石块、不明凸起物，还有巨大的枯树树干。我们平稳地躲过了所有这些障碍。李尔坐在中间的座位上划桨，她简直就是一名职业划桨手，每划一次，她都能精确地控制船的方向和速度。萨默坐在船尾看书。

"我们能再给我爸爸打个电话吗？"我问李尔。

"当然可以。萨默，你能帮比利打个电话吗？"

萨默放下书，拿出手机。"直接转去留言信箱了。"她告诉我们，还让我们听电话里的声音。电话里传来的是自动答录声，并非爸爸的声音。我直接挂断电话，没有留下任何信息。

"他每次出差都这样吗？"我问道。

"他去的地方手机没有信号的概率是99%。"李尔解释说。

我把挂着飞蝇钓饵的渔线向岸边抛去，水底下有东西咬钩了。我立刻往回拉——我收得太猛，纤细的尼龙线啪的一声断了。

"是条大棕鳟鱼！"萨默说。

我低下头，开始卷线。李尔把船划到一片鹅卵石浅滩上，在渔线上捆了另一只飞蝇钓饵。这时，头顶上传来一个熟悉的声音——是鸮，和佛罗里达的鸮的叫声一模一样。李尔指向一棵高大的三角叶杨树，另一只鸟从树顶上一掠而过。鸮和鹰一样，经常成对生活，依靠自然光进行捕猎。在今天这样阴云密布的日子里，水里全是云的倒影，它们就很难捕到鱼。

我像个疯狂的机器人一样，再次甩出渔线，希望这次一击即中，能钓到一条大鱼。"我得弄清楚一件事。"我对李尔说，"我爸爸为谁工作？中央情报局，还是联邦调查局？"

"比利，你以为我们没问过他吗？"

一个小时后，我终于有了点儿收获——一条滑溜溜、亮晶晶的小虹鳟，镀了铬一般明亮。它身体两侧呈淡淡的粉红色，像是人工涂上去的一样。我从没见过这样的鱼，一时竟看得出神。李尔轻轻摘下鱼钩，只见一团水花溅起，那条鱼立刻就消失不见了。

之后，我们找了片有树荫的河岸，上岸吃午餐。一群白色的鹈鹕从我们面前游了过去。每年冬天，鹈鹕——很可能就是我们刚刚看到的那群鸟——都会一路南下，迁徙至佛罗里达湾过冬。当我告诉她们这件事的时候，萨默和她妈妈相视而笑。

"如果你们不相信，"我说，"你们可以自己去查。"

午餐过后，风势越来越猛，这让甩线变得更加困难。不过即便如此，我仍然成功地钓上来两条小虹鳟鱼和一条不错的切喉鳟。切喉鳟因腮下有一道道裂纹状的橙色印记而得名。我们在树梢上看到了许多鸦和鹰，但唯独没看见白头鹰。李尔指着一处灰白色的断崖说，几天前，她曾看到有一只金雕落在那上面，但现在已不见踪影。

哪怕水流再湍急，她划起船来也依旧轻松自如。只要稍不小心，我们的船就会撞上大石头，翻个底儿朝天。在靠近河口的地方，河面平坦，水流速度也慢了许多，于是萨默接过妈妈手里的桨，在她的控制下，小船开始朝岸边的一个豁口漂去，很快，我们就平稳地冲上了河岸。这里有专门面向鳟鱼向导的摆渡车服务，因此李尔的"探险家"早已经停靠在山坡上。李尔去坡上将车开下来，我和萨默负责固定住小船，不让它被河水冲走。我有一种感觉，李尔就算闭着眼睛也能把车开下来。

在开车回利文斯顿的路上，我们遇到了一群叉角羚羊，它们站在田野上，望着州际公路上来来往往的汽车。这一幕不禁让我看得出了神。萨默说，这些叉角羚羊会在狩猎季节开始的前一天消失得无影无踪。

"它们的脑袋里有一个生存日历。"她敲了敲自己的脑袋，说道，"麋鹿也是。"

我们一到家就看到门前停了一辆蒙大拿州巡逻警车。一名警官从车上走下来，询问李尔是不是小雷雨天。

"我惹什么麻烦了吗？"她问道。

"我们找到了一辆登记在你名下的汽车。一辆红色的雪佛兰皮卡。"

萨默凑到我耳边，小声对我说："丹尼斯开的就是那辆车。"

"他没有自己的车吗？"

"哦，那辆车就是他的，只不过车主写的是妈妈的名字。家里所有东西都写的是她的名字，包括这栋房子。"

李尔告诉警察开那辆车的人是她的丈夫，现在，他在外地出差。

"他出差是去野营了吗？"警官继续问道，"因为那辆车被丢在通往汤姆矿工盆地的一条土路上。它在那儿起码停了一个礼拜。两个轮胎都瘪了。"

萨默脱口而出："什么！轮胎怎么会瘪？"

"应该是被某个尖利的物品扎破了。"

"例如碎了的玻璃瓶？"

"不。"警官说，"像是被匕首划破的。"

"哦，不。"李尔喃喃道。

"你们最近和他有联系吗？"

"他的手机关机了。他那儿没有信号。"萨默插嘴答道。

警官皱了皱眉头："如果你丈夫不尽快出现的话，我们恐怕得把那辆卡车拖走。与此同时，你们应该去那里找人，带上新轮胎。"

李尔说："我去，明天一早就出发。"

"女士，他说过最晚什么时候回来吗？"

"说实话，我也不确定。"

"他是一个人吗？"

"我想是的。"李尔说。

警官神情紧张地瞟了一眼我和萨默，仿佛有话想问李尔，却又不好当着我们的面问。

不过，他最后还是开口了："如果短期内还没有你丈夫的任何消息，你应该去当地警察局报警。他们会开展搜救工作。"

"谢谢关心。"李尔说，"不过，我很肯定他应该没事。"

那名警官把红色皮卡的位置告诉我们后，就上车离开了。李尔飞快地跑进屋。

我和萨默没有把船从车子后面解下来。我们压低声音，讨论着这个和丹尼斯·狄更斯——我爸爸，她的继父——有关却又出乎所有人意料的消息。

情况听起来不太妙。

第四章

　　我对爸爸知之甚少，关于他的一切都是妈妈告诉我的。

　　爸爸出生于南迈阿密，家里没有兄弟姐妹。他在盖恩斯维尔上大学的时候，他的父母去世了。不过，妈妈好像对他们逝世的具体情况一无所知。爸爸和妈妈第一次相遇是在彭布罗克派恩斯的一家体育用品商店里，爸爸是那家店的副经理——他给妈妈试了一双多功能运动鞋。妈妈说爸爸和她一样，也喜欢户外运动。他们第一次约会就是去螺旋沼泽地找水獭。

　　他们在一起的七年时间里，爸爸做过十三四份工作。他的老板全都很喜欢他，他从没被开除过。

　　不知为何，每次都是他自己提出辞职，而且通常都是在星期四。

　　"是时候改变生活的方向了！"每次辞职后，爸爸一进家门就会这样告诉妈妈。

　　"丹尼斯，出什么事了？"

"哦，那份工作其实也不差。"这是他最常见的回答，"可是，我在这份工作里看不到未来，只有一种快要窒息的感觉。"

"如果你再胡说八道，"妈妈生气了，"你马上就会窒息。"

这是妈妈的原话，但我敢打赌，她说的都是真的。

爸爸离开家的那天也是一个星期四。妈妈撕碎了他留下的道别便签条，现在，她很后悔。

"我没想到他是认真的。"很久之后，她才告诉我们。

自从爸爸离开后，妈妈开始用"连环懦夫"来指代他。当时的我还很小，不明白是怎么回事，但贝琳达明白。她完全站在妈妈这一边，谁又能指责她呢？她说只有失败者才会离开自己的家庭。

当收到第一张支票时，妈妈十分吃惊。

根据贝琳达的描述，妈妈当时人喊一声："他哪儿来的钱？"

后来，我越大，对爸爸就越好奇——他去哪儿了？他为什么要走？他离开是想远离我们，还是要去寻找什么东西？

我和萨默把钓线和其他装备收了起来，这时，我问她，在蒙大拿，扎破自己的车胎，这样的事情常见还是很少见？

"我从没听说过这样的事情。反正在这附近没有。"

"汤姆矿工盆地在哪儿？"

"沿着天堂谷一直往里走，在去黄石国家公园的路上。很久很久以前，那里曾经是乌鸦族印第安人狩猎的地方。"

"现在谁住在那里？"我问道。

"牧场主、有钱的白人，还有熊。"

妈妈给我打电话时，我已经上床了。

"你还没见到你爸？"她问道。

"就看明天了。"

"比利，别抱太大希望。明天是星期四。你也知道他的星期四惯例是什么。"

我没有把州警官来访的事情告诉她。我只跟她说了钓鱼的事。听到我第一次飞钓就钓了一条鳟鱼，她说她为我感到骄傲。

"比利，你看到鹰了吗？"

"没有，不过李尔说，从这儿到大廷伯，住着好几对鹰。还有一些金雕。金雕比白头鹰还酷。"

"我从没跟你说过，"妈妈说，"第一个带我去看鹰巢的人就是你爸爸。那个鹰巢在大礁岛的一根电线杆上。我相信那个鹰巢现在肯定已经没了。"

"这么说，他也是一名观鸟者？"

"他有一双超级厉害的眼睛。至少以前是如此。"

听起来在妈妈心中，这是一段十分美好的回忆。有时候我真希望她能多跟我分享一些这种回忆。

"妈妈，你今天过得怎么样？"

"不太好。我和网约车公司闹得有点僵。"

"你干吗了？"

"有一个乘客蛮横不讲理，我就把他赶下车了。"

"我希望你赶他下车前踩了刹车。"

"你很幽默嘛。"

"这件事发生在什么地方？"我问道。

"巴伯桥上。"

"别开玩笑了,妈妈?"

"他竟然打电话去公司投诉我!你相信吗?"

"我相信。"我说,"我完全相信。"

我和我姐姐早就预料到会有这一天。我问妈妈,那名乘客到底做了什么蛮横无理的举动。

"他约我出去喝杯东西,我非常礼貌地拒绝了他。几分钟后,我听到他给他老婆打电话,装得跟个完美丈夫一样。他好像是迈阿密的房地产大老板,来我们这儿考察楼盘的。不管怎样,他刚一挂电话,我就停下车,叫他下去。事后,他竟然还敢给网约车公司打电话,说我在一条危险的高速公路上丢下他不管。那座桥上明明有一条很宽的人行道!"

"也许,你该换一份工作。"我对妈妈说道。

"为什么?我的人际关系一向都不错。"

"我现在要睡觉了,可以吗?"

第二天早上,我走出房子,外面的气温只有4摄氏度。我把箱子里的所有衣服都穿在身上,外加一件丹尼斯·狄更斯的羽绒大衣。我们带了一个容量为10加仑的油箱、一个装满了食物的背包和几瓶专门用来对付熊的化学胡椒喷雾。萨默坐在副驾驶上,我坐在后排座位上。

李尔首先开车去了小镇上的一家修理店,买了两个安装在二手轮毂上的新轮胎,我们一起把轮胎搬上了她的那辆运动型多功能汽车。沿着主路一直往南走,穿过一条狭窄的小路后,我们就进入了大名鼎鼎的天堂谷。一进山谷,我立刻就明白了此处为何会美其名曰"天堂"——峡谷中央是一片广阔的绿色平原，平原两侧，高耸的山峰拔地而起，山峰上白雪皑皑，蜿蜒曲折的黄石河如一条灰蓝色的缎带从峡谷中流淌而过。如果有人给我看这样一幅画，我绝对不会相信世界上真有这么美的地方。

一路上，萨默和她妈妈一直都很安静，也许，这是因为她们都很担心我爸爸。我也很担心。尽管我几乎想不起他长什么样，但我和他之间始终有一种联系。

开了好久，我们终于看到了通往汤姆矿工盆地的标志牌。加勒廷山脉绵延不绝的山坡恰好围成一道碗状的峡谷，李尔拐上一条泥泞的土路，顺着峡谷往前开。畜牧场和农场一座挨着一座，或黄或绿，宛如一条打满补丁的大被子，在我们的下方铺陈开来。就在我们开车翻过一座高山之际，我回头向后望去，竟然可以一眼望到利文斯顿，甚至更远的地方。

"天气晴朗的时候，"萨默告诉我，"从这里可以看到52英里以外的地方。"

今天就是一个大晴天，万里无云。

那条土路变得越来越窄，越来越颠簸。李尔说，这条路通往石化森林旁的一个露营营地，那里许多树化石都已经有5000万年的历史了。她说，那时候，整个汤姆矿工盆地都埋在由一次火山爆发所喷出的火山灰和冷却的岩浆之下。

我并不介意步行穿越那片石化森林，不过，我们并没有走那么远。拐过一个弯之后，我们就看到了爸爸的那辆红色皮卡。那是一辆四门大型皮卡，就停在山肩处的路中间。

李尔把车停在皮卡后面。她和萨默谁都没有下车。

"在这里，这东西可不常见。"李尔说。

李尔指着一条很大的草原响尾蛇。这是蒙大拿境内唯一的一种毒蛇，通常生活在——呃——草原上。这条蛇想必是穿越峡谷，从另一侧干燥、崎岖的山坡上爬到这片树林里来的。

爸爸那辆皮卡的四个轮胎上全都沾了一层厚厚的泥巴。此刻，那条蛇满脑子只想着自己的事：靠着一个已经瘪了的泥巴轮胎晒太阳。

萨默说："再过几分钟，它就会爬走。我们稍等片刻。"

我才不等呢。我跳下车，凑上前，仔细地打量着它。

那条响尾蛇身上长着暗灰色和古铜色的鳞片，两种颜色的鳞片斑驳交错，使它恰好与平时的栖息环境融为一体。论体形，它没有它的佛罗里达表亲那么粗，但是我在它结实的尾巴上发现了六个响环。

"你到底在干吗？"依旧坐在车里的萨默大声问道，"我们可不会给你鼓掌。"

尽管蛇没有耳孔，但是它们可以感受到周围动物的细微动作。响尾蛇的鼻孔旁有很微小的凹点，这可以帮助它们追踪恒温猎物。在我研究如何解决学校储物柜问题的过程中，我在网上找到了一段视频。在视频里，一条被蒙住眼睛的响尾蛇向一个盛有热水的气球发动攻击，并直接命中目标。

那条依偎在瘪轮胎旁的草原响尾蛇已经意识到自己身边还有其他动物。它缓缓抬起它那三角形的小脑袋，不紧不慢地伸出黑色的叉状舌，探寻周边的气味。蹲在地上的我处于它的攻击范围以外，所以我很安全。

李尔的声音中透出一丝浓浓的焦虑之情："比利，回到车里来，拜托你了。"

对普通人来说，这是一个明智的建议，可是我才不想待在车里，等蛇离开呢。我想去爸爸的车里寻找线索，现在就去！

于是，我在响尾蛇旁边的地上扔了一把小石子，那条蛇瞬间展开了原本盘成一卷的蛇身，左右扭动，穿过土路，消失在山坡上。

李尔下了车，说道："大多数白人遇到蛇都会开枪。你果然是你爸爸的儿子。"

皮卡的车门上了锁。我擦了擦旁边车窗上的灰，看到车里的地板上有一个科罗拉多落基山队的棒球帽，还有一个巨大的空水瓶和几听苏打水。副驾驶座上摆着一个打开的盒子，里面有许多猎枪子弹。

"你有钥匙吗？"我问李尔。

"没有，比利。我没有。"

说罢，她就和萨默拿出千斤顶和扳手开始换轮胎。她们拧下凸缘螺帽后，我扒下了已经泄气的轮胎。就在萨默和李尔开始给汽车装新轮胎的时候，我绕着车转了一圈，试图弄清楚爸爸是朝哪个方向走的。

我发现了一条上山的小路，顺着小路一直走下去就是一片茂密的树林。我原本以为能在小路上找到一些脚印，结果却发现并没有。李尔说这里昨晚下了一场雨。我回到大路上，萨默和李尔还在换轮胎。

"我发现有条路。我先去打探一下。"我说。

李尔瞥了我一眼："比利，你怎么不等我一起去？"

"我不会走太远，我保证。"

萨默递给我那个装着食物的背包和两罐防熊喷雾。

"多弄出点儿动静。"她向我建议道，"击掌、喊叫、唱歌都行——这样你就不会惊吓到灰熊。它们一听到你的声音就会跑得远远的。"

我走进了那片树林。一个人在树林里边喊边走，这让我觉得自己特傻。

"嘿，熊！哇呜，熊！你听得到我的声音吗？熊。"

在树林里走了几分钟后，我坐在一截树桩上等李尔和萨默。我拿出手机，想问问她们还有多久，然而这里一格信号都没有。我想，小路上应该很快就会传来她们的声音。

树林里安静得出奇，我有点紧张。不幸的是，我和我妈一模一样，毫无耐心可言。我绝不可能干坐着，什么也不干。

于是，我站起来，继续往前走，我有信心李尔和萨默很快就会赶上我。

然而，她们没有。

第五章

我姐姐有男朋友了。她还宣称自己爱得毫无保留。

和她约会的那小子完全就是一个工具人，可是我什么都没说。贝琳达彻底厌倦了周而复始的搬家，她用这种方式来告诉妈妈，她已经受够了这种常搬家的日子。

我知道，贝琳达并不是很喜欢这个男孩子。他的名字叫道森，在一家私立学校上学，可这并不是他自视甚高的理由。谁会费尽心机地告诉别人，他剪头发花了50美元？一个彻头彻尾的傻帽儿。

贝琳达也知道这点。我什么都不用说。

她告诉妈妈，她根本无法想象没有英俊迷人的道森，她的生活会变成什么样。其实，她不过是想借此告诉妈妈，她根本就不关心皮尔斯堡的那个鹰巢——此时此刻，她不想再打包、搬家，哪怕她马上就要离开家去上大学，她也不想再搬家了。她在学校里的确有几个好朋友，她想这个夏天都和他们待在一起。就这么简单。

迄今为止，搬家的话题尚未提上日程，因为妈妈在这儿过得很开心。不过，如果那些鸟不见了，她明天就会改变主意。

有一次，纯粹是看在我姐姐的面子上，我带道森去印第安河潟湖钓鱼。他钓到了一条小竹荚鱼——当他再次讲起这件事的时候，那条小鱼瞬间就奇迹般地长成了一条10磅重的大鱼。最好玩的是，我不得不帮他把鱼从鱼钩上摘下来，因为他根本就不愿碰它。他也不愿意给鱼钩挂鱼饵——他说他不想被小虾米咬到。

"虾不咬人。"我告诉他。

"所有动物都会咬人！"道森大声答道。

我之所以会想起这个人完全是因为我正独自穿越一片树林，这里的动物不仅长得比虾大，而且满嘴利齿，足以把人咬成重伤。如果道森在，他一定会吓得尿裤子。

林间小路迂回曲折，最终分成了两条小路。我选择了向右拐的那条，并在心里暗暗期盼萨默和李尔能找到蛛丝马迹，跟上来。路面的泥土十分紧实，几乎不会留下任何脚印，所以我在右侧小路中间放了一枚10美分的硬币，告诉她们我的方向。

在落基山上高大茂密的树林中徒步和在大沼泽地里远足的感觉截然不同。首先，论体积，蒙大拿的熊比佛罗里达的熊要大得多。我希望能见到灰熊，指的是站在一个安全的距离之外——而不是在密林中与它狭路相逢。所以，此刻的我才会两只手各握着一瓶防熊喷雾，还不断地高声喊叫："哇，熊！嘿，熊！不要吃我哦，熊！"

一只和风滚草团差不多大的豪猪从我旁边走过，它走得很慢，让我有足够的时间拿出手机拍照。我沿着小路走了很远，一路上见到了一只长着白尾巴、鹿角特别漂亮的雄鹿。我拿起手机刚想拍照，它就从我的视线里跳开了，只听到从树林间传来它奔跑的声音。

也许，这些声响可以赶跑熊，又或者，这里的熊早就习惯了鹿的一惊一乍。

我有点紧张起来——倒还不至于害怕。相对于在佛罗里达被鳄鱼和鲨鱼咬伤的人而言，在蒙大拿被野熊袭击的人少多了。这是我昨天晚上刚在网上看到的，当时我躺在床上，听着火车呼啸着从镇上穿过。颇具讽刺意味的是，在有熊出没的山间远足竟然比开车去超市要安全100倍。此时此刻，我正不断地用这一事实来安慰自己。

继续向前走了一会儿，我便出了树林，一片高山草甸映入眼帘。草地上开满各色野花，黄色的、紫色的、深红色的，还有白色的。喜鹊的叫声不绝于耳，我猜兴许是我的叫喊声惊扰了正在午后小憩的它们。

"哇，熊！嘿，熊！不要吃我哦，熊！"

在鸟叫声和我的叫喊声之间，我听到一个奇怪的声音——那是一个有点尖的嗡鸣声，声音是从天上传来的。我抬头仰望，阳光正好，照得我睁不开眼。于是，我放下手里的防熊喷雾，把双手搭在额前。那个嗡鸣声越来越响，听起来更像是机械设备发出的声音。

我将身体微微后仰，一眼瞥到天上有个东西，它就在我头顶的正上方，距离地面大约50英尺高。

那是一架远程控制的无人机。

我举起双臂，奋力挥舞。

"嘿，爸爸，是我！比利！"

那架无人机又靠近了些。那是一架四轴无人机，有四个螺旋桨，底部有一道红色条纹。我能看到摄像机镜头里有一只亮闪闪的黑色眼睛。

我继续挥舞双臂。"没关系！你可以出来了！"

我不确定妈妈上次给爸爸寄我的照片是什么时候的事情，但是从去年到今年，我已经长高了3英寸。我希望他能从视频中认出我是谁。而且大多数无人机都没有麦克风，也许，他可以读懂我的唇语。

当然，如果这是一架高科技的军用无人侦察机，那就另当别论了。

"嘿，爸爸，你能听到我说话吗？"我大声喊道。

那架四轴无人机在我周围飞来飞去，缓缓地转动，过了一会儿，它开始往天上飞去。

"等等！等一下！"

它越飞越高，越飞越高，最后我几乎都听不到马达发出的嗡嗡声，可我一直像个傻瓜一样，不停地挥舞双臂。

"等等，是我啊！"我朝那个越来越小的黑点大喊，"比利·狄更斯！"

然而，那架无人机飞快地穿过那片山坡草甸，朝着远处的森林飞去了。

我跟着它一路向前飞奔，直到最后跑进一片茂密得根本不见天日的森林之中。森林里没有路，我不得不放慢脚步，在树丛中小心翼翼地往前走。

没走多远，我就听到前方传来一个低沉雄浑的声音。那个声音很大，但很显然不是人的声音。我手忙脚乱地想掏防熊喷雾——却没摸到。我的两罐喷雾都落在草地上了。

现在，我能做的就是高声喊叫："哇，熊！嘿，熊！不要吃我哦，熊！"

我慢慢地向后退。如果我扭头就跑，灰熊会把我当成食物——至少网上是这么说的。可是，说句实话，除了熊，谁能知道它们到底是怎么想的？

我觉得自己似乎永远都跑不出这片森林。不知跑了多久，我终于感到有阳光照到了我的脖子上，我回到了那片毫无遮蔽的草甸。我沿着来时的方向，找到了落在草地上的防熊喷雾，然后一屁股坐在那两个小罐子旁，拉开背包拉链。包里有一副望远镜和四个花生黄油奶冻三明治。我拿了一个塞进嘴里，就着水咽了下去。之后，我又狼吞虎咽地干掉了一个苹果和一根味道像屋顶木瓦的能量棒。

西北方陆陆续续飘来了几团云，温度直线下降。李尔和萨默依旧不见踪影。我把背包当枕头，躺在草地上等她们。一群黑得发亮的乌鸦在我头顶的天空上默默地盘旋着，四周静得出奇。

我满脑子想的都是爸爸，很好奇他在那边干什么，他为什么不从树林里出来见我。我也想知道是否有饥肠辘辘的熊闻到了刚刚被我吞下肚子的花生黄油奶冻三明治的诱人香气。

在如此紧张的环境中，普通人是绝对不可能睡着的，可是我睡着了——我一手握着一瓶防熊喷雾，就这么睡着了。如果被妈妈看到我此时的样子，她一定会吓得崩溃。

头顶上那群乌鸦兴奋地叫了起来，聒噪的叫声吵醒了我。或者，吵醒我的其实是那阵嗡鸣声。

我睁开眼睛，看到那架四轴无人机正直勾勾地盯着我。这一次，我懒得挥手了。

无人机投下一个小东西，掉在我脑袋旁边。那是一块小小的圆石头，石头外面包了一张白纸。我依旧躺在地上，放下手里的喷雾，展平那张纸。有人用蓝色的圆珠笔在纸上写了几行小字，字迹十分清秀：

> 比利：请尽快离开这里，越快越好。等我见到你后，我会向你解释一切。

> 爱你的
爸爸

> 又及：我为自己失踪了这么多年向你道歉。请务必向你姐姐转达我的歉意。

我瞪着摄像机镜头，张开双臂，大喊道："你是在逗我玩儿吗？"

无人机掉头飞走了。

眼看着它变成天边一个黑色的小点，我知道爸爸一定拿着遥控器藏在这片荒野的某个地方。继续再找下去已经毫无意义，因为他显然不想跟我有任何"接触"。

悲伤和愤怒夹杂在一起，在我的胸中翻腾不息，在这股情绪的驱使下，我一动不动——依旧躺在那片草甸之上，直到那个心怀歉疚的男人出现。我推测那架无人机一定还在空中盘旋，远远地注视着我的一举一动。

时间一分一秒地过去。我四仰八叉地躺在草地上，坚持不动。从空中看，我就像个昏迷不醒的人，或者，像个死人。因此，在看到一些饥饿的秃鹫被我吸引而来的时候，我竟一点儿也不惊讶。

"拜托，爸爸。"我嘟囔道，"别光看不做啊。"

我绷紧全身的神经，希望能听到脚步声或男人的声音。可是，除了那烦人的乌鸦叫声，我什么声音都听不到。我再一次感到焦躁不安。

夏日晴天宣告结束，冰凉的雨滴从天而降，小虫子在咬我的脚踝。我感觉脸上有东西，抬起手想将它拂下去，谁知它却爬到了我的手上——一只纤细的棕色蜘蛛。

好吧，我受够了。

我把那只蜘蛛弹进了野花丛中，抓起背包，站了起来。爸爸给我写的那张字条就在我的口袋里。我想到了他车上副驾驶座上那盒打开了的子弹。他需要用枪来保护自己不受谁的伤害？熊？狼？还是别的什么？

或许，我们永远都不可能成为朋友，可是我必须要弄清楚这一切到底是怎么回事。

风声呼啸，气温不断下降。我打算穿越来时的树林，回到大路上去，去找停在那儿的运动型多功能汽车和皮卡，在那儿等李尔和萨默回来。很显然，她们在岔路口选了另一条小路。

在穿过草甸的时候，我有种感觉，有人在监视我，只不过那双眼睛不在空中。我小心翼翼绕过一堆蔚为壮观的新鲜动物粪便——说实话，就算是这世界上最大的狗，恐怕也得花上一年的时间才能攒出这么大一堆粪便。粪便里有许多苦樱桃，这是那种爱驼背的大型食肉动物最爱的餐后甜点。

树林就在我前方大约100码的地方，于是我朝着自己刚刚出来的地方一路小跑——或者说，朝着我认为是自己刚刚出来的地方跑去。

可是，那条小路在哪儿呢？我脑海里的"指南针"向来十分靠谱，今天却失灵了。这里可没有任何方便辨认的路标来帮助我探明方向。那些洛奇波尔松树看起来每一棵都差不多。

正当我左顾右盼寻找那个进入树林的小豁口时，我察觉到有双眼睛正注视着我。我把手伸进背包去找望远镜，却发现手抖得厉害。那副望远镜并非高端产品，就是最普通的望远镜——但是就目前这点儿距离来说，它已经够用了。

草甸的另一端耸立着一个高大、肉桂色的影子。我花了一点儿时间才调好镜头的焦距。

现在，镜头里的影子十分清楚，我举着望远镜在看它，而它也注视着我。

我之所以能确定它是一头母熊，是因为我看到有两只圆滚滚的小熊正在附近的野花丛中嬉戏打闹。

"灰熊。"我轻声对自己说道，"哇。"

我丝毫没有意识到自己在往后退，直到我踩上一截泡烂了的木头，一屁股摔倒在地上。我一骨碌爬起来，飞快地捡起掉在地上的望远镜。我屏声静气，立刻朝那边望去，这一次，我什么都没看到。

就好像母熊从来都不曾出现过一样。

我无法排除是不是自己眼花，又或是看花了眼。

最终，我总算找到了返回那条土路的小径。我的心里依旧七上八下。离开树林后，我留意到的第一件事就是雨已经停了。我留意到的第二件事就是：

我爸爸的那辆皮卡不见了。

"他到底是怎么回事？"我大声说道，周围一个人都没有。

谁会把自己的儿子丢在一片熊出没的山野之中，然后自己开车离开？

又及：我为自己失踪了这么多年向你道歉。

很好，爸爸。随你的便。

就在这时，我又留意到一件事，而这也是最让我担忧的一件事：

李尔的那辆蓝色运动型多功能汽车也不见了。

我以前从没搭过便车，不过，我觉得，当路上根本就没有车的时候，你伸出手竖个大拇指也没太大意义。所以，我其实是在徒步，并没有搭便车。

在没有帐篷也没有睡袋的情况下，在汤姆矿工盆地过夜显然不是一个理想的选择。我甚至连火柴都没有，根本没法生火。

于是，我沿着土路快步下山。回利文斯顿的高速公路距离这里只有几英里的路程。站在土路上，我就能看见它——一条灰带子绕山而行。现在，我对所有人都怀着一腔怒气——我爸爸、李尔、萨默，但是对自己的怨气尤其强烈。

不远千里来蒙大拿，还以为爸爸见到我会非常高兴，这从一开始就是一个愚蠢的决定。我应该听妈妈的话。

现在，她要是在肯定会对我说："补充水分，比利。补水！"

我停下来喝水，就在这时，我听到了汽车发动机的声音。有人正在加速上山，和我要去的方向恰恰相反，可是我不介意。能少走一会儿都行。

伴随着一阵尘土飞扬，一辆暗绿色皮卡出现在前方的拐弯处。我立刻伸出胳膊，竖起拇指。

车缓缓停下来。来人是美国林业局的巡警。他说有人打电话报告说在禁止猎鹿区听到了一声枪响。

"我不能带你去。"他说，"不过，如果一直没人经过，回来的时候我可以捎你一程。你有电话吗？"

"没信号。"我说。

"一直往前走就有了。"

"我并没有听到枪声。"

"如果你是逆风站立就听不到。这里的风速每小时能达到25英里，甚至30英里。"他说，"孩子，一直沿着大路走，不要离开，听明白了吗？这里没有捷径。我在回程的路上会留意你的。"

这样看，至少我不会被困在这儿苦等天亮了，这让我松了一口气。

之后过了没多久，我再次听到了发动机的声音，同样也是往山上开的车。几秒钟后，那辆蓝色的运动型多功能汽车出现在我前方的拐弯处。这真有趣。

李尔看到我之后立刻踩了刹车。萨默坐在副驾驶座上，一脸的担心和焦虑。

"你们能回来，我真高兴。"我说。

萨默把头伸出车窗："从哪儿回来？我们一直在到处找你。"

所以说……我出树林时走的并不是进去的那条路，所以当我回到大路上的时候，既没看到爸爸的皮卡，就连李尔的运动型多功能汽车也不见了。这一切都是因为我找错了地方。

"你找到丹尼斯了吗？"李尔问。

"没有。他派了他那愚蠢的无人机来找我。"我说，"别开生面的父子重逢时刻。"

李尔叹了口气："上车吧，比利。"

李尔把车掉了个头，朝着高速公路驶去。

"你爸爸有不止一部手机。"她告诉我，"他还有一部卫星电话。"

"相当方便。"

"这意味着任何时候、任何地点，只要他想就能找到我们。"萨默解释说，"哪怕是在完全没有手机信号的地方。"

"科学简直太神奇了，对不对？"我说。

"他给妈妈打电话了，他吓了一大跳，因为他通过无人机上的摄像头看到了你。他问我们，你在熊活动的草甸上干什么。妈妈告诉他，他的皮卡轮胎没气了，我们是来换轮胎的。"

李尔接着说道："我告诉他你千里迢迢跑到这里就是想见到他。他不断地说他不能离开自己的监视'岗位'。他说他不能出森林，因为他正在从事'秘密'工作。"

"这根本就说不通。"我说，"政府怎么会在这荒山野岭开展秘密工作？他们在监视什么——恐怖分子花栗鼠吗？"

萨默眯起眼睛："你觉得他在撒谎？"

"我想说的是，他给的解释太奇怪。他在一座森林里执行'秘密'任务？真的吗——难道他们要伪装成松果吗？"

李尔的脸上满是焦虑："我也不知道是怎么回事，但是他的车轮胎肯定是被人划破的。"

"这也不能代表他在为政府执行一项危险的任务。"我说，"这只能说明他惹怒了某个人。"

我把我遇到巡警的事告诉了李尔。她似乎对这片区域有人报告枪声一事并不在意。"许多人都会在狩猎季节结束后盗猎鹿。"她一边说，一边耸了耸肩膀。

我们经过了爸爸那辆空车，它仍然停在老地方。李尔没有减速，因为这样做毫无意义。无论如何，他都不会从森林里走出来。

我拿出两个花生黄油奶冻三明治，递给坐在前排的母女俩。

萨默接过其中一个，但李尔说她还不饿。

"我和萨默一直在找你。我们走的肯定不是一条路。"

"你们没看到我放的10美分硬币吗？"

萨默转过身，瞪了我一眼："首先，为了追上你，我和妈妈一路都在奔跑。其次，你从没跟我们说过会留下硬币。最后——你觉得硬币是最适合做路标的东西吗？而且你挑的还是所有硬币里最小的一个？"

李尔摆了摆手："比利，告诉我们发生了什么事。"

"爸爸写了张便签条，包在石头外面，然后用那架无人机传递给我。"

"便签条？"萨默说，"他写了什么？"

"坦白说，也没写几个字。"

李尔为我爸爸的行为感到生气。她向我道歉了足足有十六次之多。"你大老远从佛罗里达跑到这儿来，我真的很希望能让你如愿以偿。"

"我也没白来。我非常确定我看到了一头母熊。"

"不是吧！"萨默大叫一声。

"我发誓是真的，她还带着两只小熊。"

想到那些熊，我的嘴角会不由自主地微微上扬。

想到爸爸，我却不会。

第六章

第二天早晨，李尔和萨默宣布我们要去黄石国家公园。我猜大概是因为我受到了爸爸的冷落，她们心怀歉疚，就想来一次自驾游，好让我暂时忘记这段不愉快的经历。

我们沿着高速公路向南行驶，一路上我就跟没事人一样，直到我们路过汤姆矿工盆地，我才发现自己竟一直仰望天空，希望能看到小黑点一样的无人机。

而且我心里还在不停地思考：爸爸，你会告诉我一个怎样的故事呢？

在加德纳小镇，李尔给车加满了油，趁她加油的空当，我和萨默在快餐店买了三个三明治当午餐。开到公园入口时，我们发现路上的汽车和房车早已排起了长队，这也成了之后一天的路况写照。每年的这个时候，黄石国家公园里塞车的场景都和公园里的美景一样蔚为壮观。

成千上万的游客拥入公园，想要一睹野生动物的风采和自然风光。对此，我感同身受。可是，那些朝圣者十分疯狂，常常追逐动物，所到之处，拍照的咔嚓声不绝于耳，为回家后向人炫耀积累素材。

动物的体形越大，路上的塞车就越严重，而围观熊的人数又是其中之最。

萨默向我普及了园中动物受欢迎程度榜。高居榜首、让所有游客都驻足观望的当然是灰熊，其次分别是黑熊、狼、驼鹿、野牛、麋鹿和鹿。

不过，只要是四条腿的动物——无论体形大小——都能引来围观的人群。我们进园后遇到的第一次塞车的罪魁祸首就是一只囊地鼠。

我们前面有一辆挂着佛罗里达牌照的厢式货车。那辆车的司机看到有只胖乎乎的啮齿类动物正在啃路边的青草，就立刻停下车不走了。从生物学角度来说，囊地鼠并非濒危物种。光是整个西部，数量就大得惊人，它们在人们的后院里、牧场以及干草地上挖洞、钻地道。在黄石国家公园，为了给囊地鼠拍照而停车，这就好比有人为了给老鼠拍照而把车停在迈阿密市中心。

然而此时此刻，令人难以置信的一幕发生了，人们纷纷下车，围在一只不明就里的啮齿类动物旁。我们只得坐在车里，排在长长的车队里，等啊等……

"哦，这算不了什么。"李尔说。

被堵在这儿一点儿也不可怕。山里清冽的空气闻起来似乎带着一股圣诞树的气味。那只万人迷囊地鼠终于厌倦了被人围观，爬进洞里躲了起来。路上的汽车和房车也随之开始向前移动。

很快，我们就遇上了第二次堵车，萨默说通过这次堵车就能看出游客的智商。

一群野牛正在一大片空地上吃草。我们前面的车又不动了，这一次是因为有一个穿着人字拖的女人从一辆露营车上跳了下来，此刻，她正大摇大摆地朝着牛群中体形最大、长得最凶悍的一头公牛走去。

只要目睹过此情此景，你就会牢牢记住"笨蛋"这个词，永远都不需要查词典。

黄石国家公园里，警告游客不得接近野生动物的告示牌随处可见，因为这些动物……嗯，是野生的。然而，每年想和美洲野牛一起自拍的傻瓜仍然多得惊人，要知道美洲野牛这种动物不仅毫无幽默感可言，而且一头野牛的体重堪比一辆丰田轿车。有时候，这种冒险行为的后果十分可怕，拍照者被顶伤后往往血流不止。

我可不想目睹这样的情景。李尔显然也不想。她跳下车，朝着那个穿人字拖的女人高声呼喊，想把她叫回来。其他游客也冲她喊了起来。

"停下！快停下！"

"离那东西远一点儿！"

"你疯了吗？别过去！"

那个女人对身后的喧嚣置若罔闻，继续朝着那个长角的大家伙走去。

野牛的视力不好——这也是它们在19世纪差点儿灭绝的原因之一。白人定居者大肆屠杀野牛，很多时候，他们杀牛并不是为了填饱肚子，仅仅是为了满足他们冷酷的玩心。他们甚至会从经过草原的火车上朝野牛开枪。野牛并不会跑开，因为它们根本看不见屠杀自己的凶手。

后来，政府终于立法，禁止杀戮野牛，黄石国家公园野牛群的数量这才以惊人之势恢复。不过，由于现在的动物都受法律保护，所以它们基本都不怕人。

可这并不代表它们喜欢我们。它们不过是在忍耐，而且是勉强为之。

那个穿人字拖的女人走到那头野牛前拍了不少照片，野牛抬起了它那硕大的牛头，一只蹄子开始不断地刨土。这是一个信号，表明野牛已经不耐烦了。那个女人可能觉得野牛不仅笨而且行动迟缓，但事实上，它可以在5秒钟内冲到她身后，将她踩在脚下。

李尔还在冲她喊叫，但其余围观者已趋于平静，仿佛他们都在等着看可怕的事情发生。有些人已经开始拍摄视频。

那名任性的女游客好像和那头公牛说起了话，似乎把它当成了一条迷路的狗。说不定她正在教训它，告诉它该如何摆好姿势配合她拍照。我能看到的就是那头硕大无比的公牛看起来显得十分不耐烦。

我也等得有些不耐烦了。

我从车上跳下来，穿过空地，朝那个穿着人字拖的笨蛋跑去。

那个女人看到我过来立刻变得很生气。"快走开！你毁了我的自拍！"她大喊道。

被堵在路上的人一定都以为我疯了。他们也开始冲我喊起来，我居然在喧闹的叫喊声中听出了萨默的声音。

我继续往前跑去，我和那个女人之间的距离越来越小，直到我感觉到那头野牛正冷冷地凝视着我，我这才停下脚步。那个大家伙将目光从那名无知的游客身上挪开，转而投向另一个冒失的闯入者——也就是我。

　　当我停下来的时候，我离野牛已经很近了，近得我都能闻到它周围的尿膻味，也能感觉到从它身上散发出来的热气。小飞虫和苍蝇正围着它那张阴沉沉的脸飞来飞去。

　　"你在干什么？"那个穿人字拖的女人高声尖叫道。

　　"在救你的命。"我说。

　　"别管我！"

　　那头野牛点了点头，喷出一股鼻息。就算没有任何动物学知识，你也能猜到接下来会发生什么事情。

　　我一把揪住那个愤怒的大笨蛋的腰带，开始把她往后拖。她不小心弄掉了手机，于是，她开始奋力扭动身体，想挣开我的手跑回去捡手机。然而，无论她如何挣扎，我都死死拽住她不撒手。

　　我用余光瞟了一眼那头野牛，它一脸不高兴地注视着我们。它又开始用蹄子刨土，很显然，它已经有了决定。那个女人还在拼命地又叫又扭，甚至开始骂我，可是我比她强壮。我始终没有松开手，直到我们安全回到大路上。

　　她不仅没有感谢我，反而威胁我说要报警把我抓起来。我指向那片空旷的土地，那头公野牛已经把她的手机踩得稀巴烂。"女士，如果你在那儿，你也会被踩得粉碎。"我说，"甚至可能更糟。"

　　她的丈夫红着一张脸，把她拉回到他们的房车上，开车离开了。我回到车上，原以为会被训斥一顿，谁知李尔只对我说了一句话："干得漂亮！"

萨默笑眯眯地望着我："比利，有没有人跟你说过你真的与众不同？"

我们既没见到熊，也没见到驼鹿或狼，不过我玩得很开心。李尔和萨默带我去看了黄石国家公园大峡谷里的一些稀奇古怪的瀑布。我们沿着一条弯弯曲曲的步道走到一个观景台上。刚一走上观景台，我就听到了从峡谷里传来的如野兽嘶吼般的波涛声，我整个人顿时就像被人催眠了一般，站在那儿一动不动。水花拍打在岩石上，激起的水雾飘到了我的脸上，冰冰凉。

步道旁立有告示牌，警告游客不得越过扶手，其原因一目了然，因为人很容易就会从岩石上滑落，跌入数百英尺深的峡谷之中，被奔流不息的水流吞没。萨默说以前发生过这种事情。有些人外出度假打包时偏偏忘了带脑子。

步道旁还有一块写着公园内禁飞无人机的告示牌。我不禁又想起了爸爸，心中疑惑着他正在执行的秘密监视任务是否也包括侦察这条大河。

在回利文斯顿的路上，我一直装睡，直到我们离开汤姆矿工盆地。进城后，虽然已过了午餐时间，但李尔还是带我们去快餐店吃了一顿算是晚饭的饭。我消灭了两个奶酪汉堡，外带一盘堆成小山的薯条。如果妈妈在，她绝不会让我吃这个。昨天晚上我没有给她打电话，因为我不想和她谈论我和爸爸之间发生的那些事。

"我们能打他的卫星电话找到他吗？"我问李尔。

"他不会随时带在身上，因为他不想把电池耗光。"

"但是我们可以给他发消息，对吗？"

"比利，如果你想发的话是可以的。"

萨默说："那就给他发消息。发吧。"

回到家后，李尔给了我爸爸的卫星电话的号码，号码的位数太多，记起来太费劲。我回到卧室给他打电话，电话没有响太久。对方无应答。当语音信箱的哔声响起后，我说了我必须要说的话。那条消息并不长。

之后，我拨通了妈妈的电话。

"你还能记得打电话报平安呀。"她牢骚满腹地说，"请务必告诉我，你有你爸爸的消息了。"

"算是吧。"

我向她描述了我通过爸爸的四轴无人机与他见面的离奇经历，但是我刻意略去了他用无人机给我捎来便签条的那部分。妈妈听完我的陈述后气炸了。

"他竟然没有从树林里走出来见你一面？"

"李尔和萨默也表示这难以置信。"

"我要给那个浑蛋打电话，跟他好好谈一谈！"

"妈妈，我没事。我还见到了一头母灰熊，带着两只小熊。"

"我希望你和它之间保持了安全距离。"

"哦，我们至少隔着1英里远。"我撒谎了，因为我不想让她担心。

"你看到鹰了吗？"她问道。

"今天没有。不过，我会给你发几个极具视觉震撼效果的瀑布视频。”

“你还好吗？”

“我很好，妈妈。真的。”

“我为你爸做的那些事感到很抱歉。我也不知道他的脑袋到底在想什么。也许，我永远都想不明白。”

打完电话后，我一个人从后门溜了出去。撒旦跟着我一路走到河边。一团厚重的云团笼罩在小镇上空。风不小，温度很低，无论是从视觉上还是从感觉上而言，这里都不像是夏天。

我坐在一块平坦的大石头上。那条狗身体里属于拉布拉多猎犬的那一半想跳进河里撒欢，但它身体里属于灰狗的那一半却因为这凉飕飕的天气而紧张不已。撒旦把软绵绵的鼻子凑到我的手上。冰凉的雨点滴落在我的手臂上。

暴风雨正沿着黄石河穿越天堂谷，直奔小镇而来。此时此刻，风暴中心距离小镇只有9英里——这是我通过闪电和雷声之间的时差计算出来的距离。如果我爸爸现在还躲在汤姆矿工盆地里，他一定被淋成了落汤鸡。我希望他的无人机能防水。

我在李尔家发现了一个电视节目，记录的是去年利文斯顿牛仔竞技比赛，节目还列出了所有牛仔的名字，各个牛仔味十足——肖恩、怀亚特、乔希、希斯、罗根、摩根、加勒特、索尔、图特、皮斯托尔、两个科尔和三个科迪。这些人从出生的那一天开始就注定长大后会扳小牛或骑野牛。这是命中注定的。

从成为牛仔的角度来说，我的名字也不赖，只不过在牛仔节目里，主持人很有可能会喊我比利小子。

如果我在这里长大，我应该会有不一样的名字。塔斯这个名字就不错。或者，达斯蒂——这个更好。

"现在登场的是凭借其火暴脾气享誉南北达科他州和蒙大拿州的大公牛'坏脾气的压路机'，骑在它身上的则是危险人物达斯蒂·狄更斯！让我们以蒙大拿人特有的热情和欢呼声来欢迎他的到来！"

雨势很猛，我被浇得浑身不住地发抖。我很同情那条狗。又是一道白色的闪电划破天际，这一次，我刚刚数到"二"，一个炸雷就劈了下来，震得附近的小山丘都为之一颤。风暴中心已经近在咫尺。

在这样的瓢泼大雨中，即便是冠以"危险人物"之名的牛仔也会想尽快找个地方躲雨，但不知为何，我依旧坐在河边那块平坦的大石头上，一动不动，怀里抱着那条全身湿透了的狗。当我在它耳边低语时，我叫的是它最初的名字斯帕西，而不是吃鞋子的撒旦。

又一个闪电球直劈下来，把我们俩都吓得不轻，几乎是在同时，轰隆隆的雷声炸响。我抬起头，瞟了一眼天空，看到一只棕色的大鸟在狂风大作的河面上优雅地盘旋。那只鸟很大，看起来甚至比白头鹰还要大。它的翼展宽度绝对有7英尺。

雨滴重重地打在我的脸上，但我的目光一直追随着那只大鸟。当它第二次从我头顶飞过时，我看到它的双腿上长满了浓密的羽毛，覆盖了除两只利爪以外的所有部位。这些腿羽是识别它的重要证据，也是关键线索——这又是一个大多数普通孩子都不知道的冷知识。

那只乘着河面上的风暴逆风飞翔的大鸟是一只金雕。

也许，就是因为它，我才会一动不动地伫立在风雨之中。我的一部分潜意识早已感知到如果跑回去避雨，我肯定会错过这奇妙的一幕。

突然，一道Z字形闪电划破天空，击中了河对岸的一棵三角叶杨树。接踵而至的炸雷更是震耳欲聋。我俯下身，想为那条可怜的狗遮蔽风雨。石头的表面已经变得又湿又滑。

当我抬起头再次望向天空的时候，那只金雕不见了。

不一会儿，雷声渐息，雨势渐小，厚重的云层乘着风飘远了。撒旦站起来，抖了抖身上的雨水，想把自己甩干。我也站了起来，伸着脖子仰望天空，寻找那只金雕的踪迹。

它飞得很高，令人难以置信的是，它翱翔的身影竟出现在一道道闪电之间，它真的在闪电中穿梭。

我几乎可以百分之百肯定。

以下就是我在爸爸的卫星电话里留下的信息："嘿，是我，比利。还记得你的儿子吗？我大老远跑来就是为了见你一面。你这人到底是怎么回事？"

他依旧没有回我电话。这么长的时间里，他音信全无，如果说他是刻意回避我，我也丝毫不会感到惊讶。

"以前，我们养了好几千匹马。"开口说话的是萨默，"不是自己的，是整个乌鸦部落的。以前，我们部落的马很出名。"

"现在依旧是。"李尔说。

萨默从罐子里拿了块饼干，说："乌鸦部落的集市上有超级精彩的牛仔表演，不过，那和赶着野马群穿越草原不是一回事。"

这些天，我一门心思只想着找爸爸，很少主动询问他的新家人她们的生活情况以及之前的经历。毕竟能够和名叫小雷雨天和追鹰者的人一起生活，对很多人而言，这样的机会毕竟是千载难逢。所以，我多少还是了解到了一些。

李尔说："就把过去留在上游吧。我的曾祖父过去常这么说。可是，这实在太难了。"

萨默将目光投向我："在知道妈妈和你爸爸在一起后，我们家里有很多人都不太高兴。他们也直言不讳地告诉我们——"

"丹尼斯很可靠。"李尔打断了她的话，"他是个好人。"

我沉默不语，但其实我想说的是：好人不会躲着自己的孩子。

萨默把我在河上看见金雕的事告诉了李尔。李尔笑了，说道："哦，我知道那只鸟。"

"它为什么要在如此恶劣的天气里到处飞？"我问道。

"因为它很聪明，不会在雷电交加的夜晚窝在高高的大树上，坐以待毙。"

明天是我在蒙大拿的最后一天，李尔问我明天有何打算。我告诉她我想重返汤姆矿工盆地。她摇了摇头，说她觉得那并不是个好主意。

"我不知道该从哪儿找起。"她说，"他行踪不定。"

之后，当我躺在床上，听着歌单里的歌时，萨默走进了我的房间，那条狗和那只坏脾气的花斑猫跟着她走了进来。

"我和妈妈给你起了个名字。"她说。

我摘下耳机："乌鸦族名？"

"这并不是那种官方认证的名字，就是一种象征性的名字，类似于荣誉名。"

"没关系，说来听听。"

"'大棍子'。"

我很好奇，这个名字的含义是否就和它的字面意思一样呢？我的脸一定很红，因为萨默望着我哈哈大笑，说道："别紧张，这个名字和河有关。当钓鱼向导带着新学员去河上钓鱼，而新学员竟十分擅长飞钓，向导们就会叫这个新学员'大棍子'。"

"可是，我还在学——"

"我们给你取这个名字和你的飞钓技术无关。这个名字是你这个人的真实写照。"

"这么说，这算是一种夸奖？"我说。

"嗯，是的。"

"谢谢。"

"不客气，比利·大棍子。"

我想这个名字应该比蛇小子好。

"我有一个问题。"我对萨默说，"请你不要生气。我妈妈每个月收到的那些支票真的都是你签字寄出去的？"

"我可不会撒这种谎！"

我还是没弄明白："那你是仿照爸爸的签名吗？"

"是他教我怎么签名的。"她说，"如果是他认可的，就不算仿造。"

"可是他为什么要这样做呢？"

"因为他经常不在家，家里总得有人付账单，而妈妈大多数时间都很忙，所以他让我管理他的支票簿。丹尼斯的数学不算太好，而且还有点丢三落四。每个月的10号，他不一定会记得寄支票，但是我不会忘。他知道我绝不会忘记给佛罗里达寄支票——这也是他唯一会过问的支票。他是一个好人，比利。"

"我们不需要就这个投票表决了吧？"我喃喃道。

萨默明白我为何会对爸爸有成见。她并没打算帮他开脱。"看来他得好好解释清楚才行。"她说。

"我们一起回汤姆矿工盆地吧。"

"比利，你这样做就好比大海捞针，而且找的还是一根不想被你找到的针。"

第二天早上，我们朝着我原本计划目的地的相反方向而去。我们在斯普林代尔下了高速，把李尔的船推进黄石河中。这里的河面似乎更宽，水流也不那么湍急。天上下着毛毛细雨，云压得很低，河面看上去就像一大块被砸扁的马口铁皮。

李尔划船，萨默看书，我坐在船头飞钓。当我掌握了正确的节奏后，我的技术突飞猛进。短短几个小时，我就钓到了七条虹鳟鱼和三条切喉鳟。

李尔用渔网兜住最大的一条鱼时，咯咯咯地笑了起来："我必须得说，比利·大棍子还真是名副其实的大棍子。"

萨默的声音从船尾飘来："哈！新手的运气好嘛。"

到了中午，太阳出来了，阳光明媚。李尔在一棵枝叶茂密的三角叶杨树下抛锚停船。河对岸是一处悬崖，崖壁上布满了密密麻麻、数不清的小洞，那些都是燕子窝，一大群毛色光亮的小鸟如飞蛾般在悬崖附近徘徊。

李尔带了通心粉沙拉和火鸡卷作为午餐。萨默烤了一些燕麦葡萄干饼干,我吃了许多,远远超出了我该吃的量。我和她换了座位,这样她就能在下一段河面上钓鱼了。换到船尾后,我有点昏昏欲睡。看到她娴熟而优雅地抛出钓线,我毫不惊讶,看她钓鱼真是一件赏心悦目的事。她第一竿就钓上来一条19英寸长的棕鳟,它像条牛头梗一样奋力挣扎。当它被渔网兜住后,鱼鳞在阳光下闪闪发光,在李尔将它抛入水中之前,萨默冲它抛了一个飞吻。

我们顺着水流漂到了一棵高大的老树下,树顶上有一个白头鹰的巢。我拍了大概十张照片,并马上全都发给了妈妈。我预计她不会立刻回我消息——今天是她开网约车工作的日子,她在开车的时候通常都不会看短信。

这很好。只要能集中注意力,妈妈通常都会表现得很好。

"你把你去找你爸时发生的事情告诉她了吗?"李尔问道。

"他肯定已经说过了。"萨默插嘴说道,"换成是我肯定会说的。"

"她很生气。"我坦承道,"她还数落了他。她说她不想让我再待在这儿,但我知道她这是口是心非。我想她还是希望我们能够建立联系。"

树上的鹰巢实在太高了,我们根本就看不到巢穴的边缘。雏鸟们可以趴在巢里等爸爸妈妈给它们抓鱼吃。

"不管我和爸爸最后的结果怎样,我都觉得自己不虚此行。"我说。

李尔收回船桨:"事情还没有结束呢。"

之后,萨默又钓到了好多条鳟鱼,她再次和我换了座位,回到了船尾。她想看完那本书,而此时距离我们上岸的地方只有2英里的路程了。我很高兴地回到了船头，专心致志地抛出钓线，不去想爸爸。这也是飞钓的另一个好处：它要求百分之百地集中精神，绝对不能分心。

李尔说，她的许多客户都是大城市的商界成功人士，可他们全都拼了命地想逃离工作的碾压。在他们上船之前，她会要求他们全都把手机调成静音，她说在漂流结束时，他们往往都会对她的这一做法深表感谢。我相信她说的话都是真的。

一股顺流的暖风一路陪伴着我们漂流了一整天，但在拐过一个弯之后，空气仿佛瞬间静止了一般。这里的河面十分宽广，水流得更慢了。水面上冒出一个酷似椰子的毛茸茸的棕色物体——萨默告诉我那是一只河狸。它一看见我们就拍打着扁平的尾巴——扑通！钻进水里去了。

我一直盯着水面，等它再次冒出来，好看看它的脸，可是李尔说它很可能正躲在自己的巢穴里。河狸的巢是用树枝做支架的泥巴堆，大都建在小溪的入河口。萨默还说，河狸巢穴的入口在水下。

李尔划船靠近了些，河水静静地从小船旁流过，我又拍了张照片发给妈妈。南佛罗里达绝对见不到野生河狸。

鱼彻底放弃了咬钩，但我也不介意。这是一个不会让人感到无聊的地方。举目望去，目光所及之处，我们是唯一的人类，这种感觉太好了。

萨默首先听到了嗡鸣声，因为我正盯着一群喋喋不休的红翼黑鹂。她一把合上书，说了一句："我简直不敢相信。"

李尔放下船桨，站起来，双手插在屁股口袋里。"这也太戏剧化了。"她皱着眉头，喃喃自语道。

"你们到底在说什么？"我问道。

就在这时，我也听到了那个声音。

是无人机。

它正盘旋在空中，注视着我们，一路顺流而下，朝我们这边飞来。正是它惹怒了那群红翼黑鹂。

李尔朝那架四轴无人机摆了摆手指："打住，丹尼斯！"

要是换作我是爸爸，我一定会留神。

无人机越飞越近，萨默站了起来："你，过来，真是你吗？"

"当然是他！"李尔不高兴地说道。

那架灰色的小无人机微微向前倾斜，继而抬起，如此反复，似乎是在点头。

我想应该轮到我说话了。考虑到他可能是通过摄像头拍摄的画面读唇语，所以我说话的语速很慢。

"爸爸！你——为——什——么——要——这——样——做？"

那架无人机向前滑翔了一段距离，直到它飞到小船的正上方。它飞得很低，我一抬手就可以戳到螺旋桨的叶片末端。我很想伸手去戳它，但我忍住了。只要我碰一下四个螺旋桨中的一个，这架无人机就会立刻失控，掉下来。

可能会正中我的头顶。

"丹尼斯，你疯了吗！"李尔大吼一声。由于无人机此时离我们很近，螺旋桨发出的嗡鸣声也随之变得让人心烦起来。萨默用手指堵住了自己的耳朵。

我盯着无人机摄像头上那个一眨也不眨的眼睛，想象着爸爸正从它后面看着我……他在哪里？他可能站在一座峡谷边缘的高处，也可能站在一片干草地中央，他甚至可能就坐在他那辆皮卡的后座上，这一切都取决于信号的强弱。

有一件事我很肯定：他就在离这儿不远的地方。

"你——在——哪——里？"我对那个隐身的男人大吼。

无人机微微晃了晃，一个小包裹从它下面的内舱里滚了出来。我伸出手想接住它，可是没接住。

扑通。

"不！"我扒住船身，拼了命地去捞那个小包裹，想趁它沉下去之前把它捞上来。

谁知它没有沉。它漂在水面上。

"气泡膜。"李尔嘟囔了一句，快速划动船桨，去追那个顺流而下的小包裹。爸爸的无人机在空中紧随其后。

我从水里把小包裹捞出来，拆开包装。里面有一张字迹工整的便签条和一个小东西，看起来像是某个人的臼齿。

比利，这是你的牙齿，你掉的第一颗牙。

"你是在逗我玩吗？"萨默说，"他现在变成牙仙子了？"

我死死地盯着水面上那架无人机，心中好奇不知爸爸期待我有什么反应。我手里那个微微泛黄的小颗粒很小，的确像是孩子的乳牙，可是这又能代表什么呢？我把它放进口袋里，接着看字条上的最后一行字。

那上面写着：佛罗里达见。

第七章

所以我又回来了，再次回到了打工的超市，帮顾客打包。

从蒙大拿回来后，我曾试着找一份户外工作，让我能自在地做自己，只可惜运气不佳。我们隔壁社区的一个高尔夫球场倒是在招聘景观工人，可是那儿的经理说我年龄太小，不能开乘骑式割草机。他说他们的保险条例不允许他们聘用孩子。

所以我最后又回到了这家超市。贝琳达还在商场打工，妈妈依旧在开网约车。她并没有因为把那个男人赶下车而被炒鱿鱼，但是公司给她规定了试用期。他们说只要再有一例投诉，她就得卷铺盖走人。

超市让我一周工作20小时，我因此有了足够多的自由时间，可以去小镇西部的枯橘树林和牧场的树丛抓蛇。在那里，人们遇到的绝大多数都是条纹水蛇和袜带蛇。不过，在一些干燥的空地上，如果运气好，说不定能抓到斑点王蛇或是玉米蛇。

我如此钟爱抓蛇，最主要的原因就在于静。在耳边响起的除了鸟叫声，就只有自己的脚步声。从我们家骑自行车到那儿要骑很久，所以有时候妈妈会顺路捎我过去。她在我的手机上下载了网约车小程序，当她空载的时候，我就能叫她来接我。

一天下午，我沿着70号公路往回走，一辆破破烂烂的老爷车在路上抛锚了。那车的发动机吭吭吭地响了一阵，听上去就像是洗衣机里被人塞满了碎石头。之后，它又发出了咔嗒咔嗒的声音，紧接着，整辆车都跟着晃动起来，最后车熄火了。

一个年轻的司机从车上走下来。他穿着一件褪了色的黑色套头衫，嘴里叼着一根烟，这表明，他极有可能头脑不太灵光。他瘦削的右胳膊上文着一个亮蓝色的骷髅头文身，那个骷髅头也叼着一根烟。

"那个袋子里装着什么？"他问我。

我打开枕套，拿给他看。

"啊！"他大喊一声，跌跌撞撞地跑到了汽车的另一边。

"它们不会伤人。"我说。

"伙计，我听到了！你个蛇小子。"

那家伙绝对是不讲卫生的典型。他的一口牙齿被烟草熏成了棕色，苍白的皮肤上布满了红斑和痘印。他长着一双棕色的小眼睛，寸头的造型绝非出自专业理发师之手。

我忍不住盯着他的骷髅头文身打量起来。学校里，所有人都在谈论这个。

"嘿，杰玛。"我说。

发现我认识他，他似乎很高兴："哥们儿，你就是那个分到我储物柜的小子，对吧？"

"是的。我能问问柜子里为什么那么臭吗？"

"我就放了些脏衣服和其他东西。"他说。

"哦，不可能。"

"嘿，我当时住在F楼的男厕所里，就是乐队排练室旁边那个厕所。我在那儿待了差不多有半年的时间。"

"你怎么会住在那儿？"

"因为我的继父把我赶出了公寓。我只能把所有东西都放在储物柜里，袜子、T恤衫、护裆……那些东西有的洗过了，有的没有。"

杰玛说了他认为自己被学校开除的原因。"一场足球赛结束后，有人发现自己的吉普车不见了。警察找到了车，可他们又说座位下的笔记本电脑不见了。他们说是我偷的，可是，这一切发生的时候，我明明在我女朋友那儿。她本来也打算替我做证的，可是后来她搬家去了达拉斯。所以，为了争取从轻发落，我只得认罪，然后就成了失足少年。你明白了吧？当整个世界都跟你对着干的时候，你根本无力反击。"

"为什么跟你对着干？"我问道。

"该死的，要是我像你一样，是个有钱人家的孩子，我现在还好好地待在学校里。他们就不会故意整我，把我开除了。"

"我们家并不是有钱人家。你从哪儿看出我们家很有钱的？"

"好吧，随你怎么说。"他说。

我打量了自己一遍，确认自己的穿着和我想的是一样的：一件脏兮兮的T恤衫、一条沙滩短裤和一双沾满泥巴的运动鞋。

"我穿成这样像是会去专卖店购物的人吗？"我说。

杰玛耸了耸肩："反正警察把我带走了。你知道我想说的是什么吗？我敢打赌，你这么聪明，他们糊弄不了你。"

"你的车是怎么回事？"

"风扇皮带坏了。哥们儿，我能借你的电话用用吗？我的没电了。"

我把手机抛给他，因为他根本不会靠近我和我那个装满蛇的袋子一步。他拨了个电话，叫——而不是请——某人来接他。打完后，他把手机从车前盖上滑过来，还给了我。

"你为什么要把储物柜的密码告诉那么多人？"我问道。

"我只告诉了我的朋友。他们翻你的东西了？"

"现在不会了。"

"我听说，你在柜子里放了条该死的蛇。伙计，你这也太变态了。"

"没有人受伤。"

"嘿，你能给我……呃……5美元吗？"杰玛的目光再次落在我手里的枕套上，"没有就算了。"

"警察后来找到那台丢失的笔记本电脑了吗？"

"我都不确定他们是不是真丢了笔记本电脑。你懂我的意思吧？"

"伙计，以后见。"我迈开步子，准备走了。

"哥们儿，你真名叫什么？"他从后面喊了一嗓子。

"比利·大棍子。"

"有什么特别意义吗？"

"听说过乌鸦族印第安人吗？"

"你说的是棒球队的名字？"

我转过身："对了——香烟会阻塞通向你大脑的动脉血管。你真该戒烟。"

杰玛漫不经心地朝我挥挥手，吐出一个烟圈。

我沿着马路走了一阵才停下来给妈妈打电话。几分钟后，我听到身后传来了车喇叭的嘀嘀声，一辆锈迹斑斑、轮胎磨得溜光的运动型多功能汽车疾驰而过，坐在副驾驶座上的杰玛冲我微微一笑。那辆车的驾驶员正低着头，专心致志地发短信。

看到他们丝毫没有要停车载我一程的意思，我竟没有丝毫的不悦。事实上，我反倒松了口气。

最后，妈妈终于来了，我上了车。一个中年男人坐在后排座上。他穿了一件连锁餐厅的短袖制服，我以前从没见过他。

"比利，这位是兰多夫先生。我要送他去上班。"

"嘿，比利。"兰多夫先生说，"我小姨子借了我的车，所以我现在只能坐网约车上班。"

我扭过头，瞪大眼睛望着妈妈。她摆出一副很认真开车的样子。当她车上有付费乘客的时候，她应该不能搭载自己的家人。

"袋子里装的是什么？"听起来她的那位乘客似乎心情不错。

"没什么。"我妈抢先答道，"他的午餐。仅此而已。"

她可不想可怜的兰多夫先生从她这辆时速55英里的车上跳下去。一旦他知道那个枕套里装满了蠕动的爬行动物，这样的事情极有可能会发生。

我没有揭穿她："是，就是我的午餐而已。"

当妈妈把兰多夫先生送到餐厅之后，我提醒妈妈最好遵守公司章程，这很重要。她装出一副十分认同我的态度，但我知道她心里并不这么想。

"我只是不想让你再遇到任何麻烦。"我说。

"你是个好孩子，你担忧的事情太多了。"

"可你还是打算按自己的方式行事，对不对？"

她说，她今天看到有一架小型无人机在我们家前面飞。"我发誓它一直跟着我到了邮局！"

"那架无人机长什么样？"

"灰色的。"她答道，"底部有一道黑色的条纹。"

"你确定是灰色的？"

"它让我想起了你爸爸。"

"很多人都有无人机。"我说。

"是啊，我也知道，可是那架无人机为什么要跟踪我呢？"

"妈妈，很可能是某个邻居家的小孩在跟你闹着玩儿。"

我依然没有跟她提起爸爸用气泡膜包的那张小字条上写的内容：他会来佛罗里达。万一他不来，实在没必要再刺激她。我都不确定她是否想见他。

回到家，妈妈走进厨房准备晚餐，我径直走向车库。在那里，我打开枕套，把我今天抓的四条蛇放进一个大鱼缸里。之后，我开始在一堆纸箱里翻来翻去，最终找到了我想找的东西。

我的弹弓。

从蒙大拿回来后，我做的第一件事就是骑车去了牙医诊所，把爸爸用无人机送来的牙齿拿给我的牙医看。

"这肯定是一颗人类的臼齿，而且肯定是孩子的乳牙。"她说，"可是我不能保证它是你或任何一个人的牙齿。"

"DNA测试呢？"

"比利，我们这儿做不了。很少有人会提出这种要求。"

我回来已经一周了，但我始终没有把牙齿的事情告诉妈妈和贝琳达。别担心——我没有把它藏在枕头或别的东西下面。我把它藏在一个塑料盒子里，那里面放着我几乎已经不用的牙齿矫正器。

不过，就当那颗牙真的是我的，这就能证明爸爸很关心我吗？仅凭他这么多年来一直珍藏着这颗脏兮兮的小乳牙，就说明他在乎我？

要想证明这点，他还得做得更好。

一天早上，我正在超市里帮人打包，看到了金，那个在学校里被长曲棍球队队员欺负的男孩。他和一个年龄比他大但长得几乎跟他一模一样的男人站在一起，他们正在排队等待打包。他叫那个男人"老爸"。

看上去金已经完全从那次打击中恢复过来了。他眼睛上的瘀肿消了，耳朵上的创可贴也不见了。给他们打包时，我尽量不去看他和他老爸，他们买了一加仑低脂牛奶、一包散装的鸡胸肉、一根长叶莴苣、两罐冰激凌（一罐香草口味、一罐巧克力口味）、六个西红柿、一瓶黑豆、一包胡萝卜……

可是金认出了我，气氛顿时变得有些尴尬。只要我俩任何一个人开口说话，金就不得不向他爸爸解释我俩认识的经过。他可能并不想谈起那天在学校大厅里发生的事——我自然也不想和任何人聊起这件事。

最终，我俩对视了一眼。

他冲我点点头，我也点点头。谁也没说话。

金和他爸爸拎着购物袋走出了超市。

我觉得自己处理得非常好，直到我低下头看了一眼收银台，才发现自己漏装了一件小商品：牙线。

一盒上了蜡的薄荷口味的牙线。

说实话，我不敢相信自己竟然漏装了商品。

收银员把那个小盒子递给我说："去把它交给顾客。快。他们付过钱的。"

我只得一路小跑追到停车场，找到金和他爸爸。他们正在把东西放进后备厢。我走过去，说道："很抱歉，我刚忘了装这个。"

我说话的语气十分礼貌，但听起来十分别扭。金望着我，我身上还围着一条傻乎乎的绿色围裙。他爸爸接过牙线，想给我1美元当小费，但我立刻摇头，说道："不，先生，没这个必要。"

我转过身，飞快地朝超市大门跑去。

"嘿，多谢啦！"后面传来一个声音，一个孩子的声音。

说话的是金，不是他爸爸。

我没有回头。"不客气。"我稍微侧着头，朝后面说道。

我下班后，妈妈顺道把我接回了家。在回去的路上，我突然问，当我和贝琳达还小的时候，家里扮演牙仙子的是她，还是爸爸。

"通常都是我。"妈妈答道，"你直到5岁半才掉第一颗牙。那时候，丹尼斯已经走了。"

"哦。"

"那时候，他早就去追寻他的西部大冒险梦了。"

"好吧。"

"你怎么突然问起这个了？"

"没什么。"我答道。

回到家后，我直接走进我房间里的卫生间，从我的牙齿矫正器上拔出那颗黄色的小臼齿，扔进马桶，放水冲走了。

之后，道森来了，我的心情依然很差。贝琳达邀请他留下来和我们一起吃饭。说这话时，她特意抓着他的手，想以此提醒妈妈：看到我有多在乎他了吧？求你千万不要再让我们搬家了。

我很想告诉姐姐，她完全没必要秀恩爱。妈妈至今还没提过要搬家的事情，因为那两只白头鹰还幸福快乐地生活在印第安河旁的那棵大树上。每个星期天的早上，我们一家都会去看它们。从某种程度上来说，这就像是我们每周一次的礼拜。

"下次我们去看鸟的时候，道森想跟我们一起去。"贝琳达说。

妈妈正在烤猪排，她表示没问题。

"记得带望远镜。"我提醒道。

"伙计，我有更好的装备。"道森说，"我带上我爸的相机。那可是我爸花1万美元买的镜头哦！"

"哇。那个镜头是用钻石做的吗？"我面无表情地问道。

"那是500毫米的长焦镜头。"

"这么算的话——那就是1毫米价值20美元？"

贝琳达说道："比利，闭嘴。"

我知道摄影器材价值不菲，可我就是不喜欢听人吹嘘炫耀。道森很蠢，他甚至都听不出我是在调侃他。

妈妈问他的爸爸是不是一名职业摄影师。

"哦，不是，他是个风险投资人。"道森答道，"他专门给刚成立的科技公司投资。你们懂的，就是那种未来能成为谷歌的公司！"

我实在听不下去了，溜了出去，练习打弹弓。邻居家有一棵高大的椰子树，上面结满了绿色的椰子。我用的是小铜珠，射到坚硬的表面后会安全地反弹。我射得非常准。

当然，那些椰子就那么挂在树上。这和瞄准移动的目标可不一样。

道森溜达到前门，问我在干什么，就好像他看不出来似的。他瞟了一眼弹弓，说道："哥们儿，给我试试！"

我明知这不是个好主意，可一时间我找不到理由拒绝他。我想，我大概是不想让这个人难堪。

"你以前玩过弹弓吗？"我问道。

"你开什么玩笑？我堂兄有一个真正的钛合金弹弓，玩起来可带劲了！"

"呃，我这个就是用老橡木做的。"

"比利，看我……学着点儿。"

道森从我手里夺过那把木头弹弓，从罐子里抓了一把小铜珠。他第一弹连树都没射中，只听到扑通一声，那颗小铜珠掉进了邻居家的游泳池里。道森的第二弹砰的一声打在了树干上。他的第三发子弹直接落在了他的脚边，因为他的手指被橡皮筋缠住了。

最后，他终于射中了一片大大的叶子。接着，他又连射了两次。

"好了，我玩腻了。"他说，转而开始瞄准一直趴在樱桃树下望着我们的花猫。

我没法说接下来发生了什么，因为一切都发生得太快了。我的膝盖顶在道森的胸口，他倒在地上，看起来似乎连话都说不出来了。

我从道森的手里夺过弹弓，将它丢到一边。我的动作一点儿也不温柔。那只猫则趁机溜走了。

虽然道森的块头比我大，但是他根本打不过我。他恼羞成怒，脸憋得通红，急促地咳嗽着。就在他朝我挥拳打来的时候，我一把握住他的两只胳膊，说道："你只要喊一句，贝琳达就会听到。我想你也不想让她看见我俩这样吧？她的男朋友被她弟弟打倒在地？"

道森放弃了，大口大口地喘气。他的脸色渐渐恢复了正常，但他看起来依旧是一副怒气冲冲的样子。

"你为什么要去射别人的宠物猫？"我问道，"这样做有意思吗？你真可悲。"

他张嘴想回答，却什么也没说。他的目光越过我的肩膀，朝我身后望去。

那不是鸟。我听到了小型螺旋桨发出的嗡鸣声。

道森伸长了他那汗涔涔的脖子，想看得更清楚一些。

"那玩意儿在干什么？"他喘着粗气问。

我松开他，站起身，捡起我的弹弓。

"你，回屋去。"我说。

说完，我抓起了一把铜珠。

第八章

"爸爸，是你吗？"我问那架灰色的四轴无人机。

愚蠢的问题。除了他还有谁会监视我们？

"吃饭啦。"屋子里传来了妈妈的声音。她看不到外面。

"马上就来，妈妈。"

我拿了一颗铜珠，用橡皮筋勒住，然后举起弹弓，将那条粗粗的橡皮筋用力地向后拉。为了抵消侧风的影响，我瞄准的是无人机中央略微偏左一点儿的位置。第一颗铜珠射得太高了。那架无人机立刻升高了一些。

我重新装好铜珠。这一次，啪的一声，我听到了金属与塑料相撞发出的清脆的撞击声。有东西从无人机的顶部掉了下来，像片树叶一样，轻飘飘地落在地上。

原来是螺旋桨的一瓣叶片。

那架无人机歪歪扭扭地向下飞去，最终落在我家院子中央的草地上。我跑过去，捡起它，把它拿进车库。走出车库时，我拉下了车库门。

吃饭时，道森一直不敢直视我。他害怕我把他想打猫这件事告诉贝琳达。

和以往一样，餐桌上主要是贝琳达和妈妈在说话。今晚的谈话主题是现代文明社会里的不礼貌行为。今天，贝琳达在商场遭遇了一段极其不愉快的经历，一名顾客因为她数零钱的速度太慢就对她大发雷霆。

今天，妈妈把猪排烤煳了，可我什么也没说。古人发明刀不是没有原因的。

"院子里有只猫。"我漫不经心地说道，"一只很可爱的小花猫。"

坐在我正对面的道森突然变得脸色苍白，原本举着叉子、想把肉送进嘴里的手也停在了半空中。

妈妈说："哦，那一定是戈麦斯太太家的猫。"

我点点头："它叫什么名字来着？"

"麦芬。"

"它不是应该待在家里吗？"我姐姐说，"它可能又从后门溜出来了。"

道森终于把那口肉塞进了嘴里。他盯着自己的盘子，讪讪地嚼着嘴里的肉。

我才不会这么轻易放过他呢。

"戈麦斯先生去世多久了？"我问妈妈。

"他应该是刚过圣诞节没多久就去世了。"

"一切就像是昨天刚刚发生的。真令人伤心。"

"一场悲剧。"妈妈附和道。

"是心脏病发作。"贝琳达告诉道森，"就在他们的最后一个结婚纪念日，他把麦芬送给戈麦斯太太，作为她的纪念日礼物。你能把土豆泥递给我一下吗？"

道森看起来恨不得立刻丢下刀叉，钻到桌子下面去。换句话说，这是他罪有应得——差点儿就用弹弓打了一个心碎的寡妇最爱的宠物。我姐姐如果知道他的所作所为会立刻甩了他，所以此刻的他只希望我能保持沉默。

我也不是不能保持沉默，但前提是从现在开始，他得表现得像一个值得尊敬的人。

"留点儿肚子，还有甜点呢。"妈妈说，"我做了青柠派。"

就在我和贝琳达收拾餐具的时候，门口传来了敲门声。我的心顿时跳得飞快，因为我觉得来人一定是丹尼斯·狄更斯。这位神出鬼没的爸爸一定是来取他那架价值不菲的四轴无人机的。

妈妈准备去开门，但我抢先一步冲到了门口。

门口台阶上站着一个男人，但不是我爸爸。那人很年轻，上身没穿衣服，胳膊被晒成了古铜色，头发根根分明地支棱着。他那辆五颜六色的厢式货车顶上绑着两块冲浪板。

"嘿，"那个年轻人说，"你有没有看到一架无人机？"他一边说，一边举起被海水泡得发皱的双手，比画着无人机的大小。

我听到妈妈问我门口是谁。

"一个邻居。"我答道，然后走出门，和那个冲浪的哥们儿聊了起来。

所有人都叫他瘌子。我以前经常在镇子上看见他的沙滩车。

瘸子告诉我，他正在练习如何控制四轴无人机，结果信号"突然没了"，无人机也失控了。

我从口袋里掏出那片坏了的螺旋桨叶片，放到他手里。

他看了一眼，说道："情况不妙啊。"

我打开车库，拿出无人机。"它坠落在我家的院子里了。"我说。

"该死的。"他接过无人机，摇摇晃晃地朝卡车走去。我注意到他走起路来并没有一瘸一拐的，不禁有些好奇他这个外号的来历。

"回见，哥们儿。"他说道。

现在到了我做决定的时候了，按照妈妈的说法，我正站在道德的十字路口。瘸子并不知道他的无人机遭遇了什么，让他以为这就是个机械故障显然对我更有利。

可是，想起自己做的那些事，我感到很难受。于是，我快步追上他，对他说："嘿，等一下！非常抱歉，是我用弹弓把你的无人机打下来的。我想帮你出维修的费用。"

他的脸上立刻换了一副表情，不是愤怒，而是好奇。

"你为什么要打它？"他问道。

"因为我以为它是另一个人的无人机。说来话长，兄弟。不管怎样，我想给你些钱去修好它。"

瘸子耸了耸肩："伙计，你就别操心了。要是我家门口有这么个嗡嗡叫的东西，我可能也会把它给打下来。"

他冲我微微一笑，把那架无人机放在卡车后面。"你一定是个打弹弓的职业玩家。"

"就让我出钱帮你修好吧。拜托了！"

"不用了。换个螺旋桨花不了几个钱。没事的。"

他打开门，跳上车，他的卡车里飘来一股混杂着防晒霜味和汗馊味的臭味，副驾驶座上有三个空的啤酒罐和一件背心。

"你可以开车吗？"我说道。

瘸子咯咯地笑了起来，挑起眉毛："哥们儿，你是在逗我吗？"

他这话说得就好像我对成年人的生活一无所知一样。

我问他是不是在用这架无人机拍摄冲浪视频。他想了一会儿才回答说："是的，那是当然。"

他开车走了，车开得还挺稳。一想到我打坏了他的无人机，他本可以生气——甚至冲我发火——但他没有，我心里就很不是滋味。他的反应十分冷静，这让我感觉怪怪的。

在回去的路上，我迈过一块翻起的草皮，就是那架无人机坠落的地方。这时，我发现草地上有个亮闪闪的小东西，之前并没有没留意到。那是一块长方形的塑料片，很薄。我把它捡了起来，立刻就知道它是什么了。塑料片上印着"64G"。

这是一张记忆卡，一种电子存储设备。手机里就有这种记忆卡。照相机里也有这种记忆卡。

无人机也有。

我把它放进口袋，快步跑进屋，想去帮她们收拾餐具，可是所有餐具都已经洗刷干净了。妈妈在打电话，贝琳达和道森正在看一档蹩脚的真人秀节目：五个讨厌彼此的超级模特流落到了一座没有水疗馆的太平洋小岛上。我直接回到自己的房间，锁好门。

就在我等笔记本电脑开机的时候，我猛然意识到瘸子的卡车里少了一样东西，按理说它应该在车上——四轴无人机的遥控器。

我把记忆卡插进电脑，发现文件夹里有两段视频。最新的一段时长为4分20秒，记录了它从起飞到坠落这段时间里拍摄到的画面。看到视频一开始的画面，我马上就认出它的起飞地点是在附近的一座城市公园里。最后，我认出了那个拿着弹弓瞄准无人机的小孩。我被自己脸上冷峻的表情吓了一跳。

另一段视频更长，时间标记显示它拍摄于昨天早晨。在缓缓升起的无人机镜头里，我看到印第安河潟湖边一条公共船用坡道。坡道上，船只熙熙攘攘，有上有下。我去过那里。根据拍摄时阳光的角度，这架无人机应该选择了一条向南飞行的路线。它从帆船、摩托艇和捕鱼船上一掠而过。渐渐地，它放慢速度，最终停在了河岸边一排澳大利亚松树的上方，这画面看起来也很熟悉。

无人机悬在空中，机上的摄像头开始依次扫视那些树。

就在那儿！在一棵快枯死的松树上，我看到了——那个鸟巢。

在另一棵树上，被妈妈视如珍宝的两只白头鹰中的一只出现在镜头里。它高高扬起雪白的小脑袋，一双眼睛紧紧地盯着那个闹哄哄的入侵者，眼神中满是疑惑。

另一只鹰栖息在旁边的一棵树上，它正忙着啄碎一条已经死了的胭脂鱼。

伴随着一声唳叫，第一只白头鹰直冲云霄。镜头猛地向上一抬，意味着那架无人机突然转了个弯，似乎是在和鹰比赛。画面中，一个上下摆动的黑影正紧追不舍，但是无人机飞得太快了——那只鹰根本追不上。

我很想知道，那只鹰究竟是饿了，还是被无人机惹怒了，所以才穷追不舍呢？

在回船用坡道的路上，那架无人机一会儿下沉，一会儿左摇右摆，就像一只喝醉了的果蝠。摄像机一直在拍摄，我凑近屏幕前，仔细地观察降落的画面：

地上站着一个男人，手里握着遥控器。随着无人机缓缓下降，画面中那个男人的影子不断放大——越看越不像那个叫瘸子的冲浪者。

我从电脑里拔出那张记忆卡，冲出家门。我跑得飞快，快得妈妈都没来得及问我要去哪儿。

有一次，我眼看着一个男人故意骑车从一条蛇身上碾过。那是一个周六的清晨，一条很小的王蛇趴在斯特拉斯曼的道路中央。它很小，根本不会伤害人。路上没有车，只有我一个行人，当时，我拿着钓鱼竿。

我快步跑过去，想把它放到路边，就在这时，一个骑着明黄色摩托的浑蛋从中间车道呼啸而过，直接从蛇的身上轧过去。之后，他还放慢车速，回头看了一眼，确认自己正中目标后立即加速，扬长而去。那人没戴头盔，就在他回头的一瞬间，我看到了一张胡子拉碴的脸以及脸上那得意的笑容。

蛇的神经系统不仅长，而且在体内曲曲折折，所以即便是受到重伤，蛇也不会马上死去，只是过程十分痛苦。我把这条濒死的蛇放在路边的树丛中，一直等到它不再蠕动才离开。之后，我抓了一把泥土盖在这条黑金相间、十分纤细的小蛇身上——这算不上是一次正式的葬礼，但当时我的确有点着急。

那里离我家不远，我一路小跑回到家，骑上自行车，开始在我们社区的每条街道上转悠，然后前往隔壁社区。最后，我终于找到了那辆明黄色的摩托车。它停在一栋平房前，那栋房子的屋顶和墙面十分破旧，亟待翻新。那个头发乱蓬蓬的骑手正坐在门前喝饮料，手里拿着一部手机。他压根儿就没留意到骑车经过的我。

后面发生了什么并不重要。我只听说，那个家伙离奇地出现在了一条水沟里。他去了警察局，结果发现他有十七张未缴的交通罚单，所以现在，他只能骑着一辆自行车在镇上溜达。

这个事告诉我，在追踪某件事的时候，无论你要找的是一条蛇，还是一辆摩托车或一辆彩虹色的沙滩车，耐心很重要。

我发现瘸子的家和我们家之间只隔着八条街。我在一栋公寓楼旁的一棵橡树下看到了他的卡车，当时，天还很亮。瘸子住在那栋楼里的第二间，我敲门，来开门的瘸子看到我后吃了一惊。

"哥们儿，有事吗？"他的语气十分友好，但语气中带着一丝羞涩。

"给你，我找到了这个。"

我拿出那张记忆卡。瘸子眯起眼睛，一头雾水地望着我。

"这一定是在你的无人机落地时掉下来的。"我说。

"是吗？哦。"

"你知道这是什么吧？"

瘸子噘着嘴："嗯，当然。我肯定知道……这是……你也知道的……就是那东西……"

我侧过身，从他身旁闪过，直接溜进了房间："好吧，他在哪儿？"

癞子转过身："嘿嘿，伙计，谁？什么在哪儿？"

"那架无人机的主人。"

"我都不知道你在说什么——"

"就是那个给你钱，要你去我家拿回无人机的人。"我说。

癞子哼了一声，低头看了看自己什么也没穿的双脚，又看看我。

"听我说，伙计——"

"不，你听我说。"我举起记忆卡，在他面前晃了晃，"这不是'那东西'，这是一个储存照片和视频的迷你数据存储器。任何一个玩无人机的人都知道。说起这个，你的无人机呢？癞子，你的那架四轴无人机呢？"

"我的什么？"

"哦，别装了。"我在房间里转了一圈，确切地说，这里什么都有：冲浪板、浅水滑水板、滑板、快餐店送的泡沫卡通玩偶以及一堆臭气熏天的脏衣服。

就是没有无人机。

"伙计，你给我出去。"癞子说，他的块头比我大许多，我完全不是他的对手。

"除非你告诉我他在哪儿。"

"嘿，你觉得我像泄密的老鼠吗？"

坦白说，癞子看上去的确像是一只160磅的超级大老鼠。这话的确不太好听，可事实就是如此。我对冲浪者没有任何偏见。我姐姐班上有个狂热的小型滑水板冲浪爱好者，他冲浪技术高超，考试成绩不是A就是B，考上了加利福尼亚大学圣地亚哥分校。

我猜，瘸子应该算不上是学生吧。

我冲他笑了笑，说道："你的车牌八个月前就过期了。你运气不错，没有被警察逮住。"

他双手抱着脑袋："哥们儿，你为什么要查我的底细？你今年几岁？13岁？你在吓唬谁呢？"

"我只是一个遵纪守法的好公民。"我答道，"我只想找到我爸爸。"

瘸子很努力地想把我给的这些信息拼凑起来，脸上的表情也随之变得阴晴不定。

"他给了你多少钱？别担心，你不用把钱还回去。"

"20美元。"他嘟囔了一句。

"你是怎么遇到他的？"

"我把车停在路口那家薄饼屋门前，他开车停在我旁边，问我想不想挣一点儿容易的快钱。他显得特别着急，说他的无人机坠毁了，想要我去帮他捡回来。"

"你难道没想过他为什么不自己去？这难道不奇怪吗？"

"哥们儿，人本来就是很奇怪的。我不想评判任何人。"

我描述了爸爸的长相，瘸子说听我的描述应该就是他。我费了好大劲才让自己保持冷静。"他开的是不是一辆红色雪佛兰大皮卡？"

瘸子点点头："车上一层灰。我的意思是看起来脏兮兮的。"

瘸子在这方面显然是个行家。

"你拿了无人机后就回薄饼屋了？"我问道。

"不是的，我去的是1号公路旁的一家汽车旅馆。他给了我20美元，然后我就回家了。对了，我没有直接回家，我顺路去……买了点儿东西。"

瘸子买的东西正堆在餐桌上：一罐薯片和一打啤酒。

"哪家汽车旅馆？"我问道。

"我忘了叫什么。"

"那你带我去。"

"什……什么？"瘸子抱怨道，"小兄弟，你就放过我吧。"

"我把自行车放在你的卡车后面，你把我送到那儿就行。咱们走吧。"

瘸子把两条晒成棕色的胳膊抱在胸前："那人真是你爸爸？"

"对。"

"可是他为什么要监视你？这说不通啊，哥们儿。"

"的确说不通。"我说。

第九章

夕阳西下。我的自行车停在紫鹡鸰汽车旅馆前,我坐在车上。放眼望去,根本看不到挂着蒙大拿车牌的雪佛兰皮卡。

我把手机举到耳边,等手机那头的萨默接电话。电话没人接。我至少给她发了九条短信,可是她始终没回我消息。

我拨通了第二个电话,这次是打给李尔。

"嘿,比利·大棍子!"她接起电话就说道。

"我本来想给萨默打电话的,可是——"

"她去米尔克里克远足了。山里没信号。"

"我打电话是为了我爸爸。他在佛罗里达?"

"这我还真不知道。"

"在河上,他留下的字条说他会来这儿,但没有说明时间。我没跟你说是因为我觉得这可能就是他的……你也懂的……缓兵之计,不想让我难过而已。"

李尔说她已经好几天没跟我爸爸通过电话了。"他说他又有任务，要离开几天。和以前一样，他也没说要去哪儿。"

我把那架神秘的四轴无人机的事告诉了李尔，还提到了瘸子和那辆满是尘土的皮卡。

"他……还有他的那架无人机。"李尔无奈地叹了口气，"他怎么就不能像个正常人一样，走到你家门口，好好地打个招呼呢？"

"对不起，我得挂电话了。"我从自行车上跳下来，躲到公交车站的长椅背后。

一辆红色皮卡驶进了汽车旅馆的停车场。一个瘦瘦高高的男人打开门，从驾驶座上跳了下来，手里拎着一个白袋子。天色太暗，我根本看不清他的脸。

我本想大喊一声"爸爸"，可是一张口声音却沙哑了。

真可悲。

那个男人走进了一层的一个房间里。房间里的灯刚亮，窗户上的百叶窗就唰的一声全关闭了。

我的手机在振动。是妈妈的电话，但我没有接。

我用颤抖的手指给她发了条短信："我在德克斯家。"

"别玩得太晚。"她回我。

"好。"

坦白说，我根本就不认识什么德克斯。事实上，我身边也没有人认识叫这个名字的人。如果我是个撒谎高手，我肯定能给这个假朋友编一个听起来更常见的名字。

我把自行车锁在长椅上，悄悄摸到那辆皮卡旁。车上挂的是蒙大拿的车牌，两个后轮胎都是新换的，车上积了一层沙土。不过，挡泥板上有个硬币大小的洞，我记不起来在汤姆矿工盆地看到爸爸的皮卡时，是否见到过这个洞。也许，这就是那声枪响留下的洞，所以林业局巡警才会接到报警去巡视，这才在路上遇到了想搭便车的我。

今晚的车很多，我很担心来来往往的车灯会暴露我——像个小偷一样，猫着腰蹲在汽车旅馆门口。我快步躲进黑暗处，在心里盘算着下一步的行动，结果发现我并非一个人。两个身材魁梧、穿着T恤衫的男人正斜倚着墙，你一口我一口地喝着同一瓶酒。

"把钱交出来。"其中一个人随口说道。

"你开什么玩笑？"

"快拿钱。"另一个人咕咚咕咚地喝着酒，含混不清地说道。

我看不清他们的脸，但是听他们说话的口气似乎不是在跟我开玩笑。

"我没有钱。"我说，这也是事实。我攥紧了拳头，可是我的身体却在发抖。

第一个说话的人一把揪住我胸口的T恤衫。他身上带着浓浓的烟味和烂水果的味道。"把口袋里的钱都掏出来，否则，我们就打得你屁股开花。"

"嘿，我可不这么认为。"

我几乎可以肯定我听到的绝不是自己的声音。

那人松开了我，往后推了一步。我想动，可动不了。

"我会让你们两个浑蛋吃不了兜着走。"那个声音说道，现在，我已经知道是谁在说话了。

那两个抢劫犯灰溜溜地走了，边走还边骂骂咧咧的。一只手搭在我的肩膀上。

"你没事吧，蛇小子？"

"我很好，谢谢你，杰玛。"

杰玛从暗处走了出来，这时，我才看到他的右手握着一把匕首。他伸出一根手指，将刀折叠起来。"虽然这不是响尾蛇，"说这话时，他很努力地挤出一个微笑，"但我保证它也能咬人。"

"你救了我，不然我就得去医院了。"

"回家吧，兄弟。这可不是你该待的地方。"

杰玛转身，悠闲自得地走开了，那情形就好像整条街都是他的地盘，他说了算一样。我一直目送他，直到他拐弯，看不见为止。也许，他觉得自己欠我一个人情，可我不过就是在他的车抛锚的时候借了电话给他而已。这和他刚刚为我做的这件事根本不能相提并论。

我深深地吸了一口气，走到那个房间前，敲了三下门，等人来开门。结果，什么也没发生。

我又敲了敲门，这一次我敲门的力气大了许多。

"爸爸，是我！快开门。"

屋子里一点儿动静也没有。难道他睡着了？又或者他就在里面，故意不出声，等我离开？

咚，咚，咚。

我不会放弃的，丹尼斯。出来面对一切吧。

咚，咚，咚，咚，咚，咚，咚！

除非他昏迷不醒，否则他不可能听不到。

我退回到暗处，整个人靠在墙壁上，我其实有点担心之前那两个劫匪会回来。我并不确定我是否来得及在被他们打晕前报警。

几分钟后，那个房间的门开了。有人从里面探头出来，但立刻又消失不见了。过了一会儿，一个男人从房间里走了出来，迈着大步朝那辆红色皮卡走去。

我上前一步，大喊道："嘿，你，等一下！"

那人有何反应呢？那个和我有着血缘关系的人是怎么做的？他竟然跑了起来。

真是不可思议。

"你疯了吗？"我在他身后大喊道。

他朝后面瞟了一眼，但是并没有放慢脚步。只可惜他跑得并不快，我很快就追上去，从后面抱住了他。

这就是我们父子俩的见面方式——我俩抱在一起，沿着1号公路一路滚了下去。

当我终于按住他后，我说："爸爸，你到底是怎么回事？"

他像条老狗一样气喘吁吁地说道："比利·狄更斯，是你吗？快放开我，儿子。"

"你还会再跑吗？"

"我们最好还是趁有人报警前赶紧离开这里。我们俩看上去就像是两个醉汉，打架打到了马路上。"

"不。摔跤部分到此为止。"我说，"接下来的环节是你调整好呼吸，然后说你为离开自己的亲生骨肉感到很抱歉。"

"比利，你吓了我一跳。我发誓我不知道敲门的人是你。"

我一直紧紧地抓着他，直到我确定他已经精疲力竭，不可能再逃跑，我才松开手。

"你一个人来的？"他问道。

"不，爸爸，我还带来了一支特种部队。"

我把他从地上拉起来，我俩一起回到了汽车旅馆他的房间里。在灯光下，他长得和我在李尔家看到的照片里的一样——只不过，今晚他穿了一套有点皱的黑色西装和一双黑色皮鞋，西装里面穿的是一件领尖有纽扣的白衬衣，脖子上的黑色格纹领带已经被扯歪了。

"你这是要去参加葬礼吗？"我问道。

"其实，我正打算去见你。"他说，"还有你姐姐。说实话，我真的特别紧张。所以我才让四轴无人机先去探路——我可不想当我站在你家门口的时候，我看到的却是你妈妈男朋友吃醋的目光。"

刚才的一番缠斗使爸爸原本就湿乎乎的头发乱成了鸡窝。他的脸很红，汗涔涔的脸颊看起来油光锃亮。我指着放在地上的无人机，问道："我是不是第一个朝它射击的人？"

"不是，但你是第一个把它打下来的人。"他的呼吸依旧很急促，"幸好你手里拿的是一把弹弓。"

"朝你的皮卡开枪的人是谁？"

爸爸苦笑着说道："这就是他们所说的职业风险。"

"那你的职业是……"

"天啊，你妈从没跟我说过你会打橄榄球。"

"我不打橄榄球。"

"那你是从哪儿学会的从背后抱人那一招？"他揉了揉左

106

腰，"我觉得你撞到我的肋骨了。"

他的声音听起来十分耳熟。难道是我的大脑从一开始就记住了这个声音——早在他离开我们之前？这可能吗？

"你为什么不开门？我敲了那么久！"

"我当时正在洗澡。"他伸出右手，"儿子，见到你我很高兴。"

我俩握了握手。我很不自然地冲他点点头："我也很高兴。我的意思是，能够亲眼见到你本人，我很高兴。"

我内心的愤怒之情应该比我感觉到的更加强烈，但是我也承认，虽然和爸爸第一次相见的过程有些疯狂，但我整个人都轻松了许多，心里的那块大石头终于落了地。至少，我们没有挥拳相向。

电视机上放着一个印有麦当劳标志的白色纸袋，纸袋敞着口，整个房间里都弥漫着一股薯条的味道。房间的一个角落里放着一个大大的黑色旅行袋，拉着拉链。

我坐在床边，床垫的质量很差，凹下去一大块。我爸爸还站着。他用手捋了捋头发，又拍了拍膝盖上的尘土。

"我正准备去你家向你们道歉。"他说。

"为你做过的所有事情？哇。"

"你觉得你妈妈和姐姐会想见我吗？"

"你来佛罗里达就是为了这个？"

"你是说正式露面？我来这儿其实也是为了公务。"

我们的谈话终于有了实质性进展。

一只硕大的蟑螂从柜子里钻出来，趴在地上，向前爬去。这时，爸爸说道："比利，由你做主。"

我走到门口。他打开门，我俩一起目送着这个棕色的"逃亡者"仓皇逃进了夜色之中。爸爸关上门，笑了。

"大多数人都会一脚踩死那东西。"他说。

"我不想弄脏这块漂亮的绿地毯。在蒙大拿的时候，你为什么不从树林里走出来，直接和我说话？"

"那样做太危险。我当时正在工作。"

"那么，跟我说说你的绝密工作吧。李尔说你是在替政府做一些监视工作。"

当我说到"工作"一词时，我举起双手，在空中比了个引号的手势。

我爸爸的眉头拧成了一团，下颌也咬得紧紧的。我并不了解这个男人，但是很显然他现在并不能决定到底能向我透露多少事实。

"是中央情报局，还是联邦调查局？"我问道，"或者美国宇航局？"

"比利，我们去外面吧。"

"你是不是又想跑？无意冒犯，但我想说的是，你可不是奥运短跑冠军。"

"不，儿子，我不会再跑了。"他说。

我和贝琳达只有外公、外婆——妈妈的爸爸和妈妈。他们住在俄勒冈州的波特兰，在这个国家的另一边，这就意味着我们只有在圣诞节的时候才能见面。每年到了那时候，数以千万的外公外婆都会迫不及待地飞往佛罗里达，逃避寒冷的冬季。

我的外公叫丹，原本是西雅图波音公司飞机流水线上的一名工人，他一辈子组装得最多的就是波音737飞机。现在，他已经退休了。我的外婆杰姬是一名小学教师，教了整整三十年的书。包括我妈妈在内，他们一共有五个女儿，所以除了我们，他们还有至少十二个外孙和外孙女——我的表兄妹们生活在世界各地。坦白说，我甚至连他们的名字都叫不全。我和贝琳达只见过其中几个，他们似乎都很普通。我们可能永远都不会认识其他表兄妹，因为妈妈和姐妹们的联系并不密切，而且我们搬家太过频繁，所以他们很可能已经和我们失去了联系。

至于爸爸那边，我既没有爷爷奶奶，也没有堂兄弟姐妹，因为爸爸是家里的独子。妈妈说，对爸爸而言，爷爷奶奶去世是一件特别残忍的事情。这对谁又何尝不是呢？爷爷有一个妹妹——她叫苏菲——正是因为有了她，爸爸才能读完大学。在我们小时候，他可能提到过她，但我已经完全不记得了。

"苏菲姑婆，"我爸爸说，"性格古怪，但是对我很好。她住在巴哈马的一座小岛上，一辈子都是一个人。"

"好厉害。她的房子长什么样？"

"比利，我也不知道。她从没邀请我去拜访过她。事实上，我从没见过她本人。"

我们站在位于印第安河潟湖上的吊桥顶部。一阵微风拂过水面，泛起层层涟漪，红色和绿色的航道灯在河面上闪烁着，向弗隆湾的方向伸展。河岸边，一条与堤道平行的电线悬垂在半空中，许多小鸟——我想，应该是灰色的鸽子——肩并肩地站在那上面打瞌睡，数量多达上百只。

我问爸爸是否和那位富有的姑婆通过电话。

"只打过两次。第一次是在我爸妈去世后的第二天。第二次是我毕业后的第二天——她打电话来祝贺我。她问我，在拿到野生动物生态学及保护专业的学士学位后，我有何打算。我当时编了一段听起来正直且高尚的话，但我其实根本就没有宏伟的目标和计划。你妈妈也是在经历了一个极其痛苦的过程后才发现这一点的。"

我们沿着一条平时几乎只有渔民才走的人行道向前走去。人行道很窄，那身黑西装使爸爸几乎完全隐身于夜色之中，不过幸好这时路上的车也不多。从我们上桥起，吊桥只抬起过一次，为一艘北上的船放行。

桥下的河面上，一群宽吻海豚正在逐浪嬉戏。我都能听到从它们的喷水孔里发出的呼吸声，听起来就像是蒸汽发动机的软阀往外喷气的声音。

"这里是放飞无人机的绝佳地点。"爸爸说。

我不确定苏菲姑婆和爸爸的秘密工作之间有何关联，但是我尽量让自己表现得彬彬有礼且有耐心。妈妈不断给我发消息，问我怎么还不回家。

"说到无人机，"我说，"是政府培训你，你才学会操纵它的吗？"

"我是自学的。很容易。"

"但无人机是政府花钱买的，对不对？中央情报局，或别的机构？"

爸爸摇摇头："不，比利，无人机是苏菲姑婆买的。"

"可我听你的语气还以为她已经去世了。"

"哦，她的确已经不在了。"

"爸爸，这一点儿也不好玩。"我开始往桥下的主路上走去。爸爸从后面快步追上来。

"等等，儿子，听我说。我搬去蒙大拿后不久……"

"也就是在你抛弃妈妈和我们之后，对吧？请不要忘了这一点。"

"好吧，你说得对。在我去蒙大拿之后，我接到了一个来自巴哈马的电话。对方是个律师，他告诉我苏菲姑婆已经去世了，她把所有的财产和她的宠物鹦鹉全都留给了我。我当时惊呆了。"

这时，我走得更快了。很显然，我爸爸完全把我当成了傻子。

"比利，拜托你，走慢一点儿！我这双鞋不合脚，疼死我了。"

"那只鹦鹉叫什么？爸爸，这回记得编个像样点儿的名字。"

"她叫它休伯特，她用巴哈马总理的名字给它起名。"

"当然。她就是这么做的。"我说。

"我知道这听起来不可思议，可这都是真的。她和那位总理是朋友。等等我！"

"那么，这位富有的苏菲姑婆给你和'休伯特'留了多少钱？"

"够用了。"爸爸说。

"够干什么用？"

"足够用来照顾你、你姐姐和你妈妈，还有李尔和萨默。"

"可是，如果你是用你的那架间谍无人机为美国政府服务，你为什么还需要她的钱呢？我相信你的工资肯定不低。"

他一把抓住我的一只胳膊，直到我停下脚步。我们马上就要下桥了。

"儿子，我不是在为政府做事。我是在为自己做事。"

"做什么事？"

"李尔不知道。你妈妈也不知道。"

"请你跟我说实话。你为什么要用那架无人机鬼鬼祟祟地到处观察和拍摄？"

"我会告诉你的。"他说，"但首先，你得给我一个承诺，很严肃很郑重其事地向我保证。"

"没问题，爸爸，但是作为回报，我希望你不要让我失望。"

第十章

"你的枪呢？"

光听这个问题，你一定会觉得我是在和一个歹徒或恶棍说话。

"别担心，我放在一个很安全的地方了。"我爸爸说。

"你把车停在汤姆矿工盆地的时候，车座上有一盒子弹。"

"比利，那是在蒙大拿，不是佛罗里达。"

我俩坐在那辆红色皮卡里，在小镇的马路上行驶着。我的自行车放在后车厢里。

我把从无人机上掉下来的记忆卡还给了他："你以后会需要这个。"

他接过卡，放进胸前的西装口袋里。

"我把你给我的那颗乳牙丢马桶里冲走了。"我说，"那是谁的牙齿？"

"当然是你的，比利。还能是谁的？我让你妈妈给我寄了一颗你换下的牙齿。那是我搬走几年后的事情了。"

"爸爸，你可不仅是'搬走'。你是一走了之。"

他说他很抱歉，我听得出他话语中的痛苦之情。这不禁让我为扔掉那颗小牙齿而感到有些懊恼。

"这么多年我没给你们打过一次电话。"他说，"我这么做无论如何都说不过去。我觉得自己控制不住情绪——听到你的声音，还有你姐姐的。我害怕自己会当场崩溃，做出一些更糟糕的事情。比利，没什么好说的，我就是个懦夫。随着时间的推移，我心中的恐惧又渐渐变成了愧疚。"

我不确定他想从我这儿听到什么样的回答。他说得没错，这一切无论如何也说不过去。

"每个月寄张支票——这样做就能让你心里好受些？"

他苦笑了两声："你是说，这样能让我觉得自己是一个好人？我也曾问过自己这个问题。可是，我给你们寄钱不仅是因为我感到内疚。而且我也想负责任。儿子，这两者是有区别的。你明白吗？"

每次听到他叫我"儿子"，我心里都是既高兴又生气。

"至于苏菲姑妈的那笔遗产，"爸爸接着说道，"它消除了我的后顾之忧。因为我知道无论你妈妈生活得如何，你们永远都有一个家，不会流离失所，银行里也会有一些钱。"

我们到家了，爸爸把车开上车道，停在妈妈的车后面。我们坐在车里，就那么一直坐着，坐了许久，车一直没有熄火。最后，我伸出手，转动钥匙，熄灭发动机。

"没事的。"我说，"她想见你。我刚打电话的时候她听起来很平静。"

他的手依旧紧紧地握着方向盘。"我按照这个地址进行了半径搜索，这才发现她现在观察的那个鹰巢。"

"我看了记忆卡上的视频。"

"那只雄鹰还想追我的无人机！你看到了吗？"

"看到了，它真是太闲了。爸爸？"

"怎么了？"

"你做好准备跟我进去了吗？"

"再给我一分钟的时间。"他答道。

妈妈的脸映在厨房的窗户上。我发现她还特意化了妆，这不禁让我有些心疼她。

我爸爸正了正领带，咳了好几声清嗓子。

"走吧。"我说，"你经常与灰熊和狼在一起，你连它们都不怕，这有啥可怕的？"

"比利，它们的行为的可预测性更强。"

我下车，走到他那边，拉开车门。当我伸手想拉他的胳膊时，他推开了我的手，说道："轻点儿。我真的觉得你把我的肋骨撞伤了。"

他慢慢地从车上下来，跟着我走到门廊上。门开了，妈妈站在门口，整个人沐浴在柔和的灯光之中。

"嘿，克里西。"爸爸说。

"你好，丹尼斯。你怎么穿得像是个送葬人？"

"让你说对了。"他说完，露出一抹羞怯的笑容。

我姐姐对社交媒体的痴迷已经到了一种无可救药的地步。有时候，我会故意把她手机藏起来测试她。平均而言，只要三四分钟不看手机，她就会抓狂。她会像个疯子一样，在家里横冲直撞，掀开沙发垫，翻开抽屉，在家具下面胡乱地摸索着，还不停地大喊："我的手机呢？我该死的手机去哪儿了？"

说实话，凡是见过此番情景的人无不对她表示同情。

一天晚上，贝琳达又在浏览一个她常看的网站，我发现她竟盯着一张炖肉的照片看得出了神。

"你现在真的吓到我了。"我说。

"我偶像的表姐晒了一张她做的晚餐的照片。我不过就是点了个'赞'，这有什么大不了的。管好自己吧。"

"我换个说法吧。有人给一块油腻腻的肉拍了张照片，昭告天下，然后等着全世界的人做出回应。"

贝琳达皱起了眉头："别人发了照片，你不点'赞'不好。"

"可是，如果你是一个素食主义者呢？又或者你根本不喜欢吃牛肉呢？这不等于是给这些人出了一个道德难题吗？也许，你该回她一张洋蓟的照片。"

"你给我闭嘴，比利。"

贝琳达时不时也会晒一些食物的照片——以及一些她的衣服和鞋子的照片。她晒的照片内容五花八门，甚至还有邻居家那只叫麦芬的猫。我看着她拍照片，但是我从没见过这些照片，因为我会刻意避开社交媒体。这是我的个人选择，并不是评判谁。

这个世界上有两种人——想被关注的人和不想被关注的人。我并不是说其中一种比另一种好。我只是想说我宁愿一个人，与世隔绝。很显然，爸爸和我是同一种人。

然而，贝琳达不是，从他进门的那一刻开始，她就一直举着手机跟着他拍个不停。她在拍视频，他则很努力地让自己看上去尽可能表现得自然。

"嘿，宝贝儿。"他勉强挤出一个微笑，"哇，你都长这么大了。"

"好好说话，别开玩笑。"她说。

我让她适可而止，关掉手机。

"为什么？这可是我们一家的重要时刻。总有一天，我们都会很珍惜这段回忆。我才不要放下手机呢。"

妈妈走到贝琳达和爸爸之间，挡住她的摄像头。贝琳达这才放下手机。

爸爸说："你们完全有理由生我的气。"在那套压抑的黑西装的衬托下，他看上去显得更瘦了，整个人仿佛缩水了一圈。

妈妈带他走向沙发，坐在他的右侧。"贝琳达，你能给我们煮点儿咖啡吗？你爸爸的那杯加奶，不加糖。"

爸爸感激地笑了笑。妈妈和贝琳达冷冷地凝视着彼此，这场对视大战以妈妈的获胜而告终。我姐姐嘟囔着，心不甘情不愿地走进厨房。我只希望她从厨房出来时，别直接把咖啡倒在爸爸的大腿上。

"丹尼斯，你现在怎么样？"我妈妈开口了，"比利告诉我，你和一个印第安人结婚了。"

这时，你心里肯定在想：还有比这更尴尬的对话吗？答案是：没有。

"她是个乌鸦族印第安人。"

"我喜欢她的名字——小雷雨天。你们是在哪儿结婚的？"

"所有人都叫她李尔。我们并没有去注册。"

"这么说，你们举办的是传统的部落婚礼仪式？"

"哦，不是的，是那种……很私人的婚礼。"此刻，爸爸的内心一定十分煎熬，"只有我、李尔和她的女儿。婚礼是在我们一起去疯狂山野营的时候举行的。"

"那地方真的就叫这个名字？不会吧！"

"没错，就是疯狂山。"他笑了笑，表情依旧很拘谨，"特别般配，对不对？"

我已经开始有点觉得对不起爸爸了。

贝琳达端着咖啡从厨房里走出来。她递给爸爸和妈妈各一杯。我受不了咖啡的味道。妈妈说等我再大一些就会品出咖啡的好。

"不要走。"爸爸对我姐姐说，贝琳达已经转身，准备回自己的卧室了，"请听我说完我来这儿想说的话之后再走。"

贝琳达沉着一张脸，回到客厅里，一屁股坐在沙发对面的一把椅子上。"这应该很有意思吧。"她嘟囔道。

妈妈立刻瞪了她一眼，似乎在对她说：别说话，给这个男人一个机会。

爸爸长长地叹了一口气，开始了他的道歉演讲。说实话，他讲得还不赖。中间有好几次，他显得有些踌躇，这很可能是因为他太紧张了。他说了好几遍"没有任何借口"，凭这点，我就断定这不是他事先背好的说辞，他说的全都是他的真心话。

妈妈的目光始终没有离开过爸爸。有那么一瞬间，她抬起手在脸颊上抹了一把，似乎是擦掉了一滴眼泪。然而，我依旧摸不准她此时的心情。悲伤？同情？还是二者兼有？在爸爸的描述中，他是一个不太招人喜欢的年轻人——冲动、鲁莽、不值得信赖。

"那时候，我爱你和你姐姐，我也爱你们的妈妈。"他说，"可是不知为何我有了一种感觉，觉得自己要窒息了。我必须要离开。至少，那时候的我认为我必须走。所以我走了。"

爸爸说话时，贝琳达假装一直在仔细打量自己的指甲，听到这儿，她抬起头，问道："那你现在为什么又出现了？"

"我从没想过自己会千里迢迢地跑回来打扰你们，可是，自从我在蒙大拿见到比利后——"

"不，是你的无人机看到了我。"我打断了他的话。妈妈和贝琳达都知道我在那儿的遭遇。

"关键就在于，"爸爸说，"在得知比利那么大老远跑来见我之后，我想是时候该像个成年人一样，重新认识这三个我一直关心和在乎的人了。我希望你们愿意敞开心扉……至少能听我把话说完。这一点，你们已经做到了，所以我深表感激。"

姐姐翻了个白眼，这是她的招牌动作之一，标志着唇枪舌剑已经蓄势待发。

"爸爸来这儿其实是为了公务。"我直言不讳地道出实情，"这是他此行的主要原因。"

"不是主要原因。"他坚称，"是双重原因之一。"

妈妈说："丹尼斯，跟我们说说你的工作吧。有什么是你能跟我们分享的吗？"

"很抱歉，我能说得很有限。这是机密。"

"这么说来，你是一个无人机间谍。"

"就算他是，"我打断他们的对话，插嘴说道，"他也不能承认。"

爸爸说："比利说得对。"

这就是我对他的承诺——虽然我明知他在撒谎，但我还是会支持他。不过，如果他食言，我也会立刻终止履行我的诺言。

"你和我们一起住的时候，连做一个小店员都受不了。"说话的是贝琳达，话里的讽刺意味溢于言表，"现在，你又要我们相信你是一名为政府服务的秘密特工？"

爸爸脸上露出一丝尴尬的笑容："事实证明每个人都有自己擅长的事情，我也不例外，可是谁能未卜先知呢？"

"贝琳达、比利，你们能不能……"妈妈朝通往卧室的走廊那边使了个眼色，"我想和你们的爸爸单独聊一会儿。"

我很肯定这是爸爸最不愿看到的事情，但这一次，我并不打算帮他。

贝琳达跟着我一起走进我的房间，关上门，坐在地上。"你怎么看这件事？"

"他尽力了。"我说。

"是的，可是他到底想干什么？他有何目的？"她盘着腿，勾着脚趾，"很显然，他有所图。"

"也许，他只想得到原谅和宽恕。"我说，"或者说，获得原谅和宽恕的一丝可能性。"

"比利，你把他想得太好了。这也太高尚了。"

"不然呢？他有钱，有房子，还有一个完整的家。如果不是因为良心上过不去，他为什么要冒着破坏现有美好生活的风险来做这件事？"

"等等——你说他有良心？"

"是的，我觉得他有。"我还觉得此时此刻，他内心一定十分纠结。

"你知道我最怕什么吗？"贝琳达不再冷嘲热讽，她变得十分严肃。她有着一双和妈妈一模一样的海蓝色的眼睛，蓝得深邃而纯粹。

她说："我最怕妈妈心里还有他。"

"不会的。"我说道，这其实是我最想听到的答案。

"你没看见她特意涂了口红吗？"

"拜托，那还不至于吧。她只是想让自己看起来漂亮点儿，并不代表她还爱着他。"

"可如果事实就是如此，怎么办，比利？"

"那我们就帮她走出这段感情。"

"因为一切都结束了，对吧？"

"早就结束了。"我说。

有人敲我房间的门，紧接着传来了妈妈的声音："比利，你爸爸想看看你收藏的那些蛇。"

姐姐翻了个白眼："你知道吗？既然你们两个都这么喜欢自然，干脆你们俩一起过好了。"

爸爸在车库里等我。我掀开了玻璃鱼缸的盖子，那里面装的是黄色的鼠蛇。它们的颜色其实是与南瓜相近的橙色，身上长有细细的黑色条纹，从头一直延伸到尾巴尖。

"比利，我能抓一条出来吗？"

"最好别。它们会咬人。"我说。

"我会很小心的。"

面对这些坏脾气的蛇，想要不受伤，关键就在于抓它的手法。大多数人都会想从后面掐住它的头，这样通常会挨咬。诀窍之一就是把双手插入蛇腹下，然后慢慢地将它举起来，这样蛇就不会受惊。鼠蛇是攀爬高手，所以它们通常生活在地面之上。当它们觉得自己位于树枝或其他高处的时候，它们通常都会保持冷静，不会轻易发动攻击。

当然，对大多数普通人而言，这又是一则意义不大的冷知识。

我从缸里捧起一条5英尺长的鼠蛇，很小心地放到爸爸手里。

"不要握太紧。"我警告爸爸，但已经太迟了。

他握得太紧，那条蛇猛地扭过头，在他的脸上咬了一口，然后迅速缩回，准备第二次进攻。

爸爸疼得撇了撇嘴，说道："啊，都怪我。"

"保持静止，不要动，听到没？"

过了好一会儿，那条鼠蛇才垂下头，开始打量四周。

"儿子，你看——'他'现在已经冷静下来了。"

"这是条雌蛇。"我说。

爸爸假装自己是一棵树。他装得很成功，那条蛇现在平静了许多，整个身体都缠绕在他的小臂上。它还不够强壮，无法像蟒蛇或蚺那样直接收缩身体，切断对方的血液循环。

"你看，比利！它多安静啊。"

爸爸尽量让自己的身体保持静止状态，说话时，他下巴上的肌肉都没动一下。与此同时，他下巴上那个U形伤口显得格外醒目，血滴从一个个针状的小洞里不断往外渗，乍一看就像是他长了一撇红色的山羊胡。也许，我应该让他抓那条王蛇，那条蛇不咬人。

"你的血都滴到西装上了。"我说。

"很好，我终于有理由扔掉它们了。"

"你以前从没抓过蛇吗？我简直不敢相信，毕竟你在野外待了那么长时间。"

爸爸说他会尽量避开蛇。"并不是说我怕蛇。"他说道，"只不过，每当看到蛇的时候，我就会绕开它。自己活，也让别人活，对吧？而且蒙大拿到处都是响尾蛇。"

"我在那儿见过一次，一条很漂亮的响尾蛇。"我告诉他，"就在你车的旁边。"

"它们把窝建在高高的悬崖上。整整一个冬天，它们都待在窝里。当天气转暖，它们就会从山上爬回峡谷里，一路上会吃掉许多囊地鼠。"他说这话时，两只眼睛正好与鼠蛇的双眼四目相对。它那叉状的舌头在空气中抖动着，继而缩回到了它的嘴里。

"如果你妈妈不同意你养蛇，你怎么办？"爸爸问道。

"她不会的。"我说。

他说起了我俩的约定——只要我替他保守秘密，他就会信守承诺。我俩不约而同地压低了嗓音，以免妈妈和贝琳达听到我们的对话。

"比利，我明天就要走了。天一亮就动身。"

"我准备好了。"

我小心翼翼地把缠在他胳膊上的蛇解开，把它放回到玻璃缸里。爸爸掏出一块手绢，擦了擦下巴上的血。

"你刚刚和妈妈聊了些什么？过去的事情？"

"儿子，这是我和你妈妈的私事。"

"这么说，你还是在乎她的？"

"怎么可能不在乎呢？我的鹰女孩。"爸爸说话的语气变得十分温柔，"总有一天，她会遇到对的那个人。我相信她会的。"

"贝琳达担心妈妈依然还爱着你。我告诉她这不可能。"

"我和你妈妈谈了我们当初是如何结束的，也谈了自那以后发生的种种事情，我也说了我不该就这么让你和你姐姐从我的生活里消失。她很宽容，我不值得她这样对我，可是我绝对不是她的秘密情人，我们是光明正大的。"

他的话让我如释重负，虽然我尽力掩饰，但我表现得过于明显。

"好了。"爸爸说道，"你想好了怎么跟你妈妈说吗？"

我把我心里想好的说辞告诉了他。他不相信这能说服妈妈。当我打开另一个玻璃缸的盖子时，他不由自主地向后退了一步。

"你姐姐是不是仍然很恨我？"他问。

"嗯。"

"我完全能够体谅她。可是，谁知道呢，也许有一天……"

"也许吧。"我说。

我很快就把所有蛇都打包好了。它们并不介意被装进同一个枕套里。

爸爸表示愿意送我过去。我把头探进门里，告诉妈妈我很快就会回来。"你就不能等到明天再去放生吗？"妈妈问道。

"不行。"

在夜晚的这个时间，格瑞普弗鲁特路上一辆车也没有。我告诉爸爸把车停在哪儿。他特意转了下方向盘，使车头灯能够照进树丛和那排灌木丛，让我能看清路。看到我顺利地把所有蛇都放生，自己却没有挨咬，爸爸似乎既吃惊又骄傲。

在回去的路上，我问他这次出行我需要带些什么。

"长裤、防蚊水、防晒霜、创可贴、睡袋——哦，对了，还有望远镜。"他说，"我会准备好水和食物。"

"别忘了带枪。"

"我们从没提过枪。"爸爸语气坚决地说道，"枪仅限于紧急时刻才能使用。"

"可是他是个坏人，不是吗？"

我说的"他"是我们这次"任务"的目标，也是爸爸跨越千山万水，从蒙大拿一直追到佛罗里达的那个人。他扎破了爸爸的车轮胎，还朝他的车开了一枪，试图吓退他。

"是的。"爸爸说，"他绝对称得上是一个坏人。"

第十一章

在得知爸爸一切安好之后，萨默和李尔都松了一口气，可是她们也对他突然出现在佛罗里达表示很好奇。我们一直通过短信沟通，正因为如此，我才能在向她们解释时有所保留却又不露出马脚。

"内疚之旅。"我在短信里说，"他想见见我和贝琳达。"

她们在回复中对我的这一答案表示怀疑。也许，她们是担心他决心留下来和我们一起生活，不再回蒙大拿。我不能把他此行的主要原因告诉她们。沉默也是我们约定的一部分。

关键时刻到了——我得说服妈妈让我和爸爸一起离开几天。我在房间里提前演练了几遍，我觉得自己的理由听起来十分可信。

"去露营？"妈妈扬起眉毛，"哪种露营？"

"你懂的，就是男生的那种。"

我尽力了。虽然我给出的理由很牵强，但现在我只能靠自己。爸爸正在贝琳达的屋里和她聊天，试图找到突破口，击破套在她心上的那层坚硬的怨恨盔甲。

"这次'男生的露营'是你的主意还是他的？"妈妈问道。

"完全是我的主意。"

我说的是实话，而且从某种程度上来说我也没有撒谎，我和爸爸的确会去"露营"。

"比利，你们打算去哪儿？"

"大沼泽地公园。"这也是真的。

"你的暑期工怎么办？"

这个问题的答案我早就想好了。

"我已经给超市的沃斯先生打过电话了，他同意我请几天假。我告诉他我们家要去度假。"

妈妈皱着眉头。我们站在厨房里，她正在清洗咖啡机的过滤器。她说："比利，就你和你爸一起去大沼泽地公园这件事来说，我的感觉不太好。如果你们想培养感情，还有更好的法子。"

"妈妈，我会带手机。"

"很好。"她说，"如果你不接电话，我会以为它是在鳄鱼的肚子里响。"

我伸出手抱住她："我保证绝不会被鳄鱼吃掉。如果我食言了，你可以关我一个暑假的禁闭。"

"比利，这可不是闹着玩的。我觉得你就不应该去！"

于是，我噼里啪啦地说了一堆，告诉她鳄鱼袭击人的概率其实很低，被蜜蜂蜇后死亡的人反而比被鳄鱼咬死的人多得多。听了我的话，妈妈依旧不为所动。爸爸从贝琳达的房间出来后，妈妈又盘问了他足足有20分钟。对于我们的这次旅行计划，他和我一样，说的基本上都是实话，只不过省略了一些关键的细节。

就在他们翻来覆去讨论这件事的时候，我发现了一件很有意思的事情：尽管爸爸已经离开多年，生活在千里之外，对我们的"家庭动态"几乎一无所知，但是他仍然深谙妈妈的心理，准确地知道该如何回答妈妈提出的每一个问题。

现在，她不仅同意我和爸爸一起旅行，而且还表示愿意帮我收拾行李。太神奇了！

这一切都多亏了我那位能言善辩的爸爸。

一名业余的逃犯猎人。

我要是会弹吉他就好了。有一次，妈妈说她可以帮我出学吉他的课时费，但我在表示感谢后拒绝了她。我没有那个耐心，放学后坐在那儿一动不动地练好几个小时的琴。我需要去户外，去树林里或水边待着，哪怕是下大雨也不例外。否则，我就会变得神神道道的——这是我姐姐的原话。

我真希望有人能发明一个可以瞬间学会演奏一种乐器的办法——类似于某种声音的催眠，只需睡一觉，第二天早上醒来后，就能像爸爸最喜欢的克莱普顿那样，娴熟地拨动琴弦，奇迹般地演奏出各种乐曲。

我为什么会有这种想法？因为此刻我正坐在车里，距离日出还有整整一个小时，克莱普顿弹奏的《快准备好》缓缓流淌。我必须得承认，爸爸的这张歌单很好听。虽是老歌，但皆是金曲。这比和贝琳达一起坐长途车的感觉好多了，和她在一起，只能没完没了地听泰勒·斯威夫特的歌。在听泰勒·斯威夫特的歌这件事上，贝琳达简直无人能及，就连泰勒·斯威夫特的老妈都得甘拜下风。

爸爸说："如果有时间，我就教你如何操纵无人机。"

"那个坏了的螺旋桨已经换掉了？"

"为了最大程度地发挥它的效能，我把所有的螺旋桨都换了。"他说道，"到时你就知道了。"

我们正在穿过一个名叫奥基乔比的小镇。小镇坐落在那座同名湖泊的北岸。小镇的郊区是一片广阔的草皮农场，专门为高尔夫球场提供草皮。青翠的草地仿佛是人工喷涂而成，绿得沁人心脾。

爸爸问我今早妈妈是不是早起给我做早餐。

"她想早起，但我把她赶回床上，然后自己倒了一碗燕麦片做早餐。"

"比利，她的情绪状态如何？"

"我觉得她有点担心我们的这趟旅行。"

"你呢？"

"一点儿也不担心。"我说道，但言不由衷，"他叫什么名字——就是我们正在追捕的那个人。"

"你是说我们追踪的那个人？"

"有区别吗？"

"他叫巴克斯特。"爸爸说出了他的名字，"林肯·查姆利·巴克斯特。"

"他们家很有钱？"

"你怎么知道？"

"因为一般人都不会给自己的孩子取'林肯·查姆利'这种

像豪车品牌的名字。"

爸爸哈哈大笑:"没错,他的全名其实是林肯·查姆利·巴克斯特四世。旧金山的许多摩天大楼都归他们家族所有。他这辈子从没上过一天班。他就会——"

"那东西在哪儿?"

"比利,别问了。"

"你装了子弹吗?一想到这个我就紧张。"

我们前面是一辆运草皮的卡车,车后的平板上堆满了刚刚割下来的正方形草皮,摞得高高的。风从我们两辆车之间吹过,带来一抹潮湿的农药味。换作是妈妈,她一定早就加速超车过去了,可是爸爸没有,就这么慢悠悠地跟在卡车后面。

我仍然感觉有些恍惚,不敢相信眼前的一切都是真的:在一个阳光明媚的早晨,我和他独自开着车出行,车里放着音乐,就好像一直以来我们都是这么过的。

就好像我就是在这样的氛围中长大的。

就好像他从没离开过。

"巴克斯特为什么要来佛罗里达?"我问道。

"和他去蒙大拿的原因一样,为了杀戮。"

"这么说,他是个盗猎者?"

"比利,他可不是一个普通的盗猎者。他杀戮不是为了食物,也不是为了挣钱。他这么做完全是为了满足自己的自大心理,所谓的可悲的荣耀感。"

"他在汤姆矿工盆地的目标是什么?"

"他想打一头大灰熊,但失败了。"

"是你阻碍了他的盗猎行为，对不对？所以他在你的挡泥板上留下了一个枪眼。"

我爸爸耸耸肩膀："实话实说，巴克斯特先生不是一个快乐的露营者。"

不久前，政府刚刚将黄石国家公园里的灰熊从濒危物种名单上移除，宣称公园里的灰熊数量已经足够多，不再需要立法保护。爸爸说，蒙大拿和许多西部州政府很快就会像以前那样，开始出售狩猎灰熊的执照。

换言之，我们把一种动物从灭绝的边缘拯救回来，就是为了可以重新对它们展开杀戮。这也太可怕了！

据我爸爸说，许多人已经提起诉讼进行抗争，试图阻止猎熊合法化。因此，在法庭宣判之前，在蒙大拿，除非是为了自卫，猎杀灰熊仍然属于违法行为。

然而，一些有钱人依旧我行我素，为了满足自己的病态心理不惜缴纳巨额罚款。

我问爸爸，看到林肯·巴克斯特在汤姆矿工盆地捕熊的时候，他为什么不给野生动物保护机构打电话举报呢？

"他们根本没法立案抓他，除非他已经杀死了一头熊，但我不想让任何一头熊死在他手里。所以我就用自己的方法来对付巴克斯特——他去哪儿，我就跟到哪儿，就像他的影子一样，直到他被我逼到无路可走，只得放弃。"

"这次，他千里迢迢来到佛罗里达又是为了杀什么动物呢？"我问道，话音刚落，我的脑海里就闪过一个影子，"哦，不是吧，他不会是来杀它们的吧！"

爸爸松开手里的方向盘，将手握成一个拳头："我已经说了，他是个坏人。"

我们在拉贝尔镇外面的一间快餐店稍作休整，点了两个奶酪汉堡和一些薯条。我要的是普通的可乐，爸爸要的是无糖可乐。昨晚，因为焦虑，我几乎没睡觉，我担心在分开了这么久之后，我俩在车上会无话可说，但事实恰恰相反，爸爸有很多问题想问我，我也有数不清的问题想问他。

"比利，你在学校里成绩怎么样？"

"还行。"

"你有参加什么体育项目吗？"

"我不太适应团队活动。"

"没关系。有些人生来就合群，有些人不是。"

"而且，"我补充了一句，"我们在每个地方住的时间都不长，我根本没有时间彻底融入学校生活之中。"

"交朋友呢？"

"没有任何意义。如果你知道一两年后就要搬家，交朋友就会变得毫无意义。"我忽然意识到这话听起来像是一种抱怨，所以我告诉爸爸，我并不是在抱怨，"家里已经有人彻底厌倦了观鹰，但那个人不是我，是贝琳达。这是她交男朋友的唯一原因，就是为了让妈妈有负罪感，让她留下来，直到她去读大学。"

"她的那个男朋友人怎么样？"

"简直无可救药。"我说。

"我很肯定，你们也这样说过我。"爸爸站起来，准备再来杯可乐。他接满可乐回来后，我问起了他在乌鸦族保留地和李尔及萨默相遇那天的事情。

"你是故意让无人机撞向她们的拖车的吗？"

"你是说我为了见到李尔故意这么做？"他说，"我倒希望事实是如此，因为这听起来更加浪漫。可事实就是，我还没有那么聪明。那天下午风很大，其实根本就不适合飞无人机，风把无人机刮跑了。幸运的是，它落在了那儿，给了我一个新的开始。"

"你为什么不把自己继承了苏菲姑婆的遗产这件事告诉李尔和萨默？"我说话向来不拐弯抹角，"你为什么要让她们觉得你是政府的特工？难道就因为谎言听起来比实情更酷？"

他身体向后仰，望着我，看得出他并不生气，但是很惊讶。

"是啊，相对于富有老太太的幸运侄子而言，'秘密特工'听起来的确更酷，但是这不是我向李尔隐瞒实情的原因。你知道吗？她绝对不会允许我按照自己的方式去追踪那些盗猎者。她会说这太危险了。"

"她说的难道不对吗？"我问道。

爸爸看了看手表："比利，我们没时间了。上路吧。"

伊莫卡利距离这里还有大约25英里的路程，林肯·巴克斯特在一家名为寂寞公鸡的汽车旅馆订了一个房间。我心里一直有个谜团：爸爸怎么可能刚好知道盗猎者的具体行踪呢？他拒绝向我透露他的"情报"来源。据说，他的情报十分可靠。我注意到他已经提高了车速。

我们的车驶过一根电线杆，杆子上立着一只凤头卡拉鹰。这是我第一次在野外见到这种鸟。它们的脸上长着鲜艳的橙色羽毛，鸟嘴呈钩状，嘴巴尖带一点点蓝色。也有人把它们称作墨西哥鹰。这种鹰十分凶猛，一只凤头卡拉鹰就能赶走一群围着路边动物尸体抢食的秃鹫。爸爸说，在佛罗里达的这片区域，凤头卡拉鹰十分常见。我倒是很想退回去仔细看看那只鹰，只可惜我们现在时间紧迫。

或者说，我觉得我们时间紧迫。

我迷迷糊糊地睡了一会儿，醒来时，我们已经离开了尚在沉睡中的农场小镇伊莫卡利。此刻，我们停在一座停车场里，旁边就是熙熙攘攘的机场。

"迈尔斯堡。"爸爸说了一句。

"计划有变？"

"你在这儿等我。我很快就回来。"

爸爸跳下车，朝航站楼走去。他今天穿了一件灰色的T恤衫、一条褪了色的牛仔裤和一双厚底登山靴，头上戴了一顶棒球帽。那套黑色的西装使他看上去有点显老，而且也不太合身。

我走下车伸伸腿。这时，我的手机振了一下——妈妈又给我发了一条短信。这已经是今天的第七条了。我给她回了消息："一切都好。稍后给你打电话。"

消息刚发一出去，我的手机就开始响。我看都没看来电号码就按下了接听键。

"妈妈，别那么紧张。一切都很好。"

"比利，你叫错妈妈了，不过，听到你的声音总是让我非常开心。"

"李尔？"

"你们到机场了吗？"

"呃……我们刚到。你怎么知道我们在机场？"我靠在红色皮卡有弹孔的那一侧挡泥板上，"跟我说说这是怎么回事。"

"你先向我保证每天都会报平安，不然，我会担心死的。就算我不提醒你，你也知道沟通不是你爸爸的强项。"

"是，没错，可——"

"对了，这可不是我的主意。"

"什么不是你的主意？"

"我现在正带着客人在河上钓鱼。等我们漂过这个峡谷，信号可能就没了……"

一架飞机腾空而起，巨大的轰鸣声彻底掩盖了李尔的声音。等我再次能听见周围的声音时，电话那头已经 片寂静。

我很好奇她对这次"露营"到底知道多少，还有，爸爸为什么会临时绕到迈尔斯堡机场来呢？难道是他收到消息，巴克斯特坐的飞机今天下午就到？

滚滚热浪从人行道上源源不断地涌过来，我的T恤衫已经湿透。我朝航站楼走去，打算去找爸爸。就在我走进大门的一瞬间，一股清新凉爽的空气迎面扑来。我从等在行李传送带旁的乘客中穿过，就在这时，有人大喊道："嘿！比利·大棍子！"

迎面走来的正是萨默，她推着一个格子拉杆箱，我爸爸跟在她身后，两人不过几步之遥，爸爸的脸上看不出一丝喜悦的神情。他看见我后，耸了耸肩，抬手和我打了个招呼。

"惊不惊喜？"萨默一把搂住我，像只小鸟一样，叽叽喳喳地说道。

我装出一副很开心的样子，但事实上我很纳闷，心情并不像我表现得那么激动。这次旅行不是应该只有我和爸爸两个人吗？

"她昨晚很晚给我打了个电话。"他走到我身边，低声对我说，"我没法拒绝她。"

"好吧。"我接过萨默的行李箱，我们仨一起朝出口走去。

"比利，走快点儿。"她说，"时间可不等人。"

刚一上车，她立刻戴上了一副桃红色的墨镜，镜片还是心形的。这是她在亚特兰大机场转机时新买的。她说她想让自己看上去像个名副其实的佛罗里达游客。我告诉她，她现在看起来简直就是个佛罗里达大傻蛋。

"比利，别生气嘛。我就是想和你开个玩笑。"

可她一直戴着那副眼镜，即便是我们在烧烤酒吧临时停车的时候，她也没摘眼镜。我和爸爸都不饿，但是萨默说她坐了一天飞机，都快饿死了。"我就吃了三小包椒盐饼干。"她说。餐馆里挤满了人，所以我们只能靠聊天打发时间。

回到车上后，我坐在前排，萨默坐在后面。她拍了拍爸爸的肩膀，说："比利·大棍子还不明白我为什么会在这里。我该告诉他实情吗？"

"求之不得。"爸爸说。

这时，她终于摘下了那副傻乎乎的墨镜："我一直都想来阳光之州看看，所以，比利，我决定效仿你。我"借"了妈妈的信用卡，给自己买了张机票。她知道后气炸了，但是我告诉她丹尼斯说没问题——其实，他根本就没得选。虽然这话听着不太悦耳，但我的确威胁了他。"

爸爸无动于衷。他坐得笔直，双手紧握方向盘，直视前方。

"听着，我知道所有跟苏菲姑婆有关的事情。"萨默说，"不久前，丹尼斯出差不在家，我们收到了一封来自一位律师的挂号信。那信看起来似乎很重要，所以我就拆开看了。信上的第一句话就是那只叫休伯特的鹦鹉死了。当时，我心想这一定是间谍的加密代码。不然，谁家的宠物鸟会叫这个名字！"

"但那并不是加密代码。信上说从现在开始，丹尼斯将会从一个叫什么索菲亚·狄更斯信托基金那里得到百分之百的全额给付。我是怎么做的呢？我直接给那所位于巴哈马的律师事务所打了个电话，告诉对方我是你爸爸的'行政助理'。我们进行了一番非常有意思的谈话。苏菲姑婆把她的财产一半留给了休伯特，另一半留给了她唯一的侄子。所以当休伯特闭上眼睛，飞向鹦鹉天堂之后，它的那一份遗产就全都归你知道的那个人了。"

"虽然我并不需要这么多钱。"我爸爸打断她的话，说道，"但我姑妈真的慷慨得令人难以置信。"

我什么也没说，因为我已经猜到接下来发生的事情了。

"当丹尼斯出差回来后，"萨默接着说道，"我和他一起去河边散步，我把自己知道的一切都告诉了他。我当时特别生气，因为我觉得他根本就不是政府特工，他编造这个谎言就是为了偷偷接近我妈妈。结果，他告诉我他的的确确是为政府工作，监视野生动物盗猎者——这是一份很有男子汉气概，但同时也近乎疯狂的工作。如果被妈妈知道，她一定会气疯掉，所以我半个字也没说过。不过，昨天晚上，当我给丹尼斯打电话，告诉他我要来佛罗里达的时候，他直接拒绝了我，说这太冒险了。比利，我不得已才采取了一些强硬手段来逼他就范。"

"威胁他，要把他带着无人机出差的真相都告诉李尔？"

这位和我没有任何血缘关系的姐姐脸上露出孩童般淘气的笑容："兄弟，你觉得我过分吗？"

很显然，她问错了人。

"那么，李尔觉得你来这儿干吗？"我问道。

"和你们父子俩一起野营呀。"她笑眯眯地说，"亲身体验一把阳光之州的美好！"

爸爸一脚踩下刹车。我以为他会转过身，没好气地把萨默数落一顿，谁知他停车并不是为了这个。他指向竖在路肩上的一块黄色标志牌，那上面画着一个黑色的图案：一只身形矫健的大猫。

"黑豹。"爸爸说，"那就是巴克斯特来这儿的目的。"

萨默问："这不就是我们西部的美洲狮吗？"

"它们分属于不同的亚种。"我解释说，"我们这儿的这种已经濒临灭绝。"

"这就是巴克斯特想猎杀它们的原因。"爸爸补充说道，"趁它们还没消失，猎杀一头黑豹。"

萨默很不屑地嘘了一声。"真是个不折不扣的浑蛋。"也许，她该用一个更难听的词，"好了，丹尼斯，跟我们说说你的神秘英雄计划吧。你一定已经想好计划了，对不对？"

"还没有。"他叹了口气，"唉，我通常都是独自行动。"

第十二章

　　乌鸦族印第安人迎战过许多可怕的敌人，其中包括黑脚族印第安人、夏延族印第安人、拉科塔族印第安人以及其他竞争部落。如果没有受到侵扰，乌鸦族印第安人可能会一直生活在俄亥俄州各地，安安静静地靠种植玉米为生。最终，位于怀俄明州和蒙大拿州的乌鸦族印第安人跳上马背，策马奔驰在大平原和河谷之间，成了追逐野牛群的游牧民族。

　　之后，白人来了，几乎杀光了所有的野牛。许多乌鸦族印第安人不得不回归农耕生活。陌生的定居者蜂拥而至，带来的天花病毒夺去了许多乌鸦族印第安人的生命。部落的酋长千方百计地维持着与美国政府之间的和平关系，眼看着原本属于自己的土地被夺走也只能忍气吞声。在这片保留地上生活了一百五十多年后，这个部落里的许多古老而神圣的习俗正面临着失传的危险。

　　这是我在网上搜索乌鸦族文化时了解到的内容。我也由此注意到了萨默佩戴的耳环。它们都是用贝壳化石制成的，是十分古老的手工艺品。

她说:"这对耳环原本属于我的曾外祖母。她一直活到了99岁。我想,这应该是个好东西。"

我渐渐接受了萨默和我们一起执行大沼泽地任务的事实。有她在,车里的气氛一直轻松而融洽,这对大家都好。

我们当天住在一家名叫"钻石检验员"的汽车旅馆里。房间里只有两张床,所以我拿出睡袋,铺在地上。爸爸步行前往寂寞公鸡汽车旅馆,去看看盗猎者的车是否已经停在停车场里。他没见到车。爸爸说,巴克斯特开着一辆全黑的路虎揽胜,车的保险杠上还贴着一张搞笑贴纸"赢来的丈夫"。

"你怎么能确定他就在这里?"我问道。

"我有一个可靠的线人。"爸爸平躺在床上,闭着眼睛,"在这个小镇上,开路虎揽胜的人不多。我们会找到他的。"

"在蒙大拿给你提供情报、帮助你的也是同一个人?"

"没错。"爸爸说完,翻了个身,面朝墙壁。

我和萨默关了灯,一起走出房间,坐在爸爸那辆皮卡的后挡板上。高温让潮湿的空气显得愈发沉闷。天边聚积了一团紫色的云,很快,这团云会越积越重,转眼就会凝聚成一团雷暴云。我听到了鱼鹰发出的尖厉叫声,这意味着附近有小河或湖泊。

"我还挺喜欢佛罗里达的。"萨默说。

"这话还是等你见到真实的佛罗里达后再说吧。"

"你知道最让我不适应的地方是哪儿吗?这里一马平川,简直太平坦了。"

"所以推土机在这里才有用武之地。"我说,"你来这儿的真实目的是什么？你肯定不是为了看棕榈树才来佛罗里达的。"

她耸了耸肩："我很肯定丹尼斯来佛罗里达后，一定会去看你和你妈妈、姐姐。"

"你害怕他会不回蒙大拿？"

"不是的！"她那双棕色的眸子瞪得溜圆，"不是害怕——是关心。关心而已。"

如此看来，我猜得没错。"萨默，他不会离开你和李尔的。你们已经是他的家人了。"

"你和你妈妈、姐姐，你们也是他的家人，曾经是——他不也离开你们了？"

"在那之后又发生了很多事情。爸爸已经变了。"

听到自己竟然在为他辩解，我不禁有些吃惊。我希望我没有说错。

萨默笑了："比利·大棍子，你有女朋友吗？"

"没有。"

她一巴掌拍在我的胳膊上，拍死了一只蚊子，还留下一小抹红色的血渍。"你难道不打算问问我有没有男朋友吗？"

"没有这个打算。"

"他叫戴维。他是一个血统纯正的乌鸦族人，比我大。我们之间不是那种正式的男女朋友关系，也不是将来一定会怎么样的那种。所有女孩都喜欢他，所以我做好了被甩的准备。也许，我会先甩了他。你觉得呢？"

我觉得我得迅速结束这场谈话。

"我渴了。"我说。我指着街上不远处的一家便利店，说：

"你想喝点儿东西吗？"

萨默心领神会："好啊。"

走进便利店后，我们似乎成了里面唯二说英语的顾客。其他顾客都是移民，他们在农场干活，古铜色的皮肤被汗液浸得发亮。他们收割了整整一天的庄稼，脸上全都灰扑扑的，手上打满了水疱。天气热，农活不好干。爸爸说春收已经差不多结束了，但是有些地里还有新熟的西红柿和甜玉米。

我和萨默各要了一杯冰镇饮料。我问她，爸爸在执行监视任务时通常会带哪种枪。

"12口径的双筒枪。"她答道。

"不错的选择。"我说道，就好像我很懂枪，知道她这话是什么意思一样。

我们走出便利店，坐在路边喝饮料。不远处停着一辆灰色的犬舍卡车，三只短毛猎犬正透过前排座位注视着我们俩。动物管理局用的也是这种车，只不过这辆车的两侧没有字母标志。驾驶员一侧的车窗开了一半窗户，我穿过停车场去看那三只狗。

它们像是三胞胎，长得一模一样，都很瘦，腿很长。它们身上衣服的款式也一模一样——棕、黑、白三色。我把手伸进笼子，轻轻抚摸着它们的鼻子，它们立刻兴奋地摇起尾巴，发出了开心的呜咽声。

一个男人从便利店里走出来，喊道："别碰那些狗！"

我往后退了一步。

"它们会咬掉你的手指头的，小子。"

我对这话表示怀疑。

那个男人嘴里叼着一根烟，一只胳膊上挽着一个购物袋，另一只手里拎着半打啤酒，一双眼睛隐藏在一副墨镜之后。他戴了一顶灰白色的牛仔帽，但脚上穿的橡胶底靴子并不适合骑马，反倒适合远足。

"它们叫什么名字？"我问那个人。

"曼迪、坎迪和安迪。"

"哦，不是吧？"

"你最好离远点儿。"他说，脸上没有一丝笑容。

他上车后，小狗们立刻安静下来。他既没挥手也没点头，直接启动加速开车走了。

萨默走过来，问："这人怎么回事？"

"他不想让我碰他的那些地狱恶犬。"

"我还以为得克萨斯人都很友好呢。"

"那种牛仔帽谁都可以买来戴。"

"我说的不是他的帽子，"她说，"我说的是他的车牌。"

"你怎么会去看他的车牌？"

"蒙大拿人的习惯。我们总是首先看一眼车牌，从而判断这些游客是从哪儿来的。有一年的七月，我数了下，一共看到了二十四个州的车牌，里面甚至还有从关岛来的。生活在一个环境优美的地方就这点不好，对吧？人满为患的夏天。"

"在佛罗里达，一年365天，天天如此。"我说。

那团黑云飘过来了，雨点滴滴答答地从天上飘下来。惊雷在离我们不远的地方炸响。

萨默说："你还没跟我说我该怎么办呢。记得吗？我的男朋友戴维。"

我还以为自己已经完美地躲开了这个话题。

"他会飞钓吗？"我问她。

"我表示怀疑。"

"那你绝对应该甩了他。"

她一脸惊讶："比利，你说的是真的吗？"

"不，当然不是。不过，如果你跟像我这样的人咨询感情问题，就只能得到这样的答案。"

回到汽车旅馆后，爸爸歪在床上，一边看电视，一边等线人的电话。我告诉他，我们遇到一个男人，他养了三只一模一样的狗，就连狗的名字都押韵。

"一个臭脾气的得克萨斯人。"萨默说，"最后的烟鬼牛仔。"

爸爸噌地一下坐起来，挺得笔直，光溜溜的脚丫垂到了地上："他长什么样？你们怎么知道他是从得克萨斯来的？"

萨默说了车牌的事。"那人跟你差不多高，只不过看起来稍微老一点儿，一身皮衣皮裤，穿得像个正儿八经的牛仔。"

"他的狗长什么样？"爸爸问道。他已经开始穿鞋了。"是不是黑色、棕色和白色的？很瘦的那种？"

"没错，耳朵大大的，"我说，"尾巴很细，还向上卷。"

"沃克猎犬！"他指着我的手机说道，"上网搜索沃克的图片！看看是不是同一种狗。"

我和萨默滑动手机屏幕，在网上浏览。毫无疑问，我们在那个得克萨斯人的犬舍卡车上看到的就是这种狗。爸爸套上衬衣，抓起车钥匙。

"还有一件事，"他说，"那些猎犬——它们叫了吗？这很重要。你们听到它们叫了吗？"

我和萨默都摇了摇头。

"该死。"爸爸骂了一句，拉开房门，冲了出去。我俩紧随其后。

我从网上还查到：

林肯·查姆利·巴克斯特四世于三十二年前生于旧金山。他是林肯·查姆利·巴克斯特三世的儿子，林肯·查姆利·巴克斯特二世的孙子，林肯·查姆利·巴克斯特一世的曾孙。（如果林肯·查姆利·巴克斯特四世生了儿子，毫无疑问，他一定会给这个可怜的孩子取名为林肯·查姆利·巴克斯特五世。）

至少从表面上看，盗猎者巴克斯特还有份体面的工作。他是皇家阿尔卡特拉兹发展集团的副主席。该集团的所有者是他的父亲和两位叔叔。这家公司在加利福尼亚州（简称加州）北部兴建了许多办公大厦和高层公寓。

爸爸说，盗猎者巴克斯特不会定期去家族企业上班。事实上，他们付钱给他就是为了让他不在公司出现。在一个网站上，照片中的他脸上带着一丝自命不凡且狡黠的微笑，古铜色的皮肤，鹰钩鼻，发梢微微泛金色，透着一股傻气。他在自我描述中称自己是"卓越的公司管理者、慷慨的慈善家、经验丰富的飞行员、高水平的网球选手、零差点高尔夫球员及国际运动健将"。

在另一个网站上，他的自我介绍如出一辙。只不过，萨默发现这一次他用的是一张截然不同的照片：巴克斯特戴了一顶丛林帽，身穿皮背心，一只脚踩着一只死了的阿拉斯加驼鹿，手里端着一把来复枪。

"大男子主义者。"萨默不屑地哼道，把照片拿给我看。

爸爸坐在驾驶座上，对我们说："你们还得查查另一个人：阿克塞尔·伯恩塞德。"

"是那个得克萨斯人吗？"我问道。

"他的名字叫阿克塞尔。"

包含这个名字的网页立刻弹了出来：来自得克萨斯州韦科城的阿克塞尔·伯恩塞德。他就是我们在便利店外见过的那个男人。网页上说，他是一名知名猎犬训练师，他训练的可不是一般的猎犬，而是善于追踪美洲豹和其他野生猫科动物的沃克猎犬。他声名远扬，就连中美洲、南美洲的富人都会不惜重金，聘请他去雨林猎杀美洲豹。

我对他们用猎犬盗猎这件事一无所知。"这太不公平了，不是吗？"

萨默答了一声："喊！"

爸爸说沃克猎犬不仅速度极快，而且可以持续奔跑数英里。"它们会对一只动物穷追不舍，直到对方精疲力竭。猎人们需要做的就是走上去，端起枪瞄准，然后——砰！——一枪毙命。游戏结束。"

"伯恩塞德的狗有何特别之处？"我问道。

"经他训练过的狗不会叫，比利。它们会静静地追踪，如此一来，那些大型猫科动物根本听不到任何动静，等它们发现时，一切都晚了。一旦它们爬到树上，那些狗就会狂叫不已，猎人们自然就知道它们在哪儿了。"

萨默说："你觉得巴克斯特雇用伯恩塞德来帮他找黑豹？"

"除此以外，我想不出其他理由来解释为什么这些狗会在同一时间和他出现在同一座小镇上。"

我们开车在镇上兜了一圈，寻找伯恩塞德的犬舍卡车。此刻，我们就停在寂寞公鸡汽车旅馆的马路对面，雨还在下。按理说，巴克斯特应该就住在这家旅馆里。爸爸的秘密线人终于给他打电话了，向他透露了一些明天狩猎的细节。

"伯恩塞德为什么要冒着失去一切的风险来做这种违法的事情？"我说，"他会被关进监狱的。"

爸爸觉得这并不奇怪："可能巴克斯特给了他一大笔钱，多得让他无法拒绝。有钱能使鬼推磨，一大笔钱甚至能使磨推鬼。"

一个小时过去了，没见到那名盗猎者，连那个猎犬训练师也不见踪影。爸爸把空调开到最大，车载收音机放的是一个"重摇滚"电台的节目。电台播放的歌我尚能接受，但从萨默的反应来看，她的耳朵似乎倍受折磨。最终，她忍无可忍，戴上了她的耳机，开始听她的私人歌单上的歌，随后她又戴上了那副价值3美元的十分艳俗的墨镜。

爸爸说："巴克斯特在蒙大拿猎灰熊的时候并没有用猎犬。"

"他尝试过一次。那些狗一去不复返，他最后不得不赔了狗主人12000美元。所以后来，他直接将一只死鹿留在草地上，而熊最爱去草地上觅食。"

"在汤姆矿工盆地，他就是这么干的吗？"

"是的，而且差一点儿就得逞了。"爸爸说，"谁知，某个热心人用无人机骚扰灰熊，结果，巴克斯特还没来得及开枪，熊就跑开了。事实证明，灰熊不喜欢低空飞行物。"

我在脑海里设想当时的情景，忍不住笑起来："我敢打赌，巴克斯特一定气坏了。"

"简直气急败坏。"

"他气不过，"萨默说，"所以他就扎破了那架无人机主人的车胎？"

"还对着挡泥板开了一枪？"我补充道。

爸爸露出一丝苦笑。我问他，被他吓跑的那头熊是不是一头母熊，还带着两只小熊。

"你怎么知道？"

"因为我也看见它们了。一开始我都不确定是我的幻觉还是真的，但现在我知道了。"

爸爸打开雨刷器擦了擦挡风玻璃，想看清楚对面的旅馆。硕大的雨滴噼里啪啦地砸在车顶。

广播里正在放一首名为《铃鼓先生》的歌。我在妈妈的车上听过这首歌。无论广播里放什么歌，她都喜欢跟着音乐哼。尽管她的嗓子还不错，但我觉得她这么做有点烦人。

"你要想唱歌，"我姐姐总是对她说，"就去卡拉OK呗。"

泰勒·斯威夫特所有的歌妈妈都会唱，有好几次我差一点儿就从车窗跳车逃走了。不过，我从不会像贝琳达那样跟她抱怨，因为我觉得如果唱歌可以让妈妈高兴，我稍作忍耐也是值得的。

在观察了爸爸一整天后，我已经完全可以想象他和妈妈年轻时在一起的情景。他俩都有一颗向往自由的灵魂——我指的是那种居无定所的自由——也有相同的爱好。妈妈爱鹰，爸爸关心熊和黑豹。他们的心灵调频在同一个频道上。

我这么说并不是希望他们现在依然在一起，因为我看得出他们为什么会分手。收拾行李选择离开的那个人是爸爸，但妈妈也始终怀着一颗躁动不安的心。也许有一天，她也能找到一个让她安下心来的人，就像现在的李尔让爸爸感到安心一样。

我一直在等，等一个安静的时刻询问爷爷奶奶的事情，现在我等到了。

"车祸。"爸爸说道，他的声音很小，而且有些沙哑。

"你怎么从没和妈妈说起过这件事？"

"那时候，我没和任何人说过这件事。我应该找人谈一谈，可我没有。"他转过身，想看看坐在后排的萨默在干什么。她闭着眼睛，正沉浸在乐曲声中。

"路上有只乌龟。"他说。

"有只什么？"

"开车跟在他们后面的那个女人说，他们为了避开路中间的那只乌龟突然转向。当时，他们正以差不多每小时70英里的速度行驶在收费高速公路上。车失去控制，冲进了一条水渠里。"

他脸色凝重，悲伤之情溢于言表。我只能说："爸爸，这太可怕了。我真的很抱歉。"

"一只乌龟！就连警察的报告里都是这么说的。"

他没有哭，但是我听得直想哭。

"你的爷爷奶奶——他们是两个多好的人啊，比利。我真想让你见见他们。"

"我也想。"一个嘶哑的声音响起。我觉得自己就像是一个可怕的怪物,居然会提起一个令人如此痛苦的话题。

爸爸向我这边侧了侧身,拍了拍我的胳膊:"儿子,一切都过去了。我每天都会想他们。我需要这么做。你懂吗?"

我什么也说不出来,什么也做不了,只能点头。

要不是看到一辆黑色的路虎揽胜飞快地拐进汽车旅馆停车场,我一定会忍不住号啕大哭。车轮摩擦地面发出刺耳的吱呀声,紧接着,那辆灰色的犬舍卡车也开进了停车场。

爸爸立刻挺直腰背,再次开启了雨刮器。

从路虎揽胜上跳下一个长着鹰钩鼻的男人,他叼着一根粗粗的雪茄,穿着一身防雨迷彩服。此人正是林肯·查姆利·巴克斯特四世。阿克塞尔·伯恩塞德从后面的卡车上跳下来,抬起手,用一张折着的报纸挡在牛仔帽上面。

那个猎犬训练师和盗猎者站在暴雨里。他们靠得很近,看情形这次谈话的氛围既不热烈也不友好。爸爸目不转睛地盯着那两人,脸上渐渐露出一丝微笑。萨默也凑上前来,注视着那两个人。

"你觉得他们在争什么?"我问爸爸。

"我不知道。"他说,"不过,对我们而言,这倒不失为一个不错的开端。"

第十三章

没人知道佛罗里达现存黑豹的具体数量，不过，生物学家说这一数字不会大于300。这些活下来的大型猫科动物生性敏感不安，而且大都独居，目的就是远离人类。然而，在一个每日游客人数都过千的地方，要做到这一点实在太难了。

几年前，科学家们曾将一些得克萨斯州美洲狮引入佛罗里达，希望它们能与黑豹交配，繁衍出体格更强壮也更易存活的后代。可问题就在于大多数黑豹已经离开了这片土地，在外漂泊。曾经的灌木丛和草原全都变成了钢筋水泥——大块的土地被分割成小块的街区和临街商业区——仅存的开阔自然区域也被纵横交错的高速公路撕裂开来。许多年幼的黑豹死于车轮之下。

在文明的碾压之下，这种动物的踪迹日趋罕见。它们会在天黑后在农场和牧场上穿梭，追捕野猪和鹿，偶尔也会捕食小牛。有些农场主并不介意这些大型猫科动物在农场周围徘徊，但有些人则不然。爸爸怀疑有一个对动物毫无恻隐之心的大农场主就曾向人抱怨过自己遭到了黑豹的骚扰，那人立刻向林肯·查姆利·巴克斯特四世透露了这一消息。后者直接找上了阿克塞尔·伯恩塞德，以及他那些声名远播的不会叫的猎犬。

眼下，这场发生在汽车旅馆外的争吵最终以盗猎者和驯狗师迈着重重的步伐，踏着深浅不一的水坑，回到各自的房间而结束。

"我敢打赌他们一定是没谈拢价钱。"萨默爬上床时说。

爸爸对此表示怀疑："巴克斯特非常有钱，无论伯恩塞德开价多少，就算要他付两倍或三倍的价钱都不成问题。"

"那他们还能为了什么事吵架？"我问道。

"我们先休息。"爸爸关了灯，扯过毯子，将身体裹得紧紧的。

到了半夜，他和萨默的鼾声此起彼伏，宛如两头熟睡的海象。躺在地板上的我睡不着，给妈妈发短信。她问我为什么会在一家路边的汽车旅馆"露营"。我告诉她雨太大了，根本没法支帐篷。

她说贝琳达可能会和道森分手，我听到这个消息一点儿也不难过。如此一来，我就不用费事地告诉贝琳达，和她约会的这个傻瓜曾经想用弹弓打邻居家的猫。妈妈说，学校里的另一个男孩也想约贝琳达出去，她正在思考到底要不要"喜欢"这个男孩。他在高中就已经开始学习大学课程，而且目标直指耶鲁大学。我回了一句：但凡那个人的智商高于门把手，他就比道森强。

发完这条消息后，我关了手机，把它塞到枕头下，闭上了眼睛。凌晨3点，爸爸的闹钟响了，惊醒了陷入噩梦中的我：一辆车眼看就要沉入湖底，而我就困在车里；许多乌龟在车旁边游来游去，它们透过挡风玻璃，瞪着一双双黄色的眼睛向车里张望着。

我摸索着爬起来，想把睡袋卷好，却怎么也摸不到它的角。

"我们一会儿会停车喝点儿咖啡。"爸爸说。

萨默看上去和我一样，完全没睡醒，但爸爸看起来却精神饱满，而且已经做好了出发的准备。他说："我们得在巴克斯特和伯恩塞德带着猎犬到达'地点'前赶到那里。"昨天晚餐时，他已经预定了三个三分熟的汉堡包打包带走。他的计划是用无人机进行空投，用这些肉饼分散猎犬的注意力，使它们不再追踪黑豹的气味。根据我在网上看到的关于沃克猎犬的介绍，这个计划成功的概率微乎其微。一旦它们瞄准一种动物的气味，除非地震，否则，没有任何事物能够转移它们的注意力。

可爸爸仍然坚持要试 下。于是，那三个汉堡包和装备一起被搬到了车上，包括无人机。我还是不会操控无人机。一直在下雨，我根本就没有学习的机会。

湿漉漉的街道上空荡荡的，交通信号灯拼命地闪着黄灯。除了我们，便利店里一个客人也没有。爸爸和萨默直奔咖啡机，我随手拿了一瓶茶。天气实在太冷了，店门口的玻璃上蒙了一层白色的雾气。店员更是套了件滑雪服在外面。

"那个地方有多远？"我问爸爸。

"9.4英里。等我们到达时，那里可能还没开门。"

"我会撬锁。"萨默自告奋勇地说。当我望向她的时候，她立刻说道："怎么，你不相信？"

爸爸买了一盒肉桂卷，我们仨就像达成了共识一般，谁也没看有没有过期。我们已经饿得顾不上这些了。

伴随着电子门铃声响起，便利店的门被推开了，阿克塞尔·伯恩塞德走了进来。他似乎并没有认出我，也许是因为我今天穿了件套头衫。他站在收银台前，对店员说他要买包烟。我、爸爸和萨默趁机溜出便利店，向停车场走去，在那里，我们听到了从伯恩塞德的卡车上传来的猎犬抓挠铝质狗笼的声音。

"我们先离开这里。"爸爸说，我们快步走向那辆红色皮卡，跳上车。

萨默很快就系好了安全带，我却没有。

有时候，我的脑子里会突然蹦出一个想法，虽然我明知那个想法有悖于常识，却始终无法将它忘却。就在爸爸转动钥匙、发动汽车的那一刹那，我听见自己突然冒出一句："等一下，我忘拿东西了。"

"不，比利，不要回去——"

一切都太晚了。我相信爸爸一定不会跟上来，因为他绝不会让伯恩塞德看到他的脸。他需要保持隐秘。

我走进便利店，店员正在给咖啡机装料，那个驯犬师正翘着一根布满伤疤、变了形的手指敲打着柜台。我从头上摘下卫衣的帽子，说道："嘿，还记得我吗？坎迪、曼迪和安迪还好吗？"

他直勾勾地盯着我，看上去显得比昨天更加凶狠。他今天没戴墨镜，我这才看到他长了一双淡绿色的眼睛，看着并不太像个坏人。

"小子，这个时候你不躺在家里的床上睡觉，跑这儿来干吗？"他问道。

"我是来帮你的。"

他哈哈大笑，露出了被染黄的上门牙："你是来帮我的？帮我干什么？"

"帮你躲避牢狱之灾。"我说。

正在捣鼓咖啡机的店员扭过头，朝我们这边瞟了一眼。伯恩塞德一把揪住我的胳膊，把我拉到便利店最后一排货架边上，架子上堆满了蘸酱薯条。

"别那么紧张嘛。"我说，"这里到处都有监控摄像头。"

他松开我的胳膊："小子，说吧。"

我感到双手在微微发抖，便干脆把它们插进口袋里。

"我知道你是谁，也知道你来这儿想干吗。"我对他说道，"这里可不是得克萨斯，你懂吗？你要抓的也不是普通的美洲豹。你难道没有查过保护濒危物种相关的法律法规吗？只要你被逮到猎杀佛罗里达黑豹，就会被铐上手铐，扔进监狱——你那些价值不菲的猎犬也全都会被收缴当作证据。"

关于最后那条，我其实并不太确定，但我很肯定这么说一定会让阿克塞尔·伯恩塞德心慌不已，如此一来，我的目的就达到了。

"你到底是谁，小子？"

"无名小卒。"

店员喊了一句："哥们儿，你的咖啡都凉了。"

"我们出去说。"驯犬师说道。

"那里也一样有摄像头。"

"我知道。"

我走出便利店，阿克塞尔·伯恩塞德在里面给咖啡结账。我看到爸爸一副要跳下车冲过来的架势，就朝他微微一抬手，示意他：

放心，我搞得定。他和萨默都往下缩着身体，以免被发现。

伯恩塞德从便利店里走出来后做的第一件事就是点了一根烟。他侧过头，吐出一口烟，将一只胳膊搭在自己的卡车上，命令车里兴奋的猎犬老实点。

"就我自己而言，我对你这行并不太了解。"我说，"但我知道你在大型猎物狩猎圈里声名显赫，是个行家。"

"你是怎么知道的？"

我举起手机："我会看所有和你有关的内容，博客、新闻报道、杂志文章。他们都说你很厉害，想找你和你的猎犬帮忙狩猎的人多得都要排队。我想知道，如果你出手杀了一只被列入濒危物种保护名单的动物，结果会怎样呢？"

驯犬师凝视着他的咖啡："你的意思是，如果走漏了风声，结果会怎样？"

"哦，肯定会有人走漏风声的。"我说，"你相信我。"

他眯起眼睛："小子，你很有种。"

"伯恩塞德先生，我还从没见过野生的佛罗里达黑豹，但我希望有朝一日能亲眼看到这种动物。所以，我完全不赞同你接下来想要做的这件事情。"

他把咖啡放在卡车的挡泥板上，从夹克里掏出一个磨得起了毛边的皮质钱包，递给我："数数这里面有多少钱。你自己数。"

"可我不想要你的钱！我来这儿不是问你要钱的。"

"小子，你先数数里面的钱。"

钱包里总共有三张20美元、两张10美元和一张1美元的纸钞。

"一共81美元。"我说道，然后把钱塞进钱包，再把钱包放回他的手上。

"你知道昨天这里面有多少钱吗？2081美元。你听到了吗？"伯恩塞德冷笑一声，扯掉嘴边的香烟，"一个从加州来的阔佬给我打电话，说他和他大学里的哥们儿在狩猎浣熊，他们都下了大赌注，他想要我做他的私人向导。我告诉了他我的出场费，那价格可不便宜，结果他说：'没问题，朋友。'于是，我就带着我的三只沃克猎犬，大老远地从圣安东尼奥一路开车来到这里。等我到了后，他放了一沓钱在桌子上。我数过后对他说：'先生，这太多了。但凡是个正常人都不会花这么多钱来追捕浣熊。'这时，他说：'我们要抓的不是浣熊。'然后他才把他真正想抓的目标告诉我，就冲他说了一些不能在未成年人面前说的话。"

"昨天，我们看见你们俩在汽车旅馆外吵架。"

"没错，那是在我们谈崩后。"伯恩塞德说。

"在那之后呢？"

"在那之后，我直接把那沓钞票摔在那人的脸上。"他端起咖啡，拉开车门。"我今天得开很长一段路才能到家。"他说。

"很抱歉，伯恩塞德先生。我不知道——"

"小子，不管你怎么看我，我都绝对不会干违法的事。"

我问他手指上的疤是怎么回事。

"被蛇咬的。它不咬我就会咬安迪，所以我伸手了。遇到响尾蛇时，它的动作总是比另外两只狗慢半拍。"

"菱斑响尾蛇吗？"

"那条蛇有6英尺长，和我的胳膊一样粗。你很懂蛇啊？"

"伯恩塞德先生，我能再问你一个问题吗？"

"快点儿说。"

"你是怎么让这些猎犬不会叫的呢？"

"商业机密。"他微微一笑，用略微沙哑的声音答道，"爱、耐心还有大量的培根作为奖励。"

有时候，人们对一个人的看法可能会错得很离谱。不过，当因错误引发的尴尬消除后，那种感觉真的很棒——他人的行为虽令人大吃一惊，却是那种令人开心的惊喜。不是所有人都会把个人信用作为自己的第一生活准则，但这个驯犬师显然是这么做的。面对多得令人咋舌的金钱，他选择了拒绝。

我目送着那辆犬舍卡车，直到它消失在道路的尽头，我才快步向爸爸的车跑去。当我把阿克塞尔·伯恩塞德的话告诉爸爸后，他开心地欢呼了一声，然后说道："狩猎结束了！我们可以开车回家喽！"

萨默又开始沉浸在自己的歌曲世界里，在后排座位上挥舞手臂，做着各种摇滚手势。我抓起装着爸爸想用来做诱饵的汉堡包的袋子，跳下车，冲向便利店，直奔店里的微波炉。

它们最后成了我们的早饭，这些隔夜汉堡包的味道好极了。我们决定把肉桂卷留着稍后再吃。

后视镜里的伊莫卡利小镇渐行渐远，就在这时，爸爸的手机响了。他按下接听键，兴奋地说道："我有好消息要宣布！"

之后，他陷入了沉默。

"什么？你再说一遍。"

说完，他再度陷入沉默，脸色变得更加凝重。

"你说的都是真的？可这怎么可能呢？"

爸爸缩回了原本踩在油门上的那只脚。

"告诉我他在哪儿！"他冲着电话喊道。

他突然转动方向盘，汽车来了个180度大转弯，车轮发出刺耳的摩擦声。我扭过头望着萨默，她沉着脸，朝我摇摇头。

爸爸把手机丢到我的大腿上，一拳砸在仪表盘上。

"是你的线人打来的？"萨默问。

"没错。"

"丹尼斯，出了什么事？"

"'黑豹杀手'依旧一意孤行。就是这件事。"他的语气出奇的平静，丝毫听不出他内心的愤怒。

这个时候，如果一个人得知自己的儿子是个大傻瓜蛋，那滋味一定不好受。

我告诉他我也很难过。"那个驯犬师骗了我！他说他会直接开车回得克萨斯。他竟然当着我的面欺骗我，而我竟然蠢到会相信他说的话。"

"伯恩塞德没有撒谎。他已经离开了。"爸爸说道，他的语气依旧是那么沉闷、平静，"林肯·巴克斯特决定自己干。他已经在去牧场的路上了。"

车速表显示此时的时速是66英里，这意味着我们已经超出限速21英里了。现在，我们最不希望看到的就是因为超速而被警察拦下，可我不知道该说点儿什么让爸爸放慢车速。

萨默问："如果没有猎犬，巴克斯特怎么才能找到黑豹呢？"

爸爸答道："我猜，他会用他诱捕灰熊的那一套老办法。"

"但那些大型猫科动物不会像灰熊那样轻易上钩。"

"如果它们很饿的话，它们会上钩的。"

萨默很不屑地哼了一声："依我看，他这次连开枪的机会都没有！"

"我们能冒险赌一把吗？不能。"

爸爸拧开收音机，结束了这次谈话。在开出好几英里之后，他那双一直死死握着方向盘的手才略微放松了些，车速表上的数字也开始慢慢变小。当车速表上的数字终于变成45的时候，我调小了收音机的音量。爸爸并没有表示反对。

"你难道不觉得奇怪吗？"我问道，"你的线人——姑且不管他是谁——居然能在凌晨4点准确地探知盗猎者的行踪？"

"我并不觉得奇怪。"

"那他一定是在跟踪他，就像我们这样。"

"不，比利，我的线人不会偷偷摸摸地跟踪那个家伙。"

"那他怎么会知道这么多事情？"萨默问道。

"因为我的线人不是男的。"爸爸说，"她是个女人。"

现在，我终于明白了。这是一个不太浪漫的爱情故事。

第十四章

我从没正儿八经地谈过恋爱。我有过几个女性朋友，但我们从没走到"男女朋友"那　步。

其中，我最喜欢一个叫安娜·李的女孩。那时，我们还住在大礁岛。她虽然身高不足5英尺，却是排球队的明星球员。我已经忘了我们是在哪儿认识的，也忘了是怎么聊起不同寻常的爱好这个话题。不过，我记得只要她下午没有排球训练，我们就会骑车沿着905号公路一路往北，一起去抓蛇。我们还一起翻过臭烘烘的垃圾堆，那里老鼠多，会引来许多爬行动物捕食。

安娜·李无所畏惧。我用木板或金属片翻找，她都是直接用手抓——哪怕是狂躁不已爱咬人的黑游蛇和马鞭蛇，她也是直接用手抓。安娜·李是我见过的动作最敏捷的人。她从来都不戴手套，哪怕是在蝎子横行的山地上也依然如此。那里还有许多有毒的蜈蚣。安娜·李什么都不怕。

可惜，我忘了她姓什么。戈德曼、戈德斯坦还是古尔丁？也许，我能在网上找到她，可然后呢？

情况就是如此。她就在那里，而我……四海为家。

林肯·查姆利·巴克斯特四世娶了一个名叫黛西·马洛的女孩。他们在巴克斯特家族的一座庄园里举行了婚礼。黛西热爱大自然，但她和林肯的爱好截然不同。他给她买了一把产自意大利的霰弹猎枪，她用这把做工精致的枪射击空中的陶土飞靶，几乎弹无虚发，但是她从没想过要用它来射杀真正的小鸟，或任何有生命的生物。

黛西·马洛·巴克斯特对丈夫钟情于盗猎大型猎物的事情一无所知，直到我爸爸告诉她一切。在那之后，她就成了爸爸的秘密线人。

爸爸说他们只见过一次面。当时，他跟踪她进了蒙特利的一家"水疗养生度假村"。他们见面时，黛西·巴克斯特正躺在一顶能够俯瞰太平洋的白色高帐篷里。她躺在按摩床上，脸上、胳膊上和腿上全都敷了一层绿色的"养肤泥"，散发出一种类似于玩具橡皮泥的味道，她的眼睛上则贴了两片黄瓜。

正是因为如此，她根本不知道我爸爸翻过疗养院的围墙，走到她身边。听到一个陌生的声音在耳边响起，她吓了一大跳。那个声音对她说："巴克斯特太太，有些关于林肯的事情你应该知道，一旦你知道了这些事情，你对他的感情将面临重大考验。"

一名保安冲上来，想把爸爸赶出度假村，但黛西·巴克斯特坐了起来，揭掉盖在眼睛上的黄瓜片，说她想听听这个语气温和但有点奇怪的闯入者到底有什么话非说不可。

爸爸回忆说，当时的他十分紧张，因为巴克斯特太太身上只裹了一条浴巾。他很绅士地将目光投向了别的地方，然后告诉对方，林肯·巴克斯特找到了他的一个猎人朋友，提出想聘他做向导，去黄石国家公园猎杀一头灰熊。

黛西·巴克斯特听后十分沮丧："我的确怀疑林肯有不良企图，可是我从没想到会这么糟糕！狄更斯先生，我能帮你做点儿什么吗？"

"说服他，让他停手，告诉他这样做不仅违法，而且大错特错。他会听你的话的。"

"你开什么玩笑？"巴克斯特太太答道，"他会冷冷地望着我的眼睛，说他根本就听不懂我在说什么。我早就质问过他这些'特别'狩猎到底是怎么回事，他发誓说他的所作所为都是合法的。但他从没晒过一张照片，这可太奇怪了。"

这就是我爸爸和他那位"线人"的第一次对话。他们说的话可能稍有出入，但大致情形就是如此。

他们最后达成一致，只要巴克斯特踏上可疑的旅程，黛西·巴克斯特就会通知爸爸。她会经常联系丈夫，了解他的行踪——几分钟前，她刚刚联系过他——然后直接给爸爸打电话。她甚至购买了一款名为"配偶定位器"的手机小程序。这款小程序可以通过对方手机的全球定位系统信号，在方圆200码的范围内锁定巴克斯特的方位。

她向爸爸提供关键信息，作为回报，爸爸向黛西许诺：他本人绝对不会做任何伤害她丈夫的事情。

"把他送进监狱算不算伤害他？"萨默问道。

"哦，对于这一点，巴克斯特太太倒是没有任何意见。"

爸爸说，"她认为那种段经历也许能让他幡然醒悟，但我表示怀疑。他那么有钱，肯定会申请保释，再请一个巧舌如簧的大律师。"

我们沿着一条漫长的砂石路向山上的牧场开去。因为手机没有信号，爸爸和巴克斯特太太也断了联系，但是在我们前方，两条新轧出的车轮印清晰可见。爸爸关了车前灯，这样就不会被人发现了。他开得很慢，以免撞上迷路的牲畜，同时也在四处搜寻黑色路虎揽胜的踪迹。

四周弥漫着一层薄薄的雾气，这不禁给人一种在云中行车的感觉。我和萨默已经完全清醒了。

"如果巴克斯特发现自己的妻子偷偷帮助你破坏他的狩猎行动，"我问爸爸，"结果会如何？他会伤害她吗？"

"比利，她可是黑带选手。我说的是跆拳道黑带。黛西·巴克斯特可不会怕林肯。"

"他知道真相后会和她离婚吗？"

"你应该这么问，"坐在后排的萨默突然开口说道，"她为什么还不离开他？"

爸爸说，显而易见，他并不是一个婚姻专家，"关于婚姻，我唯一可以肯定的就是，有些婚姻关系极其复杂。"

进入牧场的大门由铁丝网和铝质的横梁建造而成。门口竖着两根木头柱子，其中一根上面挂着一块写有"禁止擅入"的告示牌，另一根上面则钉着一块"严禁狩猎"的牌子。

我们轻而易举就能翻过大门，但是爸爸不想把车丢在砂石路上，因为这很容易就会被牧场的工人发现。他们会打电话叫来拖车，然后到处寻找我们。

大门的插销上挂着一把恪尽职守的大铜锁。萨默试着用回形针把锁打开，可是大铜锁纹丝不动，我能听到她咬着牙低声咒骂着这把锁。

"还是我来吧。"爸爸有些等不及了，他摸出一把断线钳走过去。

当爸爸把车开进牧场后，我关上了身后的大门，然后将那把已经被钳断了的大锁挂回门插销上。我们顺着牧场里的路向前开了几英里，终于冲出了那团薄雾。爸爸把车开进一片茂密的矮棕榈树丛中，树叶擦着车身，发出嗒啦嗒啦的摩擦声。

他熄灭发动机，我们坐在车里，静静地聆听。知更鸟已经醒了，远处传来了哞哞的牛叫声。天空中泛起淡淡的紫色光芒，这意味着太阳就要出来了。饥饿的蚊子一窝蜂地飞进了车厢里。

"可恶的小吸血鬼。"爸爸低声说道。

我们跳下车，互相往对方的衣服上喷防蚊液。我和萨默开始清点远足的装备，爸爸则在一旁准备他的四轴无人机——他想让它在破晓时起飞。

林肯·查姆利·巴克斯特四世就在附近，追踪黑豹。

"我真想知道他在哪儿。"萨默说。

很快，一声枪响从雾气蒙蒙的灌木丛后传来，在空中回荡着，算是回答了她的这个问题。

爸爸放下手里的无人机，抬头看了一眼，说："哦，不！"

在我和贝琳达出生前，爸爸曾为妈妈策划过一次惊喜之旅，带她去看野生火烈鸟。妈妈对火烈鸟的喜爱程度仅次于鹰。他们开车穿越大沼泽地公园，来到佛罗里达湾旁边一个叫弗莱明戈的地方。他们租了一条船，开始寻找著名的火烈鸟群。据说，它们就生活在潮汐平原附近距离公园管理处不远的某个地方。

可是那天，那群火烈鸟并不在那儿，他们连一只鸟也没看见。妈妈见到了蓝色的苍鹭、白色的鹈鹕、鸬鹚，甚至还见到了一对玫瑰琵鹭，她拍了许多漂亮的照片。她觉得这是一次美妙绝伦的旅行，可爸爸很沮丧，因为他向她保证一定会让她看见火烈鸟，最终却食言了。

几年后，爸爸在牙医诊所里等候就诊的时候，看到了一篇文章，那上面说巴哈马有个地方，一年四季无论何时都能看见火烈鸟。于是，爸爸立刻开始筹划第二次观鸟之行。

妈妈指出，他们现在有了两个小孩，而且去小岛度假的费用也不菲。爸爸说这都不是问题，然后立刻用信用卡预订了机票。之后，他带我和贝琳达去政府大厅办理了美国护照。那本护照我们都只用过一次——就是那次的巴哈马之行。

我很想说我还记得那次旅行，但只有在翻看妈妈的相册时我才能回忆起来。毕竟，当年我才两岁半。

尽管如此，那些火烈鸟仍然是我记忆中最璀璨的画面——它们排成行，迈着有条不紊的步伐在浅水滩里缓缓而行。它们垂下头，将向下弯曲的喙伸进清水里，挑出自己爱吃的丰年虾和小螃蟹。

随着我们乘坐的摩托艇渐渐靠近，那些鸟全都停止捕食，循着发动机的声音朝我们这边望。一只鸟扑腾着翅膀，飞了起来，别的鸟也跟着拍打起翅膀，如一团彩色祥云般飘到了空中——有些鸟的羽毛是橙红色的，有些是桃红色的，还有一些幼鸟的羽毛呈灰白色，乍看上去又像是奶白色。它们翅膀的外缘像是粘上了沥青一般，透着一抹黑色，正好与嘴巴尖端黑色的弯钩相衬。

那群鸟呼啦啦地飞上天空，不消片刻，它们就汇成了一支V字形的队伍。火烈鸟的身体线条并不是很优美，相对于又长又细的脖子而言，它们的头似乎过于沉重，而它们的腿又似乎过长，垂在身下，宛如两条松垮的绳段。即便如此，它们成群结队飞上天的场面依旧令人难以忘怀，仿佛有人在湛蓝的画布上甩了一团如奶油般细腻的玫瑰色颜料。

我看到妈妈坐在船头，正端着相机对准那些飞向天空的鸟儿。爸爸坐在她身边，揽住她的肩膀，帮她稳定双臂。妈妈的相册里并没有他俩摆出这种姿势的照片，但我发誓我真的记得这一幕。贝琳达绝不承认自己对此有任何记忆。她只会说她记得当爸爸把我放在她的腿上之后，我就一直不停地冲着火烈鸟挥手，直到它们飞过那片红树林，彻底消失为止。

有时候，当我脑海中关于那天早晨的回忆渐渐模糊的时候，我就会翻开护照，看一眼那上面的"巴哈马移民局"的印章。现在，那本护照早已过期，但我一直留着它。贝琳达说那次海岛旅行是我们全家最后一次真正意义上的家庭活动。迄今为止，妈妈都不知道爸爸是如何还清了那次旅行的信用卡账单，但我猜苏菲姑婆肯定慷慨解囊了。

我之所以会在此刻回想起那些野生火烈鸟，是因为就在我们偷偷摸摸地翻过大沼泽地公园里的灌木丛时，一只羽毛发红的沙丘鹤始终目不转睛地注视着我们。沙丘鹤在我妈妈的爱鸟名单中排名第三。它们和白头鹰、火烈鸟一样，通常都会和自己选择的伴侣共度一生。这只外出散步的沙丘鹤却孤孤单单。

萨默小声说道："我们蒙大拿也有沙丘鹤。"

一个女孩背着霰弹猎枪的样子看上去真的很奇怪，但坦白说，我从没见过任何人背霰弹猎枪。爸爸再三向我保证，萨默会用枪。

"这和是不是乌鸦族人完全没关系。"她随即补充道，同时瞪了我一眼，"射击的关键在于敏锐的双眼和稳健的双手。"

"我相信你。"我说。

我一看到枪就紧张，看到霰弹猎枪也一样。大多数人听到枪声后，本能的反应是向相反的方向跑。我们却反其道而行之，以最快的速度，蹑手蹑脚地朝枪声传来的地方跑去。我们仨谁也没说出口，但其实我们都很担心自己来晚了，伴随着刚才的那声枪响，佛罗里达原本就所剩无几的黑豹可能因为林肯·查姆利·巴克斯特四世的到来又少一只。

爸爸拿着那架四轴无人机，我背着短柄小斧头、驱蚊喷雾、望远镜、水壶和我们从皮卡里翻出来的几根能量棒。

当我们从那只孤单的沙丘鹤身边经过时，它发出了嘹亮的鸣叫声。换作平时，我一定会停下来，拍张照片传给妈妈，但眼下时间十分紧迫。

我和萨默都在等着爸爸宣布他的狙击计划。

"我们随机应变。"他对我们说道。

"也就是说我们没计划。"我说，"所谓的计划就是一个概念而已。"

"比利，小点儿声。"

我们顺着一条动物走的林间小道往前走，小道很窄，我们三个只能排成一列。萨默手里拿着枪，所以走在最前面。当爸爸问她是否打开了枪的保险栓时，她叹了口气说："当然开了。唉。"

我们都很紧张，呼吸急促。当一只受惊的兔子突然蹿出来，从我和爸爸之间跑过去的时候，我顿时被吓得一蹦三丈高。

最后，我们终于来到了一小片林间开阔地，爸爸示意我把望远镜拿给他。

"你看到什么了吗？"

"趴下。你们俩都趴下。"

我和萨默立刻卧倒在地上。爸爸举起望远镜，调了调焦距，他显然看到了什么。

"是什么？"萨默问。

"巴克斯特的那辆路虎揽胜。他用矮棕榈树的枝叶把车遮挡起来，但是我看到了太阳光照在金属挡板上的反光。"

"你看到他人了吗？"我问。

"还没有。"

"该无人机出场了。"

"没错。"爸爸把望远镜递给我，"儿子，你怎么爬在蚂蚁堆上了？"

刹那间，火烧火燎的刺痛感顿时让我忘记了眼下的紧张氛围。这些特别的蚂蚁——很可恶的红色品种——已经爬满了我的徒步鞋，从我的裤腿下钻进来，爬到了我的身上——我还很愚蠢地以为长长的裤腿能够保护我的双腿。现在，那些小恶魔正在叮咬我。我在地上滚来滚去，不断地踢腿，用手又抓又挠，尽量不让自己叫出声。萨默很识趣地躲到了一旁。等我将这些爱咬人的小虫子清理干净后，无人机已经飞上了天空。

看到这儿，你可能会想：这个父亲到底是怎么回事，竟然带着两个孩子深入荒野，去追踪一个全副武装的盗猎者？

请你们别忘了——这并非爸爸的主意，是我和萨默表示想和他一同前往，而且为了让他无法拒绝我们，我俩都使了一些小手段。我们都知道一个他不想让外人获悉的秘密。

无人机在路虎车上方很高的地方盘旋着。通过机载摄像头，我们可以清楚地看到那边的情形。爸爸的智能手机连着遥控器，可以观看实时画面。

最终，那个盗猎者终于出现在画面之中，渺小的他看上去只是沼泽地中的一个灰色的小点。为了让我们看得更加清楚，爸爸稍微降低了无人机的飞行高度。

不出我们所料，林肯·查姆利·巴克斯特四世穿了一身迷彩服。他行走在沼泽地里，手里端着一根长长的黑色物体，俨然是一名不速之客。毫无疑问，那是一把来复枪。一只体形不算小的深褐色动物软绵绵地挂在他的脖子上。

联想到我们之前听到的那声枪响，我的胃不禁一阵抽搐。

"他得手了！"我愤怒地说道，"我们来晚了，爸爸。"

"不，儿子，还不晚。"

"你在说什么？你自己看！"

"那不是他杀死的黑豹。"萨默说，"那是一只小鹿。"

突然，那个盗猎者跪在地上，仰头向天上张望，似乎听到了什么声音。爸爸紧握手中的遥控器，升高无人机，让它向东方飞去。此时，太阳冉冉升起，耀眼的光芒足以掩盖无人机的行踪。

画面中的巴克斯克再次变成了一个小黑点，不过，他已经站了起来，继续向前走去。很显然，他还以为这里只有他一个人，放松了戒备。

"这么说，他打了一只小鹿做诱饵？"我问爸爸。

"没有伯恩塞德的猎犬相帮，他也只能这么干了。"

"我们怎么才能阻止他？"萨默问，"是时候制订一个具体的计划了。"

"如果他真的引来了黑豹，我们就用无人机发出警告，赶在他开枪前把黑豹吓跑。"爸爸说道，"就像上次在汤姆矿工盆地驱赶灰熊一样。"

萨默对这一计划提出了疑义："可是，我们可能得等上好几个小时才能等来黑豹。如果无人机的电池没电了，那怎么办？"

这也正是我所担心的，但是爸爸似乎觉得这个问题简直愚蠢至极："你们难道没听说过移动电源这种东西吗？我买了四个……不，五个。"

"嘿，爸爸。"我说。

"怎么了？"

"那个坏蛋呢？"

"哦，不好。"

我们仁弓着背，伸着脖子，注视着遥控器的显示屏。在无人机镜头拍摄到的画面中，巴克斯特消失不见了。

"他去哪儿了？怎么回事？"萨默有些不高兴地问道。

爸爸的脸色看起来不太好。"他还在寻找黑豹，是无人机在移动。"

"它自己会动？"

"有时候会这样。"他嘟囔了一句，然后就不停地摆弄操纵杆。

"会怎样？"我问道。

"他们把这种情况称为无序飞离，也就是说……无人机自己飞走了。"

我和萨默对视了一眼，立刻知道我们都在思考同一个问题：这个"飞走了"到底会飞多远？

遥控器开始发出急促的嘟嘟声，这很可能不是一个好征兆。萨默问爸爸无人机是否能自动返航。

"它又不是狗。"爸爸答道。

"那我们怎样才能找到它呢？"

"别担心，机上有内置的全球定位追踪系统。"

"我希望它能在水下作业。"我说。

那架四轴无人机正朝着一个明显有池塘的地方急速飞去。我们看到池塘边分布着许多黑色和棕色的物体，定睛细看才发现是三三两两正在喝水的奶牛。

爸爸近乎绝望地手握操纵杆，左扳右晃，却无济于事。通过无人机传回的画面，我和萨默眼看着水面上的无人机倒影越来越大，却只能望湖兴叹。只听"扑通"一声，下坠的画面摇晃得令人眼晕——紧接着，显示器开始闪烁，然后瞬间黑屏。

他放下遥控器。飞行结束。

"无人机只要碰到水，"他垂头丧气地解释说，"就会变成一块废铁，电路板瞬间就会短路。"

萨默垂下头："这么说我们没招了？就这样结束了？"

失去了这个高高在上的眼睛，我们几乎不可能在神不知鬼不觉的情况下监视那个盗猎者——对方很有可能会朝我们开枪示警。

"我们应该离开这里。"我对爸爸说。

"等一下，比利，我还有后备计划。"

"肯定不是什么好计划。"萨默低声嘀咕道。

的确不是个好计划。事实上，连计划可能都算不上。

最终，我们投票表决。我们谁也不想放弃这项任务。

第十五章

我不知道是谁叫来了警察。

也许没有人打电话。也许，诚如这位警官所言，他不过就是例行巡逻，听到这边有些吵而已。

就像我说的，这个计划从一开始就很蹩脚。其核心就是制造很多噪声——声音大得足以吓跑黑豹。猫科动物都很怕人，一旦发现任何人类活动，它们都唯恐避之不及。我们的目的就是让它迅速跑开。

那是一头黑褐色的雄性黑豹，体形很大。第一个发现脚印的是萨默，但是，在盗猎者活动的方向，第一个发现那只动物在活动的人是我。

爸爸轻声说，谁会爬到树上，静静地俯视之前死在自己枪下的鹿？

能够目睹黑豹不仅幸运，而且完全出乎我的意料——让我有种不真实的感觉。起初，我以为一定是幻觉，是我的潜意识让我凭空想象出了一头黑豹。那感觉就和我在蒙大拿见到灰熊时的感觉一模一样。

然而，和当初看到的那头熊一样，那头黑豹并非幻觉。爸爸和萨默也瞥到了它的身影。它快跑几步，穿过一片空地，它的尾巴看上去似乎比身体还要长，尾巴尖是黑色的。

要不是因为我们的无人机此时正躺在奶牛池塘底部，这时应该是放飞无人机的最佳时机。所以，我们需要用另一种方法吓跑那头黑豹，也就是那个不能称之为计划的备用计划。

爸爸朝天开枪，萨默用粗木棍用力地敲打一棵已经枯死的松树，而我在发现林肯·查姆利·巴克斯特四世忘了锁车门后，直接跳上他的车，拼命地按喇叭。车钥匙还插在点火开关上，杯托上插着一支抽了一半的雪茄，散发着淡淡的烟味。副驾驶座上有一张黄色的纸片，上面写着一个名字和一个电话号码。

就在爸爸开始射击的同时，我把两只手重重地压在车喇叭上，一直没有松开。喇叭的声音很响，枪声也一样，萨默敲树的动静也不小。

树林里突然变得很吵，一切都仿佛动了起来。方圆一英里内的所有动物可能都听到了我们制造的骚动。那头黑豹和我们之间的距离远远小于一英里，毫无疑问，它早就跑远了。恐惧足以让饥肠辘辘的野生动物胃口全无。

爸爸带了足足一打霰弹枪子弹夹，这些子弹很快就会打完。在他打出最后一发子弹后，我们立刻全速跑回到那辆红色皮卡旁，跳上车，不顾颠簸，飞速驶向牧场大门。

在大门口，一辆警车拦住了去路。

那位警官站在门口，用一根手指勾着那把被钳断的铜锁，飞快地转动着。

"你们擅闯此地，"他说道，"还带着武器。"

爸爸把盗猎者追踪黑豹的事情告诉了他。

"他还杀了一只鹿，但现在早已过了狩猎季节。那个人的名字叫林肯·查姆利·巴克斯特四世，他开了一辆黑色的路虎揽胜。我可以带你去找他！"

警官说："猎鹿者一般都用来复枪，可我听到的是霰弹枪的枪声。"

我爸爸指着放在车后面的枪："警官，它就在那儿呢。"

"先生，你刚刚开枪打什么？"

"什么也没打。"我插嘴说道，"他朝天空开的枪。"

"为了吓跑那头黑豹。"萨默补充了一句。

警官检查了爸爸的枪，确保里面已经没有子弹了。在记下我们的姓名和出生年月之后，他让我们坐回到车上。

一个小时后，我们仍在原地。为了防止爸爸开车离开，警官拿走了他的车钥匙，但我很肯定他其实根本就不会走。没有车钥匙，我们没法发动汽车，这就意味着也开不了空调。外面太热，根本不能关窗户，蚊子正好乐得享用人血大餐——我们的血。

"很抱歉，孩子们。"爸爸说。

萨默问他："我们是不是会被关进监狱？"

"你们俩不会。"他答道，"我？有可能。"

警官正在打电话，不一会儿，一辆配有超大泥地轮胎的沼泽卡车出现了。开车的是一个矮矮胖胖的年轻人，他的胡子和头发都是红色的，头上戴了一顶卡车司机帽，身上的牛仔裤磨得很旧，一双靴子看上去脏兮兮的。警官把他带到我们面前。

"他是牧场的工人。"警官对爸爸说，"把你刚才告诉我的那些话都跟他说吧。"

爸爸又把盗猎者和黑豹的事情说了一遍。

那个牧场工人面无表情地答道："我刚一路开过来，一个人也没看见，更没见到任何擅闯的车辆。"

"我知道那个盗猎者在哪儿。我可以带你去。"爸爸依旧坚持己见。

"那边没人。"那个人斩钉截铁地说道。说完，他转身对警官说："我老板要这些家伙立刻离开这里。"

"他有表示想起诉他们吗？"

"没有，除非他们杀死了什么动物。"

"这个嘛，他们弄坏了他的锁。"警官给他看了那把断了的锁。

爸爸立刻掏出皮夹："我赔50美元，够了吗？"

"100。"那个家伙说，"你得赔偿我的时间，还有带来的不便。"

他连100那个词都没说清楚，但我什么也没说，看着爸爸掏出两张50美元面值的钞票递给那个男人。

萨默气炸了。"骗子！"说话时，她故意假咳了几声。

我从车窗里探出头说："嘿，你就是拉斯提？"

那个人吃了一惊，扭过头问道："小子，谁告诉你的？"

"你说的那个不存在的盗猎者告诉我的。"

拉斯提的脸瞬间变得和他的头发一样红。他跺跺脚，快步奔回他那辆四驱沼泽卡车，在发动机的轰鸣声中飞也似的开车走了。

"我不知道这里到底发生了什么事。"那名警官对我们说，"但是，你们如果够聪明，就应该跟着我离开这个地方。"

爸爸说："长官，我们随时可以跟你走。"

肉桂卷一点儿都不新鲜，吃起来还粘牙，但我们饿得已经顾不上这些了。

"你怎么知道那个人叫什么？"爸爸问我。

"巴克斯特的车上有张字条，上面有个人名和电话。那个人一出现我就断定是他，一看他的头发就知道了，不是吗？"

萨默说："这么说来，那个态度粗暴的工人和他是一伙儿的。"

爸爸很确定，那人就是巴克斯特的内线。"牧场老板对此可能一无所知，这也是拉斯提不想让警官提起诉讼的原因。他绝不会冒险，万一我们把看见的一切都告诉法官了呢？如果被人发现他勾结盗猎者，他立马就会被开除。"

爸爸说："盗猎者会满世界搜寻罕见的濒危动物，他们有自己的关系网。他们会放出消息说自己愿意花大价钱购买射杀某种动物的机会——例如，蒙大拿的灰熊或是南非的黑犀牛——总是会有贪得无厌的人与他们暗中达成交易。"

拉斯提可能就是透过盘根错节的关系网得知有一个有钱人正在寻找狩猎佛罗里达黑豹的机会。这个牧场工人可能觉得这是个不错的副业，不费事还来钱快。

"发现比利知道他叫什么的时候，他吓得面无人色。"萨默说。

"又一个'高光时刻'。"爸爸咯咯地笑起来，抬起手从下巴上弹掉了一撮肉桂卷的碎屑，"我敢打赌，可怜的拉斯提一定吓得尿裤子了。"

最重要的是，林肯·查姆利·巴克斯特四世永远都没机会杀死那只大型猫科动物了。现在，那头黑豹很可能已经一路狂跑去了旁边的县。巴克斯特肯定也已经知道自己被人跟踪了，想必也吓得不轻。

尽管我们的这次行动进展得极其不顺，但最后的结果还不错。唯一的损失就是那架溺水的无人机。

"手上还打了很多水疱。"萨默举起手，亮出她的手掌。萨默刚才真的是拼尽全身力气去砸那棵枯死的松树。

很可惜我们仨忙着砸树、按喇叭、开空枪，没能看到巴克斯特当时的反应。毫无疑问，巴克斯特一定慌了神，赶紧给拉斯提打电话。对他们俩而言，今天绝对是一个糟糕透顶的倒霉日子。

按照指示，我们跟着警官的车回到了伊莫卡利，他把我们带到一个服务站后就离开了。爸爸走到远离加油泵的地方去打电话——很可能是打给巴克斯特的妻子。

我和萨默则像两个乖小孩一样，给各自的妈妈打电话报平安。我妈妈正忙着开网约车接送客人，不能说太久。我告诉她我们见到了一头野生黑豹，她也觉得我们的运气好得离谱。

李尔正带着两名垂钓者在麦迪逊河上钓鱼，所以她也只能简短地和萨默打个招呼。萨默告诉她大沼泽地公园简直漂亮得不像话，但是这里的蚊虫也异常凶猛。李尔听到黑豹后立刻询问它和蒙大拿的美洲豹相比哪个更大。

"它很大。"萨默哈哈大笑。

当她挂断电话后，我决定问问她爸爸的情况。她从没提起过他。

"因为他不存在。"她说。

"所有人都有爸爸。"

"从生物学的角度来说，的确如此。但是，从参与度来说——你懂的，就是从家庭成员的分工与职能这个角度来说——我爸爸完全缺席。他是个拉科塔族人，但这有什么区别吗？他住在离我们很远的地方。"

"他是做什么的？"

"我猜，望着墙壁发呆吧。比利，他在监狱里。"

"天啊，对不起。"

"天啊，千万别！"萨默勉强挤出一个微笑，"他就应该待在监狱里。"

我今天说得已经够多了。有些人生来就有一种本事，能快速轻松地转换话题，可我不是那种人。

"他为什么会被关进监狱？"我问道。

"他打我妈妈。"

"当着你的面？"

"有没有我都一样。"她说，"只不过那一次，他们只能用担架把他抬走。说实话，我都不记得自己打了他，但他最后倒在地上，躺在一片血泊之中。警察给我看了雪铲上的东西。他们说，我当时有点丧失理智。”

“当时你多大？”

“8岁。我还没有那把雪铲高。我和妈妈，我俩从来不提那个浑蛋，就连他的名字都不会说。对我们而言，那个男人早就不存在了。”

“他算什么男人？！”我说道。

“谢谢。”

我向窗外望去，爸爸还在打电话，一边讲一边在停车场里绕圈子。他绝对称不上是个称职的父亲，但是我相信他不会伤害任何人。一想到萨默和李尔曾经和一个像地雷一样随时可能爆炸的人生活在同一个屋檐下，我只觉得心中一紧。

“你爸爸活在自己那个有点古怪的世界里。”萨默说道，“但你知道吗？那个世界一点儿都不可怕。无论何时，我和妈妈都会毫不犹豫地选择古怪，放弃可怕。”

“即便如此，这么多年连一个电话都没有——我的意思是，这也太过分了。贝琳达可能永远都不会原谅他。”

“换成是我，我也一样，比利。一方面来说，丹尼斯真的太了不起了，独自一人追踪这些残暴的盗猎者。仅凭这一点，他就应该受到尊敬，对吧？但从另一方面来说，他又是个没脑子的大笨蛋，居然会因为害怕而不联系你和你姐姐。不过，不管怎么说，至少他现在来这儿了。我爸爸？我希望我永远都不要再见到他。虽然这听着很冷漠，却是事实。”

我必须承认，萨默的观点使我受到了启发，让我看到了这件事的另一面。我需要提醒自己，还有很多父亲比我爸爸差远了。

挂了电话后，爸爸说他刚刚的确是在和黛西·巴克斯特通话。她说她丈夫刚刚给她打电话时似乎特别生气。他没告诉她自己在做什么，也没解释发生了什么事情，但她立刻就意识到他的这次盗猎行动失败了。爸爸告诉我们，当得知那头黑豹跑掉后，巴克斯特太太高兴极了。

不过，她丈夫的霉运似乎还没结束。当我们从伊莫卡利出发，沿着公路向南行驶的时候，半路上，我们看到一辆黑色的路虎揽胜向着相反的方向疾驰而去，一个红头发的男人开着一辆四轮沼泽卡车在后面穷追不舍。我猜，一定是拉斯提追着林肯·查姆利·巴克斯特四世，要他解释为什么对手会知道自己的名字。

如果我是巴克斯特，我一定会一脚油门踩到底，绝对不松开。

爸爸驾车朝着一段被叫作"鳄鱼巷"的州际高速公路驶去，那是开车返回东海岸最近的路，可我和萨默一直劝他再多住一晚。大沼泽地城是一个渔村，妈妈曾带着我和贝琳达在这里住过一段时间。从这个渔村出发，跨过堤道就能到乔科洛斯基岛，那里有一个露营地。

去年夏天，飓风"艾尔玛"袭击了这里。所有的一切都泡在水里，长达数日。我很想去看看我们住过的那个社区现在情况如何，于是，我把地址告诉了爸爸。

社区里的房子都还在，其中一座有纱窗的黄色小木屋就是我们曾经的家。房子的外墙上有一道棕色的水印，距离地面约5英尺高，但除此以外，整个社区看上去十分宁静。神奇的是，那场飓风居然没有吹倒院子里那棵高耸的凤凰木。

爸爸满脸微笑地望着那座小房子。"我太明白你妈妈为什么选这栋房子了。"他说道。

房子外的车道上停着一辆拖车，上面放着新房主的海湾船，两副带有条纹图案的桨叶式冲浪板斜靠在墙上。房子前的邮箱被画成了一条张着嘴的草莓石斑鱼。我立刻拍了张照片发给妈妈。

在露营地，我们受到了一群又一群蚊子的热烈欢迎，逼得我们以堪比吉尼斯世界纪录的速度搭好帐篷。在船坞等着拿冰的时候，我看到两只白头鹰正以顺时针方向绕着海湾飞翔。远远望去，大多数成年鹰长得都差不多，但我真的很好奇，这两只鹰是否就是我们住在这儿时妈妈常带我们去观望的那两只鹰——它们的鹰巢被龙卷云摧毁，我一直告诉妈妈，它们一定会回来，可她不相信我的话。正因为如此，她才卖掉了我们的房子，搬到了一个新地方。

自从飓风"艾尔玛"侵袭后，尽管大沼泽地城里的大多数建筑都已修缮完毕，但我真的没想到会在这儿看见这么多的野生动物。因此，那两只鹰于我而言是一个大大的惊喜。我一定要告诉妈妈它们就是当初的那两只鹰。

户外蚊虫太多，根本不可能生火做饭，所以我们决定去巴伦河石蟹码头旁一家我记忆中的餐厅吃饭。那地方看起来非常新，在墙上的照片中，我们看到了飓风过后一片狼藉的餐厅厨房和支离破碎的码头。

我们选了水边的一张桌子。爸爸说，明天，他会开车把我送回皮尔斯堡，然后就和萨默一起开车回蒙大拿，踏上漫长的回家之旅。

"你这么快就走？"我问道。

"我答应李尔了。"爸爸说，"最近，我待在家的时间太少，出门太多。"

我明白了。

"比利，你觉得贝琳达会喜欢蒙大拿吗？"

"我不知道，一切都说不准。"

萨默咯咯地笑起来："只要是人类，就不可能不喜欢蒙大拿。"

"贝琳达得先处理好她和男朋友的那些事情。"我说。

"我也是。不过，如果非要我在戴维和落基山之间做选择，戴维毫无疑问会落选。"

爸爸说："就是来蒙大拿看看，我希望她能来——在她去上学前。你妈妈可能也会想和她一起来。李尔不会介意的。"

听起来他似乎想一次性把自己的所有家人都聚集到一起。这个愿望实现起来可能有点困难。

"我会问妈妈的。"我向他保证说，"还有贝琳达。"

我们点了鱼肉煎玉米饼卷、卷心菜沙拉、玉米棒和一大壶冰茶。就在我们等菜上桌的那段时间里，一只鱼鹰俯冲而下，从河里叼起一条亮闪闪的胭脂鱼。我的脑海中立刻闪过一个相同的画面：一只鱼鹰附身冲向河面，叼起一只倒霉的鳟鱼后腾空而起，只不过这一幕发生在2000英里以外的黄石河上。

吃完饭后，爸爸说他想亲眼见识一下我的抓蛇技巧，萨默也很想体验一次开夜车穿越大沼泽地。我告诉他们，在大柏树湿地有一片爬行动物聚集的区域，就在一条土路旁。等我们开车到达那里时，天已经全黑了，正是抓蛇的好时机。

爸爸打开了车的远光灯，脚踩在刹车上，让车缓缓前行。行进中的蛇通常会完全舒展身躯，但有时候它们停下歇息时也会摆出S形，还有些时候，它们会干脆把身体盘成卷。要想从移动的车辆上发现蛇实属不易，但是我们三个目光如炬——事实证明，萨默的眼力更胜一筹。

我们首次出手，就抓到了两条袜带蛇、一条4英尺长的王蛇、一条玉米蛇和一条小环颈蛇——要不是萨默眼尖发现了它，这条小蛇恐怕已经被我们的车压扁了。在抓袜带蛇时，其中一条突然蹿向我，在我的一个指关节上留下了一个小小的划痕。不过，在我看来，它并没有咬到我。

我没有带枕套，所以每抓到一条蛇，我们拍几张照片后就会立刻放了它。爸爸给萨默拍了一张相当酷的照片。那条橙黑相间的环颈蛇盘成一卷，绕在她的于指上，仿佛给她戴了一枚颇具异域风情的戒指。爸爸把照片发给了李尔，萨默则把照片发给了她的那个叫戴维的男朋友。

在回去的路上，我们又下车搜寻了一阵，却再也没见到一条蛇。路上，爸爸还曾停下车，让一只浣熊妈妈带着它的三个小宝贝安心地穿过马路。之后，我们又遇到了一只又老又胖的负鼠，它横在路中间，不肯挪窝，只是一个劲儿地对着车灯眨眼睛，龇出它那尖尖的牙齿，让我们领教了负鼠的虚张声势。爸爸抓着它那光秃秃的灰色尾巴，提起这个满腹牢骚、又蹬又叫的小家伙，把它放进了路边的树林里。说实话，我宁愿对付一条怒气冲冲的蛇，也不想去碰它。

等我们回到乔科洛斯基岛的时候，营地里已是一片静谧。不幸的是，蚊子们不需要睡觉。我们以最快的速度冲进帐篷，拉上拉链。帐篷里的活动空间十分有限，父亲、儿子和继女像沙丁鱼一样挤在一起——出于礼貌，你可以用"温馨暖和"来形容我们的帐篷。不知为何，我觉得车里的谈话氛围似乎更加轻松。现在，反盗猎行动已经结束，我也不知道我们仨该聊点儿什么。

借着营地里的灯光，我和萨默给各自的妈妈发送了一条晚安短信。爸爸静静地聆听电话语音信箱里的留言。

"糟糕！"我们听到他唠叨了一句。

怎么了？我心生纳闷。

他把手机扔进自己的旅行袋里，说："刚才那条是我线人的留言。"

萨默叹了口气："你可以说名字，我们都知道她是谁。"

"和我想的一样，林肯·查姆利·巴克斯特四世没有直接开车回加州。"

"他去哪儿了？"我问。

"他告诉妻子说，他在蒙大拿还有一些'没处理完的生意'。在我听来就是他又去猎灰熊了。"

萨默用胳膊肘顶了一下我，正好顶在我的肋骨上。我俩的想法一样，这个想法令人不寒而栗。

"如果他那件'没处理完的生意'不是熊，"我对爸爸说，"而是你呢？"

第十六章

妈妈很喜欢我拍的那张我们在大沼泽地城的旧房子的照片。

"我就知道它很结实！"她说。

"我还看见了你的那两只鹰。"

"比利，是那两只吗？它们回来了？"

"我早就跟你说过，它们会回来的。它们挺过了那场飓风，安然无恙。"

"哇，太厉害了。"

吃午餐的人有：我、妈妈、贝琳达、萨默和爸爸。

萨默坐在贝琳达旁边，这其实略显尴尬，因为她们之间没有任何共同点——而且对爸爸的看法完全相反。爸爸和妈妈分别坐在餐桌的两端。妈妈注视爸爸的次数明显多于爸爸看她的次数。对于我们这次所谓的野营之旅，他能说的非常有限，因此这个话题只延续了大约两分钟便草草结束了。紧接着，谈话进入了闲聊阶段，贝琳达全程表现得她宁愿去看牙医也不愿待在餐桌上。当爸爸祝贺她拿到康奈尔大学奖学金的时候，她装出一副若无其事的样子，说这没什么值得祝贺的。

爸爸说："你应该在大学开学前来蒙大拿玩一次。你妈妈也跟你一起来。比利说他之前跟你提过。"

我真的说过这事。当时，贝琳达的反应十分冷漠。

此刻，她摆出一副毫不感兴趣的表情："对啊，那里可玩的地方太多了。"

"我们可以去河上漂流，进山远足。"爸爸说，"你喜欢骑马吗？来吧，我给你们买机票。"

妈妈看起来倒是兴致勃勃。贝琳达没好气地哼了一声。

为了缓解气氛，萨默聊起了金雕，说它们的体形有多大，飞行的姿态是多么优雅。不出所料，妈妈立刻变得异常兴奋，连珠炮似的抛出一连串问题：它们的翼展有多宽？它们对配偶也是从一而终吗？它们的巢会被暴风雪掀翻吗？

贝琳达只得一脸不高兴地瞪着自己盘子里没吃完的玉米煎饼。

我说得并不多，因为我的嘴里塞满了食物。我从乔科洛斯基岛一路坐车回来，漫长的旅途让我饿得前胸贴后背。回来的路上，爸爸拐去了劳德代尔堡，在电子产品商店买了一架新的四轴无人机。他选了一款贵得离谱的型号，但依旧不防水。

妈妈对乌鸦族印第安人十分好奇，于是，萨默便向她简短介绍了他们部落的历史和保留地的情况，还顺带介绍了她的家族。说到后面时，贝琳达似乎也听得入了神。

我和爸爸去外面组装他的新无人机。这次他选了黑色的。他在我俩的手机上都下载了控制无人机的应用程序，并且向我保证今后一定会教我操控无人机。

"大西部是学习无人机操控的最佳地点。"他说。

"如果巴克斯特执意要把你找出来，你到时就忙得顾不上教我了。"

"比利，他怎么可能找得到我？"

"他既然扎破了你的轮胎，就一定看到了你的车牌。"

"那又怎么样呢？只有警察能查询私人信息。"

"你就不能追踪其他盗猎者吗？"

"巴克斯特是我的一号目标。"

"那就先去追踪二号目标。"我建议说。

"二号目标暂时都不会有所行动。他从树上摔了下来。"

"爸爸——"

"之前，他还开枪打伤了自己的脚。"

"爸爸，你一定要加倍小心。"

"我一直都很小心。"

为了测试新无人机，他派出这架刚刚装好的无人机去印第安河对岸探视妈妈的那两只白头鹰。机上装配的高分辨率摄像头捕捉到了其中一只鹰的身影，它正蹲坐在一根树枝上，俯视着下方的小水湾。另一只鹰可能正在空中翱翔，等待捕鱼的时机——又或是在寻找刚刚抓到鱼的鱼鹰。白头鹰拥有高超的捕猎技巧。

在爸爸的引导下，无人机顺利返回我们社区，稳稳地落在我家院子里。我和爸爸刚一走进屋子，妈妈就立刻宣布说："大家听好了，一切都已经说定了，我们下周就去蒙大拿！"

我其实不太确定，在听到这一消息后，我和爸爸到底谁才是那个惊呆了的人。

"下周？"他说。

我完全明白他在想什么。他想等巴克斯特的事情彻底了结，安全返回加利福尼亚后，我们一家再去蒙大拿。

很显然，就在我和爸爸在外面组装、测试无人机的时候，李尔给萨默打电话，我妈妈借此机会和她在电话里聊了一会儿。

"这位女士简直太酷了！"妈妈说，"我把你邀请我们去蒙大拿的事情告诉了她，丹尼斯，你猜怎么着？她立刻表示她知道一家汽车旅馆，如果我们去住，可以给我们打八折。那里竟然还有一家自助洗衣店。"

我没看见贝琳达。她十有八九正在自己的房间里生闷气。

爸爸说："坦白说，我其实是想你们八月时再去。那是一年中我最喜欢的时节——"

"八月去的话就太赶了。贝琳达去读大学，什么都要买——她基本上就没有冬天的衣服，连顶帽子都没有！不行，丹尼斯，我觉得要去的话，现在最合适。"

"那你开网约车的工作怎么办？"他问道。

"哦，他们的政策很灵活。"

"可孩子们不还有暑期工吗？"

妈妈说："别担心，我们会想办法解决的。"

爸爸只得屈服。毕竟，这可是他的主意。

"克里西，你会喜欢那里的。"他说。

"我知道！一想到我马上要见到我人生中的第一只金雕，我就高兴得快疯了。"

埋头吃冰激凌的萨默抬起头，笑眯眯地看着我。我倒是很高兴下周就能回蒙大拿。我觉得越快越好，因为林肯·查姆利·巴克斯特四世的问题还没解决。

"该出发了。"爸爸对萨默说，"我们还要开很久的车才能到家。"

超市一直都有兼职员工候补名单。沃斯先生说，他会找人顶替我的位置，不过，等我回来后，我得重新申请暑期工职位。这和我预想的差不多，而且说实话，我也不是很在乎。我会想念兼职带来的额外收入，但绝不会怀念给商品打包时附带的社交工作。

在走出超市的时候，我看到了金和他爸爸。我本打算挥手打个招呼就闪人，谁知金快步走过来拦住了我。

"有事儿吗？"我问道。

"我有东西想给你。"

"呃……好吧。"

"我们能去外面说吗？"他问我。

我和他们一起穿过车来车往的停车场，走到一处画着线条的安全区域。这里是顾客留存购物车的地方。相对于私密性而言，避开可怕的司机显然更加重要。金的爸爸退后几步，双臂垂在身体两侧。从他看我的眼神，我知道他已经知道了自己的儿子在D-5走廊里被长曲棍球队队员欺负的事情，也知道了我是唯一出手救他的人。对我而言，那早已是历史，但对金和他的家人来说显然不是。

金说："我还担心你不在这里工作了。已经有好几天没看见你了。"

"我和我爸爸去大沼泽地公园露营了。"

"真好。"金说,"我们打算七月去优胜美地。爸爸租了一辆野营车。"

"很好啊。"

"给你,希望你用得上。"

他递给我一把手工制作的折叠小刀。刀的木头手柄打磨得十分光滑,上面还刻了一条盘成卷的响尾蛇。刀柄的另一侧刻着三个大写的字母B. A. D.。

那是我姓名的首写字母:比利·奥杜邦·狄更斯。

我吃了一惊,掰开小刀,用大拇指甲在刀锋上轻轻划了一下,我感觉这把刀非常锋利,削铁如泥。

"你太客气了。"我对金说,"你不欠我任何东西。"

他笑了,因为他已经看出我非常喜欢这把刀。"我特意在这刀把上刻了你姓名的首写字母。"他说,"这样你就不能把它还给我了。"

我听了,哈哈大笑:"谢谢你,哥们儿。"

我小心翼翼地把刀折好。

金的爸爸说:"比利,你做了一件勇敢的事。"

不。如果你了解我,你就会知道,我只是做了一件像我这样的人都会做的事情。我绝对不会眼睁睁地看着一个大孩子揍一个小孩子而无动于衷。绝对不可能。这不是勇敢,这只是一种本能反应。

我踩着自行车在街上慢悠悠地骑着,口袋里的那把小刀沉甸甸的。虽然它没有杰玛的刀大，但是对我来说分量已经足够沉了。

我刚一到家，我姐姐就告诉我道森和她分手了。"你现在高兴了吧？"她说，"全都是因为这趟愚蠢的西部旅行。道森说他接受不了异地恋，哪怕是一个礼拜也不行。"

"你不是早就打算甩了他吗？"

"就算是这样，那也不行！"

"你应该好好庆祝一下。"我说，"他就是个神经病。他还想用我的弹弓打戈麦斯太太养的猫。"

"你是说麦芬吗？你骗人！道森连只跳蚤都舍不得伤害。"话虽如此，但贝琳达知道我从来不会编这种谎话。

"我估计你很快就会忘了他。"我说，"最晚不过吃午饭的时候。"

她跺着脚冲进自己的房间，装腔作势地关上房门。

爸爸和萨默正开心地享受他们的自驾之旅。她给我发消息说他们已经到了亚拉巴马州。妈妈正好接了一个网约车的订单，送一位老人去看医生。我对她接送这样的乘客十分放心。

自打我们从伊莫卡利回来后，我心里就一直记挂着一件事。我拨通了我在路虎揽胜上发现的那张小字条上的电话号码。刚响第二声，对方就接了起来。

"早上好，拉斯提。"我说道，我的语气很欢快，却也很强硬。

"烦死了！到底是谁？"

我提醒他，就在两天前，我们刚刚在牧场的小路上见过一次，当时还有警察在场。

"你从哪儿知道我的电话的？"他气呼呼地问道。

"和我知道你名字用的是同样的办法。你的合作伙伴巴克斯特先生应该小心一点儿。对了，你后来追上他了吗？"

"关你屁事！"拉斯提恶狠狠地说，"你到底想怎么样？"

"别那么紧张嘛。我就是礼节性地打个电话，问候一下。"

"嗯？"

"礼节性的问候。也是想给你提个醒。"我说，"如果你还想着杀黑豹，你就不会有好下场。"

"我根本听不懂你在说什么。"拉斯提愤恨不平地说道，只可惜，他的演技着实堪忧，我听得出他很心虚，也很担忧。

"如果你再这么做，"我说，"不管是为巴克斯特，还是为其他卑劣的盗猎者，我会立刻打电话给你老板，让你失去这份工作。在那之后，我还会告诉狩猎监督官，让他把你抓起来。不管你银行账户里有多少钱，它们都会变成你的律师费——而且你很有可能还要在监狱里待几年。不过，你还有一条路可走。只要你够聪明就一定会选择这条路。"

"什么路？当个偷偷摸摸的告密者？"

"不，一切都很简单。"我对他说，"你需要做的就是确保那个牧场里的黑豹全都平安无事。从今天开始，拉斯提，你就是它们的守护天使。赶走任何想要伤害它们的人，或直接报警。你能做到吗？我知道你可以的。"

电话里只有粗重的呼吸声，拉斯提在斟酌。过了一会儿，电话里传来他的声音："我为什么要听你的？你不过就是个小屁孩。况且，如果那些大型猫科动物不知在哪儿挨了枪子儿，谁能知道？”

我早就想到他会这么说，而且准备好一个略微夸张的说辞——好吧，是很夸张。

“拉斯提，我们有一个秘密线人情报网，还有一个随时随地能从高空监控地面的无人机队。就算是那些黑豹少了一根汗毛，我们也会马上知道。”

我能感觉到，这个牧场工人并不喜欢被人监视的滋味。

他说：“这算是对我的威胁，还是什么？”

“只要你按我说的做，做个诚实的人，这就不是威胁。”

他闷闷不乐地冷笑了几声：“我想我好像没有选择的余地。”

“听起来你好像心不甘情不愿。”我说，“那你大可以当我从没打过这个电话。一切照旧，继续冒险——”

“好了，别说了！我干！”

回想起在牧场里发生的一切，拉斯提动摇了。他并不了解内情，但是他显然已经想到有人会给他打电话。也许，接到这个电话后，在内心深处，他反而如释重负。

“对了，能再帮我一个忙吗？”我说，“如果林肯·巴克斯特四世再给你打电话——”

“小子，不用想了。那个家伙现在最不想听到的就是我的声音。”

我在超市里工作，遇到过很多善良的人，也看到过许多善意之举，但我也目睹了许多令人自我怀疑的情景，我会忍不住问自己，人类这个物种是不是正在朝着错误的方向进化——彻底退化？退回到了几百万年前尚未演变的阶段，那时候的我们不过就是长着两条腿的鱼，根本不懂思考为何物。

我记得，一个星期六的早上，两个女人在农产品区大打出手，尖叫连连。她们俩看上去都只有92磅重，而且老得都能做某个人的奶奶了。事实上，她们可能就是某个人的奶奶。

她们朝着同一个西瓜柜台走去，结果购物车撞在一起。两个人先是吵了起来，然后互相咒骂，高声喊叫，继而扭打在一起。沃斯先生在广播里叫我立刻赶往农产品区。等我跑过去的时候，这两位老妇人正举起哈密瓜殴打对方。

我隔开两人，将其中嗓门较大的那位奶奶带到了中间区域。她手里的那个哈密瓜已经开裂了，像一个破了的鸡蛋一样正往外滴水。接到报警后赶到的警察目睹此景，忍不住哈哈大笑。

这件事就发生在圣诞节前一天。这本该是一年中最神圣、最祥和的一天。

我知道这场发生在两个老妇人之间的哈密瓜大战不过是一件愚蠢的小事，但它仍然暴露出了人类本性中恶劣的一面。

另一方面，如果你能忍受，你还可以看看每天接二连三的坏事——恐怖分子炸弹袭击、大屠杀、狂妄的独裁者、奸佞的政客、黑客、诈骗犯以及侵蚀全互联网的偏执而疯狂的恨意……

有时候，你很容易就会萌生出这个星球毫无希望的想法。

对此，我的应对策略——贝琳达称为“消失行动”——就是去一个听不到高速公路上汽车呼啸而过的嗖嗖声、只能听到虫鸣声的地方。那里的鸟比游人多。

在佛罗里达，要想远离尘嚣并不容易，因为这里到处都人满为患。你必须面对一个令人绝望的事实：有2000万人生活在这里。

蒙大拿的面积是佛罗里达的两倍，但是生活在那里的人却比佛罗里达少了足足1900万。

因此，我迫不及待想回到那里也就不足为奇了。

第十七章

在博兹曼降落时，飞机颠簸得十分厉害，但妈妈似乎根本没留意到这点。她喋喋不休地说着窗户外那些绵延不绝的高山，就连我姐姐都看得目不转睛。

现在，两天过去了，大家相处融洽。我觉得这简直就是个奇迹，因为我原本以为紧张在所难免。

一开始，由于这里的无线网络信号太差，贝琳达十分恼火，但她很快就适应了。现在，她一改之前每隔两三分钟就要登录社交媒体查看的习惯，每隔半小时——有时甚至更久——才会上网看一眼。这已经是很大的进步了。

我们到的第一天晚上，爸爸带我们去利文斯顿一家名叫排骨屋的餐厅吃饭。李尔和妈妈分别坐在他的两侧。爸爸特意身体后仰，让她们可以直接和彼此对话，畅所欲言。吃饭时，爸爸的脸上始终洋溢着笑容——我猜，那是自豪的笑容。当时的情景有点忙乱，所以我并没有听清妈妈和李尔交谈的全部内容。但是我记得她们都向对方讲述了作为母亲，在现代世界里，她们和不断成长的青少年子女之间胶着激烈的战斗故事。

与此同时，贝琳达和萨默也就男孩问题展开了深入的探讨——男孩们竟然如此不靠谱，并由此得出结论，根本不必为他们感到烦恼。如此一来，餐桌上没有一个人理我，但我觉得这样很好。我很高兴能重返蒙大拿，但对于这件事我并没有太多想说的。

第二天是漫长而慵懒的黄石河漂流。爸爸向朋友借了一条小筏子，我们和李尔一起，从卡特桥下水，跟着她的小渔船一直顺流而下。我、萨默和爸爸一条船，贝琳达、妈妈和李尔一条船。爸爸展示了十分高超的划桨技术，虽然他首次承认自己不及李尔强壮。

那天早上阳光明媚，徐徐微风吹过，气温不高不低，刚刚好。漂流了一个小时后，我听到从前面的船上传来了妈妈兴奋的大叫声。

"中奖喽。"爸爸冲我眨了眨眼。

我们看到妈妈站在李尔那艘小渔船的船头，面朝一侧的悬崖，高举手机，只见一只金雕正一动不动地立在苍白的岩架之上。

因为离得太远，妈妈拍出的照片不会很理想，但是她依旧热切地隔着宽阔的水面不停地拍照。能在漂流途中见到金雕，这令她喜出望外。那只鸟并未因此而受惊，也不曾张开翅膀。爸爸说："它们已经习惯了见到人类，尤其是在夏季。"

当天晚上，李尔做了一顿大餐——沙拉、玉米，还有意大利面，意大利面里配有用真正的野牛肉做的肉丸。我以风卷残云之势飞快地干掉了两大盘。妈妈仍在兴奋地谈论着今天的漂流之旅，就连贝琳达似乎也心情不错，这大概是因为在阿尔伯森的停车场，有几个穿得像竞技牛仔的小伙子特意停下来和她搭讪。

我也完全沉浸在这融洽的家庭氛围之中，心想也许爸爸的想法是对的——把妈妈和贝琳达大老远地叫来融入他的生活，这的确是个好主意。

可是现在，此时此刻……我却有点不太确定了。

我站在位于主街的徒步装备商店外。爸爸正在店里给妈妈和姐姐买水壶和防熊喷雾，为接下来去松溪瀑布徒步做准备。商店里的手机信号不好，为了联系到李尔，我走了出来。今天早上，李尔带着两个来钓鳟鱼的人去黄石河上钓鱼了，爸爸让我问问她需要买多少围栏材料才能把后院那个被饥饿的鹿撞坏的大口子给补好。

手机屏幕上的信号好不容易才变成三格。这时，我本应该立刻给李尔打电话，但我没有。我凝视着街上不远处停着的一辆脏兮兮的黑色路虎揽胜。那辆车的保险杠上有个贴纸，但因为站得太远，我看不清上面的字。

在这座西部小镇上，最常见的莫过于当地人的大皮卡和游客们租的车，我之所以能在各色车辆中一眼发现它，不仅是因为小镇上不常见到这种高档车，还因为它的车况实在引人注目。那辆车的一侧车身整个凹了进去；车窗上的玻璃也不见了，取而代之的是塑料垃圾袋。看起来这辆运动型多功能汽车就像是被人用铁棍或棒球棒砸过一样。

如果让我猜这是谁干的，我觉得很有可能是拉斯提。

或许，这也就解释了为何他向我保证，林肯·查姆利·巴克斯特四世绝对不会再为了盗猎黑豹的事而联系他。在伊莫卡利的那次追车大赛中,他一定追上了这个盗猎者。

我快步回到商店里,把我看到的一幕告诉了正在排队等待结账的爸爸。等我们再次走出商店时,那辆路虎已经不见了。

"如果那车就是巴克斯特的呢?如果他是来找你的,怎么办?"我问道。

"比利,那个人既不知道我是谁,也不知道我住在哪儿。他之所以出现在这里就是因为他想打一头灰熊。他可能已经返回汤姆矿工盆地,也可能直接去了杰克逊霍尔——而这一切的前提是你看见的真的是他的车,但我对此表示怀疑。"

不过,爸爸还是答应在镇上转一圈,以防万一。我俩开着那辆皮卡在利文斯顿的中心城区转了人约6分钟。我们开得很慢,路上都没看见那辆破破烂烂的路虎,于是我们掉头回家,为松溪徒步打包做准备。

我原以为萨默也会一起去,但她说她要留在家里,完成一个美国历史在线课程的最后几章内容。当我探头向她的卧室里看的时候,我看到那只原本叫斯帕西、现在叫撒旦的狗正蜷在她的床尾。那只有点秃的老猫则趴在窗台上小憩。

"祝你们徒步一切顺利,玩得开心。"萨默说,"这对你那两根佛罗里达筷子腿有好处。"

妈妈做梦都想去松溪徒步,但贝琳达一路上都嚷嚷脚疼。到达瀑布后,我们坐在一块平缓光滑的大石头上吃午餐——火腿三明治和苹果。妈妈特别喜欢看水雾从瀑布上升腾而起的情景。她说人们真该用瓶子把这些水雾都装起来当爽肤水用。树林中弥漫着一股富含松香的浓郁植物香气，游客们都很遵守公园规则，没有乱扔垃圾。一些当地人带着自己的狗一起徒步，一路上妈妈交到了不少新朋友。

在下山的路上，我们发现了一堆满是浆果的新鲜粪便。爸爸说这是黑熊的粪便，不是灰熊的。我相信他一定分辨得出二者的区别。贝琳达说熊就是熊，说完，她的脚好像突然不疼了，走得比我们谁都快。我看到妈妈和爸爸并排走在前面，两人边走边聊，我不想偷听他们的谈话内容，所以干脆走在最后。通过他俩说话时柔和的语气，我可以断定他俩并没有吵架，但我也知道他们一定是在说一些私事。

回程的路比来时安静多了。我妈妈和姐姐仍然没有完全适应这里稀薄的空气，这次徒步让她俩累得精疲力竭。我让爸爸把我放在帕克街，因为我想去当地著名的飞钓用品商店逛一逛。

爸爸说："你能顺便买些羽毛吗？李尔想尝试一些新的飞钓方式。"他告诉我该买什么——一种叫公鸡蓑羽的东西——还给了我一张20美元的钞票。

我根本没在飞钓用品店里待多久，因为这只是我为下车找的一个理由。我下车的真正原因是我看到那辆破破烂烂的黑色路虎就停在旁边的一条小巷子里。

我装作漫不经心的样子向那辆车走去，然而，看到保险杠上的贴纸上"赢来的丈夫"这五个字后，我顿时吓了一跳。一双不怎么干净的脚从车上唯一没有蒙垃圾袋的窗户里伸了出来。那双脚中等大小，其主人正仰面躺在车的后座上。

我继续向前走去，一直走到街区的尽头，然后转过身，往回走。走到车边时，我对那双脏脚丫说："不好意思，打扰一下。"

那双脚依旧搭在车窗上，没有动。从我站的地方，我看不清里面那个人的长相。

"嘿！"我大声喊了一句。

"干吗？滚开。"里面传来一个沙哑的声音，听起来似乎醉醺醺的。

"你没事吧？"

"怎么？我打个盹儿也犯法吗？"

"我想你可能有点不舒服，所以有点担心。"不知为何，我说这句话的语气听起来居然十分真诚。

那双脚缩了回去，一张胡子拉碴的脸出现在车窗里。那人头发凌乱，两鬓斑白，少了一颗上门牙，鼻子又直又挺。

"你不是他。"我说。

"不是谁？"

"我爸爸有个朋友开的也是这种车，颜色、型号都一样。"

那人眯起眼睛，一脸怀疑地打量着我："小子，这车是我昨天刚买的。900美元。我用自己的钱买的，不过，哼，这可是路虎哦！全新的路虎标价可是8万哦。现在，我只需要动动手改装一下就能有辆豪车了。"

我心想：动动手？难道不是大换血吗？

"等我把它修好了，我就再把它卖掉，卖个五六千块不成问题。"他大声说，"到那时，我以后的日子就不用愁了！"

"哦，好吧。"我对二手翻新豪车市场一窍不通，但这个光脚男人说得也未免太过乐观。"把车卖给你的那个人——他晒得很黑，而且是个鹰钩鼻，对不对？"

那个人有些不悦："我没看他的鼻子长什么样，但是，没错，那人晒得很黑。不过，是那种有钱人的黑，并不是干活的那种，而且那人的头发也太'好莱坞'了。"

"发梢都是金色的？"

"没错。有什么问题吗？"

"他叫林肯·查姆利·巴克斯特四世。"

"嗯，文件上好像是这个名字。"那个陌生人说道，"我看到他在停车，就像在停一堆废铁。我就走过去问他是不是开车从悬崖上摔下来了，他说：'你想要吗？'我说：'你说真的吗？'然后他就说：'兄弟，你身上有多少现金？'于是，我立刻跑回去从睡袋里把所有钱都拿出来，他当场就签好了过户文件，就在凯兰德大街上。"说完，那人打了个哈欠，举起一瓶1升装的饮料，咕咚咕咚地喝了好一会儿。"对了，现在几点了？哦，我都忘了，这车的仪表盘上有个超酷的时钟。你看看。"

我觉得根本没必要告诉他我曾经进过这辆车，也没必要说当时的情况。

"巴克斯特先生说了这车是怎么回事吗？"

"他说他开车遇上了一场雹暴。可我并没见到。"

"这谎也撒得太蹩脚了。"我说。

"他倒霉了，我走好运了。"光脚男人的脸色一变，似乎又想到了什么，"听着，年轻人，你回去告诉你爸爸的朋友，现在想反悔、取消交易已经晚了。我们这儿可不是加利福尼亚。这里是蒙大拿的帕克县，交易拍板就不能反悔。"

"别担心。"我说，"他不会把车要回去的。"

我步行朝盖泽尔大街走去，路上，我经过了一栋两层的小砖楼，房子的一侧连着一间木头搭建的工具房。小鸟们伸展着流线般的翅膀，在人字形的屋顶下飞来又飞去。我第一次去黄石河漂流的时候见过这种小鸟——萨默说它们是一种崖燕。她说它们用喙收集潮湿的泥土，粘在峡谷的岩壁、大桥或建筑物上，然后拢成一个巢穴的形状。成年燕子会到处飞，抓捕半空中的蚊子和苍蝇，然后把它们带回鸟巢喂幼鸟。

不过，在这栋二层小砖楼旁的木头房间的屋檐下，这些燕子并不是唯一的主人。那里还聚集着不少黑乌鸦。我数了一下，一共有五只，全都站成一排。

那些乌鸦高得惊人，甚至比佛罗里达的一些鹰还要高，它们那嘎嘎嘎的叫声不仅聒噪，而且听得人心烦意乱。它们全都轮流用一只脚站立，伸着深蓝色的脑袋注视着来来去去的燕子。矮小的燕子十分懂门道，它们时不时就低头俯冲向那些吵闹的高大的乌鸦，想把对方赶走。

乌鸦当然不会走。它们很饿，但是也很有耐心。它们都听到了从泥窝里传来的燕子幼鸟啾啾的叫声。

这就是自然，不是吗？残酷的事情时常发生。

有些人认为，干预野生动物的生与死是错误的。我明白他们的初衷。在食物链中，所有生命都有它们的固定位置。

可是，眼看着那五只狡猾的乌鸦猫在那里，而且我心里很清楚它们想干什么，这让我实在无法袖手旁观。

如果爸爸知道有不法之徒正举着枪瞄准一头熊或一头黑豹，他绝对做不到熟视无睹。现在，我的处境几乎和他一样，唯一且重要的差别就在于，站在我面前的是五只普通的乌鸦，而他面对的则是诸如巴克斯特之类的盗猎者：前者是自然世界的一分子，后者是非法闯入者；乌鸦杀戮是为了获取食物，而巴克斯特杀戮单纯是为了娱乐。

无论是哪种情况都是我不想看到的。

于是，我抓起一把石子，使劲朝高高的屋檐抛去。小石子噼里啪啦地打在屋檐下，乌鸦们被吓了一大跳。那些大鸟拼命地扑棱着翅膀，一边叫一边飞起来，伴随着嘎嘎嘎的叫声，它们一直飞到三角叶杨树的树顶，直至消失。

燕子带着小虫子飞了回来，喂养在泥巢里嗷嗷待哺的幼鸟。乌鸦拥有极其敏锐的记忆力，所以我很肯定它们一定会回来。到那时，幼鸟也许已经长出足够的飞羽，可以自己飞走。我希望如此，因为我不可能始终在这附近溜达，充当它们的保镖。

最终话语权永远属于大自然。

这句话不是我说的。我在一本杂志的文章里读到了这句话，作者是一名攀岩高手。在那篇文章里，他想告诉世人，大自然美不胜收，但它冷酷无情，自然界暗藏着许多我们无法理解的力量，它的一个无意之举可能就带来关乎生死的意外。它可能是一次塌方、一场洪水，又或是从万里无云的高空直劈下来的一道闪电。

或者，如果你是一只燕子幼鸟，它就是一群乌鸦。

我不想让林肯·查姆利·巴克斯特四世成为爸爸的那个意外，所以我打算告诉他，那辆豪华的路虎揽胜已经易主。不幸的是，这个信息其实作用不大，因为我对巴克斯特现在的座驾一无所知。他开的可能是一辆皮卡、一辆面包车，也可能是一辆房车或一辆跑车，总之任何有轮子的交通工具皆有可能。在爸爸不知该如何提防的时候，巴克斯特完全可以轻松追踪到他的下落——如果他正计划如此。

如果不是，那结果更糟。

爸爸总是说盗猎者不知道他是谁，也不知道他住在哪儿，但很有可能他错了。虽然巴克斯特不是警察，但这不代表他就没办法查出汤姆矿工盆地里那辆雪佛兰皮卡的主人是谁。他可以扎破爸爸的车轮，也完全可以趁机拍下车牌，然后发给他在执法机构认识的某个人——也许，那个人就是他的盗猎伙伴——而对方正好可以潜入政府电脑系统……然后，他什么都知道了！

即便那辆皮卡登记在李尔名下，那个盗猎者也能查到它所属的州、县和家庭地址。等爸爸不在的时候，他会突然出现在李尔的家门口。

我并不是说这一切一定会发生，但是我们对巴克斯特掌握的情报一无所知，对他来这儿想干什么也毫不知情。爸爸根本无法承担低估这个对手所带来的任何后果。

当我回到那栋位于盖泽尔大街上的房子时，爸爸正跪在客厅的地板上，调整新无人机的螺旋桨。我朝他摆了摆手，绕过他，直接走进了萨默的卧室。我一进去就关上房门，对她说："林肯·查姆利·巴克斯特四世就在镇上。"

"比利，这不是真的吧？"

"我说的都是实话。"我把自己遇到那个光脚男人，以及他买了巴克斯特的车的事情全都告诉了萨默，然后说了我通过车牌推断出巴克斯特是如何来到利文斯顿的过程。

萨默听后立刻说："我们得告诉我妈妈。"

"所有的一切吗？你会吓到她的。"

就在这时，门开了。是爸爸。

我和萨默顿时呆住了。

"你们看到贝琳达了吗？"他问道。

"哦，她去杂货店了。"萨默说，"和她妈一起去的。"

我和她就像两个稻草人一样，一动不动。爸爸疑惑地看着我们："嘿，你们怎么了？"

"我们得谈谈。"我说，"所有人一起。"

"好吧，那就说吧。你先说。"

"我得等李尔来了才能说。"

"不，比利，你先等一下——"

"跟我来。"萨默突然开口说道，"你们俩都跟我来。"

我紧随其后，爸爸在我身后。萨默带着我们下楼，刚一进地下室，我们的耳边就响起了悠扬的古典乐曲声。

李尔坐在一张小桌子旁，戴着一副无框的老花镜，正用一把小钳子夹着一个细小的鱼钩，把鸡毛系在鱼钩上。看到我们进来，她放下了手里那个可以把羽毛缠在鱼钩柄上的镊子一样的工具。

"有什么事儿吗？"她问道。

萨默一脸焦虑地望向我。

李尔低着头，抬着眼睛，透过老花镜的边缘望着我们："你们一起下来是因为你们都是莫扎特的粉丝，还是因为你们有事想

208

对我说？”

我把我在飞钓用品商店买的东西递给他。她把公鸡蓑羽摊在桌子上，说：“比利，它们真是太美了。谢谢你。”

萨默从后面推了我一把。爸爸神情严肃，微微摇了摇头——与其说是警告，不如说是在恳求我。

抱歉，爸爸，我们的承诺失效了。我再也不能替你保守秘密了。这样做的风险太大。

“送一袋羽毛下来应该不用三个人吧？”李尔说，“拜托了，你们快说吧。”

我缓缓地举起手，其缓慢和犹豫的程度不亚于我在代数课上举手发言时的样子。李尔关掉了音乐。地下室里鸦雀无声，安静得就好像一间普通的地下室一样。

“爸爸不是在为政府工作。”我说。

爸爸顿时泄了气，肩膀垂了下来。萨默低着头，看着自己的鞋带。毫不夸张地说，我甚至屏住了呼吸。

李尔平静地摘下眼镜。

“哦，比利，这个我知道，很久以前就知道了。”

第十八章

在一个寒冷的一月，李尔发现了这个秘密。当时，萨默在学校，爸爸又"出差"了，河里结了冰。一个自称来自巴哈马的律师打来电话。这个人后来也打过电话到家里，那次是萨默接的电话，并得知那只叫休伯特的鹦鹉死了。

那位律师告知李尔，他正在整理和更新爸爸从苏菲姑婆那儿继承遗产的法律文件，所以需要二次确认爸爸在蒙大拿的邮寄地址。

李尔对此毫不知情，所以她直接问律师："亲爱的苏菲姑婆近来如何？"

"哦，事实上……她已经过世了。"这个问题让律师有些慌乱，他结结巴巴地答道，"难道狄更斯先生没告诉你吗？"

等到他们通话结束时，李尔从律师那儿得知了许多她本不该知道的事情。然而，她对爸爸只字未提。相反，她还决定要在他下次"执行任务"的时候跟踪他。

她把萨默留给比灵斯的一个亲戚照顾，之后，她花了整整十七个小时，在阿布萨洛卡山中，踩着齐膝深的积雪追寻爸爸的行踪。爸爸全神贯注地盯着盗猎者，根本没意识到有人正在监视自己，更不知道那个监视他的人正是自己的妻子。

李尔藏在山脚下一块大岩石后面，通过望远镜，她眼看着爸爸放出他的无人机去惊扰一只公麋鹿，那只鹿飞快地闪进茂密的树林，片刻之间，盗猎者的枪声响起。李尔悄悄地离开并回到家，面对这一境况，她很忧虑，也很犹豫。一方面，爸爸的这种无人机远征行动风险颇高；另一方面，她也明白他保护这些动物是出于激情，因为热爱动物，所以他才会对动物生出责任感。

她心想，有些男人的爱好比这更可怕。

"所以我决定，让你继续以为自己的秘密无人知晓。"李尔对爸爸说，"但一切就到此为止吧。"

爸爸不断往后退，就好像踩到了一根生锈的铁钉。"我真的很抱歉。"他说道。他的脸上写满了懊恼，但与此同时，他也心生安慰，再也不用为自己的神秘任务撒谎、找理由了。

李尔并没有生气，但她也很不高兴。我们向她坦白了之前的黑豹远征行动，并且将巴克斯特可能已经来这儿向爸爸复仇的事情也一五一十都告诉了她。

她说："丹尼斯，我以为你去佛罗里达就是为了见孩子，如果是那样，我没有任何意见，你早就应该这样做了。但是我今天才知道，你竟然带着比利和萨默穿越大沼泽地去追捕一个有武器的神经病。你难道是疯了吗？"

我立刻跳出来说道："这不能全怪爸爸。是我们逼他的，他没有选择的余地。"

"哦，他当然有。"李尔将目光从爸爸身上转向我和萨默，"他是一个成年人，一个生理和心理都健全的成年人。他必须对自己的决定负责。"

这时，爸爸开口了："她说得对。我之所以带你们俩一起去，是因为我怕你们会泄露我的秘密。可是，请听我说，李尔——你也知道，我绝对不会让这两个孩子面临一丝风险。巴克斯特永远都不会知道自己被跟踪了，除非我们想让他知道。"

"而我们一直都离他很远，他根本就不可能看到我们。"我补充道，萨默跟着点点头，以示赞同。我俩都为自己在这次大沼泽地之行中扮演的不光彩的角色感到愧疚。

李尔说："你们谁也不能保证那个神经病会做出什么样的事情。是时候给警察打电话了。"

爸爸立刻举手表示反对："你打算怎么跟警官说？一个人把自己那辆破破烂烂的运动型多功能汽车卖给街上的一个陌生人，这可算不上犯罪。和我出现在同一座小镇里也没犯法。我们没有任何证据证明巴克斯特是来这儿找我复仇的。他都没有威胁过我，更没威胁过你们中的任何一个人。"

"他扎破了你的轮胎。"萨默插嘴说道，"还朝你的皮卡开了一枪。"

"没错，可是我们并不能证明这些都是他干的。"爸爸说，"警官在听完我们的陈述后，很有可能只是耸耸肩膀作罢。"

爸爸说得对，李尔也深知这一点。

"好吧。"她说，"但是为保险起见，孩子们和克里西必须马上离开这里。"

212

"现在？等一下——"

李尔打断了他的话："没有商量的余地，我也不会和你争辩。让他们继续待在这里实在太危险了——如果他真的是冲着你来的，哪怕只有1%的可能性也不行。"

爸爸顿时泄了气。他没有任何可辩驳的理由。"那么，我该怎么向克里西和贝琳达解释呢？"

"丹尼斯，我也不知道。歪曲事实绝对不是我的强项。"李尔向前探了探身，望着我和萨默，"我不想吓着比利的妈妈和姐姐，所以你们俩最好赶紧开动脑筋，想一个结束这次家庭团聚的好理由。"

萨默说："外婆病得很重，我们必须赶回保留地去看她？"

我给出的理由是："爸爸接到了上级下达的紧急命令，必须马上出发，呃，去犹他州？"

李尔点点头："这个听起来不错。这两个主意我们都用上。"

爸爸站在原地，像根打了霜的茄子，整个人十分萎靡。他只说了一句话："这也太没劲了。"

对此，我们都深表赞同。

有个小孩因为带了一把气手枪去学校，所以被学校开除了。

枪里没有子弹，但他仍然被开除了。这是校规。每年开学时，学校都会警告学生：不准带任何一种武器去学校。

那个小孩有两门课和我一起上。他叫杰维斯，是一个相当优秀的好学生，之前从没惹过任何麻烦。校方并没有解释他带枪来学校的原因，但是我知道是为什么。有个傻瓜总在他回家的车上骚扰他，几乎每天下午都如此。

那个小孩叫提克摩尔。

真的，他全名叫蒂米·提克摩尔。

他比杰维斯大不了几岁，但是他说话嗓门很大，一肚子的坏水儿，还有个榆木疙瘩脑袋。你知道他是哪种人了吧？他不会挥拳头揍人，但他特别善于用胳膊肘和膝盖。有时候，他会故意踩在别人的脚上，在看到他们疼痛难忍的表情后哈哈大笑。

一天下午，提克摩尔用胳膊肘砸了杰维斯的后脖颈，并且告诉杰维斯，等他的妹妹长大了坐校车时，他会对她做一些不好的事情：剪掉她的头发或把她的书扔到车窗外等。

那天，当杰维斯放学回到家后，他从车库里拿了一把气手枪，藏在书包里。那是一把廉价的打靶枪，连苏打水的瓶子都打不穿，但它看上去很像一把9毫米口径的真手枪。杰维斯本打算拿着它在蒂米·提克摩尔面前晃一下，吓唬他，让他保证绝不会去欺负自己的妹妹。很显然，这是一个很糟糕的计划，只有一个担惊受怕、特别绝望的人才会想出这么蹩脚的计划。

除了担惊受怕和绝望，杰维斯还特别倒霉。就在他带枪去上学的那天早晨，学校正好开展储物柜抽查。你猜到后面发生的事情了吧。发现那把枪后，校警希克利先生把杰维斯的父母叫到学校，让他们把他领回家。当天下午，学校就正式将他开除了。他再也没坐过校车，再也没见过提克摩尔——也没告诉校长他为什么要带那把愚蠢的枪来学校。

但是他把一切都告诉了我。在学校抽查储物柜一周后，我在超市的奶制品货架旁见到了他。回忆起曾经发生的一切，他似乎并不难过。他只是觉得很受挫。

那天晚上，我锁上房门，打开笔记本电脑，给学校写了一封信。在信中，我说因为妈妈要出城去参加葬礼，我只能去一个叔叔家住，他家正好在537号校车的运行路线上。之后，我签上了妈妈的名字——克里斯汀·简·狄更斯。我还特意模仿妈妈的习惯，在字母i上打了两个点。

我知道，这是欺诈，不诚实，这样做是不对的——但并不像蒂米·提克摩尔对杰维斯做的那些事情那么离谱。

我给学校写的那封信看上去足以以假乱真。我把它交到了学校办公室，利普顿太太不假思索地递给我一张乘坐校车的黄色通行证。她没有打电话给妈妈确认此事，因为她不想在（根本不存在的）葬礼前为这件小事而打扰妈妈。

"请务必转告你母亲，节哀顺变。"利普顿太太说话的语气十分真诚。

"非常感谢您的好意。"我答道。

问题解决了。

第二天早晨，我很早就起床了，步行走到了杰维斯坐校车的车站，和其他小孩一起等537号校车。在和杰维斯之前的交谈中，我知道提克摩尔会在前一站上车，而且通常会坐在校车最后一排的座位上。于是，当我把通行证递给校车司机后，我径直走向最后一排。

提克摩尔就坐在那里，他旁边坐着两个看上去和他一样傻乎乎的小孩。

"你们能挪过去一点儿吗？"我友好地问道。

"你说什么？"其中一个笨蛋没好气地答道。

"我要挨着蒂米坐。"

"是吗？为什么？"另一个笨蛋哼了一声。

"因为我要告诉他一个很重要的信息，就是他们常说的能改变游戏规则的情报。"

提克摩尔一脸警惕地望着我："你不就是那个人称'蛇小子'的家伙吗？"

他话音未落，笨蛋1号飞快地闪到了旁边的座位上。我坐在了他和提克摩尔的身边，解下书包，放在腿上。

"你刚才说啥，你有情报？"提克摩尔说道，虽然他很想让自己听起来显得不感兴趣，但很可惜他失败了，"我以前从没见过你坐校车。"

"没错。你也从没在杜果大道1728号见过我。"

我说的正是他家的地址。要想找到这个地址并不难，市政电话簿上的提克摩尔仅此一家。

"蒂米，你家附近的爬行动物多吗？"我问道。

他握紧拳头，身体因为紧张而开始不停地扭动。我说他在扭动是真的在扭，就和路边的毛毛虫如出一辙。他很害怕，但是当着朋友的面，他又不想表现得像个懦夫。

"你一定很喜欢疼痛的滋味。"他边说边挤出一个冷冷的笑容。那画面简直太滑稽了。

"把我当成杰维斯，"我小声对他说，"踩我的脚，拍我的头。嘿，你还可以用胳膊肘捅我的脖子。来啊，别缩手缩脚的。"

笨蛋2号开始嚷嚷："哥们儿，蒂米可是天不怕地不怕。"

提克摩尔的额头开始泛红，还渗出了汗珠。他四处张望，开始在车上寻找其他座位。他浑身发抖，和平时那些被他吓得发抖的小孩一模一样。我望着他，一点儿也不同情他。

我向他那边侧了侧身，说道："你，看看这是什么。"

我举起我的背包，轻轻地左右晃了晃，就像在摇一罐爆米花。提克摩尔和那两个笨蛋全都一脸不解地望着那个包。

"蒂米，凑近了听听看。"我说。

我的包里传出一阵咔嗒咔嗒的声音。在自然界，只有一种动物可以发出这种声音。提克摩尔脸上虚假的冷笑消失了，一双眼睛瞪得溜圆。

"千万不要轻举妄动哦。"我向他建议道。

这时，就算提克摩尔想动，他的身体也已经完全不受他控制了。恐惧将他牢牢地钉在了座位上。只要那个咔嗒声一停，我就会立刻摇摇我的包。

校车开到学校时，我和提克摩尔已经达成共识。只要我听到他在校车上——或走廊上、餐厅里、体育馆里，总之任何地方——骚扰同学，他就会被可怕的蛇骚扰不休。

快步走向车门时，他手里攥着书，挡在裤子前面。我想他一定是尿裤子了。也许，我是一个可怕的人，但是在他那样对待杰维斯后，此刻的我对他没有一丝歉意。

你可能会想：这人得疯狂到什么地步才会带活的响尾蛇上校车？

放心，我不是疯子。

我把手机藏在背包的侧兜里，事先打开一个蛇类网站上的视频，视频里是一条6英尺长的菱斑响尾蛇正在抖动尾环。每次晃书包的时候，我都会把一只手伸进包里，点下播放键。尽管外放的音量不大，但那个声音听起来也足以让人毛骨悚然。当他们逃下车的时候，提克摩尔的笨蛋朋友甚至推开了他，好跑在前面。

我说这个故事就是想告诉你们，诚实固然是一种好品质，但有时候，为了保护他人，撒谎也在所难免。为了能坐上537号校车惩治蒂米·提克摩尔，我不仅在信里编了一个故事，还伪造了妈妈的签名。尽管我从没跟他说过我的书包里有一条响尾蛇，但是我的表现绝对能让他信以为真。

所以，我撒了两个谎，这不是一件值得骄傲的事情。另一方面，学校里的其他人再也不会因为这个人而忧心忡忡。他再也不敢像对待杰维斯那样对待其他学生。

现在，如果我想让妈妈和贝琳达立刻动身回佛罗里达，远离可能会发生在这里的危险事件，我还得再多撒几个谎。

"我拍的金雕照片不是很理想。"妈妈在翻看手机里的相册时说道。照片里，因为隔得太远，那只鹰看上去就像是钉在悬崖上的一个又矮又胖的棕色木桩。

"但是你亲眼看到了金雕。这才是最重要的。"我对她说。

她顿时双眼放光："比利，那种感觉真的棒极了。不，比棒极了还要好！是棒极了的平方！"

接下来就是难以启齿的话题了。我说："妈妈，我有个坏消息要告诉你。"

我说了那两个编造的借口——李尔的妈妈还住在乌鸦族保留

地里，现在她生病了，爸爸也接到了上级下达的另一个任务。

"我们得提前回家了。"我说。

妈妈很失望，但是她对此表示理解。"希望萨默的外婆一切安好。"最后，她又补充了一句。

"是啊。爸爸正在重新给我们订回佛罗里达的机票。"

"我一会儿就告诉你姐姐。"妈妈低下头，继续欣赏她的金雕照片，"比利，你知道我在想什么吗？这只鸟的配偶呢？"

"可能已经回巢了吧。"我安慰道，"去喂它们的幼鸟了。"

"当然，这才说得通。我相信你说的是对的。"

第二天一早，天还没亮，爸爸就已经开车把我们送到了博兹曼机场。妈妈在他脸颊上蜻蜓点水般地亲了一下，动作十分得体。现在，她已经圆了她的大山梦，也完全接受了爸爸的新生活——她将其称为他人生的"第二幕"。就连贝琳达也给了爸爸一个拥抱。在和我们挥手道别时，爸爸脸上悲伤的神情看起来和参加葬礼的人无异，唯一不同之处就在于他没有穿黑西装而已。

我坐在座位上，心里琢磨着这张机票到底花了多少钱——因为这是一张不可退的机票——我得攒多久才能把钱还给爸爸。

爸爸在重新预定航班时，找不到三个连在一起的座位，所以现在，贝琳达坐在我后面，和我隔了三排。她正在生闷气，因为妈妈不同意给她买一双300美元的手工牛仔靴。妈妈坐在更靠后的位置，和贝琳达之间又隔了四排，现在正在打瞌睡，手里的书耷拉在了大腿上。

我望着站在机舱前部一脸严肃的空少，他正举着话筒，耐心地告知乘客起飞前的要求：回到座位上，系好安全带，准备起飞。

在舱门关闭前，他还会再重复一遍相同的内容。我知道整套流程，因为我上网时看到过航空公司空乘客服的培训手册。

于是，就在我听到他的声音从机上广播系统里传出来的时候，我解开安全带，离开座位。空少以为我要去厕所，告诉我，我必须回到座位上，等待飞机起飞并达到巡航高度后才能去厕所。

我表示认同地点点头，从他身边溜过去，直奔舱门而去。

"不行！你现在不能下机！"他在后面喊道。

"我把东西落在登机口了！"

"那样的话，你就赶不上这班飞机了！"

这正是我要的结果。

坦白说，我并没有对空少撒谎。我的确把随身行李落在了登机口——我故意落在一个座位的下面。

那个包依旧完好无损地待在原处。我走出航站楼后立刻给妈妈发了一条短信——我又编了一个故事："我把包落在机场了。结果，他们不准我回到飞机上！我现在一切都好。我会搭乘明天的飞机回来。稍后给你电话。"

我并没有收到妈妈的回复，这么看来，妈妈要么还在打盹儿，要么已经关机。我钱包里只有30美元，不够支付打车回利文斯顿的车费，所以司机把车停在爸爸家门口等着。

萨默打开门从屋子里走出来的时候，嘴里还含着牙刷。她含混不清地说："你怎么会在这里？""你能借我点儿钱付车费吗？"

萨默从李尔攒钱的饼干罐里拿了些零钱，司机高兴地拿了钱，开车走了。萨默对我错过航班的理由表示怀疑。

"你回来是因为巴克斯特，对不对？你知道吗，比利·大棍子，我们想错了，我和你都错了。"

"什么想错了？"

"他来这儿不是跟踪丹尼斯。"她说。

"你……怎么知道？"

"今天早上，你爸爸接到了巴克斯特太太的电话。她说她丈夫来这儿是为了杀一头灰熊。"

"等一下——巴克斯特向他妻子坦白了？说他在盗猎？"

"当然不是。不过，他让她把他的大来复枪通过快递寄到酒店。他编了一个冠冕堂皇的理由，说那把枪坏了，而利文斯顿有最棒的枪械维修师。"

"完全是胡说八道。"我说。

"没错。丹尼斯说，严格意义上来说，这种枪也是一种专门猎熊的枪。我假装是巴克斯特的助理，给酒店打了个电话。他们说今早包裹已经被取走了。"

"爸爸在哪儿？"

"在去汤姆矿工盆地的路上。"萨默说。

萨默刚刚说的那些话并不是我想听的内容。巴克斯特无须追踪爸爸的车牌，因为他根本就不需要知道爸爸的名字。他需要的不过是设好陷阱，引爸爸上钩。

"萨默，你妈妈呢？"

"在河上。"

"你会开车吗？"

"拜托，我才14岁。"

"我没问你多大。"

她听出我不是在跟她开玩笑，"比利，我的意思是在没有成年人的监督下，我不能开车，但是我会开。"

"我们从哪儿能弄到一辆车？任何交通工具都行。"

"你觉得这是个圈套，对不对？"

"也许，我又错了。我希望我错了。可是，如果巴克斯特已经知道自己的妻子和爸爸有联系，利用她来引爸爸上钩，那可怎么办？"

萨默脸上的表情告诉我，她也有同样的想法。

她的眼睛湿润了，但她的语气依旧十分坚定："我有个脑子不清醒的表兄，他就住在M大街。"

"怎么个不清醒法？"我问她。

"总是把车钥匙落在车上的那种。"

第十九章

萨默的表兄有一辆浅灰色的斯巴鲁，里程表上显示这辆车已经行驶了199009英里。我敢肯定，这辆车在流水线上组装完成时，我和萨默都还没出生。

她说："在蒙大拿，一半的小孩都是在拖拉机上学会开车的，我也是。"

"但你以前肯定开过车，对吧？"

"我相信肯定比你开得多。"

她说得没错。我的全部驾驶经验就是在一个匆忙的午后，妈妈带着我在一个空荡荡的教堂停车场里练了一下午，从头至尾，我的车速都没超过每小时10英里——对盘山高速公路而言，这绝对算不上是合格的训练。

和我们预料的一样，这辆斯巴鲁的钥匙就插在车上。萨默说她的表兄是酒吧的侍应生，晚上工作，白天睡觉。她在邮箱上贴了张字条说她"借走了"他的车。

"快上车，比利·大棍子。"

"请务必告诉我这车的安全带还能用。"

虽然萨默的身高足以让她能越过方向盘看到前方的情况，但是她看上去还是太小，一点儿也不像司机[1]。于是，她想了个办法，戴了一顶大大的宽檐帽，还拿了李尔的一副大墨镜。如此一来，她看上去就成熟多了。

我们带了水、防熊喷雾、能量棒和徒步时爸爸给萨默买的塑料口哨。她说她可以背着望远镜，这就意味着我的背包里有了多余的空间。我得好好利用它。

我说这次去我要带两样东西。萨默问我是什么，我告诉了她。

她的反应是："你疯了吗？"

我们在药店找到了第一样东西。至于第二样，那就要看我们的运气如何了。

就在我们沿着89号公路一路南下的时候，我接到了妈妈的电话。她和贝琳达已经到了转机的丹佛机场。电话里，妈妈吓坏了。

"我简直不敢相信，你居然跑下了飞机！你被禁足了，永远禁足！"

"这很公平。"

"你还敢讽刺我？"

"妈妈，我不是在讽刺你。你想怎么样都行。"

"你爸爸呢？让他马上接电话。"

1　萨默没有驾驶执照且未经车主同意就驾驶机动车，是违法行为，纯属虚构，切勿模仿。

"马上就没信号了。"我说，"今晚，等你和贝琳达到家后给我发消息。拜拜。"

挂上电话后，我听到自己长长地叹了一口气。

萨默哈哈大笑："你要被禁足多久？"

"一直到我满25岁。你需要我给你导航去汤姆矿工盆地的路线吗？"

"我认识路。"她说，"嘿，昨晚我在电话里和戴维分手了。你想知道原因吗？"

我心里想的是：不是很想知道。

"我看得出来，他已经厌烦我了。我离厌烦他也不远了。"

"萨默，有一点我非常肯定，你一点儿都不让人烦。"

"我没事，并不伤心。"

她表兄的车载收音机坏了，所以我不能借听音乐来结束这场关于男朋友的对话。我唯一的办法就是换个话题。

"你觉得你还会搬回保留地生活吗？"我问她。

"大学毕业后，也许吧。"她说，"你怎么好像一点儿也不惊讶？"

"因为我就是不惊讶啊。"

"我想当医生。你呢？"

"还没想好。一切都言之过早。"

"比利，我能看得出来，你肯定会当兽医，专门给爬行动物看病的兽医！"

"好吧。我都等不及想在我妈开的诊所里当兽医了。"

正午时分，在横穿天堂谷的主路上，车辆川流不息——其中大多数都是前往黄石国家公园的游客。萨默开得小心翼翼，一直将车速控制在限速范围内，这也意味着我们不断被各种车超过：游客租的车、面包车、拉着漂流船的皮卡，甚至还有一辆房车。

不过，她是个聪明的女孩，车开得很好。如果我们被警察拦下，我们无论如何也无法自圆其说——两个未到驾驶年龄的孩子开着一辆不属于他们的车。自打我们驶出利文斯顿后，萨默就一直留意着后视镜。

直到我们开到前往汤姆矿工盆地的岔路口，萨默才稍微松了口气。这里的警察很少。

"比利，我希望我们没找错地方。"

"如果巴克斯特想设陷阱引爸爸上钩，他理所当然会选这里。他刚刚来过这儿，熟悉这片区域。"

"上一次，丹尼斯吓跑了那头大灰熊。"

"他真的堪称无人机大师。"我说。

爸爸删除了无人机记忆卡上的文件。他担心，如果不了解盗猎者的人看到那些视频，会误以为他是为了满足病态的心理而故意俯冲那头熊。

萨默放慢车速，让我往山坡上看。在我们下方大约几百英尺的地方，有一条银色的小溪流，岸边立着牧场的水泵站，一只年轻的麋鹿正悠闲地啃食着一丛碧绿的苜蓿，水泵喷出的水溅湿了它的身体。

我问萨默，李尔是否知道爸爸还在继续追踪林肯·查姆利·巴克斯特四世。

她回答说："他不会把他不想说的事情告诉她。今天早晨，他一直等到她走后才出发。"

我们开始上山，直奔山上的露营地。半路上，我看到了爸爸那辆红色雪佛兰大皮卡。它就停在山腰上，离我们上次发现它的地方不远。这一次，车轮全都完好无损，挡泥板上也没发现新的枪眼。我和萨默都觉得这算是一个好消息。

这条颠簸的石头土路是巴克斯特进出山的唯一通道，但是直到开进露营地，我们也没遇到任何其他车辆。营地里有一辆铬合金车身的露营车，车主是一对友善的加拿大夫妇；有一辆丰田汽车，开车的是几个准备去徒步的大学生；还有一辆生了锈的切诺基，看起来它似乎已经在这儿生根发芽，车主是一个胡子花白的怪老头，他养了四条骨瘦如柴的约克夏犬。

萨默在营地掉头，回到了土路上，一路向下开去，最终把车停在了爸爸那辆皮卡的后面。她用指关节敲着方向盘，说道："巴克斯特到底在哪儿？"

"也许，他在马背上。"

"比利，马得用拖车运上山。这一路上你见过拖车吗？"

"那他有可能根本不在这里。也许，我错了。也许，他就从没来过这儿。"

我刚刚想到一件事："如果他的真正计划不是伏击爸爸呢？如果他的真正计划只是让他白跑一趟呢？"

"可巴克斯特为什么要这么做？"萨默问。

"如此一来，他就可以偷偷去别的地方，在没有无人机干扰的地方打一头熊。你看，他先是让妻子相信他又去打猎了，他知道她会把这个信息泄露给爸爸，然后爸爸就回来找他——"

"但其实这个时候，"萨默打断了我的话，"巴克斯特明明在很远很远的地方，提顿山脉或贝尔图斯都有可能，他在那里打灰熊。"

"这才是终极复仇，不是吗？"

"比利·大棍子，你说得很有道理。可是，你之前说得也很有道理。"

"我会继续思考，直到我想明白为止。"

这次出行我们忘了带一样东西：防雨夹克。这场暴风雨来得很突然。午后，短短几分钟内，晴朗的天空消失了，一团团暗沉、愤怒的深紫色云朵瞬间铺满了山脊。

打雷闪电时，人应该远离高大的树木。然而，我和萨默却发现自己被困在了树林之中，完全被参天大树包围。在电闪雷鸣的瓢泼大雨中，我俩只得蹲在小道上，每当有闪电击中附近的物体，我俩都吓得哆嗦着连连后退。车在一英里以外，所以现在跑回车上也没有意义。我们早已经浑身湿透了。

这是我在蒙大拿遭遇的第二场雷暴雨，我不确定究竟是待在眼前的这片树林里更安全，还是去之前河边的那块大岩石上更安全。

在大沼泽地城住的时候，有一次，我也被困在了雨中。那是一个星期天的早晨，暴雨突降。当时，我和妈妈、贝琳达正坐着邻居的船去看那对白头鹰。那艘船的引擎发动不了了，于是，我们仨躺在船上，脸紧贴着铝质船身。那场暴雨下了好几个小时，不过，最猛烈的雷暴袭击只持续了大约10分钟。即便如此，我们仍然不得不想办法把船里的雨水舀出去，妈妈用的是她的咖啡杯，我和贝琳达用的是空饮料瓶。

那是我有生以来第一次近距离地看到只一眨眼的工夫，闪电从天而降，如撕裂薄薄的床单一般，将天空劈出一道裂缝。我承认，当时的我简直吓呆了。不过，我也记得自己被吓得战战兢兢时还在想，不知树顶鸟巢里的那两只白头鹰是否安然无恙。之后，雨势渐小，风也停了，翻腾的乌云飘走了。我们仨抬起头，看到妈妈的那两只鹰正在我们头顶上翱翔，伺机捕鱼，仿佛刚才那场风暴不过是段小插曲，只是给它们的捕鱼计划增添了一点儿小小的麻烦。

可是，在当前这种特殊情况下，我和萨默已经彻底失去耐心，无法保持冷静，因为我俩都闻到了烟味。一个没长眼睛的闪电球劈在了小道旁一棵十枯的洛奇波尔松树上，那棵枯树居然在雨中烧了起来。这可能不会引发山火，但是我宁愿自己能离这里远一点儿。萨默对于眼前的境遇也很不开心。温度下降得很快，我们都开始感觉到了冷。

她说："唉，这种感觉真的太糟了。"

"在这样的天气里，熊会干什么？"

"开舞会吧，我猜的。别忘了，它们是熊。"

一只湿透了的浣熊从树林里跑出来，像条落水狗一样飞快地抖了抖身上的雨水。它在满是烟味的空气里嗅了嗅，然后慢悠悠地走开了。

"它连看都没看我们一眼。"我说。

"比利，因为我们真的太狼狈了。"

萨默的牙齿在打战。我靠近了些，想让她暖和一点儿。她身上只穿了一件球衣、一条登山短裤和一双荧光绿色的多功能运动鞋。她把头发攒成一束，拧干水，在脑袋后扎了一个湿答答的马尾。

"也许，这是报应。"她喃喃道，"谁让我和戴维分手了呢？"

"对我来说，这就是对我向妈妈撒谎的报应。"

"接着说，不要停。"她说道，我俩哆哆嗦嗦地相视一笑。

不久，雷声渐止，噼里啪啦的雨变成了毛毛细雨。我俩站起来，浑身上下都在滴水，全身肌肉僵硬。那条土路此刻已经变成了泥塘，我们之前追踪的足迹也全都不见踪影。

我们追踪的是一双男式徒步靴留下的脚印。我穿10码半的鞋，其中一个脚印可以轻松容纳我的脚。萨默说爸爸穿12码的鞋子。

我们决定朝着鞋印所指的方向一路走下去——这本是一个合乎情理的计划，直到我们来到一个三岔路口。

"现在怎么办？"我问萨默。

"别看我。我是个印第安人，但这不代表我懂这个。"

我们跪在地上，寻找被踩碎的小树枝或其他任何线索，它们可能告诉我们爸爸到底选了哪条路。

"比利，"萨默一边在湿乎乎的草丛和松针里翻找，一边说道，"我坦白，能够离开保留地，我其实特别高兴。那是一个黑暗的地方，充满了悲伤。我的一些族人喝酒喝得很凶。你望着他们的眼睛，会觉得他们已经彻底放弃自我。这里面有些人还是我的同龄人！"

对她来说，这是一个极其残酷的话题，和以往一样，我仍然不知道该如何应答。

"一方面，你想让自己成为这种神奇文化的组成部分。"她接着说道，"但是另一方面，你又害怕那些不好的东西会把你拽下深渊，永不见天日。事实就是我不后悔离开那里。我只是为自己会有这种感觉而难过——尤其是听到有人对我和妈妈说我们何其幸运，能够在这里生活，而不是待在保留地的时候。"

"萨默，你并没有完全脱离部落。"

"是的，我也知道，周末时，我们会回去，和家人在一起。但是，这和在那里生活、日日夜夜都待在那里完全是两回事。有时候——譬如说现在——我会觉得自己并不是一个真正的原住民。关于追踪，一个白人男孩竟然比我懂得多多了。"

"嘿，你忘了是谁在大沼泽地公园里发现黑豹的脚印吗？正是你呀！"

"那不过是运气好而已。"

"不，不是的。"我说。

这一次，我说对了，因为不久之后我就听到了她的惊呼声："比利，快来看看这个！"

她指着一只豆子大小的蓝色甲虫，那只虫子已经死了，一动不动地躺在正中央那条小路的淤泥之中。那只虫子并非正常死亡——它几乎被踩扁了。

萨默说："有个很重的东西压在了这个小家伙的身上。"

"没错，看起来很像是一只12码的脚。"

向前走了没多久，我们就看见了一根折断的树枝，树上的叶子还是绿的。尖尖的枝头上挂着一根衣物布料的线头，证实了有人从这里走过。我们快步追上去，尽量不发出声音。透过茂密的树冠，我瞥到一抹蓝色，虽然树枝还在滴滴答答地滴水，但那抹蓝色就是暴风雨已经终结的信号。

顺着那条小径，我们走出树林，一片十分眼熟的山坡草甸映入我们的眼帘。我几乎可以断定，这里就是爸爸第一次用无人机给我传递小字条的地方，也是我发现灰熊妈妈和幼崽的地方。

萨默拿出望远镜。远处的某个东西吸引了她的注意力。

"比利，坏消息。"她说道。

我一把从她手里夺过望远镜，望向远方。在草甸的另一端，一群黑色的大鸟正在空中盘旋。我可以肯定那绝对不是鹰。

"我想知道它们在看什么。"萨默嘟囔道，言语中流露出紧张之情。

"不管是什么，"我说，"很可能都已经死了。"

因为秃鹫只吃腐尸。

第二十章

在灰熊栖息地的腹地，我和萨默都不想因为横穿开阔地而引起不必要的注意。于是，我们选了一条更远的路——沿着树林边缘，向秃鹫群走去。

我又开始念叨："哇，熊！嘿，熊！不要吃我哦，熊！"

萨默戳了戳我的背，说："快别念了。"

"可这不是你告诉我的，要弄点儿声音出来，这样就不会让熊受惊？"

"那也拜托你换个词，这也太难听了。"

"譬如？"

"我不知道。唱首歌都行。许多徒步的人都是这么干的。"

"不可能。我唱歌可难听了。"

萨默唱歌很好听。她有副好嗓子。虽然我听不懂她唱的是什么，但没关系。

她说这是乌鸦族举行集会时唱的一首歌曲。她只记得歌曲的第一部分，所以就一遍又一遍地唱。那首歌音调高亢，歌声极具穿透力，但从歌声中流淌出来的情感似乎特别贴合眼下的情景。我们不用再担心会惊扰灰熊——它们肯定会通过歌声知道我们来了。

就在我们沿着树林的边缘快步前行的时候，太阳突然蹦了出来，一丝暖暖的微风拂面而来。这是很典型的蒙大拿天气——一分钟前，你还冷得瑟瑟发抖，一分钟后，你就热得汗流浃背。阳光照亮了草甸，我和萨默立刻有了新的发现，那是暴风雨刚刚结束时，我俩透过灰蒙蒙的氤氲水汽打量草甸时不曾留意到的东西。

那是一块军用迷彩防水油布，平铺在地上，似乎是为了遮住下面那堆鼓鼓囊囊的东西。

为了看清楚那下面是什么，我俩冒险离开了能提供遮蔽的松树林，奔向草甸。远处那群秃鹫依旧在空中盘旋着。我和萨默的心里都藏着同样的担忧，但是我们谁都没有说出口。

一阵疾风吹过，那块油布如风中的船帆一般被吹得啪啪直响。我俩用力地拉扯油布，直到它的一角翘起来，露出下面的东西：一架红色的小型直升机，机舱内只有两个座位，且配有折叠式旋翼。

很显然，我刚刚的猜测是错误的。林肯·查姆利·巴克斯特四世并没有使用调虎离山之计。他就在这里。他在简历中说自己是一名飞行员，看来他没有撒谎。

"这可不太妙。"萨默摇了摇头，说道。

"我知道，我知道。给我一分钟！"

"比利，我们得快点儿。"

我登上直升机，坐在飞行员的座位上，那感觉就像是坐在一个玻璃泡泡里。我随意地拨着仪表盘上的转盘，摆弄着那些小操纵杆，希望借此拖延巴克斯特的逃跑计划。我还有件东西——就是我们在来汤姆矿工盆地的路上去找的第二件物品——兴许能派上用场。

就在我拉开背包拉链的时候，我看到萨默迈着大步，飞快地走开了，朝着草甸的另一端走去。

应该说径直朝着那群秃鹫而去。

我大声呼喊，想把她叫回来，可是她根本听不见我的声音。驾驶舱的玻璃太厚了。我跳下直升机，可这时她已经从快走变成了奔跑。

我跑得比她快。我这么说并不是想打击她，只是在陈述事实。

从后面扑上去抱住她时，我尽可能地让自己的动作轻柔一下，但我俩还是一起重重地摔倒在地上。她叫着，两只脚不停地踢，可我就是不撒手，直到她最终冷静下来。

我完全能明白她为何会如此激动。

"这里不安全。"我凑到她耳边说道，"我们得退回到树林里去，现在就回去。"

"不，万一躺在那里，被秃鹫围住的是丹尼斯呢？他会——"

"别说了，萨默。连想都不要想。"

每隔一段时间，我就会想起我那素未谋面的爷爷奶奶。这听起来是很诡异，但是我的确试着想象过在他们去世的当天，爸爸接到那通电话时的情景。你会如何传达这么可怕的消息？你该如何措辞？

丹尼斯，那是一场交通意外。为了躲避一只乌龟，他们突然转向。

我想说的是，如果换作是我，我会觉得这一点儿都不好玩。说吧，你打电话来的真正目的是什么？

事实就是，在你还很小的时候，你根本不会去考虑妈妈或爸爸突然离世这件事。不仅如此，你压根儿都不会把他们和死亡联系在一起。

然而，有的时候，现实会一把掐住你的喉咙。学校里有个小孩，他妈妈得了癌症。她现在的状态还不错，但是只要她去找医生复诊，这个小孩的肚子就会疼上一整天，生怕医生会发现什么不好的东西。我的意思是，这个小孩真的会呕吐不止，直到他妈妈回家。

对了，他是一个坚强的孩子。绝对比我坚强。

我和贝琳达很幸运，因为妈妈的身体一直很健康，但我依然有其他担忧——例如，她开网约车的工作，这意味着她得开车带着完全陌生的乘客四处奔波。这个世界上的浑蛋太多了，这早就不是什么大新闻，而有的时候妈妈又总是不够小心谨慎。

不过，我倒是从没担心过爸爸，因为他很早就离开了我们的生活。正如他们所说：眼不见，心不烦。如果他当时就死了，我不知道我会有多伤心。在记忆都已经模糊的情况下，思念又从何而来呢？

不过，我现在很想念他。

我和萨默刚刚发现了他的装备——帽子、墨镜、背包、防熊喷雾以及无人机，其中大多数物品都散落在一个小山沟的山坡上。我们看到，那部卫星电话撞上了一棵白杨树的树干，已经四分五裂。山沟的底部有一条小溪，爸爸那把霰弹枪的枪杆有一半泡在溪水里，在阳光下反射出刺眼的光芒。

我掏出我的那个塑料口哨，心想哨音尖厉，穿透力远远胜过人的声音。我们都希望爸爸藏在附近的某个地方。即使他不能发出回复的信号，至少也能让他知道我们正在这附近寻找他。我的嘴里干巴巴的，但我还是想办法吹响了口哨。

萨默顺着被雨水冲刷得十分光滑的山坡，一点点溜下去，拿回了装有无人机的盒子。看起来，它并没有摔坏。我们跪在树林边，再次举起望远镜，将目光投向那群久久不肯离去的秃鹫群。

这一次，我们站的位置比之前近了许多，终于看清了吸引它们在此盘旋的东西。地上躺着两只死鹿，我断定它们绝非死于心脏病发。看起来林肯·查姆利·巴克斯特四世又故技重施，想以此引来灰熊。

"这些鸟为什么不落下来？"萨默说道，"它们怕什么？"

问得好！那群秃鹫早就应该飞下来，趁森林里其他食腐动物发现这些尸体前大快朵颐。

"也许，它们看到了一些我们没看到的东西。"我说。

如果真是这样，那极有可能不是林肯·查姆利·巴克斯特四世。他一定会藏得好好的，透过来复枪的瞄准镜，注视着这一切，等待时机。

"比利，你看。"

"怎么了？"

"有东西在动！是其中的一只鹿！"

"也许，它还没死。"

这或许解释了为何秃鹫们迟迟不肯落下来。它们更喜欢等猎物彻底断气后再开始享受美食。

萨默把望远镜递给我。"你看看。"她小声说道，她的声音听起来十分沙哑，"那里面只有一个是鹿。"

"哦，不！"

躺在地上的第二副躯体正是我爸爸。透过望远镜，我看到了他的登山靴。

"你确定是他在动？"我问道。

"比利，我确定。"

"百分之百确定？因为我看到他现在……很安静。"

"百分之一千是他。他动了。"

"他的脚踝上绑着绳子。"

"我也看到了。"萨默说，"所以说，如果一个人已经死了，干吗还要绑起来？"

说得对。

所以，爸爸还活着。这是个好消息。坏消息是我们不能立刻跑过去帮他，因为那会让我们完全暴露在巴克斯特的射击范围内。

我扯开了那个装着无人机的盒子。

萨默说："我一直以为你不会玩这玩意儿。"

"现在就是学习的最好时机。"

"比利，时间是个大问题。我们时间不多了。"

"风小了许多。这法子应该行得通。"

我在附近找了一块最平整的土地，把无人机放在地上，轻松地装好了四个螺旋桨。接着，我试着把手机连上无人机的摄像头——同样地，这也比我预想的要容易。现在，只要轻轻点一下爸爸事先装在我手机上的应用程序，把手机变成一个远程遥控器，我们就能放飞这台无人机了。一切准备就绪。

嗯，还差一点点。

遥控器上有两个操纵杆，一个是"推进"，一个是"拉高"。我看过爸爸放飞无人机，我记得他在无人机起飞时要同时扳动两个操纵杆，但是朝着相反的方向。这需要灵活的协调性以及多次放飞训练。

第一次试飞时，无人机勉强飞到了3英尺——也许有4英尺——高的地方，然后突然一个猛子扎进了一片苦樱桃树丛中。幸好无人机没有受损。

如果我是个玩游戏的骨灰级玩家，控制这两个操纵杆应该会容易许多，但我不是。第二次试飞时，无人机飞得比之前高，但是很快就失去动力，转着圈地落下来，一头栽在地上，还弹得老高。这一次，其中一个螺旋桨被弹掉了。我手忙脚乱地从备用设备里拿了一个新的重新装好。

"你这是现学现用？"萨默说。

"要不你来试试？"

"比利，你快点儿就行。"

在度过了极其漫长的几分钟后，无人机飞上了天空。摄像头也没问题，我们通过手机就能看到它传回的实时画面。

"好了，现在我们去赶走那群秃鹫。"我说。

秃鹫的攻击性不像鹰那么猛烈。面对这个高速无人机，它们立刻就乱了队形，四散开来，借着上升气流向高空飞去。

我将推进杆向后拉，让无人机暂时停留在空中。只不过，它晃得有点厉害，所以它拍摄到的画面也一直在抖：其一是已经死了的鹿，其二则是看着让人特别难受的爸爸。

他的嘴上贴着一块灰色胶布，被绳子捆着压根儿不能动弹。绳子在他的脚踝和手腕处都打了结，然后插了木桩钉在地上。这些木桩和固定盖在直升机上的那块油布的木桩一模一样。

现在，我们终于知道了林肯·查姆利·巴克斯特四世的真实计划。他从没想过要自己动手杀了我爸爸。被死鹿引来的灰熊会帮他完成这个心愿。然后，巴克斯特再开枪杀死灰熊。

我和萨默都觉得很愤怒，却又很无助。我们俩的手机根本没法用，方圆几英里的范围内都没有信号，所以根本不能打电话求助。

爸爸扭动着身体，想让我们知道他已经看见了无人机。

"我想去救他。"萨默的声音哽咽了，哀求道。

"现在还不行。"

直接走进巴克斯特的射击范围，这无异于送死。也许，他不会开枪杀死我们，但哪怕只是想警告我们，一旦他射偏了，那对我们也是致命的一击。

"比利，你不能命令我！"

"我是不能命令你，但是我可以追上你，把你拖回来。"我说，"萨默，跑过去太危险。我们再想其他办法，好吗？"

无人机上的全球定位系统现在用不了，所以我只能手动操作。我的技术比之前娴熟了不少——那架无人机像被绑在一根绳子上一样，笔直地飞了回来，轻轻地落在它起飞的地方。装无人机的盒子里有一个像小爪子一样的配件——上次，也是在这块草甸上，他就是用同一种装置给我送来了第一张写有信息的字条。

我把那个爪子装到了无人机的下方，然后启动手机应用程序，激活了它的抓取功能。

萨默说："好了，接下来怎么办？"

"用这个。"我从口袋里掏出一样东西。

"哇。"萨默顿时来了精神，双眼放光。

"一个叫金的小孩给我的。"

"B. A. D. 是你吗，比利？"

"我们很快就能知道了。"

我解开鞋带，脱下一只袜子，把那把折叠刀扔进袜子里。我把袜子挂在那个机械爪上，然后再次启动无人机，让它飞向爸爸。

是的，我知道爸爸的双手被捆住了。他会想办法解决这个问题，毕竟他是"政府间谍先生"嘛。

无人机悬在空中，它距离地面的高度为23英尺，比两层楼略高一点点。爸爸躺在地上，一动不动，眼睛死死地盯着空中的无人机。

我点了一下按钮。机械爪张开，那把刀掉了下去……

正好落在爸爸的小肚子上。

"哎呀！"萨默叫了一声。

袜子应该能够稍微缓冲一下。我真的是这么认为的。

然而，画面中的爸爸翻着白眼，脖子上青筋暴突。无人机的画面没声音可能也是一件好事。

从积极的角度来看，爸爸受此影响，剧烈地扭动，最上面的那个木桩撬了起来。他的手仍然被绑着，但这样一来，他至少可以抓住袜子，抖出里面的小刀并打开它。

他的动作最好能快点儿。

我转动操纵杆，指挥无人机，观察四周。

我和萨默目不转睛地盯着传回的实时画面。我们最后看到爸爸时，他正在和那只袜子较劲。我心想，林肯·查姆利·巴克斯特四世通过瞄准镜是否也能看到相同的画面呢？但愿此刻他正在看别的地方，审视草甸和树林边缘，寻找他等待已久的那个身影。

然而，首先发现那个影子的是无人机。

那个我们绝不会认错的黑影从画面中一闪而过，惊恐万分却又毫不留情地向无人机扑去。

萨默大喊道："快让无人机飞回来！"

说来容易做起来难，对我这个菜鸟飞行员来说尤其如此，更何况还是在这种万分紧急的情况下。

那架无人机的反应看上去有些呆滞。萨默举着望远镜，仿佛一尊雕塑一般，一动不动。

"你还能看得到它吗？"我问道。

"你是说'它'吗？"

"'它'离爸爸有多远？"

"最多100码。"萨默说，"可能还没有。不，绝对没有。"

这大概就是他们所说的绝境求生了。

在这一刻，每一秒似乎都漫长得仿佛永无止境，我好不容易控制住了那架无人机，使它稳稳地停在了那头灰熊够不着的地方。此刻，那头熊仅用两条后腿站着，身躯直立，在空气中嗅来嗅去。

我觉得，它就是我第一次来这儿时看到的那头熊——很显然，我上次并没有眼花。两头原本在麒麟草中摔跤的幼熊也停止了嬉戏，全都抬起头，望着天空。它们听到了无人机发出的高频率嗡鸣声。

镜头里的两头幼熊看上去俨然是两个巧克力色的大毛球，而那个直立着身躯的熊妈妈则像是一截一个成年人都抱不过来的粗壮的大树桩。突然，她放下两只前掌，四肢着地，迈开大步，不紧不慢地向盗猎者的目标区域跑去。那里有两份诱饵，一个是已经死了的鹿，另一个则是五花大绑的人类。

"你知道该怎么做。"萨默说，"动作快点儿。"

用一架看似弱不禁风的小无人机去惊吓一个大型掠食者，这不仅需要高明的飞行技巧，还需要精准的反应力。我爸爸是干这个的高手，但是他此刻却不能为我指点迷津。我把手放在推进杆上，小心翼翼地展开了追踪。

灰熊的奔跑速度很快，要想让无人机跟上它的步伐倒是不难。我调低了飞行高度，使无人机与奔跑中的熊的眼睛齐高。它还在试探中，想弄明白这个空中入侵者究竟是可怕的威胁，还是只是一个闹哄哄的小虫子。

突然，它来了一个急刹车，两只小熊连滚带爬地撞到了妈妈的身上。我一时没反应过来，无人机仍继续向前飞去。我赶紧手忙脚乱地扳动控制杆，试图想让它在躲开母熊的同时掉头回来。

萨默报告说，那头母熊已经离爸爸很近了。"比利，它又站起来了。看起来熊妈妈好像不太高兴。"

我拼尽全力，想让无人机横在爸爸和那三头熊之间。无人机像只喝醉酒的鸭子一般，上下左右地摇晃着，最后，我费了好大劲儿才让它停在正确的位置上——离熊妈妈不能太远，这样才能随时扰乱它，但为了躲开它那致命的大巴掌，又得和它保持适当的距离。

尽管我是透过摄像头来观察对方，但熊妈妈犀利的眼神依旧看得我脖子后的汗毛直立。它正在思考下一步的行动：是进攻，还是带着幼崽离开。

我们当然希望它离开——越快越好，跑得越远越好。

一时间，面对一架小小的无人机，这头如小山一般的猛兽一动不动，双方似乎陷入了僵局。一直站在我身边用望远镜观望的萨默开口问道："那个嘟嘟的声音是你发出来的吗？"

"是遥控器的声音。"

"那声音是什么意思？"

"我不太确定。"我说，"但是，我觉得那是电池电量低的信号声。"

"无人机里的电池？为它提供飞行动力的那东西？"

"好了，我们得保持冷静。"

我从没上过正式的飞行课程，对于爸爸这架新型无人机的所有高科技功能，我统统一无所知。很显然，它内置的高级程序使它在需要充电时可通过导航自动返回起飞地点。这个智能程序原本可以为使用者带来更多便利——然而，由于这附近根本没有信号塔，它的全球定位系统形同虚设，除此以外，在它和它的理想着陆点之间还戳着一头重达400磅且十分愤怒的食肉动物。

"情况怎么样？"萨默问，"那架无人机有什么'临终遗言'吗？"

"它根本不知道该去哪儿。这里完全没信号！"

"比利，你就当它的信号。让它绕着熊飞！"

我再次握住开关，但是已经来不及改变飞行方向了。无人机离灰熊太近，灰熊的动作又快得惊人。

"它抓住它了！"萨默失声喊道，"咬了一口。"

我一把夺过望远镜，想看清楚这一幕。那头母熊正拼命地撕咬着那台可怜的无人机。它一甩头，吐出嘴里的零部件，然后抬起一只爪子，扎进那不堪一击的塑料外壳里，扯出一团被拉断的电线。

萨默绝望地长叹一口气："它不打算离开，对不对？"

"是的。"

"比利？"

"我知道，我知道。"

那头熊和它的幼崽仍然饥肠辘辘，它们已经闻到了食物的气味。

为它们奉上这顿大餐的就是林肯·查姆利·巴克斯特四世。

第二十一章

三头熊排成一列，向被绳子捆住的爸爸那边走去。我和萨默唯一能做的就是想办法吓走它们。

我们像两个疯子一样拍手、喊叫，总之，我们制造出了两个中等身材的人类能够发出的最可怕的声音。那三头熊不仅不害怕，而且毫无反应。它们甚至都懒得扭头朝我们这边看一眼。

在咬烂了那只闹哄哄的"变形大黄蜂"——或者它所认为的其他动物——之后，那头母熊似乎冷静了下来，自信满满地带着自己的幼崽奔向开在荒野之中的"牛排屋"。

如果那只鹿是主菜，爸爸就是餐后甜点。

或者反过来也行。

就目前的情形来看，爸爸似乎还没打开那把折叠刀，不过，我能看到他还在奋力扭动身体。对我和萨默而言，现在冲过去引开灰熊一家的做法无异于自杀。她想试试看，但被我制止了。如果那样的话，我们仨——包括我爸爸在内——谁都无法活着离开

246

这里，留下心碎不已的妈妈和李尔。

尽管内心的恐惧排山倒海般向我袭来，但我就是无法放下手里的望远镜。眼泪一直在我的眼眶里打转。

我发誓，用无人机投递折叠刀的办法一定能奏效。这一招很高明……也是我们唯一的招数。

"喔，熊。"我轻声对自己说道。

萨默说："快看，它又站起来了！"

在距离那只死鹿仅几步之遥的地方，那头母熊停了下来，直立起身躯。它身后的两只小熊也跟着站了起来。

"它们在看爸爸。"我压低声音说道。

"那是当然。"

"他到底在干什么？"

"我也不知道。"萨默说。

任何一个蒙大拿人都知道，在与野生灰熊不期而遇的时候，标准的逃生流程是：首先，拿出防熊喷雾以防万一；其次，不要跑，尽可能保持静止，用低沉且柔和的语气说话，避免眼神接触；最后，缓缓后退。

爸爸的那罐防熊喷雾掉进了溪谷里，所以他直接跳过了第一步。

但是，他并没有静静地站着不动。

"他是在跳某种乌鸦族舞蹈吗？"我问萨默。

"不。"她答道，"那是一个疯了的白人正想方设法地不让自己被熊吃掉。"

爸爸抬起胳膊，带着胳膊上被割断后耷拉着的绳子，快速地摆动双臂，看上去就像是两片在狂风中摇摆的棕榈叶。

母熊似乎很困惑。目睹此景，谁又不困惑呢？

萨默说："我明白了，他是想让自己看起来更加高大。"

我记得在书里看到过一个年迈的徒步者的故事，当他在野外旅行时，总会随身带一把伞。如果遇到灰熊，他做的第一件事就是打开伞，罩在自己的头上。他说这会让他看上去显得更大，从而吓退原本想要袭击他的熊。

野外生存专家很少会推荐这个"借伞装大"的伎俩，但是爸爸现在用的就是这个办法，借助他用那把小刀割断的绳子来"壮大"自己。从我们站的地方看过去，他就像一个高大的、乱蓬蓬的字母Y。

母熊从未遇到过如此奇特的动物，一时也不知该怎么应对。

一声清脆的枪声帮它迅速做出了决定。它猛地转过身，向着树林方向飞奔而去，两只小熊紧随其后。第二声枪响传来，子弹击中了一块岩石。

萨默说："他去哪儿了？我看不见他了！"

"我也没看见他。"我不该只盯着那三头逃跑的熊，我应该看好爸爸的。

"比利，在那边！往右看。不，就在那儿！"

"在哪儿？"我手里的望远镜在颤抖，"有多远？"

"就在我们和那棵开权的松树之间，在草甸的另一边。"

"我看见他了！"

爸爸渐渐远离灰熊及枪声——只不过，他本应该跑得更快些。

"他还能跑得更慢一点儿吗？"萨默低声吼道。

"那不是在跑。"我说，"是一瘸一拐地走。"

就在望远镜终于准确地对焦在爸爸身上的那一刻，他消失在了高大茂密的树丛中。

看到这儿，你可能会想，现在就是求救的最佳时刻。

熊早就消失不见了，让爸爸在树林里找一个林肯·查姆利·巴克斯特四世找不到的地方藏起来，这对他来说不过是小菜一碟。对我和萨默而言，最明智的决定就是快跑回路上，跳进她表兄的那辆车里，开到最近的能打电话的牧场求救。

然而，别忘了一件事：爸爸瘸了，这意味着他受伤了。现在的问题是，他的伤势严重吗？他究竟是扭伤了脚踝，还是被盗猎者的子弹击中了？如果是前者，这没什么大不了的，可如果是后者呢？

因此，这一次，当萨默说我们应该追上他的时候，我回答说："你说得对。"

首先，我们去小溪谷捡回了爸爸的装备。我收拾好了他的背包、墨镜、帽子和防熊喷雾。萨默蹚水捡回了那把霰弹枪。

"坏掉了。"她对我喊道。

"那就别管它了。"

在茂密的松树林和矮树丛中行走真是举步维艰，因为这里根本没有路。我吹响了那个塑料口哨，希望如果爸爸就在附近，能听到哨声。

我们真的很倒霉，在附近的是另一个人。我们完全没有发现他，直到他站在我们面前，说："你们俩，站住，不准再走了。"

在此之前，我从没被人拿枪指着过。从萨默的表情来看，这也是她的第一次。

"你们是谁？"林肯·查姆利·巴克斯特四世凶巴巴地问道。

他全身迷彩服——手套、套头衫都是迷彩色，就连脸上都涂了油彩。他嘴里咬着一支没有点着的雪茄，满脸怒气，但看得出来他也十分紧张。他背心的口袋里还插着两支一模一样的雪茄。

他手里的来复枪看起来是个大家伙，不过，我敢保证，当枪口正对着你的时候，无论是什么枪，你都会觉得它看起来显得很大。

我和萨默报上了自己的名字，但没有说姓。

"你们跑到这儿来干什么？"巴克斯特问道。

我的回答是："徒步"。

"别说假话，比利。我才不管你真名叫什么呢。"

我们搅乱了他的计划，精心策划的完美计划。现在，他不知道该拿我们怎么办才好。

"我们是来找我爸爸的。"我说道。

"就是被你绑起来准备用来喂熊的那个人。"无所畏惧的萨默补充道。

巴克斯特一副气急败坏的样子，恨不得当场就杀了我俩。他恨得咬牙切齿，龇着雪白的牙齿，看上去像极了狂躁的贵宾犬。

然而，他没有开枪。在他那个满是大男子主义的小脑瓜里，藏在某个角落里的理智提醒他，偷偷杀死一个人的后果远比盗猎一头灰熊或黑豹严重得多。

"巴克斯特太太并不认同你的这个爱好。"我说。

我这样说并非想激怒他。我只是想让他知道我们知道他是谁，知道他叫什么，还和他的妻子有联系。只要我们遭遇不测，她立刻就会知道罪魁祸首是谁。

在谈判的过程中，这就是谈判的筹码。

"你根本不知道自己是在和谁说话。"巴克斯特不假思索地说道。

萨默冲他摆了摆手指："请不要用你的枪对着我们。对了，我是一名乌鸦族印第安人。"

这句话简直说得太是时候了，因为它让巴克斯特心中的忧虑又加重了一层。

"相信我，"萨默说，"你绝对不会想和整个乌鸦族为敌。"

她猜测，巴克斯特对印第安人的认知大都来源于电影。她想让他有种芒刺在背的感觉。

她猜对了，巴克斯特放下了手里的枪。

"我从没想过要开枪射击任何人。"他说道，"除非我被逼得别无选择。"

我告诉他，我们身上没有任何武器。

"我怎么知道你有没有撒谎？"

"没错。我们正打算用什么来攻击你呢——燕麦卷？"

"如果你不信，"萨默说，"大可以去翻我们的背包。"

我们把三个包——我的、她的以及爸爸的包——扔在地上。巴克斯特倒出里面的东西看了看，耸了耸肩膀："好吧，就当你们没撒谎。"

他一脚踩碎了我俩的手机，把它们踢进了灌木丛里。

但他忘了做一件事：掏空我俩的口袋。

"所以，你的计划就是让灰熊杀死我爸爸。"我说，"然后，你开枪打死那头熊，再把事情的经过告诉……狩猎监察员？"

"这听起来合情合理，不是吗？"巴克斯特说，"出于自卫而杀死灰熊是完全合法的。那头熊首先袭击了你爸爸，然后又扑向我。这就是我的理由——他们也一定会相信我。"

"可是，你事先杀了一只鹿做诱饵，但现在还没到狩猎季节。对此，你又打算怎么狡辩呢？"

盗猎者微微一笑："那只鹿身上根本没有子弹。它是在89号公路上被一辆汽车撞死的，当我发现它的时候，它已经死了。至于它究竟是如何来到这里被熊发现的——这谁知道？"

萨默打断了他的话："巴克斯特先生，我们看见了你的直升机。谜团解开了。"

在一切结束前，我还有几个问题一定要问明白。

"你为什么要开枪猎杀灰熊？"我说，"杀死一头几乎都快要从这个星球上消失的动物，对你有什么好处？"

"这很简单。因为这是一种挑战——它们身高体壮，异常凶险，最重要的是，还十分罕见。"巴克斯特恬不知耻地说道，"蒙大拿、怀俄明和爱达荷三个州仅存的灰熊加起来也不到700头。一旦狩猎灰熊合法化，它们很快就会学聪明，到那时再想找到它们会比登天还难。这就是我来这儿的原因，趁它们进化前干一票。"

"你说的这些话都是认真的，没开玩笑，对不对？"

"小子，我当然是认真的。你还小，根本没资格评判我。"

萨默伸出手，紧紧掐住我的胳膊，可是我还没疯，不会抢起拳头去揍一个手里拿着枪、枪里有子弹的人。

她开口说："巴克斯特先生，你今天想杀的那头熊还带着两只小熊。"

"宝贝，它们自己会长大的。这些小家伙的生命力都很顽强。"

萨默抓我抓得更紧了。她看起来仿佛随时都有可能将他扑倒在地。

"况且，"他接着说道，"我这么做不也是为了救你爸爸的性命吗？——哦，对了，我的确救了他一命。"

"可是，是你把他绑在地上的！"我说。

"不，不，真实的情况是这样的。我开着自己的私人飞机正在欣赏美景，心里想的全是自己的工作，就在这时，我看到这个愚蠢至极的徒步者，他居然独自一人待在灰熊的栖息地。紧接着，我看到一头大熊在追他。于是，我赶紧降落，拿上枪，开了两枪，想吓走那头可怕的野兽。这是我的最新版本。如果你或你爸爸的说辞和我不一样，我会告诉狩猎监察员，他带着自己的无人机来这儿偷窥灰熊，还想找机会杀死一头熊。我还会带他们去看他'掉'在小溪里的那条枪。你们猜怎么着——他们一定会相信我的话，而不会相信他。"

"也不会相信我们。"萨默横眉冷对地说道。

巴克斯特冷笑道："孩子嘛，为了维护自己的爸爸，经常撒谎骗人。你以为执法部门连这点儿都不知道？就像我说的，没人会相信你爸爸的说辞，因为我来自一个受人尊重的名门望族，是一个受人尊敬的商人。我就是人们所说的社会的中坚力量。这就是我。"

树林里安静得让人紧张。高枝上不断飘来啾啾的鸟鸣声,似乎在提醒我:我们在大山深处的一处密林之中,这里刚刚下过一场暴雨。清新的空气中弥漫着一阵阵醉人的香甜气息。太阳光透过枝叶间的缝隙照下来,在林间投射下一道道金色的光束。然而,因为巴克斯特这个浑蛋的出现,我们根本无心欣赏这宁静、完美的风景。

"你们要是聪明的话,"他说,"就会和你爸爸好好谈谈,跟他说明利害,让他明白最明智的做法就是彻底忘记我的名字。说到你们,我正——"

就在这时,仿佛有人触动了开关一般,所有小鸟都停止了歌唱。原本正踱着步子的林肯·查姆利·巴克斯特四世突然停下脚步,慢慢地转过身,把枪举到胸前。

"你们听到没?"他小声说道。

我们怎么可能听不到?

树林里,有个大家伙正朝我们这边走来。它丝毫没有隐藏自己行踪的打算,这意味着它无所畏惧。随着那个家伙不断靠近,我们听到了树枝被踩断时发出的咔嚓声、灌木丛里的枝叶摩擦时的沙沙声,还有朽木被踩碎的嘎吱声。

"绝对不是鹿。"巴克斯特焦急地喃喃道,"不是麋鹿。"

"也不可能是驼鹿。"萨默说,"驼鹿走起路来没有一点儿声音。"

我们在不断缩小怀疑范围。

那位不速之客越来越近,它发出的一连串声音——呼哧呼哧的喘气声、鼻息声、呼噜呼噜的哼哼声以及低沉的吼声——让我们瞬间绷紧全身的神经。我本想喊两声"熊快走开"的号子，但我张了张嘴，却说不出一个字。萨默的指甲深深地扎进我右胳膊的肉里。巴克斯特蹲下来，向旁边躲闪，似乎完全忘记了我们的存在。

那声音越来越大，越来越清晰，我们前方的灌木丛和小树苗纷纷向两侧倒去。巴克斯特端起来复枪，枪托顶在自己的肩膀上。我默默地把手伸进口袋，握紧了爸爸的那罐防熊喷雾。

巴克斯特把枪对准了晃动的树丛，我也已经瞄准好了。

我对准盗猎者的脸，快速地喷洒喷雾。

防熊喷雾的主要成分是辣椒素。它提取自无比辛辣的红辣椒。如果你一直过着平静的生活，大可不必了解这些。不过，我的确事先做了一些功课。我得确定自己带了充足的弹药。

借助喷雾器的强大喷射力，辣椒素虽不能让攻击者失明，却能在对方的眼睛和嘴巴里产生强烈的灼烧感。脸上被喷满辣椒喷雾的滋味十分痛苦，这足以让前进的灰熊掉头逃窜，而这也正是防熊喷雾的作用。

防熊喷雾不会令人失明，但也会带来同样痛苦的体验。林肯·查姆利·巴克斯特四世立刻倒在地上，尖叫不已，手里的枪也掉在了地上。

伴随着一阵急促的呼吸声和怒吼声，爸爸从密林中冲了出来。他抖掉身上的碎绳子，望着正满地打滚的巴克斯特。

"比利，干得漂亮。"他说，"可你怎么知道靠近的是我？"

"大胆的猜测。"

"你是说纯凭运气？"

萨默倒吸一口凉气，喊了一声："你在流血！"

"是的，我流血了。"爸爸答道。

他跪在满面通红、哀号不已的巴克斯特身边，一把揪住他衣服上的帽子，说道："你现在是不是后悔没选个好点儿的爱好，譬如高尔夫？"

说完，他十分冷静地卸下巴克斯特那把来复枪里的子弹，把它们全都扔进了山下长满荆棘的灌木丛中。

"我们得带你去看医生。"我说，"你觉得呢？"

第二十二章

巴克斯特打出的第二颗子弹从一块岩石上擦过，反弹后击中了爸爸的大腿。爸爸将一块花手帕打了个结，堵住伤口，从而减缓了失血的速度。急救组的医护人员说他的这一措施救了自己一命。

我们将爸爸从汤姆矿工盆地送到了松溪旅社附近的消防站。一路上，萨默开得飞快，远远超过了最高限速。护理人员并没有要求她出示驾照。他们把爸爸抬上一辆救护车，直奔博兹曼。

妈妈回到佛罗里达的第二天就又飞来蒙大拿，以确保我一切安好。我得到了一个长达30秒的拥抱，然后听了整整30分钟的训话。之后，她来到医院。在医院里，整整一个下午，爸爸一直在向她和李尔道歉。

盗猎者的子弹穿透了他的大腿肌肉，击中了股骨，不过，经过治疗，爸爸会好起来的。一位外科大夫切开伤口，取出了子弹。警察拿走了那枚扭曲的子弹，留作证据。

远在佛罗里达的贝琳达给我发消息，想看看躺在医院病床上的爸爸。爸爸特意为她摆好姿势，龇牙咧嘴地朝镜头竖了大拇指。从爸爸的病房望出去，布里奇山脉的美景尽收眼底，但是他的心情依旧很糟糕，他还在为自己成为林肯·查姆利·巴克斯特四世的俘虏而生气。

"简直令人难以置信。"他嘀咕道，"我真没想到自己竟然这么蠢。"

李尔和妈妈费了好大劲才忍住没对他说出"这是显而易见的事实"之类的话。

"巴克斯特是怎么跟你说的？"我问爸爸。

"他说他已经彻底厌倦了被我用无人机骚扰的生活。他在绑我的时候还说：'你这么喜欢灰熊，现在，你很快就会知道它们有多喜欢你了。'"

他手腕上被绳子勒破的地方依旧有些红肿。

"警察很快就会抓住他。"李尔说。

爸爸无精打采地望着窗外，说道："也许吧。也许不会。"

"他们肯定会抓住他的。"妈妈说。

萨默亲了一下他的额头，说道："你仍然是我见过的最疯狂的白人。"

爸爸的病友是一名种小麦的农民，一辆全地形车从他身上轧过去，压断了他的胯骨。因为来探望爸爸的人实在太多了，病友几乎没有时间休息。

警察一连两天都来医院找爸爸问话，和警察一起来的还有林业局的工作人员。爸爸把他偷偷用无人机阻止林肯·查姆利·巴克斯特四世盗猎的所有事情全都告诉了他们。我觉得他们并不打算授予他荣誉奖章，但是看起来他们似乎相信了他的话——至少现在是如此。爸爸当然知道，巴克斯特一定会搬出一套截然不同的说辞——如果他们找到他的话。

我和萨默也都接受了问话。他们想知道巴克斯特用枪挟持我们时发生的所有事情。一名林业局工作人员把我们带到了一间空病房，并在病床上摊开一张汤姆矿工盆地的地形图。

"你们最后一次见到这个男人是在什么地方？"他问道。

我指着一条小山沟说："在那之后，他很可能会跑到小溪边去洗掉脸上的喷雾。"

"我们已经搜索过那片区域，而且搜索了两次。"

"他可能已经走了。你们只能先去找那架红色的直升机。"

"哦，我们已经找到了。它被拴在你们发现它的地方。就在这里。"林业官员用他的钢笔敲了敲地图上一个打着黑色×的地方。

"直升机的门是敞开的。"他接着说，"但是里面没有任何巴克斯特先生的痕迹。"

萨默惊讶地问道："这么说，他可能还在那里的某个地方？"

"很可能。我们推测他可能回到了土路上，然后抄近道上了主路。不过，他在加利福尼亚州的家人说还没有他的任何消息。"

萨默说："我想不通，他为什么不开飞机逃走呢？"

"我们认为他是被飞机里的某个东西吓得跳下了飞机。"

"什么东西？"

"响尾蛇。"林业官员说，"就放在飞行员的座位上。"

"哇哦！"萨默瞪大眼睛，"那蛇是活的吗？"

"哦，当然。"工作人员盖上钢笔的笔帽，"它盘成一卷，被放在一个枕套里。特别奇怪。"

我的这位和我没有血缘关系的姐姐费了好大劲儿，才忍住没有往我这边看。

"也许，巴克斯特喜欢收藏蛇。"我说。

"不，他妻子告诉我们，他特别怕蛇。"工作人员卷起地图，"想听点儿好玩的事情吗？那条蛇的嘴巴被胶带粘了起来，根本张不开。"

"真的吗？"我答道，"那也太奇怪了。"

我知道，我知道。

我说过我再也不会这么干了，但是我食言了。

我用来粘蛇嘴巴的可不是普通的胶带。我用的是伤口免缝胶带，这是一种能够帮助缝针或小伤口愈合的医用胶带，你在任何一家药店都能买到，位于蒙大拿州利文斯顿的药店也不例外。在前往汤姆矿工盆地的路上，我和萨默顺道去了一趟药店。

和普通的外科胶带不同的是，伤口免缝胶带会在10天后自动脱落。我选它正是看中了它的这一特性，因为我可不想让那条响尾蛇一直被绑着嘴巴爬来爬去。通常来说，它们两次进食之间的间隔大约为两星期。

这又是一个普通人无须知道的冷知识。

你一定在想：如何才能让一条响尾蛇长时间保持不动，从而让你有时间用胶带粘住它的嘴巴？

我不会告诉你们答案。这太危险了——我的意思是，其风险高得超乎想象。

我绝对不会再做第三次。这一次，我可是认真的。如果你傻到以为这是一件好玩的事，我建议你先去网上搜索"菱斑响尾蛇"，看看它的那对毒牙。

　　以下就是在"借"了她表兄的那辆斯巴鲁之后，我和萨默之间的对话。

　　我："我在哪儿可以抓到响尾蛇？"

　　她："现在吗？你抓它干吗？"

　　我："等我们在汤姆矿工盆地找到巴克斯特的车时，它就能派上用场了。如果他发现车座上有一条发出咔嗒声的大蛇，他恐怕就得临时改变旅行计划了。"

　　她："你说的是，如果他对丹尼斯做了不好的事情，想逃跑的时候？"

　　我："我中途还得去一趟药店。哦，我从你家拿了一个枕套。"

　　她："小镇北面不远的地方有一座悬崖，那里有很多响尾蛇。比利，我希望你知道自己在做什么。"

　　萨默对悬崖的判断没错。才走了几步，我就用一根刺柏树枝叉住了一条粗壮的、3英尺长的响尾蛇的脖子。一开始，这条蛇疯狂地扭动身体，我一直等到它放弃挣扎才捏住它的嘴。萨默的任务就是给我递胶带。此外，如果我失手了，她就是我的司机，立刻送我去急诊室。

　　当我把这条响尾蛇放进枕套后，它立刻盘成一卷，冷静下来。我轻轻地把枕套塞进我的背包，拉上拉链。在我们冒着大雨徒步前往灰熊草甸的途中，我听到背包里的蛇只摇了两三次尾巴。

那架红色的直升机替代了汽车：同样是巴克斯特逃匿的交通工具，同样有一个驾驶座。毫无疑问，他第一时间发现了这个枕套，好奇地拿起来检查。他很可能还抖了抖它，结果被里面的东西吓了个正着。

可以想见，被惊醒的响尾蛇显然很不高兴，发出了不悦的咔嗒声，巴克斯特马上就听出了这是什么声音——然后扭头就跑。

虽然只有一次，但是我希冀的事情真的发生了。

"现在，那条蛇在哪儿？"我问那名问话的工作人员。

"我们把它交给了鱼类和野生动物管理局。他们找了个安全的地方把它放生了。"

萨默说："在放生前，他们会撕掉它嘴巴上的胶带，对吧？"

"是的，女士。他们会很小心的。"那名工作人员将卷好的地图夹在胳肢窝下，"我和野生动物打了一辈子的交道，但是我始终对两种动物敬而远之，永远不会去戏弄它们，那就是灰熊和响尾蛇。不过，我可以告诉你们，这次事件里的人都是些不要命的疯子。"

"没错，"我说，"可怕的疯子。"

第二天，爸爸出院了。医生想要爸爸拄两根拐杖，但是他坚持一根足矣。李尔花了整整一个下午的时间，做了一桌他最爱吃的菜——羊排、田园沙拉和越橘派。贝琳达真的打电话来询问爸爸的情况，接完电话后，他原本阴晦的心情奇迹般地放晴了。

当我们所有人围着桌子坐好后，他说的第一句话就是："他们找到巴克斯特了吗？"

"还没有，丹尼斯。"李尔耐心地答道。

自从他做完手术后，这个问题他已经问了至少50遍。

"巴克斯特不想让人找到他。"萨默说，"他知道我们会报警，将一切都报告给警方。这人这么有钱，说不定他现在已经在巴黎了。"

爸爸举起叉子，在空中画了一个小小的圆圈。"我怎么也想不明白，直升机里怎么会有一个装着草原响尾蛇的袋子？"说着，他便将目光投向了我，"这也太奇怪了，不是吗？"

所以，我得现编一个还比较可信的理由，还得快。

"也许，那条蛇就是巴克斯特用来摆脱你的备用计划。"我说道，"万一他的猎熊计划失败了呢？他完全可以花钱找人帮他抓条蛇。"

"比利，你可不要没事就抓条活的响尾蛇来玩玩，可以吗？"

"丹尼斯，你的饭都要凉了。"妈妈连看都没看我一眼。毫无疑问，她已经猜到是怎么回事了。

我知道，李尔一定也想到就是我把响尾蛇放在了盗猎者的直升机里，因为她早就知道我不怕蛇。她人很好，没有当着我父母的面戳穿我，说出客房里少了一个枕套的事情。

不久前，黛西·巴克斯特给爸爸打了个电话，和爸爸聊了很久。她已经和警察及护林员谈过了，但她还是想听当事人讲述汤姆矿工盆地发生的一切。她想不明白直升机里为何会有响尾蛇，但她更多的还是为丈夫的所作所为感到愤怒——她也彻底厌倦了他的射击癖好。她依旧没有任何关于丈夫的消息，不过，电话里的她听起来似乎并不焦虑，也不打算就这么干等着。她告诉爸爸，她已经找好了离婚律师。

"这让巴克斯特又多了一个继续藏起来的理由。"妈妈说。

正狼吞虎咽地啃羊排的爸爸放下手里的刀叉，说道："相信我，我能找到他。"

所有人顿时齐刷刷地将目光投向他，我们目光中的寒意逼得他立刻道歉。"你们是对的，你们说的都对，这个主意糟糕透顶。"他说，"这都怪他们给我吃的那些药，把我的脑袋都吃糊涂了。"

李尔笑了："丹尼斯，你就承认了吧。你一直都很糊涂。"

萨默说起了当爸爸从树林里冲出来时，他发出了一种类似于野兽的声音。"你当时到底模仿的是哪种动物的声音？"

"你这都听不出来？当然是熊，不然还能是什么？"

"为什么……"

"我害怕自己会撞上那头熊妈妈。"他说道，"带着幼崽的母熊通常都会躲避公熊，所以我才会模仿熊。"

"爸爸，我不是不尊敬你，"我说，"可是你听起来真的就像是一头得了哮喘的大猩猩。"

"我儿子天生就是个喜剧演员。"

"不跟你开玩笑了。其实，这才是我抢在巴克斯特开枪前用喷雾喷他的原因。我猜树林里跑过来的一定是你。任何一头有自尊心的熊都不可能发出那种声音。"

爸爸不好意思地笑了，但很快他脸上的表情就变得严肃起来。"要不是你，比利，我现在就不可能坐在这里。"

"丹尼斯，但凡你稍微有点理智，"妈妈说，"现在，我们谁都不会坐在这里，谈论你腿上那个愚蠢的枪眼儿。要不是你，我们谁都不会提心吊胆好几天。我们会高高兴兴地坐着船，在河上享受美妙的夏日时光。"

"说得没错。"李尔说，"还能看看鹰。"

我和萨默都很识趣，谁也没说话。爸爸清了清嗓子，说他想来一块越橘派。

第二十三章

有个小孩，他从来不会在同一个城市生活太久。

他妈妈会不停地搬家，因为她痴迷于鹰巢以及和白头鹰有关的一切。每到一所新学校，这个小孩从来都不会试着去交新朋友，因为他知道自己不会在这里待太久，既然如此，干吗还要交朋友呢?

不过，他并没有感到孤独或格格不入。他的所有闲暇时光全都是在户外度过的，在树林和湿地里钓鱼、徒步、抓蛇。

这个孩子绝对与众不同。对此，他会第一个举手表示赞同。

有一年夏天，他去了蒙大拿，还去了两次。他去见自己的爸爸，他已经很多年没见过爸爸了。

当时的情况有些复杂。这个孩子的爸爸有了一个新家，从事着一份他不愿谈论的危险工作。各种事情接连发生，不过，所有问题最终都圆满解决了。这个小孩对于自己的蒙大拿之行感到既满足又开心。

他带着一个精彩的故事回到了佛罗里达。问题就出在这个故事的结尾。这个故事有一条故事线一直悬而未决，没有完结。

直到现在，可能也还没完结。

除了在超市做兼职，我被一直禁足在家直到八月学校开学。我真的很想跳上自行车，去我最喜欢的抓蛇地点看看，但是这不可能。妈妈说这个话题已经彻底终结了。

所以，我只能待在房间里看书，尽量保持平静，不让自己抓狂。

妈妈在敲门。"比利，你出来。有人给你寄了一个包裹。"

那个盒子来自蒙大拿州利文斯顿的盖泽尔大街。

"你还在等什么？打开它啊。"贝琳达凑过来说道。

再过几个星期，大学就开学了，但她还在考虑要把哪些行李打包装箱。家里到处都是她的衣服。至于鞋子？她需要租个小货车才能把她所有的鞋子全拉走——我说的都是真的，没开玩笑。

这个从蒙大拿寄来的盒子里有三件手工包装好的物品，还有一个棕色的信封，上面写着"比利·大棍子收"。

首先是礼物。

李尔送了一根她在黄石河边发现的金雕羽毛给我妈妈。羽毛呈奶白色，羽尾是咖啡棕色，这意味着这是金雕的尾羽。换言之，这种羽毛十分珍稀。妈妈兴奋得都说不出话来了。

萨默送了一对贝壳耳环给贝琳达。这对耳环原本属于她那位生活在乌鸦族保留地的外婆。我原本还担心贝琳达会说一些不好听的话来评价萨默送给她的这对耳环，谁知，她竟表现得像是收到了一对钻石耳环那样激动不已。我不得不承认，她戴这对耳环真的很好看。

爸爸寄给我的是一个硬邦邦的东西，外面还包了一层气泡膜。我拆开一看，是金送给我的那把折叠小刀，当我用无人机把它递给爸爸时，它正好砸中了他的肚子。

气泡膜里有一张字迹工整的小字条，上面写着：

亲爱的B.A.D.，下次请瞄准一点儿！

备注：谢谢你救了我……不仅仅是我的生命。

我打开信封，里面掉出一张纸，是从博兹曼的报纸上剪下的文章。有个别有用心的人故意用记号笔在文章的标题上写了一句话："最终话语权永远属于大自然！"

那是萨默的笔迹。我是通过她寄给妈妈的支票上的字认出来的。

这篇文章的标题是：失踪冒险家搜救行动线索寥寥。

我心想："冒险家？"饶了我吧。

据这篇文章报道，林肯·查姆利·巴克斯特四世，这位杰出的加州商人兼户外运动狂热爱好者依旧下落不明。来自巴克斯特家族不动产公司的一名发言人称，巴克斯特驾驶自己的直升机前往汤姆矿工盆地侦查麋鹿的踪迹，为即将到来的秋季狩猎期探路——在天堂谷，恐怕没有人会相信这个蹩脚的理由。

搜救者在一处长满荆棘的山坡上找到了巴克斯特的来复枪，但枪里没有子弹。该武器被证实开过两枪，这表明巴克斯特的真实意图很可能是盗猎野生动物。一些徒步者——这说的可能就是我、萨默和爸爸——称与此人发生了"暴力冲突"。

很显然，警方并没有向报社透露任何细节（以及我们的名字），这对我们而言可能是件好事。与此同时，黛西·巴克斯特已将所有问题移交给她的律师，后者表示不会发表任何评论。

萨默在文章的最后两段画了线：

"除来复枪外，搜救者还在一大堆熊的粪便旁发现了一根没抽完的雪茄。有人曾在这片区域内见到过一头带着两只幼崽的母灰熊。

"众所周知，巴克斯特十分喜欢抽这个品牌的雪茄，但是当局表示，这一发现的确令人不安，但就此而得出结论为时过早。"

很显然，萨默已经有了自己的结论。她认为，那根出现在熊粪便旁的雪茄已经表明最终话语权永远属于大自然。在我看来，这个可能性绝对存在。

明天就是星期天，于是我们带着望远镜、防晒霜和耐心出发了。妈妈把车停在了每次停车的那家鱼饵商店后面。从那里到潟湖还有一小段路程。我们顶着酷热，站在那里，望着天，等了两个小时，只为等白头鹰现身。贝琳达说她看得脖子都疼了。我也是。

"那个鸟窝简直乱七八糟。"妈妈低声说道。

"它们会把它整理好的。"我说。

白头鹰父母通常都会在九月底整理好鸟巢。十二月或来年一月，雌鹰就会产下鸟蛋。

"比利，要是它们已经飞走了呢？"

"妈妈，这些鸟不会走的。"

"我看有报道说，萨拉索塔出现了两只新的白头鹰。它们把巢搭在一个手机信号塔上。"

"我不想搬家去萨拉索塔。"

贝琳达说她已经迫不及待地想去大学报到了，她终于可以远离这种跟着鹰搬家的疯狂生活了。

"你这么说就不太好了。"妈妈说，"你觉得我很疯狂？"

贝琳达长长地叹了口气："我可没这么说。"

这时，我的手机响了。妈妈和姐姐很罕见地即刻停了争执，全都一脸惊讶地望着我。

"是谁的电话？"妈妈问道。

"是爸爸。"

贝琳达说："你开玩笑吧？"

作为一个刚刚被枪击中过的人，电话里的他听起来状态不错。

"比利，你收到有匕首的那个包裹了吗？"

"收到了，谢谢。你的腿怎么样了？"

"我可是康复中心的摇滚巨星。昨天，我扔掉了拐杖！"

他说想和妈妈、贝琳达打个招呼，所以我把电话递给了她们。我听到了从空中传来的鹈鹕和海鸥的叫声，偶尔也能听到一两声苍鹭的叫声——就是没有白头鹰的叫声。

当我拿回电话的时候，爸爸说："他们仍然没有找到林肯·查姆利·巴克斯特四世。你觉得这意味着什么？"

"一切都太迟了。"

"你觉得他已经出国了？"

"不，爸爸。我觉得他已经不在这个世界上了。我想，在密林之中，他选择了一个错误的方向，正好撞上了那头母灰熊。"

"那样的话，为什么他们只找到了一截雪茄？"

"那个地方方圆数英里。巴克斯特可能在那儿的任何地方——我说的是他的遗体。"

"这么说来，比利·大棍子相信因果报应。"

"我更愿意相信这是一种正义，爸爸。"

他说："你应该来看看我的新无人机。我给它取了个名字，叫苏菲。"

"你干吗要买新无人机？你不是已经答应李尔，不再执行任何秘密任务了吗？"

"萨默没跟你说吗？我在蒙大拿旅游办公室找了份工作，帮他们的电视宣传片拍摄航拍视频。"

"等等——你真的彻底放弃追踪那些盗猎者了？"

"对。从现在开始，我的无人机将专注于拍摄风景——大山大河，日出日落，就是他们要的那种'视频明信片'。"

"爸爸，你会喜欢这份工作的。"我说道，可我根本就不相信他的话。他很快就会厌倦拍摄电视宣传片的工作，我敢用我的自行车打赌，在蒙大拿旅游部门的工资名单中，你绝对找不到丹尼斯·狄更斯的名字。

"比利，我过几天再给你打电话。"

"过几天？"

"周四。从现在开始，我每个周四都会给你们打电话。"

"好。这挺好。"我说。

"除非你妈妈不想让我给你打电话。"

"我很肯定她对此没有任何意见。"

在回来的飞机上，妈妈向我道歉，表示她不该把每个月从蒙大拿寄来的信封都剪碎。她说，她不想让我和贝琳达看见信封上爸爸的地址，然后给他写信，因为这会帮他一个大忙。她想让他成为主动联系的一方，这是一个体面的父亲应该做的事情。她说，这是原则问题。

我问妈妈，在另一个地方看见爸爸和他的新家庭在一起，这会不会让她觉得很别扭。妈妈笑了，她说情况并不像她事先设想得那么尴尬。她告诉我，她其实很羡慕爸爸现在的生活，但她很快又补充了一句："比利，他还是那么不着家。就像她们说的，满世界跑。和曾经的我相比，李尔要比我有耐心多了。"

不知不觉间，天空乌云密布，没过多久，潟湖就下了一场暖烘烘的大雨。我们看鹰的地方位于野餐区，旁边有一座桥。我们和树林之间还隔着一小片开阔地。妈妈用防水夹克罩在头上。她看上去坐立不安，很不高兴。贝琳达想步行回到车上去。

"再等10分钟。"我说。

"就5分钟。"贝琳达没好气地说，"我的头发都开始滴水了。"

妈妈偷偷瞄了我一眼："我在网上看到萨拉索塔的那个鹰巢附近开了一所不错的中学。"

"真糟糕，我不是个出类拔萃的学生。"

"比利，别跟我装傻。"

我擦了擦望远镜的镜片，慢慢抬起头，向树顶望去。

"嘿，看那里。"我说。

妈妈立刻从夹克下探出头："有什么？你看到什么了？"

我指了指方向。她抬头望过去。

"在哪儿，比利？快告诉我！"

"就在那儿，鸟巢北边的那三棵松树那儿。"

那两只白头鹰立在同一根树枝上，黑色的羽毛上挂着一颗颗亮晶晶的雨滴。它们雪白的脸颊正朝着我们这边。

贝琳达说："好吧，我看见它们了。"

妈妈紧紧握着她的望远镜："哦，天啊，快看啊！难道说它们一直立在那儿，看着我们？"

"如果是的话，我也不惊讶。"我说，"我们看起来的确很可笑。"

"你们看，它俩挨得多近。我喜欢它们这样！"

"我说了吧，妈妈，它们不会走的。它们喜欢这个地方。"

"我想也是。"

贝琳达问我们是不是可以回家了。

"现在还不行。"妈妈低声说道，听得出来，她很高兴。

这种感觉还不错。雨并没有下很久，不过，就算哗啦啦地下上一整天，我也无所谓。